日本古典文學大系 87

神皇正統記
増鏡

岩佐正
時枝誠記 校注
木藤才藏

岩波書店刊行

JN158908

監修者
高木市之助
西尾實
久松潜一
麻生磯次
時枝誠記

題字 柳田泰雲

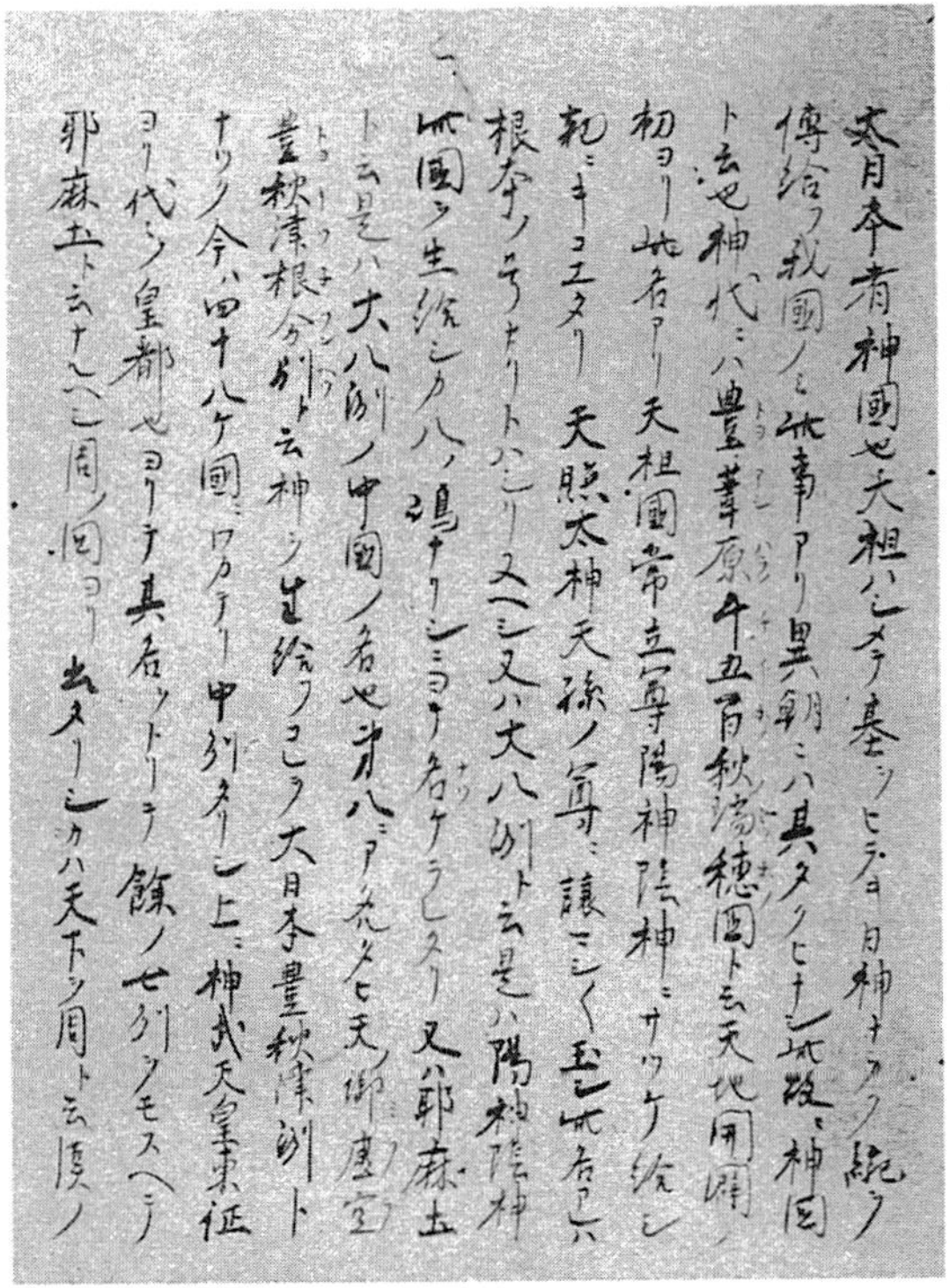

神皇正統記

國學院大學藏

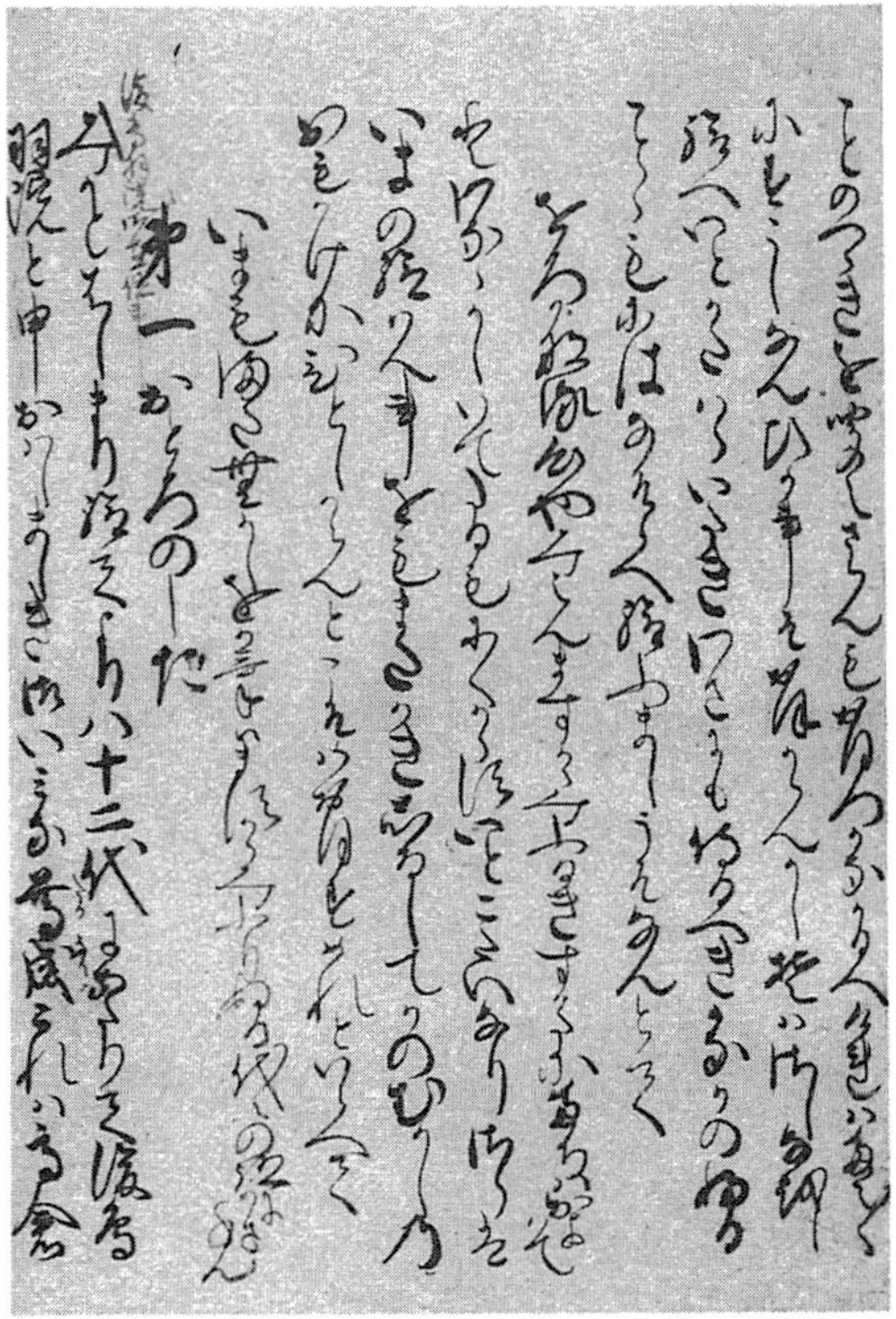

増鏡

學習院大學附屬圖書館藏

目次

神皇正統記

岩佐　正　校注

解説

延元三年(一三三八)五月十五日、北畠顕家《あきいえ》は後醍醐天皇に上奏文を奉った。延元二年(一三三七)八月二十一日、義良《のりよし》親王を奉じて陸奥国霊山《りょうぜん》を進発した顕家は鎌倉を経て遠江・尾張・美濃・伊勢に転戦して二月二十一日奈良に入った。太平記巻十九によれば、顕家は思うところあって新田義貞との合体をきらい、結城《ゆうき》宗広の進言をいれて、吉野に赴くことを控え、京都を単独で直接攻撃しようと決心した。顕家は義良親王を吉野朝廷に送り、二十八日桃井《もものい》直常・直信を大将とする京方と般若《はんにゃ》坂に戦って敗れた。それから三個月、河内・摂津・和泉《いずみ》と戦に明け暮れした。この間にあってこの上奏文を執筆したのである。しかも上奏は戦死に先き立つわずかに七日のことである。戦運に恵まれず、多くの士卒を他郷に失った悲運の中にあって吉野の将来を念じて最後の出陣を意図して書き残したこの一文には悲痛な信念の叫びと思いつめた憂国のひびきがある。

鎮将一、各令レ知《ラ》二其分域《ヲ》一、政令之出在《リ》二於五方《ニ》一、因《リテ》 准《ズル》レ之処《ニ》、似《タリ》レ弁《ズルニ》二 故実《ヲ》一。元弘一統之後、此法未《ダ》二 周《アマネク》 備《ハラ》一。東奥之境、纔《ワヅカニ》 靡《ク》二皇化《ニ》一、是乃《チ》最初置《ク》レ鎮《ヲ》之効也。於《テハ》二西府《ニ》一者更《ニ》無《シ》二其人一。逆徒敗走之日 擅《ホシキママニ》 履《ミ》二彼地《ヲ》一押二領《シ》諸軍《ヲ》一、再《ビ》陥《イル》二帝都《ヲ》一。利害之間以《テ》レ此《ヲ》可《シ》レ観《ル》。凡《ソ》諸方鼎《テイ》立《スルモ》 而猶有《リ》レ滞《リ》二於聴断《ニ》一。若《シ》於《テ》二一所《ニ》一決二断《セバ》 四方《ヲ》一者万機紛紜、争《イカデカ》 救《ハンヤ》二 患難《ヲ》一乎。分出《シテ》 而封《ズルハ》レ侯《ニ》者三代以往之良策也。置《キテ》レ鎮《ヲ》而治《ムルハ》レ民《ヲ》者隋唐以還之権機也。本朝之昔補《シ》二八人之観察使《ヲ》一、定《ム》二諸道之節度使《ヲ》一。承前之例不《ズ》下与二漢家一異《ナラ》上。方今乱後、天下《ノ》民心 輒《タヤスク》 難《シ》レ和《シ》。速《ニ》撰《ビ》二其人《ヲ》一発二遣《セヨ》 西府及《ビ》東関《ニ》一。若《モシ》有《ラバ》二遅留一者必有《ズラン》二 噬臍《ゼイセイノ》 悔一歟《カ》。兼《テ》於《テ》二山陽・北陸等《ニ》一各置《キ》二一人之藩鎮《ヲ》一、令《メ》レ領《セ》二便近之国《ヲ》一、宜《ク》《ベシ》レ備《フ》二非常之 虞《オソレニ》一。当時之急無《シ》レ先《ナルハ》 レ自《リ》レ之矣。

可《キ》レ被《ラル》下免《ジ》二諸国《ノ》租税《ヲ》一専《ニセ》中倹約《ヲ》上事

右連年《ノ》兵革《ニ》諸国窂籠《ラウロウス》。苟《イヤシクモ》非《ザレバ》二大聖之至仁《ニ》一者難《シ》レ致《シ》二黎《レイ》民之蘇息《ヲ》一。従《ヨリ》レ今以後三年偏《ヒトヘニ》免《ジ》二租税《ヲ》一、令《メヨ》レ憩《ハ》二民《ノ》肩《ヲ》一。没官領・新補地頭等所《スル》レ課同《ジク》従《ヘ》二蠲免《ケンメンニ》一。其祭祀及《ビ》服御等《ノ》用度者《ハ》別《ベツニ》撰《ビ》二豊富之地《ヲ》一以宛《アテ》二供奉《グブ》之数《ニ》一、三个年間万事止《メ》二興作《ヲ》一、一切断《タチ》二奢侈《ヲ》一、然後《ル》卑《ヒククシ》二宮室《ヲ》一以《テ》阜《タカクシ》レ民《ヲ》、追《ヒ》二仁徳天皇之餘風《ヲ》一、節《シテ》二礼儀《ヲ》一而淳《アツクシ》レ俗《ヲ》、帰《セバ》二延喜聖主之旧格《ニ》一者、垂拱《シテ》而海内子《ノゴトク》来《リ》不《ズシテ》レ征《セ》而遠方賓服《セン》焉。

可《キ》レ被《ラル》レ重《ンゼ》二官爵《ノ》登用《ヲ》一事

右有《ル》二高功一者《ハ》以《テスル》二不次之賞《ヲ》一和漢之通例也。至《リテハ》下于無《キ》二其才一者《ニ》上、雖《モ》レ有《リト》レ功多《ク》与《ヘ》二田園《ヲ》一不《ズ》レ与《ヘ》二名器《ヲ》一。何況《ゾイハンヤ》無《ク》二徳行一無《クシテ》二勲功一而猥《ミダリニ》黷《ケガスモノヲヤ》二高官高位《ヲ》一哉。維《ヰ》月之位者《ハ》朝端之所レ重《ンズル》、青雲之交者《ハ》衆外之所レ撰《ブ》也。非《ズシテ》二其仁《ニ》一而僥二倖《スル》之《ヲ》一者《ハ》近年継《グ》レ踵《クビスヲ》。加《シカノミナラズ》レ之或《ハ》起家之族或《ハ》武勇之士軽《ンジ》二先祖経歴之名《ヲ》一望《ミ》二文官要劇之職《ヲ》一、各存《シ》二登用之志《ヲ》一恣《ホシキママニ》関《カカハル》二不次之恩《ニ》一。向後之弊何為《ナンスレゾ》得《ン》レ休《ムヲ》。凡《オヨソ》名器者猥《ミダリニ》不《ズ》レ仮《サ》レ人《ニ》。名器之濫《ナルハ》者僭上之階也。然《ラバ》乃《スナハチ》任官登用《ハ》須《ク》レ撰《ブ》二才地《ヲ》一。雖《モ》レ有《リト》二其功一不《ザルハ》レ足《ラ》二其器《ニ》一者厚《ク》加《ヘ》二功禄《ヲ》一可《シ》レ与《フ》二田園《ヲ》一。至《リテハ》二士卒及《ビ》起家奉公之輩《ニ》一者且《ハ》逐《ヒ》二烈祖昇進之跡《ヲ》一、且《ハ》浴《セシメバ》二随分優異之恩《ニ》一者何《ノ》恨《ムルトコロカ》之有《ラン》焉。

可《ベキ》レ被《ラル》レ定《メ》二月卿雲客僧侶等《ノ》朝恩《ヲ》一事

右拝《ハイ》二趍《チシ》朝廷《ニ》一昵《ヂツ》二近《キンシ》帷幄《キアクニ》一、朝々暮々、咫《シ》二尺《セキシ》龍顔《ニ》一、年々歳々、戴二仰《スル》鴻慈《ヲ》一之輩、縦《タトヒ》尽《ストモ》二其身《ヲ》一争《イカデカ》報《ゼン》二皇恩《ニ》一。爰《ココニ》国家乱逆、宸襟不《ズ》レ聊《ヤスラカナラ》、或《ハ》移《サレ》二乗輿《ヲ》於海外《ニ》一或《ハ》構《ヘラル》二行宮《ヲ》於山中《ニ》一。作《ナリテ》二人臣《ト》一而竭《ツクスハ》二忠義《ヲ》一者此時也。然《レドモ》而存《シ》レ忠《ヲ》守《ル》レ義《ヲ》者幾許《ハイクバクゾヤ》乎。無事之日、貪《タン》二婪《ランシ》大禄《ヲ》一、艱難之時、屈《ス》二伏逆徒《ニ》一。非《ズシテ》二乱臣賊子《ニ》一而何《ゾヤ》哉。罪死《シテ》有《リ》レ余。如《キ》レ此《ノ》之族、何《ヲ》以《テカ》荷二負《センヤ》新恩《ニ》一乎。僧侶護持之人、又多《ク》此類也。逮《オヨビテハ》二辺域之士卒《ニ》一者雖《モ》レ未《ダ》レ染《マズト》二王化《ニ》一、正《シ》二君臣之礼《ヲ》一、懐《キ》レ忠《ヲ》死《スル》レ節《ニ》之者不《ズ》レ可《カラ》二勝《アゲテ》計《フ》一。恵沢未《イマダ》レ遍《アマネカラザルハ》、政道《ノ》一失也。然《ラバ》者以《テ》二無《キ》レ功諸人《ノ》新恩之跡《ヲ》一可《ベキ》レ分《チ》二賜士卒《ニ》一歟《カ》。凡《オヨソ》以《テ》二元弘以来《ノ》没官地頭職者《ヲ》一被《レ》レ閣《サシオカ》二他用《ヲ》一、配二分《シ》有功之士《ニ》一、以《テ》二国領及《ビ》庄公等本所領者《ヲ》一被《ラレナバ》レ擬《セ》二宦官道俗之恩《ニ》一者朝礼不《ズ》レ廃《スタレ》勲功不《ザル》レ空《シカラ》者歟《カ》。抑《ソモソモ》又累葉之家々、不忠之科雖《モ》レ可《ベシト》レ悪《ニクム》偏《ヒトヘニ》廃二黜《ハイチユツセバ》其人《ヲ》一者誰《カ》又弁《ヘ》二朝廷之故実《ヲ》一、刷《ツクロハンヤ》二冠帯之威儀《ヲ》一乎。近年依《リ》二士卒之競望《ニ》一、多収《セラル》二公 相伝之庄園《ヲ》一。理之所レ推《ス》綷《コト》非《ズ》二善政《ニ》一。然《ラバ》者於《テハ》二累家《ノ》私領一者《ニ》須《スベカラク》レ被《ベク》レ返《ヘサ》二其家《ニ》一、随《ヒテ》二公務之忠否《ニ》一追《テ》可《ベキ》レ有《ル》二黜陟《チユツチヨク》一也。至《リテハ》二今度陪従之輩 并《ナラビニ》向後朝要之仁《ニ》一者、尤《モツトモ》定《メ》二計略之分限《ヲ》一、可《ベキカ》レ被《ラル》レ計《リ》二行《ハセ》拝趍之羽翼《ヲ》一乎。

可《ベキ》レ被《ラル》レ閣《サシオカセ》二臨時《ノ》行幸及《ビ》宴飲《ヲ》一事

右帝王所《ユク》レ之、無《シ》レ不《ザル》二慶幸《セラレ》一。移《シ》二風俗《ヲ》一救《フ》二艱難《ヲ》一之故也。世莅《ノゾミ》二澆季《ニ》一民墜《ツ》二塗炭《ニ》一。遊幸宴飲《ハ》誠《ニ》是《レ》乱国之基也。一人出《ル》時、百寮卒従《ス》。威儀過差《ノ》費以《テ》レ万《ヲ》数《フ》。況《イハンヤ》又宴飲者《ハ》鴆毒《チンドク》也。故《ニ》先聖禁《ジ》レ之《ヲ》、古典誡《ム》レ之《ヲ》。伯夷歎《ハジテ》二酒味《ヲ》一而罰《シ》二儀狄《ギテキヲ》一、周公制《ハシテ》二酒誥《シユカウヲ》一而諫《イサム》二武王《ヲ》一。草創《ニハ》雖《モ》レ守《ルト》レ之《ヲ》守文《ニハ》猶懈《オコタル》レ之《ヲ》。今還《リ》二洛都《ニ》一再《ビ》幸《シタマハバ》二魏闕《ニ》一者、臨時《ノ》遊幸長夜《ノ》宴飲堅《ハク》止《メ》レ之《ヲ》深《ク》禁《ゼラレヨ》レ之《ヲ》。明《ニ》知《リ》二前車之覆《ヲ》一須《ク》レ為《ス》二後乗之師《ト》一。万人之所《スル》二企望一、蓋《ケダシ》在《ラン》二於此《ニ》一焉。

可《ベキ》《ベシ》レ被《ラル》レ厳《ニセ》二法令《ヲ》一事

右法者《ハ》理《スル》レ国《ヲ》之権衡、馭《スル》レ民《ヲ》之鞭轡《ベンヒ》也。近曾《チカゴロ》朝《ニ》令《シ》夕《ニ》改《ム》。民以《テシ》無レ所レ措《オク》二手足《ヲ》一。令出《デテ》不《ザレバ》レ行《ハレ》者、不《ズ》レ如《シカ》レ無《キニ》レ法。然《ラバ》則《チ》定《メ》二約三之章《ヲ》一兮、如《クシ》二堅石之難《キガ》一レ転《ジ》、施《シ》二画一之教《ヲ》一兮、如《クセバ》二流汗之不《ザルガ》一レ反《カヘラ》者、王事靡《ナシ》レ盬《モロキコト》。民心自《ラ》服《サン》焉。

可《ベキ》レ被《ラル》レ除《カセ》下無《キ》二政道之益一寓直輩《ノヲ》上事

右為《スニ》レ政《ヲ》有《ル》二其得一者《ハ》雖《モ》二蒭蕘《スウゼウ》之民《ト》一可《ベシ》レ用《フ》レ之《ヲ》。為《ナスニ》レ政有《ル》二其失一者《ハ》雖《モ》二閥閲之士《ト》一可《ベシ》レ捨《ツ》レ之《ヲ》。頃年《ケイネン》以来、卿士官女及僧侶之中、多成《クシ》二機務之蠹害《トガイヲ》一 動《ヤヤモスレバ》黷《ケガス》二朝廷之政事《ヲ》一。道路以《テシ》レ目《ヲ》衆人杜《フサグ》レ口《ヲ》。是臣在《ル》レ鎮《ニ》之日、所二耳《ニ》聞《キテ》而心《ニ》痛《ム》一也。夫《ソレ》挙《ゲ》レ直《ヲ》措《オクハ》レ枉《ヲ》者、聖人之格言也。正《シン》レ賞《ヲ》明《ニスルハ》レ罰《ヲ》者、明王之至治也。如《キ》レ此《ノ》之類《ハ》、不《ズ》レ如《シカ》二早《ク》除《クニ》一。須《ベシ》下明《ニシ》二黜陟之法《ヲ》一闢《ヒラク》中耳目之枢《ヲ》上矣。陛下不《ザレバ》レ従《ハ》レ諫《ニ》者、泰平無《シ》レ期。若《モシ》従《ハバ》レ諫《ニ》者清粛有《ル》レ日者歟《カ》。小臣元執《リ》二書巻《ヲ》一不《ズ》レ知《ラ》二軍旅之事《ヲ》一、忝《クモ》承《ウケ》二綍詔《ヒセウヲ》一跋《バツセフス》二渉艱難之中《ヲ》一。再《ビ》挙《ゲテ》二大軍《ヲ》一斉《クシ》二命《ヲ》於鴻毛《ニ》一、幾度《カ》挑《イドミテ》レ戦《ヲ》脱《ス》二身《ヲ》於虎口《ニ》一。忘《レテ》レ私《ヲ》而思《ヒ》レ君《ヲ》、欲《スル》二却《シリゾケ》レ悪《ヲ》帰《サント》一レ正《ニ》之故也。若夫《モシソレ》先非不《ズ》レ改《メ》、太平難《クンバ》レ致《シ》者、辞《シテ》二符節《ヲ》一而逐《ヒ》二范蠡《ハンレイ》之跡《ヲ》一、入《リテ》二山林《ニ》一以《テ》学《バン》二伯夷《ハクイ》之行《ヲ》一矣。

以前《ノ》条々所レ云不《フズ》レ私《ナラ》。凡《オヨソ》厥《ソノ》為《ナス》レ政《ヲ》之道、致《ス》レ治《ヲ》之要《ハ》、我君久《ク》精二練《シタマヒ》之《ニ》一、賢臣各　潤二餝《ジュンショクス》之《ヲ》一。如《キ》レ臣《ノ》者後進末学、何敢《ゾアヘテ》計議《セン》。雖《モ》レ然《リト》粗《ホボ》録《シテ》二管見之所《ヲ》一レ及《ブ》、聊《イササカノ》攄《ブ》二丹心之蓄懐《ヲ》一。書《ハ》不《ズ》レ尽《サ》レ言《ヲ》言《ハ》不《ズ》レ尽《サ》レ意《ヲ》。伏《シテ》冀《ネガハクハ》照《ラシ》二上聖之玄鑒《ニ》一、察《セラレンコトヲ》二下愚之懇情《ヲ》一焉。謹《ミテ》奏《ス》。

延元三年五月十五日従二位権中納言兼陸奥大介鎮守府大将軍　臣源朝臣顕家上　（三宝院文書、七十）

二十一歳の青年公卿の言として誠に堂々たる大文章である。この三宝院文書は不幸にして前文を欠き完全なその姿を知る由もないが、この文章を成したものは、もちろん顕家の資質・学問によるものであろうが、それ以上に十六歳から五年間にわたる、馴れぬ東国住いの毎日の生活から得た体験と思索の厳しさによるものが多いというべきである。それは作られた文章ではなくして、ほとばしり出る肺腑のそれである。私はこの上奏文の中にこそ神皇正統記《じんのうしょうとうき》の姿を発見する。顕家の筆の底に父親房の思いが秘められて居り、親房の顕家に対する平素の訓言が力強く生きている。親房を除外してはこの上奏文は理解されえない。宮中の礼にいそがしく、とかく戦乱に明け暮れするとはいえ花鳥風月の生活に堕しやすい中央の廷臣の知らぬ世界にあって、ある距離をおいて冷静に現在と将来とを活眼をもって凝視するもののみが達しうる立場からのその立言である。その言わんとするところは、親房の薫陶をうけて身をもって体得した、ぎりぎりの生きる道の精神である。この上奏文と神皇正統記との間にもしも差異ありとすれば、それは思想や信念のそれではなくて、帯びている直接の使命と置かれている環境の差でしかない。顕家の場合は不利な戦の連続の果て、最後の戦場に臨もうとする決意に発する、歯にきぬ着せぬ直言的ななまのままの諫言であり、親房の場合は歴史の鏡に照らして、沈潜して具体的に客観的にしかも老練の筆をもってする、一層高次の世界での著述であると言うべきであろう。

後醍醐天皇が、死をもってするこの顕家の進言を無視されるはずはない。地方経営の方策は直ちに実行された。宗良《むねよし》・義良・懐良《かね》・満良《みつ》等の親王の地方分遣が決行された。宗良・義良の二親王は七月伊勢に下り、事の由を神宮に奏して伊勢・熊野の水軍の舟よそおいを待ち、九月初め相前後して大湊から出帆した。太平記は兵船五百余艘と報じているが、親房も新しく陸奥大介に任じられた次子顕信と同行した。九月十日前後の数日にわたる海上の暴風雨のために兵船は多く漂流沈没、互に離散、親房は幸に常陸国東条浦に着き、迎えられて河内郡神宮寺城に入った。義良親王と顕信との安否を気づかう親房はその乗船に関する風聞を耳にして九月二十九日結城親朝《ちかとも》に消息を送った。「抑宮御船直令レ著二奥州一給之由其聞候。宇多歟牡鹿歟両所之間相構忩被三尋二申御座之所一、可レ被二馳申一候云々」と述べ、やがて「宮・国司御船令レ著二勢州一給候」(ともに結城文書)と十一月六日の状で報告し、追申として宮の令旨並びに新国司国宣が届いたことを附記している。義良親王・顕信の無事を知りえて安堵した親房も神宮寺城陥り同郡阿波崎城に移り、年末には筑波郡小田城に入ることになった。霊山を中心として奥州軍の再建にあたるはずの親王と顕信との不参による事態の変化に対処することと目指す常陸経営の二面作戦を担当しつつも顕信の早々の下向を督促して実現をみないままに、親房は延元四年(一三三九)正月を迎えた。年頭に際しては、新しい希望に燃えて今年こその展開と勝利を期待したに相違ない。親房は親朝に対して「改元祝言逐日重畳、天下静謐宝祚長遠、朝敵党類悉伏二天誅一」(同上書)と述べ、春日《かすが》中将の下向の近きことと石川・小山両氏が官軍に投じたことによって、前途に光明を認めていた。二月四日にはその春日中将が到着、直ちに下野国に転戦して花々しい戦果をあげた。その後の数個月は比較的に無事に近い日が続いたらしい。こうした状勢のうちに顕家の上奏文に残した心を追憶し、吉野を思う至情の赴くところ、神皇正統記は次第に生まれつつあったのである。

成立

親房の前に一本の道がある。その道は遠く悠遠の過去に通じている。しかし前方は暗黒でよく見通しえない。しかも親房は確信をもってその道を歩いている。この道以外に日本の道はないと確信している。唯一と信ずるこの道の左右前後に他人の足音を聞く。親房にしてみればそれらの足音のする道は日本の道ではない。それは乱臣賊子の道であると信じ切っている。彼等の道が次第に広がって、事実は別の道ではなく、自分の歩いている道と同じ人の道であるのみでなく、それらの人々によって親房の道は次第にせばめられ、いかにも本来の人の道であるかのような様相を呈して来ている。世にある、時代の道は広く、人それぞれに歩む道があってそれが大道のそれぞれが行く一部の道であることを認めたくない親房は、自己の道以外の一切の道を拒否し滅却する以外にない。かつてともに歩いた顕家も死んだ。義良親王・顕信・結城宗広も近くにはいない。形勢は日に非である。それは時代のなりゆく姿である。親房は立ちどまって今一度脚下を凝視し日本の道について思索にふけった。日本という国家、その創造、経てきた跡、眼前の現象、将来への展開と思いをめぐらす時、若いころからの学問の道、和漢の書、神仏儒の思想、人世から得た体験などから帰納して、われ人ともに守るべき根本のものを把握すべきことに改めて気づいた。

　伊勢は皇大神宮の鎮まる地、南朝に心を寄せる神官も多く、東国経営の連絡根拠地として親房は何度か訪れた。たとえ度《わた》会《らい》神道の人々の称えるものが内宮に対する外宮の意識的な宣揚作業に起因するとしても、彼等は何か新しいものを求めて活発に動いていた。神皇系図・神皇実録・神皇略文図などという聞きなれない名の書にも接し、神道五部書も全部読んだ。そしてそれをまとめた元元集《げんげん》は今手許にある。しかし元元集はあくまでも原理の書であり、理論的専門的ではあるが、言わば生硬難解であって、一般の人に説くにはあまりにも適さない。顕家の死を父として「心ウキ世」なりと嘆じたが、その顕家の「忠孝ノ道」はきわまり「イタヅラニ名ヲノミトドメ」たとしても、その申し残したものは憂国の改革の直言である。しかもその直諫の条々は吉野の人々の肺腑をつく至言に満ちていても、いざとなるとなかなか実践にうつされにくいことであり、その弊害は改められにくい根底の深いものを感ずる。それが徳目の実践綱領として提示されただけでは、とても人の心に入りにくい。親房は歴史に照らしてもっと克明に立証し、人々の行動力の根元に培かう必要を痛感した。その精神を生かしてやることは、父として、顕家への最善の供養であり、同時に後に続く顕信・顕国・顕雄等の子に寄せる最善の道である。現実の戦には早急に勝利を収めることは望みにくいが、もっと大きな思想の戦に勝つ絶対的な終局の道はこれを明確に書き残す必要があると考えた。

かくして小田城において神皇正統記は次第に完成されつつあった。ところがここに思わぬ重大事件が突発した。それは後醍醐天皇の崩御である。その悲報は恐らく海路を通じて早急に通報されたことであろう。あるいは八月の終りか九月の初めごろであったろう。「ヌルガ中ナル夢ノ世ハ、イマニハジメヌナラヒ」と観念しても「カズ〱メノマヘナル心チシテ、老《おいの》泪《なみだ》モカキ」あえず、ここに筆を投じようと一度は考えたが「素意ノ末」をあらわしたいとの至上の使命によって書きつづけられた。神皇正統記執筆の最初の目的は、天皇の世継を記せる文は「昔ヨリ今ニ至ルマデ家々ニアマタ」あるから、これに習ってその一つとして、北畠家の「家の記」として、子に教え孫に伝える「家訓の書」たらしめることにあったであろうが、それは性格上単に家人・同族の読む書であるに止まらず、心ある万人の読むに足る性格を備えていた。したがって、その内容と精神が「神代ヨリ正理ニテウケ伝ヘ」られた神国の姿の究明にある以上、その意味では、大にしては新主後村上天皇、小にしては周囲の武士にいたるまで万人に与える現代の書でもあった。

白山本をはじめ諸本の序または跋に「此記者去延元四年秋為ㇾ示㆓或童蒙㆒所ㇾ馳㆓老筆㆒也」とあるが、この「童蒙」の解釈については従来諸説がある。十二歳で即位された後村上天皇を直接指すとするもの、知識の乏しい年少のもの、広く多くの人々を含むとするものなどである。「童蒙」は易経に「匪㆔我求㆓童蒙㆒。童蒙求ㇾ我」とあり、シナに童蒙訓、わが国に童蒙頌韻・和歌童蒙抄などの書名も見え、「家塾訓課」の意と「初心者向き」の意とがみえる。神皇正統記が書き初められたころは、後村上天皇は未だ皇太子であったわけであるが、そうした高貴な方を年齢的にそうであるからといって「童蒙」と言い、

「示」と書くのはたしかに穏当を失する用語である。そう言えば同じ親房の著職原鈔の奥書には「為レ示二于初心一」、二十一社記の奥書には「或人尋二問之一、大概記録畢」とある、その「初心」「或人」も同じ用法で、吉野の宮に参じ、自分の意志を継承して事に参画する後進に対する呼びかけの称であって、同志意識に発する呼称である。それが究極的には暗に後村上天皇を指すことになるものと見てはどうであろうか。そう言えば次のことどももこの解釈の一つの論拠となろう。

後醍醐天皇の皇子世良親王の養育を命ぜられてその薨去にあって沙門になった親房は、世良親王に失ったものを義良親王に求め、顕家とともにその養育に精励した。その義良親王が正統の天皇となられた今、その輔佐として親房が渾身の誠を捧げようとするのは理の当然である。建武年中行事の奥書に「正平七年冬仰二入道准后一令二書写一レ之訖」とあり、古今集序註の奥書に竺源《じくげん》恵梵《えぼん》が「此註則後村上院正平年中仰二於中院入道准后親房一而被レ註レ之」と記している通り、親房は生涯を通じてこれら作品の上においても後村上天皇のために種々奉仕している。なお南朝人が後村上天皇を中心として結集した事情は、新葉和歌集において、撰者宗良親王が皇弟後村上天皇に与えた光栄ある待遇(「国語と国文学」十一巻六号、新葉和歌集の研究 岩佐正参照)などによっても理解できるであろう。

かくして神皇正統記は成立した。親房はその自筆本を吉野に送った。それは東国に下ろうとして下りえなかった顕信の手を経て新帝の目にふれたことであろう。そして親房にしてみれば、子の顕家が新帝の父後醍醐天皇に呈上した上奏文に対して、父親房が後醍醐天皇の皇子新帝に神皇正統記を奉る奇しき縁となった。多くの南朝人の間に読まれたであろうことは疑いないが、興国元年(一三四〇)、顕信東国下向に際して携えた一本はその後東国にも愛読者を見出したであろう。そして興国四年(一三四三)の修訂となったのである。序(跋)に「其後不レ能二再見一已及二五稔一。不レ図有二展転書写輩一云々。驚而披二見之一処錯乱多端、癸未秋七月聊加二修訂一。以レ此可レ為レ本。以前披見之人莫二嘲哢一耳」とあるが、東国の武士たちの間に書写流布していたのを見ての修訂であろう。そうだとすると、相当誤写誤記等が多かったものと推量できる。ただ延元四年草稿本とこの興国修訂本との間の本文にどんな開きがあったろうか。一が箇で一が精でその間に相当な増補が行なわれたか否かの問題が残るが、現存する伝本の大部分は興国修訂本の流れをくむもので、宮地治邦氏報告の残闕本のみが延元の初稿本のおもかげを伝えているのみである事実から、今のところ的確な推論は下しえないが、神代の部分は別として人皇の部分には本文の上ではそう大した修訂はなかったものと言えようか。この点は今後一層の研究にまつ他はない。

伝本

神皇正統記の親房自筆本は延元四年本も興国四年(一三四三)修訂本もともに失われてこれを求めるによしもない。ただその伝本は現在も相当数これを見ることができる。その伝本研究にはまとまったものとして山田孝雄・平泉澄・永井行蔵の諸氏のものがある。山田孝雄氏の「神皇正統記諸本解説略」には、白山本(以下通行の略称による)・徳富氏応永本・青蓮院本・彰考館応永本・平松家本・猪熊本・徳富氏梅小路本・森本本・宮内省本・村岡氏清家本・静嘉堂文庫清家本・花山院本・久原本・刈谷文庫本・小槻本・中原本・大慈峰本・大沢本・天文本・群書類従本をあげ、平泉澄氏は「神皇正統記諸本の研究」と題して、白山本・猪熊本・梅小路本・諏訪本・日光本・図書寮本・竹柏園本・登局院本・池田本・榊原本・帝国図書館本・朝事片玉本・水戸本甲・同本乙・青松軒本・慶安版本・群書類従本をあげ、永井行蔵氏は阿刀氏本・見林校合本を中心に報告された。以上の伝本についても、私は一応拝見したが戦災による焼失、行方未確認のもの、所蔵者の変更等もあり、中には拝見不可能に終り他日を期すべきものもあるが、紙数の関係で以上の伝本についてはこれを従来の報告に譲り、この度新しく見得た伝本についてその大要を報告したい。

一　京都下御霊社出雲路《いずもじ》敬豊氏所蔵本

天地人三冊漢字平仮名交り八行本。内容的には底本と全く同様。むしろ仮名遣の点では底本よりも正しい面を持つ。本文の注には平・片仮名混用が目立つ。出雲路家には父祖伝来の貴重書が多いが、その蔵書は入手の時代・由緒によって四分類されていて、この伝本はその最も古い部類に属し、箱入り、保存も良好で善本。出雲路氏は恐らく山崎闇斎所持のものであったろうといわれる。書写年代は不明であるが室町中期ごろの筆かと推定される。

二　近衛家陽明文庫本

一冊漢字片仮名交り十行本。神皇正統記という表題は見えず、表紙の題簽に「自五十八代光孝天皇至九十六代」とある。仮名遣も比較的正しく内容的には底本に似ているが、中途から筆跡を異にしている残闕本。書写年代不明。

三　東北大学図書館本

狩野亨吉氏旧蔵本で巻頭に「水戸青山氏蔵」印がある。上中下三冊漢字片仮名交り十二行本、底本と同系統であるが書写年代不明。

四　穂久邇文庫脇坂本

脇坂淡路守旧所蔵本。上下二冊漢字片仮名交り九行本。明応三年書写本を寛永十六年己卯(一六三九)二月二十七日に右筆が書写したもの。第九十六代の本文の後に紙を改めて、「本云私云」として第九十五代後醍醐天皇、第九十六代諱量仁《いみなかずひと》、第九十七代後醍醐、第九十八代諱豊仁《ゆたひと》、第九十九代諱興仁《おきひと》、第百代諱彌仁《いやひと》、第百一代諱緒仁《おひと》とあげ、即位・治世を一行書きにしている。なお次の紙から南北朝の年号を上下に併載し治年の重要事項を細書し、文和元年(一三五二)四条大納言隆資の死までを記録している。なお古記録の抜き書を後に附載している。

五　穂久邇文庫竹中本

表題には神皇正統紀とある。日光本と同じで、中はすべて神皇正統記とある。上下二冊漢字片仮名交り十行本。漢文体形式で、返り点・送り仮名の部分が多く、「大日本者」「天竺説」「震旦者」等および歴代の天皇名は本文より一字あげ、奥書は底本と同じであるが、治世によっては記事を省き、後醍醐天皇の条には欠行がままある。内容的には要法寺本と同系統であまり善本とはいえない。書写年代不明。

六　京都日蓮宗要法寺本

上下二冊漢字片仮名交り十二行本、書式は竹中本と同じ。第九十五代の中途「先祖経基ハ近皇孫」で終っている。歴代の末尾に種々記入の多いことは竹中本・新大本・静二本・国会本などと同様。相当古い書写と見られるが書写年代不明。

七　新潟大学人文学部本

乾坤二冊漢字片仮名交り八行本、表紙に「西周釣雪子」と墨書きがある。冒頭の「大日本」はヤマトと訓じている。一般に助詞の欠除が目立ち、振仮名も達筆なものとぞんざいなものとの二種類が見られる。書写年代不明。

八　静嘉堂文庫松井氏旧蔵本

上下二冊漢字平仮名交り十二行本、巻頭に「松井蔵書」「大沢書櫃」印があり、第一枚目に「西周釣雪子」とあり、種々の書きこみが多く、新大本と同系統。書写年代不明。

九　京都森家本

元伏見稲荷《いなり》神社神官森公昭氏本。一冊漢字片仮名交り十行本。三巻本の上巻のみで第二十九代宣化天皇に終る。底本と同系統。書写年代不明。

一〇　山田一本

一一　山田二本

ともに全くの仮称である。山田孝雄氏が生前フィルムに収められたもので、その原本の所在を明白にしえないでいたところ、山田一本の方は現在天理図書館に所蔵され重要美術品に指定されているものであることがわかった。享禄二年(一五二九)仲春の写本で見返しに「神宮寺密尊」と墨書き。上中下三巻三冊漢字片仮名交り九行本、明徳五年(一三九四)法橋春全書写本の転写で内容的にも山田二本と同系統。山田二本は上中下三巻三冊漢字片仮名交り九行本。山田一本と同じく法橋春全の転写本、永禄六年十二月二十六日書写本。上・中・下巻の表紙に「円音之」、中巻の表紙に「此之書秋庭家先祖自所持之本大切可致云々」と嘉永元年(一八四八)七月二十八日の日附が見える。書式は他本と異なり、人皇の代数を本文より四字あげとしている。

一二　五島大東急文庫本

上下二冊漢字片仮名交り十二行本、第九十二代後伏見院の条、「伏見第一ノ子。御母」で一応終り、後は別の筆となっている。この第九十二代の最初の一行までで終る伝本に、他に清家本・静一本・刈谷本・天四本・天六本などがあるが、これはその原本の筆者が意識して後の部分を削除したものと覚しく、恐らく北朝人の手になる作為と思う。それは光厳院は後伏見天皇の第二子であり、北朝方からすれば皇嗣としては後伏見天皇から直接光厳院へと考えての措置で大覚寺統の三代(花園院は別として)を省略したのではなかろうか。なおこの五島本は元久原文庫本。書写年代不明。

一三　東京大学図書館本

抄本一冊漢字平仮名交り九行本、「岸氏蔵書」印あり。三十一枚に、ある意図をもって抄録したもの。冒頭の「大日本」をヤマトと訓じている。比較的新しい書写。

一四　天理図書館本

天理図書館には伝本が一一種所蔵されている。天理図書館叢書第二十五輯、天理図書館稀書目録、和漢書之部第三の「歴史科学、日本」の項に配列番号八〇〇から八一一に記載されている。八〇〇は村岡典嗣氏旧蔵本、一冊漢字片仮名交り十三行本、青松軒本。(八〇二は重修神皇正統記の写本でこれについては別にふれる)。八〇一は山田一本。八一〇はいわゆる青蓮院本、池田本と同じ。八一一は重要美術品でいわゆる諏訪《すわ》本。八〇四は一冊漢字片仮名交り十三行本。八〇六は三巻三冊漢字片仮名交り九行本でともに第九十二代で終る。八〇五は神代巻を欠く、一冊漢字平仮名交り十二行本。八〇三・八〇七・八〇八・八〇九とともに江戸期の書写。

なお現存の伝本全般に関する詳細については後日のまとめを期するとともに、京都両足院の一本も行きちがいで拝見できなかったが、なお相当数のものが京都および大和の尾根の村々にあるだろうことを思い他日の探査を期している。

なお本書の頭注・補注で、校合の結果を示すにあたっては、従来学界に報告されている諸伝本の校合の結果を参照するとともに、以上十四本および従来その校合の結果について未報告であった伝本（大倉本・高野山遍照光院本・刈谷市立図書館本等）を中心にそれぞれ三本の名を注記したために、その注記の形式上にいささか不統一が見られるが、詳細な校合本作成については、他日の機会をまちたい。（広島大学国語国文学会「国文学攷」第三十五号、神皇正統記伝本考 岩佐正参照）

底本

底本は猪熊信男氏の旧蔵本で戦後国学院大学の有に帰したものである。黒塗箱入りで、表に「国宝神皇正統記」と記し、中は生地のままの桐箱の表に「紙本神皇正統記上中下三冊」と墨書き、ふた箱の裏に「この神皇正統記、昭和十一年五月六日国宝に指定せらる、昭和十六年春　猪熊信男識之」という三行書きがある。藍地の帙入り、楮紙の裏打ち三冊本、「古写本　神皇正統記」と見え、上巻の初めに、けい紙墨書きの「文部省国宝解説所載　紙本墨書神皇正統記上中下三冊　各冊竪九寸横七寸四分」という一枚が封入されている。

袋綴本、上巻は神代から宣化天皇まで紙数四十枚、中巻は欽明天皇から堀河天皇まで紙数四十枚、下巻は鳥羽天皇から第九十六代天皇（後村上天皇）まで紙数四十枚。各頁漢字片仮名交り十二行本で、各巻の冒頭に、上から「聖護院蔵書記」（円形朱印）、「太師金印」（楕円小朱印）、「樟院山房」（方形朱印）が見える。最後の一枚に「本云此記上中下三巻　北畠大納言入道親房卿建武三年叡山臨幸時於行宮叙一位出家之後云々又其後於南朝芳野殿蒙准三后宣旨云々於南山述作之」と見える。書写年代についての確証になる記事は見えないが、室町中期以前ではないかと言われている。脱落の記入は「産〇《霊》尊」、漢字の訂正はその漢字の中に「ヒ」を細書し正字を右わきに書いている。漢字の異体などについては凡例に譲りたい。ただ仮名遣に相当にめだつ誤用が多い。延べ数で五二〇例以上もあるが、大別してみると、「ヒ」を「イ」に誤ったもの四五例、「ヒ」を「ヰ」に誤ったもの二八例、「オ」を「ヲ」に誤ったもの一九四例、「ヲ」を「オ」に誤ったもの三八例、「ハ」を「ワ」に誤ったもの一九例、「ワ」を「ハ」に誤ったもの一四例、「ヰ」を「イ」に誤ったもの二五例、「ヱ」を「エ・ヘ」に誤ったもの八二例などである。もちろんこれらは延べ数を表わしたもので語の種類はそれほど多くはない。私はこの現象を次のように解釈したい。同じ親房の作品でも、古今集註の伝本にはほとんど仮名遣の誤用は見られない。神皇正統記の原本に、親房ほどの知識人が誤った仮名遣を使用したとも考えられない。当時一般にはもはや仮名遣が相当乱れていたことは明白で、歌集・歌書・物語などに限り、多く教養ある公卿、上級の武士の間に行なわれたのでその書写も心して書写され校合によってその正確が保たれたに違いないが、これに対して、神皇正統記はそれほどの学識を持たない一般の僧侶・武士等の間にも広く普及したのでこうした傾向が一面に強かったのではないかと思う。

人としての親房

親房は正応六年(一二九三)正月、北畠師重《もろしげ》の長男として出生、時に父は二十四歳、正三位右衛門督。母は入道左少将隆重の女。祖父師親《もろちか》の子となり六月従五位下に叙し、徳治二年(一三〇七)七月師重が後宇多天皇の御出家にしたがって出家したので十五歳で家督を相続、累進して十九歳で権中納言、二十三歳祖父の死により服喪、服解とともに散位となった。文保二年(一三一八)後醍醐天皇即位の十二月召し出されて権中納言に還任、天皇の皇子世良親王の養育を命ぜられ次第に廷臣として重用され頭角をあらわし、後の三房の一人として順調な道をたどっていた。元徳二年(一三三〇)九月十七日世良親王の薨去に伴い、三十八歳の身をもって出家、宗玄と号した。正二位大納言であった。親房の祖は村上源氏、曾祖父雅家《まさいえ》は後嵯峨院に、祖父師親は亀山院に、父師重は後宇多院にそれぞれ殉じて出家しているが、この三人はすべて出家以前に公卿としての現役を退き散位の身であったが、一様に正二位権大納言を極官とした。当時は皇位が大覚寺統と持明院統によって交代に近い形をもって継承されていたので、大覚寺統に属する北畠一家はそれぞれ大覚寺統の上皇の御出家に随って沙弥となったのである。親房はこの三代とは異なって正二位大納言であり、将来明るいものを期待しえたのに急に出家したことになるが、この間の事情を、増鏡、むら時雨に「我世つきぬる心ちして、とりあへず頭をろしぬ。この人のかく世を捨てぬるを、親王の御事にうちそへて、かた〴〵いみじく、御門も口惜しくおぼし歎く。世にもいとあたらしく惜しみあへり」と述べている。出家した親房は、元弘・建武の重大時にもその名の聞こえることなく、働くべき機会もなく過ごしていたが、南北朝対立が激化するとともに死に至る二十年間に及ぶ異常な活躍に身を挺し、しかもそれが神皇正統記執筆の機縁ともなったのである。中興の業に親房の参画のないことを、後醍醐天皇の召し出しがなかったとか、意見の相違があったなどとするのは当をえない。沙弥宗玄は在家の入道となり、意識して第一線から退却した身である。尋常の世にはもはや表立って働く余地も理由もない閑適の身でしかない。中興の業破れ、東国経営の大命が十六歳の長子顕家に下り、義良親王を奉じてなれぬ使命についたからこそ親房に活躍の場が期せずして与えられたのである。しかも艱難な時勢は一度回転しはじめると親房の辞退や隠退を許さない程きびしいものをもっている。それは後醍醐天皇崩御によって一段と高められた。太平記巻二十一に「新帝幼主ニテ御座アル上、君崩ジ給タル後、百官冢宰ニ総テ、三年政ヲ聞召レヌ事ナレバ、万機悉ク北畠大納言ノ計トシテ、洞院左衛門督実世・四条中納言隆資卿二人専諸事ヲ被㆓執奏㆒」と語るように、親房は東国において遺詔を拝しこの付託に感激したものと思われる。宗良親王家集の李花《りか》集に、親王が信濃更科《さらしな》の里に滞在中、吉野から親房が和歌を贈り「よしあししるしつけて、歌をもよみ加はふべきよし申し」た八十三首が見られる。この一連の歌は東国経営中のことどもを想起した歌を中心に正平二年(一三四七)ごろ送ったものと見られるが、その中に「片糸の乱れたる世を手にかけて苦しきものは我が身なりけり」「身の憂さはさもあらばあれ治まれる世を見るまでの命ともがな」という二首がある。この歌は次の言葉と同じ覚悟と悲願を述べたものであろう。「於二身上事一者、宜レ任二天命一之間、付二善悪一不二驚動一。以二一命一欲レ報二先朝一許也」(興国三年(一三四二)三月二十八日付け親朝への消息)。

興国四年(一三四三)十一月十一日関・大宝の城も陥り、十年の常陸生活を後に親房は伊勢に帰り翌年春吉野朝廷に参じ准大臣となった。彼我の戦も新しい局面の展開もなく、親房も五十二歳、昔見し人も今は亡く廷臣も若くなった今、和歌の世界に沈潜して歌会に出席し、宗良親王との交情を暖め、古今集註を物し、非常の中に見出した平常の一時を過ごした。正平四年(一三四九)に端を発する足利高氏・直義《ただよし》・高師直《こうのもろなお》・足利直冬・足利義詮《よしあきら》等の相互間のまことに錯綜した勢力争いは、公武合体の機運を醸成し、幾度かの曲折を経ながら、親房も正平七年(一三五二)閏二月二十四日京都に入った。親房の夢寐にも忘れえなかった公家一統・京都還幸も目前にありと喜んだであろう。しかしそれも足利氏をめぐる武士の内訌という、時代の波の上に咲いた仇花と終ってしまった。名分を正し、臣節を尽すことを絶叫した親房にしてみれば、この内訌に乗ずることは快しとはしえなかったもののせめてつかもうとした最後の頼みの綱も切れたわけで、やがて一品准后という北畠家として初めての極位のうちに正平九年(一三五四)六十二歳をもって薨去したのである。

人としての親房を一言にして評するならば「孤高の卓越者」ということができる。「卓越者」としての親房については多くの先学の立言があり、今更冗言を必要としないが、「孤高」のうちには公家政治絶対主義・公卿優越意識・武門蔑視・血の尊重・徳治主義などという親房の信念とするものからかもし出されるものが見出される。一例をあげれば、頼朝・泰時に賛辞を呈しているのも武士を対等のものとしてその存在を心から許したのでもなければ武家政治を認めているのでもなくて、その徳政が時代の疲弊を救って一時の治を実現したから第二義的にそうと認めたに過ぎない。その筆は歴代の天皇の治に及んでも自己の理想とする仁政の鑑に照らして痛烈に批判し、冷徹そのものともいうべきものを持っている。顕家は上奏文において、苦楽を共にした東国武士に温い情を寄せ、なすなき公卿・僧侶等を痛罵しているが、親房の筆は武士に急にして、公卿にはふれることをさけた傾向がある。特に血・家の尊重の念は必要以上に中臣氏を推重し、現実の藤原摂関の人々が顕家の筆端にその無能・無策ぶりをとりあげられているにもかかわらず、親房はこの氏の歴史性の前に卑屈なほど頭をたれている。それが公卿社会における親房の孤高性をさらに強めた。かくして親房は孤高に生き抜いたが、時に自身立ち止まってその信ずるところのものに反省して、漸進を企てるよりも、おのれを孤高ならしめたものを武士階級の貪慾と無智、政治への介入の不当さにありとして我慢できなかったのではなかろうか。

親房は子顕家とともに、生涯を信念に生き時艱の克服に終始したが、その家訓とする精神が永く子孫に伝ったことは偉とすべきであろう。吉野朝五十七年、その和歌を撰集した新葉和歌集に名を残すもの百五十人。南北の朝廷を見れば、父子・兄弟・叔甥互いにその所を異にし、中には南北を往来するものもあったが、文貞公《ぶんてい》(藤原師賢《もろかた》)と親房の両家はその全員を挙げて吉野に奉仕した。新葉和歌集全歌数千四百二十首のうち、文貞公一家の歌人八人計百六十七首、親房一家の歌人八人計百二首入撰しているが、この歌数が雄弁にこのことを物語っている。孤高の卓越者はかくして操守と実践の筆頭者でもあったわけである。

神皇正統記はいかに読まれたか

次に神皇正統記がその成立後いかに取り扱われたかについて考えてみたい。神皇正統記は現代に訴える書である以上、読者はこれに敏感に反応するに相違ない。その読者には三つの部類が考えうる。一は南朝人、二は北朝人およびその流れをくむ人、三は後世の一般の人々である。南朝人にとっては神皇正統記はおのれの正統を高揚する精神的なかでであり、これと親しむことによって、その信念につちかい活躍もしたであろうが、現実には南北朝合一とともに歴史の表面からは姿をかくした。北朝人はこの書に接して複雑な感情を懐いたであろう。その言わんとするところに内心は賛意を表し共感を持つとしても、現実との間の矛盾は否定し去ることはできない。時の経過とともに神皇正統記の本文に対する加筆削除変更が行なわれはじめた。その良い例は白山本・脇坂本等の巻末の北朝の系譜の記入であり、花園院・後村上天皇の条の補筆であり、補注でふれておいた一連の改ざんであり、また刈谷本・静一本・天理村岡本・天四本・天六本等に見られる、第九十二代後伏見院の最初の一行をもってその後を削除したこと(持明院統の後伏見院を最後として次の大覚寺統の皇位を無視しようとする態度に発するものか)などである。現存する伝本の性格はこうした作為の有無によって二大別しうるが、この傾向を一層高度にしたものが続神皇正統記の出現である。天理図書館本続神皇正統記によると題簽に「神皇正統記追加 文明写本 全」とあり、奥書に「神皇正統記至㆓後醍醐院㆒全部也。光厳院以来継嗣大概加㆓載之㆒。為㆑備㆓老後之忽忘㆒也。敢不㆑及㆓外見㆒矣。散位小槻判」とある。第九十六代を光厳院として後村上天皇を除き以下第九十七代後醍醐院重祚、第九十八代光明院、第九十九代崇光院、第百代後光厳院、第百一代後円融院、第百二代後小松院、第百三代称光院、第百四代後花園院と列示して漢字平仮名交りで、その治世間のことどもを羅列している。その文章・思想・構想において神皇正統記とは比較にならない。北朝人が神皇正統記に対してとった、なくもがなの企てである。塩尻《しおじり》の著者天野信景《のぶかげ》はこの著述を難じて、宝永五年(一七〇八)十一月、続神皇正統記考を著わし、その弁続《べんぞく》神皇正統記中に「続記の作者世にへつらひけるにや正統の名分みだれ侍る。是も季世学廃れて道なき時の故なり」と断じ改正続神皇正統記を書いてその誤りを訂正した。第九十六代後村上院の条は神皇正統記よりも事細かにその治世の事蹟を述べ、第九十七代後亀山院及び第九十八代に後小松院をたて、南北朝合一の成立した事実に即して「明徳三年壬申以来正統也」とした。世に南北朝の抗争というけれども詳細に観察すれば、吉野朝廷に対する足利氏を中心とする武士団の興起とその抗争と見る方が正しい。吉野朝廷と京都の皇室、吉野の公卿と京方の公卿とが正面切って闘争したのではない。時代の大きな転換のさ中にあって、双方ともに心ならずも時代の激流に流されていたのである。南北朝合一後親房が特に高く評価されたのはその生涯を貫く生活態度と神皇正統記をはじめその著書の徳の然らしめるところであろうが、その底流にこうした親近性のあったことは見逃しえない。続神皇正統記の著者も「抑此記は北畠准后親房卿当朝までも准后の号ゆるされしなり南朝の寵臣として録出せり」と述べ、三条西実枝（実澄とも）は三内口訣《くけつ》に「一親房卿事。於二南朝一昇進之人一切不レ用レ之候。然処此親房卿計北畠准后天下称レ之候。御家規模無二比類一事候。広才博覧所二世之推一候。」と称揚している。かくして時代とともに神皇正統記はその正しい姿のまま流布愛読されるに至ったのである。

中御門宣胤《のぶたね》卿記文明十三年（一四八一）二月五日の条に「自二内裏一神皇正統記令二書写一可レ進之由被二仰下一。（中略）次参内。今日被二仰下一御双紙書様不審事、以二言国朝臣一申入了」と見え、同三月八日「神皇正統記今日書了」、その上巻を翌九日勾当内侍を経て進入、中巻を四月四日に下巻を六月四日侍従中納言をもって進上している。「一身早速ニ書写叡慮之旨被二仰下一。（中略）今日所進正統記被レ出レ之。余与二為広卿一令二校合一」とあるが、時の天皇は後土御門天皇である。三条西実隆《さねたか》公記にも「神皇正統記三冊、全部沽却之本召二置之一。自愛者也」（明応五年（一四九六）十二月三日の条）、「神皇正統記三冊、愚本久親王御方被三召二置之一。宗祇法師一覧大切之由所望之間、申出二遣之一了」（同六年（一四九七）十一月二十七日）とある。公卿・僧侶などの間にも広く書写珍重されたものと認められる。また法隆寺所蔵本に、聖徳太子御憲法玄恵《げんえ》註抄二巻がある。親房の宋学の師独清軒玄恵法印が十七個条にそれぞれ注を加え、ある後人が更に細注を施したものである。神皇正統記と明記してその本文を引用した個所九、「又或説ニハ」とはあるが天竺開闢説の部分を長々とあげている。長禄二年（一四五八）阿闍梨祐成《ゆうせい》の筆になる霊安寺御霊大明神縁起に、神皇正統記桓武天皇の条を引用して論を進めているが、本文の記事と相当な開きがあるが異本系統のおもかげを残すというよりも摘記と見たい。善隣国宝記三巻は文正元年（一四六六）八月十日、泉南臥雲《がうん》山人周鳳《しゆうほう》の作であるが、周鳳はその序に「今録二両国相通之事一、先当レ令下人知中吾国為二神国一之由上。故述二十一二一耳。此皆神皇正統記中所レ載也。其記過半倭字、今改作二漢字一矣」と述べ、神皇正統記の冒頭の神代の部分を詳述し、「捨レ近取レ遠」の愚をいましめ神皇正統記をも学ぶべきことを指示し、垂仁天皇・応神天皇・欽明天皇・後宇多院の条を抄出している。周鳳の日記臥雲日件録の寛正六年(一四六五)乙酉六月十二日の条に「常忠居士(外記清原業忠)来。茶話数刻。予問下製二神皇正統一之人上。曰名士也。久我之族源氏。名曰二親房一。後出家至二于准后一」、文正元年(一四六六)丙戌七月十二日の条には「又後醍醐天皇代、有二宣房定房親房一云々。親房乃今伊勢飛騨国司之先也。神皇正統記此人作也」とある。尊敬をもって遇して居り神皇正統記が尊重されていたことがわかる。一条兼良《かねよし》は親房の学説に私淑した人であるが、その著尺素往来《せきそおうらい》に、玄恵法印の議に付して資治通鑑《つがん》・宋朝通鑑等の伝受を受けている多数の中で「特ニ北畠入道准后被レ得二蘊奥一云々」と賞讃している。

江戸時代に入ると現存の伝本の半数近くが書写されている。武士や僧侶の求めによるものが多い。水戸の大日本史編纂の思想の根底には神皇正統記の存在が大きく作用している。大日本史巻三列伝源親房伝には関城書《せきじょうしょ》を全文掲げて、親房を礼讃し「方三帝即二位行在一、親房深嘆二中興不レ終皇統垂一レ絶、乃推二本皇祖建国之意一著二神皇正統記一。上起二于神代一終二于興国初一、揚二皇統於已微一以明二神器之有一レ帰。其明レ徴扶レ正誠有レ合二于春秋遺旨一云」と評している。神皇正統記が大日本史と結びついたことはやがて神皇正統記が神典として認められる根拠となり、山鹿素行《やまがそこう》の中朝事実に頼《らい》山陽の日本外史・日本政記に、と及び、明治維新の業に大きく浮かび上がってくるのである。新井白石《はくせき》は読史余論において、後醍醐天皇の重祚説をとりながら全巻にわたって神皇正統記の本文を援用してその論を進めている。こうした場合江戸幕府政治を擁護するために頼朝・泰時の善政論が多用される傾向があることは興味のあることである。室鳩巣《むろきゅうそう》は駿台雑話巻三「士の節義」の条に、義朝が父為義を殺した論に及び、「但此事は北畠親房の神皇正統記の論正しうして、最理にあたれり。此事の断案とも言ふべし。正統記にいへるは」として、二条院の条の論を引用し、その最後に「此時代是程正しき議論あるを聞かず。さすが親房南朝の耆老とて此見識ある程に此議論もあるぞかし」と評している。その他随筆・史書等で神皇正統記に部分的に言及したり引用したものは数多く、しかもそれは後世の史論の根拠あるいは規範とされたものに相違ないけれども本文校訂上にはこれ等引用文はたいして力とはならない。板本として刊行されたのは慶安二年(一六四九)版の神皇正統紀六冊と群書類従板本の二種類しかなく、注釈書としては慶応二年(一八六六)九月上梓された藤原(川喜多)真彦の評註校訂神皇正統記があるに過ぎない。この書は慶安二年版を他の伝本により校合、頭注として諸家の説を漢文体で付したものである。なお一言すれば、親房の職原鈔《しょくげんしょう》は特に故実の書として高く評価されて、室町時代の二条良基の注釈書職原秘鈔につづいて、江戸時代に入るとともに清原宗尤の職原私鈔・林道春の職原鈔など二十書以上があらわれた。むしろ神皇正統記よりも職原鈔の方が研究書として多く見られることは後の明治時代のそれと顕著な対照をなしている。

明治時代になると明治二十四年ごろから、校正・評注・講義式の神皇正統記が数多く見られるが、これは中等学校教科書用として徒然草とともに神皇正統記が広く読まれたことを意味するものである。それに伴って、白山本・六地蔵寺本等による校合も進み本格的な研究があらわれ、ついに大正・昭和の大町桂月《おおまちけいげつ》の神皇正統記評釈・山田孝雄氏の神皇正統記述義へと発展していったのである。

最後に重修神皇正統記にふれてこの項を終りたい。重修神皇正統記は出版に至らなくてその一本が前述のように天理図書館に、その草稿本ともいうべきものが丸山季夫氏の許に保有されている。この丸山文庫本は群書類従板本二十九上の神皇正統記に書き入れを行なったものである。「栗田《くりた》寛・内藤恥叟《ちそう》・井上頼国・丸山作楽《さくら》・武笠《むかさ》昌蔵　大人修補　丸山正彦註釈」と見え、最後の紙には「栗田・内藤・井上・武笠及先大人相議りて本書を訂正重修せんとて各々朱訂せられたるは此の書なり。まことに珍蔵すべきものなり、明治三十六年十二月十三日」とあるが丸山作楽の嗣子丸山正彦の追記である。訂正重修とは何か。明治になっての神皇正統記の書名に、訂正としるしたものがかなりあるがそれは校合による訂正の意味で、問題は重修にある。興国四年本の修訂に対しての重修である。以上五人の学者がそれぞれ神皇正統記の本文について「然るべきところ」を削り、「然るべきこと」を加えたのである。校合に際して皇典研究所重修本と白山本を採用しているが、重修の部分はどちらかと言えば上・中巻に多く下巻に少ない。このことは北朝の方人による後醍醐天皇の条を主とする改ざんと対照的である。書式においては仮名になるべく漢字をあて、本文には相当思い切った変更を加えている。上巻の序・神代の条に例をとれば十一個所にわたって相当部分を削除している。（裏書は七個所ともすべて削る）それは内外典の開闢説などは不要なりとする立場で、「タヾ一種マシマスコト天竺ニモ其類ナシ」（四八頁）の「モ」について、「もの字削るべし」、「天竺ニモト云語彼ヲヨキ国トシタル上ヨリノ語ナリ」、「文ヲハブクトキハ、コノモ字モ皇国ニサハリアリ。仍テ前文ヲ取リテ此七字（注、平等王ト同シクを指す）ヲ補フ」、天竺の部分に傍書して「万国ニテ宜シカラン」など各人の意見開示が見える。上記の例でもわかるように、親房の意のあるところに反して、これをいわゆる閉鎖的なきれいごとに作りかえようとしたものではないかと推論できる。（広島大学教育学部「国語教育研究」第十号、重修神皇正統記考 岩佐正参照）

神皇正統記に限らず、古典は心に求めて読まるべきで、外部の力によって教科書的に、あやまって部分的狭域的にしかも何かを特に意識して曲げて読まれてはならない。それは古典の卑小化であり、警戒を要する問題である。神皇正統記の受け取られ方はその成立以来それが史であり論であり、しかも文でさえあるために、また風格のある達意の書であるために、とかく特殊に恣意的に局部的に読まれる傾向があったことを思い、その古典としての、正しい姿において再認識されることが望まれる。

結語

神皇正統録という、神代から後鳥羽院までを叙し、源頼朝が建久九年（一一九八）十二月二十七日相模《さがみ》河の橋供養の帰途落馬病悩を受けた記事をもって終る三巻の書がある。春秋の筆に似せているが問題になるのはその神皇正統録という書名である。もしこの書を鎌倉時代の著とすれば親房の神皇正統記に先行することになる。後藤丹治氏が「南北朝以後おそらくは室町時代に何人かが親房の神皇正統記にならつて作つたものであらう」(「岩波講座日本文学」書目解説、室町時代)と論じられている通り、その記事の内容は神皇正統記と同じく神代からの記録ではあるが、上・中両巻は源氏に関係ある人の記事を詳細に記し下巻は後鳥羽院一代をもって終始し、源氏に好意ある筆致の見られること、親房はその書名の由来を堂々と宣明して居るのに対して何等の記載もないことなどから見て、よしや鎌倉時代の作としてもその書名は後世の人がつけたものか、あるいは時代的にも亜流の書というべきであろう。

神皇正統記の構成を見ると後醍醐天皇の条に最も力点がおかれている。その信任を忝うして遺託に酬いようとした親房にしてみれば当然の配慮であろう。全体の一四パーセント、人皇の部としては一七パーセントの多きを占めている。親房は神皇正統記において、日本の歴史を克明にたどるよりもその歴史の中に歴史そのものを読みとろうとした。今日を歴史の中に発見しそれを位置づけようとした。その結果神代と今日とを時間的推移を越えて直結するものと信じその正統の正理を述べた。ために神代の条では天竺・震旦・本朝との比較論を展開し、詳細を極めた。その後の歴代についてはその治世の列次に従って史と論とを互に交錯させながら随処に国体・神器・皇統・臣節・恩賞・政治・学問・神道・仏教・儒教等万般にわたって説いているが、すべての論は後醍醐天皇の条への伏線ともみるべきものであって、部分的にくりかえされた論がここに結論的に集中されている。全巻を貫く精神は、神国の実はその生成・継承において神意の発現とそのおのずからの展開にあり、有徳なる天皇が神器に表象される仁政を行ない、血脈正しく学問あり職分と秩序を重んずる廷臣が輔佐分掌し、武士はその下にあって忠を致し、農工商の人民はそれぞれの業に専心する、そこにこそ存するものとするのである。その今日の神国顕現者としての新帝の弥栄を念じて第九十六代を最後として巻を閉じていると見るべきである。史の細部には多少の誤りもあり、その論の構成に神・仏・儒思想の調和と統一をはかりながら部分的に矛盾の跡を残してはいるが、その該博な知識と異常な体験と国を思う至情に昇華して成ったものであって、歌の新葉和歌集とともに史論の神皇正統記は吉野朝文学の双璧として、公家文化の最後の花として思いのたけを咲きにおったものと言うべきであろう。

参考文献

刊本・注釈書類

神皇正統紀		慶安二年
評註校訂神皇正統記	藤原真彦	慶応二年
評註校正神皇正統記	河真一	明治十九年
校正標註神皇正統記	内藤耻叟	明治二十四年
纂註神皇正統記校本	済藤晋春	明治二十四年
校訂神皇正統記	飯田武郷・久米幹文	明治二十四年
校正評註神皇正統記	佐伯有義・三木五百枝	明治二十四年
訂正評註神皇正統記	今泉定介・畠山健	明治二十五年
神皇正統記（群書類従本）		明治二十六年
神皇正統記（教科適用国文叢書本）	関根正直	明治二十七年
補註神皇正統記	大久保初雄	明治二十八年
神皇正統記講義	今泉定介	明治二十九年
神皇正統記講義（国文学講義全書本）	今泉定介	明治三十年
神皇正統記読本義解	加藤堯敬	明治三十年
神皇正統記講義（大日本中学会講義録）	荻野由之	明治三十七年
神皇正統記抄録（武士道叢書本）		明治三十八年
神皇正統記（名著文庫）	芳賀矢一	明治四十四年
神皇正統記（袖珍文庫・附吉野拾遺）		明治四十四年
頭注神皇正統記	村上寛	大正二年
神皇正統記（有朋堂文庫・読史余論・山陽史論合本）		大正三年
口訳註解神皇正統記	待鳥清九郎	大正十一年
神皇正統記（新板日本文学叢書本・梅松論・読史余論合本）		大正十二年
神皇正統記評釈	大町桂月	大正十四年
神皇正統記（校註日本文学大系本・吉野拾遺合本）		大正十四年
神皇正統記新釈	森山右一	大正十五年

神皇正統記(新註皇学叢書第六巻)　昭和二年
神皇正統記(改造文庫)　宮地直一校註　昭和四年
神皇正統記(新校群書類従第二巻)　昭和四年
神皇正統記述義　山田孝雄　昭和七年
神皇正統紀(白山本複製本)　昭和八年
神皇正統記新講　大塚龍夫　昭和八年
神皇正統記(日本思想叢書第十篇)　昭和九年
神皇正統紀(白山本刊本)　昭和九年
神皇正統記(岩波文庫)　山田孝雄　昭和九年
神皇正統記(日本古典全集第五期本・元元集合本)　昭和九年
神皇正統記(いてふ本・附吉野拾遺)　昭和十年
神皇正統記(日本精神文化大系第五巻)　昭和十一年
校注神皇正統記　堀江秀雄　昭和十一年
校訂神皇正統記(古典研究別冊附録)　昭和十二年
神皇正統記(日本古典全集基本版本・新葉和歌集合本)　昭和十二年
神皇正統記の講義　宮下幸平　昭和十四年
Jinnô～shôtô-ki(独文)　Hermann Bohner　昭和十四年
新訂神皇正統記(改造文庫)　宮地直一校註　昭和十五年
新註神皇正統記　物集高量　昭和十七年
神皇正統記(皇国精神講座第十・十一輯)　小林一郎　昭和十七年
神皇正統記(日本電報通信社版)　昭和二十年
神皇正統記(日本哲学思想全書第三巻)　昭和三十一年

関係研究書

北畠親房　中村直勝　昭和十三年
北畠親房文書輯考　横井金男　昭和十七年
北畠親房卿和歌拾遺　横井金男　昭和十七年
吉野時代の研究　平田俊春　昭和十八年
北畠親房公景伝　中村直勝　昭和十八年
親房の歴史　辻森秀英　昭和十八年
校註二十一社記　三島安精　昭和十八年
北畠親房　野村愛正　昭和十九年
元元集の研究　平田俊春　昭和十九年
常陸南北朝史研究　吉田一徳　昭和二十八年
北畠親房公の研究　平泉澄　昭和二十九年
北朝と南朝(日本の歴史第五巻)　昭和三十四年
北畠親房(日本人物史大系中世第二巻)　永原慶二　昭和三十四年

日本古典の成立の研究　平田俊春　昭和三十四年

研究論文

神皇正統記諸本解説略（神皇正統記述義附録）　山田孝雄　昭和七年
神皇正統記論（同右）　山田孝雄　昭和七年
神皇正統記諸本の研究　平泉澄　史学雑誌四三巻九号
神皇正統記研究（岩波日本文学講座）　小島吉雄　昭和八年
神皇正統記阿刀氏本に就いて　永井行蔵　文学十九号
神皇正統記の表現性　西尾実　国語と国文学十一巻六号
白山本神皇正統記　解説　平泉澄　昭和九年
神皇正統記及び新葉集の研究史　岩佐正　国語と国文学十二巻四号
神皇正統記皇国開闢説と宋学　萩原拡　歴史教育十巻一号
神皇正統記における本地垂跡思想　西田長男　歴史教育十巻九号
神皇正統記白山本の学問的意義について　村岡典嗣　国語と国文学十三巻九号
旧事本紀と神皇正統記　宮地直一　国学院雑誌四五巻九号
神皇正統記発生の一考察　中村直勝　古典研究二巻九号
日本精神と神皇正統記　小島吉雄　同前
神皇正統記見林校合本について　永井行蔵　同前
神皇正統記の覚書　鳥巣通明　建武四巻三号
神皇正統記と資治通鑑　宮井義雄　歴史教育十五巻四号
神皇正統記の成立問題について　福井康順　東洋史会紀要第五冊
南北朝期文芸としての神皇正統記　安良岡康作　文学二十一巻十二号
神皇正統記初稿本の発見　宮地治邦　国学院大学日本文化研究所紀要第二輯
神皇正統記　塚本康彦　古典と現代十五号
神皇正統記と愚管抄　塚本康彦　国語と国文学三十九巻九号
神皇正統記伝本考　岩佐正　国文学攷三十五号
重修神皇正統記考　岩佐正　国語教育研究十号

今この書の成るにあたって、筆をあらためて一言したい。執筆を志してからの最初の間は拝見しうる伝本はすべてあたりたいと念じて、本務の休暇を利用して多くの図書館・文庫・個人のお宅などを訪ねて校合本の作成という基礎作業に暮れた。思えば、一本の拝見にも間に何人かの温いおとりなしがあったからこそ、可能なことであった。中には貴重な御所蔵本をわざわざ郵送して拝見を許して下さった方も二、三あり感激にたえなかった。広島居住という条件の下にありながら、これら多くの方々の御好意に恵まれて、フィルム撮影・複写なども順調に進み、校合本もできたのであった。ここに国学院大学をはじめ東京・東北・高野山各大学図書館、天理図書館、新潟大学、東大史料編纂所、静嘉堂文庫、大東急文庫、大倉精神文化研究所、書陵部、国会図書館、お茶の水図書館、陽明文庫、穂久邇文庫、輪王寺、高野山遍照光院、法隆寺、要法寺、下御霊社、霊山神社(順序不同)に感謝の微意を表したい。

西尾実・山田孝雄両先生には岩波文庫本新葉和歌集執筆の、二十数年の昔から御指導御誘掖をいただいた。今回も山田先生の神皇正統記述義のお蔭を蒙ることが極めて大きかった。先生の御霊に導かれて初めてこの書ができたと思っている。ここに西尾・山田両先生に心から謝意を捧げる次第である。

同僚中川徳之助さんには、語彙カードの作成・本文の清書・原稿の校正など、研究室を同じうしている関係からも、常に献身的な御援助を得た。もしこの書にとるところがあるとすれば、中川さんに負う所が多い。なお東京大学史料編纂所員村田正志・広島大学教授西谷登七郎両氏には御専門の研究の上で数々の御教示を、出雲路敬豊・木田園子・久曽神昇・永井行蔵・野村孝・丸山季夫・宮坂宥勝・森公昭・山田忠雄・横井金男の諸氏には資料収集・図書拝見の上で一方ならぬお力添えをいただいて非常に幸した。なおこの書の一行一字すべて多年にわたる先学の多くの方々の御研究に導かれるところの多きを思い、一々そのお名前と著書名はあげきれないが、これまたあわせて厚く御礼申し上げるものである。

この執筆の間、いつも新しい力を与えてくれた身辺の人々・岩佐正明・石野友夫両君の存在も忘れられない。

凡　例

一、本文は国学院大学所蔵本（猪熊《いのくま》信男氏旧蔵本）を底本とし、その忠実な復元につとめた。

一、本文の体裁は、つぎの方針に従った。

1　底本は三巻、三冊にわかれ、表紙にそれぞれ神皇正統記上・中・下とあるが、本書では、各巻の冒頭にこれらの巻名を掲げた。

2　あらたに句読点・中黒点を施し、段落を区切り、また会話・引用語句には「　」を付した。

3　和歌は、本文より下げて一行組みにし、つづく本文は行を改めた。

4　裏書は、本文より下げて該当個所に挿入した。校合による裏書の補入も同様とした。

5　本文中の注記は〈　〉によって示した。

一、あきらかに本文の誤脱・衍入と思われる個所については、諸本の校合による本文批判の上、正しいと思われる本文をとり、誤脱を訂補し、衍入を削った。その個所は、頭注に示し、校合によって本文に補入した語句は、すべて〔　〕で示した。

校合の結果は、特殊の場合を除き、三本の名を挙げるにとどめた。略号表を次に掲げる。

出―京都下御霊社出雲路敬豊氏本、近―近衛家陽明文庫本、北―東北大学図書館本、脇―穂久邇文庫脇坂本、竹―穂久邇文庫竹中本、要―京都日蓮宗要法寺本、新―新潟大学人文学部本、静一―静嘉堂文庫清家本、静二―静嘉堂文庫松井氏旧蔵本、森―京都森家本、山二―山田氏フィルム本、五―五島大東急文庫本、刈―刈谷市立図書館本、東―東京大学本、天村―天理村岡氏旧蔵本、山一―天理亨禄本すなわち山田一本、青―天理青蓮院本、天四―天理清原国賢筆本、天五―天理九条本、天六―天理梵舜筆本、白―白山比咩神社本、大―大倉精神文化研究所本、高―高野山遍照光院本、書―宮内庁書陵部本、国―国会図書館本

一、底本の本文を本書に復元するにあたって、表記上、つぎの方針に従った。

1　本文には閲読の便をはかって濁音符・半濁音符を付した。

2　底本に表記されていない促音・撥音は、片仮名に（ ）を付して本行中に補った。

例　イカ(ン)ゾ　タ(ツ)トビ　ア(ツ)テ

3　底本にある振仮名は片仮名のままを残し、読みにくい漢字・読みあやまり易い漢字には適宜あらたに振仮名を付し、平仮名を用いて区別した。その際、神・天皇の名号および年号の読みは通行に従っておいた。

例　扶桑《フサウ》　海内《かいダイ》　異朝《いてう》

4　歴史的仮名遣に相違するものは、その右傍に（ ）を付して正しい仮名遣を示した。ただし、底本にある振仮名については、もとのままに残した。

例　キヲ《(ホ)》イ《(ヒ)》テ　クワ《(ハ)》ヘテ　ヲ《(オ)》ヨバズ　大日孁《ヲホヒルメ》　勢《イキヲイ》

5　送仮名は原則として底本のままにし、特に補う場合にも、漢字の振仮名に付して示すようにした。

例　云傳《いひつたへ》侍《はべる》也　加《くはへ》テ　相叶《あひかなふ》ニヤ

6　漢字・仮名の区別は原則として底本のままにしたが、変体片仮名の類は通行の文字に改めた。

例　ヽ→キ　子→ネ　メ→シテ

7　漢字による表記で、通行とは異なる文字を用いている場合、これを改めたものもある。

例　大宗→太宗　大公→太公　大秦→太秦

この場合、誤用と認められるものは訂正し、必要に応じて頭注に示した。

例　盤余→磐余　迋→庭　釼・釰→劍　崫→窟　大鷦鷯→大鷦鷯　參儀→參議

8　漢字の字体は、原則として通行の正字体に改めた。

○俗字・略字の類は、多く正字を用いた。

例　廿→二十　卅→三十　躰・軆→體　軰→輩　决→決　虵→蛇　双→雙　俻→備　号→號

与→與　尒→爾　㝡→最　关→癸　卩→部　井→菩薩　叓→事　苻→符　莭→節　凢→凡

蘓→蘇

○同字は、多く現行の字体を用いた。

例　罸→罰　灾→災　帰→歸　庿→廟　伇→役　笇→算　鐡→鐵　弃→棄　宐→害

○宛字も改めた場合がある。　例　尺→釋

9　仮名の反復記号「ゝ」「〱」は、誤解を生じる恐れのある場合以外、底本のままとし、改めた場合はその右傍に底本の反復記号を残した。

例　坂東ヲオシ《ヽ》ナビカシ　一國ヅツ《ヽ》　知タマワバ《(ヽ)ヽ》

漢字の反復記号「ゝ」は「々」にし、底本のままに残し、とくに漢字に改めた場合は、その右傍に底本の反復記号を残した。また、漢字の反復記号に「〱」を用いている場合は、その形を残した。

例　代々義朝朝《々》臣　改元元《々》應　中〱

一、頭注は、語句の解釈に重点をおいて施し、特に詳述の必要があると認めたものについては補注とした。なお、頭注・補注および解説は現代仮名遣によった。

神皇正統記

目次

神皇正統記　上

[一]大日本者《おほやまとは》神國《かみのくに》也。[二]天祖《あまつみおや》ハジメテ基《もとゐ》ヲヒラキ、[三]日神《ひのかみ》ナガク統《とう》ヲ傳《つたへ》給フ。我《わが》國ノミ此事アリ。異朝《いてう》[四]ニハ其タグヒナシ。此故ニ神國《かみのくに》ト云《いふ》也。

神代《かみよ》ニハ[五]豊葦原千五百秋瑞穂國《トヨアシハラノチイホノあきノミヅホノ》ト云。天地開闢《てんちかいびやく》ノ初《はじめ》ヨリ此名《な》アリ。[六]天祖國常《あまつみおやくにのとこ》立尊《たちのみこと》、陽神陰神《をがみめがみ》ニサヅケ給シ勅《みことのり》ニキコエタリ。天照太神《あまてらすおほみかみ》、[七]天孫《あめみま》ノ尊ニ譲《ゆづり》[八]マシ〳〵シニモ、此名アレバ根本《こんぽん》ノ號《な》ナリトハシリヌベシ。

又ハ[九]大八洲《おほやしまの》〔國《くに》〕ト云。是ハ陽神陰神、此國ヲ生《うみ》給シガ、八《やつ》ノ嶋《しま》ナリシニヨ[一〇](ツ)テ名《ナツ》ケラレタリ。

又ハ耶麻土《やまと》ト云。是ハ大八洲《おほやしま》ノ中國《なかつくに》ノ名也。第八ニアタルタビ、天御虚空豊秋津《あめノミソラトヨあキヅ》根別《ネわけ》[一一]ト云神ヲ生《うみ》給フ。コレヲ大日本豊秋津洲《おほやまととよあきづしま》トナヅク。今ハ四[一二]十八ケ國ニワカテリ。中州《なかつくに》タリシ上ニ、神武《じんむ》天皇東征《とうせい》ヨリ代々《よよ》ノ皇都《くわうと》也。ヨリテ其名ヲトリテ、餘《ほか》ノ七州ヲモスベテ耶麻土ト云ナルベシ。〔唐《もろこし》[一三]ニモ〕周《しう》ノ國ヨリ出《いで》タリシカバ、天下《てんか》ヲ周[一四]ト云《いひ》、漢《かん》ノ地《ち》ヨリヲ(オ)コリタレバ、海内《かいダイ》ヲ漢[一五]ト名ヅケシガ如シ。

耶麻土《やまと》ト云ヘルコトハ山迹《やまあと》[一六]ト云也。昔天地《あめつち》ワカレテ泥《でい》ノウルヲ(ホ)ヒイマダカハ(ワ)カズ、

一→補注一。

二「国常立尊。「天地初判、神聖在㆓於其中㆒焉。号㆓国常立尊㆒」(元元集巻二)。「或云。形質未㆑顕、乗㆓元気㆒而神、国常立尊是也」(同)。

三 天照大神。

四 他国の朝廷。他国。親房時代の異国は、朝鮮・シナ・印度を主とし、波斯の名も見える。

五→補注二。

六「天神、謂㆓伊弉諾尊伊弉冉尊㆒曰、有㆓豊葦原千五百秋瑞穂之地㆒。宜汝往脩㆑之。廼賜㆓天瓊戈㆒」(神代紀上、一書)。天神は別天神五柱であるが、親房は度会(わたらい)神道説に従い、天神を天祖に改め、国常立尊とした。

七 瓊々杵尊。八 底本「マシ〳〵玉シ」、静一・静二・刈等により訂。九 親房は「八」を実数と見た。この大八洲国の構成・国生みの次第については五一・五二頁参照。白・静一・刈等により補。一〇「ヨリテ」の表記に、仍・仍テ・ヨリテ・ヨテの四種があるが有意の差は認められない。アテ(七七頁)・タトビ(六六頁)・ウケ玉ハテ(一〇五頁)・イカゾ(五六頁)などと同じく、促音・撥音の省略表記か。「ヨッテ」と読んでおく。一一 底本「分別(ワケ)」、白・高・静一等により訂。一二 大町桂月、神皇正統記評釈の頭注の通り、五十個国とあるのが正しい。六十六個国から、九州・四国・淡路・隠岐・佐渡・壱岐・対馬の十八個国を引き、島二つを考えなかったため。一三 静一・静二・国等により補。

一四 周は陝西省鳳翔府の地名。殷を滅して宗周の都を本拠として天下を統一、周と号した。

一五 漢は陝西省漢中府の地名。劉邦がここから起って天下を統一、漢と号した。

一六「本朝号㆓耶麻止㆒事。弘仁私記序曰、天地剖判。泥湿未㆑乾。是以栖㆑山往来。因多㆓蹤跡㆒。故曰㆓耶麻止㆒。又古語謂㆓居住㆒為㆑止。言㆑止住㆓於山㆒也」(釈日本紀巻一)。

山ヲノミ往來《わうらい》トシテ其跡《あと》ヲ《(オ)》ホカリケレバ山迹《やまあと》ト云。或《あるひは》古語ニ居住ヲ止《と》ト云。山ニ居住セシニヨリテ山止《やまと》ナリトモ云ヘリ。

大日本トモ大倭トモ書《かく》コトハ、此國ニ漢字傳《つたはり》テ後、國ノ名ヲカクニ字ヲバ大日本ト定《さだめ》テシカモ耶麻土《やまと》トヨマセタルナリ。一大日孁《ヲホヒルメ》ノシロシメス御國ナレバ、其義ヲモトレルカ、ハタ二日ノ出《いづ》ル所〔ニ〕チカケレバシカイヘルカ。義ハカヽレドモ字ノマヽ日ノモトトハヨマズ。耶麻土ト訓《くん》ゼリ。我國ノ漢字ヲ訓ズルコト多ク如《かくのごとし》レ此。ヲ《(オ)》ノヅカラ日《ひ》ノ本《もと》ナドイヘルハ文字《もんじ》ニヨレルナリ。國ノ名トセルニアラズ。

裏書云《うらがきにいふ》。日ノモトトヨメル哥、萬葉云《にいふ》。

三イザコドモハヤ日ノモトヘヲ《(オ)》ホトモノミツノハマ松マチコヒヌラン

又古《いにしへ》ヨリ大日本トモ若《もし》ハ大ノ字ヲクハヘズ、日本トモカケリ。州《しま》ノ名ヲ大日本豐秋津トイフ。四懿德《いとく》・〔孝靈《かうれい》〕・孝元《かうげん》等ノ御諡《おくりな》ミナ大日本ノ字アリ。垂仁《すゐにん》天皇ノ御女《むすめ》五大日本姬《やまとひめ》ト云。コレミナ大ノ字アリ。六天神饒速日尊《あまつかみにぎのはやひのみこと》、天《あめ》ノ磐船《いはふね》ニノリ大虛《おほぞら》ヲカケリテ「七虛空見日本ノ國《そらみつやまとのくに》」トノ給《たまふ》。神武ノ御名神日本磐余彥《カミヤマトイハレビコ》ト號シタテマツル。八孝《かう》安《あん》ヲ日本足《ヤマトたらし》、九開化《かいくわ》ヲ稚《ワカ》日本トモ號《がうし》、景行天皇ノ御子一〇小碓《ヲうす》ノ皇子《みこ》ヲ日本武《やまとたけ》ノ尊トナヅケ奉ル。是ハ大ヲ加《くはへ》ザルナリ。彼此同《かれこれおなじ》クヤマトトヨマセタレド大日孁《おほひるめ》ノ義ヲトラバ、オホヤマトト讀《よみ》テモカナフベキカ。

其後漢土《のちかんど》ヨリ一一字書《じしよ》ヲ傳《つたへ》ケル時、倭ト書《かき》テ此國ノ名ニ用《もちゐる》タルヲ、一二即領納《すなはちりやうなふ》シテ、又

一 天照大神。↓五二頁注七。「オホヒルメ」が可。大日孁の神の統治し給う国、すなわち「日神」の本国という義から「大日本」という文字を用いたのであろうかの意。「日の本つ国」。
二 わが国は東方に位し、日の出る所に近いという意味からそう言ったのであろうか。↓四三頁注二〇。底本「ニ」なし、静二・大・天一等により補。
三 「山上臣憶良在二大唐一時、憶二本郷一作歌。去来子等早日本辺大伴之御津乃浜松待恋奴良武」(万葉集巻一、六三)。「早日本辺」は旧訓「はやひのもとへ」、新訓「はやくやまとへ」。万葉集巻三、三一九の「詠二不尽山一歌」に「日本之山跡国乃」とあるのが、「日本」を「ひのもと」とよんだ一例である。
四 底本「懿徳・孝元・開化」、書・刈・東等により訂。懿徳天皇を大日本彦耜友(ひこすきとも)尊、孝霊天皇を大日本根子彦太瓊(ねこひこふとに)尊、孝元天皇を大日本根子彦国牽(ねこひこくにくる)尊という。これらの御名は生前からの呼称で、いわゆる「おくりな」ではない。「諡」↓六七頁注九。
五 記は倭比売命、紀は倭姫命、度会神道の諸書も倭姫命。伝本中諏訪本は大倭姫命。二十一社記も大倭姫命。その伝本中には日本姫命ともある。
六 「及下至饒速日命乗二天磐船一而翔二行太虚一也、睨二是郷一而降上之、故因目之曰二虚空見日本国一矣」(神武紀)。底本「盤船」、「見〈ル〉」、静一・刈・森等により訂。「天ノ磐船」は「天磐楠船」ともいう。磐は堅固の意。天空を自由に飛行したと考えられる船。↓五二頁注一〇。
七 底本「盤余彦」、大・竹・国等により訂。以下同様。
八 孝安天皇は日本足彦国押人(ひこくにおしひと)尊。
九 開化天皇は稚日本根子彦太日日(ねこひこふとひひ)尊。
一〇 七四頁参照。
一一 漢字と漢籍。漢字で書かれた文献を広く指したものか。
一二 異議なくうけ入れる。
一三 底本「訓トシテ」、森・静一・大等により訂。

此字ヲ耶麻土ト訓[一三]ジテ、日本ノ如《ごとく》ニ大ヲ加ヘテモ又ノゾキテモ同《おなじ》訓ニ通用《つうよう》シケリ。

漢土ヨリ倭《わ》ト名《なつ》ケケル事ハ、昔此國ノ人ハジメテ彼土《かのど》ニイタレリシニ、「汝《なんぢ》[一四]ガ國ノ名ヲバイカヾ云。」ト問ケルヲ、「吾國《わがくに》ハ」ト云ヲキヽテ、卽《すなはち》倭《わ》ト名ヅケタリトミユ。

漢書《かんじよ》ニ、「樂浪《らくらう》[一五]ノ〈彼土《かのど》ノ東北ニ樂浪郡《らくらう》[一六]アリ〉海中ニ倭人《わじん》アリ。百餘國ヲワカテリ。」ト云。モシ前漢《ぜんかん》ノ時スデニ通《つうじ》ケルカ〈一書《いつしよ》ニハ、秦《しん》ノ代ヨリスデニ通《つうず》トモミユ。下《しも》[一七]ニシルセリ〉。後漢書《ごかんじよ》[一八]ニ、「大倭《だいわ》王ハ耶麻堆《タイ》ニ居《きよ》ス。」トミエタリ〈耶麻堆ハ山トナリ〉。コレハ若《もし》スデニ此國ノ使人本國《しじんほんごく》ノ例ニヨリ大倭ト稱スルニヨリテカクシルセルカ〈神功皇后《じんぐうくわうごう》[一九]ノ新羅《しらぎ》・百濟《くだら》・高麗《かうらい》ヲシタガヘ給シハ後漢ノ末ザマニアタレリ。スナハチ漢地ニモ通ゼラレタリト見《みえ》タレバ、文字モ定《さだめ》テツタハレルカ。一説ニハ秦《しん》ノ時ヨリ書籍《しよじやく》ヲ傳《つたふ》トモ云〉。大倭ト云コトハ異朝ニモ領納シテ書傳《しよでん》ニノセタレバ此國ニノミホメテ稱《しよう》スルニアラズ〈異朝ニ大漢《だいかん》・大唐《だいたう》ナド云ハ大《おほき》ナリト稱スルコヽロナリ〉。唐書《たうじよに》「高宗咸亨《かうそうかんかう》[二〇]年中ニ倭國ノ使《つかひ》始テアラタメテ日本《にほん》ト號ス。其國東ニアリ。日ノ出所《いづるところ》ニ近《ちかき》ヲ云。」ト載《のせ》タリ。此事我國ノ古記ニハタシカナラズ。推古《すゐこ》天皇ノ御時、モロコシノ隋朝《ずゐてう》[二一]ヨリ使アリテ書ヲオクレリシニ、委皇《わくわう》トカク。聖德太子ミヅカラ筆《ふで》[二二]ヲ取《とり》テ、返牒《へんでふ》[二三]ヲ書《かき》給シニハ、「東《ひむがしの》[二四]天皇敬《つつしみて》白《まをす》二西《にしの》皇帝一。」トアリキ。カノ國ヨリハ倭ト書《かき》タレド、返牒ニハ日本トモ倭トモノセラレズ。是ヨリ上代《かみつよ》ニハ牒アリトモミエザル也。唐ノ咸亨ノ比《ころ》ハ天智《てんち》ノ御代ニアタリタレバ、實《まこと》ニハ件《くだり》ノ比《ころ》ヨリ日本ト

一四「問、唐国謂二我国一為二倭奴国一。其義如何。答、師説。此国之人昔到二彼国一。唐人問云、汝国之名称如何。自指二東方一答云。和奴国耶云々。和奴猶レ言二我国一。自レ其後謂二之和奴国一」(釈日本紀巻一)。

一五「夫楽浪海中有二倭人一。分為二百余国一。以二歳時一来献見云」(前漢書、地理志)。

一六 底本「楽浪邦」、天村・新・森等により訂。「楽浪郡」は、前漢の武帝時代の朝鮮四郡の一つ。平壌を中心とする、現在の平安・黄海両南北道一帯の地方。

一七 七一・七二頁参照。

一八「倭在二韓東南大海中一。依二山島一為レ居。凡百余国。自二武帝滅二朝鮮一、使駅通二於漢一者三十許国。国皆称レ王世々伝レ統。其大倭王居二耶麻台国一」(後漢書、東夷伝)。

一九 七八頁参照。

二〇 底本「咸亭」、国・新・天村等により訂。この頁最後の行も同様。咸亨元年(六七〇)は天智天皇の九年にあたる。「咸亨元年、遣レ使賀レ平二高麗一。復稍習二夏音一。悪二倭名一更号二日本一。使者自言、国近二日所レ出、以為レ名」(新唐書、東夷伝)。

二一 九五頁参照。推古天皇十五年(六〇七)七月、小野妹子隋に渡り、翌十六年(六〇八)隋使裴世清を伴って帰国。その携行した書に、「皇帝恭問倭皇」とあった。紀・聖徳太子伝暦にも「恭」の字はない。

二二 紀にも太子自身が書いたとはない。九五頁には、「太子ノノ給ケルハ、『皇ノ字ハタヤスク用ザル詞ナレバ』トテ、返報ヲモカヽセ給」とあるが、その時の処置にあたって、太子の存在、その言説が大きな力を持っていたので、やがて「ミヅカラ筆ヲ取テ」と表現されたものか。

二三「牒」は官文書。先方につかわす返書。

二四「爰天皇聘二唐帝一、其辞曰、東天皇白西皇帝」(推古紀)。

書《かき》テ送ラレケルニヤ。

又此國ヲバ秋津洲《あきづしま》トイフ。神武天皇[一]國ノカタチヲメグラシノゾミ給テ、「蜻蛉《アキヅ》ノ臀呫《トナメ》ノ如クアルカナ。」トノ給シヨリ、此名アリキトゾ。シカレド、神代《かみよ》ニ豊秋津《とよあきづ》根《ね》ト云名アレバ、神武[二]ニハジメザルニヤ。此外《このほか》モアマタ名アリ。細戈《くはしほこ》[三]ノ千足《ちたるの》國トモ、磯輪《シワ》上《かみ》ノ秀眞《ホツマ》ノ國トモ、玉垣《たまカキ》ノ内國《うチつくに》トモイヘリ。又扶桑《フサウ》[四]國ト云名モアルカ。「東海ノ中ニ扶桑ノ木アリ。日ノ出所《いづるところ》ナリ。」トミエタリ。〔日本モ[五]〕東ニアレバ、ヨソヘテイヘルカ。此國ニ彼《かの》木アリト云事キコエネバ、タシカナル名ニハアラザルベシ。

[六]凡《およそ》内典《ないてん》ノ説《せつ》ニ須彌《しゆみ》ト云山アリ。此山ヲメグリテ七《ななつ》ノ金山《こんせん》アリ。其中間ハ皆香水海《かうすゐかい》ナリ。金山ノ外《そと》ニ四大海《しだいかい》アリ。此海中ニ四大州アリ。州ゴトニ又二《ふたつ》ノ中州《ちゆうしう》アリ。南州ヲバ贍部《センぶ》ト云〈又閻浮提《えんぶだいと》云。同《おなじ》コトバノ轉《てん》也〉。是ハ樹《うゑき》ノ名ナリ。南州ノ中心ニ阿耨達《あノクタツ》ト云山アリ。山頂《やまのいただき》ニ池アリ〈阿耨達コヽニハ無熱《ぶねつ》ト云。外書《げしよ》ニ崐崘《こんろん》トイヘルハ卽コノ山ナリ〉。池ノ傍《かたはら》ニ此《この》樹アリ。迊《メグリ》七由旬《ゆじゆん》高《タカサ》百由旬ナリ〈一由旬トハ四十里也。六尺ヲ一歩《いちぶ》トス。三百六十歩ヲ一里《り》トス。コノ里[七]ヲモチテ由旬ヲハカルベシ〉。此樹、州ノ中心ニアリテ最モ高シ。ヨリテ州ノ名トス。阿耨達《あノクタツ》山ノ南ハ大雪山《だいせつせん》、北ハ葱嶺《ソウレイ》ナリ。葱嶺ノ北ハ胡《こ》國《こく》[八]、雪山ノ南ハ五《ご》[九]天竺《てんぢく》、東北ニヨリテハ震旦《しんだん》[一〇]國、西北ニアタリテハ波斯《はシ》[一一]國也。此贍部《センブ》州ハ縦横《ジウワウ》七千由旬、里ヲモチテカゾフレバ二十八萬里。東海ヨリ西海ニイタルマデ九萬里。南海ヨリ北海ニイタルマデ又九萬里。天竺ハ正中《タヾなか》ニヨレリ。ヨ(ツ)テ贍部ノ中國《ちゆうごく》トス也。

一「皇輿巡幸。因登二腋上嗛間丘一、而廻二望国状一曰、妍哉乎国之獲矣。雖二内木綿之真迮国一、猶二如蜻蛉之臀呫一焉。由レ是始有二秋津洲之号一也」(神武紀)。大和のこの地の形が、蜻蛉がその尾をくわえて輪をなしているように、四周の青山の中に円くひらけている様を形容したもの。二「始有二秋津洲之号一也」という前条の一節に思いをいたして、この名称は記・紀の国生みの条にも見えているので、軽く疑ったのである。三「昔伊弉諾尊目二此国一曰、日本者浦安国、細戈千足国、磯輪上秀真国。復大己貴大神目レ之曰、玉墻内国」(神武紀)。「浦安国」は安国(やすくに)。安らかによく治まっていることを祝福する。大和国転じて広く日本国をも言う。「細戈千足国」の「くはしほこ」は精妙な武器としてのほこ、すなわち優秀な武器の完備している意とも、また道(ち)の枕詞として、「道」を「千」にあてたものとし、武器と限定せず、万の物が満ち足りて優れた国の意とも言う。「磯輪」には「しわのぼる」(本居宣長、国号考)、「いそわかみ」(飯田武郷、日本書紀通釈)と諸訓があるが未詳。「秀真」は特に優れた意。「玉垣」は神社の垣の美称。玉垣のような青山の中にある美しい国の意か。日本国号論(井乃香樹)に詳しい。四「扶桑在二大漢国之東二万余里北一、在二中国之東一。其土多二扶桑木一。故以為レ名」(宋・南史)。「榑桑。神木、日所レ出也」(説文)。シナから見て、西の虞洲に対し、遠い東にある国。日本の異称。五 森・書・天村等により補。六 仏教の側で、仏書以外を外典・外書と呼ぶのに対する語。仏教の経論・書籍。以下の「内典ノ説」↓補注三。七 底本「里ヲヘテ」、国・天村・静二等により訂。八 秦・漢以前は専ら匈奴の称。塞外の民の国。九 印度の古称。五天ともいう。東・西・南・北・中の五部からなる。一〇 印度からシナを呼ぶ名。一一 ペルシアとも、東南アジア地ノメグリ又九萬里。震旦ヒロシト云ヘドモ五天ニナラブレバ[一二]一邊《いちへん》ノ小國ナリ。日本ハ彼土《かのど》ヲハナレテ海中ニアリ。[一三]北嶺《ほくれい》ノ傳敎大師《でんげうだいし》、[一四]南都《なんと》ノ護命僧正《ごみやうそうじやう》ハ中州《ちゆうしう》也トシルサレタリ。シカラバ南州ト東州[一五]トノ中《なか》ナル[一六]遮摩羅《シヤモら》ト云州ナルベキニヤ。華嚴《けごん》經《きやう》ニ「東北ノ海中ニ山アリ。[一七]金剛山《こんがうせん》ト云。」〔ト〕[一八]アルハ[一九]大倭《やまと》ノ金剛山ノ事也トゾ。サレバ此國ハ天竺ヨリモ震旦ヨリモ東北ノ大海ノ中ニアリ。別州ニシテ神明《しんめい》ノ皇統ヲ傳給《つたへ》ヘル國也。

[二〇]同《おなじ》世界ノ中ナレバ、[二一]天地開闢ノ初ハイヅクモカハルベキナラネド、三國ノ説各《おのおの》コトナリ。

天竺ノ説ニハ、世ノ始リヲ劫初《こふしよ》ト云フ〈劫《コウ》ニ成《じやう》・住《ぢゆう》・壞《ヱ》・空《くう》ノ四《よつ》アリ。各二十ノ増減アリ。一増一減ヲ〔一〕[二二]小劫ト云。二十ノ増減ヲ一中劫ト云。四十劫ヲ合《あはせ》テ一大劫ト云〉。[二三]光音《くわうおん》ト云《いふ》天衆《てんじゆ》、空中ニ金色《こんじき》ノ雲ヲオコシ、梵天《ぼんてん》ニ偏布《ヘンフ》ス。卽《すなはち》大雨《だいう》ヲフラス。風輪《ふうりん》ノ上ニツモリテ水輪《すゐりん》トナル。増長《ぞうちやう》シテ天上ニイタレリ。又大風アリテ沫《アワ》ヲ吹立《ふきたて》テ空中ニナゲヲ(オ)ク。卽大梵天ノ宮殿トナル。其水次第ニ退下《たいげし》テ欲《ヨク》界ノ諸宮殿乃至《ないし》須彌山・四大州・鐵圍山《てちゐせん》ヲナス。カクテ萬億ノ世界同時ニナル。是ヲ成劫《じやうこふ》ト云也〈此萬億ノ世界ヲ[二四]三千大千世界トイフナリ〉。〔光音ノ〕[二五]天衆下生《げしやう》シテ次第ニ住ス。是ヲ住劫《ちゆうこふ》ト云。此住劫ノ間ニ二十ノ増減アルベシトゾ。[二六]其初ニハ人ノ身光明《くわうみやう》トヲ(ホ)ク照シテ飛行自在《ひぎやうじざい》也。歡喜《くわんぎ》ヲ以食《もちてじき》トス。男女《なんによ》ノ相《さう》ナシ。後ニ[二七]地ヨリ甘《カン》泉《せん》涌《ユ》出《しゆつ》ス。味《あぢはひ》酥密《ソミツ》ノゴトシ〈或ハ地味《ちみ》トモ云〉。コレヲナ

の地とも。一二 中心から遠く離れた辺地。一三 京都を中心にして、南都の興福寺に対する比叡山延暦寺のこと。一四 南のかつての都、奈良。護命僧正は奈良元興寺の僧。一五 「其東洲者、南贍部洲海、東海之東、東勝身洲、西海之西、遮末羅洲〈大唐国語飜二猫牛州一。日本方言大八島国〉」(伝教・天台法華宗学生式問答巻一)。「南洲之中有二二中洲一。二中洲中遮末羅洲者当二於日本之国一也」(護命・大乗法相研神章巻一)。なお伝教大師の七難消滅護国頌に「我等娑婆一天下、南贍部境東方洲、大日本国四海内」と見える。一六 遮末羅。「贍部洲辺二中洲者、一遮末羅洲。二筏羅遮末羅洲」(倶舎論第十一)。「八中洲者遮末羅、此云二猫牛一。筏羅遮末羅、此云二勝猫牛一」(同)。一七 「海中有レ処名二金剛山一。従レ昔以来諸菩薩乗於レ中止住。現有二菩薩一名曰二法起一」(花厳経、諸菩薩住処品)。一八 新・刈・天村等により補。一九 元元集巻五神器伝受篇の裏書に、「或記曰、法起菩薩常住説法、故名二転法輪山一云々」とある。二〇 過去・現在・未来を世、上下四方を界という。時・処全体の称で、衆生の住む山川国土の総称。二一 以下の天竺の天地開闢説については補注四参照。なお水鏡にも正統記と同じような説が見える。二二 森・天五・国等により補。二三 光音天。無量光天の上、少浄天の下に位し、この界の衆生は既に言語あることなく、ただ唯心から発する光明をもって意を通ずるという。→補注四。「天衆」は欲界六天および色界諸天等に住む有情(うじよう)。有情は生存するものすべての汎称。二四 小千世界千を中千世界、中千世界千を大千世界という。小千・中千・大千の三種の千から成る三千大千世界。広大無辺な全世界。二五 天村・静二・新等により補。二六 底本「其劫」、大・刈・天五等により訂。二七 底本「北ヨリ」、天村・大・新等により訂。

メテ味着《みちやく》[一]ヲ生ズ。仍《よりて》神通《じんづう》ヲ失ヒ、光明《くわうみやう》モキエテ、世間《せけん》大《おほき》ニクラクナル。衆生《しゆじやう》ノ報《むくい》シカラシメケレバ、黒風海ヲ吹《ふき》テ日《にち》・月《ぐわち》二輪ヲ漂出《へうしゆつ》ス。須彌ノ半腹ニヲ(オ)キテ四天下《てんげ》ヲ照サシム。是ヨリ始テ晝夜《ちうや》・晦朔《くわいさく》[二]・春秋《しゆんじう》アリ。地味ニ耽《ふけり》シヨリ顔色《がんしよく》モカジケヲ(オ)[三]トロヘキ。[四]地味又ウセテ林藤《りんどう》ト云物アリ〈或ハ地皮トモ云〉。衆生又食《じき》トス。林藤又ウセテ自然《じねん》ノ[五]秔稲《かうたう》アリ。諸《もろもろ》ノ美味《びみ》ヲソナヘタリ。朝《あした》ニカレバ夕《ゆふべ》ニ熟《じゆく》ス。此稲米《たうまい》ヲ食《じき》セシニヨリテ、身ニ[六]殘穢《ザンヱ》イデキヌ。此故ニ始テ[七]二道《にだう》アリ。男女ノ相各《おのおの》別ニシテ、ツイ(ヒ)ニ婬欲《いんよく》ノワザヲナス。夫婦《ふうふ》トナヅケ舎宅《しやたく》ヲ構《かまへ》テ、共ニ住《すみ》キ。光音ノ諸天、後《のち》ニ下生《げしやう》スル者女人《によにん》ノ胎中《タイちゆう》ニイリテ[八]胎生《たいしやう》ノ衆生トナル。其後《そののち》秔稲生《しやう》ゼズ。衆生ウレヘナゲキテ、各《おのおの》境《さかひ》ヲワカチ、田種《でんしゆ》ヲ施《ほどこ》シウ(エ)ヘテ食トス。他人ノ田種ヲサヘウバイ(ヒ)ヌスム者出《いで》[九]〔來《き》〕テ互ニウチアラソフ。是ヲ決スル人ナカリシカバ、衆共《とも》ニハカラヒテ一人《ひとり》ノ[一〇]平《びやう》等王《どうわう》ヲ立《たて》、名《なづけ》テ[一一]刹帝利《セツテイリ》ト云〈田主《でんしゆ》ト云心ナリ〉。其始ノ王ヲ民主王ト號シキ。[一二]十善《ぜん》ノ正《しやう》法《ぼふ》ヲオコナヒテ國ヲオサ(ヲ)メシカバ、人民《にんみん》是ヲ敬愛《きやうあい》ス。閻浮提ノ天下《てんげ》、豐樂安穩《ぶらくあんをん》ニシテ病患《びやうげん》及ビ大寒熱アルコトナシ。壽命《じゆみやう》モ極《きはめ》テ久《ひさしく》无量歳《むりやうざい》ナリキ。民主ノ子孫相續シテ久ク君タリシガ、漸《やうやく》正法モ衰《おとろへ》シヨリ壽命モ減《げん》ジテ八萬四千歳ニイタル。身ノタケ八丈《はちぢやう》ナリ。其間《あひだ》ニ王アリテ[一三]轉輪《てんりん》ノ果報《くわはう》ヲ具足《ぐそく》セリ。先《ま》ヅ天ヨリ金輪寶《こんりんほう》飛降《とびくだり》テ王ノ前ニ現在ス。王出給《いでたまふ》コトアレバ、此輪《りん》、轉行《テンギヤウ》シテモロ〳〵ノ小王《せうわう》ミナムカヘテ拜ス。アヘテ違《たがふ》者ナシ。卽《すなはち》四大州ニ主《あるじ》タリ。又[一四]象《ざう》・馬《め》・珠《しゆ》・玉女《ぎよくによ》・居士《こじ》・主兵《しゆひやう》等ノ寶《たから》ア

一 美味に執着する煩悩《ぼんのう》。「身心柔軟、無レ所二味着一」(無量寿経下)。二 月の終りと初め。三 底本「ヲトロヘテ」、書・天村・刈等により訂。四「由二漸耽レ味地味便隠。従レ斯復有二地皮餅生一。競耽食レ之。地餅復隠。爾時復有二林藤出現一」(倶舎論第十二)。仏祖統紀巻三十には「由レ耽二地味一顔色粗悴。地味既隠乃生二林藤一〈楼炭経云両枝蒲萄〉」とある。「林藤」は野生の野葡萄《のぶどう》のことか。「地皮」は地の餅。色香触味ことごとく甜美で、こまやかな蜂蜜のようなもの。五 底本「税稲〈セイタウ〉」、竹・天村・森等により訂。仏祖統紀巻三十では「粳稲」、倶舎論第十二では「香稲」。「秔」はうるち。野生の、ねばり気の乏しい稲米か。↓補注四。六 身体内に生ずるたべかす。七 たべかすを体外に排泄する、大小二便を通ずる器官。八 仏教でいう四生の一。四生とは、胎生・卵生・湿生・化生。化生がその類に応じて、身体の完全なものが忽然として生まれるに対して、胎生は、ある一定の期間母の胎中に宿り嬰児として生まれること。九 新・天村・大等により補。一〇 公平無私に田地を分け、賞罰を司る王。一一 印度の四姓の一。第二位にあり、武力で土田民庶を領し、政治を行なう王統。底本「号シテ」、天村・出・大等により訂。一二 身に三、口に四、意に三、合計十のとがを離れる。仏教の十善戒を完全に保つこと。一三 転輪聖王の感得した宝器が輪宝、金・銀・銅・鉄の四種がある。聖王の遊行に際しては、輪宝は必ず先進して地を平坦ならしめるという。一四 転輪聖王の具有している七種の王宝。仏教の七宝には諸説があるが、ここは、長阿含経第三の金輪宝・白象宝・紺馬宝・神珠宝・玉女宝・居士宝・主兵宝の七宝をいう。

リ。此七寶成就《じやうじゆ》スルヲ[一五]金輪王トナヅク。次々《つぎつぎ》ニ銀《ごん》・銅《どう》・鐵《てち》ノ轉輪王アリ。[一六]福力不同《ふくりきふどう》ニヨリテ果報モ次第ニ劣《おと》レル也。壽量《じゆりやう》モ百年ニ一年ヲ減ジ、身ノタケモ同ク[一七]一尺ヲ減《げんじ》テケリ。[一八]百二十歳ニアタレリシ時、釋迦佛出給《しやかぶついでたまふ》〈或ハ百才《の》時トモ云。是ヨリサキニ[一九]三佛出《さんぶついで》玉《たまひ》キ〉。十歳ニ至ラン比《ころ(ホ)》ヲヒニ[二〇]小三災《サイ》ト云コトアルベシ。人種《じんしゆ》ホト〳〵盡《つき》テタヾ[二一]一萬人ヲアマス。ソノ人《ひと》善ヲ行《おこなひ》テ、又壽命モ増シ、果報モス丶ミテ二萬歳ニイタラン時、鐵輪王出《いで》テ南《なん》一洲ヲ領スベシ。四萬歳ノ時、銅輪王出テ東・南二州ヲ領ス。六萬歳ノ時、銀輪《ごんりん》王出テ東・西・南三州ヲ領シ、八萬四千歳ノ時金輪王出テ四天下ヲ統《トウ》領ス。其報《むくい》上《かみ》ニ云《いへ》ルガ如シ。カノ時又減《げん》ニムカヒテ[二二]彌勒佛出《みろくぶついで》給ベシ〈八萬才ノ時トモ云〉。此後十八ケノ増減アルベシ。カクテ大火災ト云コトヲ(オ)コリテ、[二三]色界《しきかい》ノ初禪梵天《しよぜんぼんてん》マデヤケヌ。三千大千世界同時ニ滅盡《めつじん》スル、コレヲ壞劫《あこふ》ト云。カクテ世界虚空黒穴《こくうこくけつ》ノゴトクナルヲ空劫ト云。カクノ如《ごとく》スルコト七ケノ火災ヲヘテ大水災アリ。コノタビハ第二禪マデ壞《あ》ス。七々ノ火・七々ノ水災ヲヘテ大風災アリテ第三禪マデ壞ス。是ヲ大ノ三災ト云也。第四禪已上《いじやう》ハ内外《ないげ》ノ[二四]過患《くわゲン》アルコトナシ。此四禪ノ中《なか》ニ五天アリ。四《よつ》ハ凡夫《ぼんぶ》ノ住所、一《ひとつ》ハ[二五]淨居天《じやうごてん》トテ[二六]證果《しようくわ》ノ聖者《しやうじや》ノ住處《ぢゆうしよ》也。此淨居ヲスギテ[二七]摩醯首羅《マケイシユラ》天王ノ宮殿アリ〈大自在天《だいじざいてん》トモ云〉。色界《しきかい》ノ最頂《さいちやう》ニ居《きよ》シテ大千世界ヲ統領ス。其天ノヒロサ彼《かの》世界ニワタレリ〈下天《げてん》モ廣狹ニ不同《ふどう》アリ。初禪ノ梵天ハ[二八]一四《いちし》天下ノヒロサナリ〉。此上ニ無色界ノ天アリ。又[二九]四地ヲワカテリトイヘリ。[三〇]此等ノ天ハ小大ノ災《さい》ニアハズト云《いへ》ドモ、

一五 七宝を成就し四徳を具足して、須弥四洲を統一し、正法をもって天下を統治する聖王。
一六 その四種の転輪王の持つ善業の功徳力の等差によって、受ける果報に差異の生ずること。
一七 ↓補注四。「一尺」は「一寸」が正しい。
一八 「人寿百歳、仏出時到」(智度論第四)。「釈迦ノ出給シハ、人命百歳ノ時ナレバ」(水鏡、序)。
一九 過去七仏の四・五・六の三仏。↓補注四。
二〇 ↓補注四。
二一 底本「各一万人」、森・刈・出等により訂。
二二 菩薩の名。名は無能勝、南天竺の波羅門の家に生まれ、仏に先き立って入滅。人中の五十六億七千万年を経て、人間に下生し、釈迦と同じく成道正覚し、衆生を済度すると言われる将来仏。
二三 欲界・無色界をあわせて三界という。凡夫の生死往来する世界。色界の天人は常に禅那の中に住むので禅天という。四の禅天に分類され、第一の初禅の三天の総称を梵天という。
二四 功徳断に対する過患断。過患は悟りの妨げとなる煩悩。
二五 不還果の聖者が静かに法楽に住する世界。無煩・無熱・無現・善見・色究竟の五天の総称で浄居天という。九天のうちの残る、無想・広果・福生・無雲の四天は凡夫の住処。
二六 修行を積んで、仏の悟った果の境地を証得する聖者。惑を断じ理を証したもの。凡夫に対する語。凡夫は見道已前、聖者は見諦已上。
二七 感応大自在の意で、色界の天王として大千世界を統領する首位の天王。
二八 第四禅天は大千世界、第三禅天は中千世界、第二禅天は小千世界、初禅天は一小世界。四天下は四大洲のこと。
二九 禅定の優劣によって、識無辺処・空無辺処・無所有処・非想非非想処の四地に分かれる。
三〇 ↓補注五。

業力《ごふりき》ニ際限アリテ報盡《はうつき》[一]ナバ、退沒《たいもつ》スベシト見ヘ(エ)タリ。

震旦ハコトニ書契《しよけい》[二]ヲコトトスル國ナレドモ、世界建立《コンりふ》ヲ云《いへ》ル事タシカナラズ。儒書ニハ伏犧《ふくき》[三]氏ト云《いふ》王ヨリアナタヲバ云《いは》ズ。但《ただし》[四]異書ノ說ニ、混沌未分《コントンみぶん》ノカタチ、天・地・人ノ初《はじめ》ヲ云ルハ、神代《かみよ》ノ起《おこり》ニ相似タリ。或ハ又盤古《ばんこ》[五]ト云王アリ。「目ハ日月《じつげつ》トナリ、毛髮ハ草木《さうもく》トナル。」ト云ル事モアリ。ソレヨリシモツカタ、天皇《てんくわう》[六]・地皇・〔人皇〕・五龍《ごりよう》等ノ諸《もろもろの》氏ウチツヾキテ多ク〔ノ〕[七]王アリ。其間數《す》萬歲ヲヘタリト云。

我朝ノ初ハ天神《あまつかみ》ノ種《しゆ》ヲウケテ世界ヲ建立スルスガタハ、天竺ノ說ニ似タル方モアルニヤ。サレドコレハ天祖《あまつみおや》ヨリ以來繼體《このかたけいたい》[八]タガハズシテ、タヾ一種マシマス[九]コト天竺ニモ其類《たぐひ》ナシ。彼《かの》國ノ初ノ民主[一〇]〔王〕モ衆ノタメニエラビタテラレシヨリ相續セリ。又世クダリテハ、ソノ種姓《しゆしやう》[一一]モオホクホロボサレテ、勢力《せいりき》アレバ、下劣[一二]ノ種モ國主トナリ、アマサヘ五天竺ヲ統領スルヤカラモ有キ。

震旦又コトサラミダリ[一三]ガハシキ國ナリ。昔世[一四]スナホニ道[一五]タダシカリシ時モ、賢ヲエラビテサヅクルアトアリシニヨリ、一種ヲサダムル事ナシ。亂世ニナルマヽニ、力《ちから》ヲモチテ國ヲアラソフ。カヽレバ民間[一六]ヨリ出デテ位ニ居タルモアリ。戎狄《ジユウテキ》[一七]ヨリ起《おこり》テ國ヲ奪《ウバ》ヘルモアリ。或ハ累《ルイ》[一八]世ノ臣〔ト〕シテ其君ヲシノギ、ツイ(ヒ)ニ譲《ゆづり》ヲエタルモアリ。伏犧[一九]氏ノ後、天子ノ氏姓《ししやう》ヲカヘタル事三十六。亂《みだれ》ノハナハダシサ云ニタラザル者哉《ものをや》。唯《ただ》我國ノミ天地《あめつち》ヒラケシ初ヨリ今ノ世ノ今日《こんにち》ニ至《いたる》マデ、日嗣《ひつぎ》[二〇]ヲウケ給コトヨ

一 底本「尽(ツク)(ル)ナリ」、書・天村・静一等により訂。二「上古結レ繩而治、後世聖人易レ之以二書契一」(易経)。文字のこと。書物をもいう。三 三皇の一。伝説の帝王で、易の八卦を作り、漁猟を教え(易経)蛇身人面(列子)という。四 儒書に対して道家の書をいう。元元集に老子・荘子・淮南子等の引用が多く見られる。五 シナの天地開闢の初め、この世に君臨した古の天子の号。「昔盤古氏之死也、頭為二四岳一、目為二日月一、脂為二紅海一、毛髪為二草木一」(述異記)。六 →補注六。底本「人皇」なし、森・天村・新等により補。七 天一・天村・書等により補。八 皇統の継承が天祖の本誓のままに正理によって一系であること。九 底本「マシ〳〵」、天村・天一・山二等により訂。一〇「於レ是議立下一人有二威徳一者上。賞レ善罰レ悪、号二平等王一、衆共供給、遂有二民主之名一。初民主王号二大人一。(中略)三十三王名二善思一。自二善思王一後有二十族転輪聖王一相続而出」(仏祖統紀巻一)。底本「王」なし、森・大・静二等により補。一一 古代印度の王種。当時波羅門・刹帝利・吠舎・首陀羅の四姓に分かれていた。一二 種姓の卑しい者が単に武力をもって、一地方の国主となり、遂にはその一国のみならず全印度をも統領する。一三 乱逆で、正しい秩序のない国。一四 堯舜時代に、その子が不肖であったため、血統によらず、賢者を択んで譲位したこと。一五 底本「道タシカナリシ」、刈・書・静一等により訂。一六 漢の高祖劉邦など。一七 戎は西方のえびす、狄は北方のえびす。元の世祖など。一八 先祖代々からのその王家の臣。秦や魏など。底本「ト」なし、森・大・天村等により補。一九 →補注七。二〇 天照大神の神意により、その大業を嗣ぎ嗣いで統治する歴代の皇位。

コシマナラズ。一種姓《いちしゆしやう》ノ中ニヲ(オ)キテモヲ(オ)ノヅカラ[二二]傍《かたはら》ヨリ傳《つたへ》給シスラ猶正《せい》ニカヘル道アリテゾタモチマシ〳〵ケル。是[二三]僻《シカシナガラ》神明ノ御誓アラタニシテ餘國ニコトナルベキイハレナリ。

抑《そもそも》、[二四]神道ノコトハタヤスクアラハサズト云コトアレバ、根元ヲシラザレバ猥《みだりがは》シキ始トモナリヌベシ。其ツヰ[二五](ヒ)エヲスクハンタメニ聊《イサヽカ》勒《ロク》シ侍リ。神代ヨリ正理《しやうり》ニテウケ傳ヘルイハレヲ述《のべむ》コトヲ[二六]志《こころざし》テ、常ニ聞《きこ》ユル事ヲバノセズ。シカレバ神皇《じんわう》ノ正《しやう》統記《とうき》トヤ名《なづ》ケ侍《はべる》ベキ。

[二七]夫《それ》天地《あめつち》未《いまだ》レ分《わかれ》ザリシ時、混沌《こんとん》トシテ、マロガレルコト雞子《とりのこ》ノ如シ。クヽモリテ牙《キザシヲ》フクメリキ。コレ[二八]陰陽《いんやう》ノ元初《げんしよ》未分ノ一氣《いちき》也。其氣始テワカレテキヨクアキラカナルハ、タナビキテ天《あめ》ト成リ、ヲ(オ)モクニゴレルハツヾヰ(イ)テ地《つち》トナル。其中ヨリ一物《ひとつのものいで》出タリ。カタチ[二九]葦牙《あしかび》ノ如シ。即《すなはち》化《け》シテ神トナリヌ。國常立尊《クニノトコタチノ》ト申。又ハ天ノ[三〇]〔御〕中主ノ神トモ號シ奉ツル。此神ニ木《もく》・火《くわ》・土《ど》・金《こん》・水《すゐ》ノ五行《ごぎやう》ノ徳マシマス。先《まづ》水徳ノ神ニアラハレ給ヲ國狹槌尊《クニノサツチノ》ト云。[三一]〔次ニ火徳ノ神ヲ〕豐斟渟尊《トヨクムヌノ》ト云。天《あめ》ノ道《みち》ヒトリナス。ユヘ(エ)ニ[三二]純男《ジユンなん》ニテマス〈純男トイヘドモソノ相アリトモサダメガタシ〉。次《つぎに》木徳ノ神ヲ泥土《ウヒヂ》[三三]〈蒲鑒反〉瓊《ニノ》尊・沙土瓊尊《スヒヂニノ》ト云。次金《つぎにこん》徳ノ神ヲ大戸之道尊《オホトノヂノ》・大苫邊尊《オホトマベノ》ト云。次ニ土徳ノ神ヲ面足尊《オモタルノ》・惶根《カシコネ》ノ尊ト云。天地ノ道相交《まじはり》テ、各《おのおの》陰陽ノカタチアリ。シカレドソノフルマイ(ヒ)ナシト云リ。此諸神《もろもろのかみ》實《まこと》ニハ國常立ノ一《ひとはしらの》神ニマシマスナルベシ。五

二一 時として何かの事由で、同じ系統の中でも傍系から出て継承なさったのも。

二二 すべて。森、「併〈シカシナガラ〉」。五・山二等は「併」。

二三 天照大神の天壌無窮の神勅。

二四 皇国の道。皇祖の始め給い保ち給えるを承けて無限の発展を予約されている神の道。水鏡の神武の条に、神の化生を説き、「是深秘ナリ。輒ク披露アルベカラズ」とある。この種の考え方であろう。

二五 無智からくる乱逆。悪弊。

二六 底本「志キ」、大・新・天村等により訂。

二七 「古天地未レ割、陰陽不レ分、渾沌如二鶏子一。溟涬而含レ牙」(神代紀上)。底本「雉子」、「雞歟」と注記、静一・静二・天村等により訂。

二八 「昔者渾沌未レ分唯有二元気一。有レ気便通、所三以為二一陰一陽一也。暨三于清陽者上升重濁者下降天先成地後定一、両儀之称由レ此而起。于時天地之間生二一物一、或云如二葦牙一」(元元集巻一)。「于時天地之中生二一物一。状如二葦牙一。便化二為神一。号二国常立尊一」(神代紀上)。「化ス」は化生、男女の交わりによらずして、本来の形をとって出現すること。→四六頁注八。

二九 牙は芽に通ずる。萌芽。「言下始有二端緒一若中草之始生上」(漢書、金匹磾伝の注)。葦の新芽で、無限の発展を内包する根源の力を象徴する。

三〇 大・静二・天一等により補。

三一 大・書・刈等により補。

三二 「凡三神矣。乾道独化。所以成二此純男一」(神代紀上)。この「乾道」以下については、古来後人の加筆説がある。乾坤の道相交わりて一対の神として出現した男女神に対して、坤を欠き乾の働きで自然に化生した意か。「をとこのかぎり」(紀)。「ひとりかみ」(記)。

三三 「泥〈ウヒヂ〉」の反切を示すもので広韻に見える。ここでは泥を泥土と二字に表記している。沙土も埿を二字にわけて表記している。

行ノ徳各《おのおの》神トアラハレ給。是ヲ六代[一]トモカゾフル也。二世三世ノ次第ヲ立《たつ》ベキニアラザルニヤ。次ニ化生《けしやう》シ給ヘル神ヲ伊弉諾尊《いざなぎの》・伊弉冊尊《いざなみの》ト申ス。是ハ正《まさし》ク陰陽ノ二《ふたつ》ニワカレテ造化《ざうくわ》[二]ノ元《はじめ》トナリ給フ。〔上《かみ》ノ〕[三]五行ハヒトツヅツノ徳也。此五徳ヲアハセテ萬物ヲ生ズルハジメトス。

コヽニ天祖國常立尊《あまつみおやくにのとこたちの》、伊弉諾・伊弉冊ノ二《ふたはしらの》神ニ勅《みことのり》シテノ給ハク、「[四]豊葦原ノ千五百秋ノ瑞穂ノ地《くに》アリ。汝往《イマシゆき》テシラスベシ。」トテ、即《すなはち》天瓊矛《あまのぬぼこ》[五]ヲサヅケ給。此矛又ハ天ノ逆戈《さかほこ》トモ、天魔返《アマノサカ》ホコトモイヘリ。二神コノホコヲサヅカリテ、天ノ浮《あまうき》[六]橋《はし》ノ上ニタヽズミテ、矛ヲサシヲ(オ)ロシテカキサグリ給シカバ、滄海《あをうなばら》ノミアリキ[七]。ソノホコノサキヨリシタヽリヲ(オ)ツル潮《しほ》[八]コリテ一《ひとつ》ノ嶋トナル。コレヲ磤馭盧嶋《おのごろじま》ト云。此名ニ付《つき》テ祕說[九]アリ。神代、梵語《ぼんご》ニカヨヘルカ。其所《ところ》[一〇]モアキラカニ知《しる》人ナシ。大日本《やまと》[一一]ノ國寶山《ほうせん》ナリト云〈口傳《くでん》アリ〉。二神此嶋ニ降居《くだりまし》テ、即《すなはち》國ノ中ノ柱《ミハシラ》ヲタテ、八尋《やひろ》[一二]ノ殿《との》ヲ化作《けさく》シテトモニスミ給。サテ陰陽和合《わがふ》[一三]シテ夫婦ノ道アリ。此矛ハ傳《つたへ》テ、天孫シタガヘテアマクダリ給ヘリトモ云。又垂仁《すゐにん》天皇ノ御宇《ぎよう》ニ、大和姫ノ皇女《くわうぢよ》、天照太神ノ御ヲシエ(ヘ)ノマヽニ國々ヲメグリ、伊勢國《いせの》ニ宮所《みやどころ》ヲモトメ給シ時、大田《おほた》[一四]ノ命ト云神マイ(ヰ)リアヒテ、五十鈴《いすず》ノ河上《かはかみ》ニ靈物《れいもつ》ヲマボリ[一五]ヲ(オ)ケル所ヲシメシ申《まをし》シニ、カノ天ノ逆矛・[一六]五十鈴《いすず》・天宮《あめのみや》ノ圖形《ヅギヤウ》アリキ。大和姫ノ命ヨロコビテ、其所ヲサダメテ、神宮ヲタテラル。靈物ハ五十鈴ノ宮ノ酒殿《さかどの》ニヲサメラレキトモ、又、瀧祭《タキマツリ》ノ神ト申ハ龍神《りゆう》ナリ、

一　一般に神世七代といわれるが、親房のこの部分の「五行ノ徳」説などは度会神道の論によるもので、諸冉二神を除いて六代といった。
二　「其徳各有レ五、国狭槌尊等五代地水火風空五大也。天八下尊等五霊水火木金土五行也。隠顕雖レ殊其実一也。至二伊弉諾伊弉冉二神一者、陰陽相合有二夫婦之術一」(元元集巻二)。天地間の万物を創造化育する根源。
三　天村・書・高等により補。
四　→補注二。
五　「天」は高天原のものを呼ぶ尊称。美しく玉で飾ったほこ。
六　神々の通う、天と地とをつなぐ通路。
七　底本「アリテ」、天一・大・書等により訂。
八　凝結する。こり固まる。
九　神祇本源に天地霊覚秘書を引用して、「唵呼嚧呼嚧神明召請之国也」とある。おんころころは薬師如来の真言の祈りのことばである。神仏習合の一説。
一〇　「今見在二淡路島西南角一小島是也。云三俗猶存二其名一也」(日本紀私記)。
一一　「神記曰、大日高見国神祇宝山。今此処也云々」(神皇系図)。「社記曰、大日本高見国云々」(元元集巻五)。
一二　弥尋の殿。一尋は両手を左右にのべ広げた長さ、約六尺。広大美麗な神の宮殿。
一三　陰陽二神がその寝所で夫婦の交わりをいとなむこと。「みとのまぐはひ」(記)。
一四　猿田彦の子孫という。宇治土公の祖。「倭姫命問給久、有二吉宮処一哉。答白久、佐古久志呂宇遅之五十鈴之河上者、是大日本国之中仁、殊勝霊地侍奈利。其中翁世八万歳之間仁未二視知一。有二霊物一照耀如二日月一奈利。(中略)従二上天一志天投坐比志天之逆太刀逆桙金鈴等是也」(倭姫命世記)。
一五　底本「マホル」、天村・山二・天一等により訂。
一六　五十金鈴とあるべきところ。元元集巻五に「大小五十者非也。有二秘説一云々」とある。

[一七]ソノ神アヅカリテ地中ニヲサメタリトモ云。一《ひとつ》ニハ大和ノ龍田《たつた》ノ神ハコノ瀧祭ト同體ニマス、此神ノアヅカリ給ヘル也、[一八]ヨリテ天柱國柱《あめのみはしらくにのみはしら》ト云《いふ》御名アリトモ云。昔磤馭盧嶋ニ持《もて》[一九]クダリ給シコトハアキラカ也。世ニ傳《つたふ》ト云事ハヲ(オ)ボツカナシ。天孫ノシタガヘ給ナラバ、神代ヨリ三種《さんじゆ》[二〇]ノ神器《じんぎ》ノゴトク傳《つたへ》給ベシ。[二一]サシハナレテ、五十鈴《の》河上ニ有ケンモオボツカナシ。但《ただし》[二二]天孫モ玉矛者《は》ミヅカラシタガヘ給《たまふ》ト云事見《みえ》タリ〈古語拾遺《こごしふゐ》説ナリ〉。シカレド矛モ大汝《おほなむち》[二三]ノ神ノタテマツラル丶、國ヲタイラ(ヒ)ゲシ矛モアレバ、イヅレト云事ヲシリガタシ。寶山ニトヾマリテ不動[二四]ノシルシトナリケンコトヤ正説《しやうせつ》ナルベカラン。龍田《たつた》モ寶山チカキ所ナレバ、龍神ヲ天柱國柱《あめのみはしらくにのみはしら》トイヘル[二五]〔モ〕、深祕《じんぴ》ノ心アルベキニヤ〈凡神書《しんしよ》ニサマ〲ノ異説アリ〉。日本紀《にほんぎ》[二六]・舊事本紀《くじほんぎ》・古語拾遺等ニノセザラン事ハ末學《まつがく》[二七]ノ輩《ともがら》ヒトヘニ信用シガタカルベシ。彼《かの》書ノ中《うち》猶一決セザルコト多シ。況《いはんや》異書ニヲ(オ)キテハ正《しやう》トスベカラズ。

カクテ、此[二八]二《ふたはしらの》神相ハカラヒテ八《やつ》ノ嶋《しま》ヲウミ給フ。先《まづ》、淡路《あはぢ》ノ洲《しま》ヲウミマス。淡路穂之狭別《あはぢのほのさわけ》ト云。次《つぎに》、伊與《いよ》[二九]ノ二名《ふたな》ノ洲《しま》ヲウミマス。一身《ひとつのみ》[三〇]ニ四面《よつのおも》アリ。一《ひとつ》ヲ愛比賣《えひめ》[三一]ト云、コレハ伊與也。二《ふたつ》ヲ飯依比賣《いひよりひめ》ト云、是ハ讃岐《さぬき》也。三《みつ》ヲ大宜都比賣《おほげつひめ》ト云、コレハ阿波《あは》也。四《よつ》ヲ速依別《はやよりわけ》ト云、是ハ土左《とさ》也。次《つぎに》、筑紫《つくし》ノ洲《しま》ヲウミマス。又一身ニ四面アリ。一ヲ白日《しらひ》[三二]ノ別《わけ》ト云、是ハ筑紫《つくし》也。後ニ筑前《ちくぜん》・筑後《ちくご》ト云。二ヲ豊日別《とよひわけ》〔ト〕[三三]云、コレハ豊《とよ》國也。後ニ豊前《ぶぜん》・豊後《ぶご》ト云。三ヲ晝日別《ひるひわけ》[三四]ト云、是ハ肥《ひ》ノ國也。後ニ肥前《ひぜん》・

一七 「滝祭神。無㆓宝殿㆒在㆓下津底㆒。水神也。一名沢女神。亦名㆓美都波神㆒」(倭姫命世記)。
一八 →補注八。
一九 底本「物クダリ」、森・天村・書等により訂。
二〇 「サンジュノジンギ」(日葡辞書)。
二一 底本「サレハハナレテ」、天村・大・国等により訂。
二二 「即以㆓八咫鏡及草薙剣二種神宝㆒授㆓賜皇孫㆒永為㆓天璽㆒。矛玉自従」(古語拾遺)。
二三 底本「大海ノ神」、新・大・刈等により訂。大汝神は大国主神。「(大国主神)乃以㆘平㆓国時所㆒杖之広矛㆖授㆓二神㆒曰、吾以㆓此矛㆒卒有㆓治功㆒。天孫若用㆓此矛㆒治㆑国者、必当㆓平安㆒」(神代紀下)。
二四 「所在雖㆑未㆑審、或云納㆓滝祭仙宮㆒、或云納㆓五十鈴宮酒殿㆒。留㆓于神宮㆒已是炳焉。不㆑可㆓強成㆑疑者也。一云、磤馭盧島者宝山也。昔陰陽二神持㆓天瓊矛㆒降居之地也。彼矛之神、化㆓成天御柱神国御柱神㆒」(元元集巻五)。静二・新・大・竹本等に、「又宝山留不動験一説不動尊ト云也。此所ニ今モ有㆓不動尊㆒。在㆓長谷寺ノ奥㆒云々」という一文が、あるいは本文、あるいは注記として見える。このあたりは、宝山・葛城山・広瀬・龍田などを種々の点から習合したものである。
二五 天一・大・天村等により補。
二六 →補注九。
二七 学問の道にくらい後学の者。
二八 伊弉諾・伊弉冉の二神。
二九 この「伊与」は四国の総称。「二名」は「二並」で男女相並ぶ意ともいう。
三〇 島の地勢が自然と四つの部分にわかれていること。
三一 底本「愛止比売」とある。記に「愛上比売」とある「上」を「止」と誤る。削除。
三二 底本「自日」、白日が正しい。
三三 天村・新・刈等により補。
三四 底本「尽日別」、大・静一・竹等により訂。

肥後《ひご》ト云。四ヲ[一]豊久士比泥別《とよくじひねわけ》ト云、是ハ〔[二]日向《ひむか》也〕。後ニ日向《ひうが》・大隅《おほすみ》・薩摩《さつま》ト云〈筑紫・豊國・肥ノ國・日向トイヘルモ、二神ノ御代ノ始ノ名ニハ非《あらざ》ル歟《か》〉。次《つぎに》、壹岐《いき》ノ國ヲウミマス。天《あめ》比登都柱《ひとつはしら》ト云。次《つぎに》、對馬《つしま》ノ洲《しま》ヲウミマス。天之狹手依比賣《あまのさてよりひめ》ト云。次《つぎに》、隱岐《おき》ノ洲ヲウミマス。天之忍許呂別《あめのおしころわけ》ト云。次《つぎに》、佐渡《さど》ノ洲ヲ生《うみ》マス。建日別《たけひわけ》ト云。次《つぎに》、大日本《おほやまと》豐秋《とよあき》津洲《つしま》ヲウミマス。天御虛空豐秋津根別《あめのみそらとよあきづねわけ》ト云。スベテ是ヲ大八洲《おほやしま》ト云也。此外アマタ[三]ノ嶋ヲ生《うみ》給。後ニ[四]海山《うみやま》ノ神、木ノヲ《(オ)》ヤ、草ノヲ《(オ)》ヤマデ悉《ことごとく》ウミマシテケリ。何《いづ》レモ神ニマセバ、[五]生《うみ》給ヘル神ノ洲《しま》ヲモ山ヲモツクリ給ヘルカ。ハタ洲山《しまやま》ヲ生給《うみたまふ》ニ神ノアラハレマシケルカ、神世《かみよ》ノワザナレバ、マコトニ難レ測《ハカリがたし》。

二《ふたはしらの》神又ハカラヒテノタマハク、「[六]我スデニ大八洲ノ國ヲヨ《(オ)》ビ山川草木ヲウメリ。イカデカアメノ下ノキミタルモノヲウマザラムヤ。」トテマヅ日神《ひのかみ》ヲ生《うみ》マス。此ミコヒカリウルハシクシテ國ノ内《うち》ニテリトホル。二神ヨロコビテ天《あめ》ニヲ《(オ)》クリアゲテ、天上ノ事ヲサヅケ給。此時天地アヒサルコトトヲ《(ホ)》カラズ。天ノミハシラヲモテアゲ給。コレヲ[七]大日孁《おほヒルメ》ノ尊ト申《まをす》〈孁字ハ靈《れいの》ト通ズベキナリ。陰氣ヲ靈ト云トモ云ヘリ。女神《めがみ》ニマシマセバ自《おのづか》ラ相叶《あひかなふ》ニヤ〉。又天照太神トモ申《まをす》。女神ニテマシマス也。次《つぎに》、[八]月神《つきのかみ》ヲ生《うみ》マス。其光日ニツゲリ。天《あめ》ニノボセテ夜《よる》ノ政《まつりこと》ヲサヅケ給。次《つぎ》ニ、[九]蛭子《ひるこ》ヲ生マス。ミトセニナルマデ脚《あし》タヽズ。[一〇]天《あめ》ノ磐樟船《イハクス》ニノセテ風ノマヽハナチスツ。次《つぎに》、素戔烏尊《すさのをの》ヲ生《うみ》マス。イサミタケク[一一]不忍《イブリ》ニシテ父母《かぞいろ》ノ御心ニカナハズ。「[一二]根《ね》ノ國ニイネ。」トノ給フ。コノ

一 底本「豊久士比泥別」、静一・天村・大等により訂。二 静一・大・刈等により補。

三 記によると、吉備の児島・小豆島・大島・女島・知訶の島・両児の島等の名が見える。

四 海の神は大綿津見神、山の神は大山津見神、木の祖神は久久能智神、草の祖神は草野姫神。

五 底本「生給ヘシ」、天村・新・大等により訂。

六「既而伊弉諾尊伊弉冉尊共議曰、吾已生二大八洲国及山川草木一。何不レ生二天下之主者一歟。於レ是共生二日神一、号二大日孁貴一。此子光華明彩。照二徹於六合之内一。故二神喜曰、吾息雖レ多未レ有二若レ此霊異之児一。不レ宜三久留二此国一、自当下早送二于天一而授以中天上之事上。是時天地相去未レ遠。故以二天柱一挙二於天上一也」(神代紀上)。

七「大日孁貴(おおひるめのむち)」(紀)。「天照大日孁貴」(紀、一書)。「霊」と「孁」の義については元元集巻三の裏書に、「霊、大戴礼云、陽気為レ精陰気為レ霊」「孁。玉篇云、郎丁切、女也。広韻同。今案可三与レ霊通二」とある。「むち」は神人など尊貴な者の称。

八「次生二月神一。其光彩亜レ日。可二以配レ日而治一。故亦送二之于天一」(神代紀上)。月は夜照るものであるから月界の支配を「夜ノ政」という。

九「次生二蛭児一。雖二已三歳一脚猶不レ立」(神代紀上)。「水蛭児」(記)。「ひるのこ」(源氏物語、明石)。手足など不自由な奇型児。

一〇 底本「盤樟船」、静二・大・書等により訂。樟材で作った風浪にたえる堅牢な船。記では葦船。紀は鳥磐櫲樟船。鳥は自由に空を飛ぶ意を示し、その船が堅牢でしかも自由に早く走ることをいう。

一一「此神有二勇悍以安忍一」(神代紀上)。「夫州吁阻レ兵而安レ忍」(左伝、隠公四)。気吹(いぶき)の転か。心中憤りが鬱積しておこりっぽいこと。

一二「当遠適二之於根国一矣」(神代紀上)。「根之堅州国」(記)。光明の世界に対して地下の片隅の国。黄泉。

三柱《みはしら》ハ男神《をがみ》ニテマシマス。ヨリテ一女三男《いちによさんなん》ト申也。スベテアラユル神ミナ二神ノ所《しよ》生《しやう》ニマシマセド、國ノ主《あるじ》タルベシトテ生《うみ》給シカバ、コトサラニ此四《よはしらの》神ヲ申傳ケルニコソ。

其後火神《ひのかみ》軻遇突智《カクつチ》ヲ生《うみ》マシ〳〵[一三]〔シ〕時、陰神《めがみ》ヤカレテ[一四]神退《カンサリ》給ニキ。陽神《をがみ》ウラミイカリテ、火神ヲ[一五]三段《みきだ》ニキル。ソノ三段ヲノ〳〵(オ)神トナル。血ノシタヽリモソヽイデ神トナレリ。經津主《フツヌシ》ノ神〈[一六]齋主《いはひぬし》ノ神トモ申。今ノ檝取《かとり》ノ神〉健甕槌《たけみかづちの》神〈武雷《たけみかづち》ノ神トモ申。今ノ鹿《か》嶋《しま》ノ神〉[一七]〔ノ〕祖《みおや》也。陽神猶シタヒテ黄泉《よみのくに》マデヲハ(オ)シマシテ[一八]〔サマザマノ〕チカヒアリキ。陰神ウラミテ「此國ノ人ヲ一日《ひとひ》ニ千頭《ちがしら》コロスベシ。」トノ給ケレバ、陽神ハ「千《ち》五百頭《いほがしら》ヲ生《うむ》ベシ。」トノ給ケリ。ヨリテ[一九]百姓《ひやくしやう》ヲバ[二〇]天《あめ》ノ益人《マスびと》トモ云。死《しぬ》ルモノヨリモ生ズルモノヲ(オ)ホキ也。陽神カヘリ給テ、日向《ひむか》ノ[二一]小戸《をど》ノ河檍《かはアハギ》ガ原ト云所ニテ[二二]ミソギシ給。コノ時アマタノ[二三]神化生《けしやう》シ玉ヘリ。日月神《ひつきの》モコヽニテ生給《うまれたまふ》ト云説アリ。伊弉諾尊[二四]神功《かむこと》スデニヲハリケレバ、天上ニノボリ、天祖ニ報命《カヘリゴト》申テ、即《すなはち》天ニトヾマリ給ケリトゾ。或《ある》説ニ伊弉諾・伊弉冊ハ梵語《ぼんご》ナリ、[二五]伊舎那天《いしやなてん》・伊舎那后《いしやなくう》ナリト云。

[二六]地神《ちじん》第一代、大日孁尊《おほひるめの》。是ヲ[二七]天照太神《あまてらすおほみかみ》ト申。又ハ日神《ひのかみ》トモ[二八]皇《すめみおや》〔祖〕トモ申也。此神ノ生《うまれ》給コト三《みつ》ノ説アリ。一《ひとつ》ニハ伊弉諾・伊弉冊尊アヒ計《はからひ》テ、天下《あめのした》ノ主《あるじ》ヲウマザランヤトテ、先《まづ》、日神ヲウミ、次ニ、月神《つきのかみ》、次《つぎに》、蛭子《ひるこ》、次《つぎに》、素戔烏尊ヲ生《うみ》給トイヘリ。又ハ伊弉諾ノ尊、左《ひだりの》御手ニ[二九]白銅《ますみ》ノ鏡ヲトリテ大日孁ノ尊[三〇]〔ヲ〕化生《けしやう》シ、右《みぎの》御手ニト

一三 新・静により補。 一四 崩御なさった。
一五 段はわかれめ、わかち。三つの部分。
一六 神に奉仕し斎きまつる神。「斎主神号二斎之大人一(ウシ)」(神代紀下、一書)。 一七 静一・刈・竹等により補。 一八 天村・書・大等により補。
一九 多くの人民。大君に対してその赤子(せきし)。
二〇 年月とともに弥栄えに栄えて増加してゆく人民。神の意志の発現を讃えて「天」という。
二一 「河」は「橘」が可。小戸は狭い水門(みなと)。檍は橿(かし)の古名、みそはぎ・あおきなどの諸説がある。所在についても数説がある。
二二 身そそぎ。身に罪やけがれがある時、また重大な神事に奉仕する前に、清浄な川の水などで心身をはらいきよめること。
二三 記では八十禍津日神以下十四柱の神、紀の一書では九柱の神。旧事本紀では十二柱の神。
二四 国生みなど神としてなさった功業。
二五 「伊弉諾尊、則東方善持蔵愛護善通二由賀神一。梵所名二之伊舎那天一也。伊弉冉尊、則南方妙法蔵愛鬘行二識神一。亦名二之伊舎那后一也」(神皇系図)。伊舎那は司配者の意。護世八方天の一。大自在天王である。その眷属に伊舎那天后がある。「東北方伊舎那天。旧云二魔醯首羅天一。亦云二大自在天一」(十二天供儀軌)。
二六 天神七代地神五代説は度会神道の説である。親房も元元集巻三に地神出生篇を特に設けている。神皇実録に「地神五代。番二地五行一伝二神位一坐。道徳極而生。化徳表也」とあるように習合の説である。天神七代の「七」は天の七星にちなむか。 二七 ↓補注一〇。
二八 天村・国・大等により補。
二九 まそかがみ、真澄の鏡。「白銅」は天の香山の銅で精製した意。特によく澄んで明らかな鏡。鏡には神霊が宿るので、それを手にして神に祈ると諸神が生じたとする信仰による。
三〇 書・静一・静二等により補。

リテ月弓《つきゆみ》ノ尊ヲ生《うみ》、御首《みかうべ》[一]ヲメグラシテカヘリミ給シアヒダニ、素戔烏尊ヲ生《うむ》トモイヘリ。又伊弉諾尊日向ノ小戸ノ川ニテミソギシ給シ時、左ノ御眼《みめ》ヲアラヒテ天照太神ヲ化生シ、右ノ御眼ヲアラヒテ月讀《つきよみ》ノ尊ヲ生《しやうじ》、御《み》鼻ヲ洗《あらひ》テ素戔烏尊ヲ生《しやう》ジ給トモ云フ。日月神《ひつきの》ノ御名《みな》モ三《みつ》アリ、化生ノ所モ三《みつ》アレバ、凡慮《ぼんりよ》ハカリガタシ。又オハシマス所モ、一《ひとつ》ニハ高天《タカマ》ノ原ト云《いひ》、二《ふたつ》[二]ニハ日ノ小宮《わかみや》ト云《いひ》、三《みつ》ニハ我日本國《わがやまとの》コレ也。八《や》咫《た》ノ御鏡ヲトラセマシ〱テ、「[三]ワレヲミルガ如クニセヨ。」ト勅《みことのりし》給ケルコト、[四]和光《わくわう》ノ御誓モアラハレテ、コトサラニ深道《ふかき》アルベケレバ、三所《みところ》ニ勝劣[五]ノ義ヲバ存ズベカラザルニヤ。

爰《ここに》、素戔烏尊、父母《かぞいろふたはしらの》二 神ニ[六]ヤラハレテ根國《ねの》ニクダリ給ヘリシガ、天上ニマウデテ、姉ノ尊ニミエタテマツリテ、「[七]ヒタブルニイナン。」ト申給ケレバ、「[八]ユルシツ。」トノ給。ヨリテ天上ニノボリマス。[九]大ウミトヾロキ、山ヲカナリホヘ(エ)キ。此神ノ性《さが》タケキガシカラシムルニナム。天照太神ヲ(オ)ドロキマシ〱テ、兵《つはもの》ノソナヘヲシテ待《まち》給。カノ尊黒《キタナキ》[一〇]心ナキヨシヲオコタリ給フ。「サラバ誓約《うけひ》[一一]ヲナシテ、キヨキカ、キタナキカヲシルベシ。誓約ノ中《なか》ニ女ヲ生ゼバ、キタナキ心ナルベシ。男ヲ生ゼバ、キ[一二]ヨキ心ナラン。」トテ、素戔烏〔尊〕[一三]ノタテマツラレケル八坂瓊《やさかに》[一四]ノ玉ヲトリ給ヘリシカバ、其玉ニ感ジテ男神《をがみ》化生シ給。スサノヲノ尊悦《よろこび》テ、「[一五]マサヤアレカチヌ。」トノ給ケル。ヨリテ御名ヲ正哉吾勝々《まさやあかつかつ》ノ速日天《はやひあめ》ノ忍穂耳《おしほみみ》ノ尊ト申〈コレハ古語拾遺ノ說〉。又

一 御首をめぐらして後を見たその間に。大神を「化生」、月弓の尊・素戔烏尊を「生む」と区別しているのは、化生が神の熱烈な意志の神功であるのに、ちょっとした間隙にやや無意識的に素戔烏尊が生まれたとしたものか。暴風・乱暴・慟哭などもその表象か。

二 高天原にある大神の宮殿。

三 「吾児視二此宝鏡一、当レ猶レ視レ吾」(神代紀下、一書)。

四 和光同塵。「和二其光一同二其塵一」(老子)。その智の光りを隠して顕わさず、俗塵の中に混じて時を知ること。神性が随時随所に滞りなく顕現することを意味する。

五 異伝があっても、そのいずれが勝りいずれが劣っているかを定めること。

六 放逐する。↓五七頁注二六。

七 「永〈ヒタブルニ〉退」(神代紀上)。永久に天上界から姿をけそう。これが最後で二度とない意をふくむ。

八 底本「ユルシエ」、天村・大・新等により訂。

九 「溟渤以レ之鼓盪、山岳為レ之鳴呴。此則神性勇健使二之然一也」(神代紀上)。

一〇 邪悪な心。清浄心に対する。

一一 「うけふ」の連用形。神に誓をたてて神意をうかがう。吉凶・黒白・是非等を神意に任せてうらなう行為。

一二 清浄な心。大神に対する忠誠心。

一三 出・天村・刈等により補。

一四 「八坂」は長さ。曲玉を貫ぬいた緒の長さの甚だしく長いことを示す。これを首にかけたり、胸や腕に垂らして飾りとした。御統(みすまる)の玉ともいう。

一五 「則称レ之曰、正哉吾勝、故因名之曰二勝速日天忍穂耳尊一」(神代紀上、一書)。まさしくも神に誓った清き心のままに、私が勝った。ほこらしさの表現。底本「アンカチヌ」、静二・天一・山二等により訂。

ノ説ニハ、素戔烏尊、天照太神ノ御クビニカケ給ヘル[一六]御統《みすまる》ノ瓊玉《にのたま》ヲコヒトリテ、[一七]天《あめ》ノ眞名井《まなゐ》ニフリス丶ギ、コレヲカミ給シカバ、先吾勝《まつあかつ》ノ尊ウマレマシマス。其後猶[一八]四ハシラノ男神生《うまれ》給。「[一九]物ノサネワガ物ナレバ我子ナリ。」トテ天照太神ノ御子ニナシ給トイヘリ〈コレハ日本紀ノ一説〉。此《この》吾勝尊ヲバ[二〇]太神メグシトヲ(オ)ボシテ、ツネニ御ワキモトニスヘ(エ)給シカバ、腋子《わきこ》ト云。今ノ世ニヲサナキ子ヲワカコト云ハヒガ事也。カクテ、スサノヲノ尊ナヲ(ホ)天上ニマシケルガ、[二一]サマ〲ノトガヲヲカシ給キ。天照太神イカリテ、[二二]天ノ石窟《いはや》ニコモリ給。[二三]國ノウチトコヤミニナリテ、晝夜ノワキマヘナカリキ。モロ〲ノ神達ウレヘナゲキ給。其時諸神《しよじん》ノ上首《じやうしゆ》[二四]ニテ高皇產靈尊《たかみむすひの》ト云《いふ》神マシ〲キ。昔、天御中主《あめのみなかぬし》ノ尊、ミハシラノ御子ヲ(オ)ハシマス。長《をさ》ヲ高皇產靈トモ云《いひ》、次ヲバ神皇產靈《かみむすひ》、次ヲ津速產靈《つはやむすひ》ト云トミエタリ。陰陽二神《いんやうにじん》コソハジメテ諸神ヲ生《しやう》ジ給シニ、直《ぢき》ニ天御中主《あめのみなかぬし》ノ御子ト云コトヲ(オ)ボツカナシ〈此ミハシラヲ天御中主ノ御コ[二五]ト云事ハ日本紀ニハミエズ。[二六]古語拾遺ニアリ〉。此神、[二七]天《あめ》ノヤスカハノホトリニシテ、八百萬《やほよろづ》ノ神ヲツドヘテ相議《ぎ》シ給。其御子ニ[二八]思兼《おもひかね》ト云神ノ[二九]タバカリニヨリ、石凝姥《いしこりどめ》ト云神ヲシテ日神ノ[三〇]御形《みかたち》ノ鏡ヲ鑄セシム。ソノハジメナリタリシ鏡、[三一]諸神ノ心ニアハズ〈紀伊《き》國《の》日《ひの》前《くま》ノ神ニマス〉。次ニ鑄給ヘル鏡ウルハシクマシ〲ケレバ、諸神悅《よろこび》アガメ給〈初ハ皇居ニマシ〲キ。今ハ伊勢國ノ五十鈴ノ宮ニイツカレ給《たまふ》、コレナリ〉。又天ノ[三二]明玉《あかるたま》ノ神ヲシテ、八坂瓊ノ玉ヲツクラシメ、天ノ日鷲《ひわし》ノ神ヲシテ、[三三]靑幣白幣《アヲニギテシラニギテ》ヲツクラシメ、手置帆負《タヲキほヲイ》・

一六 →五四頁注一四。「コヒトル」は、お願いして手にする。相手のものをもって誓約するのは、他意のないことを示す。 一七 高天原の安河のほとりにある神聖な井。 一八 天穂日命・天津底根神・活津(いく)彦根神・熊野櫲樟(くす)日命(神代紀上)。 一九 物根(紀)。さねは、たね。原物、根本のもの。 二〇 「是以天照大神、育二吾勝尊一。特甚鍾愛。常懐二腋下一。称曰二腋子一。今俗号二稚子一謂二和可古一。是其転語也」(古語拾遺)。「メグシ」はいとおしい。かわいい。「ワカコ」は若子。若子の訓に、わきご・わくご・わかごなどある。この拾遺説は言語のしゃれに堕している。親房はそれをそのまま採用したもので、それこそ「ヒガ事」である。 二一 中臣祓の詞に見える天つ罪。 二二 高天原の大神のいます堅固な御殿。石戸にこもるとは貴人の死をも意味することもある。 二三 「六合之内、常闇而不レ知二昼夜之相代一」(神代紀上)。「トコヤミ」は夜ばかりで昼のないこと。 二四 大神を除いて最も上席の神。

二五 「御コ」は「御子」。

二六 古語拾遺には見えない。元元集巻二に、「古語拾遺曰、亦天地割判之初、天中所生神、名曰二天御中主神一。其子有二三男一」として、この三柱の名を挙げてある。「其子有三男」は拾遺の一本、伊勢本に見えるもので、度会神道説である。 二七 天八湍河(古語拾遺)とも書く。神たちが野外の会合場所とした高天原の河原。

二八 深思遠慮の神。智恵深く才智縦横に働く神。

二九 思慮を廻らすこと。「た」は接頭辞。計画。

三〇 隠れ給うた大神の御像代(みかたしろ)の鏡。

三一 「初度所レ鋳少不レ合レ意。是紀伊国日前神也」(古語拾遺)。日前神宮は和歌山市秋月に鎮座。祭神は日前大神。相殿神は石凝姥命と思兼命。

三二 底本「明〈アクル〉」、山二・大・刈等により訂。

三三 神前に供えるにぎたえ。精製した麻(青)と木綿(白)。底本「幣〈ミテクラ〉」ともあり。

[一]彦狭知《ヒコサシリ》ノ二神ヲシテ、[二]大峡小峡《おほカイをかひ》ノ材《き》ヲキリテ[三]瑞《ミヅ》ノ殿《ミヤラカ》ヲツクラシム〈コノホカクサ〳〵[四]アレドシルサズ〉。其物スデニソナハリニシカバ、[五]天ノ香《カゴ》山ノ[六]五百箇《いはつ》ノ眞賢木《マサカキ》ヲネコジニシテ、上枝《かみつえ》ニハ[七]八坂瓊ノ玉ヲトリカケ、中枝《なかつえ》ニハ八咫ノ鏡ヲトリカケ、下枝《しもつえ》ニハ青和幣・白和幣ヲトリカケ、[八]天ノ太玉ノ命〈高皇産靈神ノ子ナリ〉ヲシテサヽゲモタラシム。[九]天ノ兒屋《こやね》ノ命〈津速産靈ノ子、或ハ孫トモ。興台産靈《ことむすひ》ノ神ノ子也〉ヲシテ祈禱《きたう》セシム。[一〇]天ノ鈿目《ウズメ》ノ命、[一一]眞辟《マサキ》ノ葛《かづら》ヲカヅラニシ、[一二]蘿葛《ひかげのかづら》ヲ手襁《タスキ》ニシ、竹ノ葉、[一三]飫鴰木《おけのき》ノ葉ヲ手草《たぐさ》ニシ、[一四]差鐸《さなぎ》ノ矛ヲモチテ、石窟《いはや》ノ前ニシテ[一五]俳優《わざをぎ》ヲシテ、相トモニウタヒマウ《(フ)》。又[一六]庭燎《ニハヒ》ヲアキラカニシ、[一七]常世《トコヨ》ノ長鳴鳥《ながなきどり》ヲツドヘテ、タガヒニナガナキセシム〈コレハミナ神樂《かくら》ノ起《おこり》ナリ〉。天照太神キコシメシテ、ワレコノゴロ石窟ニカクレオ《(ヲ)》リ。葦原《あしはら》ノ中國《なかつくに》ハトコヤミナラン。[一八]イカ(ン)ゾ、天ノ鈿女ノ命カクエ《(ヱ)》[一九]ラグスルヤトヲ《(オ)》ボシテ、御手ヲモテホソメニアケテミ給。コノ時ニ、天手力雄《アメのタヂカラヲ》ノ命ト云神〈思兼ノ神ノ子〉磐戸《いはと》ノワキニ立《たち》給シガ、其戸ヲヒキアケテ新殿《にひどの》ニウツシタテマツル。中臣《なかとみ》ノ神〈天兒屋命ナリ〉忌部《いむべ》ノ神〈天ノ太玉ノ命也〉[二〇]シリクヘナワ《(ハ)》ヲ〈日本紀ニハ端出之縄トカケリ。注ニハ左《ひだり》縄ノ端出《はしいだ》セルト云。古語拾遺ニハ日御縄《ひのみなは》トカク。コレ日影《ひかげ》ノ像《かたち》ナリトイフ〉ヒキメグラシテ「ナカヘリマシソ。」ト申。上天《しやうてん》ハジメテハレテ、モロ〳〵トモニ相見《あひみる》。面《おもて》ミナアキラカニシロシ。手ヲノベテ哥舞《うたひまひ》テ、[二一]「アハレ〈天ノアキラカナルナリ〉。アナ、ヲ《(オ)》モシロ〈古語ニ甚切《いとせつ》ナルヲミナアナト云。面《おも》白《しろ》、モロ〳〵ノヲ《(オ)》モテ[二二]明《あきらか》ニ白キ也〉。アナ、タノシ。アナ、サヤケ〈竹ノハノコエ《(ヱ)》〉。ヲ《(オ)》ケ〈木ノ名

一 日前神宮の東方に鳴(なるの)神社がある。祭神は手置帆負・彦狭知の二神。ともに紀伊国の国造の祖神という。工匠守護の神。
二「峡」は山と山との間。大小の山々の間。
三「ミヅ」はみずみずしい。「ミヤラカ」は御在所(みあらか)。みあらかとも言い、壮麗な宮殿。
四 底本「ヲサ〳〵」、刈・高・山二等により訂。
五 高天原にあるという山。大和三山ではない。
六 底本「五百筒〈イホツツ〉」、天村・大・静一等により訂。五百箇は数の多いこと。枝も葉もよく繁った榊。七 樹木を切らないで根付きのまま掘りとる。八 斎部氏の祖神、五部神の一。代々祭祀を司る家柄となる。中臣氏とよく併称される。
九 中臣氏の祖神、五部神の一。代々祭事を司る家柄。→六九頁注一四。一〇 猿女君の祖神、五部神の一。一一 ていかかつら。つるまさきの古称ともいう。底本「莫辟」、天一・山二・高等により訂。一二 ひかげぐさ。深緑で美しく変色しないという。底本「手鑼」、「襁歟」と注記。
一三 底本「ウケ」と訓ず。古語拾遺により訂。葉を振る調べから出たものか。一四「著レ鐸之矛〈サナギツケタルホコ〉」(古語拾遺)。「茅纏之矛」(神代紀上)。茅をまいた矛。鈴をつけた矛とも。
一五 底本「ウサタイ」と訓ず。「ワザヲギ」が正しい。滑稽な演技で人を笑わせ楽しませること。それを演ずる人。一六 庭でたくかがり火。
一七「故思兼命深謀遠慮、遂聚二常世之長鳴鳥一使二互長鳴一」(神代紀上)。鳴く声勝れて長いにわとり。一八 →四一頁注一〇の表記法。
一九 喜んで大いに笑う。「歓喜咲楽」(記)。
二〇 →補注一一。注の「日御縄」、底本「日御綱」。同じく「像」、底本「僳」。ともに天一・山二・高等により訂。二一 この部分は古語拾遺の引用であるが、その注の部分については古来種々の解釈が行なわれている。飯田季治は古語拾遺新講で、「此の一段は広成宿弥が插入した偽伝と

也。其《その》ハヲフルコエ(エ)也。天ノ鈿目ノ持給〈ヘル手草也〉。」カクテ、ツミヲ素戔烏ノ尊ニヨセテ、ヲ[二三](オ)ホスルニ千座《チクラ》[二四]ノ置戸《ヲキド》ヲモテ首《かうべ》ノカミ、手足ノツメヲヌキテアガハシメ[二五]、其罪ヲハライ(ヒ)テ神ヤラ[二六]ヒニヤラハレキ。

カノ尊天《あめ》ヨリクダリテ、出雲《いづも》ノ簸《ヒ》[二七]ノ川上《かはかみ》ト云所ニイタリ給。其所《そのところ》ニ一《ひとり》ノヲキナ(オ)トウバトアリ。一《ひとり》ノヲトメヲスエ(エ)テカキナデツヽナキケリ。素戔烏尊「タソ。」トトヒ給フ。「ワレハコレ國神《くにつかみ》[二八]也。脚摩乳《アシナツチ》・手摩乳《タナツチ》ト云。コノヲトメハワガ子ナリ。奇稲田姫《クシイナダヒメ》ト云。サキニ八ケノ少女《をとめ》アリ。トシゴトニ八岐《やまた》ノ大蛇《をろち》ノタメニノマレキ。今此ヲトメ又ノマレナントス。」ト申ケレバ、尊、「我ニクレンヤ。」トノ給。「勅《みことのり》ノマヽニタテマツル。」ト申ケレバ、此ヲトメヲ湯津《ゆつ》[二九]ノツマグシニトリナシ、ミヅラニサシ、ヤシホ[三〇]ヲリノ酒ヲ八《やつ》ノ槽《フネ》ニモリテ待《まち》給ニ、ハタシテカノ大蛇キタレリ。頭《かしら》ヲ(オ)ノ〳〵一《ひとつの》槽ニ入《いれ》テノミエ(エ)ヒテネブリケルヲ、尊ハカセル十握《とつか》[三一]ノ剣《つるぎ》ヲヌキテツダ[三二]〳〵ニキリツ。尾ニイタリテ剣ノ刃《は》スコシカケヌ。サキテミ給ヘバ一《ひとつ》ノ剣アリ。ソノ上ニ雲氣《うんき》[三三]アリケレバ、天ノ藂雲《むらくも》ノ剣ト名《なづ》ク〈日本武《やまとたけ》ノ尊ニイタリテアラタメテ草ナギノ剣ト云。ソレヨリ熱田社《あつたのやしろ》ニマス〉。「コレアヤシキ[三四]劔《ツルギ》ナリ。ワレ、ナゾ[三五]、アヘテ私ニヲ(オ)ケランヤ。」トノ給テ、天照太神ニタテマツリ上《あげ》ラレニケリ。其ノチ出雲ノ清《スガ》[三六]ノ地ニイタリ、宮ヲタテテ、稲田姫トスミ給。大己貴《アナムチ》[三七]ノ神ヲ〈大汝《おほなむち》トモ云〉ウマシメテ、素戔烏尊ハツヰ(ヒ)ニ根ノ國ニイデマシヌ。

覚しく凡てが甚だしき僻事で、全然取るに足らぬ説のみである」と非難している。
二二 底本「明キ」、天村・大・新等により訂。
二三 負わする。祓物(罪のつぐないとして出す物)を負担させる。
二四「千」は数多いこと。「座」は置き所を数える単位。「置戸」は祓物を置く場所。「仍帰二罪過於素戔嗚神一而科レ之以二千座置戸一、令下抜二首髪及手足爪一以贖上レ之。仍解二除其罪一遂降焉」(古語拾遺)。底本「置戸ヲリテ」、書・大・静一等により訂。
二五「朐。贖也。阿加不」(字鏡)。過料を出してその罪をつぐなう。
二六 底本「ヤラハレテ」、書・大・静一等により訂。神が神の意志として追放する。厳重な処置を強調した表現。
二七「簸」は出雲国大原郡一帯の地方の名。斐伊。そこを流れる川を「斐川」という。その上流で地名は鳥髪(とりかみ)と記に見える。「川上ト云所」は用語として不適切。
二八 天つ神に対し、その地方の国土に初めから土着している神。
二九 櫛の歯の多い爪形の櫛。姫の姿をかえさせて櫛とし、尊のみずらにさして隠すのである。
三〇 何度もくりかえし手を入れて造った強い酒。
三一 長さが十にぎりばかりの長い剣。紀には、九握・八握という長さのものも見える。
三二「寸〈岐陀々々(ツダツダ)〉」(日本紀私記(乙本))。寸断にする。
三三「大蛇之上、常有二雲気一。故以為レ名」(古語拾遺)。「都牟刈之大刀」(記)。
三四 霊妙神秘な神剣。
三五 私のもとに所持すべきであろうか。恐れ多いので、私に持つべきものではない。「ナゾ」は四一頁注一〇にならって、「ナンゾ」も可。
三六 須賀(記)。出雲国大原郡。「須賀山。郡家東北一十九里一百八十歩」(出雲風土記)。現在の大東町海潮のあたりか。須賀神社がある。
三七 大国主神。合わせて五つの名がある。素戔烏尊の子とするのは紀の説。六世の孫ともいう。「大己貴」は広大な地域を領有する貴種の意か。

大汝ノ神、此國ニトヾマリテ〈今ノ出雲ノ大神ニマス〉天下《あめのした》ヲ經營《けいえい》シ、葦原《あしはら》ノ地ヲ領給《りやうじ》ケリ。ヨリテコレヲ大國主ノ神トモ大物主《おほものぬし》トモ申。ソノ[一]幸魂奇魂《サキタマクシ》ハ大和ノ[二]三《み》輪《わ》ノ神ニマス。

第二代、正哉《マサヤ》吾勝々《アカツ〳〵》ノ速日天忍穂耳尊《ハヤヒアマノヲシホミミノ》。高皇産靈ノ尊ノ女《むすめ》[三]栲幡千々姫《たくハタちぢひめ》ノ命ニアヒテ、饒速日尊《にぎはやひの》・瓊々《にに》杵《ぎの》尊ヲウマシメ給《たまひ》テ、吾勝尊葦原中州《あしはらのなかつくに》ニクダリマスベカリシヲ、御子ウミ給シカバ、「カレヲ下スベシ。」ト申給テ、天上ニトヾマリマス。マヅ、饒速日ノ尊ヲクダシ給シ時、[四]外祖《ぐわいそ》高皇産靈尊、[五]十種《とくさ》ノ瑞寶《みづたから》ヲ授給《さづけ》。瀛都《ヲキツノ》鏡一《ひとつ》、邊津《へつ》鏡一、八握《やつかの》劍一、生玉《いくたま》一、死反《しにかへりの》玉一、足玉《たるたま》一、道反《みちがへしの》玉一、蛇比禮《へみのひれ》一、蜂《はちの》比禮一、品《くさぐさ》ノ物《ものの》比禮一、コレナリ。此ミコトハヤク神サリ給ニケリ。凡《およそ》國ノ主《あるじ》トテハクダシ給ハザリシニヤ。吾勝尊クダリ給《たまふ》ベカリシ時、天照太神三種《さんじゆ》ノ神器《じんぎ》ヲ傳給《つたへ》。ノチニ又瓊々杵尊ニモ授《さづけ》マシ〳〵[六]〔シ〕ニ、饒速日尊ハコレヲエ給ハズ。シカレバ日嗣ノ神ニハマシマサヌナルベシ[七]〈此事舊事本紀ノ説也。日本紀ニハミエズ〉。天照太神・吾勝尊ハ天上ニ止《とどま》リ給ヘド、地神《ちじん》ノ第一、二ニカゾヘタテマツル。其始《はじめ》天下《あめのした》ノ主《あるじ》タルベシトテウマレ給シユヘ(ヱ)ニヤ。

第三代、天津《あまつ》彦々《ひこひこ》火《ほ》瓊々《にに》杵《ぎの》尊。[八]天孫《あめみま》トモ皇孫《すめみま》トモ申。皇祖《すめみおや》天照太神・高皇産靈尊ハ[九]イツキメグミマシ〳〵キ。葦原ノ中州ノ主《あるじ》トシテ天降《あまくだし》給ハントス。コヽニ[一〇]其國邪《あしき》神《かみ》アレテタヤスク下《くだり》給コトカタカリケレバ、[一一]天稚彦《あめわかひこ》ト云神ヲクダシテミセシメ給シ

一 大国主神の霊魂。その作用で、人に幸を与えるものと霊妙な徳をそなえるもの。

二 奈良県磯城郡大神(おおみわ)神社。「大己貴神問曰、然則汝是誰耶。対曰、吾是汝之幸魂奇魂也。大己貴神曰、唯然。廼知㆓汝是吾之幸魂奇魂㆒、今欲㆓何処住㆒耶。対曰、吾欲㆑住㆓於日本国之三諸山㆒、故即営㆓宮於彼処㆒使㆓就而居㆒。此大三輪之神也」(神代紀上、一書)。

三 たくはたは楮(こうぞ)の皮で織った布。「千々」は紀に千幡(ちはた)とある。上古は機織る業は女子の芸で、この姫の名はその技の優秀を示すか。

四 母方の父。

五 この条は旧事本紀の天神本紀によっている。記・紀には見えないが、度会神道の書では随所に引用している。瑚璉集下には、その一々に多少の説明があるが、具体的に何を意味するかは未詳。「有㆓痛処㆒」時の呪文に使用されたと覚しく、「ふる」ことによって死人を蘇生させるまじないに用いられたらしい。二十一社記では離遊する運魂を身体の中府に鎮める鎮魂のものとしている。なお六八頁参照。

六 白・竹・高等により補。

七 この注の有り場所不適切なため意味やや不明。「シカレバ云々」は親房の判断で、「此事」は饒速日尊の記事を広く漠然と指したものか。

八 「天孫」は天照大神の孫。「皇孫」は同じく皇祖神の孫。狭義では瓊々杵尊。広義には歴代の天皇をもいう。

九 特別に世話し、あわれみ育てる。

一〇 「然彼地多有㆓螢火光神及蠅声邪神㆒。復有㆓草木咸能言語㆒」(神代紀下)。無秩序な混乱状態をいう。

一一 天若日子。紀の一書では天の国玉の子。使者の名。復命しなかった年数に諸説がある。天穂日命は三年、天稚彦は八年。両方にわたる説。

ニ、大汝《おほなむち》ノ神ノ女《むすめ》、下照姫《したてるひめ》ニトツギテ、返《かへり》コト申サズ。ミトセニナリヌ。ヨリテ名[一二]ナシ雉《きぎし》ヲツカハシテミセラレシヲ、天稚彦イコロシツ。其矢[一三]天上ニノボリテ太神ノ御マヘニアリ。血ニヌレタリケレバ、アヤメ[一四]給テ、ナゲクダサレシニ、天稚彦新嘗《にひなめし》[一五]テフセリケルムネニアタリテ死ス。世ニ返[一六]シ矢ヲイムハ此故也。サラニ又クダサルベキ神ヲエラバレシ時、經津主《ふつぬし》ノ命〈檝取《かとりの》神ニマス〉武甕槌《たけみかづち》ノ神〈鹿嶋《かしま》ノ神ニマス〉ミコトノリヲウケテクダリマシケリ。出雲《いづもの》國ニイタリ、[一七]ハカセル剣ヲヌキテ、地ニツキタテ、其上ニヰテ、大汝ノ神ニ太神ノ勅《みことのり》ヲツゲシラシム。ソノ子都波八重《ツミハヤヘ》[一八]事代主《ことシロぬしノ》神〈今葛《かづら》木《き》ノ鴨《かも》[一九]ニマス〉アヒトモニ従《シタガイ》申。又次ノ子健《タケ》[二〇]御《ミ》名方《ナカタ》刀《と》美《ミ》ノ神〈今陬方《すは》ノ神ニマス〉シタガハズシテ、ニゲ給シヲ、スワノ《(ヘ)》湖《みづうみ》マデヲ《(オ)》ヒテセメラレシカバ、又シタガヒヌ。カクテモロ〳〵ノ惡《あしき》神ヲバツミナヘ[二一]、マツロ[二二]エ《(ヘ)》ルヲバホメテ、天上ニノボリテ返《かへり》コト申給。大物主ノ神〈大汝ノ神ハ此國ヲサリ、ヤガテカクレ給ト見ユ。コノ大物主ハサキニ云所ノ三輪[二三]ノ神ニマスナルベシ〉事代主ノ神、相共ニ八十萬《やそよろづ》ノ神ヲヒキヰテ、天《あめ》ニマウヅ。太神コトニホメ給キ。「宜《よろしく》[二四]八十萬ノ神ヲ領《りやうじ》テ皇孫ヲマボリマツレ。」トテ、先《まづ》カヘシクダシ給ケリ。其後、天照太神、高皇産靈尊相計《はからひ》テ皇孫ヲクダシ給。八百萬《やほよろづ》ノ神、勅《みことのり》ヲ承《うけたまはり》テ御供[二五]ニツカフ《(ウ)》マツル。諸神ノ上首《じやうしゆ》[二六]三十二神アリ。其中《なか》ニ五部《いつとものをの》[二七]神ト云ハ、天兒屋《あまのこやねの》命〈中臣ノ祖《おや》〉天太玉《ふとたまの》命〈忌部ノ祖〉天鈿女《うづめの》命〈猨女《さるめ》ノ祖〉石凝姥《いしこりどめの》命〈鏡作《つくり》ノ祖〉玉屋《たまのやの》命〈玉作《たまつくり》ノ祖〉也。此中ニモ中臣・忌部ノ二《ふたはしらの》神ハムネト神勅《しんちょく》[二八]ヲウケテ皇孫ヲタスケマボリ給。又三《み》[二九]

一二 「雉名鳴女」(記)。きぎしで、その名、鳴女の意。「無名雉〈ナナシキギシ〉」(神代紀、一書)。名は功名。鳴き声によりよくその使命を果すきぎしの意か。

一三 天神から拝領した矢。天之加久矢・天之羽羽矢の両説がある。

一四 「怪し」の語根の活用。不審に思う。

一五 その年の新穀を神に捧げて感謝し、みずからも食する祭り。

一六 先方が射た矢をそのまま射返すこと。

一七 「二神於㆑是降㆓到出雲国五十田狭之小汀㆒、則抜㆓十握剣㆒。倒植㆓於地㆒踞㆓其鋒端㆒而問㆓大己貴神㆒」(神代紀下)。剣の鋒先きを上にして立て、その先きに足をくんで座す。

一八 この神の名、紀は事代主神、記は八重事代主神。旧事本紀には両方見える。その地神本紀の項では、都味歯八重事代主神とあって孫である。都美波八重事代主神とあるべきところ。

一九 奈良県南葛城郡(現在御所市)の鴨津波神社。

二〇 紀・古語拾遺には見えない。記でも大国主神の子孫の系譜の条には見えない。また「刀美」の二字は記・旧事本紀にはない。

二一 「誅・ツミナフ」(名義抄)。罪におこなう。

二二 威に服して帰順したもの。

二三 →五八頁注二。

二四 「宜領㆓八十万神㆒、永為㆓皇孫㆒奉護。乃使㆓還降㆒之」(神代紀下、一書)。天上に上ったのは忠誠心に変りなきを誓うため、「先カヘシクダ」されたのは、忠誠心にめでてその将来を保証したのである。

二五 底本「御共」、青・山二・天村等により訂。

二六 瑚璉集下では、次の注二八の末尾に、「率㆓三十二神㆒云々」と記し、その名を列挙している。

二七 「五伴緒」(記)。伴は部と同じく、同一の職業に従事する部族。緒は長(おさ)、部民を統率して朝廷に奉仕するその首長。

二八 「復勅㆓天児屋命太玉命㆒、惟爾二神亦同侍㆓殿内㆒、善為㆓防護㆒」(神代紀下、一書)。

二九 三種の神器に同じ。

種《くさ》ノ神寶《かむたから》ヲサヅケマシマス。先《まづ》アラカジメ、皇孫ニ勅《みことのりし》テ曰《のたまはく》、「葦原千五百秋之《あしはらのちいほあきの》一瑞穗國是吾子孫可レ主之地也。《みづほのくにはこれワガウミノコノきみたるべきところなり》宜ニ爾皇孫就而治一焉。《イマシすめみまツイテしらすべし》二〔行〕給矣。《さきくゆきタマヘ》寶祚之隆《あまつひつぎのさかえまさむこと》當下與ニ天壤一無中窮上者矣。《マサニあめつちときはまりなかるべし》」又太神御手ニ寶鏡ヲモチ給《たまひ》、皇孫ニサヅケ三祝《ほき》テ、「吾兒《ワガコ》視ニ此寶鏡一當レ猶レ視レ吾。《このたからのかがみヲみることまさニナヲシわれヲミルガごとくすべシ》可下與同レ床共レ殿以爲中齋鏡上。《トモニゆかヲおなじくシみあらかヲひとつニシテいはひのかがみとすべし》」トノ給。八坂瓊ノ曲玉《まがたま》・天ノ叢雲ノ劍ヲクワ(ハ)ヘテ三種トス。又「四此鏡ノ如《ごとく》ニ分明《ふんみやう》ナルヲモテ、天下《あめのした》ニ五照臨《せうりんし》給へ。八坂瓊ノヒロガレルガ如ク曲妙《タクミナルワザ》ヲモテ天下ヲシロシメセ。神劍ヲヒキサゲテハ不レ順《まつろはざ》ルモノヲタイ(ヒ)ラゲ給《たまへ》。」ト勅《みことのりし》マシマシ〳〵ケルトゾ。此國ノ神靈《しんれい》トシテ、皇統《くわうとう》一種タヾシクマシマス事、マコトニコレラノ勅ニミエタリ。三種ノ神器世ニ傳《つたふる》コト、六日月星《ひつきほし》ノ天《あめ》ニアルニヲ(オ)ナジ。鏡ハ日ノ體《たい》ナリ。玉ハ月ノ精《せい》也。劍ハ星ノ氣《き》也。フカキ習アルベキニヤ。

抑《そもそも》、彼ノ寶鏡ハサキニシルシ侍《はべる》石凝姥《いしこりどめ》ノ命ノ作《つくり》給ヘリシ八咫ノ御鏡〈八咫ニ口傳七〈アリ〉〉、裏書《に》云。咫《は》説文《に》云。八中《の》婦人《の》手《の》長《さ》八寸謂《ふ》ニ之《を》咫《と》一。九周尺《しうじやく》也。但《ただし》、今ノ八咫ノ鏡《の》事ハ別《べつに》口傳アリ。

玉ハ八坂瓊ノ曲玉、玉屋《々》ノ命〈天明玉《あめのあかるたま》トモ云〉作《つくり》給ヘルナリ〈八坂ニモ口傳アリ〉。劍ハスサノヲノ命ノエ一〇給テ、太神ニタテマツラレシ叢雲《むらくも》ノ劍也。此三種ニツキタル神勅ハ一一正《まさし》ク國ヲタモチマスベキ道ナルベシ。鏡ハ一物《いちもつ》ヲタクハヘズ。私《わたくし》ノ心ナクシテ、萬《ばん》

一 底本「瓊穂国」、天村・天一・大等により訂。↓補注二。二 白・静二・高等により補。三 上代は清音で、ほく、ことほく。日葡辞書も。言葉に出してその将来を祝福する。四「天皇如ニ八尺瓊之勾一以ニ曲妙一御宇、且如ニ白銅鏡一以ニ分明一看ニ行山川海原一、乃提ニ是十握剣一平ニ天下一矣」(仲哀紀)。この伊覩県主五十迹手の奏した言葉とほぼ同じものが神皇実録・神皇系図・天口事書に見え、元元集も引用している。↓補注一二。五 神仏・天子などが高きにありて、あまねく照らすこと。六「凡厥神器之在ニ天下一、不レ異ニ三辰在ニ天上一。鏡乃日精也。玉乃月精也。剣乃麥星之精也」(元元集巻五)。親房が神器伝受篇の結論として表明した語で、ここでは、体・精・気と言い換えているが、ともに無限の発展力をもつ徳を内蔵する根元のものを指している。七 秘伝口授。その道の秘説奥義などを師弟相伝式に口授したもの。これらの口伝については元元集巻五参照。その裏書に「已上依ニ家行神主口説一録レ之」ともある。底本「八咫」の上に「八」あり。「口伝」の下に「アリ」なし。刈・竹・天村等により訂。底本「八咫ニ口伝」「八坂ニモ口伝アリ」を本文とす。八 底本「中ニ」、説文に「中婦人」とあり、訂。中くらいの大きさ。標準的なもの。九 底本「周」を「メクリ」と訓ず、訂。「周尺之数未ニ詳聞一也。揲ニ礼制一周猶以ニ十寸一為レ尺」(礼記、王制注)。一〇 底本「給ヘル」、天村・刈・大等により訂。一一「皇祖天照太神、手持ニ三種宝器一、口伝ニ三句要道一。与ニ日月一倶懸、与ニ天地一不レ朽者也。伝ニ瓊玉一者欲レ使下脩ニ其身一克妙上。伝ニ宝鏡一者欲レ使下正ニ其心一克明上也。伝ニ神剣一者欲レ使下致ニ其知一克断上也。(中略)伏冀御宇之聖皇有官之八十氏人等留ニ心於此道一与レ神斉ニ其明一者安ニ諸天下一在ニ於掌中一焉」(元元集巻五)。↓補注一三。

象《しやう》ヲテラスニ是非善悪ノスガタアラハレズト云コトナシ。其スガタニシタガヒテ感《かん》應《おう》スルヲ徳トス。コレ正直《しやうぢき》ノ本源ナリ。玉ハ柔和善順《にうわぜんじゆん》ヲ徳トス。慈悲ノ本源也。剣ハ剛利決斷ヲ徳トス。智恵《ちゑ》ノ本源也。此三徳ヲ[一二]翕受《アハセうけ》ズシテハ、天下《あめのした》ノヲサマランコトマコトニカタカルベシ。神勅アキラカニシテ、[一三]詞《ことば》ツヾマヤカニムネヒロシ。アマサヘ神器ニアラハレ給ヘリ。イトカタジケナキ事ヲヤ。中《なか》ニモ鏡〔ヲ〕[一四]本《もと》トシ、宗廟《そうべう》ノ正體《しやうたい》トアフガレ給。鏡ハ明《めい》ヲカタチトセリ。心性《しんしやう》アキラカナレバ、慈悲決斷ハ其中《うち》ニアリ。又正《まさし》ク御影《みかげ》ヲウツシ給シカバ、フカキ御心ヲトヾメ給ケンカシ。天《あめ》ニアル物、日月《ひつき》ヨリアキラカナルハナシ。仍文字《よりてもんじ》ヲ制スルニモ「[一五]日月ヲ明トス。」ト云ヘリ。我神、[一六]大日《だいにち》ノ靈《みたま》ニマシマセバ、明徳ヲモテ照臨シ給コト陰陽ニヲ(オ)キテハカリガタシ。冥顯《みやうけん》ニツキテタノミアリ。君モ臣《しん》モ神明ノ[一七]光胤《くわういん》ヲウケ、或ハマサシク勅ヲウケシ神達ノ[一八]苗裔《べうえい》也。誰カ是ヲアフギタテマツラザルベキ。此理《ことわり》ヲサトリ、其道ニタガハズハ、[一九]内外典《ないげてん》ノ學問モコヽニキハマルベキニコソ。サレド、此道ノヒロマ[二〇]ルベキ事ハ内外典流布《るふ》ノ力ナリト云ツベシ。魚[二一]ヲウルコトハ網《あみ》ノ一目《いちもく》ニヨルナレド、衆目ノ力ナケレバ是ヲウルコトカタキガ如シ。應神《おうじん》天皇ノ御代ヨリ儒書ヲヒロメラレ、聖徳《しやうとく》太子ノ御時ヨリ、[二二]釋教《しやくけう》ヲサカリニシ給シ、是《これ》皆[二三]權化《ごんげ》ノ神聖《かみ》ニマシマセバ、天照太神ノ御心ヲウケテ我國ノ道ヲヒロメフカクシ給ナルベシ。

カクテ此瓊々杵ノ尊、天降《あまくだり》マシヽニ猨田彦《さるだびこ》ト云神マイ(ヰ)リアヒキ[二四]〈コレハチマタノ神也〉。

一二 翕受(きゆうじゆ)の訓よみ。翕受敷施(書経、皐陶謨)。人君たるものがあらゆる徳を一様に受け入れて、あまねく施す。残りなく正しく体得すること。一三 詞そのものは簡約であるが、内包する意義は深遠である。

一四 書・大・天一等により補。

一五「明。謂日月」(荀子、勧学篇注)。

一六 →補注一四。

一七 輝かしい光栄にみちた血統の意。吉見幸和の五部書説弁巻一で、宝基本記の本文を引用している部分に「種二神明之光胤一」とあり、この「光胤」を「ミタネ」と訓じている。

一八 子孫。はつこ。

一九 当時の異国のあらゆる学問を総合した称。

二〇 神道。日本固有の道。釈氏・老荘・儒家の言もその現われている姿は「学者伝習分レ派異レ流」(元元集巻五)もので、究極においては、神道顕現の輔翼となる。

二一「有レ鳥将レ来。張レ羅而待レ之。得レ鳥者羅之一目也。今為二一目之羅一則無三以得二鳥矣一」(文子・上徳)。「一目之羅不レ能レ得レ鳥。得レ鳥者羅之一目耳」(摩訶止観五)。一尾の魚が網にかかるということは、一目だけでは網は形をなさないし、魚をとることも不可能であり、全体の網の一目であって初めて完全にその役を果すことで例証している。二二 釈氏金口八万字の教え。仏教。二三 神仏が衆生済度のために、かりに姿をかえて世に現われること。「神聖」は、ここでは大神の神意を体した神聖な人。

二四 底本この注、本文として入る。天一・山二・高等により訂。衢神(ちまたのかみ)(神代紀下、一書・古語拾遺)。天と地とを通ずる道のいくつにも分かれている所に居る神。「有二一神一、居二天八達之衢一。其鼻長七咫。(中略)聞三天照大神之子今当二降行一、故奉レ迎相待。吾名、是猿田彦大神」(神代紀下、一書)。

テリカ、ヤキテ目[一]ヲアハスル神ナカリシニ、天ノ鈿目ノ神行《ゆき》アヒヌ。又「皇孫イヅクニカイタリマシマスベキ。」ト問シカバ、「筑紫《つくし》ノ日向ノ高千穂ノ〔槵〕《くし》[二]觸《ふる》ノ峯《たけ》ニマシマスベシ。ワレハ伊勢ノ五十鈴ノ川上ニイタルベシ。」ト申《まをす》。彼神ノ申《まをし》ノマヽニ、槵觸ノ峯ニアマクダリテ、シヅマリ給ベキ所ヲモトメラレシニ、事勝《ことかつ》[三]・國勝《くにかつ》ト云神〈コレモ伊弉諾尊ノ御子、又ハ鹽土《しほつち》ノ翁《おきな》ト云〉マイ(ヰ)リテ、「ワガヰタル吾田《あた》ノ長狹《ながさ》ノ御崎《みさき》ナンヨロシカルベシ。」ト申[四]ケレバ、ソノ所ニスマセ給ケリ。

コヽニ山ノ神大山祇《おほやまつみ》、二《ふたり》ノ女《むすめ》アリ。姉ヲ磐長姫《イワナガヒメ》[五]ト云〈コレ磐石《ばんじゃく》ノ神ナリ〉、妹ヲ木《こ》ノ花《はなの》開耶《さくや》姫ト云〈コレハ花木ノ神ナリ〉。二人ヲメシミ給《たまふ》。アネハカタチミニクカリケレバ返シツ。イモウトヲ止《とど》メ給シニ、磐長姫ウラミイカリテ、「我ヲモメサマシカバ、世ノ人ハイノチナガクテ磐石ノ如クアラマシ。タヾ妹ヲメシタレバ、ウメラン子ハ木《こ》ノ花ノ如クチリヲ(オ)チナム。」トトコヒ[六]ケルニヨリテ、人ノイノチハミジカクナレリトゾ。木ノ花ノサクヤヒメ、メサレテ一夜《ひとよ》[七]ニハラミヌ。天孫ノアヤメ給ケレバ、ハラタチテ無戸室《ウツムロ》[八]ヲツクリテコモリヰテ、ミヅカラ火ヲハナチシニ、三人《みたり》[九]ノ御子生給《うまれたまふ》。ホノヲ(ホ)ノオコリケル時、生《うまれ》マスヲ火闌降《ホノスせり》ノ命ト云。火ノサカリナリシニ生マスヲ火明《ホアカリノ》命ト云。後《のち》ニ生マスヲ火《ほ》〔火《ほ》〕[一〇]出見《でみ》ノ尊ト申《まをす》。此三人ノ御子ヲバ火モヤカズ、母ノ神モソコナハレ給ハズ。父ノ神悦《よろこび》マシ〳〵ケリ。

此尊天下《あめのした》ヲ治《をさめ》給事三十萬八千五百三十三年ト云ヘリ。自レ是《これより》サキ、天上ニトヾマ

一「時有二八十万神一、皆不レ得二目勝相問一」(神代紀下、一書)。猿田彦の両眼は赤かがち(丹波ほおずき)のように赤々と鋭いので、その眼力に負けて、まともにその顔を見て物をいう神が居なかった。天鈿目の命ひとりが勇気あって、恐れずこれと相対して問答しえたのである。

二「対曰、天神之子則当レ到二筑紫日向高千穂槵触之峯一。吾則応レ到二伊勢之狭長田五十鈴川上一」(神代紀下、一書)。「槵触」は奇(くし)ふるか。峯を神聖視した称で、弥高くそびえて神霊の宿る霊異な山。高千穂峯とか霧島山とか諸説がある。底本「触ノ峯」、出・天村・天一等により補。

三「覓レ国行去。到二於吾田長屋笠狭之御崎一時彼処有二一神一。名曰二事勝国勝長狭一。故天孫問二其神一曰、国在耶。対曰、在也。因曰、随勅奉矣。故天孫留二住於彼処一。其事勝国勝神者是伊弉諾尊之子也。亦名塩土老翁」(神代紀下、一書)。記には塩椎神。鈴木重胤説によれば、塩土老翁。記には塩椎神。

四 底本「申ケル」、書・刈・静一等により訂。

五 底本「盤長姫」、新・竹・静二等により訂。また、「コレ」を本文とする。新・竹・静二等により訂。妹の名が、木の花の咲く美しさと一面にそのもろさを譬えるのに対し、磐石が長く変らず永遠なると一面美しさに遠いことを示す。

六 人の身の上に凶事あれかしとのろう。

七 たった一夜の契りで妊娠する。

八「無レ戸八尋殿」(記)。土をもって塗りふさいだ出入口のない御殿。上代は、産の血をけがれたものとして忌み、人目をさけて産室を作った。

九 三子の出生の次第には異伝がある。この順序は神代紀下一書の説。紀の本文では火闌降命・彦火々出見尊・火明神。記では火照命・火須勢理命・火遠理命亦名天津日高日子穂々手見命となる。

リマス神達ノ御事ハ年序《ねんじょ》[一一]ハカリガタキニヤ。天地《あめつち》ワカレショリ以來《このかた》ノコト、イクトセヲヘタリト云コトモミエタル文《ふみ》ナシ。

抑《そもそも》、天竺ノ説ニ、人壽《にんじゅ》無量ナリシガ八萬四千歳ニナリ、ソレヨリ百年ニ一年ヲ減ジテ百二十歳ノ時〈或百才トモ〉[一二]釋迦佛出給《いでたまふ》ト云《いへ》ル、此佛出世ハ鸕鶿草葺不合尊《うがやふきあへずの》ノスエ(ヱ)ザマノ事ナレバ〈神武天皇元年辛酉《かのととり》、[一三]佛滅後《ぶつめつののち》二百九十年ニアタル。[一四]コレヨリ上ハカゾフベキ也〉、百年ニ一年ヲ増シテコレヲハカルニ、此瓊々杵ノ尊ノ初《はじめ》ツカタハ[一五]迦葉佛《かせふぶつ》ノ出《いで》給ケル時ニヤアタリ侍ラン。人壽二萬歳ノ時、此佛ハ出給ケリトゾ。

第四代、彦火々出見《ひこほほでみ》ノ尊ト申《まをす》。御兄《このかみ》火ノ闌降《すせり》ノ命、海ノ幸《さち》[一六]マス。此尊ハ山ノ幸《さち》マシケリ。コヽロミニ相カヘ給シニ、各《おのおの》其幸《さち》ナカリキ。弟《おとと》ノ尊ノ、弓箭《ゆみや》ニ魚ノ釣《つり》鉤《ばり》ヲカエ(ヘ)給ヘリシヲ、弓箭ヲバ返《かへし》ツ。ヲ(オ)トヽノ尊 鉤《ツリバリ》ヲ魚ニクワ(ハ)レテ失ヒ給ケルヲ、[一七]アナガチニセメ給シニ、センスベナクテ海邊《うみべ》ニサマヨヒ給キ。鹽土ノ翁《おきな》〈此神ノ事サキニミユ〉マイ(ヰ)リアヒテ、[一八]ハカリコトヲメグラシテ、海神綿積命《うみのかみワタツミノ》〈小童《せうとう》[一九]トモカケリ〉ノ所ニヲ(オ)クリツ。其女《むすめ》ヲ豐玉姫ト云。天神《あまつかみ》ノ御孫ニ[二〇]メデタテマツリテ、父ノ神ニツゲテトヾメ申ツ。ツイ(ヒ)ニ其女《むすめ》ト[二一]アヒスミ給《たまふ》。[二二]ミトセバカリアリテ[二三]故郷《もとつくに》ヲオボス御氣色《みけしき》アリケレバ、其女父ニイヒアハセテカヘシタテマツル。[二四]大小《おほきちひさき》イロクヅヲツドヘテトヒケルニ、[二五]口女《クチメ》ト云魚《うを》、ヤマヒアリトテミエズ。シヰ(ヒ)テメシイヅレバ、ソノ口《くち》ハレタリ。是ヲサグリシニ、ウセニシ鉤ヲサグリイヅ〈一《ひとつ》ニハ赤女《あかめ》ト云。又此魚ハ

一〇 「火火出見」が正しい、補。

一一 歳序。

一二 →四七頁注一八。

一三 釈迦の入滅度。死。

一四 底本「已上ハ」、書・国・大等により訂。

一五 迦葉波仏陀。過去七仏の第六、尼拘類樹下に成仏したが弟子二万人という。

一六 海や山の獲物。

一七 むりやりに返すようにと強請する。

一八 「云下我為二汝命一作中善議上、即造二無間勝間之小船一、載二其船一以教曰、我押二流其船一者、差暫往。将レ有二味御路一。乃乗二其道一往者、如二魚鱗一所レ造之宮室、其綿津見神之宮者也。到二其神御門一者、傍之井上、有二湯津香木一。故坐二其木上一者、其海神之女、見相議者也」(記)。

一九 海童。海の神。本来は海中の神異な怪物。

二〇 一目見てほれぼれとする。

二一 夫婦の契りを結び、居を同じくして住む。

二二 三年という年月は、こうした淹留説話によく見られる年数。五九頁の天稚彦も復命を三年忘れたとある。万葉集巻九の浦島子の長歌にも、「家ゆ出でて　三歳の間に」とある。ともに相当の長さの年月を示す。

二三 「上国(うわつくに)」(神代紀下、一書)。海神の国に対して、もとからの神の国。本国。

二四 うろくず。魚類。橋本進吉氏は、「大小」を「とほしろくちひさき」と訓じている。白山本などは「大小ノ」、天一・山二本などは「大少」。

二五 紀には、赤女・口女・赤女口女。記には赤海鯽魚(いた)。紀の一書では、赤女と口女を併記し、「赤女即赤鯛也、口女即鯔魚(なよし)也」としている。なよしは今のぼらの類で、河口近くに住み、めなだ(赤目魚)ともいう。

ナヨシト云魚トミエタリ〉。[一]海神《うみのかみ》イマシメテ、「口女イマヨリツリクフナ。又天孫《あめみま》ノ[二]饌《おもの》ニマイ(ヰ)ルナ。」トナン云フクメケル。又海神[三]ヒル珠ミツ珠ヲタテマツリテ、[四]兄《このかみ》ヲシタガヘ給ベキカタチヲオ(ヲ)シヘ申ケリ。サテ故郷《もとつくに》ニカヘリマシテ鉤ヲ返《かへし》ツ。滿珠《みつたま》ヲイダシテ[五]ネギ給ヘバ、鹽ミチキテ、コノカミ[六]ヲ(オ)ボレヌ。ナヤマサレテ、「[七]俳優《ワザヲギ》ノ民《たみ》トナラン。」トチカヒ給シカバ、ヒル珠ヲモチテ鹽ヲシリゾケ給キ。コレヨリ天日嗣《あまつひつぎ》ヲツタヘマシ〳〵ケル。

海中ニテ豊玉姫ハラミ給シカバ、「[八]産期《ウミガツキ》ニイタラバ、海邊《うみべ》ニ産屋《うぶや》ヲ作《つくり》テ待給ヘ。」ト申キ。ハタシテ其妹玉依姫《いもたまより》ヲヒキヰテ、海邊ニ行《ゆき》アヒヌ。屋《や》ヲ作テ鸕鷀《う》ノ羽《は》ニテフカレシガ、[九]フキモアヘズ、御子ウマレ給ニヨリテ鸕鷀草葺不合《うがやふきあへずの》尊ト申ス。又[一〇]産屋ヲウブヤト云事モウノハヲフケルユヘ(エ)ナリ[一一]〔トナン〕。サテモ「産《うみ》ノ時ミ給ナ。」ト契申《ちぎりまをし》シヲ、ノゾキテ見マシケレバ、[一二]龍《りよう》ニナリヌ。ハヂウラミテ、「ワレニハヂミセ給ハズハ、[一三]海陸《うみくが》ヲシテ相カヨハシヘダツルコトナカラマシ。」トテ、御子ヲステヲ(オ)キテ海中ヘカヘリヌ。後ニ[一四]御子ノキラ〳〵シクマシマスコトヲキヽ〔[一五]テ憐ミ崇《あが》メテ、妹ノ玉依姫ヲ奉テ養ヒ〕マイ(ヰ)ラセケルトゾ。

此尊天下ヲ治給コト六十三萬七千八百九十二年ト云ヘリ。

震旦ノ世ノ始《はじめ》ヲイヘルニ、萬物《ばんぶつ》混然トシテアヒハナレズ。是ヲ[一六]混沌《こんとん》ト云。其後輕《カロク》清《キヨキ》物ハ天《てん》トナリ、重濁《ヲモクニゴレル》物ハ地《ち》トナリ、[一七]中和氣《クワノキ》ハ人《じん》トナル。コレヲ[一八]三才《さんさい》ト云〈コレ

一 底本「海人」、書・国・大等により訂。
二 御膳(おもの)。神や天皇などに献ずる食事。主として飯をいう。ここは広く食膳にのぼるもの。
三「潮満瓊潮涸瓊」(神代紀下)。海水の干満を自由にできる呪力ある珠。
四 意のままに相手を服従させ統御する方法。
五 祈り申す。呪文をとなえて願う。
六 底本「ヲホラレヌ」、天村・静一・刈等により訂。七 →五六頁注一五。八 出産の時になったら。「妾已娠矣。当産不ㇾ久。妾必以㆓風濤急峻之日㆒出㆓到海浜㆒。請為ㇾ我作㆓産室㆒相待矣」(神代紀下)。九 かやの代りに海鳥の鵜の羽をもって産室をふいたが、ふき終るのを待たないで出産した意。かやは屋根をふく草の総称。
一〇「以㆓産室㆒称㆓鸕鷀草葺屋㆒者、以㆓鸕鷀羽㆒令ㇾ葺之本縁也」(釈日本紀巻八)。
一一 静一・大・天村等により補。
一二「豊玉姫方産〈ミサカリニ〉化㆓為龍㆒」(神代紀下)。記では八尋わにになったとある。
一三 海神の宮と尊の国との間に自由な交通ができるようにする。海神の国とこの国との堺の海坂を閉鎖するとその交通が絶える。
一四「是後豊玉姫聞㆓其児端正㆒、心甚憐重欲㆓復帰養㆒。於ㇾ義不ㇾ可。故遣㆓女弟玉依姫㆒以来養者也」(神代紀下、一書)。端正は容貌がきらきらと輝いてまばゆい。
一五 天村・大・刈等により補。
一六 元元集巻一に、混沌に関する引用が数多く見られるが、その一に「五気運通為㆓天地之二霊㆒、清以ㇾ陽発、升而為ㇾ天。濁以ㇾ陰凝、降而為ㇾ地。天地形別謂㆓之二儀㆒。人生㆓其間㆒。謂㆓之三才㆒」(古今帝王年代暦)とある。
一七 陰陽中和之気。いずれにも片寄らない正しい気。その気をうけて人が発生したと見る。
一八 才は載。万物を制載する意。天と地と人とを並べていう。

マデハ我國ノ初《はじま》リヲ云ニカハラザル也〉。其ハジメノ君盤古《ばんこ》氏、天下ヲ治《をさむる》〔コ〕[一九]ト一萬八千年。天皇《てんくわう》・地皇・人皇ナド云王相續《あひつぎ》テ、九十一代一百八萬二千七百六十年。サキニアハセテ一百十萬七百六十年〈コレ一説ナリ。實《まこと》ニハアキラカナラズ。[二〇]廣雅《くわうが》ト云書ニハ、開闢ヨリ[二一]獲麟《くわくりん》ニ至《いたり》テ二百七十六萬歳トモ云。獲麟トハ孔子ノ在世《ざいせ》、魯《ろ》ノ哀公ノ時ナリ。日本ノ懿徳《いとく》ニアタル〉。シカラバ、盤古ノハジメハ此尊ノ御代ノスエ(ヱ)ツカタニアタルベキニヤ。

第五代、彦波瀲《ひこなぎさ》武《たけ》鸕《う》鷀草葺不合《がやふきあへずの》尊ト申《まをす》。御母豐玉姫ノ名ヅケ〔申ケ〕[二二]ル御名ナリ。御姨《ヲバ》玉依姫ニ[二三]トツギテ四《よ》ハシラノ御子ヲウマシメ給フ。彦五瀬命《ヒコイツセノ》、[二四]〔稲飯命《いなひの》〕、三毛《ミケ》入野《イリノ》命、日本磐余彦《ヤマトイワレひこ》ノ尊ト申ス。磐余彦尊ヲ[二五]〔太子ニ立テテ〕天日嗣《あまつひつぎ》ヲナンツガシメマシ〳〵ケル。

此神[二六]〔ノ〕御代七十七萬餘年ノ程ニヤ、モロコシノ三皇ノ初、伏犧《ふくき》ト云王アリ。次《つぎに》、[二七]神農《しんのう》氏、次《つぎに》、[二八]〔軒《けん》〕轅《あん》氏、三代アハセテ五萬八千四百四十年〈一説ニハ一萬六千八百二十七年。シカラバ此尊ノ八十萬餘ノ年ニアタル也。[二九]親經《ちかつねの》中納言ノ新古今ノ序ヲ書《かく》ニ、伏犧ノ皇德ニ基《もとゐ》シテ四十萬年ト云リ。何《いづれの》説ニヨレルニカ。無二覺束一事也《おぼつかなきことなり》〉。其後ニ[三〇]少昊《せうこう》氏、[三一]顓頊《センギヨク》氏、[三二]高莘《かうしん》氏、[三三]陶唐《たうたう》氏〈堯也〉、[三四]有虞《いうぐ》氏〈舜也〉ト云五帝アリ。合《あはせ》テ四百三十二年。其次《つぎに》、夏《か》・殷《いん》・周《しう》ノ三代アリ。夏ニハ十七主、四百三十二年。殷ニハ三十主、六百二十九年。周ノ代ト成《なり》テ第四代ノ主《しゆ》ヲ[三五]昭王ト云キ。ソノ二十六年甲寅《きのえとら》ノ年マデハ周ヲ(オ)コリテ一百二十年。コノトシハ葺不合尊ノ八十三萬五千六百六十七年ニアタレリ。コトシ天竺ニ[三六]釋迦佛出世

一九 底本「コ敗」と注記、刈・天一・新等により補。二〇 十巻。魏の張揖の撰。字書。底本「広雅ト云」より「懿徳ニアタル」まで本文に入る。静一・静二・竹等により訂。二一 魯の哀公十四年(四八一)の春、西方に狩して麒麟(きりん)を得たという故事。孔子が春秋の筆をここで止めたので、これを一期とした。この年は周の敬王三十九年、懿徳天皇即位三十年にあたる。二二 新・書・大等により補。二三 男女相会う。夫婦となる。二四 森・書・国等により補。二五 天村・刈・大等により補。二六 天村・刈・青等により補。二七 三皇の一。炎帝ともいう。人身牛首、民に農を教えたので神農氏という。二八 黄帝の名、河南省軒轅の丘に居たのでいう。底本「轅氏」、出・天村・大等により補。二九 日野親経。俊経の子。建永元年(一二〇六)任権中納言、新古今集真名序の筆者。その序に「伏羲基二皇徳一而四十万年、異域自雖レ観二聖造之書史一焉」とある。藤原定家の作という愚秘抄によれば、この一項は、摂政藤原良経が「尤もありたき句を落」したとして加筆したとある。三〇 黄帝の子。曲阜に都した。太昊伏犧氏の法をよく修めたのでいう。三一 黄帝の孫。天人相互間の道を正したので、この名がある。三二 黄帝の曾孫。底本「高辛」、「高莘」が正しい。三三 帝堯の氏。堯は始め陶に封ぜられ、後に唐に都したのでいう。三四 舜のこと。先きに山西省平陸県の虞に都したのでこの名がある。三五 底本「照」、高・大・静一等により訂。三六 釈迦の出生・入滅のことが前後三回にわたって引き続いて記録されていること、またシナの王朝の歴代がくりかえし記載されていることは、ともに親房が日本を異朝と常に比較対照しつつ、日本が歴史的にも一層古くしかも優秀な国体を有することを強調しようとする筆勢を示すものである。地神下三代のこの暦数は神武紀・倭姫命世記に依っている。

シマシマス。同《おなじ》キ八十三萬五千七百五十三年ニ、佛《ほとけ》御年八十ニテ入滅《にふめつ》シマシ〳〵ケリ。モロコシニハ昭王ノ子、穆《ぼく》王ノ五十三年壬申《みづのえさる》ニアタレリ。其後二百八十九年アリテ、庚申《かのえさる》[一]ニアタル年、此神カクレサセマシマス。

スベテ天下ヲ治給コト八十三萬六千四十三年ト云リ。

コレヨリ上《かみ》ツカタヲ地神《ちじん》五代トハ申ケリ。二代ハ天上ニトヾマリ給《たまふ》。下《しも》三代ハ西[二]ノ洲《クニノ》宮ニテ多ノ年ヲオクリマシマス。神代ノコトナレバ、其行迹《カウセキ》[三]タシカナラズ。葺不合ノ尊八十三萬餘年マシ〳〵シニ、ソノ御子磐余彦尊ノ御代ヨリ、ニハカニ人王《にんわう》[四]ノ代《よ》トナリテ、暦數《れきすう》[五]モ短クナリニケルコト疑フ人モアルベキニヤ。サレド、神道ノ事ヲシテハカリガタシ。マコトニ磐長姫ノ詛《トコヒ》ケルマヽ、壽命モ短クナリシカバ、神ノ(オ)フルマイニモカハリテ、ヤガテ人ノ代トナリヌルカ。天竺ノ説ノ如ク次第アリテ減《げんじ》(ヒ)タリトハミエズ。

又百王[六]マシマスベシト申メル。十々ノ百ニハ非《あらざ》ルベシ。窮《キハマリ》ナキヲ百トモ云リ。百《ひやく》官《くわん》百姓《ひやくしやう》ナド云ニテシルベキ也。昔、皇祖天照太神天孫ノ尊ニ御コトノリセシニ、「寶祚之隆、當下與二天壤一無中窮上。」《あまつひつぎのサカンナルことマサニあめつちときはまりナカルベシ》トアリ。天地[七]モ昔〔ニ〕カハラズ。日月モ光ヲアラタメズ。況《いはん》ヤ三種ノ神器世ニ現在シ給ヘリ。キハマリアルベカラザルハ我國ヲ傳《つたふ》ル寶祚《はうそ》也。アフギテタ(ツ)[八]トビタテマツルベキハ日嗣ヲウケ給スベラギニナン(オ)ヲハシマス。

一　この年は神武天皇即位の前年である。六九頁参照。

二　瓊々杵尊は笠沙の宮、彦火々出見尊と葺不合尊とは高千穂の宮。六七頁に「西偏ノ国」とある。後の大和を国の中心としての称。

三　行跡。治世間のこまごまとした事績。

四　人皇。神代に対し人代となってからの天皇。

五　命数。ここでは天皇が大神の意によりその位に即く運、転じてその年数をもいう。

六　中世の思想界を暗黒ならしめたものの一つに百王説がある。百王は本来数多くの王を意味するものであるが、それを時間的に百代の王と見る思想が鎌倉時代中期ごろから生まれた。日蓮は神国王御書に「人王は大体百代なるべきか」と記し、慈鎮は愚管抄第三に「神ノ御代ハシラズ。人代トナリテ神武天皇ノ御後百王トキコユル。スデニノコリスクナク八十四代ニモナリニケル」と述べているように、仏教の末法思想と相まって国家の将来に対して悲観的であった。釈日本紀巻八に「宝祚之隆云々」の述義として、「大問云。披二此文一者、不レ可レ限二百王鎮護一歟。先師申云。百王者。唯上数之衆多歟。且百王鎮護之詞不レ載二日本紀一。(中略)重仰云。百王者。誠数之衆多也」とある。尋ねたのは一条実経で答えたのは卜部兼方の父兼文である。親房以前に「百王」を限定数と見ないで「衆多」と解しているが、親房は更に進んで、「神明の本誓」にさかのぼり、神器の霊威に感じ、神皇相承の無窮論を展開したのである。「皇祖天照太神手持二三種宝器一、口伝二三句要道一。与二日月一倶懸、与二天地一不レ朽者也」と元元集巻五に述べているように「君臣有レ序、継体無レ差」「神器所レ護」「与レ神斉二其明一」(同前)を根本とすることによってその無窮論に到達したのである。

七　底本「天地ニ昔」、天村・静一・刈等により訂補。八→四一頁注一〇。

人皇《にんわう》第一代、神日本磐余彦天皇《すめらみこと》ト申《まをす》。後[九]ニ神武《じんむ》トナヅケタテマツル。地神《ちじん》鸕鷀草葺不合ノ尊ノ第四ノ子。御母玉依姫、海神《うみのかみ》[一〇]小童《わたつみの》第二女《のむすめ》也。伊弉諾尊ニハ六世、大日孁《おほひるめ》ノ尊ニハ五世ノ天孫ニマシマス。神日本磐余彦ト申ハ神代ヨリノヤマトコトバナリ。神武ハ中古トナリテ、モロコシノ詞《ことば》ニヨリテサダメタテマツル御名也。又此御代ヨリ代ゴトニ宮所《みやどころ》ヲウツサレシカバ、其所《ところ》ヲ名ヅケテ御名トス。此天皇ヲバ橿原《かしはら》ノ宮ト申、是也。

又神代ヨリ至《いたり》[一一]テ尊《たふとき》ヲ尊《ミコト》ト云《いひ》、其次ヲ命《ミコト》ト云。人ノ代トナリテハ天皇《すめらみこと》トモ號シタテマツル。臣下ニモ朝臣《あそむ》[一二]・宿禰《すくね》・臣《おみ》ナド、トイフ號イデキニケリ。神武ノ御時ヨリハジマレル事ナリ。上古《しやうこ》ニハ尊トモ命トモ兼《かね》テ稱《しようし》ケルトミエタリ。世クダリテハ天皇ヲ尊ト申コトモミエズ、臣《しん》ヲ命ト云事モナシ。古語ノ耳ナレズナレルユヘ《(エ)》ニヤ。此天《てん》皇《わう》御年十五ニテ太子《たいし》ニ立《たち》、五十一ニテ父神《ちちの》ニカハリテ皇位ニハツカシメ給《たまふ》。コトシ辛酉《かのととり》ナリ。筑紫《つくしの》日向ノ宮崎[一三]ノ宮ニオハシマシケルガ、[一四]兄《このかみ》ノ神達ヲ《(オ)》ヨビ皇子《わうじ》群臣《ぐんしん》ニ勅《みことのり》シテ、東征《セイ》[一五]ノコトアリ。此大八州《おほやしま》ハ皆是王地[一六]也。神代《かみよ》幽昧《ユウマイ》[一七]ナリシニヨリテ西偏《にしのホトリ》ノ國ニシテ、オホクノ年序《ねんじよ》ヲオクラレケルニコソ。

天皇舟檝《しうしふ》[一八]ヲトヽノヘ、甲兵《かふへい》[一九]ヲアツメテ、大日本洲《おほやまとのくに》ニムカヒ給。ミチ[二〇]ノツイデノ國々ヲタイラ《(ヒ)》ゲ、大ヤマトニイリマサムトセシニ、其國ニ天《あめ》ノ神饒《ニギ》ノ速日《ハヤヒ》ノ尊ノ御スエ《(エ)》[二一]宇麻志間見《ウマシマミ》ノ命ト云神アリ。外舅《ハヽカタノヲヂ》ノ長髄彦《ナガスネヒコ》[二二]ト云、「天神《あまつかみ》[二三]ノ御子兩種有ムヤ。」トテ、

九 諡(おくりな)。死者の生前の行迹によって、その死後おくる名。追号。これら代々の天皇の諡は、淡海公不比等(親長卿記)、淡海御船(釈日本紀引用)が贈ったという両説がある。

一〇 底本「小重」、静一・書・大等により訂。↓六三頁注一九。

一一 「至貴曰レ尊、自余曰レ命、並訓二美挙等一也」(神代紀上、注)。この二者の称呼は、紀撰修の際にその高下を定められたものであろうが、一般的に記には命の用例が多く、正統記でもまちまちで明白な用法の差は見られない。

一二 天武天皇十三年(六八五)に八姓が制定された。その第二・三・六位に見える。この部分は插入句と見た方が穏当ではないか。「天皇」の号のみが神武にはじまると見ておく。この三つは、ここでは、ともに近臣を親しみ敬ってよぶ称である。

一三 高千穂の宮か。記・紀ともにこの名はない。

一四 六五頁参照。

一五 西の九州を出て、東方の大和の地に征討の軍を進めること。

一六 天皇の統治下にある国土。大神の神勅に「可レ王之地」とある。六〇頁参照。

一七 諸般の状勢の明白でないこと。

一八 「若済二巨川一、用レ汝作二舟楫一」(書経、説命)。ふねとかじ。

一九 武装した兵士。武器と軍隊。

二〇 日向から豊前の宇佐、筑前の崗の水門、安芸の埃宮、吉備の高島、摂津の難波、河内の草香、生駒を越えて大和へ。

二一 宇麻志間見命の母は長髄彦の妹御炊屋(みかしや)姫。記は宇麻志麻遅命。紀は可美真手命。

二二 大和国生駒郡鳥見地方に割拠した土豪。鳥見彦ともいう。

二三 「故吾以二饒速日命一為レ君而奉焉。夫天神之子豈有二両種一乎」(神武紀)。

軍《いくさ》ヲオコシテフセギタテマツル。其軍コハクシテ[一]皇軍《みいくさ》シバ〱利ヲウシナフ。又[二]邪《あしき》神毒氣《かみどくき》ヲハキシカバ、士卒《しそつ》ミナヤミフセリ。コヽニ天照太神、健甕槌《タケミカヅチ》ノ神ヲメシテ、[三]「葦原ノ中ツ洲《くに》ニサハ(ワ)グヲ(オ)トス。汝ユキテタイラ(ヒ)ゲヨ。」トミコトノリシ給。健甕槌ノ神申《まをし》給ケルハ、「昔國ヲタイラ(ヒ)ゲシ時《の》剣アリ。カレヲクダサバ、自《おのづか》ラタイラ(ヒ)ギナン。」ト申テ、紀伊《きの》國[四]名草《なぐさ》ノ村ニ高倉下命《タカクラジノ》ト云神ニシメシテ、此剣ヲタテマツリケレバ、天皇悦《よろこび》給テ、士卒ノヤミフセリケルモミナヲ(オ)キヌ。又神魂《かみむすひ》ノ命ノ孫《まご》、[五]武《たけ》津之身命《つのみの》大烏《からす》トナリテ軍ノ[六]御サキニツカフ(ウ)マツル。天皇ホメテ八咫烏《やたからす》ト號シ給。又[七]金色《こんじき》ノ鵄《トビ》クダリテ皇弓《みゆみ》ノハズニヰタリ。其光テリカヽヤケリ。コレニヨリテ皇軍大《おほき》ニカチヌ。宇麻志間見《うましまみ》ノ命其舅《をぢ》ノヒガメル心ヲシリテ、タバカリテコロシツ。ソノ軍《いくさ》ヲヒキヰテシタガヒ申ニケリ。天皇ハナハダホメマシ〱テ、天《あめ》ヨリクダレル神剣ヲサヅケ、[八]「其〔大〕勳《だいくん》ニコタフ。」トゾノタマハセケル。此剣ヲ豊布都《トヨフツ》ノ神ト號ス。ハジメハ大和《やまと》ノ[九]石上《イソノカミ》ニマシ〱キ。後ニハ常陸《ひたち》ノ鹿嶋《かしま》ノ神宮ニマシマス。

彼宇麻志間見《かのうましまみ》ノ命又饒速日《ニギハヤヒ》ノ尊天降《あまくだり》シ時、外祖高皇産靈《ぐわいそたかみむすひ》ノ尊サヅケ給シ十種《とくさ》ノ瑞《みつ》寶《たから》ヲ傳《つたへ》モタリケルヲ天皇ニ奉ル。天皇[一〇]鎮魂《ミタマシヅメ》ノ瑞寶也シカバ、其祭ヲ始ラレニキ。此寶ヲモ即《すなはち》宇麻志間見《うましまみ》ニアヅケ給テ、大和《やまとの》石上ニ安置《あんぢ》ス。又ハ布瑠《フル》ト號《がうす》。此瑞寶ヲ一《ひとつ》ヅヽヨビテ、呪文《じゆもん》ヲシテ、フル事アルニヨレルナルベシ。

カクテ天下《あめのした》タイラ(ヒ)ギニシカバ、大和國橿原《かしはら》ニ都ヲサダメテ、宮ツクリス。其制度《せいど》

一 皇兄三人が相前後して、水陸で激戦の末戦死したことなど。二「時、神吐㆓毒気㆒人物咸瘁」(神武紀)。瘁(ゑ)る。病み疲れること。底本「士率」、青・天村・刈等により訂。

三 日本の古称。中つ国とも書く。四周皆葦が密生し、その中に開けている国。中つ国は、上つ国・下つ国に対して、上代人が世界を三層式に理解し、上の高天原・下の根の国に対してこの地上の国を呼ぶともいう。四 紀には「熊野高倉下」とある。「シメシテ」は霊夢のうちに、お告げとして知らせる。底本「タカクラシタ」と訓ず。「タカクラジ」が正しい。

五 新撰姓氏録の鴨県主の条に「神魂命孫鴨建津見命化㆓如大烏㆒。翔飛奉㆑導。遂達㆓中洲㆒。時天皇嘉㆓其有㆑功特厚褒賞。八咫烏之号従㆑此始也」とある。翼の大きいよく飛ぶ鳥。

六 道先き案内をつとめる。

七「皇師遂撃㆓長髄彦㆒、連戦不㆑能㆓取勝㆒。時忽然天陰而雨氷。乃有㆓金色霊鵄㆒飛来止㆓皇弓之弭㆒(中略)由㆑是長髄彦軍卒皆迷眩不㆓復力戦㆒」(神武紀)。八「天皇定㆑功行㆑賞。詔㆓宇間志麻治命㆒曰、汝之勲功矣。念惟大功也。(中略)因㆑斯先授㆓神霊之剣㆒崇㆓酬不世之勲㆒」(旧事本紀、天皇本紀)。底本「大」なし、出・書・国等により補。

九 この項、記・紀に依らず、旧事本紀による。二十一社記に詳しい。親房は、石上のことについては二義あるとして、記・紀説よりも旧事本紀説を採用している。「即彼宇麻志間見命ヲシテ斎祭ラシム。石上ニ安置ス」(二十一社記)。

一〇 二十一社記に、前条に続いて「鎮魂ト云ハ使㆔離遊之運魂鎮㆓身体之中府㆒之義也。此十種ノ宝ヲ一ヅツ名ヲ称シテ呪文シテ布瑠也。仍布瑠ノ神トモ号。此事慥ニ旧事本紀ニ見タリ。世俗ノ説ニ、昔布ノ流ケルニ依テ布流トモ、流留ニ依テ布留トモ云ヘリ。此極テ非説歟。旧事本紀ノ呪文ニハ布瑠ト書ケリ」とある。

天上ノ儀ノゴトシ。天照太神ヨリ傳給ヘル三種ノ神器ヲ大殿《みあらか》[一一]ニ安置シ、床《ゆか》[一二]ヲ同クシマシマス。皇宮・神宮一《ひとつ》ナリシカバ、國々ノ御《み》ツキ物ヲモ齋藏《いみくら》ニオ(ヲ)サメテ官物《くわんもつ》・神《じん》物《もつ》ノワキ[一三]〔ダ〕メナカリキ。天兒屋根命《あめのこやねの》[一四]ノ孫天種子《あめのタネコ》ノ命、天太玉《あめのふとたま》ノ命孫《の》天富《あめのとみ》[一五]ノ命モハラ神事《しんじ》ヲツカサドル。神代ノ例《ためし》ニコトナラズ。又靈時《まつりのには》[一六]ヲ鳥見山《とみのやま》ノ中《なか》ニタテテ、天《あまつ》神《かみ》・地祇《くにつかみ》ヲマツラシメ給《たまふ》。

此御代ノ始、辛酉《かのととり》ノ年、モロコシノ周《しう》ノ世、第十七代ニアタル君、惠《けい》王ノ十七年也。五十七年丁巳《ひのとみ》ハ周ノ二十一代ノ君、定《てい》王ノ三年ニアタレリ。コトシ老子《らうし》[一七]誕生《たんじやう》ス。是ハ道教ノ祖也。天竺《てんぢく》ノ釋迦如來入滅《しやかにょらいにふめつ》シ給シヨリ元年辛酉マデハ二百九十年ニナレルカ。

此〔天〕[一八]皇天下《てんか》ヲ治《をさめ》給コト七十六年。一百二十七歳ヲ(オ)ハシキ。

第二代、綏靖《すゐぜい》天皇《は》〈コレヨリ和語《わご》[一九]ノ尊號ヲバノセズ〉神武《じんむ》第二《の》御子。御母鞴《タタラ》[二〇]五十《イ》鈴姫《スズヒメ》、事《コト》代主《シロヌシ》ノ神ノ女也。父ノ天皇カクレマシテ、ミトセアリテ即位シ給。庚辰《かのえたつの》年也。大和《やまとの》葛城高岡《かづらきのたかをか》ノ宮ニマシマス。

三十一[二一]年庚戌《かのえいぬ》ノ〔年〕[二二]モロコシノ周ノ二十三代《の》君、靈《れい》王ノ二十一年也。コトシ孔子《こうし》[二三]誕生ス。自レ是《これより》七十三年マデヲ(オ)ハシケリ。儒教ヲヒロメラル。此道ハ昔ノ賢王、唐《たう》堯《げう》、虞舜《ぐしゆん》、夏《か》ノ初《はじめ》ノ禹《う》、殷《いん》ノハジメノ湯《たう》、周《しう》ノハジメノ文《ぶん》王・武《ぶ》王・周《しう》公ノ國ヲ治メ、民[二四]ヲナデ給シ道ナレバ、心[二五]ヲ正《ただ》シクシ、身ヲナ(ホ)ヲクシ、家ヲ治メ、國ヲ治メテ、

一一 瑞殿、正殿。宏壮美麗な御殿。
一二 「当二此之時一、帝之与レ神其際未レ遠。同レ殿共レ床以レ此為レ常。故神物官物亦未二分別一、宮内立レ蔵号曰二斎蔵一、令三斎部氏永任二其職一」(古語拾遺)。「神宮」は神器を奉安し祭る御殿。「御ツギ物」は諸国から朝廷に納める種々の品物。「斎蔵」はここでは神物・官物を収納する神聖な蔵。「官物・神物」は、一般的に朝廷用のものと神を祭る料のものとの併称。 一三 区別、わかち。いずれにも併用して明確な区別のないこと。底本「ワキメ」、青・書・刈等により補。
一四 この命の名の表記に二種類ある。正統記に九回見えるが、「根」のあるのが二回、他はない。記には五回とも「根」はない。恐らく後世「根」を附記し初めたものだろう。
一五 「爾乃立二霊時於鳥見山中一、天富命陳レ幣祝詞、禋二祀皇天一偏秩二群望一、以答二神祇之恩一焉」(古語拾遺)。 一六 時は斎場。「天地五帝所二基止一。祭地也」(説文、繫伝)。神霊のよりとまる所。
一七 周代の哲学者。道家の祖。老子二巻がある。「道教」は黄帝・老子を教祖と仰ぐ宗教。無為・自然を旨とし、陰陽五行・神仙思想を説く。
一八 静一・国・書等により補。
一九 大和言葉・国語。神渟名川耳尊が尊号。
二〇 媛蹈鞴五十鈴媛命(記・紀)。記では大国主神、紀では事代主神の娘。水鏡には単に五十鈴姫とある。ここも略記したものか。
二一 底本「二十一年」、三十一年が正しい。
二二 青・書・国等により補。 二三 魯の昌平郷の人。儒家の祖。先王の道を集大成して儒教をひらく。 二四 「以レ徳撫レ民」(漢書、平帝紀)。撫恤(ぶじゆつ)。万民をあわれみいつくしむ。
二五 「古之欲レ明二明徳於天下一者、先治二其国一。欲レ治二其国一者、先斉二其家一。欲レ斉二其家一者、先修二其身一。欲レ修二其身一者、先正二其心一。欲レ正二其心一者、先誠二其意一」(大学)。

天下ニヲ《(オ)》ヨボスヲ宗《むね》トス。サレバ[一]コトナル道ニハアラネドモ、末代《まつだい》トナリテ、人不正ニナリシユヘ《(エ)》ニ、[二]其道ヲオ《(ヲ)》サメテ儒教《じゆけう》ヲタテラル、也。

天皇天下ヲ治《をさめ》給コト三十三年。八十四歳ヲ《(オ)》マシ〳〵キ。

第三代、安寧《あんねい》天皇ハ[三]綏靖《すゐぜい》第二ノ子。御母五十《い》鈴依姫《すずよりひめ》、事代主《ことしろぬし》ノ神ノヲ《(オ)》ト女《むすめ》也。癸《みづのと》丑《うし》ノ年即位。大和《やまと》ノ片鹽《カタシホ》ノ浮穴《うきアナ》ノ宮ニマシマス。

天下ヲ治給コト三十八年。五十七歳ヲ《(オ)》マシ〳〵キ。

第四代、懿徳《いとく》天皇ハ安寧《あんねい》第二ノ子。御母渟名底《ヌナソコ》[四]〔中〕《なかつ》媛《ヒメ》、事代主《ことしろぬし》ノ神ノ孫也。辛卯《かのとうの》年即位。大和ノ輕曲峽《カルノマガリヲ》ノ宮ニマシマス。

天下ヲ治給コト三十四年。七十七歳ヲ《(オ)》ハシマシキ。

第五代、[五]孝昭《かうせう》天皇ハ懿徳《いとく》第一ノ子。御母天豐津《あまのトヨツ》姫、息石耳《おきしみみ》ノ命ノ女也。父ノ天皇カクレマシテ一年《ひととせ》アリテ、丙寅《ひのえとら》ノ年即位。大和ノ掖《わき》ノ上池《かみのいけ》ノ心《こころ》ノ宮ニマシマス。

天下ヲ治給コト八十三年。百[六]〔十〕四歳ヲ《(オ)》ハシマシキ。

第六代、孝安《かうあん》天皇ハ孝昭《かうせう》第二ノ子。御母世襲足《ヨソたらし》ノ姫、尾張《をはり》ノ連《むらじ》ノ上祖《とほつおや》[七]〔瀛〕《おき》津世襲《つよそ》ノ[八]女也。乙丑《きのとうし》ノ年即位。[九]大倭秋津嶋《やまとのあきづしま》ノ宮ニマシマス。

天下ヲ治給コト一百二年。百二十歳ヲ《(オ)》マシ〳〵キ。

第七代、孝靈《かうれい》天皇ハ孝安《かうあん》ノ太子《たいし》。御母[一〇]押姫《おしひめ》、天足彦國押人《あめたらしひこくにおしひとの》命ノ女也。辛未《かのとひつじの》年即位。大和ノ黑田《くろだ》廬戸《イホと》ノ宮ニマシマス。

一　人の守るべき世の常の道であって、特別に深遠で行ないにくい教えではないが。二　これら先王が身をもって実践した道、その先王の道を集大成して祖述する。過去に理想の姿を求め、時代の下降とともに澆季となるという口ぶりが見える。三　記・紀ともに綏靖天皇の皇子は一人、安寧天皇しかない。したがって太子とあるべきところ。元元集巻一には「第二子太子」とある。正統記と元元集とでも、こうした第何子・治年・生没年などに多少の出入りがある。親房の参照したと思われる皇代記の記録、また伝写中に生じた誤記などに由来するものがある。このことについては、平田俊春氏の「日本古典の成立の研究」第四篇第一章「神皇正統記の誤りと皇代記」を参照のこと。しかしそこに見える九十六条以外になお問題は多い。事実の誤認をも含めて、重要なものにはそのつど注をつけた。四　天村・刈・青等により補。五　底本「孝照」、青・天村・竹等により訂。元元集も「孝照」。六　青・刈・静一等により補。七　記・紀ともに「オキツヨソ」とあるのが正しい。八　「女」は「妹」が正しい。記・紀とも。九　底本「天倭」、「大倭」が正しい。一〇　底本「婦押姫」、伝本中、出・新・森・北本は底本と同じく、他本は「姉押姫」。記・紀ともに「押姫」とあるのが正しい。

〔附記〕正統記の人皇の部分の一般的な記載形式は、安良岡康作氏の「南北朝期文芸としての神皇正統記」(『文学』昭和二十八年十二月号)の通り、十項目が認められる。天皇の事績・それに対する親房の解釈・あるべき根本の姿との対比における評論等があやなして全篇の成立があるのであるが、一般的に皇代記にはこの他、「后・皇子・皇女・陵」などがあるのが多い。この点伝本中、要・大・静二・新・国本などに「或曰、観松彦季殖稲ト申。后三人、皇子一人。大和国葛城郡腋上幡多山上ニ在レ之」(孝昭天皇一一三十六年丙午《ひのえうま》ニアタル年、モロコシノ周ノ國滅《めつ》シテ秦《しん》ニウツリキ。四十五年乙卯《きのとう》一二、一三秦ノ始皇《しくわう》卽位。此始皇仙方《ホウ》一四ヲコノミテ長生不死《ちやうせいふし》ノ藥ヲ日本ニモトム。日本ヨリ一五五帝三皇ノ遺書《ゐしよ》ヲ彼國《かの》ニモトメシニ、始皇コト〴〵クコレヲヲ(オ)クル。其後三十五年一六アリテ、彼國《かの》、書〔ヲ〕燒《やき》一七、儒ヲウヅミニケレバ、孔子ノ全經《きやう》一八日本ニトヾマルトイヘリ。此事異朝ノ書ニノセタリ一九。我國ニハ神功皇后《じんぐうくわうごう》三韓ヲタヒラゲ給シヨリ、異國ニ通ジ、應神ノ御代ヨリ經《けい》史《し》二〇ノ學ツタハレリトゾ申ナラハセル。孝靈ノ御時ヨリ此國ニ文字《もんじ》アリトハキカヌ事ナレド、上古《しやうこ》ノコトハ慥《たしか》ニ注《しるし》トヾメザルニヤ。應神ノ御代ニワタレル經史ダニモ今ハ見エズ。聖武ノ御時、吉備大臣《きびのだいじん》、入唐《にふたう》シテ傳《つたへ》タリケル本コソ流布《るふ》シタレバ、コノ御代ヨリ傳ケン事モアナガチニ疑《うたがふ》マジキニヤ。

凡此國ヲバ君子不死ノ國二一トモ云也。孔子世ノミダレタル事ヲ歎《なげき》テ、「九夷《きうい》二二ニヲラン。」トノ給ケル。日本ハ九夷ノ其一《ひとつ》ナルベシ。異國ニハ此國ヲバ東夷トス。此國ヨリハ又彼國ヲモ西蕃《せいばん》ト云ルガゴトシ。四海《しかい》二三ト云ハ東夷《とうい》・南蠻《なんばん》・西羌《せいきやう》・北狄《ほくてき》也。南ハ蛇《じや》ノ種《しゆ》ナレバ、蟲ヲシタガヘ、西ハ羊ヲノミカウ(フ)ナレバ、羊ヲシタガヘ、北ハ犬ノ種ナレバ、犬ヲシタガヘタリ。タヾ東ハ仁アリテ命《いのち》ナガシ。ヨリテ大《だい》・弓《きう》ノ字ヲシタガフト云ヘリ。

裏書云《に》。

夷《は》說文曰《にく》。東方之人也。二四从《したがひ》レ大《に》从《ふ》レ弓《に》。徐氏曰《く》。唯東夷从《ひ》レ大《に》从《ふ》レ弓《に》。仁《にして》而壽。

の末尾に)式の記載が見られる。もちろん後人の記入である。一一 周の赧《たん》王が秦の昭王に降ったのが、天皇三十五年(B・C二五六)乙巳、その昭王が天下に号令したのが三十六年(B・C二五五)丙午。その後恵公が東周と号したが四十二年(B・C二四九)壬子に周は全く滅んだ。一二 底本「己卯」、静一・静二・天村等により訂。一三 秦の第一世の皇帝。十四歳で即位。六国を統一し、徳は三皇を兼ね五帝をこえると自信して始皇帝と号した。時に天皇即位七十年(B・C二二一)、始皇帝はその十月を歳首とした。一四 不老不死の神異な法術、仙人となる方術。史記始皇本紀第六に方士徐福をして不老不死の薬を求めしめたという記事があり、海中の三神山の一である蓬萊島を日本にあてる説もある。一五 六五頁参照。シナ古代の書を漠然と指したもので、その内容も明白でない。一六「其後三十五年」の其後は、書を送った後の意ではない。始皇帝の三十四年(B・C二一三)書を焼き、三十五年(B・C二一二)儒を埋めたのである。用語不適切。焚書坑儒。始皇帝が法家を除く儒家各学派を弾圧、医・農・卜以外の書を焼き、又自分を非難した学者四百余人を埋め殺した故事。一七 青・新・天村等により補。一八「徐福行時書未焚逸書百篇今尚存」(欧陽文忠公全集・日本刀歌)。皇朝類苑の仙釈僧道・日本僧の条に、入唐前学習した書名が見える。一九・二〇 シナで群書を、経・史・子・集の四部とする。応神天皇の時、論語・千字文渡来。記では諸典籍。ここは儒書等一般の書。二一「天性柔順易三以レ道御一、至レ有二君子不死国一」(後漢書、東夷伝)。風俗淳良温厚君子の風ある仁寿国。二二「子欲レ居二九夷一、或曰、陋如二之何一。子曰、君子居レ之、何陋之有」(論語、子罕)。二三「九夷八狄七戎六蛮謂二之四海一」(爾雅、釈地)。羌は西戎の一種族。二四 底本「以レ大以レ弓。於氏」、新・山一・高等により訂。

有二君子《りと》不死之國一云《ふ》。仁而《にして》壽、未レ《だ》合二《は》弓字之義一《に》。〔弓者〕以レ近《てきを》窮レ遠《きはむるきを》也云《と》。

若《もしくは》取《れる》二此《の》義《を》一歟。

孔子ノ時スラコナタノコトヲシリ給ケレバ、秦ノ世ニ通ジケンコトアヤシムニ足《たら》ヌコトニヤ。

此天皇天下ヲ治《をさめ》給事七十六年。百十歳ヲ《(オ)》ハシマシキ。

第八代、孝元《かうげん》天皇ハ孝靈ノ太子《たいし》。御母細媛《くはしひめ》、磯城縣主《しきのあがたぬし》ノ女也。丁亥《ひのとゐの》年即位。大倭《やまと》ノ輕境原《かるのさかひはら》ノ宮ニマシマス。九年乙未《きのとひつじ》ノ年、モロコシノ秦滅《しんほろび》テ漢《かん》ニウツリキ。

此天皇天下ヲ治給コト五十七年。百十七歳ヲ《(オ)》マシ〱キ。

第九代、開化《かいくわ》天皇ハ孝元第二ノ子。御母鬱色謎姫《うつしこめ》、穂積《ほづみ》ノ臣上祖《おみのトヲツヲヤ》[二]鬱色雄命《うつしこをのみことの》妹也。甲申年《きのえさるの》即位。[三]大和ノ春日率川《かすがのいさがは》ノ宮ニマシマス。

天下ヲ治給コト六十年。百十五歳ヲ《(オ)》マシ〱キ。

第十代、崇神《すじん》天皇ハ開化第二ノ子。[四]御母伊香色謎姫《いかがしこめ》〈初ハ孝元ノ妃《きさき》トシテ彦太忍信ノ命《ひこふとおしまこと》ヲウム〉、[五]太綜麻杵《おほへソキ》ノ命ノ女也。甲申《きのえさる》ノ歳即位。大和ノ磯城《シキ》ノ瑞籬《みづかき》ノ宮ニマシマス。

[六]此御時神代ヲサル事、世ハ十ツギ、年ハ六百餘《あまり》ニナリヌ。ヤウヤク神威ヲオソレ給テ、即位六年己丑《つちのとうしの》年〈神武元年辛酉《かのととり》ヨリ此己丑《つちのとうし》マデハ六百二十九年〉[七]神代ノ鏡造《かがみつくり》ノ石凝姥《いしコリドメ》ノ神ノ[八]ハツコヲメシテ鏡ヲウツシ鑄《い》セシメ、天目一箇《あめのまヒトツ》ノ神ノハツコヲシテ劍ヲツクラシム。大和宇陀《やまとのうだ》ノ郡《こほり》ニシテ、此兩種ヲウツシアラタメラレテ、護身《ごしん》ノ璽《しるし》トシテ

一 底本「不仁而寿」・「窮遠」、新・山一・高等により訂。説文には「夷、平也。従レ大従レ弓。東方之人也」とあり、語の順序は逆。「徐氏曰」以下の文字は徐鍇・徐鉉の注には見えない。また「若取二此義一歟」という表現からみると、正統記の裏書が、はたして親房自身の筆になるか否かを考えさせる一資料となるのではなかろうか。→補注一五。「弓者」、竹・新・高等により補。 **二** 底本「鬱色謎妹也」、記・紀ともに「鬱色雄」とあるのが正しい、訂。 **三** 底本「大和ニ」、書・青・大等により訂。 **四** 「又娶二庶母伊迦賀色許売命一生二御子一。御真木入日子印恵命」(記、開化)。この御子は崇神天皇。 **五** 底本「麻杵」の右側に「ハソキ」、左側に「ソキ」の訓あり。 **六** 崇神天皇元年は皇紀五六四年で、神代を去る六百余年とはならない。「此御時」という表記は、正統記ではその前中後の編年的記述にかかわらず、その治世全体での重大な事実を述べる語法であるから、治世の末年(皇紀六三一年)までを含めて総括的に述べたものか。それとも倭姫命世記をはじめ度会神道書の、神武から開化までを「九帝、歴レ年六百三十余歳」としているのをそのまま受容したものか。神鏡を笠縫邑に遷したのは、紀でも即位六年。六年己丑は皇紀五六九年で注記の数と合わない。「述義」では「六十六年」を親房の誤記、「日本古典の成立の研究」では「六百二十九年」を親房の誤記とする。この注を親房の自注とすれば両書の説以外には出ない。後人が前文の「六百余」に引かれて「己丑」を即位六十六年に措定して「神武元年云々」の注を書き入れ、更に同一人かだれかがその注記を信じて原本「即位六年」に加筆したものか。後考にまつ。 **七** 「漸畏二神威一、同レ殿不レ安。故更令下斎部氏率二石凝姥神裔天目一箇神裔二氏一更鋳レ鏡造上レ剣。以為二護身御璽一」(古語拾遺)。 **八** 苗裔、子孫。

同殿《おなじとの》ニ安置ス。神代ヨリノ寶鏡ヲ(オ)ヨビ靈劍ヲバ皇女豐鉏入姫《くわうぢよとよすきいりひめ》ノ命ニツケテ、大和ノ[九]笠縫《かさぬひ》ノ邑《ムラ》ト云所ニ[一〇]神籬《ひもろぎ》ヲタテテアガメ奉ラル。コレヨリ神宮・皇居各別《おのおのべつ》ニナレリキ。其後太神ノヲシヘアリテ、豐鉏入姫ノ命、[一一]神體ヲ頂戴《ちやうだいし》テ所々《ところどころ》ヲメグリ給ケリ。

十年ノ秋、大彦命《おほひこの》ヲ北陸《ほくろく》ニ遣《つかは》シ、[一二]武渟川別《たけぬなかはわけ》ノ命ヲ東海《とうかい》ニ、吉備津彦命ヲ西道《さいだう》ニ、丹波《たには》ノ道主《みちぬし》ノ命ヲ丹波《たんば》ニ遣ス。トモニ[一三]印綬《いんじゅ》ヲ給《たまひ》テ將軍トス〈將軍ノ名ハジメテミユ〉。天皇ノ[一四]叔父武埴安彦《しゆくふたけはにやすひこ》ノ命、朝廷ヲカタブケントハカリケレバ、將軍等ヲ止《とどめ》テ、マヅ[一五]追討〔シツ〕。冬十月《かんなづき》ニ將軍[一六]發路《ミチタチ》ス。十一年ノ夏、四道ノ將軍[一七]戎夷《じゆうい》ヲ平《たひらげ》ヌルヨシ復命《カヘリコト》ス。

六十五年秋[一八]任那《みまな》ノ國、[一九]使《つかひ》ヲサシテ御《み》ツキヲタテマツル〈筑紫ヲサルコト二千餘里ト云〉。

天皇天下ヲ治給コト六十八年。百二十歳ヲ(オ)マシ〳〵キ。

第十一代、垂仁《すゐにん》天皇ハ崇神《すじん》第三ノ子。御母御間城姫《みまきひめ》、[二〇]大彦《おほひこ》ノ命《みことの》〈孝元ノ御子〉女也。

壬辰《みづのえたつ》ノ年卽位。大和ノ巻向《まきむく》ノ珠城《たまき》ノ宮ニマシマス。

此御時皇女大和姫ノ命、豐鉏入姫《とよすきいり》ニカハリテ、天照太神ヲイツキタテマツル。神ノヲシヘニヨリ、ナヲ(ホ)國々ヲメグリテ、二十六年[二一]丁巳《ひのとみ》冬十月甲子《かんなづききのえね》ニ伊勢《いせの》國度會郡《わたらひのこほり》五十鈴《いすずの》川上ニ宮所《みやどころ》ヲシメ、高天《たかま》ノ原ニ[二二]千木《ちぎ》高知《タカシリ》下都《したつ》磐根《いはね》〔ニ〕大宮柱廣敷立《フトしきたて》テシヅマリマシ〳〵ヌ。此所《ところ》ハ昔天孫《あめみま》アマクダリ給シ時、[二三]猿田彦《さるだびこ》ノ神マイ(ヰ)リアヒテ、「ワレハ伊勢ノ[二四]狹長田《さながた》ノ五十鈴ノ川上ニイタルベシ。」ト申ケル所也。大倭姫《やまと》ノ命、宮所

九 底本「笠継」、「笠縫」が正しい。 一〇 神木をめぐらした、神霊のやどるところ、それをまつる神籬。 一一「太神ノ託宣アリテ、彼皇女頂戴シテ、国々ヲ遍歴シ給」(二十一社記)。神体を奉じて諸国を巡歴して、神威を示し、信仰と経済的な支持を求めること。 一二 底本「武隔」、記・紀ともに「武渟」とあるのが正しい、訂。 一三 底本「印後」、天村・国・大等により訂。印は官吏の身分を証明する印形。綬は印の環を維持するひも。任命と同時に天子から授かる。シナで将軍を派遣する時に授ける。わが国でも矛や剣などを授けた。 一四 底本「外父」、天村・竹・静二等により訂。父開化天皇の弟。 一五 底本「追罰」、青・天村・書等により訂補。 一六 出発する。門出する。 一七 皇威に服さない辺境の人々。 一八 底本「仁那ィ任」、訂。現在の慶尚南道の南部一帯の地。「是以改二汝本国一追負二御間城天皇御名一、便為二汝国名一、(中略)号二其国一謂二弥摩那国一、其是之縁也」(垂仁紀)。「彌摩那」と名づけ「任那」と書く。 一九 使を派遣する。使者の名、蘇那曷叱知(そなかしち)。 二〇 底本「太彦」、天一・山二・高等により訂。 二一 底本「丁巳」注として小字、青・天村・新等により訂。「皇女大倭姫命ヲシテ如レ先被二頂戴一。神託ノ儘ニ猶国々ヲ巡リ給シガ、同天皇二十六年丁巳冬十月甲子、伊勢国度会郡五十鈴川上ニ鎮座給フ」(二十一社記)。 二二「太二立宮柱於底磐之根一、峻二峙搏風於高天原一」(神武紀)。「宇治五十鈴川上爾、大宮柱太敷立天、高天原爾千木高知天」(祝詞、四月神衣祭)。広大堅牢に宮殿を造営する形容。天空高く殿上の千木をさし出し、地底の堅い磐根に宮柱を太々と立てる。一般には引用文のように、宮柱、千木の順が多い。底本「ニ」なし、書・天村・静一等により補。 二三 →六二頁注一。 二四 伊勢国多気郡佐那県。

ヲ尋《たづね》給シニ、[一]大田ノ命ト云人〈又興玉《おきたま》トモ云〉マイ《(ヰ)》リアヒテ、此所ヲオ《(ヲ)》シヘ申キ。[二]此命ハ昔ノ猨田彦ノ神ノ苗裔《べうえい》ナリトゾ。[三]彼川上ニ五十《い》鈴《すず》・天上ノ圖形《づぎやう》ナドアリ〈天ノ逆戈《さかほこ》モコノ所ニアリキト云一説アリ〉。「八萬歳ノアヒダマボリアガメタテマツリキ。」トナン申ケル。カクテ[四]中臣《なかとみ》ノ祖《おや》大鹿嶋《おほかしま》ノ命ヲ祭主《さいしゆ》トス。[五]又大幡主《おほはたぬし》ト云人ヲ太神主《おほかむぬし》ニナシ給《たまふ》。コレヨリ皇太神《すめおほみかみ》トアガメ奉テ、[六]天下《てんか》第一ノ宗廟《そうべう》ニマシマス。

此天皇天下ヲ治給コト九十九年。百四十歳ヲ《(オ)》マシ／＼キ。

第十二代、景行《けいかう》天皇ハ垂仁第三ノ子。御母[七]〔日《ひ》〕葉洲媛《はすひめ》、丹波道主ノ王[八]〔ノ女〕也。辛未《かのとひつじの》年即位。大和ノ纏向《まきむく》ノ日代《ひしろ》ノ宮ニマシマス。

十二年秋、[九]熊襲《くまそ》[一〇]〈日向ニアリ〉ソムキテミツキ奉ラズ。八月《はつき》ニ天皇筑紫ニ[一一]幸《みゆき》シテ是ヲ征《せい》シ給。十三年夏コト／″＼ク平《たひら》グ。高屋ノ宮ニマシマス。十九年ノ秋筑紫ヨリ還《かへり》給。

二十七年秋、熊襲又ソムキテ邊境ヲオ《(ヲ)》カシケリ。皇子[一二]小碓《ヲウス》ノ尊御年十六、ヲサナクヨリ雄略氣《ヲヽシキケ》マシテ、[一三]容貌《ようばう》魁偉《スグレタヽハシ》。身ノ長《たけ》一丈、[一四]力能《ちからよく》カナヘヲアゲ給ヒシカバ、熊襲ヲウタシメ給《たまふ》。冬十月《かんなづき》ヒソカニ彼國ニイタリ、[一五]奇謀《きぼう》ヲモテ、[一六]梟帥《タケルヒトコノカミ》取石鹿父《トリイシカヤ》ト云物ヲ殺給《ころしたまふ》。梟帥ホメ奉テ、[一七]日本武《やまとたけ》トナヅケ申ケリ。悉《ことごとく》餘黨ヲ平《たひらげ》テ歸給。所々ニシテアマタノ惡神《あしきかみ》ヲコロシツ。二十八年春カヘリ[一八]〔コト〕申給ケリ。天皇其ノ功ヲホメテメグミ給コト諸子ニコトナリ。

四十年ノ夏、東夷《とうい》ヲ《(オ)》ホク背《そむき》テ邊境サハ《(ワ)》ガシカリケレバ、又日本武ノ皇子ヲツカハ

一「吾復為㆓生気㆒、授㆓与寿福㆒之故、名㆓大田神㆒。吾能反㆓魂魄㆒之故、号㆓興玉神㆒。悉皆自然之名也」(神祇本源、内宮別宮篇)。二 底本「此命ノ」、出・青・天村等により訂。三 →五〇頁注一四・一六。四「此時(注・垂仁天皇二十六年十月)ヨリ祭主神主等ノ職ヲ任給キ」(二十一社記)。祭主は数ある神官を統率する長官。「天照太神鎮㆓座伊勢国度会郡五十鈴川上㆒之時、命㆓中臣祖大鹿島神㆒為㆓祭主㆒」(職原鈔上)。神主は、神事に際し神霊がやどって教えを託する人。神官一般をもいう。五「爾時天皇聞食弖、即大鹿嶋命祭官定給支。大幡主命神国造兼大神主定賜支。神館造立、物部八十友諸人等率。雑神事取惣」(倭姫命世記)。六 八六頁参照。「万代ノ宗廟」(一五三頁)。七 青・刈・静一等により補。八 底本「道主王也」、「女歟」と細注、出・書・青等により訂。九 熊と襲。熊は熊県(垂仁紀)、熊本県球磨郡一帯の地。襲は襲国(同上)、鹿児島県姶良郡一帯の地。南九州の総称。そこに住む種族。一〇 底本この注本文となる、青・大・天村等により訂。一一 底本「幸ス」、青・刈・天村等により訂。一二「是小碓尊亦名日本童男、亦曰㆓日本武尊㆒。幼有㆓雄略之気㆒。及㆑壮容貌魁偉、身長一丈、力能扛㆑鼎焉」(景行紀)。一三 顔かたちがすぐれて、長大である。大兵。一四 三足両耳の、物をにる器。宗廟に置く宝器。その鼎さえも持ち上げる程の力強さ。「籍長八尺余、力能扛㆑鼎」(史記、項羽本紀)。この景行天皇の条には明らかに書紀の文による表現が目立って多い。一五 奇策。意表に出るすぐれた計略。酒の酔を見すまして女装した尊が剣で胸をさしたこと。一六 底本「梟師」、梟帥が正しい。勇猛な種族の統領。一七 熊襲一の梟帥以上の威力を有する大和の国の勇者。一八 静一・青・天村・刈等「復命シ」とし「カヘリコト申」と右側に注記する、補。

ス。吉備《きび》ノ武彦《たけひこ》、大伴《おほとも》ノ武日《たけひ》ヲ左右ノ將軍トシテアヒソヘシメ給。十月ニ枉道《ヨギリミチ》[一九]シテ伊勢ノ神宮ニマウデテ、大和姫ノ命ニマカリ申《まをし》[二〇]給。カノ命神劍ヲサヅケテ、「ツ[二一]、シメ、ナヲ《(オ)》コタリソ。」トヲシヘ給ケル。駿河《するが》ニ〈駿河日本紀説、或《あるひは》相模《さがみ》古語拾遺説〉イタルニ、賊徒《ぞくと》野ニ火ヲツケテ害《がい》シタテマツランコトヲハカリケリ。火ノイキヲイ《(ホヒ)》マヌカレガタカリケルニ、[二二]ハカセル藂雲《むらくも》ノ劍ヲミヅカラヌキテ、カタハラノ草ヲナギテハラフ。コレヨリ名ヲアラタメテ草薙《くさなぎ》ノ劍ト云。又火[二三]ウチヲモテ火ヲ出《いだし》テ、ムカヒ[二四]火ヲ付《つけ》テ、賊徒ヲ燒《やき》コロサレニキ。コレヨリ船ニ乘《のり》給テ上總《かづさ》ニイタリ、轉ジテ陸奥《みちのおく》國ニイリ、日高見《ひたかみ》[二五]ノ國〈ソノ所異説アリ〉ニイタリ、悉《コト〳〵ク》蝦夷《エビス》ヲ平《たひら》ゲ給。カヘリテ常陸《ひたち》[二六]ヲヘ甲斐《かひ》ニコエ、又武藏《むさし》・上野《かみつけ》ヲヘテ、碓日坂《うすひざか》[二七]ニイタリ、弟橘媛《おとたちばなひめ》ト云シ妾《みめ》ヲシノビ給〈上總へ渡《わたり》給シ時、風波《ふうは》アラカリシニ、尊ノ御命ヲアガハントテ海ニ入《いり》シ人ナリ〉。東南ノ方《かた》ヲノゾミテ、「吾嬬者耶《アヅマはや》[二八]。」トノ給ショリ、山東《さんとう》[二九]ノ諸國ヲアヅマト云也。コレヨリ道ヲワケ、吉備ノ武彦ヲバ越後《ゑちごの》國ニ遣《つかは》シテ不レ順者《まつろはぬもの》[三〇]ヲ平《たひらげ》シメ給。尊ハ信濃《しなの》ヨリ尾張《をはり》ニイデ給。カノ國ニ宮簀媛《みやすひめ》[三一]ト云女《をんな》アリ。尾張《をはり》ノ稲種宿禰《いなたねのすくね》ノ妹也。此女ヲメシテ淹留給《ヒサシクとどまりたまふ》アヒダ、五十《い》[三二]葺《ぶき》ノ山ニ荒神《あらぶるかみ》アリトキコエケレバ、劍ヲバ〔宮〕[三三]簀媛ノ家ニトヾメテ、カチ[三四]ヨリイデマス。山神《やまのかみ》化シテ小蛇《こへび》[三五]ニナリテ、御道ニヨコタハレリ。尊マタコエテスギ[三六]給シニ、山神毒氣ヲ吐《はき》ケルニ、御心ミダレニケリ。ソレヨリ伊勢ニウツリ給。能褒《のぼ》野《の》ト云所ニテ御ヤマイ《(ヒ)》ハナハダシクナリニケレバ、武彦ノ命ヲシテ天皇ニ事[三七]ノヨシ

一九 底本「狂道」、静二・天村・脇等により訂。曲道。「迂レ道来曰二枉道一」(書叙指南)。よきみち・わきみち・よきぢ(万葉集)。まわりみち。
二〇 いとまごいをする。旅に出る別れをいう。
二一 禁止の係り結びの語法。上代ではむしろ希求の意の方が強い。
二二 御着用あそばされている。
二三 火打ち石。
二四 火退(ほけ)。野火の焼け来るに向かって、こちらからも火をつけて、焼き立てて防ぐこと。
二五 太陽の高く輝やく国の意か。大倭日高見国(大祓詞)。ここでは東国の日高見国。陸奥、常陸の両説がある。延喜式の神名帳に、陸奥国桃生郡日高見神社とあるので北上川流域を指すか。
二六 底本「常陸ヲコヘ」、天一・高・書等により訂。この道順は紀による。記では足柄から甲斐・信濃・尾張となる。
二七 上野国の碓氷峠。記では足柄の坂。
二八 ああいとしいわが妻よ。「ハヤ」は物を思い、深く歎く意の感動のことば。
二九 「惣二領自レ坂已東之国一、于レ時我姫之道分為二八国一」(常陸風土記)。この坂は足柄の坂。
三〇 皇威に服従しない、荒ぶるものども。
三一 「側見二一佳麗之娘一。問二其妹字一、知二稲種公之妹一、名二宮酢媛一」(尾張国熱田大神宮縁起)。紀は尾張氏の女。記では尾張国造の祖とある。
三二 「於レ是聞三近江胆吹山有二荒神一、即解レ剣置二於宮簀媛家一而徒行之」(景行紀)。
三三 森・出・書等により補。
三四 徒歩。「人づまの馬より行くにおの夫の徒歩より行けば」(万葉集巻十三)。
三五 紀は大蛇、記は大きな牛のような白猪。
三六 「跨(またこえて)」(景行紀)。またぎ越えて。
三七 「逮二于能褒野一而痛甚之、則以二所レ俘蝦夷等一献二於神宮一、因遣二吉備武彦一奏二之於天皇一曰、臣受二命天朝一、遠征二東夷一。則被二神恩一頼二皇威一而叛者伏レ罪、荒神自調云々」(景行紀)。

ヲ奏《そう》シテ、ツイ(ヒ)ニカクレ給ヌ。御年三十也。天皇キコシメシテ、悲《かなしみ》給事限《かぎり》ナシ。[一]群卿百寮《ぐんけいひやくれう》ニ仰《おほせ》テ、伊勢國能褒野ニオ(ヲ)サメタテマツル。白鳥《しらとり》[二]ト成《なり》テ、大和國ヲサシテ琴彈原《コトヒキノ》ニトヾマレリ。其所ニ又陵《みささぎ》ヲツクラシメラレケレバ、又飛《とび》テ河内古市《かはちのふるいち》[三]ニトヾマル。ソノ所ニ陵ヲ定《さだめ》ラレシカバ、白鳥又飛テ天《あめ》ニノボリヌ。仍三《よりてみつ》ノ陵アリ。彼《かの》草薙ノ劔ハ宮簀媛アガメタテマツリテ、尾張ニトヾマリ給。今ノ熱田《あつたの》神ニマシマス。

五十一年秋八月《はつき》、武内《たけうち》ノ宿禰《すくね》ヲ棟梁《とうりやう》[四]ノ臣トス。五十三年秋、小碓《をうす》ノ命ノ平《ことむけ》シ國ヲ[五]メグリミザランヤトテ、東國ニ幸《みゆき》[六]シ給。十二月《しはす》アヅマヨリカヘリテ、伊勢ノ綺《かむばた》[七]ノ宮ニマシマス。五十四年秋、伊勢ヨリ大和ニウツリ、纏向《まきむく》ノ宮ニカヘリ給。天下ヲ治給コト六十年。[八]百四十歳(オ)ヲマシ〱キ。

第十三代、成務《せいむ》天皇ハ景行第三《の》子。御母八坂入姫《やさかいりひめ》、八坂入〔彦〕[九]ノ皇子《の》〈崇神ノ御子〉[一〇]女也。日本武尊《やまとたけの》日嗣《ひつぎ》[一一]ヲウケ給フベカリシニ、世ヲハヤクシマシ〱シカバ、此御門《みかど》立《たち》給。辛未《かのとひつじの》歳即位。近江ノ志賀高穴穂《しがのたかあなほ》ノ宮ニマシマス。神武ヨリ十二代、大和國ニマシ〱キ〈景行天皇ノス(エ)エツカタ、此高穴穂ニマシ〱シカドモ定《さだまれ》[一二]ル皇都ニハアラズ〉。此時ハジメテ他國ニウツリ給。三年ノ春、武内ノ宿禰ヲ大臣《おほおみ》[一三]トス〈大臣ノ號コレニハジマル〉。四十八年ノ春、姪仲足彦《をひなかたらしひこ》[一四]ノ尊〈日本武ノ尊ノ御子〉〔ヲ〕[一五]タテヽ皇太子トス。天下ヲ治給コト六十一年。百七歳(オ)ヲマシ〱キ。

一「詔二群卿一命二百寮一、仍葬二於伊勢国能褒野陵一」(景行紀)。「群卿」は多くの官省の長官、「百寮」はその部下の多数の官吏。
二「而父王既崩之。乃神霊化二白鳥一而上レ天」(仲哀紀)。尊の霊魂が天上に上り、自由に天かけるという、上代の神あがりの信仰を示す。
三 底本「布市」、静二・新・青等により訂。
四 むねまへちぎみ・むねとるまちきみ(紀)。棟梁は家作りに最も肝要なむねとはり。国の重職に居て大政に任ずるもの。
五 巡狩する。天皇が地方を巡幸して、その国の政情・民風・地勢などを視察すること。
六 底本「幸ヒ」、天村・刈・大等により訂。
七 底本「綺〈カハタ〉」、「カムバタ」が正しい。
八 鴨脚本皇代記は百四十歳。紀は百六歳、記は百三十七歳。
九 記・紀ともに「ヤサカイリヒコ」とあるのが正しい。 一〇 底本「御女」、大・出・書等により訂。 一一「是寔天愍二朕不叡且国不一レ平、令下経二綸天業一不上レ絶二宗廟一乎、亦是天下則汝天下也、是位則汝位也」(景行紀)。常陸風土記では、尊を天皇と呼び妃を皇后と呼んでいる。また記・紀ともにその死を「崩」、その墓を「陵」と記している。以上の記録および古事記伝の「后等は倭建命のなり。此命は万を天皇に准へ奉る故に、御妻をも申せること上に云るが如し」などとあることから、親房のこの言も理解できる。
一二「一代一都」の精神に出る注記か。 一三 律令の官制制定以前のもの。「大」は美称、臣(おみ)の姓の諸氏を統率し大連(おおむらじ)とともに庶政を総覧した。多く大和出身の名族が任ぜられたが、六世紀半ごろから蘇我氏が世襲した。後、大化改新とともに廃止、左右大臣制となった。 一四「甥足仲彦尊」(成務紀)。「姪」は女子がその兄弟の子を、男子がその姉妹の生んだ子を呼ぶ称、ここは兄弟の子。 一五「ヲ」とあるべきところ。

第十四代、第十四世、仲哀《ちゆうあい》天皇ハ日本武尊《やまとたけの》第二ノ子、景行《けいかうの》御孫也。御母両道入姫《フタチイリひめ》、垂仁《すゐにん》天皇女《の》也。[一六]大祖《たいそ》神武ヨリ第十二代景行マデハ代《よ》ノマヽニ繼體《けいたい》シ給。日本武尊世ヲハヤクシ給シニヨリテ、成務《せいむ》是ヲツギ給。此天皇ヲ太子トシテユヅリマシ〳〵シヨリ、代《だい》ト世《せい》トカハレル初也。コレヨリハ世ヲ本《もと》トシルシ奉《たてまつる》ベキ也〈[一七]代ト世トハ常ノ義差別《しやべつ》ナシ。然《しかれ》ド凡《およそ》ノ[一八]承運《しようりん》トマコトノ繼體トヲ分別《ぶんべつ》セン爲ニ書分《かきわけ》タリ。但《ただし》字書ニモソノイハレナキニアラズ。代ハ更《かう》ノ義也。世ハ周禮《しゆらい》ノ註ニ、父死テ子《し》立《たつ》ヲ世ト云トアリ〉。此天皇[一九]御カタチイトキラ〳〵シク、御タケ一丈マシ〳〵ケル。壬申《みづのえさる》ノ年即位。此御時熊襲又反亂《ほんらん》シテ朝[二〇]貢《コウ》セズ。天皇軍《いくさ》ヲメシテミヅカラ征伐《せいばつ》ヲイタシ、筑紫《つくし》ニムカヒ給。皇后息長足姫尊《おキナガたらしひめの》ハ越前《ゑちぜん》ノ國[二一]笥飯《けイ》ノ神ニマウデテ、ソレヨリ北海ヲメグリテ行アヒ給ヌ。コヽニ神アリテ皇后ニカタリ奉ル。[二二]「コレヨリ西ニ寶《たから》ノ國アリ。ウチテシタガヘ給ヘ。熊襲ハ小國也。又伊弉諾・伊弉册ノウミ給ヘリシ國ナレバ、ウタズトモツヰ(ヒ)ニシタガヒタテマツリナン。」トアリシヲ、天皇[二三]ウケガヒ給ハズ。[二四]事ナラズシテ橿日《かしひ》ノ行宮《かりみや》ニシテカクレ給《たまふ》。長門《ながと》ニヲサメ奉ル。是〔ヲ〕[二五]穴戸豊浦《アナトのとよら》ノ宮ト申ス。

天下ヲ治給コト九年。五十二歳ヲ(オ)マシ〳〵キ。

[二六]第十五代、神功《じんぐう》皇后ハ息長《おきなが》ノ宿禰《すくね》ノ女、開化《かいくわ》天皇[二七]四世ノ御孫也。息長足姫《おきながたらし》ノ尊ト申ス。仲哀タテヽ皇后トス。仲哀神ノヲシヘニヨラズ、世ヲ早クシ給シカバ、皇后イキドヲ(ホ)リマシテ、[二八]七日ア(ツ)テ別殿《べつでん》ヲ作リ、イモホリコモラセ給。此〔時〕[二九]應神天皇

一六 太祖とも。初代の帝王の廟号。転じて人皇第一代の始祖。
一七 この注記はやがて後村上天皇が正統の天皇であり、神勅のまにまに将来必ずや正統の御代を開かれるものであるとする論の伏線である。以後歴代の天皇のうち、代のみを記すものと、代・世を記すものとの書き別けに注意すべきものがある。
一八 底本「承道」、青・大・刈等により訂。先王の大業を継ぐこと。
一九 「天皇容姿端正、身長十尺」(仲哀紀)。きらきらと輝くばかり端正で美しい。
二〇 諸侯・属国などが来朝して天子にみつぎ物を献ずること。熊襲を王化になびかぬ異民族と目しての表記。
二一 福井県敦賀市の気比神宮。祭神は伊奢沙別(いざさわけ)命・日本武尊、後に神功皇后等を加えて、七神となる。二二「時有レ神、託二皇后一而誨曰、天皇何憂二熊襲之不一レ服。是膂宍之空国也。豈足二挙レ兵伐一乎。愈二茲国一而有二宝国一」(仲哀紀)。二三 神の霊示をまことなりとして信じない。二四 熊襲討伐のことが不成功に終る。二五 青・静一・天一等により補。二六 神功皇后は摂政で、即位されたのではない。したがって帝位に数えるのは正当でない。ただ六十九年の治世、紀にも一項をたてていることなどから時流に従った措置である。
二七 四世は五世が正しい。元元集巻一の系図では「応神之母、五世孫」として開化天皇につないでいる。二八 底本「七日アテ」。↓四一頁注一〇。上代では短い日数を二日、相当長い日数を七日とした。「七日七夜」(神功紀)。「久にあらば　今七日ばかり　早くあらば　今二日ばかり」(万葉集巻十三)。「別殿」は斎殿。神託を受けるために潔斎されたのである。
二九 青・新・静二等により補。

ハラマレマシ〳〵ケリ。神ガカリテサマ〴〵道ヲオ(ヲ)シヘ給フ。此神ハ「表筒男《うはつつのを》[一]・中《なか》筒男・底《そこ》筒男ナリ。」トナンナノリ給ケリ。是ハ伊弉諾尊日向ノ小戸《をど》ノ川檍《あはぎ》ガ原ニテミソギシ給シ時、化生《けしやう》シマシケル神也。後ニハ攝津《つの》國住吉《すみよし》ニイツカレ給神コレナリ。

カクテ新羅《しらぎ》・百濟《くだら》・高麗《かうらい》〔ヲ〕[二]〈此三ケ國ヲ三韓《さんかん》[三]ト云。正《ただしく》ハ新羅ニカギルベキカ。辰韓《しんかん》・馬韓《ばかん》[四]・弁《べん》韓《かん》ヲスベテ新羅ト云也。シカレドフルクヨリ百濟・高麗ヲクハヘテ三韓ト云《いひ》ナラハセリ〉ウチシタガヘ給キ。海神《うみのかみ》[五]カタチヲアラハシ、御船ヲハサミマボリ申シカバ、思《おもひ》ノ如ク彼國ヲ平《たひら》ゲ給。神代ヨリ年序久クツモレリシニ、カク神威《しんゐ》ヲアラハシ給ケル、不レ測《ハカラザル》御コトナルベシ。海中ニシテ如意《によい》[六]ノ珠《たま》ヲ得《え》給ヘリキ。サテツクシニカヘリテ皇子ヲ誕生ス。應神天皇ニマシマス。神ノ申《まをし》給シニヨリテ、是ヲ胎中《たいちゆう》[七]ノ天皇トモ申。皇后攝政《せつしやう》[八]シテ辛巳《かのとみの》年ヨリ天下ヲシラセ給。

皇后イマダ筑紫ニマシ〳〵シ時、皇子ノ異母《いぼ》ノ兄忍熊《このかみおしくま》ノ王謀反《むほん》[九]ヲオコシテ、フセギ申サントシケレバ、皇子ヲバ武内ノ大臣ニイダカセテ、紀伊《き》ノ水門《みなと》ニツケ、皇后ハスグニ難波《なには》ニツキ給テ、程ナク其亂《みだれ》ヲ平ゲラレニキ。皇子ヲ(オ)トナビ給シカバ皇太子トス。武内《の》大臣モハラ朝政ヲ輔佐《ふさ》[一〇]シ申ケリ。大和ノ磐余稚櫻《イハレワカサクラ》ノ宮ニマシマス。

是ヨリ三韓ノ國、年[一一]ゴトニ御ツキヲソナヘ、此國ヨリモ彼國ニ鎮守《ちんじゆ》[一二]ノツカサヲヲ(オ)カレシカバ、西蕃《せいばん》相通《つうじ》テ國家トミサカリナリキ。又モ[一三]ロコシヘモ使ヲツカハサレケルニヤ。「倭國《わこく》ノ女王遣《つかひをつかはし》レ使テ來朝ス。」ト後漢書《ごかんじよ》ニミエタリ。

一 皇后摂政前紀に、皇后は斎宮に入り、みずから神主となって神意を聞いた。先きの日仲哀天皇に教えた神の名を聞かれたのに対し数々の神の名の最後にこの三神の名が見える。「ナノリ給ケリ」は「ナノリ給ケル」が正しい。

二 天村・書・新等により補。

三 元来は後漢書・魏書等に見られる辰韓・馬韓・弁韓のことであるが、紀では「みつのからくに」を高句麗・百済・新羅のいわゆる古代朝鮮の三国に当用している。

四 底本「長韓」、青・天村・静一等により訂。

五 「時飛廉〈カゼノカミ〉起レ風、陽侯〈ウミノカミ〉挙レ浪、海中大魚悉浮扶レ船、則大風順吹」(神功紀)。

六 「皇后泊二豊浦津一、是日皇后得二如意珠於海中一」(仲哀紀)。この如意の珠の霊異によって、応神天皇の出産を凱旋の日まで延ばし得たのである。七 「凡此国者、坐二汝命御腹一之御子所レ知国者也」(記)。「唯今皇后始之有レ胎。其子有レ獲焉」(仲哀紀)。八 天子を輔佐し、代って万機の政をとること。九 異母弟が皇位に即くことを排除する企て。一〇 「皆有親暱以相輔佐也」(左伝、襄公十四)。大政を輔翼すること。

一一 「是以新羅王常以二八十船之調一、貢二於日本国一其是之縁也」。「曰、従レ今以後永称二西蕃一不レ絶二朝貢一、故因以定二内官家一」(神功紀)。

一二 前項の「内官家」は朝廷の対三韓の役所、その長官は鎮守将軍。大矢田宿弥の名が見える。

一三 神功紀三十九年(二三九)の条に「魏志云、明帝景初三年六月、倭女王遣二大夫難斗米等一、詣レ郡、求下詣二天子一朝献上」とある。これは後人の書き入れとする説もある。また後漢書に「安帝永初元年、倭国王帥升等献二生口百六十人一願二請見一」ともあるが、倭女王が果して何びとかについても、年代・その国の所在等にも異説が多い。

一四 皇紀八六一年(二〇一)十月皇后摂政。辛巳の年。後漢の献帝の建安六年。「二十三年」は十二年

[一四]元年辛巳年《かのとみの》ハ漢ノ孝獻帝《かうけんてい》二十三年ニアタル。漢ノ世始リテ十四代ト云シ時、[一五]王莽《マウ》ト云臣位《しんくらゐ》ヲウバヒテ十四年[一六]アリキ。其後《のち》漢ニカヘリテ、又十三代孝獻ノ時ニ、漢ハ滅《めつ》シテ此御代ノ十九年己亥《つちのとゐ》ニ獻帝位ヲサリテ、魏《ぎ》ノ文帝《ぶんてい》ニユヅル。是ヨリ天下三《みつ》ニワカレテ、魏《ぎ》・蜀《しよく》・呉《ご》トナル。呉ハ東ニヨレル國ナレバ、日本ノ使モマヅ通《つう》ジケルニヤ。呉國《この》ヨリ[一七]道々《みちみち》ノタクミナドマデワタサレキ。又魏國《ぎの》ニモ通ゼラレケルカトミエタリ。四十九年乙酉《きのととり》ト云シ年、[一八]魏又滅《ほろび》テ晉《しん》ノ代ニウツリニキ〈蜀ノ國ハ三十年癸《みづのと》未《ひつじ》ニ魏ノタメニホロボサレ、呉ハ魏ヨリ後マデアリシガ、應神十七年辛丑《かのとうし》晉ノタメニホロボサル〉。

此皇后天下ヲ治給コト六十九年。一百歳《(オ)》ヲマシ〳〵キ。

第十六代、第十五世、應神《おうじん》天皇[一九]〈八〉仲哀第四ノ子。御母神功皇后也。胎中《たいちゆう》ノ天皇トモ、又ハ[二〇]譽田《ほむだノ》天皇トモナヅケタテマツル。庚寅《かのえとらの》年即位。大和ノ輕嶋豐明《カルシマトヨアカリ》ノ宮ニマシマス。

此時百濟《くだら》ヨリ[二一]博士《はかせ》ヲメシ、[二二]經史《けいし》ヲツタヘラレ、太子以下《いげ》コレヲマナビ[二三]ナラヒキ。

此國ニ經史及《および》文字ヲモチヰルコトハ、コレヨリハジマレリトゾ。

異朝《いてう》ノ一書ノ中ニ、[二四]「日本ハ呉ノ太伯《たいはく》ガ後《のち》也ト云。」トイヘリ。返々《かへすがへす》アタラヌコトナリ。[二五]昔日本ハ三韓ト同種也ト云事ノアリシ、カノ書ヲバ、桓武《くわんむ》ノ御代ニヤキステラレシナリ。天地開《あめつちひらけ》テ後、[二六]スサノヲノ尊韓《かん》ノ地ニイタリ給キナド云事アレバ、彼等ノ國々モ神ノ苗裔《べうえい》ナラン事、[二七]アナガチニクルシミナキニヤ。ソレスラ昔ヨリモチヰ

が正しい。「十四代」は十二代が正しい。 一五 元始五年(五)漢の平帝を殺し、宣帝の玄孫嬰を立て、三年後みずから新皇帝と号し国を新と号した、更始元年(二三)漢の劉秀長安に入るに際し敗死。 一六 底本「アリテ」、青・静二・山二等により訂。この前後の、孝献帝・孝献・献帝はすべて同一人のこと。 一七 それぞれの技芸の道にすぐれた人々。工人・工女等であるが応神紀三十九年(三〇八)の条に見える。底本「ワタサレテ」、書・青・大等により訂。 一八 魏の滅亡は皇后六十五年(二六五)乙酉。蜀の滅亡は同六十三年(二六三)癸未。呉の滅亡は応神天皇十一年(二八〇)庚子が正しい。このあたり紀年の誤りが多い。 一九 青・書・天一等により補。 二〇 鞆(とも)の古名「褒武多(ほむた)」。天皇の腕に鞆のような肉が生まれながらにあったので、それをたたえて言うとも、河内国古市郡誉田の御陵の地名によるともいう。底本「誉田(コン)」、青・天一・大等により訂。 二一 百済から阿直岐が来朝。翌十六年(二八五)更に王仁渡来。 二二 →七一頁注一九。 二三 底本「ナラヒテ」、大・青・静二等により訂。 二四 晋書巻九東夷伝に「自謂二太伯之後一」、梁書巻五七諸夷伝にも「倭者自云二太伯之後一」とある。 二五 「勅倭漢惣歴帝譜図、天御中主尊標為二始祖一、至レ如二魯王呉王高麗王漢高祖命等一接二其後裔一。倭漢雑糅、敢垢二天宗一。愚民迷執、輒謂二実録一」(日本後紀、大同四年(八〇九)二月)。「凡厥氏姓、率多二仮濫一。宜レ在二確実一勿レ容二詐冒一」(同、延暦十八年(七九九)十二月)。「更有二帝王系図一。(中略)或到二新羅高麗一為二国王一、或在二民間一為二帝王一有。因レ兹延暦年中下レ符令二諸国一令レ焚レ之」(弘仁私記、序)。時代の下降とともに荒唐な浮説を生じ、錯乱を生んだのであろう。 二六 「素戔烏尊帥二其子五十猛神一降二到於新羅国一」(神代紀、一書)。 二七 そう大して間違った解釈ではないだろう。

ザルコト也。天地神《あめつちのかみ》ノ御スヱ(ヱ)ナレバ、ナニシニカ代《よ》クダレル呉《ごの》太伯ガ後ニアルベキ。三韓《さんかん》・震旦《しんだん》ニ通ジテヨリ以來《このかた》、異國ノ人ヲ(オ)ホク此國ニ一歸化《きくわ》シキ。秦ノスヱ(ヱ)、漢ノスヱ(ヱ)、高麗・百濟ノ種、ソレナラヌ蕃人《ばんじん》ノ子孫モキタリテ、神・皇ノ御スヱ(ヱ)ト混亂セシニヨリテ、二姓氏錄《しやうじろく》ト云文《ふみ》ヲツクラレキ。三ソレモ人民ニトリテノコトナルベシ。異朝ニモ人ノ心マチ〳〵ナレバ、四異學ノ輩《ともがら》ノ云出《いひいだ》セル事歟《か》。後漢書《ごかんじよ》ヨリゾ此國ノコトヲバアラ〳〵シルセル。五符合《ふがふ》シタルコトモアリ、又心エヌコトモアルニヤ。六唐書《たうじよ》ニハ、日本ノ皇代記《くわうだいき》ヲ神代《かみよ》ヨリ光孝《くわうかう》ノ御代マデアキラカニノセタリ。

サテモ此御時、武内《たけうちの》大臣筑紫ヲオ(ヲ)サメンタメニ彼國ニツカハサレケル比《ころ》、七ヲ(オ)ト、ノ讒《ざん》ニヨリテ、スデニ八追討セラレシヲ、九大臣ノ僕《ヤツコ》、眞根子《マネコ》ト云人アリ。カホカタチ大臣ニ似タリケレバ、アヒカハリテ誅《ちゆう》セラル。大臣ハ忍《しのび》テ都ニマウデテ、一〇トガナキヨシヲ明《あきら》メラレニキ。上古一一神靈《しんれい》ノ主《あるじ》猶カヽルアヤマチマシ〳〵シカバ、末代《まつだい》爭《いかで》カツヽシマセ給ハザルベキ。

天皇天下ヲ治給コト四十一年。百十一歳ヲ(オ)マシ〳〵キ。欽明《きんめい》天皇ノ御代ニ始テ神トアラハレテ、筑紫ノ一二肥後《ひごの》國菱形《ひしかた》ノ池ト云所ニアラハレ給《たまひ》、一三「ワレハ人皇《にんわう》十六代譽田《ほむだ》ノ八幡丸《やはたまろ》ナリ。」トノ給キ。譽田ハモトノ御名、八幡ハ一四垂迹《すゐじやく》ノ號〔也〕。後ニ豐前《ぶぜん》ノ國宇佐《うさ》ノ宮ニシヅマリ給シカバ、聖武《しやうむ》天皇東大寺建立《こんりふ》ノ後、一五巡禮《じゆんれい》シ給ベキヨシ託宣《たくせん》アリキ。仍《よりて》威儀《ゐぎ》ヲト、ノヘテムカヘ申サル。又神託アリ

一 底本「帰化シテ」、書・刈・天村等により訂。二 新撰姓氏録三十巻。嵯峨天皇の弘仁六年(八一五)勅命により万多親王・藤原園人等が撰録。畿内の凡そ一千一百八十二氏を神・皇・蕃の三別にし、その系譜を正したもの、抄本が現存している。三 そんなことも人民の血統に関することで、皇室の血統には全く問題のないこと。四 異端の学説をとなえる連中。五 その記録が日本のそれとぴったり合うこと。六 新唐書の東夷伝の記事。七「ヲト、」は「オトウト」のこと。武内宿弥が三韓と通じ、筑紫に拠って叛乱を企てていると中傷したこと。弟とは甘美内(うましうち)宿弥。八 底本「追罸」、刈・青・大等により訂。九「且時人毎云三僕形似二大臣一」(応神紀)。この「僕」は自称で真根子の謙称。したがって「大臣ノ僕」は用語やや不適切である。一〇 明白に実証する。真根子は壱岐直(いきのあたえ)の祖。一一 勅命によって弟と対決、盟神探湯(くかだち)をして身の潔白を証したという。一一 神霊にまします天皇。「上古」は末代の帝王に対する訓誡の意を含め、天神を去ること遠からぬ、神威いちじるしい意を示す。一二 豊前が正しい。扶桑略記・東大寺八幡験記等は豊前。公事根源は肥後。底本「菱形ノ国イ池」、天村・刈・新等により訂。一三「垂迹ノ初、我ハ誉田八幡丸也ト勅シ給シカバ、八幡ト申ス也。誉田ハ往昔ノ御号、八幡ハ和光ノ御称也」(二十一社記)。一四 本地の仏が衆生済度のため種々の身に生まれかわって化現すること。ここは天皇が八幡大神として化現したこと。底本「也」なし、書・青・天村等により補。一五「八幡大神託宣向レ京」(続日本紀、天平勝宝元年(七四九)十一月十九日)。奈良の大仏建立に際し、八幡大神が援助したので聖武天皇の尊崇を得た。十二月、迎神使として参議・侍従等を平群郡まで出向させ、梨原宮に新殿を建ててこれを迎えた。

テ[一六]御出家ノ儀アリキ。ヤガテ彼寺ニ[一七]勧請《くわんじやう》シ奉《たてまつ》〔ラ〕[一八]ル。サレド勅使《ちよくし》ナドハ宇佐ニマ(キ)イリキ。清和ノ御時、大安寺《だいあんじ》ノ僧、[一九]行教《ぎやうけう》宇佐ニマウデタリシニ、[二〇]靈告《れいかう》アリテ、今ノ男山《をとこやま》石清水《いはしみづ》ニウツリマシマス。[二一]爾來《しかしよりこのかた》行幸モ[二二]奉幣《ほうへい》モ石清水ニアリ。一代一度《いちだいいちど》宇佐ヘモ勅使ヲタテマツラル。

昔天孫天降《あめみまあまくだり》給シ時、[二三]御供《とも》〔ノ〕神八百萬《やほよろづ》アリキ。大物主《おほものぬし》ノ神シタガヘテ天《あめ》ヘノボリシモ、八十萬《やそよろづ》ノ神ト云リ。今マデモ幣帛《へいはく》ヲ奉《たて》マツラル、神、[二四]三千餘坐《よざ》也。シカルニ天照太神《あまてらすおほみかみ》ノ宮ニナラビテ、二所《ふたところ》ノ宗廟《そうべう》トテ八幡ヲアフギ申サル、コト、イトタウ(ト)トキ御事也。八幡ト申御名ハ御託宣《たくせん》ニ「[二五]得㆑道來不㆑動㆓法性㆒《みちをえてよりこのかたほつしやうをうごかさず》。示㆓八正道㆒《はちしやうだうをしめして》垂㆓權迹㆒《ごんじやくをたる》。皆得㆑解㆓脱苦衆生㆒《みなくのしゆじやうをげだつすることをえたり》。故號㆓八幡大菩薩㆒《このゆゑにはちまんだいぼさつとがうす》。」トアリ。八正《はちしやう》トハ、内典《ないてん》ニ、正見《しやうけん》・正思惟《しやうしゆゐ》・正語《しやうご》・正業《しやうごふ》・正命《しやうみやう》・正精進《しやうしやうじん》・正定《しやうぢやう》・正惠《しやうゑ》、是ヲ八正道ト云。凡心正《およそこころしやう》ナレバ身口《しんく》ハヲ(オ)ノヅカラキヨマル。[二六]三業《さんごふ》ニ邪《よこしま》ナクシテ、内外眞正《ないげしんしやう》ナルヲ諸《しよ》佛《ぶつ》出世ノ本懷《ほんくわい》トス。神明ノ垂迹《すゐじやく》モ又コレガタメナルベシ。又八方ニ八色《やいろ》ノ[二七]幡《はた》ヲ立《たつ》ルコトアリ。密教ノ習《ならひ》、西方阿彌陀《さいはうあみだ》ノ[二八]三昧耶形《さんまやぎやう》也。其故ニヤ[二九]行教和尚《くわしやう》ニハ彌陀三尊《みださんぞん》ノ形ニテ[三〇]ミエサセ給ケリ。光明袈裟《くわうみやうけさ》ノ上ニウツラセマシ〳〵ケルヲ頂戴《ちやうだい》シテ、男山ニハ安置シ申ケリトゾ。神明ノ[三一]本地《ほんち》ヲ云コトハタシカナラヌタグヒヲ(オ)ホケレド、大《だい》菩薩《ぼさつ》ノ[三二]應迹《おうじやく》ハ昔ヨリアキラカナル證據《しようこ》ヲ(オ)ハシマスニヤ。或ハ又、「[三三]昔於㆓靈鷲山㆒説㆓妙法華經㆒《りやうじゆせんにおいてめうほけきやうをとく》」トモ、或ハ[三四]彌勒《みろく》ナリトモ、[三五]大自在王菩薩《だいじざいわうぼさつ》ナリトモ託宣シ給。中《なか》ニモ八

一六 宇佐八幡宮縁起上の大菩薩御受戒師度者事の条に「三帰五戒ヲ伝授セム。帰㆓依三宝㆒」とある。一七 神仏の来臨を乞うて新しく祭ること。本来は、仏をその本居から衆庶の現前に移して祭る。一八 書・刈・天村等により補。一九 三論宗大安寺の別当。紀兼弼の子。二〇 「即撰㆓何処㆒可㆑奉㆑安㆓置宝体㆒。願垂㆓示現㆒。(中略) 以㆓即夜㆒示宣。可㆓移坐㆒之処、石清水男山之峰也」(石清水八幡宮護国寺略記)。神霊の霊夢によるお告げ。二一 「しかっしより」と促音によむ。中世読み。二二 仁明天皇天長十年(八三三)に始まる一代一度の大奉幣。和気氏が使に任ぜられるので和気使という。二三 底本「御共」、書・大・天村等により訂補。二四 三千一百三十二座(延喜式、神名帳)。二五 →補注一六。二六 身業・口業・意業を三業という。身に邪行、口に悪言、意に悪念のないこと。二七 天蓋・幢とともに仏・菩薩などの荘厳供養に用いるもの。二八 仏・菩薩の内証の徳を標幟するもの。その本誓を意味し、その本尊を象徴する持ち物。二九 →補注一七。三〇 「ミエサセ給ケリ」は「ミエサセ給ケル」が正しい。三一 垂迹した化身に対する本身。三二 応現垂迹。仏が機に応じて身を現わすこと。三三 八幡大菩薩の本地を釈迦とする。「霊鷲山」は王舎城の北、釈迦が修行し法を説いた山。法華経と八幡神とを習合する傾向は日蓮以来強い。「昔於㆓霊鷲山㆒説㆓妙法華経㆒。今在㆓正宮中㆒示㆓現大菩薩㆒」(諫暁八幡鈔)。大隅正八幡宮の大石割れに八幡の二字ありとする石体擁現説が本地説の発端。三四 「神吾礼為㆑導㆓未来悪世衆生㆒仁以㆓薬師弥勒二仏㆒天為㆓我本尊㆒」(八幡宇佐宮御託宣案・小倉山社)。神宮寺として弥勒寺の名が見えることなどから、釈迦・弥勒・阿弥陀へと次第に発展したものか。三五 「我是日本人皇第十六代誉田天皇広幡八幡麿也。我名曰㆓護国霊験威力神通大自在王菩薩㆒」(東大寺要録四)

正ノ幡ヲタテテ、八方ノ衆生ヲ濟度《さいど》シ給本誓《たまふほんぜい》ヲ、能々思入《よくよくおもひいれ》テツカフ(ウ)マツルベキニヤ。

天照太神モタヾ正直《しやうぢき》ヲノミ御心トシ給ヘル。神鏡ヲ傳《つたへ》[一]マシ〳〵シコトノ起《おこり》ハ、サキニモシルシ侍《はべり》ヌ。又雄略《ゆうりやく》天皇二十二年ノ冬十一月《しもつき》ニ、伊勢ノ神宮ノ新嘗《にひなめ》[二]ノマツリ、夜フケテカタヘノ人々罷出《まかりいで》テ後《のち》、神主物忌等《かむぬしものいみら》[三]バカリ留《とどまり》タリシニ、皇太神《すめおほみかみ》・豊受《とようけ》ノ太神、倭姫命《やまとひめの》[四]ニカヽリテ託宣シ給《たまひ》シニ、「人[五]ハスナハチ天下ノ神物《じんもつ》ナリ。心神[六]ヲヤブルコトナカレ。神[七]ハタルヽニ祈禱《きたう》ヲ以テ先《さき》トシ、冥《みやう》[八]ハクハフルニ正直ヲ以テ本《もと》トス。」トアリ。同《おなじき》二十三年二月《きさらぎ》、カサネテ託宣シ給シニ、「日月《じつげつ》[九]ハ四州ヲメグリ、六合《りくがふ》ヲ照スト云《いへ》ドモ正直ノ頂《いただき》ヲ照スベシ。[一〇]」トアリ。

サレバ二所《ふたところの》[一一]宗廟ノ御心ヲシラント思ハヾ、只《ただ》正直ヲ先トスベキ也。大方天地《おほかたあめつち》ノ間アリトアル人、陰陽ノ氣ヲウケタリ。不正ニシテハタツベカラズ。コト更ニ此國ハ神國ナレバ、神道ニタガヒテハ一日モ日月ヲイタヾクマジキイハレナリ。倭姫ノ命人ニヲシヘ給ケルハ[一二]「黑《キタナキ》[一三]心ナクシテ丹《キヨキ》心ヲモテ、清潔齋愼《キヨクイサギヨくいもほりツツシメ》。左ノ物ヲ右ニウツサズ、右ノ物ヲ左ニウツサズシテ、左ヲ左トシ右ヲ右トシ、左ニカヘリ右ニメグルコトモ萬事《よろづのこと》タガフコトナクシテ、太神《おほみかみ》ニツカフ(ウ)マツレ。元《ハジメヲハジメトシ》レ々本《モトヲモトヽス》レ々故ナリ。」トナム。マコトニ、君ニツカヘ、神ニツカヘ、國ヲオ(ヲ)サメ、人ヲオ(ヲ)シヘンコトモ、カヽルベシトゾオボエ侍《はべる》。スコシノ事モ心ニユルス所アレバ、ヲ(オ)ホキニアヤマル本トナル。周易《しうやく》[一四]ニ、「霜[一五]ヲ履《フンデ》堅氷《カタキコホリ》ニ至《いたる》。」ト云コトヲ、孔子釋[一六]シテノ給ハク、

一 底本「マシ〳〵スコト」、青・天村・静二等により訂。二 →五九頁注一五。三 →七四頁注四。「物忌」は神宮など大社の神事に奉仕する童男・童女の称。四 「倭姫命儀宮坐。冬十一月新嘗祭之夜深天、雑人〈カタヘノヒト〉等退出之後、神主部物忌等宣久、吾今夜承二皇太神并止由気皇太神勅一。所二託宣一。汝正明聞給倍。人乃天下之神物也。莫レ傷二心神一。神垂以二祈禱一為レ先。冥加以二正直一為レ本」(御鎮座伝記)。五 人は本来神に通ずるもので、すべて神性を具有している。六 人たるもの邪悪によって心神の正を失ってはならない。

七 神は、誠心誠意をもって祈るものに応えて、まず幸福をくだす。八 冥々なる神、その神は何よりも正直なものをまず加護する。

九 「日月廻二四州一、雖レ照二六合一、須レ照二正直頂一」(倭姫命世記)。「四州」は四大洲、「六合」は上下四方。日月は全世界くまなく照らすこと。

一〇 底本「照スヘキ也大方二所宗廟云々」、書・国・天村等により訂。

一一 伊勢皇大神宮と石清水八幡宮。

一二 底本「給ケレハ」、青・大・天村等により訂。

一三 「件童女於大物忌止定給比弖、天磐戸乃鑰領賜比弖、無二黒心一志弖以二丹心一天清潔久斎慎美。左物於不レ移レ右須、右物於不レ移レ左志弖、左レ左右レ右、左帰右廻事毛万事違事奈久志弖太神奉レ仕。元レ元本レ本故也」(倭姫命世記)。大神に奉仕する者の心は左右本元を乱さないで、根源の正直に徹し、神意にそうことにあるとする。底本「清潔ヲ斎慎」、青・新・刈等により訂。

一四 三易の一。文王・周公が大成した。

一五 周易爻辞に見える。堅氷も一時に張るものでなく、霜がおりる寒さが次第に加わって、本格的な冬になり、やがて堅い氷となる。物はその初め、わずかな萌芽から発してやがて重大なことに立ちいたるたとえ。

一六 周易の十翼・文言伝の孔子の言。

「積善《しやくぜん》[一七]〔ノ〕家ニ餘慶《よきやう》アリ、〔積〕[一八]不善ノ家ニ餘殃《よあう》[一九]アリ。君ヲ弑《しい》[二〇]シ父ヲ弑スルコト一朝一夕ノ故ニアラズ。」ト云《いへ》リ。毫釐《がうり》[二一]モ君ヲイルカセニ〔スル〕[二二]心ヲキザスモノハ、カナラズ亂臣トナル。芥蔕《かいたい》[二三]モ〔親ヲ〕ヲ《(オ)》ロソカニスルカタチアルモノハ、果《はた》シテ賊子トナル。此故ニ古ノ聖人、「道[二四]ハ須臾《しゆゆ》モハナルベカラズ。ハナルベキハ道ニアラズ。」ト云ケリ。但《ただし》其ノ末《すゑ》ヲ學ビテ源《みなもと》ヲ明《あきら》メザレバ、コト[二五]ニ〔ノゾミテ〕覺《オボ》エザル過《アヤマチ》[二六]アリ。其源ト云ハ、心ニ一物《いちもつ》ヲタクハエ《(ヘ)》ザルヲ云。シカモ虚無《きよむ》[二七]ノ中《うち》ニ留《とどま》ルベカラズ。天地アリ、君臣アリ。善悪[二八]ノ報影響《むくいかげひびき》ノ如シ。己《おの》ガ欲ヲステ、人ヲ利スルヲ先トシテ、境《さかひ》[二九]々ニ對スルコト、鏡ノ物ヲ照スガ如ク、明々《めいめい》トシテ迷ハザランヲ、マコト[三〇]ノ正道ト云ベキニヤ。

代[三一]クダレリトテ自《みづか》ラ苟《イヤシ》ムベカラズ。天地ノ始ハ今日ヲ始トスル理ナリ。加之《しかのみならず》、君モ臣モ神ヲサルコト遠カラズ。常ニ冥《みやう》ノ知見《ちけん》ヲカヘリミ、神ノ本誓《ほんぜい》ヲサトリテ、正《しやう》ニ居《きよ》センコトヲ心ザシ、邪《よこしま》ナカランコトヲ思給《おもひたまふ》ベシ。

第十七代、仁徳《にんとく》天皇ハ應神第一[三二]ノ御子。御母仲姫《なかつひめ》ノ命、五百城入彦皇子女《イホキイリひこのみこのむすめ》[三三]也。大鷦鷯《サヾキ》ノ尊ト申《まをす》。

應神ノ御時、菟道稚皇子《ウヂノワカのみこ》ト申ハ最末《さいまつ》ノ御子ニテマシ〳〵シヲウツクシミ給テ、太[三四]子ニ立《たて》ムトヲ《(オ)》ボシメシケリ。兄《このかみ》ノ御子達ウケガヒ給ハザリシヲ、此天皇ヒトリウケガヒ給シニヨリテ、應神悦《よろこび》マシテ、菟道稚ヲ太子トシ、此尊ヲ輔佐《ふさ》ニナン定メ給

一七 底本「ノ」なし、天一・山二・青等により補。善事をこつこつと積んでゆくと、いつの日かその家門に幸いが訪れる。
一八 静一・大・天村等により補。
一九 悪業の報いとして子孫に廻りくる凶事。
二〇 底本「君ヲ殺シ父ヲ殺スルコト」、竹本「殺〈イシ〉シ」。弑が正しい。
二一 毫は釐の十分の一、釐は分(ぶ)の十分の一。ほんのわずかでも、君を軽んじおろそかにする。
二二 天村・新・青等により補。
二三 あくたとへた。ほんのわずかのたとえ。底本「親ヲ」なし、山一・山二・白等により補。
二四 「道也者不㆑可㆓須臾離㆒也。可㆑離非㆑道也」(中庸)。「須臾」はほんのしばらく。かりそめにも。
二五 底本「コトニ其道ヲ」、青・天村・刈等により訂。
二六 底本「アリ」、書・天村・大等により補訂。
二七 何等の動きをともなわぬ消極的な否定の世界。無気力で無活動な状態に陥ってはならない。
二八 あたかも影の形に従い、響きの物に応ずるように、善悪の業の報いは寸分の違いなくやってくること。
二九 自己に対して働きかけてくる外物、自己が遭遇するあらゆる外界。その条件。
三〇 六〇頁注一一に引用した、元元集巻五の神国要道篇の眼目の精神を簡明に一言で述べたものである。仏教の八正道も老子の自然無為の道も理世安民の儒教の中庸の道も「留㆓心於此道㆒、与㆑神斉㆓其明㆒」するにある。その神と一体不離の神道精神を「マコトノ正道」としたのである。
三一 →補注一八。
三二 第四子が正しい。元元集巻一には第四子とある。応神紀にも。
三三 「女」は孫が正しい。五百城入彦皇子の子、品陀真若(ほんだまわか)王の娘。
三四 「是時、天皇常有㆘立㆓菟道稚郎子㆒為㆓太子㆒之情㆖。然欲㆑知㆓皇子之意㆒、故発㆓是問㆒。是以不㆑悦㆓大山守命之対言㆒也。甲子、立㆓菟道稚郎子㆒為㆑嗣。即日任㆓大山守命㆒令㆑掌㆓山川林野㆒、以㆓大鷦鷯尊㆒為㆓太子輔㆒之、令㆑知㆓国事㆒」(応神紀)。

ケル。應神カクレマシ〳〵シカバ、御兄《このかみ》達太子ヲ失ハントセラレシヲ、此尊サトリテ太子ト心ヲ一《ひとつ》ニシテ彼ヲ誅《ちゆう》セラレキ。爰《ここに》太子天位ヲ尊ニ譲給《ゆづりたまふ》。尊堅《かた》ク[一]イナミ給、三年《みとせ》ニナルマデ互《たがひ》ニ譲《ゆづり》テ位ヲ空《むなしく》ス。太子ハ山城《やましろ》ノ宇治ニマス。尊ハ攝津《つ》ノ難波《なには》ニマシケリ。[二]國々ノ御《み》ツギ物モアナタカナタニウケトラズシテ、民ノ愁《うれへ》トナリシカバ、太子ミヅカラ失《うせ》給ヌ。尊ヲ(オ)ドロキ歎給《なげきたまふ》コトカギリナシ。サレドノガレマスベキミチナラネバ、癸酉《みづのととり》ノ年即位。攝津國《つのくに》難波高津《たかつ》ノ宮ニマシマス。

日嗣ヲウケ給シヨリ國ヲシヅメ民ヲアハレミ給《たまふ》コト、タメシモマレナリシ御事ニヤ。民間ノ貧《マヅシ》キコトヲオボシテ、[三]三年ノ御調《みつき》ヲ止《とどめ》ラレキ。高殿《たかどの》ニノボリテミ給ヘバ、ニギハヽシクミエケルニヨリテ、

　[四]高屋《たかきや》ニノボリテミレバ煙立《けぶりたつ》民《たみ》ノカマドハニギハヒニケリ

トゾヨマセ給ケル。サテ猶[五]三年ヲ許サレケレバ、宮ノ中破《やぶれ》テ雨露《あめつゆ》モタマラズ。宮人《みやびと》ノ衣壊《ころもやぶれ》テ其ヨソホヒ全《また》カラズ。御門《みかど》ハ是ヲタノシミトナム[六]ヲ(オ)ボシケル。カクテ六年《むとせ》ト云ニ、國々ノ民各《おのおの》マイ(ヰ)リ集《あつまり》テ大宮造《づくり》シ、色《いろ》〳〵ノ御調ヲ備《そな》ヘケルトゾ。[七]アリガタカリシ御政《まつりこと》ナルベシ。

天下ヲ治給コト八十七年。百十歳ヲ(オ)マシ〳〵キ。

第十八代、履中《りちゆう》天皇ハ仁徳ノ太子。御母[八]磐之姫《いはのひめ》ノ命、[九]葛城《かづらき》ノ襲津彦《そつひこ》ノ女也。庚子《かのえね》ノ年即位。又大和ノ[一〇]磐余稚櫻《いはれのわかさくら》ノ宮ニマシマス。後《のち》ノ稚櫻ノ宮ト申《まをす》。

一 辞退する。固辞する。

二 「於レ是大雀命与二宇遅能和紀郎子一二柱、各譲二天下一之間、海人貢二大贄一。爾兄辞令レ貢二於弟一、弟辞令レ貢二於兄一。相譲之間、既経二多日一。如レ此相譲、非二一二時一。故、海人既疲二往還一而泣也。故、諺曰下海人乎、因二己物一而泣上也」(記)。

三 「詔曰、自レ今之後至二于三載一、悉除二課役一以息二百姓之苦一」(仁徳紀)。即位四年(三一六)三月の詔。

四 「後見二国中一、於レ国満レ烟。故、為二人民富一」(記)。「煙」は朝夕の民のかまどの煙。炊煙の立ち立つは人民の生活が旧に復して豊かであることの表象。新古今集巻七の賀歌の巻頭歌に、「みつぎ物ゆるされて、くにとめるを御覧じて」と詞書きして、仁徳天皇御歌とある。水鏡も仁徳天皇、和漢朗詠集は作者不明。延喜六年(九〇六)の日本紀竟宴和歌に「得大鷦鷯天皇」として左大臣藤原時平の「高殿にのぼりて見れば天の下四方にけぶりて今ぞ富みぬる」とある。古事記序の「望レ烟而撫二黎元一、於レ今伝二聖帝一」とあることなどから、後にこの御製として伝承されたものか。

五 天皇七年(三一九)九月に諸国から税調を献ずることを申し出たが、許されず、六年を経て十年(三二二)十月に初めて許された。この間、宮殿の垣や扉、屋根などが破れたままなので、雨は遠慮なく吹き込んでくるし、露もおりる。

六 底本「ヲボシケリ」、出・天村・大等により訂。

七 世にもたぐいまれな御善政というべきであろう。

八 底本「盤余姫」、刈・青・書等により訂。

九 底本「高城」、記・紀ともに「葛城」とあるのが正しい。葛城は、武内宿弥の子である襲津彦の居処である。

一〇 底本「盤余稚桜」、青・天村・新等により訂。

天下ヲ治給コト六年。六十七歳ヲ《(オ)》マシ〱キ。

第十九代、反正《はんぜい》天皇ハ仁徳第三ノ子、履中《りちゆう》同母ノ弟也。丙午《ひのえうまの》年即位。河内ノ丹《タヂ》比《ヒ》ノ柴籬《しばがき》ノ宮ニマシマス。

天下ヲ治給コト六年。六十歳ヲ《(オ)》マシ〱キ。

第二十代、允恭《いんぎよう》天皇ハ仁徳第四子《の》、履中反正同母弟《の》〔也〕[二]。壬子《みづのえね》ノ年即位。大和ノ遠明日香《トヲツアスカ》ノ宮ニマシマス。

此御時マデハ[一二]三韓ノ御調年々《としどし》ニカハラザリシニ、コレヨリ後ハツネニヲ《(オ)》コタリケリトナン。八年[一三]己未《つちのとひつじ》ニアタリテ、モロコシノ晉《シン》ホロビテ南北朝トナル。宋《ソウ》・齊《セイ》・梁《リヤウ》・陳《チン》アヒツギテ起《おこ》ル。是ヲ南朝《なんてう》ト云。後魏《コウギ》・北齊《ホクセイ》・後周《コウシウ》ツギ〱ニオコレリシヲ北朝《ほくてう》ト云。百七十餘年ハナラビテ立《たち》タリキ。

此天皇天下ヲ治給コト四十二年。八十歳ヲ《(オ)》マシ〱キ。

第二十一代、安康《あんかう》天皇ハ允恭第二ノ子。御母忍坂大中姫《ヲシサカのおほなかつ》、[一四]稚淳野毛《ワカヌけ》二派《ふたまた》ノ皇子《みこの》〈應神ノ御子〉女也。甲午《きのえうまの》年即位。大和穴穗宮《やまとのあなほの》ニマシマス。

[一五]大草香皇子《おほくさかの》ヲ〈仁德御子《にんとくの》〉コロシテ其妻《め》ヲトリテ皇后トス。彼《かの》皇子ノ子[一六]眉輪王《マユワノ》ヲサナクテ、母ニシタガヒテ宮中ニ出入《しゆつにふ》シケリ。[一七]天皇高樓《たかどの》ノ上ニ醉臥《ゑひふし》給ケルヲウカヾヒテ、サシコロシテ、[一八]大臣葛城《おほおみカヅラキ》ノ圓《ツブラ》ガ家ニニゲコモリヌ。

此天皇天下ヲ治給コト三年。五十六歳ヲ《(オ)》マシ〱キ。

二 書・天村・新等により補。

一二 允恭紀によると、天皇四十二年(四五三)正月、天皇崩御に際し、新羅王は哀悼の意を表して、調の船八十艘、楽人八十人を献ったと見える。その十一月新羅の使帰国にあたり言葉のゆきちがいから大泊瀬の皇子が、使節を禁固し糺問した。ために「於レ是新羅人大恨、更減二貢上之物色及船数一」とある。水鏡上には「此後ハワヅカニ船二艘ナンド奉リシ。又懈ル年々モ侍リキ」とある。

一三 永初元年(四二〇)六月劉裕が帝を称し、宋と号した。それは天皇即位九年庚申である。両晉は合わせて十五王百五十六年でこの年に滅んだ。「八年己未」は九年庚申がよい。

一四 この皇子の名、記には「若野毛二俣王」、紀には「稚渟毛二岐皇子」とある。底本「二流」、天村・竹・書等により訂。なお大系本古事記二六一頁参照。

一五 天皇は、皇弟大泊瀬の皇子(後の雄略天皇)の妻として、大草香の皇子の妹幡梭(はた)皇女を迎えようとした。その使、坂本臣の祖、根の使臣がその礼物を私して、大草香の皇子が勅命に反していると中傷した。このため天皇は大草香の皇子を殺し、その嫡妻長田大娘(中蒂姫)をいれて皇后とし、幡梭姫を皇弟にめあわせたのである。

一六 「目弱王」(記)、「眉輪王」(紀)。ともに「マヨワ」とよむ。時に年七歳。「乃依レ母以得レ免レ罪。常養二宮中一」(安康紀)。

一七 「汝雖二親昵一、朕畏二眉輪王一。眉輪王幼年遊二戯楼下一、悉聞二所談一。既而穴穗天皇枕二皇后膝一、昼酔眠臥。於レ是眉輪王伺二其熟睡一而刺二弑之一」(雄略紀)。

一八 武内宿弥の曾孫、玉田宿弥の子。

第二十二代、雄略《ゆうりやく》天皇ハ允恭《いんぎよう》第五子《の》、安康同母ノ弟也。大泊瀬《おほはつせの》尊ト申。安康コロサレ給シ時、眉輪ノ王及《および》圓《つぶら》ノ大臣ヲ誅《ちゆう》セラル。アマサヘ[一]其事ニクミセラレザリシ市邊押羽《イチベのヲシハの》皇子ヲサヘニコロシテ位ニ即給《つきたまふ》。コトシ丁酉《ひのととり》ノ年也。大和ノ泊瀬朝倉《あさくら》ノ宮ニマシマス。天皇性猛《セイタケク》[二]マシ〳〵ケレドモ、[三]神ニ通ジ給ヘリトゾ。

二十一年丁巳《ひのとみ》冬十月《かんなづき》ニ、伊勢ノ皇太神《すめおほみかみ》大和姫ノ命ニヲシヘテ、丹波國《たんばの》與佐《ヨサ》ノ魚井《マナキ》ノ原ヨリシテ豐受《とようけノ》太神ヲ迎ヘ奉ラル。大和姫ノ命奏聞《そうもん》シ給シニヨリテ、明年戊午《みやうねんつちのえうま》ノ秋七月《ふみづき》ニ勅使《ちよくし》ヲサシテムカヘタテマツル。九月《ながつき》ニ度會《わたらひ》ノ郡《こほり》山田ノ原ノ新宮《しんぐう》ニシヅマリ給。垂仁天皇ノ御代ニ、皇太神五十《い》鈴《すず》ノ宮ニ遷《うつ》ラシメ給シヨリ、四百八十四年ニナム[四]ナリニケル。神武ノ始《はじめ》ヨリスデニ千百餘年ニ成ヌルニヤ。又コレマデ[五]大倭姫《やまとひめ》ノ命存生《ぞんしやう》シ給シカバ、内外宮《ないげくう》ノツクリモ、日ノ小宮《わかみや》ノ圖形《づぎやう》[六]・文形《もんぎやう》ニヨリテナサセ給ケリトゾ。

抑《そもそも》此神ノ御事異説マシマス。[七]外宮ニハ天祖天御中主《あまつみおやあめのみなかぬし》ノ神ト申傳《まをしつたへ》タリ。サレバ[八]皇太神ノ託宣《たくせん》ニテ、此宮ノ祭ヲ先《さき》ニセラル。神拜《かみヲガミ》奉ルモ先《ま》ヅ此宮ヲ先トス。天孫《アメミマ》瓊《に》々《に》杵《ぎ》ノ尊此宮ノ相殿《アヒドノ》[九]ニマシマス。仍天兒屋《よりてあめのこやね》ノ命・天太玉《あめのふとたま》ノ命モ天孫ニツキ申テ相殿ニマス也。コレヨリ二所《の》[一〇]太神宮ト申。丹波ヨリ遷ラセ給《たまふ》コトハ、昔豐鋤入姫《とよすきいりひめ》ノ命、天照太神ヲ頂戴《ちやうだい》シテ、丹波ノ吉佐《よさ》ノ宮ニウツリ給ケル比《ころ》、此神アマクダリテ一所《ひとつところ》ニヲ《(オ)》ハシマス。四年アリテ天照太神ハ又大和ニカヘラセ給《たまふ》。ソレヨリ此神ハ丹波ニト

一「冬十月癸未朔、天皇恨テ穴穂天皇曾欲丙以ニ市辺押磐皇子一伝レ国而遙付乙嘱後事甲。(中略)於是大泊瀬天皇彎レ弓驟レ馬而陽呼曰ニ猪有一即射殺ニ市辺押磐皇子一」(雄略紀)。

二 天皇の性格が勇猛というより凶猛であった一面は記・紀に詳しい。「天皇産而神光満レ殿。長而伉健過レ人」、「天皇大怒、抜レ刀斬ニ御者大津馬飼一。是日車駕至レ自ニ吉野宮一、国内居民咸皆振怖」(雄略紀)。

三 一言主神との出合いも記・紀に詳しい。天皇が勇敢に一言主神と問答、互に意を通じ合い、ともに一日を猟に暮らし、日暮れて神がわざわざ天皇を見送ったので「是時百姓咸言、有レ徳天皇也」(同前)とある。この徳は神と行動をともにしうる、神異な力の意。

四 底本「ナリニケリ」、青・大・静一等により訂。

五「大倭姫命長命ニ坐テ、内外ノ制度皆計定也」(二十一社記)。倭姫命が雄略天皇の時まで長命したとする確証は勿論ない。「倭姫モ百三十余歳ハ保チ玉フベシ。生日薨日無ニ所見一ユヘ雖レ不レ慥、景行二十年ノトキ斎宮五百野皇女ト代リ給ヘバ辞職以後暫御在世トハ見ヘタリ。然ドモ野史雑書ニ雄略二十三年ノ下ニ薨御ト記スハ、世記ノ偽ヲ受テナリ。不レ足レ信焉」(五部書説弁巻十一)。

六 高天原の大神の宮殿の配置・構造・装飾等。

七「外宮ニハ」の「ニハ」に深い意味がある。従来の説に対する反駁の言。外宮の祭神を天御中主神とする度会神道説の影響である。

八「爰皇太神重託宣久吾祭奉仕之時、先可レ奉レ祭ニ止由気太神宮一也。故則諸祭時以ニ此宮一為レ先也」(倭姫命世記)。

九 主神の他に一座以上の神を合祀する、その相ともに鎮座する祭神。外宮は相殿三座。

一〇「天孫瓊々杵尊天児屋命天太玉命モ此相殿ニ坐也。是ヨリ二所太神宮坐セドモ、惣ジテ伊勢皇太神宮ト申也」(二十一社記)。

マラセ給シヲ、[一一]道主《みちぬし》ノ命ト云人イツキ申《まをし》ケリ。古《いにしへ》ハ此宮ニテ[一二]御饌《ミケ》ヲト、ノヘテ、内宮ヘモ毎日ニヲ《(オ)》クリ[一三]奉《たてまつり》シヲ、[一四]神龜《じんき》年中ヨリ外宮《げくう》ニ御饌殿《みけどの》ヲタテテ、内宮《ないくう》ノヲモ一《ひとつ》所《ところ》ニテ奉《たてまつる》トナン。カヤウノ事ニヨリテ、御饌《みけ》ノ神ト申《まをす》說アレド、御食《みけ》ト[一五]御氣《みけ》トノ兩義アリ。陰陽元初《いんやうげんしよ》ノ御氣《みけ》ナレバ、天《あめ》ノ狹霧《さぎり》・國《くに》ノ狹霧《さぎり》ト申《まをす》御名モアレバ、猶サキノ說ヲ正《しやう》トスベシトゾ。天孫《あめみま》サヘ相殿《あひどの》ニマシマセバ、御饌ノ神ト云說ハ用《もちゐ》ガタキ事ニヤ。

此天皇天下ヲ治給コト二十三年。八十歳〔ヲ〕《(オ)》[一六]マシ〳〵キ。

第二十三代、清寧《せいねい》天皇ハ雄略《ゆうりやく》第三ノ子。御母韓姫《からひめ》、葛城ノ圓《ツブラ》ノ大臣ノ女也。庚申《かのえさる》ノ年卽位。大倭ノ[一七]磐余甕栗《いはれのミカクリ》ノ宮ニマシマス。誕生《たんじやう》ノ始《はじめ》、[一八]白髪《はくはつ》〔ヲ〕《(オ)》ハシケレバ、シラカノ天皇トゾ申ケル。

御子ナカリシカバ、皇胤《くわういん》ノタエヌベキ事ヲ歎《なげき》給テ、國々ヘ勅使《ちよくし》ヲツカハシテ皇胤ヲ求《もとめ》ラル。市邊《いちべ》ノ押羽《おしは》ノ皇子、雄略ニコロサレ給シトキ、皇女一人《くわうぢよひとり》、皇子二人《わうじふたり》マシケルガ、[一九]丹波國ニカクレ給ケルヲ求出《もとめいで》テ、御子ニシテヤシナヒ給ケリ。

天下ヲ治給コト五年。三十九歳ヲ《(オ)》マシ〳〵キ。

第二十四代、顯宗《けんそう》天皇ハ市邊押羽ノ皇子第三ノ子、履中《りちゆう》天皇孫《の》也。御母[二〇]荑媛《はえヒメ》、蟻《アリ》ノ臣《おみのむすめ》女也。白髪《しらかの》天皇養《やしなひ》テ子トシ給フ。

御兄《このかみにんけんまづ》仁賢先位ニ卽給《つきたまふ》ベカリシヲ、相共ニ讓《ゆづり》マシ〳〵シカバ、同母ノ御姉[二一]飯豐《イ、とよ》ノ

一一 丹波道主ノ命。七三頁参照。 一二 みけつもの、おもの。神前に奉る食事。 一三 底本「奉テ」、書・天村・新等により訂。 一四「神亀六年正月十日、御饌物依レ例於二豊受神宮一調備。従レ彼賷二参於太神宮一之間、宇浦田山之迫道、死男為二鳥犬一被レ喰。(中略)卜二定豊受神宮一新建二立御饌殿一。可レ令レ供二奉太神宮朝夕御饌一之由、神祇官陰陽寮共卜申既了。(中略)自レ爾以降、於二件殿一供進二朝夕御饌物一。今号二御饌殿一是也」(太神宮諸雑事記第一、聖武天皇の条)。 一五 外宮の祭神を天御中主神とする度会神道の立場を是認する親房としては、御気説によらざるを得ないがための立論である。神名秘書の裏書に「古人云、大日霊貴則火珠所レ成之太神也。豊受宮則水珠所レ成之神明也。故千変万化受二一水之徳一、戓二続命之術一。故万物得レ水以生。水善利二万物一。故号二御饌都神一也」とある。また神皇実録には、天御中主神を「天地開闢之始、含二精気一而応化之元神」とし、「古語天津御気国津御気。亦天狭霧国狭霧」としている。吉見幸和は五部書説弁巻五に、正統記のこの本文を引用、「親房卿ハ外宮禰宜家行神主所レ撰ノ神祇本源ヲ借覧シテ、其説ヲ用ラレタレバ如レ此」と非難し、最後にこの説を「堪レ捧レ腹歟」と極論している。 一六 書・静二・天一等により補。 一七 底本「盤余」、青・静二・書等により訂。 一八「天皇生而白髪、長而愛レ民」(清寧紀)。「白髪大倭根子命」(記)。「白髪武広国押稚日本根子天皇」(紀)。 一九 記・紀ともに播磨国とする。初め丹波にのがれ、後に播磨国縮見(しじみ)の首(おびと)の家に居たのを探し出したのである。 二〇 底本「弟媛(ヲトヒメ)」、刈本に「荑媛(ハエヒメ)」、記・紀にも同様、訂。 二一 紀は同母の姉、記は叔母。清寧天皇崩御後、顕宗天皇即位までの約一年間執政。清寧天皇と申しながら列次から省いたが、水鏡は二十四代と数えている。

尊シバラク位《くらゐ》ニ居給キ。サレドヤガテ顕宗《けんそう》定《さだま》リマシ〳〵シニヨリテ、飯豊《いひとよ》天皇ヲバ日嗣ニハカゾヘタテマツラヌ也。乙丑《きのとうし》ノ年即位。大和ノ近《ちかつ》明《あ》日《す》香《か》八《や》釣《つり》[一]ノ宮ニマシマス。

天下ヲ治給コト三年[二]。四十八歳ヲ(オ)マシ〳〵キ。

第二十五代、仁賢《にんけん》天皇ハ顕宗《けんそう》同母ノ御兄《このかみ》也。雄略《ゆうりやく》ノ我《わが》父ノ皇子ヲコロシ給シコトヲウラミテ、「御陵《ミサヽギ》[三]ヲホリテ御屍《カバネ》ヲハヅカシメン。」トノ給シヲ、顕宗イサメマシ〳〵シニヨリテ、徳[四]ノヲ(オ)ヨバザルコトヲハヂテ、顕宗ヲサキダテ給ケリ。戊申《つちのえさる》ノ年即位。大和ノ石上《イソノカミ》廣高《ひろたか》ノ宮ニマシマス。

天下ヲ治給コト十一年。五十歳ヲ(オ)マシ〳〵キ。

第二十六代、武烈《ぶれつ》天皇ハ仁賢ノ太子。御母大娘《おほいらつめ》[五]ノ皇女、雄略ノ御女也。己卯《つちのとう》ノ年即位。大和ノ泊瀬《はつせ》列城《なみき》ノ宮ニマシマス。性《せい》[六]サガナクマシテ、悪《あく》トシテナサズト云コトナシ。仍《よりて》天祚《あまつひつぎ》[七]モ久《ひさし》カラズ。仁徳《にんとく》[八]サシモ聖徳《せいとく》マシ〳〵シニ、此皇胤《くわういん》コヽニタエニキ。「聖徳[九]ハ必《かならず》百代ニマツラル。」〈春《しゆん》秋《じう》ニミユ〉トコソミエタレド、不徳ノ子孫アラバ、其宗《そう》[一〇]ヲ滅スベキ先蹤《せんしよう》甚《はなはだ》ヲ(オ)ホシ。サレバ上古《しやうこ》ノ聖賢《せいけん》ハ、子ナレドモ慈愛ニヲ(オ)ボレズ、器《うつは》[一一]ニアラザレバ傳《つたふ》コトナシ。堯《げう》ノ子《こ》丹朱《タンシユ》[一二]不肖《ふせう》[一三]ナリシカバ、舜《しゆん》ニサヅケ、舜ノ子商均《シヤウキン》[一四]又不肖《ふせう》ニシテ夏禹《かのう》ニ譲《ゆづ》ラレシガ如シ。堯舜ヨリコナタニハ猶天下[一五]ヲ私《わたくし》ニスル故ニヤ、必《かならず》子孫[一六]ニ傳《つたふる》コトニナリニシ

一　底本「八鈎」、「八釣」が正しい。
二　底本「三十年」、青・国・大等により訂。
三　「況吾立為㆓天子㆒、二㆓年于今㆒矣。願壊㆓其陵㆒摧㆑骨投散、今以㆑此報、不㆓亦孝㆒乎。皇太子億計歔欷不㆑能㆑答。乃諫曰、不可」(顕宗紀)。とあって、この事実は即位後のことで、親房の誤解である。四「此天皇之位有功者可㆓以処㆒之。著㆑貴蒙㆑迎、皆弟之謀也」(顕宗即位前紀)。兄弟二人が世に見出されたことは、ひとえに弟の力であるとし、それをも「徳ノヲヨバザルコト」としたのであろう。
五　正しくは春日大娘皇女または皇后(武烈紀)。
六　その性格が暴逆であること。わるし・まさなし。「又頻造㆓諸悪㆒、不㆑脩㆓一善㆒。凡諸酷刑無㆑不㆓親覧㆒。国内居人咸皆震怖」(同)。
七　天から下されたさいわい。特に天皇の御位。天日嗣。
八　底本「仁賢」、書・大・天村等により訂。
九　「晋侯問㆓於史趙㆒曰、陳其遂亡乎。対曰、(中略)臣聞、盛徳必百世祀」(左伝、昭公八)。盛徳不㆑泯と同じく、立派な徳をそなえて立派な政治を行なった人は永遠に人々の崇敬を受けて神とまつられる。しかもその子孫も栄えること。
一〇　その宗家を必ずや絶えさせてしまうような先例。
一一　天子の位に居るにふさわしい器量。↓四八頁注一二。
一二　「丹朱傲、惟慢遊是好」(書経、益稷)。
一三　父に似ぬ愚かな子。
一四　商鈞に同じ。「商鈞不才、禅㆓位於禹㆒」(列子、楊朱)。
一五　天下はその支配者個人のものでなく、万民のための天下で、自己の愛情や利欲によって、後継者を決定すべきでないのに、天子の位を世襲すること。
一六　底本「子孫テ」、出・森・刈等により訂。

ガ、禹《う》ノ後《のち》、[一七]桀《ケツ》暴虐《ボウギヤク》ニシテ國ヲ失ヒ、殷《いん》ノ湯《たう》聖徳アリシカド、[一八]紂《チウ》ガ時無道《ぶだう》ニシテ永クホロビニキ。天竺《てんぢく》ニモ佛滅度《めつど》百年ノ後、[一九]阿育《あいく》ト云王アリ。姓ハ孔雀《くじやく》氏、王位ニツキシ日、[二〇]鐵輪飛降《てちりんとびくだ》ル。轉輪《てんりん》ノ威徳《ゐとく》ヲエテ、閻浮提《えんぶだい》ヲ統領《とうりやう》ス。アマサヘ[二一]諸《もろもろ》ノ鬼神《きじん》ヲシタガヘタリ。正法《しやうぼふ》ヲ以テ天下ヲオ《(ヲ)》サメ、佛理ニ通ジテ[二二]三寶《さんぼう》ヲアガム。八萬四千ノ塔《たふ》ヲ立《たて》テ、[二三]舎利《しやり》ヲ安置《あんち》シ、[二四]九十六億千ノ金《こがね》ヲ棄《ステ》テ功徳《くどく》ニ施《せ》スル人ナリキ。[二五]其三世《さんせいの》孫弗《フ》沙密多羅《シヤミツタラ》王ノ時、悪臣ノスヽメニ[二六]ヨ(ツ)テ、祖王《そわう》ノ立《たて》タリシ[二七]塔婆《たふば》ヲ破壊《はゑ》セント云悪念《あくねん》ヲオコシ、モロ〳〵ノ寺ヲヤブリ、[二八]比丘《びく》ヲ殺害《せつがい》ス。阿育王ノアガメシ[二九]雞雀寺《けいじやくじ》ノ[三〇]佛牙《ぶつゲ》歯《シ》ノ塔ヲコボタントセシニ、[三一]護法神《ごほふじん》イカリヲナシ、大山《たいせん》ヲ化《け》シテ王及《およ》ビ[三二]四兵《しひやう》ノ衆ヲオシコロス。コレヨリ孔雀ノ種《しゆ》永絶《ながくたえ》ニキ。カヽレバ先祖大《おほき》ナル徳アリトモ、不徳《ふとく》ノ子孫宗廟《そうべう》ノマツリヲタヽムコトウタガヒナシ。

此天皇天下ヲ治給コト八年。五十八歳[三三]ヲ《(オ)》マシ〳〵キ。

第二十七代、第二十世、繼體《けいたい》天皇ハ應神《おうじん》五世ノ御孫也。應神第八《の》御子隼總別《ハヤブサワケ》ノ皇子、其子大迹《おほと》ノ王、其子私斐《シイ》ノ王、其子彦主人《ひこぬし》ノ王、其子男大迹《をほと》ノ王ト申《まをす》ハ此[三四]天皇ニマシマス。御母振姫《フルヒメ》、垂仁《すゐにん》七世ノ御孫也。越前《ゑちぜんの》國ニマシケル。武烈《ぶれつ》カクレ給テ皇《くわう》胤《いん》タエニシカバ、群臣ウレヘナゲキテ國々ニメグリ、チカキ皇胤ヲ求奉《もとめたてまつり》ケルニ、此天皇王者《わうしや》ノ大度《たいド》マシテ、[三五]潜龍《せんりよう》ノイキヲ《(ホ)》ヒ、世ニキコエ給ケルニヤ。群臣相議《はからひ》テ迎奉《むかへ》ル。三タビマデ謙譲《けんじやう》シ給《たまひ》ケレド、ツヰ《(ヒ)》ニ位ニ即《つき》給フ。コトシ丁亥《ひのとゐ》ノ年也〈武烈《ぶれつ》

一七 夏の最後の王。殷の湯王のために南巣に放逐された。紂王とともにシナの代表的な悪王で、桀紂と併称される。女色にふけり、政治を忘れ虐政を行なったので、民心離反して滅亡した。

一八 殷の最後の王。周の武王に滅ぼされた。

一九 あそか王・あしょか王ともいう。麻伽陀(まかだ)国王。釈迦入滅後二百年ごろの出生。最初無道暴虐であったが、後入信し、仏教を保護、正法を弘布した。阿育王伝七巻・阿育王経十巻などがある。以下の記事はそれらの引用である。

二〇 四七頁参照。 二一 護法善神。仏法を信楽し守護する諸天・龍王・鬼神等の総称。

二二 三種の珍宝。仏法僧をいう。仏は仏教の教祖である一切の智人、法は仏所論の教法、僧はその法を学習する諸弟子。

二三 釈迦の火葬の骨。「即所遺骨分」(名義抄)。

二四 「又以二無数之金一、贖二此大地乃至自身一、後以二九十六億千万金一布施二衆僧一」(阿育王経巻五)。

二五 阿育王没後の王、三波提の四世の孫で阿育王の系統でないとする説がある。「三世」は五世が正しいともいう。

二六 →四一頁注一〇。

二七 卒塔婆。土または石を高く積み上げ、中に仏舎利を蔵めるように作った一種の墓標。

二八 出家して具足戒をうけた男子。

二九 維園寺・鶏雀精舎。中印度摩伽陀国波吒釐子城にあったという阿育王建立の寺。

三〇 釈迦の牙歯を安置した塔か。山田氏は述義に、雑阿含経を引用し、塔の守護神とする。

三一 →前注二一。

三二 四軍、四部法。古代印度における四種に組織する軍兵。象兵・馬兵・車兵・歩兵。

三三 底本「ヲハシ〳〵キ」、書・出・青等により訂。 三四 底本「天王」、青・書・大等により訂。

三五 潜んでいてまだ天に昇らない龍。将来天位につき、なすあらんとする威望。

カクレ給テ後、[一]二年位《くらゐ》ヲムナシクス〉。大和ノ磐余玉穂《いはれタマホ》ノ宮ニマシマス。仁賢《にんけん》ノ御女《むすめ》手白《たしら》香《か》ノ皇女ヲ皇后トス。

即位シ給シヨリ誠《まこと》ニ賢王《けんわう》ニマシ〳〵キ。應神御子ヲ《(オ)》ホクキコエ給シニ、仁徳《にんとく》賢王ニテマシ〳〵シカド、御末《みすゑ》タエニキ。隼總別《はやぶさわけ》ノ御末、カク世ヲタモタセ給《たまふ》コト、[二]イカナル故ニカヲ《(オ)》ボツカナシ。仁徳ヲバ大鷦鷯《おほさざき》ノ尊ト申《まをす》。第八ノ皇子ヲバ隼總別《はやぶさわけ》ト申。仁徳ノ御代《みよ》ニ兄弟タハブレテ、[三]鷦鷯《さざき》ハ小鳥《ことり》也、隼《はやぶさ》ハ大鳥《おほとり》也ト争《あらそひ》給コトアリキ。隼ノ名ニカチテ、末ノ世ヲウケツギ給ケルニヤ。[四]モロコシニモカヽルタメシアリ〈左傳《さでん》ニミユ〉。名ヲツクルコトモツヽシミヲ《(オ)》モクスベキコトニヤ。[五]ソレモヲ《(オ)》ノヅカラ天命《てんめい》ナリトイハヾ、[六]凡慮《ぼんりよ》ノ及《およぶ》ベキニアラズ。此天皇ノ立《たち》給シコトゾ思外《おもひのほか》ノ御運《ごうん》トミエ侍《はべ》ル。但《ただし》、皇胤《くわういん》タエヌベカリシ時、群臣擇求《えらびもとめたてまつり》奉キ。賢名《けんめい》ニヨリテ天位ヲ傳給《つたへたま》ヘリ。天照太神ノ御本意《ごほんい》ニコソトミエタリ。皇統《くわうとう》ニ其人マシマサン時ハ、[七]賢諸王《かしこきしよわう(オ)》ヲハストモ、爭《いかで》カ望《のぞみ》ヲナシ給ベキ。皇胤タエ給ハンニトリテハ、賢《けん》ニテ天日嗣《あまつひつぎ》ニソナハリ給ハンコト、即《すなはち》又天ノユルス所也。此天皇ヲバ我國[八]中興《ちゆうこう》ノ祖宗《そそう》ト仰《あふ》ギ奉《たてまつ》ルベキニヤ。

天下ヲ治給コト二十五年。八十歳ヲ《(オ)》マシ〳〵キ。

第二十八代、安閑《あんかん》天皇ハ繼體ノ太子。御母ハ[九]目子《めのこ》姫、尾張《をはり》ノ草香《くさか》ノ連《むらじ》ノ女《むすめ》也。甲《きのえ》寅《とらの》年即位。大和ノ[一〇]勾金橋《まがりのかなはし》ノ宮ニマシマス。

一　武烈天皇の崩御は即位八年(五〇六)十二月八日。継体天皇の即位は翌年(五〇七)二月四日。この間をなぜ二年と記したのか不明。白山本は六年、静一・天村・刈本はともに三年。二　的確にはその理由が明白でない。聖徳高い仁徳天皇の跡の絶えたことの、親房らしいしかるべき根拠を述べようとする伏線の語。三　みそさざい。雀に似た小鳥。「大者有二禿鶖一、小者有二鷦鷯一」(呉志、張尚伝)。紀の仁徳天皇四十年(三〇九)十二月の条に、雌鳥皇女をめぐる一連の話がある。その中に「執二捷鷦鷯与レ隼焉。曰、隼捷也。乃皇子曰、是我所レ先也」と見える。記・紀ともに継体天皇の父は彦主人王であり、記によれば応神天皇—若沼毛二俣皇子—意富々等王—宇斐王—彦主人王—袁本杼命(継体天皇)とある。隼総別皇子の子孫ではない。四　左伝の晋穆公の二子の故事。兄の名は仇、弟の名は成師。兄はその名の不吉・不善によって早く滅び、弟がその名にあやかって栄えた。五　もっとも、こう定まったのも、しかるべき天命のなせるところ。天命は天照大神の思召し。六　神の深遠な思召しに対する凡人のあさはかな思慮。七　天皇の直系の子孫を「皇統」というに対して、傍系の皇子・皇孫たちを総称する。その人がいかに賢明で皇位を継承するにふさわしい器量をもっているにしても。八　「祖宗」は本来は天照大神と歴代の天皇のこと。高皇産霊尊・神皇産霊尊から大神まで、または大神を祖と言い、また人皇に対して神武までを祖、第二代から先帝までを宗という。ここでは歴代の天皇の一人であるこの天皇を連綿の姿の一人として、特に皇統上重要視して「中興ノ祖宗」と言ったのである。九　底本「日子姫」、記・紀ともに「目子」とあるのが正しい。一〇　底本「句倉」、記・紀に「勾金箸」「勾金橋」とあるのが正しい。

天下〔ヲ〕一一治給コト二年。七十歳ヲ《（オ）》マシ〳〵キ。

第二十九代、宣化《せんくわ》天皇ハ繼體第二ノ子、安閑《あんかん》同母ノ弟也。丙辰《ひのえたつ》ノ年即位。大和ノ檜隈廬入野《ひのくまのいほりの》ノ宮ニマシマス。

天下ヲ治給コト四年。七十〔三〕一二歳ヲ《（オ）》一三マシ〳〵キ。

一一 天一・山二・高等により補。

一二 天一・山二・高等により補。

一三 底本、神武天皇以下の記事の最後は、「ヲマシ〳〵キ」二十三例、「ヲハシ〳〵キ」一例、「ヲハシマシキ」三例、「ヲハシキ」一例、「マシ〳〵キ」一例となっている。このうち「ヲハシ〳〵キ」は「ヲマシ〳〵キ」の誤記と認められるが、「マシ〳〵キ」を除く二十八例はすべて「オ」とあるべきところが「ヲ」になっている。しかしこれらの表記のそれぞれには意義の上で格別の差は見出されない。ところが、上巻のこの表記に対して、中・下巻ではすべて「オマシ〳〵キ」式に「オ」となっている。しかし上巻と中・下巻と別種の伝本を書写したものとも考えられない。なお伝本によっては、「ニマシ〳〵キ」、「御座シキ」「ヲマシ〳〵キ」式の表記も見られる。

神皇正統記　中

第三十代、第二十一世、欽明《きんめい》天皇ハ繼體《けいたい》第三ノ子。御母皇后手白香《たしらか》ノ皇女、仁賢《にんけん》天皇ノ女也。兩兄《りやうけい》マシ〳〵シカド、此天皇ノ御スヱ(エ)世ヲタモチ給《たまふ》。[一]御母方《がた》モ仁徳《にんとく》ノナガレニテマシマセバ、猶モ其遺徳ツキズシテカクサダマリ給ケルニヤ。庚申年《かのえさるの》卽位。大倭《やまとの》磯城嶋《シキシマ》ノ金刺《かなさし》ノ宮ニマシマス。十三年壬申《みづのえさる》[二]〔十〕月《かんなづき》ニ百濟《クダラ》ノ國ヨリ佛[三]・法・僧ヲワタシケリ。此國ニ傳來〔ノ始ナリ〕[四]。釋迦如來滅後《しやかによらいめつご》一千〔十六〕[五]年ニアタル年、モロコシノ後漢《ごかん》ノ明帝永平《めいていえいへい》[六]十年ニ佛法ハジメテ彼《かの》國ニツタハル。ソレヨリ此壬申《みづのえさる》ノ年マデ四百八十八年。[七]モロコシニハ北朝ノ齊文宣帝《せいのぶんせんてい》卽位三年、南朝ノ梁簡《りやうのかん》文帝《ぶんてい》ニモ卽位三年也。簡文帝ノ父ヲ武帝《ぶてい》ト申キ。大《おほき》ニ佛法ヲアガメラレキ。[八]此御代ノ初ツカタハ武帝同時也。佛法ハジメテ傳來セシ時、[九]他國ノ神ヲアガメ給ハンコト、我國ノ神慮ニタガフベキヨシ、群臣カタク諫申《いさめまをし》ケルニヨリテステラレニキ。サレド此國ニ[一〇]三寶《さんぼう》ノ名ヲキクコトハ此時ニハジマル。又、[一一]私《わたくし》ニアガメツカヘ奉ル人モアリキ。天皇聖徳マシ〳〵テ三寶ヲ感《かん》ゼラレケルニコソ。群臣ノ諫《いさめ》ニヨリテ、其法ヲタテラレズトイヘドモ、天皇ノ[一二]叡志《えいし》ニハアラザルニヤ。昔、佛《ぶつ》在世ニ、天竺《てんぢく》ノ[一三]月蓋長《ぐわつがいちやう》

一 仁徳天皇の男系は武烈天皇で絶えたが、「聖徳ハ必百代ニマツラル」(八八頁)とする思想から仁徳天皇の女系である手白香皇女所出の男子であるために、異母兄の安閑・宣化二天皇の母が目子姫であることにまさって、この皇胤が正統に定まったとするのである。二 国・静一・静二等により補。三 ↓八九頁注二二。四 国・静一・静二等により補。五 五・静一・静二等により補。

六 永平十年は垂仁天皇皇紀七百二十七年(六七)、欽明天皇十三年は皇紀千二百十二年(五五二)。「四百八十八年」は四百八十六年が正しい。七 底本「モロコシテハ」、大・静一・書等により訂。

八 欽明天皇元年(五四〇)は武帝即位三十九年、大同六年にあたる。九 「朕従レ昔来、未三曾得レ聞二如レ是微妙之法一。然朕不二自決一。乃歴二問群臣一曰、西蕃献仏相貌端厳、全未二曾看一、可レ礼以不。蘇我大臣稲目宿弥奏曰、西蕃諸国一皆礼之。豊秋日本豈独背也。物部大連尾輿、中臣連鎌子同奏曰、我国家之王二天下一者、恒以二天地社稷百八十神一、春夏秋冬、祭拝為レ事。方今改拝二蕃神一、恐致二国神之怒一。天皇曰、宜下付二情願人稲目宿弥一、試令中礼拝上」(欽明紀)。一〇 ↓八九頁注二一。

一一 前注九に見える蘇我稲目・馬子など。当時の朝廷には百済に好意を寄せる蘇我・大伴の二氏と新羅と結ぼうとする物部・中臣の二氏が対立し、この事に限らずことごとに反目していた。

一二 天皇のおぼしめし。ここでは御本意。

一三 印度毘舎離国に住んでいた長者。長者は印度では豪族の称。世間・出世・観心の三長者の名が見える。城中第一の長者で同類五百長者とともに、釈尊に病苦救済の法を求め、弥陀三尊を念ずべきことを教えられ、金像を作ったという。その金像は仏法東漸によって、百済に渡り、聖明王がわが国に献上したのである。平家物語巻二「善光寺炎上」の条参照。

者《じや》、鑄《い》タテマツリシ彌陀三尊《みださんぞん》ノ金像《こんざう》ヲ傳《つたへ》テワタシ奉リケル、難波《なには》ノ堀江《ほりえ》ニステラレタリシヲ、[一四]善光《ぜんくわう》ト云者トリ奉テ、信濃《しなの》ノ國ニ安置《あんち》シ申キ。今〔ノ〕[一五]善光寺《ぜんくわうじ》コレ也。

此御時[一六]八幡大菩薩《はちまんだいぼさつ》始《はじめ》テ垂迹《すゐじやく》シマシマス。

天皇天下ヲ治給《をさめたまふ》コト三十二年。八十一歳オマシ〳〵キ。

第三十一代、第二十二世、敏達《びだつ》天皇ハ欽明第二ノ子。御母石媛《いしひめ》ノ皇女、宣化《せんくわ》天皇ノ女也。壬辰《みづのえたつの》年即位。大倭磐余譯語田《やまとのいはれオサだ》ノ宮ニマシマス。二年癸巳《みづのとみの》年、天皇ノ御弟豐日《トヨヒ》皇子ノ妃《ひ》、御子ヲ誕生《たんじやう》ス。厩戸《うまやど》ノ皇子ニマシマス。生《うまれ》給シヨリサマ〴〵ノ[一七]奇《き》瑞《ずゐ》アリ。[一八]タヾ人《びと》ニマシマサズ。御手ヲニギリ給シガ、二歳ニテ東方ニムキテ、[一九]南无《なむ》佛《ぶつ》トテヒラキ給シカバ、[二〇]一《ひとつ》ノ舍利《しやり》アリキ。佛法流布《るふ》ノタメニ[二一]權化《ごんげ》シ給ヘルコト疑《うたがひ》ナシ。此佛舍利《ぶつしやり》ハ今ニ大倭《やまと》ノ法隆寺《ほふりゆうじ》ニアガメ奉ル。

天皇天下ヲ治給コト十四年。六十一歳オマシ〳〵キ。

第三十二代、用明《ようめい》天皇ハ欽明第四ノ子。御母[二二]堅鹽姫《きたしひめ》、蘇我《そが》ノ稲目大臣《イナメのおほおみ》ノ女也。豐《とよ》日《ひ》ノ尊ト申。厩戸ノ皇子ノ[二三]父ニオハシマス。丙午《ひのえうまの》年即位。大和《やまと》ノ池邊列槻《いけのへのナミツキ》ノ宮ニマシマス。佛法ヲアガメテ、我國ニ流布《るふ》セムトシ給ケルヲ、弓削守屋《ゆげのもりや》ノ大連《ヲホムラジ》[二四]カタムケ申《まをし》、ツキ《(と)》ニ[二五]叛逆《ほんぎやく》ニオヨビヌ。厩戸ノ皇子、[二六]蘇我《そが》ノ大臣《おほおみ》ト心ヲ一《ひとつ》ニシテ[二七]誅戮《ちゆうりく》セラレ、スナハチ佛法ヲヒロメラレニケリ。

天皇天下ヲ治給コト二年。四十一歳オマシ〳〵キ。

一四 「仰二信州本太善光一、従レ昔已来在二仏弟子一。誠以難レ有二浦山一云々。然者如来御託宣上、人力而非レ可レ成二障礙一。急奉レ下二東国一、可二安置礼拝一者也。即以二巨勢大夫一被レ下二詔命一。于時仁皇三十四代推古天皇御宇願転二年壬戌四月八日。善光自奉レ負二如来一下二向信濃国一」(善光寺縁起三)。

一五 静一・大・書等により補。

一六 欽明天皇二十三年(五六二)正月。八〇頁参照。

一七 ふしぎにめでたいしるし。聖徳太子伝暦や水鏡に詳しい。

一八 世の常の人でないこと。権化の人であることを示す。

一九 帰命頂礼。衆生が仏・菩薩に向かって、その名号を呼び、誠心誠意信順する時にとなえることば。

二〇 釈迦仏の遺骨。銀の袋に入れて、上宮王院宝蔵に安置し、世に「南無仏の舎利」といわれるものである。

二一 →六一頁注二三。

二二 底本「堅塩〈カタシ〉」、「キタシ」が正しい。

二三 「父ニオハシマス」という表現は力点を聖徳太子においての発言である。聖徳太子を生んだ父であることによってその縁にひかれて、仏法を尊崇されたというのである。

二四 非難する。不賛成を申し出て反対する。

二五 謀叛をおこすこと。正統記に三例見られるが、他の二回は将門と信頼である。なお他に「謀反」が五回、「謀叛」が二回、「叛乱」が二回、「反乱」と「逆乱」が一回ある。律によれば、謀反は「謀レ危二国家一」、謀叛は「謀二背レ国従レ偽」とあるが、正統記の用法では別に明確に区別していない。将門の乱も一三〇頁では叛逆、一八六頁では謀反となっている。底本「オヨビ又」、刈・脇・山二等により訂。

二六 稲目の子、馬子。皇子と馬子の反対派が物部守屋と中臣勝海である。

二七 罪にあてて殺す。死罪に行なう。

第三十三代、崇峻《すしゆん》天皇ハ欽明《きんめい》第十二ノ子。御母小姉君《コアネきみ》ノ娘《いらつめ》[一]。コレモ稲目《いなめ》ノ大臣《おほおみ》ノ女也。戊申《つちのえさるの》年即位。大和ノ倉橋《クラハシ》ノ宮ニマシマス。天皇横死《わうし》[二]ノ相《さう》ミエ給《たまふ》。[三]ツヽシミマスベキヨシヲ厩戸ノ皇子奏《そうし》給ケリトゾ。天下ヲ治給コト五年。七十二歳オマシ〳〵キ。或人ノ云。外舅《ははかたのをぢ》蘇我《そが》ノ馬子大臣《うまこのおほおみ》ト御中《なか》アシクシテ、彼《かの》[四]大臣ノタメニコロサレ給キトモイヘリ。

第三十四代、推古《すゐこ》天皇ハ欽明ノ御女、用明《ようめい》同母ノ御妹也。御食炊屋姫《ミケカシヤ》ノ尊ト申《まをす》。敏達天皇皇后トシ給《たまふ》〈仁徳モ異母ノ妹ヲ妃トシ給コトアリキ〉。崇峻カクレ給シカバ、癸丑《みづのとうしの》年即位。大倭《やまと》ノ小墾田《をハリタ》[五]ノ宮ニマシマス。

昔神功皇后《じんぐうくわうごう》六十餘年天下ヲ治《をさめ》給シカドモ、攝政《せつしやう》ト申テ、天皇トハ號シタテマツラザルニヤ。此ミカドハ正位《しやうゐ》ニツキ給ニケルニコソ。即《すなはち》厩戸ノ皇子ヲ皇太子トシテ萬機《ばんき》[六]ノ政《まつりこと》ヲマカセ給。攝政ト申キ。太子ノ監國《ケン》[七]ト云コトモアレド、ソレハシバラクノ事也。コレハヒトヘニ天下ヲ治給ケリ。

太子聖徳《せいとく》マシ〳〵シカバ、天下[八]ノ人ツクコト日ノ如ク、仰グコト雲ノ如シ。太子イマダ皇子ニテマシ〳〵〔シ〕[九]時、逆臣守屋《ぎやくしんもりや》ヲ誅《ちゆう》シ給シヨリ、佛法始《はじめ》テ流布《るふ》シキ。マシテ政《まつりこと》ヲシラセ給ヘバ、三寶《さんぼう》ヲ敬《うやまひ》、正法《しやうぼふ》ヲヒロメ給コト、佛世《ぶつせ》[一〇]ニモコトナラズ。又[一一]神通自在《じんづうじざい》ニマシ〳〵キ。御身《み》ヅカラ法服[一二]ヲ着《ちやく》シテ、經《きやう》[一三]ヲ講ジ給シカバ、天[一四]ヨリ花

一 郎女。郎子(いらつこ)の対語。いらつひめともいう。女子をいつくしみ親しんで呼ぶ名。二 禍害などによって天命を全うしないで死ぬこと。相は人相。三「天皇密召二太子一曰、人言、汝有二神通之意一。復能相レ人。汝相二朕之体一、勿レ有二形迹一。太子奏曰、陛下玉体実有二仁君之相一。然恐二非命忽至一。伏請、能守二左右一勿レ容二奸客一」(聖徳太子伝暦上)。四「五年冬十月癸酉朔丙子、有レ献二山猪一。天皇指レ猪詔曰、何時如レ断二此猪之頭一、断二朕所レ嫌之人一。多設二兵仗一、有レ異二於常一。壬午、蘇我馬子宿弥聞二天皇所レ詔、恐レ嫌二於己一、招二聚儻者一、謀レ弑二天皇一」(崇峻紀)。その十一月、東漢直駒(やまとのあやのあたえこま)をして天皇を殺させることになった。親房の信念からすれば、あり得ない無道の行為であるため、わざわざ「或人ノ云」とそれとなく表現した。五 底本「墾田〈ハリ〉」、「ヲハリタ」が正しい。六 多くの機微なこと。帝王の総覧するよろずの政務。「競々業々、一日二日万機」(漢書、王嘉伝)。一二〇頁参照。七「かんこく」とも。「君行則守、有レ守則従、従曰二撫軍一。守曰二監国一、古之制也」(左伝、閔公二)。「謂天子巡行、太守留守、是為二監国一」(令義解)。八「日、君象也。月、臣象也」(詩経、邶風・柏舟鄭注)。人民が太子に敬服すること天皇に対すると同じである。「仰視二浮雲白一」(正気歌)。高きにある白雲を仰ぎ望むように、その高徳をしたう。九 静一・大・書等により補。一〇 釈迦仏在世の時代。仏教の末法思想からすれば、当時は正・像・末の像法時であり、在世に比して下降した悲しむべき時代であるが、太子の出現によって、正法時と同様だとする。一一 凡情で測り知りえない無碍自在な仏・菩薩の力。神通に六種ある。六神道・六通。一二 法衣。仏者の着用する僧服。一三 法華・勝鬘・維摩の三経など。太子はその「疏」をも作った。

ヲフラシ、放光動地《はうくわうどうち》ノ瑞《ずゐ》アリキ。天皇・群臣、タウ《(フ)》トビアガメ奉ルコト佛ノゴトシ。[一五]伽藍《がらん》ヲタテラル、事四十餘ケ所ニヲ《(オ)》ヨベリ。又此國ニハ昔ヨリ人スナヲ《(ホ)》ニシテ法令《はふりやう》ナンドモサダマラズ。[一六]十二年甲子《きのえね》ニハジメテ冠位《クワンヰ》ト云コトヲサダメ〈冠《かうぶり》ノシナニヨリテ、上下《かみしも》ヲサダムル二十八階アリ〉、十七年己巳《つちのとみ》ニ[一七]憲法《けんはふ》十七ケ條ヲツクリテ奏シ給。内外典《ないげてん》ノフカキ道ヲサグリテ、ムネヲツヾマヤカニシテツクリ給ヘル也。天皇悦《よろこび》テ天下ニ施行《しかう》セシメ給キ。

此コロオ《(ホ)》ヒハ、モロコシニハ隋《ズイ》ノ世也。南北朝相分《あひわかれ》シガ、南ハ正統ヲウケ、北ハ戎狄《ジユウテキ》ヨリオコリシカドモ、中國ヲバ北朝ニゾオ《(ヲ)》サメケル。隋《ずゐ》ハ北朝ノ後周《こうしう》ト云シガユヅリヲウケタリキ。後《のち》ニ南朝ノ陳《ちん》ヲウチタヒラゲテ、一統ノ世トナレリ。此天皇ノ元年癸丑《みづのとうし》ハ文帝《ぶんてい》一統ノ後《のち》四年也。十三年乙丑《きのとうし》ハ煬帝《ヤウだい》ノ即位元年ニアタレリ。彼國ヨリハジメテ使ヲオクリ、ヨシミヲ通ジケリ。隋帝《ずゐてい》ノ書ニ[一八]「皇帝恭《ツツシムデ》問《トフ》二倭皇《わくわうに》一」トアリシヲ、コレハモロコシノ天子ノ諸侯王《しよこうわう》ニツカハス禮儀《れいぎ》ナリトテ、群臣アヤシミ申ケルヲ、太子ノヽ給《たまひ》ケルハ、[一九]「皇ノ字ハタヤスク用《もちゐ》ザル詞《ことば》ナレバ」トテ、返報《へんはう》ヲモカヽセ給《たまひ》、サマ〴〵[二〇]饗祿《きやうろく》ヲタマヒテ使ヲカヘシツカハサル。是ヨリ此國ヨリモツネニ使ヲツカハサル。其使ヲ遣隋大使《けんずゐたいし》トナムナヅケラレシニ、二十七年己卯《つちのとう》ノ年、隋滅《ほろび》テ唐《たう》ノ世ニウツリヌ。[二一]二十九年辛巳《かのとみ》ノ年太子カクレ給。御年四十九。天皇ヲハジメタテマツリテ、天下ノ人カナシミオ《(ヲ)》シミ申コト[二二]父母ニ喪《も》スルガゴトシ。皇位ヲ

[一四] 釈迦が法華経を講じた時、六瑞があらわれた。説経・入定・雨華・地動・心善・放光の六瑞である。ここではその中の三瑞、すなわち雨華瑞(天から四種の蓮華をふらすこと)、放光瑞(仏の眉間から白光を放つこと)、地動瑞(大地が六種に震動すること)、があらわれたとして太子の聖徳を讃歎したのである。

[一五] 七堂伽藍。仏寺。推古天皇三十二年(六二四)秋九月、像・尼について記録を作られたが、寺の数四十六所とある。

[一六] 「(十一年)十二月戊辰朔壬申、始行二冠位一」、「十二年春正月戊戌朔、始賜二冠位於諸臣一、各有レ差」(推古紀)。「十八階」は十二階が正しい。

[一七] 憲法十七ケ条の制定は十二年(六〇四)夏四月が正しい。わが国の成文法制定の始ともいうべきで、「憲法〈ノリ〉」(紀)の意は教誨・訓諭ともいうべきもので、論語・孝経・左伝・書経・管子等の書および仏教思想を中心にまとめられた。「憲法了。天皇大悦、群臣各写二一本一、読二伝天下一。天下大悦」(聖徳太子伝暦上)。

[一八] 「隋帝書曰、皇帝問二倭皇一。使人長吏大礼蘇因高等至具レ懐云々」(聖徳太子伝暦下)。→四三頁注二一。

[一九] 「天皇問二太子一曰、此書如何。太子奏曰、天子賜二諸侯王一書式也。然皇帝之字。天下一耳。而用二倭皇字一、彼有二其礼一。応二恭而修一。天皇善レ之」(同前)。「返報」は返牒。→四三頁注二三。

[二〇] 饗応とかずけもの。手厚く食を饗してもてなすとともに労をいたわるほうびの品々をやる。

[二一] 「二十九年春二月己丑朔癸巳、半夜厩戸豊聡耳皇子命、薨二于斑鳩宮一」(推古紀)。

[二二] 「是時大臣已下群臣百官天下衆生、悉如レ亡二父母一。哭泣之声満二於行路一、天皇聞看、挙レ音大哭」(聖徳太子伝暦下)。「是時諸王諸臣及天下百姓悉、長老如レ失二愛児一、而塩酢之味、在レ口不レ嘗。少幼者如レ亡二慈父母一。以哭泣之声、満二於行路一」(推古紀)。

モツギマシマスベカリシカドモ、權化《ごんげ》[一]ノ御コトナレバ、サダメテユヘ《(エ)》アリケンカシ。御諱《いみな》ヲ聖德トナヅケ奉《たてまつ》ル。

コノ天皇天下ヲ治給コト三十六年。七十歲オマシ〳〵キ。

第三十五代、第二十四世[二]、舒明《じよめい》天皇ハ忍坂大兄《おしさかおほえ》ノ皇子ノ子、敏達《びだつ》ノ御孫也。御母糠手《スカテ》姬ノ皇女、コレモ敏達ノ御女《むすめ》也。推古《すゐこ》天皇ハ聖德太子ノ御子[三]ニ傳《つたへ》給ハントオボシメシケルニヤ。サレドマサシキ敏達ノ御孫、欽明《きんめい》ノ嫡曾孫《ちやくそうそん》ニマシマス。又太子御病《やまひ》ニフシ給シ時、天皇此皇子[四]ヲ御使トシテトブラヒマシシニ、天下ノコトヲ太子ノ申付《まをしつけ》給ヘリケルトゾ。癸丑《みづのとうしの》[五]年卽位。大倭ノ高市郡岡本《たけちのこほりをかもと》ノ宮ニマシマス。此卽位ノ年ハモロコシノ唐ノ太宗[六]ノハジメ、貞觀《ぢやうぐわん》三年ニアタレリ。

天下ヲ治給コト十三年。四十九歲オマシ〳〵キ。

第三十六代、皇極《くわうぎよく》天皇ハ茅渟王《チヌノ》[七]ノ女、忍坂大兄《ヲシサカオホエ》ノ皇子ノ孫、敏達ノ曾孫《そうそん》也。御母吉備《きび》姬《ひめ》ノ女王ト申キ。舒明天皇皇《々》后トシ給。天智《てんぢ》・天武《てんむ》ノ御母也。舒明カクレマシテ皇子《(ヲ)》[八]オサナクオハシマシシカバ、壬寅《みづのえとら》ノ年卽位。大倭明日香河原《やまとのあすかのかはら》ノ宮ニマシマス。

此時ニ蘇我蝦夷《そがのえみし》[九]ノ大臣《おほおみ》〈馬子《うまこ》ノ大臣ノ子〉ナラビニソノ子入鹿《イルカ》、朝權《てうけん》[一〇]ヲ專《モハラ》ニシテ皇家《くわうか》[一一]ヲナイガシロニスル心アリ。其家ヲ宮門《みかど》[一二]ト云《いひ》、諸子ヲ王子トナム云ケル。上古《しやうこ》ヨリノ國紀重寶《こくきちようほう》[一三]ミナ私家《わたくしのいへ》ニハコビヲ《(オ)》キテケリ。中ニモ入鹿悖逆《ハイゲキ》[一四]ノ心ハナハダシ。聖德

一　↓六一頁注二三。
二　敏達天皇は第二十二世。用明・崇峻・推古の三天皇も同様。舒明天皇は敏達天皇の孫であるために、第二十三世の天皇はないわけである。
三　山背大兄王。
四　聖徳太子伝暦下推古天皇二十七年(六一九)冬十月、「太子不予、寝膳不レ宜」と聞いて、田村皇子をして太子の病を尋ねさせた時、「経理天下」の「四節意願」を述べ、「深望二此四節一。謹録二遺願一以寄二臣田村一以聞。臣厩戸言」とある。親房は、田村皇子の即位も太子の望む所とし、即位後の天皇として心得べきこととして、太子が遺言した形と解釈したものか。それが「申付給ヘリケルトゾ」という表現になったものであろう。このあたり用語やや簡約で文意あいまいな感じがする。
五　「癸丑」は己丑が正しい。皇紀千二百八十九年で、唐の太宗の貞観三年(六二九)にあたる。
六　底本「大宗」、静一・大・書等により訂。
七　底本「茅停王」、「茅渟王」が正しい。
八　正統記によれば、天智天皇は皇紀千三百三十一年(六七一)に五十八歳、天武天皇は同千三百四十六年(六八六)に七十三歳で崩御となっている。兄弟同年の出生ということになり、しかも舒明天皇崩御の時には二十八歳となって、種々の点で文意にそわない。もちろん両天皇の崩御の年齢については異説もあるので、明白でない。
九　底本「蝦夷〈エヒスヽ〉」、「エミシ」が正しい。
一〇　政治上の権力。
一一　皇室または天皇の意。
一二　「(三年)冬十一月、蘇我大臣蝦夷児入鹿臣、雙二起家於甘檮岡一、称二大臣家一曰二宮門一〈ウヘツミカド〉、入鹿家曰二谷宮門一〈ハザマノミカド〉。称二男女一曰二王子二」(皇極紀)。
一三　↓九七頁注一七。
一四　法度にもとり、君に対して反逆を企てる。

太子ノ御子達ノ[一五]トガナクマシ〳〵シヲホロボシ奉ル。コヽニ皇子中《なか》ノ大兄《おほえ》ト申《まをす》ハ舒《じよ》明《めい》ノ御子、ヤガテ此天皇[一六]御所生《ごしよしやう》也。中臣鎌足《なかとみのカマタリ》ノ連《ムラジ》ト云人ト心ヲ一《ひとつ》ニシテ入鹿《いるか》ヲコロシツ。父蝦夷《えみし》モ家ニ火ヲツケテウセヌ。[一七]國紀重寶ハミナ燒《やけ》ニケリ。蘇我ノ一門久《ひさし》ク權ヲトレリシカドモ、積惡《しやくあく》ノユヘ《(エ)》ニヤミナ滅《ほろび》ヌ。山田石川丸《やまだのいしかはまろ》ト云人ゾ皇子ト心ヲカヨハシ申ケレバ滅《めつ》セザリケル。此鎌足《かまたり》ノ大臣ハ天兒屋根《あめのこやね》ノ命[一八]二十一世孫《のそん》也。昔天孫《あめみま》アマクダリ給シ時、諸神ノ上首《じやうしゆ》ニテ、此命《みこと》、殊ニ天照太神ノ勅《みことのり》ヲウケテ輔佐《ふさ》ノ神ニマシマス。[一九]中臣《なかとみ》ト云コトモ、二《ふたはしらの》神ノ御中ニテ、神ノ御心ヲヤハラゲテ申給ケルユヘ《(エ)》也トゾ。其孫天種子《まごあめのたねこ》ノ命、神武ノ御代ニ祭事《まつりこと》ヲツカサドル。上古《しやうこ》ハ神《かみ》ト皇《きみ》ト一《ひとつ》ニマシ〳〵シカバ、祭《まつり》ヲツカサドルハ卽《すなはち》政《まつりこと》ヲトレル也〈政ノ字ノ訓《くん》ニテモ知ベシ〉。其後《のち》天照太神、始テ伊勢國ニシヅマリマシ、シ時、種子《たねこ》ノ命ノスヱ《(エ)》[二〇]大《おほ》鹿嶋《かしま》ノ命祭官《さいくわん》ニナリテ、鎌足《かまたりの》大臣ノ父〈[二一]小徳冠《せうとくくわん》〉御食子《みけこ》マデモソノ官ニテツカヘタリ。鎌足ニイタリテ大勳《たいくん》ヲタテ、世ニ寵セラレシニヨリテ、[二二]祖業《そげふ》ヲオコシ先烈ヲサカヤカサレケル、無レ止《やんごとなき》コト也。カツハ神代ヨリノ餘風ナレバ、シカルベキコトハ《(ワ)》リトコソオボエ侍《ハンベ》レ。後ニ[二三]内臣《うちつおみ》ニ任ジ大臣ニ轉ジ、[二四]大織冠《たいしよくくわん》〔トナル〕〈正一位ノ名ナリ〉。又[二五]中臣ヲアラタメテ藤原《ふぢはら》ノ姓《しやう》ヲ給《たまは》ラル〈内臣ニ任ゼラル、事ハ此御代ニハアラズ。事ノ次《ついで》ニシルス〉。

此天皇天下ヲ治給コト三年アリテ、同母ノ御弟輕《かる》[二六]ノ王《わう》ニ讓《ゆづり》給。[二七]御名ヲ皇祖母《すめみおや》ノ尊トゾ申ケル。

一五 言うに足る何等の罪過もない。
一六 「無レ忝二爾所生一」(孝経、士章)、同注に「所生、謂二父母一也」。転じて、生みの子、生まれたもの。
一七 紀に「悉焼二天皇記国記珍宝一」とある。「是歳、皇太子、嶋大臣共議之、録二天皇記、及国記、臣連伴造国造百八十部、并公民等本記一」(推古紀)とある記録類および珍貴な宝物であろう。
一八 愚管抄にも二十一世孫とあるが、姓氏録に二十三世とあるのが正しい。「天児屋根命二十一世孫。小徳冠中臣御食子卿長子也」(多武峯縁起)式のように、鎌足の父・祖父を示す「二十一世孫」を鎌足自身とする誤りから生じたものか。
一九 「中之臣〈ナカツオミ〉」の約とも、「中執持〈ナカトリモチ〉」の約ともいう。「本末不レ傾、茂槍乃中執持氐奉レ仕留中臣」(中臣寿詞)。二神は天照大神と瓊々杵尊。
二〇 ↓七四頁注四。
二一 鎌足の父が小徳冠に任ぜられた事実はない。諸伝本右わきに細字で後から記入した形。
二二 祖先伝来の家業を更に光輝あらしめ、祖先の輝やかしい功業を一層栄誉あるものとする。底本「先列」、静一・書・天村等により訂。
二三 鎌足が内臣に任ぜられたのは孝徳天皇大化元年(六四五)六月、「以二大錦冠一授二中臣鎌子連一為二内臣一」(孝徳紀)とある。内臣は臣下を総括して政務にあたり、左右大臣の次に位する。
二四 「是歳(大化三年)、制二七色十三階之冠一。一曰、織冠、有二大小二階一、以レ織為之。以レ繡裁二冠之縁一、服色並用二深紫一」(孝徳紀)。二十六階の最高位で正一位相当。鎌足が大織冠になったのは天智天皇八年(六六九)十月のこと。「トナル」、静一・静二・天村等により補。
二五 「天皇遣二東宮大皇弟於藤原内大臣家一、授二大織冠与二大臣位一、仍賜レ姓為二藤原氏一。自レ此以後、通曰二藤原内大臣一」(天智紀)。九九頁参照。
二六 底本「軽ノ玉」、静一・書・刈等により訂。
二七 「是日、奉二号於豊財天皇一曰二皇祖母尊一」(孝徳紀)。天皇の御母にあたらせられる尊の意。

裏[一]書《に》云。

鎌足名一名鎌子。大化元年任《ず》二内大臣《に》一、年三十一。天智天皇八年十月授《さづけ》二大織冠《を》一任《じ》二大臣《に》一、改《あらためて》レ姓《しやうを》為《す》二藤原《と》一。同年同月辛酉薨《ず》。年五十六。在官二十五年。天皇親臨哀泣《して》哀云々。

第三十七代、孝徳《かうとく》天皇ハ皇極《くわうぎよく》同母ノ弟也。乙巳《きのとみの》年即位。攝津國長柄豐崎《つのくにながらのとよさき》ノ宮ニマシマス。此御時ハジメテ大臣《だいじん》[三]ヲ左右《さいう》ニワカタル。大臣《おほおみ》ハ成務ノ御時武内《たけうち》ノ宿禰《すくね》ハジメテコレニ任ズ。仲哀《ちゆうあい》ノ御代ニ又大連《おほむらじ》ノ官ヲオカル。大臣《おほおみ》・大連《おほむらじ》ナラビテ政《まつりこと》ヲシレリ。此御時大連ヲヤメテ左右ノ大臣トス。又八省百官《はちしやうひやくくわん》[四]ヲサダメラル。中臣ノ鎌足ヲ内臣ニナシ給。

天下ヲ治給コト十年。五十歳オマシ〳〵キ。

第三十八代、齊明《さいめい》天皇ハ皇極《くわうぎよく》ノ重祚《ちようそ》[五]也。重祚ト云コトハ本朝ニハコレニ始《はじま》レリ。異朝ニハ殷大甲《いんのたいかふ》不明ナリシカバ、伊尹《いいん》[六]是《これ》ヲ桐宮《とうきゆう》ニシリゾケテ三年政《まつりこと》ヲトレリキ。サレド帝位ヲスツルマデハナキニヤ。大甲アヤマチヲ悔《くい》テ徳ヲオ《(ヲ)》サメシカバ、モトノゴトク天子トス。晋世《しんのよ》ニ桓玄《くわんげん》[七]ト云シ者、安帝《あんてい》ノ位ヲウバイ《(と)》テ、八十日アリテ、義《ぎ》兵《へい》ノ為ニコロサレシカバ、安帝位ニカヘリ給。唐《たう》ノ世トナリテ、則天《そくてん》[八]皇后世ヲミダラレシ時、我所生《わがしよしやう》ノ子ナリシカドモ、中宗ヲステテ廬陵《ロリヤウ》王トス。オナジ御子豫王《よわう》ヲタテラレシモ又ステテミヅカラ位ニヰ給。後ニ中宗位《ちゆうそうくらゐ》ニカヘリテ唐ノ祚《そ》[九]タエズ。豫

一 底本この裏書なし、国・静二・大等により補。

二「辛酉、藤原内大臣薨。甲子、天皇幸二藤原内大臣家一、命二大錦上蘇我赤兄臣一、奉二宣恩詔一、仍賜二金香鑪一」(天智紀)。

三「以二中大兄一為二皇太子一。以二阿倍内麻呂臣一為二左大臣一、蘇我倉山田石川麻呂臣為二右大臣一、以二大錦冠一授二中臣鎌子連一為二内臣一」(孝徳即位前紀)。

四「是月、詔二博士高向玄理与二釈僧旻一置二八省百官一」(同紀、大化五年二月)。八省は大宝令によると、中務・式部・民部・治部・兵部・刑部・大蔵・宮内の八である。

五 一度帝位を去った天皇が再び即位すること。

六「帝太甲既立三年、不明暴虐、不レ遵二湯法一乱レ徳。於レ是伊尹放二之於桐宮一、三年伊尹摂二行政一当レ国、以朝二諸侯一。帝太甲居二桐宮一三年、悔レ過自責反レ善。於レ是伊尹乃迎二帝太甲一、而授二之政一」(史記、殷本紀)。「桐宮」は湯王の陵墓のある桐の地に建てた宮殿。山西省栄河県の北。「大甲」は太甲が正しい。

七 安帝は東晋第十四代の天子。桓玄は龍亢の人、盟主となり、荊雍を平げて都督荊江八州軍事・荊江二州の刺史となる。兵を挙げて反し、建康に入り、みずから太尉となって百官を総べ、安帝に諷して退位させ、帝号を称し、元を永始と改めた。後、劉裕・何無忌・劉毅等の義兵のために殺されて、安帝復位。

八 一〇五頁参照。則天皇帝・則天武后ともいう。姓は武、名は曌。はじめ太宗の才人。高宗の后となって政権を専らにし、高宗崩じ中宗立つに及び中宗を廃して弟の睿宗を立て、これを廃してみずから帝位につき則天皇帝と称し、国を大周と号した。在位十六年、八十一歳没。中宗位に復して、国号も唐に復した。

九 天子の位。

王モ又重祚アリ。是ヲ睿宗《えいそう》ト云。コレゾマサシキ重祚ナレド、二代ニハ[一〇]タテズ。中宗・睿宗トゾツラネタル。我朝ニ皇極《くわうぎよく》ノ重祚ヲ齊明《さいめい》ト號シ、孝謙ノ重祚ヲ稱徳ト號ス。異朝ニカハレリ。[一一]天日嗣《あまつひつぎ》ヲオモクスルユヘ(ヱ)歟《か》。[一二]先賢ノ議サダメテヨシアルニヤ。

乙卯《きのとうの》年即位。コノタビハ大和ノ岡本《をかもと》ニマシマス。後《のち》ノ岡本ノ宮ト申《まをす》。

此御世ハモロコシノ唐高宗《たうのかうそう》ノ時ニアタレリ。高麗《かうらい》ヲセメシニヨリテ[一三]スクイ(ヒ)ノ兵《つはもの》ヲ申《まをし》ウケシカバ、天皇・皇太子ツクシマデムカハセ給《たまふ》。サレド三韓ツヰ(ヒ)ニ唐ニ屬シ、カバ、軍《いくさ》ヲカヘサレヌ。其後モ[一四]三韓ヨシミヲワスル、マデハナカリケリ。皇太子ト申《まをす》ハ中《なか》ノ大兄《おほえ》ノ皇子ノ御事也。孝徳ノ御代ヨリ太子ニ立給《たちたまひ》、此御時ハ攝政シ給《たまふ》トミエタリ。

天皇天下ヲ治給コト七年。六十八歳オマシ〳〵キ。

御三十九代、第二十五世、天智《てんぢ》天皇ハ舒明ノ御子。御母皇極天皇也。[一五]壬戌《みづのえいぬの》年即位。近江國[一六]大津ノ宮ニマシマス。[一七]即位四年八月《はつき》ニ内臣《うちつおみ》鎌足ヲ内大臣大織冠《ないだいじんたいしよくくわん》トス。又藤原朝臣《ふぢはらのあそん》ノ姓《しやう》ヲ給《たまふ》。昔ノ大勳ヲ賞給《しやうしたまひ》ケレバ、[一八]朝奬《てうしやう》ナラビナシ。先後《せんこう》[一九]封《ふう》ヲ給《たまふ》コト一萬五千戸《こ》ナリ。[二〇]病《やまひ》ノアヒダニモ行幸《みユキ》シテトブラヒ給ケルトゾ。此天皇[二一]中興ノ祖《そ》ニマシマス〈光仁《くわうにん》ノ御祖《おや》ナリ〉。[二二]國忌《こくき》ハ時ニシタガヒテアラタマレドモ、コレハナガクカハラヌコトニナリニキ。

天下ヲ治給コト十年。五十八歳オマシ〳〵キ。

一〇 底本「タラズ」、静一・書・刈等により訂。
一一 天皇の一身よりも皇位とその継承に重点をおくために、個人の立場から天日嗣を見ないで、天日嗣を中心に個人の事実を見て、重祚としたこと。
一二 昔の賢明な人々のとりきめには必ずやそれ相当の明白な理由があるのであろう。
一三 斉明天皇七年(六六一)正月、天皇は皇太子とともに軍をひきいて西征、七月筑紫の朝倉宮に崩御。百済滅亡は天智天皇二年(六六三)、高麗は同七年(六六八)滅び、新羅の世となる。このあたりの記録は、斉明・天智両朝にまたがっている。
一四 三韓の一である新羅のこと。
一五 斉明天皇の崩御は七年(六六一)辛酉の年。したがって翌年がこの壬戌である。
一六 天智天皇は斉明天皇崩御後も筑紫の長津宮で軍を統帥されたが、後大和に帰り、六年(六六七)三月にこの大津宮に都したのである。
一七 →九七頁注二五。紀では八年(六六九)十月とある。九六頁注八のように、この天皇の生没年・即位の年などには異説がある。親房のよった皇代記にそうあったものであろう。
一八 その勲功に対して恩賞をくだして、子孫をすすめはげますこと。
一九 「故遷二大紫冠一、進レ爵為レ公。増二封五千戸一。前後并凡一万五千戸」(家伝上、鎌足伝)。「封」は封戸。皇族および三位以上または参議以上の者で勲功・位階・職分あるものに賜わった課戸。その租税を所得とした。破格の厚遇である。
二〇 「冬十月丙午朔乙卯、天皇幸二藤原内大臣家一、親問二所患一」(天智紀、八年十月十日)。
二一 「功光二祖宗一、業垂二後嗣一」(漢書、宣帝紀賛)。一〇八頁参照。
二二 「こき」がよみくせ。先帝・先后の忌日。廃朝して仏事を勧修する。→補注三四。

第四十代、天武《てんむ》天皇ハ天智同母ノ弟也。皇太子ニ立《たち》テ大倭《やまと》ニマシ〱キ。天智ハ近江ニマシマス。[一]御病《やまひ》アリシニ、太子ヲヨビ申給ケルヲ[二]〔近江ノ〕朝廷ノ臣《しん》ノ中《なか》ニツゲシラセ申人《まをすひと》アリケレバ、ミカドノ御意ノオモブキニヤアリケン、太子ノ位ヲミヅカラシリゾキテ、天智ノ御子太政大臣大友《だいじやうだいじんおほとも》ノ皇子ニユヅリテ、芳野宮《ヨシノの》ニ入《いり》給。天智カクレ給テ後、[三]大友ノ皇子猶アヤブマレケルニヤ、[四]軍《いくさ》ヲメシテ芳野ヲオソハントゾハカリ給ケル。天皇ヒソカニ芳野ヲイデ、伊勢ニコエ、飯高《いひたか》ノ郡《こほり》ニイタリテ太神宮ヲ遙拜《エウハイ》シ、美濃《みの》ヘカヽリテ東國ノ軍ヲメス。皇子高市《タケチ》(キ)マイリ給シヲ大將軍トシテ、美濃ノ不破《ふは》ヲマボラシメ、天皇ハ尾張國《をはりの》ニゾコエ給ケル。國々シタガヒ申シシカバ、不破ノ關ノ軍《いくさ》ニ打《うち》勝ヌ。則《すなはち》勢多《せた》ニノゾミテ合戰《かつせん》アリ。皇子ノ軍ヤブレテ皇子コロサレ給ヌ。[五]大臣以下《いげ》或《あるひ》ハ誅《ちゆう》ニフシ、或ハ遠流《をんる》セラル。[六]軍ニシタガヒ申輩《まをすともがら》シナ〲ニヨリテ其賞ヲオコナハル。壬申《みづのえさるの》年即位。大倭ノ飛鳥浄御原《あすかのきよみはら》ノ宮ニマシマス。朝廷ノ[七]法度《はふと》オホクサダメラレニケリ。上下《かみしも》ウルシヌリノ[八]頭巾《カブリ》ヲキルコトモ此御時ヨリハジマル。

天下ヲ治給コト十五年。七十三歳オマシ〱キ。

第四十一代、持統《ちとう》天皇ハ天智ノ御女《むすめ》也。御母越智娘《をちのいらつめ》、蘇我ノ山田《やまだの》石川丸ノ大臣ノ女也。天武天皇、太子ニマシ〱ショリ妃トシ給。後ニ皇后トス。皇子草壁《くさカベ》ワカクマシ〱シカバ、皇后[九]朝《てう》ニノゾミ給。戊子《つちのえねの》年也。庚寅《かのえとら》ノ春正月一日《むつきついたち》即位。大倭《やまと》

一「四年冬十月庚辰、天皇臥病以痛之甚矣。於是遣二蘇賀臣安麻侶一、召二東宮一引二入大殿一。時安摩侶素東宮所レ好。密顧二東宮一曰、有意而言矣、東宮於玆疑レ有二隠謀一而慎之」(天武即位前紀)。二 静一・書・天村等により補。三 底本「太友」、「大友」が正しい。四 壬申の乱のこと。大友皇子は天智天皇十年(六七一)十月皇太子となり、天皇崩御後近江の宮に即位、翌年七月戦に破れて自殺。親房は通説に従って帝位に数えていないが、明治三年七月弘文天皇として皇統に入る。五「則重罪八人坐二極刑一。仍斬二右大臣中臣連金於浅井田根一。是日左大臣蘇我臣赤兄、大納言巨勢臣比等、及子孫、并中臣連金之子、蘇我臣果安之子悉配流」(天武紀)。六「十二月戊午朔辛酉、選二諸有功勲者一、増二加冠位一、仍賜二小山位以上一各有レ差」(同)。底本「オコナハレ」、竹・白・五等により訂。七「(十年)二月庚子朔甲子、天皇皇后共居二于大極殿一、以喚二親王諸王及諸臣一、詔之曰、朕今更欲下定二律令一改中法式上。故俱修二是事一」(同)。二年、出身の法を定めて以来、諸国の儲(いら)の税法・国司を任ずる法・神税の法・浮浪人の法・文武官進階の法・僧尼の老病の法・考選の法・礼法・糾弾の法・八色の姓の法・位階の制等を制定した。「法度」はおきて・さだめ。八「丁卯、男夫始結髪、仍著二漆紗冠一」(同、十一年六月)。なお同年四月に、「自レ今以後、男女悉結レ髪、十二月三十日以前結訖之。唯結髪之日、亦待二勅旨一」(同)とあるように、それまで垂髪であったのを結髪させ、漆を塗った紗冠をつけさせたのである。九「二年、立為二皇后一。皇后従レ始迄レ今、佐二天皇一定二天下一。毎於二侍執之際一、輒言及二政事一、多レ所二毗補一。朱鳥元年九月戊戌朔丙午、天渟中原瀛真人天皇崩。皇后臨朝称制」(持統紀)。制は天子のみことのり。天子にかわって政治を行なうこと。

ノ藤原ノ宮ニマシマス。草壁《くさかべ》ノ皇子ハ太子ニ立《たち》給シガ、世ヲハヤクシ給。ヨリテ其御子輕《かる》ノ王《わう》ヲ皇太子トス。文武《もんむ》ニ[一〇]マシマス。前《さき》ノ太子ハ後ニ追號《つゐがう》アリテ[一一]長岡《ながをかの》天皇ト申《まをす》。

此天皇天下ヲ治給コト十年。位ヲ太子ニユヅリテ太上《たいしやう》天皇ト申《まをし》キ。太上天皇ト云コトハ、異朝ニ、漢《かんの》高祖ノ父ヲ[一二]太公《たいこう》ト云《いひ》、尊號アリテ太上皇《たいしやうくわう》ト號ス。其後後魏《のちこうぎ》ノ顯《けん》祖・唐《たうの》高祖・玄宗《げんそう》・睿《えい》宗等也。本朝ニハ昔ハ其例《ためし》ナシ。皇極天皇位ヲノガレ給シモ、皇祖母《すめみおや》ノ尊《みこと》ト申キ。此天皇ヨリゾ太上天皇ノ號ハ侍ル。五十八歳オマシ〳〵キ。

第四十二代、文武《もんむ》天皇ハ草壁《くさかべ》ノ太子第二ノ子、天武ノ嫡孫《ちやくそん》也。御母阿閇《あへ》ノ皇女、天智《てんぢの》御女《むすめ》也〈後ニ元明天皇ト申〉。丁酉《ひのととりの》年即位。猶《なほ》藤原ノ宮ニマシマス。

此御時[一三]唐國《たうこく》ノ禮ヲウツシテ、宮室ノツクリ、文武官《ぶんぶくわん》ノ衣服ノ色《いろ》マデモサダメラレキ。又即位五年辛丑《かのとうし》ヨリ始《はじめ》テ年號アリ。大寶《たいはう》ト云。コレヨリサキニ、孝徳《かうとく》ノ御代ニ大化《たいくわ》・白雉《はくち》、天智ノ御時白鳳《はくほう》、天武ノ御代ニ朱雀《しゆじやく》・朱鳥《しゆてう》ナンド云《いふ》號アリシカド、大寶ヨリ後ニ[一四]ゾタエヌコトニハナリヌル。ヨリテ大寶ヲ年號ノ始《はじめ》トスル也。又[一五]皇子ヲ親王《しんわう》ト云コト此御時ニハジマル。又藤原ノ内大臣《ないだいじん》鎌足ノ子、不比等《ふひと》ノ大臣、[一六]執政《しつせい》ノ臣《しん》ニテ[一七]律令《りつりやう》ナンドヲモエラビサダメラレキ。藤原ノ氏《うぢ》、此大臣ヨリイヨ〳〵サカリニナレリ。四人ノ子オハシキ。是ヲ四門《しもん》ト云。一門《いちもん》ハ武智麿《むちまろ》ノ大臣ノ流《ながれ》、南家《なんけ》ト云。二門《にもん》ハ参議《さんぎ》[一八]中衛《ちゆうゑの》大将房前《ふささき》ノ流、北家《ほくけ》ト云。イマノ執政大臣オヨビサルベキ藤原ノ人

一〇 底本「マスマス」、新・高・天村等により訂。

一一 「又勅、日並知皇子命、天下未レ称二天皇一。追二崇尊号一古今恒典。自レ今以後、宜レ奉レ称二岡宮御宇天皇一」(続日本紀、天平宝字二年八月九日)。長岡天皇という号はいつ奉られたか不明。

一二 底本「大公」、「太公」が正しい。「追二尊荘襄王一為二太上皇一」(史記、秦始皇本紀)。始皇帝の上にあるので「太上皇」と言うという。漢の太公は生前の称であり、その後位を太子に譲り、みずから太上皇と称し政を聞いた。「太上天皇ト云コトハ」以下文脈がやや乱れている。「シナシ」とつづけるのがよい。「本朝ニハ昔ハ其例ナの例は挿入の説明句で、「玄宗・睿宗」は治世の順から言って、反対の順が正しい。

一三 「定二朝儀之礼一。語具二別式一」(続日本紀、文武天皇二年八月二十六日)。「始依二新令一、改制二官名位号一」、「始停レ賜レ冠、易以二位記一、語在二年代暦一、又服制」(同、大宝元年三月二十一日)。

一四 底本「コソ」、書・竹・天村等により訂。

一五 「皇兄弟皇子皆封レ国。謂二之親王一」(唐六典)。「凡皇兄弟皇子、皆為二親王一。女帝子、亦同。以外並為二諸王一」(継嗣令)。

一六 執柄の臣ともいう。「爾来彼一門為二執柄〈イ政〉之臣一也。又執柄必蒙二一座之宣旨一。故称二一人一」(職原鈔上)。職原鈔では摂政・関白を指しているが一般には広く大臣をもいう。ここでは不比等は時に正三位で、刑部親王の下にあったが、後には右大臣に昇進したので、広義に解しての言であろう。

一七 大宝律令。大宝元年(七〇一)八月制定。

一八 中衛府の略。平城天皇の大同二年(八〇七)四月、参議をやめ近衛府・中衛府を左右近衛府に改めた。「勅以二近衛一為二左近衛一、以二中衛一為二右近衛一。唐朝殊重二此職一。統二領諸宿衛禁軍一故也。本朝又為二重任一」(職原鈔下)。

々ミナコノ末ナルベシ。三門《さんもん》ハ式部卿宇合《しきぶきやううまかひ》[一]ノ流《ながれ》、式家《しきけ》ト云。四門《しもん》ハ左京大夫麿《さきやうのだいぶまろ》ノ流、京家《きやうけ》トイヒシガハヤクタエニケリ。南家《なんけ》・式家モ儒胤《ジュイン》[二]ニテイマニ相續スト云《いへ》ドモ、タヾ北家ノミ繁昌《はんじやう》ス。房前ノ大將人《ひと》ニコトナル陰徳《いんとく》[三]コソオハシケメ。

[四]裏書云《にいふ》。

正一位左大臣武智丸。天平九年七月薨《ず》。天平寶字四年八月贈《おくらる》二太政大臣《を》一。參議

正三位中衞大將房前。天平九年四月薨《ず》。十月贈《らる》二左大臣正一位《を》一。寶字四年八月

贈《らる》二太政大臣《を》一。天平寶字四年八月大師藤原恵美押勝奏《す》。廻《めぐらして》二所《の》レ帶《おぶる》大師之任《を》一、欲《す》レ讓《ゆづらんと》二南北兩大臣《に》一者。勅處分、依《よりて》レ請《に》南卿藤原武智丸《に》贈《おくられ》二太政大臣《を》一、北卿《には》〈贈左大臣房前〉轉《じて》贈《らる》二太政大臣《を》一云々。

又不比等ノ大臣ハ後ニ淡海公《たんかいこう》ト申也。興福寺《こうぶくじ》ヲ建立《こんりふ》ス。此寺ハ大織冠《たいしよくくわん》ノ建立ニテ山背《やましろ》ノ山階《やましな》ニアリシヲ、コノオトヾ平城《へいせい》ニウツサル。仍《よりて》山階寺トモ申也。後ニ玄昉《げんばう》[五]ト云僧《いふそう》、唐《たう》ヘワタリテ法相宗《ほつさうしゆう》ヲ傳《つたへ》テ、此寺ニヒロメラレショリ、[六]氏神《うぢのかみ》春日《かすが》ノ明神《みやうじん》モ殊ニ此宗ヲ擁護《おうご》[七]シ給トゾ〈春日神《かすがのかみ》ハ天兒屋《あめのこやね》ノ神ヲ本《もと》トス。本社《はんしや》ハ河内《かはち》ノ平岡《ひらをか》ニマス。春日ニウツリ給コトハ神護景雲年中《じんごけいうんねんちゆう》ノコト也。[八]シカラバ、此大臣以後ノコト也。又春日第一ノ御殿《ごてん》、常陸鹿嶋神《ひたちのかしまの》、第二ハ下總《しもふさ》ノ香取神《かとりの》、三ハ平岡、四ハ姫御神《ひめおんかみ》ト申。シカレバ藤氏《とうじ》ノ氏神《うぢのかみ》ハ三《さんの》御殿ニマシマス〉。

此天皇天下ヲ治給コト十一年。二十五歳オマシ〳〵キ。

第四十三代、元明《げんめい》天皇ハ天智第四ノ女、持統異母《いぼ》ノ妹。御母〔蘇我《そがの》〕[九]嬪《ヒメ》。コレモ山

一 底本「宇合〈ノキ〉〈アヒ〉」、「ウマカヒ」が正しい。「式家」は式部卿の式、「京家」は左京大夫の京をとって名づけた。「南家」は「以三宅在二宮南一、世号曰二南卿一」(家伝下、武智麿伝)とあるように、居宅の位置による。「北家」は平城京の北にその家が位していたための称。「式部卿」は式部省の長官、正四位下相当。「左京大夫」は左京職の長官、従四位下相当。

二 儒者の後胤。儒家の血統。「儒胤をうけて儒業を伝へず」(平治物語上)。

三 世間に目だたない善行。おのれのみ知って、他人に知らさない恩徳。「臣聞、有二陰徳一者、必饗二其楽一、以及二子孫一」(漢書、丙吉伝)。

四 底本この裏書なし、補。この裏書の後半分は、続日本紀巻二十三淳仁天皇の天平宝字四年(七六〇)八月七日の条の記録から出ている。「大師」は「太師」とある。職原鈔上の太政大臣の項に「相当正従一位。唐名、大(師)相国大尉」とある。「今此藤原恵美朝臣能太保乎太師乃官仁仕奉止授賜夫天皇御命、衆聞食宣」(続日本紀、天平宝字四年正月の宣命)。一〇五頁参照。

五 霊亀二年(七一六)入唐、智周大師に学び帰朝。興福寺に居り、皇太夫人藤原宮子の尊信を受けた。後、天平十七年(七四五)悪行のため筑紫に遠流、翌年配所で死んだ。一一四頁参照。法相宗を最初に伝えたのは、鎌足の子定恵和尚であるので、以来興福寺を中心に藤原氏の尊崇をうけ、春日明神とも密接な関係を持つようになった。

六 その氏の先祖の霊をまつる守護神。「春日社。天児屋命ニ坐ス。藤原氏、大中臣氏等ノ祖神也。(中略)今興福寺ノ鎮守ニ坐ス」(二十一社記)。

七 仏・菩薩が衆生の所願に応援し、陰に陽にこれを守護すること。

八 底本「シカラバ」以下「三御殿ニマシマス」まで本文となる。注がよい。静一・天村・刈等により訂。九 国・静一・刈等により補。

一〇 底本「改年元歟」、静一・静二・出等により訂。 一一 東西八里、南北九里。中央の朱雀大路によって左右両京に分かち、南北九条、東西四条の規模。元明天皇から七代と桓武天皇遷都まで七十五年間の都となる。

一二 先帝が故あってその位を去り、嗣君がこれを継承される場合を禅位、受ける側からは受禅という。

一三 底本「即ノ日」、静二・竹・五等により訂。

一四 和銅を霊亀と改元されたのは、即位の日、九月二日である。十一月改元とあるのは、その霊亀三年(七一七)十一月十七日を養老と改元したことの誤認によるもの。

一五「笏、官所レ執。俗云、シヤク」(名義抄)。釈名に「笏、忽也。君有二敬命一及所二敬白一則書二其上一備二忽忘一也」とある。

一六「二十年」は二十五年、「六十五歳」は六十九歳が正しい。

一七 静二・刈・新等により補。

一八 皇妃につぐ後宮の女子。定員三名、三位以上の女をあてた。

一九 国別分置の官寺。多くその国の国府の傍におかれた。国分寺は僧寺、金光明四天王護国之寺と称し、国分尼寺は尼寺、法華滅罪之寺と称した。金光明最勝王経十巻三十一品、妙法蓮華経八巻二十八品、この二経に仁王護国般若波羅蜜多経二巻八品を加えて、国家鎮護・万民豊楽の三部経とし、これを勧修することによって、国土・人民を守護し福徳を増長させるとした。

二〇 親教師・力生などと訳す。仏家の師。禅宗は和尚(おしよう)、天台宗は和尚(かしよう)、真言宗は和尚(わじよう)または和上(わじよう)、法相宗・律宗は和尚(わじよう)という。

二一 経蔵・律蔵・論蔵の三蔵の義。転じて三蔵に通達した高僧を呼ぶ敬称。

二二 真言秘密の教法を聴受するに足る機根。

田石川丸ノ大臣ノ女也。草壁ノ太子ノ妃、文武ノ御母ニマシマス。丁未《ひのとひつじの》年即位。戊申《つちのえさる》ニ改元[一〇]。三年庚戌《かのえいぬ》始テ大倭《やまと》ノ平城宮《へいせいのみや》[一一]ニ都《みやこ》ヲサダメラル。古《いにしへ》ニハ代《よ》ゴトニ都ヲ改《あらため》、スナハチソノミカドノ御名《みな》ニヨビ奉リキ。持統天皇藤原宮ニマシシヲ文武ハジメテ改メタマハズ。此元明天皇平城ニウツリマシ〳〵ショリ、又七代ノ都ニナレリキ。

天下ヲ治給コト七年。禪位《ぜんゐ》[一二]アリテ太上天皇ト申《まをし》シガ、六十一歳オマシ〳〵キ。

第四十四代、元正《げんしやう》天皇ハ草壁ノ太子ノ御女。御母ハ元明天皇。文武同母ノ姉也。乙卯《きのとうの》年正月《むつき》ニ攝政、九月《ながつき》ニ受禪《じゆぜん》、即日《そくじつ》[一三]即位、十一月《しもつき》[一四]ニ改元。平城宮ニマシマス。此御時百官ニ笏《しやく》[一五]ヲモタシム〈五位以上牙笏《げしやく》、六位ハ木笏《もくしやく》〉。

天下ヲ治給コト九年。禪位ノ後二十年[一六]。六十五歳〔オ〕[一七]マシ〳〵キ。

第四十五代、聖武《しやうむ》天皇ハ文武ノ太子。御母皇太夫人《くわうたいぶにん》[一八]藤原ノ宮子《みやこ》、淡海公不比等《たんかいこうふひと》ノ大臣ノ女也。豐櫻彦《とよさくらひこ》ノ尊ト申《まをす》。ヲサナクマシシニヨリテ、元明・元正マヅ位ニヰ給キ。甲子《きのえねの》年即位、改元。平城宮ニマシマス。此御代大《おほき》ニ佛法ヲアガメ給コト先代《せんだい》ニコエタリ。東大寺ヲ建立シ、金銅《こんどう》十六丈《ぢやう》ノ佛《ほとけ》ヲツクラル。又諸國ニ國分寺及國分《こくぶんじおよびこくぶん》[一九]尼寺《にじ》ヲ立《た》テ、國土安穩《こくどあんをん》ノタメニ法華《ほつけ》・最勝兩部《さいしようりやうぶ》ノ經《きやう》ヲ講ゼラル。又オホクノ高僧他國ヨリ來朝《らいてう》ス。南天竺《なんてんぢく》ノ波羅門僧正《ばらもんそうじやう》〈菩提《ぼだい》ト云《いふ》〉、林邑《りんヲウ》ノ佛哲《ぶつテチ》、唐ノ鑒眞和尚《がんジンわじやう》[二〇]等是《これ》也。眞言《しんごん》ノ祖師《そし》、中《ちゆう》天竺ノ善無畏三藏《ゼンムイさんざう》[二一]モ來給《きたりたま》ヘリシガ、密機《みつき》[二二]イマダ熟セズトテカヘリ給《たまひ》ニケリトモイヘリ。此國ニモ行基《ぎやうぎ》菩薩・朗辨僧正《らうべんそうじやう》ナド權化《ごんげの》人也。天皇・波羅門僧正・行基・朗辨ヲバ[一]四聖《ししやう》トゾ申傳《つたへ》タル。

此御時[二]太宰少貳《だざいのせうに》藤原廣繼《ひろつぐ》ト云人〈式部卿宇合《しきぶきやううまかひ》ノ子ナリ〉謀叛《むほん》ノキコエアリ、追討セラル〈[三]玄昉《げんばう》僧正ノ讒《ざん》ニヨレリトモイヘリ。仍靈《よりてりやう》トナル。今ノ松浦《まつら》ノ明神也云々〉。祈禱《きたう》ノタメニ天平十二年十月《かんなづき》伊勢ノ神宮ニ行幸アリキ。又[四]左大臣長屋王《さだいじんながやのわう》〈太政大臣高市王《たけちのわう》ノ子、天武ノ御孫ナリ〉ツミアリテ誅《ちゆう》セラル。又陸奥國《みちのおくの》ヨリ始テ黄金《わうごん》ヲタテマツル。此朝ニ金《こがね》アル始ナリ。[五]國ノ司《つかさ》ノ王《わう》、賞アリテ三位ニ敍《じよ》ス。佛法繁昌《はんじやう》ノ[六]感應《かんおう》ナリトゾ。

天下ヲ治給コト二十五年。天位ヲ御女高野《タカノ》姫ノ皇女ニユヅリテ太上天皇ト申ス。[七]後ニ出家セサセ給。天皇出家ノ始《はじめ》也。昔天武、東宮ノ位ヲノガレテ御グシオロシ給ヘリシカド、ソレハシバラクノ事ナリキ。皇后光明子《くわうみやうし》モオナジク出家セサセ給。此天皇五十六歳オマシ〱キ。

第四十六代、孝謙天皇ハ聖武ノ[八]御女。御母皇后光明子、淡海公不比等ノ大臣ノ女也。聖武ノ皇子安積《あさかの》親王世ヲハヤクシテ後、男子マシマサズ。仍《よりて》コノ皇女立《たち》給キ。己丑《つちのとうしの》年即位、改元。平城宮ニマシマス。

天下ヲ治給コト十年。大炊《おほひ》ノ王ヲ養子トシテ皇太子トス。位ヲユヅリテ太上天皇ト申ス。出家セサセ給テ、平城宮ノ西宮《にしのみや》ニナムマシ〱ケル。

第四十七代、[九]淡路廢帝《あはぢのはいたい》ハ[一〇]一品舎人《いちほんとねりの》親王ノ子、天武ノ御孫也。御母[一一]上總介《かづさのすけ》當麻《タギマ》ノ老《ヲキナ》

一「東大寺、四聖垂応建立所也。聖武、観音。良弁僧正、弥勒。波羅門僧正、普賢。行基菩薩、文殊」(凝然、三国仏法伝通縁起巻中)。
二 太宰府の帥・権帥・大弐につぐ官。従五位下相当。職原鈔下に「殊撰二其人一任レ之」とある。
三 この件は、松浦社本縁起・源平盛衰記・今昔物語に見える。特に今昔物語巻第十一の玄昉僧正亘唐伝法相語第六に委曲をつくしている。広継が太宰府にあって、国政を憂えて国解(げこく)を奉ったのに対して、追討の軍を派遣されたので、広継は「是、偏ニ僧玄昉ガ讒謀也」として戦破れて死亡、悪霊となったとある。「其後、霊、神ト成テ、其所ニ鏡明神ト申ス、是也」とあるのが松浦の明神で、その二の宮に広継がまつられている。
四「称下左大臣正二位長屋王私学二左道一、欲上傾二国家一」、「癸酉、令二王自尽一」(続日本紀、天平元年二月)。「高市王」は「高市親王」が正しい。
五「従五位上百済王敬福、従三位」(同、天平勝宝元年四月)。この「王〈コニキシ〉」はかばねの称。
六 衆生に善根の感動する機縁があれば、仏力がこれに応じて来ること。
七「太上天皇受二菩薩戒一、名二勝満一。中宮受戒名二徳太一、皇后受戒名二万福一」(扶桑略記、天平二十一年正月十四日)。「後ニ」は譲位後ではない。治世の晩年を漠然と指したもので、正統記は大きな意味では編年体を通しているが、一治世間では、特に「此御時」という表現の用いられている場合には必ずしも編年の形式となっていない。この場合も「広嗣・長屋王・黄金・出家」の四件の年月は相前後している。
八 底本「御子」、静二・刈・竹等により訂。
九 明治三年七月、皇位に列し淳仁天皇と諡す。
一〇 親王の位の称。一位に相当する。
一一「上総介」は上総守が正しい。
一二 左右大臣の上位にあり、太政大臣に准じて

ガ女也。舎人親王ハ皇子ノ中ニ御身ノ才《さい》モマシケルニヤ、一二知太政官事《ちだいじやうくわんじ》ト云職ヲサヅケラレ、朝務ヲ輔《たすけ》給ケリ。日本紀モコノ親王勅《みことのり》ヲ一三ウケ玉ハ(ツ)テエラビ給。後ニ追號アリテ一四盡敬《じんけい》天皇ト申《まをす》。孝謙天皇御子マシマサズ、又御兄弟モナカリケレバ、廢帝ヲ御子ニシテユヅリ給。タヾシ、年號ナドモアラタメラレズ。女帝ノ御マヽナリシニヤ。戊戌《つちのえいぬの》年即位。

天下ヲ治給コト六年。事アリテ淡路國《あはぢの》ニウツサレ給キ。三十三歳オマシ〱キ。

第四十八代、稱徳《しようとく》天皇ハ孝謙ノ重祚《ちようそ》也。一五庚戌《かのえいぬの》年正月一日《むつきついたち》更ニ即位、同《おなじき》七日改元。一六太上天皇ヒソカニ藤原武智麿《むちまろ》ノ大臣ノ第二ノ子押勝《ヲシカツ》ヲ幸《かう》シ給《たまひ》キ。大師《たいし》〈一七其時太政大臣一八〔ヲ〕改《あらため》テ大師ト云〉正一位ニナル。一九見給ヘバ(エ)エマシキトテ、藤原ニ二字ヲソヘテ藤原恵《エ》美《ミ》ノ姓《しやう》ヲ給《たまひ》キ。天下ノ政《まつりこと》二〇シカシナガラ委任《ゐにん》セラレニケリ。後ニ道鏡《だうきやう》ト云法師《ほふし》〈弓削《ゆげ》ノ氏人《うぢびと》也〉又寵幸《ちようかう》アリシニ、押勝イカリヲナシ、廢帝ヲスヽメ申テ、上皇ノ宮ヲカタブケントセシニ、コトアラハレテ誅ニフシヌ。帝《みかど》モ淡路ニウツサレ給。二一〔カク〕テ上皇重祚アリ。サキ二二〔ニ〕出家セサセ給ヘリシカバ、二三尼ナガラ位ニヰ給ケルニコソ。非常ノ極《きはみ》ナリケンカシ。唐《たう》ノ二四則天《そくてん》皇后ハ太宗ノ女御《ぢよぎよ》ニテ、才人《さいじん》ト云《いふ》官ニヰ給ヘリシガ、太宗カクレ給テ、二五尼《あま》ニ成《なり》テ、感業《かんげふ》ト云寺ニオハシケル、高宗ミ給テ長髪《ちやうはつ》セシメテ皇后トス。諫申人《いさめまをすひと》オホカリシカドモ用《もちゐ》ラレズ。二六高宗崩ジテ中宗位ニヰ給シヲシリゾケ、睿《えい》宗ヲ立《たて》ラレシヲ、又シリゾケテ、二七自《みづから》帝位ニツキ、國ヲ大周《たいしう》トアラタム。唐

太政官の政務に参与する皇族の称。 一三「承テ」、「ウケ玉ハテ」。→四一頁注一〇。 一四「自レ今以後、追二皇舎人親王一宜称二崇道尽敬皇帝一当麻夫人称二大夫人一兄弟姉妹悉称二親王一」(続日本紀、天平宝字三年六月十六日の詔)。 一五「庚戌」は乙巳が正しい。正月七日天平神護と改元。 一六称徳天皇のこと。重祚前の事実をいう筆致。 一七天平宝字二年(七五八)八月二十五日、太政官を乾政官、太政大臣を太師、左右大臣を太傅・太保と改称。 一八書・大・天一等により補。 一九見ていると、自然にほほえましくなる。「御門此大臣ヲ見ル度ニエマホシク思食トテ、藤原ノ恵美ノ右大臣ノ右大将ト号シ給ヌ。仲麿ノ名字ヲバ替ラレテヲシカツトゾ名ケ坐ケル」(水鏡、下)。「況自二乃祖近江大津宮内大臣一已来、世有二明徳一翼二輔皇室一。君歴二十帝一年殆一百、朝廷無事、海内清平者哉。因レ此論レ之、准レ古無レ匹。汎恵之美、莫レ美二於斯一。自今以後、宜三姓中加二恵美二字一。禁レ暴勝レ強、止レ戈静レ乱。故名曰二押勝一」(続日本紀、天平宝字二年八月二十五日)。 二〇→四九頁注二二。 二一静一・大・天一等により補。 二二天村・天一・天二等により補。 二三則天皇后も尼であったが、後に長髪して(俗人にかえる意)皇后となったのに対し、法基尼という歴々とした尼の身分のままであることを特に強調している。 二四九八頁参照。「女御」は夫人・嬪・世婦の下に位する、漢の宮室に仕える女官。「才人」は漢代の女官の称。「南史曰、晋武帝采二漢魏之制一、三夫人外有二才人一」(事物紀源)。 二五「及二太宗崩一、遂為レ尼居二感業寺一。大帝於レ寺見レ之、復召入レ室」(唐書本紀六)。 二六九八・九九頁参照。 二七みずから帝位につき、則天皇帝と称し国を周と号した。「大周」はその美称。在位十六年で中宗位に復するに及び廃せられた。

ノ名ヲウシナハント思《おもひ》給ケルニヤ。中宗・睿宗モワガ生《うみ》給シカドモ、ステテ、諸王トシ、ミヅカラノ族武氏《やからぶし》ノトモガラヲモチテ、國ヲ傳《つたへ》シメムトサヘシ給キ。其時ニゾ法師モ[一]宦者《くわんじや》モアマタ寵セラレテ、世ニソシラル丶、タメシオホクハベリシカ。コノ道鏡ハジメハ大臣ニ准《じゆん》ジテ〈日本《にほん》ノ准大臣ノハジメニヤ〉[二]大臣禪師《だいじんぜんじ》ト云《いひ》シヲ太政大臣ニナシ給。ソレニヨリテツギ／＼[三]納言《なふごん》・參議《さんぎ》ニモ法師ヲマジヘナサレニキ。道鏡世ヲ心ノマ丶ニシケレバ、アラソフ人ノナカリシニヤ。大臣吉備《きび》ノ眞備《まきび》ノ公、左中辨《さちゆうべん》藤原ノ百川《ももかは》ナドアリキ。サレド、チカラヲ(オ)ヨバザリケルニコソ。

法師ノ官[四]ニ任ズルコトハ、モロコシヨリ始《はじめ》テ、[五]僧正・僧統《そうとう》ナド云事ノアリシ、ソレスラ出家ノ本意《ほんい》ニハアラザルベシ。イハンヤ俗ノ官ニ任ズル事アルベカラヌ事ニコソ。サレド、モロコシニモ南朝ノ宋ノ世ニ惠琳《ゑりん》ト云シ人、政事《まつりこと》ニマジラヒシヲ[六]黑《こく》衣宰相《いさいしやう》トイヒキ〈但《ただし》コレハ官ニ任《にんず》トハミエズ〉。梁《りやう》ノ世ニ[七]惠超《ゑてう》ト云シ僧、學士《がくし》ノ官ニナリキ。北朝《の》魏ノ明元帝《めいげんてい》ノ代ニ[八]法果《ほふくわ》ト云僧、安城公《あんじやう》ノ爵《しやく》ヲタマハル。唐ノ世トナリテハアマタキコエキ。肅宗《シユクそう》ノ朝《てう》ニ道平《だうへい》ト云人、帝《みかど》ト心《こころ》ヲ一《ひとつ》ニシテ安祿山《あんろくさん》ガ亂《らん》ヲタヒラゲシ故ニ、金吾《きんご》將軍ニナサレニケリ。代《だい》宗ノ時、天竺ノ不空三藏《ふくうさんざう》ヲタウ(フ)トビ給《たまふ》アマリニヤ、特進試鴻臚卿《トウシンシコウロケイ》ヲサヅケラル。後ニ開府儀同三司肅國公《カイフギドウさんししゆくこくこう》トス。[九]歸寂《キジヤク》アリシカバ司空《シコウ》ノ官ヲオクラル〈司空ハ大臣ノ官ナリ〉。則天《そくてん》ノ朝ヨリコノ女帝《によたい》ノ御代《みよ》マデ六十年バカリニヤ。兩國ノコト相似タリトゾ。

一 底本「官者」、天一・山二・新等により訂。シナの宮廷に仕える去勢された男子で、政治上の権力をもち、常に禍乱の種となったもの。二 天平宝字八年(七六四)九月二十日、押勝の乱鎮定後の詔とともに、「又勅以二道鏡禅師一為二大臣禅師一。所司宜レ知二此状一。職分封戸准二大臣一施行」(続日本紀)という勅があった。「禅師」は禅定を修する法師。ここでは僧職で宮中の内道場に奉仕する者。三 太政官の次官、大中少納言の総称。「参議」は大中納言につぐ重職、四位以上の有才の人を任ずる。天平神護二年(七六六)九月、山階寺の基真を法参議大律師、基真の師円興を法臣大僧都とした。法参議は参議に、法臣は大納言に准ずる。四 底本「宮」、書・天村等により訂。五 ともに僧尼の非行をただし監督するもの。六 「黒衣」は墨染の衣、僧服。「沙門慧琳、以二才学一得レ幸。詔与二顔延之一同議二朝政一。(中略)孔顗戯レ之曰、何用二此黒衣宰相一」(仏祖統紀巻三十六)。七 「勅沙門恵超為二寿光殿学士一。召二衆僧一法集講論注解二経文一。並居二禁中一。此内道場之始」(同巻三十七)。学士は高官碩儒を寵遇して与えた称号。八 底本「法呆」、山二・新・高等により訂。「北魏明元、封二沙門法果一為二宜城子一、加封二安城公一」(同巻五十一)。なお仏祖統紀は「沙門封爵」の一項を設けて以下に見えるように多くの事例を載せている。「粛宗、沙門道平為二金吾大将軍一。破二安禄山反賊一」、「代宗、沙門不空封二特進鴻臚卿一。加二開府儀同三司一。進封二粛国公一。食邑三千戸。卒贈二司空一」。金吾将軍は衛門督、特進は正二位の唐名とも「不レ帯二職事一官」ともいう。鴻臚卿は鴻臚寺の長官、蕃客の接待兼ねて凶事の事を司る。開府は従一位の唐名。儀同三司は、司職・司徒・司馬の三公と同じ待遇を与えられるもの。仏祖統紀の本文には「試鴻臚卿」とはないが、試は試補の意か。九 煩悩を脱し生死の累を絶った境界に帰す。

天下ヲ治給コト五年。五十七歳オマシ〳〵キ。

天武・聖武國ニ大功アリ、佛法ヲモヒロメ給シニ、皇胤《くわういん》マシマサズ。此女帝《によたい》ニテタエ給ヌ。女帝カクレ給シカバ、道鏡ヲバ下野《しもつけ》ノ講師《かうじ》[一〇]ニナシテナガシクダサレニキ。抑《そもそも》此道鏡ハ法王[一一]ノ位ヲサヅケラレタリシ、猶《なほ》アカズシテ皇位ニツカントイフ心ザシアリケリ。女帝サスガ思《おもひ》ワヅラヒ給ケルニヤ、和氣清丸《わけのきよまろ》ト云《いふ》人ヲ勅使《ちよくし》[一二]ニサシテ、宇佐《うさ》ノ八幡宮ニ申《まを》サレケル。大菩薩サマ〴〵託宣《たくせん》[一三]アリテ更ニユルサレズ。清丸歸參《きさん》シテアリノマヽニ奏聞《そうもん》ス。道鏡イカリヲナシテ、清丸ガヨボロスヂ[一四]ヲタチテ、土左《とさの》[一五]國ニナガシツカハス。清丸ウレヘカナシミテ、大菩薩ヲウラミカコチ申《まをし》ケレバ、小《こ》[一六]蛇出來《へびいでき》テソノキズヲイヤシケリ。光仁《くわうにん》位ニツキ給シカバ、即《すなはち》メシカヘサル。神威ヲタウ(フ)トビ申テ、河内國《かはちの》ニ寺ヲ立《た》テ、神願寺《じんぐわんじ》ト云。後ニ高雄《たかを》ノ山ニウツシ立《たつ》。今ノ神《じん》護寺《ごじ》コレナリ。件《くだり》[一七]ノコロマデハ神威《じんゐ》モカクイチジルキコトナリキ。カクテ道鏡ツヰ(ヒ)ニノゾミヲトゲズ。女帝モ又程ナクカクレ給。宗廟社稷《しやしよく》[一八]ヲヤスクスルコト、八幡《やはた》ノ冥慮《みやうりよ》[一九]ニ、皇統ヲサダメタテマツルコトハ藤原百川朝臣《ももかはのあそん》ノ功《こう》ナリトゾ。

第四十九代、第二十七世、光仁《くわうにん》天皇ハ施基《しきの》皇子ノ子、天智天皇ノ御孫也〈皇子ハ第三ノ御子ナリ。追號[二〇]アリテ田原《たはら》ノ天皇ト申《まをす》〉。御母贈皇太后[二一]紀旅子《きのもろこ》[二二]、贈太政大臣旅人《もろひと》ノ女也。白壁《シラカベ》ノ王ト申キ。天平《てんびやう》年中ニ御年二十九ニテ従四位下《げ》ニ敍シ、次第ニ昇進セサセ給テ、正三位勳二等大納言ニ至給《いたりたまひ》キ。稱德《しようとく》カクレマシ、シカバ、大臣以下《いげ》皇胤《くわういん》ノ中《うち》ヲエ

僧侶の死をいう。 一〇 諸国の国分寺におかれた僧官。僧尼の事を司り仏教を講説する僧。もと国師といった。下野薬師寺別当とあるのが正しい。 一一 底本「法皇」、静一・静二・竹等により訂。天平神護二年(七六六)十月二十日、法王の位を授けられた。「初大宰主神習宜阿曾麻呂希レ旨、方媚二事道鏡一、因矯二八幡神教一言、令三道鏡即二皇位一天下太平。道鏡聞レ之深喜自負」(続日本紀、神護景雲三年九月二十五日)。 一二 任務を指示してつかわす。 一三 「大神託宣曰、我国家開闢以来、君臣定矣。以レ臣為レ君、未二之有一也。天之日嗣必立二皇緒一。無道之人、宜二早掃除一。清麻呂来帰奏如二神教一」(同前)。託宣は神霊が人にかかって神意をのたまうこと。 一四 ひかがみの筋肉。「膞」〈与保呂須知〉。「脚之後大筋」(字鏡)。膕筋(今昔物語巻五、第一)。 一五 続日本紀では、因幡員外の介とし、任所に赴かぬ前に除名して大隅国に流したとある。 一六 「清丸無二二心一我身罪無キ事ヲ歎申ニ、大菩薩哀トヤ思食ケン。御殿ノ内ヨリ五色ノ小蛇這出テ、清丸ガ切レタル足ヲ舐ニ、如元足出来ニケリ」(八幡愚童訓上・遷座御事)。 一七 このことのあったこの時ごろまでは。 一八 天子の祖先の御霊を安置した社。社は土地の神、稷は五穀の神。君主が居城を建設する時は王宮の右に社稷を左に宗廟をたてるという。ここでは国家のこと。 一九 冥々の思慮。神仏が冥々の世界からくだされる考え、意志。 二〇 「追皇掛恐御二春日宮一皇子奉称天皇一」(続日本紀、宝亀元年十一月六日の詔)。田原は皇子の山陵の名による。 二一 底本「皇大后」、「皇太后」が正しい。 二二 「母曰二紀朝臣橡姫一、贈太政大臣正一位諸人之女也」(続日本紀)。愚管抄第一に「母橡姫、紀諸人女」とあるのが正しい。

ラビ申ケルニ、ヲ《(オ)》ノ〳〵異議アリシカド、[一]参議百川ト云シ人、コノ天皇ニ心ザシタテマツリテ、ハカリコトヲメグラシテサダメ申テキ。天武世ヲシリ給ショリアラソヒ申《まをす》人ナカリキ。シカレド[二]天智御兄ニテマヅ日嗣《ひつぎ》ヲウケ給。ソノカミ逆臣《ぎやくしん》ヲ誅シ、國家ヲモ安《やすく》シ給ヘリ。コノ君ノカク繼體ニソナハリ給《たまふ》、猶正《ただしき》ニカヘルベキイハレナルニコソ。マヅ皇太子ニ立《たち》、スナハチ受禪《じゆぜん》〈御年六十二〉。コトシ庚戌《かのえいぬの》年ナリ。十月《かんなづき》ニ即位、[三]十一月《しもつき》改元。平城宮《へいせいのみや》ニマシマス。

天下ヲ治給コト十二年。七十三歳オマシ〳〵キ。

第五十代、第二十八世、桓武《くわんむ》天皇ハ光仁《くわうにん》第一ノ子。御母皇太后高野《たかの》ノ新笠《ニヰカサ》、贈太政大臣乙繼《おとつぐ》ノ女也。光仁即位ノハジメ井上《ゐのへ》ノ内親王《ないしんわう》〈聖武《しやうむの》御女〉ヲモテ皇后トス。[四]彼所《かのしよ》生《しやう》ノ皇子澤良《サハラ》ノ親王、太子ニ立《たち》給キ。シカルヲ百川朝臣、此天皇ニウケツガシメタテマツラント心ザシテ、又ハカリコトヲメグラシ、皇后オヨビ太子ヲステテ、ツヰ《(ヒ)》ニ皇太子ニスヘ《(エ)》タテマツリキ。[五]ソノ時シバラク不許《ふきよ》ナリケレバ、四十日マデ殿《でん》ノ前ニ立《たち》テ申ケリトゾ。タグヒナキ忠烈ノ臣也ケルニヤ。[六]皇后・前《さきの》太子セメラレテウセ給ニキ。[七]怨靈《をんりやう》ヲヤスメラレンタメニヤ、太子ハノチニ追號《つゐがう》アリテ崇道《すだう》天皇ト申《まをす》。

辛酉《かのととり》ノ年即位、壬戌《みづのえいぬ》ニ改元。ハジメハ平城ニマシマス。山背《やまシロ》ノ長岡ニウツリ、十年バカリ都ナリシガ、又今ノ平安城《へいあんじやう》ニウツサル。山背《やましろ》ノ國ヲモアラタメテ山城《やましろ》ト云《いふ》。永代《えいたい》ニカハルマジクナンハカラハセ給ケル。昔聖徳太子[八]蜂岡《はちをか》ニノボリ給テ〈[九]太秦《うづまさ》コレ

一 称徳天皇崩御後、皇嗣決定にあたって、大市王を推す右大臣吉備真備に対し、百川は兄の参議良継、従兄の左大臣永手と組んで、遺詔と称して白壁王を太子としたこと。

二 天智天皇が天武天皇の兄であること、中興の祖(九九頁参照)であることの遺徳がこの孫の光仁天皇の即位をもたらしたとし、百川の処置を是認する立場からの発言。愚管抄附録でも、これを「藤氏ノ三功」の一として賞揚している。

三 十月一日宝亀と改元、十月が正しい。

四 井上皇后の子は他戸親王、早良親王は高野の新笠の子。ともに桓武天皇の弟。他戸親王は宝亀二年(七七一)正月立太子、同三年(七七二)五月廃太子。同四年(七七三)正月山部親王立太子、天応元年(七八一)四月即位。同年同月早良親王立太子、同十二月薨。この間の事情を誤認した表記である。「澤良」は「早良」が正しい。

五 百川は山部親王を推し、藤原浜成は稗田親王を推して、議が定まらなかった。「此上ハ只早ク御門ノ御讃歎ヲ蒙リ侍ト御門ヲ責申然バ、御門ハ共カクモ宣セズシテ、立テ内ヘ入給ニキ。其時百川朝臣如何様此事ヲ承切ラントテ、歯ヲ食シバリテ少モネムラズシテ、四十余日内裏ニ立リキ」(水鏡下)。

六 井上皇后と他戸親王とは大和国宇智郡没官の宅に幽閉のうちに、宝亀六年(七七五)四月二十七日ともに没。

七 皇后と二前太子の死霊が龍となり、種々の怪異がおこった。そのたたりを恐れて、延暦十九年(八〇〇)七月、早良親王を崇道天皇と追号し、井上皇后を皇太后とし、淡路の山陵を新しくまつり、皇后と他戸親王の霊をとむらって霊安寺を建立した。怨霊は怨みを残しこの世にたたりをする死霊。

八 京都市右京区太秦、広隆寺一帯の地。

九 底本「大秦」、天村・書・天一等により訂。

ナリ〉イマノ城《じやう》ヲミメグラシテ、「[一〇]四神相應《しじんさうおう》ノ地《ち》也。百七十餘年アリテ都《みやこ》ヲウツサレテ、カハルマジキ所ナリ。」トノ給ケリトゾ申傳《まをしつたへ》タル。ソノ年紀《ねんき》モタガハズ、又數十代不易《ふえき》ノ都《みやこ》トナリヌル、誠《まこと》ニ[一一]王氣《わうき》相應ノ福地《ふくち》タルニヤ。

コノ天皇大《おほき》ニ佛法ヲアガメ給。延暦《えんりやく》二十三年傳教《でんげう》・弘法《こうぼふ》 勅《みことのり》ヲウケテ唐ヘワタリ給《たまふ》。其時スナハチ唐朝ヘ使《つかひ》ヲツカハサル。大使ハ參議左大辨兼越前守《さだいべんけんゑちぜんのかみ》藤原[一二]葛野麿《かどのまろ》朝臣《あそん》也。傳教ハ天台ノ道邃和尚《だうスイくわしやう》ニアヒ、ソノ宗ヲキハメテ 同《おなじき》二十四年ニ大使ト共ニ歸朝《きてう》セラル。弘法ハ猶カノ國ニトヾマリテ大同《だいどう》年中ニ歸給《かへりたまふ》。

コノ御時東夷叛亂《とういホンらん》シケレバ、坂上《さかのうへ》ノ田村丸《たむらまろ》ヲ[一三]征東大將軍ニナシテツカハサレシニ、コト〳〵クタヒラゲテカヘリマウデケリ。[一四]コノ田村丸ハ武勇《ぶよう》〔[一五]人〕ニスグレタリキ。初《はじめ》ハ[一六]近衞《こんゑ》ノ將監《しやうげん》ニナリ、少將ニウツリ、中將ニ轉ジ、弘仁《こうにん》ノ御時ニヤ、大將ニアガリ、大納言ヲ[一七]カケタリ。文《ぶん》ヲモカネタレバニヤ、納言ノ官ニモノボリニケル。子孫ハイマニ[一八]文士《ぶんし》ニテゾツタハレル。

天皇天下ヲ治給コト二十四年。七十歳オマシ〳〵キ。

第五十一代、平城《へいせい》天皇ハ桓武《くわんむ》第一ノ子。御母[一九]皇太后藤原ノ乙牟漏《ヲトムロ》、贈太政大臣良繼《よしつぐ》ノ女也。丙戌《ひのえいぬの》年即位、改元。平安宮《へいあんのみや》ニマシマス〈コレヨリ遷都《せんと》ナキニヨリテ御在所《ございしよ》ヲシルスベカラズ〉。

天下ヲ治給コト四年。太弟ニユヅリテ太上天皇ト申《まをす》。[二〇]平城ノ舊都ニカヘリテスマ

一〇「吾相二此地一国之秀也。南開北塞陽南陰北。河径二其前一東流成レ順。高岳之上龍為二窟宅一。常臨擁護。東有二厳神一西仰二猛霊一。三百歳後有二一聖皇一再遷成レ都興隆二釈典一、苗胤相続不レ墜二旧軌一」(聖徳太子伝暦上)。四神に相応する四つの地相をそなえている所。左に流(青流)、右に長道(白龍)、前に汗地(朱雀)、後に丘陵(玄武)がある地。四神具足ともいう。ここに「三百歳」とあるが推古天皇十二年(六〇四)から延暦十三年(七九四)までは百九十年。平家物語巻五「都遷」の条参照。一一 王者の起こる所に生ずる気。王者を出だすきざしのある地気。ここでは王者が都して永遠の繁栄を見るにふさわしいこと。福地は福徳を生ずる土地。「王業所レ基、聖躬所レ載、其為二神郷福地一。実不レ遠矣」(北史、韓麒麟伝)。一二 底本「葛野(カツノ)」、「カドノ」が正しい。一三 征夷大将軍が正しい。前任者は持節大将軍、征東大使といわれ、田村麻呂も征東副使にはなったが、征東大将軍の名は見えない。

一四「田村麻呂赤面黄鬚、勇力過レ人、有二将帥之量一」(日本後紀、弘仁二年五月二十三日)。

一五 静一・天村・山二等により補。一六 近衛府の判官、正・従六位上相当。行幸の警衛、正月の賭弓のことなどを司る。一七 兼務する、兼任する。「国の守、斎宮のかみかけたる」(伊勢物語)。

一八 文官。「明法博士、明法道之極官也。中古以来、坂上中原両流為二法家之儒門一」(職原鈔上)。田村麻呂の祖先は、応神天皇の御代帰化した阿知使主である。

一九 底本「皇大后」、「皇太后」が正しい。

二〇「天皇遂伝レ位、避二病於数処一、五遷之後宮二于平城一。而事乖二釈重一、政猶煩出。尚侍従三位藤原朝臣薬子常侍二帷房一、矯託百端。太上天皇甚愛。不レ知二其奸一。遷都二平城一。非二是太上天皇之旨一。天皇慮二其乱階一擯二於宮外一」(日本後紀、大同四年四月三日)。

セ給ケリ。[一]尚侍《ないしのかみ》藤原ノ薬子《くすりこ》ヲ寵《ちようし》マシケルニ、其弟[二]参議右兵衛督《うひやうゑのかみ》仲成《なかなり》等申《まをし》ス、メテ逆亂《げきらん》ノ事アリキ。田村丸《たむらまろ》ヲ大將軍《たいしやうぐん》トシテ追討セラレシニ、平城《へいせい》ノ軍《いくさ》ヤブレテ、[三]上皇出家セサセ給。御子《みこ》東宮高岡《とうぐうたかをか》ノ親王モステラレテ、オナジク出家、弘法大師《こうぼふだいし》ノ弟子《でし》ニナリ、眞如《しんによ》親王ト申《まをす》ハコレナリ。[四]薬子・仲成等誅《ちゆう》ニフシヌ。上皇《しやうくわう》五十一歳マデオマシ〳〵キ。

第五十二代、第二十九世、嵯峨《さが》天皇ハ桓武《くわんむ》第二ノ子、平城《へいせい》同母ノ弟也。太弟《たいてい》ニ立《たち》給ヘリシガ、己丑《つちのとうしの》年卽位、庚寅《かのえとら》ニ改元。此天皇[五]幼年ヨリ聰明《ソウメイ》ニシテ讀書《とくしよ》ヲ好《このみ》、諸藝ヲ習給《ならひたまふ》。又謙讓《ケンジヤウ》ノ大度《たいど》モマシマシケリ。桓武帝鍾愛無雙《シヨウあいぶさう》ノ御子ニナンオハシケル。[六]儲君《ちよくん》ニヰ給ケルモ父ノミカド繼體ノタメニ[七]顧命《コメイ》シマシ〳〵ケルニコソ。[八]格式《きやくしき》ナドモ此御時ヨリエラビハジメラレニキ。又深《ふかく》佛法ヲアガメ給。[九]先世《さきのよ》ニ美濃《みのの》國神野《かむの》ト云所ニタウ《(こ)》トキ僧アリケリ。橘太后《きつたいこう》ノ先世ニネムゴロニ給仕《きふじ》シケルヲ感ジテ相共ニ再誕《さいたん》アリトゾ。御諱《いみな》ヲ神野ト申ケルモ自然《じねん》ニカナヘリ。

傳教〈御名最澄《さいちよう》〉弘法〈御名空海《くうかい》〉[一〇]兩大師唐《たう》ヨリ傳《つたへ》給シ天台・眞言ノ兩宗モ、コノ御時ヨリヒロマリ侍ケル。此兩師[一一]直也人《ただなるひと》ニオハセズ。

傳教入唐以前ヨリ[一二]比叡山《ひえいざん》ヲヒラキテ[一三]練行《れんぎやう》セラレケリ。今ノ[一四]根本中堂《こんぼんちゆうだう》ノ地ヲ[一五]ヒカレケルニ、八《やつ》ノ舌《した》アル[一六]鎰《かぎ》ヲモトメイデテ唐マデモタレタリ。[一七]天台山《てんだいさん》ニノボリテ智者《ちしや》大師〈天台ノ宗オコリテ四代ノ祖ナリ。天台大師トモ云〉六代ノ正統道邃和尚《だうスイくわしやう》ニ謁《えつ》シテ、ソノ宗ヲ

一　内侍司の長官。定員二名、従三位に准ず。
二　「弟」は兄が正しい。　三　「官位悉免焉。太上天皇大怒、遣レ使発二畿内幷紀伊国兵一与二薬子一同レ輿自二川口道一向二於東国一。士卒逃去者衆。知二事不レ可レ遂一、廻レ輿旋レ宮、落髪為二沙門一」（日本後紀、大同四年四月三日）。　四　「是夜、（中略）射殺二仲成於禁所一」（同、弘仁元年九月十二日）、薬子は「遂仰レ薬而死」（同前）とある。
五　「幼聡、好読レ書。及レ長博覧二経史一、善属レ文妙二草隷一。神気岳立有二人君之量一。天皇尤鍾愛也」（日本後紀巻十八、逸文）。　六　もうけのきみ。皇太子。　七　天子が崩御に臨んで、遺言して後事を託すること。「成王将レ崩、命二召公畢公一、率二諸侯一、相二康王一作二顧命一」（書経、顧命序）。
八　臨時の命令と事務規程。大宝律令制定後の格式を編集した弘仁格十巻と弘仁式四十巻。弘仁十一年（八二〇）四月十一日藤原冬嗣等撰進。
九　↓補注一九。
一〇　底本「雨」、天一・山二・高等により訂。
一一　常人とことなって、仏者の再誕・権化の聖身であること。↓九三頁注一八。　一二　底本「比叡山ノ」、静一・静二・書等により訂。
一三　行法を修練する。身心を鍛練、苦行する。
一四　天台宗では本堂を中堂という。延暦七年（七八八）伝教の創建。薬師如来を本尊とし日光・月光等の諸像を安置する。一乗止観院が最初の名。
一五　建立にふさわしい土地を物色し工事をする。
一六　「鎰」は本来古昔の目方の単位をいう語。しかし類聚名義抄でも「カギ」とよんでいる。左右に四つずつの「やま」のあるかぎ。恐らく建立の地ならしの際地下から出たとする意。
一七　天台山国清寺。智者は湖南岳州の人、煬帝に菩薩戒を授け智者大師の号を贈られた。その法統は智者―灌頂―智威―慧威―玄朗―湛然―道邃となる。

ナラハレシニ、彼《かの》山ニ智者帰寂《きじやく》ヨリ以來鎰《このかたかぎ》ヲウシナヒテヒラカザル一藏《ひとつのくら》アリキ。心ミニ此鎰《かぎ》ニテアケラル、ニトヾコホラズ。[一八]一山《いつさん》コゾリテ[一九]渇仰《カツガウ》シケリ。仍一宗《よりていつしゆう》ノ奥義《あうぎ》ノコル所ナク傳ラレタリトゾ。其後慈覺・智證兩大師又入唐シテ天台・眞言ヲキハメナラヒテ、叡山ニヒロメラレシカバ、彼[二〇]門風《もんふう》イヨ〳〵サカリニナリテ天下ニ流布《るふ》セリ。唐國ミダレシヨリ經教《きやうけう》オホクウセヌ。道邃《だうすゐ》ヨリ[二一]四代ニアタレル義寂《ぎじやく》ト云人マデ、タヾ[二二]觀心《くわんじん》ヲ傳《つたへ》テ宗義ヲアキラムルコトタエニケルニヤ。[二三]呉越國《ごゑつこく》ノ忠懿王《ちゆういわう》〈姓《せい》ハ錢《せん》、名ハ鏐《リウ》、唐ノ末ツカタヨリ東南ノ呉越ヲ領シテ偏覇《へんぱ》ノ主《しゆ》タリ〉此宗ノオトロヘヌルコトヲナゲキテ、使者十人ヲサシテ、我朝ニヲ(オ)クリ、教典《けうてん》ヲモトメシム。コト〳〵クウツシヲハリテカヘリヌ。義寂コレヲ見アキラメテ、更ニ此宗ヲ再興ス。モロコシニハ五代《ごだい》ノ中《うち》、後唐《こうたう》ノ末ザマナリケレバ、我朝ニハ朱雀天皇ノ御代ニヤアタリケン。日本《にほん》ヨリカヘシワタシタル宗ナレバ、此國ノ天台宗ハカヘリテ本《ほん》トナルナリ。凡《およそ》傳教彼宗ノ祕密ヲ傳《つたへ》ラレタルコトモ〈[二四]唐台州《たうのタイしう》刺史《しし》陸淳《りくジュン》ガ印記《いんき》ノ文《もん》ニアリ〉コト〳〵ク一宗ノ[二五]論疏《ろんしよ》ヲウツシ、國ニカヘレルコトモ〈釋志磐《しやくしばん》ガ[二六]佛祖統紀《ぶつそとうき》ニノセタリ〉異朝ノ書ニミエタリ。

弘法ハ母[二七]懷胎《くわいたい》ノ始《はじめ》、夢ニ天竺ノ僧來《きた》リテ宿《やど》ヲカリ給《たまひ》ケリトゾ。寶龜《はうき》五年甲寅六月《きのえとらみなづき》十五日誕生《たんじやう》。コノ日唐ノ[二八]大暦《たいれき》九年六月《ろくぐわつ》十五日ニアタレリ。不空三藏入滅《ふくうさんざうにふめつ》ス。仍《よりて》カノ後身《こうしん》ト申《まをす》也。カツハ[二九]惠果和尚《けいくわわしやう》ノ告《つげ》ニモ「我ト汝ト久《ひさしき》契約《けいやく》アリ。誓《ちかひ》テ密藏《みつざう》ヲ弘《ヒロメン》。」トアルモソノユ(エ)ヘニヤ。渡唐ノ時モ或ハ[三〇]五筆《ごひつ》ノ藝ヲホドコシ、サマ〳〵ノ[三一]神異《しんい》アリ

一八 その寺院の僧侶ひとり残らず。

一九 渇者が水をほしがるように、卑者が山を仰ぐように、思いをこめて信仰すること。深く帰依すること。 二〇 宗風。その宗の教え。

二一 「四代」は五代が正しい。道邃—広修—物外—元琇—清竦—義寂(仏祖統紀巻八)。

二二 おのれの心の本性を明かに観照すること。天台の宗義を研鑽する上で観心と教学をたてる。経教による学習に対する語。

二三 →補注二〇。底本「扁〈ヘン〉ニ覇〈ハ〉ノ主タリ」、静一・大・天村等により訂。

二四 底本「判〈ハン〉史」「陸諄〈シュン〉」「官記」、それぞれ「刺史」「陸淳」「印記」が正しい。刺史はシナの州の長官。印記の印は印許の意、印可したその旨を証明する記文。→補注二一。

二五 宗義を論したものを論、経論を解釈したものを疏という。

二六 →補注三。底本「仏祖統記」、訂。

二七 こどもをみごもること。「生土讃岐国多度郡。俗姓佐伯氏。母夢見下従二天竺一聖人来入中我懐上妊。経二十二月一生。仍号二貴物一」(明匠略伝、日本上)。

二八 底本「天暦」、「大暦」が正しい。

二九 底本「恵杲」、訂。以下同じ。「和尚宛然立レ前、告曰、汝未レ知二吾与レ汝宿契之深一乎。多生之中、相共誓願。弘演二密蔵一」(弘法大師御伝巻上)。密蔵は密教の経典。

三〇 口に一筆、左右の手足におのおの一筆と同時に五筆をもって五行の書を書いた程の能筆家で、唐の順宗が感歎したという伝説。水鏡・古今著聞集・元亨釈書等に詳しい。

三一 人間わざでない、ふしぎなことども。「在唐之間、奇異之事多二此類一。不二具記一」、「唐帝尊重二大師一。賞賜無レ算。礼遇尤深。大師甘心惜レ別。帝仍以二菩提実数珠一給二大師一」(高野大師御広伝上)。

シカバ、唐ノ主《しゆ》、順宗《じゆんそう》皇帝コトニ仰信《あふぎしん》ジ給《たまひ》キ。彼惠果《かのけいくわ》〈眞言第六ノ祖、不空ノ弟子〉和尚《わしやう》六人ノ[一]附《フ》法《ほふ》アリ。劍《ケン》南ノ惟上《ユイしやう》・河北ノ義圓《ぎゑん》〈金剛一界ヲ傳《つたふ》〉、新羅《しらぎ》ノ惠日《ゑにち》・訶陵《かりよう》ノ辨弘《べんこう》〈胎藏《たいざう》一界ヲ傳《つたふ》〉、青龍《せいりよう》ノ義明《ぎめい》・日本ノ空海〈[二]兩部ヲ傳《つたふ》〉。義明ハ唐朝ニヲ(オ)キテ[三]灌頂《くわんちやう》ノ師タルベカリシガ世ヲハヤクス。弘法ハ六人ノ中ニ[四]瀉瓶《シヤビヤウ》タリ〈[五]惠果ノ俗弟子呉殷《ごいん》ガ纂《サン》ノ詞《ことば》ニアリ〉。シカレバ、眞言ノ宗ニハ正統ナリトイフベキニヤ。コレ又異朝ノ書ニミエタル也。傳敎モ、不空ノ弟子順曉《じゆんげう》ニアヒテ眞言ヲ傳《つたへ》ラレシカド、在唐イクバクナカリシカバ、フカク學セラレザリシニヤ。歸朝ノ後、弘法ニモトブラハレケリ。又イマコノ流タエニケリ。慈覺・智證ハ惠果ノ弟子義操《サウ》・法潤《ジユン》トキコエシガ弟子法全《はつせん》ニアヒテ傳《つたへ》ラル。

凡《およそ》本朝流布《るふ》ノ宗《しゆう》、今ハ七宗《しちしゆう》也。此中ニモ眞言・天台ノ二宗ハ[六]祖師ノ[七]意巧《いゲウ》[八]專《もはら》鎭護《ちんご》國家《こくか》ノタメト心ザサ、レケルニヤ。比叡山ニハ〈[九]比叡ト云コト桓武・傳敎心ヲ一《ひとつ》ニシテ興隆セラレシユヘ(エ)ナヅクト彼山ノ輩《ともがら》稱《しようする》也。シカレド[一〇]舊事本紀《くじほんぎ》ニ比叡ノ神ノ御コトミエタリ〉[一一]顯密ナラビテ[一二]紹《セウ》隆《リウ》ス。殊ニ天子[一三]本命《ほんみやう》ノ道場ヲタテテ、御願《ごぐわん》ヲ祈ル地ナリ〈[一四]コレハ密《みつ》ニツクベシ〉。又[一五]根本《こんぽん》中堂ヲ止觀院《シくわんゐん》ト云。法華《ほつけ》ノ經文《きやうもん》ニツキ、天台ノ宗義ニヨリ、カタ〴〵鎭護ノ深義《じんぎ》アリトゾ。東寺《とうじ》ハ桓武遷都《せんと》ノ初、皇城ノ鎭《しづめ》ノタメニコレヲタテラル。弘仁《こうにん》ノ御時、弘法ニ[一六]給《たまひ》テナガク眞言ノ寺トス。諸宗ノ雜住《ザウぢゆう》ヲユルサザ、ル地也。此宗ヲ[一七]神通乘《じんづうじよう》ト云。[一八]如《によ》來果上《らいくわしやう》ノ法門ニシテ諸敎ニコエタル極祕密《ごくひみつ》トオモヘリ。就中《なかんづく》我國ハ神代ヨリノ[一九]緣起《えんぎ》、

一 付法。仏法を付嘱すること。器をえらんでその法を付嘱し伝持させること。

二 →補注二二。　三 →補注二三。

四 瓶の水をそのまま他の瓶に移すように、師弟その法義を正しく相承して遺漏のないこと。多く嫡流を受けるときをいう。

五 →補注二四。

六 一派の宗門の祖の尊称。ここでは伝教・弘法二大師のこと。

七 善巧の本願を願巧というのに対して、善巧の意志をいう。善巧とは機宜に応じて施設する巧妙な智用のこと。　八 →補注二五。

九 桓武天皇の叡慮と伝教の心とが、この山の建立の点でたぐえ合うこと。「同七年奉二為桓武天皇一。創二建根本一乗止観院一」「当二于時一大師自開二伽藍之基跡一。聖主深恃二叡山之護持一」(叡岳要記上)。

一〇 「次大山上咋神、此神者坐二近淡海比叡山一」(旧事本紀、地祇本紀)。記には日枝山。

一一 天台宗は顕教であるが比叡山では同時に密教の真言宗も行なわれたので、総称していう。

一二 先人の業を受けついで盛んにする。

一三 北斗七星のうち、その人の生年にあたる星を本命星という。不祥を消除、福寿の増長を願ってこれを祭ること。ここでは修法の道場を設けて、本命星を祭り、息災延命を祈って東塔総持院を建立したこと。総持院は大唐の青龍寺鎮国道場に准ずるもので、真言秘密の修法を行ずる皇帝本命道場。

一四 「ツクベシ」は底本「ツタヘシ」、書・静一・刈等により訂。密教の義にもとづく。

一五 →一一〇頁注一四。

一六 底本「約テ」、静一・書・大等により訂。

一七 如来の神通力によって説かれた深密の教法。

一八 →補注二六。

一九 因縁の起源。建国の由来の意。

此宗ノ所説《しよせつ》ニ符合《ふがふ》セリ。コノユヘ《(エ)》ニヤ唐朝ニ流布セシハシバラクノコトニテ、則《すなはち》日本ニトヾマリヌ。又相應[二〇]ノ宗ナリト云モコトハリ《(ワ)》ニヤ。大唐ノ内道場《ないだうぢやう》ニ准《じゆん》ジテ宮中ニ眞言院[二一]ヲタツ〈モトハ勘解由使《かげゆし》[二二]ノ廳《ちやう》ナリ〉。大師奏聞《そうもん》シテ毎年正月《むつき》コノ所ニテ御修法《みしほ》[二三]アリ。國土安穩《あんをん》ノ祈禱、稼穡《かしよく》[二四]豐饒《ぶねう》ノ祕法也。又十八日ノ觀音供《くわんおんく》[二五]、晦日《つごもり》[二六]ノ御念誦《みねんじゆ》等モ宗ニヨリテ深意《じんい》アルベシ。三流[二七]ノ眞言イヅレト云ベキナラネド、眞言ヲモテ諸宗ノ第一トスルコトモムネト東寺ニヨレリ。延喜《えんぎ》ノ御宇《ぎよう》ニ綱所《かうしよ》[二八]ノ印鎰《いんやく》[二九]ヲ東寺ノ一阿闍梨《いちのあじやり》[三〇]ニアヅケラル。仍《よりて》法務ノコトヲ知行《ちぎやう》シテ諸宗ノ一座タリ。山門・寺門[三一]ハ天台ヲムネトスルユヘ《(エ)》ニヤ、顯密ヲカネタレド宗ノ長ヲモ天台座主《てんだいざす》[三二]ト云メリ。此天皇諸宗ヲ並《ならべ》テ興《こう》ゼサセ給《たまひ》ケリ。中ニモ傳教・弘法御歸依《ごきえ》フカヽリキ。傳教始テ圓頓《あんとん》[三三]ノ戒壇《かいだん》ヲタツベキヨシ奏セラレシヲ、南京《なんきやう》ノ諸宗表《へう》ヲ上《たてまつり》テアラソヒ申《まを》シシカド、ツヰ《(ヒ)》ニ戒壇ノ建立ヲユルサレ、本朝四ケ所ノ戒場トナル。弘法ハコトサラ師資《シシ》[三四]ノ御約《やく》アリケレバ、ヲ《(オ)》モクシ給ケルトゾ。

此兩宗ノ外、華嚴《けごん》・三論《さんろん》ハ東大寺ニコレヲヒロメラル。彼華嚴ハ唐ノ杜順和尚《トジユンくわしやう》ヨリサカリニナレリシヲ、日本ノ朗辨《らうべん》僧正傳《つたへ》[三五]テ東大寺ニ興隆《こうりゆう》ス。此寺ハ則《すなはち》此宗《しゆう》ニヨリテ建立《こんりふ》セラレケルニヤ、大華嚴寺ト云名アリ。三論ハ東晉《とうしん》ノ同時ニ後秦《こうしん》ト云國ニ、羅什三藏《らじふさんざう》ト云師來《きたり》テ、此宗ヲヒラキテ世ニ傳《つたへ》タリ。孝徳ノ御世ニ高麗《かうらい》ノ僧惠灌《ゑくわん》[三六]來朝シテ傳《つたへ》始ケル。シカラバ最前《さいぜん》流布ノ敎《をしへ》ニヤ。其後道慈《だうじ》律師請來《しやうらい》[三七]シテ大安寺《だいあんじ》ニヒロメ

二〇 真言宗は一名瑜伽宗。瑜伽は相応の意、三密相応の義。それを転用「相応ノ宗」とした。
二一 八省院の北、皇居の西に建てられた禁中の修法道場。承和元年(八三四)十一月創建。
二二 官吏更迭に際し、前任者の治績・行動について、新任者の送る解由状の事を勘考する役所。
二三 後七日の御修法。正月一日から七日までは宮中では神事のみを行なう。したがって八日から十四日までの真言祈禱の法会をいう。承和二年(八三五)に始まる永代の式で、東寺の僧が奉仕する。
二四 五穀を植えつけ、耕作し収納すること。その農作物がみのり豊かであることを祈る。
二五 仁寿殿で行なう二間《ふたま》の観音供養。
二六 毎月、月末の三日間真言院で行なう、仏を念じ、経典を読誦する法会。天長地久を祈る。
二七 延暦寺・園城寺・東寺の真言の三流。台密二流と東密一流。
二八 僧綱の事務をとる役所。僧綱は僧正・僧都・律師を言い、法務を綱持する。
二九 その綱所の所印と大切なかぎ。
三〇 「阿闍梨」は天台・真言僧の学位。→補注二三。数名の阿闍梨の中の最高の者。東寺の長者。
三一 比叡山延暦寺と長等山園城寺(俗に三井寺)。
三二 延暦寺一山の寺務を総理する首座の僧。淳和天皇天長元年(八二四)義真和尚初任。
三三 大乗円頓戒を授ける戒壇。従来の日本三戒壇は奈良東大寺・下野薬師寺・筑紫観世音寺。ともに小乗の戒壇。弘仁十年(八一九)伝教が上表して大乗の戒壇の建立を出願、同十三年(八二二)許可された。
三四 「平城嵯峨天長承和、以二大師一為レ師。受二灌頂一尊重」(弘法大師御伝巻下)。師匠と弟子。
三五 もと八宗兼学の道場、殊に華厳・三論を本とし、特に華厳を宗とする。
三六 底本「恵規」、訂。推古紀は「恵灌」。慧灌とも書く。なお「孝徳」は推古とあるべきところ。
三七 経論を請受して伝来すること。

キ。今ハ華厳トナラビテ東大寺ニアリ。法相《ほつさう》ハ興福寺《こうぶくじ》ニアリ。唐玄弉《たうのげんじやう》三藏天竺ヨリ傳《つたへ》テ國ニヒロメラル。日本ノ定惠和尙《ちやうゑわじやう》〈大織冠《たいしよくくわん》ノ子ナリ〉彼國ニワタリ玄弉ノ弟子タリシカド、歸朝ノ後世《のち》[一]ヲハヤクス。今ノ法相ハ玄昉《げんばう》僧正ト云人入唐《にふたう》シテ泗州《シ》[二]ノ智周《ちしう》大師〈玄弉二世ノ弟子〉ニアヒテコレヲ傳《つたへ》テ流布シケルトゾ。春日《かすが》[三]ノ神モコトサラ此宗ヲ擁護《おうご》シ給ナルベシ。此三宗ニ天台ヲクワ(ハ)ヘテ四家《しけ》[四]ノ大乘《だいじよう》ト云。倶舍《ぐしや》・成實《じやうじつ》ナムド云ハ小乘《せうじよう》[五]也。道慈律師オナジク傳テ流布セラレケレドモ、依學《エがく》[六]ノ宗ニテ、別ニ一宗ヲ立《たつる》コトナシ。我國大乘純熟《ジユンじゆく》[七]ノ地ナレバニヤ、小乘ヲ習人《ならふひと》ナキ也。

又律宗ハ大小ニ通ズル也。鑒眞和尙《がんじんわじやう》來朝シテヒロメラレシヨリ東大寺[八]ヲヨ(オ)ビ下野《しもつけ》ノ藥師《やくし》寺・筑紫《つくし》ノ觀音寺ニ戒壇ヲタテテ、此戒ヲウケヌモノハ僧籍《セキ》ニツラナラヌ事ニナリニキ。中古ヨリ以來《このかた》、其名バカリニテ戒體《かいたい》[九]ヲマボルコトタエニケルヲ、南都《なんと》ノ思圓《しゑん》上人等章疏《しやうしよ》[一〇]ヲ見アキラメテ戒師《かいし》[一一]トナル。北京《ほくきやう》[一二]ニハ我禪上人入宋《がぜんしやうにんにふそう》シテ彼土《かのど》ノ律《りつ》[一三]法《ほふ》〔ヲ〕ウケ傳テコレヲヒロム。南北ノ律再興《さいこう》シテ彼宗ニ入輩《いるともがら》ハ威儀ヲ具《ぐ》スルコト[一四]フルキガゴトシ。

禪宗ハ佛心宗《ぶつしんしゆう》トモ云。佛ノ教外別傳《けうゲべつでん》[一五]ノ宗ナリトゾ。梁《りやう》ノ代《よ》ニ天竺ノ達磨《だるま》大師來《きたり》テヒロメラレシニ、武帝ニ機《き》[一六]カナハズ。江《かう》[一七]ヲ渡《わたり》テ北朝ニイタル。嵩山《すうざん》ト云所ニトヾマリ、面壁《めんべき》[一八]シテ年ヲオクラレケル。後ニ惠可《ゑか》コレヲツグ。惠可ヨリ下《しも》、四世ニ弘忍禪《クニンぜん》師《じ》トキコエシ、嗣法《しほふ》南北ニ相分《あひわか》ル。北宗《ほくしゆう》ノ流《ながれ》ヲバ傳教・慈覺傳テ歸朝セラレキ。安《あん》

一 底本「ハヤクスル」、静一・静二・書等により訂。定恵は定慧につくる。白雉四年(六五三)入唐、天智天皇四年(六六五)九月帰朝、同十二月二十三日没。年二十三歳。しかし異説が多い。
二 智周の師慧沼は淄州(四州)出身、智周は郷貫不明。「二世」は三世が正しい。
三 一〇二頁参照。 四 華厳・三論・法相・天台を四家という。真言は密教の故をもって除き、顕教の四家を数えたもの。元亨釈書巻一最澄の伝では、律を加えて四家大乗と言い、新しく天台法華宗を加えて五宗となるとある。
五 乗は運載の意。衆生を運載して涅槃(ねはん)の彼岸に到達させること。大乗は一切の種智を開くことを求める教え、小乗は灰身滅智の空寂の涅槃を求める教え。
六 寓宗とも。ただ学問として依り学ぶ宗で、信心して修行する宗でないもの。
七 すなおに和らぎ栄える。豊かにみのる。
八 →一一三頁注三三。 九 戒の実体。授戒の時戒者が身にうけた実体。戒相の対語。護持し易い戒体を守る人が居ない。
一〇 経疏。→一一一頁注二五。
一一 戒和尚、伝戒師。戒法を授ける師僧。思円上人戒を授けること、天皇を始め六万六千人。
一二 広く京師のこと。南京(奈良)に対する京都。
一三 底本「律師」、静一・静二・書等により訂。また同本等により「ヲ」を補。
一四 底本「フカ(ル歟)キ」、国・書・大等により訂。
一五 教内の宗(仏が言句をもって伝え授けた宗)に対し、言句を離れ直ちに仏心をもって衆生の心に伝える教え。「直指人心・見性成仏・教外別伝・不立文字」にもとづく。
一六 信仰心が薄く悟道の機縁にもれる。
一七 揚子江。
一八 面壁九年。「面壁而坐、終日黙然、人無レ測

然和尚《ネンくわしやう》〈慈覺孫弟《じかくのそんてい》〉一九教時諍論《けうじさうろん》ト云書ニ教理ノ淺深《せんじん》ヲ判《はん》ズルニ、眞言・佛心・天台トツラネタリ。サレド、ウケ傳人《つたふるひと》ナクテタエニキ。近代トナリテ南宗《なんしゆう》ノナガレオホクツタハル。異朝ニハ南宗ノ下《しも》ニ五家《ケ》アリ。ソノ中《うち》臨濟《リンザイ》宗ノ下《しも》ヨリ又二流トナル。コレヲ二〇五家七宗《ごけしちしゆう》ト云。本朝ニハ榮西《ヤウセイ》僧正、黄龍《ワウリヨウ》ノ流《ながれ》ヲクミテ傳來ノ後、聖一《しやういち》上人、石《せき》霜《さう》ノ下《しも》ツカタ虎丘《くきう》ノナガレ無準《ブシユン》ニウク。彼宗ノヒロマルコトハ此兩師ヨリノコト也。ウチツヾキ異朝ノ僧モアマタ來朝シ、此國ヨリモワタリテ傳《つたへ》シカバ、諸家《しよけ》ノ禪オホク流布セリ。五家七宗トハイヘドモ、以前ノ二二顯《けん》・密《みつ》・權《ごん》・實《じつ》等ノ不同ニハ相似《にる》ベカラズ。イヅレモ二一直指人心《ぢきしにんしん》、見性成佛《けんしやうじやうぶつ》ノ門《もん》ヲバイ二三〔デ〕ザル也。

弘仁ノ御宇ヨリ眞言・天台ノサカリニナルコトヲ聊《いささか》シルシ侍《はべる》ニツキテ、大方ノ宗々傳來ノオモムキヲ載《のせ》タリ。極《きはめ》テアヤマリオホク侍《はべ》ラン。但《ただし》君トシテハイヅレノ宗ヲモ大概《たいがい》シロシメシテ捨《すて》ラレザランコトゾ國家二四攘災《じやうさい》ノ御ハカリコトナルベキ。二五菩《ぼ》薩《さつ》・二六大士《だいし》モツカサドル宗アリ。我朝ノ二七神明《しんめい》モトリワキ擁護シ給教《をしへ》アリ。一宗ニ志《こころざし》アル人餘宗ヲソシリイヤシム、大《おほき》ナルアヤマリ也。人ノ二八機根《きこん》モシナ〴〵ナレバ教法モ二九無盡《ムジン》アリ。況《いはんや》ワガ信ズル宗ヲダニアキラメズシテ、イマダシラザル教ヲソシラム、極《きはめ》タル罪業《ざいごふ》ニヤ。ワレハ此宗ニ歸《き》スレドモ、人ハ又彼宗ニ心ザス。共ニ三〇隨分《ずゐぶん》ノ益《やく》アルベシ。是皆三一今生一世《こんじやういちせ》ノ値遇《チグ》ニアラズ。國ノ主《あるじ》トモナリ、三二輔政《ふせい》ノ人トモナリナバ、諸教ヲステズ、三三機ヲモラサズシテ得益《とくやく》ノヒロカランコトヲ思給《おもひたまふ》ベキ也。

レ之。謂二之壁観波羅門一(五燈会元第一)。
一九 →補注二七。
二〇 五家と七宗の併称。シナ南宗禅の総称。五家とは、臨済宗・潙仰宗・曹洞宗・雲門宗・法眼宗の五。後に臨済宗の分派、楊岐流・黄龍流の二派を加えて七宗ともいう。五派七流。
二一 真言宗を密教、真言以外の諸宗を顕教と言い、法相・三論の大乗を権教、華厳・天台の大乗を実教という。禅宗に多くの分派があるが、すべてその差異は教法の相異によるのではなくて、もっぱら嗣法の伝統如何によるという意。
二二 他の学問修行をなげうち、直ちに自己の心を指して禅理を工夫し、心の本性を窮めてそのまま成仏する。禅宗の教理。
二三 竹・書・大等により補。
二四 天下の災害を未然に除く。
二五 仏の次に位する、菩提薩埵の略語。大慈悲心を発して菩提の道を求め、衆生を化し、自行化他の行をする僧。
二六 自利利他の大事をなす士。菩薩の称。前項と合わして、弘誓の大願を発し、仏国土を浄め衆生を済度しようとする大心の上士。その菩薩にも悟解の深浅による階位の不同があって、それぞれ司る宗に区別がある。
二七 春日明神は法相宗、山王権現は天台宗、八幡神は東大寺を擁護するたぐい。
二八 衆生の生まれつきを根、根の発動するところを機という。衆生の心に具有し、教法に導かれる心機。
二九 無尽蔵。天地を蔵にたとえて、万物のつきることのないこと。極めて多種多様の意。
三〇 それぞれその分に相応したご利益。
三一 簡単に現世でそうなったのではなく。多生の深い因縁によること。
三二 天皇を輔佐し政治を行なう摂政・関白など。
三三 あらゆる好機をうまくつかまえる。

且《かつ》ハ佛教ニカギラズ、儒《じゆ》・道《だう》ノ二教乃至《ないし》モロ〳〵ノ道、イヤシキ藝マデモオコシモチヰルヲ聖代《せいだい》ト云ベキ也。凡男夫《およそなんぶ》ハ[一]稼穡《かしよく》ヲツトメテヲ《(オ)》ノレモ食シ、人ニモアタヘテ、飢《うゑ》ザラシメ、女子ハ[二]紡績《ハウセキ》ヲコトヽシテ[三]ミヅカラモキ、人ヲシテアタヽカニナラシム。賤《いやしき》ニ似タレドモ[四]人倫《じんりん》ノ大本《たいほん》也。[五]天ノ時ニシタガヒ、地ノ利ニヨレリ。此外《このほか》[六]商《シヤウ》沽《コ》ノ利ヲ通ズルモアリ、[七]工巧《クゲウ》ノワザヲ好《コノム》モアリ、仕官ニ心ザスモアリ、[八]〔是ヲ〕四民ト云《いふ》。仕官スルニトリテ文武ノ二《ふたつ》ノ道アリ。坐《ざし》テ以《もつて》[九]道〔ヲ〕論ズルハ文士ノ道也。[一〇]此道ニ明《あきらか》ナラバ相《しやう》トスルニタヘタリ。征《ゆき》テ功〔ヲ〕[一一]立《たつる》ハ武人《ぶじん》ノワザナリ。此ワザニ譽《ほまれ》アラバ將《しやう》トスルニタレリ。サレバ[一二]文武《ぶんぶ》ノ二《ふたつ》ハシバラクモステ給ベカラズ。「[一三]世ミダレタル時ハ武ヲ右ニシ文ヲ左ニス。國オ《(ヲ)》サマレル時〔ハ〕[一四]文ヲ右ニシ武ヲ左ニス。」トイヘリ〈古ニ右ヲ上《かみ》ニス。仍《よりて》シカイフ也〉。カクノゴトクサマ〴〵ナル道ヲモチヰテ、民ノウレヘヲヤスメ、ヲ《(オ)》ノ〳〵アラソヒナカラシメン事ヲ本《もと》トスベシ。民ノ[一五]賦斂《フレン》ヲアツクシテミヅカラノ心ヲホシキマヽニスルコトハ亂世亂國ノモトヰ也。我國ハ王種《わうしゆ》ノカハルコトハナケレドモ、政《まつりこと》ミダレヌレバ、暦數《れきすう》ヒサシカラズ。繼體モタガフタメシ、所々ニシルシ侍リヌ。[一六]イハンヤ、人臣トシテ其職ヲマボルベキニヲ《(オ)》キテヲヤ。

抑《そもそも》民ヲミチビクニツキテ諸道・諸藝ミナ[一七]要樞《えうすう》也。[一八]古ニハ詩・書・禮・樂《がく》ヲモテ國ヲ治《をさむ》ル四術《しじゆつ》トス。本朝ハ四術ノ學ヲタテラルヽコトタシカナラザレド、[一九]紀傳《きでん》・[二〇]明《みやう》

一 五穀を植えることと刈りとること。農業。
二 糸をつむぐこと。
三 底本「ミツカラモキ衣」、天一・山二・高等により訂。四 人間生活の基本となる大切なこと。
五 「順二天時一、分二地利一」(書経、注)。「司空掌二邦土一、居二四民一、時二地利一」(書経、周官)。農の生活は風土・気候等をうまく生かして行なわれること。六 商估。物を売買すること。商業。
七 手工業。細工物。本来は良匠、たくみな者。
八 士農工商。人民の四階級。「是ヲ」、静一・国・大等により補。
九 「論レ道経レ邦」(書経、周官)。国を治める道を論じて邦家を経綸する。「ヲ」、静一・静二・大等により補。
一〇 武人の対語。文をもって仕官する文官。
一一 静二・大・天一等により補。
一二 「文武並用、長久之道也」(魏志、袁渙伝)。
一三 「一世之間而文武代為二雌雄一、有レ時而用也」(淮南子、氾論訓)。文と武が時勢によって、互に主となり従となって、よろしきを得ること。「守成尚レ文、遭遇右レ武」(史記、平津侯列伝)。シナでは右を上位とする。
一四 国・静一・静二等により補。
一五 人民に租税をわりつけて取りたてる。その度を越えて重くすること。「尽二民力一以美二宮室台地一、重二賦斂一以飾二子女狗馬一」(韓非子、八姦)。
一六 底本「又イハンヤ」、静一・書・刈等により訂。
一七 枢要。肝要なもの。かくべからざるもの。
一八 「楽正崇二四術一、立二四教一。順二先王詩書礼楽一以造レ士、春秋教以二礼楽一、冬夏教以二詩書一」(礼記、王制)。一九 古の大学寮の四科の一。歴史・詩文を専らとする。教官を紀伝博士という。
二〇 古の大学寮の四科の一。経書を講究する。教官を明経博士という。「中古以来清中両家依レ次任レ之」(職原鈔上)。

二一 古の大学寮の四科の一。律令・格式を講究する。教官を明法博士という。
二二 兼ね修める。兼ねてとり入れる。
二三 数を計算する道。「紀伝明経明法算道謂二之四道一」(中略)算博士、算道之極官也」(職原鈔上)。二四 今更事細かに説明するにもあたらない。
二五「掌二天文暦数事一、昔一家兼二両道一而賀茂保憲以二暦道一伝二其子光栄一、以二天文道一伝二弟子安倍清明一。自レ此後両道相分」(職原鈔上)。
二六「金石絲竹、楽之器也」(礼記、楽記)。八音の四。金は鐘の類、石は磬の類、絲は絃のあるもの、竹は管の類。「四学」は四術に同じ。
二七「移レ風易レ俗、莫レ善二於楽一」(孝経)。民の悪風卑俗を教化して、高尚優雅な良風にうつらしめるのには楽を第一の良法とする。
二八 →補注二八。
二九 漢詩・和歌を総称していう。
三〇 詩は本来人情に通じ世俗を知り、修身・治国の上に益すること大なるものがある。詩経の名のある所以。詩の本来あるべき本源の姿。
三一 古今集の序をふまえて、親房の古今集注に「此歌も一心よりよろづの言葉となり、一音より出てさまざま曲節をなすものなり」とある。
三二 底本「末ノ世ナレハ」、国・大・書等により訂。三三 →補注二九。三四 →補注三〇。
三五 底本「大宗」、「太宗」が正しい。
三六 弾棊。盤に対して対座して、黒白の碁子各六個をもって指ではじいて、互に石を争う遊戯。
三七「子曰、飽食終日、無レ所レ用レ心、難矣哉。不レ有二博弈者一乎。為レ之猶賢二乎已一」(論語、陽貨)。底本「博突」、「博弈」が正しい。勝負のみを争う、すごろく・囲碁等。
三八 世の人を治める要具。「世」、静一・静二・大等により補。
三九 迷いを離れて悟りの境地に入る。ここでは世の利慾を離れること。四〇 →補注三一。

經《ぎやう》・明法《みやうばふ》[二一]ノ三道ニ詩・書・禮《れい》ヲ攝《せつ》[二二]スベキニコソ。算道《さんだう》[二三]ヲ加《くはへ》テ四道ト云。代々《よよ》ニモチキラレ、其職ヲ置《おか》ル、コトナレバ[二四(八)]クワシクスルニアタハズ。醫・陰陽《おんやう》[二五]ノ兩道又コレ國ノ至要《しえう》也。金石絲竹《キンセキしちく》[二六]ノ樂《がく》ハ四學ノ一ニテ、モハラ政《まつりこと》ヲスル本《もと》也。今ハ藝能ノ如クニ思ヘル、無念ノコト也。「風《フウ》[二七]ヲ移《うつ》シ俗ヲカフルニハ樂ヨリヨキハナシ。」トイヘリ。一[二八]音ヨリ五聲《せい》・十二律ニ轉ジテ、治亂ヲワキマヘ、興衰《コウスイ》ヲ知《しる》ベキ道トコソミエタレ。又詩賦《しふ》[二九]哥詠《かえい》ノ風《ふう》モイマノ人ノコノム所、詩學[三〇]ノ本《もと》ニハコトナリ。シカレド一[三一]心ヨリオコリテ、ヨロヅノコトノ葉《は》トナリ、末[三二]ノ世ナレド人ヲ感ゼシムル道也。コレヲヨクセバ僻《ヘキ》ヲヤメ邪ヲフセグヲシヘナルベシ。カヽレバイヅレカ心ノ源《みなもと》ヲアキラメ、正《しやう》ニカヘル術《じゆつ》ナカラム。輪扁《リンペン》[三三]ガ輪《わ》ヲケヅリテ齊桓公《セイノくわんこう》ヲ(ヲ)オシヘ、弓工《きゆうこう》[三四]ガ弓ヲツクリテ唐ノ太宗[三五]ヲサトラシムルタグヒモアリ。乃至《ないし》圍碁《ゐご》彈碁《たんぎ》[三六]ノ戲《たはぶれ》マデモ(オ)ヲロカナル心ヲ(ヲ)オサメ、カロ〳〵シキワザヲトヾメンガタメナリ。タヾシ其源《みなもと》ニモトヅカズトモ、一藝ハマナブベキコトニヤ。孔子《こうし》モ「飽《アクマデニ》[三七]食《クウ》テ終日《ヒネモス》ニ心ヲ用《もちゐる》所ナカランヨリハ博弈《バクエキ》ヲダニセヨ。」ト侍《はべる》メリ。マシテ一道ヲウケ、一藝ニモ携《たづさは》ラン人、本《もと》ヲアキラメ、理《ことわり》ヲサトル志《こころざし》アラバ、コレヨリ理《り》[三八]〔世《せい》〕ノ要トモナリ、出離《しゆつり》[三九]ノハカリコトトモナリナム。一[四〇]氣一心ニモトヅケ、五大五行ニヨリ相剋《さうこく》・相生《さうしやう》ヲシリ自《みづから》モサトリ他ニモサトラシメン事、ヨロヅノ道其理《ことわり》一《ひとつ》ナルベシ。

此御門誠ニ顯密ノ兩宗ニ歸《きし》給シノミナラズ、儒學モアキラカニ、文章モタクミニ、

[一]書藝モスグレ給ヘリシ、[二]宮城《きゆうじやう》ノ東面《ひがしおもて》ノ額《ガク》モ御ミヅカラカヽシメ給キ。

天下ヲ治給コト十四年。皇太弟ニユヅリテ太上天皇ト申。帝都ノ西、嵯峨山《さがやま》ト云所ニ離宮ヲシ[三]メテゾマシ〳〵ケル。一旦《タン》國ヲユヅリ給シノミナラズ、行末《ゆくすゑ》マデモサヅケマシマサンノ御心ザシニヤ、[四]新帝ノ御子、恆世《つねよ》ノ親王ヲ太子ニ立《たて》給シヲ、親王又カタク辭退シテ世ヲソムキ給ケルコソアリガタケレ。上皇フカク謙讓《けんじやう》シマシケルニ、親王又カクノガレ給ケル、末代《まつだい》マデノ美談《ビダン》ニヤ。昔仁德兄弟相讓《ゆづり》給シ後ニハキカザリシコト也。五十七歳オマシ〳〵キ。

第五十三代、淳和《じゆんな》天皇、西院《さいゐん》ノ帝《みかど》トモ申。桓武第三ノ子。御母贈皇太后藤原ノ旅子《もろこ》、贈太政大臣百川《ももかは》ノ女也。癸卯《みづのとうの》年卽位、甲辰《きのえたつ》ニ改元。

天下ヲ治給コト十年。太子ニユヅリテ太上天皇ト申。此時兩上皇マシ〳〵ケレバ、嵯峨ヲバ前《さきの》太上天皇、此御門ヲバ後《のちの》太上天皇ト申キ。嵯峨《さがの》御門ノ御《(オ)》ヲキテニヤ、東宮ニハ又此帝ノ御子恆貞《つねさだ》親王立《たち》給シガ、兩上皇カクレマシシ後ニ[五]ユ《(エ)》ヘアリテステラレ給キ。五十七歳オマシ〳〵キ。

第五十四代、第三十世、仁明《にんみやう》天皇。諱《いみな》ハ正良《マサラ》〈コレヨリサキ御諱タシカナラズ。オホクハ[六]乳母《めのと》ノ姓《しやう》ナドヲ諱ニモチヰラレキ。コレヨリ二字タヾシクマシマ[七]セバノセタテマツル〉、深草《ふかくさ》ノ帝《みかど》トモ申。嵯峨第二ノ子。御母皇太后橘《たちばな》ノ嘉智子《かちこ》、贈太政大臣清友《きよともの》女《むすめ》也。癸丑《みづのとうしの》年卽位、甲寅《きのえとら》ニ改元。此天皇ハ西院ノ御門ノ[八]猶子《いうし》ノ儀《ぎ》マシ〳〵ケレバ、[九]朝覲《てうきん》モ兩皇《りやうくわう》ニセ

一 書道の芸。天皇・弘法大師・橘逸勢を三筆という。

二 底本「東西」、「東面」が正しい。宮城の東面には陽明・待賢・郁芳の三門がある。「大内門額等書人々事。予問曰、件額等誰人手跡乎。答云、南面者弘法大師、東面者嵯峨帝、北面者橘逸勢云々」(江談抄第一)。

三 占有する。その地を占めて離宮を造営する。

四 淳和天皇。嵯峨・淳和・仁明の三天皇と恒世親王との関係は、それぞれ兄弟・叔甥・従兄弟の間柄である。その皇位継承については、互に謙譲の精神を発揮された。しかもこの三代は「崇文の治」と称せられる。

五 承和七年(八四〇)五月八日淳和上皇崩御、同九年(八四二)七月十五日嵯峨上皇崩御。東宮坊の帯刀、伴健岑と但馬権守橘逸勢等が嵯峨上皇崩御の間をねらって謀叛を企てた。世にいう「承和の変」。その結果、承和九年(八四二)七月二十四日廃皇太子、二十八日橘逸勢の本姓を除いて非人の姓を賜い伊豆に流罪、伴健岑を隠岐に流刑した。連坐して罰せられたもの六十余人。しかしこの事件は藤原良房が外甥道康親王を擁しての工作の一面を示すものであろう。

六「先朝之制、毎二皇子生一以二乳母姓一為二之名一焉」(文徳実録、嘉祥三年五月五日の条)。

七 底本「マシマサハ」、天一・山二・高等により訂。

八「喪服兄弟之子猶レ子也。蓋引而進レ之也」(礼記、檀弓上)。他人の子を己の子とすること。

九 諸侯が天子に謁見すること。わが国では、天皇がその御所で上皇・皇太后等に拝すること。歳首・元服・即位後などに行なう。歳首には特に儀式をととのえて行幸されたので朝覲行幸と称した。続日本後紀巻三の承和元年(八三四)正月の条に、嵯峨・淳和・仁明の御三方相互の年賀・朝覲の事が見える。

サセ給。或時ハ兩皇同所ニシテ覲禮《きんれい》[一〇]モアリケリトゾ。

我國ノ[一一]サカリナリシコトハコノ比（ホ）ヲヒニヤアリケン。遣唐使《けんたうし》モツネニアリ。歸朝ノ後、[一二]建禮門《けんれいもん》ノ前ニ、彼國《かのくに》ノタカラ物ノ市《いち》ヲタテテ、群臣ニタマハスルコトモ有キ。[一三]律令《りつりやう》ハ文武ノ御代ヨリサダメラレシカド、此御代ニゾエラビトヽノヘラレニケル。

天下ヲ治給コト十七年。四十一歳オマシ〳〵キ。

第五十五代、文徳《もんとく》天皇。諱ハ道康《みちやす》、田村《たむら》ノ帝トモ申。仁明第一ノ子。御母[一四]〔太皇〕太后藤原順子《のじゆんし》〈五條ノ后《きさき》ト申〉、左大臣冬嗣《ふゆつぐ》ノ女也。庚午《かのえうまの》年即位、辛未《かのとひつじ》ニ改元。

天下ヲ治給コト八年。三十三歳オマシ〳〵キ。

第五十六代、清和《せいわ》天皇。諱ハ惟仁《これひと》、水尾《みづのを》ノ帝トモ申。文徳第四ノ子。御母皇太后藤原ノ明子《あきらけいこ》〈染殿《そめどの》ノ后ト申〉、攝政太政大臣良房ノ女也。我朝ハ幼主位ニヰ給コトマレナリキ。此天皇九歳ニテ即位、戊寅《つちのえとらの》年也。己卯《つちのとう》ニ改元。践祚《せんそ》アリシカバ、[一五]外祖《ぐわいそ》良房ノ大臣ハジメテ[一六]攝政《せつしやう》セラル。攝政ト云コト、モロコシニハ唐堯《たうげう》ノ時、虞舜《ぐしゆん》ヲ登用《あげもちゐ》テ政《まつりこと》ヲマカセ給キ。コレヲ攝政ト云。カクテ三十年アリテ正位ヲウケラレキ。殷《いん》ノ代ニ伊尹《いいん》ト云[一七]聖臣《せいしん》アリ。湯《タウ》及《および》大甲《たいカウ》ヲ輔佐《ふさ》ス。是ハ[一八]保《ホウ》衡《カウ》ト云〈阿衡《あかう》トモ云《いふ》〉。其心《こころ》ハ攝政也。周ノ世ニ周公旦《しうこうたん》又大聖《たいせい》ナリキ。文王ノ子、武王ノ弟、成王ノ叔父《しゆくふ》ナリ。武王ノ代《よ》ニハ[一九]三公ニツラナリ、成王ワカクテ位ニツキ給シカバ、周公ミヅカラ[二〇]南面《なんめん》シテ攝政ス[二一]〈成王ヲ負《おひ》テ南面セラレケリトモミエタリ〉。漢《かんの》昭帝又幼

一〇 朝覲の礼。↓一一八頁注九。

一一 崇文の治。薬子の乱後、承和の変もあったが、嵯峨天皇治政十四年、淳和天皇治世十年、仁明天皇治政十七年の計四十一年間は、一代一元が守られ、律令政治再建の努力が成果をうみ、宮廷を中心とする唐風文化が栄え、儀礼・年中行事も整い、文学の道も盛んであった。

一二 「是日、建礼門前、張二立三幄一雑二置唐物一。内蔵寮官人及内侍等交易、名曰二宮市一」（続日本後紀、承和六年十月二十五日）。

一三 令義解十巻。令の解釈に統一を欠き支障が多かったので、天長三年（八二六）右大臣清原夏野等十二人に命じ、同十年（八三三）一月完成。その後、陽成天皇の元慶年間に成立した令集解三十巻とともに重要な文献となった。

一四 静一・大・刈等により補。

一五 母方の祖父。

一六 「凡此職者、異朝唐堯時、挙レ舜為二摂政一。殷湯以二伊尹一為二阿衡一。当二摂政一也。周武王幼而即位。叔父周公旦摂レ政。是今摂政之義也」（職原鈔上）。

一七 「殷之伊尹、湯之太公、可レ謂二聖臣一矣」（荀子、臣道）。方智の最も優れた賢臣。伊尹あるによって、万民この人により平を保つという。↓九八頁注六。

一八 「阿衡。商之官名、言天下之所二倚平一也。亦曰二保衡一、或曰、伊尹之号」（書経、蔡沈伝）。

一九 周代の三公は、太師・太保・太傅。

二〇 南に向かって位置する。君は南面、南は陽。臣下は北面する。

二一 「武王既崩。成王少、在二強葆之中一。周公恐下天下聞二武王崩一而畔上、周公乃践阼、代二成王一摂二行政一、当レ国」（史記、周公世家）。「昔者周公朝二諸侯于明堂之位一、天子負二斧依一南郷而立」（礼記、明堂位）。「襁」は背おい帯。長さ約二尺、闊さ約八寸で小児を背に負うもの。周公が朝に臨む時、幼児の成王を背に負うて南面したという故事。

ニテ即位。武帝ノ遺詔《ゆゐぜう》[一]ニヨリ博陸侯《ハクリク》霍光《クワククわう》ト云人、大司馬大將軍ニテ攝政ス。中ニモ周公・霍氏ヲゾ先蹤《セウ》ニモ申《まをす》メル。本朝ニハ應神ウマレ給テ襁褓《キヤウホウ》[二]ニマシ〳〵シカバ、[三]神功皇后天位ニヰ給。シカレド攝政ト申傳《まをしつたへ》タリ。コレハ今ノ儀ニハコトナリ。推古天皇ノ御時廐戸《うまやどの》[四]皇太子攝政シ給。[五]コレゾ帝ハ位ニ備《そなはり》テ天下ノ政シカシナガラ攝政ノ御マヽナリケル。齊明天皇ノ御世ニ、御子中《なか》ノ大兄《おほえ》[六]ノ皇太子攝政シ給。元明《げんめい》ノ御世ノスエ(エ)ツカタ、皇女淨足姫《きよたらしひめ》[七]ノ尊〈元正天皇ノ御コトナリ〉シバラク攝政シ給キ。コノ天皇ノ御時良房ノ大臣ノ攝政ヨリシテゾマサシク人臣ニテ攝政スルコトハハジマリニケル。但《ただし》此藤原ノ一門神代ヨリユヘ(エ)アリテ國主ヲタスケ奉ルコトハサキ[八]ニモ所々ニシルシ侍リキ。淡海公ノ後、參議中衞《ちゆうゑの》大將房前《ふささき》、其子大納言眞楯《マタテ》、ソノ子右大臣内麿、コノ三代ハ上《かみ》[九]二代ノゴトクサカヘ(エ)ズヤアリケム。内麿ノ子冬嗣《ふゆつぐ》ノ大臣〈閑院《かんゐん》ノ左大臣ト云。後ニ贈太政大臣〉[一〇]藤氏ノ衰《おとろへ》ヌルコトヲナゲキテ、弘法大師ニ申《まをし》アハセテ興福寺ニ南圓堂《なんゑん》ヲタテテ祈申《いのりまを》サレケリ。此時明神役夫《やくぶ》[一一]ニマジハリテ、

補陀落《ふだらく》[一二]ノ南ノ岸ニ堂タテテ今ゾサカヘ(エ)ン北ノ藤浪《ふぢなみ》

ト詠《えいじ》給ケルトゾ。此時源氏ノ人[一三]アマタウセニケリト申人アレド、大ナルヒガコト也。皇子皇孫ノ源《みなもと》ノ姓《しやう》ヲ給《たまはり》テ高官高位ニイタルコトハ此後ノコトナレバ、誰人《たれひと》カウセ侍ベキ。サレド彼一門ノサカヘ(エ)シコト、マコトニ祈請《きせい》[一四]ニコタヘタリトハミエタリ。大方コノ大臣トヲキ(ホ)慮《おもひはかり》オハシケルニコソ。子孫親族ノ學問ヲスヽメンタメニ勸學[一五]

一 臨終に際し言い遺した詔。「武帝病。遺詔封レ光為二博陸侯一」(漢書、霍光伝)。「以二侍中奉車都尉霍光一為二大司馬大将軍一。受二遺詔一輔二少主一」(漢書、昭帝紀)。「大司馬」は漢代の三公の一、兵馬を司る。二「武王立三年而崩。成王在二襁褓之中一、未レ能レ用レ事」(淮南子、要略)。おびひもと小児の被衣。むつき。「キヤウハウ」が正しい。三 七八頁注八および九四頁参照。四 九四頁参照。五 底本「コレヲ」、静一・天村・大等により訂。六 九九頁参照。底本「皇太子ニ」、書・大・天一等により訂。七 一〇三頁参照。この件は正史には見えない。八 五九・六九・九七頁参照。九 鎌足と不比等。一〇「南円堂。嵯峨天皇御時、長岡大臣内麿奉二造立一。其故藤原氏衰乎歎、高野大師被二申合一造二此像一。然而不レ及二作堂一薨。其子閑院冬嗣為レ遂二先考之志一、弘仁四年癸巳建立。被レ遂二供養一」(興福寺伽藍縁起)。

一一 新古今集巻十九の神祇歌にも、この歌が見える。それには「この歌は、興福寺の南円堂つくりはじめはべりけるとき、春日のえのもとの明神よみたまへりけるとなん」と詞書がある。榎本明神は春日神社の地主社。「役夫」は人足、賤夫。明神が働く役夫の中に姿をかえて交わる。一二 光明山。海島の山で、印度の南海岸にあり、観音のすむ所。興福寺の境内の南を意味し、北家の北の対語。岸と浪は縁語。一三「そのくやうの日ぞかし、こと姓のかんたちめあまた日のうちにうせ給にければ云々」(大系本大鏡第五巻、補注三五)。源氏の大臣・公卿十一人とも六人(元亨釈書説)ともいう。一四 祈願のおもむき。再興を祈った立願。一五 弘仁十二年(八二一)、冬嗣が一族の子弟を教育するために建てた大学別曹。大学に入学した子弟の寄宿し勉学する学寮。封戸を寄せて隆盛を図った。

院ヲ建立ス。大學寮ニ東西[一六]ノ曹司《さうじ》アリ。菅《くわん》・江《がう》ノ二家コレヲツカサドリテ、人ヲ敎《をしふ》ル所也。彼大學ノ南ニコノ院ヲ立《たて》ラレシカバ、南曹トゾ申メル。氏長者[一七]《うぢのちやうじや》タル人ムネトコノ院ヲ管領シテ興福寺及《および》氏ノ社《やしろ》ノコトヲトリオコナハル。良房ノ大臣攝政セラレシヨリ彼一流ニツタハリテタエヌコトニナリタリ。幼主ノ時バカリカトオボエシカド、攝政關白モサダマレル職ニナリヌ。ヲ《(オ)》ノヅカラ攝關ト云名ヲトメラル、時モ、內覽[一八]ノ臣ヲオカレタレバ、執政ノ儀カハルコトナシ。

天皇オトナビ給ケレバ、攝政マツリコトヲカヘシタテマツリテ、太政大臣ニテ白河ニ閑居セラレニケリ。君ハ外孫ニマシマセバ、猶モ權ヲモハラニセラルトモアラソフ人アルマジクヤ。サレド謙退[一九]《けんたい》ノ心フカク閑適[二〇]《かんてき》ヲコノミテ、ツネニ朝參[二一]《てうさん》ナドモセラレザリケリ。其比大納言伴善男[二二]《とものよしを》ト云人寵《ちよう》アリテ大臣ヲノゾム志ナンアリケル。時ニ三公闕《けつ》ナカリキ〈太政大臣良房、左大臣信《まこと》、右大臣良相《よしすけ》〉。信《マコト》ノ左大臣ヲウシナイ《(ト)》テ、其闕[二三]ニノゾミ任ゼントアヒハカリテ、マヅ應天門[二四]ヲ燒《やか》シムトスルクワ《(ヘ)》タテナリト讒奏[二五]《ざんそう》ス。天皇オドロキ給テ、紏明[二六]《きうめい》ニオヨバズ、右大臣ニ召仰《めしおほせ》テ、スデニ誅セラルベキニナリヌ。太政大臣コノコトヲキ、驚遽《オドロキアハテ》ラレケルアマリニ、烏[二七]《え》帽子直衣《ぼしなほし》ヲキナガラ、白晝[二八]《はくちう》ニ騎馬《きば》シテ、馳參《はせさん》ジテ申ナダメラレニケリ。其後ニ善男ガ陰謀アラハレテ流刑[二九]《るけい》ニ處セラル。此大臣ノ忠節マコトニ無レ止《やんごとなき》コトニナン。天皇佛法ニ歸《きし》給テ、ツネニ脫屣[三〇]《ダツシ》ノ御志アリキ。慈覺大師ニ受戒シ給、法號[三一]ヲ授奉《さづけ》ラル。

一六 大学寮内の東西の教室。菅原・大江二氏が教授の家柄である。
一七 宗家の長として、一族を統率して朝廷に仕え、祖先神の祭祀などを司る。氏上。宣旨により、源・平・藤・橘それぞれその然るべき人が任ぜられたが、藤原氏は摂関自身が自称するようになった。↓補注三六。
一八 特に宣旨を蒙って、太政官の雑事、奏下の文書をまず内見して万機を輔佐するもの。
一九 万事控え目にして、へりくだること。
二〇 世事をのがれて心静かに暮らすこと。
二一 在官の公卿が朝廷に参内すること。
二二 宇治拾遺物語伴大納言焼応天門事に詳しい。
二三 その欠員になっている官をみずから望む。
二四 大内裏八省院南面の正門。「夜、応天門火。延焼二棲鳳翔鸞両楼一」(三代実録、貞観八年閏三月十日)。
二五 他人をあしざまに奏上する。
二六 罪状を正し明白にする。事理を正して明かにする。そのことを徹底的にしない。
二七 正式には束帯して、衣冠を整えて参内するのが例である。烏帽子・直衣・指貫を着用するのは貴人の通常服である。宇治拾遺物語には「御烏帽子直垂ながら」とあり、伴大納言絵詞では、立烏帽子直衣姿とする。
二八 余りにも急いだために、白河から人目につくのもいとわず、まっぴるまに馬を飛ばしたのである。
二九 「坐レ焼二応天門一、当レ斬、詔降二死一等一、並処二之遠流一。善男配二伊豆国一」(三代実録、貞観八年九月二十二日)。
三〇 天皇が位を退くこと。本来は、はきものをぬぎすてる。事を軽視し、おしげもなく捨てる。
三一 「是歳、徴二大師一於二大内一受二菩薩大戒一。奉二法号一曰、素真」(慈覚大師伝)。天安二年(八五八)三月のこと。

素眞《そしん》ト申。在位ノ帝、法號[一]ヲツキ給コトヨノツネナラヌニヤ。昔隋煬帝《ずゐのやうだい》[二]ノ晉王《しんわう》ト云シ時、天台ノ智者《ちしや》ニ受戒シテ惣持《そうち》ト云名ヲツカレタリシ、ヨカラヌ君ノ例《ためし》ナレド、智者ノ昔ノアトナレバ、ナゾラヘモチヰラレニケルニヤ。又コノ御時、宇佐ノ八幡[三]大菩薩皇城ノ南、男山石清水《をとこやまいはしみづ》ニウツリ給。天皇聞食《きこしめし》テ勅使《ちよくし》ヲツカハシ、ソノ所[四]ヲ點《てん》ジ、モロ〳〵ノタクミニオホセテ、新宮ヲツクリテ宗廟ニ擬《ギ》セラル〈鎮坐ノ次第ハ上《かみ》ニミエタリ〉。

天皇天下ヲ治給コト十八年。太子ニユヅリテシリゾカセ給。中三トセバカリアリテ出家[五]、慈覺ノ弟子ニテ灌頂ウケサセ給。丹波《たんば》ノ水尾《みづのを》ト云所ニウツラセ給テ、練行《れんぎやう》[六]シマシシガ、ホドナクカクレ給。御年三十一歳オマシ〳〵キ。

第五十七代、陽成《やうぜい》天皇。諱ハ貞明《さだあきら》、清和第一ノ子。御母皇太后藤原高子《のたかきこ》〈二條ノ后ト申〉、贈太政大臣長良《ながら》ノ女也。丁酉年《ひのととりの》卽位、改元。右大臣基經攝政シテ太政大臣ニ任ズ〈此大臣ハ良房ノ養子ナリ。實《まこと》ハ中納言長良ノ男。此天皇ノ外舅《ははかたのをぢ》也〉。忠仁公《ちゆうじんこう》[七]ノ故事ノゴトシ。

此天皇性惡《せいあく》[八]ニシテ人主ノ器《うつは》ニタラズミエ給《たまひ》ケレバ、攝政ナゲキテ廢立《はいりふ》ノコトヲサダメラレニケリ。昔漢ノ霍光《くわくくわう》、昭帝[九]ヲタスケテ攝政セシニ、昭帝世ヲハヤクシ給シカバ、昌邑王《しやうユウわう》[一〇]〔ヲ〕立《たて》テ天子トス。昌邑不德ニシテ器ニタラズ。卽《すなはち》[一一]廢立ヲオコナヒテ宣帝《せんてい》ヲ立《たて》奉リキ。霍光ガ大功[一二]トコソシルシ傳《つたへ》ハベルメレ。此大臣マサシキ外戚《ぐわいせき》[一三]ノ

一 仏門に入った者の法名。
二 「以㆓是年十一月二十三日㆒、於㆓総管大聴事㆒、設㆓千僧斎㆒授㆓菩薩戒法㆒。師謂㆑王曰、大王紆㆓遵聖禁㆒、可㆑名㆓総持㆒。王賛㆑師曰、大師伝㆓仏法燈㆒、宜㆑称㆓智者㆒」(仏祖統紀巻六)。
三 「清和天皇御宇貞観年中、(中略) 即諸司ニ勅シテ神殿ヲ被㆓造立㆒。自㆑是宗廟ニ擬シテ官幣ヲ被㆑献」(二十一社記)。八一頁参照。
四 神社造営にふさわしい良い土地を選定する。
五 出家は三代実録によれば元慶三年(八七九)五月八日、灌頂は慈覚大師伝によれば斉衡三年(八五六)九月。「九月、東宮又請㆓大師㆒受㆓灌頂㆒」とある。したがって、「出家、コレヨリサキ」と見るが可。まだ幼齢で、形式的なものであったのか。六 仏道の行法を修練する。
七 「少主未㆑親㆓万機㆒之間、臣基経摂㆓行政事㆒。如㆓忠仁公故事㆒」(三代実録、貞観十八年十二月一日)。忠仁公は良房。
八 「陽成院御物気歟」(愚管抄第一)。「コノ陽成院九ニテ位ニツキテ八年。十六マデノ間ニ昔ノ武烈天皇ノ如クナノメナラズアサマシクヲハシマシケレバ、ヲヂニテ昭宣公基経ハ摂政ニテ、諸卿群議アリテ、コレハ御モノノケノカクアレテオハシマセバ、イカガハ国主トテ国ヲモオサメヲハシマスベキトテナム。ヲロシマイラセントテ」(同第三)。光孝天皇をたてたとある。
九 →一二〇頁注一。
一〇 静一・静二・書等により補。
一一 昭帝は在位十三年、二十歳で崩御。嗣がなかったので、武帝の孫、昌邑王賀を迎えて即位させたが、天子の器量乏しいため二十七日にして、太后の命により廃した。
一二 「処㆓廃置之際㆒、臨㆓大節㆒而不㆑可㆑奪。遂匡㆓国家㆒、安㆓社稷㆒。擁㆑昭立㆑宣、光為㆓師保㆒。雖㆓周公阿衡㆒、何以加㆑此」(漢書、霍公伝賛)。
一三 母方の親族。

臣ニテ政《まつりこと》ヲモハラニセラレシニ、天下ノタメ[一四]大義ヲオモヒテサダメオコナハレケル、イトメデタシ。サレバ一家ニモ[一五]〔人コソ〕オホクキコエシカド、攝政關白ハコノ大臣ノスエ《(エ)》ノミゾタエセヌコトニナリニケル。ツギ〳〵大臣大將ニノボル藤原ノ人々モミナコノ大臣ノ苗裔《べうえい》ナリ。[一六]積善《しやくぜん》ノ餘慶《よきやう》ナリトコソオボエハベレ。

天皇天下ヲ治給コト八年ニテシリゾケラレ、八十一歳マデオマシ〳〵キ。

第五十八代、第三十一世、光孝《くわうかう》天皇。諱ハ時康《ときやす》、小松御門《こまつのみかど》トモ申《まをす》。仁明第二ノ子。御母贈[一七]〔皇〕太后藤原ノ澤子《さはこ》、贈太政大臣總繼《ふさつぐ》ノ女ナリ。陽成シリゾケラレ給シ時、攝政昭宣《せうせん》公モロ〳〵ノ皇子ヲ[一八]相申《さうし》サレケリ。此天皇一品《いちほん》式部卿兼常陸《けんひたちの》太守トキコエシガ、[一九]御年タカクテ小松ノ宮ニマシ〳〵ケルニ、俄ニマウデテ見給ケレバ、[二〇]人主ノ器量餘《よ》ノ皇子タチニスグレマシケルニヨリテ、スナハチ[二一]儀衞《ぎゑい》ヲトヽノヘテムカヘ申サレケリ。[二二]本位《ほんゐ》ノ服ヲ着シナガラ[二三]鸞輿《らんよ》ニ駕《が》シテ[二四]大内《だいだい》ニイラセ給ニキ。コトシ甲辰《きのえたつの》年ナリ。乙巳《きのとみ》ニ改元。

踐祚ノハジメ[二五]攝政ヲ改《あらため》テ關白トス。コレ我朝關白ノ始ナリ。漢ノ霍光《くわくくわう》攝政タリシガ、宣帝ノ時政《まつりこと》ヲカヘシテ退《しりぞき》ケルヲ、「[二六]萬機ノ政《まつりこと》猶霍光ニ關《アヅカリマウサ》白シメヨ。」トアリシ、ソノ名ヲ[二七]〔取リテ〕サヅケラレニケリ。此天皇昭宣公ノサダメニヨリテ立《たち》給シカバ御志《こころざし》モフカヽリシニヤ、其子ヲ[二八]殿上《てんじやう》ニメシテ元服セシメ、御ミヅカラ位記《ゐき》ヲアソバシテ正五位下《げ》ニナシ給ケリトゾ。久絶《ひさしくたえ》ニケル[二九]芹川《せり》ノ御幸《ごかう》ナドアリテ、フ

一四 基経の妹高子は陽成天皇の母、基経の女佳珠子は陽成天皇の女御、その腹に貞辰親王(時に七歳)がある。廃立に際して、政治力としてはどんな処置でもとりえたのに、骨肉の親しさを忘れて時康親王を立てたことをいう。愚管抄の著者もこれを「藤氏ノ三功」の一としている(愚管抄附録)。一五 静一・書・大等により補。一六 ↓八三頁注一七。一七 青・刈・大等により補。一八 底本「ノ相」、国・大・青等により訂。「相」は本来はその人の相を視る。人の起居・動作などを観察して、その善悪、将来の運命などをはかり知ること。一九 時に五十四歳。二〇 天皇の位につくにふさわしい器量。才器と徳量。才のある所を器、徳の充つる所を量という。二一 儀仗の兵士。儀仗をおびて天皇の出入を護衛するもの。二二 以前の位階。一品親王の位階相当の服。二三 天皇の御輿。鸞は形、鶏に似て羽毛は赤色に五色を加え、声は五音にかなうという。二四 大内裏。皇居を内裏と呼ぶのに対して、宮城をいう。二五 幼主輔佐の摂政の要なしとして、これを廃し「万政頒行」の宣命があった。基経の処遇、関白の意義の解釈等で問題が多かった。二六 「諸事皆先関二白光一、然後奏二御天子一」(漢書、霍光伝)。「アヅカリマウス」は訓読を示し、関白の職務を執行すること。二七 静一・静二・国等により補。二八 「太政大臣第一之男時平、於二仁寿殿一始加二元服一、于レ時年十六。帝自手取レ冠、加二其首一、令三主殿助従五位下藤原朝臣末並理二レ鬢。即日授二時平正五位下一、其告身、天皇神筆書二黄紙一以賜レ之」(三代実録巻四十九)。告身は任官に際し賜わる辞令書。二九 仁和二年(八八六)十二月二十四日、芹川野で鷹狩りがあった。延暦十五年(七九六)正月、桓武天皇の時に始まる。五十年ばかり中絶、再興されたのである。

ルキア一トヲオコサル、コトドモキコエキ。

天下ヲ治給コト三年。五十七歳オマシ〳〵キ。

大カタ天二皇ノ世ツギヲシルセルフミ、昔ヨリ今ニ至《いたる》マデ家々ニアマタアリ。カクシルシ侍《はべる》モサラニメヅラシカラヌコトナレド、神代ヨリ繼體正統ノタガハセ給ハヌ三一《ひと》ハシヲ申サンガタメナリ。我國ハ神國《かみのくに》ナレバ、四天照太神ノ御計《おんはからひ》ニマカセラレタルニヤ。サレド其五中《なか》ニ御アヤマリアレバ、暦數《レキスウ》モ久《ひさし》カラズ。又ツヰ(ヒ)ニハ正路《しやうろ》ニカヘレド、六一旦《いったん》モシヅマセ給タメシモアリ。コレハミナミヅカラナサセ給《たまふ》御トガナリ。七冥《みやう》助《じよ》ノムナシキニハアラズ。佛《ほとけ》モ衆生ヲ八ミチビキツクシ、神モ九萬姓《ばんしやう》ヲスナヲ(ホ)ナラシメントコソシ給ヘド、衆生ノ一〇果報シナ〴〵ニ、ウクル所ノ性《しやう》オナジカラズ。一一十善《じふぜん》ノ戒《かい》力《りき》ニテ天子トハナリ給ヘドモ、代々ノ御行迹《かうせキ》、善惡又マチ〳〵也。カヽレバ本ヲ一二本《モト》トシテ正《しやう》ニカヘリ、元《ハジメ》ヲハジメトシテ邪《じや》ヲステラレンコトゾ祖神《そじん》ノ御意《みこころ》ニハカナハセ給ベキ。一三神武ヨリ景行マデ十二代ハ御子孫ソノマヽツガセ給ヘリ。ウタガハシカラズ。日本武《やまとたけ》ノ尊世ヲハヤクシマシシニヨリテ、御弟成務ヘ一四ダタリ給シカド、日本武ノ御子ニテ仲哀傳《つたへ》マシ〳〵ヌ。仲哀・應神ノ御後《おんのち》ニ仁德ツタヘ給ヘリシ、武烈惡王ニテ一五日嗣《ひつぎ》タエマシシ時、應神五世ノ御孫ニテ、繼體天皇エラバレ立《たち》給。コレナムメヅラシキタメシニ侍ル。サレド二《ふたつ》ヲナラベテアラソフ時ニコソ一六傍正《バウしやう》ノ疑《うたがひ》モアレ、群臣皇胤ナキコトヲウレヘテ求出《もとめいだし》奉リシウヘニ、ソノ御身賢《けん》ニシテ一七天ノ命ヲウケ、

一　三代実録の光孝天皇の条には、朝廷の儀に関する記録が多く、「如レ常」「如二常儀一」という表記が数多く見られる。
二　↓補注三二。
三　一端。歴史的な全事実でなく、その根底を貫ぬく根源の理に立っての一端。
四　天壌無窮の神勅に示すもの。
五　歴代の天皇にして神の教えに反するような誤りがあると。
六　一時は運悪く沈淪してふるわないこと。
七　神明が幽冥の世界から加護すること。
八　仏・菩薩が全衆生をひとり残らず彼岸に導いて救済すること。
九　神が万民に神性である正直の徳を得させようとすること。
一〇　仏教的には、前世の因縁の如何によって衆生の因果応報が千差万別であり、神道的には、万民の受けている神性にそれぞれの差異のあること。
一一　十種の善を積み、十悪を犯さないで十戒を修めるとその報いによって、今生で天子となるという仏者の説。
一二　八二頁参照。
一三　「神武ヨリ成務天皇マデハ十三代、御子ノ皇子ツガセ給ヒケリ」(愚管抄第三)。成務天皇に皇嗣がなかったことと日本武尊が当然皇位を継承すべきであったのに早世したことをふまえたので親房は「十二代」といったのである。七七頁参照。
一四　底本「ヘタヽリ」は語意不明。静一・天村本「渉り」、静二・新本「隔り」、他は仮名がき「ヘタヽリ」が多い。
一五　皇統を継承する皇胤。　一六　正系と傍系。いずれが正系であるかについての疑念。
一七　天祖の命。天照大神の命令、意志。シナの天命思想ではない。

人[一八]ノ望《のぞみ》ニカナヒマシ〳〵ケレバ、トカクノ疑《うたがひ》アルベカラズ。其後相續《つぎ》テ天智・天武御兄弟立給シニ、大友[一九]ノ皇子ノ亂《みだれ》ニヨリテ、天武ノ御ナガレ久傳《ひさしくつたへ》ラレシニ、稱徳女帝ニテ御嗣《おんつぎ》モナシ。又政《まつりこと》[二〇]モミダリガハシクキコエシカバ、タシカナル[二一]御讓《ゆづり》ナクテ絶ニキ。光仁[二二]又カタハラヨリエラバレテ立《たち》給。コレナン又繼體天皇ノ御コトニ似玉ヘル。シカレドモ天智ハ正統ニテマシ〳〵キ。第一ノ御子大友コソアヤマリテ天下ヲエ給ハザリシカド、第二ノ皇子ニテ施基《しき》ノミコ御トガナシ。其御子ナレバ、此天皇ノ立給ヘルコト、正理《しやうり》[二三]ニカヘルトゾ申侍ベキ。今ノ光孝又昭宣公ノエラビ〔ニ〕[二四]テ立《たち》給トイヘドモ、仁明ノ太子文徳ノ御ナガレナリシカド、陽成悪王ニテシリゾケラレ給シニ、仁明第二ノ御子〔ニ〕[二五]テ、シカモ賢才諸親王ニスグレマシ〳〵ケレバ、ウ[二六]タガヒナキ天命トコソミエ侍シ。カヤウニカタハラヨリ出《いで》給コト是マデ三代ナリ。人ノナセルコトトハ心エタテマツルマジキ也。サキニシルシ侍ルコトハ(ワ)リヲヨクワキマヘラルベキ者哉《をや》。

光孝ヨリ上《かみ》ツカタハ一向上古《いつかうしやうこ》[二七]也。ヨロヅノ例《ためし》ヲ勘《かんがふる》モ仁和《にんな》[二八]ヨリ下《しも》ツカタヲゾ申メル。古《いにしへ》スラ猶カヽル理《ことわり》ニテ天位ヲ嗣給《つぎたまふ》。マシテスエ(ヱ)ノ世ニハマサシキ[二九]御ユヅリナラデハ、タモタセ給マジキコトヽ心エタテマツルベキ也。

此御代ヨリ藤氏ノ攝籙《せふろく》[三〇]ノ家モ他流ニウツラズ、昭宣公ノ苗裔《べうえい》ノミゾタヾシクツタ(ヘ)エラレニケル。上《かみ》[三一]ハ光孝ノ御子孫、天照太神ノ正統トサダマリ、下《しも》ハ昭宣公ノ子孫、

一八 即位を冀求する人民の望に適合する。

一九 壬申の乱。→一〇〇頁注四。

二〇 押勝・道鏡を寵愛したことなど。一〇五頁参照。

二一 嗣子もなく、皇太子を定めることもなく崩御されたこと。

二二 称徳天皇と血縁遠く、天智天皇の皇孫で、父の施基皇子も別に他に異なる方でなかったこと。

二三 一〇八頁参照。

二四 国・静一・静二等により補。

二五 国・静一・書等により補。

二六 根本においては、正しく天命すなわち天照大神の神意の発現のしからしめる所である。この三代の継体は、群臣の総意(継体天皇)、参議百川の深慮(光仁天皇)、昭宣公の推戴(光孝天皇)と理解され易いが、それは一応の解釈で、真意はもっと深い祖神のはからいとするのである。

二七「サテ世ノ末ザマハ、事ノシゲクナリテ尽シガタク侍レドモ、清和ノ御時ハジメテ摂政ヲヲカレテ、良房ノヲトドイデキ給イシ後、其御子ニテ昭宣公ノワガヲイノ陽成院ヲオロシ奉リテ、小松ノ御門ヲタテ給イショリ後ノ事ヲ申ベキ也」(愚管抄附録)とあるように、藤原氏の輔佐制度の確立と定着に時代の区分をおく考えが、当時一般的であったらしい。人心正しく、天皇の政治もとにかくみずからの力で行なわれたとする。

二八 仁和年間。光孝天皇の治世、三年。

二九 先帝の発意による、祖神の本意に副う正統な譲位。

三〇「籙」は記録、符。摂政の異称。天皇にかわって万機の符をとること。ここでは広義で摂政・関白を指す。

三一 親房の政治論からすれば、天皇と藤原氏の摂関体制とが、君臣魚水合体のあるべき本然の姿とする。そこに「上」と「下」の対語法がある。

天兒屋《あめのこやね》ノ命ノ嫡流《ちやくりう》トナリ給ヘリ。一二神《ふたはしらのかみ》ノ御チカヒタガハズシテ、上ハ帝王三十九代、下ハ攝關四十餘人、二四百七十餘年ニモナリヌルニヤ。

第五十九代、第三十二世、宇多《うだ》天皇。諱ハ定省《さだみ》、光孝第三ノ子。御母皇太后《くわうたいこう》班《はん》子《し》ノ女王、仲野《なかの》親王〈桓武ノ御子〉ノ女也。三元慶《ぐわんぎやう》ノ比《ころ》、孫王《そんわう》ニテ源氏ノ姓《しやう》ヲ給《たまは》ラセマシマス。四ソノカミ、ツネニ五鷹狩《たかがり》ヲコノマセ給ケルニ、アル時六賀茂《かも》大明神アラハレテ皇位ニツカセ給ベキヨシヲシメシ申サレケリ。踐祚《せんそ》ノ後、彼社《かのやしろ》ノ七臨時ノ祭《まつり》ヲハジメラレシハ、八大神ノ申ウケ給ケルユヘ《(エ)》トゾ。仁和《にんな》三年丁未《ひのとひつじ》ノ秋《あき》、光孝御病《やまひ》アリシニ、御兄ノ御子タチヲオキテ讓《ゆづり》ヲウケ給。先《まづ》親王トシ、皇太子ニタチ、即《すなはち》受禪。同《おなじき》年ノ冬即位。中一トセアリテ己酉《つちのととり》ニ改元。九踐祚ノ初ヨリ太政大臣基經《もとつね》又關白セラル。此關白薨《こうじ》テ後《のち》ハシバラクソノ人ナシ。

天下ヲ治給コト十年。位ヲ太子ニユヅリテ太上天皇ト申。

中一トセバカリアリテ出家セサセ給。御年三十三ニヤ。ワカクヨリソノ御志《こころざし》アリキトゾ仰《おほせ》給ケル。弘法大師四代ノ弟子益信《やくしん》僧正ヲ御師ニテ東寺ニシテ一〇灌頂《くわんちやう》セサセ給。又智證《ちしよう》大師ノ弟子増命〔僧〕正《ぞうみやうそうじやう》一一ニモ〈一二于時法橋《ときにほつけう》也。後諡《のちにおくりなして》云《いふ》二静觀《じやうくわんと》一〉比叡山ニテウケサセ給ヘリ。弘法ノ流ヲムネトセサセ給ケレバ、其御法流トテ今ニタエズ、一三仁和《にんな》寺《じ》ニ傳侍《つたへはべる》ハ是ナリ。オヨソ弘法ノ流ニ廣澤《ひろさは》〈仁和寺〉・小野《をの》〈醍醐《だいご》寺・勸修寺《くわんじゆじ》〉ノ二アリ。廣澤ハ法皇ノ御弟子寛空《くわんぐう》僧正、寛空ノ弟子寛朝《くわんてう》僧正〈敦實《あつみ》親王ノ子、法皇ノ御孫也〉。寛朝

一 天照大神と天児屋命。九七頁参照。「アマノコヤネノミコトニ、アマテルヲオンノ神ノ殿ノ内ニサブライテ、ヨクフセギマモレト御一諾云々」(愚管抄附録)。親房も必要以上に重大視している。藤原氏摂関体制を正当化する根本論理。

二 光孝天皇即位から神皇正統記成立の延元四年(一三三九)までは四百五十五年、補訂の興国四年(一三四三)までで四百五十九年、ここは恐らく基経摂政となった貞観十四年(八七二)から興国四年までを数えたものか。それによれば四百七十一年となる。

三 元慶八年(八八四)四月十三日、十八歳で賜姓。大鏡では「王侍従」と呼ぶ。孫王で侍従の意。

四 その昔、即位以前。

五 鷹を使って鳥をとること。大鷹狩と小鷹狩。ここでは冬の大鷹狩。大系本大鏡第六巻参照。

六 大系本大鏡第六巻補注五参照。明神が翁の姿をかりて託宣したと見える。

七 恒例の本祭の他に臨時にとり行なう祭。賀茂・石清水のは特に有名。賀茂の例祭は陰暦四月の中の酉の日、臨時の祭は十一月の下の酉の日。寛平元年(八八九)十一月二十一日初度。

八 「春はまつり侍り。冬のいみじうつれづれなるに、まつり給はらん」(大系本大鏡第六巻、補注五)。

九 仁和三年(八八七)十一月二十一日、基経に「関二白万機一」の詔が下ったが、基経は当時の慣例に従い辞表を提出、「阿衡之任」をめぐっていわゆる「阿衡の紛議」を生んだ。従って、基経の死後しばらく摂関職はおかれなかった。

一〇 →補注二三。

一一 静一・国・書等により補。

一二 法橋上人位。法眼につぐ律師の官に相当し、五位に准ずる僧位。

一三 もと光孝天皇の御願寺。宝祚無窮・鎮護国家の道場たらしめんとして造営、宇多天皇これをつぎ完成。円仁の弟子幽仙を別当とした。

一四 宇多上皇が仁和寺内の南に一室を構えて御座所とした。これを南の御室とも御室ともいう。

廣澤ニスマレシカバ、カノ流《ながれ》ト云。ソノヽチ代々《だいだい》ノ[一四]御室《おむろ》相傳《つたへ》テ[一五]タヾ人ハアヒマジハラズ〈法流ヲアヅケラレテ師範トナルコトハ兩度アリ。[一六]サレド御室[一七]〔八〕代々親王ナリ〉。小野ノ流ハ益信ノ相弟子《あひでし》ニ聖寳《しやうぼう》僧正トテ[一八]知法無雙《ちほふぶさう》ノ人アリキ。大師ノ嫡流ト稱スルコトノアルニヤ。シカレド[一九]年戒《ねんかい》オトラレケルユヘ（エ）ニヤ、法皇御[二〇]灌頂ノ時ハ[二一]色衆《しきしゆ》ニツラナリテ[二二]歎徳《タンどく》ト云コトヲツトメラレタリキ。延喜《えんぎ》ノ[二三]護持僧《ごぢそう》ニテ、コトニ崇重《そうちよう》給《し》キ。其弟子觀賢《くわんげん》僧正モアヒツイデ護持申《まをす》。オナジク崇重アリキ。[二四]綱中《かうちゆう》〔ノ〕法務ヲ東寺ノ一阿闍梨《いちのあじやり》ニツケラレシモコノ時ヨリ始ル〈正《しやう》ノ法務ハイツモ東寺ノ一《いち》ノ長者《ちやうじや》ナリ。諸寺ニナルハミナ權《ごんの》法務ナリ。又仁和寺ノ御室、惣《そう》ノ法務ニテ、綱所《かうしよ》ヲ召仕《めしつかは》ルヽコトハ[二五]後白河以來《このかた》ノ事歟《か》〉。此僧正ハ高野《かうや》ニマウデヽ、大師[二六]入定《にふぢやう》ノ[二七]窟《くつ》ヲ開《ひらき》テ御髮ヲ剃《そり》、法服ヲキセカヘ申《まをし》シ人ナリ。其弟子《でし》淳祐《じゆんいう》〈[二八]石山ノ内供《ないく》ト云〉相伴《ともな》ハレケレドモツヰ（ヒ）ニ見奉ラズ。師ノ僧正、ソノ手ヲトリテ御身ニフレシメケリトゾ。淳祐[二九]罪障《ざいしやう》ノ至《いたり》ヲナゲキテ卑下《ひげ》ノ心アリケレバ、弟子元杲《げんガウ》僧都《そうづ》ニ〈延命院《えんみやうゐん》ト云〉[三〇]許可《こか》バカリニテ授職《ジユシヨク》ヲユルサズ。勅定《ちよくぢやう》ニヨリテ法皇ノ御弟子寛空《くわんぐう》ニアヒテ授職灌頂ヲトグ。彼元杲ノ弟子仁海《にんかい》僧正又知法ノ人ナリキ。小野ト云所ニスマレケルヨリ小野流ト云。シカレバ法皇ハ兩流ノ法主《ほふしゆ》ニマシマス也。

王位ヲサリテ釋門《しやくもん》ニ入《いる》コトハ其例《ためし》オホシ。カク法流ノ正統トナリ、シカモ御子孫繼體シ給ヘル、有ガタキタメシニヤ。今ノ世マデモカシコカリシコトニハ[三一]延喜・天暦ト申ナラハシタレド、此御世コソ上代ニヨ[三二]レレバ[三三]無爲《ぶゐ》ノ御 政《まつりごと》ナリケン〔ト〕[三四]（オ）ヲシ

一五「以二此砌相承之親王一奉レ号二御室一」（仁和寺御伝序）。親王でない一般の人。摂関以外の一般の貴族を意味する場合もある（徒然草、一段）。「タヾ人」（九三頁）、「直也人」（一一〇頁）参照。
一六 益信が宇多天皇、寛空が村上・冷泉・円融三天皇のそれぞれ御師となった二度。
一七 静一・静二・青等により補。
一八 底本「弘法無雙」、静一・大・書等により訂。
一九 具足戒を受けた後の法歳。仏者は長幼をいう場合は夏臘による。夏安居の終った七月十五日を受歳の期とする。
二〇 →補注二三。
二一 職衆。色の袈裟をつけるのでいう。灌頂・大法会に列し持華・持金剛等の諸役を司る役僧。
二二 灌頂式で新阿闍梨の徳を讃歎する文章を誦読する役僧。授戒の師につぐ名誉な役。
二三 清涼殿の二間（ふたま）に夜居して玉体の安穏を祈る僧。東寺・延暦寺・園城寺から任命される。最初は一人、後、七・八人となる。毎夜交代。
二四 天一・山二・高等により補。
二五 底本「後白川」、「後白河」が正しい。
二六 禅定に入ること。滅心定に入って弥勒の出世を待つという。
二七 石室。平家物語巻十「高野巻」の条参照。
二八 大津石山寺の僧、かつて宮中の内道場に供奉して、護持僧となったのでいう。
二九 修行や悟りの障りとなる罪悪。そのいたって深い罪障のため遺骸を拝しえなかったと信じて、みずから不徳なりとわが身を軽んずる。
三〇 →補注二三。
三一 延喜は醍醐天皇、天暦は村上天皇の治年号。わが国の治世の模範として併称される。
三二 底本「ヨレ、シ」、国・青・新等により訂。
三三「無為而治者、聖人徳盛而民化、不レ待二其有レ所二作為一也」（論語、衛霊公・朱熹集注）。
三四 静一・静二・国等により補。

ハカラレ侍ル。菅氏ノ才名《さいめい》[一]ニヨリテ、大納言大將マデ登用シ給《たまひ》シモ此御時也。又讓《じやう》國《こく》ノ時サマ〴〵ヲシヘ申サレシ、寛平《くわんぺい》[二]ノ御誡《ぎよかい》トテ君臣アフギテミタ〔テマ〕[三]ツルコトモアリ。昔モロコシニモ「天下[四]ノ明德ハ虞舜《ぐしゆん》ヨリ始ル。」トミエタリ。唐堯ノモチヰ給シニヨリテ、舜ノ德モアラハレ、天下ノ道モアキラカニナリニケルトゾ。二代ノ明德ヲモテ此[五]御コトヲ《(オ)》シハカリ奉ルベシ。御壽《いのち》モ長《ながく》テ朱雀《すざく》ノ御代ニゾカクレサセ給ケル。七十六歳オマシ〳〵キ。

第六十代、第三十三世、醍醐《だいご》天皇。諱ハ敦仁《あつひと》、宇多第一ノ子。御母贈皇太后藤原ノ胤子《たねこ》、内大臣高藤《たかふぢ》ノ女也。丁巳《ひのとみの》年即位、戊午《つちのえうま》ニ改元。大納言左大將藤原時平《ときひら》、大納言右大將菅氏、兩人上皇ノ勑《みことのり》ヲウケテ輔佐《ふさ》シ申サレキ。後ニ左右[六]ノ大臣ニ任《にんじ》テトモニ萬機ヲ内覽セラレケリトゾ。御門《みかど》御年十四ニテ位ニツキ給。オ《(ヲ)》サナクマシ〳〵シカド、聰明叡哲《そうめいえいテツ》[七]ニキコエ給キ。兩大臣天下ノ政《まつりこと》ヲセラレシガ、右相[八]ハ年モタケ才モカシコクテ、天下[九]ノノゾム所ナリ。左相ハ譜第《ふだい》[一〇]ノ器《うつは》也ケレバ、ステラレガタシ。或時上[一一]皇ノ御在所朱雀院ニ行幸、猶右相ニマカセラルベシト云サダメアリテ、スデニ召仰《めしおほせ》玉ヒケルヲ、右相カタクノガレ申サレテヤミヌ。其事世ニモレニケルニヤ、左相イキドヲ《(ホ)》リヲフクミ、サマ〴〵〔ノ〕[一二]讒《ざん》ヲマウケテ、ツヰ《(ヒ)》[一三]ニカタブケ奉リシコトコソアサマシケレ。此君ノ御一失[一四]ト申傳《まをしつたへ》ハベリ。但《ただし》菅氏權化《ごんげ》[一五]ノ御事ナレバ、末《まつ》世《せ》ノタメニヤアリケン、ハカリガタシ。善相公清行朝臣《ぜんしやうこうきよつら》[一六]ハコノ事イマダキザサザリ

一 才智ありとの世間の評判。「菅氏」は菅原道真。二 寛平遺誡一巻。政治の得失、臣僚の賢否等新帝の政治の心得の条々を教示された書。
三 大・高・天一等により補。
四 「天下明レ徳皆自二虞帝一始」(史記、五帝本紀)。
五 醍醐・村上の二治世の明徳によって、この宇多天皇の無為の政治・遺誡等のことどもも理解されるであろう。
六 底本「左右ニ」、書・大・天一等により訂。
七 才智鋭く判断の明確なこと。智徳にすぐれて事理に明るいこと。八 「左大臣御歳二十八九ばかりなり。右大臣の御歳五十七八にやおはしましけむ」(大鏡第二巻)。
九 「万民所レ望」(詩経、小雅)。天下の万民が良き指導者として、ひとしく仰ぎのぞむ。
一〇 先祖代々ふるくから朝廷に仕え、由緒ある人物。
一一 「昌泰三年庚申正月三日、行二幸朱雀院一。安楽寺託宣云。件日有二関白詔一。然菅相府固辞」(扶桑略記巻二十三)。円融天皇永観二年(九八四)六月二十九日の安楽寺託宣には「召レ我甚密々被レ仰。天下政汝独可二奏下一」(同巻二十七)と見える。一二 国・静一・静二等により補。
一三 太宰権帥として左遷されたこと。
一四 「ソノ事ハ御門ユユシキワガ御ヒガコト、大事ヲシイダシタリトヤヲボシケン」(愚管抄第三)。聖代の唯一の過失。
一五 「今思ヘバ、君臣ノ間ノ寵辱ノ朝暮ニアル事ヲ示サムトシ給ケル権化ノ方便ナレバ、トカク申ニ及バズ」(続古事談第一、王道后宮)。「天神ハウタガイナキ観音ノ化現ニテ、末代ザマノ王法ヲマヂカクマモラムトヲボシメシテ云々」(愚管抄第三)。
一六 文章博士三善清行のこと。昌泰三年(九〇〇)十月十一日道真に書を贈って顕名の官を逃れて、自適すべきことを進言した。

シニ、カネテサトリテ菅氏ニ災《わざはひ》ヲノガレ給ベキヨシヲ申ケレド、[一七]サタナクテ此事出《いで》來《き》ニキ。

サキニモ申ハベリシ、我國ニハ幼主ノ立《たち》給コト昔ハナカリシコト也。[一八]貞觀《ぢやうぐわん》・元慶《ぎやう》ノ二代始テ幼ニテ立《たち》玉ヒシカバ、忠仁公《ちゆうじんこう》・昭宣公《せうせんこう》攝政ニテ天下ヲ治《をさめ》ラル。此君ゾ十四ニテウケツギ給テ、攝政モナク御ミヅカラ政《まつりごと》ヲシラセマシ〳〵ケル。猶御幼年ノユヘ(エ)ニヤ、左相ノ讒ニモマヨハセ給ケン。[一九]聖モ賢モ一失ハアルベキニコソ。其趣經書《おもむきけいしよ》ニミエタリ。サレバ曾子《そうし》ハ、[二〇]「吾日三省二吾躬一《われひニみタビわがミヲカヘリミル》。」ト云《いひ》、[二一]季文子《キぶんし》〔八〕「三思《みタビおもふ》。」トモ云。聖徳ノホマレマシマサンニツケテモイヨ〳〵ツヽシミマシマスベキコト也。[二二]昔應神天皇モ讒《ざん》ヲキカセ玉ヒテ、武内ノ大臣ヲ誅セラレントシキ。彼ハヨクノガレテアキラメラレタリ。コノタビノコト凡慮[二三](オ)ヲヨビガタシ。ホドナク神[二四]トアラハレテ、今ニイタルマデ靈驗《れいげん》無雙《ぶさう》ナリ。[二五]末世《まつせ》ノ益《やく》ヲホドコサンタメニヤ。讒ヲ入《いれ》[二六]シ大臣ハノチナクナリヌ。[二七]同心アリケルタグヒモミナ神罰《しんばち》ヲカウブリニキ。此君久《ひさし》ク世ヲタモタセ給テ、[二八]徳政《とくせい》ヲコノミ行ハセ玉フコト上代ニコエタリ。天下泰平《たいへい》民間安穩ニテ、本朝仁徳[二九]ノフルキ跡ニモナゾラヘ、[三〇]異域《イイキ》堯舜ノカシコキ道ニモタグヘ申キ。延喜七年丁卯《ひのとうの》年、モロコシノ[三一]唐滅《ほろび》テ梁《りやう》ト云國ニウツリニケリ。ウチツヾキ後《こう》唐《たう》・晉・漢・周トナン云五代アリキ。

此天皇天下ヲ治給コト三十三年。四十四歳オマシ〳〵キ。

一七 それに対して何等の処置もとられなくて。
一八 貞観は清和天皇の治年号、九歳で即位。元慶は陽成天皇の治年号、五歳で即位。
一九 「聖人千慮必有二一失一。愚人千慮必有二一得一」(晏氏春秋)。史記の淮陰侯伝には「臣聞、智者千慮必有二一失一、愚者千慮必有二一得一」とあり、大鏡裏書(大系本三八五頁)には「漢書云」としてこれを引用してある。ただ「一得」は一徳。
二〇 「曾子曰、吾日三省二吾身一。為レ人謀而不レ忠乎。与二朋友一交言而不レ信乎。伝レ不レ習乎」(論語、学而)。
二一 「季文子三思而後行。子聞レ之曰、再思斯可矣」(論語、公冶長)。「八」、静二・新・竹等により補。 二二 八〇頁参照。
二三 武内宿禰のように、無実であれば必ず身の潔白が明かされるはずであるのに、道真がそのまま配所に薨じたことは、親房の因果論からすれば凡慮の不測の神秘あることを言外に含めた。
二四 道真はやがて天満大自在天神とあらわれ、太宰府の安楽寺に祀られ、北野社として二十二社の中に列し尊崇が厚かった。
二五 末世に処して、人々を教化し、利益を施さんがためであろう。
二六 愚管抄第三によれば、時平は浄蔵法師の加持によって、八年間は無事であったが、「ノチツヒニ時平ハウセ玉ヒニケリ」とある。
二七 時平と謀議して事に参画した連中。源光は落馬、藤原菅根は雷火で死に、藤原定国・清貫等も不幸の中に死んだこと。道真の霊によるという。
二八 仁徳ある政治。めぐみ深いまつりごと。
二九 八四頁に「国ヲシヅメ民ヲアハレミ給コト、タメシモマレナリシ御事」、「アリガタカリシ御政」とある。 三〇 本朝に対し外国。シナ。
三一 唐は二十主二百九十年で、ここに滅亡。朱全忠後梁をたてて太祖という。

第六十一代、朱雀《すざく》天皇。諱ハ寛明《ひろあきら》、醍醐十一ノ子。御母皇太后藤原穏子《をんし》、關白太政大臣基經ノ女也。御兄保明《やすあきら》[一]ノ太子〈諡《おくりな》ヲ文彦《ぶんげん》ト申〉早世、ソノ御子慶頼《よしより》[二]ノ太子モウチツヾキカクレマシヽカバ、保明一腹《ひとつはら》ノ御弟ニテ立《たち》給。庚寅《かのえとらの》年即位、辛卯《かのとう》ニ改元。外舅《ははかたのをぢ》左大臣忠平《ただひら》〈昭宣公ノ三[三]男、後貞信公《のちにていしんこう》ト云〉攝政セラル。寛平《くわんべい》ニ昭宣公薨《こうじ》テノチニハ、延喜御一代[四]マデ攝關ナカリキ。此君又幼主ニテ立給《たちたまふ》ニヨリテ、故事ニマカセテ萬機ヲ攝行《せつかう》セラレケルニコソ。

此御時、平《たひら》ノ將門《まさかど》ト云物アリ。上總介《かづさのすけ》高望《たかもち》ガ孫《まご》也〈高望ハ葛原《かづらはら》ノ親王孫《のまご》、平姓《たひらのしやう》ヲ給《たまに》ル。桓武四代ノ御苗裔《べうえい》ナリトゾ〉。執政《しつせい》[五]ノ家《いへ》ニツカウマツリケルガ、使《し》[六]「ノ」宣旨《せんじ》ヲ望《のぞみ》申ケリ。不《ふ》許《きよ》ナルニヨリイキドヲ(ホ)リヲナシ、東國ニ下向《げかう》シテ叛逆《ほんぎやく》ヲオコシケリ。マヅ伯父《をぢ》常陸《ひたち》ノ大掾《たいじよう》[七]國香《くにか》ヲセメシカバ、國香自殺シヌ。コレヨリ坂東《ばんどう》[八]ヲオシナビカシ、下總國相《しもふさのくにさう》馬郡《まのこほり》ニ居所ヲシメ、都《みやこ》トナヅケ、ミヅカラ平《へい》親王ト稱シ、官爵ヲナシ[九]アタヘケリ。コレニヨリテ天下騒動ス。參議《さんぎ》民部卿《みんぶきやう》兼《けん》右衞門督《うゑもんのかみ》藤原忠文朝臣《ただふんのあそん》ヲ征東[一〇]大將軍トシ、源經基《つねもと》〈清和ノ御スヱ(ヱ)六孫王ト云。頼義《よりよし》・義家先祖《よしいへのせんぞ》也〉・藤原仲舒《なかノブ》〈忠文ノ弟也〉ヲ副將軍トシテサシツカハサル。平貞盛《さだもり》〈國香ガ子〉・藤原秀郷《ひでさと》等心ヲ一《ひとつ》ニシテ、將門ヲホロボシテ其首《かうべ》ヲ奉リシカバ、諸將ハ道[一一]ヨリカヘリマイ(ヰ)リニキ〈將門、承平《じようへい》五年二月《きさらぎ》ニ事ヲオコシ、天慶《てんぎやう》三年二月ニ滅ヌ。其間《あひだ》六年ヘタリ〉。藤原純友《すみとも》ト云物、カノ將門[一二]ニ同意シテ西國ニテ叛亂《ほんらん》セシカバ、少將小野好古《をののよしふる》ヲ遣《つかはし》テ追討セラル〈天慶四年ニ純友ハコロサルトゾ〉。カクテ天下シ

一 延長元年(九二三)三月二十一日、二十一歳で薨去。二十七日文献彦太子と諡した(日本紀略)。
二 延長元年四月二十九日、立太子、同三年(九二五)六月十九日、五歳で薨去。
三 四男が正しい。
四 底本「御一代ニテ」、静一・天村等により訂。宇多天皇寛平三年(八九一)正月藤原基経薨じてから醍醐天皇延長八年(九三〇)九月譲位までの三十九年間摂政・関白なし。
五 摂関の家。摂政藤原忠平のこと。「将門少年之日、奉二名簿於太政大臣殿下一」(将門記)。「奉名簿」は権門で侍を召使う時、本人が姓名を記した名簿を奉り臣従を誓うこと。
六 使は検非違使。「但別当以下為二宣下職一、為二衛府一之人補レ之」(職原鈔下)。将門の家柄・閲歴・年齢等から見て、長官を望むなどありえない。せいぜい志か府生程度。府生でも「仍府督判授之後、申二下使宣旨一者也」(同)とある。鎮守府将軍平良将の第三子であることからも府生程度がふさわしい。「ノ」、国・静一・静二等により補。
七 諸国のうち大国に限り大掾・少掾をおく。大掾は正七位下相当官。
八 相模国足柄山・箱根山以東の諸国。関東。
九 「ナシ」は特に意識してある目的をもってそのことをする。官職を与えるべきでない者があえて与える。
一〇 一七九頁には征東将軍とある。東国の動乱鎮定のために派遣された軍の大将。日本紀略・古事談は征東大将軍、扶桑略記は征夷大将軍。
一一 任地に行きつかぬ途中。駿河国清見関。
一二 「遙聞二将門謀反之由一、亦企二乱逆一」(純友追討記)。大鏡第四巻によると「この純友は、将門同心にかたらひて、おそろしき事くはだてたるものなり。将門は『みかどをうちとりたてまつらん』といひ、純友は『関白にならん』とおなじく心をあはせて、『この世界にわれとまつりことをし、きみとなりてすぎん』といふことをちぎりあひて」とある。扶桑略記も同説である。

ヅマリニキ。延喜ノ御代サシモ[一三]安寧《あんねい》ナリシニ、イツシカ此亂出來《みだれいできた》〔ル〕[一四]。天皇モオダヤカニマシ〳〵ケリ。又貞信公ノ執政ナリシカバ、政《まつりこと》タガフコトハハベラジ。[一五]時ノ災難ニコソトオボエ侍ル。

天皇御子マシマサズ。一腹《ひとつはら》ノ御弟太宰帥《だざいのそつ》ノ親王ヲ太弟《たいてい》ニタテテ、天位ヲユヅリテ尊號アリ。後ニ出家セサセ給。

天下ヲ治給コト十六年。三十歳オマシ〳〵キ。

第六十二代、第三十四世、村上《むらかみ》天皇。諱ハ成明《なりあきら》、醍醐十四ノ子、朱雀同母ノ御弟也。丙午《ひのえうまの》年即位、丁未《ひのとひつじ》ニ改元。兄弟相讓《ゆづら》セ玉ヒシカバ、[一六]マメヤカナル禪讓ノ禮儀アリキ。

此天皇賢明ノ御ホマレ[一七]先皇《せんくわう》ノアトヲ繼《つぎ》申サセ給ケレバ、天下安寧ナルコトモ延喜・延長ノ昔ニコトナラズ。[一八]文筆諸藝ヲ好《このみ》給コトモカハリマサザリケリ。ヨロヅノタメシニハ[一九]延喜・天暦ノ二代トゾ申侍ル。モロコシノカシコキ明王モ二、三代トツタハルハマレナリキ。周ニゾ文・武・成・康〈文王ハ正位ニツカズ〉、漢ニハ[二〇]文・景《ケイ》ナンドゾ[二一]アリガタキコトニ申ケル。光孝カタハラヨリエラバレ立給シニ、ウチツヾキ明主ノ傳《つたは》リ給シ、我國ノ中興スベキユヘ(ヱ)ニコソ侍ケメ。又繼體モタヾコノ一流ニノミゾサダマリヌル。

[二二](ヱ)スエツカタ天徳《てんとく》年中ニヤ、[二三]ハジメテ内裏《だいり》ニ[二四]炎上《えんしやう》アリテ[二五]内侍所《ないしどころ》モ燒《やけ》ニシガ、神鏡ハ

一三　あれほどまでに天下に凶事なく安穏であったのに。一四　国・静一・天村等により補。

一五　天皇・執政の臣ともに優秀で政治もよかったのに、将門・純友の乱が生じたので、その理由を発見するに苦しんで、「時ノ災難」といったのである。「時の横災」(源平盛衰記巻五・平家物語巻二・太平記巻二)、「時の天災」(太平記巻二)と類語もあり、一五五・一八〇頁にも見える。ともに全く人為をもっては如何ともしがたい、正義人道の行なわれない偶然の災難とも称すべき突発事で、政治以前の不時の不幸と解釈したのである。

一六　朱雀天皇譲位の時、二十四歳、時に村上天皇二十一歳。太上天皇は先帝に奉る号であってみれば、普通は父子の関係が多く、年齢の接近している兄弟の間なので朱雀天皇が辞退されたのである。これに対して村上天皇は数回にわたって誠意を尽して極力交渉されたことをいう。日本紀略天慶九年(九四六)四月・五月の条に詳しい。一七　醍醐天皇。

一八　詩歌文章を作るわざと諸技芸。六朝時代声韻・偶語・藻采などを文、散文を筆と言った。音楽・陰陽・医の道にも名誉があった。

一九「今の上の御心ばへあらまほしく、あるべき限りおはしましけり。醍醐の聖帝世にめでたくおはしましけるに、又この帝、堯の子の堯ならむやうに、大かたの御心ばへの雄々しう気高く賢うおはします」(栄花物語、月の宴)。

二〇　前漢の三代孝文帝、その子四代孝景帝。

二一　類まれなこと。なかなかありえない珍らしい事例。

二二　治世の晩年。天徳四年(九六〇)九月二十三日。

二三　平安遷都後百六十七年にしてはじめて。

二四　大きな建造物の火災。火の燃えあがること。

二五　禁中温明殿の別名。賢所。神鏡を奉安し、内侍がこれに奉仕するので内侍所という。

灰ノ中ヨリイダシ奉ラル。「[一]圓規《ゑんき》損ズルコトナクシテ分明《ふんみやう》ニアラハレ出給《いで》。見奉ル人、驚感《きやうかん》セズト云コトナシ。」トゾ御記《ぎよき》[二]ニミエ侍ル。此時ニ神鏡南殿《なでん》[三]ノ櫻《さくら》ニカヽラセ給ケルヲ、小野宮《をののみや》ノ實頼《さねより》ノオトヾ袖ニウケラレタリト申コトアレド、[四]ヒガ事ヲナン云傳侍《いひつたへはべる》也。

應和《おうわ》元年辛酉《かのととりの》年モロコシノ後周滅《ほろび》テ宋[五]ノ代ニサダマル。唐ノ後、五代、五十五年ノアヒダ彼國大《おほき》ニ亂《みだれ》テ五姓《ごしやう》ウツリカハリテ國ノ主《しゆ》タリ。五季《ごき》[六]トゾ云ケル。宋ノ代ニ賢主ウチツヾキテ三百二十餘年マデタモテリキ。

此天皇天下ヲ治給コト二十一年。四十二歳オマシ〳〵キ。

御子オホクマシ〳〵シ中《なか》ニ冷泉・圓融ハ天位ニツキ給シカバ申《まをす》ニオヨバズ。親王ノ中ニ具平《ともひらの》親王〈六條ノ宮ト申。中務卿《なかつかさきやう》ニ任《にんじ》給キ。前《さき》ニ兼明《かねあきら》親王名譽オハシキ。仍《よりて》コレヲバ後《のちの》[七]中書王ト申〉賢才文藝ノカタ代々ノ御アトヲヨク相繼《あひつぎ》申玉ヒケリ。[八]一條ノ御代ニ、ヨロヅ昔ヲオコシ、人ヲ用《もちゐ》マシ〳〵ケレバ、コノ親王昇殿[九]シ給シ日、清涼殿《せいりやうでん》ニテ作文《さくもん》[一〇]アリシニ〈中殿ノ作文ト云コトコレヨリハジマル〉「所レ貴《たふとぶ》是《これ》賢才」ト云題ニテ韻《ゐん》[一一]ヲサグラル丶コトアリ。此親王ノ御タメナルベシ。[一二]凡《およそ》諸道ニアキラカニ、佛法ノ方《かた》マデクラカラザリケルトゾ。昔ヨリ源氏オホカリシカドモ、此御スエノミゾ(エ)イマニ至《いたる》マデ大臣以上ニ至テ相繼《つぎ》侍ル。

源氏ト云コトハ、嵯峨ノ御門世[一三]ノツイ(ヒ)エヲオボシメシテ、皇子皇孫ニ姓《しやう》ヲ給《たまひ》テ人

一「瓦上在二鏡一面一。径八寸許。頭雖レ有二小瑕一、専無レ損。円規幷帯等甚以分明露出。俯二破瓦上一。見レ之者無レ不二驚感一」(扶桑略記、天徳四年九月二十四日の条)。「円規」は神鏡の正円な形体。

二 天暦御記とも村上宸記ともいう。扶桑略記には御日記、大鏡第一巻には村上御日記とある。今一部が伝わっている。右の扶桑略記の引用文が御記の文を伝えたものであろう。

三 宮中の正殿である紫宸殿の階の下に植えられた左近の桜、右近の橘に対する。

四 平家物語では「上代こそ猶めでたけれ」、著聞集では「此事おぼつかなし」、親房は断乎として事実に反する誤伝とする。「天徳焼亡、飛懸二南殿桜一、小野宮大臣請レ袖也」(禁秘抄上)。平家物語巻十一・古今著聞集一神祇にも見える。

五 宋の太祖の建国は建隆元年(九六〇)、村上天皇の天徳四年庚申、応和元年の前年。

六「唐室既衰、五季迭興。五十余年更易二八姓一、宇県分裂。莫二之能一一」(宋史、地理志序)。

七「中書王」は中務卿である親王。中書は中務の唐名。兼明親王が前中書王。中書王は他にもあるが、特にこの二人を併称する。一三三頁参照。八 一三八頁参照。

九 寛弘四年(一〇〇七)四月二十五日、この日具平親王二品に叙し拝舞。それまで不遇であった。

一〇 漢詩文を作る会。中殿は清涼殿の別称。

一一 漢詩を作るに際し、韻字を探りとること。探韻。「皆、探韻賜はりて」(源氏物語、花宴)。

一二 栄花物語の月の宴に詳しい。

一三「信等八人、是今上親王也。而依二弘仁五年五月八日勅一賜レ姓」(新撰姓氏録、源朝臣の条)。「斯誠節二国用一、息二民労一之計也」(三代実録巻第五十、光孝天皇の詔)。享禄本類聚三代格十七にも「還為二人父一辱累二封邑一、空費二府庫一」として「賜二朝臣之姓一」とある。歴代の多くの天皇の思召しであった。

臣トナシ給。スナハチ御子アマタ源氏ノ姓ヲ給《たまは》ル。桓武ノ御子葛原《かづらはらの》親王ノ男、高《たか》棟平《むねたひら》ノ姓ヲ給ル。平城ノ御子阿保《あほの》親王ノ男、行平《ゆきひら》・業平《なりひら》等在原《ありはら》ノ姓ヲ給ルコトモ此[一四]後ノコトナレド、コレハタマ[一五]〳〵ノ儀也。弘仁以後代々ノ御後《のち》ハミナ源《みなもとの》姓ヲ給《たまひ》シナリ。親王[一六]ノ宣旨ヲ蒙《かうぶ》ル人ハ才不才《さいふさい》ニヨラズ、國々ニ封戸《ふこ》ナド立《たて》ラレテ、世ノツイ(ヒ)(エ)ヘナリシカバ、人臣ニツラネ宦[一七]　學《ミヤヅカヘシモノマナビ》シテ朝要《てうえう》[一八]ニカナヒ、器《うつは》ニシタガヒ、昇進スベキ御(オ)ヲキテナルベシ。姓ヲ給ル人ハ直《ぢき》[一九]ニ四位ニ敍ス〈皇子皇孫ニトリテノ事也〉。當君ノハ三位ナルベシト云〈カ、レド其例《ためし》マレナリ。[二〇]嵯峨ノ御子大納言定《さだむの》卿三位ニ敍セシカドモ、當代ニハアラズ〉。カクテ代々ノアヒダ姓ヲ給《たまはり》シ人百十餘人モヤアリケン。シカレド他流ノ源氏、大臣以上ニイタリテ二代ト相續スル人ノ今マデキコエヌコソイカナルユ(エ)ヘナルラン、オボツカナケレ。嵯峨ノ御子姓ヲ給《たまはる》人二[二一]十一人。コノ中《うち》、大臣ニノボル人、常《ときは》ノ左大臣兼《けん》大將、信《まこと》ノ左大臣、融《とほる》ノ左大臣。仁明ノ御子ニ姓ヲ給人十三人。大臣ニノボル人、多《まさる》ノ右大臣、光《ひかる》ノ右大臣兼大將。文德ノ御子ニ姓ヲ給人十二人。大臣ニノボル人、能有《よしあり》ノ右大臣兼大將。清和ノ御子ニ姓ヲ給人十四人。大臣ニノボル人、一世ノ御スエ(エ)ニ實朝《さねとも》ノ右大臣兼大將〈コレハ貞純《さだすみ》親王ノ苗裔ナリ〉。陽成ノ御子ニ姓ヲ給人三人。光孝ノ御子ニ姓ヲ給人十五人。宇多ノ御孫ニ姓ヲ給《たまはり》テ大臣ニノボル人、雅信《まさのぶ》ノ左大臣、重信《しげのぶ》ノ左大臣〈トモニ敦實《あつみ》親王ノ男ナリ〉。醍醐ノ御子ニ姓ヲ給人二十人。大臣ニノボル人、高明《たかあきら》ノ左大臣兼大將、兼明《かねあきら》ノ左大臣〈後ニハ親王トス。中務卿ニ任ズ。前中《さきの》[二二]

一四 平の賜姓は淳和天皇の天長二年(八二五)、在原の賜姓は同三年(八二六)。源氏の賜姓におくれる。

一五 度々あることでなく、時たまの例。

一六 →一〇一頁注一五。親王宣下。一度勅命によって親王となった人。親王には食封と位田が与えられる。封戸は一品八百戸から四品三百戸、位田は一品八十町から四品四十町までの段階がある。

一七 底本「宦学」、訂。仕官するために学問すること。「宦学事レ師、非レ礼不レ親」(礼記、曲礼上)。「長者咸愛二重之一、共誦曰、以二君卿之才一、何不二宦学一乎」(漢書、楼護伝)。「有二応嫗一者、生二四子一而寡、見二神光照一レ社、試探レ之、乃得二黄金一。自レ是宦学、並有二方名一」(後漢書、応劭伝)。礼記疏に「宦、謂レ学二仕官之事一、学、謂三習二学六芸一」とある。「クヮンガク」と音よみが可。

一八 朝廷の要務を司る者として適格であること。

一九 公卿補任天長八年(八三一)の条に嵯峨天皇第一源氏源信が天長二年(八二五)十月二十日従四位上、同じく第三源氏源常が天長五年(八二八)正月二十四日従四位下に叙せられたとある。直叙(じきじょ)。

二〇 公卿補任天長九年(八三二)の条に嵯峨天皇第六源氏の源定が正月七日従三位に直叙したとある。

二一 本朝皇胤紹運録によれば、男子で源信以下十七名、女子で源貞姫以下十五名計三十二名の名が見える。この賜姓の人数の考え方に男子のみを採る場合もあり、また伝写の間に錯乱もありうるし的確にはわからない。なお歴代の賜姓については、平田俊春氏の「日本古典の成立の研究」第四篇第一章「神皇正統記の成立」を参照されたい。

二二 公卿補任貞元二年(九七七)の条に「左大臣従二位源兼明、六十四。皇太子傅。四月二十四日有レ勅為二親王一。即叙二品。十二月十日任中務卿云々」とある。前注七参照。

書王コレナリ〉。コノ後ハ皇子ノ姓ヲ給《たまはる》コトハタエニケリ。皇孫ニハアマタアリ。任大臣ヲ本《ほん》トシルスニヨリテコト〴〵ク〔八〕[一]ノセズ。チカクハ後三條ノ御孫ニ有仁《ありひと》ノ左大臣兼大將〈輔仁《すけひと》親王ノ男、白川院ノ御猶子ニテ直《ぢき》[二]ニ三位セシ人ナリ〉一世ノ源氏ニテ大臣ニノボレリ。カヤウニタマ〳〵大臣ニ至テモイヅレカ[三]二代ト相繼《つげ》ル。ホト〳〵[四]納言《なふごん》以上マデツタハレルダニマレナリ。雅信ノ大臣ノ末ゾヲ《(オ)》ノヅカラ納言マデモノボリテノコリタル。高明ノ大臣ノ後四代、大納言ニテアリシモハヤク絶ニキ。イカニモユヘ《(エ)》アルコトカトヲ《(オ)》ボヘ《(エ)》タリ。

皇胤《くわういん》[五]ノ貴種《きしゆ》ヨリ出《いで》ヌル人、蔭《おん》[六]ヲタノミ、イト才ナンドモナク、アマサヘ人ニヲ《(オ)》ゴリ、モノニ慢《まん》ズル心モアルベキニヤ。人臣[七]ノ禮ニタガフコトアリヌベシ。寛平[八]ノ御記ニソノハシノミエハベリシ也。後ヲモヨクカヾミサセ給ケルニコソ。皇胤ハ誠ニ他ニコトナルベキコトナレド、我國ハ神代ヨリノ誓《ちかひ》ニテ、君[九]ハ天照太神ノ御スヱ《(エ)》國ヲタモチ、臣ハ天兒屋《あめのこやね》ノ御流君《きみ》ヲタスケ奉ルベキ器《うつは》トナレリ。源氏ハアラタニ出タル人臣ナリ。徳[一〇]モナク、功モナク、高官ニノボリテ人ニヲ《(オ)》ゴラバ二《ふたはしらの》[一一]神ノ御トガメ有ヌベキコトゾカシ。ナカ〳〵[一二]上古ニハ皇子皇孫モオホクテ、諸國ニモ封《ふう》ゼラレ、將相《しやうしやう》ニモ任ゼラレキ。崇神天皇十年ニ始テ四人《よにん》ノ將軍ヲ任ジテ四道《しだう》[一三]ヘツカハサレシモ皆コレ皇族ナリ。景行天皇五十一年始テ棟梁《とうりやう》[一四]ノ臣ヲ置《おき》テ武内ノ宿禰ヲ任ズ。成務天皇三年ニ大臣《おほおみ》[一五]トス〈我朝大臣《だいじん》コレニ始ル〉。六代[一六]ノ朝ニツカヘテ執政タリ。此大臣《おほおみ》

一　青本により補。
二　「後賜㆓姓源㆒、即日叙㆓従三位㆒任㆓右近衛権中将㆒。諸臣不㆑叙㆓四位五位㆒。直叙㆓三位㆒之例、未㆓嘗有㆒者也」(台記、久安三年二月三日の条)。
三　底本「イツシカ」、青・静一・天村等により訂。
四　全部とはいわないまでも。ほとんど。
五　天皇の子孫という由緒ある血統。
六　門閥の余栄、父祖の遺勲などによって、特殊な待遇を得て官職につくこと。蔭位は父祖のおかげで賜わる位。その特殊な身分にあまえ、父祖の力に依存する。
七　人臣としてつくすべき礼節。
八　宇多天皇宸記十巻。寛平聖主記ともいう。醍醐・村上の宸記とあわせて三代御記という。完本は伝わらない。
九　五九・六九・九七・一二〇頁参照。
一〇　一九二頁に同じような表現がある。それは源氏の末流の足利高氏を筆誅したものであるが、ここもそれを暗ににおわせたもの。親房の理想とする天皇政治とは、正統な有徳の天皇とそれを輔佐する有能な臣下とを必須条件とするが、その際の臣下とは、藤原氏の摂関を意味し、その血統の優秀性をあくまで強調している。同じ輔佐の臣として源氏出身者はいかに有能卓抜であろうとも先天的に藤原氏に劣るという妙に卑下した語調が多い。
一一　↓九七頁注一九。
一二　「ナカナカ」は「オホクテ」にかかる。それ相当にずいぶん。とても。
一三　七三頁参照。
一四　↓七六頁注四。
一五　↓七六頁注一三。
一六　景行・成務・仲哀・応神・仁徳の五天皇と神功皇后の六朝。愚管抄第一に「大臣ハ武内宿禰。此大臣六代御ウシロミニテ二百八十余年ヲ経タリ」とある。

モ孝元ノ曾孫ナリキ。シカレド、大織冠氏《うぢ》ヲサカヤカシ[一七]、忠仁公政《まつりこと》ヲ攝《せつ》セラレシヨリ、モハラ輔佐《ふさ》ノ器《うつは》トシテ、[一八]立カヘリ、[一九]神代ノ幽契《いうけい》ノマヽニ成ヌルニヤ。閑院ノ大臣《おとど》冬嗣氏《うぢ》[二〇]ノ衰《おとろへ》タルコトヲナゲキテ、善ヲツミ功ヲカサネ、神ニイノリ佛ニ歸セラレケル、其シルシモ相クハヽリ侍ケンカシ。

[二一]此親王ゾマコトニ才モタカク德モオハシケルニヤ。其子[二二]師房《もろふさ》姓ヲ給《たまはり》テ人臣ニ列セラレシ、才藝古《いにしへ》ニハヂズ、名望世ニ聞《きこえ》アリ。十七歳ニテ納言ニ任ジ、數十年ノ間《あひだ》[二三]朝廷ノ故實《こじつ》ニ練ジ、大臣大將ニノボリテ、[二四]懸車《けんしや》ノ齡《よはひ》マデツカウマツラル。親王ノ女《むすめ》[二五]祇子《きし》ノ女王ハ[二六]宇治《うぢの》關白ノ室《しつ》ナリ。仍《よりて》此大臣ヲバ彼[二七]關白ノ子ニシ給テ、藤氏《とうじ》ニカハラズ、春日社《かすがのやしろ》ニモマイリ(ヰ)ツカウマツラレケリトゾ。又ヤガテ[二八]御堂ノ息女ニ[二九]相嫁《あひか》セラレシカバ、子孫モミナ彼《かの》外孫ナリ。コノユヘ(エ)ニ御堂・宇治ヲバ遠祖《とほつおや》ノ如クニ思ヘリ。ソレヨリコノカタ和漢ノ稽古《けいこ》ヲムネトシ、[三〇]報國ノ忠節ヲサキトスル誠《まこと》アルニヨリテヤ、此[三一]一流ノミタエズシテ十餘代ニオヨベリ。ソノ中ニモ行跡《かうせき》ウタガハシク、貞節オロソカナルタグヒハ、オノヅカラ衰《おとろへ》テアトナキモアリ。向後《きやうこう》ト云《いふ》トモツヽシミ思給ベキコト也。大カタ天皇ノ御コトヲシルシ奉ル中《なか》ニ、藤氏ノオコリハ所々ニ申侍ヌ。源《みなもと》ノ流《ながれ》モ久クナリヌル上ニ、正路ヲフムベキ一ハシヲ心ザシテシルシ侍ル也。君モ村上ノ御流一《ひと》トヲリ(ホ)ニテ[三二]十七代ニ成《なら》シメ給。臣モ此御スエ(ヱ)ノ源氏コソ相ツタハリタレバ、タヾ此君ノ德スグレ給ケルユヘ(エ)ニ餘慶《よきやう》アルカトコソアフギ申ハベレ。

一七 「栄ゆ」の他動詞。栄えるようにする。興隆する。 一八 本来のあるべき姿に立ち帰る。一時沈潜していたのが、はなやかな昔の姿に還元する。 一九 「幽契」は目に見えぬ深遠な、神仏のとりきめ。幽遠の神代において、二神の間にとりかわされた誓。

二〇 →一二〇頁注一〇。

二一 具平親王。筆を改めて再び源氏論に入る。

二二 後一条天皇の寛仁四年(一〇二〇)正月五日、十一歳で従四位下、同十二月二十六日、源氏賜姓、同閏十二月二十三日、侍従、十七歳で権中納言、承保四年(一〇七七)二月十七日七十歳で薨じた。この間六十年、納言以上でも五十四年。後一条・後朱雀・後冷泉・後三条・白河の五帝に奉仕した。

二三 朝廷の有職故実・儀式等の古例に通暁する。

二四 致仕の年齢。七十歳。漢の薛広徳の故事。退官に際し帝から贈られた安車を懸け、子孫に伝えて光栄を示した故事。

二五 親王の娘ではない。親王の娘は隆姫女王、宇治関白の室で高倉北政所ともいう。祇子は贈従三位。因幡守種成の女で師実の母(公卿補任巻九の師実が従三位した時の記載による)。

二六 藤原頼通。

二七 公卿補任巻九に、治安四年(一〇二四)師房十五歳で従三位、「関白左大臣頼通為レ子」とある。

二八 藤原道長。法成寺の阿弥陀堂すなわち無量寿院の名をとる。娘は尊子。母は従一位源倫子。

二九 男が女と縁を結んで夫婦となる。

三〇 国恩に報じ、君に忠節をつくすことを第一とする誠意を有する。

三一 師房の子、俊房と顕房。顕房の四世の孫通親の子、兄通光が久我流、弟通方が北畠流。

三二 七七頁の「代・世」論によれば「十七代」は誤り、十七世が正しい。

第六十三代、冷泉院《れいぜんゐん》。諱ハ憲平《のりひら》、村上第二ノ子。御母中宮藤原安子《やすこ》、[一]右大臣師輔《もろすけ》ノ女也。丁卯《ひのとうの》年即位、戊辰《つちのえたつ》ニ改元。コノ天皇[二]邪氣《じやき》オハシケレバ、即位ノ時[三]大極殿《だいごくでん》ニ出《いで》給コトモタヤスカルマジカリケルニヤ、紫宸殿《ししんでん》ニテ其禮《れい》アリキ。二年バカリシテ讓國。六十三歳オハシマシキ。

此御門ヨリ[四]天皇ノ號ヲ申サズ。又[五]宇多《うだ》ヨリ後、諡《おくりな》ヲタテマツラズ。遺詔《ゆゐぜう》アリテ[六]國《こく》忌《き》・山陵《さんりよう》ヲオカレザルコトハ[七]君父《くんぷ》ノカシコキ道ナレド、尊號ヲトヾメラルヽコトハ[八]臣子ノ義ニアラズ。神武以來《このかた》ノ御號モ皆後代ノ定《さだめ》ナリ。持統・元明ヨリ以來《このかた》[九]避位或《は》出家ノ君モ諡ヲタテマツル。天皇トノミコソ申メレ。[一〇]中古ノ先賢ノ議ナレドモ心ヲエヌコトニ侍ナリ。

第六十四代、第三十五世、圓融院《ゑんゆうゐん》。諱ハ守平《もりひら》、村上第五ノ子、冷泉同母ノ弟也。己巳《つちのとみの》年即位、庚午《かのえうま》ニ改元。天下ヲ治給コト十五年。禪讓、尊號ツネノ如シ。翌年《ツギノ》ノ程ニヤ御出家。永延《えいえん》ノ比、寛平ノ例《れい》ヲオフ(ウ)テ、東寺《とうじ》ニテ[一一]灌頂《くわんちやう》セサセ給。御師《おんし》ハスナハチ寛平ノ御孫弟子《でし》寛朝《くわんでう》僧正ナリ。三十三歳オマシ〳〵キ。

第六十五代、花山《くわさん》院。諱ハ師貞《もろさだ》、冷泉第一ノ子。御母皇后藤原懷子《かねこ》、攝政太政大臣伊尹《これまさ》ノ女也。甲申《きのえさるの》年即位、乙酉《きのととり》ニ改元。天下ヲ治給コト二年アリテ、俄《にはか》ニ[一二]發心《ほつしん》シテ花山寺《くわざんじ》ニテ出家シ給。[一三]弘徽殿《こきでん》ノ女御《にようご》〈太政大臣爲光《ためみつ》ノ女也〉カクレテ悲歎《かなしみなげき》マシケルオリ(ヲ)ヲエテ、粟田關白道兼《みちかね》ノオトヾノイ

一 底本「左大臣」、静一・近・大等により訂。
二 精神錯乱。「冷泉院御位ノ時、現御心モナク御物狂ハシク御坐ケレバ、ナガラヘテ天下ヲ知召サン事モイカガト思食ケルニ」(源平盛衰記一六)。
三 大内裏朝堂院内の北部中央の正殿。殿の中央に高御座を置く。朝賀・即位・大嘗会等の大儀の節出御。ここは即位礼。
四 唯一の例外は遺詔による後醍醐天皇。安徳天皇は特別の事情による除外例。院は本来譲位後のその天皇の住所を意味したが、今後は院即天皇となり、院政の出現とともにこの名分の乱れがそのまま政治の混乱と結びついた。
五 →補注三三。 六 →補注三四。
七 次の天皇や群臣の上を案じて、万事を簡素にし、その苦を除こうとすることは、君父として賢明な思いやりのある処置。
八 醍醐天皇が宇多上皇に尊号を奉られたのにこれを停止されたこと。菅原道真が宇多上皇の命でその文章を作成した。
九 「願避レ位以譲レ之」(王禹偁、待漏院記)。
一〇 正統記に親房が中古の君臣の代表者として支持し敬服し大書した人々によって行なわれたことに思い到った慷慨の言。断じて承服することはできぬの意。
一一 →補注二三。
一二 発意。「期二求正真道一、名為二発心一」(維摩経、慧遠疏)。菩提心を発起して出家入道すること。「俄ニ」は「あさましくさぶらひしことは、人にも知らせたまはで、みそかに花山寺におはしまして御出家入道二(大鏡第一巻)とあるように、粟田殿の謀略の意を含めている。
一三 禁中の後宮の一。「女御」の称は桓武天皇のころから起こる。皇后と更衣との中間の位で、天皇の御寝に侍る女。為光の女忯子。寛和元年(九八五)七月十八日、懐妊中病没。

マダ[一四]藏人辨《くらうどのべん》トキコエシ比ニヤ、[一五]ソヽノカシ申テケルトゾ。山々ヲメグリテ修行セサセマシシガ、後ニハ都ニカヘリテスマセ給ケリ。是モ御邪氣アリトゾ申ケル。四十一歳オマシ〳〵キ。

第六十六代、第三十六世、一條《いちでう》院。諱ハ懷仁《かねひと》、圓融第一ノ子。御母皇后藤原詮子《せんし》〈後ニハ東三條院ト申。[一六]后宮《こうぐう》院號ノ始也〉、攝政太政大臣兼家《かねいへ》ノ女ナリ。花山ノ御門《みかど》神器ヲステテ宮ヲ出給シカバ、太子ノ外祖ニテ兼家ノ右大臣オハセシガ、内《うち》ニマイ(ヰ)リ、[一七]諸門ヲカタメテ讓位ノ儀ヲオコナハレキ。新主モオ(ヲ)サナクマシ〳〵シカバ、攝政ノ儀フルキガゴトシ。丙戌《ひのえいぬの》年即位、丁亥《ひのとゐ》ニ改元。

ソノノチ攝政病ニヨリ[一八]嫡子《ちやくし》内大臣道隆《みちたか》ニ讓《ゆづり》テ出家、猶[一九]准三宮《じゆさんぐう》ノ宣《せん》ヲ蒙《かうぶる》〈執政ノ人出家ノ始也。ソノ比ハ出家ノ人ナカリシカバ、[二〇]入道殿トナン申。仍《よりて》源ノ滿仲《まんぢゆう》出家シタリシヲハベカリテ[二一]新發《しんぼち》トゾ云ケル〉。此道隆始テ大臣ヲ辭《じし》テ前官《ぜんくわん》ニテ關白セラレキ〈前官ノ攝政モコレヲ始トス〉。病《やまひ》アリテ其子内大臣伊周《これかた》シバラク相カハリテ内覽《ないらん》セラレシガ、相續シテ關白タルベキヨシヲ存《ぞん》ゼラレケルニ、道隆カクレテ、ヤガテ弟右大臣道兼ナラレヌ。[二二]七日ト云シニアヘナクウセラレニキ。其弟ニテ道長《みちなが》、大納言ニテオハセシガ内覽ノ宣ヲカウブリテ左大臣マデイタラレシカド、延喜・天暦ノ昔ヲオボシメシケルニヤ、關白ハヤメラレニキ。三條ノ御時ニヤ、[二三]關白シテ、後一條ノ御世ノ初、外祖ニテ攝政セラル。兄弟オホクオハセシニ、此大臣ノナガレ一《ひとつ》ニ攝政關白ハシ給ゾカシ。昔モイカ

一四 蔵人で弁を兼ねたもの。弁には大・中・少弁がある。時に蔵人左少弁。「弁七人。名家譜第任レ之。多者先補二五位蔵人一、仍任レ弁也。蔵人帯レ之頗清撰也」(職原鈔上)。

一五 「粟田殿、花山院すかしおろしたてまつり」(大鏡第四巻)。道兼が兼家と協力、外孫の皇太子を擁立しようとたくらみ、出家を勧めあざむいたこと。

一六 女院号の始め。太上天皇を院と呼ぶに対し、皇太后・准母等を女院という。「母后(詮子)入道せさせ給ひて、太上天皇とひとしき位にて、女院と聞こえさせき」(岩瀬本大鏡)。なお「皇后」は皇太后が正しい。

一七 謀略による譲位のため、万一を恐れて皇宮の諸門を閉じたのである。

一八 父が世継と定めた嗣子。長男とは限らない。正妻の子を中心に考える場合もあれば、生母の如何、出生の順の如何によらぬ場合もある。

一九 皇后・皇太后・太皇太后の三宮に准ずる意。三公の上に位する人臣の極位。特別の殊遇で、摂政良房が初例。

二〇 「入道殿」の殿は殿下の意(大鏡第一巻)。もとは三位以上の出家入道者を入道、以下を新発意とよんだ。兼家が入道殿、道隆が後入道殿、また後入道殿に対して兼家を大入道殿ともいう。

二一 新発意の通称。しぼち。

二二 世に七日関白という。正暦六年(九九五)二月二十六日道隆病のため辞表提出、勅許なく、三月二十九日病の間、伊周内覧の宣旨があったが、四月十日薨去。五月二日道兼関白、同八日薨去(四月二十七日関白になったとの説もある)。

二三 道長を御堂関白というが、関白に任じた確証はない。栄花物語見はてぬ夢の条には「今は関白殿と聞えさせて」とある。「大納言道長卿蒙二関白詔一之由云々。仍取二案内一、頭弁示送云、非二関白詔一。宮中雑事准二堀川大臣例一可レ行也者」(小右記、長徳元年五月十一日の条)。

ナルユヘ(ヱ)ニカ、昭宣公ノ三男ニテ貞信公、貞信公ノ二男ニテ師輔ノ大臣ノナガレ、師輔ノ三男ニテ東三條ノオトヾ、東三條ノ三男ニテ〈道綱《みちつなの》大將ハ一男歟。サレド三弟[一]ニコサレタリ。仍《よりて》道長ヲ三男トシルス〉コノオトヾ、ミナ[二]父ノ立《たて》タル嫡子ナラデ、自然《じねん》ニ家ヲツガレタリ。祖神《そじん》[三]ノハカラハセ給ヘル道ニコソ侍リケメ〈イヅレモ[四]兄ニコエテ家ヲツタエ(ヘ)ラルベキユヘ(ヱ)アリト申コトノアレド、コトシゲ[五]ケレバシルサズ〉。

此御代ニハサルベキ上達部《かんだちめ》[六]・諸道[七]ノ家々・顯密ノ僧マデモスグレタル人オホカリキ。サレバ御門《みかど》モ「ワレ[八]人ヲ得タルコトハ延喜・天暦ニマサレリ。」トゾ自歎《みづからたん》ゼサセ給ケル。

天下ヲ治給コト二十五年。御病ノ程《ほど》ニ讓位アリテ出家セサセ給。三十三歳オマシ〳〵キ。

第六十七代、三條院《さんでう》。諱〔八〕居貞《ゐやさだ》[九]、冷泉第二ノ子。御母皇太后藤原超子《のてうし》、コレモ攝政兼家ノ女也。花山院世ヲノガレ給シカバ、太子ニ立給シガ、御邪氣[一〇]ノユヘ(ヱ)ニヤ、オ(ヲ)リ〳〵御目ノクラクオハシケルトゾ。辛亥《かのとゐの》年即位、壬子《みづのえね》ニ改元。

天下ヲ治給コト五年。尊號アリキ。四十二歳オマシ〳〵キ。

第六十八代、後一條院《ごいちでう》。諱〔八〕敦成《あつヒラ》[一一]、一條第二ノ〔子〕[一二]。御母皇后藤原彰子《しやうし》〈後ニ上《じやう》東《とう》門院ト申〉、攝政道長ノ大臣ノ女也。丙辰《ひのえたつの》年即位、丁巳《ひのとみ》ニ改元。外祖道長ノオトヾ攝政セラレシガ、ノチニ攝政ヲバ嫡子頼通《よりみち》ノ内大臣ニオハセシニユヅリ、猶太政大

一 道長は東三条大殿(兼家)の五男、貞信公は昭宣公(基経)の四男が正しいが、ここの数え方は「任大臣」の者のみを数えてのことである。
二 以上三人すべて。
三 天児屋命。
四 大鏡第五巻に「この鎌足のおとゞよりのつぎ〳〵、いまの関白殿まで十三代にやならせ給ぬらん。その次第をきこしめせ。藤氏と申せば、ただ藤原をばさいふなりとぞ、人はおぼさるらん。さはあれど、本末しる事はいとありがたき事也」とあるように、十三代のうち長男は冬嗣の子長良が一人あるだけで、いわゆる「父ノ立タル嫡子」ではない。そこに本末嫡庶の問題もあれば、本人の才不才、余慶の有無等複雑な条件があるわけである。
五 一々書いてゆくと、長たらしくわずらわしいので省筆する。
六 三公九卿の総称。ここは広く朝廷の人々。
七 医方・陰陽・明経・紀伝・明法・算道・管絃等の諸道。八「すべて帝賢王におはしけるにや、才臣智僧よりはじめて、道々のたぐひにいたるまで、皆其名を得たり。(中略)帝も我人を得たる事延喜天暦にも越たりとぞ御自歎有けるとなり」(十訓抄第一)。続本朝往生伝には「時之得レ人也於レ斯為レ盛」とあり、具平親王・道長・伊周以下数十人の人名をかかげ、「皆是天下之一物也」としている。「やさしき女房」も輩出した。九 静二・大・青等により補。
一〇「主上御目、冷泉院御邪気所為云々」(小右記、長和四年五月四日の条)。「逐日脚病発動、進退無レ便、目又不レ見。先々帝王有二如レ此之恙一乎」(同、長和三年十二月四日の条)。「上はともすれば、御心あやまりがちに、御物の怪さまざま起らせ給へば、静心なく思し召されて」(栄花物語、玉の村菊)。一一 国・静一・静二等により補。
一二 国・書・大等により補。

臣ニテ、天皇御元服ノ日、[一三]加冠《かくわん》・[一四]理髪父子《りはつふし》ナラビテ[一五]勤仕《きんし》セラレシコソメヅラシク侍シカ。

冷泉・圓融ノ兩流カハル〳〵シラセ給シニ、三條院カクレ給テノチ、御子敦明《あつあきら》ノ御子、太子ニヰ給シガ、[一六]心トノガレテ院號カウブリテ小《こ》一條院ト申キ。コレヨリ冷泉ノ御流ハタエニケリ。冷泉ハコノカミニテ御スヘ(ヱ)モ正統トコソ申ベカリシニ、昔天暦《てんりやくの》御時元方《もとかた》ノ民部卿ノムスメ[一七]御息所《みやすどころ》、一《いち》ノミコ廣平《ひろひら》親王ヲウミタテマツル。[一八]九條殿ノ女御《にようご》マイ(ヰ)リ給テ、第二ノ皇子〈冷泉ニマシマス〉イデキ玉ヒシ比ヨリ、[一九]惡靈《あくりやう》ニナリテコノミコモ邪氣ニナヤマサレマシキ。花山院ノ俄《にはか》ニ世ヲノガレ、三條院ノ御目ノクラク、此東宮ノカクミヅカラシリゾキ給ヌルモ怨靈《をんりやう》ノユヘ(ヱ)ナリトゾ。圓融モ一腹《ひとつはら》ノ御弟ニオハシマセド、コレマデハナヤマシ申サザリケルモシカルベキ繼體ノ御運マシ〳〵ケルニコソ。[二〇]東宮シリゾキ給シカバ、此天皇同母ノ御弟敦良《あつながの》親王立給キ。天皇モ御子ナクテ、彼《かの》東宮ノ御末ゾ繼體セサセ給ヌル。

天皇天下ヲ治給コト二十年。二十九歳オマシ〳〵キ。

第六十九代、第三十七世、後朱雀院《ごすざく》。諱[二一]〔八〕敦良《あつなが》、後一條同母ノ弟也。丙子《ひのえねの》年即位、丁丑《ひのとうし》ニ改元。天皇賢明ニマシ〳〵ケルトゾ。サレド其比[二二]〔執《しつ》〕柄《へい》權ヲホシキマヽニセラレシカバ、御政《まつりこと》ノアトキコエズ。無念《むねん》ナルコトニヤ。長久ノ比[二三]内裏《ちやうきうころだいり》ニ火《ひ》アリテ、神鏡燒給《しんきやうやけたまふ》。猶靈光《れいくわう》ヲ現《げん》ジ給ケレバソノ灰ヲアツメテ安置《あんぢ》セラレキ。

一三 寛仁二年(一〇一八)正月三日、帝十一歳で元服。「加冠」は引入(ひきいれ)と同じ。元服に際し冠をかむらせること。烏帽子親のたぐい。
一四 御髪揚(みぐしあけ)。前項の時、冠者の頭髪をくしをもっておさめること。
一五 その役を相つとめる。父子が天皇元服に光栄ある役を同時に勤めたのは誠に珍らしいことだが、道長の当時の威勢をもってして初めて可能なことである。
一六 自分の意志によって。親王は三条天皇の第一皇子であったが、母は左大将済時の女で、道長から疎んぜられたので皇太子の位を辞退せざるを得なかったのである。それを自由意志のように表現している。時に寛仁元年(一〇一七)八月九日、二十五歳。太上天皇に准じ院号を賜わり、年官・年爵を受領された。一七 天皇の御休息所。転じて天皇の御寝に侍する宮女。皇子・皇女を生んだ女御・更衣の尊称ともなる。ここは更衣の祐姫。一八 右大臣藤原師輔の女、安子。第二皇子は憲平親王で天暦四年(九五〇)五月十四日誕生。
一九 憲平親王は一歳で立太子、その四歳の天暦七年(九五三)三月元方は死去。憲平親王の誕生と元方の焦慮とを栄花物語、月の宴に「世のおぼえことに騒ぎののしりたり。元方の大納言かくと聞くに、胸塞がる心地して、物をだに食はずなりにけり。いといみじくあさましき事をもしあやまつべかめるかなと、物思ひ尽きぬ胸をやみつつ、病つきぬる心地して、同じくは今はいかで疾く〳〵死なんとのみ思ふぞ、けしからぬ心なるや」と評している。やがて祐姫も死に、元方とともに怨霊となって、冷泉院一統をなやました。二〇 敦明親王。二一 静一・近・大等により補。二二 静二・天一・山二等により補。
二三 「内侍所神鏡在二灰燼中一焼損。神鏡在二灰燼中一。(中略)令レ求レ之、僅奉レ得二御体一。即奉レ褁入二折櫃一」(百練抄、長久元年九月九日の条)。

天下ヲ治給コト九年。三十七歳オマシ〳〵キ。

第七十代、後冷泉院《ごれいぜん》。諱[一]〔八〕親仁《ちかひと》、後朱雀第一ノ子。御母贈皇太后藤原嬉子《きし》〈本ハ尚侍《ないしのかみ》〉、攝政道長ノオトヾ第三ノ女ナリ。乙酉《きのととりの》年卽位、丙戌《ひのえいぬ》改元。此御代[二]ノスエ（エ）ツカタ、世ノ中ヤスカラズキコエキ。陸奥《みちのおく》ニモ貞任《さだたふ》・宗任《むねたふ》ナド云シ者、國ヲミダリケレバ、源《みなもとのよりよし》頼義ニ仰《おほせ》テ追討セラル〈頼義陸奥守ニ任ジ、鎮[三]守府ノ〔將〕軍ヲ兼《けん》ス。彼家《かのいへ》鎮守將軍ニ任ズル始也。曾祖父經基《つねもと》ハ征東副將軍タリキ〉。十[四]二年アリテナムシヅメ侍ケル。

此君御子マシマサザリシ上、後[五]朱雀ノ遺詔《ゆゐぜう》ニテ、後三條東宮ニヰ給ヘリシカバ、繼體ハカネテヨリサダマリケルニコソ。

天下ヲ治給コト二十三年。四十四歳オマシ〳〵キ。

第七十一代、第三十八世、後三條院《ごさんでう》。諱〔[六]八〕尊仁《たかひと》、後朱雀第二ノ子。御母中宮禎《てい》子内親王《しないしんわう》〈陽明《やうめい》門院ト申〉、三條院ノ皇女也。後朱雀ノ御素意《おんそい》[七]ニテ太弟ニ立《たち》給キ。又三條ノ御末ヲモウケ給ヘリ。ムカシモカヽルタメシ侍キ。兩流ヲ内外《ないぐわい》ニ〈欽明《きんめい》[八]天皇ノ御母手白香《たしらか》ノ皇女、仁賢《にんけん》天皇ノ御女、仁徳《にんとく》ノ御後也〉ウケ給テ繼體ノ主トナリマシマス。戊申《つちのえさるの》年卽位、己酉《つちのととり》ニ改元。

此天皇東宮ニテ久《ひさし》[九]クオハシマシケレバ、シヅカニ和漢ノ文《ふみ》、顯密ノ敎《をしへ》マデモクラカラズシラセ給。詩哥《しいか》[一〇]ノ御製モアマタ人ノ口ニ侍《はべる》メリ。後冷泉ノスエ（ニ）ザマ世ノ中アレテ民[一一]間ノウレヘアリキ。四月《うづき》ヨリ位《くらゐ》ニヰ給シカバ、イマダ秋[一二]ノ（ヲ）オサメニモオヨバ

一 国・静一・静二等により補。
二 天皇の永承七年(一〇五二)末法に入り、疫病流行・皇宮社寺の焼亡・天変怪異・兵乱が諸国に及び、流罪の多かったことなど世情が不穏であった。
三 昔陸奥国多賀城(後には胆沢郡)におかれた、辺要を守り、蝦夷を鎮定した府。長官を将軍とし三位以上の者が任ぜられた場合大将軍という。「将」、静二・青・書等により補。
四 十二年間は永承六年(一〇五一)から康平五年(一〇六二)までの十二年をいう。前九年・後三年をあわせての十二年ではない。神明鏡上に「永承六年辛卯ヨリ今年壬寅十二年極レリ」、「十二年ノ先途只今也トテ合掌シテ」とある。「十二年合戦絵」などの存在によって知られる通りである。なお大系本宇治拾遺物語の補注五〇参照。
五 「上東門院によく仕うまつり給へ。二の宮思ひ隔てずおぼせなど申させ給へば、御顔に袖をおしあてておはします」(栄花物語、根合)。二の宮は後三条院。
六 静二・青・国等により補。
七 前々からの意志。寛徳二年(一〇四五)正月十六日、十二歳で立太子。
八 底本「御女」まで本文となる。訂。後朱雀院の血統は父方で内、三条院の血統は母方で外。九二頁参照。
九 三十五歳で即位までの二十四年間。「後三条院ハ春宮ニテ二十五年マデオハシマシテ、心シヅカニ御学問アリテ、和漢ノ才智ヲキハメサセ給ノミニアラズ」(続古事談第一)。
一〇 学士実政の甲斐守赴任の時に贈られた詩歌など。「州民縦作二甘棠詩一莫レ忘二多年風月遊一」。わすれずは同じ空とは月を見よ程は雲居にめぐりあふまで」(古事談第一)。新古今集・今鏡・十訓抄などにも見える。天皇の御製は後拾遺集三首・新古今集一首・続古今集二首・玉葉集一首入撰。
一一 疫病・凶作・地異などによる、人民の間の心配ごと。
一二 秋の稲のとり入れ。

ヌニ、世[一三]ノ中ノナヲ《(ホ)》リニケル、有徳《うとく》ノ君ニヲ《(オ)》マシ〳〵ケルトゾ申傳ハベル。始テ[一四]記《き》録所《ろくしよ》ナンド云所オカレテ國ノオトロヘタルコトヲナヲ《(ホ)》サレキ。延喜・天暦ヨリコナタニハマコトニカシコキ御コトナリケンカシ。

天下ヲ治給コト四年。太子ニユヅリテ尊號アリ。後ニ出家セサセ給。此御時ヨリ執柄ノ權オサヘラレテ、君ノ御ミヅカラ政《まつりこと》ヲシラセ給コトニカヘリ侍ニシ。サレドソノコロマデモ讓國ノ後、院中ニテ政務《せいむ》アリトハミエズ。四十歳オマシ〳〵キ。

第七十二代、第三十九世、白河《しらかは》院。諱ハ貞仁《さだひと》、後三條第一ノ子。御母贈皇太后藤原茂子《もちこ》、贈太政大臣能信《よしのぶ》ノ女、實《まこと》ハ[一五]中納言公成《きんなり》ノ女也。壬子《みづのえね》年即位、甲寅《きのえとら》ニ改元。古《いにしへ》ノアトヲオコサレテ野《の》[一六]ノ行幸《ぎやうかう》ナンドモアリ。又白河ニ[一七]法勝寺《ほつしようじ》ヲ立《たて》、九重《くぢゆう》ノ塔婆《たふば》ナドモ昔ノ[一八]御願《ごぐわん》ノ寺々《てらでら》ニモコエ、[一九]タメシナキホドゾツクリト〻ノヘサセ給ケル。コノヽチ代[二〇]ゴトニウチツヾキ[二一]〔御〕《ご》願寺《ぐわんじ》ヲ立ラレシヲ、造寺熾盛《ざうじシじやう》ノソシリ有キ。造作《ざうさく》ノタメニ諸國ノ[二二]重任《ちようにん》ナンド云コトオホクナリテ、受領《ずりやう》ノ[二三]功課《こうくわ》モタヾシカラズ、封戸《ふこ》・庄園《しやうゑん》アマタヨ[二四]セヲ《(オ)》カレテ、マコトニ國ノ費《つひえ》トコソ成侍《なりはべり》ニシカ。

天下ヲ治給コト十四年。太子[二五]〔ニ〕ユヅリテ尊號アリ。世ノ政《まつりこと》ヲハジメテ院中ニテシラセ給。後ニ出家セサセ給テモ猶ソノマヽニテ御一期《おんいちご》[二六]ハスゴサセマシ〳〵キ。[二七]オリヰニテ世ヲシラセ給コト昔ハナカリシナリ。孝謙脱屣《だつし》[二八]ノ後《のち》ニゾ廢帝《はいたい》ハ位ニヰ給バカリトミエタレド、古代ノコトナレバタシカナラズ。嵯峨・清和・宇多ノ天皇

一三「コノ御門世ヲ知セ給テ後世中ミナ治リテ、今ニイタルマデソノ名残ニナン侍ケル。タケキ御心モヲハシナガラ、マタナサケ多クゾヲハシマシケル」(今鏡巻一)。

一四 新立の荘園を停止し、旧荘園の券契を正し、不法を検察した役所。後には土地に関する訴訟をも司る。「延久元年閏二月十一日、始置㆓記録庄園券契所㆒、寄㆓定人㆒。於㆓官朝所㆒始行㆑之」(百練抄第五)。 一五「中納言」は権中納言が正しい。長く参議で滞り、長久四年(一〇四三)正月権中納言、六月四十五歳で没。

一六 洛外の嵯峨野。狩猟等のための行幸。「此御時ぞ昔のあとを興させ給ふことは多く侍りし」(今鏡巻一)。承保三年(一〇七六)十月二十四日のこと。

一七「供㆓養法勝寺之九重塔幷薬師堂八角堂㆒。請僧百六十口。有㆓行幸㆒」(扶桑略記、永保三年十月一日の条)。八角九重の塔。今鏡巻一に詳しい。

一八 天皇・皇后の発願によって創建された寺。東大寺・仁和寺・醍醐寺などが古い。

一九「莫㆑不㆓周備㆒。云㆑仏云㆑堂荘厳甫就。(中略)法会勝概、冠㆓絶曩時㆒」(扶桑略記、承暦元年十二月十八日の条)。

二〇 六勝寺。法勝寺、堀河天皇の尊勝寺、鳥羽天皇の最勝寺、待賢門院の円勝寺、崇徳天皇の成勝寺、近衛天皇の延勝寺。

二一 国・天一・山二等により補。

二二 国司が一任四年の任期を過ぎてその国司に再任すること。造寺・造門等の功などによることが多いが、営利の目的ともなり害が多かった。

二三「功課」は考課が正しい。官吏の治績の判定評価。 二四 寺の造営・維持等の費用として寄進する。 二五 国・静一・近等により補。

二六 崩御までの四十三年間。残りの御一生。

二七 天皇の位を譲られた後。上皇として。

二八 →一二一頁注三〇。

モタヾユヅリテノカセ給。圓融《ゑんゆう》ノ御時ハヤウ/\[一]シラセ給コトモアリシニヤ。院ノ御前《おんまへ》ニテ攝政兼家ノオトヾウケ玉ハリテ、源ノ時中《ときなか》朝臣ヲ參議[二]ニナサレタルトテ、小野宮ノ實資《さねすけ》ノ大臣ナドハ傾《かたぶけ》申サレケルトゾ。サレバ上皇マシマセド、主上《しゆじやう》ヲサナクオハシマス時ハヒトヘニ執柄ノ政《まつりこと》ナリキ。宇治ノ大臣ノ世トナリテハ三代ノ君ノ執政ニテ、五十餘年權ヲモハラニセラル。先代ニハ關白ノ後ハ如在《じよさい》[三]ノ禮《れい》ニテアリシニ、[四]アマリナル程ニナリニケレバニヤ、後三條院、坊ノ御時ヨリアシザマニオボシメスヨシキコエテ、[五]御中《なか》ライ(ヒ)アシクテアヤブミオボシメスホドノコトニナンアリケル。踐祚ノ時即《すなはち》關白ヲヤメテ宇治ニコモラレヌ。弟ノ二條ノ教通《のりみち》ノ大臣、關白セラレシハコトノ外ニ其權モナクオハシキ。マシテ此御代ニハ院ニテ政《まつりこと》ヲキカセ給ヘバ、執柄ハタヾ職ニソナハリタルバカリニナリヌ。サレドコレヨリ又フルキスガタハ一變スルニヤ侍ケン。執柄世ヲオコナハレシカド、[六]宣旨《せんじ》・[七]官符《くわんぷ》ニテコソ天下ノ事ハ施行《しかう》セラレシニ、此御時ヨリ[八]院宣《ゐんぜん》・[九]廳御下文《ちやうのおんくだしぶみ》ヲオモクセラレシニヨリテ在位ノ君又位ニソナハリ給ヘルバカリナリ。[一〇]世ノ末ニナレルスガタナルベキニヤ。又[一一]城南《せいなん》ノ鳥羽《とば》ト云所ニ離宮《りきゆう》ヲタテ、土木《どぼく》ノ大《おほき》ナル營《いとなみ》アリキ。昔ハオリ位《ゐ》ノ君《きみ》ハ朱《す》雀《ざく》院ニマシマス。コレヲ[一二]後院《ごゐん》ト云。又[一三]冷然院ニモ〈然字《ぜんのじ》火《ひ》ノコトニハヾカリアリテ泉ノ字ニ改ム〉オハシケルニ、彼《かの》所々ニハスマセ給ハズ。白河ヨリノチニハ鳥羽殿《とばどの》ヲモチテ上皇[一四]御坐《ござ》ノ本所《ほんじよ》トハサダメラレニケリ。

一　本格的にではないが、そろそろ。
二　「院ノ仰ヲ伝テ参木ニナサレケリ。人々ヒソカニ云ケル、主上ノ御前ニアラズ。タチマチニ参木ヲナサルル事イカガアルベキトカタブキケリ」(続古事談第一)。
三　「祭如レ在、祭レ神如二神在一」(論語、八佾)。心もて神を敬い、神今在すという敬虔な態度を持すること。万機は天皇にありとして、節度ある臣下の礼をつくして、控え目にする。
四　頼通の態度が度を越しているのが眼にあまるくらい。
五　後三条天皇と頼通との交わり。関係。
六　天皇の勅旨。口宣と宣旨。上卿その旨をうけて外記に下知するもの。
七　太政官符。詔書を頒布する時、太政官からその被官にくだす文書。
八　勅宣に対していう。上皇・法皇の発する宣旨。
九　院の政庁。上皇・法皇の政をとる御所。そこから発せられる下文。下文はその文書の始終に「下(すくだ)」という文字を書くのでいう。摂政家政所・将軍家政所からも出すので、区別して「院ノ下文」という。
一〇　仏教の末法千年の「世ノ末」ではなく、わが国のあるべき本然の姿にもとる院政の出現を乱世の論拠とする。
一一　平安京の南。「離宮」は応徳三年(一〇八六)七月着工、翌年二月完工。「五畿七道六十余州皆共課役。(中略)洛陽営々無レ過二於此一矣。(中略)風流之美不レ可二勝計一」(扶桑略記、同三年十月二十日の条)。
一二　譲位後の天皇の御所。
一三　「冷泉院。大炊御門南堀川西。嵯峨天皇御宇此院累代後院。(中略)而依二火災一改二然字一為レ泉」(拾芥抄中)。
一四　常に御座あるように定められた御所。

御子堀河ノミカド・御孫鳥羽ノ御門・御ヒコ崇徳《すとく》ノ御在位マデ五十[一五]餘年〈在位ニテ十四年、院中ニテ四十三年〉世ヲシラセ給シカバ、院中[一六]《ゐんちゆう》ノ禮《れい》ナンド云コトモコレヨリゾサダマリケル。スベテ御心ノマヽニ久クタモタセ給シ御代也。七十七歳オマシ〱キ。

第七十三代、第四十世、堀河院《ほりかはゐん》。諱〔八〕[一七]善仁《たるひと》、白河第二ノ子。御母中宮賢子《けんし》、右大臣源顯房《みなもとのあきふさ》ノ女、關白師實《もろさね》ノオトヾノ猶子《いうし》也。丙寅《ひのえとら》ノ年卽位、丁卯《ひのとう》ニ改元。コノミカド和漢[一八]ノ才マシ〱ケリ。コトニ管絃[一九]《くわんげん》・郢曲[二〇]《えいきよく》・舞樂[二一]《ぶがく》ノ方《かた》アキラカニマシマス。[二二]神樂《かぐら》ノ曲《きよく》ナドハ今ノ世マデ地下[二三]《ぢげ》ニツタヘタルモコノ御說《ごせつ》也。

天下ヲ治給コト二十一年。二十九歳オマシ〱キ。

一五 底本・出・北本を除く諸伝本はすべて四十余年。堀河天皇の二十年八個月、鳥羽天皇の十五年六個月、崇徳天皇の六年七個月(大治四年(一一二九)七月七日法皇崩御)計四十二年九個月にわたって院政をされた。諸伝本はこの院政の期間を四十余年と見たのである。文意からすればこの方が正しい表記である。したがって、この注は五十余年を示すためのもので、後人の記入と見てはどうか。 一六 →補注三五。

一七 国・静一・近等により補。

一八 「和歌をも類なく好ませ給ひて」(今鏡、玉章)。帝によって催された歌合に、堀河院艶書合、また堀河院初度百首がある。組題百首の初めで後世に与えた影響も大きい。「道々の博士も、優れたる人多かる世」(同)で、帝は大江匡房を侍読として漢学を修められた。

一九 「竹曰レ管、糸曰レ絃」(風俗通)。いとたけ。笛・笙・ひちりきの類と、琴・琵琶・箏の類。

二〇 郢の曲。郢はシナの楚の地。今様・催馬楽・風俗・宴曲など謡物を広く総称していう。

二一 舞を伴う雅楽。シナから入った唐楽や朝鮮から入った高麗楽をもとにして、宮中で行なわれた雅楽。これらの方面に精通され堪能であったことは、教訓抄・続教訓抄・古今著聞集・古事談・続古事談に多数の話が残っている。

二二 続古事談第五諸道の条に、「神楽ハ近衛舎人ノシワザナリ」に始まる文中に、多氏一家を天皇が庇護されて、神楽の曲が伝承されたと見える。

二三 地下人。堂上・殿上に対して、五位以下で殿上の間に昇殿することを許されない官人。神楽の家々は代々地下人であった。「雅楽寮。頭。諸大夫、医陰両道の輩も是に任ず。助。地下の六位是に可レ任。か様の職は先祖のなり来りたるを執することなれば、あながちに勝劣なし」(百寮訓要抄)。

神皇正統記　下

第七十四代、第四十一世、鳥羽《とば》院。諱ハ宗仁《むねひと》、堀川《ほりかは》[一]第一ノ子。御母贈皇太后藤原茨子《じし》[二]、贈太政大臣實季《さねすゑ》ノ女也。丁亥《ひのとゐ》ノ年卽位、戊子《つちのえね》ニ改元。天下ヲ治給コト十六年。太子ニ讓《ゆづり》テ尊號アリ。

白河代ヲシラセ給シカバ、新院[三]トテ所々[四]ノ御幸《ごかう》ニモオナジ御車ニテアリキ。雪見[五]ノ御幸《ごかう》ノ日御烏帽子直衣《えぼしなほし》ニフカ沓《ぐつ》[六]ヲメシ、御馬ニテ本院[七]ノ御車ノサキニマシ〳〵ケル、世ニメヅラカナル事ナレバコゾリテミ奉リキ。昔弘仁《こうにん》[八]ノ上皇、嵯峨ノ院ニウツラセ給シ日ニヤ、御馬ニテミヤコヨリイデサセマシテ宮城ノ内《うち》ヲモト(ホ)ヲラセ給ヘリト云コトノミエ侍《はべり》シ、カヤウノ例《ためし》ニヤ有ケン。御容儀メデタクマシ〳〵ケレバ、キ[九]ラヲモコノマセ給ケルニヤ、裝束《しやうぞく》[一〇]ノコワクナリ(ヘ)烏帽子[一一]ノヒタイナンド云コトモ其比(ヒ)ヨリ出來《いでき》ニキ。花園[一二]ノ有仁《ありひと》ノオトド又容儀アル人ニテ、オホセアハセテ上下オナジ風ニナリニケルトゾ申メル。

白河院カクレ給テ後、政《まつりこと》ヲシラセ給。御孫ナガラ御子ノ儀ナレバ、重服《ぢゆうぶく》[一三]ヲキサセ給ケリ。コレモ院中ニテ二十餘年、ソノアヒダニ御出家アリシカド、猶世ヲシラ

一 堀河が正しい。二 底本「苡子」、静一・静二・竹等により訂。三 上皇・法皇が同時に二人ある時は、その治世の順序に従って、本院・新院、三人の時は、本院・中院・新院、または一の院・二の院・三の院と呼ぶ。新院は鳥羽上皇。四 天皇・上皇のいでまし。花見・月見・雪見・野(の)などの四季折々の御幸から神仏の信仰による熊野・石清水・高野御幸など数々ある。「本院新院常はひとつ御車にて御幸せさせ給へば」(今鏡、白河の花の宴)。五「雪の御幸せさせ給ひしに、(中略)都の内は一つ御車に奉りて、新院直衣に紅の打御衣いださせ給ひて、御馬に奉りけるこそ、いとめづらしく絵にも書かまほしく侍りけれ」(同)。六 雪や雨の日に用いる、草・わらなどで作った深いくつ。七 白河法皇。八 嵯峨上皇。弘仁十四年(八二三)九月十二日のこと。「太上天皇幸二嵯峨荘一。先レ是中納言藤原朝臣三守奏下可二行幸一状上。皇帝即勅二有司一、令レ設二御輿及仗衛一。太上天皇辞而不レ受。皇帝再三苦請、太上皇帝固辞。遂騎二御馬一無二前駆幷兵仗一」(日本後紀第三十一、逸文)。九 きらびやかなこと。華美。一〇 装束に強い糊をして、折目正しく、着用した時にかどだつようにする強(こわ)装束。従来の萎(えな)装束に対する。一一 烏帽子や冠の額をうるしで塗り固めたもの。「冠烏帽子ノヒタヒコソ心エベキコトナリ。近キ世ハウルシアツク塗ル故、冠烏帽子ノヒタヒ固クテ心ニ任カセヌ也」(浅浮抄)。一二 後三条天皇の皇子輔仁親王の男。源姓を賜わり、花園に住み左大臣となる。一三 喪に軽重の二つがある。父母の忌服を重服、その他を軽服という。一四 青・天村・大等により補。一五 伝本「五年戊申年」とあるものが多いが、「五年」は後の加

筆と見る。ここと同じ形式が一六五頁にある。底本の形が正しい。ただ戊申は天皇の大治三年(一一二八)、欽宗を金人がとりこにして北に逃げたのは建炎元年(一一二七)丁未(高宗南京に即位、建炎と改元)。戊申は高宗の建炎二年で、靖康三年は誤り。一六 揚子江を渡って南方にのがれること。シナの王室が追われて江南に偏安すること。一七 崇徳天皇は鳥羽上皇と待賢門院との間に生まれたが、その出生に関し上皇が不快を懐かれ、美福門院との間の近衛天皇を寵愛したこと。「是に依て、一院新院父子御中互に御不快にならせ給ふ。帝もことなる御咎もわたらせ給はねども御位を下しまいらせ給けり」(保元物語上)。一八 保元元年(一一五六)七月の保元の乱。一九 静一・静二・大等により補。二〇 愛を一身にあつめる。寵愛特にすぐれる。底本「鐘愛」、「鍾愛」が正しい。二一「今度の御位の事、新院させる由緒もなくをろされ給ひぬれば、御身こそ今はかへりつかせましまさずとも、御子の一の宮重仁親王はよものがれ給はじと万人思ひあへりしに」(保元物語上)。重仁親王は、かつて美福門院の養子になっていた関係もあり、崇徳上皇の正嫡であった。二二 色々と心中画策し苦慮されたけれども。二三 即位に先き立ちまず皇太子として立ち、その後即位するのが恒例であるが、この四宮(後白河天皇)は「うちこめられてましましし」(保元物語上)宮で、冷遇されがちであったが、近衛天皇が久寿二年(一一五五)七月二十三日崩御になったので、二十四日践祚、二十六日即位礼とあわただしく事が運ばれた特別の異例である。二四 継体の理論上、親房はこの時の皇位継承を凡慮を越えた、天照大神の下し給える命運の然らしめるものと見たのである。「コノ御返事ヲ大神宮ノ仰ト思候ハンズル也」(愚管抄第四)。この時の決定を最終的ならしめたことば。二五 大・青・山二等により補。

セ給キ。サレバ院中ノフルキタメシニハ白河・鳥羽ノ二代ヲ申侍《はべる》也。五十四歳[一四]〔オ〕マシ〳〵キ。

第七十五代、崇徳《すとく》院。諱ハ顯仁《あきひと》、鳥羽第一ノ子。御母中宮藤原璋子《しやうし》〈待賢《たいけん》門院ト申〉、入道大納言公實《きんさね》ノ女也。癸卯《みづのとう》ノ年即位、甲辰《きのえたつ》ニ改元。[一五]戊申《つちのえさるの》年、宋《そうの》欽宗皇帝靖康《せいかう》三年ニアタル。宋ノ政《まつりこと》ミダレショリ北狄《テキ》ノ金《きん》國起《おこり》テ上皇徽《キ》宗幷《ならび》ニ欽宗ヲトリテ北ニカヘリヌ。皇弟高宗江[一六]ヲワタリテ杭《カウ》州ト云所ニ都ヲタテテ行在所《あんざいしよ》トス。南渡《なんと》ト云ハコレ也。

此天皇天下ヲ治給コト十八年。[一七]上皇ト御中ラヒ心ヨカラデシリゾカセ給キ。保元《ほうげん》ニ、[一八]事アリテ御出家アリシガ、讚岐《さぬきの》國ニウツサレ給。四十六歳オマシ〳〵キ。

第七十六代、近衛《このゑ》院。諱ハ體《ナリ》仁、鳥羽第八ノ子。御母皇后藤〔原〕[一九]得子《とくし》〈美福《びふく》門院ト申〉、贈左大臣長實《ながさね》ノ女也。辛酉《かのととりの》年即位、壬戌《みづのえいぬ》ニ改元。

天下ヲ治給コト十四年。十七歳ニテ世ヲハヤクシマシ〳〵キ。

第七十七代、第四十二世、後白河《ごしらかは》院。諱ハ雅仁《まさひと》、鳥羽第四《の》子。崇徳同母ノ御弟也。近衛ハ鳥羽ノ上皇[二〇]鍾愛《しようあい》ノ御子也シニ、早世シマシ〳〵ヌ。崇徳ノ御子[二一]重仁《しげひと》親王ツカセ給ベカリシニ、モトヨリ御中《おんなか》心ヨカラデヤミヌ。上皇[二二]オボシメシワヅラヒケレド、コノ御門《みかど》タヽセ給。[二三]立太子モナクテスグニヰサセ給。今ハ此御末ノミコソ繼體シ給ヘ[二四]バシカルベキ天命トゾオボエ侍ル。乙亥《きのとゐ》ノ年即位、丙子《ひのえね》ニ改元。[二五]〔年〕號ヲ保元ト云。鳥羽[一]晏駕《あんが》アリシカバ天下ヲシラセ給。

　左大臣頼長《よりなが》トキコエシハ知足院《ちそくゐん》入道關白忠實《たださね》ノ[二]次郎也。法性寺《ほふしやうじ》關白忠通《ただみち》ノオトヾ此大臣ノ兄ニテ[三]和漢ノ才タカクテ、久《ひさしく》執柄《しつぺい》ニテツカヘラレキ。コノ大臣モ漢才ハタカクキコエシカド、[四]本性《ほんしやう》アシクオハシケルトゾ。父ノ愛子《あいし》ニテヨコザマニ申《まをし》ウケラレケレバ、[五]關白ヲオキナガラ藤氏《とうじ》ノ長者《ちやうじや》ニナリ、内覽ノ宣旨ヲ蒙《かうぶ》ル。長者ノ他人ニワタルコト、攝政關白ハジマリテハ其例《ためし》ナシ。内覽ハ昔醍醐ノ御代ノハジメツカタ、[六]本院ノ大臣ト菅家ト政《まつりごと》ヲタスケラレシ時、アヒナラビテ其號アリキト申メレドモ、本院モ關白ニハアラズ、其例《ためし》タガウ《(フ)》ニヤ。兄ノオトヾハ本性《ほんしやう》オダヤカニオハシケレバ、[七]オモヒイレヌサマニテゾスゴサレケル。[八]近衛ノ御門カクレ給シコロヨリ内覽ヲヤメラレタリシニ恨《うらみ》ヲフクミ、大方《おほかた》天下ヲ我《わが》マヽニトハカラレケルニヤ、崇徳ノ上皇ヲ申スヽメテ世ヲミダラル。父ノ法皇晏駕ノノチ七ケ日バカリヤアリケン。[九]忠孝ノ道カケニケルヨト見エタリ。法皇モカネテサトラシメ給ケルニヤ、平清盛《たひらのきよもり》・源義朝《みなもとのよしとも》等ニメシ仰テ、内裏ヲマボリ奉ルベキヨシ勅命《ちよくめい》アリキトゾ。上皇鳥羽ヨリイデ給テ白河ノ大炊殿《おほひどの》ト云所ニテ、スデニ兵ヲアツメラレケレバ、清盛・義朝等ニ勅《みことのりし》テ上皇ノ宮ヲセメラル。官軍[一〇]勝《かつ》ニノリシカバ、上皇ハ西山《にしやま》ノ方《かた》ニノガレ、左大臣ハ[一一]流矢《ながれや》ニアタリテ、奈良坂邊《ならざかのほとり》マデヲ《(オ)》チユカレケルガ、ツヰ《(ヒ)》ニ[一二]客死《かくし》セラレヌ。上皇御出家アリシカド猶讃岐ニウツサレ給。[一三]大臣《だいじん》ノ子共《ども》國々ヘツカハサル。[一四]武士ドモ

一 宮車晏駕。晩駕。天子の崩御に際し、百官万民ともにその柩車の発駕の少しでもおそいことを望む意。崩御をいう。

二 次男。次子。

三 「コノ頼長ノ公、日本第一大学生、和漢ノ才ニ富ミテ、腹アシクヨロヅニキハドキ人ナリケルガ、テテノ殿ニ最愛也ケリ。一日摂籙内覧ヲエバヤ〳〵トアマリニ申サレケルヲ」(愚管抄第四)。

四 性格がきつくてかどのあること。世に悪左府というが、悪は尋常の人物でなく圭角が多く人に親しまれぬ厳しさのあること。

五 →補注三六。

六 左大臣時平。「本院。中御門北堀川東一町、左大臣時平家。依二新制一勅勘之時籠居二此家一」(拾芥抄)。

七 別に深く気にかけぬこと。

八 「サル程ニ主上近衛院十七ニテ久寿二年七月ニウセ給ニケルハ、偏ヘニコノ左府ガ兕咀ナリト人云ヒケリ。院モヲボシメシタリケリ。証拠ドモモアリケルニヤ。カクウセサセ給ヌレバ、今ハ我身ハ一人内覧ニナリナントコソハ思ハレケンニ、例ニマカセテ大臣内覧辞表ヲアゲタリケルヲ、カヘシモタマハラデ後、次ノ年正月左大臣バカリハモトノゴトシトテアリケリ」(愚管抄第四)。

九 崇徳上皇としては父法皇に対する孝道にかけ、頼長は臣として、上皇をそそのかして臣の道にかけること。

一〇 勝ち戦の勢に乗ずる。

一一 それ矢。ねらいからそれて飛んできた矢。

一二 居所を離れて他国で死ぬること。

一三 兼長は出雲、師長は土佐、隆長は伊豆、長範は安房とそれぞれ配流された。

一四 源為義・平忠正以下七十余人死罪。

、モ多ク誅《ちゆう》ニフシヌ。ソノ中ニ源爲義《みなもとのためよし》トキコエシハ義朝ガ父也。イカナル御志カアリケン、上皇ノ御方ニテ義朝ト各別《かくべつ》[一五]ニナリヌ。餘《よ》ノ子共《こども》ハ父ニ屬《ぞく》シケルニコソ。軍《いくさ》ヤブレテ爲義モ出家シタリシヲ、義朝アヅカリテ誅セシコソタメシナキコトニ侍レ。[一六]嵯峨ノ御代ニ奈良坂ノタヽカヒアリシ後ハ、都ニ兵革《ひやうがく》[一七]ト云コトナカリシニ、コレヨリミダレソメヌルモ時運《じうん》ノクダリヌルスガタトゾオボエハベル。

此君ノ御乳母《めのと》[一八]ノ夫《をつと》ニテ少納言通憲《みちのり》法師ト云シハ、藤家[一九]ノ儒門《じゆもん》ヨリ出タリ。宏才博《くわうさいはく》覧《らん》ノ人ナリキ。サレド時ニアハズシテ出家シタリシニ、此御世ニイミジク用《もちゐ》ラレテ、内々《ないない》[二〇]ニハ天下ノ事サナガラハカラヒ申ケリ。大内《だいだい》[二一]ハ白河ノ御代ヨリ久《ひさしく》荒廢シテ、里内《りだい》[二二]ニノミマシ〳〵シヲ、ハカリコトヲメグラシ、國ノツヰ(ヒ)エモナクツクリタテテ、タエタル公事《くじ》[二三]ドモヲ申ヲ(オ)コナヒキ。スベテ京中[二四]ノ道路ナドモハラヒキヨメテ昔ニカヘリタルスガタニゾアリシ。

天下ヲ治給コト三年。太子ニユヅリテ、例《れい》ノゴトク尊號アリテ、院中ニテ天下ヲシラセ給コト三十餘年。ソノアヒダニ御出家アリシカド政務ハカハラズ。白河・鳥羽兩代ノゴトシ。サレドウチツヾキ[二五]亂世ニアハセ給シニゾアサマシケレ。五代[二六]ノ帝ノ父祖《ふそ》ニテ、六十六歳オマシ〳〵キ。

第七十八代、二條《にでう》院。諱ハ守仁《もりひと》、後白河ノ太子。御母贈皇太后藤原懿子《いし》、贈太政大臣經實《つねさね》ノ女也。戊寅《つちのえとら》ノ年即位、己卯《つちのとう》ニ改元。年號ヲ平治《へいぢ》ト云。

一五 それぞれ別行動をとる。離ればなれになる。
一六 弘仁元年(八一〇)の仲成・薬子の乱。一一〇頁参照。
一七 武器と甲冑。「願保レ塞伝ニ之無窮一、辺垂長無ニ兵革之事一」(漢書、元帝紀)。戦争のこと。
一八 母に代わって、乳をあたえ幼児を育てる女。通憲の妻は紀の二位朝子。
一九 「進士蔵人実兼が子也。儒胤をうけて儒業を伝へずといへども、諸道を兼学して諸事に闇からず。九流を渡て百家にいたる。当世無双の厚才博覧也」(平治物語上)、通憲の父は進士、祖父は大学頭。藤原四家の一である南家の系統。
二〇 非公式ながら。地位も少納言、入道の身であるから正式にはその地位にない。「後白川の上皇の御乳母紀伊二位の夫たるに依て、天下の大小事を執行ひ」(同前)とある。
二一 大内裏は白河天皇永保二年(一〇八二)七月二十九日炎上。「大内は久く修造なくして殿舎傾危し楼閣も荒廃せり。(中略) 信西一両年が間に修造して遷幸をなし奉る。(中略) 成風の功歳をへて、民の歎もなく、不日に成りし事不思議にぞ覚えける」(平治物語上)。愚管抄第五にも詳しい。
二二 大内裏に対し、事情があって設けられた仮の皇居。皇妃の出産は多く外戚の私邸で行なわれ、皇子・皇女はそこで育つ。里内裏の一種。
二三 「ひとへに世の中をとり行ひて、古き跡をもおこし、新しき政をも速かに計ひ行ひけり」(今鏡、内宴)。「公事」は朝廷の政務・諸儀式。
二四 「都の大路どもなどは鏡の如く磨き立てて、つゆきたなげなる所もなかりけり。末の世ともなく、かく治まれる世の中、いとめでたかるべし」(今鏡、大内わたり)。
二五 平治の乱から平氏の滅亡までの度々の戦乱。
二六 二条・六条・高倉・安徳・後鳥羽の五天皇。

[一]右衛門督藤原信頼《のぶより》ト云人アリ。上皇イミジク寵《ちよう》セサセ給テ天下ノコトヲサヘマカセラル丶マデナリニケレバ、ヲ(オ)ゴリノ心キザシテ近衛《の》[二]大將ヲノゾミ申《まをし》シヲ通憲法師[三]イサメ申テヤミヌ。其時　源《みなもとの》義朝朝《々》臣ガ清盛朝臣ニ[四]ヲ(オ)サヘラレテ恨《うらみ》ヲフクメリケルヲアイ(ヒ)カタラヒテ叛逆《ほんぎやく》ヲ思《おもひ》クハタテケリ。保元ノ亂ニハ、義朝ガ功タカク侍ケレド、[五]清盛ハ通憲法師ガ縁者《えんじや》ニナリテコトノホカニメシツカハル。通憲法師・清盛等ヲウシナイ(ヒ)テ世ヲホシキマヽニセムトゾハカラヒケル。清盛熊野《くまの》[六]ニマウデケルヒマヲウカヾヒテ、先《まづ》上皇御坐《ござ》ノ三條殿ト云所ヲヤキテ大内《だいだい》ニウツシ申《まをし》、主上ヲモカタ[七]ハラニヲ(オ)シコメタテマツル。通憲法師ノガレガタクヤアリケン、ミヅカラウセヌ。[八]其子ドモヤガテ國々ヘナガシツカハス。通憲モ才學アリ、心モサカシカリケレド、己《おの》ガ非ヲシリ、[九]未《み》萌《ばう》ノ禍《わざはひ》ヲフセグマデノ智分《ちぶん》ヤカケタリケン。信頼ガ非ヲバイサメ申《まをし》ケレド、ワガ子共ハ顯職《けんしよく》顯官《けんくわん》ニノボリ、[一〇]近衛ノ次將ナンドニサヘナシ、參議已上《いじやう》ニアガルモアリキ。カクテウセニシカバ、コレモ天意ニタガフ所アリト云コトハ疑ナシ。清盛コノコトヲキヽ、[一一]道ヨリノボリヌ。信頼カタラヒヲ(オ)キケル[一二]近臣等ノ中ニ心ガハリスル人々アリテ、主上・上皇ヲシノビテイダシタテマツリ、清盛ガ家ニウツシ申《まをし》テケリ。スナハチ信頼・義朝等ヲ追討セラル。程ナクウチカチヌ。信頼ハトラハレテ首《かうべ》ヲキラル。義朝ハ東國ヘ心ザシテノガレシカド、[一三]尾張國ニテウタレヌ。ソノ首ヲ梟《ケウ》[一四]セラレニキ。

一「右衛門督者雖ニ非参議一任レ之。但近代無ニ非参議四位任之例一」(職原鈔下)。従四位下相当。

二「又家に絶えてひさしき大臣大将に望みをかけて、大方おほけなき振舞をす」(平治物語上)。「非ニ譜第之華族一者更不レ任レ之。多是大納言中、譜第上﨟任レ之。於ニ執柄息一者超ニ次第一所レ任也。(中略)於ニ凡人一弥為ニ眉目一」(職原鈔下)。

三 後白河法皇の下問に対して、安禄山の例を引き諫言、信頼の望みは断たれた(平治物語上)。

四 勢力上圧倒されて、遺恨をいだく。

五 通憲の子、桜町中納言成範は清盛の女を妻とした。義朝がその女を通憲の子、是憲の妻にと望んだが、拒否されたことがある。

六 紀伊の熊野権現。平治元年(一一五九)十二月四日、清盛は重盛等と出発。九日の夜、開戦。

七 清涼殿のかたわらの黒戸の御所。

八「少納言入道信西の子共十二人あり。死罪一等を宥め、僧は度禄を取、俗は位記を取て配所を定られけり」(平治物語上)。

九「愚者昧ニ於成事一、智者見ニ於未萌一」(戦国策、趙策)。将来起りうる可能性のある身の災をその起きないさきに察知して、これを防ぐに足るだけの頭の働きはつかなかったのであろう。

一〇 近衛の中・少将。

一一「清盛ハイマダ参リツカデ、フタガハノ宿ト云ハ田辺ノ宿ナリ。ソレニツキタリケルニ」(愚管抄第五)。平治物語では、切目の王子となる。

一二 上皇・天皇の近侍の意で新大納言経宗・使別当惟方。「コノ二人主上ニハツキマイラセテ、信頼同心ノ由ニテアリケルモ」(同前)。底本「近臣コノ」、出・大・近等により訂。

一三 尾張国知多郡野間でその臣長田忠致のために謀殺された。

一四 死罪人の首を木にかけ、さらすこと。「左の獄門の樗(ちよう)の木にぞかけたりける」(古活字本平治物語下)。

義朝[一五]重代ノ兵《つはもの》タリシウへ、保元ノ勳功ステラレガタク侍《はべり》シニ、[一六]父ノ首《かうべ》ヲキラセタリシコト大《おほき》ナルトガ也。古今ニモキカズ、和漢ニモ例《ためし》ナシ。[一七]勳功ニ申替《まをしかふ》トモ[一八]ミヅカラ退《しりぞく》トモ、ナドカ父ヲ申《まをし》タスクル道ナカルベキ。[一九]名行《めいかう》カケハテニケレバ、イカデカツヰ《(ヒ)》ニ其身ヲマタクスベキ。滅《めつ》スルコトハ天ノ理《ことわり》也。凡《およそ》カヽルコトハ[二〇]其身ノトガハサルコトニテ、[二一]朝家《てうか》ノ御アヤマリ也。ヨク案《あん》アルベカリケルコトニコソ。其比《そのころ》名臣モアマタ有シニヤ、又通憲法師[二二]専《もはら》申ヲ《(オ)》コナイ《(ヒ)》シニ、ナドカ諫申《いさめまをさ》ザリケル。[二三]大義ニ滅《めっすト》レ親《しんヲ》云コトノアルハ、石碏《せきシャク》ト云人其子ヲコロシタリシガコト也。父トシテ不忠ノ子ヲコロスハコトハ《(ワ)》リナリ。父不忠ナリトモ子トシテコロセト云道理ナシ。孟子ニタトヘヲ取テイヘルニ、「[二四]舜ノ天子タリシ時、其父瞽叟《コソウ》人ヲコロスコトアランヲ時ノ大理ナリシ皐陶《カウエウ》トラヘタラバ舜ハイカヾシ給ベキトイヒケルヲ、舜ハ位ヲステヽ父ヲオヒテサラマシ。」トアリ。[二五]大賢ノヲシヘナレバ[二六]忠孝ノ道アラハレテヲ《(オ)》モシロクハベリ。保元・平治ヨリ以來《このかた》、天下ミダレテ、[二七]武用《ぶよう》サカリニ王位カロク成ヌ。[二八]イマダ太平ノ世ニカヘラザルハ、名行ノヤブレソメシニヨレルコトトゾミエタル。

カクテシバシシヅマレリシニ、[二九]主上・上皇御中アシクテ、主上ノ外舅《ははかたのをぢ》大納言經《つね》宗《むね》〈後ニメシカヘサレテ、大臣大將マデナリキ〉・御メノトノ子別當惟方《これかた》等[三〇]上皇ノ御意ニソムキケレバ、清盛朝臣〔ニ〕[三一]オホセテメシトラヘラレ、[三二]配所《はいしよ》ニツカハサル。コレヨリ清盛天下ノ權ヲホシキマヽニシテ、程ナク太政大臣ニアガリ、其子大臣大將ニナリ、

一五 先祖代々朝廷に奉仕した名家の武士。
一六 家臣鎌田正清をして。
一七 自分の勲功に対する恩賞を辞退して、かわりに父の死罪を許してもらう。
一八 一切の官職・地位を捨てて。
一九 名分の行ない。子として父に対する人倫上の分限・本分による行ない。子として父をみすみす殺したことで、名行がすっかりかけてしまった。
二〇 義朝自身の不徳・罪は今更いうまでもない。
二一 皇室・王室。ここでは天皇の政治むき。
二二 一手に政務を執る。
二三 大きな道義を全うするために私親を捨てる。君国の大事のためには父子兄弟などの親をも没却してかえりみない。↓補注三七。
二四 ↓補注三八。底本「トイヒテ」、静一・刈・青等により訂。
二五 「顔子去二聖人一、只毫髪間。孟子大賢、亜聖之次也」(孟子、朱熹集註序説)。孟子のこと。
二六 忠孝という人倫の道が明確に示されていて、興味深く感じられる。
二七 武の必要性。武士の力の役立ち。
二八 保元・平治の乱以来二百余年もの間、今日においても一度も太平の世にかえらぬこと。
二九 二条天皇は年長じて、経宗・惟方等の援助によって親政を望み、後白河上皇は院政をしようとしたために、廷臣も二派に分かれて互に争うこととなった。
三〇 「大方此二人シテ世ヲバ院ニシラセマイラセジ。内ノ御沙汰ニテアルベシト云ケルヲ聞召テ、院ハ清盛ヲメシテ、ワガ世ニアリナシハコノ惟方・経宗ニアリ。是ヲ思フ程イマシメテマイラセヨトナク〳〵仰有ケレバ」(愚管抄第五)。
三一 天一・山二・高等により補。
三二 永暦元年(一一六〇)三月十一日、経宗を阿波、惟方を長門に配流。

アマサヘ兄弟左右ノ大將ニテナラベリキ〈コノ御門ノ御世ノコトナラヌモアリ。ツイデニシルシノス〉。[一]天下ノ諸國ハ半《なかば》スグルマデ家領《けりやう》トナシ、[二]官位ハ多ク一門家僕《かぼく》ニフサゲタリ。王家《わうか》ノ權サラニナキ[三]〔ガ〕ゴトクニナリヌ。

此天皇天下ヲ治給コト七年。二十三歳オマシ〱キ。

第七十九代、六條院《ろくでう》。諱ハ順仁《のぶひと》、二條ノ太子。御母大藏《おほくらの》少輔《せう》伊岐《いきの》兼盛《かねもり》ガ女也〈ソノシナイヤシクテ、贈位マデモナカリシニヤ〉。乙酉《きのととり》ノ年即位、丙戌《ひのえいぬ》ニ改元。

天下ヲ治給コト三年。[四]上皇世ヲシラセ給シガ、二條ノ御門ノ御コトニヨリ心ヨカラヌ御コトナリシユヘ(エ)ニヤ、イツシカ讓國ノ事アリキ。御元服ナドモナクテ、十三歳ニテ世ヲハヤクシマシ〱キ。

第八十代、第四十三世、高倉院《たかくら》。諱ハ憲仁《のりひと》、後白河第五ノ御子。御母皇后平滋子《しげこ》〈建春門院《けんしゆん》ト申〉、贈左大臣時信《ときのぶ》ノ女也。戊子《つちのえね》ノ年即位、己丑《つちのとうし》ニ改元。上皇天下ヲシラセ給コトモトノゴトシ。

清盛權ヲモハラニセシコトハ、コトサラニ此御代ノコト也。其女《むすめ》徳子《とくし》[五]入内《じゆだい》シテ女御《にようご》トス。即《すなはち》立后《りつこう》アリキ。末ツカタヤウ〱所々ニ[六]反亂《ほんらん》ノキコエアリ。清盛一家[七]非分ノワザ天意ニソムキケルニコソ。嫡子《ちやくし》内大臣重盛《しげもり》ハ[八]心バヘサカシクテ、父ノ惡《あく》行《ぎやう》ナドモ[九]イサメトヾメケルサヘ[一〇]世ヲハヤクシヌ。イヨ〱ヲ(オ)ゴリヲキハメ、權ヲホシキマヽニス。時ノ執柄ニテ[一一]菩提院《ぼだいゐん》ノ關白基房《もとふさ》ノ大臣オハセシモ、中ライ(ヒ)ヨロシカ

一 「国郡半過て一門の所領となり、田園悉く一家の進止たり」(平家物語巻二)。「日本秋津嶋はわづかに六十六箇国、平家知行の国三十余箇国、既に半国にこえたり。其外庄園田畠いくらといふ数を知ず」(同巻一)。

二 「惣じて一門の公卿十六人、殿上人三十余人、諸国の受領衛府諸司都合六十余人」(同巻一)。「同十六日、平家の一門百六十余人が官職をとどめて」(同巻八)。

三 近・青・静二等により補。

四 刈・白・静二本等には「上皇世ヲシラセ給ヒシカバ、二条ノ御門モトヨリ心ヨカラヌ」とある。六条天皇は二歳で即位、五歳で譲位。天皇自身の意志ということはありえない。後白河上皇の意志によるものである。

五 皇后・中宮などが冊立を前にして、儀式をととのえて内裏に参入すること。「承安元年十二月二日、入道太政大臣女為二上皇御猶子一参入。今日被レ定二入内事一」(百練抄第八)。

六 天皇の治世の晩年、治承年間に延暦寺僧徒の強訴、鹿ケ谷の会合、以仁王・頼政・義仲・頼朝の挙兵等平氏追討の企てが相ついでおきた。ここの「反乱」は国家に対するものでなく、時の為政者である清盛一家に対する、特殊な語法。

七 その身分をわきまえぬ栄華・専横な所業。

八 心だても賢明で。

九 平家物語巻二「教訓状」の条に詳しい。重盛は治承三年(一一七九)八月一日、四十二歳で薨ず。

一〇 一般には早世を意味するが、重盛の死は四十二歳であってみれば、期待に反して時に先んじて死んだ意がある。

一一 法皇の近臣として平素から清盛ににらまれていた。筑前太宰府に下るべきであったが、出家したため罪一等を減ぜられて備前国に配流。法号が菩提院である。平家物語巻三に詳しい。

一二 底本「大宰」、大・天村・静二等により訂。

ラヌコトアリテ、[一二]太宰權帥《だざいのごんのそつ》ニウツシテ配流《はいる》セラル。妙音院《めうおん》ノ師長《もろなが》ノオトヾモ京中ヲイダサル。ソノ外《ほか》ニツミセラル丶人オホカリキ。從三位源頼政《よりまさ》ト云シモノ、院ノ御子[一三]以仁《もちひと》ノ王トテ元服バカリシ給シカド、親王ノ宣《せん》ナドダニナクテ、[一四]カタハラナル宮オハセシヲス丶メ申テ、國々ニアル源氏ノ武士等ニ[一五]アヒフレテ平氏ヲウシナハントハカリケリ。コトアラハレテ皇子モウシナハレ給ヌ。頼政モホロビヌ。カ丶レド、ソレヨリミダレソメテケリ。義朝朝臣ガ子頼朝《よりとも》〈前右兵衛佐《さきのうひやうゑのすけ》從五位下、平治ノ比六位ノ藏人《くらうど》タリシガ、信頼事《こと》ヲオコシケル時任官[一六]ストゾ〉平治ノ亂ニ死罪ヲ申《まをし》ナダムル人[一七]アリテ、伊豆國《いづの》ニ配流セラレテ、オホクノ年ヲオクリシガ、以仁ノ王ノ密旨《みつし》ヲウケ給《たまはり》、院[一八]ヨリモ忍《しのび》テ仰ツカハス道アリケレバ、東國ヲス丶メテ義兵《ぎへい》[一九]ヲオコシヌ。清盛イヨ〱惡行ヲノミナシケレバ、主上フカクナゲカセ給。俄《にはか》ニ避位《ひゐ》[二〇]ノコトアリシモ世ヲイトハセマシ〱ケルユ(エ)ヘトゾ。

天下ヲ治給コト十二年。世[二一]ノ中ノ御イノリニヤ、平家ノトリワキアガメ申《まをす》神ナリケレバ、安藝《あき》ノ嚴嶋《いつくしま》ニナムマイ(ヰ)ラセ給ケル。此[二二]御門御心バヘモメデタク孝行ノ御志フカヽリキ。管絃《くわんげん》ノカタモスグレテオハシマシケリ。尊號アリテホドナク世ヲハヤクシ給。二十一歳オマシ〱キ。

第八十一代、安德《あんとく》天皇。諱ハ言仁《ときひと》、高倉第一ノ子。御母中宮平德子《とくし》〈建禮《けんれい》門院ト申〉、太政大臣清盛女《きよもりのむすめ》也。庚子《かのえね》ノ年即位、辛丑《かのとうし》ニ改元。法皇猶世ヲシラセ給。平氏ハイ

「為二大臣一之人左遷之時任二権帥一。而不レ可レ知二府務一也」(職原鈔下)。

一三 後白河法皇の第二皇子、母は大納言秀成の女。「去んじ永万元年十二月十六日、御年十五にて忍びつつ近衛河原の大宮御所にて御元服ありけり。御手跡美しう遊ばし、御才学すぐれてましましければ、位に即かせ給ふべきに、故建春門院の御猜みにておし籠められさせ給ひつつ」(平家物語巻四)。

一四 不遇で、世間から忘れられたように片隅に押しやられた様子をいう。

一五 触状をまわす。軍に加わるように沙汰する。

一六 「平治元年十二十四従五位下、同日右兵衛佐」(尊卑分脈)。信頼の行なった除目。

一七 平頼盛の母、池禅尼。平治物語下「頼朝生捕らるる事」に詳しい。

一八 平家物語巻五「福原院宣」の条参照。

一九 正義のためにおこす軍勢。義挙の軍。

二〇 「二月二十一日、主上ことなる御つつがもわたらせ給はぬを、をしおろしたてまつり、春宮践祚あり」(平家物語巻四)。↓一三六頁注九。

二一 「白河院は熊野へ御幸、後白河は日吉社へ御幸なる。既に知ぬ、叡慮にありといふ事を。御心中にふかき御立願あり」(平家物語巻四)。早く天下が太平にかえるようにとの御祈り。「未レ幸二他社一。最前御二幸当社一。人以成レ奇。然而有二殊御願一之上、入道大相国申行之故也」(百練抄第八)。

二二 「内には十戒をたもち、外には五常をみだらず、礼儀をただしうせさせ給ひけり」、「優にやさしう人のおもひつきまいらする」かたのあったこと、紅葉を焚く話など平家物語巻六に詳しい。また生母建春門院に、最初の朝覲行幸をされて喜ばれたこと(古今著聞集巻八)、その追善のために一部八巻の経を書写したこと(高倉院升遐記)がある。

ヨ〳〵オゴリヲナシ、[一]諸國ハスデニミダレヌ。[二]都ヲサヘウツスベシトテ攝津國《つのくに》福原トテ清盛スム所ノアリシニ行幸セサセ申ケル。法皇・上皇モオナジクウツシタテマツル。[三]人ノ恨オホクキコエケレバニヤカヘシ奉ル。イクホドナク、清盛カクレテ次男宗盛《むねもり》其アトヲツギヌ。世ノ亂《みだれ》ヲモカヘリミズ、内大臣ニ任ズ。天性父ニモ兄ニモ(オ)ヲヨバザリケルニヤ、威望モイツシカオトロヘ、東國ノ軍スデニ[四]コハク成テ、平氏ノ軍所々ニテ利ヲウシナヒケルトゾ。法皇忍《しのび》テ比叡山ニノボラセ給。平氏力ヲオトシ、主上ヲスヽメ申《まをし》テ[五]西海《さいかい》ニ沒落《ぼつらく》ス。[六]中ミトセバカリアリテ、平氏コト〳〵ク滅亡。清盛ガ[七]後室《こうしつ》從二位平時子《ときこ》ト云シ人此君ヲイダキ奉リテ、神璽《しんし》ヲフトコロニシ、寶劍ヲコシニサシハサミ、海中ニイリヌ。アサマシカリシ亂世ナリ。

天下ヲ治給コト[八]三年。八歳オマシ〳〵キ。遺詔《ゆゐぜう》等ノサタナケレバ、天皇ト稱シ申《まをす》ナリ。

第八十二代、第四十四世、後鳥羽《ごとば》院。諱ハ尊成《たかひら》、高倉第四ノ子。御母七條《の》院、藤原殖子《しょくし》〈先代ノ母儀《ぼぎ》オホクハ后宮《こうぐう》ナラヌハ贈后《ぞうこう》也。[九]院號アリシハミナ先《まづ》立后ノ、ノチノサダメ也。コノ七條院立后ナクテ院號ノ初ナリ。但先准后《ただしまづじゆごう》ノ勅《みことのり》アリ〉、入道修理大夫信隆《しゆりのだいぶのぶたかの》女也。先帝《せんだい》西海ニ臨幸アリシカド、祖父法皇ノ御世ナリシカバ、都ハカハラズ。攝政[一〇]基通《もとみち》ノオトヾゾ、平氏ノ縁《えん》ニテ供奉《ぐぶ》セラレシカド、[一一]イサメ申輩《まをすともがら》アリケルニヤ、九條ノ大路邊《おほちのほとり》ヨリトヾマラレヌ。ソノホカ平氏ノ親族ナラヌ人々ハ[一二]御供ツカマツル人ナカリケリ。還幸ア

一 平氏追討の源氏その他の武士が蜂起して、国々に戦乱が相ついだこと。

二 「都ヲサヘ」の「サヘ」に力点がある。平家物語の作者も巻五の「都遷」の条で筆をきわめて説くように、平氏の横暴・非違が頂点に達したことを表現しようとする。親房の意識語である。

三 「今度の都遷りをば、君も臣も御歎あり。山奈良を始めて諸寺諸社に至るまで、さるべからざる由一同に訴へ申す間、さしも横紙を破らるる太政入道も、さらば都還りあるべしとて京中ひしめきあへり」(平家物語巻五)。

四 勢が強大になって。五 勢力を失って、都をあとに地方に下る。都落ち。

六 「中イク年」という表記は随所に見られるが、ここの数え方に限って正しくない。寿永二年(一一八三)七月二十五日都落ち、中一年おいて、文治元年(一一八五)三月二十四日平氏壇浦に滅亡。

七 貴人の未亡人。

八 安徳天皇は治承四年(一一八〇)二月二十一日受禅、同四月二十二日即位、後鳥羽天皇は寿永二年(一一八三)八月二十日、京都に即位。この間三年半。しかし安徳天皇崩御は寿永四年(一一八五)(文治と改元されていた)三月であるから、「三年」は五年とあるのが穏当。しかし愚管抄を初め当時の類書は三年説。

九 女院号。国母・准国母・内親王等に贈る院号。→一三七頁注一六。七条院はその出自のために准三宮となり、三日後院号を贈られた。「准后」は准三后。准三宮に同じ。

一〇 基通の父基実の妻は清盛の女、盛子。その猶子。清盛の外孫。

一一 進藤左衛門尉高直。春日の神の示現とも、また場所も、五条・七条と諸説がある。

一二 底本「御共」、青・山二・天村等により訂。

ルベキヨシ院宣《ゐんぜん》[一三]アリケレド、平氏承引申《しよういんまを》サズ。ヨリテ太上法皇ノ詔《みことのり》ニテ此天皇タヽセ給ヌ。親王[一四]ノ宣旨《せんじ》マデモナシ。先《まづ》皇太子トシ、即受禪《すなはちじゆぜん》ノ儀アリ。翌年甲辰《つぎのとしきのえたつ》ニアタル年四月《うづき》ニ改元、七月《ふみづき》ニ即位。此同胞《どうはう》ニ高倉ノ第三ノ御子マシ〳〵シカドモ、法皇此[一五]君ヲエラビ定申《さだめまをし》給ケルトゾ。先帝《せんだい》三種ノ神器ヲアヒグセサセ給シュヘ《(ヱ)》ニ踐《せん》[一六]祚《そ》ノ初《はじめ》ノ違例《ゐれい》ニ侍《はべり》シカド、法皇國《くに》[一七]ノ本主ニテ正統ノ位ヲ傳《つたへ》マシマス。皇太神宮・熱田ノ神アキラカニマボリ給コトナレバ、天位ツヽガマシマサズ。平氏ホロビテ後、内侍所《ないしどころ》・神璽《しんし》ハカヘリイラセ給。寶劍ハツヰ《(ヒ)》ニ海ニシヅミテミエズ。其比ヲ《(ホ)》ヒハ晝《ひ》[一八]ノ御坐《ござ》ノ御劍《ぎよけん》ヲ寶劍ニ擬《ぎ》セラレタリシガ、神宮ノ御告《つげ》ニテ神劍ヲタテマツラセ給シニヨリテ近比[一九]マデノ御マボリナリキ。

[二〇]三種ノ神器ノ事ハ所々ニ申侍《まをしはべり》シカドモ、先《まづ》内侍所ハ神鏡也。八咫ノ鏡ト申。正體ハ皇太神宮ニイハヒ奉ル。内侍所ニマシマスハ崇[二一]神天皇ノ御代ニ鑄カヘラレタリシ御鏡ナリ。村上[二二]ノ御時、天徳《てんとく》年中ニ火事ニアヒ給。ソレマデハ圓規《キ》カケマシマサズ。[二三]後朱雀ノ御時、長久《ちやうきう》年中ニカサネテ火アリシニ、灰燼《クワイジン》ノ中ヨリ光ヲサヽセ給ケルヲ、オ《(ヲ)》サメテアガメ奉ラレケル。サレド正體ハツヽガナクテ萬代《ばんだい》[二四]ノ宗廟ニマシマス。寶劍モ正體ハ天《あめ》ノ叢雲《むらくも》ノ劍〈後ニハ草薙《くさなぎ》ト云〉ト申ハ、熱田ノ神宮ニイワ《(ハ)》ヒ奉ル。西海ニシヅミシハ崇神ノ御代ニオナジクツクリカヘラレシ劍也。ウセヌルコトハ末世ノシルシニヤトウラメシケレド、熱田ノ神アラタナ[二五]ル御コト也。昔新羅國《しらぎの》ヨリ道行《だうぎやう》[二六]ト云

一三 「主上幷に三種の神器、都へ帰しいれ奉るべき由」(平家物語巻八)の院宣が度々あった。

一四 当時四歳。事急でもあるし、親王宣下はあるよしもない。

一五 「イマ二人ハ京ニヲハシマス。ソノ御中ニ三宮四宮ナルヲ法皇ヨビ参ラセテ、見マイラセラレケルニ、四宮御ヲモギラヒモナクヨビヲハシマシケリ。又御ウラニモヨクヲハシマシケレバ」(愚管抄第五)四宮を選んだとある。

一六 「後代乱逆之基」と恐れられた、この違例の措置のことどもは玉海・定長卿記に詳しい。親房は後の神器なき北朝の践祚を否定し、この度の正当性を強調するために、正統な国の本主の意志によることおよび鏡・剣を正体としてまつる皇大神宮・熱田の神の霊護を条件とした。

一七 この用語はあいまいなものをもっている。ここでは院政の主として直接国政を執る最高位者の意であろうが、親房の持論と矛盾する。

一八 清涼殿の平敷の御座で、昼のうち天皇のまします御殿。夜の御殿(おとど)に対する。「寿永入レ海紛失後、院御時以後二十余年被レ用二清涼殿御剣一。仍以レ璽為レ先。而承元譲位時有二夢想一自二伊勢一進レ之。已来又准二宝剣一、以レ剣為レ先也。此剣普通蒔絵也」(禁秘抄上)。

一九 土御門天皇の承元四年(一二一〇)十一月。文治元年(一一八五)から二十五年。

二〇 五一・五八・六〇・六一・六六・六九頁参照。

二一 七二頁参照。

二二 一三一・一三二頁参照。

二三 一三九頁参照。

二四 万代不易の宗廟。皇大神宮。

二五 神威いちじるしく厳としてわが国を護っている。霊験あらたかなこと。

二六 「是歳沙門道行盗二草薙剣一逃二向新羅一。而中路風雨荒迷而帰」(天智紀)。尾張国熱田太神宮縁起・平家物語巻十一に詳しい。平家物語では、道慶(どうぎよう)。

法師、來《きたり》テヌスミタテマツリシカド、神變《じんぺん》[一]ヲアラハシテ我國ヲイデタマハズ。彼兩種ハ正體昔ニカハリマシマサズ。代々ノ天皇ノトヲ(ホ)キ[二]御マボリトシテ國土ノアマネキ光トナリ給ヘリ。ウセニシ寶劍ハモトヨリ如在《じよさい》[三]ノコトヽゾ申侍ベキ。神璽《しんし》ハ八坂瓊ノ曲玉ト申ス。神代ヨリ今ニカハラズ、代々ノ御身ヲハナレヌ御マボリナレバ、[四]海中ヨリウカビ出給ヘルモコトハ(ワ)リ也。三種ノ御コトハヨク心エ奉ルベキナリ。ナベテ物シラヌタグヒハ、上古ノ神鏡ハ天德・長久ノ災《わざはひ》ニアヒ、草薙ノ寶劍ハ海ニシヅミニケリト申傳《まをしつたふ》ルコト侍ニヤ。返々《かへすがへす》ヒガコト也。此國ハ三種ノ正體ヲモチテ眼目《がんもく》[五]トシ、福田《ふくでん》[六]トスルナレバ、日月ノ天ヲメグラン程ハ一《ひとつ》モカケ給マジキ也。天照太神ノ勅《みことのり》ニ「寶祚[七]ノサカヘ(エ)マサンコトアメツチトキハマリナカルベシ。」ト侍レバ、イカデカ疑《うたがひ》奉ルベキ。今ヨリユクサキモイトタノモシクコソオモヒ給《たまふ》[八]レ。

平氏イマダ西海ニアリシホド、源《みなもとの》義仲ト云物、マヅ京都ニ入《いり》、兵威《へいゐ》ヲモテ世ノ中ノコトヲオ(オ)サヘ[九]ヲコナヒケル。征夷將軍[一〇]ニ任ズ。此官ハ昔坂上[一一]ノ田村丸マデハ東夷征伐ノタメニ任ゼラレキ。其後將門《まさかど》ガミダレニ右衞門督忠文《ただふん》朝臣征東將軍[一二]ヲ兼《かね》テ節刀《せつたう》[一三]ヲ給《たまはり》シヨリコノカタ久クタエテ任ゼラレズ。義仲ゾ初テナリニケル。アマリナルコトオホクテ、上皇御イキドヲ(ホ)リノユヘ(エ)ニヤ、近臣ノ中ニ軍《いくさ》ヲオコシ對治[一四]セントセシニ事不㆑成《ならず》シテ中々[一五]アサマシキ事ナンイデキニシ。東國ノ賴朝、弟範賴《のりより》・義經《よしつね》等ヲサシノボセシカバ、義仲ハヤガテ滅ヌ。サテソレヨリ西國ヘムカヒテ、平氏ヲ

一 人智ではかり知ることのできない神異。具体的なことは前項の熱田太神宮縁起に詳しい。
二 悠遠の昔から、また遠き天上の世界から。
三 →一四二頁注三。昔に変りなくあること。
四 「神璽は海上にうかびたりけるを、片岡太郎経春がとりあげ奉つたりけるとぞきこえし」(平家物語巻十一)。
五 最も大切な要点。そのものあって初めて存立しうる重要なもの。
六 教田・恩田・悲田の三がある。無上の福徳を生ずる田。福の種を植えて徳の実を結ぶこと。
七 六〇・六六頁参照。
八 自動詞下二段活用「給ふ」の已然形。見る・思う・聞くなどの語につく。自分の動作を示す動詞に謙譲として言い添える語。
九 天下の政治向きのことにまで横車をおして干渉する。
一〇 「正月十一日、以㆓伊予守義仲㆒可㆑為㆓征夷大将軍㆒之由被㆑下㆓宣旨㆒」(百練抄第十)。「正月十日、伊予守義仲兼㆓征夷大将軍㆒」(帝王編年記巻二十三)。
一一 一〇九頁参照。ただし征東大将軍とある。
一二 →一三〇頁注一〇。
一三 しるしの大刀。天皇がその権力を委任するしるしとして授けるもの。遣唐使や征夷将軍を任命して派遣する場合を「節刀を賜ふ」と言い、任が終って復命することを「入洛して節刀を返上す」という。
一四 底本「退治」、青・新・静二等により訂。機根に応じて方法をもって人を修治すること。転じて敵を退け討ち、平らげること。後世「退治」と用いられた。
一五 かえって、案外。寿永二年(一一八三)十一月十七日、法皇が義仲追討の軍を法住寺殿に集めたのに対し、義仲が火を放って焼き、関白・内大臣を罷免、みずから院の御厩別当におしなったことなど。

バタイ（ヒ）ラゲシナリ。天命キハマリヌレバ、[一六]巨猾《きよくわつ》モホロビヤスシ。人民ノヤスカラヌコトハ[一七]時ノ災難ナレバ、神モ力ヲ（オ）ヨバセ給ハヌニヤ。

カクテ平氏滅亡シテシカバ、天下モトノゴトク君ノ御マヽナルベキカトオボエシニ、頼朝勲功マコトニタメシナカリケレバ、ミヅカラモ權ヲホシキマヽニス。君モ又[一八]ウチマカセラレニケレバ、王家ノ權ハイヨ〳〵オトロヘニキ。諸國ニ[一九]守護ヲオキテ、國司ノ威ヲオサヘシカバ、[二〇]吏務《りむ》ト云コト名バカリニ成ヌ。アラユル[二一]庄園《しやうゑん》[二二]郷保《がうほう》ニ[二三]地頭《ぢとう》ヲ補セシカバ、[二四]本所ハナキガゴトクニナレリキ。頼朝ハ從五位下前右兵衛佐《さきのうひやうゑのすけ》ナリシガ、義仲追討ノ賞ニ[二五]越階《をつかい》シテ正四位下ニ敍シ、平氏追討ノ賞ニ又越階、從二位ニ敍ス。建久《けんきう》ノ初ニハジメテ京上《きやうのぼり》シテ、ヤガテ一度ニ權大納言ニ任ズ。又右近ノ大將ヲ兼ス。頼朝シキリニ辭《じし》申ケレド、叡慮ニヨリテ[二六]朝奨《てうしやう》アリトゾ。程ナク[二七]辭退シテモトノ鎌倉ノ館《たち》ニナンクダリシ。其後征夷大將軍ニ拝任ス。ソレヨリ天下ノコト東方ノマヽニ成ニキ。

平氏ノミダレニ南都ノ東大〔寺〕[二八]・興福寺ヤケニシヲ、東大寺ヲバ俊乗《しゆんじよう》ト云上人スヽメタテケレバ、[二九]公家ニモ委任セラレ、頼朝モフカク[三〇]隨喜《ずゐき》シテホドナク再興ス。供《く》養《やう》ノ儀フルキアトヲタヅネテヲ（オ）コナハレケル、アリガタキコトニヤ。頼朝モカサネテ京上シケリ。カツハ[三一]結縁《けちえん》ノタメ、カツハ警固ノタメナリキ。

法皇カクレサセ給テ、主上世ヲシラセ給。[三二]スベテ天下ヲ治給コト十五年アリシカ

一六 非常に悪賢い大悪人。義仲のこと。
一七 →一三一頁注一五。本来「神ハ人ヲヤスクスルヲ本誓トス」(一六三頁)ものであるが、「時ノ災難」には勝てないとする。
一八 すっかり委任する。
一九 「文治元年十一月二十八日、丁未、補㆓任諸国平均守護地頭㆒。不㆑論㆓権門勢家庄公㆒、可㆑宛㆓課兵粮米㆒〈段別五升〉之由、今夜北条殿謁㆓申藤中納言経房卿㆒」(吾妻鏡五)。「守護」は土地・人民を守護し、平氏の残党盗賊などを捕えることを名に諸国に置かれたもの。多く関東の豪族である御家人を任じた。
二〇 国々における官吏の任務。「諸国太守者、為㆓親王㆒置㆑之。親王任時、不㆑知㆓吏務㆒、仍件国以㆑介為㆑守乃令㆑知㆓吏務㆒」(職原鈔下)。
二一 中世国々の田園を褒賞として、親王諸臣等に賜わったもの。後には私に開墾し他人のものを強奪兼併するものもいた。
二二 地方の人民の開墾した私田。
二三 軍役を勤め、部内の盗賊兇徒を捕えて守護に差し出し、年貢米や冥加銭を徴収した。
二四 本来の所有者。庄園の領主。
二五 位階を越えて進むこと。この場合従五位上・正五位上下・従四位上下の五階を越えた。
二六 →九九頁注一八。 二七 権大納言・右近の大将は内官であって、任ぜられた以上京都に止まって宮中に出仕するのが本来である。鎌倉に幕府を開く頼朝としては鎌倉帰任は即ち辞任に通ずる。 二八 青・天・大等により補。
二九 治承五年(一一八一)六月、再興允許の勅書を与えた(東大寺造立供養記)。
三〇 他人のなす善根・功徳を見て、これに従い喜びの心を生ずること。
三一 衆生が得道成仏のために、縁を仏法僧の三宝に結ぶこと。 三二 法皇院政の九年と天皇親政の六年を合算した意。

バ、太子ニユヅリテ尊號レイノゴトシ。院中ニテ又二十餘年シラセ給シガ、承久《じようきう》[一]ニ、コトアリテ御出家、隱岐國《おきの》ニテカクレ給ヌ。六十一歳オマシ〳〵キ。

第八十三代、第四十五世、土御門院《つちみかど》。諱ハ爲仁《ためひと》、後鳥羽ノ太子。御母承明門院《じようめいもんゐん》、源在子《みなもとのありこ》、内大臣通親《みちちか》ノ女《むすめ》也。父ノ御門ノ例《ためし》ニテ親王ノ宣旨ナシ。立太子ノ儀バカリニテスナハチ踐祚アリ。戊午《つちのえうま》ノ年卽位、己未《つちのとひつじ》ニ改元。

天下ヲ治給コト十二年。太弟《たいてい》ニユヅリテ尊號例ノ如シ。此御門マサシキ正嫡《しやうちやく》[二]ニテ御心バエ(ヘ)モタヾシクキコエ給シニ、上皇[三]鍾愛《しようあい》ニウツサレマシケルニヤ、ホドナク讓國アリ。立太子マデモアラヌサマニ成ニキ。承久ノ亂ニ時[四]ノイタラヌコトヲシラセ給ケレバニヤ、サマ〴〵イサメマシケレドモ、コトヤブレニシカバ、玉石《ぎよくせき》[五]トモニコガレテ、阿波國《あはの》ニテカクレサセ給。三十七歳オマシ〳〵キ。

第八十四代、順德院《じゆんとく》。諱ハ守成《もりなり》、後鳥羽第三ノ子。御母修明門院《しうめいもんゐん》、藤原ノ重子《しげこ》、贈左大臣範季《のりすゑ》ノ女也。庚午《かのえうま》ノ年卽位、辛未《かのとひつじ》ニ改元。

此御時征夷大將軍頼朝《の》次郎實朝《さねとも》、右大臣左大將[六]マデナリニシガ、兄左衞門督頼家《さゑもんのかみよりいへ》ガ子ニ、公曉《くげう》ト云ケル法師ニコロサレヌ。又繼人《つぐひと》ナクテ頼朝ガ跡[七]ハナガクタエニキ。頼朝ガ後室[八]《こうしつ》ニ從二位平政子《たひらのまさこ》トテ、時政《ときまさ》ト云モノヽ女也シ、東國ノコトヲバオコナヒキ。其弟《おとうと》義時兵權ヲトリシガ、上皇[九]ノ御子ヲクダシ申テ、アフギ奉ルベキヨシ奏シケレド、不許ニヤ有ケン、九條[一〇]攝政道家《みちいへ》ノオトヾハ頼朝ノ時ヨリ外戚《ぐわいせき》ニツヾキテ

一 承久三年(一二二一)五月の承久の乱。同七月出家。二 れっきとした正系の第一皇子。三 底本「鐘受」、出・静一・静二等により訂。上皇が第二皇子を特に寵愛なさっていたために、かれをもってこれにかえる。「今上陛下の帝運未だきはまり給はざるをおろし奉り」(六代勝事記)。「順徳院に御譲位ありける。是はひとへに御愛子にて渡せ給ふゆへとぞ申あへり」(保暦間記四)。四 親房は承久の北条氏追討のことの失敗の理由の最大なものとして、「時」・「時節」を考えている。後醍醐天皇の一統は「宗廟ノ御ハカラヒモ時節アリ」(一七五頁)しに他ならない。「関東を亡し給はむと事さだまりける。中院時いまだいたらざる事なりければ、いかがは候ぬらむと、随分いさめ給ふといへども、両院許させ給はず、ひしひしとおぼしめし立つ」(保暦間記四)。

五 「火炎二崐岡一、玉石倶焚」(書経、胤征)。同じ火のために、玉も石もともに焼けほろびる。善悪賢愚の区別なくともに害をうけること。「中院は此事御同心もなく御いさめありければとて、都にとどめ申奉りけるを、両院かくならせ給ふ上は、一人とどまるべきにあらずとのたまひ、閏十月十日あはの国へ御せんかうならせ給ふ。まことにいみじき御事なり」(保暦間記四)。

六 底本「右大将」、「左大将」が正しい。七 源氏将軍家を継承する直系の嗣子。八 ↓一五二頁注七。九 「建保七年二月十三日、信濃前守行光上洛。是六条宮冷泉宮両所之間、為二関東将軍一可下令二下向一御上之由禅定二位家令レ申レ之給使節也」(吾妻鏡二十四)。「イカニ将来ニコノ日本国二ニ分ル事ヲバシヲカンゾ。コハイカニト有マジキ事ニ思召テ、エアラジト仰ラレニケリ」(愚管抄第六)。一〇 頼朝の妹は藤原能保の妻。その一女は良経の妻、一女は公経の妻。良経の子道家と公経の女との間の子が頼経。

ヨシミオハシケレバ、其子[一一]ヲクダシテ扶持[一二]シ申ケル。大方[一三]ノコトハ義時ガマヽ、ニナリニキ。

天下ヲ治給コト十一年。讓國アリシガ、事[一四]ミダレテ、佐渡國《さどの》ニウツサレ給。四十六歳オマシ〳〵キ。

裏書《に》云

實朝　前右大將征夷大將軍頼朝卿二男也。建久十年正月頼朝薨《ず》。嫡男頼家[一五]可《き》レ奉二行《す》諸國《の》守護《の》事《を》一由被《らる》二宣下《せ》一〈于時《ときに》左近中將、正五位下〉。建仁二年七月任《ず》二征夷大將軍《に》[一六]一。同《おなじき》三年受《く》レ病《を》〈狂病〉。遷《うつされ》[一七]二伊豆國《の》修禪寺《に》一翌年遭《アフ》レ害《ニ》。

頼家受《うけし》レ病《を》之後、爲《に》二母幷《ならびに》義時等沙汰《の》一以《の》[一八]二實朝《を》一令《しむ》レ繼《つが》レ之《を》。敍《し》二從五位下《に》一即日任《ず》二征夷大將軍《に》一。次第《に》昇進《す》。不レ能《は》二具記《する》一。建保六年十二月二日任《ず》二右大臣《に》一〈元内大臣、左大將[一九]。大將猶帶《ぶ》レ之〉。同《じき》七年〈四月改《す》二元承久元《と》一〉正月二十七日爲《して》二拜賀[二〇]《せんと》一參《る》二鶴岡八幡宮《に》一。實朝始中終遂《に》不二京上《せ》一。有《る》二其煩一故也云云。仍以《て》二參宮《を》一擬《する》二拜賀《に》一歟。而神拜畢《りて》退出之處、彼宮別當[二一]公曉設《けて》二刺客[二二]《を》一殺《す》レ之《を》〈年二十八云云〉。

今日扈從[二三]《の》人々

公卿

權大納言忠信坊門　左衞門督[二四]實氏西園寺　宰相中將國通高倉

平三位光盛池　刑部卿宗長難波

一一 藤原頼経。時に二歳。摂家将軍第一代。承久元年(一二一九)六月のこと。

一二 合力すること。好意をもって、鎌倉幕府の援護者として援助すること。本来中世語としては臣に所領として土地と百姓を与えること。

一三 「襁褓のうちの御有様は、ただ形代などをいはひたらんやうにて、よろづの事、さながら右京権大夫義時朝臣心のままなれど」(増鏡、新島守)。

一四 承久の北条氏追討のことに失敗したこと。

一五 「羽林殿下去月二十日転二左中将一給。同二十六日宣下云。続二前征夷将軍源朝臣遺跡一、宜レ令下彼家人郎従等如レ旧奉中行諸国守護上者、彼状到着之間今日有二吉書始一」(吾妻鏡十六)。

一六 「(八月二日癸酉)去月二十二日、左金吾叙二従二位一。補二征夷大将軍一給之由申レ之」(同十七)。

一七 「二十九日甲午、霽。左金吾禅室(前将軍)令レ下二向伊豆国修善寺一給」(同十八)。

一八 「建仁三年八月二十七日壬戌。将軍家御不例。縡危急之間、有二御譲補沙汰一。以二関西三十八箇国地頭職一被レ奉レ譲二舎弟千幡君一(十一歳)」(同十七)。「(九月十五日庚辰)被レ下二従五位下位記幷征夷大将軍宣旨一。其状今日到二着鎌倉一云々」(同十八)。

一九 →一五六頁注六。

二〇 任官・叙位にあたって、参内して御礼を言上すること。ここでは大臣拝賀。実朝は上京して拝賀すべきところを上洛せず、鶴岡八幡宮参拝をもってこれに代えたのである。

二一 八幡宮の社務を総括する職。寺の別当に対し、神社におかれる。

二二 人目をしのんで人を殺害するもの。

二三 本来は天子の行幸に随行すること。またその人々。ここは将軍参宮の行列に供奉する者。この八幡宮社参の行列のことは吾妻鏡二十四に詳しい。この正統記の記録は現存する吾妻鏡の伝本のどれともやや異なっている。

二四 実氏は建保七年(一二一九)春の除目で「督」、尉が正しい。

殿上人[1]

[2]権亮中將信能朝臣　文章博士仲章朝臣同被レ殺云々　[3]右馬權頭能茂朝臣

[4]因幡少將高經　[5]伊與少將實種　[6]伯耆前司師孝　右兵衞佐頼經

地下前駈

右京權大夫義時　[7]修理大夫雅義　[8]甲斐右馬助宗泰　[9]武藏守泰時

筑後前司頼時　駿河左馬助教利　藏人大夫重綱　藤藏人大夫有俊

長井遠江前司親廣　相模守時房　足利武藏前司義氏　[10]丹波藏人大夫忠國

前右馬助行光　伯耆前司包時　駿河前司季時　[11]信濃藏人大夫行國

相模前司經定　[12]美作藏人大夫公近　藤勾當頼隆　平勾當時盛

隨身

[13]府生秦兼峯　番長下毛野篤秀

近衞秦公氏　同兼村　[14]播磨定文　中臣近任　[15]下毛野爲光　[16]同爲氏

隨兵十人

武田五郎信光　加々見次郎長清　[17]式部大夫　河越次郎　城介景盛

泉次郎左衞門尉頼定　[18]長江八郎師景　三浦小太郎兵衞尉朝村

[19]加藤大夫判官元定　隱岐次郎左衞門尉基行

[20]廢帝。諱ハ懷成《かねなり》、順德ノ太子。御母東一條院、藤原[21]充子《みつこ》、故攝政太政大臣良經《よしつね》

一 当日の行列の編成順序は、まず先居飼・舎人等が先行し、殿上人・前駆・官人・将軍の乗車・随兵・雑色・調度懸・下臈随身・公卿・後駆の順になっている。この裏書はその要をとって、順序も適宜変更している。

二 中宮権亮が正しい。 三 頼茂朝臣が正しい。

四 伊賀少将隆経が正しい。 五 実雅が正しい。

六 前因幡守師憲朝臣とあるべきところ。六代勝事記に「刃にあたるもの文章博士源仲章因幡前司師憲等也」とある。

七 修理権大夫惟義が正しい。

八 右馬助宗保が正しい。

九 武蔵守親広とあるべきところ。この記事の前後でも武蔵守は泰時ではない。泰時は承久元年(三九)正月二十二日、駿河守、同十一月十三日、武蔵守に転じている(北条九代記上)。なお下記の長井遠江前司親広はこの武蔵守と同一人。従って、長井遠江前司親広の代りに伯耆前司親時とあるべきところ。

一〇 邦忠が正しい。 一一 時広が正しい。

一二 朝近が正しい。

一三 随身の別行の兼峯と篤秀(敦秀が正しい)は併記してある下臈御随身とは別格で「官人」として扈従。官人は六位以下。「番長」は近衛府の舎人の長。

一四 貞文が正しい。 一五 敦光が正しい。

一六 敦氏が正しい。

一七 式部大夫泰時、河越次郎重時とあるべきところ。

一八 この二人の名は見えない。代わりに大須賀太郎道信・荻野次郎景貞の名がある。この裏書の異同は吾妻鏡の伝本によるもので、正統記そのものに影響するものではない。

一九 光定が正しい。

二〇 明治三年七月、皇位に列し仲恭天皇と諡す。

二一 立子が正しい。

女《むすめ》也。

承久三年春ノ比ヨリ上皇オ[二二]ボシメシタツコトアリケレバ、ニ[二三]ワ(ヘ)カニ譲國シタマフ。順徳御[二四]身ヲカロメテ合戰ノ事ヲモ一《ひとつ》御心ニセサセ給ハン御ハカリコトニヤ、新主ニ譲位アリシカド、即[二五]位登壇《とうだん》マデモナクテ軍ヤブレシカバ、外舅《ははかたのをぢ》攝政道家ノ大臣ノ九條ノ第《てい》[二六]ヘノガレサセ給。三種《さんじゆの》神器ヲバ閑[二七]院ノ内裏ニステヲ(オ)カレニキ。譲位ノ後七[二八]十七ケ日ノアヒダ、シバラク神器ヲ傳給シカドモ、日嗣ニハクワ(ヘ)ヘタテマツラズ。[二九イ、]飯豊ノ天皇ノ例《ためし》ニナゾラヘ申ベキニコソ。元服ナドモナクテ十七歳ニテカクレマシマス。

サテモ其世ノ亂《みだれ》ヲ思《おもふ》ニ、マコトニ末ノ世ニハマ[三〇]ヨフ心モアリヌベク、又下《しも》[三一]ノ上《かみ》ヲシノグ端《はし》トモナリヌベシ。其イハレヲヨクワキマヘラルベキ事ニハベリ。頼朝勳功ハ昔ヨリタグヒナキ程ナレド、ヒトヘニ天[三二]下ヲ掌《たなごころ》ニセシカバ、君トシテヤスカラズオボシメシケルモコトハ(ワ)リナリ。況《いはん》ヤ其跡タエテ後室ノ尼《に》[三三]公《こう》陪臣《ばいしん》[三四]ノ義時ガ世ニナリヌレバ、彼跡ヲケヅリテ御心ノマヽニセラルベシト云モ一往《いちわう》[三五]イヒナキニアラズ。シカレド白河・鳥羽ノ御代ノ比ヨリ政道《せいだう》[三六]ノフルキスガタヤウ〳〵オトロヘ、後白河ノ御時兵革《ひやうがく》[三七]オコリテ姧臣《かんしん》世ヲミダル。天下ノ民ホ[三八]トンド塗炭《トタン》ニオチニキ。頼朝一臂《いちび》[三九]ヲフルヰ(ヒ)テ其亂《みだれ》[四〇](ヒ)ヲタイラゲタリ。王室ハフルキニカヘルマデナカリシカド、九重《ここのへ》[四一]ノ塵《ちり》モオ(ヲ)サマリ、萬民ノ肩モヤスマリヌ。上下[四二]堵《ト》ヲヤスクシ、東ヨリ西ヨリ其徳ニ伏

二二 北条氏追討のこと。
二三 承久三年(一二二一)四月二十日のこと。新帝四歳。二四 天皇の位にあると、その行動に色々な制約があるので、身軽になって自由に行動なさる。二五「承久三年辛巳四月二十日甲戌、受禅〈年四〉。大嘗会不レ被レ行以前退下。世称二半帝一」(帝王編年記巻二十四)。「登壇」は高御座につくこと。即位の大礼をいう。
二六 邸宅。九条殿。
二七 里内裏の一。閑院左大臣冬嗣の第。高倉天皇の時から里内裏となる。焼亡破損後、建暦二年(一二一二)から三年にかけて源実朝が造営。造営の功で実朝は正二位となる。建暦三年二月二十七日完工。二八 承久三年(一二二一)七月九日、後堀河天皇即位までの七十七日。
二九 →八七頁注二一。
三〇 人民として去就の順逆について、あやまった観念をいだく恐れがきっとあるにちがいない。
三一 臣下として天皇家をしのぎ、乱臣賊子にその口実を与えるような端緒ともなりかねない。
三二 天下の実権を自分の掌中に握る。
三三 貴婦人で尼になったもの。平政子。
三四 臣の臣。またげらい。朝廷から見れば、北条氏は鎌倉将軍の家臣。
三五 底本「非レ無レ謂〈イ〉」と傍書。一応筋の通った道理・名分。
三六 院政となり、天皇の大権・摂関輔佐のあるべき体制が有名無実となったこと。
三七 →一四七頁注一七。「姧臣」は頼長・信頼・義朝・清盛・義仲等、国家をみだる奸曲な臣。
三八 →補注三九。三九 →補注四〇。
四〇 底本「タイラゲタル」、書・近・青等により訂。
四一 九重の門。天子の居ます宮殿。ここは広義で天皇の居ます都。都を中心の戦塵がおさまる。
四二 →補注四一。

セシカバ、實朝ナクナリテモソムク者アリトハキコエズ。是ニマサル程ノ徳政ナク[一]シテイカデタヤスククツガヘサルベキ。縦《たとひ》又ウシナハレヌベクトモ、民ヤスカルマジクハ、上天[二]ヨモクミシ給ハジ。次ニ王者《わうしや》[三]ノ軍《いくさ》ト云ハ、トガアルヲ討ジテ、キズナキヲバホロボサズ。頼朝高官ニノボリ、守護ノ職ヲ給《たまはる》、コレミナ法皇ノ勅裁《ちよくさい》也。ワタクシニヌスメリトハサダメガタシ。後室ソノ跡ヲハカラヒ、義時久ク彼ガ権ヲトリテ、人望ニソムカザリシカバ、下《しも》ニハイマダキズ有トイフベカラズ。一[四]往ノイハレバカリニテ追討セラレンハ、上[五]ノ御トガトヤ申ベキ。謀叛《むほん》[六]オコシタル朝敵ノ利ヲ得タルニハ比量《ひりやう》セラレガタシ。カヽレバ時ノイタラズ、天ノユルサヌコトハウタガヒナシ。但《ただし》下《しも》[七]ノ上《かみ》ヲ剋《こく》スルハキハメタル非道ナリ。終《つひ》[八]ニハナドカ皇化ニ不レ順《まつろはざる》ベキ。先《まつ》マコトノ徳政ヲオコナハレ、朝威[九]ヲタテ、彼ヲ剋スルバカリノ道アリテ、ソノ上ノコトヽゾオボエハベル。且ハ世ノ治亂ノスガタヲヨクカヾミシラセ給テ、私《わたくし》ノ御心ナクバ干戈《かんくわ》[一〇]ヲウゴカサルヽ歟《か》、弓[一一]矢ヲ(ヲ)オサメラルヽ歟、天[一二]ノ命ニマカセ、人ノ望《のぞみ》ニシタガハセ給ベカリシコトニヤ。ツヰ(ト)ニシテハ、繼體ノ道モ正路《しやうろ》ニカヘリ、御子[一三]孫ノ世ニ一統ノ聖運ヲヒラカレヌレバ、御[一四]本意ノ末《すゑ》達セヌニハアラザレド、一旦《いつたん》[一五]モシヅマセ給シコソ口惜《くちをしく》ハベレ。

第八十五代、後堀河院《ごほりかは》。諱ハ茂仁《ゆたひと》、二品守貞《もりさだ》親王〈後《のちの》高倉院ト申〉第三ノ子。御母北白河院、藤原陳子《ちんし》、入道中納言基家《もといへ》ノ女ナリ。入道親王ハ高倉第三ノ御子、後鳥羽

一 →一二九頁注二八。具体的には、幕府政治以上の内容のある善政。武士をも含めて万民の謳歌するほどの善政の意。
二 「上天孚佑二下民一」(書経、湯誥)。天帝もよもや良しとして同意協力はしないだろう。
三 王師。「王師非レ楽レ戦」(陳子昂、送二別崔著作東征一詩)。王者の軍は仁道に基づき、やむを得ず不順を討つもので、たやすく動かない。
四 →一五九頁注三五。親房の承久の乱に対する考え方からすれば、必然性の乏しいことをこう言うのである。それが次の注五の言となる。
五 朝廷としてやや軽率に失するまちがい。
六 天皇・国家にあだをなす朝敵がその戦いに偶然勝って、政権を入手したという事態とは異なっていて、同じ論では比較できない(伏線として足利高氏を意識しての言である)。
七 下剋上。臣下が力をもって君主をしのぐこと。「上剋レ下曰レ制、下剋レ上曰レ伐」(三命通会)。
八 いつの日か、皇室の威徳に随順しないものがあろうか。最後には必ず随順する。
九 公家としてのあるべき徳威をたて、幕府政治を制しうる種の善政を行なった上でのこと。
一〇 「謀レ動二干戈於邦内一」(論語、季氏)。戦争に用いる武具の総称。ここは征討の軍をおこすこと。
一一 「載戢二干戈一、載櫜二弓矢一」(詩経、周頌)。戦乱が治まったので、干戈を武器庫に納め、弓矢を用ずみで、ふくろに納める。戦乱に訴えないで、天下太平であること。
一二 「順二乎天一而応二乎人一」(易経)。私利私慾を離れて謙虚な態度を持し、天命の指示するところに任せ、万人の希求するところを悟ってその望むところに従って行動する。
一三 後醍醐天皇の建武中興。
一四 北条氏を追討して政権をとりかえすこと。
一五 たとえ一時にしろ、お気の毒な境遇に沈淪なさったこと。

同胞《どうはう》ノ御兄、後白河ノ御[一六]エラビニモレ給シ御コト也。承久ニコトアリテ、後鳥羽ノ御ナガレノホカ、コノ御子ナラデハ皇胤《くわういん》マシマサズ。ヨリテ此孫王《そんわう》ヲ天位ニツケテマツル。[一七]入道親王尊號アリテ太[一八]上皇ト申テ、世ヲシラセ給。追號ノ例ハ文武ノ御父草壁《くさかべ》ノ太子ヲ長岡《ながをか》[一九]ノ天皇ト申、淡路ノ帝《みかどの》御父舍人《とねりの》親王ヲ盡敬《じんキヤウ》[二〇]天皇ト申、光仁ノ御父施基《しき》ノ王子ヲ田[二一]原天皇ト申。早良《さはら》ノ廢太子ハ怨靈《をんりやう》ヲヤスメラレントテ崇道《すだう》[二二]天皇ノ號ヲオクラル。院號アリシコトハ小[二三]一條院ゾマシシケル。

此天皇辛巳《かのとみの》年卽位、壬午《みづのえうま》ニ改元。天下ヲ治給コト十一年。太子ニ讓テ尊號例ノゴトシ。[二四]シバラク政《まつりこと》ヲシラセ給シガ、二十一歲ニテ世ヲハヤクシオマシ〳〵キ。

第八十六代、四條院《しでう》。諱ハ秀仁《みつひと》、後堀河ノ太子。御母藻壁門院《さうへきもんゐん》、藤原ノ竴子《そんし》、攝政左大臣道家女《みちいへのむすめ》也。壬辰《みづのえたつ》ノ年卽位、癸巳《みづのとみ》ニ改元、例ノゴトシ。[二五]一トセバカリ有テ、上皇カクレ給シカバ、[二六]外祖ニテ道家ノオトヾ王室ノ權ヲトリテ、昔ノ執政ノゴトクニゾアリシ。東國ニアフギシ征夷大將軍賴經《よりつね》モ此大臣ノ胤子《いんし》[二七]ナレバ、[二八]文武一《ひとつ》ニテ權勢オハシケルトゾ。

天下ヲ治給コト十年。俄《にはか》[二九]ニ世ヲハヤクシ給。十二歲オマシ〳〵キ。

第八十七代、第四十六世、後嵯峨院《ごさが》。諱ハ邦仁《くにひと》、土御門院第二ノ御子。御母贈皇太后源通子《みちこ》、贈左大臣通宗《みちむね》ノ女、內大臣通親《みちちか》ノ孫女《まごむすめ》ナリ。承久ノミダレアリシ時、二歲ニナラセ給ケリ。通親ノ大臣ノ四男、大納言通方《みちかた》ハ父ノ院ニモ御傍親《ばうしん》[三〇]、贈皇后

一六→一五三頁注一五。

一七 親王宣下後入道した親王。法親王は出家後親王宣下のあった親王。守貞親王、法名行助。一八「承久三年辛巳八月十一日、尊二皇親入道守貞親王一〈高倉院第三皇子〉為二太上天皇一〈後高倉院是也〉」(皇年代略記)。時に後堀河天皇十歲。三上皇とも都を出られたので、父君の院政となった。

一九→一〇一頁注一一。

二〇→一〇五頁注一四。

二一→一〇七頁注二〇。

二二→一〇八頁注七。

二三→一三九頁注一六。

二四 四条天皇即位は二歲。約二年間院政。後堀河天皇は十歲で即位、治世十一年、院政二年であるから、崩御は二十三歲が正しい。

二五「中一トセバカリ」とあるべきところ。文暦元年(一二三四)七月十五日崩御。

二六 道家は承久三年(一二二一)四月二十日、仲恭天皇即位とともに摂政、同年七月八日辞任。安貞二年(一二二八)十二月関白基房の死後、関白。嘉禎元年(一二三五)三月摂政教実(道家の長子)の死後摂政に再任、同三年三月辞任。「摂政殿にも大殿たちかへりなりたまひぬ。かくて三度政事をさめたまひぬるにや。北の政所の御父は公経の大臣なれば、かの殿と一つにて、世はいよいよ御心のままなるべし」(増鏡、藤衣)。摂政現任時代と同じく思うままである。

二七 嗣子。子孫。→一五六頁注一〇。

二八「関白道家昔の如く摂政し給ひけり。関東の頼経卿も此息男にておはしければ、公家武家一にしてぞありける」(保暦間記四)。

二九「御悩みのはじめも、なべての筋にはあらず、あまりいはけたる御遊びよりそこなはれたまひにけるとぞ」(増鏡、三神山)。

三〇 傍系の親戚。父土御門天皇は通方の甥、母通子は通方の姪。その間の御二子が後嵯峨天皇。

ニモ御ユカリナリシカバ、[一]収養《しうやう》シ申テカクシ(オ)ヲキタテマツリキ。[二]十八ノ御年ニヤ、大納言サヘ世ヲハヤクセシカバ、イトヾ無頼《ぶらい》ニナリ給テ、御祖母承明門院《じようめいもんゐん》ニナムツロヒマシ〳〵ケル。[三]二十二歳ノ御年、春正月十日四條院俄《にはか》ニ[四]晏駕《あんが》、皇胤モナシ。[五]連枝ノミコモマシマサズ。順徳院ゾイマダ佐渡ニオハシマシケルガ、[六]御子達モアマタ都ニトヾマリ給シ、入道攝政道家ノオトヾ、彼御方ノ[七]外家《ぐわいけ》ニオハセシカバ、此御流《ながれ》ヲ天位ニツケ奉リ、モトノマヽニ世ヲシラントオモハレケルニヤ、ソノ(オ)ヲモブキヲ仰ツカハシケレド、鎌倉ノ義時ガ子、泰時《やすとき》ハカラヒ申テコノ君ヲスヘ(エ)奉リヌ。誠ニ天命也、正理也。土御門院御兄ニテ[八]御心バヘモオダシク、[九]孝行モフカクキコエサセ給シカバ、天照太神ノ[一〇]冥慮《みやうりよ》ニ代《カハリ》テハカラヒ申ケルモコトハ(ワ)リ也。

大方《おほかた》泰時心タヾシク政《まつりこと》スナ(ホ)ニシテ、人ヲハグクミ物ニオゴラズ、[一一]公家《くげ》ノ御コトヲオモクシ、[一二]本所《ほんじよ》ノワヅラヒヲトヾメシカバ、[一三]風ノ前ニ塵ナクシテ、天ノ下スナハチシヅマリキ。カクテ年代ヲカサネシコト、ヒトヘニ泰時ガ力トゾ申傳ヌル。陪《ばい》臣《しん》トシテ久シク權ヲトルコトハ和漢兩朝ニ先例ナシ。其[一四]主《しゆ》タリシ頼朝スラ二世ヲバスギズ。義時イカナル果報ニカ、[一五]ハカラザル家業ヲハジメテ、兵馬ノ權ヲトレリシ、タメシマレナルコトニヤ。サレドコトナル才徳ハキコエズ。又[一六]大名《たいめい》ノ下ニホコル心ヤ有ケン、中二トセバカリゾアリシ、身マカリシカド、彼泰時アヒツギテ徳政ヲサキトシ、[一七]法式ヲカタクス。己《おのれ》ガ分ヲハカルノミナラズ、親族ナラビニアラユル武士

一「賑恤二宗族一収養二孤寡一」(後漢書、任隗伝)。みよりのないものを引き取って養育する。
二 十九歳が正しい。通方は暦仁元年(一二三八)十二月二十八日没。天皇は承久二年(一二二〇)二月二十六日誕生。
三 二十三歳が正しい。
四 →一四六頁注一。「仁治三年壬寅正月九日、今暁風聞。主上去夜半頓崩〈御年十二〉」(帝王編年記巻二十四)。
五 枝を連ねて本を同じくする意。高貴な方の兄弟の称。
六 仲恭天皇は崩御されたが、尊覚・覚恵法親王、善統親王、忠成・彦成の二王が京都在住。
七 皇妃の生家。道家は忠成王を仰ごうとした。順徳天皇の中宮一条院は道家の姉。忠成王は藤原清季の女の子。道家と直接の血族関係はないが、順徳天皇の外戚としての意。
八 性温厚であること。おだやかであること。
九 →一五六頁注五。
一〇 皇統継承の最大の眼目である天照大神の神意・神慮。その冥々の世界からの神慮。土御門天皇が太子で賢明であった余慶とするのである。
一一 承久三年(一二二一)兵を率いて上洛しようとして途中から鎌倉に引き返し、「天子親征」の場合の態度を父に聞いたこと、皇嗣選定に誠意をつくし鶴岡八幡宮の神意を聞いたことなど。
一二 地頭の暴逆を禁止したこと。
一三 風吹き塵起こる意。兵乱。世のさわぎ「中洲之地無二復風塵一」(神武紀)。
一四 陪臣北条氏の主家。
一五 思いもよらず、鎌倉幕府の執権職として七代もつづいた家業のもとを開く。
一六 →補注四二。
一七 貞永式目五十一条を貞永元年(一二三二)八月制定、武家政治の規準を確立した。御成敗式目ともいう。

マデモイマシメテ、高官位《たかき》ヲノゾム者ナカリキ。其政《まつりこと》一八次第ノママニオトロへ、ツ(ヒ)ヰニ滅ヌルハ天命ノヲハルスガタナリ。七代マデ一九タモテルコソ彼ガ餘薫《よくん》二〇ナレバ、恨《うらむる》トコロナシト云ツベシ。

凡《およそ》保元・平治ヨリコノカタノミダリガハシサニ、頼朝ト云人モナク、泰時ト云者二一ナカラマシカバ、日本國ノ人民イカヾナリナマシ。此イハレヲヨクシラヌ人ハ、ユ(エ)ヘモナク、皇威ノオトロへ、武備ノカ二二チニケルトオモヘルハアヤマリナリ。所々ニ申ハベルコトナレド、天日嗣《あまつひつぎ》ハ御讓《ゆづり》ニマカセ、正統ニカヘラセ給ニトリテ、用意二三アルベキコトノ侍也。神ハ人ヲヤスクスルヲ本誓《ほんぜい》二四トス。二五天下ノ萬民ハ皆神物《じんもつ》ナリ。君ハ尊クマシマセド、一人《いちにん》ヲタノシマシメ萬民ヲクルシムル事ハ、天モユルサズ神モサイハ(ヒ)イセヌイハレナレバ、政《まつりこと》ノ可否ニシタガイ(ヒ)テ御運二六ノ通塞《トウソク》アルベシトゾオボエ侍ル。マシテ人臣トシテハ、君ヲタウ(フ)トビ民ヲアハレミ、天二七ニセクグマリ地ニヌキアシシ、日月《ひつき》ノテラスヲアフギテモ心ノ黑《キタナク》シテ光ニアタラザランコトヲヂ(オ)、雨《あめ》露《つゆ》ノホドコスヲミテモ身ノタダ二八シカラズシテメグミニモレンコトヲカヘリミルベシ。朝夕《あさゆふ》ニ長田狹田《ながたさた》二九ノ稲ノタネヲクフモ皇恩也。晝夜《ちうや》ニ生井《イク》三〇榮井《サク》ノ水ノナガレヲ飲《のむ》モ神徳也。コレヲ思《おもひ》モイレズ、アルニマカセテ欲ヲホシキマヽニシ、私《わたくし》ヲサキトシテ公《オホヤケ》ヲワスル、心アルナラバ、世ニ久《ひさし》キコトハ(ワ)リモハベラジ。イハンヤ國柄《こくへい》三一ヲトル仁《じん》ニアタリ、兵權三二ヲアヅカル人トシテ、正路《しやうろ》三三ヲフマザランニヲ(オ)キテ、イカデ其運ヲ

一八 北条氏は時政から高時まで九代。そのうち執権職は七代。泰時は二代執権。二代三代と次第に代の下るとともに。

一九 この七代は泰時以後を七代と数えたものか。底本「タモテルトコロ」、近・青・大等により訂。 二〇 余慶。先祖の勲功の余徳がその子孫に幸福をもたらすこと。

二一 もしも居なかったと仮定したならば。

二二 底本「カケニ」、近・山二・刈等により訂。

二三 十分意を用うべきこと。現象的にでなく、本質的にその真意を把握すること。

二四 根本の誓約。神は本来あらゆる人民に恵みを垂れてその生活を安らかならしめようとする。

二五 「人乃天下之神物也。莫レ傷二心神一」(御鎮座伝記)。人民あっての天下であることをいう。

二六 「位有二通塞之遇一」(潘岳・西征賦)。順調なことと難渋なこと。運の開けることと開けないこと。「臣の不忠はまことに国の恥なれど、宝祚の長短は必ず政の善悪によれり」(六代勝事記)。「通塞」は「ツウソク」が正しい。

二七 跼天蹐地。頭が天にふれることを恐れて背を屈して歩き、地のくぼむことを恐れてぬき足して歩く。態度の恭敬なさま。

二八 底本「タトカラス」、近・静二・新等により訂。 二九 「即以二其稲種一始殖二于天狭田及長田一。其秋垂穎八握莫々然甚快也」(神代紀)。狭い田と長い田。田の名称は他にも多く見える。田の広狭とも、あるいはともに美称で高天原の美田の称ともいう。 三〇 「井」は清冽な水をたたえている所。祈年祭の祝詞にも見える。その水を飲むことによって生気に満ち長寿無窮の井。

三一 「柄」は物の柄で、物を動かす大切な部分。大切な国の政治を司る人物。摂関・大臣など。

三二 文の執政に対して、武の征夷大将軍・執権職など。

三三 政治の大本である正直・誠実・仁徳など。

マタクスベキ。泰時ガ昔ヲ思《おもふ》ニハ、ヨクマコトアル所有《ところあり》ケムカシ。子孫ハサ程ノ心アラジナレド、カタクシケル法[一]ノマヽニヲ《(オ)》コナヒケレバ、オヨバズナガラ世ヲモカサネシニコソ。異朝ノコトハ亂逆《らんげき》ニシテ紀《ノリ》ナキタメシオホケレバ、例《ためし》トスルニタラズ。我國ハ神明[二]ノ誓イチジルクシテ、上下ノ分[三]サダマレリ。シカモ善惡ノ報《むくい》アキラカニ、因果ノコトハ《(ワ)》リムナシカラズ。カツハトヲ《(ホ)》カラヌコトドモナレバ、近代[四]ノ得失ヲミテ將來ノ鑒誡《かんかい》[五]トセラルベキナリ。

抑《そもそも》此天皇正路[六]ニカヘリテ、日嗣ヲウケ給シ、サキダチテサマ〳〵〔ノ〕[七]奇瑞《きずゐ》アリキ。又土御門院阿波國ニテ告文《かうもん》[八]ヲカヽセマシテ、石清水《いはしみづ》ノ八幡宮ニ啓白《けいびやく》[九]セサセ給ケル、其御本懐[一〇]スエ《(ヱ)》トヲ《(ホ)》リニシカバ、サマ〴〵ノ御願《ごぐわん》[一一]ヲハタサレシモアハレナル御コト也。ツヰ《(ヒ)》ニ繼體ノ主《しゆ》トシテ此御スエ《(ヱ)》ナラヌハマシマサズ。壬寅《みづのえとら》ノ年卽位[一二]、癸卯《みづのとう》ノ春改元。

御身[一三]ヲツヽシミ給ケレバニヤ、天下ヲ治給コト四年。太子[一四]ヲサナクマシ〳〵シカドモ讓國アリ。尊號例ノゴトシ。院中ニテ世ヲシラセ給《たまひ》、御出家[一五]ノ後モカハラズ、二十六年アリシカバ、白河・鳥羽ヨリコナタニハオダヤカニメデタキ御代ナルベシ。五十三歳オマシ〳〵キ。

第八十八代、後深草《のちのふかくさ》院。諱ハ久仁《ひさひと》、後嵯峨第二ノ子。御母大宮《おほみや》院、藤原ノ姞子《きつし》、太政大臣實氏《さねうぢ》ノ女也。丙午《ひのえうま》ノ年四歳ニテ卽位、丁未《ひのとひつじ》ニ改元。

一 国に秩序なく、逆乱がうちつづき、君臣・父子間の正しい紀律が行なわれないこと。底本「糺」、国・書・天村等により訂。二 天照大神の御誓約が歴然と存在していて。三 底本「サタマレル」、青・山二・近等により訂。君臣の分の確立。四 保元・平治以後今日までの政治の可否。五 いましめ。かがみ。「考二観古今成敗一為二法戒一者皆曰レ鑑」(正字通)。六 傍系にわたっていた皇位が、この時後嵯峨天皇に帰したことによって再び正系にかえったこと。長子で有徳の土御門天皇の皇子であることを強調したのである。七 大・書・国により訂。「奇瑞」はめずらしい不思議な瑞相。かつて石清水八幡宮に参籠して「椿葉の影二たび改まる」(増鏡、三神山)という皇位継承を意味する神託をえたことなど。八 神祇に願いの筋を書いて告げ奉る文。九 神仏に対して願いの趣を申し上げること。一〇 その本来の願意が神によって実現された。すなわち皇位につくことができたこと。一一 告文には、願意が聞き届けられた時に御礼として、かくかくの事をする旨記載する。多くは社殿の造営・修築とか社領を寄進する。一二 底本「御即位」、訂。正統記中数十例みな即位。一三「内には更衣腹の若宮〈宗尊〉おはしませど、この御ことを待ちきこえ給ふとて、坊定まりたまはぬ程なり」、「かつは御身の宿世見ゆべき際ぞかし」(増鏡、内野の雪)とあるように、後嵯峨天皇は大宮院との間に皇子誕生を神仏に祈請された。その皇子を皇太子として譲位することを密かに神仏に祈誓されたので、それを実行されたのである。神仏に対して敬虔な態度をとる。一四 時に四歳。「さて主上は、寛元四年正月二十九日位を春宮に譲まいらせらる。御年四也。四歳にてつがせ給事、後鳥羽土御門院、此佳例なるべし」(五代帝王物語)。一五 文永五年(一二六八)十月五日御出家。四十九歳。

天下ヲ治給コト十三年。[一六]后腹《きさいばら》ノ長子ニテマシ〳〵シカドモ、[一七]御病オハシマシケレバ、同母ノ御弟恆仁《つねひと》親王ヲ太子ニタテテ、讓國、尊號例ノゴトシ。[一八]伏見ノ御代ニゾシバラク政《まつりこと》ヲシラセ給[一九]シガ、御出家アリテ政務ヲバ主上ニ讓リ申サセ給。五十八歳オマシ〳〵キ。

第八十九代、第四十七世、龜山《かめやま》院。諱ハ恆仁《つねひと》、後深草院同母ノ御弟也。己未《つちのとひつじ》ノ年即位、庚申《かのえさる》ニ改元。此天皇ヲ繼體トオボシメシヲキテ《(オ)》ケルニヤ、[二〇]后腹《きさいばら》ニ皇子ウマレ給シヲ後嵯峨トリヤシナヒマシテ、イツシカ太子ニ[二一]立給《たてたまひ》ヌ。後深草[二二]〔ノ〕〈其時新院ト申キ〉御子モサキ立《だち》テ生《うまれ》給シカドモヒキコサレマシニキ〈太子ハ後宇多ニマシマス。御年二[二三]〔歳〕。後深草ノ御子[二四]ニ伏見、御年四歳ニナリ給ケル〉。後嵯峨カクレサセ給テノチ、兄弟ノ御アハヒニアラソハセ給コトアリケレバ、關東ヨリ母儀《ぼぎ》[二五]大宮院ニタヅネ申ケルニ、[二六]先《せん》院《ゐん》ノ御素意ハ當今《たうぎん》ニマシマスヨシヲオホセツカハサレケレバ、コトサダマリテ、[二七]禁《きん》中《ちゅう》ニテ政務セサセ給。

天下ヲ治給コト十五年。太子ニユヅリテ、尊號レイノゴトシ。院中ニテモ十三年マデ世ヲシラセ給。[二八]事アラタマリニシ後、御出家。五十七歳オマシ〳〵キ。

第九十代、第四十八世、後宇多《ごうた》院。諱ハ世仁《よひと》、龜山ノ太子。御母皇后藤原佶子《のきし》〈後ニ京極《きやうごく》院ト申〉、左大臣實雄《さねを》ノ女也。甲戌《きのえいぬ》ノ年即位、乙亥《きのとゐ》改元。[二九]丙子《ひのえね》ノ年、モロコシノ宋《そうの》幼帝德祐《とくいう》二年ニアタル。コトシ、[三〇]北狄《ほくてき》ノ種《しゅ》、蒙古《もうこ》オコリ

一六 前注一三参照。更衣腹に対して「后腹」。中宮大宮院。同腹の弟に恒尊親王・亀山院・雅尊親王・貞良親王、妹に月華門院がある。
一七 後深草天皇の皇后公子嘉元二年(一三〇四)正月二十一日崩御。「法皇もその御歎きの後、をさをさものきこしめさずなどありしをはじめにて、うちつづき快からず、御瘧病などきこゆる程に、七月十六日二条富小路殿にて崩れさせたまひぬ」(増鏡、さし櫛)。五代帝王物語によれば、弟の亀山天皇も同じく、御瘧病(おこり)の持病になやまれたとある。
一八 伏見天皇即位の正応元年(一二八八)三月十五日から同三年(一二九〇)二月十一日御出家までの約二年間。
一九 底本「給シカハ〔」、青・新・静一等により訂。
二〇 皇后京極院の所生、世仁親王。文永四年(一二六七)十二月一日誕生。「際ことにもてはやしかしづかせ奉らせ給」(増鏡、北野の雪)。翌年八月二十五日立太子。
二一 底本「立給又」、静二・国・新等により訂。
二二・二三 国・青・天村等によりともに補。
二四 熙仁親王。文永二年(一二六五)四月二十三日誕生。　二五 本来は人の母たるものの手本の意。ここでは母君。
二六 「少しのあやまりなくおぼすままにて、新院帝春宮動きなく、又ほかざまに分かるべきこともなければ、思しおくべき一ふしもなし」(増鏡、飛鳥川)。「当今」は当代の今上。
二七 禁門の中。禁門は許された廷臣以外の者の出入を禁止する宮門。承明門の内を禁裏・禁中という。ここは宮中と同意。
二八 幕府の申出による大覚寺統と持明院統との迭立の議が定まり、伏見天皇即位、後深草院の院政となったこと。正応二年(一二八九)九月七日御出家。　二九 建治二年(一二七六)。
三〇 シナで北方塞外の遊牧の民を総称する。

テ元國ト云シガ宋一ノ國ヲ滅《ほろぼ》ス〈金《きん》二國オコリニシヨリ宋ハ東南ノ杭《かう》州ニウツリテ百五十年ニナレリ。蒙古オコリテ、先《まづ》金國ヲアハセ、ノチニ江ヲワタリテ宋ヲセメシガ、コトシツヰ（ヒ）ニホロボサル〉。辛巳《かのとみ》ノ年〈弘安四年ナリ〉蒙古ノ軍《いくさ》オホク船ヲソロヘテ我國ヲ侵《をか》ス。筑紫《つくし》ニテ大《おほき》ニ合戰アリ。神明《しんめい》、威三ヲアラハシ形《かたち》ヲ現ジテフセガレケリ。大風ニ（ヘ）ワカニオコリテ數十萬艘ノ賊船ミナ漂倒《へうたう》四破滅《はめつ》シヌ。末世トイヘドモ神明ノ威徳不可思議ナリ。誓五約ノカハラザルコトコレニテヲ（オ）シハカルベシ。

コノ天皇天下ヲ治給コト十三年。オモヒ六ノ外ニノガレマシ〳〵テ十餘年アリキ。後二條ノ御門立給シカバ、世七ヲシラセ給。遊義門院《いうぎもんゐん》八カクレマシテ、御歎《なげき》ノアマリニヤ、出家セサセ給。前《さきの》大僧正禪助《ぜんじよ》ヲ御師トシテ、宇多・圓融ノ例ニヨリ、東寺ニテ灌頂セサセ給。メヅラカニタウ（フ）トキ事ニハベリキ。其日ハ後醍醐ノ御門、中務《なかつかさ》ノ親王トテ王九卿ノ座ニツカセ御〔座〕一〇《ましま》ス。只今ノ心地ゾシハベル。後二條カクレサセ給シノチ、イトヾ世ヲイトハセタマフ。嵯峨ノ奥、大覺寺ト云所ニ、弘仁一一・寛平ノ昔ノ御跡ヲタヅネテ御一二寺ナドアマタ立《たて》テゾヲ（オ）コナハセ給シ。其後、後醍醐ノ御門位ニツキマシ〳〵シカバ、又シバラク世ヲシラセ給テ、三トセバカリ有テユヅリマシ〳〵キ。大方コノ君ハ中古ヨリコナタニハアリガタキ御コトヽゾ申侍ベキ。文學ノ方モ後三條ノ後ニハカホドノ御才キコエサセ給ハザリシニヤ。一三寛平《くわんぺい》ノ御誡《ぎよかい》ニハ、帝皇《ていわう》ノ御學問ハ群書治要《ぐんしよちえう》ナドニテタリヌベシ。雜文《ざふぶん》ニツキテ政《まつり》

一　蒙古の祖太宗は開禧二年(一二〇六)即位、景炎元年(一二七六)恭宗をとりこにした。その後文天祥が端宗をたすけて即位させたが、祥興二年(一二七九)両宋十八主三百二十年で全く滅亡。

二　一四五頁参照。

三　七月二十九日皇大神宮の風宮宝殿鳴動、同じく石清水八幡宮鳴動、白い鏑矢西をさして飛ぶ。増鏡の老のなみ・八幡愚童訓に詳しい。

四　底本「潦倒」、国・静一・近等により訂。大風のまにまに漂流顚覆し沈没する。「賊船悉漂蕩シテ海ニ沈ヌ」(八幡愚童訓下)。

五　天照大神の天壌無窮の神勅に見られる誓約。

六　心ならずも、北条時頼の計らいにより。

七　正安三年(一三〇一)三月二十四日、即位とともに院政。

八　後深草天皇の皇女、後宇多天皇の皇后で後二条天皇の養母。徳治二年(一三〇七)七月二十四日薨ず。「院の思し騒ぐこと限りなく、よろづにお祈り祭り祓へとののしりしかど、甲斐なき御ことにて、いとあさましくあへなし。院もそれ故御髪おろして、ひたぶるに聖にぞならせ給ひぬる」(増鏡、浦千鳥)。

九　朝儀の際などに、親王や公卿の着座すべき定められた席。親房は当時弾正大弼、殿上人の一員としてこの法会に参列、十六歳。「次王卿著座〈入二北門一被レ参入一〉。親王令レ著二西座一給。公卿著二東座一」(後宇多院御灌頂記)。

一〇　近・青・静一等により補。

一一　嵯峨天皇と宇多天皇。

一二　「元亨元年四月、就二大覚寺一造二営伽藍僧坊一。又置二僧定額一、製二二十五箇式目一」(大覚寺門跡略記)。護摩堂八千枚・納涼百ケ日御影供・曼陀羅修復・仏舎利奉納などがあり、密教の行学に精進。

一三　「天子雖レ不レ窮二経史百家一、而有二何所レ恨乎。唯群書治要早可二誦習一。勿下就二雑文一以消中日月上耳〈寛平御遺誡〉」(明文抄一)。

事《こと》ヲサマタゲ給フ〔ナ〕[一四]トミエタルニヤ。サレド延喜・天暦・寛弘・延久ノ御門ミナ宏才博覧ニ、諸道ヲモシラセタマヒ、政事モ明《あきらか》ニマシ〳〵シカバ、先《さきの》二代ハコトフリヌ、ツギテハ寛弘・延久ヲゾ賢王トモ申メル。和漢ノ古事[一五]ヲシラセ給ハネバ、政《せい》道《だう》モアキラカナラズ、皇威モカロクナル、サダマレル理《ことわり》ナリ。尚書ニ堯・舜・禹ノ徳ヲホムルニハ「古《いにしへ》[一六]ニ若稽《シタガヒカンガフ》。」ト云。傅説《フエツ》[一七]ガ殷《いんの》高宗ヲ《(ヲ)》オシヘタルニハ「事古《いにしへ》ヲ師《し》トセズシテ、世ニナガキコトハ説《エツ》ガキカザル所ナリ。」トアリ。唐《たう》ニ仇士良《きうしりやう》[一八]トテ、近習《きんじふ》[一九]ノ宦者《くわんじや》ニテ内権《ないけん》[二〇]ヲトル、極《きはめ》タル奸人《かんじん》也。其黨類《たうるゐ》ニ[二一]ヲシヘケルハ「人主[二二]ニ書ヲミセタテマツルナ。ハカナキアソビタワ《(ハ)》ブレヲシテ御心ヲミダルベシ。書ヲミテ此道ヲ知《しり》タマワ《(ハ)》バ、我《わが》トモガラハウセヌベシ。」ト云ケル、今モアリヌベキコトニヤ。寛平ノ群書治要ヲサシテノ給ケル、部《ぶ》[二三]セバキニ似タリ。但《ただし》此書ハ唐太宗[二四]、時ノ名臣魏徴《ぎちよう》[二五]ヲシテエラバセラレタリ。五十巻ノ中ニ、アラユル經《けい》・史・諸子[二六]マデノ名文ヲノセタリ[二七]。全經ノ書・三史[二八]等ヲゾツネノ人ハマナブル。此書ニノセタル諸子ナンドハミル者スクナシ。ホト〳〵名ヲダニシラヌタグヒモアリ。マシテ萬機ヲシラセ給ハンニ、コレマデマナバセ給コトヨシナカルベキニヤ。本經等ヲナラハ[二九]セマシ〳〵ソマデハアルベカラズ。已《すで》ニ雑文トテアレバ、經・史ノ御學問ノウヘ〔二〕[三〇]此書ヲ御覧ジテ諸子等ノ雑文マデナクトモノ御心ナリ。寛平ハコトニヒロクマナバセ給ケレバニヤ、周易《しうやく》ノ深[三一]キ道ヲモ愛成《ちかなり》[三二]ト云博士ニウケサセ給キ。延喜ノ御コト左右《さう》[三三]ニアタ

一四 近・大・青等により補。 一五「太宗謂二房玄齢一曰、朕毎レ覩二前代史書一、彰レ善癉レ悪。足レ為二将来規誡一〈貞観政要〉」(明文抄一)。「和漢ノ古事」は政道の資となる歴史上の万般の事象・言行、それを対象として学問的に解明したものなど広義に見るべきである。 一六「曰若二稽古一帝堯」(書経第一)、「曰若二稽古一帝舜」(同前)、「曰若二稽古一大禹」(同第二)。「若順。稽考也。能順二考古道一而行レ之者帝堯」(同第一、注)。よく古事を知り、その本質を知って政事の上に生かしてゆく。 一七「説曰、王人求二多聞一。時惟建レ事。学二于古訓一乃有レ獲。事不レ師レ古以克永レ世、匪二説攸レ聞一」(書経、説命)。「傅説」は殷の高宗の相、高宗夢に聖人を得て説を発見し、相とし傅をもって氏とした。説命三篇を作る。 一八 底本「丸士良」、「仇士良」が正しい。 一九 底本「官者」、天一・山二・高等により訂。天子の側にあってなれ親しむもの。「宦者」↓一〇六頁注一。 二〇 宮中における権力(表向きの国務に対して)を握る、これ以上ない悪賢い男。 二一 底本「ヲシヘケレハ」、青・近・国等により訂。 二二 ↓補注四三。 二三 やや部分的に過ぎ範囲が狭すぎる。 二四 底本「大宗」、出・刈・高等により訂。 二五 唐の曲城の人。読書を好み群書を博渉。卒するに及び太宗をして「朕失二一鑑一」と歎ぜしめた。群書治要・類礼を著わす。 二六 先秦の学者、その著書。四庫提要に十四類に分類している。「凡諸子百八十九家、四千三百二十四篇」(漢書、芸文志)。 二七 底本「ノセタル」、近・国・青等により訂。 二八 史記・前漢書・後漢書。「全経ノ書」は七一頁参照。 二九 学習するに及ばないという程きつい意ではない。「ソ」は禁止の結びの助詞。 三〇 北・静一・静二等により補。 三一 底本「古キ」、国・静一・静二等により訂。 三二「寛平法皇受二読周易於愛成一云々」(江談抄第六)。 三三 今更とやかく申しのべるまでもない。

ハズ。菅氏輔佐《ふさ》シタテマツラレキ。其後モ[一]紀納言《きなふごん》・[二]善相公《しやうこう》等ノ名儒《めいじゆ》アリシカバ、文道ノサカリナリシコトモ上古ニヲ(オ)ヨベリキ。此御誡《ぎよかい》ニツキテ「天子ノ御學問サマ[三]デナクトモ」ト中人《まをすひと》ノハベル、[四]アサマシキコトナリ。何事モ[五]文ノ上ニテヨク料簡《れうけん》アルベキヲヤ。此君ハ[六]在位ニテモ政事《まつりごと》ヲシラセ給ハズ、又[七]院ニテ十餘年閑居シ給ヘリシカバ、[八]稽古ニアキラカニ、諸道ヲシラセ給ナルベシ。御出家ノ後モネムゴロニヲ(オ)コナハセマシ〳〵キ。上皇ノ出家セサセ給コトハ、聖武・孝謙・平城・清和・宇多・朱雀・圓融・花山・後三條・白河・鳥羽・崇徳・後白河・後鳥羽・後嵯峨・深草・龜山ニマシマス。醍醐・一條ハ御病ヲ(オ)モクナリテゾセサセ給シ。カヤウニアマタキコエサセ給シカド、[九]戒律ヲ具足《ぐそく》シ、始終カクルコトナク密宗ヲキハメテ[一〇]大阿《あ》闍《じや》梨《り》ヲサヘセサセ給シコトイトアリガタキ御コト也。コノ御スヱ(エ)ニ一統ノ運ヲヒラカルヽ、[一一]有徳ノ餘薫トゾオモヒ給《たまふ》ル。元亨《げんかう》ノスヱ(エ)甲子《きのえね》ノ六月《みなづき》ニ五十八歳ニテカクレマシ〳〵キ。

第九十一代、伏見《ふしみ》院。諱ハ熙仁《ひろひと》、後深草第一ノ子。御母玄輝門院《げんきもんゐん》、藤原《の》愔子《やすこ》、左大臣實雄《さねを》ノ女也。後嵯峨ノ御門、繼體ヲバ龜山トオボシメシ定ケレバ、深草ノ御流[一二]イカヾトオボヱ(エ)〔シヲ、龜山、〕[一三]弟順《テイジユン》ノ儀ヲオボシメシケルニヤ、此君ヲ御猶子《ごいうし》ニシテ東宮ニスヱ(エ)給ヌ。ソノノチ[一四]御心モユカズ、アシザマナル事サヘイデキテ践祚アリキ。[一五]丁亥《ひのとゐ》ノ年即位、戊子《つちのえね》ニ改元。[一六]東宮ニサヘ此天皇ノ御子ヰ給キ。

一 中納言紀長谷雄。多くの詔勅を起草した。
二 参議三善清行。「相公」は参議の唐名。ともに文章博士・大学頭に任じた有数の学者。
三 「ヨカリナン」と補えば文意明瞭。
四 思慮不十分で、驚き入ったことである。
五 由緒ある先人の書の本文を読んで、十分思慮分別あるべきが至当である。「料簡」は仏語で、思案をめぐらすこと。
六 時に亀山上皇の院政であった。
七 御自身は上皇であったが、その間十四年は持明院統の伏見・後伏見天皇の治世であった。
八 古書を読んで学問すること。学問の道。
九 五戒・十戒・五百戒などといわれる、比丘・比丘尼の持すべき戒法と律義。「具足」は円満具足。あらゆる戒律を残るところなく完全に保つこと。
一〇 →補注四四。
一一 立派な徳行があったおかげの然らしめるところ。
一二 遺詔に反するので、その立太子・即位はどうかと懸念されたが。底本「シヲ、亀山、」なし、青・山二・国等により補。
一三 兄や長上によく仕えてさからわぬこと。兄である後深草天皇に対して弟としての礼をつくすために、その皇子伏見天皇をわざわざ後宇多天皇の皇太子としたこと。事実は北条時宗の計らいである。「御猶子ニシテ」については確証がない。増鏡の草枕に「新院へも奏し、かなたこなたなだめ申て」とあるように、御猶子ということで落着したものか。
一四 後宇多天皇としては思い通りにならず不愉快なこと、すなわち北条氏からの譲位勧告。「践祚アリキ」の主語は伏見天皇。
一五 丁亥に受禅、即位は翌戊子正応元年(一二八八)三月。
一六 後嵯峨遺詔に反して、またまた持明院統の胤仁親王が立太子あったこと。

天下ヲ治給コト十一年。太子ニユヅリテ尊號例ノ如シ。院中ニテ世ヲシラセ給シガ、[一七]程ナク時ウツリニシカド、[一八]中六トセバカリ有テ又世ヲシリ給キ。[一九]關東ノ輩《ともがら》モ龜山ノ正流ヲウケタマヘルコトハシリ侍リシカド、近比トナリテ、[二〇]世ヲウタガハシク思ケレバニヤ、[二一]兩皇ノ御流ヲカハル〴〵スエ(ヱ)申サント相計《はからひ》ケリトナン。ノチニ出家セサセ給。五十歳オマシ〳〵キ。

第九十二代、後伏見《ごふしみ》院。諱ハ胤仁《たねひと》、伏見第一ノ子。御母永福門院《えいふくもんゐん》、藤原鏱子《しやうし》、入道太政大臣實兼《さねかね》ノ女ナリ。實《まこと》ノ御母ハ准三宮《じゆさんぐう》藤原經子《つねこ》、入道參議經氏女《つねうぢのむすめ》也。戊戌《つちのえいぬ》ノ年卽位、己亥《つちのとゐ》ニ改元。

天下ヲ治給コト三年。[二二]推讓《すゐじやう》ノコトアリ。尊號例ノゴトシ。正和《しやうわ》ノ比、父ノ上皇ノ御讓《ゆづり》ニテ世ヲシラセ給。[二三]時ノ御門ハ御弟ナレド、御猶子ノ儀ナリトゾ。[二四]元弘ニ、世ノ中ミダレシ時又シバラクシラセ給。[二五]事アラタマリテモ、カハラズ都ニスマセマシ〳〵シカバ、[二六]出家セサセ給テ、四十九歳ニテカクレサセマシ〳〵キ。

第九十三代、後二條《ごにでう》院。諱ハ邦治《くにはる》、後宇多第一ノ子。御母西花門院《せいくわもんゐん》、源基子《みなもとのもとこ》、内大臣具守《とももり》ノ女ナリ。辛丑《かのとうし》ノ年卽位、壬寅《みづのえとら》ニ改元。

天下ヲ治給コト六年有テ、世ヲハヤクシ給。二十四歳オマシ〳〵キ。

第九十四代ノ[二七]天皇。諱ハ富仁《とみひと》、伏見第三ノ子。御母顯親門院《けんしんもんゐん》、藤原季子《すゑこ》、左大臣實雄《さねを》ノ女也。戊申《つちのえさる》ノ歳卽位、改元。

一七 後伏見天皇の治世は僅か三年で後二条天皇即位。治世が大覚寺統に移り、時勢がかわったこと。

一八 花園天皇即位とともに。

一九 執権北条貞時等。

二〇 大覚寺・持明院両統の皇位継承については、その両流の当人は勿論、これをとりまく公卿、対朝廷政策に苦しむ幕府、幕府と朝廷との間をとりもつ関東申次等の各人の心々によって複雑な様相を呈した。「世ヲウタガハシク」は伏見天皇の申出によって、幕府が大覚寺統から攻撃されるかも知れぬと案じたこと。

二一 両皇統十年を限りにかわるがわる即位するようにという貞時からの提案。

二二 他人を進めて自分は辞退する。関東から使を上せて譲位を促したことによる。

二三 「この帝〈花園〉をば新院の御子になし奉らせ給ひてしかば」(増鏡、浦千鳥)。

二四 元弘元年(一三三一)八月後醍醐天皇笠置遷幸から同三年(一三三三)五月京都還幸までの約二年間。底本「元弘ノ」、国・静二・青等により訂。

二五 建武中興が成立して、量仁親王が光厳院として立っていたのが退位したこと。

二六 元弘三年(一三三三)六月二十六日、四十六歳。

二七 伝本によっては、「第九十四代花園院」あるいは「萩原院」となっている。また本文として入れないまでも、傍注したものや朱書したものもある。これらはいずれも後人の記入によるもので、底本の形が正しい。天皇は正平三年(貞和四年)(一三四八)に五十三歳で崩御されたのであるから、親房が正統記を執筆した頃は京都に御健在であったわけである。

裏書云《に》。

天子《の》踐祚《は》以《て》二禪讓年《の》一屬《し》二先代《に》一、踰《えて》レ年《を》即位《する》、是古禮也。而《しかるに》我朝當年即位翌年改元已《に》爲《る》二流例《と》一[三]。但《ただし》禪讓年《の》即位《の》改元又非《ず》レ無《きに》二先例一。和銅八年九月元明禪位。即日元正即位、改元《して》爲《す》二靈龜《と》一。養老八年二月元正禪位。即日聖武即位、改元《して》爲《す》二神龜《と》一。天平感寶元年四月聖武禪位[四]。同年七月孝謙即位、改元《して》爲《す》二天平勝寶《と》一。神護景雲四年八月稱德崩《じ》、同年十月光仁即位、十一[五]月改元《して》爲《す》二寶龜《と》一。德治三年八月後二條崩《じ》、同年月[六]新主即位、十月改元《して》爲《す》二延慶《と》一。又踰《コエテ》レ年《ヲ》不《るの》二改元《せ》一例。天平寶字二年淡路帝《の》即位、不《ず》二改元《せ》一。仁和三年宇多帝《の》即位、不《ず》二改元《せ》一。隔《へだてて》レ年《を》改《めて》爲《す》二寬平《と》一。延久四年白河帝《の》即位、又不《ず》二改元《せ》一。隔《てて》レ年《を》改《めて》爲《す》二承保《と》一等也。即位以前改元《の》例、壽永二年八月後鳥羽受禪、同三年四月改元《して》爲《し》二元暦《と》一、七月即位。是非常《の》例也。

父ノ上皇世ヲシラセ給シガ、御出家ノ後ハ御讓ニテ、御兄ノ上皇シラセマシマス。法皇カクレ給テモ諒闇《りやうあん》[七]ノ儀ナカリキ。上皇御猶子《いうし》ノ儀トゾ。例ナキコト[八]也。天下ヲ治給コト十一年ニテノガレ給。尊號例ノ如シ。世[九]ノ中アラタマリテ出家セサセ給キ[一〇]。

第九十五代、第四十九世、後醍醐《ごだいご》天皇。諱ハ尊治《たかはる》、後宇多第二ノ御子。御母談天《だんてん》門院《もんゐん》、藤原忠子《ただこ》、內大臣師繼《もろつぐ》ノ女、實《まこと》ハ入道《にふだう》參議忠繼女《ただつぐのむすめ》ナリ。御祖父龜山[一一]ノ上皇

一 「シナでは天位を有徳者に譲る意。」
二 「尚書曰、再拝興対、乃受レ銅。明レ為二継体君一也。縁二始終之義一、一年不レ可レ有二二君一也。故尚書曰、王釈レ冕喪服。吉冕受レ銅、称レ王以接二諸侯一、明二已継体為一レ君也。釈レ冕蔵レ銅反レ喪、明レ未二称レ王以統一レ事也。不レ曠レ年無レ君、故逾レ年乃即位、改元名二元年一。年以紀レ事、君名二其事一矣。而未レ発二号令一也、何以言二踰レ年即位一。謂レ改二元位一。春秋伝曰、以二諸侯踰レ年即位一、亦知二天子踰レ年即位一也。春秋曰、元年春王正月公即位改二元位一也、王者改元年即事二天地一。諸侯改元即事二社稷一」(白虎通徳論第一)。
三 これまでのしきたり。
四 天平感宝元年(七四九)七月二日禅位。したがって「四月」は七月が正しい。
五 ↓一〇八頁注三。十月が正しい。
六 花園天皇。「同年月」は同月とあるべきところ。八月二十五日崩御、同二十六日即位。
七 天子が喪に服する期間またはその部屋。倚廬(ろい)で服喪十三日、心喪一年という。諒陰。「諒ニ陰(だも)ストハ、天子ハ日々万民ノ訴ヲ断給フベキヲ、一向ニ黙シテ不二聞食一故也」(塵添壒嚢抄五)。
八 上皇の実子でありながら、兄の猶子になったために、父の喪に際して諒闇の儀がなかった事は、たしかに一応父子の縁を切ったことにはなるが、それにしても妙な事例で、全く前例のないことであると遺憾の意を表している。
九 大覚寺統の後醍醐天皇の建武中興成立後、建武二年(一三三五)十一月二十二日出家。
一〇 一六九頁注二七に指摘したような表現をとる伝本は「給キ」につづけて「五十一歳オマシ〳〵キ」としている。これはその書き出しに呼応する表記でこれも後人の加筆である。
一一 「このころ帥宮と聞ゆるを、法皇とりわき御側去らず馴らはし奉り給ひて、いみじうらうたがり聞えさせ給ひし」(増鏡、さし櫛)。

ヤシナヒ申給キ。

弘安《こうあん》ニ、時[一二]ウツリテ龜山・後宇多世ヲシロシメサズナリニシヲ、タビ[一三]〳〵關東ニ仰《おほせ》給シカバ、天命[一四]ノ理《ことわり》カタジケナクオソレ思ケレバニヤ、俄《にはか》ニ立太子ノ沙汰アリシニ、龜山ハコ[一五]ノ君ヲスヘ(ヱ)奉ラントオボシメシテ、八[一六]幡宮ニ告文《かうもん》ヲ(ヲ)オサメ給シカド、一《いち》ノ御子《みこ》[一七]サシタルユヘ(ヱ)ナクテステラレガタキ御コトナリケレバ、後[一八]二條ゾヰ給ヘリシ。サレド後[一九]宇多ノ御心ザシモアサカラズ。御元服アリテ村[二〇]上ノ例《ためし》ニヨリ、太宰帥《だざいのそつ》ニテ節會《せちゑ》[二一]ナドニ出《いで》サセ給キ。後ニ中務卿《なかつかさの》ヲ兼《けん》セサセ給。後二條世ヲハヤクシマシ〳〵テ、父ノ上皇ナゲカセ給シ中ニモ、ヨロヅコノ君ニゾ委附《ゐふ》[二二]シ申サセ給ケル。ヤガテ儲君《ちよくん》[二三]ノサダメアリシニ、後二條ノ一《いち》ノミコ邦良親王《くによしの》ヰ給ベキカトキコエシニ、オボシメスユヘ(ヱ)アリトテ、此親王ヲ太子ニタテ給。「カノ[二四]一《いち》ノミコオ(ヲ)サナクマシマセバ、御子《みこ》ノ儀ニテ傳《つたへ》サセ給ベシ。モシ邦良親王早世ノ御コトアラバ、コノ御スエ(ヱ)繼體タルベシ。」トゾシルシヲ(オ)カセマシマシケル。彼親王鶴膝《カクシツ》[二五]ノ御病アリテ、アヤウ(フ)クオボシメシケルユヘ(ヱ)ナルベシ。

後宇多ノ御門コソニ[二六]、シキ稽古ノ君ニマシマシヽニ、ソノ御跡ヲバヨクツギ申サセ給ヘリ。アマサヘモロ[二七]〳〵ノ道ヲコノミシラセ給コト、アリガタキ程ノ御コトナリケンカシ。佛法ニモ御心ザシフカクテ、ムネト眞言《しんごん》ヲナラハセ給。ハジメハ法皇ニウケマシマシケルガ、後ニ前大僧正禪助《さきのだいそうじやうぜんじよ》ニ許可《こか》[二八]マデウケ給ケルトゾ。天子灌《くわん》

一二 弘安十年(一二八七)十月、時勢が一変して持明院統の治世となったこと。
一三 亀山上皇から後嵯峨天皇の遺詔を守るようにと度々使節を派遣したこと。大覚寺統から早く皇太子を立てるよう申し出たこと。
一四 亀山上皇の仰せに正しい論拠のあることを恐れ多く、服従すべきであると。
一五 尊治親王。
一六 石清水八幡宮。「告文」→一六四頁注八。
一七 これといって特記する程の不適格とする理由。
一八 底本「後二条ノ」、近・要・高等により訂。邦治親王。
一九 亀山上皇と同じく、尊治親王を天位につけようとする意志。
二〇 村上天皇が朱雀天皇の皇弟として、太宰帥に任じ、やがて皇太弟となり即位された佳例。「太宰帥〈唐名都督。相当従三位〉。勅任官也。多是以二有品親王一任レ之。親王任レ之者権帥若大弐知二府務一而已」(職原鈔下)。
二一 恒例および臨時の朝廷の儀式・宴会。
二二 将来の望みをかける。
二三 だれを皇太子に立てるかという評議。
二四 →補注四五。
二五 脚の肉が落ちて、鶴のはぎのように細くなる病気。
二六 並々ならず、学問の道にすぐれた篤学の天皇。一六六頁参照。
二七 「御在位之間、内ニハ三綱五常ノ義ヲ正シテ、周公孔子ノ道ニ順、外ニハ万機百司ノ政不二怠給一、延喜天暦ノ跡ヲ追レシカバ、四海風ヲ望デ悦ビ、万民徳ニ帰シテ楽ム。凡諸道ノ廃タルヲ興シ、一事ノ善ヲモ被レ賞シカバ、寺社禅律ノ繁昌、爰ニ時ヲ得、顕密儒道ノ碩才モ、皆望ヲ達セリ」(太平記巻一)。
二八 →補注一二三。

頂《ちやう》ノ例ハ唐朝ニモミヘ(ヱ)ハベリ。本朝ニモ清和ノ御門、禁中ニテ慈覺大師《じかくだいし》ニ灌頂ヲオコナハル。主上ヲハジメ奉リテ忠仁公ナドモウケラレタル、コレハ結縁《けちえん》灌頂トゾ申メル。此度ハマコトノ授職《じゆしよく》トヲ(オ)ボシメシシニヤ。サレド猶許可ニサダマリニキトゾ。[一]ソレナラズ、又諸流ヲモウケサセ給。又[二]諸宗ヲモステタマハズ。本朝異朝[三]禪門ノ僧徒マデモ内《うち》ニメシテトブラハセ給キ。スベテ和漢ノ道ニカネアキラカナル御コトハ[四]中比ヨリノ代々ニハコエサセマシ〳〵ケルニヤ。

戊午《つちのえうま》ノ年即位、己未《つちのとひつじ》ノ夏四月《うづき》ニ改元。元應ト號ス。[五]ハジメツカタハ後宇多院ノ御マツリコトナリシヲ、中二トセバカリアリテゾユヅリ申サセ給シ。ソレヨリフルキガゴトク[六]記録所ヲヲ(オ)カレテ、[七]夙《つと》ニヲ(オ)キ、夜《よ》ハニオホトノゴモリテ、民ノウレヘヲキカセ給。天下コゾリテコレヲアフギ奉ル。[八]公家《くげ》ノフルキ御政《まつりこと》ニカヘルベキ世ニコソトタカキモイヤシキモ[九]カネテウタヒ侍キ。

カヽリシホドニ[一〇]〔後〕宇多院カクレサセ給テ、イツシカ[一一]東宮《とうぐう》ノ御方《おんかた》ニサブラフ人々[一二]ソハ〳〵ニキコエシガ、[一三]關東ニ使節ヲツカハサレ天位ヲアラソフマデノ御中ラヒニナリニキ。アヅマニモ東宮ノ御コトヲヒキ立申輩《たてまをすともがら》アリテ、御イキドヲ(ホ)リノハジ[一四]〔メ〕トナリヌ。[一五]元亨甲子《きのえね》ノ九月《ながつき》ノスエ(ヱ)ツカタ、ヤウ〳〵事アラハレニシカドモ、[一六]ウケタマハリオコナフ中ニ[一七]イフカヒナキ事イデキニシカド、大方ハコトナクテヤミヌ。其後ホドナク東宮カクレ給。[一八]神慮《しんりよ》ニモカナハズ、[一九]祖皇《そくわう》ノ御イマシメニモタガハセ給

一 それのみならず。真言宗のうち特に広沢流を受けられた以外にその他の真言の諸流、小野六流と広沢六流にわたって。
二 真言宗以外の多くの宗門。
三 禅定の法門。禅宗。大燈国師宗峰妙超・元僧明極楚俊等参内して禅話をした。
四 第五十八代光孝天皇以後が中古であるが、中古以後のどの天皇にも越えて明君であったとする親房の意図は、上古を含めて、あるべき天皇の理想の姿に近いことを意味している。
五 文保二年(一三一八)三月から元亨元年(一三二一)十二月まで。 六 →一四一頁注一四。
七 「夙興夜寐、無レ忝二爾所生一」(詩経、小雅)。朝は早くから起き夜は遅く寝て、日夜政治に励むこと。「オホトノゴモル」は大殿隠。「御寝なる」の意。
八 院政・幕政以前のあるべき天皇親政。
九 前々から謳歌していた。謳歌はその仁徳高きことを慕いたたえること。
一〇 近・青・大等により補。
一一 中御門経継・同俊顕・六条有忠・四条隆久。
一二 間に角がたってよそよそしい。「少し世に怨みあるやうなる人々」(増鏡、春の別れ)と経継たちを表現している。
一三 「近日定房卿可三下向二之由風聞。就レ之春宮又有忠卿可レ揚レ鞭之由、近年両方使者同時馳向。世号二競馬一」(花園院宸記、正中二年正月十三日の条)。 一四 青・近・大等により補。
一五 いわゆる正中の変。元亨四年(一三二四)九月の北条氏追討のこと。十二月九日、正中と改元。
一六 天皇の命を承けて画策しているうちに。
一七 土岐頼貞・多治見国長の自殺、日野資朝・藤原俊基の捕縛など。天皇は九月二十四日中納言宣房を使として、誓の消息を高時に下した。
一八 天照大神の思召し。
一九 祖父後宇多天皇の仰せ。

ケリトゾオボエシ。今コソ此天皇ウタガヒナキ繼體ノ正統ニサダマラセ給ヒヌレ。

サレド坊[二〇]ニハ後伏見第一ノ御子、量仁《かずひと》親王キサセ給。

カクテ元弘辛未《かのとひつじ》ノ年八月《はつき》ニ俄《にはか》ニ都ヲイデサセ給《たまひ》、奈良ノ方《かた》ニ臨幸[二一]アリシガ、其[二二]所ヨロシカラデ、笠置《かさぎ》ト云山寺ノホトリニ行宮《かりみや》ヲシメ、御志《おんこころざし》[二三]アル兵《つはもの》ヲメシ集ラル。事カタクナ[二四]タビ〳〵合戰《かつせん》アリシガ、同《おなじき》九月《ながつき》ニ東國ノ軍《いくさ》オホクアツマリノボリテ、六波羅《ろくはら》[二六]トテ承《じよう》リニケレバ、他所《たしよ》ニウツラシメ給シニ、[二五]オモヒノ外ノコトイデキテ、久《きう》ヨリコナタシメタル所ニ御幸《ごかう》アル。御供[二七]ニハベリシ上達部《かんだちめ》[二八]・ウヘ[二九]ノヲノコドモ、アルイ（ト）ハトラレ、或ハシノビカクレタルモアリ。カクテ東宮《とうぐう》[三〇]位ニツカセ給。ツギノ年ノ春隱岐《おきの》國ニウツラシメマシマス。御子[三一]タチモアナタカナタニウツサレ給シニ、兵部卿護良親王《ひやうぶきやうもりよしの》ゾ山々ヲメグリ、國國ヲモヨヲ（ホ）シテ義兵《ぎへい》ヲオコサントクワタテ給（ヘ）ケル。河内國《かはちのくに》ニ橘正成《たちばなのまさしげ》[三二]ト云者アリキ。御志フカヽリケレバ、河内《かはち》ト大和トノ境《さかひ》ニ、金剛山《こんがうせん》ト云所ニ城ヲカマヘテ、近國ヲオ（ヲ）[三三]カシタイラ（ヒ）ゲシカバ、アヅマヨリ諸國ノ軍《いくさ》ヲアツメテセメシカド、カタクマモリケレバ、タヤスクオトスニアタハズ。世ノ中ミダレ立ニシ。

次ノ年癸酉《みづのとのとり》ノ春、忍《しのび》テ御船ニタテマツリテ[三四]、隱岐ヲイデテ伯耆《はうき》ニツカセ給。其國ニ源長年《みなもとのながとし》ト云者アリ。御方《みかた》[三五]ニマイリ（ヰ）テ船上《ふなのうへ》ト云山寺《やまでら》ニカリノ宮ヲタテテゾスマセタテマツリケル。彼《かの》アタリノ軍兵《ぐんびやう》シバラクハキヲイテヲソ（ホヒ）（オ）ヒ申ケレド、ミナナビ

二〇 東宮坊。東は春に当たり万物成育する。将来天位につく皇太子は東宮にすむ。皇太子。

二一 天皇がみゆきしてその場に臨む。行幸。

二二「西室顕実僧正ハ関東ノ一族ニテ、権勢ノ門主タル間、其威力ニヤ恐レタリケン、与力スル衆徒モ無リケリ。カクテハ南都ノ皇居叶フマジ」(太平記巻二)。

二三 天皇のために忠勤をはげむ志。

二四 事態が面倒なことになったので。九月二十八日、北条軍が間道から笠置城を攻めたこと。

二五 予期しなかったこと。河内へ赴こうとして、深須入道の変心のため賊の手中におちたこと。

二六 六波羅探題。公家の監視と幕府との連絡・京都の警衛・畿内西国の政刑・兵馬の権をとる鎌倉幕府の役所。賀茂川の東、六波羅蜜寺のあたりにあり、もと清盛の邸があった土地。南北の殿がある。

二七 底本「御共」、青・山二・天村等により訂。

二八 →一三八頁注六。

二九 殿上人。殿上の間に昇殿を許されるもの。五位以上、蔵人に限り六位も許された。

三〇 量仁親王。光厳院。元弘元年(一三三一)九月二十日。

三一 尊良親王は土佐、宗良親王は讃岐、恒良親王は但馬に配流。

三二 →補注四六。

三三 底本「オコシタイラケ」、青・国・書等により訂。

三四 お乗りあそばされて。「御船に奉れとて」(源氏物語、明石)。元弘三年(一三三三)閏二月二十四日平明隠岐を脱出。

三五「かれがもとへ宣旨を遣はしたるに、いとかたじけなしと思ひて、とりあへず五百余騎の勢ひにて御迎へにまゐれり。またの日賀茂の社といふ所に立ち入らせたまふ。都の御社思し出でられて、いと頼もし。それより船上寺といふ所へおはしまさせて、九重の宮になずらふ」(増鏡、月草の花)。

キ中ヌ。都チカキ所々ニモ、御心ザシアル國々ノツハモノ[一]ヨリ〳〵ウチイヅレバ、合戰モタビ〳〵ニナリヌ。京中《きやうちゆう》サハ《(ワ)》ガシクナリテハ、[二]上皇モ新主モ六波羅ニウツリ給。伯耆《はうき》ヨリモ軍《いくさ》ヲサシノボセラル。ココニ[三]畿内《きだい》・近國ニモ御志アル輩《ともがら》、[四]八幡山《やはたやま》ニ陣ヲトル。坂東《ばんどう》ヨリノボレル兵《つはもの》ノ中ニ藤原ノ親光《ちかみつ》ト云者モ彼山ニハセクハヽリヌ。ツギ〳〵御方ニマイ《(ヰ)》ル輩《ともがら》オホクナリニケリ。源高氏《みなもとのたかうぢ》トキコエシハ、昔ノ義家《よしいへ》朝臣ガ[五]二男、義國《よしくに》[六]〔ト云シガ後胤《こういん》ナリ。彼義國〕ガ孫ナリシ義氏《よしうぢ》ハ平義時《たひらのよしとき》朝臣ガ[七]外孫ナリ。義時等ガ世トナリテ、[八]源氏ノ號アル勇士ニハ心ヲオキケレバニヤ、ヲ《(オ)》シスヘ《(ヱ)》タルヤウナリシニ、コレハ外孫ナレバ[九]取立《とりたて》テ領ズル所ナドモアマタハカラヒヲ《(オ)》キ、代々ニナルマデヘダテナクテノミアリキ。高氏モ都ヘサシノボセラレケルニ、[一〇]疑《うたがひ》ヲノガレントニヤ、告文《かうもん》ヲカキヲ《(オ)》キテゾ進發シケル。サレド[一一]冥見ヲモカヘリミズ、心ガハリシテ御方《みかた》ニマイ《(ヰ)》ル。官軍力ヲエシマヽニ、五月《さつき》八日ノコロニヤ、都ニアル東軍ミナヤブレテ、アヅマヘコヽロザシテオチユキシニ、兩院・新帝《しんたい》オナジク御ユキアリ。近江國馬場《あふみのくにばんば》ト云所ニテ、御方ニ心ザシアル輩《ともがら》[一二]ウチイデニケレバ、武士ハタヽカフマデモナク自滅シヌ。[一三]兩院・新帝ハ都ニカヘシ奉リ、官軍コレヲマボリ申キ。カクテ都ヨリ西ザマ、程ナクシヅマリヌトキコエケレバ[一四]還幸セサセ給。[一五]マコトニメヅラカナリシ事ニナン。

東《あづま》ニモ上野國《かみつけのくに》ニ源義貞《よしさだ》ト云者アリ。高氏ガ一族也。世ノ亂《みだれ》ニ[一六]オモヒヲオコシ、イ[一七]

一 機会ある度毎に兵をあげる。
二 後伏見・花園両上皇と光厳天皇。
三 五畿内。山城・大和・河内・和泉・摂津。
四 石清水八幡宮鎮座の男山。
五 三男が正しい。
六 国・書・青等により補。なお「孫」は曾孫が正しい。義国―義康―義兼―義氏。
七 義氏の母は平時政の女。時政の外孫とあるべきところ。
八 和田義盛・義直、三浦義時・源朝雅などに対する義時の態度に見られる。→補注四二。「オシスヱタルヤウ」は力をもって圧服し、自由にさせない。
九 特に眼をかけて優遇する。
一〇 「御子息千寿王殿ト御台赤橋相州ノ御妹トヲバ、鎌倉ニ留置奉リテ、一紙ノ起請文ヲ書テ相模入道ノ方ヘ被レ遣。相模入道是ニ不審ヲ散ジテ喜悦ノ思ヲ成シ」(太平記巻九)。「告文」ここでは神かけて誓った起請文。
一一 底本「冥顕」、近・静二・国等により訂。神仏が冥々の世界から照覧あること。起請文には、違背した場合はどんな罰をも蒙っても意とせぬと誓っているから、違背した以上どんなひどいことになるかも知れぬが、それを意ともしないこと。
一二 攻撃を加える。亀山天皇の第五皇子、守成親王を擁する義軍。
一三 底本「両皇」、青・天五・要等により訂。前注二の上皇と新帝。
一四 天皇が行幸先きから宮城にお帰りになる。
一五 承久の三上皇をはじめ、遠国に赴かれた上皇・天皇で再び無事に京都へ還幸された例はない。しかも北条氏追討に成功したはれがましさを加えての表現である。
一六 武名をあげ、家を興そうという決意。

一七 元弘三年(一三三三)五月進発の際は「百五十騎ニ過ギザリ」しものが「不レ催ニ馳来テ、其日ノ暮程ニ、二十万七千余騎」となり、「関戸ニ一日逗留有テ軍勢ノ着到ヲ着ラレケルニ、六十万七千余騎トゾ注セル」大軍勢となった。(太平記巻十)。
一八 偃草(えんそう)。人民を教化すること。ここは風が草をなびかすように、武威に帰伏すること。
一九 別にそれぞれが言い合わしたのでもないのに。「符契」は符節。「地之相去也千有余里、世之相後也千有余歳、得レ志行ニ於中国一、若レ合ニ符節一」(孟子、離婁下)。木片に事を証する文を記し、二つに割って一片をとどめ、一片を与えて、後日相合わして信拠とするもの。木契も竹符も同じ。底本「ニ」なし、青・高・新等により補。
二〇 近・国・青等により補。「ニケル」は底本「ニケリ」、同じく訂。 二一 一里を六町とする。
二二 一統の時節が到来し、北条方に滅亡の徹底的な打撃となったこと。九州から東北まで。
二三 船上行宮の時から還幸に先き立って、時を見て部分的には行なわれていた。
二四 書・国・山二等により補。
二五 正当な即位によらぬ不正な帝。元弘三年(一三三三)五月二十五日伯耆から詔を発して廃位。
二六 元弘元年(一三三一)九月以降に。
二七 底本「百三十年」、青・新・高等により訂。
二八 大宅。家宅をやけという。大いなる宮殿、その宮殿に住む天皇。大臣を大殿(おおいとの)というに対する。公家。底本「ニ」なし。書・国・大等により補。 二九「変レ所レ欲レ為、易ニ於反レ掌、安ニ於泰山一」(漢書、枚乗伝)。掌をうらがえすくらいにやすやすと事のできること。
三〇 天照大神の神意によって一統が成立したと考え、承久の企てが時節尚早であったのに対し建武の成功はその然るべき時節を得たとする。
三一 天皇の聖徳を。

クバクナラヌ勢ニテ鎌倉《かまくら》ニウチノゾミケルニ、高時《たかとき》等運命キハマリニケレバ、國々ノ兵《つはもの》ツキシタガフコト、[一八]風ノ草ヲナビカスガゴトクシテ、五月《さつき》ノ二十二日ニヤ、高時ヲハジメトシテ多《おほく》ノ一族ミナ自滅シテケレバ、鎌倉又タイラギ（ヌ）ヌ。[一九]符契《ふけい》ヲアハスルコトモナカリシ〔ニ〕、筑紫《つくし》ノ國々・陸奥《みちのおく》・出羽ノオクマデモ同月《おなじき》ニ[二〇]〔ゾ〕シヅマリニケル。[二一]六七千里ノアヒダ、一時《いちじ》ニオコリアヒニシ、[二二]時ノイタリ運ノ極《きはまり》ヌルハカヽルコトニコソト不思議ニモ侍シモノ哉。君ハカクトモシラセ給ハズ、攝津國西《つのくにゝし》ノ宮《みや》ト云所ニテゾキカセマシ〳〵ケル。六月《みなづき》四日東寺ニイラセ給フ。都ニアル人々マ（ヰ）イリアツマリシカバ、威儀ヲトヽノヘテ本ノ宮ニ還幸シ給。[二三]イツシカ賞罰ノサダメアリシニ、両院・新帝ヲバナダメ申給テ、都ニスマセマシ〳〵ケル。[二四]〔サレド〕新帝ハ[二五]僞主《ギ》ノ儀ニテ正位ニハモチヰラレズ。改元シテ正慶《しやうきやう》ト云シヲモ本《もと》ノゴトク元弘《げんこう》ト號セラレ、[二六]官位昇進セシ輩《ともがら》モミナ元弘元年八月《はつき》ヨリサキノマヽニテゾアリシ。

平治《へいぢ》ヨリ後、平氏《へいじ》世ヲミダリテ二十六年、文治《ぶんち》ノ初《はじめ》、頼朝權ヲモハラニセショリ父子アヒツギテ三十七年、承久《じようきう》ニ義時《よしとき》世ヲトリ（オ）ヲコナヒショリ[二七]百十三年、スベテ百七十餘年ノ[二八]アヒダオホヤケノ世ヲ一《ひとつ》ニシラセ給コトタエニシ〔ニ〕、此天皇ノ御代ニ[二九]掌《たなごころ》ヲカヘスヨリモヤスク一統シ給ヌルコト、[三〇]宗廟《そうべう》ノ御ハカラ（ヒ）イモ時節アリケリト、天下コゾリテゾ[三一]仰《あふぎ》奉リケル。

同《おなじき》年冬十月《かんなづき》ニ、先《まづ》アヅマノオクヲシヅメラルベシトテ、参議右近中將《さんぎうこんの》源顯家《あきいへの》卿ヲ[一]陸奥守《みちのおくのかみ》ニナシテツカハサル。代々和漢[二]ノ稽古《けいこ》ヲワザトシテ、[三]朝端《てうたん》ニツカヘ政務ニ[四]マジハル道ヲノミコソマナビハベレ。[五]吏途《りと》ノ方《かた》ニモナラハズ、武勇ノ藝ニモタヅサハラヌコトナレバ、タビ〲イナミ申《まをし》シカド、「公家《くげ》スデニ一統シヌ。[六]文武ノ道二《ふたつ》アルベカラズ。昔ハ皇子皇孫モシハ執政ノ大臣ノ子孫ノミコソオホク軍《いくさ》ノ大将ニモサヽレシカ。今ヨリ武ヲカネテ[七]蕃屏《ハンペイ》タルベシ。」トオホセ給テ、御ミヅカラ旗ノ銘《めい》ヲカヽシメ給《たまひ》、サマ〲ノ兵器ヲサヘクダシタマハル。任國ニ[八]オモムクコトモ[九]タエテヒサシクナリニシカバ、フルキ例《ためし》ヲタヅネテ、[一〇]罷申《まかりまをし》ノ儀アリ。御前《おんまへ》ニメシ勅[一一]語アリテ御衣《おんぞ》御馬ナドヲタマハリキ。猶オクノカタメニモト申ウケテ、御子ヲ一所《ひとところ》トモナヒタテマツル。[一二]カケマクモカシコキ今上《きんじやう》皇帝ノ御コトナレバコマカニハシルサズ。彼國ニツキニケレバ、マコトニオクノ方ザマ兩國ヲカケテミナナビキシタガヒニケリ。同《おなじき》十二月《しはす》左馬頭《さまのかみ》直義朝臣《ただよしあそん》相模守《さがみのかみ》ヲ兼テ下向ス。コレモ四品《しほん》上野大守《かみつけのたいしゆ》成《なり》良親王《よしのしんわう》ヲトモナヒ奉《たてまつる》。此親王、後ニシバラク征夷大將軍ヲ兼セサセ給〈直義ハ高氏ガ弟ナリ〉。

抑《そもそも》彼高氏御方ニマイ《(キ)》リシ、其功ハ誠ニシカルベシ。[一三]スヾロニ寵幸《ちようかう》アリテ、[一四]抽賞《ちうしやう》セラレシカバ、ヒトヘニ頼朝卿《よりとものきやう》天下ヲシヅメシマヽノ心ザシニノミナリニケルニヤ。イツシカ[一五]越階《をつかい》シテ四位ニ敍シ、左兵衛督《さひやうゑのかみ》ニ任ズ。拝賀ノサキニ、ヤガテ従三位シテ、程ナク参議従二位マデノボリヌ。[一六]三ケ國ノ吏務《りむ》・守護《しゆご(オ)》ヲヨビアマタノ郡庄《ぐんしやう》ヲ

一 東の海の道の奥。陸奥と出羽両国のしずめとしたのである。顕家は六月十二日、左中将兼弾正大弼、八月五日、叙従三位、兼陸奥守、九月十日、止大弼。わが子ながら「卿」といったのは公的な史の表現。親房は正統記中、同一人物でも史と論とでは明白に書きわけている。
二 親房の家は代々納言に任ぜられ、学問の道を主としている。
三 朝右。廷臣の首。「謝石上疏曰、尸二素朝端一、忽焉五載」(晉中興書)、「暨遂二沖旨一、改授二朝端一」(文選、王仲宝、褚淵碑文)の李周翰注に「以為二朝臣之首一也。端首也」。摂政関白たる藤原氏の下にある家柄を意識した語か。
四 直接の執政でなく、命を承けて参画し、分をつくす。五 吏務。→一五五頁注二〇。親房の家柄は地方官としての経歴の乏しいこと。
六 「文武二途、捨レ一不可」(帝範、崇文)。
七 まがきとへい。守りとなるべき諸侯の称。「古之帝王封二建諸侯一、所三以藩二屏王室一也」(魏志、明帝紀)。ここでは皇家の守りとなるもの。
八 底本「オモムクタニ」、青・大・山二等により訂。九 遙授の官。身は京都にあって赴任せず、目代などの下官をして代理させる風習。
一〇 地方に赴任する節、天皇に謁して暇乞いをすること。「伝二宣仰旨一兼賜レ禄」のが常例。
一一 顕家に特別の期待を寄せられたことを示す。
一二 口に出してとやかく申すのも恐れ多い。
一三 むやみやたらに。度を越えてひたすら。
一四 多数の中から特に抜擢して賞美する。
一五 →一五五頁注二五。二階級飛んで従四位下。
一六 「先大功ノ輩ノ抽賞ヲ可レ被レ行トテ、足利治部大輔高氏ニ、武蔵常陸下総三ケ国」(太平記巻十二)を与えた。「吏務」は主として文官的な任務、「守護」は本来の武士的な任務。京都の国司と関東の守護とを兼ねた新しい地方官の実態が見られる。

給《たま》ル。弟直義《ただよし》左馬頭《さまのかみ》ニ任ジ、従四位ニ敍ス。昔頼朝《よりとも》タメシナキ勳功アリシカド、高官高位ニノボルコトハ亂政ナリ。ハタシテ子孫モハヤクタエヌルハ高官ノイタス所カトゾ申傳タル。高氏[一七]等ハ頼朝・實朝ガ時ニ親族ナドトテ優恕《いうじょ》[一八]スルコトモナシ。タヾ家人《けにん》[一九]ノ列ナリキ。實朝公八幡《はちまん》宮ニ拝賀セシ日モ、地下《ぢげ》[二〇]前駈《ぜんく》二十人ノ中ニ相加《くはは》レリ。タトヒ[二一]頼朝ガ後胤《こういん》ナリトモ今サラ登用スベシトモオボエズ。イハムヤ、ヒサシキ[二二]家《け》人《にん》ナリ。サシタル大功モナクテカクヤハ抽賞《ちうしやう》セラルベキトアヤシミ申輩《ともがら》モアリケリトゾ。關東ノ高時天命スデニ極《きはまり》テ、君ノ御運《ごうん》ヲヒラキシコトハ、更ニ[二三]人力《じんりよく》トイヒガタシ。武士タル輩《ともがら》[二四]、イヘバ數代《すだい》ノ朝敵也。御方ニマイ《(ヰ)》リテ其家ヲウシナハヌコソアマサヘアル皇恩ナレ。サラニ忠ヲイタシ、勞ヲツミテゾ理運《りうん》[二五]ノ望《のぞみ》ヲモ企《クワタテ》ハベルベキ。シカルヲ、天ノ功ヲヌスミテヲ《(オ)》ノレガ功トオモヘリ。介子推《かいしすゐ》[二六]ガイマシメモ習《ならひ》シルモノナキニコソ。カクテ高氏ガ一族ナラヌ輩《ともがら》モアマタ昇進シ、昇殿ヲユルサル、モアリキ。サレバ或人[二七]ノ申サレシハ、「公家《くげ》ノ御世ニカヘリヌルカトオモヒシニ中〱猶武士ノ世ニ成ヌル。」トゾ有シ。

オヨソ政道ト云コトハ所々[二八]ニシルシハベレド、正直慈悲[二九]ヲ本トシテ決斷[三〇]ノ力アルベキ也。コレ天照太神ノアキラカナル御ヲシヘナリ。決斷ト云ニトリテアマタノ道アリ。一《ひとつ》ニハ其人[三一]ヲエラビテ官ニ任ズ。官ニ其人アル時ハ君ハ垂拱《すゐきよう》[三二]シテマシマス。サレバ本朝ニモ異朝ニモコレヲ治世ノ本トス。二《ふたつ》ニハ國郡ヲワタクシニセズ、ワカ

一七 高氏を指すのではない。高氏の祖先である足利氏一族の如きはの意である。

一八 特別に眼をかけて優遇する。初代の足利義康は頼朝の妹を妻としていた。

一九 主人に対して絶対的な服従と献身的な忠節をつくす、家父長制的な関係にある家来。「御家人トハ、往昔以来為㆓開発領主㆒、賜㆓武家御下文㆒人事也。開発領主トハ根本私領也。又本領トモ云」(沙汰未練書)。

二〇 一五八頁に足利武蔵前司義氏の名が見える。義康の子。

二一 由緒ある源氏の本流で「タメシナキ勲功」ある頼朝の子孫であっても、武人である以上。

二二 足利氏は鎌倉幕府に仕えて以来百四十年間一貫して家人である。

二三 武士どもの単なる武力によるなどとは絶対に言いえない。

二四 極言してみれば。

二五 「今理運維新、賢戚並建」(任昉、追封長沙王詔)。利運。よきめぐりあわせ。ここでは非分でない、道理にかなった望み。

二六 →補注四七。

二七 特定の人を指すのではあるまい。ただ「申サレシ」という口ぶりからみると、建武中興に対する公卿一般を代表しての、物足らなさから出た言であろう。

二八 六〇・八二・一一六・一一七・一二九・一四九・一六〇・一六三・一六七頁など。

二九 六一頁参照。

三〇 剣の徳を決断というのであるが、事を決する理非曲直の裁決の意で、政治万般の用を指している。

三一 「任官惟賢才〈尚書〉」、「任賢必治〈漢書〉」、「在位者以㆑求㆑賢為㆑務〈晉書〉」(明文抄二)。

三二 「垂拱而天下治」(書経、武成)。袖を垂れ手をこまぬいて端座する。天子労せずよく治まる。

ツ所カナラズ其理《ことわり》[一]ノマヽニス。三《みつ》ニハ功[二]アルヲバ必賞《かならずしやう》シ、罪アルヲバ必ズ罰ス。コレ善ヲスヽメ悪ヲコラス[三]道ナリ。是ニ一モタガフヲ亂政トハイヘリ。上古《しやうこ》ニハ勳功[四]アレバトテ官位ヲスヽムコトハナカリキ。ツネノ官位ノホカニ勳位《くんゐ》[五]ト云シナヲオキテ一等ヨリ十二等マデアリ。無位ノ人人ナレド、勳功タカクテ一等ニアガレバ、正三位ノ下《しも》、從三位ノ上《かみ》ニツラナルベシトゾミエタル。又本位《ほんゐ》[六]アル人ノコレヲ兼《かね》タルモ有ベシ。官位トイヘルハ、上《かみ》三公ヨリ下《しも》[七]諸司ノ一分《いちぶ》ニイタル、コレヲ内官《ないくわん》[八]ト云《いひ》、諸國ノ守《かみ》[九]ヨリ史生《しじやう》・郡司《ぐんじ》ニイタル、コレヲ外官《げくわん》ト云。天文《てんもん》[一〇]ニカタドリ、地理ニノトリテオノ〱ツカサドル方《かた》アレバ、其才ナクテハ任用セラルベカラザルコトナリ。「名與《なとうつはものと》[一一]レ器ハ人ニカサズ。」トモ云《いひ》、「天ノ工《ツカサ》〔ニ〕[一二]人其代《ソレカハル》。」トモイヒテ、君ノミダリニサヅクルヲ謬擧《ビウキヨ》[一三]トシ、臣ノミダリニウクルヲ尸祿《シロク》[一四]トス。謬擧ト尸祿トハ國家ノヤブルヽ階《はし》[一五]、王業ノ久《ひさし》カラザル基《もとゐ》ナリトゾ。

中古《ちゆうこ》ト成テ、平將門《たひらのまさかど》ヲ追討ノ賞ニテ、藤原秀鄕《ふぢはらのひでさと》正四位下ニ敍シ、武藏《むさし》・下野《しもつけ》兩國ノ守《かみ》ヲ兼ス。平貞盛《さだもり》正五位下ニ敍シ、鎭守府ノ將軍ニ任ズ。安倍貞任《あべのさだたふ》奥州《あうしう》ヲミダリシヲ、源賴義《よりよし》朝臣十二年マデニタヽカヒ、凱旋《ガイセン》[一六]ノ日、正四位下ニ敍シ、伊與守ニ任ズ。彼等其功タカシトイヘドモ、一任四五ケ年ノ職ナリ。コレ猶上古《しやうこ》ノ法ニハカハレリ。保元ノ賞ニハ、義朝左馬頭《さまのかみ》ニ轉ジ、清盛太宰大貳《だざいのだいに》ニ任ズ。此外受領・檢非《けび》[一七]違使《ゐし》ニナレルモアリ。此時ヤスデニミダリガハシキ始トナリニケン。平治ヨリコノ

一 私情にわたらず、公平な正理による。
二 「孝宣之治、信賞必罰」(漢書、宣帝紀賛)。「慶賞以勧レ善、刑罰以懲レ悪」(漢書、賈誼伝)。
三 底本「コロス」、新・白・大等により訂。
四 勲は王事につとめた手柄、功は国事につとめた手柄。「対レ衆詳二定勲功一」(軍防令)。
五 軍陣の勲功を賞するための位階。「凡叙レ勲応二加転一者皆於二勲位上一加」(軍防令)。
六 一〇七頁に「正三位勲二一等大納言」とある。
七 底本「諸国」、出・北・青等により訂。諸司は八省に属する下級の役所。「今故立レ式。凡国司処二分公廨一式者、(中略)其法者、長官六分次官四分判官三分主典二分史生一分、其博士医師准二史生例一」(続日本紀、天平宝字元年十月十一日の条)。「一分」は史生のこと。官庁の文書を司る下級官吏。
八 宮中または京師に在勤する廷臣。
九 国司庁の長官から介・掾・目を経て最下級の史生まで、郡司庁の長官から少領・主政・主帳まで。地方官の総称。「外官」は内官に対し地方官をいう。
一〇 周公旦の撰という周官に、天・地・春・夏・秋・冬の六官の名があり、三百六十官に分けていることなどからいうか。
一一 「唯器与名不レ可レ仮レ人。君之所レ司也」(左伝、成公二)。「倶慎二名器一、則下服二其命一」(後漢書、来歙伝)。爵号とそれに相応する車と服。
一二 「無レ曠二庶官一、天工人其代レ之」(書経、皐陶謨)。天道はものをいわず、人が天に代わってこれを行なう。底本「ニ」なし、近・天五・国等により補。
一三 「故君無二虚授一、臣無二虚受一。虚授謂二之謬挙一、虚受謂二之尸禄一」(曹植、求二自試一表)。
一四 前注一三参照。職を勉めずただ禄をはむ。
一五 第一歩、端緒。大事にいたるもと。
一六 戦勝して京師に帰る。伊与守任官は前年。

カタ皇威コトノホカニオトロヘヌ。清盛天下ノ權ヲ盜《ぬすみ》、太政大臣ニアガリ、子ドモ大臣大將ニ成《なり》シウヘハ[一八]イフニタラヌ事ニヤ。サレド朝敵ニナリテヤガテ滅亡セシカバ後ノ例《ためし》ニハヒキガタシ。頼朝ハサラニ一身ノ力ニテ平氏ノ亂ヲタイラ(ヒ)ゲ、[一九]二十餘年ノ御イキド(ホ)リヲヤスメタテマツリシ、昔神武ノ御時、[二〇]宇《ウ》麻《マ》志《シ》麻《マ》見《ミ》ノ命《ミコト》ノ中州ヲシヅメ、皇極ノ御宇《ぎよう》ニ[二一]大織冠ノ蘇我ノ一門ヲホロボシテ、皇家《くわうか》ヲマタクセシヨリ後ハ、タグヒナキ程ノ勳功ニヤ。ソレスラ京上《きやうのぼり》ノ時、大納言大將ニ任ゼラレシヲバ、カタクイナミ申ケルヲオシテナサレニケリ。[二二]公私ノワザワ(ハ)イ(ヒ)ニヤ侍ケン。ソノ子ハ彼ガアトナレバ、大臣大將ニナリテヤガテホロビヌ。[二三]更ニアトト云物モナシ。天意ニハタガヒケリトミエタリ。君モカヽルタメシヲハジメ給シニヨリテ、大功ナキモノマデモ皆カヽルベキコトヽ思《おもひ》アヘリ。頼朝ハワガ身カヽレバトテ、兄弟一族ヲバカタクオサヘケルニヤ。義經《よしつね》五位ノ[二四]檢非違使ニテヤミヌ。範頼《のりより》ガ三河守《みかはのかみ》ナリシハ、[二五]頼朝拜賀ノ日地下《ちげ》ノ前駈ニ[二六]メシクワ(ハ)ヘタリ。オゴル心ミエケレバニヤ、コノ兩弟ヲモツヰ(ヒ)ニウシナヒニキ。[二七]サナラヌ親族モオホクホロボサレシハ、ヲ(オ)ゴリノハシヲフセギテ、[二八]世ヲモヒサシク、家ヲモシヅメントニヤアリケン。先祖[二九]經基《つねもと》ハチカキ皇孫ナリシカド、[三〇]承平《じようへい》ノ亂《みだれ》ニ[三一]征東將軍忠文《ただふん》朝臣ガ副將トシテ彼ガ[三二]節度《せつと》ヲウク。其ヨリ武《ぶ》勇《よう》ノ家トナル。其子滿仲《まんぢゆう》ヨリ頼信《よりのぶ》、頼義《よりよし》、義家《よしいへ》相續《あひつい》デ朝家《てうか》ノカタメトシテヒサシク召仕《めしつかは》ル。上《かみ》ニモ朝威マシ〱、下《しも》ニモ其分ニスギズシテ、家ヲ全《また》シ侍リケルニコソ。

一七 検非違使庁の官人。別当・佐・尉・志等がある。非法非違を検察する。
一八 今更とやかく論評するにもあたらないだろう。
一九 平氏専横の二十余年の間に鬱積した御憤り。
二〇 六八頁参照。
二一 九七頁参照。
二二 公の朝廷としては、古来の法を越えた恩賞を与えたこと、私の頼朝としては身分不相応の高官高位に上ったことは、ともに双方によからぬ災をもたらす結果となったこと。
二三 後嗣の名に値する者がひとりもないこと。
二四 吾妻鏡元暦元年(一一八四)八月十七日の条に、義経が度々の勲功によって、使宣旨を蒙ったことに対し「此事頗違㆓武衛御気色㆒。範頼義信等朝臣受領事者、起㆑自㆓御意㆒被㆓挙申㆒也。於㆓此主事㆒者内々有㆑儀。無㆓左右㆒不㆑被㆑聴之処遮企㆓所望㆒歟之由有㆓御疑㆒」とある。頼朝は清盛のようには近親者の栄進を喜ばなかった。
二五 頼朝は建久元年(一一九〇)十二月一日、拝賀のため院の御所に参向した。その時の行列の、前駆十人の中に「前参河守範頼」と見える。
二六 前駆は、大体五人・十人と常に多数である。その多人数の中の一人として召し加えた意味で、弟でありながら全く特別の扱いをしなかったことを示す。
二七 この二人の弟以外の、源氏の一族。義仲・行家などを指す。
二八 将軍として将来久しきにわたって天下を鎮定し、源氏の家をも永く安泰ならしめよう。
二九 一三〇頁参照。清和天皇の皇子貞純親王の男。
三〇 平将門の乱。天慶の乱ともいう。承平年間に乱を起し、天慶三年(九四〇)に滅ぶ。
三一 底本「征夷」、近・青・国等により訂。
三二 軍事上の指令・指図。「得㆑承㆓節度㆒、幸無㆓咎誉㆒」(後漢書、皇甫規伝)。

爲義ニイタリテ[一]亂ニクミシテ誅《ちゆう》ニフシ、義朝又功ヲタテントテホロビニキ。先祖ノ本意ニソムキケルコトハウタガヒナシ。サレバヨク[二]先蹤《せんしよう》ヲワキマヘ、得失ヲカムガヘテ、身ヲ立《たて》、家ヲマタクスルコソカシコキ道ナレ。ヲ(オ)ロカナルタグヒハ清盛・頼朝ガ昇進ヲミテ、ミナアルベキコトトオモヒ、爲義・義朝ガ[三]逆心《ぎやくしん》ヲヨミシテ、亡《ほろび》タルユヘ(エ)ヲシラズ。[四]近ゴロ伏見ノ御時、[五]源為頼《みなもとのためより》ト云ヲノコ内裏《だいり》ニマ(キ)イリテ自害シタリシガ、カネテ諸社ニ奉ル矢ニモ、ソノ夜射ケル矢ニモ、太政大臣源爲頼トカキタリシ、[六]イトヲカシキコトニ申メレド、人ノ心ノミダリニナリ行《ゆく》スガタハコレニテヲ(オ)シハカルベシ。義時ナドハ[七]イカホドモアガルベクヤアリケン。サレド[八]正四位下《げ》右京権大夫《うきやうのごんのだいぶ》ニテヤミヌ。マシテ泰時ガ世ニナリテハ[九]子孫ノ末ヲカケテヨクオ(オ)キテヲキケレバニヤ。滅《ほろ》ビシマデモツヰ(ヒ)ニ高官ニノボラズ、[一〇]上下ノ禮節ヲミダラズ。近ク[一一]維貞《これさだ》トイヒシモノ[一二]吹擧《すゐきよ》ニヨリテ修理大夫《しゆりのだいぶ》ニナリシヲダニイカガト申ケル。マコトニ其身モヤガテウセ侍リニキ。父祖ノヲ(オ)キテニタガウ(フ)ハ家門《かもん》ヲウシナウ(フ)シルシナリ。人ハ昔ヲワスルヽモノナレド、[一三]天ハ道ヲウシナハザルナルベシ。サラバナド天ハ正理《しやうり》ノマヽニオコナハレヌト云コト、ウタガハシケレド、人ノ善惡ハミヅカラノ果《くわ》報《はう》也。世ノヤスカラザルハ[一四]時ノ災難《さいなん》ナリ。天道モ神明モイカニトモセヌコト[一五]ナレド邪《よこしま》ナルモノハ久シカラズシテホロビ、亂《みだれ》タル世モ正《しやう》ニカヘル、古今ノ理《ことわり》ナリ。コレヲヨクワキマヘシルヲ稽古《けいこ》ト云。[一六]昔人ヲエラビモチヰラレシ日ハ先《まづ》徳行ヲツクス。

一　保元の乱に崇徳上皇方に味方して。
二　先人の行迹。先例。
三　時の権威者に対して謀叛を試みた心を無理からぬものと考えて、これをよしとして。
四　最近の事であるが、伏見天皇の正応三年(一二九〇)三月上旬。
五　甲斐源氏小笠原氏の一族、浅原八郎。三月九日夜、宮中に潜入、警固の武士に囲まれ自殺。当時の皇位継承問題、廷臣の勢力争いなどにからむと風聞された、時代の生んだ珍事。
六　常識外の笑うべきことと簡単にうわさしているようであるが。
七　底本「イカホト丶モ」、山二・静二・白等により訂。彼の実力からして、もし本人がその気になれば。
八　従四位下が正しい。
九　自分は勿論将来の子孫の末々にいたるまで。
一〇　根本的な臣節如何の問題でなく、一般的に高位高官に上らなかったこと。
一一　北条九代記下に「維貞。従四位下、修理大夫。本名貞宗」とある。大仏宗宣の子。将軍執権次第によれば、「嘉暦元年、貞顕。修理大夫、四月二十六日出家。維貞。修理大夫、四月二十四日加判事被二仰下一」とある。従四位下に叙せられたのは翌年の七月である。
一二　人を官途にすすめること。維貞は北条一門で、将軍家の連署ではあるが、従四位下修理大夫というのは、宗家の執権職のなりうる限度の地位である。嘉暦二年(一三二七)九月七日没。
一三　「天行健」(易経、乾)で、天は古今を問わず常に正順を失わない。
一四　→一三一頁注一五。
一五　底本「ナレバ」、国・静二・大等により訂。
一六　上古の時代。大宝令の施行されたころ。「凡応レ選者、皆審二状迹一、詮擬之日先尽二徳行一。徳行同取二才用高者一、才用同取二労効多者一」(選叙令)。

一七 才智の明敏なこと。有能な才智。
一八 多年にわたる経験。年功。
一九 「徳義」は徳行節義。身を持すること正しく立派な行ないのあること。「清慎」は清廉潔白。「公平」は事に処して私なく正直。「恪勤」は慎み深く勤勉なこと、底本「挌勤」、近・書・国等により訂。「徳義有レ聞者為二一善一、清慎顕著者為二一善一、公平可レ称者為二一善一、恪勤匪レ懈為二一善一」(大宝令、考課令)。
二〇 格の個条。「格」は令にもれたものを時務に従って、別勅を下して法制化したもの。
二一 「且夫王者用レ人、唯才是貴。朝為二廝養一夕登二公卿一」(本朝文粋巻二)。「廝養」は薪をとり馬を養う下賤のもの。三公九卿と格段の差がある。
二二 次第にかかわらず。
二三 代々その官職にある由緒ある家柄の人。
二四 「任二参議一有二数道一。左右大弁丼近衛中将有二其才一者、蔵人頭及勘二七ケ国公文一受領等是也」(職原鈔上)。「公文」は官府の文書。国司に与えられる解由(ゆげ)状。七個国の国司を歴任して、その治績あがり無事解任の状を得たもの。
二五 時勢に乗じて栄華をきわめること。威勢の輝やかしいこと。
二六 →補注四八。
二七 養父実季も参議であったわけだし、本人も後には正三位になったのであるから、どの道参議にならなくてはならないという程の人でもあるまいはずであるが。
二八 底本「タラヌニコソ」、青・国・書等により訂。
二九 書・静二・天五等により補。
三〇 大宝令の選叙令による上古の人材登用の実績。 三一 青・山二・書等により補。
三二 譜第でないからといって、しりぞけるにはあたらぬこと。

徳行オナジケレバ、[一七]才用《さいよう》アルヲモチヰル。才用ヒトシケレバ[一八]労効《らうかう》アルヲトル。又[一九]徳《とく》義《ぎ》・清慎《せいしん》・公平《くびやう》・恪勤《かくごん》ノ四善ヲトルトモミエタリ。[二〇]格條《きやくでう》ニハ「[二一]朝《あした》ニ廝養《シやう》タレドモ夕《ゆふべ》ニ公卿《こうけい》ニイタル。」ト云コトノ侍ルモ、徳行才用ニヨリテ[二二]不次《ふじ》ニモチヰラルベキ心ナリ。寛弘《くわんこう》ヨリアナタニハ、マコトニ才カシコケレバ、種姓《しゆしやう》ニカヽハラズ、将相《しやうしやう》ニイタル人モアリ。寛弘以來《よりこのかた》ハ、[二三]譜第《ふだい》ヲサキトシテ、其中ニ才モアリ徳モアリテ、職ニカナヒヌベキ人ヲゾエラバレケル。世ノ末ニ、ミダリガハシカルベキコトヲイマシメラルヽニヤアリケン、「[二四]七ケ國ノ受領《ずりやう》ヲヘテ、合格《がふきやく》シテ公文《くもん》トイフコトカンガヘヌレバ、参議ニ任ズ。」ト申ナラハシタルヲ、白河ノ御時、修理《しゆり》ノカミ顕季《あきすゑ》トイヒシ人、院ノ御メノトノ夫《をつと》ニテ、[二五]時ノキラ並《ならぶ》人ナカリシガ、コノ労ヲツノリテ参議ヲ申ケルニ、[二六]院ノ仰《おほせ》ニ、「ソレモ物カキテノウヘノコト」トアリケレバ、理《ことわり》ニフシテヤミヌ。此人ハ哥道ナドモホマレアリシカバ、物カヽヌ程ノコトヤハアルベキ。又[二七]参議ニナルマジキホドノ人ニモアラジナレド、和漢ノ才學ノ[二八]タラヌニゾ有ケン。白河ノ御代マデハヨク官ヲオモクシ給ケリトキコエタリ。アマリ譜第《ふだい》ヲノミトラレテ〔[二九]モ〕賢才ノイデコヌハシナレバ、[三〇]上古ニヲ《(オ)》ヨビガタキコトヲウラムルヤカラモアレド、昔ノマヽニテ〔[三一]ハ〕イヨ〳〵ミダレヌベケレバ、譜第ヲオモクセラレケルモコトハ《(ワ)》リ也。但《ただし》才モカシコク徳モアラハニシテ、登用《とうよう》セラレムニ、人ノソシリアルマジキ程ノ器《うつは》ナラバ、今トテモカナラズ[三二]非重代《ひぢゆうだい》ニヨルマジキ事トゾオボエ侍ル。其道ニハアラデ、一旦《いつたん》ノ勲功ナド云バカリニ、武家代々《だいだい》ノ陪臣《ばいしん》ヲアゲテ高官ヲ授《さづけ》ラレムコトハ、[一]朝議《てうぎ》ノミダリナルノミナラズ、身ノタメモヨクツヽシムベキコトトゾオボエ侍ル。モロコシニモ、漢高祖《かんのかうそ》ハスヾロニ[二]功臣ヲ大《おほき》ニ封《ほう》ジ、公相《こうしやう》ノ位ヲモ授《さづけ》シカバ、ハタシテ奢《おごり》ヌ。奢《おご》レバホロボス。ヨリテ後《のち》ニハ功臣ノコリナクナリニケリ。後漢《ごかん》ノ光武《くわうぶ》ハコノ事ニコリテ、功臣ニ[三]封爵《ほうしやく》ヲアタヘケルモ、其[四]首《しゆ》タリシ鄧禹《とうう》スラ封《ほう》ゼラルヽ所四縣ニスギズ。官ヲ任ズルニハ[五]文吏《ぶんり》ヲモトメエラビテ、功臣ヲサシヲ《(オ)》ク。是ニヨリテ[六]二十八将ノ家ヒサシク傳《つたはり》テ、昔ノ功モムナシカラズ。朝《てう》ニハ名士オホクモチヰラレテ、[七]曠官《クワウくわん》ノソシリナカリキ。彼二十八将ノ中ニモ[八]鄧禹《とうう》ト賈復《カフク》トハソノエラビニアヅカリテ官ニアリキ。漢朝ノ昔ダニ文武ノ才ヲソナフルコトイトアリガタク侍リケルニコソ。次ニ[九]功田《こうでん》ト云コトハ、昔ハ功ノシナニシタガヒテ大・上・中・下ノ四《よつ》ノ功ヲ立《たて》テ田ヲアカチ給キ。其[一〇]數《すう》ミナサダマレリ。[一一]大功ハ世々ニタエズ。其下《しも》ツカタハ或《あるひ》ハ三世ニツタエ《(ヘ)》、孫子《まごこ》ニツタエ《(ヘ)》、身ニトヾマルモアリ。天下ヲ治《をさむ》ト云コトハ、國郡ヲ専《もはら》ニセズシテ、[一二]ソノコトトナク[一三]不輸《ふしゆ》ノ地ヲタテラルヽコトノナカリシニコソ。國ニ守《かみ》アリ、郡《こほり》ニ領《りやう》アリ、一國ノウチ皆國命ノシタニテオ《(ヲ)》サメシユヘ《(エ)》ニ法ニソムク民ナシ。カクテ國司ノ[一四]行迹《かうせき》ヲカムガヘテ、賞罰アリシカバ、天下ノコト[一五]掌《たなごころ》ヲサシテオコナイ《(ヒ)》ヤスカリキ。其中ニ諸院・諸宮ニ御封《みふ》アリ。親王・大臣モ又カクノゴトシ。其外[一六]官田《くわんでん》・職田《しよくでん》トテアルモ、ミナ官符《くわんふ》ヲ給《たまはり》テ、其所《ところ》ノ[一七]正税《しやうぜい》ヲウクルバカ

一 朝廷のとりはからい。その決定のあり方。
二 一八六頁参照。韓信を大将楚王、蕭何を宰相酇侯、彭越を梁王、英布を淮南王に封じたことなど。これらはすべて後に身を滅した。
三 封土と官爵。
四 勲功第一等。鄧禹は高密・昌安・夷安・淳子の四県に封ぜられた。県は秦の始めた郡県制度による地方の行政区画で、小郷の集合したもので郡の下にある。
五 底本「文史」、青・山二・書等により訂。武官以外の役人。「帝退㆓功臣㆒、而進㆓文吏㆒。戢㆓弓矢㆒、而散㆓馬牛㆒」(後漢書、光武紀)。
六 雲台二十八将。光武帝の功臣で雲台に画かれた二十八人の武将。→補注四九。
七 空官。その官に居りながらその責務を正しくはたさぬという非難。
八 「是時列侯唯高密固始膠東三侯与㆓公卿㆒参㆓議国家大事㆒」(後漢書、賈復伝)。高密侯は鄧禹、固始侯は李通、膠東侯は賈復。李通は二十八将の中に入らない。
九 位田・職田に対し、国家に功労あった者に対する賞賜の田。
一〇 「数」は所伝の世数で、功田の田積ではない。田積には特別な規定はない。
一一 →補注五〇。
一二 そうすべき適格な理由もないのに。
一三 田制により、田租を国に納めることを免ぜられた田。令集解主税寮式上には五種しかないが、延喜主税式によると二十四種にふえている。
一四 功・過・行・能の四について、その勤務の良否を考査する。
一五 指掌。見易く知り易いたとえ。「治㆑国其如㆑指㆓諸掌㆒而已乎」(礼記、仲尼燕居)。
一六 「官田」は位田が正しい。
一七 朝廷に納める定めの年貢。公解(くが)(いゝ)に対する。

リニテ、國ハミナ國司ノ吏務ナルベシ。但《ただし》大功ノ者ゾ今ノ庄園ナド[一八]トテ傳《つたふる》ガゴトク、國ニイ[一九]ロハレズシテツタエ(へ)ケル。中古トナリテ庄園オホクタテラレ、不輸《ふしゆ》ノ所イデキショリ亂國トハナレリ。上古《しやうこ》ニハコノ法ヨクカタカリケレバニヤ、推古天皇ノ御時、蘇我大臣「[二〇]ワガ封戸《ふこ》ヲワケテ寺ニヨセン。」ト奏セシヲツヰ(と)ニユルサレズ。光仁天皇ハ永《ながく》神社・佛寺ニヨセラレシ地ヲモ「永《えい》[二一]ノ字ハ一代ニカギルベシ。」トアリ。後三條院ノ御世コソ此ツイ(と)エヲキカセ給テ、記錄所ヲオカレテ國々ノ庄公《しやうこう》[二二]ノ文書《もんじよ》ヲメシテ、オホク停廢《ちやうはい》セラレシカド、白河・鳥羽ノ御時ヨリ新立《しんりふ》ノ地イヨ〳〵オホクナリテ、國司ノシリ所《どころ》百分ガ一ニナリヌ。後ザマニハ、國司任ニオモムクコトサヘナクテ、其人ニモアラヌ眼代《がんだい》[二三]ヲサシテ國ヲオ(ヲ)サメシカバ、イカデカ亂國トナラザラン。況ヤ文治《ぶんち》ノハジメ、國ニ守護職《しゆごしよく》[二四]ヲ補《ふ》シ、庄園《しやうゑん》・鄕保《がうほう》ニ地頭《ぢとう》[二五]ヲオカレショリコノカタハ、サラニ古《いにしへ》ノスガタト云コトナシ。政道[二六]ヲオコナハル丶道、コト〴〵クタエハテニキ。

タマ〳〵一統《いちとう》ノ世ニカヘリヌレバ、コノ度《たび》ゾフル[二七]キ費《ツキエ》ヲモアラタメラレヌベカリシカド、ソ[二八]レマデハアマサヘノコ丶ナリ。今ハ本所《ほんじよ》[二九]ノ領ト云シ所々サヘ、ミナ勳功ニ混ゼラレテ、累家《るゐけ》[三〇]モホト〳〵其名バカリニナリヌルモアリ。コレミナ功ニホコル輩《ともがら》[三一]、君ヲオトシ奉ルニヨリテ、皇威モイトヾカロクナルカトミエタリ。カ丶レバ其功ナシトイヘドモ、フルクヨリ勢《イキヲイ》アル輩《ともがら》[三二]ヲナツケラレンタメ、或ハ本領[三三]ナリトテ

一八 底本「ナトシテ」、近・青・書等により訂。
一九 干渉されることなくして。
二〇 推古紀三十二年(六二四)九月三日の条に「当ニ是時ー寺四十六所僧八百十六人尼五百六十九人幷一千三百八十五人」と見え、つづいて冬十月一日の条に、法頭阿曇連等をして蘇我大臣馬子が葛城県を自己の本居に縁ありとしてその封県たらしめんと願い出たのに対して、後葉の悪名を恐れて「則不レ聴」とある。馬子は熱烈な仏教信者であったから自己の寺を持っていたであろうし、その寺の寺領として願い出たものか。
二一 「勅、封一百戸永施ニ秋篠寺ー。其権入ニ食封ー限立ニ令条ー、比年所レ行甚違ニ先典ー。天長地久帝者代襲、物天下物非ニ一人用ー。然縁レ有レ所レ念、永入ニ件封ー、今謂レ永者是一代耳。自今以後立為ニ恒例ー。前後所レ施一准ニ於此ー」(続日本紀、宝亀十一年六月五日の条)。
二二 荘園と公田。
二三 公家の国司の代理である目代と区別するために武家の守護代・地頭代を眼代という。ここは目代とあるべきところ。適任で有能でもない目代を任命して。
二四 →一五五頁注一九。
二五 →一五五頁注二三。
二六 天皇政治の治政の道。内官と外官により政治を行なう体制が、幕府によって外官が完全に無力化して地方政治の法式が崩れたこと。
二七 永年にわたる弊政。
二八 そこまで望むのはやや過分かもしれぬ。
二九 院宮・摂関等が国家から付与されて支配していた領有地が武士の勲功のためのものとして誤って処理せられ。
三〇 累代の名家も経済的な根拠を奪われて。
三一 君命に反して、君を軽んずる。
三二 手なずける。語らって味方にひきこむ。
三三 代々古くから伝えている領地。

タマハルモアリ、或ハ[一]近境《きんけい》ナリトテノゾムモアリ。[二]闕所《けっしょ》ヲモテオコナハル丶ニタラザレバ、[三]國郡ニツキタリシ地、モシハ[四]諸家相傳《しょけさうでん》ノ領マデモキヲ(ホ)ヒ申ケリトゾ。オ(ヲ)サマラントシテイヨ〳〵ミダレ、ヤスカラントシテマス〳〵アヤウ(フ)クナリニケル、末《まつ》世《せ》ノイタリコソマコトニカナシク侍レ。

[五]凡《およそ》王土ニハラマレテ、忠ヲイタシ命ヲスツルハ人臣ノ道ナリ。必《かならず》コレヲ身ノ高名《かうみやう》トオモフベキニアラズ。シカレドモ[六]後《のち》ノ人ヲハゲマシ、其アトヲアハレミテ賞セラル丶ハ、君ノ御政《まつりこと》ナリ。下トシテ[七]キヲ(ホ)ヒアラソヒ申ベキニアラヌニヤ。マシテ[八]サセル功ナクシテ過分《くわぶん》ノ望《のぞみ》ヲイタスコト、ミヅカラアヤブムルハシナレド、[九]前車ノ轍《テツ》ヲミルコトハマコトニ有ガタキ習ナリケンカシ。中古マデモ人ノサノミ豪強《ガウキヤウ》ナルヲバイマシメラレキ。豪強ニナリヌレバカナラズヲ(オ)ゴル心アリ。ハタシテ身ヲホロボシ、家ヲウシナフタメシアレバ、イマシメラル丶モ理《ことわり》ナリ。[一〇]鳥羽院ノ御代ニヤ、諸國ノ武士ノ源平ノ家ニ屬スルコトヲトヾムベシト云制符《いふせいふ》タビ〳〵アリキ。源平ヒサシク武ヲトリテツカヘシカドモ、事アル時ハ、宣旨《せんじ》ヲ給《たまはり》テ諸國ノ兵《つはもの》ヲメシグシケルニ、近代トナリテヤガテ[一一]肩ヲイル丶、族《やから》オホクナリシニヨリテ、此制符ハクダサレキ。ハタシテ、今マデノ亂世ノ基《もとゐ》ナレバ、[一二]云《いふ》カヒナキコトニナリニケリ。

此比《このごろ》ノ[一三]コトワザニハ、一《ひと》タビ軍《いくさ》ニカケアヒ、或ハ[一四]家子郎從節《いへのこらうじゆうせつ》ニシヌルタグヒモアレバ、「ワガ功ニヲ(オ)キテハ日本國ヲ給《たまへ》、モシハ半國ヲ給《たまはり》テモタルベカラズ。」ナド申

一 自分の領地に近接している土地。二 荘園などの領有者の欠けている土地。罪があって収公したものとか新主の未決定のものなど。三 国司や郡司の直接支配する公領の土地。四 院宮・摂関などの祖先から世襲している土地。五 天皇の統治するこの国土。六 朝奨。↓九九頁注一八。七 底本「キヲモ」、国・静二・近等により訂。八 言うに足る程の立派な勲功。九「諺曰、前車覆、後車誡」(晏子春秋)。前人の過失を見てわが身に反省し、過ちをしないこと。一〇 堀河天皇の寛治五年(一〇九一)六月十二日に「停下止前陸奥守義家随兵入京并諸国百姓以二田畠公験一好寄二義家朝臣一事上」(百練抄第五)とあり、同六年(一〇九二)五月十二日の後二条師通記に「下二宣旨一、頭弁云、前陸奥守義家朝臣構立諸国庄園可レ被二停止一、且注二申子細一歟」とある。これらは同族的武士団形成の第一歩を示すもので、やがて郎等・所従・郎従等の主従関係が結ばれて武士の興起へと発展する。白河院と平氏との結びつきの最初も鞆田村内の田二十町の六条院への寄進(東南院文書三)がきっかけであるところなどから察すると、源平両氏の興起はその家を中心に地方勢力が経済的に武力的に結合することから生じたのであろう。鳥羽院の禁止の命令があったことは明白ではないが、「ニヤ」とあるので、そのころの一般的な状勢と認められる。(「史料による日本の歩み」中世編参照)。一一 肩をもつ。仲間を形成してたすける。一二 今更言ってみても甲斐のないことだが情ないこと。一三 一般の人の口によく上る言いぐさ。一四 熟語として用いる場合「家子」は次男三男以下支族のもので長男(本家)の家に仕える身内のもの。「郎従」は血族関係がなくてもよい。いわゆる部下。

メル。マコトニサマデオモフコトハアラジナレド、ヤガテコレヨリミダル、端《はし》[一五]トモナリ、又朝威ノカロ〳〵シサモ[一六]ヲ(オ)シハカラル、モノナリ。「[一七]言語《げんぎよ》ハ君子ノ樞機《スウキ》ナリ。」トイヘリ。[一八]アカラサマニモ君ヲナイガシロニシ、人ニオゴルコトアルベカラヌコトニコソ。サキニシルシハベリシゴトク、[一九]カタキ氷ハ霜ヲフムヨリイタルナラヒナレバ、亂臣賊子ト云者ハ、ソノハジメ心コトバヲツヽシマザルヨリイデクル也。世ノ中ノオトロフルト申ハ、日月《ひつき》ノ光《ひかり》ノカハルニモアラズ、草木《くさき》ノ色ノアラタマルニモアラジ。人ノ心ノアシクナリ行《ゆく》ヲ末世《まつせ》トハイヘルニヤ。昔[二〇]許由《きよいう》ト云《いふ》人ハ帝堯《げう》ノ國ヲ傳《つたへ》ントアリシヲキヽテ、頴川《エイせん》ニ耳ヲアラヒキ。巣父《さうは》ハコレヲキヽテ此水ヲダニキタナガリテワタラズ。其人ノ[二一]五臟六腑《ござうろくふ》ノカハルニハアラジ、[二二]ヨクオモヒナラハセルユヘ(エ)ニコソアラメ。猶[二三]行スエ(エ)ノ人ノ心オモヒヤルコソアサマシケレ。大方ヲ(オ)ノレ一身ハ恩ニホコルトモ、萬人《まんにん》ノウラミヲノコスベキコトヲバナドカカヘリミザラン。君ハ[二四]萬姓《ばんしやう》ノ主《あるじ》ニテマシマセバ、カギリアル地ヲモテ、カギリナキ人ニワカタセ給ハンコトハ、ヲ(オ)シテモハカリタテマツルベシ。[二五]〔モシ〕一國ヅヽヲノゾマバ、[二六]六十六人ニテフサガリナム。一郡ヅヽトイフトモ、日本ハ[二七]五百九十四郡コソアレ、五百九十四人ハヨロコブトモ千萬ノ人ハ不レ悦《よろこばじ》。況《いはんや》日本ノ半《なかば》ヲ心ザシ、[二八]皆ナガラノゾマバ、帝王ハイヅクヲシラセ給ベキニカ。[二九]カヽル心ノキザシテコトバニモイデヲ(オ)モテニハ恥《はつ》ル色ノナキヲ謀反《むほん》ノハジメト云ベキ也。昔ノ將門《まさかど》ハ比叡山ニノボリテ、[三〇]大内《だいだい》ヲ遠見

一五 底本「トモナル」、高・新・竹等により訂。

一六 自然と推量され、それと理解されるものである。

一七 「言行君子之枢機也」(易経、繫辞上)。「枢」は戸の開閉をつかさどるくるる。「機」は石弓をはじくばね。ともにその最も肝要なもの。ここでは行動未発以前の心内の動きを中心としている。

一八 ほんのかりそめにも。本心でないまでも。

一九 →八二頁注一五。

二〇 →補注五一。

二一 心・肝・腎・肺・脾の五臓と胃・胆・膀胱・大腸・小腸・三膲の六腑。内臓器管の総称。その諸器管の成り立ち・機能が別に一般人と変わっているのでもあるまい。

二二 考えそのものが平素からよく練られていて、思想が高潔であること。

二三 それにつけても。

二四 天下の万民の主。特定の個人のための主でなくて、万民を一様に見る主。

二五 青・大・山二等により補。

二六 六十六個国と島二つ。したがって六十八個国あるわけだが、一般的にいう場合は、六十六個国と略称された。→四一頁注一二。

二七 延喜式巻二十二民部上に、国郡名が見られるが、壱岐・対馬の二島の四郡を加えて、五百九十郡。和名類聚抄には五百九十二郡、親房のやや後輩の洞院公賢の拾芥抄には六百四郡とある。王統記は年代的に言って、この二つの中間に位するので、和名類聚抄成立後部分的な変更があったのであろう。

二八 全国全部を残りなく。

二九 こうした誤った考えがふと心にわいて。

三〇 史書には見えないが、伝説として、今も四明ケ嶽に将門が立って、眼下の平安京を眺めたという、将門岩なるものがある。

シテ謀反《むほん》ヲオモヒクワ(ハ)タテケルモ、カヽルタグヒニヤ侍ケン。昔ハ人ノ心正クテ[一]〔自《おのづか》ラ〕将門ニミモコリ、キヽモコリ侍リケン。今ハ人々ノ心カクノミナリニタレバ、此世ハヨクオトロヘヌルニヤ。漢高祖《かんのかうそ》ノ天下ヲトリシハ蕭何《せうか》・張良《ちやうりやう》・韓信《かんしん》ガ力《ちから》ナリ。コレヲ三傑《ケツ》ト云。萬人《まんにん》ニスグレタルヲ傑[二]ト云トゾ。中ニモ張良ハ高祖ノ師トシテ、[三]「ハカリコトヲ帷帳《ゐちやう》ノ中《なか》ニメグラシテ、勝《かつ》コトヲ千里ノ外《ほか》ニ決スルハコノ人ナリ。」トノ給シカド、張良ハオゴルコトナクシテ、[四]留《りう》トイヒテスコシキナル所ヲノゾミテ封ゼラレニケリ。[五]アラユル功臣オホクホロビシカド、張良ハ身ヲマタクシタリキ。チカキ代ノコトゾカシ、頼朝ノ時マデモ、[六]文治《ぶんち》ノ比ニヤ、奥ノ泰衡《やすひら》ヲ追討セシニ、ミヅカラムカウ(ヲ)コトアリシニ、[七]平重忠《たひらのしげただ》ガ先陣《せんぢん》ニテ其功スグレタリケレバ、五十四郡ノ中《うち》ニ、イヅクヲモノゾムベカリケルニ、[八]長岡《ながをか》ノ郡《こほり》トテキワ(ハ)メタル小所ヲノゾミタマハリケルトゾ。コレハ人々ニヒロク賞ヲモオコナハシメンガタメニヤ。カシコカリケルオ(ヲ)ノコニコソ。又直實《なほざね》ト云ケル者ニ[九]一所《いちしよ》ヲアタヘタマフ[一〇]下文《くだしぶみ》ニ、「日本第一ノ[一一]甲《かふ》ノ者ナリ。」ト[一二]書テ給《たまひ》テケリ。[一三]一《ひと》トセ彼下文《かのくだしぶみ》ヲ持《もち》テ[一四]奏聞《そうもん》スル人ノ有ケルニ、[一五]褒美《はうび》ノ詞《ことば》ノハナハダシサニ、アタヘタル所ノスクナサ、マコトニ[一六]名ヲオモクシテ利ヲカロクシケル、イミジキコト、口〱ニホメアヘリケル。イカニ心エテホメケントイトオ(ヲ)カシ。是マデノ心コソナカラメ、事ニフレテ君ヲオトシ奉リ、身ヲタカクスル輩《ともがら》ノミ[一七]多クナレリ。[一八]アリシ世ノ東國ノ風儀《ふうぎ》モカハリハテヌ。公家《くげ》ノフルキスガ

一 青・国・静二等により補。「キヽモ侍リケン」は底本「キヽモコリナン」、同じく訂。
二 「傑。埶也。材過㆓万人㆒也」(説文)。
三 「(高祖曰)夫運㆓籌策帷帳之中㆒、決㆓勝於千里之外㆒、吾不ㇾ如㆓子房㆒。鎮㆓国家㆒、撫㆓百姓㆒、給㆓餽饟㆒不ㇾ絶㆓糧道㆒、吾不ㇾ如㆓蕭何㆒。連㆓百万之軍㆒戦必勝、攻必取、吾不ㇾ如㆓韓信㆒。此三者皆人傑也」(史記、高祖本紀)。直接戦陣の場に臨まず、本営の中にあって戦略をたて、謀りごとをめぐらして、遠く戦地で勝をおさめること。
四 「自択㆓斉三万戸㆒。良曰、始臣起㆓下邳㆒、与ㇾ上会ㇾ留。此天以ㇾ臣授㆓陛下㆒、陛下用㆓臣計㆒、幸而時中、願封ㇾ留足矣。(中略)乃封㆓張良㆒為㆓留候㆒」(史記、留侯世家)。河南省開封府陳留県。
五 一八二頁参照。
六 文治五年(一一八九)七月十九日鎌倉出発。
七 「奥州羽州等事、吉書始之後紀㆓勇士等勲功㆒。各被ㇾ行ㇾ賞訖。其御下文今日被ㇾ下ㇾ之。(中略)畠山次郎重忠賜㆓葛岡郡㆒。是狭少之地也。(中略)是為ㇾ令ㇾ周㆓其賞於傍輩㆒也云々」(吾妻鏡、文治五年九月二十日の条)
八 延喜式巻二十二には長岡郡はあるが、葛岡郡の名は見えない。
九 ある知行所。一所懸命の地の一所。
一〇 文書の始終に「下」という文字を記すのでいう。ここは鎌倉幕府が政所を経て所領を与える時に下す文書。
一一 抜群の勇士。「甲、凡物首㆓出群類㆒曰ㇾ甲」(正字通)。
一二 底本「云テ」、青・近・国等により訂。
一三 いつだったかある年。
一四 天皇に奏上する。耳にいれる。
一五 その武勇をほめたたえたことば。賞美のことば。「日本第一ノ甲ノ者ナリ」をさす。
一六 武人としての名誉を第一として、それに伴う利禄は問題としない。
一七 底本「多クナレル」、高・山二・青等により訂。
一八 頼朝時代の関東武士の立派な風格・態度。

タモナシ。イカニナリヌル世ニカトナゲキ侍ル輩《ともがら》モアリトキコエシカド、中一《なかひと》[一九]トセバカリハマコトニ一統ノシルシトオボエテ、天ノ下コゾリ集《あつまり》テ都ノ中《うち》[二〇]ハヘ(エ)〲シクコソ侍リケレ。

[二一]建武乙亥《きのとゐ》ノ秋ノ比、滅《ほろび》ニシ高時[二二]ガ餘類《よるゐ》謀反《むほん》ヲオコシテ鎌倉ニイリヌ。直義《ただよし》ハ成良《なりよし》ノ親王ヲヒキツレ奉テ參河國《みかはの》マデノガレニキ。兵部卿護良《ひやうぶきやうもりよしの》親王[二三]コトアリテ鎌倉ニオハシマシケルヲバ、ツレ申ニヲ(オ)ヨバズウシナヒ申テケリ。ミダレノ中ナレド、宿《しゆく》[二四]意《い》ヲハタスニヤアリケン。都ニモ、[二五]カネテ陰謀ノキコエアリテ嫌疑《けんぎ》セラレケル中《なか》ニ權大納言公宗卿《きんむねのきやう》召《めし》ヲ(オ)カレシモ、コノマギレニ誅《ちゆう》セラル。承久《じようきう》ヨリ關東ノ方人《かたうど》[二六]ニテ七代ニナリヌルニヤ。高時モ七代ニテ滅《ほろび》ヌレバ、運ノシカラシムルコトトハオボユレド、弘仁《こうにん》[二七]ニ死罪《しざい》ヲトメラレテ後、信頼ガ時ニコソメヅラカナルコトニ申ハベリケレ。戚《セキ》[二八]里ノヨセモ久シクナリ大納言以上ニイタリヌルニ、オナジ死罪ナリトモアラ[二九]ハナラヌ法令《ほふりやう》モアルニ、ウケ給《たまはり》[三〇]オコナフ輩《ともがら》ノアヤマリナリトゾキコエシ。

高氏ハ中[三一]ウケテ東國ニムカヒケルガ、征夷將軍ナラビニ諸國ノ惣追捕使《そうつゐぶくし》ヲ望ケレド、[三二]征東將軍ニナサレテ悉《ことごと》クハユルサレズ。程ナク東國ハシヅマリニケレド、高氏ノゾム所達《たつ》セズシテ、謀反ヲオコスヨシキコエシガ、十一月《しもつき》十日アマリニヤ、義貞ヲ追討スベキヨシ奏狀[三三]ヲタテマツリ、スナハチ討手ノボリケレバ、京中騒動《きやうぢゆうさうどう》ス。追討ノタメニ、中務卿尊良《なかつかさきやうたかよし》親王ヲ上將軍《じやうしやうぐん》[三四]トシテ、[三五]サルベキ人々モアマタツカハサル。

一九 元弘三年(一三三三)六月京都還幸、建武二年(一三三五)七月北条時行の乱。この中一年が建武中興の新政。
二〇 照り輝くように、はなやかなこと。繁栄をきわめること。
二一 建武二年(一三三五)七月。
二二 北条高時の二男時行を中心とする。
二三 ある事情があって。嫌疑され幽閉中。
二四 かねてからの意趣。
二五 太平記巻十三北山殿謀叛事参照。
二六 荷担人。好意をもって味方するもの。「承久ノ合戦ノ時、西園寺ノ太政大臣公経公関東へ内通ノ旨有シニ依テ、義時其日ノ合戦ニ利ヲ得タリシ間、子孫七代迄西園寺殿ヲ可二憑申一ト云置タリシカバ今ニ至迄武家異レ他思ヲ成セリ」(太平記巻十三)。公経—実氏—公相—実兼—公衡—実衡—公宗。
二七 「是天皇者出二弘仁年号一伝レ世、応レ殺之人成二流罪一、活二彼命一以人治也」(日本霊異記下)。
二八 天皇の外戚として世間から高く評価、信頼されること。
二九 内規によると、公宗は議親(外戚であること)議貴(大納言、三位)、すなわち六議の二つに該当するので死一等を減ぜられ得る。太平記巻十二には「長年ニ被二仰付一、出雲国へ可レ被レ流ト公儀已ニ定リニケリ」とあるのに、六条河原で斬られた。
三〇 死罪に処したのは命令違反で、勅命をうけた長年等の行き過ぎのあやまち。
三一 北条時行追討の命。
三二 太平記によると、征夷将軍・関東八個国管領を望み、管領を許され、征夷将軍は今後にまつとして征東将軍にしたとある。その後自称。
三三 底本「奏シ」、近・青・国等により訂。太平記巻十四に詳しい。
三四 一軍の総大将。太平記巻十四には、親王を東国管領に、義貞を大将軍に定めたとある。
三五 然るべき相当な地位の人々。東海・東山両道から進発した。

武家ニハ義貞朝臣ヲハジメテオホクノ兵《つはもの》ヲクダサレシニ、十二月《しはす》[一]ニ官軍ヒキシリゾキヌ。闕々[二]ヲカタメラレシカド、次ノ年丙子《ひのえね》ノ春正月《むつき》十日官軍又ヤブレテ朝敵[三]スデニチカヅク。ヨリテ比叡山東坂本《ひがしさかもと》ニ行幸シテ、日吉社ニゾマシ〳〵ケル。内裏[四]モスナハチ焼ヌ。累代《るゐだい》ノ重寶モオホクウセニケリ。昔ヨリタメシナキホドノ亂逆《らんげき》ナリ。

カヽリシアヒダニ、陸奥守《みちのおくのかみ》鎮守府ノ將軍顯家卿コノ亂《みだれ》ヲキヽテ、親王ヲサキニ立《たて》奉リテ、陸奥・出羽ノ軍兵ヲ率《そつ》シテセメノボル。同《おなじき》十三日近江國ニツキテコノ由ヲ奏聞ス。十四日ニ江[五]ヲワタリテ坂本ニマイ(ヰ)リシカバ、官軍大ニ力ヲエテ、山門ノ衆徒《しゆうと》マデモ萬歳《ばんぜい》[六]ヲヨバヒキ。同《おなじき》十六日ヨリ合戰《かつせん》ハジマリテ三十日ツキ(ト)ニ朝敵ヲ追落《おひおと》ス。ヤガテ其夜還幸《くわんかう》シ給。高氏〔等〕[七]猶攝津國《つのくに》ニアリトキコエシカバ、カサネテ諸將ヲツカハス。二月《きさらぎ》十三日又コレヲタイ(ヒ)ラゲツ。朝敵ハ船ニノリテ西國《さいこく》ヘナム[八]オチニケリ。諸將ヲ(オ)ヨビ官軍ハカツ〳〵カヘリマイ(ヰ)リシヲ、東國《とうごく》ノ事オボツカナシトテ、親王モ又カヘラセ給ベシ、顯家卿モ任所《にんじよ》[九]ニカヘルベキヨシオホセラル。義貞ハ筑紫ヘツカハサル。カクテ親王元服シ給。直《ちき》[一〇]ニ三品ニ叙シ、陸奥太守ニ任ジマシマス。彼國[一一]ノ太守ハ始《はじめ》タルコトナレド、タヨリアリトテゾ任ジ給。勸賞《けんしやう》[一二]ニヨリテ同母ノ御兄四品成良《なりよし》ノミコヲコエ給。顯家卿ハワザト賞ヲバ申ウケザリケルトゾ。

義貞朝臣ハ筑紫ヘクダリシガ、播磨國《はりまのくに》ニ朝敵[一三]ノ黨類《たうるゐ》アリトテ、マヅコレヲ對治[一四]スベシトテ、日[一五]ヲオクリシ程ニ五月《さつき》ニモナリヌ。高氏等西國[一六]ノ凶徒《きようと》ヲアヒカタラヒテ

一 追討の軍十二月十一日箱根に敗れ退却。
二 京都防備の要害の地。勢多・宇治・大渡等。
三 →補注五二。
四 四国・西国の兵が京都に乱入、行幸供奉の人々の家に放火、ために前殿后宮・諸司八省・三十六殿十二門一時に灰燼となった。
五 琵琶湖を横断して。山田矢橋を渡船。
六 「呼二万歳一者三」(漢書、武帝紀)。勝ち軍に際して戦勝を祝福して一斉に万歳を叫ぶこと。本来は聖寿万歳で、国治まり帝徳をたたえること。
七 出・近・青等により補。
八 「オチニケル」とあるべきところ。
九 陸奥の鎮守府。三月十日勅書下る。
一〇 四品を越えて直叙された。「建武の比、花山院を内裏になされて侍りける時、御元服ありし事などおぼしめし出でてよませ給うける。花山の初もとゆひの春の庭わがたちまひし昔恋ひつつ　後村上院御製」(新葉集巻十六)。
一一 従来親王が国司に任ぜられたのは上野・常陸・上総の三国に限られていた。新例を開かれたわけである。陸奥が東国鎮護の拠点であり、ここを確保することは吉野方にとって重大な意義をもつからである。
一二 その功をほめ、はげますこと。
一三 足利氏に味方する赤松則村など。
一四 底本「退治」、訂。→一五四頁注一四。
一五 うかうかとして何等なすことなく、日時を経過すること。高氏を徹底的に追い討たないで九州へのがし再起の機を与えたこと。
一六 高氏は光厳院の院宣を入手することによって、九州・中国の軍を指揮下に収めたのである。「アヒカタラフ」はその院宣をふりかざして、味方にうまうまと引き入れること。

カサネテセメノボル。官軍利ナクシテ都ニ歸參《きさん》セシホドニ、同《おなじき》二十七日ニ又山門ニ臨幸シ給。八月《はつき》[一七]ニイタルマデ度々《たびたび》合戰アリシカド、官軍イトスヽマズ。仍《より》テ都ニハ元弘僞《げんこうぎ》主ノ御弟ニ、三ノ御子豐仁《ゆたひと》ト申ケルヲ位ニツケ奉ル。十月《かんなづき》十日ノ比ニヤ、主上《しゆじやう》[一八]都ニ出サセ給、イトアサマシカリシコトナレド、又行スエ(エ)ヲオボシメス道アリシニコソ。東宮[一九]ハ北國ニ行啓《ぎやうけい》[二〇]アリ。左衛門督《さゑもんのかみ》實世《さねよ》ノ卿以下《いげ》ノ人々、左中將義貞朝臣ヲハジメテサルベキ兵《つはもの》モアマタツカウマツリケリ。主上ハ尊號[二一]ノ儀ニテマシ〳〵キ。御心ヲヤスメ奉ランタメニヤ、成良《なりよしの》親王ヲ東宮ニスヘ(エ)タテマツル。同《おなじき》十二月《しはす》ニシノビテ都ヲ出《いで》マシ〳〵テ、河内國ニ正成トイヒシガ一族等ヲメシグシテ芳野《よしの》ニイラセ給ヌ。行宮《かりみや》ヲツクリテワタラセ給。モトノゴトク在位ノ儀ニテゾマシ〳〵ケル。内侍所《ないしどころ》モウツラセ給《たまひ》、神璽《しんし》モ御身ニシタガヘ給ケリ。マコトニ奇特《きどく》[二二]ノコトニコソ侍シカ。芳野ノミユキニサキダチテ、義兵《ぎへい》ヲオコス輩モハベリキ。臨幸《りんかう》ノ後ニハ國々ニモ御心ザシアルタグヒアマタキコエシカド、ツギノ年モクレヌ。

又ノ年[二三]戊寅《つちのえとら》ノ春二月《きさらぎ》、鎭守大將軍《ちんじゆたいしやうぐん》顯家《あきいへの》卿又親王ヲサキダテ申、カサネテウチノボル。海道[二四]ノ國々コトゴヽク(ト)タイラギヌ。伊勢・伊賀ヲヘテ大和ニ入《いり》、奈良ノ京《きやう》ニナンツキニケル。ソレヨリ所々ノ合戰アマタヽビ〔互《たがひ》〕[二五]ニ勝負《しようぶ》侍リシニ、同《おなじき》五月《さつき》和《いづ》[二六]泉國《みのくに》ニテノタヽカヒニ、時[二七]ヤイタラザリケン、忠孝[二八]ノ道コヽニキハマリハベリニキ。苔《こけ》[二九]ノ下ニウヅモレヌ〔モノトテハ〕[三〇]タヾイタヅラニ名ヲノミゾトヾメテ〔シ〕[三一]、心ウキ

一七 高氏は六月十四日入京して東寺に陣をとる。その後八月十五日光明院(豊仁親王)を位につけたが、この間京都の攻防戦が行なわれ、千種忠顕・名和長年等が陣没した。
一八 還幸といわないのは、心ならずも足利氏の言をいれてのことである。
一九 恒良親王。
二〇 皇太后・皇后・皇太子のいでまし。
二一 「十一月二日、被レ奉二太上天皇号一(今日被レ渡二剣璽於新帝土御門殿一)」(皇年代略記)。「儀ニテ」という表現は、次に「在位ノ儀」とあるのと呼応するもので、尊号の事は足利氏の一方的な計らいで、これを否認した筆致である。
二二 不思議で殊勝類のないこと。底本「奇持」、天一・山二・高等により訂。
二三 延元三年(一三三八)。
二四 延元三年正月八日鎌倉を出発、東海道を経て、美濃の青野原の戦に勝ち、二月二十一日奈良に到着、吉野へ入らないで直接京都を攻めようとした。
二五 近・書・大等により補。
二六 「其戦功徒ニシテ、五月二十二日和泉ノ堺安部野ニテ討死シ給ケレバ」(太平記巻十九)。顕家の戦死の地については石津説もある。
二七 忠節に生きたが年二十一歳で、時運にめぐまれずしてか。
二八 戦死を示す語。公的にも私的にもその戦死に万感をこめての表現である。
二九 「もろともに苔の下には朽ちずして埋もれぬ名をみるぞ悲しき」(金葉集巻十、和泉式部)。「苔の下に埋もれぬ名を残しつつ跡とふ袖に露ぞこぼるる」(新後拾遺集巻十九、読人しらず)。その死骸は空しく深く埋もれてしまったが、その若くして散った忠孝の名声のみはいつまでも残ること。
三〇・三一 青・出・書等により補。

世ニモハベルカナ。[一]官軍猶コヽロヲハゲマシテ、男山《をとこやま》ニ陣ヲトリテ、シバラク合戰アリシカド、朝敵忍《しのび》テ社壇ヲヤキハラヒシヨリ、コトナラズシテ引シリゾク。北國ニアリシ義貞モタビ〳〵メサレシカド、ノボリアヘズ。[二]サセルコトナクテムナシクサヘナリヌトキコエシカバ、[三]云《いふ》バカリナシ。

[四]サテシモヤムベキナラズトテ、陸奥ノ御子《みこ》又東《あづま》ヘムカハセ給ベキ定《さだめ》アリ。左少將[五]顯信《あきのぶ》朝臣中將ニ轉ジ、從三位ニ敍シ、陸奥ノ介《すけ》鎭守將軍ヲ兼《かね》テツカハサル。東國ノ官軍コト〴〵ク[六]彼節度《せつと》ニシタガフベキ由ヲ仰《おほせ》ラル。親王ハ[七]儲君《ちよくん》ニタヽセ給ベキムネ申キカセ給《たまひ》、「[八]道ノ程モカタジケナカルベシ。國ニテハアラハサセ給ヘ。」トナン申サレシ。異母《いぼ》ノ御兄モアマタマシ〳〵キ。同母《どうぼ》ノ御兄モ前《さきの》東宮、[九]恆良《つねよし》ノ親王《しんわう》・成良《なりよしの》親王《しんわう》マシ〳〵シニ、カクサダマリ給ヌルモ天命ナレバカタジケナシ。七月《ふみづき》ノ末ツカタ、伊勢ニコエサセ給テ、神宮ニコトノヨシヲ啓《まをし》テ[一〇]御船ヲヨソヒシ、九月《ながつき》ノハジメ、[一一]トモヅナヲトカレシニ、十日ゴロノコトニヤ、上總《かづさ》ノ地チカクヨリ空ノケシキ[一二]オドロオドロシク、海上《かいしやう》アラクナリシカバ、又伊豆《いづ》ノ崎《さき》ト云方《いふかた》ニタヾヨハレ侍シニ、イトヾ浪風オビタヾシクナリテ、アマタノ船ユキカタシラズハベリケルニ、[一三]御子《みこ》ノ御船ハサハリナク伊勢《いせ》ノ海ニツカセ給。顯信朝臣ハモトヨリ御船ニサブラヒケリ。同《おなじ》風ノマギレニ、東《あづま》ヲサシテ[一四]常陸國《ひたちのくに》ナル内《うち》ノ海《うみ》ニツキタル船ハベリキ。[一五]方々《かたがた》ニタヾヨヒシ中《なか》ニ、コノ二《ふたつ》ノフネオナジ風ニテ東西ニフキワケケル、末ノ世ニハメヅラ

一 顕家戦死後、源持定・家房、北畠顕信・顕国等が石清水八幡宮に拠ったが、七月五日の夜放火のため社殿炎上、十一日退却。
二 北国経営の実もあげず、特にこれという戦功もたてないで。
三 最早何ともいうべきことばもない。
四 だからと言って、そのまま捨ておくわけにもゆかぬというので。
五 親房の第二子。顕家の弟。
六 →一七九頁注三二。 七 →一一〇頁注六。
八 皇太子になられたことを今ここで公表しては、道中かえって何かと恐れ多いことであろう。無事に任国に到着の上公表なさるように。
九 恒良親王は元弘四年(一三三四)正月二十三日、成良親王は建武三年(一三三六)十一月十四日(北朝の擁立)ともに立坊。延元三年(一三三八)四月相前後して、京都で高氏のために毒殺された。以来義良親王立太子まで空位。後醍醐天皇の諸皇子の名の「良」の読みには「よし」と「なが」の二訓がある。今は「よし」に従う。
一〇 出帆の準備をととのえる。
一一 解纜。船のともづなを解いて出港する。伊勢の大湊を出船。 一二 恐ろしい様相。空かきくもり暴風雨の兆。この海難のことは、新葉集・李花集・元弘日記裏書にも詳しい。
一三 「延元三年秋、後村上院かさねて陸奥のくにへくだらせましましけるに、いくほどなく御舟、伊勢国篠嶋といふ所へつきたるよし聞えしかば」(新葉集巻九、前大僧正頼意の歌の詞書)。
一四 親房の乗船は霞ケ浦の沿岸東条庄に漂着。
一五 大系本太平記巻二十には「兵船五百余艘」とあり、頭注に、五十余、三百余、三十八と伝本による異同が見え、遭難の場所も李花集と同じく「天龍なだ」とあるが、宗良親王の船は遠江国白羽、新田義興の船は武蔵国石浜、他に安房国に漂着したものもあった。

カナルタメシニゾ侍ベキ。儲《まうけ》ノ君ニサダマラセ給テ、[一六]例《ためし》ナキヒナノ御スマヰ(ヒ)モイカヾトオボエシニ、[一七]皇太神《すめおほみかみ》ノトヾメ申サセ給ケルナルベシ。後ニ芳野ヘイラセマシ〳〵テ、[一八]御目ノ前ニテ天位ヲツガセ給シカバ、イトヾオモヒアハセラレテタウ(フ)トク侍ルカナ。又常陸國《ひたちのくに》ハ[一九]モトヨリ心ザス方《かた》ナレバ、御志《みこころざし》アル輩《ともがら》アヒハカラヒテ義兵コハクナリヌ。[二〇]奥州・野州ノ守《かみ》モ次ノ年ノ春カサネテ下向《げかう》シテ、オノ〳〵國ニツキハベリニキ。

[二一]サテモ舊都《きうと》ニハ、戊寅《つちのえとら》ノ年ノ冬改元シテ暦應《りやくおう》トゾ云ケル。芳野ノ宮ニハモトノ延《えん》元《げん》ノ號ナレバ、國々モオモイ(ヒ)〳〵ノ號ナリ。モロコシニハ、カヽルタメシオホケレド、此國ニハ例《ためし》ナシ。サレド四《よ》トセニモナリヌルニヤ。[二二]大日本《やまと》嶋根《しまね》ハモトヨリノ皇《くわう》都《と》也。内侍所《ないしどころ》・神璽《しんし》モ芳野ニオハシマセバ、イヅクカ都ニアラザルベキ。

サテモ八月《はつき》ノ十日アマリ六日ニヤ、[二三]秋霧《あきぎり》ニオ(ヲ)カサレサセ給テカクレマシ〳〵ヌトゾキコエシ。[二四]ヌルガ中《うち》ナル夢《ゆめ》ノ世ハ、イマニハジメヌナラヒトハシリナガラ、カズ〳〵メノマヘナル心チシテ[二五]老泪《おいのなみだ》モカキアヘネバ、筆ノ跡サヘトヾコホリヌ。[二六]昔、[二七]「仲尼《ちゆうぢ》ハ獲麟ニ筆ヲタツ。」トアレバ、コヽニテトヾマリタクハベレド、神皇正統《じんわうしやうとう》ノヨコシマナルマジキ理《ことわり》ヲ申ノベテ、素意《そい》ノ末ヲモアラハサマホシクテ、シヰ(ヒ)テシルシツケ侍ルナリ。カネテ時ヲモサトラシメ給ケルニヤ、マヘノ夜ヨリ親王ヲバ[二八]左大臣ノ亭《てい》ヘウツシ奉ラレテ、三種ノ神器ヲ傳《つたへ》申サル。後ノ號ヲバ、仰《おほせ》ノマヽニテ後醍《ごだい》

一六 立太子された方が皇城を遠く東国の片田舎にあられるのは、前例のないことでもあり、どうかと案じていたが。
一七 前注一三の頼意の詞書のつづきに「おなじ風のまぎれに、御舟ばかりはことゆゑなく、この国へしもつかせ給ひし事、しかしながら太神宮の御はからひたるよし、神づかさどもよろこび申しければ」とある。
一八 後醍醐天皇崩御の八月十六日に先き立って。
一九 東国経営の一拠点として、もともとそこを目的地としていたので。
二〇 陸奥介北畠顕信と下野守左中将道世のことか。「次ノ年」は延元四年(一三三九)と解すべきであるが、このことについては「神皇正統記述義」と「神皇正統記新講」に種々解説されているものの十分な史料に乏しいので後考にまつ他ない。ただ親房としてはともに協力して事にあたった両人のことであるから明白な事実にもとづいての論であろう。
二一 この一文に、正統記数千言の背後にちらりとのぞく時代を感ぜしめる。正統の天皇以外に「改元」のことはありえない。「旧都」という表現も力弱い。足利の武力にまげられてゆく形勢非なる現実が親房の筆をにぶらせたものか。
二二 狭い大和国に限定しないで、日本国の総称と見る。日本国中どんな所でも神器を帯し給う天皇のいらっしゃる所がそのまま皇都である。
二三 底本「秋霜」、近・青・大等により訂。風邪の気。 二四 「ぬるがうちに見るをのみやは夢といはむはかなき世をも現とは見ず」(古今集巻十六、壬生忠岑)。
二五 親房時に四十八歳。「ころも憂し初かりがねの玉づさにかきあへぬものは涙なりけり」(玉葉集巻四、前大僧正慈鎮)。 二六 古来から。
二七 孔子の字。→六五頁注二一。
二八 関白左大臣経忠。

醐《ご》天皇ト申《まをす》。

天下ヲ治給コト二十一年。五十二歳オマシ〳〵キ。

昔仲哀《ちゆうあい》天皇熊襲《くまそ》ヲセメサセ給シ[一]行宮《かりみや》ニテ神サリマシ〳〵キ。サレド神功皇后程《じんぐうくわうごうほど》ナク三韓ヲタイラゲ（ト）、諸皇子ノ亂ヲシヅメラレテ、[二]胎中天皇《たいちゆうてんわう》ノ御代ニサダマリキ。コノ君聖運《きみせいうん》マシ〳〵シカバ、[三]百七十餘年中《なか》タエニシ一統《いちとう》ノ天下ヲシラセ給テ、[四]御目ノ前ニテ日嗣ヲサダメサセ給ヌ。[五]功《こう》モナク徳モナキヌス人世ニオゴリテ、四《よ》トセ餘《あまり》ガホド[六]宸襟《しんきん》ヲナヤマシ、御世ヲスグサセ給ヌレバ、[七]御怨念《ごをんねん》ノ末ムナシク侍リナンヤ。今ノ御門《みかど》マタ天照太神ヨリコノカタノ正統ヲウケマシ〳〵ヌレバ、コノ御光ニアラソヒタテマツル者ヤ[八]ハアルベキ。[九]中〳〵カクテシヅマルベキ時ノ運トゾオボエ侍ル。

第九十六代、第五十世ノ天皇。諱ハ義良《のりよし》、後醍醐ノ天皇第七御子《だいしちのみこ》。御母准三宮、[一〇]藤原ノ廉子《れんし》。コノ君ハラマレサセ給ハントテ、[一一]日ヲイダクトナン夢ニ見申サセ給ケルトゾ。サレバアマタノ御子ノ中ニタヾナルマジキ御コトトゾカネテヨリキコエサセ給シ。元弘癸酉《げんこうみづのととり》ノ年、アヅマノ陸奥・出羽ノカタメニテオモムカセ給。甲戌《きのえいぬ》ノ夏、立親王、丙子《ひのえね》ノ春、都ニノボラセマシ〳〵テ、内裏ニテ御元服。加冠《かくわん》[一二]左ノオトヾナリ。スナハチ三品ニ敍シ、陸奥ノ太守ニ任ゼサセ給。オナジキ戊寅《つちのえとら》ノ年《としの》春、又ノボラセ給テ、芳野宮《よしののみや》ニマシ〳〵シガ、秋七月《ふみづき》伊勢《いせ》ニコエサセ給。カサネテ東征《とうせい》アリシカド、猶伊勢ニカヘリマシ、[一三]己卯《つちのとう》ノ年三月《やよひ》又芳野ヘイラセ給。秋八月《はつき》中ノ五

一　行宮に崩じた仲哀天皇のあと、乱鎮まってめでたく応神天皇の治世を迎えた故事は、そのまま行宮に崩じた後醍醐天皇のあとが後村上天皇によって一統されることを予約するというのである。七七頁参照。
二　応神天皇。
三　平氏が政権を執ってから延元四年(一三三九)崩御まで百七十二年間。
四　天皇御自身の意志と手で。正しい皇統の授受の形をいう。
五　足利高氏。建武二年(一三三五)十月高氏鎌倉に拠り反旗をひるがえしてから天皇崩御まで四年。
六　天皇の御心。
七　残念に思召され、国賊に対して懐かれた恨みはそのまま空しく消えるであろうか。御一念は必ずや逆賊を滅さずにはおかぬだろう。崩御の様は太平記巻二十一に詳しい。左に法華経第五巻、右に御剣を持たれたのは、法華経勧持品の持つ精神を強調されたのである。仏の正法を行なうには様々の迫害と苦難があるが、その試練を越えてのみ正法弘通の真の仏界の到来があると教えている。後を継ぐ者の発奮興起を促す。
八　反語。絶対にありえない。
九　確かに乱れてはいるが、それは一時の姿であって、かえって後になれば。
一〇　廉子の父について一言も触れていない。歴代の叙述と大いに異なる理由は、公廉の女で公賢の養女として入内したが、この二人はともに京都方で、吉野方と無縁としたためである。
一一　→補注五三。
一二　藤原経忠である。公賢ではない。延元元年(一三三六)三月十日花山院で元服。時に左大臣経忠、右大臣公賢。
一三　延元四年(一三三九)三月。

日ユヅリヲウケテ天日嗣《あまつひつぎ》ヲツタヘオマシマス。

本云

此記上中下三巻、北畠大納言[一四]入道〈親房卿。建武三年[一五]叡山臨幸時、於㆓行宮㆒叙㆓一位㆒。出家之後云々。又其後於㆓南朝芳野殿㆒、蒙㆓准[一六]三后宣旨㆒云々〉於㆓南山[一七]㆒述㆓作之㆒。

一四 親房は元亨三年(一三二三)正月、権大納言。正中元年(一三二四)四月、大納言。元徳二年(一三三〇)九月世良親王の薨去にあい、出家。宗玄のちに覚空と改めた。「この人のかく世を捨てぬるを、親王の御事にうちそへて、かたがたいみじく、御門も口をしくおぼし歎く。世にもいとあたらしく惜みあへり」(増鏡、むら時雨)。

一五 建武三年(一三三六)の叡山行幸は正月十日と五月二十七日(三月延元と改元)の両度である。大日本史料第六編之三の東寺仏舎利勘計記に「一粒　宗玄〈一品〉北畠禅門〈親房〉也。従往古無入道位之例。当御代初例也」とあるによって、延元元年(一三三六)三月十五日に一品になっていたとすると、その正月の除目でなったと認められる。一度出家したものがこの殊遇を受けたので「出家之後云々」としたのであろう。

一六 正平六年(一三五一)十二月京都との和議進行中任ぜられたものか。園太暦の同年十二月二十二日の条に「准后」と見える。「北畠入道大納言ハ、准后ノ宣旨ヲ蒙テ華著タル大童子ヲ召具シ、輦ニ駕シテ宮中ヲ出入スベキ粧、天下耳目ヲ驚カセリ」(太平記巻三十)。

一七 この「南山」を吉野山という地名と見て、正統記が吉野の地で著作されたととるのは正しくない。正統記成立後、京都のある人が書写した時の奥書であってみれば、概括的に述べたもので、南方・南朝の意である。

補注

上

一　**大日本者神国也**（四一頁）　この表記形式は、倭姫命世記の「吾聞、大日本者神国奈利。依二神明之加被一ヨ得二国家之安全一、依二国家之尊崇一天増二神明之霊威一須」から出たものであり、「吾朝者神国也」という表記形式も槐記・平戸記・玉蘂等をはじめ多くの公卿の日記類にみられる。「神国」という語は紀の神功皇后摂政前紀の「吾聞東有二神国一、謂二日本一」という新羅王の言が初見であることは周知の通りであるが、時代とともにわが国民が自国を神国なりと仰ぐ思想は広く行なわれ、特に氏神信仰・皇大神信仰・元寇の勝利等による対外意識の高揚などによって諸書に多く見られるようになった。それらの記録によると「神明の加護ある国」、「非礼を受け給はぬ国」、「神事を以って先とする国」、「神明を崇め奉るべき国」などと「神明加護」、「神事優先」等を基調とするものが特に多い。この場合の「神」はいわゆる天神地祇の天神を主に地祇を従として、眼に見ることの出来ぬ霊美な存在としての神を示すものである。したがって、「神皇」と熟した意味の神ではない。それが次第に展開して「皇大神の助けまつりごつ国」、「日神統領、聖々相承」の「神孫統治」へと進んで行った。親房の「神国」はこの従来の神国思想の後者に力点をおいてこの二つを一層高い次元において綜合昇華せしめてその神国観としたのである。その最も端的な表現が冒頭の「天祖ハジメテ基ヲヒラキ、日神ナガク統ヲ伝給フ」である。親房は、国土創成の神につらなる日神、その子孫であり同時にその神の神意の顕現者である天皇とが、神皇一如であり、皇統一系・皇胤一種であることに神国の本質を見出したのである。なお正統記中に「コト更ニ此国ハ神国ナレバ、神道ニタガヒテハ一日モ日月ヲイタヾクマジキイハレナリ」（八二頁）、「我国ハ神国ナレバ、天照太神ノ御計ニマカセラレタルニヤ」（一二四頁）と述べたり、元元集巻五に「凡我国之所三以殊二諸方一者、以二神国一也。神国之所三以有二霊異一者、以二宝器一也」、「尓降使訳往来、学校鬱起、以為下伝二未習一得中未聞上。殊不レ知三我神国本有二其訓伝一也」とし、特に神国要道篇の一篇を立てたりしている。職原鈔上に「神祇官。以二当官一置二諸官之上一、是神国之風儀、重二天神地祇一故也」とあるのも、神国の一面の表現である。親房は神国を外部に求めようとせず、神国の神国たる本質に直ちに迫ろうとした。その現実が凡そ神国の本姿に如何に遠い乱逆の世界であっても、その現象の彼岸に神皇の歴史を顧み、その生成・相承の根源に帰して理解し把握する他になかった。その結果到達しえたのがこの発語となったのである。したがって正統記全篇の語るところは、これを要約するならば、「天祖ハジメテ基ヲヒラキ、日神ナガク統ヲ伝給フ」（四一頁）国なるが故に「君モ臣モ神明ノ光胤ヲウケ」（六一頁）ていることを自覚し、三種の神器に具現する「神ノ本誓ヲサトリテ、正ニ居」（八三頁）すべしとするのである。親房の神国観は彼の信念と信仰の言ではあるが、徒らに自大的に他国を蔑視し去って、過去の栄光を憶い、これを讃美しているものではなく、俗流の末世下降の思想にとらわれず、現実の混乱非道はそれとして肯定し、それが神国の実と如何に遠く相去るものであるかを認め、そのためにも本来の姿にかえすことを唯一の使命とする輔政人の立場からの立言である。親房にあっては「神国」は過去や自己外のものでなく、渾身の力をもって、今日に自己に求むべきものであった。なおこの「大日本者神国也」の読みについては「大日本」を「オホヤマト」、「ヤマト」と訓読みすべきか、「ダイニホン」と音読みすべきかによって「神国」の読みにも変更がありうる。現に東本・新本は「ヤマト」と訓じているし、世記や日記類の用例からみると音読みも可能なふしもあることは十分認められるが、「オホヤマト」と訓ずる従来の読みに従っておいた。

二　**豊葦原千五百秋瑞穂国**（四一頁）　記には、豊葦原之千秋長五百秋〈チアキノナガイホアキ〉之水穂国とある。「豊」は美称。「葦原」は葦が一面に繁茂している所。上代のわが国土には、葦が繁茂していたことは記・紀・万葉集などに、葦垣・葦船・葦鴨・葦田鶴・葦牙・葦がに・葦辺・葦枕・葦田などの語が多く見え、葦原色許男命・葦田宿弥・葦屋処女などの固有名詞も多いことによって知られる。「此国者、是肥饒豊富之国也。凡肥美之地、葦草多生。故取レ喩之。殊云二千五百秋一者、是遠指三長久之秋必得二珍美之稲穂一也。指云二千五百一者、蓋古人以レ此為二極多之数一歟」（釈日本紀巻五）。「豊葦原」は豊かに葦の密生している肥美な国土。「千五百秋」は千秋万秋。「秋」は穀物のみのる収穫のたいせつな時。「瑞穂国」はみずみずしい稲穂のたわわにみのる国。上代の言霊信仰によって、日本の現在・未来が農本国家として、無限に開拓され、永遠の豊作と繁栄とを神によって予約されている優れた国であるという意味。

三　**凡内典ノ説ニ須弥ト云山アリ**（四四頁）　「蘇迷盧山〈唐言妙高山、旧曰二須弥一、又曰二須弥婁一。皆訛略也〉四宝合成、在二大海中一。拠二金輪上一、日月之所二廻薄一、諸天之所二遊舎一。七山七海、環峙環列、山間海水、具二八功徳一。七金山外乃鹹海也。海中可レ居者、大略有二四洲一焉」（大唐西域記一）。

須弥山　四洲の地心。大海の中にそびえ、高さ、すべて十六万八千由旬。日月横にめぐって地に出入しないという。図参照。

七金山　須弥山を囲む金色に輝やく七山。その高さ、須弥山に最も近い持雙山は四万由旬、外に向かってその高さは次第に半減。

香水海　七金山にある八功徳水をたたえた大海。八功徳とは、甘・冷・軟・軽・清浄・不レ臭・飲時不レ損レ喉・飲已不レ傷レ腹という（倶舎論第十一）。

四大海　大海が四つに分離してあるのでなく、四方を取り囲んでいる大海の四部分。

四大州　南を瞻部洲、東を勝身洲、西を牛貨洲、北を倶盧洲という。

閻浮提　閻浮樹の繁茂している国土。

阿耨達　「瞻部洲中地者。阿那婆答多池也。〈唐言二無熱悩一。旧曰二阿耨達池一訛也〉」（大唐西域記一）。四大河の発源地。

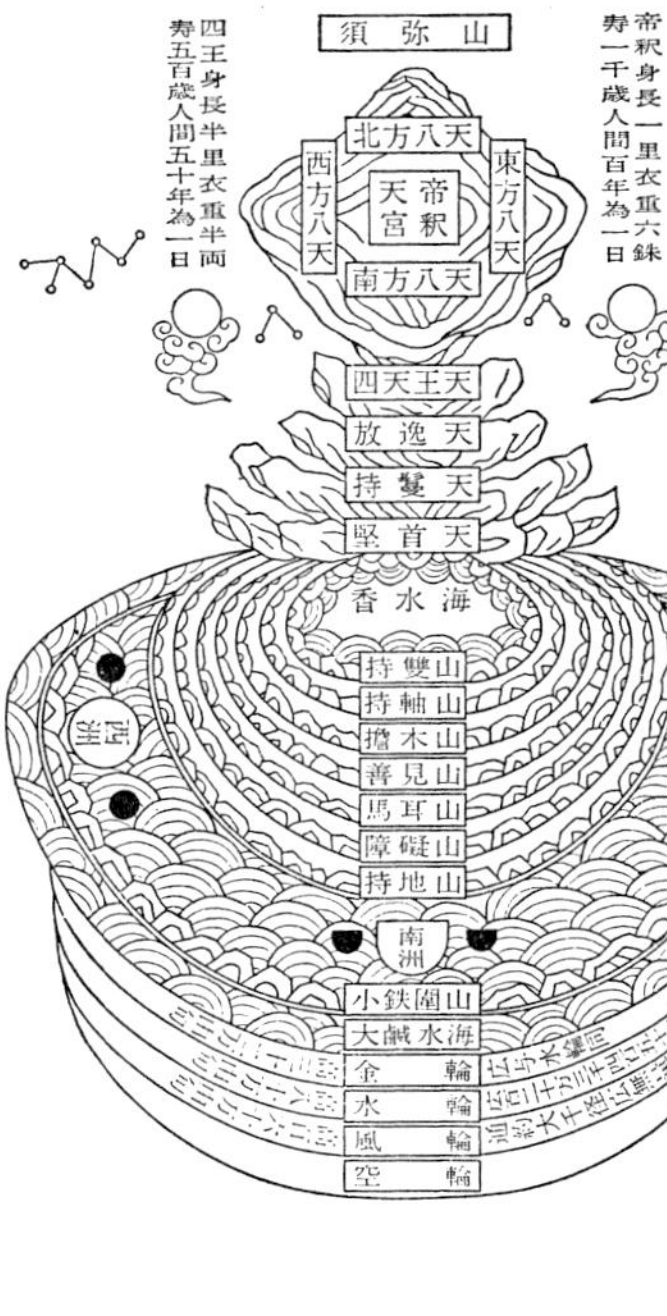

池ノ傍ニ此樹アリ　「有二大樹王一名二庵婆羅一。囲七由旬、高百由旬。枝葉布散五十由旬。諸山浴池華果豊茂、衆鳥和鳴」（仏祖統紀巻三十一）。（注、仏祖統紀の書名については、正統記には、仏祖統記とあるが大正新修大蔵経本・三宝経房刊本ともに仏祖統紀とある）。

由旬　本来軛を牡牛に附載して一日に旅行しうる里程をいう。一由旬には上中下の三種があって、六十里・五十里・四十里とするが、ここでは四十里一由旬を採用している。

大雪山　雪嶺。印度の西北方から東方に彎曲して連なる大山脈。ヒマラヤ山脈。

葱嶺　シナ新疆省の西南パミール高原一帯の地方。

四　**天竺ノ説ニハ、世ノ始リヲ云々**（四五頁）　「梵語劫波。此云二分別時節一〈智論〉以二人寿八万四千歳一、百年命減二一年一。減至二十歳一。百年増二一年一〈或云子倍父寿〉復増至二八万四千歳一。如レ是一減一増為二一小劫一。二十増減為二一中劫一。総二成住壊空四中一為二一大劫一〈新婆沙論〉今論二過去現在未来三世一各一大劫」（仏祖統紀巻三十）。

光音天　「光音天。空中布㆓金色雲㆒。遍覆㆓梵天㆒。注㆓大洪雨㆒猶如㆓車軸㆒。積㆓風輪上㆒結為㆓水輪㆒。増長至㆓天住界㆒。雨断水退有㆓大風起㆒。吹㆑水生㆑沫擲㆓置空中㆒。作㆓梵天宮殿㆒」(同前)。

其水次第ニ退下云々　「水復退下。大風吹㆑沫造㆓須弥山㆒四宝所㆑成。復吹㆓水沫㆒造㆓三十三天七宝宮殿㆒。(中略)又吹㆓水沫㆒作㆓七金山四大洲八万小洲㆒。(中略)如㆑是三千世界一時同成。此外更造㆓大輪囲山㆒。包㆓裹此大千界㆒。其中六欲須弥日月四洲、乃至小鉄囲山。各有㆓万億㆒」(同前)。

(光音ノ)天衆云々　「時光音諸天、福尽来下化生為㆑人。或楽㆑観㆓新地㆒者。光明遠照飛行自在。無㆑有㆓男女之相㆒。衆共生故。故名㆓衆生㆒。地涌㆓甘泉㆒味如㆓穌密㆒。以㆑指試嘗遂生㆓味著㆒。失㆓其神足及以身光㆒。世間大闇黒風吹㆑海。漂㆓出日月㆒置㆓須弥山腹㆒照㆓四天下㆒。(中略)自㆑茲之後乃有㆓昼夜晦朔春秋歳数㆒」(同前)。(「酥密」は穌密に同じ。牛や羊の乳を精製した飲料と蜂のみつ。)

歓喜ヲ以食トス　身体を維持し長養するものをすべて食という。諸説があるが、増一阿含経第四十一には「摶楽念識」の四食の名がみえる。摶食は鼻舌をもって分分段分に食するもの。楽食は喜楽の事にふれて身を長養するもの。ここはこの楽食のこと。念食は第六意識の思所欲の境において希望の念を生じ、諸根を資助するもの。識食は小乗に六識、大乗に八識とする。心識能く有情の身命を支持するもの。

自然ノ秔稲云々　「自然粳稲朝刈暮熟」(同前)。

此稲米ヲ食セシニ云々。「便生㆓自然粳稲㆒無㆑有㆓糠糩㆒。備㆓衆美味㆒。此食稍粗。残穢在㆑身。為㆑欲㆓蠲除㆒便在㆓二道㆒。成㆓男女根㆒。情慾多者便為㆓女人㆒。宿習力故便生㆓婬欲㆒。夫婦共住。光音諸天後来生者入㆓母胎中㆒遂有㆓胎生㆒」(同前)。

其後秔稲生ゼズ云々　「刈已不㆑生。衆懐㆓憂悩㆒、各封㆓田宅㆒造㆓作田種㆒。其後多有㆑盗㆓他田稲㆒。便相拳闘無㆓能決者㆒。議立㆓一平等王㆒賞㆑善罰㆑悪。便有㆓刀杖殺戮㆒。衆共供給号㆓刹帝利㆒〈此云田主〉。自後諸王以㆑此為㆑首。時閻浮提天下富楽安穏。八万郡国人民聚落鶏鳴相聞。無㆑有㆓病患大寒大熱㆒。正行㆓十善㆒正法治㆑国。人民愛敬寿極大久〈諸経多言。寿極八万四千以為増減之数。不言極久〉後王不㆑行㆓正法㆒。其寿漸減。至㆓八万四千歳㆒時。身長八丈」(同前)。

先ヅ天ヨリ金輪宝飛降テ云々　「増至㆓八万四千歳㆒時。金輪王出治㆓四天下㆒。輪王成㆓就七宝㆒。一金輪宝者。若聖王出。天金輪宝忽現在㆑前。(中略)王将㆓四兵㆒随㆓其後㆒行。東方諸小王来詣拝云」(同前)。

寿量モ百年ニ一年ヲ減ジ云々。「百年命減㆓一年㆒身減㆓一寸㆒。如㆑是減至㆓十歳㆒身長一尺。名為㆓減劫之極㆒」(同前)。

百二十歳ニアタレリシ時云々　「減至㆓一百歳㆒時。第四釈迦牟尼仏出世」(同前)。釈迦を第四と数えているのは、人寿五万歳の時、第一拘留孫仏、四万歳の時、第二倶那含牟尼仏、二万歳の時、第三迦葉仏がそれぞれ出世しているためである。釈迦出生が百歳時か百二十歳時か明白でないが、四七頁注一八のように百歳時の記録が多い。なお親房もこの両説にこだわったのか六三頁で再度ふれている。

小三災　一住劫の終りに起きるものを大の三災と言うのに対して、一減劫の終りに起こる三災。飢饉災・疫災・刀兵災。飢饉災は人寿三十歳で末法三千一百年。七年七月七日その災は続く。疫災は人寿二十歳で末法四千一百年。七月七日その災は続き、刀兵災は人寿十歳で末法五千一百年、その災は七日七夜。「其災方息。唯留㆓万人㆒為㆑種。人従㆓隠処㆒而出。更互相見。起㆓慈愍心㆒共行㆓善法㆒。衣食所須天即雨下。由㆓能行㆑善寿復増長。復従㆔百年命増㆓一年㆒〈已上謂㆓之小三災㆒。但壊正報〉」(同前)。

果報モス丶ミテ二万歳云々　「増至㆓二万歳㆒時。鉄輪王出独治㆓南洲㆒。増至㆓四万歳㆒時。銅輪王出治㆓東南二洲㆒。増至㆓六万歳㆒時。銀輪王出治㆓東西南三洲㆒。増至㆓八万四千歳㆒時。金輪王出治㆓四天下㆒」(同前)。

カノ時又減ニムカヒテ云々　「減至㆓八万歳㆒時。第五弥勒仏出世」(同前)。

カクテ大火災云々　「風吹㆓猛焔㆒焼上㆓梵天㆒。悉成㆓灰燼㆒。乃至三千世界一時焼尽。此為㆓依正倶壊㆒。名為㆓壊劫㆒」、「自㆓初禅梵世㆒已下世界空虚。猶如㆓墨穴㆒。無㆓昼夜日月㆒。唯有㆓大冥㆒。如㆑是二十増減之久。名為㆓空劫㆒」(同前)。

大ノ三災　前記の小三災に対して、水災・風災・火災をいう。「所㆑説三災云何次第。要先無間起㆓七火災㆒。其次定応㆓一水災起㆒。此後無間復七火災。度㆓七火災㆒還有㆓一水㆒。如㆑是乃至満㆓七水災㆒。復七火災。後風災起。如㆑是総有㆓八七火災一七水災一風災起㆒」(倶舎論第十二)。

五　**此等ノ天ハ小大ノ災ニアハズト云ドモ云々**(四七頁)　「問、第四禅未㆔曾

有二擾乱一者何得二不常一。答、刹那無常所壊故。第四禅地不定相続。随二彼天生宮殿一倶起。若天命終彼亦倶没耳」（法苑珠琳巻一、壊劫部三）。「第四静慮何為二外災一。彼無二外災一。離二内災一故。由レ此仏説レ彼名二不動一。内外三災所レ不レ及故。有説。彼地有二浄居夫一故。彼不レ遭二諸災所一レ壊。由下彼不レ可レ生二無色天一亦復不レ応中更往二余処上。若爾彼地器応二是常一。不レ爾。与二有情一倶生倶滅故。謂彼天処無二総地形一。但如二衆星居処各別一。有情於レ彼生時死時。所住天宮随起随滅。是故彼器体亦非レ常」（倶舎論第十二）。「四禅内外過患一切皆無」（涅槃経）。

小の三災・大の三災などには出くわさないが、一切の有情は自所作の業の別によって、おのずから種々の異熟の果報を受けるものであるから、因果の法によって、その世界に存在しうる善因善果がなくなってしまうと、その世界を去って次元の下の世界に退転せざるをえないこと。

六 **天皇・地皇・〔人皇〕・五龍等云々**（四八頁） 「一説、三皇、謂二天皇地皇人皇一為二三皇一。既是開闢之初、君臣之始。図緯所載、不レ可二全弃一。故兼序レ之。天地初立、有二天皇氏一、十二頭。澹泊無レ所二施為一而俗自化。木徳王、歳起二摂提一、兄弟十二人、立各一万八千歳。地皇十一頭、火徳王、姓十一人。興二於熊耳龍門等山一、亦各万八千載。人皇九頭、乗二雲車一駕二六羽一、出二谷口一。兄弟九人分長二九州一、各立二城邑一。凡一百五十世、合四万五千六百年。自二人皇一已後、有二五龍氏一〈五龍氏、兄弟五人並乗レ龍上下、故曰二五龍氏一也〉燧人氏大庭氏栢皇氏中央氏巻須氏栗陸氏驪連氏赫胥氏尊盧氏渾沌氏昊英氏有巣氏朱襄氏葛天氏陰康氏無懐氏。斯蓋三皇已来有二天下一者之号。但載籍不レ紀。莫レ知二姓王年代所レ都之処一」（司馬貞補、三皇本紀）。↓六四・六五頁参照。

七 **伏犧氏ノ後、天子ノ氏姓ヲ云々**（四八頁） 正統記が成立した延元四年（一三三九）己卯は彼の元朝の順宗の即位五年にあたる。伏犧氏以降元朝に至る間「天子ノ氏姓ヲカヘタル事三十六」という数はいかなる根拠によったものであろうか。おそらく親房は何かの書を参考したに違いないが、その書が何であるかが、今のところ明白でないので、その三十六の数の内容を的確に知ることは困難である。愚管抄第一冒頭の漢家年代に列示するところによれば、

伏犧 1神農 2黄帝 3少昊 4顓頊 5高辛 6唐堯 7虞舜
8夏 9殷 10周 11秦 12漢 13王莽（新） 14後漢 15魏 16呉
17蜀 18晉 19宋 20南斉 21梁 22陳 23後魏 24東魏 25西魏
26北斉 27北周 28隋 29唐 30後梁 31後唐 32後晉 33後漢
34後周 35宋 36元（注、五代の国名については、愚管抄ではすべて「後」の字はないが、正統記には見える）。

とあって、三十六の数は一応充足されている。正統記に見える国名は大字で示したが上記に洩れているのは、金朝のみであって、両書の記録はほぼ一致している。ただ「天子ノ氏姓ヲカヘタル」という点から言えば、後魏・東魏・西魏の三を並記するのは不当であり、また多分に伝説的要素を含む五帝の氏姓に五度の変改を認めるのも同様に不当であるかも知れない。しかし親房が「氏姓ヲカヘタル事」と言っている内容が、主権者の交代を意味しているとすれば、ほぼ愚管抄の列示するところに従ってもよいのではなかろうか。その場合でも、魏はよいとしても呉・蜀を加えたこと、南北朝をともに含めて数えていることなど問題がないわけではない。試みに、氏姓の変わった点のみを重視して、参考のために三十六の変移を挙げてみると次のようになるが、それにしても南斉・梁を二つに数えること、少昊を已姓とする説のあること、匈奴の類を含め数えることなど、なお相当の問題がないでもない。

伏犧（風） 1神農（姜） 2黄帝（公孫） 少昊 顓頊 帝嚳 陶堯
3有虞（姚） 4夏（姒） 5殷（成） 6周（姫） 7秦（嬴） 8漢（劉）
9新（王） 10後漢（劉） 11魏（曹） 12呉（孫） 13蜀（劉） 14晉（司馬）
15前趙（劉） 16後趙（石） 17前燕（慕容） 18前秦（苻） 19西秦（乞伏）
20夏（赫連） 21後魏（拓跋） 東魏・西魏 22北斉（高） 23北周（宇文）
〔以上五朝は北朝〕 24宋（劉） 25南斉（蕭） 26梁（蕭） 後梁 27陳
（陳）〔以上五朝は南朝〕 28隋（楊） 29唐（李） 30後梁（朱） 31後唐
（朱邪） 32後晉（石） 33後漢（劉） 34後周（郭） 35宋（趙） 36元（奇握温）（注、かっこ内はその王室の氏姓を示す）。

いずれにしても、三十六の数の具体的内容は親房の拠ったと思われる書が明らかにならない以上、今のところ不明という他はない。

八 **ヨリテ天柱国柱ト云御名云々**（五一頁） 「広瀬社。風神ニ坐ス。龍神トモ云、此神、天柱国柱ト云御名アリ。昔伊弉諾伊弉冉尊、天祖ヨリ伝ヘ給シ

天瓊矛〈天ノ逆矛トモ云也〉磤馭盧嶋ニ持下給キ。此嶋ノ在所等ノ事ハ深秘ノ説有ヘシ。此神彼矛ヲ預給トモ云ヘリ。神ノ御名ヲ天柱国柱ト云ヘルモ可レ有ニ深意一ニヤ。更可レ尋レ之」、「龍田社。同風神ニ坐也。風神祭ト云ハ此二神ヲ祭也」(二十一社記)。五一頁の注一七・二三・二四等に見られる通り、水神・龍神・風神と附会して習合された解釈が次第に発展して、皇大神宮の「心ノ御柱」に及び、このような説を生んだものである。

九 **日本紀・旧事本紀・古語拾遺等ニ云々**(五一頁)　日本紀　日本書紀の略称、三十巻。舎人親王等の勅撰、養老四年(七二〇)五月成る。神代の初めから持統天皇にいたる編年体の歴史書。純粋な漢文体で書かれて居り、親房が特に重要視したことはこれを書写して子顕能に与えたこと(書陵部本日本書紀奥書)および奈良県安部の文殊院所蔵本の奥書にも見られる。

旧事本紀　先代旧事本紀の略称、十巻。神代から推古天皇にいたる歴史書。聖徳太子の撰と言われて、親房の時代には史書の雄として尊重されたが、江戸時代から偽書説が称えられて今日では定説となったが、その偽撰の時代・筆者などは不明。物部・尾張二氏の纂記や国造本紀の史料は独特のものとして注目されているが、本紀は大体日本書紀の抜き書きといわれる。

古語拾遺　一巻。斎部広成撰。大同二年(八〇七)二月成る。広成が勅命によって、家の旧記を編集したもので、記・紀にもれた上古の遺聞をも伝える歴史書。

古事記の名が見えないのはさびしい限りであるが、正統記はもちろん元元集・二十一社記でも最も信頼できるものとして引用しているのは紀である。その引用個所数はともに、紀・旧事本紀・古語拾遺の順となっている。もっとも元元集にはまま古事記の引用もあり、巻六の内宮の条に「古事記釈」の引用が一個所見られるが、親房の時代は記は紀に比して一般的に尊重される度合が低かったので、特に親房が意識してこれを軽視したとは認めがたい。問題はむしろ「等」の内容にある。この三書以外に親房は度会家行の著、類聚神祇本源・瑚璉集をはじめいわゆる神道五部書によって説を構成している点が非常に多い。今日からみると神道五部書の論には当時の外宮に奉仕する度会氏が内宮に対する対抗意識から一流の解釈を施したきらいがあるので、一応批判的態度をとって親房的に把握したとしてもその神道観に引きずられた点があり、そのまま正統記の一面の弱点となっている。(度会神道大成(大神宮叢書)を第一資料とした)。

一〇 **天照太神**(五三頁)　正統記では、天照太神・豊受太神・皇太神・皇太神宮など、すべて「太」の字を用いている。これは元元集・二十一社記にも通じて言えることであって、記・紀・古語拾遺等の引用文の場合もすべて「太」として引用している。この「太」について、本居宣長の古事記伝六に「大ノ字、延佳カ本にはみな太と作るは、さかしらに改めつるなり。(其は伊勢には、凡て然書ならへる故に、それを正しと思へるなるべし。されど此記の諸本も書紀も皆大と書き、其外の古書も多くは然るをや)」と述べている。度会延佳は江戸時代初期の外宮の神官で、家行の度会神道を中興躍進させた神道学者。陽復記・神宮秘伝問答・鼇頭古事記・鼇頭旧事紀等その著も多い。「大」を「太」と改めたのは別に延佳にはじまるのではなく、この混用は相当古くからあったものと思われる。大神宮叢書の神宮随筆大成前篇の神民須知には「大神宮大字点有無」の項に「然ルニ何ノ時ニカ太極太玄太一太初皆点有、又太上天皇皇太子ト云ニモ点打ニ倣ヒ点ヲ加来レリ」といっているように、相当の歴史をもつ用法といえる。ところが正統記では混用ではなくして意識して用いわけている。この用い方は度会神道家の用法に従ったものかもしれないが、「大神」が正統記で二回使用されて居り、しかも明らかに区別されていることからも知られる。それは「〈今ノ出雲ノ大神ニマス〉」(五八頁)と「大神ノ申ウケ給ケルユヱトゾ」(一二六頁)とである。前者は大汝の神で、後者は賀茂大明神である。後者については、底本は「大明神」とあるが、静一本・天村本は「大神」とある。前の宣長説の反対説として鈴木重胤の日本書紀伝六之巻に、「太の字尋常の如く大とは書かずして太と書き奉りて自余の諸神に分ち奉る。古よりの故実にて古書皆然り」と反駁している。たしかに、記・紀等上古の古典では「大」と見えているが、鎌倉時代ごろから伊勢の度会神道の勃興とともに次第に「太」が多く用いられるようになり、然るべき理由が後から加えられて明治初期に及んだのであろうが、明治五年九月十五日、太政官布告第二七二号をもって、「神宮神号太字自今大字可ニ相用一事」と布告されて以来「大」に統一されたのである。本書でも本文以外はすべて「大」とした。

一一 **シリクヘナワ**(五六頁)　「手力雄神則奉ニ承天照大神之手一、引而奉出、於

是中臣神忌部神則界以二端出之縄一〈亦云二左縄一、端出之縄、此云二斯梨倶梅儺波一〉乃請曰、勿復還幸」(神代紀)。「則天児屋命太玉命以二日御綱一〈今斯利久迷縄是日影之像也〉」(古語拾遺)。「即布刀玉命、以二尻久米〈此二字以レ音〉縄一、控二度其御後方一白言、従レ此以内、不レ得二還入一」(記)。

しりくめなわは今のしめなわのこと。しりくめの語源については、占籠(しりこめ)、その場所を占領し、とじこめるために引きわたすの意(飯田武郷説)、後籠(しりこめ)、後方をさえぎる意(大槻文彦説)などがある。後者はしとだち(章断)、すなわち後戸断(しりとだち)で倭名抄説をひく。いずれにしても注連縄(しめなわ)の古語。端出之縄はわらを左よりにない、その端をない残してたらした意か。古語拾遺の説は、端出の様を、日の光輝にかたどったとする附会の説である。

一二　**此鏡ノ如ニ云々**(六〇頁)　この五十迹の奏言は仲哀天皇の新羅征伐の軍を歓迎しての言で、外征の軍の統帥者としての天皇の君徳を表象したものであるが、鎌倉時代になるとともに、これが大神の神勅と理解され、三種の神器が政教的な意義を持つようになり種々の解釈が行なわれた。特に伊勢神道にこの傾向が強いが、兼好の兄慈遍は旧事本紀玄義に次のような論を述べている。「其神璽者百王心也。各随二帝徳一、応現無レ窮。(中略)若取レ要無私之心也」。「無心之心、無私之心各随二万事一而断二其妄一。是名二宝剣一」。「珠事剣事理無レ礙邪正分明。是名二宝鏡一。所謂寸鏡而浮二万像於無心一、心治二無相相一」(同書巻四)として、三種の神器は「天御中主〈豊受・外宮〉大日霎尊〈天照・内宮〉相和奉レ授二皇孫一。而已当レ知天地神皇護二一人一」(同前)で二神の精神の顕現したものであって、「三種雖レ異、一空為レ体。所謂宝珠其内無辺故雨二万宝一」(同前)するものであり、「所レ詮三種是一王掌二三才一以備二一人一」(同前)べきもので、仏教的な臭みはあるが、曲妙・分明・平天下の三はそれぞれ独立したものではなく、天子の一心であり天皇政治の要諦としたのである。親房はこの度会神道に学んで、今一段飛躍して二つの大きな論旨を樹てた。一には玉・鏡・剣の順序を鏡・玉・剣として鏡を最高のものとし、鏡は宗廟の本体であり、三徳の一を表象するとともに三徳を包摂する根本のものであるとしたことであり、二には、それまで君徳の表象とされていたものを更に大きく発展させて政治の理想の姿すなわち政治の実践的指導精神とし、更に一転して天皇のみならず臣下の実践道徳の根元なりとした。

一三　**正ク国ヲタモチマスベキ道云々**(六〇頁)　ここでは鏡・玉・剣の徳を正直・慈悲・智恵の三にあてているが、元元集の引用文では玉・鏡・剣の順序となっている。これは儒教の大学の修身・正心・致知の三と結びつけたもので、「正直」を特に強調している。正直という語は「王道正直」(書経、洪範)、「神聡明正直而壱者也」(左伝、荘公三十二)などの漢語から出たものであろうが、続日本紀の宣命の「明キ浄キ直キ誠ノ心」と同義であって、本来は神道心であり日本古来の徳目で天照大神の心とするのである。その本来のものが、権化である応神天皇と聖徳太子の儒仏二道の輔翼をえて純化止揚されて神国の大道となったとする親房から見れば、正直はもと神道心として発生したものであるが、やがて、仏教の慈悲および儒教の智慧をその中に包摂すると考えるのは理の当然である。

一四　**大日ノ霊ニマシマセバ云々**(六一頁)　応永本・天村本・静一本は「大日霎」、山二本は「大日霊」。天照大神の別称を大日霊尊・大日霊貴、大日霎尊・大日霎貴というが、ここを「大日霊」・「大日霎」とするのは不穏当な呼称であるから、底本のように「大日ノ霊」とあるのが正しいと思う。その場合「大日」が何を意味するか。一般に大日は大日如来の略語で、度会神道では神仏を習合して、天照大神と一体なりとする思想が広く行なわれて来た。大和葛城宝山記に「大日霊貴尊、此名二日神一也。日則大毘盧遮那如来、智恵日光之応変也。梵音毘盧遮那、是日之別名。即除レ暗遍照之義也。日者天子常住之日光、与二世間日光一於二法性体一、有二相似儀一。故名二大日霊貴天照大神一也」とあるが如きである。そう解釈すれば、「大日如来ノ霊」となるわけであるがこれも落ちつかない。それとも「大日」は日輪の意で天照大神は日輪の化現であるために、太陽の神霊と言ったものか。この点、その読み方、意義については後考にまつ。

一五　**仁而寿云々**(七二頁)　徐鍇本・徐鉉本ともに「夷」の項には七二頁注一の引用の通りに見えるが、「羌」の項には「唯東夷从レ大、大人也。夷俗仁、仁者寿、有二君子不死之国一。孔子曰、道不レ行欲レ之二九夷一。乗レ桴浮二於海一、有レ以也」とある。しかし、ともに徐氏の言ではなく、説文の本文である。ただ古今韻会挙要には「夷、(説文)東方之人也。从レ大从レ弓。徐曰、会意。南蛮从レ虫、北狄从レ犬、西羌从レ羊。唯東夷、从レ大从レ弓。俗仁而寿、有二君子不死之国二」とあり、この「徐子曰」以下の文をふまえて、正統記のこの裏書の部分が書かれたものと認められる。したがって、「仁而寿、未合」云々の文は、この韻会の見解についての、筆者の意見を示すものと見える。岩波文庫本神皇正統記では「不仁而寿」云々とあるが、諸伝本は底本と同じく「仁而寿」であって「不仁而寿」ではない。伝本によっては「以近窮遠也云々」となっているが、説文の引用である点から見ても、こうあるのが正しい姿と言えよう。静一本・刈本等では、この裏書に続いて「快賢卿云、从レ大从レ弓者夷、此文字之事也。窮之了見者僻案也」とある。なおこの裏書に関連して興味ある玄恵法印師の一文がある。玄恵は親房も師とした宋学の大家であるが、法隆寺に「御憲法玄恵註抄」が残っている。十七条憲法の第四の注に「南蛮ニハ虫ヲ従ヘ、西羌ニハ羊ヲ従ヘ、北狄ニハ犬ヲ従ヘタリ。東方ハ君子国ナリトテ、獣ヲ従ヘズ。其上天竺、震旦、日域三国ノ中ニハ、日本人心モタケク、弓ノ力余国ニスグレタリ。故ニ夷ノ字ヲバ名ヅケタル也。夷ハ弓ノ字ニ、大ノ字ヲ書入タル形ナリ。サレバ夷ノ字ハ本朝ノ弓箭ニ携ル人ノ眉目ナルベシ。(中略)我国ハ粟散ノ小国ナリトイヘドモ、三韓スデニクヒカミヲトキテ帰住セリ。一ツハ神国タル故、一ツハ君子国ナル故也」と力説しているが、漢字の解釈の上にもシナの典籍を越えて、自国優越意識を強調している点は、親房の論と相通ずるところがある。

一六 **得レ道来不レ動二法性一云々**(八一頁) 「第七日暁、夢見有二一人一。容儀無雙、正冠枢衣。来献二金丸一之。皇子拝納問曰、公為二誰何一。公以レ偈答曰、得レ道来不レ動二法性一。自二八正道一垂二権迹一。皆得レ解二脱苦衆生一。故号二八幡大菩薩一」(拾遺往生伝上)。八幡神の名称については、古来種々の説が行なわれているが(宮地直一「八幡宮の研究」七〇頁以下参照)、この八正道から垂迹した神であるとするのが一般に流布した説である。「法性」は凡夫のうかがい得ざる法界の妙理。その妙理を悟って以来これに安心している。「解脱」は世の煩悩をさり生死の迷苦から脱して悟入すること。自分を信仰する苦になやむ一切の衆生をその法力によって一人残らず苦界から救って悟らせること。「八幡」は八色幡、八正道を標示する荘厳の八色の幡。「其幡竿端直及長。各於二八方一去処不レ遠如レ法安置。東著二白幡一東南紅幡正南黒幡西南烟色幡西方赤色幡西北方青色幡正北黄色幡東北赤白幡。如レ是八色随レ方而置二於竿頭上一結」(蕤呬耶経(瞿醯経)巻中)。

八正　八正道。涅槃に入る八つの道。諸説あるが、法界次第初門巻中の下を引用する。

一、正見。苦・集・滅・道の四諦の理を見て分明なこと。

二、正思惟。一度四諦の理を見た上で、なおよく思慮して真智を増長させること。

三、正語。真智をもって口業を修め、一切非理の語をなさぬこと。

四、正業。真智をもって一切の邪業を除き、清浄の身業に住すること。

五、正命。身・口・意の三業を清浄にして正道に従い、五種の邪命を離れること。

六、正精進。真智を発用して努力し、未発の悪を防ぎ未生の善を助長すること。

七、正念。真智をもって正道を憶念すること。

八、正定。真智をもって入定すること。

正統記では、七と八とが入れかわり、「正念」が「正恵」となっている。いずれにしても、「是八通名二正道一者、正二以不邪一為レ義。今此八法不レ依二偏邪一而行、皆名為レ正。能通至二涅槃一。故名為レ道」と結論する通りである。

一七 **行教和尚ニハ云々**(八一頁) 「昔、大菩薩、宇佐ノ宮ニ御ケル時、大安寺ノ僧行教ト云フ人、彼ノ宮ニ参テ候ヒケルニ、大菩薩示シ給ハク、我王城ヲ護ラムガ為ニ親ク遷ラムト思フ。而ルニ、汝ニ具シテ行カムト思フト。行教、此レヲ聞テ、謹ムデ礼拝シテ奉リケルニ、忽ニ行教ノ着タル衣ニ金色ノ三尊ノ御姿ニテ遷リ付カセ御マシテナム御ケル」(今昔物語巻十二)。「世言。教祈レ見二大神本身一。於レ是弥陀観音勢至三像現二袈裟上一。因レ是殿内安二三像一」(元亨釈書巻十)。「大菩薩感応シテ阿弥陀三尊ノ形ニテ化現ス。其光明行教ノ袈裟ニ映徹ス。種々霊告アリテ帝都ニ近テ守護シ給由ヲ宣ケレバ、行教件ノ袈裟ヲ頂戴シテ進発ス」(二十一社記)。「ウツラセ」の意のとり方に多少の相違は見られるが、いずれにしても行教が石清水に勧請したのである。

一八 **代クダレリトテ云々**(八三頁) 「天地モ昔ニカハラズ。日月モ光ヲアラタメズ。況ヤ三種ノ神器世ニ現在シ給ヘリ。キハマリアルベカラザルハ我国ヲ伝ル宝祚也」(六六頁)と道破した親房からすると、この思想は極めて素直に出て来る。儒教の澆季、仏教の末法思想はともに過去に理想の姿を認め、時代とともに世界は下降し滅亡する運命にありとした。破滅にいたる過程には今日的な意義は見出せない。新しい発展の力を生み出すことも不可能である。天壌無窮の神勅の顕現をわが国の姿とする親房の信念からするならば、正道に立つ限り時の経過は何等憂うべきものではなく、「自ラ苟ム」にはあたらない。今日は無限無窮の一時点であると観ずれば、現実に時世がどのような悲しむべき末世の相を呈していようとも、それは断絶の今日ではなくして悠久の今日であるはずである。今日は悠遠の過去を継承し無限の将来に展開する、重要な意義をもつものである。この「今日」説は岡井慎吾氏の指摘したように、荀子巻二の不苟篇の「故千人万人之情、一人之情是也。天地始者、今日是也。有王之道、後王是也」に拠るものである。久保愛はこれに補注して「謂二古今一度一也」としている。日蓮は種々御振舞御書という書に「在世ハ今ニアリ。今ハ在世ナリ」といっているが、時間的制約を越えて仏心あるところに仏世があり、現代即釈迦仏在世なりと看破している。それと同じように親房も「昔遠ク不レ可レ思。心帰レ正、今ヲ卑ト不レ可レ言」(二十一社記)と教えているように、「正ニ居シ」て道が正しく行なわれるところに神代があり、「神ノ本誓」を悟り神性に立ちかえるところに現代がありとするのである。日蓮も親房も祖心に還り、なすところあらんとする立場から、眼前のもろもろの時代相にとらわれず、全力を挙げて新しい時代を開こうとする者の、肺腑の言として信ずるところを披瀝しているのである。

中

一九　先世ニ美濃国神野ト云所ニ云々(一一〇頁)　「故老相伝、伊予国神野郡、昔有二高僧一名灼然、称為二聖人一。有二弟子一名上仙、住二止山頂一、精進練行、過二於灼然一。諸鬼神等皆随二頤指一。上仙嘗従容語二所レ親檀越一云、我本在二人間一、有下同二天子一之尊上、多受二快楽一。爾時作二是一念一、我当来生、得レ作二天子一。我今出家、常治二禅病一、雖レ遺二余習一気分猶残。我如為二天子一必以二郡名一為二名字一。其年上仙命終。先レ是郡下橘里有二孤独姥一、号二橘媼一。傾二尽家産一供二養上仙一。上仙化去之後、媼得二審問一。泣涕横流云、吾与二和尚一久為二檀越一、願在二来生一、倶会二一処一得二相親近一。俄而媼亦命終。其後未レ幾天皇誕生。有二乳母一姓神野。先朝之制、毎二皇子生一以二乳母姓一為二之名一焉。故以二神野一為二天皇諱一。後以三郡名同二天皇諱一、改二名新居一。后時夫人号二橘夫人一。所謂天皇之前身、上仙是也。橘媼之後身、夫人是也」(文徳実録、嘉祥三年(八五〇)五月五日の条)。本文の「美濃国」は伊予国の誤記。伊予国神野郡が新居郡と改められたことは「大同四年九月乙巳、改二伊予国神野郡一為二新居郡一。以レ触二上諱一也」(日本後紀巻十八、逸文)に知られる。この説話の母体は恐らく次の日本霊異記に発し、次第に伝説的に構成されたものと考えられる。「彼山有二浄行禅師一而修行。其名為二寂仙菩薩一。其時世人道俗貴二彼浄行一。故美二称菩薩一。(中略)寂仙禅師臨二命終一日而留二録文一授二弟子一告之而言、自二我命終一以後、歴二二十八年之間一生二於国王之子一、名為二神野一。是以当レ知、我寂仙矣云々。然歴二二十八年一而平安宮治二天下一山部天皇御世延暦五年歳次二丙寅一年、則生二於山部天皇々子一。其名為二神野親王一」(日本霊異記下)。上仙と寂仙とその名は異にするが、嵯峨天皇の乳母については続日本紀延暦十年(七九一)正月十三日の条の「甲戌、太秦公忌寸浜刀自女賜二姓賀美能宿弥一。賀美能親王之乳母也」とあるのに徴することができる。その賀美能と伊予国越智郡立花郷の里の名と橘夫人とをうまく結びつけて生まれた伝説であろう。増補六国史(朝日新聞社版)文徳実録のこの項の上欄の注に、前掲の延暦十年の記事に続いて「不二与レ此合一。故老相伝至二夫人是也一。恐係二後人竄入一」との矢野翁の説を附記している。

二〇　呉越国ノ忠懿王(一一一頁)　本文の注記は誤り。親房は銭鏐(鏐、底本〈リウ〉と訓じている、訂)とその子孫の銭弘俶とを混同している。鏐は初代で武粛王と号した。「忠懿王。銭弘俶、字文明、世々為二杭之臨安人一。祖呉越武粛王鏐子文穆諱元瓘、第一子曰二忠顕王一諱仁佐。第二子忠懿王諱俶。子惟演字師聖、呉越、五王三世百年也」(新編江湖風月集略注巻三)。「忠懿王」については「呉越忠懿王、因覧二永嘉集一、有下同除二四住一此処為レ斉。若伏二無明一三蔵即劣之語上、以問二韶国師一。韶云、此是教義、可レ問二天台寂師一。王即召。師出二金門一、建レ講以問二前義一。師曰、此出二智者妙玄一。自二唐末喪乱一教籍散毀。故此諸文多在二海外一。於是呉越王遣二使十人一往二日本国一求二取教典一。既回。王為建二寺螺渓一。扁曰二定慧一賜号二浄光法師一」(仏祖統紀巻八)とある。安禄山・史思明の乱、武宗会昌の毀教にあって、天台の教籍が殆んど散佚してしまったので、義寂は徳韶と相謀って忠懿王に乞うてその教籍を日本・高麗に求めたのである。義寂は忠懿王の創建寄贈した伝教院でこれを講じた。なお静一本・天村本・大本・天五本・天七本・高本等多くは「偏覇ノ主タリ」、静二本・国本は「偏ニ覇ノ主ナリ」、新本は「偏ニ覇ノ主タリ」等と種々の表記が見られるが「偏覇ノ主タリ」とあるべきところ。「偏覇」とは地域的な一方の旗がしらの意である。「秦二世、五星会二於南斗牛一、南海尉任囂知二其偏覇之気一、遂有レ志焉」(南越志)の用例もあり、また太平御覧にも「皇王」に対する「偏覇」の一項をたてている。

二一 **唐台州刺史陸淳ガ印記ノ文ニアリ**(一一一頁)　大日本仏教全書の天台法華宗生知妙悟決の中に「台州刺史陸淳之印記文」と題して次の記事がある。「最澄闍梨形雖二異域一性実同源。時稟二生知一。触レ類懸解。遠求二天台妙旨一。又遇二龍象邃公一。惣二万行於一心一。了二殊塗於三観一。親承二秘密一。理絶二名言一。猶慮他方学徒不レ能二信受一所レ請当州印記。安可レ不レ任レ為レ憑。貞元二十一年二月二十日朝儀大夫使持節台州諸軍事守台州刺史上柱国陸淳之書記」。

コトゴトク一宗ノ論疏ヲウツシ　「貞元二十一年、日本国最澄遠来求レ法。聴レ講受レ誨昼夜不レ息。尽写二一宗論疏一以帰。将レ行詣二郡庭一白二太守一、求二一言一為レ拠。太守陸淳嘉二其誠一、即署レ之曰」(仏祖統紀巻八)として、やはり印記の文を続載している。その文言の内容は前掲のものとやや異なるが、前掲のものがその正文と認められる。

二二 **両部ヲ伝**(一一二頁)　金剛界胎蔵界の両部の曼陀羅を伝えること。金剛とは大日如来の智法身に名づけたもので、その体堅固、一切の煩悩を破摧する妙用にたとえて言い、胎蔵は、嬰児が母の胎内で育てられるように一切の万法身が聖徳の中に発育することを言う。大日経の所説では、金剛は智徳、胎蔵は理性をいう。六人の付法人の中、シナの惟上・義円・恵日・弁弘の四人はそれぞれ一界を伝えたのに対して、日本の空海はシナの義明とともに同時に両部を伝えたのである。

二三 **灌頂**(一一二頁)　水を頭の頂に灌ぐこと。古く印度では、帝の即位・立太子式などに際して香水をその頭に灌いだが、後に仏教の儀式となり仏位受職の名に用いられ、わが国でも真言の最極奥秘を伝える重要なものとなった。法水を受者の頭頂に灌いで付法の信とする儀式で、延暦二十四年(八〇五)帰朝した最澄はその年九月高雄寺で八人に灌頂を行なったが、これが本邦最初のものである。

灌頂は大別して、伝法と結縁とに分ける。伝法灌頂は付法の灌頂で、その器を選んで行ない、血脈を相承させるもの。結縁灌頂は多く修福追善のために行なうもので、随喜志願者は別に人を選ばず、広く行なうもの。天台宗に限っては結縁灌頂でも、なおかつ血脈を相承して他門の人の受灌を許さないという。歴代の天皇の中、平城・清和・宇多・醍醐・朱雀・村上・円融・後三条・後白河・亀山・後宇多・後醍醐の各天皇が灌頂を受けている。これらの灌頂は勅命による尊厳な儀式が勤修されるが、役僧は当代一流の師を選び宣下・勧賞にも定例がある。この間のことは伝法灌頂日記等に詳しい。なお正統記には、授職灌頂・許可等の名称が見えるが授職灌頂は受職灌頂とも言い、伝法灌頂のことである。

許可については、真言受法最要坤の巻に「許可加行事。許可已後、伝二授諸仏法一。更以無レ妨。但大法秘説等可レ有二分別一也〈多分伝法已後授レ之〉」と見えている。一分の密法を修学することを聴許し、または伝法灌頂終って、師位の許可印信を与えることである。

灌頂ノ師　灌頂大阿闍梨と称し、その儀式を主宰する最高位の僧をいう。

清和天皇―「天安二年三月。天皇又受戒灌頂。預レ之者十余人」(慈覚大師伝)。

宇多天皇―「寛平法皇御灌頂事。故僧綱補任云。延喜元年辛酉十二月十三日辛卯鬼宿日曜。於二東寺一随二益信僧正一伝法灌頂。御年三十五。僧正年七十五。色衆八十三人。〈御法名金剛覚理空。有レ論之云々〉又随二静観僧正一御灌頂在レ之」(伝法灌頂日記上)。

円融天皇―「永祚元三九、於二東寺一従二寛朝僧正一灌頂」(本朝皇胤紹運録)。太上法皇御受戒記にも詳しい。

後宇多天皇―「徳治三年正月二十六日。(中略)今日太上法皇於二東寺一有二御伝法灌頂事一」(後宇多院御灌頂記)。

後醍醐天皇―「春宮〈大覚寺殿二宮〉印可御事。正和元年三月二十一日。於二万里小路殿角小御所一奉レ授レ之」(後宇多院御灌頂記)。

二四 **恵果ノ俗弟子呉殷ガ纂ノ詞ニアリ**(一一二頁)　恵果は永貞元年(八〇五)十二月十五日に入寂した。元和元年(八〇六)正月十六日、これを城東に葬るに際して、呉殷が生前の和尚の行状を書いた。「四衆合会、悲感動レ天。于レ時有二山人逸士呉慇一。略修二和尚行状一曰、大唐神都青龍寺東塔院灌頂国師恵果阿闍梨行状。弟子呉慇纂」(弘法大師、秘密曼荼羅教付法伝巻二)とする、その一文が残っている。その一節に「訶陵弁弘・新羅恵日竝授二胎蔵師位一。剣南惟上・河北義円授二金剛界大法一。儀明供奉亦授二両部大法一。今有二日本沙門空海一、来求二聖教一。以二両部秘奥壇儀印契一。漢梵無レ差悉受二於心一。猶如二瀉瓶一」とある。

真言ノ宗ニハ正統ナリ　「不空弟子有二慧果者一。元和中日本空海入二中国一、従レ果学。帰レ国盛行二其道一」(仏祖統紀巻二十九)。なおそれに続いて「鎧菴曰」として「唐末乱離、経疏銷毀。今其法盛行二於日本一。而吾邦所謂瑜伽者、但存二法事一耳」と述べている。

二五　**鎮護国家**(一一二頁)　国家を鎮請し守護すること。国難を消滅、怨敵を降伏し、国家を安泰ならしめんがために経典を講誦し真言等の法を修すること。仁王護国般若波羅蜜多経・金光明最勝王経・妙法華経の三部を鎮護国家の三部経という。↓一〇三頁注一八。シナの昔でも、仏教は本来宮廷の庇護の下に、専ら帝祚延長・聖寿万安を祈念する儀式として発展したが、わが国でも天皇・皇族・豪族の帰信と支持とを軸として普及したところからみると、東大寺以下多くの寺院の建立や国分寺・国分尼寺の国毎の設置も、すべて鎮護国家・万民豊楽、天変地異・疫病流行攘災を大きな目標とした。特に最澄は比叡山延暦寺の地相が平安都の丑寅にそばだち、帝都の鬼門を鎮ずる鎮国道場なりとすることから桓武天皇の尊崇を得て、鎮護国家を大きく打ち出したのである。山に学ぶ学生は、止観業のものは年々毎日、鎮国の衆経を長転長講し、遮那業のものは歳々毎日、護国の真言を長念すべきことと山家学生式に規定していることは、山の安念が四明安全義の中で「聖皇択二此地一、高祖卜二我山一、世智過眼通二互精神一。天象地儀得二共函蓋一。故仏法守二王法一、王法崇二仏法一。建二永皇帝本命之道場一厳二修国家鎮護之精誠一」といっている精神に相通じている。しかも天皇本命道場的な考え方は、やがて鎮護国家とは「玉体天長」を暗に示す語であるとして、護持僧制度の拡大、空海による真言院の創設へと発展して行ったのである。

二六　**如来果上ノ法門**(一一二頁)　真言宗で、金剛・胎蔵両部の密教のことをいう。諸宗の法門は因人の法門で、大日如来の応化身が因位の凡夫二乗菩薩に対してその行証する分際を説いたのに対して、両部の密教は大日如来が内証の眷属を集めて自受法楽のために自証のままを説いたとする。甚深の教法ともいう。「果上」は修行の間を因位、修行の功によって悟りを得た位を果地と言い、その果地は因位の上であるのでいう。

二七　**教時諍論ト云書ニ教理ノ浅深ヲ判ズルニ**(一一五頁)　大正新修大蔵経第七十五巻続諸宗部六に「教時諍論」が載っているが、それにはここに該当する記事が見あたらない。同じ安然の著である、同書の「教時諍」一巻の最後の部分に次のような記載がある。「第五次依二教理浅深一。初真言宗大日如来常住不変。一切時処説二一円理諸仏秘密一。最為二第一一。次仏心宗一代釈尊多施二筌蹄一。最後伝レ心。不レ滞二教文一。諸仏心処故為二第二一。次法華宗一代教跡権実偏円教観双共明二一実一。諸仏秘蔵故為二第三一」、以下第四華厳、第五無相(三論)、第六法相、第七毘尼(律)、第八成実、第九倶舎と次々に列位し、「今昔依二此次第一、弁二彼宗祖一。但恐聖意難レ測敢致二斟酌一」としている。

二八　**一音ヨリ五声・十二律ニ転ジテ云々**(一一七頁)　「凡音者、生二人心一者也。情動二於レ中一。故形二於声一。声成レ文。謂二之音一」(楽記第十九)。「五声」は宮・商・角・徴・羽の五音をその清濁高下によって分類したもので、五行に配すると土・金・木・火・水となる。「心あるものはかならず音あり。声あるものは必ずながむる詞あり」、「此歌も一心よりよろづの言葉となり、一音より出てさま〴〵曲節をなすもの也」、「歌をよむ人も五行の相生を弁へて五音の吉凶をしるべき者也」(親房、古今集註)。「十二律」は六律と六呂。黄鐘・大蔟・姑洗・蕤賓・夷則・無射が六律、大呂・夾鐘・仲呂・林鐘・南呂・応鐘が六呂。「治世之音安以楽、其政和。乱世之音怨以怒、其政乖。亡国之音哀以思、其民困。声音之道与レ政通矣」(楽記第十九)。

二九　**輪扁ガ輪ヲケヅリテ斉桓公ヲオシヘ**(一一七頁)　「桓公読二書於堂上一、輪扁斲二輪於堂下一。釈二椎鑿一而上問二桓公一曰、敢問、公之所レ読為二何言一邪。公曰、聖人之言也。曰、聖人在乎。公曰、已死矣。曰、然則君之所レ読者古人之糟魄已夫。桓公曰、寡人読レ書、輪人安得レ議乎。有レ説則可、無レ説則死。輪扁曰、臣也以二臣之事一観レ之。斲レ輪徐則甘而不レ固、疾則苦而不レ入。不レ徐不レ疾、得二之於手一而応二於心一。口不レ能レ言。有レ数存二焉於二其間一。臣不レ能三以喩二臣之子一、臣之子亦不レ能レ受二之於臣一。是以行年七十、而老斲レ輪。古之人与二其不レ可レ伝也死矣。然則君之所レ読者古人之糟魄已夫」(荘子、天道篇)。糟魄は糟粕。酒などのしぼりかす。つまらぬもの。取るに足らぬもの。「輪扁」は春秋、斉の人。輪を作る名工。

三〇 **弓工ガ弓ヲツクリテ唐ノ太宗ヲサトラシムル**（一一七頁） 「貞観初、太宗謂二蕭瑀一曰、朕少好二弓矢一。自謂三能尽二其妙一。近得二良弓十数一、以示二弓工一。乃曰、皆非二良材一也。朕問二其故一。工曰、木心不レ正、則脈理皆邪、弓雖二剛勁一而遣レ箭不直、非二良弓一也。朕始悟焉。朕以二孤矢一定二四方一。用レ弓多矣。而猶不レ得二其理一。況朕有二天下一之日浅。得二為レ理之意一、固未レ及二於弓一。弓猶失レ之。而況於レ理乎」（貞観政要巻一）。「弓工」は弓を造る工人。

三一 **一気一心ニモトヅケ**（一一七頁） 「一気」は生化の本源となるもの、あらゆる物質的な存在物の根源のもの。「未分ノ一気」（四九頁）参照。「一心」は神に発し神に通ずる絶対の一心。世界を成立せしめる根源のもの。「元レ元本レ本、数始二於一一。産二気黄鐘一造二計秒忽一」（漢書、叙伝）。類聚神祇本源、天地開闢篇に、一気一心を説いているがその最後に、「円覚経序曰、元亨利貞乾之徳也。始二於一気一。常楽二我仏之徳一也。本二于一心一。専二一気一致レ柔。修二一心一。而成レ道」とある。すなわち儒教的な一気と仏教的な一心との上に立ち、それを止揚して神道の理・根源と解釈したのである。五大・五行は言わば根源なるものの現象体であるからその現象を現象たらしめている本源のものに直接的にせまり、元元本本の実体を明確に把握せよとするのである。

五大　全宇宙間に存在する万物を形成している五大要素。仏教用語。地・水・火・風・空の五。

五行　万物を生ずる五大元素。儒教用語。水・火・木・金・土の五。

相剋　五行相剋のこと。五行の運行上生ずる相互関係で、水は火に剋ち、火は金に剋ち、金は木に剋ち、木は土に剋ち、土は水に剋つ。

相生　五行相生のこと。相生の順序は、木は火を生じ、火は土を生じ、土は金を生じ、金は水を生じ、水は木を生ずる。

天地間のあらゆる現象はこの五大・五行にかかり、その運行の順逆によって治乱興亡も生ずるものであるから、その天地に通ずる道理の如何なるものかをみずからも知り、他にも悟らしめることが肝要であるとする。

三二 **天皇ノ世ツギヲシルセルフミ**（一二四頁） 「世ツギ」は家の跡目を継承すること。またその人。ここでは歴代の天皇の治世の事蹟をその継承の順序に従って記載した書籍。五代帝王物語に「神代より代々の君のめでたき御事どもは国史世継家々の記に委しく見えて」とあるが、世継をやや狭義に解して、国史や家々の記と併立させて考える場合には、国史は六国史のように官撰による漢文体のそれを示し、家々の記は勿論私撰で、より部分的なものを含めて漢文体のものを主として仮名書きの和文体のものもあったろう。ここの場合の世継は六国史の後を継承した私撰の和文体の作品、すなわち栄花物語・大鏡・水鏡・今鏡など先行するいわゆる「世継物語」を総称したものとなる。しかし正統記にいう「天皇ノ世ツギヲシルセルフミ」はこの狭義のものよりはやや広義で、古今帝王年代暦・皇代記や愚管抄などをも含めて、私撰である物語・史書の類をも含めて一般的に総称したのではなかろうか。

三三 **宇多ヨリ後、謚ヲタテマツラズ**（一三六頁） 「謚」には漢風の謚と国風の謚との別があるが、ここに親房が言うのは前者のことである。「宇多ヨリ後、謚ヲタテマツラズ」とする明証はないが、親房は尊号をとどめられたことと不可分の関係において考えているようである。

扶桑略記昌泰二年（八九九）十一月の条に「頻上表。勅停二太上天皇之号一」とあり、これは宇多上皇からの尊号辞退に関する度々の請状に対して、太上天皇の尊号を奉られることを停止するという勅許のあったことを示しているが、謚号のことには直接には関係がないと思われる。しかし太上天皇の尊号を停止され院とのみ称するようになったことが、やがて在位の天皇をも院と称するようになり、名分の乱れる因になったとも考えられるから、親房はこの点に特に着眼して、謚からさかのぼって言及したものであろう。大日本史巻三十一宇多天皇紀に「天子称レ院省二尊号一自レ此始」とし、その注に「按帝脱屣後、居二朱雀院及中六条院一、故初称二六条院太上皇一、又称二朱雀院太上皇一。既而請下辞二尊号一単称中朱雀院上。醍醐帝従レ之。後又称二亭子院一、称二宇多院一、皆因二其所レ居為レ号。崩後停レ謚。故又因二襲生時号一称二某院一耳。如二陽成帝一生時未レ辞二尊号一、然其崩在二帝之後一、故亦襲二常例一、称二陽成院一。自二帝之後一在レ位而崩、如二醍醐村上二帝一、称二某天皇一、其脱屣居二別院一者、如二朱雀帝一称二某院一。而冷泉帝以後、不レ論二在位脱屣一、一称二某院一、不三復係以二尊号一、遂永為二故事一云」とあるのは参考となる。文中「崩後停謚」とあるが、その明証がないところから察すると、あるいは大日本史の編者は正統記のこの文をふまえて立言しているのではなかろうか。

諡号の停止については、森鷗外の帝諡考、神皇正統記述義でも考証しているように、宇多天皇にはじまるとみるのは厳密な意味では正しくない。たとえば持統・元明・元正・聖武・孝謙・光仁・平城・嵯峨・淳和・清和の諸天皇はみな譲位された方であり、譲位後さらに出家あったのは孝謙・平城・清和の三上皇で、親房が「持統・元明ヨリ以来」といっているのはこの点を指したのであろうが、しかもその諡号をみると、まさしく漢風の諡であるのは持統・元明・元正・光仁の四天皇のみで、聖武・孝謙・称徳は生前の尊号をそのままに用いたものであり、平城・嵯峨・淳和・清和は譲位後の居所から称せられたもので、諡号とは言い得ない。しかし神皇正統記述義が指摘している通り、これらの院号から生じた称号をもっておられた方も平城院・嵯峨院などとは呼ばない点で、宇多院の場合とは事情を異にしていることは考えられなければならない。

要するに太上天皇の尊号がとどめられ、院号を称するようになったことがやがて諡号を停止する風潮を助長したという意味でこの親房の論を理解すべきであろう。

三四　**国忌・山陵ヲオカレザルコトハ云々**（一三六頁）　「国忌」は天皇及び皇后の崩日に相当する年々の忌日。↓九九頁注一一。「国忌、本朝事始云。高天原広野姫天皇二年戊子春二月、詔自㆑今以後常以㆓近代天皇崩日㆒為㆓国忌㆒」(伊呂波字類抄七)。シナの制にならい、村上天皇以後、天皇の国忌は天智・光仁・桓武・文徳・光孝・醍醐の六天皇と定まり、即位毎に疎を除き親を加えるのが例である。その村上天皇の国忌については、小野宮年中行事五月二十五日の条に「二十五日、邑上先皇崩日〈依㆓遺詔㆒不㆑置㆓国忌㆒〉」とある。扶桑略記第二十五朱雀天皇承平元年(九三一)七月十九日の条には「太上法皇崩〈年六十五。宇多院〉」とあり、つづいて八月五日の条に「火㆓葬山城国葛野郡大内山㆒。依㆓遺詔㆒不㆑造㆓山陵㆒。不㆑入㆓国忌㆒」と見えている。「山陵」は天子のみささぎ。秦に山と言い、漢に陵という。三代実録によれば、天安二年(八五八)十二月九日の条に「丙申、詔定㆓十陵四墓㆒、献㆓年終荷前之幣㆒」とあるが、古事類苑帝王部山陵の項には、山陵を置かれなかった天皇として、推古・皇極・嵯峨・淳和・清和・宇多・朱雀・円融等の名が見える。

三五　**院中の礼**（一四三頁）　院の役所すなわち院庁に奉仕する院司については、職原鈔下に「院庁。大別当〈大臣公卿清華之人任㆑之〉。執事〈名家之人任㆑之〉。年予〈同前〉。判官代〈諸大夫任㆑之〉。主典代〈庁官宿老任㆑之〉。官人〈云㆓庁官㆒〉。代字限㆓院中㆒者也」とあるように、院司の種類・人数は最初のころは極めて限定されていて、それも少数の公卿の兼任が普通であった。それが院政の発展に伴ない次第に組織化され、有能な人材が登用されて、ついには宮中と対立し時にはこれを越えて一大勢力となった。そうなると、院司としても蔵人・非蔵人・所衆・北面武士・西面武士などの名も見え、庁務をとる役所の組織も蔵人所・文殿・召次所・武者所・御随身所・進物所・細工所・御服所・別納所・御厩司・仕所など相当手広いものを持つにいたった(吉村茂樹、院政)。この組織と人員を有し、しかも宮中がともすれば政務を離れて有職故実的な儀式の中心と化するに対して、時代を左右する重大な政治力を持つようになると、その院の庁務の運営、院司の勤務、宮中との関係等新しく規定すべき多くのものが生じたであろう。そこに「院中ノ礼」が生まれるわけである。弘安礼節の中に「院中礼事」の一項をたてて、出御・参入・退出・路頭・書札等に関する部分的な記事が見られるが、恐らく宮中のそれに学んで種々の礼節が規定整備されたものと思われる。

下

三六　**関白ヲオキナガラ藤氏ノ長者ニナリ、内覧ノ宣旨ヲ蒙ル**（一四六頁）　当時の関白は藤原忠通。その兄忠通をさしおいて、弟の頼長が「氏ノ長者」となった。その間の事情を愚管抄第四に「藤氏長者ハ君ノシロシメサヌ事ナリトテ、久安六年九月二十五日ニ藤氏長者ヲトリ返シテ、東三条ニヲハシマシテ、左府ニ朱器台盤ワタサレニケリ。サテ院ヲトカクスカシマイラセラレケルホドニ、ミソカニ上卿ナドモヨヲシテ、久安七年正月ニ、内覧ハナラビタル例モアレバニテ、内覧ノ宣旨バカリクダサレニケリ。アサマシキコトカナト一天ノアヤシミニナリヌ」と述べている。「氏ノ長者」は古くは「氏上」といわれたが、大宝令の勅定によって「氏宗」と改められ、基経のころから「氏ノ長者」と称したらしい。職原鈔下に「藤氏長者、蒙㆓摂政関白詔㆒之人為㆓其仁㆒。仍別不㆑及㆓宣下㆒也。但宇治左大臣頼長非㆓摂関㆒為㆓長者㆒。宣下之例初㆓於之㆒乎」とあり、愚管抄第三に「地体ハ藤氏長者トイフコトハ、上ヨリナサルルコトナシ。家ノ一ナル人、次第ニ朱器台盤・印ナドヲワタシ〳〵スル事ナリ。ソノ人マタ同ジク内覧ノ臣トハナルナリ」とあるように、この頼長の一件はまことに異例であった。「此御時、鳥羽院ノ御沙汰ニテ、宇治左大臣頼長公内覧ノ宣旨ナドイフ事出来テ、大乱逆キザシテケルニヤ」(愚管抄第二)という口吻がそれを明白に語っている。頼長はかくして氏の長者となったがやがて保元の乱に敗れて、保元元年(一一五六)七月十一日、兄忠通が再び氏の長者に復したのである。氏の長者はその一族を代表する選ばれた人物で、氏社・氏寺・勧学院を管理し、氏神の祭祀を行ない、叙爵の推挙や放氏の権をも掌握したのである。この頼長の思いあがった所行がそのまま保元の乱に結びつくものとして、親房はその伏線としてこのことを強調しているのである。

三七　**石碏ト云人其子ヲコロシタリシガコト也**(一四九頁)　「君子曰、石碏純臣也。悪二州吁一而厚与焉。大義滅レ親、其是之謂乎。注、子従二殺レ君之賊一、国之大逆、不レ可レ不レ除。故曰二大義滅レ親、明下小義則当レ兼二子愛一之上」(左伝、隠公四)。「石碏」は荘公に仕えた大夫。荘公の子、州吁がその父を殺した。石碏の子、厚は平素から州吁と親しくしていたので、石碏は州吁とわが子厚を殺して、公子晉を迎えて衛国の安きをはかった。

三八　**舜ノ天子タリシ時、其父瞽叟人ヲコロスコトアランヲ云々**(一四九頁)　「桃応問曰、舜為二天子一皐陶為レ士。瞽瞍殺レ人則如レ之何。孟子曰、執レ之而已矣。然則舜不レ禁歟。曰、夫舜悪得而禁レ之。夫有レ所レ受レ之也。然則舜如レ之何。曰、舜視レ棄二天下一猶レ棄二敝蹝一也。竊負而逃、遵二海浜一而処、終身訢然楽而忘二天下一」(孟子、尽心上)。「瞽叟」は瞽瞍とも書く。「孔安国云、無レ目曰レ瞽。舜父有レ目、不レ能三分二別好悪一。故時人謂二之瞽一。配レ字曰瞍。瞍、無レ目之称也」(史記、五帝本紀注)。舜は賢明な君であったが父は愚昧で肉眼は見えても心眼に欠けるところがあり、善悪の判別に暗かったので「瞽叟」と名付けられた。「大理」は古の刑獄の官、非違を検察する司法官をいう。「皐陶」は舜の臣で、法理に通じ法をたてて刑を制し、また獄を造ったという。「トイヒケル」は桃応が孟子にその意見をたずねて言ったのである。

三九　**ホトンド塗炭ニオチニキ**(一五九頁)　泥塗にたおれ、炭火におちこむこと。水火の危難におちいる。時の政治がよくないために人民が非常な苦しみにおちいること。「有夏昏徳、民墜二塗炭一」(書経、仲虺之誥)。「坐二塗炭一」(孟子、公孫丑上)。太平記巻二十四にも「政道サナガラ土炭ニ堕ニケル」と見えている。

四〇　**一臂ヲフルキテ**(一五九頁)　「一臂」は片方のひじ、片うで。転じて自分の良い援助者をいう場合もある。ここの表現は「奮レ臂」に、頼朝が自分自身でその力をふるうという意味で「一」を加えたのであろう。したがって、一度奮起しておのれ一身の全力を傾注しての意味である。「魏公起レ自二叛徒一、奮レ臂大呼、四方響応、万里風馳、雲合霧聚、衆数十万」(唐書、魏徴伝)。

四一　**上下堵ヲヤスクシ、東ヨリ西ヨリ其徳ニ伏セシカバ**(一五九頁)　「諸吏人皆案堵如レ故」(史記、高祖本紀)。「堵ヲヤスクス」は「堵ニ安ンズ」が正しい。天下の万民がすべてその居所に安んじ楽業すること。「自レ東自レ西、自レ南自レ北、無二思不一レ服」(詩経、大雅)。万民が文王の威徳をしたう様を援用して、ここでは万民が頼朝の武徳をしたって帰服すること。

四二　**又大名ノ下ニホコル心ヤ有ケン**(一六二頁)　北条義時の一生は権力の座につこうとする一個の人間のあくなき自己中心的な悪闘の連続であった。平時政の第四子として生まれ、若くして源頼朝の石橋山の挙兵に参加、鎌倉幕府成立とともに兄を越えて、頼朝の妻政子の弟として殊遇を受け、頼朝没後は未亡人政子と協力して頼家の子一幡を殺し、父時政がその後妻牧氏の女と結託して実朝を除こうとはかった時には実朝をわが家にかくまって、父を失脚させた。やがてその実朝を公暁に殺させるようにしむけて源氏将軍の流れを断ち、執権職の地位と実力をもって、一転してかつての同輩の豪族の絶滅に着手し、平賀朝雅を京都に殺し、三浦義村・小山朝政などを遠ざけ、侍所別当和田義盛を族滅した。侍所別当職を兼ね左京権大夫・陸奥守に任じ、九条頼経を将軍として京都から迎え、名実ともに幕府の第一人者となった。これら一連の争闘の歴史を経て来た彼を親房は「イカナル果報ニカ」「ハカラザル家業」をはじめたと評しているが、義時にしてみれば、「果報」というような仏教的因果思想の世界ではなく、一身を投じて着々と計画し演出した実力の結果である。「ハカラザル家業」ではなくして、戦いとった栄光の家業である。「サレドコトナル才徳ハキコエズ」というのは、親房の眼からみれば、子泰時に比しての政治的能力の不足を述べたものであろうが、創業者の義時にとっては他を圧倒殲滅して自己の大をはかる武力以外に信じうるものはないはずである。「大名」とは特にすぐれた名誉のこと。義時からすれば二つある。一つは幕府の最高権力者としてかちえた執権職。一つは承久の勝ち戦。すなわち上皇の遠島、公卿の斬罪、両六波羅探題の充実、没収した三千余個所の所領に新補地頭を配置した政治力である。「范蠡以為、大名之下難二以久居一」(史記、越世家)とあるように、大名を得た後に謙虚に身を処することは難事である。この大名とその自負とが、せっかくかちえたその地位と名誉も「中二一トセバカリ」で失う運命につながったと、親房は理解し、義時を評価したのである。吾妻鑑では脚気の上に霍乱をわずらって死んだとあるが、保暦間記四には「元仁元年六月十五日義時思ひの外めしつかひける若侍に突き殺されける」と述べて、承久の乱における身の業因の然らしめるところで「とりわきかかるむくい」と覚えて恐ろしい限りだと評している。親房もそうした見解を肯定して、権威の座につきながら、臣として欠ける点のある義時が案外早く非命に死んだと断じたのである。

四三　**人主ニ書ヲミセタテマツルナ**(一六七頁)　仇士良は唐の順宗の時、東宮に仕え、甘露の変に文宗を擁して宮中の権を握り、文宗の死に際して皇太子成美を除いて武宗を即位せしめた。王守澄とともに唐代の宦官として専横無道を極めた極例で、二王・一妃・四宰相を殺し、帝をして「今朕ハ制ヲ家奴ニ受ク」となげかせた。「士良之老、中人挙送レ還レ第。謝曰、諸君善事二天子一、能聴二老夫語一乎。衆唯々。士良曰、天子不レ可レ令二閑暇一。暇必観レ書。見二儒臣一、則又納レ諫、智深慮遠、減二玩好一、省二遊幸一。吾属恩且薄而権軽矣。為二諸君一計、莫レ若下殖二財貨一、盛二鷹馬一、日以二毬猟声色一蠱二其心一、極二侈靡一使ム悦不ラ知レ息。則必斥二経術一、闇二外事一、万機在レ我。恩沢権力欲二焉往一哉。衆再拝」(唐書巻二百七、本伝)。毬猟はまりあそびと狩猟。声色は音楽と女色。

ハカナキアソビタワブレ　天子の治政には一利もない、つまらぬあそび。

此道　天子として天下を統治する政道。

四四　**大阿闍梨ヲサヘセサセ給シコト**(一六八頁)「徳治三戊申正月二十六日於二東寺一伝法灌頂奉レ授二太上天皇一。勧賞以二益信僧正一号二本覚大師一」(仁和寺御伝下)。「遇二遊義門院之早世一、一旦落飾入二仏道一。続有二後二条院之晏駕一、弥厭二俗塵一深帰二釈家一。習二律義一学二密宗一。以二西郊大覚寺一有二栖霞之仙居一、擬二寛平法皇座二仁和寺一。徳治中対二前大僧正禅助一度二秘密灌頂一以来、密宗之高徳少二比レ肩者一。二品法親王道意以下受二法皇之密灌頂一者多矣」(花園院宸記、正中元年(一三二四)六月二十五日の条)。「大阿闍梨」は伝法灌頂大阿闍梨の略称。金剛・胎蔵両部の大法を伝法した極位。天皇御自身が灌頂を受けられただけでなく、大阿闍梨として多くの人々を灌頂された事実は、大覚寺門跡略記等に詳しい。

四五　**カノ一ノミコオサナクマシマセバ云々**(一七一頁)　後宇多法皇は正中元年(一三二四)六月二十五日崩御。それに先き立つ徳治三年(一三〇八)閏八月三日所領の処分の事を申し残された。この年八月二十五日後二条天皇崩御、同二十六日花園天皇践祚、九月十九日邦治親王立太子と時勢はあわただしく変わって行く。後二条天皇は若くして在位のまま崩御されたので、その跡を持明院統の花園天皇が継承することは一応既定のこととして、皇太子には後二条天皇の第一皇子邦良親王が有力であったが、大覚寺統が更に二派に分かれてこれを争うような事態になった。ここ数代の皇位継承は、後嵯峨天皇の遺詔とその現実との背馳に苦しむ朝廷、武力を背景にこれを自己に有利に利用しようとする幕府、その間を往来する関東申次、公卿にあっては自己の属する党派の皇子の即位によってみずからの世界を開こうとする態度等が錯綜して、いよいよ解決困難になって来ていた。幕府は文保元年(一三一七)四月中原親鑒を上洛させて、両統の和談を期待したがこれも失敗に終った。そうした様相のうちにこの処分が行なわれたのである。その処分状の最後に「一期ノ後ハ悉ク邦良親王ニ譲与スベシ。尊治親王ノ子孫ニ於テハ、賢明ノ器、済世ノ才アラバ、暫ク親王トシテ朝ニ仕ヘ、君ヲ輔ケヨ。天下ノ謳歌、虞舜夏禹ノ如クンバ、皇祖ノ明鑒ニ任スベシ。僭乱ノ私アルナカレ。且ツハ後二条院ノ宮ヲ以テ実子ノ如クタルベシ。ユメ〳〵保護セシメ、殊ニ孝行ヲ存ジ、朕ガ意ヲ成スベシ。徳治三年閏八月三日　御判」(村田正志、南北朝論第一章)とある。文保二年(一三一八)三月後醍醐天皇即位、時に三十一歳。邦良親王は十九歳である。「モシ邦良親王早世ノ御コトアラバ」の処置のあり方などは何も指示されていないし、後醍醐天皇の「御末継体タルベシ」とは明確には言えない。しかし後醍醐天皇の御末の継体の不可を示したものではなく「皇祖ノ明鑒」にまかしているのである。ところが邦良親王が二十七歳で薨ぜられるようなことになったので、後醍醐天皇方の親房としては、処分状の精神を発展させて、正統記のこの本文のように理解し根拠づけたのであろうと思われる。

四六　**正成ト云者アリキ**(一七三頁)　山田博士は神皇正統記述義(六〇一頁)に「ここに『ありき』とあるのは他と例が違ふ。恐らくはこれはこの記を起草した時に正成は既に世に亡き人であったので、それを追懐する心地で記したものであらう」と述べている。正成の戦死は延元元年(一三三六)五月で正統記執筆に先き立つ三年前であり、興国四年(一三四三)の修治の七年前である。ところが、延元元年(一三三六)に戦死した名和長年と延元三年(一三三八)に戦死した新田義貞の両人は、正統記では「ト云者アリ」とあって「ト云者アリキ」とはしてない。また親房と親しかった藤原親光も最早戦死していたが「親光ト云者モ彼山ニハセクハヽリヌ」とあって「ト云シ者」とはない。なお正成については「正成トイヒシガ」という表記が一回だけ見られるが、「アリキ」が正成の死去という事実と関連があるとは特には認められない。「アリキ」には、たしかに「追憶する心」が一応動いていることは事実で、単なる「アリ」よりも作者の感慨をこめた表現であることは言える。それよりも正統記の「トイフモノ」の表記の文字の上に注意すべき問題があると言えよう。「ト云物」には、石鹿父(七四頁)・将門(一三〇頁)・純友(一三〇頁)・義仲(一五四頁)・不特定者を示すもの(一七九頁)の五例があり、「ト云者」に善光(九三頁)・泰時(一六三頁)とここの四例がある。この二つは主として武人系統で好ましからざる人物と望ましい人物とを明確に評価して書き分けたものと言える。この「者」よりも一段上位とおぼしきものは「ト云人」であって、それは、大田命・大幡主・真根子・鎌足・道平・義寂・石磆等十七人であり、「ト云神」が十例(傍流の神に限る)、「ト云王」が四例(印度とシナの王)ある。一系の神・皇には、「ト申ス」・「ト号ス」(ト中奉ル・ト号シ奉ル)と最高の表現を用いている。

四七　**介子推ガイマシメモ習シルモノナキニコソ**(一七七頁)　「晋侯賞二従レ亡者一。介子推不レ言レ禄、禄亦弗レ及。推曰、献公之子九人、唯君在矣。恵懐無レ親、外内棄レ之。天未レ絶レ晋、必将レ有レ主。主二晋祀一者非レ君而誰。天実置レ之。而二三子以為二己力一不二亦誣一乎。竊二人之財一、猶謂二之盗一。況貪二天之功一、以為二己力一乎。下義二其罪一、上賞二其姦一。上下相蒙、難二与処一矣。其母曰、盍二亦求一レ之。以死誰懟。対曰、尤而効レ之、罪又甚焉。且出二怨言一不レ食二其食一。其母曰、亦使レ知レ之若何。対曰、言身之文也。身将レ隠。焉用レ文レ之。是求レ顕也。其母曰、能如レ是乎、与レ汝偕隠。遂隠而死」(左伝、僖公二十四)。介子推は晉の文公に従って出亡すること十九年。還えるに及んで文公に疎んぜられ、その母とともに緜山に隠棲した。後に文公がその行方を探し求めて用いようとしたが求め得ず、山から出させようとして山を焼いたが遂に出ないで焼死したという。一般には、天の功のみならず明らかな他人の功をも盗んでおのれの功としようとする者の多い中に、みずからその功を微少なりとして退いた態度を称揚しての言である。

四八　**院ノ仰ニ、「ソレモ物カキテノウヘノコト」トアリケレバ、理ニフシテヤミヌ**(一八一頁)　「六条の修理大夫顕季といひし人、世に覚えにておはせしに、敦光といひし博士の『など殿は宰相にはならせ給はぬぞ。宰相になる道は七つ侍る。中に三位におはすめり。また五国治めたる人もなるとこそは見え侍れ』といひければ、顕季もさ思ひて御気色とりたりしかば、『それも物書く上のことなり』と仰せられしかば、申すに至らで止みにきとぞいはれ侍りける」(今鏡、釣せぬ浦々)。白河院の時のことである。顕季の母は白河院の乳母であった従二位親子である。顕季は康和六年(一一〇四)正月、五十歳で従三位非参議修理大夫。五十五歳で正三位。その後六十九歳で保安四年(一一二三)八月の出家まで非参議で一貫している。参議たろうとして不適格なりとされたわけであるが、その理由の「物カキテノウヘノコト」の「物」は一般には詩文の能力を意味する。顕季は和歌の方面では六条家歌道の祖で、家集に六条修理大夫集一巻があり、堀河太郎百首の作者にも加わり、勅撰集の入撰歌も三十五首の多きに達している。したがって、ここの「物」は文筆的なものよりも、むしろかどある学問的な才能を意味し、廷臣としての政治力の上での不適格さを指すのではあるまいか。そうした彼のその方面の能力の低さが、老齢でありながら十五年間も非参議のままに放置された理由であり、彼自身「理ニフシテ」思いあきらめた次第であろう。

四九　**二十八将**(一八二頁)　「永平中、顕宗追感二前世功臣一、乃図二画二十八将於南宮雲台一」(後漢書)。鄧禹・馬成・呉漢・王梁・賈復・陳俊・耿弇・杜茂・寇恂・傅俊・岑彭・堅鐔・馮異・王覇・朱祐・任光・祭遵・李忠・景丹・万脩・蓋延・邳彤・銚期・劉植・耿純・臧宮・馬武・劉隆。

五〇 **大功ハ世々ニタエズ云々**(一八二頁) 「凡功田、大功世世不レ絶。上功伝二三世一。中功伝二二世一。下功伝レ子」(大宝令、田令)。本文の「身ニトヾマル」は下功を指すのであるから「伝レ子」とあるべきである。続日本紀巻二十天平宝字元年(七五七)十二月九日の条に「太政官奏曰、旌レ功錫レ命、聖典攸レ重、褒レ善行レ封、明王所レ務。我天下也乙巳以来、人々立レ功各得二封賞一。但大上中下雖レ載二令条一、功田記文或落二其品一。今故比二校昔今一議二定其品一」と見え、「大功世世不レ絶」、「上功合レ伝二三世一」、「中功合レ伝二二世一」、「下功合レ伝二其子一」として、先朝までの規定十条と当今の十四条を併記している。この二十四条の田積は功の如何では一定せず、多種で特定の数があるのではない。

五一 **昔許由ト云人ハ云々**(一八五頁) 「許由字武仲、堯聞下致二天下一而譲上レ焉、乃退而遁二中嶽潁水之陽箕山之下一隠。堯又召為二九州長一。由不レ欲レ聞レ之、洗二耳於潁水浜一。時有二巣父一、牽レ犢欲レ飲レ之。見二由洗レ耳、問二其故一。対曰、堯欲三召レ我為二九州長一、悪レ聞二其声一。是故洗レ耳。巣父曰、子若処二高岸深谷一、人道不レ通、誰能見レ子。子故浮游欲レ聞二求其名誉一、汙二吾犢口一。牽二犢上流一飲レ之」(史記、伯夷伝正義)。「巣父」は堯時代の隠士。山居して世利を営まず、年老いて樹上に巣を構えてその上に寝たのでこの名があるという。

五二 **朝敵スデニチカヅク**(一八八頁) 1白本・山一本・山二本・高本・日光本は「朝敵」を高氏、脇本は尊氏とする。これらの伝本はその性格上一群をなすものであるが、これらの伝本はなお次のような共通点を持っている。(この一連のものは特に後醍醐天皇の条にのみ集中しているので、代表的な個所を列挙する)。

2一七三頁一行目　給ヒヌレ—玉フベキカト覚エシ(白本のみ、覚ユレ)。
3一七四頁一三行目　御方ニ心ザシアル—公家ニ心ザシアル
4一七五頁一〇行目　偽主ノ儀ニテ—偽主ノ儀ニトテ
5一七五頁一〇行目　改元シテ正慶ト云シヲモ—正慶ト改元アリシヲ
6一七六頁一四行目　御方ニマイリシ—公家ニマイリシ
7一七七頁一〇行目　介子推ガイマシメモ習シルモノナキニコソ。カクテ高氏ガ一族ナラヌ輩モアマタ昇進シ、昇殿ヲユルサル、モアリキ—介子推ガイマシメモアリキ(山一本・山二本・高本・日光本)。8—介子推ガ減シ習ヒ知ル人ナキニコソ　9高氏カ一族—足利ノ一族(白本・脇本)。
10一八七頁一四行目　征東将軍—征夷将軍
11一八八頁一〇行目　又コレヲタイラゲツ。朝敵ハ船ニノリテ西国ヘナムオチニケリ。諸将ヲヨビ官軍ハカツ〴〵カヘリマイリシヲ(山一本・山二本・高本・日光本)。12—又コレヲイラゲカヘリマイリシヲ—又コレヲタ平ゲツ。敗軍ハ播磨ニ有ト聞。軍兵且参シヲ(白本・脇本)。
13一八八頁一七行目　西国ノ凶徒—西国ノ輩
14一八九頁三行目　元弘偽主—元弘ノ時ノ主上
15一八九頁四行目　都ニ出サセ給—山門ヨリ還幸
16一八九頁四行目　道アリシニコソ—道ヤ有ケムトゾ
17一八九頁六行目　主上ハ尊号ノ儀ニテマシ〳〵キ—主上ヲバ尊号マシ〳〵キ
18一八九頁一〇行目　シタガヘ給ケリ—シタガフトカヤ
19一九〇頁二行目　朝敵忍テ—忍テ(白本のみ、敵忍テ)
20一九一頁一四行目　ヨコシマナルマジキ理ヲ—ヨコシマナルマジキヲ
21一九二頁六行目　功モナク徳モナキヌス人—功モナク徳モナキ輩

この一連の事実は何を物語るものか。正統記はその成立後、それが「現代に与うる書」である性格上相当広く読まれたことは疑ないが、この事実はそれが北朝人の間に流布し時の経過とともに本文の改ざんの行なわれたことを如実に示している。北朝と足利幕府を思う者の立場から、なくもがなの老婆心から、せめてこうすることによってのみ正統記が彼等の間に存在を許されうるとする企てであろう。「朝敵」・「御方」・「凶徒」・「ヌス人」という表現を恐れて改めたり(1・3・6・12・13・21)、全く除去したり(11・19)、文全体の表現を変更して事実を曲げたり(11・12)するのは全く小細工の域を出ない変更である。この態度はそのまま光厳院に対する表現を忌むこととなり(4・14)、その記述された事実が歴然とした意義を持つものであって、そうある事が自己の側に何等かの不利な様相を呈する叙述である場合は、それを伝聞・不確定の語法で結んだりする(2・15・18)にいたるが、この二十一例どの一つとして何等本質的な意義をもつものはない。なおこの他にも単なる筆写の書き落しとは認められない意識的に本文を削除した個所が相当見られる。この態度はやがて続神皇正統記の執筆につながり、またやや目的と手段を異にするけれども、後に明治になって、重修神皇正統記を生む精神へとつながり、正統記が閉鎖された古典として誤まられる傾向をもつに至るのである。

三三 **日ヲイダクトナン夢ニ見申サセ給ケルトゾ**(一九二頁)　出生・往生説話には「夢見」の記録が古来多い。中でも往生譚は種類も豊富であるが、出生譚にも「明星を呑む」(拾遺往生伝上)、「聖人胎中に入る」(今昔物語巻二)、「日光口中に入る」(後拾遺往生伝中)、「天人を呑む」・「剣を呑む」(拾遺往生伝中・下)、「香炉を呑む」(今昔物語巻七)、「玉を得」(今昔物語巻十二)、「日輪家に入る」(古事談六)、「日輪口中に入る」(今昔物語巻十一)など種々の場合がある。釈迦出生に際して麻耶夫人が霊夢を蒙ったと伝えられて以来主として高僧の出生を語るものが多い。後村上天皇が数ある皇子の中で太子に立ち、同母の兄の二親王がともに立太子はありながら足利氏の毒手にたおれた不幸に反し、正統の天皇として即位されるような運命を身に帯びていたので、他書には記載はないがこうした出生信仰が吉野朝人の間に流布していたのであろう。

増鏡

時枝誠記
木藤才蔵
校注

解説

一　増鏡の内容

増鏡には、治承四年(一一八〇)の後鳥羽院の降誕から、後醍醐帝が隠岐の島から還幸になった元弘三年(一三三三)に至る百五十余年間の出来事がしるされている。それは鎌倉初期から末期に至る、まことに波乱にみちた時代であって、その間に平家一門の没落、武家政治の開始、源氏の滅亡、北条氏の制覇、承久の乱、新仏教の興隆、蒙古の来襲、北条氏の滅亡など、日本歴史上特筆すべき事件があいついで起こっている。しかし、増鏡には、これらの大事件のうち、承久の乱と元弘の乱に関して詳しい記述が見られるだけで、他の事件に関してはほんの一通りの触れ方をしているに過ぎない。それに反して、歴史的事件としては特筆に価しないような、宮廷における儀式や行事、あるいは、貴族たちの文化的な生活に関しては、相当に力をこめた詳しい叙述がなされている。この点から、増鏡の本質がどういうところにあるかが、まず問題になると思うのである。

増鏡の内容に関して、芳賀矢一は「大体において宮中のやはらかな生活を写すを主とし、中には特に情話をうつし、平安時代の軟かな気分をうつす」といい、岡一男氏は、この書の中心興味に、「鎌倉時代の貴族のアナクロニズム的な生活の種々相を、それにつきづきしいアナクロニズム的な源氏式の擬古文で、万華鏡的に表現したところにある」といっている。他方において、和田英松は、承久・元弘の討幕に重きを置いて書いたものといい、尾上八郎は、後鳥羽・後嵯峨・後醍醐三帝の御紀に詳しく、特に後醍醐帝に関して精細である点を指摘した上で、後醍醐帝のことを描こうとして、歴代の天皇の事績を、序のごとくしるしたかのようにも見えるといっている。また、著作の意図に関して、中村直勝氏は、公家一統の政治をねがうところに、執筆のねらいがあったとなす。これらの諸説は、ある意味では、いずれも真実を含んでいる。承久・元弘の討幕に重きを置いて書いたことも、後醍醐帝のことを中心にして書こうとしたことも、確かにいえることであって、これを記述量の上で見ていくと、元弘の乱を中心にした最後の三巻には、全体の五分の一の筆をついやしており、さらにその前の二巻を含めて、後醍醐帝即位以後の出来事をしるした部分には、全体の約三分の一の記述量をあてている。この間、約十六年であって、増鏡に扱われた百五十数年間の十分の一の期間に過ぎない。この点からいっても、増鏡の作者に、後醍醐帝治下の出来事、その中でも特に、元弘の乱の一部始終を記述して、後世に伝えたいという意図のあったことを否定できないように思うのである。

一方において、「宮中のやはらかな生活を写す」のを主にして、叙述がなされていることも事実である。この書の中心部にあたる巻々は、ほとんどその種の記事でみたされているが、後醍醐帝治下の出来事をしるした巻々においても、宮廷を中心にした風流生活の叙述は、相当の比重を占めている。したがって、元弘の乱を中心にする後醍醐帝治下の出来事に力をいれて書いたことも、宮廷生活のやわらかな方面のことを主として書いたことも、ともに事実であるということができる。ところが、これらの記事のいずれかに重点を置いて考えることによって、増鏡の本質も、相当に異なったものとして把握されることになるのである。結局、増鏡の作者が、どういう意図のもとに、どういう事を主にして、鎌倉時代の歴史を書こうとしたかを明らかにするためには、そこにしるされている出来事が、全編の中で、どういう位置づけをなされているかを、はっきりさせることが必要だと思うのである。その点に関して、まず、元弘の乱に関する巻々が、本書の中で、どういう位置を占めているかについて、すこし詳しく考察してみたいと思う。

増鏡の作者が、元弘の乱の原因を、どのような点に求めているかという点に関して、「久米のさら山」において、隠岐の島に流された後醍醐帝の心境をしるした部分で、「今はた、さらにかくさすらへぬるも、何により思ひ立ちし事ぞ、かの御心の末や果たし遂ぐると思ひしゆへ也。苔の下にもあはれと思さるらんかしと、かき集めつきせずなん」と述べているのに注意すべきであろう。ここでは、元弘の討幕の挙が、遠く後鳥羽院の素志をつらぬこうとしたものであることを明らかにしている。また「秋のみ山」では、後宇多法皇が政治の実権を後醍醐帝に譲ろうとするに当たって、鎌倉幕府の了承を得るために、藤原定房を関東に下向させたことをしるして、「おほかたは、いとあさましうなりはてたる世にこそあめれ。かばかりの事は、父御門の御心にいとやすく任せぬべき物をと、めざまし。されど、昨日今日はじまりたるにもあらず、承久よりこなたは、かくのみなりもてゆきければなめり」とも述べている。これらの記述によって、増鏡の作者が、承久の乱における王朝の敗退を、恥辱の日として意識しており、元弘の乱の遠因をも、そこに求めていることを知るのである。

このように見てくると、増鏡の冒頭の巻の名が、鎌倉幕府の専横を嘆いて後鳥羽院の詠まれたという「おく山のおどろの下を踏みわけて道ある世ぞと人に知らせん」によって「おどろの下」と名づけられ、その次の巻の名が、院が隠岐の島に流されて後の御製「我こそは新島もりよ隠岐の海の荒き浪かぜ心して吹け」によって「新島守」と名づけられているのも、決して偶然ではないように考えられる。この二つの巻において、後鳥羽院を中心にした宮廷における風流生活、院による討幕計画、王朝軍の敗退、隠岐の島における院の悲愁に満ちた生活等を叙して、巻末の元弘の乱を中心にする生彩に満ちた叙述と呼応せしめたのは、増鏡の作者が初めから意図していたところであったように思うのである。

承久の乱における王朝軍の敗退が、正中・元弘の討幕運動の遠因をなすのに対して、その直接の原因としては、後嵯峨院没後の両統交立と皇位継承に関する幕府の干渉が史家によって指摘されているが、この点に関しても、増鏡の中には一連の記述を見出だすことができる。すなわち「あすか川」では、両統交立の遠因になった後嵯峨院の遺勅および後深草院方と亀山帝方の対立について、「草枕」では、後深草院の皇子を北条時宗の計らいで東宮に立てたいきさつについて、「さしぐし」

では、伏見帝に危害を加えようとした浅原為頼の事件と、その背後関係者と見られた亀山院の出家について、しるしてある。さらに、それ以後の巻においては、両統の交立ごとに一喜一憂する院の心境、天皇・院・東宮間の心理的葛藤《かっとう》などがしるされており、それらの記事をあとづけていくと、後醍醐帝が討幕へと踏み切っていくことに、一応の必然性を認めることができるのである。しかし、これらの記事は、それほど強く相互の関連を意識させない。事件の脈絡をたどれば、元弘の乱の遠因・近因は一応押えられているが、それらの遠因・近因は、叙事詩的な盛り上がりをもって、元弘の乱へと高まっていかないのである。なぜ、高まらないかというと、この書には、元弘の乱の遠因・近因以外に、大きな比重をもって叙述されていることがあるからである。それは、増鏡の作者が、武家との対立相克にだけ焦点をあてて、鎌倉時代の公家の歴史を叙述しようと意図していなかったためであると考えられる。

増鏡の中で、初めから終わりまで、一貫して取りあげられているのは、歴代の天皇に関する事項である。その天皇の父母・誕生・元服・立坊・践祚・即位・後宮・子女・譲位・出家・死等に関しては、歴代ごとに必ず記述されている。天皇に関する事項は、六国史以来の史書の骨格をなす部分で、栄花物語以下の歴史物語においても、取りあげられてきた事項であるが、栄花物語・大鏡・今鏡などでは、このほかに、藤原氏や源氏などの有力な廷臣たちの系譜および事績について、相当の紙幅をさいている。栄花物語や大鏡などにおいては、むしろ、その点に中心があるといってもよいのである。ところが、増鏡では、廷臣たちの系譜や事績に関する記述は極めて簡単にしかなされていない。摂関の交替の次第をしるしてあるのも、永仁六年十二月に摂政をやめた鷹司兼忠までであって、それ以後の摂関については、儀式に参列したり、事件に関係がある場合を除いては、ほとんど記述がなされていないのである。これは、鎌倉時代の廷臣たちが、摂関を初めとして、歴史的記述に価しない存在と化している事実に即応した扱い方であるということができるであろう。西園寺家に関する記述がやや詳しいのは、その一門から多くの后妃を輩出し、廷臣中の実力者であったためだと考えられる。

それに対して、鎌倉の将軍に関しては、初代の源頼朝以後、九代めの守邦親王に至るまで、一応の記述が見られる。また、執権の北条氏については、皇室に関係のある大事件に関与した場合に限って記述がなされ、時政・義時・泰時・時頼・時宗・貞時・高時などが登場してくる。その扱い方をみると、時頼に関しては、廻国修行をして、民政に意を用いた話をしており、その子の時宗については、「それが子なればにや、時宗朝臣も、いとめでたきものにて」というように讃辞を呈している。ところが、高時については、「心ばへなどもいかにぞや、うつゝなくて、朝夕好む事とては、犬くい・田楽などをぞ愛しける」というふうに述べている。ここには、ほむべきはほめ、貶すべきは貶するという公平な態度を見ることができる。両統分立以後の天皇に対しても、特に持明院統の肩をもつとか、あるいは大覚寺統に好意を寄せるというような点は見られない。その点で、この書は、正統の歴史書の公平客観の精神を継承した、みごとな歴史書であったというべきであろう。

増鏡が日本歴史上稀に見る波乱に満ちた時代を扱いながら、斜陽化した宮廷生活の叙述に多くの筆をついやした結果、平板にして退屈な印象を与えているという点については、多くの批判が加えられている。鎌倉時代の歴史を推進させた原動力は武士階級であるから、武士階級に中心をすえて、それと拮抗しながら斜陽化の一路をたどっていった公家の歴史を書けば、この時代の世相は、もっと全面的にとらえられたかも知れない。しかし、それは、増鏡の作者の意図したところではなかったように思われる。増鏡の作者が真に関心をもっていたのは、宮廷を中心にした公家の生活であったと思う。そこには優雅な王朝の伝統が生きていた。貴族たちは不倫と頽廃をはらんだ日常生活を送り、盛大な儀式や行事に生き甲斐と誇りを見出だしていた。そうした公家の生活と人間像を内側から描こうとしたのが、増鏡の作者の意図したところであったと思われる。栄花物語このかたの歴史物語の伝統が、増鏡の中で強く生かされたのもそのためである。増鏡が見事な歴史書であったというのも、その限りにおいていえることであるが、単に歴史書という観点だけで、この書を評価することは、当を得ていないであろう。この書の本領は、もっとほかの点にあったと考えられるからである。

二　増鏡の文芸性

増鏡の中で特に目につくのは、天皇や上皇を中心にする儀式や行事の叙述が精細を極めていることである。その圧巻は、天皇・上皇・東宮その他の貴顕の参集のもとに行なわれた北山准后九十の賀に関する記述であって、増鏡のほぼ中程に位置づけられている「老のなみ」の後半が、ほとんどその盛儀の叙述で埋められているのは、この書の性格の一面を端的にあらわしている。ところが、増鏡にとりあげられたすべての儀式や行事が、ひとしく詳述されているかというと、そうではないのであって、ある場合には詳しく、ある場合には簡単にしるされているというふうである。それらの叙述量は、必ずしも儀式や行事の盛大さに比例しているわけではなく、むしろ全体の配合を考慮することが優先しているようである。また、場合によっては、似たような行事や儀式を隣接させて叙述していることもあって、こういう部分は、やや退屈な感じを与えるのであるが、こまかに読み分けていくと、実は特殊の効果をねらって、こうした配合がなされていることに気づくのである。たとえば「内野の雪」の中ほどには、後嵯峨上皇の石清水・宇治・鳥羽殿・吹田への御幸が、あいついでしるされ、ひき続いて、宮廷における風流生活が次々に述べられている。それらの出来事に関しては、何年何月のことと、日時を必ずしも明示してない。場合によっては、時間的な順序を前後させた記述もみられる。したがって、増鏡の筆者の意図は、これらの行事の正確な日時を伝えようとする点にあったのではなかったことが明らかである。似たような行事を、次々と書きしるすことによって、後嵯峨院政下における優艶で風流な貴族生活を、絵巻物のように展開させることに、筆者の意図があったものと考えられるのである。

増鏡の中には、歴史的な出来事としては特筆に価しないような恋の物語や情事に、相当の紙幅をさいている場合を見うけるが、これも鎌倉時代の貴族生活のうちに、王朝のみやびの伝統が、色こく伝えられている実態を、書きしるそうとしたためであると思われる。「草枕」のほぼ三分の二を、愷子内親王を中心とする恋の物語にあてているのなどは、そのはなはだしい例である。そこには、後深草院の異母妹の愷子内親王が、兄の院の情欲のおもむくままに、道ならぬ契りを結んだことや、その後、西園寺実兼の愛を受けて、その来訪を心待ちにしていたある夕暮れに、実兼の行列を避けてこの女院の邸内に入りこんできた二条師忠を実兼と思いちがえて、憂き寝の夢を重ねたことなどをしるしてある。また、亀山院の妃であった掄子女王が、院の出家後、禅林寺の奥の淋しい住居で、かねて自分に奉仕してくれている若い中将に迫られて契りを結び、逢う瀬を重ねて、ついに一子をなすに至ったことをしるした「さしぐし」の一節なども、やはりすぐれた恋の物語といえよう。雷鳴の夜を舞台にして、それまでは頼もしい従者の地位にあった中将が、突如として熱烈な求愛者に変じていく、この物語の書き出しといい、後朝の歌を詠んで別れを惜しむ中将に対して、口惜しさと身の不運を嘆く女王の気持ちを描いた中程の部分といい、女王との間に一子をなしたこの中将が、その才学のゆえに異数の栄進をとげて、その晩年に「あつめこし窓の螢の光もて思しよりも身をてらすかな」の歌を詠んだ六条内大臣有房の若き日の物語であることを明らかにした、この物語の結びの部分といい、これだけで巧みに構成された短編小説の趣をもっている。こうした、宮廷生活史にとっても挿話に類するような話に、相当の力を注いで叙述をしていることによっても、本書の性格の一端を察知することができるであろう。結局、増鏡の作者は、源氏物語をはじめとする王朝の物語の面影を、鎌倉時代の貴族の生活に求め、王朝の伝統を確認しながら、歴史を書きつづっていったといえるのである。

このように見てくると、艶とあわれに満ちた文化的な生活が、鎌倉時代の宮廷に一貫して存在し続けたことを、立証しようとする気持ちが、増鏡の作者にあったことは否定できないように思う。増鏡の中で、後醍醐帝治下の出来事、特に正中・元弘の討幕に大きな比重がかけられていることは先にも述べたが、なぜ、後醍醐帝治下の出来事に大きな比重をかけて書いたかについても、この点から明らかにできるように思う。それは、この帝によって遂行された北条氏討滅の挙と、それにつづく建武の新政府樹立の事業とが、王朝文化を復興する壮挙を意味していたからである。したがって、宮廷を中心とする多くの儀式や行事を、うむことなく書き続けた精神は、疾風怒濤の勢いで六波羅目がけて進撃した足利尊氏の軍勢の活躍ぶりを描くのに、何らの矛盾を感じなかったのである。むしろ、優艶な王朝の伝統に深い愛着をもっていたからこそ、後醍醐帝による元弘の討幕事業が、光輝ある歴史的事件として、いきいきと叙述できたと思うのである。

その点で極めて印象的なのは、元弘元年三月、後醍醐帝が北山の西園寺邸に行幸になった時のことをしるした「むら時雨」の記述である。そこには源氏物語の一場面を髣髴させる、次のような記述も見られる。

暮れかゝる程、花の木の間に夕日花やかにうつろひて、山の鳥も声惜しまぬ程に、竜王のかゝやき出でたるは、えもいはずおもしろし。その程、上(後醍醐)も御引直衣にて、倚子に著かせ給て、御笛吹かせ給。つねよりことに雲井をひゞかすさま也。宰相中将顕家、陵王の入綾をいみじう尽くしてまかづるを、召し返して、前関白殿(道平)御衣とりてかづけ給。紅梅の表着・二色の衣なり。左の肩にかけていさゝか一曲舞いてまかでぬ。右の大臣大鼓打ち給。その後、源中納言具行採桑老を舞ふ。これも紅のうちたる、かづけたまふ。

ここでは、元弘二年六月、柏原で斬首された源中納言具行が採桑老を舞い、延元三年に、和泉の石津で戦死した鎮守府将軍北畠顕家が陵王を舞っている。後醍醐帝による討幕計画は、その頃、源具行等を中心にして、密々に進められていたであろうが、舞御覧を初めとする典雅な行事は、風流の限りをつくした北山の山荘を舞台にして展開されていた。それからわずか六か月後の九月二十四日、北条氏追討の計画は事前に六波羅方の察知するところとなり、帝は夜半、にわかに奈良を目ざして皇居を脱出される。皇居には、常陸守時知の率いる六波羅勢が乱入して、殿中をくまなくあさり歩く。こうして、元弘の乱の幕が切って落とされるのであるが、風流な儀式や行事の叙述が長々とくりひろげられてきた後だけに、事態の急変は読む者の目を驚かし、それ以後の合戦に関しても、極めて控え目な叙述がなされているにもかかわらず、それは強い印象を与えずにはおかないのである。

このように見てくると、増鏡が文学書として、まことに見事な構成のもとに書かれているという事は否定できないように思う。この時代に一般的であった序破急三段の構成法によれば、後鳥羽院の降誕から承久の変における敗退を経て、隠岐の島における悲哀に満ちたその晩年までの事を述べてある、おどろのした・新島守・藤衣の三巻は序の段、元弘元年八月二十四日、後醍醐帝が夜半に皇居を脱出されて以後、騒乱の日が続き、数々の激戦を経て、北条氏が滅亡し、帝が隠岐の島から還幸になるまでの事をしるした、むら時雨・久米のさら山・月草の花の三巻は急の段、その中ほどの十一巻を、破の段にあてることも可能であろう。世阿弥は花鏡で、能楽の序破急について、脇の申楽は序であり、二番目の申楽も、まだ序の名残の風体であり、三番目から破になることを述べた上で、「三番目より、能は、細かに手を入て、物まねのあらん風体なるべし。其日の肝要の能なるべし。かくて、四・五番までは破の分なれば、色々を尽くして事をなすべし。急と申は、揚句の義なり。その日の名残なれば、限りの風なり。破と申は、序を破りて、細やけて、色々を尽くす姿なり。急と申は、又その破を尽くす所の、名残の一体也。さる程に、急は、揉み寄せて、乱舞・はたらき、目を驚かす気色なり」と述べている。増鏡の作者の心のうちにも、こうした構成意識が暗々のうちに働いていたように思うのである。

三　先行作品との関係

本書の序にあたる部分に、筆者が嵯峨の清涼寺に参詣して百余歳の尼に会い、水鏡・大鏡・栄花物語・今鏡・弥世継《いやよつぎ》などの諸書の名をあげて、それ以後の歴史を語ってもらうに至ったいきさつをしるしている。それによれば、本書が、かなで書かれた物語風の歴史書の伝統に立って著作されたものであることは明らかであるが、これらの先行の歴史物語の影響を、本書はどのような形で受けているであろうか。まず、編年体でしるされているという点では、栄花物語と同じである。もっとも、編年体といっても、増鏡の場合は、数年間にわたるまとまった事件に関しては、年月順に記述するという原則を無視して、その事件だけで、まとまりをつけてしるすという手法を織りこんでいる。その点では、松本新八郎氏のいうように、編年体というよりは、記事本末体に近い叙述の仕方であり、今鏡の「すべらぎ」の歴史的叙述が、愚管抄の本編の形式を経て、より発展を遂げた形のものというような位置づけも可能だと思う。また、老いた尼の物語をしるしたという設定のもとに叙述がなされている点では、今鏡と同一であって、これは序の部分で「又かの世継が孫とかいひし、つくも髪の物語も、人のもてあつかひ草になれるは、御有様のやうなる人にこそありけめ。猶の給へ」と述べているところから見ても、増鏡の作者も、じゅうぶんに意識していたところであったと思われる。老女の物語であるから、今鏡と同じように、源氏物語や栄花物語にならって、巻々には風流な巻の名をつけ、優雅な文体で書き進めていったのであろう。

このように見てくると、増鏡は歴史物語のうちでも、栄花物語や今鏡の系列に近く、大鏡とは、ほど遠い作品であるといえそうである。歴史物語の中で、増鏡は大鏡についですぐれた作品であるということをいうが、同じく貴族社会の歴史といっても、増鏡は、大鏡とは全然異なった世界を描いているので、簡単に比較はできないのである。増鏡に描かれている世界は、先にも述べたように、優艶であわれに満ちた貴族の生活が中心であるが、こうした世界を形象するために、古典としての源氏物語が、どのように大きな役割をしているかについては、多くの先学が、すでに指摘してきているところである。源氏物語中の詞句を引用したり、興趣豊かな場面を暗示することによって、本書の叙述が、文芸性の高い、匂い豊かなものになっている例は、一々あげつくせないほどである。もっとも、源氏物語の面影を、実生活の中に投影させて、生活の芸術化をはかるというのは、増鏡の作者の独創ではなくて、鎌倉時代の宮廷生活において、すでに一般的傾向であったと考えられる。しかし、それらの生活を反映した鎌倉時代の文学作品や記録類を集大成した本書の源氏物語の扱い方が、先行の作品のいずれよりも、いちだんと洗練度を加えていることに注目すべきであろう。

増鏡の制作にあたって資料とされた作品について、石田吉貞氏は「弁内侍日記・中務典侍日記・とはずがたり・葉黄記・岡屋関白記・深心院関白記・実躬公記・伏見院御記・花園天皇宸記等の日記、宇治御幸記・文永五年舞御覧記・舞御覧記・北山准后九十賀記・叡岳要記等の記録、五代帝王物語・帝王編年記・保暦間記等の歴史、拾遺愚草・土御門院御百首・遠島御歌合・続古今集等の歌集歌書、公卿補任以下の補任類等から、明らかに材料がとられている」とされる。このほかに、松村博司氏は「源氏物語・伊勢物語等の作り物語、世継(栄花物語)・大鏡・今鏡・水鏡・平家物語等の歴史文学、和漢朗詠集・本朝文粋・史記・漢書・南史・白氏文集等の内外の漢詩文、法華経・観無量寿経・仏所行讃経等の仏典も加うべく、これらのうちにも含まれる単に文飾として使用されているだけのものをも数え挙げてゆけば、実際に典拠として使用されているものはどれ程になるか測り知れないものがある」とされている。

ここに列挙されている資料類の大部分は、和田・佐藤共著の「重修増鏡詳解」に、参考資料として引用されているものである。ところで、これらの諸書の中で、単なる文飾として使用されているものを除いては、どれだけの作品が増鏡の編集資料として用いられたかは、簡単には決められない問題であると思う。十七巻本増鏡に限っていえば、中務典侍日記に関しては、資料とされた形跡は、ほとんど見出だしがたく、弁内侍日記にしても、類似の記事を有することは事実であるが、資料とされたのは、現存の形態のものではないように考えられる。さらに、伏見院御記・花園天皇宸記等の漢文の記録類や、帝王編年記・保暦間記等の歴史書類が、編集資料として、実際に利用されているかどうかについての確証は、ほとんど見出しがたいように思う。しかし、五代帝王物語・とはずがたり・舞御覧記・大鏡・今鏡・平家物語・土御門院御百首・遠島御歌合・続古今集などのほか、古来風体抄などが資料とされていることは、ほぼ疑いのないところであろうと思う。

その利用の仕方について調べてみると、五代帝王物語や「とはずがたり」などに関しては、相当思いきった利用の仕方をしているから、現在湮滅してしまっている物語・日記類の中にも、これに類する利用の仕方をしている作品が、いくつかあったことが想像できる。そうした中心資料に補助資料をいくつか組み合わせることによって、各時代の宮廷史の大筋が形作られていったように考えられるのである。

四　作者について

増鏡の作者に関しては、古くは、一条冬良、冬良の父の兼良、兼良の父の経嗣等を想定する諸説が唱えられていた。しかし、増鏡には、永和二年の奥書本が存するところから、その成立は永和二年以前であることが明らかにされるに及んで、これらの諸説はすべて成立の可能性を失ってしまった。明治以後になって、大沢清臣・松本愛重・坂井衡平の諸氏によって、一条経嗣の実父である二条良基を増鏡の作者とする説が唱えられた。そのうちで、ややまとまった形で良基説を展開しているのは、坂井衡平の新撰国文学史(中巻)であって、その理由としては、全体の記述の様や序の寓意の事が彼の出身にふさわしい、彼の仮名書きの作に匿名仮構のものが多い、「おもひのままの日記」には殊に増鏡の記事との類似が見える、序の作者歌「をろかなる」の詠は、彼の六十三歳の折の詠「古の跡に及ばぬ身なれども老の数こそ変らざりけれ」と詞想が全く近いなどをあげて、良基を作者にあてている。

その後、和田英松による二条為明説、中村直勝氏による四条隆資説、荒木良雄氏による丹波忠守説等が提唱された。しかし、これらの諸説は、すべて根拠薄弱で、一般の支持を得ていない。それに対して、良基説は諸家の支持を得て、次第に論拠をかため、ほぼ定説化されようとしている。まず、岡一男氏は、日本古典全書「増鏡」の解説で、増鏡中に和歌に関すること、特に二条家の動向について詳述していることに関して、良基は連歌作家として著名であるが、歌道にも思いをいたして、その方面の著述があること、二条為世の弟子を挙用していることを指摘し、また、摂関の家に生まれて宮廷の事情に精通し、文献も豊富にあったであろうと考えられること、増鏡の源氏物語の引用の仕方が連歌的である点などについて述べ、良基説を支持しておられる。ついで、石田吉貞氏は、増鏡作者論において、従来の諸説を検討して、その不適切な点を論じた上で、良基が文学的教養において当代第一流であること、博覧強識で万巻の旧記典籍を所持していたこと、高明潤達な正論家であったこと等を述べ、さらに、良基作の擬古調の文について、増鏡との類似点を、語句・文体・風姿の三点にわたって例証し、増鏡の作者であることを強力に主張された。その後、手島靖生・松村博司の諸氏によって、これらの岡説・石田説等は是認され、良基説は、いっそう有力になってきている。

筆者も、良基説を提唱した坂井説・岡説・石田説に深い共感を覚えるものであるが、さらに次の理由で、良基説を強く支持したいと思うのである。良基は晩年に至るまで後醍醐帝に対する敬愛の気持ちを失わずにおり、建武中興期を公武一統の偉大な時期と感じていたこと、良基の父の道平も後醍醐帝の信任を受け、元弘の乱の関係者として関東から譴責されていることなどから、彼が北朝の中心人物でありながら元弘の乱に重点を置いて歴史を書く必然性をもっていたこと、さらに、彼は朝儀を復興することを一生の事業と考えていたこと、西園寺家は母方ゆかりの家であり、良基自身も西園寺家の当主たちと同じような生き方をしていたので、西園寺家のことを詳しく書く必然性を有していたこと、二条為定や佐々木道誉と極めて親しい関係にあって、増鏡の中で為定や道誉が好意的に書かれていることも、その点から解明できるということなどである。これらの点については「増鏡の作者」(国語と国文学、昭和三十七年十一月・十二月号)で詳細に論じたことがあるので、それを参照されたい。

五　成立年代について

本書は、後醍醐帝が隠岐の島から還幸になった元弘三年六、七月までのことをしるしており、しかも本書の序文には、某年二月十五日に、嵯峨の清涼寺で、筆者が老尼から昔物語を聞くという場面設定をしているので、それによれば、建武元年二月十五日以後の作ということになる。また、蓬左文庫本等に、永和二年卯月十五日の奥書を有するところから、それ以前の成立であることも疑問の余地がない。建武元年以後永和二年以前の、いかなる時期にこの書が成立したかに関して、坂井衡平は「久米のさら山」や「月草の花」の詳細な書きぶりから見て、元弘の乱より、よほど後に材料を整え趣向をこらしてつづったものと見なしている。そして、この書を良基の作と考えた上で、増鏡の筆致が、雲井の御法や永徳の詠の頃よりも清新で、四十歳前後の作と思われるところから、延文・貞治の頃の成立であろうと述べている。これは洞察に富んだ卓説であったが、確証をかいていたために、大方の支持を得るに至らなかった。

ところが、和田英松は、「増鏡の研究」において、「久米のさら山」に、光厳院の後宮について述べた部分に「三条前大納言公秀の女、三条とてさぶらはるゝ御腹にぞ、宮〳〵あまた出でものし給ぬる、終のまうけの君にてこそおはしますめれ」とある本文に注目し、光厳院の皇子興仁親王は建武元年四月二十二日に、弥仁親王は延元三年三月二日に降誕されているから、その点からいって、延元三年以後永和二年以前の三十八年間に成立したものであることは明らかであるとなした。さらに「月草の花」に「今の尊氏」とあるところから、尊氏の在世中に書かれたものとみて、延元三年以後、尊氏の没した正平十一年(実は正平十三年)までの、十七、八年間に書かれたものと推定している。しかし、「今の尊氏」とあるところから尊氏在世中の成立と見なす説は、石田吉貞氏により否定されている。増鏡はすべて現在時の形をもって書かれており、「今の」という言葉は、百年以前の人にも用いられており、その点で、尊氏在世中の成立という説は、否定しなければならないというのである。

岡一男氏は、前記の和田説のうち、延元三年以後永和二年以前とする見解を支持した上で、さらに「さしぐし」に、亀山院の妃である新陽明門院の行跡を語ったあとで、尼が、

「さのみかゝる御事どもをさへきこゆるこそ、物いひさがなき罪さり所なけれど、よしや昔もさる事ありけりと、このごろの人の御有様も、をのづから軽き事あらば、思ゆるさるゝためしにもなりてん物ぞと思へば、遠き人の御事は、今はなにの苦しからんぞとて、すこしづつ申なり」と、うち笑ふもはしたなし。「いづら。この頃は、誰かあしくおはする」と問へば、「いな〳〵それは空おそろし」とて、頭をふるもさすがをかし。

といっている部分に注目し、南北朝期の宮廷に、新陽明門院のような不行跡な皇妃がおられたはずだとなし、大日本史の「后妃列伝」にしるす後光厳院の妃二品の局をこれにあて、その点から、この書は後光厳院の応安末年に成立したものであろうとされた。石田吉貞氏は、この岡説を支持した上で、さらに一歩進めて、応安の末頃に「さしぐし」のあたりを書いていたと仮定して、完成したのは永和二年頃になると考えられるとなし、永和二年卯月十五日をもって、作者が本書を擱筆した時の日付であろうとされた。

筆者は、増鏡の作者を良基と想定した上で、良基が増鏡のような作品を書く必然性のあった時期を求めて、岡氏とは別の根拠に立って、応安初年から永和二年に至る時期をこれにあてたいと思う。その理由とするところは次のとおりである。良基が生涯を通じて、自己に課せられた任務と信じていたことは、朝廷の重臣となって朝儀を起こすということであった。それは、彼が二十四歳の折に、春日社頭において金剛般若波羅蜜経を手写した際の宿願の中にもうかがわれるし、彼の数々の著述や行跡の中にもうかがうことができるのである。そのために彼は、実力者である足利将軍に働きかけて、その協力を得ようとした。その事が可能になったのは、あいつぐ戦乱も次第におさまり、将軍の地位もやや安定するに至った二代将軍義詮の晩年になってからだと思う。義詮は、貞治六年三月二十三日、朝野の歌人六十六人に詠歌をつのって、新玉津島社歌合を挙行しているし、同年同月、朝廷において中殿和歌御会が挙行された際の推進者も、義詮であった。そして、この二つの和歌会を背後から推進させる働きをしたのが、義詮の和歌の師である冷泉為秀と、良基であったと考えられる。良基が朝儀や行事の記録あるいは有職故実関係の書をあらわし始めたのは、貞治の初年以後のことである。これは、その頃から朝儀や伝統的行事を盛んにしようとする機運が生じてきたことを示すものと考えられるが、貞治の末年になって、将軍義詮が、こうした行事の推進者として登場してきたことは、良基にとって喜ぶべきことであったにちがいない。そのことは、彼みずから、貞治六年中殿御会記に「征夷大将軍此道すきの心ざしも浅からずして、勅撰なども申行はれしうへ、建武宸宴に贈左府の芳躅なきにあらざるよし、再三勅命によりて俄に参ぜらる。誠に当時の壮観、後代の美談たるをや」としるし、また「中殿の宴は、中古以来はつかに六七度こそ侍に、此たび無為にとげ行れぬれば、万邦正しき道に帰し、四海難波津のふるき風をあふぐなるべし、人皆柿本の遺愛を慕ふのみに非ず、世こぞりて柳営の数寄を感ぜずといふことなし」というふうにしるしていることによっても明らかであろう。

ところが、貞治六年十二月、義詮は三十八歳で没し、それ以後、幼主義満のもとで、執事細川頼之が幕政を左右することになった。そのために、朝儀や行事を盛大に行なおうとしていた良基の意図は、一時的には、挫折せざるを得なくなったものと考えられる。良基が将軍義満と親しくなり、礼儀作法の指導を積極的に行なうようになったのは、義満が二十歳前後になった頃からである。そして、康暦二年の一月には、義満の経済的支援のもとに後光厳院の七回忌を盛大に挙行できたことに対して、彼は深い喜びの気持ちを述べ、また多大の讃辞を呈している。それ以後の儀式や行事で、義満の経済力と、良基の企画のもとに推進されたものが、いくつかあったことは、良基みずからしるすところによっても、大体の推察はつくのである。このように見てくると、良基が増鏡のような作品を書く可能性のあった時代は、朝儀や行事が再興される機運に向かった貞治以後のこと、さらに時期を限ると、朝儀や行事が再興されるかに見えながら、一時的にそれがはばまれている時代、すなわち、将軍義満がまだ幼く、執事細川頼之が幕政を左右していた時代が、いちばんふさわしいということになる。

したがって、応安の初年から永和二年に至る約六、七年間が、増鏡の成立年代を考える場合に、最も可能性が高いことになる。それに岡氏の所説を考慮にいれると、応安末年には、その大部分が成立していたということは、一応いえるのではないかと思う。

六 諸本について

増鏡の現存諸本は、古本系の諸本と増補本系の諸本との、二つに大別することができる。古本系の諸本は十七巻から成り、永和二年奥書本を応永九年に書写した旨の奥書を有する、いわゆる応永本をはじめ、各種の写本が伝存している。応永本の諸本のうちでは、尾張の徳川家に伝来した古写本が、増鏡最古の写本として知られているが、これは応永九年書写の原本ではなく、その伝写本である。岩波文庫・新訂増補国史大系・日本古典全書等に収めてある増鏡は、すべて、この尾張徳川家本を底本にしているが、その面影を必ずしも正確には伝えていない。応永本は、尾張徳川家本のほかに、京都大学付属図書館・陽明文庫・書陵部・竜門文庫・岩瀬文庫・大倉精神文化研究所等に伝えられており、それらの諸本は、いずれも、尾張徳川家本よりは誤脱の少ない善本である。この応永本と多少異なった本文を有するものに、桂宮本や谷森善臣旧蔵本その他があり、相当異なった本文を有するものに、永正十八年の奥書を有する永正本がある。

永正本としては、従来、書陵部蔵のひらがな本とかたかな本、および、尊経閣文庫蔵の近世初期写本が知られていたが、これらの諸本は、いずれも、本書の底本とした学習院大学付属図書館蔵の永正本の転写本である。

増補本系の諸本には、十九巻のものと二十巻のものとがあり、古本系の一部を増補したものである。増補本系で最も古い写本は、尊経閣文庫蔵の後崇光院宸筆本であって、室町時代初期の書写である。近世以降に出版された版本類も、この系統の本であって、尾張徳川家本が活字になるまでは、広く一般に流布していた。次に、これらの諸本の性格その他について略述する。

古本系諸本

第一類　応永本

1　尾張徳川家本　蓬左文庫蔵。上中下三冊。室町時代古写本。下巻巻末に、次のような奥書を有する。

永和二年卯月十五日

この本、女房のうつしかきにて侍を、そのまゝうつし侍ほとに、如法ふしんなることゝも侍り。

いとゝ僻書もおほく侍らん。よき本をたつねて、しつかになをし侍へし。

応永九年六月三日うつしをはりぬ。

応永本系の諸本に共通の誤脱のほかに、尾張徳川家本独自の脱文を相当に有している。本書の校合に使用。

2　岩瀬文庫本　上中下三冊。江戸時代末期写本。下巻巻末に尾張家本と同じ奥書があり、さらにその後に、「此抄妙華寺関白（中略）寛政六年十一月廿八日　正二位　藤原紀光」の奥書を有する。応永本系統の諸本中では、尾張徳川家本に最も近く、しかも、尾張徳川家本特有の誤脱は、この本には見られない。本書の校合に使用。

3　竜門文庫本　上中下三冊。江戸時代初期写本。下巻巻末に、尾張徳川家本と同じ奥書を有す。岩瀬文庫本と極めて近い関係にある写本。

4　大倉精神文化研究所蔵本　上中下三冊。江戸時代初期写本。各冊の終わりに、李部大卿忠次としるした青色の方印と、文庫としるした青色の円印を押してある。下冊の終わりに「本云」として、尾張徳川家本と同じ奥書を掲ぐ。尾張徳川家本と同系統の本と思われるが、誤脱は少ない。本書の校合に使用。

5　平松家旧蔵本　京都大学付属図書館蔵。上下二冊。江戸時代初期写本。外題「真十鏡」。下冊の終わりに「本云」として、尾張徳川家本と同じ奥書を掲ぐ。本書の校合に使用。

6　近衛家旧蔵本　京都大学付属図書館蔵。上中下三冊。江戸時代初期写本。外題「ます鏡」。下冊の終わりに「本云」として、尾張徳川家本と同じ奥書を掲ぐ。平松家旧蔵本と同じ本文を有し、校合イ本の本文も、ほぼ同様であるが、細部に誤脱がある。兄弟関係にある写本と考えられる。本書の校合に使用。

7　陽明文庫本　上中下三冊。江戸時代初期写本。下冊の終わりに「本云」として、尾張徳川家本と同じ奥書を掲ぐ。平松家旧蔵本と本文および校合イ本、ほぼ同じ。

8　書陵部蔵御物本　上中下三冊。江戸時代中期写本。下冊の終わりに、尾張徳川家本と同じ奥書を有す。近衛家旧蔵本や平松家旧蔵本に近い本文を有するが、細部に誤脱が多い。佐成謙太郎「増鏡通釈」の底本として、翻刻してある。

第二類　桂宮本・谷森善臣旧蔵本

9　桂宮本　書陵部蔵。七冊。江戸時代初期写本。外題「真寸鏡」。一冊から四冊までの本文(「序」から「老の波」までを収む)は、応永本の本文に近く、五冊から七冊までの本文(「さし櫛」から「月草の花」までを収む)は、永正本の本文に近い。本書の校合に使用。

10　谷森善臣旧蔵本　書陵部蔵。七冊。江戸時代初期以前の古写本。桂宮本に近い本文を有す。「北野の雪」の後半および「あすか川」の全巻と、「さし櫛」の中ほどを欠くほか、数か所に脱文があり、また、錯簡を有する。本書の校合に使用。

11　谷森善臣旧蔵一本　書陵部蔵。七冊。江戸時代初期写本。桂宮本や谷森善臣旧蔵本に近い本文を有す。谷森善臣旧蔵本より後の写本であるが、同本に見られるような誤脱は、本写本には存在しない。本書の校合に使用。

12　国立博物館本　上中下三冊。江戸時代中期の写本。今出河蔵書としるした朱の角印が押してある。谷森善臣旧蔵本や桂宮本に近い本文を有する。

13　大阪府立図書館本　七冊。江戸時代中期の写本。紀伊国柿園蔵の朱印が押してある。谷森善臣旧蔵本や桂宮本に近い本文を有する。

第三類　永正本

14　学習院大学付属図書館本　上中下三冊。室町時代中期の古写本。本書の底本に使用。本写本の性格その他に関しては、別に詳しく紹介する。

15　永正片仮名本　書陵部蔵。上中下三冊。江戸時代初期以前の古写本。漢字片仮名交り文。下冊の終わりに学習院大学付属図書館本と同じく「此三冊云々」の奥書を有す。学習院大学本の転写本と考えられる。

16　永正平仮名本　書陵部蔵。上中下三冊。江戸時代初期写本。下冊の終わりに「此三冊云々」の奥書を有す。前記、学習院大学付属図書館本を相当忠実に転写した本である。応永本系統の本で校合してある。佐成謙太郎「増鏡通釈」の校合本として使用している。

17　尊経閣文庫本　上中下三冊。江戸時代初期写本。下冊の終わりに「本云此三冊云々」の奥書を有す。前記、学習院大学付属図書館本を転写した本であるが、誤脱が比較的多い。新訂増補国史大系所収の「増鏡」の校合に使用している。

以上に列挙した諸本のほか、古本系に属するものに、書陵部蔵横本一冊(室町時代の写本。巻十一から巻十六まで。ただし、首尾を欠く)・野坂家本一冊(下冊、室町時代の写本)等がある。

増補本系諸本

1　後崇光院自筆本　二十冊。尊経閣文庫蔵。室町時代初期の古写本。二十冊の内容は次のとおりである。

第一冊		ますかゝみ序	第四冊	第三	藤衣
第二冊	第一	おとろのした	第五冊	第四	三神山
第三冊	第二	新島もり	第六冊	第五上	内野の雪

第七冊　第五下　煙のすゑ〳〵
第八冊　第六　おりゐる雲
第九冊　第七上　北野の雪
第十冊　第七下
第十一冊　第八　あすか川
第十二冊　第九　草　枕
第十三冊　第十　老の波
第十四冊　第十一　さしくし
第十五冊　第十二　うら千とり
第十六冊　第十三　秋のみ山
第十七冊　第十四　春の別
第十八冊　第十五　むら時雨
第十九冊　第十六　くめのさら山
第二十冊　第十七　月草の花

第十四冊から第二十冊までは、その前の冊とは、墨色・文字の大きさ等を異にしているが、同筆と考えられる。イ本による校合、脱文の補入等も、すべて同筆でなされている。第二十冊の終わりに、

此十寸（マヽ）鏡二十帖、後崇光院仙毫也。一日備新院叡覧之処、尤無疑、第十一刺櫛以後、雖字形如異、共以真蹟之旨所被仰下也、可謂無瑕之全璧者乎。

于時延宝第五初秋下浣　　正二位源通茂

とある。この後崇光院自筆本は、第一冊から第十三冊までは、応永本に近い本によっており、第十四冊から第二十冊までは、永正本に近い本によっている。増補を加えた部分は、「内野の雪」に新しい事項を書き加えたほか、「煙のすゑ〳〵」の一巻を付加し、さらに、「北野の雪」の前半を一巻とし、後半の残りの部分を書き改めて、別の一巻としている。その他の部分は、古本系の本文と、ほとんど同一である。本書の校合に使用。

2　浅野長祚旧蔵本　五冊。静嘉堂文庫蔵。室町時代の古写本。一枚おもてに、はり紙をして、「増鏡五冊姉小路基綱卿真蹟」としるす。浅野源氏五万巻楼図書之記その他の蔵書印を押してある。本来、六冊本であるはずのところ、第四冊（草

まくら、老の波)を欠いている。巻の順序で後崇光院自筆本と相異している点は、「内野の雪」「おりゐる雲」「煙のするゞ」「無題の巻」「北野の雪」「あすか川」の順序になっている点である。また、第十一「さしぐし」の巻名は「ふしみ」となっている。ただし、これは、もと空白であった部分にあとで書きいれたものかも知れない。

3　色川三中旧蔵本　三冊。静嘉堂文庫蔵。江戸時代初期以前の写本。巻の順序は、浅野長祚旧蔵本に同じ。ただし、「さしぐし」は巻名を欠く。

4　脇坂八雲軒旧蔵本　六冊。東京大学付属図書館蔵。江戸時代初期以前の古写本。巻の順序は、浅野長祚旧蔵本に同じ。「さしぐし」は巻名を欠く。

5　菊亭家旧蔵本　三冊。京都大学付属図書館蔵。江戸時代中期の写本。本来、六冊本であったのが、第二冊(内野の雪、おりゐる雲、煙のするゞ)、第四冊(草まくら、老の波)、第五冊(さしぐし、浦千鳥、秋のみ山、春の別れ)の三冊を欠いたものと考えられる。

6　谷森善臣旧蔵五冊本　書陵部蔵。江戸時代中期の写本。欠巻なし。巻の順序は、浅野長祚旧蔵本に同じ。「さしぐし」は巻名を欠く。

7　谷森善臣旧蔵二冊本　書陵部蔵。江戸時代初期の写本。上中下三冊のうちの上冊(序から第七煙のするゞまでを収む)を欠く。巻の順序は、浅野長祚旧蔵本に同じ。「さしぐし」は巻名を欠く。

8　九州大学付属図書館本　三冊。天保八年の写本。巻の順序は、浅野長祚旧蔵本に同じ。「さしぐし」は巻名を欠く。

9　内閣文庫本　六冊。江戸時代末期の写本。昌平坂学問所の蔵書印等を押してある。温古堂本をもって校合してある。

10　松井簡治旧蔵本　六冊。江戸時代初期の写本。一枚おもてのはり紙に「烏丸大納言光広卿正筆」としるす。後崇光院自筆本と巻の順序、巻名等で異なる点は、第六おりゐる雲、第七けぶりのするゞ、第八山のもみぢ葉、第九北野の雪となっており、また、第十二老のなみ、第十三けふの日かげ、第十四つげのをぐし、第十五浦千鳥となっている点である。全部で二十巻から成るが、第四三神山を欠く。

11　島物語本　一冊。内閣文庫蔵。明治初年の写本。増鏡の中から、「新島守」と「藤衣」の二巻を抜粋したもの。

12　古活字本　六冊。川瀬一馬「古活字版之研究」によれば、大鏡・水鏡と全く同類の刊本で、慶長・元和中に、共時に刊行せられたものと認められるという。本文の上でいうと、浅野長祚旧蔵本系の写本を底本にしたものと考えられる。

13　古印本　十冊。巻の順序は、古活字本と同じであるが、巻序の番号は、「第一をとろのした」から順々にふって、「第十六春の別」に至り、さらに「第十五むら時雨」から「第十七月草の花」に至る。すなわち、第十五、第十六を重複させているため、十九巻本であるにもかかわらず、第十七で終わっている。

七　底本について

本書の底本には、学習院大学付属図書館蔵の永正本を使用した。本写本は、縦二七・五センチ、横二二センチの袋綴本。上中下三冊。各冊とも、表紙は、青味をおびた紺紙で、その中央に、題簽をはってあり、それぞれに「ますかゝみ上」「ますかゝみ中」「ますかゝみ下」としるす。上冊と中冊の一枚おもてには、巻名をしるした目次があるが、本文とは別筆と認められる。一面十二行、一行二十字から二十五字詰めである。固有名詞には多く読みがなをふり、注記を要する事項、たとえば、「春の比」には「二月廿一日也」、「第一のみこ」には、「土御門院」というふうに傍記を付してあるが、上冊に詳しく、下冊は簡単である。また、所々に、イ本で校異を注記している。そのほかに、事項ごとに、たとえば、「後鳥羽院御在位事」というふうに朱筆で、小見出しを書き加えてあるが、これは上・中冊に見られるだけで、下冊においては、単に╲印を朱筆でつけてあるにすぎない。下冊の終わりに「此三冊〈上・中・下〉、釈宗観〈俗名藤原忠胤今年八十四歳〉所持本也。〈宗観自書之〉式部卿邦高親王有一覧、外題令書給返給云々、可謂面目、伝子孫莫処聊爾者乎、余逐覧之次、相違所々加筆、為後証記之、永正十八暦仲旬春夾鐘天　桑門乗光」とある。釈宗観には「三富豊前守入道」、式部卿には「伏見殿」と傍記があり、桑門乗光には「一位大納言入道春秋八旬」と傍記した上で、「一位大納言入道」には、さらに「中御門」と脇に注記をしてある。また、上冊の本文墨付、二十四枚目にはり紙がしてあって、それには、中院通勝自筆で、次のようにしるしてある。

いまをりゐさせ給へるを新院と」きこゆれは御あにの院をは中院」と申ちゝみかとをは本院とそ」きこえさする此ほとは家実《普賢寺殿御子》の」おとゝ関白にておはしつれと」　此詞の次第相違か如此にて可然か

外題
伏見殿式部卿邦高親王御筆
奥書
中御門一品宣胤卿筆
　天正十五六二　一覧次記之　通勝

これは、本文中に「いまをりさせ給へるを新院ときこゆれは、御あにの院をは中の院と申、普賢寺殿御子、ちゝ御門をは本院ときこえさする、このほとは家実のおとゝ関白にておはしつれと」とある部分の「普賢寺殿御子」とある注記が、本文中にあるべきものではなく、「家実のおとゝ」に関する注記であるべきことを明らかにしたものである。その上で、さらに本写本の外題が、邦高親王筆であり、奥書が、中御門宣胤自筆であることをしるしてある。天正十五年には、通勝は三十歳であった。本写本の外題の筆跡を、邦高親王の筆跡と比べてみると、親王の自筆らしく思われる。奥書の筆跡も、ほぼ宣胤自筆と考えてよいように思う。したがって、この写本は、釈宗観自筆の本であると考えて、さしつかえないであろう。このようにみてくると、この学習院大学付属図書館本こそは、いわゆる永正本の原本にあたるものであることがわかる。その奥書に、式部卿邦高親王が、かつてこの本を一覧した後に外題を書いて返却されたということ、その後、宣胤がこれを借り受け、逐一、読みくらべて、異同を注記した上で、後証のために、奥書を加えた、時に、永正十八年二月であったということなどをしるしてあるが、それらのことはすべて信じてよいように思うのである。

ところが、宣胤卿記、永正十四年七月廿六日の条の記述によれば、宣胤は宗観から増鏡を借用し、「春の別れ」に、祖先のことが見えているのを家の名誉として、その部分を書写している。宣胤が増鏡に接したのは、恐らくこの時が最初であって、その際、宗観から借用した写本というのが、本書の底本にした永正本であったと考えて、さしつかえないであろう。宣胤卿記の同年八月十三日の条には「マス鏡下巻一見」、同年九月六日の条には「ますかゝみ三冊上中下 返遣宗観」と見えているから、その間に宣胤は増鏡全巻を通読した上で、宗観に返却したものと考えられる。したがって、永正本にしるしてある永正十八年二月の奥書は、宣胤が再び宗観から増鏡を借用し、それを丹念に閲読した際に付したものということになる。

参考文献

増鏡攷（未刊国文古注釈大系14）	岡本保孝	昭和九年	増鏡作者異説	荒木良雄	昭和十年二月
新撰国文学通史　中	坂井衡平	大正十五年	太平記・増鏡研究史	亀田純一郎	国語と国文学 昭和十年四月
増　鏡（校注日本文学大系・解題）	尾上八郎	大正十五年	吉野時代の研究（増鏡の成立）	平田俊春	昭和十八年
歴史物語	芳賀矢一	昭和三年	増　鏡（日本古典全書・解説）	岡　一男	昭和二十三年
増　鏡（岩波講座日本文学）	中村直勝	昭和七年	増鏡作者論	石田吉貞	国語と国文学 昭和二十八年九月
増鏡の研究（改造社日本文学講座）修訂して、国史説苑（昭和十四年）に収む。	和田英松	昭和九年	増鏡と問はず語り	玉井幸助	学苑 昭和二十九年八月

日本文学史（中世・増鏡の項）　久松潜一編　手島靖生執筆　昭和三十年
増鏡の史実性について　中村直勝　国文学 昭和三十二年十二月
歴史物語と史論（岩波講座日本文学史第六巻）　松本新八郎　昭和三十四年
岩瀬文庫蔵応永九年奥書本「ますかゝみ」について　鈴木知太郎　中世文学第五号 昭和三十五年
歴史物語　松村博司　昭和三十六年
増鏡の作者　木藤才蔵　国語と国文学 昭和三十七年十一・十二月
二条良基の研究　木藤才蔵　日本学士院紀要 第二十一巻第一号 昭和三十八年三月

＊

重修増鏡詳解　和田英松 佐藤球　大正十四年
増鏡通釈　佐成謙太郎　昭和十三年
増　鏡（日本古典全書・頭注）　岡一男　昭和二十三年
増鏡評解（抄出）　石田吉貞　昭和二十八年
大鏡・増鏡（現代語訳）　岡一男　昭和三十七年

なお、昭和三十二年七月までの研究文献については、国文学、昭和三十二年十二月号「大鏡・増鏡の総合探求」を参照のこと。

凡　例

一　本書の底本には、学習院大学付属図書館所蔵の室町時代古写本を用いた。

二　本書の校合に用いた諸本および、その略符号は、次のとおりである。
蓬左文庫蔵尾張徳川家本(尾)　京都大学付属図書館蔵近衛家旧蔵本(近)　同平松家旧蔵本(平)　大倉精神文化研究所蔵本(大)　岩瀬文庫本(岩)　書陵部蔵谷森善臣旧蔵本(谷)　同谷森善臣旧蔵一本(谷一)　同桂宮本(桂)　尊経閣文庫蔵後崇光院宸筆本(院)
後崇光院宸筆本は、十七巻本と、はなはだしく本文を異にしている部分があるので、その部分に限って校合に用いなかった。
右の諸本の他、書陵部蔵永正片仮名本(永一)　同永正平仮名本(永二)　尊経閣文庫蔵永正本(前)　を参考にした。
以上に列記した諸本の性格については、諸本解説の項を参照のこと。

三　底本の翻刻にあたっては、次のような方針をとった。

1　底本は上・中・下の三冊に分かれ、各冊の表紙に、それぞれ「ますかゝみ上」「ますかゝみ中」「ますかゝみ下」の外題を有するが、これらの外題は、各冊の最初の巻の巻名の前に置いた。また、上・中冊の初めに、所収の巻名をまとめて標記してあるが、翻刻にあたっては、これをけずった。

2　本文は読みやすくするために、適宜、段落にわけ、句読点および濁点を付した。また、会話の部分や、それに準ずる部分、他の書籍からの引用であることの明らかな部分には、「　」「　」を付した。

3　底本の異体・略体の文字等は、正字体に改めて統一をはかった。また、「天王」「兵杖」「富少路」「比巴」「太良」などとしるしてある部分は、「天皇」「兵仗」「富小路」「琵琶」「太郎」に改め、それらに関しては、一々注記をしなかった。

4　底本のかなは、通読の便を考えて、適宜漢字に改めた。その場合には、原文を振りがなとして、そのまま残した。

〔例〕　つるのはやし→鶴《つる》の林《はやし》　たかのふの朝臣→隆信《たかのぶ》の朝臣

5　底本の難読の漢字および送りがなが不足して読みにくい部分には、右傍に読みを示し、その上下に（　）を付した。

〔例〕　常在霊鷲山《（じやうざいりやうじゆせん）》　すこしの給《（たまは）》せよ

6　漢文体でしるしてある部分には、返り点と送りがな、場合によっては、その漢字の読みを付した。

7　底本の漢字に付してある振りがな、本文の行間にある注記等は、すべてこれをはぶいた。

8　底本には、巻十あたりまで、年月に干支を注記してある部分があるが、翻刻にあたっては、すべてこれをはぶいた。

〔例〕　元暦元年甲辰七月廿八日→元暦元年七月廿八日

9　底本の本文中の官職に注記してある人名は、すべてこれを残した。その場合に、注記であることが明らかなものでも、底本および校合諸本のすべてに大書してあるものは、本文と同じ活字で組んだ。底本に大書してあっても、校合諸本中に小書してあるものは、＊印を付して、小さな活字で組んだ。したがって、本文中「按察《あぜち》の典侍＊隆衡《たかひら》の女」とあるものは、底本では、「あせちの典侍たかひらの女」というようにしるされているものである。

10　底本の本文中、「あすか川」と「老の波」に一か所ずつ、官職の下に人名のほかに年齢を注記してある部分があるが、後人の注記であることが明らかであるし、本文の解読には不要なので、これをはぶいた。

11　かなづかいはすべて底本のままとし、意味のとりにくいものに限り、本文の脇に（　）をつけて、歴史かなづかいを注記した。

〔例〕　きこへ《え》給し　かどめひ《い》て

12 漢字に用いてある反復記号のうち、「〻」「ㄷ」は、「々」に改めた。

13 反復個所が文節で切れる場合、同一語の中で上が濁り下がすむ場合、語幹が漢字である活用語の語尾などには、反復部に適宜文字をあて、底本の反復記号は振りがなとして残した。

四 本文の改訂・補入および校異、行間の注記等に関しては、次のような方針をとった。

1 底本の本文に脱文があると認められる場合には、諸本で補訂し、その部分は〔 〕でかこみ、何本によって補ったかを頭注で明らかにした。その場合、「諸本で補う」とある場合には、校合に用いた九本にすべて、その本文があり、それによって補ったことを意味する。ただし、谷森本には、数個所にわたって大きな脱文があるので、その部分は谷森本を除く八本にその本文があれば、やはり「諸本で補う」となした。また、「院本以外の諸本で補う」とある場合には、院本以外の八本にその本文があり、それによって補ったことを意味する。以下にしるす改訂・校異の場合の注記も右に同じ。

2 底本の本文中、誤写であることが明らかな部分は、校合本で本文を訂正し、その旨を頭注でことわった。

3 底本の本文と校合諸本の本文のくい違うもので、解釈に関係のあるものは、できるだけ、頭注に、その異同を注記するようにした。ただし、頭注の紙面に余裕のない場合は、重要と認められるものだけを注記した。校合諸本の本文中の誤写や脱文等に関しては、紙面の余裕のあるなしにかかわらず、諸本に共通する重要なものだけを注記するにとどめた。

4 「御門」「法皇」「九条殿」「其年」などの語句に関しては、それが何をさすかを明らかにするため、（ ）を付して、行間に注記を加えた。それらは、底本には存しないものである。

〔例〕　御門（後鳥羽）　法皇（後白河）　九条殿（道家）　其年（弘長三年）

五　頭注・補注などに関しては、次のような方針をとった。

1　各巻の最初には、その巻の概要をしるした。これは、その巻にしるしてある主要な記事を小見出しのような形にまとめたものである。

2　頭注には、本文の通読に役だてるための注解を中心にして、余裕があれば、本文の解釈に関係のある諸本との異同・参考資料等を掲げた。

3　官職名・人名、服飾に関する用語、舞楽の曲名等に関しては、簡単な注記にとどめ、普通の辞書類にしるされていないもの、従来の注釈書に誤った注記をしているものに限って、やや詳しく注記をした。

4　補注には、出典を明らかにする必要のあるもの、考証を必要とするもの、本文の理解に必要な参考資料を中心にして掲げた。なお、増鏡の執筆にあたって資料とされたと推定される物語・記録・歌集の詞書等は、できるだけ引用して参考に供することにした。引用資料の本文は、特別にことわっていない場合には、群書類従・国歌大観・日本歌学大系・史籍集覧・史料大成・桂宮本叢書・大日本史料等、一般に流布している活字本によった。未刊の記録類は、主として書陵部・内閣文庫の蔵本によった。

5　本書の補注に引用した先行注釈書の略符号は次のとおりである。

詳解―和田英松・佐藤球共著「重修増鏡詳解」　通釈―佐成謙太郎著「増鏡通釈」　評解―石田吉貞著「増鏡評解」

付記　本書の本文・頭注・補注の作成にあたっては、学習院大学付属図書館・京都大学付属図書館・宮内庁書陵部・尊経閣文庫・内閣文庫・岩瀬文庫・蓬左文庫・大倉精神文化研究所、その他の公私の図書館、および松尾聡・藤井信男・伊地知鉄男・小山弘志・後藤重郎の諸氏から多大の便宜を与えていただいた。前記の各位に厚く感謝の意を表する。

増鏡

目次

ますかゞみ　上

(序[一])

二月《(きさらぎ)》[二]の中の五日は、鶴《つる》[三]の林《はやし》にたき木[四]盡《つ》きにし日なれば、かの如來[五]二傳《(にでん)》の御かたみのむつましさに、嵯峨の清涼寺《(しやうりやうじ)》[六]に詣《まう》で[七]て、常在靈鷲山《(じやうざいりやうじゆせん)》[八]など心のうちに唱《とな》へて、拜《おが》みたてまつる。かたはらに、八十《(や)そぢ》[九]にもや餘《あま》りぬらんと見《み》ゆる尼《あま》ひとり、鳩《はと》[一〇]の杖《つゑ》にかゝりて參《まゐ》れり。とばかりありて、「[一一]たけく思《おも》ひたちつれど、いと腰痛《こしいた》くて堪《た》へがたし。こよひは、この局《つぼね》[一二]にうち休《やす》みなん。坊[一三]へ行《ゆ》きてみあかしの事などいへ」とて、具《ぐ》[一四]したる若《わか》き女房の、つき〴〵しきほどなるをば、返《かへ》しぬめり。

「釋迦牟尼佛《(しやかむにぶつ)》[一五]」とたび〳〵申て、夕《ゆふ》日の花《はな》やかにさし入たるをうち見やりて、「あはれにも山の端近《はちか》く傾《かたぶ》きぬめる日かげかな。我身の上《うへ》の心ちこそすれ」とて、[一六]よりゐたる氣色、なにとなくなまめかしく[一七]、心あらんかしと見ゆれば、近《ちか》くよりて、「いづくより詣《まう》で給へるぞ。ありつる[一八]人の歸《かへ》[一九]り來《こ》んほど、御伽《とぎ》[二〇]せんはいかゞ」などいへば、「このわたり近《ちか》く侍れど、年[二一]のつもりにや、いと遙《はる》けき心ちし侍る、あはれ

一 底本は、ここに「第一　おとろの下」とあるが、後で書き入れたものであろう。諸本にはない。以下本書の序にあたる部分で、二月十五日、釈迦の入滅の日に、筆者が嵯峨の清涼寺に参詣し、百余歳の尼に会って、弥世継《(いやよつぎ)》以後の歴史を語ってもらうことになった次第をしるす。
二 二月十五日。三 釈迦がなくなった時に入った婆羅樹《(さらじゆ)》の林をいう。↓補注一。
四 釈迦がなくなった日なので。法華経序品に「仏《ノ》此夜滅度《シタマフコト》、如《シ》二薪尽《キテ》火《ノ》滅《スルガ》一」とあるによる。五 インドから中国へ、中国から日本へと、伝わって来た釈迦のかたみの御像の、したわしさに。↓補注二。
六 京都市右京区にあり、一般に、釈迦堂と呼んでいるお寺。前記の如来像を本尊とす。
七 底本「つゝ」。諸本で訂正。
八 法華経寿量品の偈《(げ)》。霊鷲山は、中インド、マガダ国の都王舎城の東北にあり、釈迦が説法をした山として著名。↓補注三。
九 にもや—にや(院本)。一〇 頭に鳩の形をきざんだ老人用のつえ。↓補注四。
一一 ぜひ参詣しようと、気強く思い立って、やって来たが。一二 部屋をいう。
一三 坊さんの居る所へ行って、仏前の御灯明の用意など、言っておいで。
一四 お供に連れて来た若い女房の、ちょうど似つかわしい程あいなのを。女房—女(尾本以外の諸本)。
一五 釈迦の尊称。牟尼に梵語で智者の意。
一六 物によりかかっている様子。
一七 優雅で、物の心得があるらしく見えるので。
一八 先ほどの人。若い女房をさす。一九「へ」底本傍書。二〇 私がお話し相手をしようと思いますが。二一 年をとったせいか、このお寺までの道のりが、まことに遠いような気持ちがするのは、情けないことです。

になん」といふ。「さても、いくつにか成給《(なりたまふ)》らん」と問《と》へば、「[一]いさ。よくも我ながら思《おも》ひ給へわかれぬ程になん。百《もゝ》とせにもこよなく餘《あま》り侍《(はべり)》ぬらん。來《こ》[二]し方《かた》ゆくさき、ためしもありがたかりし世の騒《さは》ぎにも、この御寺ばかりは、[三]つゝがなくおはします。なを《(ほ)》、[四]やむごとなき如來の御光なりかし」などいふも、古代《こだい》[五]にみやびかに、年《とし》のほどなど聞《(きく)》も、めづらしき心ちして、かゝる人こそ昔物語《むかしがたり》もすなれと、[六]思《おも》ひ出《い》でられて、[七]まめやかに語《かた》らひつゝ、「昔《むかし》の事の聞《き》かまほしきまゝに、年のつもりたらん人もがなと思《おも》ひ給ふるに、[八]嬉《うれ》しきわざかな。すこしの給《(たまは)》せよ。[九]をのづから古《ふる》き歌など書《か》き置たる物の片《かた》はし見るだに、その世にあへる心ちするぞかし」[一〇]といへば、うち[一一]すげみたる口《くち》うちほゝゑみて、「[一二]いかでか聞《(きこ)》えん。若《わか》かりし世に見聞《き》ゝ侍《(はべり)》し事は、[一三]こゝらの年比《(としごろ)》に、むばたまの夢ばかりだになくおぼほれて、何《なに》のわきまへか侍らん」とはいひながら、[一四]けしうはあらず、あへなんと思《おも》ふ氣色なれば、[一五]いよ〳〵いひはやして、「かの雲林院《(うんりんゐん)》[一六]の菩提講《ぼだいかう》に參《まい》りあへりし翁《おきな》[一七]の言《こと》の葉をこそ、假名《かんな》[一八]の日本紀にはすなれ。又かの世繼《よつぎ》[一九]が孫《むまご》とかいひし、つくも髪《がみ》の物語《がたり》も、[二〇]人のもてあつかひ草になれるは、[二一]御有様《さま》のやうなる人にこそありけめ。猶の給へ」などすかせば、さは心得《う》べかめれど、いよ〳〵口《くち》すげみがちにて、「そのかみは、げに人の齢《よはひ》も高《たか》く機《き》[二二]も強《つよ》かりければ、それにしたがひて、魂《たましゐ》[二三]もあきらかにてや、しか聞えつくしけむ。あさましき身は、いたづらなる年《とし》のみ積《つ》[二四]もりたるばかりにて、昨日今日《きのふけふ》といふばかりの

一 さあ、いくつになったか、自分でも、よくわからないほどの年です。
二 主として元弘の乱をさしていう。
三 諸本「は」なし。
四 尊い如来のご威光のたまものであろうか。
五 古風で優雅で。みやひかに―みやひかなり（尾本以外の諸本）―みやひやかなり（尾本）。
六 大鏡・今鏡などの昔物語の語り手の事が思い出されて。
七 熱心に話し続けて行って。
八 底本「給つるに」の「つ」を「ふ」と訂正。諸本「給ふるに」。「給ふ」は、相手に対する謙譲の意を表わす補助動詞。ハ行下二段。
九 たまたま。
一〇 するそかし―すかし（諸本）。
一一 歯が抜けて、すぼんだ口で、ほほえんで。
一二 どうして、私に昔物語などが、申しあげられようか。
一三 長い年月を経たために、夢ほども記憶に残らず、ぼんやりとしてしまって。
一四 まんざらいやでもなさそうで、承知しようと思っている様子なので。おもふ―おもへる（諸本）。
一五 おだてあげて。
一六 雲林院は、京都市北区紫野にあった天台宗の寺。菩提講は、最上の正しい悟りを得るために、法華経を講説する法会。
一七 大鏡をさす。→補注五。
一八 仮名で書いた歴史書として、もてはやしているのだ。日本紀は、底本「日本記」。すなれ―すめれ（諸本）。
一九 あの大宅世継の孫とかいった、白髪のおばあさんの物語。今鏡をさす。→補注六。
二〇 世人の愛読書になっているのは。
二一 それを語ったのは、あなたのようなお方であったと思われる。

事だに、目《め》も耳《みゝ》もおぼろになりにて侍れば、まして[二五]いとあやしきひが事《こと》どもにこそ侍らめ。そも[二六]さやうに御覧《らん》じ集《あつ》めけるふる事どもは、いかにぞ」と[二七]問《と》ふ。

「いさ。たゞ[二八]おろ〳〵見及《みをよ》びし物どもは、水鏡《かゞみ》といふにや、神武天皇の御代より、いとあらゝかにしるせり。[二九]かの次《つぎ》には、大鏡《かゞみ》、文徳のいにしへより、後一條の御門《(み)かど》まで侍しにや。又[三〇]世繼《よつぎ》とか、四十帖《でう》の草子《さうし》にて、[三一]延喜より堀《ほり》川の先帝《せんてい》まではすこし細《こま》やかなめる。又[三二]なにがしの大臣《をとゞ》の書《か》き給へると聞《き》き侍し今鏡《いまかゞみ》に、後一條より高倉《(の)》院までありしなめり。まことや、[三三]いや世繼《つぎ》は、[三四]隆信《たかのぶ》の朝臣の、後鳥羽院の位の御ほどまでをしるしたるとぞ見え侍し。その後《のち》の事なん、いとおぼつかなくなりにけり。おぼえ[三五]給はん所々[三六]にてもの給へ。[三七]こよひ誰《たれ》も御伽《とぎ》せん。かゝる人に會《あ》ひた[三八]てまつるも、[三九]しかるべき御契あらん物ぞ」など語《かた》らへば、「そのかみの事は、[四〇]いみじうたど〳〵しけれど、まことに事《こと》のつゞきを聞えざらんもおぼつかなかるべければ、たえ〴〵にすこしなん。ひが事ぞおほからんかし。そはさし直《なを》し給へ。いとかたはらいたきわざにも侍るべきかな。[四一]かのふる言《ことゝ》どもには、なぞらへ給ふまじう[四二]ぞなん」とて、

[四三]をろかなる心や見《み》えん増鏡《ますかゞみ》ふるき姿《すがた》にたちはおよばで

[四四]とわなゝかし出《い》でたるもにくからず、いと古代《こだい》なり。「[四五]さらば、いまの給《(たま)》はん事をも、また書《か》きしるして、かの昔《むかし》の面影《おもかげ》にひとしからんとこそはおぼすめれ」といら

二二 機根も強かったので。機は、人々の心中にそなわっていて、仏の教化で発動する能力。
二三 精神もはっきりしていたために、そのように残らずお話ができたのであろう。
二四 つもりたる―つもれる(諸本)。
二五 昔の事となると、それこそ誠にいい加減な間違いだらけということになりそうです。こそ―こそは(谷一本以外の諸本)。
二六 いったい、ただ今のお話のように、あなたがいろいろとご覧になった古い書物とは。
二七 とふ―いふ(諸本)。
二八 ざっと目を通したものでは。
二九 かの―その(諸本)。
三〇 栄花物語の別名。
三一 醍醐天皇をさす。→補注七。
三二 内大臣の、中山忠親(一一三一―一一九五)あるいは、源通親(一一四九―一二〇二)をさすか。→補注八。
三三 現存しない。本朝書籍目録「弥世継二巻」。
三四 藤原為経の子。肖像画家、歌人。一一四二―一二〇五。
三五 給はん―給らん(諸本)。
三六 にても―までも(諸本)。
三七 今晩は、ここに居る者は、誰もお話の相手をいたしましょう。
三八 まつるも―まつれるも(谷一本以外の諸本)。
三九 このようになる、前世からのお約束があったのであろう。
四〇 たいへん不確かだけれど。
四一 大鏡などの古い歴史書をさす。
四二 諸本「そ」なし。
四三 これからお話する昔物語は、大鏡などの古い物語には及びもつかないもので、ただ、私の愚かな心をうつすだけのものでしょう。
四四 声をふるわせて、詠みあげたのも。
四五 大鏡などの古い物語を、ひきあいに出されたところをみると、あなたのこれからお話しになることも、書きしるして。

へて、

一 今《いま》もまた昔《むかし》を書《か》けば増鏡《ますかゞみ》ふりぬる代々の跡にかさねん

一 今また先人にならって、昔の出来事を書きしるしていくと、よく澄んだ鏡に物がはっきりうつるように、昔の事がよくわかるから、それを、代々の出来事をしるした歴史書のあとに、つぎ重ねることにしましょう。増鏡の書名は、この歌および、この前の「をろかなる」の歌によってつけられたものである。

◇この巻には、治承四年(一一八〇)から建保六年(一二一八)に至る三十九年間の出来事、すなわち、後鳥羽帝の降誕・践祚・即位・親政・譲位、水無瀬殿の造営、土御門帝のこと、新古今集の撰集、歴代勅撰集撰進の次第、千五百番歌合と宮内卿のこと、新古今集の竟宴、土御門帝の譲位、順徳帝のこと、水無瀬殿における後鳥羽院の風流生活、清撰の歌合のこと、慈円の長歌と定家の返歌、土御門院の百首歌のことなどを記す。後鳥羽・土御門・順徳の三代にわたるが、後鳥羽の親政および院政下の宮廷生活の叙述が中心をなす。

二 巻の名は、後鳥羽院の御製「おく山のおどろの下を踏みわけて道ある世ぞと人に知らせん」による。おどろは、やぶをいう。三 神武天皇が、人皇第一代として即位されてから。四 死後にいう生前の実名。五 後白河天皇の第七皇子。八十代の天皇。六 修理職の長官。修理職は皇居

第一　おどろのした[二]

[三]御門《みかど》始《はじ》まり給てより八十二代にあたりて、後鳥羽院《(の)》と申《(まうす)》おはしましき。御[四]いみな尊成《(たかなり)》、これは[五]高倉院《(の)》第四の御子《(みこ)》、御母七條院と申き。[六]修理大夫信隆《(のぶたか)》のぬしのむすめ也。[七]高倉院位の御とき、[八]〔后の宮の御方に、〕兵衛督《(ひやうゑのかん)》の君とて仕《つか》うまつられしほどに、[九]忍《しの》びて御覽《らん》じはなたずや有けん、治承四年七月十五日生《む》まれさせ給ふ。

[一〇]その年《とし》の春の比《(ころ)》、[一一]建禮門院后宮《(きさいのみや)》ときこえし御腹《はら》の第一の御子《みこ》(安德)、三《(みつ)》に成給《(なりたまふ)》に位を讓て、(高倉)御門《かど》はおり給にしかば、平家の一族《ぞう》のみいよ〳〵[一二]時《とき》の花をかざしそへて、花やかなりし世なれば、[一三]掲焉《(けちえん)》にもてなされ給はず。[一四]又のとし正月十四日に、院(高倉)さへかくれさせ給にしかば、いよ〳〵[一五]位などの御望《のぞ》みあるべくもおはしまさゞりしを、[一六]かの新帝(安德)平家の人〴〵にひかされて、遙《はる》かなる西《にし》の海にさすらへ給に[一七]しのち、[一八]後白河法皇、[一九]御孫の宮たちわたしきこえて見《み》たてまつり給《(たまふ)》時、[二〇]三の宮を[二一]次第のまゝにと思《おぼ》されけるに、法皇をいといたう嫌《きら》ひたてまつりて、泣《な》き給ければ、「あなむつかし」とて、[二二]いてはなち給て、「四の宮こゝにいませ」との給ふに、[二三]やがて御膝《ひざ》の上に抱《いだ》かれたてまつりて、いとむつましげなる御氣色なれば、「これこそまことの孫

の造営・修理等をつかさどった。修理大夫は、従四位下相当。信隆は右京大夫藤原信輔の子。治承三年に、五十四歳で没。関白道隆の子隆家の子孫。ぬしは、人を尊んでいうことば。
七 この七条院が高倉院が御在位中に、そのおきさきのもとに、兵衛の督の君という呼び名でお仕えしていた時に。八「后の宮の御方に」諸本で補う。九 高倉院が、ひそかに情けをかけて、おいでになったためであろうか。一〇 治承四年二月二十一日をさす。この日、高倉天皇は安徳天皇に位をゆずった。一一 建礼門院を中宮と申しあげていたが、そのお腹にお生まれになった第一の皇子の、三歳になられたお方に、皇位をゆずって。建礼門院は平清盛の女、徳子。承安二年(一一七二)二月、中宮となり、養和元年(一一八一)十一月に、院号宣下あって、建礼門院という。
一二 時をえて栄え。
一三 格別にこれというほども。
一四 その翌年。正月十四日―養和元年正月十四日(諸本)。治承五年七月十四日、養和と改元。
一五 皇位につくなどというお望みは。一六 寿永二年(一一八三)七月二十五日、平宗盛等が安徳天皇を奉じて、西海に逃がれ去ったことをいう。
一七「に」底本脇に小書。永一本は本文中にあり。
一八 七十七代の天皇。退位後、保元三年(一一五八)から建久三年(一一九二)に至る三十五年間にわたって、院中で政治をみた。嘉応元年(一一六九)六月出家。高倉天皇の父。
一九 お孫の宮たちをお呼びよせになって、お会いになった時。
二〇 惟明親王。しかし、藤衣の巻の初めには、三宮を守貞親王としているので、ここでも、そのつもりで書いているのであろう。→補注九。
二一 長幼の順序に従って、皇位につけようとお考えになったのに。
二二 つれて行かせられて。二三 すぐにそのまま。

におはしけれ。[一]高倉院の[二]兒《ちご》おひにも、まみなどおぼえ給へり。いとらうたし」とて、

[三]壽永二年八月廿日、御年四にて位につかせ給けり。

[四]内侍所《(ないしどころ)》・[五]神璽《(しんし)》・[六]寶劍は、[七]讓位の時かならず[八]渡《わた》さる事なれど、先帝《(安德)》筑紫《つくし》へ率《ゐ》ておはしければ、こたみ初《(はじめ)》て[九]三の神寶なくて、めづらしき例《ためし》に成《(なり)》ぬべし。[一〇]後にぞ内侍所・御しるしの御箱《はこ》ばかり歸《(かへり)》のぼりけれど、寶劍はつゐ《(ひ)》に、先帝の海に入給ふとき、御身にそへて沈《しづ》みけるこそ、いとくちをしけれ。

かくて此御門《(後鳥羽)みかど》、元暦《(げんりやく)》元年七月廿八日[一一]御即位、[一二]そのほどの事、常《つね》のまゝなるべし。平家の人々、いまだ筑紫《つくし》にたゞよひて、[一三]先帝ときこゆるも御兄《このかみ》なれば、[一四]かしこに傳《つた》へ聞《き》く人々の心ち、[一五]上下さこそはありけめと思《おも》ひやられて、いとかたじけなし。同年の十月廿五日に[一六]御禊《(ごけい)》、十一月十八日に[一七]大嘗會《(だいじやうゑ)》なり。[一八]主基《(すき)》方の御屛風の歌、兼光の中納言といふ人、[一九]丹波國長田村とかやを、

[二〇]神世よりけふのためとや八束穗《つかほ》に長《なが》田の稻《いね》のしなひそめけむ

御門《(後鳥羽)》いと[二一]およすけて賢《かしこ》くおはしませば、法皇《(後白河)》もいみじううつくしとおぼさる。文《(ぶん)》治《ぢ》二年十二月一日、[二二]御書始《ふみはじ》めせさせ給ふ。御年七なり。おなじ六年、[二三]女御參《まい》り給。[二四]月輪《(つきのわの)》關白殿〔の〕御女《(任子)》なり。[二五]后立《(きさきだち)》ありき。のちには宜秋門院《(ぎしうもんゐん)》ときこえし御事なり。この御腹に、[二六]春花門院ときこへ《(え)》給し姫《ひめ》宮ばかりおはしましき。建久元年正月三日、十一にて[二七]御元服し給。

一 高倉院―故院(諸本)。 二 おさない時の育ちぐあいに、目つきなども似ていらっしゃる。 三 一一八三年。 四 神鏡すなわち八咫鏡(やたのかがみ)をいう。↓補注一〇。 五 八坂瓊曲玉(やさかにのまがたま)をいう。 六 天叢雲剣(あめのむらくものつるぎ)をいう。 七 先帝が位をゆずられる時に、必ず新帝に渡されることになっているのだが。 八 わたさる―わたる(諸本)。 九 三種の神器がなくて位におつきになって。神宝―神器(諸本)。 一〇 神鏡と神璽は文治元年(一一八五)四月二十五日京都に持ち帰られた。↓補注一一。 一一 天皇が皇位について後、その事を天下万民に告げる儀式を行なうこと。↓補注一二。 一二 その御儀式に関しては、慣例通りに行なわれたようだ。

一三 先帝と申し上げる御方も、新帝の御兄君にあたるので。

一四 かの地で、ご即位の事を伝え聞く人々の心持ちは。

一五 さぞかし残念なことであったろうと。

一六 天皇の即位後、大嘗会の前月の十月に、賀茂河原に行幸して行なうみそぎをいう。

一七 天皇が即位の後、初めて、その年の新穀をもって天照大神および天神地祇をみずからまつる儀式。陰暦十一月の中の卯の日に行なう。

一八 ↓補注一三。

一九 今の京都府と兵庫県に属す。

二〇 神代の遠い昔から、今日のめでたい儀式のためにと、この長田の稲は、幾つかみもある程長い穂となって、重く垂れ始めたのであろうか。↓補注一四。

二一 おとなびて。

二二 天皇・皇太子・親王・諸皇子が、初めて読書をする儀式をいう。

二三 皇后・中宮につぐ妃。

二四 九条兼実(一一四九―一二〇七)のこと。京都市東山区今熊野町の月輪に山荘があった。「の」諸本

おなじき(建久)三年三月十三日、(後白河)法皇かくれさせ給にし後《のち》は、御門《(み)かど》ひとへに世《よ》をしろしめして、四方《(よ)も》の海波《なみ》しづかに、吹風《(ふく)かぜ》も枝をならさず、世治《おさ》まり民安《やす》うして、あまねき御うつくしみの浪、秋津《あきつ》島の外まで流《なが》れ、[二八]しげき御恵《めぐ》み、筑波《つくば》山のかげよりも深《ふか》し。よろづの道《みち》〳〵に明《あき》らけくおはしませば、[二九]國々に才《ざえ》ある人多《おほ》く、[三〇]昔《むかし》に恥《は》ぢぬ御世にぞ有ける。中にも、敷《しき》島の道《みち》なん、すぐれさせ給ける。御歌かず知《し》らず人の[三一]口《くち》にあるなかにも、

[三二]おく山のおどろの下《した》を踏《ふ》みわけて道ある世ぞと人に知《し》らせん

と侍こそ、[三三]まつり事大事と思《おぼ》されけるほどしるく聞《き》こえて、やむ事なくは侍れ。

[三四]建久九年正月、第一の御子《みこ》四になり給に、御位ゆづり申させ給て、おりゐ給。位におはしますこと十五年なりき。[三五]今日明日《けふあす》、二十《はたち》ばかりの御齢《よはひ》にて、いとまだしかるべき御事なれど、[三六]よろづ所せき御有様《さま》よりは、中〳〵やすらかに、御幸《ゆき》など御心のまゝならんとにや。[三七]世をしろしめす事は今《いま》もかはらねば、いとめでたし。

[三八]鳥羽殿・[三九]白川殿なども修理せさせ給て、つねに渡《わた》り住《す》ませ給へど、猶又[四〇]水無瀬《みなせ》といふ所に、[四一]えもいはずおもしろき院づくりして、しば〳〵通《かよ》ひおはしましつゝ、春秋の花紅葉につけても、[四二]御心ゆくかぎり世をひゞかして、[四三]遊《あそ》びをのみぞし給。所がらも、はる〳〵と川にのぞめる眺望、いとおもしろくなむ。[四四]元久の比、詩に歌を合《あ》はせられしにも、とりわきてこそは、

で補う。
二五 皇后または中宮に立つ儀式。
二六 昇子内親王。順徳天皇の准母。
二七 初めて冠をつけて成人になる儀式。
二八 しげく豊かな、君の御恵みのほどは、かげの多いといわれている筑波山のかげよりも深い。古今の序によって書く。→補注一五。
二九 国々に―国に(尾・谷一本・桂・院本)―国々(近・平・大・岩・谷本)。
三〇 昔の聖天子の御代にも恥じない程すぐれた。
三一 人々の間に伝えられている。
三二 奥山のいばらなどの茂った、やぶの下まで踏み分けていって、どのような山の奥にも、道のある世である事を人に知らせたいものだ。巻一の巻名は、この歌による。→補注一六。
三三 この歌に、無道の者のはびこる世を正し、天皇による正しい政道の存するのを、万民に知らせようという意図が感じ取れることをいう。まつり事…きこえて―いといみしく(諸本)。
三四 建久九年は、一一九八年。底本「正月十一日也」。「十一日也」を諸本によりはぶく。
三五 昨今やっと二十になるというほどのご年齢で、退位になられるのは、まだ、大変早い御ことであるが。
三六 天皇として万事ご窮屈な状態でおられるよりも、上皇になられたほうが、かえって気楽で。
三七 退位後も、院中で政治をみられるのをいう。
三八 京都市伏見区鳥羽にあった離宮。
三九 京都市左京区岡崎にあった離宮。
四〇 大阪府三島郡の地。
四一 なんとも言葉で表現できないほど風雅な御所を造営されて。→補注一七。
四二 思いのままに。
四三 世間の評判になるほど盛大に。
四四 元久二年(一二〇五)六月十五日に、後京極良経の主催で挙行された詩歌合をさす。→補注一八。

[一]見渡《わた》せば山もとかすむ水無瀬《みなせ》川夕は秋となに思《おも》ひけむ

[二]かやぶきの廊《らう》・渡《わた》殿など、はる〴〵と艶《えむ》におかしうさせ給へり。御前の山より瀧《たき》落《お》とされ[三]たる石のたゝずまひ、苔《こけ》深《ふか》き深山木(みやまぎ)に枝さしかはしたる庭の小松も、[四]げに千世をこめたる霞の洞《ほら》なり。[五]前栽《せんざい》つくろはせ給へる比、人〴〵あまた召《め》して、御遊《あそ》びなどありける後、定家の中納言、いまだ[六]下(げ)臈《らう》なりし時、たてまつられける。

[七]ありへけむもとの千年《とせ》にふりもせで我君ちぎる千世《ちよ》の若松

[八]君が代にせきいるゝ庭を行水の岩こす數は千世も見《み》えけり

[九]いまの御門(土御門)の御いみなは爲仁と申き。御母は能圓法印[一〇]といふ人のむすめ(在子)、宰相[一一]の君とて仕《つか》うまつられけるほどに、この御門生《む》まれさせ給て後には、[一二]内大臣通親(みちちか)の御子になり給て、[一三]末《すゑ》には承明門院とき[一四]こゆ。[一五]かの大臣《をとゞ》の北方(範子)の腹にておはしければ、もとよりは、[一六][一七]後親《のちおや》なるに、[一八]御幸《さいは》ゐさへひき出《い》で給しかば、まことの御女にかはらず。この御門(土御門)もやがてか[一九]の殿にて養《やしな》ひたてまつらせ給ける。かくて、[二〇]建久九年三月三日御即位、十月廿七日御禊、十一月は例《れい》の大嘗會、元久二年正月三日御冠《かうぶり》し給。いとなまめかしくうつくしげにおはします。御本性も、父《ちゝ》御門よりは、すこしぬるくおはしましけれど、情《なさ》け深《ふか》う、物のあはれなど聞《き》こし召《め》しすぐさずぞありける。

今《いま》の攝政は、[二一]院の御時の關白基通の大臣《おとゞ》。その後《のち》は[二二]後京極殿良經ときこえ給し、いと久《ひさ》しくおはしき。此大臣《おとゞ》はいみじき歌の聖《ひじり》にて、院の上おなじ御心に、和歌の

一 遙かに見渡すと、向こうの山のふもとの霞むあたりに水無瀬川が流れていて、まことにすばらしい趣だ。自分は今まで、夕方の眺めは秋に限ると、なぜ思っていたのであろうか。新古今巻一。二 屋根をかやでふいた廊や渡殿などは、建物から建物へと、遙かに遠くまで、優美に趣向をこらして造作なさっていた。させ—せさせ(諸本)。↓補注一九。三 されたる—されて(院本以外の諸本)。四 まことに、千年のお栄えを思わせる上皇の御所ではある。↓補注二〇。五 お庭の植えこみを整えておられた頃。六 官位の低いのをいう。七 今までに経て来た過去千年の歳月に古くもならず、さらにわが君と千年の生いさきを契っている峯の若松よ。↓補注二一。八 このめでたい大御代に、川からせき入れて庭の中を流れてゆく水の、岩を越すしぶきの玉は数限りなく、わが君の千代の栄えを思わせることよ。九 土御門天皇。八十三代。一〇 法勝寺の執行。少納言藤原顕憲の子。法印は、僧位の最高位。一一 宰相の君という呼び名で、宮中にお仕えしているうちに。一二 源通親(一一四九—一二〇二)。村上源氏。一三 建仁二年(一二〇二)正月、女院号宣下。一四 きこゆ—きこえき(諸本)。一五 この承明門院は、あの通親の大臣の奥方の腹に生まれられた方なので、内大臣は、もともと、門院にとって継父というわけだが。↓補注二二。一六 諸本「は」なし。一七 のちおや—のちのおや(諸本)。一八 皇子をお生みになって、一家の幸運まで引き出されなされたので。一九 通親の邸宅をさす。にて—にそ(諸本)。二〇 底本「建仁」。諸本で訂正。二一 後鳥羽院が御在位中に関白であった。二二 九条良経(一一六九—一二〇六)。建仁二年(一二〇二)から建永元年(一二〇六)まで摂政。二三 文治三年(一一八七)九月、撰進。二十巻。二四 ご幼少で。後鳥羽院は時に、八歳。二五 二男。二六 源通具(一一七一—一二二七)。正二位大納

言に至る。右衛門督は新古今集撰進当時の官。二七 藤原有家(一一五五―一二一六)。二八 藤原定家(一一六二―一二四一)。新古今集撰進当時、左近中将。二九 藤原家隆(一一五八―一二三七)。三〇 藤原雅経(一一七〇―一二二一)。三一 万葉集以後、当代に至る歌を撰入。古今集以後七代集の歌は除いた。→補注二三。三二 建仁三年(一二〇三)四月、撰者の上進した歌を、それ以後一年余にわたって、上皇みずから取捨選択した。→補注二四。三三 →補注二五。三四 奈良朝の天子中、特に聖武天皇をさしていったのであろう。これから後の部分は、歴代の和歌撰集の次第を述べているが、主として、俊成の古来風体抄によって書く。→補注二六。三五 右大臣は左大臣の誤り。橘諸兄(六八四―七五七)。→補注二七。三六 醍醐天皇の御代に撰進された古今集は。三七 村上天皇の御代をさす。天暦(九四七―九五七)は、村上天皇の御代の年号。三八 一条伊尹(九二四―九七二)。九条師輔の男。謙徳公は、そのおくり名。→補注二八。三九 近衛少将で蔵人を兼ねているもの。四〇 和歌の撰集をつかさどった所で、村上天皇の天暦五年(九五一)に初めて置かれた。別当は、その長官。四一 大中臣能宣・清原元輔・源順・紀時文・坂上望城の五人をいう。→補注二九。四二 聞き違いでしょうか。四三 花山天皇(九六八―一〇〇八)は、六十五代の天皇。寛和二年(九八六)出家。花山の法皇の…十巻なり―拾遺集は花山の法皇のみつからえらはせ給へるとそ(諸本)。→補注三〇。四四 藤原通俊(一〇四七―一〇九九)。治部卿は、治部省の長官。四五 藤原顕輔(一〇九〇―一一五五)。正三位・左京大夫。四六 源俊頼(　―一一二九)。四七 白河院の弟。→補注三一。四八 何か具合の悪いことがあって。→補注三二。四九 稀にあることである。五〇 和歌をご覧になって、お選びになられるのであるから。

道《みち》をぞ申おこなはせ給ける。文治の比、[二三]千載集ありしかど、院いまだ[二四]きびはにおはしましゝかばにや、御製も見えざめるを、當代位の御ほどに、又集《あつ》めさせ給《(たまふ)》。土御門の内の大臣《をとゞ》の[二五]二郎君 [二六]右衛門督通具といふ人をはじめにて、[二七]有家の三位・[二八]定家の中將・[二九]家隆・[三〇]雅經などにの給はせて、[三一]昔《むかし》より今《いまゝ》での歌を、ひろく集《あつ》めらる。[三二]おの〱奉《たてまつ》れる歌を、院の御前にて、身づからみがき整《とゝの》へさせ給ふさま、いとめづらしくおもしろし。この時も、さきにきこえつる[三三]攝政殿(良經)、とりもちて行《おこ》なはせ給。

大かた、いにしへ[三四]奈良《なら》の御門の御代に、はじめて、[三五]右大臣橘朝臣(諸兄)勅をうけたまはりて、萬葉集を撰《えら》びしよりこのかた、[三六]延喜のひじりの御時の古今、友則《とものり》・貫之《つらゆき》・躬《み》恆《つね》・忠岑《たゞみね》。[三七]天暦のかしこかりし御代にも、[三八]一條攝政殿謙徳公(伊尹)、いまだ[三九]藏人《(くらうどの)》少將などきこえけるころ、[四〇]和歌所の別當とかやにて、[四一]梨壺《なしつぼ》の五人におほせられて、後撰集は集《あつ》められけるとぞ。[四二]ひが聞《ぎゝ》きにや侍らん。その後《のち》、[四三]花山の法皇の身づから書《か》ゝせ給へる拾遺抄は十巻なり。白川院位の御時は、後拾遺、[四四]通俊(の)治部卿うけたまはる。崇《(しゅ)》徳院《とくゐん》の詞花集は、[四五]顯輔三位えらぶ。又、白川院おりゐさせ給《(たまひ)》てのち、金葉集かさねて[四六]俊頼朝臣におほせて撰《えら》ばせ給《(たまふ)》にこそ、初《はじ》め奏《そう》したりけるに、[四七]輔仁《(すけひと)》の親王の御なのりを書《か》きたる、わろしとて返《(かへ)》され、又奉《たてまつ》れるにも、[四八]なに事とかやありて、三度《たび》奏《そう》して後《のち》こそ納《おさ》まりにけれ。かやうの例《ためし》も、[四九]をのづからの事なり。をしなべては、撰者のまゝにて侍《(はべる)》なれど、こたみは、院の上みづから、[五〇]和歌(の)浦に降《を》りたちあさらせ給へば、まことに心ことなるべし。

この撰集よりさきに、千五百番[一]の歌合せさせ給しにも、すぐれたる[二]限《かぎ》りを撰《えら》ばせ給《(たまひ)》て、この道《みち》の聖《ひじり》たち判じけるに、やがて[三]院《(後鳥羽)》も加《くは》はらせ給ながら、猶このなみにはたち及《をよ》びがたしと卑下《ひげ》させ給て、判の言《こと》葉をばしるされず、御歌にて優《まさ》り劣《おと》れる心ざしばかりをあらはし給へる、中〳〵いと艶《えん》に侍けり[四]。

上《かみ》のその道を得《え》給へれば、下もをのづから時《とき》を知《し》る習《ならひ》にや、男《おとこ》も女も、この御世にあたりて、よき歌よみ多《おほ》くきこえ侍し中に、宮内卿の君といひしは、村上の帝の御後《のち》に、俊房《としふさ》[五]の左の大臣《おとゞ》ときこえし人の御末《すゑ》なれば、はやう[六]はあて人なれど、官《つかさ》[七]あさくてうち續《つゞ》き、四位ばかりにて失《う》せにし人の子也。まだいと若《わか》き齡《よはひ》にて、そこひ[八]もなく深《ふか》き心ばえをのみ詠《よ》みしこそ、いとありがたく侍けれ。この千五百番の歌合の時、院《(後鳥羽)》の上《うへ》のたまふやう、「こたみ[九]は、みな世に許《ゆ》りたる古《ふる》き道の者《もの》どもなり。宮内はまだしかるべけれ[一〇]ども、けしう[一一]はあらずとみゆめればなん。かまへてまろが面《おもて》起《を》こすばかり、よき歌つかうまつれよ」とおほせらるゝに、面《おもて》うち赤《あか》めて、涙ぐみてさぶらひけるけしき、限《かぎ》りなき好《す》きのほども、あはれにぞ見《み》えける。さてその御百首の歌《うた》、いづれもとり〴〵[一二]なる中に、

薄《うす》[一三]く濃《こ》き野邊のみどりの若《わか》草に跡まで見《み》ゆる雪の村消《ぎ》え

草の綠《みどり》の濃《こ》き薄《うす》き色にて、去年《こぞ》のふる雪の遲《おそ》く疾《と》く消《(きえ)》けるほどを、おしはかりた

一　建仁元年(一二〇一)、三十人の歌人に、それぞれ百首の和歌を詠進させ、それを左右に分かって千五百番の歌合としたのをいう。底本「歌合させ」。諸本による。
二　すぐれた歌人ばかりをおえらびになり、和歌の名人たちが、それらの歌の優劣について判定をしたのであるが。このみち―その道(諸本)。↓補注三三。
三　後鳥羽院もそのまま判者の中にお加わりになりながら、やはり自分は他の判者たちと同列というわけにはいかないと。↓補注三四。
四　「け」底本傍書。諸本「侍けり」。
五　源俊房(一〇三五―一一二一)。↓補注三五。
六　以前は高貴の家柄の人ではあるが。
七　源師光をさす。↓補注三六。
八　限りもなく深い心持ちだけを詠んだのは。↓補注三七。
九　この度の参加者は。
一〇　底本「き」の脇に「け」と注記。諸本「け」。
一一　加えたところで別に差し支えないと思われるので参加させた。必ず私の面目が立つほどの歌を詠んでくれ。諸本「歌つかうまつれよ」の「よ」なし。
一二　「とり」は底本「より」。底本の注記と諸本で訂正。
一三　野べの若草の薄かったり濃かったりする緑の色あいで、雪のむらむらに消えた跡まで、はっきり見えることよ。↓補注三八。
一四　すぐれた歌を詠んで、目に見えない鬼神まで、どのようにか感動させたことであろうに。
一五　まことに気の毒で、惜しいことであった。

る心ばへなど、まだしからん人は、いと思《おも》ひよりがたくや。この人、年《とし》つもるまであらましかば、げに一四いかばかり、目《め》に見えぬ鬼神《おに》をも動《うご》かしなましに、若《わか》くて失《う》せにし、一五いといと《く》を《(ほ)》しくあたらしくなん。

かくて、この度撰《たびえら》ばれたるをば、新古今といふなり。元久二年三月廿六日、一六竟宴《(きやうえん)》といふ事、一七春日殿にて行《をこ》なはせ給《(たまふ)》。いみじき世《よ》のひゞきなり。かの一八延喜の昔《むかし》おぼしよそへられて、院御製《(の)》、

一九いそのかみ古《ふる》きを今《いま》にならべこし昔《むかし》の跡《あと》を又尋《たづ》ねつゝ

摂政殿 良經の大臣《おとゞ》、

二〇敷島《しき(しま)》や大和言《こと》の葉海にして拾《ひろ》ひし玉はみがかれにけり

二一つぎ〱、ずん流《なが》るめりしかど、さのみうるさくてなん。

なにとなく明暮《(あけ)く》れて、承元二年にもなりぬ。十二月廿五日、二二二《(の)》宮御冠《かうぶり》二三し給。修明門院二四の御腹《はら》なり。この御子《(順徳)》を、院かぎりなくかなしき物に思《おも》ひきこえさせ給へれば、二五二《に》なくきよらを盡《つく》し、いつくしうもてかしづきたてまつり給事なのめならず。

終《つゐ》におなじ四年十一月に、御位につけたてまつり給《(たまふ)》。もとの御門《(土御門)》、ことしは二六十六にならせ給《(たまへ)》ば、いまだ遙《はる》かなるべき御さかりに、二七かゝるを、いとあかずあはれと思《おぼ》さ二八れたり。二九永治のむかし、三〇鳥羽法皇、三一崇徳院の御心もゆかぬにおろし聞えて、三二近衞院をすへ《(ゑ)》たてまつり給し時は、三三御門《(崇徳)かど》いみじうしぶらせ

一六 宮中で、古典の御前講義または勅撰集の撰進が終わった時に行なう宴。
一七 明月記によれば、新古今集の竟宴は、宮中の弘御所で行なっている。
一八 延喜の昔に古今集撰進の事業を完成されたことをさす。よそへられて―よそへて(諸本)。
一九 古い歌に今の歌を並べて古今集を撰進した延喜の昔からこの方、次々と勅撰集を撰進してきた例にならって、この度さらに、この新古今集を編集したことである。続古今集、賀に「元久二年三月廿六日、新古今集の竟宴おこなはれけるに、よませ給ひける」と詞書して、のせてある。次の「敷島や」の歌は、その次に掲ぐ。
二〇 無数の和歌の中から拾い上げられた、玉のような見事な作品は、さらに磨きあげられて、この勅撰集となったことです。
二一 次々に、歌を詠みあげるようであったが、そう一々しるすのは、わずらわしいので、あとは省略します。さのみ―さのみは(諸本)。
二二 後鳥羽院第二皇子、守成親王(順徳)。
二三 御元服をいう。
二四 後鳥羽院の後宮。藤原範季の女、重子。
二五 この上なく衣服や調度類をりっぱにして、重々しく格式をつけてご養育なさることが。
二六 は―こそ(諸本)。
二七 このように、ご退位になるのを。
二八 底本「り」を「れ」と訂正。
二九 永治元年(一一四一)十二月七日。
三〇 第七十四代の天皇。在位十六年で、崇徳天皇に位をゆずり、以後、院中で政治をみた。
三一 崇徳院がご得心もなさらないのに、退位させなさって。崇徳院は鳥羽院の第一皇子で、時に二十三歳。
三二 鳥羽院の皇子で、崇徳院の弟。
三三 崇徳院はたいそう、ためらい給うて。→補注三九。

給て、その夜になるまで、[一]勅使を度《たび》〳〵たてまつらせ給つゝ、内侍所・劍璽《けんじ》などを
も渡《わた》しかねさせ給へりしぞかし。さてその御憤《いきどを》りの末《すゑ》にてこそ、[二]保元の亂《みだれ》もひき
出《い》で給へりしを、この御門《かど》(土御門)は、いとあてにおほどかなる御本性にて、[三]思《おぼ》しむすぼほ
れぬにはあらねども、氣色にも漏《も》らし給はず。世にもいと[四]あえなき事に思《おも》ひ申けり。
承明門院などは、まいて胸痛《むねいた》く思《おぼ》されけり。其年の十二月《しはす》に、[五]太上天皇の尊號あり。
新院と[六]きこゆ。父の御門《かど》(後鳥羽)をば、今は本院と申《まうす》。[七]なを、御政事《まつりごと》はかはらず。
いまの御門(順德)は十四になり給。御いみな守成ときこえしにや。建暦《けんりやく》二年十一月十
三日、大嘗會なり。[八]新院の御ときも仕《つか》うまつられたりし[九]資實《すけざね》の中納言に、この度《たび》も
悠紀《ゆき》方の御屛風の歌めさる。[一〇]長樂《ながら》山、
　[一一]菅《すが》の根《ね》のながらの山の峯の松吹《ふき》くる風《かぜ》も萬代の聲
かやうの事は、皆人のしろしめしたらん。[一二]こと新《あたら》しくきこえなすこそ、老のひが事
ならめ。
この[一三]〔御〕世には、[一四]いと掲焉《けちえん》なる事おほく、所々の行幸しげく、好《この》ましきさまなり。
建保《けんぽう》二年、[一五]春日社に行幸ありしこそ、[一六]ありがたきほどいどみつくし、おもしろうも
侍けれ。さてその又の年《とし》、[一七]御百首歌よませ給けるに、去年《こぞ》の事思《おぼ》しいでゝ、内の御(順德)
製、
　[一八]春日山《かすがやま》こぞのやよひの花の香《か》にそめし心は神ぞ知《しる》らん

一 父の鳥羽院のもとへ、お使いを度々つかわされて。
二 保元元年(一一五六)七月、鳥羽院がなくなると同時に崇徳院を奉ずる藤原頼長と後白河天皇方との間に行なわれた合戦。
三 お心の中では、面白くないとお思いにならないわけではないが。
四 まことに張合いのないことに。
五 譲位した天皇の尊号。百錬抄、承元四年十二月五日の条に「今日、被レ下ニ太上天皇尊号一詔書」。
六 きこゆ―きこゆれは(諸本)。
七 後鳥羽院がご政治をおとりになることは、やはり今までと変わりがない。
八 新院(土御門)の大嘗会の時も、ご屛風の歌を詠んで奉られた。
九 日野資実(一一六二―一二二三)。正二位、中納言に至る。
一〇 その歌は長楽山を詠んだものであって。長楽山は、大津市の西方、三井寺の背後にある山。
一一 長楽山は長いというめでたい名前のついている山だが、その山の峯の松に吹いてくる風までが、君が代の万歳を祝う声のように聞こえてくることよ。「菅の根の」は枕詞。→補注四〇。
一二 それを今さら、めずらしい事のように、わざわざ申しあげるのは、年よりの悪いくせと申すものでしょう。
一三 「御世」の「御」を諸本で補う。
一四 たいそう目ざましく花やかなことが多く。
一五 奈良市春日野町にある藤原氏の氏神。
一六 供奉の人々は世に稀なほど、花やかに装いをこらし競い合って。
一七 建保三年十月廿四日内裏名所百首をさす。→補注四一。
一八 去年の三月、春日社に参詣して、その境内の桜の花の香に心をそめ、深く心をこめてお祈

御心ばへは、新院(土御門)よりも少《すこ》しかど[一九]めひて(い)、あざやかにぞおはしましける。御才《ざえ》[二〇]も、やまともろこし兼《か》ねて、いとやむごとなくものし給。朝夕《あさゆふ》の御いとなみは、和歌の道《みち》にてぞ侍ける。末《すゑ》[二一]の世に、八雲[二二]などいふ物つくらせ給へるも、この御門の御事なり。摂政殿(良経)[二三]ひめ君まいり給て、いと花やかにめでたし。この御腹《はら》に、建保六年十月[二四]十日、一の皇子(仲恭)《みこ》生《む》まれ給へり。いよ〳〵[二五]物あひたる心地して、世の中ゆすりみちたり。十一月廿一日、やがて[二六]親王《みこ》に成(なし)たてまつり給て、おなじ廿六日、坊[二七]にゐ給(たまふ)。[二八]いまだ御五十日《いか》だにきこしめさぬに、いちはやき御もてなし、めづらかなり。[二九]心もとなく思《おぼ》ほされければなるべし。いま一しほ、世の中めでたく、定《さだ》[三〇]まりはてぬるさまなめり[三一]。新院(土御門)は、いでや[三二]と思《おぼ》さるらんかし。

かくて院(後鳥羽)の上《うへ》、ともすれば[三三]水無瀬殿《みなせどの》にのみ渡《わた》らせ給て、琴笛《ことふえ》の音につけ、花紅葉の折《おり》〳〵にふれて、よろづの遊《あそ》びわざをのみ尽《つ》くしつゝ、御心ゆくさまにて過《す》ごさせ給ふ。まことに萬世《よろづよ》[三四]もつきすまじき御世《よ》の栄《さか》へ、つぎ〳〵今《いま》よりいと頼《たの》もしげにぞ見えさせ給。御圍碁うたせ給(たまふ)つゐ(い)でに、若《わか》き殿上人ども召《め》して、これかれ[三五]心のひき〳〵に、いどみ争《あらそ》はせ給へば、あるは小弓[三六]・雙六《すぐろく》[三七]などいふ事まで、思《おも》ひ〳〵に勝《かち》負《まけ》をさうどき[三八]あへるも、いとおかしう御覧じて、さま〴〵の興《けう》ある賭物《のり》[三九]ども取《と》う出《で》させ給とて、なにがしの中将を御使《つか》ひにて、修明門院[四〇]の御方《かた》へ、「何《なに》にても、男《おのこ》どもにたまはせぬべからん賭物《のり》」と申されたるに、とりあへず、小《ちい》さき唐櫃《からびつ》[四一]の金《かな》物した

りしたわが真心の程は、神もよくご存知のことと思う。底本「こそのこよひ」。諸本で訂正。
一九 才気があって、はきはきして。
二〇 ご学問のほうも、和漢を兼ねておられて。
二一 ずっと後になって。→補注四二。
二二 八雲御抄。六巻。古代歌学の集成書。
二三 後京極良経の娘立子が、承元四年(一二一〇)に入内したのをいう。諸本「摂政殿の」。
二四 底本「十一月」。諸本・諸記録により訂正。
二五 すべてが都合よくいったような気がして。
二六 すぐに親王と称する事を許される宣旨が下されて。
二七 皇太子におなりになった。
二八 まだ五十日のお祝いのもちさえ、めしあがらないのに、す早いお取扱いは。
二九 この皇子の将来を待ち遠しくお思いになったからであろう。
三〇 皇位の行く末も、すっかり定まってしまったように思われる。
三一 なめり—なり(諸本)。
三二 いやもう、こうなってはどうにも仕方がないと。
三三 ともすれば—やゝもすれば(諸本)。
三四 永遠に尽きる事があるまいと思われる御代の栄えが、次々に今から期待できそうに。
三五 あれやこれやと、めいめいの好みにまかせて、それぞれ競技をおさせになると。
三六 遊戯に用いる小さな弓。
三七 室内遊戯の一。→補注四三。
三八 争い騒ぎあっているのも。
三九 勝者に与える賞品。
四〇 後鳥羽院の妃。順徳帝の母。
四一 唐櫃に金具が打ってあって。唐櫃は、六本のあしのついている唐風のひつをいう。

るが、いと一重《おも》らなるを、参《まい》らせられたり。二この御使《つか》ひの上人《うへ》、なにならんと、いといぶかしくて、片端《かたはし》ほのあけて見るに錢なり。いと心得《え》ずなりて、さと三面赤《おもてあか》みて、四あさましと思《おも》へる氣色しるきを、院《(後鳥羽)》御覽《らん》じ五おこして、「朝臣こそ、むげに口惜《くちを》しくは有けれ。かばかりの事、知《し》らぬと六やはある。いにしへより、七殿上の賭弓《のりゆみ》といふことには、これをこそかけ物にせしか。されば、いま、八かけ物ときこえたるに、これをしも出《い》だされたるなむ、九いにしへの事知《し》り給へるこそ、いたきわざなれ」とほう《(ほ)》ゑみてのたまふに、一〇「さはあしく思けり」と、心ち騒《さは》ぎて思《おぼ》ゆべし。

大かた、この院《(後鳥羽)》の上《うへ》は、よろづの事に一一いたり深《ふか》く、御心も花やかに、物に一二くはしうおはしましける。夏比《(の)》、水無瀬《みなせ》殿の一三釣殿《つりどの》に出《い》でさせ給て、氷水《ひみづ》めして、一四水飯《すいはん》やうの物など、若《わか》き上達部《(かんだちめ)》・殿上人《(てんじやうびと)》どもに給《(たまは)》せて、大御酒《おほみき》参《まい》る一五ついでに、「あはれ、一六紫《むらさき》式部こそいみじくはありけれ。かの一七源氏の物語《がたり》にも、「一八近《ちか》き川のあゆ、一九西《にし》川より奉《たてまつ》る二〇いしぶしやうの物、御前にて調《てう》じて」と書《か》けるなむ、すぐれてめでたき二一とよ。たゞ今《いま》さやうの料理《れうり》仕《つか》うまつりてんや」とのたまふを、秦《はた》のなにがしとかいふ二二御《(み)》随身《ずいじん》、勾欄《かうらん》のもと近《ちか》くさぶらゐけるが、うけ給《(たまはり)》て、池のみぎはなる篠《さゝ》をすこし敷《し》きて、白《しろ》き米《よね》を水に洗《あら》ひてたてまつれり。「二三「拾《ひろ》はば消《き》えなん」とにや。二四これもけしかるわざかな」とて、御衣《ぞ》ぬぎてかづけさせ給。二五御かはらけ度《たび》〲きこしめす。二六その道《みち》にも、二七あひ行《(ぎやう)》づき、めでたく見えさせ給ふ御ありさま、

一 おもら—おもらか(諸本)。二 この御使いにつかわされた殿上人。三 あかみて—うちあかみて(諸本)。四 あきれた事だと思っている様子がはっきり見えたのを、院はお見やりになって。五 おこして—おこせて(諸本)。六 とやは—やうやは(桂・谷一本)。七 殿上人に弓を射させて天皇がこれをご覧になり、勝者に賞品を与える臨時の儀式。↓補注四四。八 賞品を出してくださいと、いってやったのに、この銭を特に出されたのは。九 古い慣例を知っておられるので、実にたいしたことだ。一〇 その中将も、それでは自分は思い違いをしていたのだと。一一 深く通じていて。一二 くはしう—くはしうなとそ(諸本)。一三 寝殿造りの建物で、東西の対の屋等から細殿を突出させ、その端の池中に臨む所に設けられた建物。遊宴の場所。一四 氷水をかけた飯。↓補注四五。一五 ついでに—ついでにも(諸本)。一六 諸本「いにしへの紫式部こそ」とある。一七 源氏、常夏の巻の記述をさす。↓補注四六。一八 源氏の邸六条院に近い川で、賀茂川や高野川をさす。一九 桂川のこと。二〇 カジカの類を、源氏の御前で料理して。二一 とよ—そとよ(諸本)。二二 貴族の外出の時、護衛として勅宣を受けて随従した近衛府の舎人(とねり)をいう。二三 これは、すがすがしく見える白米を、玉篠の上のあられに見たてて、源氏物語にいう「拾はば消えなん」というのは、こうした趣をさすのですというつもりなのだろう。↓補注四七。二四 これも、ちょっと面白い趣向だなとおっしゃって、御衣をぬいで、ほうびとして与えられた。二五 おさかずき。二六 上皇は、このお酒をめしあがる事にかけても、たいしたものでおありになる。二七 愛敬があって。魅力があって。二八 詠出された歌の中からよい歌を選び、それを合わせる歌合。↓補注四八。二九 この歌合は、

千年《ちとせ》を經《ふ》とも飽《あ》く世あるまじかめり。

また、[二八]清撰の御歌合とて、限《かぎ》りなくみがかせ給しも、水無瀬《みなせ》殿にての事なりしにや。[二九]當座に衆議判なれば、人〴〵の心ち、いとゞ置《を》き所なかりけむかし。建保二年[三〇]長月の比、すぐれたる限《かぎ》りぬき出《い》で給《(たまふ)》めりしかば、いづれかおろかならん。中にもいみじかりしことは、第七番に、左、院《(後鳥羽)》の御歌、

[三一]明石潟《あかしがた》浦ぢ晴《は》れゆく朝《あさ》なぎに霧にこぎ入あまのつり舟

とありしに、[三二]北面《おもて》の中に、[三三]藤原秀能《(ひでよし)》とて、[三四]年比もこの道に許《ゆ》りたるすき物なれば、召《め》し加《くは》へらるゝ[三五]事つねの事なれど、やむ事《(こと)》なき人〴〵の歌だにも、あるは[三六]一首二首には過《す》ぎざりしに、この秀能九首まで召《め》されて、しかも院《(後鳥羽)》の御[三七]かたてにまいれり。

[三八]さてありつるあまのつり舟《ぶね》の御歌の右に、

[三九]ちぎりをきし山の木の葉の下紅葉そめし衣《ころも》に秋風ぞ吹《(ふく)》

と詠《よ》めりしは、その身の上《うへ》にとりて、長《なが》き世の面目《めいぼく》、[四〇]何かはあらん、とぞ聞《(きき)》侍し。昔《むかし》の[四一]躬恆《みつね》が、御階《はし》のもとに召《め》されて、「弓はりとしもいふ事は」と奏《そう》して、御衣《ぞ》給《(たまはり)》しをこそ、いみじき事にはいひ傳《つた》ふめれ。又、[四二]貫之《つらゆき》が家に、枇杷《びは》の大臣《おとゞ》、魚袋《ぎよたい》の歌の返し、とぶらひにおはしたりしをも、道の高名《かうみやう》とこそ、日記には書《か》きて侍れ。近《ちか》ごろは、西行法師ぞ北面の者《もの》にて、世に[四三]いみじき歌の聖《ひじり》なめりしが、いまの代の秀能《ひでよし》は、[四四]ほと〳〵古《ふる》きにもたちまさりてや侍らん。この度《たび》の御歌合、大かた、[四五]いづ

その席に参会した人々が、衆議によって、その場で歌の優劣を判定する方法を取ったので。三〇 長月—七月(谷一本以外の諸本「衆儀判」。三一 この明石潟の浜辺の次第に晴れてゆく朝なぎ時に、まだ霧のたちこめている沖を目ざして漕いでゆく、あまの釣舟の趣の深さよ。玉葉集巻五。三二 院の御所を警護する武士をいう。三三 初め源通親に仕え、後に北面の武士となり、和歌所寄人となる。承久乱後出家、法名如願。三四 これまで長年の間、歌道において人々に認められてきた好士なので。

三五 いつもの事ではあるが。三六 諸本「一首二首三首」。三七 対するものの一方。相手。「かたて」は底本「方」。谷一本以外の諸本で訂正。まいれり—まいる(諸本)。三八 先程お話を申し上げた。三九 山の木の葉が色づいたら必ず逢おうと固い約束をしたのに、その頃になっても逢うことができず、下紅葉の色に染めた私の衣に、いたずらに秋風が吹き過ぎてゆくばかりである。「ころもに」は底本「比にも」。院本・底本校合のイ本等により訂正。四〇 これ以上に名誉のことがほかにあろうか。四一 凡河内躬恒が醍醐天皇から清涼殿の階段の下に召されて、月を弓張というのはどういう意味か、その理由を歌に詠めといわれて、「照る月を弓はりとしもいふ事はやまべをさしていればなりけり」と詠んで御感にあずかった話が、大鏡その他の書に見える。↓補注四九。四二 九条師輔が一月一日の参内に際して魚袋を損じて、父の忠平から愛用の魚袋を贈られて、喜びのあまりに、お礼の歌の代作を貫之の家に頼みに行き、吹く風にの歌を得た話が大鏡に見える。枇杷の大臣は、藤原仲平のこと。しかし、これは誤りで、実は九条師輔。↓補注五〇。四三「い」底本傍書。四四 ほとんど、これらの昔の名人たちにも。四五 誰彼の差別なく、詠出した歌を一緒に交ぜて、その中から、

れとなくうちみだして、勝《すぐ》れたる限《かぎ》りを撰《ゑ》り出《い》でさせ給しかば、[一]をの〳〵むら〳〵にぞ侍ける。[二]吉水《(よしみづ)》の僧正慈圓ときこえし、又たぐひなき[三]歌聖《ひじり》にていましき。それだに四首ぞ入給にける。さのみは事ながければもらしぬ。

この僧正《(慈圓)》、世《よ》にもいと重《おも》く、[四]山の座主にて物し給事も年久《としひさ》しかりしその程に、やむごとなき高名數知《かずし》らずおはせしかば、あがめられ給さまも、二《に》なく物し給しかど、なを《(ほ)》、飽《あ》かず思《おぼ》す事やありけん。院《(後鳥羽)》に奉《たてまつ》られける長《なが》歌、

[五]さてもいかに　[六]わしのみ山の　月のかげ　鶴《つる》の林《はやし》に　入《(いり)》しより　經《へ》にける年を　かぞふれば　[七]二千年《ふたちとせ》をも　過《す》ぎはてゝ　[八]のちのいつゝの　百《もゝ》とせに　なりにけるこそ　かなしけれ　[九]あはれ御法《みのり》の　水《みづ》あはの　消《き》え行《(ゆく)》ころに　なりぬれば　[一〇]それに心を　澄《す》ましてぞ　わが山川に　しづみゆく　[一一]心あらそふ　法《のり》の師は　われも〳〵と　青柳《あをやぎ》の　いとゝころせく　みだれきて　花ももみぢも　散《ち》りゆけば　[一二]木ずゑ跡なき　み山邊の　道《みち》にまどひて　過《す》ぎながら　ひとり心を　とゞむるも　かひもなぎさの　[一三]志賀《しが》の浦《うら》　跡垂《あとた》れましゝ　日吉《よし》のや　神のめぐみを　たのめども　[一四]人のねがひを　みつかはの　流《なが》れもあさく　なりぬべし　みねの聖《ひじり》の　すみかさえ　こけの下《した》にぞ　むもれゆく　うちはらふべき　人もがな　あなうの花の　世の中《なか》や　春の夢路は　むなしくて　秋の木ずゑを　おもふより　冬の雪をも　たれかとふ　かくてやいまは　あと絶《た》えむ　と思《おも》ふから

すぐれた歌だけを。

一 えらばれた歌は人によって、それぞれ、まちまちであった。
二 関白藤原忠通の子で、兼実の弟。↓補注五一。
三 歌ひしり―歌のひしり(谷・桂・谷一本以外の諸本)。
四 比叡山延暦寺の長。慈円は、建久三年以来前後四度にわたって、天台座主となる。
五 この歌は、拾遺愚草に見える。↓補注五二。
六 霊鷲山で法華経を説いた釈迦牟尼が、娑羅双樹の林の下でなくなってから。
七 大集経、月蔵分十に、仏滅後二千五百年間を教法の盛衰により、五の五百年に分かっているが、そのうちの最後の五百年を除いた二千年をさすか。をも―にも(諸本)。↓補注五三。
八 ↓補注五四。
九 ああ、このようにして、仏の教えは、水のあわのように消えてゆく時代に。
一〇 私はこの仏法に心を澄まして、この比叡山で独り静かに修行している。
一一 心の静まらない法師たちは、我も我もと場所も狭くなるくらい大勢この山にやって来るが。
一二 人けのない深山の道に踏み迷うような気持ちで月日を過ごし、仏法を興隆させる事に、ただひとり心をくだいているが。
一三 その志賀の浦に神と現われたもうた日吉の神の恵みを祈ってみても。
一四 人の願いをかなえてくれる神の霊験も、今のような世の中では浅くなってしまうことだろう。「みつかは」は、比叡山のふもとを流れる川の名。
一五 「くれはとり」は「あや」の枕詞。
一六 しかし、わが命のなくならないのを、せめ

に　一五くれはとり　あやしき夜《よる》の　わが思《おも》ひ　一六消《き》えぬばかりを　頼《たの》みきて　なを(ほ)
さりともと　花の香《か》に　しゐ(ひ)て心を　つくばやま　一七しげきなげきの　ねをたづ
ね　しづむむかしの　魂《たま》をとひ　一八救《すく》ふこゝろは　ふかくして　つとめ行(ゆく)こそ
あはれなれ　一九深山(みやま)のかねを　つく〴〵と　わが君が世を　二〇おもふとも　二一みねの
松かぜ　のどかにて　千世に千《ち》とせを　そふるほど　二二法《のり》のむしろの　花のいろ
野にも山にも　にほいてぞ　二三人をわたさむ　はしとして　しばし心を　やすむ
べき　二四つゐ(ひ)にはいかゞ　二五あすか川　あすより後や　二六わが立《た》ちし　杣《そま》のたつきの
ひゞきより　みねのあさ霧　晴《は》れのきて　くもらぬ空に　たち帰《かへ》るべき

反　歌

二七さりともと　おもふ心ぞ　なを深《ふか》き　絶《た》えで絶《た》え行(ゆく)山川の水

定家の中將、おりふし御前にさぶらひければ、二八これ返しせよとて、さし給はするに、いと疾《ゝ》く書《か》きて、御覧《らむ》ぜさせけり。

二九久かたの　天地《あめつち》ともに　かぎりなき　天《あま》つ日つぎを　ちかひてし　神もろとも
に　まもれとて　三〇我たつ杣《そま》を　いのりつゝ　むかしの人の　しめてける　峯の
杉むら　色かへず　いく年《とし》〴〵を　へだつとも　三一八重のしら雲　ながめやる
宮この春を　となりにて　御法《のり》の花も　おとろへず　にほはん物と　思《おも》ひをき
し　三二末葉《すゑば》の露も　さだめなき　かやが下葉《したば》に　みだれつゝ　三三もとの心の　それ

ても頼みにして、こんな有様でもやがて再興の折もあろうかと、無理やりに仏法に心を注ぎ。

一七この深い嘆きのもとを尋ね、今はなき伝教大師のみたまをとぶらい。

一八この衰運をもとにもどそうと願う心は深く。

一九「つくづく」の序。

二〇とも—にも(諸本)。

二一この比叡山が平穏無事で。

二二仏事や法会がさかんに行なわれ、仏徳が、野山に花の匂うように諸方に行きわたって。

二三衆生を救うてだてとして。

二四しかし、結局はどうなることであろうか。

二五「あす」の序。

二六かつて伝教大師が、わが立つそまに冥加あらせたまえと詠まれた、この比叡山に、堂塔修築のため、再び木こりたちが木をきるおの音が響き始めたならば、その響きで。→補注五五。

二七この比叡山の法燈は、まだ絶えないように見えて次第に絶えていく山川の水のようなものであるが、それでも何とかして、もとのように盛んにしたいと願う心が深いのである。

二八この時の事は、明月記に見える。これ—この(諸本)。→補注五六。

二九天皇の位は、天地とともに極まりなく栄えるであろうと、お誓いになった天照大神とともに、皇位をお守りしようと。→補注五七。

三〇りっぱなお寺が建つように仏の加護を祈りながら、昔、伝教大師が仏法修行の道場にきめておいたこの比叡山は。

三一いく重にもたなびく白雲のように見渡される花の都を隣にひかえ、みのりの花も衰える事なく栄えるであろうと予期していたのに。

三二世も末になるにつれて、かやの下葉に置く露の定めなく乱れるように、世の中も乱れきて。

三三昔、伝教大師が予期していたのとは、すっかり違って、つらい事が多くなって。

ならぬ　うきふししげき　呉竹《くれたけ》の[一]　なく音をたつる　うぐひすの　ふるすは雲[二]に　あらしつゝ　跡絶《た》[三]えぬべき　谷《たに》がくれ　こりつむなげき　椎柴《しゐしば》の　しゐ(ひ)てむかしに　かへされぬ　葛《くず》のうら葉は　うらむとも　君は三笠《みかさ》[四]の　山たかみ　雲井の空に　まじりつゝ　照日《てるひ》を世々《よゝ》に　助《たす》けこし　星《ほし》の宿《やど》りを　ふりすてゝ　ひとり出《い》[五]でにし　わしのやま　よにもまれなる　あとゝめて　深《ふか》[六]き流《なが》れに　むすぶてふ　法《のり》の清水《しみづ》の　そこすみて　にごれる世《よ》にも　にごりなし　ぬまの葦《あし》[七]間《ま》に　影《かげ》やどす　秋のなかばの　月なれば　なを山の端《は》を　ゆきめぐり　空[八]吹《ふく》かぜを　あふぎても　むなしくなさぬ　行《ゆく》するを　みつの川なみ　たちかへり　心[九]のやみを　はるくべき　日吉《よし》の御かげ　のどかにて　君をいのらん　よろづよに　千代をかさねて　松が枝《え》を　つばさにならす　鶴《つる》の子の　ゆづるよはひは　わかの浦《うら》や　[一〇]いまも玉を　かきつめて　ためしもなみに　みがきをく　我道《みち》までも　絶《た》えせずば　言《こと》の葉ごとの　いろ〳〵に　後みむ人も　戀《こ》ひざらめかも

[一一]君を祈《いの》る心深《ふか》くは頼《たの》むらん絶《た》えてはさらに山川の水

新院《(土御門)》も、のどかにおはしますまゝには、御歌をのみ詠《よ》ませ給へど、よろづの事、[一二]もて出《い》でぬ御本性《じやう》にて、人〳〵など集《あつ》めて、[一三]わざとあるさまには好《この》ませ給はず。建

一　の—に(近・平本以外の諸本)。
二　雲に—雪に(尾・大・岩本以外の諸本)。
三　もう人跡も既に絶えようとしている谷陰で、あなたは嘆きを重ねるばかりで、何とか昔の姿に返そうとしても返すことができず、どのように恨んでみてもそのかいのないことである。→補注五八。
四　思えばあなたは、藤原氏の高貴な血すじを受け、宮中の交わりをして、代々の日つぎのみこを助けてきた大臣の家柄であるのに、それをふり捨てて。→補注五九。
五　ただひとり出家をして、霊鷲山で法華経を説かれた、あの世にも稀な釈尊のあとを求めて。
六　奥深い悟りの境地に入るための仏道修行の結果、心は澄み渡り、この濁った世の中にありながら、清らかな心でおられる。
七　沼の葦間に清らかな姿をうつしている中秋の名月のように、日吉の神威はあまねく行き渡るものであるから、月が山の端を行きめぐり照らすように、その霊験はあまねく行き渡り。
八　今は望みがかなわず、空吹く風をあおいでいたずらに嘆息するような有様であっても。
九　山門の荒廃を嘆いておられる、あなたの心のやみを。
一〇　この上は、和歌の道において、すぐれた作品を詠み、それを例のないほど磨いておく、この方面の修練も絶えず続けていかれたならば。
一一　君の栄えを祈る心が深いならば、わが君も延暦寺を頼みにされるであろう。その結果、天台の法燈は今のように衰えたままでなく、やがて再び盛んになるであろう。
一二　表だって花やかにはなされぬご性格で。
一三　わざわざ歌会を催すというような事は。
一四　建保四年(一二一六)三月に詠んだ土御門院御百首をさす。諸本「百首の」。
一五　定家は、建保四年正月十三日、治部卿に任

保の比、うち〱百首(の)[一四]御歌よみ給へりしを、家隆の三位、又定家[一五]の治部卿のもとなどへ、い[一六]ふかひなき兒《ちご》の詠《よ》めるとて、つかはして見《み》せられしに、いづれもめでたくさま〲なる中に、懐舊の御歌に、

秋[一七]の色を送り迎《むか》へて雲の上になれ來《こ》し月も物わすれすな

とある所に、定家の君お[一八]どろきかしこまりて、裏書《うらがき》[一九]に、「あ[二〇]さましくはかられ奉《たてまつ》りける事」などしるして、

あ[二一]かざりし月もさこそは思《おも》ふらめふるき涙も忘《わす》られぬ世《よ》を

と奏《そう》せられたり。院(後鳥羽)[二二]もえんありて御覧《らん》ずべし。げ[二三]にいかゞ御心も動《うご》かずしもおはしまさむと、そ[二四]の世の事かたじけなくなむ。今《いま》[二五]もすこし、世のなか隔《へだゝ》たれるさまにてのみおはしますこそ、いといと《〱》を(ほ)しき御有様《ありさま》なめれとぞ。

ぜられた。

一六 特にとり立てて言うほどの事もない子どもの詠んだものです。

一七 宮中で多年の間秋景色を送り迎えて馴れ親しんで来た月よ。私がお前の事を忘れられないように、お前も私のことを忘れないでくれ。建保四年は退位後六年めにあたる。続後撰集、雑下に収む。底本「秋を色を」。諸本により「を」を「の」と訂正。なれこし―なれにし(諸本)。

一八 これは上皇のお歌であると気づいて、驚き恐れいって。

一九 巻き物などの裏面に書きしるした注・証明・心覚えの類をいう。

二〇 まったく驚き入った次第で、すっかり上皇さまにだまされてしまいました。土御門院御百首に、定家卿裏書云として「さればこそ只事ともおぼえず候つる物を、いだしぬかれまいらせて候けり。道理にて候。すでに露顕、感涙千行云々」と記す。

二一 尽きない名残を惜しんでお別れした月も、やはり同じように、さぞかし上皇さまの事を恋しく思っていることでしょう。あのご退位になる時に流した悲しい涙を、私どももまだ忘れずにいるのですから。定家の裏書(類従本)では第三句「しのふらめ」、第五句「わすられぬ世は」。

二二 本院(後鳥羽)も、何かの機会に、このお歌をご覧になられるであろう。

二三 もしご覧になったなら、本院も、ほんとうにどうして、気の毒だとお思いにならないはずはなかろうと。↓補注六〇。

二四 ご譲位になった当時のことが。

二五 今なお、いくぶん父子の間の御中らいが隔たっていて、ご不和の状態のままでおいでなさるのは、新院にとって、まことにお気の毒なご様子であるようだということだ。↓補注六一。

第二　[一]新《にゐ》島《しま》守《もり》

たけき武士《ものゝふ》の起《お》こりを尋《たづ》ぬれば、いにしへの[二]余五・[三]利仁などいひけん将軍どもの事は、[四]耳遠《みゝどを》ければさしをきぬ、そのかみより今《いまゝ》まで、源平《(の)》二流《なが》れぞ、時により折《をり》にしたがひて、おほやけの御守《まも》りとはなりにける。[五]桓武天皇ときこえし御門《(みかど)》をば、柏《かしは》原《ばら》とも申けり。その御子に式部卿の親王《みこ》ときこえしより五代のすゑに、[六]平将軍貞盛《(へいしやうぐんさだもり)》といふ人、[七]維衡《(これひら)》・維時《(これとき)》とて、ふたりの子をもたりけり。[八]まぢかく榮《さか》へし西八條の清盛の大臣《おとゞ》は、かの太郎維衡《これひら》より六代の末《すゑ》なりき。その一門《ひとつかど》亡《ほろ》びしかば、この比《ごろ》は、わづかにあるかなきかにぞ、[九]まがよふめる。さてかの[一〇]維時がなごりは、ひたすら民と成《(なり)》て、[一一]平四郎時政といふ物のみぞ、伊豆《いづ》の國[一二]北條の郡《こほり》とかや[一三]〔に〕あめる。それも維時には六代の末《すゑ》なるべし。

又源氏武者といふも、[一四]清和の御門《かど》、あるは[一五]宇多院《(の)》などの御後《のち》どもなり。二條院の御時、[一六]平治の亂《みだれ》に、伊豆の國《くに》[一七]蛭《ひる》が島へ流《なが》されし[一八]兵衛佐《(ひやうゑのすけ)》頼朝は、清和の御門《かど》より八代の流《なが》れ、[一九]六條判官爲義《(はうぐわんためよし)》といひし者《もの》の孫なり。左馬頭《(さまのかみ)》義朝が三郎になむありける。[二〇]西八條の入道大臣《おとゞ》、やう〳〵榮花衰《おとろ》へんとて、[二一]後白川院《(の)》をなやまし奉《たてまつ》りしかば、安《やす》

◇この巻には、建久元年(一一九〇)から貞応元年(一二二二)に至る三十三年間のできごとを中心にして記す。この間、後鳥羽・土御門・順徳・仲恭・後堀河の五代にわたり、前後の巻と時代的に多少重複する。すなわち、源平二氏の起原から説き起こし、源氏の興起と頼朝の上洛、頼家と実朝のこと、実朝の暗殺と源氏の滅亡、藤氏将軍の出現と北条氏の擡頭、順徳帝の譲位、後鳥羽院の北条氏追討と時房・泰時の京都進撃、官軍の敗退と三上皇の遠島、隠岐の島における後鳥羽院の生活、家隆の歌、修明門院への御製等につき記す。

一　巻の名は、後鳥羽院の御製「我こそは新島もりよ隠岐の海の荒き浪かぜ心して吹け」による。二　平維茂《(これもち)》のこと。余五—田村(諸本)。↓補注六二。三　藤原利仁。↓補注六三。四　あまりに時代が離れて耳遠い事なので。五　↓補注六四。六　平将門《(まさかど)》を追討し、後に鎮守府将軍に任ぜられた。七　貞盛の子は、維衡と維将で、維時は維将の子。↓補注六五。八　平家物語の冒頭の部分を踏んで書くか。↓補注六六。九　まかよふ—まかふ(院本以外の諸本)。↓補注六七。一〇　維時の子孫は全くの民間人になって。一一　北条時政(一一三八—一二一五)。一二　北条は、静岡県田方郡韮山町の旧地名。↓補注六八。一三「に」底本欠。諸本で補う。一四　五十六代の天皇(八五〇—八八〇)。一五　五十九代の天皇(八六七—九三一)。一六　↓補注六九。一七　静岡県田方郡韮山町の地。一八　源頼朝(一一四七—一一九九)。↓補注七〇。一九　源為義(一〇九六—一一五六)。↓補注七一。二〇　清盛をさす。二一　後白河院を苦しめ奉ったので。↓補注七二。二二　平家物語巻五によって書くか。↓補注七三。二三　寿永二年(一一八三)の秋、都から逃げ去り、同四年三月、壇の浦の海戦で全滅した事をさす。

からず思《おぼ》ほされて、三一かの頼朝を召《め》し出《い》でゝ、軍《いくさ》を起《おこ》し給しに、しかるべき時や至《いた》りけむ、平家の人〴〵は、二二壽永の秋の木枯《がら》しに散《ち》りはて、終《つゐ》にわたつ海《うみ》の底《そこ》のもくづと沈《しづ》みにし後、いよ〳〵頼朝二四權《けん》をほどこして、さらに君の御後見《うしろみ》を仕《つか》うまつる。みな相模《さがみ》の國鎌倉《かまくら》の里《さとゝ》いふ所に居《を》りながら、世をばた二五なごゝろの中におもひき。人知《し》り給へることなれば、いまさらに申《(まうす)》も二六中〳〵なれど、院の上《(後鳥羽)うへ》、位につかせ給《(たまふ)》二七は二八じめより、世のかためと成《(なり)》て、文治元年四月、二九一の階《はし》をのぼりしも、三〇八島《(やしま)》の内の大臣《おとゞ》宗盛生捕《いけど》りの賞ときこえき。

三一建久の初《はじ》めつかた、宮こにのぼる。三二その勢《いきを》ひのいかめしき事、いへばさらなり。道すがら三三遊《あそ》びものどもまいる。三四遠江《(とほたふみ)》の國橋本《くにはしもと》の宿に著《つ》きたるに、例《れい》の遊女、多《おほ》くえ三五もいはず装束《さうぞ》きてまいれり。頼朝うちほゝ三六ゑみ、

三七橋本《はしもと》の君になにをか渡《わた》すべき

といへば、三八梶《かぢ》原平三景時《かげとき》といふ武士、三九とりあへず、

四〇たゞ杣《そま》山のくれであらばや

四一いとあひだちなしや。鳥鞍《むまくら》四二こんくゝり物など運《はこ》び出《い》でゝひけば、喜《よろこ》びさは《(わ)》ぐ事かぎりなし。

そのとし《(建久元年)》四三十二月九日、權大納言になされて、四四右近大將を兼《(かね)》たり。十二月《しはす》の一日《ついたち》四五、四六よろこび申《(まうし)》〔し〕て、四七おなじき四日、やがて官《つかさ》を返《(かへし)》たてまつる。この時ぞ、四八諸國の總《そう》

二四 権力をふるって。二五 天下を手のうちにおさめたように思っていた。
二六 かえってわずらわしい事ではあるが。
二七 給—給し(諸本)。
二八 世の護り。頼朝は後鳥羽院の位についた寿永二年の翌々年には平家を亡ぼし、諸国に守護地頭を設置する勅許を得た。
二九 従二位になったのも。三〇 平宗盛(一一四七—一一八五)。内大臣、従一位に至る。壇の浦の海戦の際生けどられて、後に斬られた。
三一 建久元年(一一九〇)十月三日鎌倉を出発し、同十一月七日に京都に着いた。
三二 その行列の勢い盛んなことは。
三三 歌舞・音曲で遊興を助ける事を職とした女。
三四 静岡県浜名郡新居町にあった宿駅。
三五 何とも言えないほど美々しく着かざって。
三六 ほゝゑみ—ほうゑみて(尾・近・平・岩・院本)—ほゝゑみて(大・谷・桂・谷一本)。
三七 橋本の遊女の君たちには何を与えたらよかろうか。「橋」と「渡す」が縁語。↓補注七四。
三八 頼朝の気にいりの家臣。一二〇〇年没。
三九 この前句に、即座に次のような句を付けた。
四〇 ただ何もくれてやらないでおきたいものです。「杣山の」は、くれというための序。くれは、皮のついたままの木で、物をくれる意をかけている。四一 これはまた、愛想のないことだ。
四二 紺色のしぼり染めなどを運び出して引出物に与えると。
四三 公卿補任によれば、十一月九日。
四四 右近衛大将の略で、右近衛府の長官をいう。
四五 ついたち—一日ころ(諸本)。
四六 任官のお礼を申しあげて。「申して」の「し」を谷一本以外の諸本で補う。
四七 公卿補任「十二月四日、辞二両職一」。
四八 諸国の治安警察をつかさどる権限をお受けして。↓補注七五。

追捕使《ついぶくし》といふ事うけ給《(たまはり)》て、[一]地《(ぢ》頭職《とうしき)》に、我家のつは物どもなし集《あつ》めける。此[二]日《(の)》本國の衰《おとろ》ふる初《はじ》めは、これよりなるべし。さて東《あづま》に歸《かへ》りくだるころ、上下色々のぬ[三]さ多《おほ》かりし中に、[四]年比も祈《いの》りなどし給し吉水《(よしみづの)》僧正、かの長歌《ながうた》[五]〔の〕座主、詠《よ》[六]み給ひつかはしける。

[七]あづまぢのかたに勿來《なこそ》の關の名は君を都に住《す》めとなりけり

御返し、頼朝、

[八]みやこには君に相坂《(あふさか)》近《ちか》ければ勿來《なこそ》の關は遠《とを》きとを知《し》れ

[九]その後《ゝち》も、又上《のぼ》りて、[一〇]東大寺の供養にも詣《まう》でたりき。かくて新院《(土御門)》御位のはじめつかた、正治元年正月、東《あづま》にて頭《かしら》おろして、おなじ十三日に、年五十三にてかくれにけり。治承四年より天の[一一]下《した》〔に〕用《もち》ゐられて、二十年《はたとせ》ばかりや過《す》ぎぬらん。

[一二]北の方《かた》は、さきに聞《き》こえつる北條四郎時政が女《むすめ》なり。その腹《はら》に男《おのこ》ふたりあり。太郎をば頼家といふ。弟《おとうと》をば實朝ときこゆ。大將かくれて後《のち》、兄《あに》はや[一三]がてたち繼《つ》ぎて、[一四]建仁元年六月廿二日從二位、おなじ日、將軍の[一五]宣旨を給《(たまは)》る。[一六]又の年《とし》、左衞門督になさる。かゝれども、すこしお[一七]ちゐぬ心ばへなどありて、やう〳〵つは物もそむきそむ〔[一八]きにぞ〕なりにける。

時政は遠江守《(とほたふみのかみ)》といひて、故大將のありし時より私《わたくし》[一九]の後見《うしろみ》なりしを、まいて今《いま》は孫の世なれば、いよ〳〵身重《おも》く勢《いきほ》ひそふ事かぎりなく、[二〇]うけばりたるさまなり。子

一　頼朝が全国の治安を保つために、勅許を得て全国の荘園・公領等に置いた官職。警察・徴税・下地管理等に関する事を行なうのを職務とした。
二　朝廷の権力が衰えるようになった初め。
三　おくり物。
四　これまで多年にわたってお祈りなどをしてくれた。　五「の」諸本で補う。
六　よみ給―の給(諸本)。
七　東国のほうに、来てはならないという名の勿来の関があるのは、あなたに東国に来るな都に住めという事なのでしょう、勿来の関は、福島県勿来市にあった関所。→補注七六。
八　あなたに会うという名の逢坂の関は都近くにあるのですから、近くお会いする機会もありましょう。しかし、勿来の関はずっと遠い所にあるので、私どもには関係のないものと思ってください。
九　建久六年三月、再び上洛した。
一〇　奈良の東大寺は治承四年に焼失したが、この時再建され、頼朝は、その落成の法会に臨席。
一一　天下の人々の信望をになって。「に」を諸本で補う。
一二　頼朝の夫人は。
一三　すぐに家をついで。
一四　公卿補任によれば、建仁二年(一二〇二)七月廿三日。→補注七七。
一五　天皇の言葉をのべ伝える公文書で、詔勅が表向きであるのに対して内輪のものをいう。
一六　実は正治二年(一二〇〇)。→補注七八。
一七　落ち着きのない軽々しい性質などがあって。
一八「きにぞ」底本空白。諸本で補う。
一九　私的な後見役。→補注七九。
二〇　わがもの顔にふるまっている状態である。
二一　は―か(諸本)。
二二　将軍として不適当であると思って。

二人あり。太郎は宗時といふ。二郎《らう》義時といふは、心もたけく魂《たましゐ》まされるは、[二一]左衛(頼家)門(の)督をば[二二]ふさはしからず思《おも》ひて、弟《おとうと》の實朝の君につき從《したが》ひて、[二三]思《おも》ひかまふる事などもありけり。

　(頼家)督《(かみ)》は、日にそへて人にもそむけられゆくに、いといみじき病《やまひ》をさへして、建仁三年[二四]九月十六日、年《とし》廿二にて頭《かしら》おろす。[二五][二六]世(の)中殘《のこ》りおほく、何事もあたらしかるべきほどなれば、さこそ口惜《お》しかりけめ。幼《おさな》き子の一萬といふにぞ、世をば讓《ゆづ》りけれど、[二七]うけひく物なし。(頼家)入道は、かの病《やまひ》つくろはんとて、鎌倉より伊《い》豆《づ》の國へ出《い》で湯《ゆ》あびに越《(こえ)》たりけるほどに、かしこの[二八]修善寺といふところにて、終《つゐ》に討《う》たれぬ。[二九]一萬もやがて失《うしな》はれけり。これは、實朝と義時と、一《ひと》つ心にて[三〇]たばかりけるなるべし。

　さて、今《いま》はひとへに、實朝、故大將の跡《あと》をうけつぎ、[三一]官《つかさ》・位《くらゐ》とゞこほる事なく、よろづ心のまゝなり。[三二]建保元年二月廿七日、正二位せしは、[三三]閑院の内裏つくれる賞とぞ聞侍《(ききはべり)》し。おなじ六年、權大納言になりて、左大將をかねたり。[三四]左馬寮をさへぞつけられける。その年《とし》やがて内大臣に[三五]なりて、なを大將もとのまゝなり。[三六]父《ちゝ》にもやゝ立まさりていみじかりき。この(實朝)大臣《おとゞ》に、大かた、心ばへうるはしく、[三七]たけくもやさしくも、よろづめやすければ、[三八]ことはりにも過《す》ぎて、物のふのなびき從《したが》ふさまも[三九]代々に越《こ》えたり。いかなる時にかありけむ、

　[四〇]山はさけ海はあせなん世なりとも君に二心われあらばやは

二三 いろいろと画策する事などがあった。
二四 吾妻鏡等によれば、九月七日。
二五 底本「し」。諸本ニ訂正。
二六 俗世間に心残りの事が多く、何事につけても捨てるのには惜しい年配なので。
二七 承認する者がない。
二八 静岡県田方郡修善寺町。元久元年(一二〇四)七月十八日、頼家はこの地で殺された。
二九 一万が比企能員の一族と共に殺されたのは頼家の殺された年の前年の九月二日である。
三〇 計画した事なのだろう。
三一 官職・位階ともに順調に進み。
三二 吾妻鏡、建保元・三・六の条に「去月廿七日、閑院遷幸、今夜即被レ行ニ造営賞一、将軍叙ニ正二位一給」。
三三 京都市の二条の南、西洞院の西にあった皇居。高倉帝以後ここを皇居とし、後鳥羽院もここで践祚。承元二年十一月、火災で焼亡したのを実朝が修造。その際、大内裏にならって諸殿を建てそえた。
三四 実朝は、建保六年三月六日に左大将を兼ね、同日、左馬寮御監となされた。
三五 なりて—なりても(諸本)。
三六 この官位は父の頼朝にも幾分まさっていて。頼朝は、正二位権大納言右大将で終わった。
三七 勇武な点でも優雅な点でも、万事につけて非の打ちどころがなかったので。→補注八〇。
三八 常識では考えられないくらいに。
三九 代々に—父にも(院本、永二・谷・桂の諸本に校合のイ本)。
四〇 たとえ山はさけ海の水がかれて浅くなるような世であっても、私は大君に対して異心を抱くようなことを、絶対にいたしましょうか。金槐集には「太上天皇御書下預時歌」、新勅撰集、雑二には「ひとり懐を述べ侍りける歌」と詞書して収む。諸本は、第五句「わかあらめやは」。

とぞよみける。

時政は建保三年かくれにしかば、義時ぞ跡《あと》をつぎける。故左衛門(の)督(頼家)の子にて公暁《くげう》といふ[一]大徳《だいとこ》あり。[二]親《おや》の討《う》たれにし事を、いかでか安《やす》き心あらん。いかならむ時に[三]かとのみ思《おも》ひわたるに、この内大臣(實朝)、又右大臣にあがりて、[四]大饗《きやう》など、めづらしく東《あづま》にて行《おこ》なふ。京より[五]尊者をはじめ上達部《かんだちめ》・殿上人多《おほ》くとぶらひいましけり。さて、[六]鎌倉《かまくら》に移《うつ》し奉《たてまつ》れる八幡の御社《みやしろ》に、[七]神拝にまうづる、いといかめしきひゞきなれば、[八]國々の武士《ぶし》はさらにもいはず、都《みやこ》の人〴〵も扈従《こせう》したりけり。たち騒《さは》ぎのゝしる物、見《み》る人も多《おほ》かる中に、かの大徳《だいとこ》、うちまぎれて、女のまねをして、白《しろ》き[九]薄衣《うすぎぬ》ひきおり、[一〇]大臣《をとゞ》の車より降《お》るゝ程を、さしのぞくやうにぞ見えける。あやまたず首《くび》をうちおとしぬ。そのほどのとよみいみじさ、思《おも》ひやりぬべし。かくいふは、承久元年正月廿七日なり。[一一]そこらつどひ集《あつ》まれる者《もの》ども、たゞあきれたるよりほかの事なし。[一二]京にも聞《き》こしめしおどろく。世(の)中火を消《け》ちたるさまなり。[一三]下《くだ》りし人々も、泣《な》く〳〵袖をしぼりてぞ上《のぼ》りける。

いまだ子もなければ、たち繼《つ》ぐべき人もなし。事しづまりなん程《ほど》とて、故大臣(實朝)《おとゞ》の母北の方《かた》二位殿(政子)といふ人、ふたりの子をも失《うしな》ひて、涙《なみだ》ほす間《ま》もなく、しほれ過《す》ぐすをぞ、将軍に用《もち》ゐける。[一四]かくてもさのみはいかゞにて、君だち一所《ひとゝころ》下《くだ》しきこえて、将軍になし奉《たてまつ》らせ給(たまふ)べ[一五]く、[一六]公經の大臣《おとゞ》に申のぼせければ、[一七]あへなんと思《おぼ》すところに、

一　僧。もとは高僧の意。
二　親が打ちとられてしまった事を、どうして平気でいられようか。　三　諸本「に」なし。
四　大臣に任ぜられた時に、公卿・殿上人を招いて行なう宴会。任大臣の大饗。
五　大臣の大饗の時、正客として上席にすわる高位の人。この時は、坊門大納言忠信が尊者。→補注八一。
六　鶴岡八幡宮をさす。同社は、源頼義が安倍貞任を征した際に石清水八幡宮を由比浜に分かち移し、後、頼朝の時に現位置に社殿を建てた。
七　右大臣に任ぜられたお礼を申し上げるために参詣。　八　吾妻鏡「路次随兵一千騎也」。
九　薄衣を頭部から背にかけてかぶり顔をかくし。
一〇　吾妻鏡等には、拝賀を終わり神前を退出してゆく途中でうたれた事を伝える。→補注八二。
一一　多く群集していた人々は。
一二　同年二月六日、後鳥羽院は水無瀬殿から急ぎ帰京し、国土安寧玉体安穏を祈らしめた。
一三　くたりし人々も—こせうに西園寺宰相中将実氏もくたり給き。さならぬ人々も(諸本)。
一四　このような処置はとったものの、そのままにしておくのは、どうかというわけで。
一五　く—と(諸本)。
一六　西園寺公経(一一七一—一二四四)。その妻は、源頼朝の妹が藤原能保に嫁して生んだ女。
一七　承知しようと思っておられるところに。
一八　九条道家(一一九三—一二五二)。後京極良経の子。摂政関白を歴任。道家の—とのゝ(院本以外の諸本)—道家とのゝ(院本)。
一九　藤原頼経(一二一八—一二五六)。わか君—わか君の(諸本)。
二〇　公経は、将軍として関東に下すのが自分の孫であったところで、自分の子を下向させるの

[一八]九條右大臣道家*の上《うへ》は、この大臣《おとゞ》の御女なり。その御腹《はら》の[一九]若君《わか》、二になり給を、下《くだ》しきこえんと、九條殿《(道家)》のたまへば、[二〇]御孫ならんもおなじことと思《おぼ》して、定《さだ》め給ぬ。

その《(承久元年)》としの六月に、東《あづま》に率《ゐ》てたてまつる。七月十九日におはしましつきぬ。[二一]むつきのうちの御有さまは、たゞ[二二]形代《かたしろ》などを祝《いは》ゐたらんやうにて、よろづの事、さながら[二三]右京権大夫《(ごんのだいぶ)》義時朝臣の心のまゝなれど、[二四]一の人の御子、將軍に成給《(なり)》へるは、これぞ初《はじ》め[二五]なめるべき。[二六]かの平家の亡《ほろ》びがた近《ちか》く、人の夢に、「賴朝が後《のち》は、その御太《た》刀《ち》あづかるべし」と、[二七]春日大明神おほせられけるは、この今《いま》の若《わか》君の御事に[二八]ぞありける。

かくて世《よ》をなびかししたゝめ行《おこ》なふ事も、[二九]ほと〳〵古《ふる》きには越《こ》えたり。[三〇]まめやかにめざましき事も多《おほ》く成《(なり)》ゆくに、[三一]院《(後鳥羽)》の上《うへ》、忍《しの》びて思《おぼ》したつ事などあるべし。近《ちか》く仕《つか》うまつる上達部・殿上人、まいて[三二]北面の下﨟《(げ)らう》・[三三]西面《おもて》などいふ[三四]も、みなこのかたにほのめきたるは、あけくれ[三五]弓箭《きうせん》兵仗《(ひやうぢやう)》のいとなみより外《ほか》の事なし。[三六]劍《つるぎ》などを御覽じ知《(しる)》事さへ、いかで習《なら》はせ給へるにか、[三七]道の者にもやゝまさりて、かしこくおはしませば、御前にてよきあしきなど定《さだ》めさせたまふ。

かやうのまぎれにて、承久も三年になりぬ。四月廿日、御門《(順德)》降《を》りさせ給。春宮《(仲恭)》四《(よつ)》にならせ給《(たまふ)》に讓《ゆづ》り申させ給《(たまふ)》。[三八]近頃《ちかごろ》、みなこの御齡《よはひ》にて[三九]受禪ありつれば、これもめでたき御行末《(ゆく)すゑ》ならんかし。おなじ廿三日、[四〇]院號の定《さだ》めありて、今《いま》降《を》りさせ給へるを、

と同じことだとお考えになって。「ことゝ」は底本「ことく」。諸本で訂正。
二一 あかんぼうに着せるうぶぎをいう。
二二 形代でもお祭りしているようなもので。形代は、神を祭る時、神霊の代わりとする人形。
二三 定員以外に、かりに任命された右京職《(しき)》の長官。 二四 摂政関白をいう。
二五 なめるへき—なるへき(諸本)。
二六 平家物語巻五、物怪之沙汰に、ある青侍の見た夢として、平家の味方をしている厳島大明神が追い立てられた後で、八幡大菩薩が平家のあずかっている節刀を頼朝に与えたいと思うといぅと、春日大明神が、その後では私の子孫に与えて下さいと言ったという話がしるされている。これによって書くか。↓補注八三。
二七 春日神社の祭神で、藤原氏の氏神。
二八 にそありける—にこそありけめ(諸本)。
二九 ほとんど昔の頼朝の時代にもまさる有様だった。
三〇 ほんとうに心外で非難したいような事も。
三一 底本「後鳥羽院」。諸本で訂正。「後鳥羽」は傍注が本文にまぎれこんだものであろう。
三二 北面の武士の中で六位の者。下北面。
三三 院の御所を警護する武士で、院の西面にはんべった者。後鳥羽院が初めて置く。
三四 「も」底本傍書。諸本による。
三五 武芸にはげむ以外に、余念のない有様だ。弓箭兵仗は、弓矢刀剣などの武器類をいう。
三六 刀剣のよしあしをお見分けになる事さえ。
三七 その方面の専門家よりさらにすぐれて、見事な見識を持っておられたので。まさりて—たちまさりて(諸本)。
三八 後鳥羽院も土御門院も四歳で皇位につく。
三九 新帝が前帝から皇位をゆずり受けること。
四〇 退位した天皇などに天皇がおくる称号。諸本「院号のさためありて」なし。

新院《(順徳)》ときこゆれば、御兄《あに》の院をば中の院《(土御門)》と申《(まうし)》、[一]父《ちゝ》御門をば本院《(後鳥羽)》とぞきこえさする。このほどは、[二]家實の大臣《おとゞ》關白にておはしつれど、御讓位のとき、左大臣道家の大臣《おとゞ》、攝政になり給。かの東《あづま》の若君《わかぎみ》の御父《ちゝ》なり。

さても院《(後鳥羽)》の思《おぼ》し構《かま》ふる事、忍《しの》ぶとすれど、やう〳〵もれ聞《き》こえて、東《ひんがし》ざまにも、その心づかひすべかんめり。[三]あづまの代官にて伊賀[四]判官《(の)》光季《(みつ)すゑ》といふ者《もの》あり。[五]かつ〳〵かれを御勘事《かうじ》の由《よし》おほせらるれば、御方《(み)かた》に參《まい》るつは物どもおしよせたるに、逃《の》がるべきやうなくて、腹切《はらき》りてけり。まづいとめでたしとぞ、院〔は〕[六]思《おぼ》しめしける。

東《あづま》にも、いみじうあはて騷《さは》ぐ。[七]「さるべくて身の失《う》すべき時にこそあんなれ」と思《おも》ふ物から、「討手《うて》の攻《せ》め來《き》たりなん時に、[八]はかなき樣《さま》にてかばねをさら〔さ〕[九]じ、[一〇]おほやけと聞《き》こゆとも、身づからし給《(たまふ)》事ならねば、[一一]かつは我身の宿世《しゆくせ》をも見《み》るばかり」と思《おも》ひなりて、弟《おとうと》の[一二]時房と[一三]泰時といふ一男と、二人《ふたり》をかしらとして、[一四]雲霞のつはものをたなびかせて、都《みやこ》にのぼす。泰時を前《まへ》にすへ《(ゑ)》ていふやう、[一五]「をのれをこの度《たび》都《みやこ》に參《まい》らする事は、思《おも》ふところ多《おほ》し。本意のごとく[一六]よき死をすべし。[一七]人に後《うし》ろ見《み》えなんには、親《おや》の顏《かほ》、又見《み》るべからず。今《いま》を限《かぎ》りとおもへ。いやしけれども、義時、君《きみ》の御ために[一八]後《うし》ろめたき心やはある。されば、[一九]横《よこ》さまの死をせん事はあるべからず。心をたけく思《おも》へ。をのれうち勝《か》つならば、二たび[二〇]足柄《あしがら》・箱根《はこね》山は越《こ》ゆべし」など、泣《な》く〳〵いひきかす。「まことにしかなり。又親《おや》の顏《かほ》おがまむ事もいとあやうし」

一　底本、この次に「普賢寺殿御子」とあり。諸本により削る。「家実のおとゝ」の傍注がまぎれこんだものであろう。
二　近衛家実(一一七九—一二四二)。
三　鎌倉からつかわされた京都の守護。承久記上「光季昨日迄ハ、鎌倉殿ノ御代官トシテ都ヲ守護シテ有シカバ、世ノ覚ヘ時ノキラ肩ヲ雙ブル人モナシ」。
四　判官は、検非違使の尉をいう。↓補注八四。
五　まず手はじめに、その光季をおこらしめになるようにと、おおせられたので。
六　「は」諸本で補う。
七　このようになる前世の因縁で、今はいよいよこの身の亡びる時なのだ。
八　おめおめと犬死はしまい。
九　「さ」諸本で補う。
一〇　院のなさる事といったところで。
一一　一つには、自分の運勢をためしてみるだけのことだ。
一二　元仁元年(一二二四)以後、十七年にわたり幕府の連署を務め、仁治元年(一二四〇)六十六歳で没す。
一三　元仁元年義時の後を受けて幕府の執権となり、十九年間在任。仁治三年六十歳で没す。
一四　雲霞のたなびくように、おびただしい軍勢をひきつれて。
一五　お前を今度、都に上らせる事については。
一六　よき—きよき(尾・近・平・大・岩本)。
一七　戦いに敗けて、敵に後ろを見せて逃げるような事があったなら。
一八　後ろぐらい心など絶対に持っていない。
一九　思いがけないわざわいで死ぬという事など。
二〇　あしから—このあしから(諸本)。
二一　親子は互いに、これが最後の別れかと。
二二　出立した翌日。
二三　戦いの方法は、またこの度の事変に関する大体の処置の仕方などについては。

と思《おも》ひて、泰時も鎧《よろひ》の袖をしぼる。二一かたみに今《いま》や限《かぎ》りとあはれに心ぼそげなり。

かくて二二うち出《い》でぬる又の日、思《おも》ひかけぬ程に、泰時たゞひとり、鞭《むち》をあげて馳《は》せきたり。父《ちゝ》、胸《むね》うちさはぎて、「いかに」と問《と》ふに、「二三いくさのあるべきやうは、二四大かたのをきてなどは、仰《おほせ》のごとくその心をえ侍《はべり》ぬ。もし道のほとりにも、はからざるに、かたじけなく二五鳳輦《ほうれん》を先《さき》だてゝ、御旗《はた》をあげられ、二六臨幸《りんかう》の嚴重《げんでう》なる事も侍らんに参《まい》りあへらば、二七その時《とき》、進退《しんだい》はいかゞ侍《はべる》べからん。この一事をたづね申さんとて、ひとり馳《は》せ侍き」といふ。義時、とばかりうち案《あん》じて、「二八かしこくも問《と》へるおのこかな。その事なり。まさに君の御輿《こし》に向《むか》ひて弓を引《ひ》くことは、いかゞあらん。さばかりの時《とき》は、かぶとをぬぎ弓の弦《つる》を切《き》りて、ひとへにかしこまりを申《まうし》て、身をまかせ奉《たてまつ》るべし。さはあらで、君は都《みやこ》におはしましながら、軍兵を給《たまは》せば、命を捨《す》てゝ千人が一人になるまでも戦《たゝか》ふべし」と、いひもはてぬに急《いそ》ぎ立《た》ちにけり。

二九都《みやこ》に〔も〕思《おぼ》しまうけつる事なれば、物のふども召《め》しつどへ、三〇宇治・勢多の橋《はし》もひかせて、敵《かたき》を防《ふせ》くべき用意《ようゐ》、心ことなり。公經の大將三一ひとりのみなむ、三二御孫のこともさる事にて、三三北の方、一條の中納言能保《よしやす》といふ人の女《むすめ》なり、三四其母北の方は、故大將のはらからなれば、一かたならず東《あづま》を重《おも》くおぼして、三五さしいらへもせず、三六院の御心輕《かろ》き事をあぶながり給。三七七條院の御ゆかりの殿原、三八坊門大納言忠信・三九尾張中將清《きよ》經《つね》・四〇中御門大納言宗家、又四一修明門院の御はらからの四二甲斐《かい》の宰相中將範茂〔四三など〕、つ四四

二四 諸本「は」なし。 二五 天皇の乗物をいう。屋形の上に金色の鳳凰(ほうおう)をつけた輿を用いたところから、この名がある。
二六 上皇みずからお出かけになるという、いかめしい事があって、そのお出ましに出会うようなことがあったなら。
二七 そのとき―その時の(諸本)。 二八 よい事をお前は尋ねてくれた。 二九 京都のほうでも予期しておいでになったことなので。「みやこにも」の「も」底本欠。諸本で補う。 三〇 宇治は京都府、勢多は滋賀県の地名。琵琶湖の水が流れ出るあたりに勢多、その下流に宇治があり、ともに東国から京都に入る要所。 三一「ひとりのみなむ」は「一かたならず…」に続く。 三二 その御孫の将軍頼経の関係もむろんのことであるが。 三三 公経の夫人は。諸本「北の方は」。 三四 その母親である能保の夫人は、故右大将頼朝のきょうだいなので。 三五 上皇のお言葉に対して、ご返辞も申し上げずに。 三六 院のお心の軽率なことよと、このくわだてを不安に思っておられた。御心―御心の(諸本)。事を―事と(諸本)。
三七 七条院のご縁故の殿がた。七条院は、後鳥羽院の生母。
三八 内大臣信清の一男。権大納言。承久三年出家。越後に流さる。七条院のおい。 三九 清経は清親の誤りであろう。坊門清親は、左中将尾張守。七条院のおい。 四〇 権中納言宗行の誤りか。宗行は幕府追討に関与したために承久の変後、駿河の国で殺されている。→補注八五。 四一 後鳥羽院の妃。順徳院の生母。 四二 高倉範茂。甲斐守。参議。左中将。承久の変の時、宇治に向かい、変後関東に送られる途中で殺さる。修明門院の弟。「範茂」は底本「範義」。底本注記のイ本、諸本で訂正。 四三「なと」諸本で補う。
四四 戦争に参加した人は、次々と多くの人がうわさされているが。

ぎ〳〵あまた聞《き》こゆれど、さのみはしるしがたし。軍《いくさ》に交《ま》じりたる人〴〵、このほか上達部にも殿上人にも、あまたありき。

[一]御《(み)》修法《しゆほふ》ども数《かず》知《し》らず行《おこ》なはる。やんごとなき[二]顕密〔の〕高僧も、かゝる時こそ頼《たの》もしきわざならめ。おの〳〵心を致《いた》して仕《つか》うまつる。御身づからもいみじう念ぜさせ給《(たまふ)》。[三]日吉《ひよし》の社に忍《しの》びて詣《まう》でさせ給へり。[四]大宮の御前に、夜もすがら御念誦《ねんず》し給て、[五]〔御〕心のうちに、[六]いかめしき願どもを立《た》てさせ給。夜すこし深《ふ》けしづまりて、御社《みやしろ》すごく、燈籠《とうろ》の光《ひかり》かすかなるほどに、おさなき童《わらは》の臥《ふ》したりけるが、にはかにを《(お)》びえあがりて、院の御前に[七]たゞまいりに走《はし》りまいりて、[八]託宣《たくせん》しけり。「かたじけなくもかく渡《わた》りおはして、[九]愁《うれ》へ給へば、聞過《(きき)す》ごしがたくは侍れど、[一〇]一とせ、輿振《こしふ》りの時、情《なさ》けなく防《ふせ》かせ給しかば、[一一]衆徒おのれを恨《うら》みて、[一二]陣のほとりに[一三]ふり捨《す》て侍しかば、空《むな》しく馬牛のひづめにかゝりし事、いまに怨《うら》めしく思《おも》ひ給ふるにより、[一四]この度《たび》の御方《かた》人《(うど)》は、え仕《つか》うまつり侍《(はべる)》まじ。[一五]七社の神殿を、金《こがね》[一六]白玉《(しらたま)》にみがきなさんとうけ給《(たまはる)》とも、もはら受《う》け侍らぬなり」とのゝしりて、息《いき》も絶《た》えぬるさまにて臥《ふ》しぬ。きこしめす御心ち、[一七]物に似《ゝ》ずあさましう思《おぼ》さるゝに、たゞ御涙《なみだ》のみぞ出《い》でくる。過《(すぎ)》にしかた悔《くや》しう取《と》り返《かへ》さまほし。さま〴〵[一八]おこたりかしこまり申させ給。山の御輿《こし》防《ふせ》き奉《たてまつ》りけん事、かならずしも身づから思《おぼ》しよるにはあらざりけめど、「[一九]責《せ》め一人に」といふらん事にやと、あぢきなし。中院《(の)(土御門)》は、あかで位をすべり給しより、言《こと》に出《い》でてこそ

一　この場合は、関東を降伏させるためのお祈りを意味する。「みずほふ」とも言う。
二　顕教と密教の高僧。底本「顕蜜」。「の」諸本で補う。
三　百錬抄によれば、六月八日。百錬抄、六月八日の条に「一院・土御門院・新院・六条冷泉両宮御登山、洛中貴賤東西馳走」とあり、同月九日の条に「三院両宮還御云々」とある。承久記上には「六月九日酉刻ニ一院・新院・冷泉宮引具シ進ラセテ日吉へ御幸ナル」とある。ただし、承久記は、本により日を異にす。
四　日吉七社の第一。三輪の大物主神を祭る。
五「御」諸本で補う。
六　重大な願どもをお立てになられた。この時の願は、神助を得て戦いに勝利を得たなら、日吉七社の神殿を金銀で磨きたてようという誓いを立てたものであった事が、下記の文章から推察できる。
七　ただひたすらに走り参り。
八　神が人にのり移り、または夢などに現われて、その神意を告げ知らせること。
九　嘆願されるのであるから。
一〇　先年、神輿を奉じて京都に入った時。諸本「一とせの」。→補注八六。
一一　衆徒は自分の事を、神威の薄い頼みにならない神だと恨んで。衆徒は僧兵の意。
一二　皇居の中の衛士の詰所。この場合は、閑院内裏の左衛門陣。
一三　ふり捨てて、置きっぱなしにしましたので。
一四　今度の戦いのお味方は。
一五　日吉神社の二十一社のうちの上七社。→補注八七。
一六　白玉―しろかね(諸本)。
一七　物にたとえようもなく情けなく。
一八　過失をおわび申しあげる。
一九　これは、すべての責任は天子にあるという

物し給はねど、世のいと心やましきまゝに[二〇]、かやうの御騒《さは》ぎにも、ことにまじらひ給はざめり。新院(順徳)は、おなじ御心にて、よろづ軍《いくさ》の事などもをきておほせられけり。

いつの年《とし》よりも五月雨(さみだれ)晴《は》れ間《ま》なくて、富士《ふじ》川・天龍など、えもいはずみなぎりさはぎて、いかなる龍馬(りゆうめ)[二一]もうち渡《わた》しがたければ、攻《せ》め上《のぼ》る武士《ぶし》[二二]どもゝ、あやしくなやめり。かゝれども、終《つゐ》に宮こ近《ちか》づくよし聞《き》こゆれば、君の御武者も出《い》でたつ。其勢《いきほ》ひ、六萬餘騎とかや。宇治《うぢ》・勢多《せた》へ分《わ》かちつかはす。世の中の響《ひゞ》きのゝしるさま、言《こと》の葉も及《およ》ばずまねびがたし。あるは、深《ふか》き山へ逃《に》げこもり、遠《とを》[二三]き世界《せかい》に落《を》ちくだり、すべて安《やす》げなく騒《さは》ぎみちたり。「いかゞあらん」と君も御心亂《みだ》れて思《おぼ》しまどふ。

かねては猛《たけ》く見えし人〴〵も、まことのきは[二四]になりぬれば、いと心あは(わ)たゝしくて、色を失《うしな》ひたるさまども、頼《たの》もしげなし。六月廿日[二五]あまりにや、いくばくの戰《たゝか》ひだにもなくて、終《つゐ》にみかたの軍《いくさ》やぶれぬ。荒《あら》き磯《いそ》に高潮《たかしほ》[二六]などのさし來《く》るやうにて、泰[二七]時・時房《とき》亂《みだ》れ入(いり)ぬれば、いはんかたなくあきれて、上下[二八]たゞ物にぞあたりまどふ。東《あづま》よりいひおこするまゝに、かの二人《ふたり》の大將軍はからひ[二九]をきてつゝ、保元の例《ためし》[三〇]に、院の上、都の外《ほか》に移《うつ》し奉《たてまつ》るべしと聞《き》こゆれば、女院・宮〴〵[三一]、所々に思《おぼ》しまどふ事さらなり。本院(後鳥羽)は隠岐《おき》の國におはしますべければ、先(まづ)鳥羽殿へ、網代《あじろ》[三二]車のあやしげなるにて[三三]、七月六日入《い》らせ給。今日《けふ》を限《かぎ》りの御ありき、あさましうあはれなり。「物[三四]にもがなや」と思《おぼ》さるゝもかひなし。その日[三五]やがて御髮《ぐし》おろす。御年《とし》四十に一

事なのだろうかと。論語「百姓有レ過、在二予一人一」。

二〇 不快に思われるままに。

二一 すぐれてよい馬。

二二 ふし—むしゃ(諸本)。

二三 遠い地方に落ちのびてゆき。

二四 いざという場合にのぞむと。

二五 諸書によれば、六月十五日に東軍は京都市中に乱入している。百錬抄の六月十五日の記事に「武士等皆以乱入、官兵等各放二火宿館一逃隠」、同十六日の記事に「武士入洛、已著二六波羅一、京中追捕、以外狼藉也。凡雖二霊社霊仏一、不レ恐レ之不レ憚レ之」と見える。

二六 つなみなどが押し寄せて来るように。

二七 諸本「泰時と」。

二八 都の人々は貴賤をとわず、ただ物に突き当たっては、あわてうろたえるばかりである。

二九 あれこれと処置しさしずをして。

三〇 保元の乱後、崇徳院を讃岐国へ流した例をいう。

三一 天皇の生母・准母・内親王などに対する尊号で、何々院または何々門院の尊号を受けた方をいう。ここでは、七条院・承明門院・修明門院等をさす。

三二 網代(竹やひのきのへぎ板などを斜めに編んだもの)で車体を張ってある車。大臣・納言・大将などが、略儀遠行の時に用いた。

三三 粗末なのにお乗りになって。

三四 昔のままの状態に、この世の中をもどしたいものだとお思いになっても。源氏物語の古注に引く「とり返すものにもがなや世の中をありしながらのわが身と思はむ」の歌による。↓補注八八。

三五 その日すぐに髮をそって仏門に入られた。百錬抄・吾妻鏡等によれば、七月八日出家。

二やあまらせ給らん。[一]まだいと《(ほ)》をしかるべき御ほどなり。[二]信實《のぶざね》の朝臣召《め》して、御姿《すがた》うつしかゝせらる。七條院へ奉《たてまつ》らせ給はんとなり。かくて、おなじ十三日に御船《ふね》にたてまつり給。[三]遙《はる》かなる浪路をしのぎおはします御心ち、この世のおなじ御身ともおぼされず。[四]いにしへ、[五]いかなりける代々の報《むく》ひにかとうらめしう、[六]新院《(順德)》も佐渡國《(の)》に移《うつ》らせ給。

[七]まことや七月九日、御《(仲恭)》門《かど》をもおろしたてまつりき。この卯月かとよ、御讓位とてめでたかりしに、夢のやうなり。七十餘日にて降《を》り給へるためしも、これや初《はじ》めなるらん。[八]もろこしにぞ、[九]四十九日とかや位《くらゐ》におはする例《れい》ありけると、唐《から》の書讀《ふみよ》みし人のいひし心ちする。それもかやうの亂《みだ》れやありけん。さて上達部《(かんだちめ)》・殿上人《(てんじやうびと)》、それより下《しも》はた殘《のこ》りなく、この事にふれにし類《たぐひ》は、重《おも》く輕《かろ》く罪《つみ》にあたるさま、いみじげなり。

中《(土御門)》の院は初《はじ》めより知《しろ》しめさぬ事なれば、東《あづま》にもとがめ申さねど、父《ちゝ》の院、遙《はる》かにうつらせ給ぬるに、のどかにて宮こにあらん事、いと恐《おそ》れありと思《おぼ》されて、御心もて、その年閏十月十日、[一〇]土佐國の幡多《はた》といふ所にわたらせ給ぬ。去年《こぞ》の二月《きさらぎ》ばかりにや、[一一]若《わか》宮いでき給へり。承明門院の御兄《せうと》に、[一二]通宗《みちむね》の宰相中將とて、若《わか》くて失《う》せ給にし人の女《むすめ》の御腹《はら》なり。やがて、かの宰相の弟《をとうと》に、[一三]通方といふ人の家にとゞめ奉《たてまつ》り給て、[一四]近《ちか》くさぶらひける北面の下《(げ)》﨟《らう》一人、[一五]召次《めしつぎ》などばかりぞ、御供仕《ともつかまつ》りける。いと

一　ご出家なさるには、まだ、お気の毒に思われるご年配である。
二　藤原信実(一一七一―一二六五)。歌人・画家。特に、大和絵の肖像画家として父の隆信とともに著名。
三　給―て(諸本)。
四　いにしへ―いみし(諸本)。「いみし」を「いにしへ」に誤ったものか。
五　どのような状態であった前世のむくいで、このような情けない目にあうのだろうかと。
六　七月二十一日、順徳院を佐渡国に移す。
七　ほんとうにそういえば。
八　秦の始皇帝の孫の子嬰(しえい)は、秦王となって四十六日で、楚将沛公(はいこう)に降伏した(史記、始皇本紀)。↓補注八九。
九　四十九日―四十五日(諸本)。
一〇　土御門院を幡多に移したことは、承久記(慈光寺本)に見える。↓補注九〇。
一一　後の後嵯峨天皇。承久二年二月二十六日誕生。
一二　源通親の長男。建久九年(一一九八)五月六日、三十一歳で没。
一三　源通親の五男。大納言に至り、暦仁元年(一二三八)十二月、五十歳で没。
一四　お供をした人々に関しては、諸書で記述を異にする。↓補注九一。
一五　院・宮に仕えて雑事をつとめる人。
一六　あやしの―あやしき(諸本)。
一七　手で持ってかつぐ輿。腰輿(よう)ともいう。
一八　承久記に類似の記述が見える。ただし、承久記は、次の御製とともに、土佐から阿波へ移る時の事となす。承久記下「角テ土佐国ニ付セ給ニ、御栖居ノチイサキ由申セバ、阿波国へ移ラセ給程ニ、阿波ト土佐ト両国ノ中山ニテ、俄ニ大雪降ツヽ、前後ノ路モ分難ク、御輿カキモ歩カネ、上下ノ聟行ヤラザリケレバ、御コシカキスヘテ、如何ナルベシ共不覚云々」。

一九 このようにつらいめに逢うところをみると、自分は恐らく、そうなる前世の因縁のもとに、この世には生まれて来たのであろう。その道理も知らぬ顔に、流れ出てくる我が涙であることよ。続古今集、雑下。
二〇 都へお帰り願えなくとも、せめて都に近い所にでもお移りくださいと。
二一 今の徳島県。
二二 あまりにも情けなく残念なことである。
二三 観無量寿経「劫初以来、有二諸悪王一、貪二国位一故、殺二其父一、一万八千人云々」。
二四 一つや二つの理由はあったであろう。
二五 あるいは家系の異なる大臣とか、そうでなくても、天子にでもおなりになるはずの方とかが、ちょっとした行き違いのために、世間からうとんぜられて。
二六 君—きさみ(諸本)。
二七 きわめて身分の低い民。
二八 以下、平家物語巻一を踏んで書く。
二九 平将門(　→九四〇)。鎮守府将軍平良将の子。→補注九二。
三〇 藤原純友(　→九四一)。将門と前後して西海で叛乱を起こし、天慶四年(九四一)攻め亡ぼされた。
三一 源義親(　→一一〇八)。義家の第二子。→補注九三。 三二 底本「は」を「と」と訂正。
三三 天皇のおおせには勝つことができなかった。
三四 故後白河院が天皇の御位にあって、そのために、うち勝たれたので。
三五 同じく自分のご子孫であっても。みもすそ川は伊勢内宮の神苑を流れている川。五十鈴川。
三六 国王—国主(谷一本以外の諸本)。
三七 給はす—給はする(諸本)。
三八 藤原信頼(一一三三—一一五九)。右衛門督。平治元年、源義朝と結んで兵を挙げ、敗れて六条河原で斬られた。 三九 身分不相応にも。
四〇 →補注九四。 四一 底本「けり」。諸本で訂正。

一六あやしの御手輿《たごし》一七にて下《くだ》らせ給ふ。道《みち》一八すがら雪かきくらし風吹《(ふき)》荒《あ》れふゞきして、來《こ》しかた行《ゆ》くさきも見えず、いと堪《た》へがたきに、御袖もいたく氷《こほ》りて、わりなき事多《おほ》かるに、

一九うき世にはかゝれとてこそ生《む》まれけめことはり知《し》らぬ我涙かな

二〇せめて近《ちか》きほどにと、東《あづま》より奏《そう》したりければ、後には阿《あ》波《は》二一の國に移《うつ》らせ給にき。

さても、このたび世《よ》のありさま、げに二二いとうたて口《くち》惜《お》しきわざなり。あるは、父二三の王を失《うしな》ふためしだに、一萬八千人までありけりとこそ、佛も說《と》き給《(たまひ)》たんめれ。まして、世下《くだ》りて後、唐土《もろこし》にも日の本《もと》にも、國を争《あらそ》ひて戰《たゝか》ひをなす事、數《かぞ》へ盡《つ》くすべからず。それもみな、一二四ふし二ふしのよせはありけむ。もし二五は、すぢ異《こと》なる大臣、さらでも、大やけともなるべき君二六の、すこしの違《たが》ひめに、世《よ》に隔《へだ》たりて、その怨《うら》みの末《すゑ》などより、事起《お》こるなりけり。今《いま》のやうに、むげ二七の民と争《あらそ》ひて、君の亡《ほろ》び給へるためし、この國には、いとあまたもきこえざめり。二八されば、承平二九の將門《まさ(かど)》、天慶三〇《(てんぎやう)》の純《すみ》友、康和三一の義親、いづれもみな猛《たけ》かりけれど三二、宣旨《せんじ》三三に勝《か》たざりき。保元に崇德院の世《よ》を亂《みだ》り給しだに、故院三四(後白河)、御位にてうち勝《か》ち給しかば、天照大神《あまてるおほむ》も、御裳濯《みもすそ》三五川のおなじ流《なが》れと申ながら、猶、時の國王三六をまもり給はす三七事は、強《つよ》きなめりとぞ、古《ふる》き人〲もきこえし。又、信頼三八の衞門督《ゑもんのかみ》、おほけなく三九二條院四〇をおびやかし奉《たてまつ》りしも、終《つゐ》に、空《むな》しきかばねをぞ、道のほとりに捨《す》てられける四一。かゝれば、ふりにし事を思

ふにも、猶さりとも、いかでか[一]三皇今上あまたおはします宮[二]この、いたづらに亡《ほろ》ぶるやうはあらんと、頼《たの》もしくこそ覺《おぼ》えしに、かくいと[三]あやなきわざの出《い》で來《き》ぬるは、[四]この世ひとつの事にもあらざめども、迷《まよ》[五]ひの愚《おろ》かなる前《まへ》には、なをいとあやしかりし。

四[六]にて位につき給て、十五年おはしましき。降《を》[七]り給て後も、土佐院[八]〔十二年〕・佐渡院十一年、なを天《あめ》[九]の下、同《をな》じ事なりしかば、すべて卅八年がほど、この國のあるじとして、萬機[一〇]の政《(まつりごと)》を御心ひとつにおさめ、百《もゝ》の官《つかさ》を從《したが》へたまへりしそのほど、[一一]吹《(ふく)》風の草木をなびかすよりも優《まさ》れる御ありさまにて、遠《とを》きをあはれみ、近《ちか》きを撫《な》で[一二]給《(たまふ)》御めぐみ、雨のあしよりもしげけ《ゝ》れば、津[一三]の國《くに》〔の〕[一四]こやのひまなきまつり事をきこしめすにも、難波《なには》[一五]の葦《あし》の亂《みだ》れざらん事をおぼしき。藐姑射《はこや》[一六]の山の峯の松も、や[一七]う〳〵枝をつらねて、千世に八千世をかさね、霞の洞《ほら》の御すまゐ、いく春をへても、空行《(ゆく)》月日の限《かぎ》り知《し》らずのどけくおはしましぬべかりつる世《よ》を、あり[一八]〳〵て、よしなき一ふしに、今《いま》[一九]かく花の都をさへたち別《わか》れ、を[二〇]のがちり〴〵にさすらへ、磯《いそ》のとま屋《や》に軒《のき》を並《なら》べて、[二一]をのづからことと《ゝ》ふ物とては、浦《うら》に釣《つり》するあま小舟《をぶね》、鹽燒《しほや》く煙《けぶり》のなびくかたをも、我ふる里《さと》のしるべかとばかり、ながめすごさせ給御住居《すまゐ》どもは、[二二]それまでと月日を限《かぎ》りたらんだに、明日《あす》知《し》らぬ世《よ》のうしろめたさに、いと心細《ぼそ》かるべし。まして、[二三]いつをはてとか、めぐりあふべき限《かぎ》りだになく、雲の波煙《なみけぶり》の波のい[二四]

一 後鳥羽・土御門・順徳の三上皇。
二 宮こ―皇城(院本以外の諸本)―王城(院本)。
三 筋道の立たない出来事。
四 この世だけの事でなく、前世の因縁によるものであろうが。
五 因果応報の道理にくらい愚かな者には。
六 この後鳥羽院は四つで皇位につかれて。
七 ご退位になった後も、土御門院在位中の十二年間、順徳院在位中の十一年間は、やはり天下の政治をおとりになる事は、ご在位の時と同じことであったから。
八 「十二年」諸本で補う。
九 諸本「あめの下は」。
一〇 天下の政治を、お心のままに行なわれ。
一一 この君の徳望のもとに、人民の従いなつくことは、吹く風が草木をなびかすよりも。
一二 底本「ふ」を「て」と訂正。
一三 ご多忙な政治をおとりになるにつけても。摂津の国の昆陽野の小屋は、あしでひまなく屋根をふいているところからいう。後拾遺集、恋「津の国のこやとも人はいふべきにひまこそなけれ葺の八重ぶき　和泉式部」。
一四 「の」諸本で補う。
一五 「乱れ」にかかる序。
一六 仙人の住む所で、上皇の御所をいう。
一七 後鳥羽院の一族の繁栄する様子をたとえていう。
一八 そのような状態が続いて後にとうとう。
一九 いまかく―いまはかく(諸本)。
二〇 一族の方々が、それぞれ散り散りになって流浪し。
二一 たまにおとずれて来るものといえば。
二二 何月何日までと滞在の期限が限ってあったとしても。
二三 こういう生活を続けるのは、いつの日を最くへも知《し》らぬさかひに、[二五]代をつくし給べき御さまども、口惜《くちお》しといふもおろか也。

このおはします所は、人離《はな》れ里遠《とを》き島の中なり。[二六]海づらよりは少《すこ》しひき入て、山かげにかたそへて、大《おほ》きやかなる巖《いはほ》のそばだてるをたよりにて、松の柱《はしら》に葦《あし》ふける廊《らう》など、[二七]氣色《(けしき)》ばかり事そぎたり。まことに、「[二八]しばの庵《いほり》のたゞしばし」と、かりそめに見えたる御やどりなれど、[二九]さるかたになまめかしくゆへ《(ゑ)》づきてしなさせ給へり。水無瀬《みなせ》殿おぼし出《い》づるも夢のやうになん。はる〴〵と見《み》やらるゝ海の眺望《てうばう》、[三〇]二千里の外《ほか》も殘《のこ》りなき心ちする、いまさらめきたり。潮風《しほかぜ》のいと[三一]こちたく吹《(ふき)》來《く》るをきこしめして、

[三二]我こそは新《にゐ》島もりよ隠岐《おき》の海の荒《あら》き浪かぜ心して吹《ふ》け

[三三]おなじ世に又すみの江の月や見《み》んけふこそよそに隠岐《おき》の島もり

年もかへりぬ。[三四]所々浦《うら》〳〵、あはれなる事をのみ思《おぼ》しなげく。佐渡院、明《(あけ)》くれ[三五]御行《おこ》なひをのみし給つゝ、なを、さりともとおぼさる。隠岐《をき》には、浦よりをちのはる〴〵と霞《かす》みわたれる空をながめ入《(いり)》て、過《す》ぎにしかた、かきつくし思《おも》ほし出《い》づるに、行方《ゆくゑ》なき御涙《なみだ》のみぞとゞまらぬ。

[三六]うらやましながき日影の春にあひて潮汲《しほく》むあまも袖やほすらん

夏になりて、かやぶきの軒端《ば》に、五月雨のしづく[三七]いと所せきも、御覧《らん》じなれぬ御心ちに、さまかはりてめづらしくおぼさる。

後とし、都に帰って近しい人々にめぐり逢うのは、いつになったら可能なのか、その期限さえなくて。
二四 いくへも―いくへとも(諸本)。
二五 生涯を終えようとしておられる。
二六 この部分は、源氏物語、須磨の巻を踏んで書く。→補注九五。
二七 ほんの形ばかりのもので、簡素に作ってあった。
二八 新古今集、雑下「いづくにも住まれずばたゞ住まであらん柴の庵のしばしあるよに　西行」。
二九 それはまたそれなりに、優美に趣向をこらして。
三〇 二千里のかなたまで、くまなく見渡される心ちがして、白楽天の詩の心が今さらのごとく感慨深く思いかえされる。白氏文集、十四「三五夜中新月色　二千里外故人心」。
三一 ひどく吹いて来るのを。
三二 私こそはこの隠岐の島の新しい島守なのだ。だから…。後鳥羽院御百首、雑。
三三 おなじくこの世で、また住吉の澄んだ月を見ることがあろうか。今こそ、このように都を遠く離れて隠岐の島守になっている身ではあるが。御百首は第四・五句「今こそよその沖津島守」。
三四 諸方に流されている上皇や皇子たちをいう。
三五 仏道のご修行に専念なさりながら、やはりこのまま終わる事はあるまいとお思いになる。
三六 日の光の長くのどかに照らす、この春にあって、潮汲むあまも、そのぬれた袖をかわかすであろう。しかし、涙にぬれたわが袖はかわく時とてないのだ。ああ、うらやましいことよ。御百首では、第四句「いせをのあまも」。
三七 たいへん多く、ひっきりなしに落ちてくるのも。

[一]あやめ吹《（ふく）》かやが軒端《ば》に風過《す》ぎてしどろに落《お》つる村雨の露

初秋風《かぜ》のたちて、世の中いとゞ物悲《がな》しく露けさまさるに、いはんかたなくおぼしみだる。

[二]ふる里を別《わか》れぢにおふるくずの葉の秋はくれども帰るよもなし

[三]たとしへなくながめしほ《（を）》れさせ給へる夕暮《ぐ》れに、沖《おき》のかたに、いと小《ちい》さき木の葉浮《う》かべると見えて漕《こ》ぎくるを、あまの釣《つり》舟かと御覧《らん》ずるほどに、都《みやこ》よりの御消息《せうそこ》なりけり。[四]すみぞめの御衣、夜の御ふすまなど、都の夜寒《さむ》[五]さに思《おも》ひやりきこえさせ給て、[六]七条院より参《まい》れる御文《ふみ》、ひきあけさせ給より、いといみじく、御胸《むね》もせきあが[七]る心ちすれば、やゝためらひて見給に、「[八]あさましく、かくて月日經《へ》にける事。今日《けふ》明日《あす》とも知《し》らぬ命《いのち》の中に、いま一度《たび》、いかで見奉てしがな。[九]かくながらは、死出《しで》の山路も越《こ》えやるべうも侍らでなん」など、いと多《おほ》く亂《みだ》れ書《か》き給へるを、御顔《かほ》におしあてて、

[一〇]たらちねの消《（きえ）》やらで待《ま》つ露の身を風よりさきにいかでとはまし

[一一]八百《（やほ）》よろづ神もあはれめたらちねの我待《ま》ちみんとたえぬ玉のを

[一二]初《はつ》雁のつばさにつけつゝ、こゝかしこよりあはれなる御消息《せうそこ》[一三]〔のみつねは奉《たてまつ》るを御覧ずる〕につけても、あさましくいみじき御涙[一四]もよほしなり。家隆の二位は、新古今の撰者にも召《め》し加《くは》へられ、おほかた、歌の道につけて、むつましく召《め》し使《つか》ひし

一　端午の節句で、かやぶきの家の軒端に、あやめがさしてあるのである。「しどろに落つる」は、しきりに乱れ落ちる意。底本「かやの」。諸本で訂正。御百首、夏。
二　ふる里の京都に別れを告げて、この地に流されて来た自分には、あの別れ路に生えていた葛の葉の裏返る秋が来たところで、再び都にかえる時は来ないのだ。御百首、秋。↓補注九六。
三　たとえようもないほど、物思いに沈んで、しおれておいでになった夕暮れに。
四　黒色の僧衣、御夜具など、都の夜寒につけて、島の寒さを思いやられて。
五　夜さむさ—夜寒(諸本)。
六　後鳥羽院の生母。
七　あかる—あくる(尾・近・平・大・岩本)。
八　情けなく、こんな状態で月日がたってしまった事です。　九　このままでは。
一〇　今一度逢うまではと、死ぬにも死ねずに待っておられる母君の、露のようにはかない御身を、無常の風が吹き散らさない前に、何とかしてお尋ねしたいものである。↓補注九七。
一一　八百万の神々も、あわれとお思いください。わが母君が、私の帰るのを待って会おうとして死にきれずにいる、そのお命のことを。まちみんと—まちえんと(諸本)。
一二　秋になって初雁が渡ってくるにつけて。前漢の蘇武が雁のつばさにつけて手紙を送った故事を踏んで書く。　一三「のみ…ずる」諸本で補う。
一四　御涙—御涙の(諸本)。
一五　あの伊勢の六条御息所から須磨に下向中の源氏の大将に差し上げた手紙も、このようであったかと思われるほど、長いお手紙を幾巻も巻き重ねて。↓補注九八。
一六　まいりたり—まいらせたり(諸本)。
一七　建仁元年(一二〇一)七月、和歌所が開設され、同所で新古今集撰定の作業を続けていた当時の

人なれば、夜ひる戀《こ》ひきこゆる事かぎりなし。一五かの伊勢より須磨《すま》に參《まい》りけんも、かくやとおぼゆるまで、卷《ま》きかさねて書《か》きつらね一六まいりたり。一七「和歌所の昔《むかし》のおもかげ、かず〱に一八忘《わす》れがたう」など申《(まうし)》て、一九つらき命《いのち》の今日《けふ》まで侍《(はべる)》事の恨《うら》めしきよしなど、えもいはず二〇あはれ多くて、

二一ねざめして聞《き》かぬを聞《き》きてわびしきは荒磯《あらいそ》浪の曉のこゑ

二二〔と〕あるを、法皇もいみじと思《おぼ》して、御袖いたくしぼらせたまふ。

二三浪間なき隱岐《をき》の小島のはまびさし久しくなりぬ都へだてて

二四木枯《(こがらし)》の隱岐《をき》のそま山吹しほ《(を)》り荒《あら》くしほ《(を)》れて物おもふ比《(ころ)》

おり〱詠《よ》ませ給へる御歌どもを書《か》き集《あつ》めて、二五修明門院へ奉《たてまつ》らせ給。其中に、

二六水無瀬《みなせ》山我ふる里《さと》は荒《あ》れぬらむまがきは野《の》らと人もかよはで

二七限《かぎ》りあればさても堪《た》へける身のうさよ民のわら屋に軒をならべて

二八かざし折《お》る人もあらばや事とはん隱岐《おき》の深山《(みやま)》に杉《すぎ》は見《み》ゆれど

かやうのたぐひ、すべて多《おほ》くきこゆれど、二九さのみは年のつもりにえなん。いま又思《おも》ひ出《い》でば、つゐで求《もと》めてとて。


ことをいう。一八底本「たかう」。諸本で訂正。

一九生きている事がたえがたく思われる命が。

二〇底本「におほえて」。諸本で訂正。

二一ふと目がさめて、実際は聞きもしないのに聞いたような気がして、わびしくてたえがたいのは、隠岐の島の荒磯にうち寄せる明け方の浪の音です。壬二集「承久三年七月以後、遠き所へよみて奉りし時」と詞書した十首のうち。第三句「悲しきは」。承久記に見える。

二二「と」諸本で補う。

二三浪の絶え間もない、この隠岐の小島の浜の住居も久しくなった。都を遠く離れたままで。伊勢物語、一一六「浪間より見ゆる小島のはまびさし久しくなりぬ君にあひ見で」が本歌。「はまびさし」は「久し」の序詞。

二四木枯らしの風が隠岐のそま山の木々をはげしく吹きたわめていくこの頃、私もひどく気落ちがして、もの思いに沈むことではある。

二五後鳥羽院の妃。順徳院の母。

二六水無瀬のわがふる里は、もうすっかり荒れてしまったであろう。離宮の垣ねは破れて野となり、人も通わなくなって。

二七人の命は何歳まで生きるものと、あらかじめ決まっているものなので、このような状態にありながら、今まで生きながらえてきた、わが身のつらさよ。民のわら屋に軒を並べて住むというような生活をしながら。諸本「かざし折る」の歌の次に、この歌をのせる。

二八杉の枝をかざしに折るような人がいればよいのに。そうしたら語りあおうものを。しかし隠岐のみ山に杉の木立は見えるが、誰も折りに来る人もなく、まことに淋しいことだ。

二九そう全部は、年をとったために、よく覚えてはいません。そのうちにまた思い出したなら、よい折をみて申し上げましょうといって(話をやめた)。

第三　藤衣《ふぢごろも》[一]

そのころ、[二]いと数《かず》まへられ給はぬ古宮《ふるみや》おはしけり。守貞親王(の)とぞきこえける。[三]高倉(の)院第三の御子也。隠岐《をき》の法皇の御兄《このかみ》なれば、[四]思《おも》へばやむごとなけれど、むかし、[五]後白川の法皇の御孫えりの時、泣《な》き給しによりて、位にも即《つ》かせ給はざりしかば、世(の)中物怨《うら》めしきやうにて[六]過《す》ごし給(たまふ)。さびしく人目《め》まれなれば、年を經《へ》て荒《あ》れまさりつゝ、草深《ふか》く[七]八重むぐらのみさしかためたる宮の中に、いと心細《ぼそ》くながめおはするに、建保の比、宮《みや》のうちの女房の夢に、冠《かうぶり》したる物あまた参《まい》りて、「[八]劍璽《けむじ》を入(いれ)たてまつるべきに、をの〳〵用意《ようゐ》してさぶらはれよ」といふと見てければ、いとあやしうおぼえて、宮に語《かた》りきこえけれど、「[九]いかでかさほどの事あらん」と、思《おぼ》しもよらで、終《つゐ》に[一〇]御髪《ぐし》をさへおろし給て、この世の御望《のぞ》みは絶《た》ちはてぬる心《こゝ》ちして物し給へるに、この亂《みだ》れ出《い》できて、[一一]一院(後鳥羽)の御族《ぞう》は、みなさま〴〵にさすらへ給ぬれば、[一二]をのづから小《ちい》さきなど殘(のこり)給へるも、世にさし放《はな》たれて、[一三]さりぬべき君もをはしまさぬにより、東《あづま》よりのを(お)きてにて、かの[一四]入道の親王の御子《みこ》(後堀河)の、十になり給を、承久三年七月[一五]九日、にはかに御位に即《つ》けたてまつる。[一六]父《ちゝ》(守貞)の宮をば太上天皇になし奉《たてまつ》りて、法

◇この巻には、承久三年(一二二一)から延応元年(一二三九)に至る十九年間、後堀河・四条二代にわたる出来事、すなわち承久の変後、孫王であった後堀河帝が皇位についたこと、仲恭廃帝の母后の嘆き、後堀河帝の後宮のこと、中宮の父道家一門の栄え、土御門院の死、新勅撰集の撰集、後堀河帝の譲位、四条帝の即位、藻壁門院・仲恭廃帝・後堀河院・摂政教実の死、遠島御歌合、後鳥羽院の死等について記す。

一 巻の名は、土御門院の死をいたんで家隆の女の詠んだ「うしと見しありし別れは藤衣やがて着るべき門出なりけり」の歌による。
二 世間からは、ほとんど宮さまの仲間として考えられもしない、年老いた宮さまがおられた。源氏物語、橋姫を踏んで書く。↓補注九九。
三 実は第二皇子。↓補注一〇〇。
四 おもへは―思ふは(諸本)。
五 の御孫えりの時―異文(諸本)。近衛本以下の諸本は「安徳院の筑紫へおはしまして後えらみたてまつらせ給けり。御孫の宮たちえりのとき」となっている。
六 すこし―すくし(諸本)。
七 八重むぐらだけが生い茂って、門をさし固めている御所の中に。
八 この御所に、三種の神器をお持ちする事になっているから。
九 どうして皇位につくなどという事があろうか。 一〇 建暦二年(一二一二)出家。
一一 後鳥羽院の御一族。
一二 たまたま御一族の幼少の宮などで都にお残りになっている方も、世間からはうとんぜられて。
一三 皇位におつきになるのに適当な方。
一四 守貞親王をさす。
一五 底本「三」。諸本により訂正。

皇ときこゆ。いとめでたく、横《よこ》[一七]さまの幸《さゐわ》いを(お)はしける宮なり。孫王《そむ》[一八]にて位に即《つ》かせ奉[一九]ためし、光仁[二〇]天皇より後は絶《た》えてひさしかりつるに、めづらしくめでたし。
(承久三年)その十二月《しはす》に御即位、あくるとし貞應[二一]元年正月三日、御元服し給。御いみな茂(もち)仁《ひと》と申。御かたちなまめかしくあてにぞおはします。御母、基[二二]家の中納言の女、北[二三]白川院(の)と申き。家實《いゑざね》[二四]の大臣《をとゞ》、又攝政になり返らせ給て、よろづを(お)きての給も、さま〲に引かへたる世なりかし。(貞應二年)又のとし五月の比、(後高倉)法皇かくれさせ給ぬれば、天下[二五]みな黑《くろ》みわたりぬ。上《うへ》も御服[二六]《ぶく》たてまつる。きびは[二七]なる御ほどに、いといみじうあはれなる御事なめり。

さきの(仲恭)御門《かど》は、四にて廢《はい》せられ給て、尊號[二八]などの沙汰《さたゝ》だになし。御母后東一條院も、山里《ざと》の御住居《すまゐ》にて、いと心細《ぼそ》くあはれなる世《よ》を、つきせずおぼしなげく。この宮[二九]は攝政殿 後京極良經 の御姫君[三〇]《ひめ》にて物し給へば、歌の道《みち》にも[三一]いとかしこくわたらせ給へど、大かた奥深《おくふか》くしめやかに重《おも》き御本性にて、はかなき[三二]事をも、たやすくもらさせ給はず。御琴なども、限《かぎ》りなき音をひきとり給へれど、おさ[三三]〱かきたてさせ給世《よ》もなく、あまりなるまで埋《う》[三四]もれたる御もてなしを、(順德)佐渡院も、限《かぎ》りなき御心ざしの中に、飽《あ》かずなん思《おも》ひきこえさせ給ける。かの[三五]遠《とを》き御別《わか》れの後は、いみじう物をのみ思《おぼ》しくだけつゝ、沈《しづ》[三六]み臥《ふ》してをはしますに、ふるく仕《つか》うまつりける女房の、里[三七]にこもり居《ゐ》たりけるもとより、あはれなる御消息《せうそこ》をきこえて、十月一日のころ、御衣[三八]

一六 皇胤紹運録、後高倉院「承久三・八・十六、為二太上法皇一、是依二茂仁王践祚一也。出家之後尊号之始。又自二親王一直院号初例」。
一七 思いがけない幸運にめぐりあわれた宮。さゐわい—御さいはゐ(諸本)。
一八 天皇の孫をいう。この部分、五代帝王物語によって書く。↓補注一〇一。
一九 奉—給へる(諸本)。
二〇 第四十九代の天皇。天智天皇の孫。
二一 一二二二年。
二二 持明院基家。正二位権中納言に至り、建仁元年(一二〇一)七十歳で出家。
二三 藤原陳子。後高倉院の妃。貞応元年七月、院号宣下。
二四 近衛家実。建永元年(一二〇六)から承久三年(一二二一)四月まで十六年間にわたって摂政関白をつとめ、承久三年七月、後堀河帝の践祚と同時に再び摂政となった。
二五 諒闇になり、人々が黒い喪服をつけるをいう。
二六 喪服をおめしになった。
二七 ご幼少の御年頃であるのに。
二八 太上天皇の称号をさす。底本「院号」。諸本で訂正。
二九 仲恭天皇の母后をさす。東一条院。
三〇 諸本「御」なし。
三一 非常にすぐれておられたが。
三二 ちょっとしたことでも。
三三 ほとんどおひきになることもなく。
三四 ひっこみがちな御振舞を。
三五 順徳院が佐渡にお移りになって後は。
三六 諸本、この前に「いよ〱」あり。
三七 今は親のもとに引きこもっている者から。
三八 季節に応じて衣服を着かえること。十月一日に、夏装束を冬装束に改める。

がへの御衣《ぞ》を奉《たてまつ》りける御返事《(かへりこと)》に、

一思《おも》ひ出《い》づるころもはかなし我も人も見《み》しにはあらずたどらるゝ世《よ》に

又、二御手習《なら》ひのついでに、からうじて洩《も》れけるにや、

三消《き》えかぬる命ぞつらきおなじ世にあるも頼《たの》みはかけぬ契《(ちぎり)》を

さこそは、げに思《おぼ》しみだれけめ。四おろかなる契《ちぎ》りだに、かゝる筋《すぢ》のあはれは淺《あさ》くやは侍《(はべる)》。いかばかりの御心の中にて過し給ふらんと、いとかたじけなし。

はかなく明《あ》け暮《く》れて、五貞應《(ちやうおう)》もうち過《す》ぎ、六元仁・七嘉祿・八安貞《(あんてい)》など九いひしも程《ほど》なくかはり、一〇寛喜元年になりぬ。この程《ほど》は一一光明峯寺殿《(くわうみやうぶじ)》道家又關白にておはする。この御むすめ《(竴子)》女御にまいり給。世の中めでたく花《はな》やかなり。一二これよりさきに、三條太政大臣公房の大臣《をとゞ》の姫君《ひめ》《(有子)》まいり給て后だちあり。一三いみじう時めき給しを、おしのけて、一四前の殿家實の御女《(長子)》、いまだ幼《おさな》くをはする、まいり給にき。一五これはいたく御覺《おぼ》えもなくて、三條の后の宮《(有子)》、一六淨土寺とかやにひきこもりてわたらせ給に、一七御消息《せうそこ》のみ日に千度《たび》といふばかり通《かよ》ひなどして、一八世《(の)》中すさまじく思《おぼ》されながら、さすがに后だちはありつるを、父《ちゝ》《(家實)》の殿一九攝籙《せうろく》かはり給て、いまの峯殿《(道家)》、二〇なり返《(かへり)》給へ二一れば、又この姫君《ひめ》《(竴子)》入内ありて、もとの中宮《(長子)》はまかで給ぬ。めづらしきが參《まい》り給へばとて、二二などかかうしもあながちあらん。二三唐土《もろこし》には、二四三千人などもさぶらひ給けりとこそ、傳《つた》へ聞《き》くにと、二五しな〴〵しからぬ心ちすれど、いかなるにかあらん。後にはをの〳〵院號ありて、

一 送ってくれた冬の衣を見るにつけて、昔のことをあれこれと思い出すが、思ってみても、そのかいのない事である。私も院も昔の生活とは変わって、途方にくれている今の世に。 二 文字を書きすさばれるついでに、お詠みになったのが、わずかに世間に洩れたのであろうか（次のようなお歌も伝えられている）。 三 死ぬにも死ねずに生きながらえているこの命が、まことにつらく思われる。夫の院とは同じ世にありながら、再びお会いするという期待をかける事もできない、はかない夫婦の契りであるのに。 四 ほんの一通りの夫婦仲であってさえ、このように再会の望みのない生き別れの悲しさは。 五 一二二二年―一二二四年。 六 一二二四年―一二二五年。 七 一二二五年―一二二七年。 八 一二二七年―一二二九年。諸本「安貞」なし。 九 いひしも―いふとしも（諸本）。 一〇 一二二九年。 一一 九条道家をいう。↓補注一〇二。 一二 五代帝王物語「中宮には、始に三条太政大臣公房公の女、御禊の女御代に参り給たりしがやがて貞応元年十二月十七日女御として、同二年二月に立后、嘉禄二年七月に皇后宮とす」。 一三 たいそう栄えておいでになったのを。この部分、五代帝王物語によって書く。↓補注一〇三。 一四 前関白近衛家実。殿は摂政関白の尊称。 一五 この方は、天皇からそれほど深く愛されるという事もなくて。 一六 京都市左京区浄土寺。 一七 天皇は、お手紙ばかり、それこそ一日に千度もお送りになるというふうで。 一八 そのために、殿の女御のほうでは世の中を味けないものに思いながら、それでも立后の儀はあったが。 一九 摂政関白の異名。 二〇 底本「申なり返」。諸本による。 二一 給へれは―給ぬれは（諸本）。 二二 どうして、このような無理な事をなさってよかろうか。 二三 あなかち―あなかちに（尾本）。

二四 白楽天の長恨歌に「後宮佳麗三千人 三千寵愛在二一身一」とあるのをいう。
二五 品のない話のように感ぜられるが。
二六 嘉禄三年(一二二七)二月院号宣下。二七 のは―まいり給しとのゝ女御は(諸本)。二八 寛喜元年(一二二九)四月院号宣下。二九 寛喜二年二月十六日、中宮となる。三〇 宮中五舎の一、飛香舎の別名。庭に藤を植えてあるところからいう。三一 尚侍。上級の女官で摂家の女から採用した。内侍司の長官。三二 世間でも、尊く思われているのに。
三三 比叡山延暦寺。座主は一山の寺務を総理するもの。以下、長吏・別当・御室は、いずれもそれぞれの寺の長で、寺によって名称を異にす。
三四 滋賀県大津市にある天台宗の寺。
三五 興福寺の別称。法相宗の大本山。
三六 真言宗の寺。仁和寺の主僧である法親王を御室と呼んだ。道家の子の法助が御室となったのは、希代の例とされている。三七 天下の要職は、すべてこの一門で占めて、他家の人で要職に交わり立っている者は少なく見えた。三八 道家公は、たいそういかめしく重々しいご様子で。
三九 宮中における摂政関白などの詰所。
四〇 底本「子」傍書。四一 公経はその妻が源頼朝の妹の娘であったところから関東びいきで、そのため承久の変の際には後鳥羽院からうとんぜられたが、変後は、この一族は権勢をほしいままにした。四二 諸本、この前に「いと」あり。
四三 諸書により日時を異にす。→補注一〇四。
四四 ご重病のように思われたので。
四五 あれこれと、ひどく物思いばかりされて。
四六 承久の変によって、夫の後鳥羽院、子の土御門院と生別したことをさす。
四七 生死の境まで隔てられることになった。
四八 玉葉集、雑四「とまる身はありてかひなき別路になど先だたぬ命なりけむ　安嘉門院四条」を踏んで書く。

三條殿(有子)(の)后は[二六]安喜門院、中(長子)の度《たび》[二七]のは鷹[二八]司院とぞきこえける。今《いま》の女御(竴子)もやがて后[二九]だちあり。藤[三〇]壺《つぼ》わたり今《いま》めかしく住《す》みなし給へり。御はらからの姫《ひめ》君も、かたちよくおはする、ひきこめがたしとて、内[三一]侍のかみになしたてまつり給。

同《をな》じ(寛喜)三年七月、關白をば御太郎敎實の大臣《をとゞ》に譲《ゆづ》りきこえ給て、わが(道家)御身は大殿とて、后宮の(の)(竴子)御親《おや》なれば、思《おも》[三二]ひなしもやん事なきに、御子どもさへいみじう榮《さか》へ給さま、ためしなきほどなり。あづまの將軍(頼經)、山座主[三三](の)(慈源)、三井寺[三四]長吏(の)(行昭)、山階《しな》[三五]寺の別當(圓實)、仁[三六]和寺の御室《(お)むろ》(法助)、みなこの殿《との》の君《きん》だちにておはすれば、すべて、天[三七]下はさながらまじる人すくなく見えたり。いと[三八]よそほしく重《おも》〱しげにて、内[三九]の御宿直《とのゐ》所などに、つねはうちとけさぶらひ給へば、關白(敎實)殿、つぎ〱の御子[四〇]どもゝ大臣などにて、たちかはり御前に絶《た》えず物し給て、世の政事《まつりごと》などきこえ給。北の方《かた》は公[四一]經の大臣《をとゞ》の御女なれば、まして世の重《おも》くなびき奉《たてまつ》るさま、やん[四二]ごとなし。

まことや、その年(寛喜三年)十[四三]一月十一日、阿《あ》波《は》の院(土御門)かくれさせ給ぬ。いとあはれにはかなき御事かな。例《れい》[四四]ならず思《おぼ》されければ、御髪《ぐし》おろさせ給にけり。こゝ[四五]ら物をのみ思《おぼ》して、今年は卅七にぞならせ給にける。いま一たび、宮こをも御覽《らん》ぜずなりぬる、いみじう悲《かな》しきを、隱《お》岐《き》の小島《こじま》にも聞《き》こしめし歎《なげ》く。承明門院《せうめいもん》[四六](在子)は、さま〲のうき事を見つくして、なをながらふる命《いのち》のうとましきに、又かく、おなじ[四七]世をだに去《さ》り給ぬる御歎《なげ》きの、いはんかたなさに、「など[四八]さき立《だ》ゝぬ」と、口惜《くちを》しう思《おぼ》しこがるゝさま、ことはりにも過《す》ぎたり。[一]かしこにて召使《めしつか》ひける御調度《てうど》、なにくれ、はかなき御手箱《てばこ》やうの物を、都《みやこ》へ人の参《まゐ》らせたりける中に、たまさかに通《かよ》ひける隠岐《おき》よりの御[二]文、女院《(在子)》の御消息《せうそこ》などを、[三]ひとつにとりしたゝめられたる、いみじうあはれにて、御目《め》も[四]きりふたがる心ちし給。家隆の二位の女、[五]〔小〕宰相ときこえしは、[六]をのづから御覧《らん》じなれけるにや、[七]ことに思《おも》ひ沈《しづ》みて、御服《ぶく》など黒《くろ》く染《そ》めけり。

[八]うしと見《み》ありし別《わかれ》は藤衣やがて着《き》るべきかどでなりけり

今年もはかなく暮て、[九]貞永元年に成ぬ。定家の中納言うけたまはりて、[一〇]撰集の沙《さ》汰《た》ありつるを、このほど御門《(後堀河)》《かど》降《を》りさせ給べき由《よし》きこゆればにや、[一一]いととく十月二日奏《そう》せられけり。[一二]一年《とせ》のうちに奏《そう》せられたる、いとありがたくこそ。新勅撰ときこゆ。「元久に新古今[一三]いできて、ほどなく世の中もひきかへぬるに、又新の字うち續《つゞ》きたる、心よからぬ事」など、さゝめく人も侍《(はべり)》けるとかや。

さて同《おな》じき四日、降《お》りゐさせ給。御悩《なや》み重《おも》きによりて也けり。去年《こぞ》の二月、后の宮の御腹に、一の御子《(四條)》いでき給へりしかば、やがて太子にたゝせ給しぞかし。[一四]例《れい》の人の口《くち》さがなさは、[一五]「さきの承久の廃帝《はいたい》の、生《(うまれ)》させ給とひとしく坊にゐ給へりしは、[一六]いと不用《ふよう》なりし〔を〕」などいふめり。上《うへ》は降《お》りさせ給て、その七日やがて[一七]尊號あり。御悩《なや》みなをおこたらず。大方、世《よ》も靜《しづ》かならず、[一八]この三年《とせ》ばかりは、天變しきり地《な》震《ゐ》ふりなどして、[一九]さとししげく、[二〇]御愼《つゝし》みおもきやうなれば、いかゞおはしまさむと、

一 阿波の配所で院がお使いになったお手まわりの道具。
二 底本「御」を「文」の脇に小書。諸本「御文」。 三 一つにとりまとめてあったのが。
四 かすんで見えなくなるような。 五 承明門院小宰相または土御門院小宰相という。新勅撰集以下の勅撰集に入集。「小」諸本で補う。
六 たまたま院が深く目をかけられたためか。「をのつから」の次に、「けちかく」(近本以外の諸本)、「ちかく」(近本)あり。
七 諸本、この前に「人より」あり。
八 院を四国にお送りして、つらいことだと思った、かつての別れは、今このように院と死別して喪服を着ることになった、その門出ともいうべきものであった。
九 一二三二年。 一〇 勅撰和歌集を編集する仕事が行なわれていたが。→補注一〇五。
一一 新勅撰集の序に「貞永元年十月二日これを奏す」とあるが、この時には仮名序代ならびに目録を奉り、形式的な奏覧をしたに過ぎなかった。この集が完成したのは、文暦二年(一二三五)三月で、後堀河院の崩御後であった。
一二 院本以外の諸本「一とせのうちに…ありかたくこそ」なし。
一三 いてきて―いてきてのち(諸本)。
一四 例のとおり、世間の人の口はうるさいもので。
一五 仲恭天皇は、建保六年(一二一八)十月十日に生まれ、同年十一月二十六日に皇太子になった。さきの―かの(諸本)。
一六 たいそう不都合なことだったのに、またその例にならわれるとは。「を」諸本で補う。
一七 太上天皇の尊号を奉った。底本「院号」。諸本で訂正。 一八 →補注一〇六。
一九 天のいましめがしばしばあり。
二〇 厳重な御愼みを必要とする様子なので。

御心ども騒《さは》ぐべし。

今上《(四條)》は二歳にぞならせ給《(たまふ)》。[二一]あさましき程の御いはけなさにて、[二二]いつくしき十善のあるじに定《さだ》まり給事、[二三]いとゆゝしきまで、前《さき》の世のゆかしき御ありさまなり。むかし、近衛院三、六條院二にて、位につき給へりし、[二四]いづれもいと心ゆかぬためしなり。[二五]閑院殿の清涼殿にて、まづ御[二六]袴《はかま》たてまつる。十二月五日、御即位はことなく果《は》てぬれば、めでたくて年かはりぬ。

中宮《(竴子)》も[二七]御物のけに悩《なや》ませ給て、つねは[二八]あつしうおはしますを、院《(後堀河)》はいとゞ晴《は》れ間《ま》なくおぼしなげく。[二九]卯月の比、年號あらたまる。天福といふなるべし。[三〇]その同《おな》じ比、中宮《(竴子)》も位さり給て、藻壁門院《さうへきもんいん》とぞきこゆなる。今年《ことし》も又[三一]例《れい》ならず悩《なや》ませ給へば、めでたき御事の数《かず》そはせ給べきにこそと、世の中[三二]ゆすりさはぐ。[三三]御祈《いの》り祭《まつ》り祓《はら》へ、なにくれとおびたゝしく、まだきよりのゝしる。ましてその程近《ほどちか》くなりては、天《雨》の下《した》やすき空なく、山々寺々社〳〵、御祈《いの》りひゞき騒《さは》げども、[三四]御物《もの》のけこはくて、いみじうあさまし。終《つゐ》に、九月十八日、かくれさせ給ぬ。その程《ほど》[三五]〔の〕いみじさ、[三六]推《お》し量《はか》られぬべし。ことし廿五にならせ給。若《わか》くきよらにうつくしげにて、さかりなる花の御姿《すがた》、時の間《ま》の露と消《き》えはて給ぬる、いはんかたなし。殿・上《うへ》思《おぼ》し惑《まど》ふさま、悲《かな》しともいへばさらなり。院にさぶらふ[三七]民部卿の典侍《すけ》ときこゆるは、定家《(の)》中納言のむすめなり。この宮の御方にも、け近《ちか》う仕《つか》うまつる人[三八]なり。限《かぎ》りなく思《おも》ひ沈《しづ》みて、頭《かしら》

二一 あきれるほどのご幼少さで。

二二 いかめしく尊い天子のお位におつきになったことは。十善のあるじは天子をいう。前世で十善を行なった果報により、現世で天子に生まれるという仏家の説による。

二三 まことに恐ろしく感ぜられるほど、前世で積まれた善行のほどが思いやられる御有様である。二四 いずれも早死をされて、まことに面白くない前例である。近衛帝は十七歳、六条帝は十三歳でなくなった。五代帝王物語「御年二歳、いつしかなるうへ、先例もよろしからずおぼえ侍き」。「いと」底本傍書。諸本による。

二五 二条の南、西洞院の西にあった皇居。

二六 御着袴の儀で、三、四歳から六、七歳の間に、男女とも初めて袴をはく式をいう。

二七 死霊・生き霊などの、人について、たたりをするものをいう。

二八 ご病気がちでいらせられるのを。

二九 四月十五日、天福と改元。

三〇 四月三日、院号宣下。

三一 ご懐妊の様子なので、また皇子がご誕生になるというめでたいことが、重なりあそばすのであろうと。

三二 ゆすりさはく―めてたくきこゆ(諸本)。

三三 ご安産をお祈りする御祈りや祭りや祓えや、そのほか何やかやと、それはもうたいそう、まだ早いうちから大さわぎをする。諸本「御いのり」なし。五代帝王物語。→補注一〇七。

三四 御物のけが強くて御悩みが去らず、ひどく情けないことである。三五「の」諸本で補う。

三六 底本「き」。諸本により訂正。

三七 為家の姉。建久六年(一一九五)に生まる。藻壁門院の入内に従って後堀川院に仕え、寛喜三年(一二三一)典侍に任ぜらる。民部卿典侍集がある。

三八 なり―なりけり(諸本)。

をろしぬ。いみじうあはれなる事なり。一人の問《と》へる返事《(かへりごと)》に、

二かなしさはうき世のとがとそむけどもたゞ戀しさのなぐさめぞなき

三當代の御母后《はゝ》にてをはしつれば、天下みなひとつ墨染《すみぞ》めにやつれぬ。

この御歎《なげ》き四〔に〕、いよ〳〵(後堀河)院は沈《しづ》みまさらせ給て、五うち絶《た》えて御湯《ゆ》などをだに御覧《らむ》じいるゝ事なくて、月日つもらせ給へば、御修法どもいとこちたく、山々寺々残《のこ》りなく勤《つと》めのゝしる。醫師《くすし》・六陰陽師《おんやうじ》、祭《まつ》り・祓《はら》へと、天《あめ》の下騒《したさは》ぎみちたり。又年號かはりぬ。文暦元年といふ。七承久の廢帝《はいたい》、十七になり給へるも、五月廿日失《う》せ給《(たまひ)》ぬ。いと若《わか》き御ほどに、いとい〳とを《(ほ)》しうあたらしき八御事なりかし。隠岐《おき》にも、うち續《つゞ》きあはれなる事どもを、聞《き》こしめし歎《なげ》くべし。佐渡には、まして心うくあさましと思《おぼ》さる。九この御さしつぎの宮、なを《(ほ)(お)》はしますは、修明門院養《やしな》ひ奉《たてまつ》らせ給めり。

かくいひしろふほどに、院の御悩《なや》み一〇重《おも》くならせ給て、八月六日、一一いとあさましうならせ給ぬ。一二世のおもしにておはしますべき事の、かくあへなき御有さま、口惜《くちを》しなどきこゆるもなのめなり。大かた、御本性《じやう》な一三ごやかに一四らう〳〵じく、御かたちもまほにうつくしうとゝのほりて、二十《はたち》に三ばかりや餘《あま》らせ給《(たまふ)》らん。若《わか》うさかりの御ほどに、一五御才《(さえ)》なども、やまと・もろこしたど〳〵しからず、何事につけても、いとあたらしうおはしませば、世の人惜《お》しみきこゆるさま限《かぎ》りなし。たゞくれ惑《まど》へる心ちどもなり。後堀川院《(の)》とぞ申なる。一六故宮の御はてだに過《す》ぎず、又とり重《かさ》ねて、一七諒闇《りやうあん》

一 ある人がその見舞いを申し送った返事に。
二 女院に死別したことが、このように悲しいのは、浮世に住んでいるためだと思って出家をしたもの、女院に対する恋しい気持ちは、なんとも慰めるすべのないことだ。続後撰集、雑下に「藻壁門院御事の後、かしらおろし侍りけるを、人のとぶらひて侍りける返事に」と詞書して出ている。
三 この女院は、現在の天皇のご母后でいらせられるので、天下の人々は、皆一様に黒い喪服を着ることになった。四「に」諸本で補う。
五 ずっと久しく御薬湯などさえ見むきもなさらず。六 陰陽寮に属し、うらないや相地などの事をつかさどった職員。
七 百錬抄、五月廿日の条に「廃帝崩御云々。是佐渡院御子。御母儀東一条院也。承久乱逆之後、御二同一所于女院一〈九条殿〉、御心労之外無レ他。御年十七、未レ及二御首服一也」。
八 御事―御とし(諸本)。
九 この仲恭帝のすぐ次の弟宮が、今でもなお、おいでになるが、その方は。
一〇 諸本「重く」の前に「日々に」あり。
一一 たいへん情けない事におなりになった。
一二 太上天皇として、国のおさえでいらっしゃらなければならないお方が、このように、はかなくおなくなりになったという事は。
一三 底本「と」の脇に「こ」と注記。諸本「こ」。
一四 物なれておいでで。
一五 ご学才の面でも和漢ともに、よく通じておられて。
一六 故藻璧門院の御一周忌も過ぎないのに。
一七 去年の九月から藻璧門院の諒闇になり、それが終わらないうちに後堀河院がなくなり、さらに明年八月まで諒闇になるをいう。
一八「の」諸本で補う。一九 不吉で、いまわしい事と、誰も人々はそう思うであろう。二〇 しか

〔の〕[一八]三年《とせ》までにならん事を、いとま[一九]が〳〵しくゆゝしと、みな人思《おもふ》べし。[二〇]御契《ちぎ》りのほどのあはれさも、いとありがたくなむ。[二一]御禊《(ごけい)》・大嘗會《(だいじやうゑ)》なども、いとゞ延《の》びぬ。たゞこゝもかしこも、高《たか》きも下《くだ》れるも、都も遠《とを》き島《しま》〴〵も、涙《なみだ》にうき沈《しづ》みてぞ過し給ける。

[二二]うち續《つゞ》き、かくのみ世のなか騷《さは》がしく、天變もしきり、いとあはたゝしきやうなれば、又年號かはりて、嘉禎《(かてい)》元年といふ。まことや、[二三]三月の末《すゑ》つかたより、洞院《とう》[二四]攝政殿教實重《おも》くわづらひ給。故院《(後堀河)》の御位のほどより、[二五]大殿《(道家)》、御讓《ゆづ》りにて、關白ときこえしが、御門幼《おさな》くおはしませば、[二六]この比は攝政殿《どの》と申なるべし。[二七]かたちも心ばへもめでたくおはしつるに、いとあえなく失《う》せ給ぬれば、大殿《(道家)》の御歎《なげ》きたとへんかたなし。廿六にぞなり給ける。[二八]いとかなしくし給《(たまふ)》ひめ君・わか君など物し給をも、[二九]いまは峯殿《(道家)》のみひとへにはぐゝみきこえ給けり。攝政殿にも、[三〇]大殿たちかへり成給《(なりたまひ)》ぬ。かくて[三一]三度《(たび)》政事《まつりごと》をおさめ給ぬるにや。[三二]北《(の)》政所の御父《ちゝ》は、公經の大臣《おとゞ》なれば、かの殿とひとつにて、世《よ》は彌《(いよいよ)》御心のまゝなるべし。[三三]今年ぞ御色どもあらたまりぬれば、[三四]冬になりて御禊・大嘗會おこなはる。

さま〴〵めでたくもあはれにも色〴〵なる都の事どもを、ほのかに傳《つた》へ聞《き》こしめして、隱岐《おき》には[三五]あさましの年《とし》のつもりやと、御齢《[三六]よはひ》にそへても、盡《つ》きせぬ御歎《なげ》きぐさのみしげりそふ慰《なぐさ》めには、思《[三七]おぼ》しなれにし事とて、敷島《しき》の道《みち》にのみぞ御心をのべける。

し一年たらずで相前後しておなくなりになるという、このご夫婦のご縁の深さも、類稀なことに思われる。 二一 百錬抄、天福元年九月十九日の条に、「大嘗会延引了」、同二年九月十一日の条に、「大嘗会又以延引」。 二二 一代要記「嘉禎元年乙未九月十九日改元、依二天変地震一也」。
二三 百錬抄、嘉禎元年三月廿七日の条に、「摂政自二去月下旬一不例。雖レ有二祈療治一無二効験気一。秉燭之程危急、及二暁更一薨去〈年廿六〉」とあり、五代帝王物語・公卿補任には、三月二十八日没。
二四 諸本「とう院」なし。傍注の混入か。
二五 教実は、寛喜三年(一二三一)七月五日、道家のあとを受けて関白となる。諸本「大殿の」。
二六 貞永元年(一二三二)十月四日、四条天皇の即位と同時に摂政に任ぜられた。
二七 かたち—御かたち(諸本)。
二八 この摂政殿が、たいそうかわいがっておられた姫君や若君などがおいでになったのをも。姫君は、後の宣仁門院で時に九歳、若君は、後の関白忠家で時に七歳。補注一二五参照。
二九 今では、その父君の峯殿だけで、もっぱらご養育をなさった。はくゝみ—はこくみ(桂・谷一本以外の諸本)。
三〇 諸本「殿」なし。
三一 道家は、承久三年に摂政、安貞二年に関白、嘉禎元年に摂政に任ぜられ、かくて三度天下の政治をとることになった。百錬抄には、「前関白被レ還二補摂政一云々、希代例也」とある。
三二 この道家公の奥方の父君に。
三三 今年になってやっと諒闇が終わって、黒色の喪服をぬぎかえたので。
三四 諸本「冬になりて」なし。
三五 よくもこうした情けない事ばかりで多くの歳月が過ぎ去ったものだと。
三六 お年をとられるにつれて。
三七 昔から馴れ親しんでこられた事とて。

[一]都《みやこ》へも、たよりにつけつゝ題をつかはし、歌を召《め》せば、あはれに忘《わす》れがたく戀きこゆる[二]むかしの人〴〵、われも〳〵と奉《たてまつ》れるを、つれ〴〵に思《おぼ》さるゝあまりに、[三]身づから判じて御覽《らん》じけり。[四]家隆の二位も、今《いま》まで生《い》ける思《おも》ひ出《い》でに、[五]これにだにとあはれにかたじけなくて、こと人〴〵の歌をも、こゝよりぞとり集《あつ》めて參《まい》らせける。[六]むかしの秀能は、[七]ありし亂《みだ》れの後、頭《かしら》おろして深《ふか》く籠《こも》りゐたり。如願《(によぐわん)》とぞいひける。それを[八]もこの度《たび》の[九]歌合に召《め》せば、いまさらに、[一〇]そのかみの事、さこそは思《おも》ひ出《い》づらめ。[一一]例《れい》のかず〳〵はいかでか。たゞ片端《かたはし》をだにとて、

左、御製、

[一二]人心うつりはてぬる花の色《いろ》にむかしながらの山の名もうし

右、家隆《(の)》二位、

[一三]なぞもかく思《おも》ひそめけん櫻花山とし高《たか》く成《(なり)》はつるまで

秀能、

[一四]わたの原八十《やそ》島かけてしるべせよ遙《はる》かに通《かよ》ふおきの友船

山家といふ題にて、[一五]左、又御製、

[一六]軒端《ば》あれてたれか水無瀬《みなせ》の宿の月すみこしまゝの色やさびしき

右、家隆、

[一七]さびしさはまだ見《み》ぬ島の山里《ざと》を思やるにもすむ心ちして

一 遠島御歌合の序参照。→補注一〇八。
二 昔、後鳥羽院にお仕えした人々。
三 歌合として、院ご自身で歌の優劣を判じてご覧になった。→補注一〇九。
四 しけり—せられけり(諸本)。
五 せめて、この和歌だけでも奉ってお慰めしたいと、院の御心のほどが身にしみて、ありがたく思われて。これに—これを(諸本)。
六 かつて和歌の事で院のお引きたてをこうむった、あの秀能は。
七 承久の乱をさす。
八 底本「を」傍書。
九 諸本「御歌合」。
一〇 精撰御歌合に召された時のこと。
一一 例のとおり、多くの歌を一々は、申しあげるわけにまいりませんので。
一二 花の色と同じように、人の心もすっかり移り変わった今となっては、昔ながらという詞に縁のある長良の山の名まえを聞くことさえ、つらく思われる。九番、歌題山桜。→補注一一〇。
一三 私は、この桜花を、どうしてこれほどまで深く思いそめてきたのであろうか。思いが積もって山が高くなるまでに深く。→補注一一一。
一四 遙かかなたの沖のほうを通っていく友舟よ。広い海中に点在している多くの島々を通って、私を隠岐の島に案内してくれ。→補注一一二。
一五 左又—又左(諸本)。
一六 軒端も荒れて今は誰ひとり見る者もない水無瀬の離宮の月は、自分が住んでいた時と同じく、その光は澄んでいるであろうが、その色はどんなにか淋しいことであろう。
一七 淋しさといえば、まだ自分の見たことのない隠岐の島の山里は、思いやるだけでも、その地に住んでいるような気持ちがして、まことにたえがたいことである。
一八 右の歌のように、まだ見たことのない島を

法皇《(後鳥羽)》身づから判の言葉《こと》を書《か》か《ゝ》せ給へるに、「[一八]まだ見《み》ぬ島を思《おも》ひやるらん[一九]よりは、年久《ひさ》しく住《す》みて思《おも》ひ出《い》でんは、いますこし心ざし深《ふか》くや」とて、我御歌を勝とつけさせ給へる、いとあはれにやさしき御事なめり。かやうの事、[二〇]はかなし事、又は阿彌《あみ》陀《だ》佛の御つとめなどに、まぎらはしてぞをはします。御手習のつゐでに、

[二一]我ながらうとみはてぬる身のうへに涙ばかりぞ面《おも》がはりせぬ

[二二]ふる郷《さと》は入《(いり)》ぬる磯《いそ》の草よたゞ夕しほみちて見らくすくなき

この浦に住《す》ませ給て、[二三]十七年ばかりにやありけむ、[二四]延應元年といふ二月廿二日、六十《むそぢ》にてかくれさせ給ぬ。いま一たび都へ歸《かへ》らんの御心ざし深《ふか》か《ゝ》りしかど、つゐ《(ひ)》に空《むな》しくてやみ給にし事、いとかたじけなく、あはれに情《なさ》けなき世《よ》も、いまさら心うし。近《ちか》き山にて[二五]例《れい》の作法《さほう》になし奉《たてまつ》るも、むげに人少《ずく》なに、心細《ぼそ》き御有さま、いとあはれになん。御骨をば、[二六]能茂《(よしもち)》といひし北面、入道して御供《とも》にさぶらひける[二七]ぞ、[二八]首《くび》にかけ奉《たてまつ》りて都に上《のぼ》りける。さて大原の[二九]法花堂《(ほつけだう)》とて、今《いま》も、[三〇]昔《むかし》の御庄《(み)さう》の所〳〵、三昧料《れう》に寄《よ》せられたるにて、勤《つと》め絶《た》[三一]えず。[三二]かの法花堂には、修明門院の御沙汰《さた》にて、故院わきて御心とゞめたりし水無瀬《みなせ》殿をわたされけり。今《いま》にのきはまで持《も》たせ給ける桐《きり》の御數珠《ずゞ》なども、かしこにいまだ侍こそ、あはれにかたじけなく、拝《おが》み奉《たてまつ》るついでのありしか。[三三]はじめは顯徳院と定《さだ》め申されたりけれど、[三四]おはしまし《ゝ》し世の御あらましなりけるとて、[三五]仁治の頃《ころ》ぞ、後鳥羽院(の)[三六]とはさらに聞《き》こえ直《なを》され[三七]けるとなむ。

思いやるのよりは、左の歌のように、長年住んでいて、あとでその地を思い出すほうが、もう少し感情が深くこもっているだろう。↓補注一一三。一九 やるらん—やらん(諸本)。

二〇 諸本「事」なし。

二一 われながら愛想のつき果てたわが身であるのに、涙だけが昔のままに流れ出ることよ。

二二 わが古里である都は、海の中に没してしまう磯に生えている草のようなものだ。夕潮が満ちてくると、その草を見ることができないように、今となっては、都を見ることは、ほとんど望めなくなった。↓補注一一四。

二三 実は十九年。百錬抄。↓補注一一五。

二四 一二三九年。

二五 例のとおり火葬にし奉るにも。

二六 藤原秀能の子。法名西蓮。

二七 けるそ—しそ(諸本)。

二八 百錬抄「五月十六日乙酉、隠岐法皇御骨左衛門尉能茂法師奉レ懸、今日、奉レ渡二大原一籠二禅院一云々」。

二九 法華三昧堂。貴人の納骨堂で、普賢菩薩を本尊とし、法華三昧を修する所。

三〇 昔、後鳥羽院がご所有になっていた荘園の所々を、法華三昧を修する費用にあてて、今でもお勤めが絶えず行なわれている。↓補注一一六。三一 たえす—たえせす(諸本)。

三二 この法華堂には、おきさきの修明門院のおさしずで、故後鳥羽院の特にお気にめしていた水無瀬殿の建物を移し建てられた。↓補注一一七。三三 最初は御おくり名を顕徳院とお定めになったのであるが。↓補注一一八。

三四 ご在世の時、そのおつもりであったというので。

三五 仁治三年七月八日。↓補注一一九。

三六 谷一本以外の諸本「院」なし。

三七 底本「けり」。諸本で訂正。

第四　三神山[一]

さても、[二]源大納言通方の預《あづ》かり奉《たてまつ》られし阿波《あは》の院(土御門)の宮(後嵯峨)は、おとなび給《(たまふ)》まゝに、御心ばへもいと[三]きやうざくに、御かたちもいとうるはしく、けだかくやむごとなき御有様《ありさま》なれば、なべて世人(の)も[四]いとあたらしき事に思《おも》ひきこえけり。[五]大納言(通方)さへ、暦仁《(りやくにん)》の比失《う》せにしかば、いよ〳〵眞《ま》心に仕《つか》うまつる人もなく、心細《ぼそ》げにて、[六]なにを待《ま》つとしもなく、かゝづらひておはしますも、[七]人わるくあぢきなう思《おぼ》さるべし。御母《はゝ》は、土御門(の)内大臣通親の御子に、宰相中將通宗とて、若《わか》くて失《う》せにし人の御女なり。それさへかくれ給にしかば、宰相のはらからの姫《ひめ》君ぞ、御乳母《めのと》のやうにて、[八]瞿曇彌《けうどんみ》の釋迦佛やしなひ奉《たてまつ》りけん心ちして、おはしける[九]を、二にて[一〇]父御門には別《わか》れ奉《たてまつ》り給《(たまひ)》しかば、御面影《おもかげ》だに覺《おぼ》え給はねど、なをこの世の中《なか》にをはすと思《おぼ》されしまでは、をのづからあひ見《み》奉《たてまつ》るやうもやなど、人知《し》れず[一一]幼《おさな》心ちにかゝりて思《おぼ》しわたりけるに、十二の御年《とし》かとよ、かくれさせ給ぬと傳《つた》へ聞《(きき)》給し後は、いよ〳〵[一二]世のうさを思《おぼ》しくんじつゝ、いと[一三]まめだちてのみをはしますを、承明門院は心苦《ぐる》しうかなしと見奉《たてまつ》り給《(たまふ)》。

◇この巻には、仁治二年(一二四一)から同三年に至るできごと、その中で特に、土御門院の遺子の無品親王が、四条帝の急死により、はからずも帝位についた次第を中心にして記す。すなわち、この巻の発端には、親王の幼少年の頃のはかなく心細げな生い立ちを述べ、仁治二年の四条帝の元服、女御入内、親王が石清水社で霊夢を見たこと、四条帝の死、関東の使者上洛、後嵯峨帝の元服・践祚、四条帝と泉涌寺の関係、後嵯峨帝の即位、立后等につき記す。

一　巻の名は、大嘗会悠紀方の屏風歌「いにしへに名をのみ聞て求めけん三神の山はこれぞその山」による。

二　→二七六頁注一三。

三　すぐれて賢く。警策は、もとは、詩文のすぐれたことをいう。

四　こうした境遇でおられるのを、たいへん惜しいことに。

五　通方は、暦仁元年(一二三八)十二月、五十歳で没。

六　将来に何を期待するというわけでもなく、世を捨てかねて過ごしておられるのも。

七　外聞がわるく味きないことにお思いだろう。

八　釈迦のおば。釈迦の母の麻耶夫人がなくなった後に、釈迦を養育した人。

九　諸本「を」なし。

一〇　父の土御門院が土佐に移されたのをいう。

一一　おさな心ち―おさなき御心(谷・桂・谷一本以外の諸本)。

一二　この世のつらさを身にしめてお感じになって、ご気分もすぐれず。

一三　まじめ一方でおいでになるのを。

一四　百錬抄、仁治二年十二月十三日の条に「今夜、女御入内也〈故摂政御女。母儀入道相国女。左府為二猶子一、行年十四〉」。→補注一二〇。

一五　御伯父の良実や実経などの方々が、いろいはかなく明《あ》け暮《く》れて、仁治二年にもなりにけり。御門《(四條)》は今年《ことし》は十一にて、正月五日、御元服し給。御いみな秀仁ときこゆ。其年の十二月に、[一四]洞院故攝政殿*敎實の姫《ひめ》君《(彦子)》、九に成給《(なりたまふ)》を、祖父《おほち》《(道家)》の大殿《との》、[一五]御伯父《をぢ》の殿原などゐたちて、[一六]いとよそほしくあらまほしきさまにひゞきて、女御まいり給。[一七]父《ちゝ》[一八]の殿《との》ひとりこそ物し給はねど、[一九]大かた、[二〇]儀式《ぎしき》よろづ飽《あ》かぬことなくめでたし。[二一]上もきびはなる御程に、女御もまたかく小《ちい》さくをはすれば、雛遊《ひゐなあそ》びのやうにぞ見え[二二]ける。[二三]天《あめ》の下はさながら大殿の御心のまゝなれば、いとゆゝしくなん。

土御門殿《どのゝ》の宮は《(後嵯峨)》[二四]廿《はたち》にもあまり給ぬれど、[二五]御冠《かうぶり》、沙汰《さた》もなし。[二六]城興寺宮《(の)》僧正眞性ときこゆる、御弟子にとかたらひ申給ければ、さやうにも[二七]と思《おぼ》して、女院にもほのめかし申させ給けるを、[二八]いとあるまじき事とのみ諫《いさ》めきこえさせ給《(たまふ)》。その冬の比、宮いたう忍《しの》びて、[二九]石清水社《(の)》に詣《まう》でさせ給。[三〇]御念誦のどかにしたまひて、すこしまどろませ給へるに、神殿の中に、[三一]「椿葉《ちんよう》の影《かげ》二度《たび》あらたまる」と、いとあざやかにけだかき聲《こゑ》にて、うち誦《ずん》じ給と聞《きゝ》て、御覽《らん》じあげたれば、明《あ》けがたの空澄《す》みわたれるに、[三二]星の光もけざやかに、[三三]いとゞ神さびたり。[三四]いかに見《み》えつる御夢ならんとあやしく思《おぼ》さるれど、人にもの給はず。とまれかくまれと、いよ〳〵御學問《がくもん》をぞせさせ給。

年《(仁治三年)》もかへりぬ。[三五]春の初《はじ》めは、をしなべて、ほど〳〵につけたる家〳〵の身の祝など、心行《(こころゆき)》ほこらしげなるに、[三六]正月の五日より、内の上例《うへれい》ならぬ御事にて、[三七]七日の節

ろとお世話をして。

一六 たいそう、美々しく好ましいご様子に大さわぎして、女御として入内なさった。

一七 給―給へば(諸本)。

一八 父君おひとりこそおいでにならないが。

一九 大かた―大かたの(諸本)。

二〇 女御入内に関する儀式は、万事にわたって何一つ不足な点はなく。

二一 主上もご幼少のご年配であるのに。

二二 ける―させ給ける(谷・桂・谷一本以外の諸本)。 二三 五代帝王物語。↓補注一二一。

二四 後嵯峨帝は、仁治二年に二十二歳。

二五 御元服の儀式さえ行なわれない。谷・桂・谷一本以外の諸本、「御冠」の次に「の」あり。

二六 九条の北、烏丸の西にあった天台宗の寺。真性は、以仁王の子で、天台座主となる。↓補注一二二。 二七 諸本「もと」なし。

二八 そういう事は、絶対になさってはなりませんと。 二九 京都府綴喜郡八幡町にある八幡宮。男山八幡宮ともいう。

三〇 心中に祈念しながら、仏の名号あるいは経文を唱えること。

三一 新撰朗詠集に見える「徳是北辰、椿葉之影再改、尊猶南面、松花之色十廻」(後江相公)の句をさす。天子となって久しく栄えるであろうという意味の句。↓補注一二三。

三二 けさやかにけさやかにて(諸本)。

三三 いとゝ―いと(諸本)。

三四 どういう意味で見えたお夢であろうかと。

三五 新年というものは、一般に、それぞれの家々で、身分に応じた身の祝いなどをして、いかにも満足した様子で、得意げであるのに。

三六 百錬抄によれば、正月六日。↓補注一二四。

三七 白馬の節会ともいう。正月七日、左右馬寮の白馬二十一匹を引いて渡るのを、天皇がご覧になって、後に群臣に宴をたまわる儀式。

會にも、[一]御帳《(み)ちやう》にもつかせ給はねば、[二]いとさうざ〔う〕しく人〴〵思《おぼ》しあへるに、[三]九日の暁、かくれさせ給ぬとて、のゝしりあへる、いとあさましともいふばかりなし。みな人あきれまどひて、中〴〵涙だにも[四]出《い》でこず。[五]女御(彦子)もいまだ童遊《わらはあそ》びの御さまにて、なに心なくむつれきこえさせ給へるに、[六]いとうたていみじければ、[七]うちしめりくんじてゐ給へるほど、[八]おさなげにらうたし。大殿《との》(道家)の御心の中、思《(おもひ)》やるべし。[九]御兄《せうと》の若《わか》君殿上し給へる、[一〇]たゞ御門おなじ御ほどにて、さはがしきまでの御遊《あそ》びのみにて明《あ》かし暮《く》らさせ給けるに、[一一]かひひそみて群《むら》がりゐつゝ、鼻《はな》うちかみてうち泣《な》く人よりほかはなし。[一二]かくのみあさましき御事どもの續《つゞ》きぬるは、いかにも、かの遠《とを》き浦〳〵にて[一三]沈《しづ》み果《は》てさせ給にし、御靈《りやう》どもにやとぞ、世の人もさゝめきける。御悩《なや》みのはじめも、[一四]なべてのすぢにはあらず、[一五]あまりいはけたる御遊《あそ》びより、そこなはれ給にけるとぞ。いまだ[一六]御つぎもをはしまさず、又御はらからの宮などもわたらせ給はねば、世の中いかに成ゆかんとするにかと、たどりあへるさまなり。

[一七]さてしもやはにて、東《あづま》へぞ告《つ》げやりける。將軍(頼經)は大殿の御子《こ》、今《いま》は[一八]大納言殿ときこゆ。[一九]御後見《うしろみ》は、承久に上《のぼ》りたりし泰時朝臣なり。[二〇]時房と一處にて、小弓射《こゆみい》させ酒《さか》もりなんどして、心とけたるほどなりけるに、[二一]「京よりの走《はし》り馬」といへば、なに事ならんと驚《おどろ》きながら、使《つか》ひ召《め》しよせて聞《き》くに、いとあさまし。さりとて[二二]あるべきならねば、[二三]その席《むしろ》よりやがて神事はじめて、[二四]若宮(の)社にて、くじをぞとりける。

一 座を設けて、その四方にとばりを垂れたもの。ここでは、天皇の座席をいう。

二 たいへん淋しいことに。「さうさうし」の「う」底本欠。近・谷・桂・谷一・院本で補う。

三 百錬抄「九日壬辰、自二夜半一天下物忩、諸社被レ進二御誦経一、及二暁更一御絶入云々」。

四 諸本「も」なし。 五 女御もまだ、子供どうしの遊びをしているような御有様で。

六 あまりにひどく大変なことなので。

七 うち沈んで、ふさいでおられるのは。

八 ほと―いと(谷・桂・谷一本以外の諸本)。

九 女御の兄の九条忠家をさす。↓補注一一二五。

一〇 ちょうど天皇と同じお年頃で。

一一 ひっそりと静かにして。

一二 藻璧門院・後堀河院について四条帝のなくなったことをいう。つゝきぬるは―うちつゝきぬるは(諸本)。

一三 怨みをのんでなくなられた方々の、みたまのたたりのためであろうかと。御りやうとも―りやうとも(近・平本)―御嘆とものつもり(院本)。 一四 普通の事から起こったのではなく。

一五 あまりにあどけないお遊びから、おからだをおいためになったという事である。↓補注一一二六。 一六 御跡継ぎの方もおいでにならず。

一七 そのままにしておくわけには、いかないというので。

一八 頼経は、暦仁元年(一二三八)権大納言に任ぜられたが、すぐに辞し、この時は前権大納言。

一九 執権職をいう。

二〇 北条義時の弟。仁治元年(一二四〇)に、六十六歳で没。↓補注一一二七。

二一 京都から急使が来た。

二二 そのままにしてはおけない事なので。

二三 五代帝王物語の記述と少し異なる。↓補注一一二八。 二四 鶴岡八幡宮をいう。↓補注一一二九。

二五 根拠のない事どもを、それぞれのひいきにそのほど、都には、いと[二五]うかびたる事ども、心のひき〳〵いひしろう《(ふ)》。「佐渡院《(の)》の宮たちにや」などきこえければ、修明門院にも、御心ときめきして、うち〳〵[二六]のその御用意《ようゐ》なんどし給。[二七]承明門院も、もしやなど、さま〴〵御祈《いの》りし給。あづまの御使、都《みやこ》に入よし聞えける日は、兩女院より[二八]白《しら》川に人を立《た》てゝ、[二九]いづ方へまいると、[三〇]とはせられけるぞことはり[三一]なる。[三二]げにいま見ゆべき事なれど、物の心もとなき事は、さおぼゆるわざぞかしと、例《れい》の口《くち》すげみ[三三]てほゝゐむ。

日《ひ》ぐらし待《ま》たれて、[三四]城介義景《じやうのすけよしかげ》といふ者《もの》、三條河原にうち出《い》でゝ、「承明門院のをはしますなる院はいづくぞ」と、[三五]かの院より立《た》てられたる青侍《あをざぶらひ》の、いとあやしげなるにしも問《と》ひければ、聞《き》く心ち、うつゝとも覺《おぼ》えず。しか〴〵と申まゝに、[三六]土御門殿《どの》へ參《まい》りたれど、[三七]門はむぐら強《つよ》くかため、扉《とびら》もさびつき柱《はしら》くちて、開《あ》かざりけるを、郎等《らうどう》どもにとかくせさせて、内に參《まい》りて見まはせば、[三八]草深《ふか》く苔《こけ》むして、[三九]人の通《かよ》へる跡《あと》もなし。[四〇]故通宗宰相中將の弟《をとゝ》を子にし給へりし定通の[四一]大臣《をとゞ》、[四二]何《なに》となくをのづからの事もやと思《おも》ひて、なへばめる烏帽子直衣《えぼしなをし》にてさぶらひ給ける[四三]ぞ、[四四]中門に出《い》でゝ對《たい》面《めん》し給。義景《よしかげ》は、[四五]切戸《きりど》の脇《わき》にかしこまりてぞ侍ける。「阿波《あは》の院の御子、御位に」と、申《(まうし)》て出《い》でぬ。院の中の人々、上下夢の心ちして、物にぞあたりまどひける。仁治三年正月十九日の事なり。世の人の心ち、みな驚《おどろ》きあはてゝ、[四六]をしかへしこなたに參《まい》りつどふ馬車の響《ひゞ》きさはぐ世《よ》のをとなひを、[四七]四辻殿にはあさましう中〳〵物思《おぼ》

まかせて噂しあった。二六 諸本「の」なし。
二七 後鳥羽院の妃。土御門院の母。
二八 賀茂川の東岸の地で、粟田口から京都に入る要路。二九 いつ方へ—いつかたへか(諸本)。
三〇 とはせ—見せ(諸本)。三一 なる—に(諸本)。
三二 ほんとうに、今すぐ分かるはずの事であるけれど、物事が気がかりな場合は。諸本「なき事は」の「事」なし。
三三 底本「かちにて」を「てほゝゐむ」に訂正。
三四 秋田城介安達義景。秋田城介は、秋田城司で、出羽介が兼任した。
三五 その当の承明門院からつかわされた青侍の、たいそう、みすぼらしい様子をした者に、尋ねたところが。青侍は、身分の低い若侍。
三六 承明門院の御所。三七 門は、むぐらなどの雑草が一面にびっしりと生い茂ってとざし。
三八 草ふかくこけむして—庭はくさふかくあをきこけのみむして(谷・桂・谷一本以外の諸本)。
三九 谷・桂・谷一本以外の諸本、この前に「松風よりほかはこたふる物もなく」の一文あり。
四〇 定通は通宗の実弟であるが、それを通宗の養子にしたのである。底本「道宗」。諸本で訂正。→補注一三〇。四一 谷・桂・谷一本以外の諸本、この次に「はかりそ」あり。
四二 何という事もなく、ひょっとすると関東の使いが来ることがあるかも知れないと思って。平戸記などのしるすところと異なる。→補注一三一。
四三 底本「そ」の脇に「か」と注記。諸本「か」。
四四 寝殿造りの住宅で、東西の対の屋から釣殿に通ずる廊の中ほどにある門。この門の脇の縁で、来客の取りつぎをした。
四五 中門の脇の開き戸をいう。
四六 押しあいながら引き返して、今度は土御門殿に参集する馬や車の響きさわぐ世間のものさわがしさを。四七 修明門院の御所。

しまさるべし。

又の日、やがて御元服せさせ給。[一]ひき入《(いれ)》[二]の左大臣良實*まいり給へり。理髪[三]、頭辨[四]定嗣仕《つか》うまつりけり。御いみな邦仁、御年廿三、其夜やがて冷泉萬里小路殿《どの》[五]へ移《うつ》らせ給て、[六]閑院殿より劍璽など渡《わた》さる。踐祚[七]の儀式《ぎしき》、いとめでたし[八]。その後《のち》[九]こそ、閑院殿には追號のさだめ、[一〇]御わざの事など沙汰《さた》ありけれ。廿五日に東山[一一]の泉涌寺《(せんゆうじ)》とかやいふほとりにをさめ奉《たてまつ》りけり。四條院《(の)》と申なるべし。やがてかの寺へ御庄《(み)さう》[一二]など寄《よ》せて、今《いま》[一三]に御菩提《ぼだひ》をいのり奉るも、前《さき》の世のゆへありけるにや。

[一四]この御門《(四條)》の、いまだ物などもはか[一五]ぐしくのたまはぬほどの御齢《よはひ》なりけるとき、誰《たれ》とかや、「前《(さき)》の世はいかなる人にてかをはしけん[一六]」と、たゞ[一七]何《なに》となくきこえたりけるに、彼《(かの)》泉涌寺の開山[一八]の聖《ひじり》の名をぞ、たしかに仰られたりける。又、人の夢にも、此御門かくれさせ給て後、彼上人《(かのしやうにん)》、「われすみやかに成佛すべかりしを、よしなき[一九]妄《まう》念を起こして、一度人界《(にんがい)》の生をうけ、帝王の位にいたりて、かへりて我寺を助《たす》けんと思《おも》ひしに、はたしてかくなん」とぞ見えける。まことに、その餘執《よしう》[二〇]の通《とを》りけるしるしにや、御庄ども[二一]寄《よ》りけむとぞおぼえ侍る。

さて仁治三年三月十八日過《す》ぎて[二二]御即位、よろづあるべき限《かぎ》りめでたくて過《す》ぎもて行《(ゆく)》。嘉禎三年よりは、岡[二三]の屋の大臣《をとゞ》兼經*、攝政にていませしかば、そのまゝに、今《いま》[二四]の御代のはじめも關白ときこえつれども、三月廿五日、左[二五]の大臣《おとゞ》良實*にわたりぬ[二六]。

一　元服の時の加冠の役をいう。　二　の―に(諸本)。　三　元服の時、髪を切りととのえて、おとなの髪形にする役。　四　蔵人頭で、大・中の弁官を兼ねた者。定嗣は藤原光親の二男。　五　四条隆親の第。→補注一三二。　六　その当時の皇居。先帝である四条帝の御在所。　七　天皇が三種の神器をうけて高御座に上る式をいう。　八　めてたし―めつらし(谷・桂・谷一本以外の諸本)。
九　百錬抄、正月十九日の条には「明月可レ有二践祚儀一者、今日先帝謚号、為二四条院一」。五代帝王物語によって書く。　一〇　ご葬儀に関する指令が出された。　一一　京都市東山区今熊野にある。斉衡三年(八五六)右大臣藤原緒嗣が造立した法輪寺を、建保六年(一二一八)俊芿(しゆんじよう)が再興した寺。
一二　必要な経費をまかなうための荘園などを寄進して。→補注一三三。
一三　今に至るまで、帝が仏果を得て極楽に往生する事をお祈りしているのも。奉るも―申侍も(谷・桂・谷一本以外の諸本)。
一四　→補注一三四。　一五　はきはきと十分に。
一六　けん―ましけん(諸本)。
一七　ただ何という事もなく申し上げたところが。
一八　寺を初めて建てた人。ここは中興の開山俊芿をいう。　一九　迷いの心。
二〇　死後にこの世に残した執念。
二一　とも―とも丶(諸本)。
二二　谷・桂・谷一本以外の諸本「すきて」なし。諸記録によれば、十八日御即位。
二三　近衛兼経(一二一〇―一二五九)。　二四　新帝が位につかれても、その当初は関白と申し上げていたが。
二五　二条良実(一二一六―一二七〇)。
二六　関白が移った。　二七　「の」諸本で補う。
二八　百錬抄、十月二十一日の条「天晴風静、大嘗会御禊也」。
二九　世の中がざわついてくるにつけても、こうした事は、予期した事であろうか、全く思いがこの殿も、光明峯寺殿《(道家)》〔の〕[二七]御二郎君なり。[二八]神無月になりぬれば、御禊とて[二九]世中《(の)》ひしめきたつも、思《おも》ひよりし事かはとめでたし。大嘗會の悠紀《(ゆき)》方の御屛風、[三〇]三神山《(みかみやま)》、[三一]菅《(くわん)》宰相《さいしやう》爲長仕《つか》うまつられける。

[三二]いにしへに名をのみ聞《(きき)》て求《もと》めけん三神の山はこれぞその山

主基《(すき)》方、[三三]風俗の歌、[三四]經光の中納言に召《め》されける。

[三五]末《すゑ》とをき千代の影《かげ》こそひさしけれまだ二葉なる岩さきの松

當代かくめでたくおはしませば、[三六]通宗の宰相も左大臣従一位をくられ給《(たまふ)》。[三七]御女《(通子)》も后の位をくり申されし、いとめでたしや。

まことや、この比、前右大臣ときこゆるは、實氏の大臣《をとゞ》よ。その御女《(姞子)》[三八]、十八に成給を、女御にたてまつり給。六月三日、入内[三九]あり。儀式《ぎしき》ありさま、二《に》なく清《きよ》らを盡《つ》くされたり。母《はゝ》北の方は、[四〇]四條大納言隆衡《たかひら》の女なり。[四一]いとさゝやかに、あひぎやうづきてめでたく物し給へば、御おぼえもかひ〴〵しく、[四二]よろづうちあひ、思《おも》ふさまなる世の氣色、[四三]いへばさらなり。おなじ年八月九日、后にたち給。そのほどのめでたさ、[四四]いはんかたなし。[四五]源大納言の家に、無品親王《(むほんしんわう)》[四六]とてあやしゝ心細《ぼそ》げなりし御ほどには、[四七]たはぶれにも思《おも》ひよりきこえ給はざりけんと、めでたきにつけても、人の口《くち》やすからず、[四八]さはとかくきこゆべし。

けない事であったと。
三〇 滋賀県野洲郡の三上山。
三一 菅原為長。前参議。この時、八十五歳。
三二 昔、その名前だけを聞いて、不老不死の薬を得るために探し求めたという三神山は、まさにこの山のことなのだ。→補注一三五。
三三 大嘗会の時、主基方または悠紀方の国の司が、歌人歌女を率いて風俗舞を奏する時の歌。
三四 勘解由小路経光。この時は参議で、宝治元年(一二四七)に権中納言。
三五 まだ二葉が生えたばかりの石崎の松は、行く末遠く千年も先の姿が思われて、まことに久しい感じがする。そのように、わが君の栄えも末遠く久しく続くことであろう。→補注一三六。
三六 通宗は、後嵯峨帝の外祖父。→補注一三七。
三七 通宗の女の通子。天皇の生母。
三八 後の大宮院。後深草・亀山両帝の母。
三九 あり―の(谷・桂・谷一本以外の諸本)。
四〇 四条隆房の一男。母は平清盛の女。建長六年(一二五四)没。八十三歳。
四一 たいそう小がらで愛くるしくて、お美しくていらっしゃるので。谷・桂・谷一本以外の諸本「いとさゝやかに」の前に「女御の君」あり。
四二 万事が調子よくゆき。
四三 いへはさらなり―あかぬことなし(谷・桂・谷一本以外の諸本)。
四四 いはんかたなし―いへはさらなり(谷・桂・谷一本以外の諸本)。
四五 今の帝が、源大納言通方の家に、無品親王として、みすぼらしく心細い状態でおられた時分には。無品親王は、品階のない親王。
四六 とて―にて(諸本)。「あやしう」以下、諸本により脱文・異同あり。→補注一三八。
四七 このようなお栄えは、かりにもお考えになった事はなかったであろう。 四八 そのような事を、とかく申し上げることであろう。

第五　内《うち》[一]野《の》の雪

おほうち山とも

今后《いま(姑子)》の御父《ちゝ》は、さきにもきこえつる右大臣實氏〔の〕[二]をとゞ、その父《ちゝ》、故公經[三]の太政大臣《おほきおとゞ》、そのかみ夢見給へる事ありて、源氏[四]《(の)》中將わらはやみまじなひ給し北山[五]のほとりに、世に知《し》らずゆゝしき御堂《だう》[六]を建《た》てゝ、名をば西園寺[七]といふめり。この所は、伯三位《(はくのさんみ)》[八]資仲の領なりしを、尾張國[九]《(の)》松枝といふ庄にかへ給てけり。もとは、田畠《はたけ》など多《おほ》くて、ひたぶるにゐ中《(なか)》めきたりしを、さらにうち返しくづして、艶《えん》ある園《その》[一〇]を造《つく》りなし、山のたゝずまゐ木深《ぶか》く、池[一一]の心ゆたかに、わたつうみをたゝへ、峯[一二]よりおつる瀧のひゞきも、げに涙《なみだ》もよほしぬべく、心ばせ深《ふか》きところのさまなり。

本堂は西園寺、本尊の如來まことに妙《たへ》なる御姿《すがた》、生身《(しやうじん)》[一三]もかくやと、いつくしうあらはされ給へり。又、善積院《ぜんしやく》[一四]は藥師、功德藏院は地藏菩薩にてをはす。池のほとりに妙音堂、瀧のもとには不動尊。この不動《ふどう》は、津の國《くに》[一五]より生身の明王、簑笠《(みのかさ)》うち奉《たてまつ》りて、さし歩《あゆ》みてをはしたりき。その簑笠《みのかさ》は寶藏《ほうざう》にこめて、卅三年に一度出《い》ださるとぞうけたまはる。石橋《ばし》の上には五大堂[一六]。成就心院といふは愛染王《(あいぜんわう)》[一七]の座さまさぬ祕法とり行《おこ》なはせらる。供僧《(ぐそう)》[一八]も紅梅の衣、袈裟《(けさ)》數珠《ずゞ》の絲まで、おなじ色[一九]にて侍め

◇この巻には、後嵯峨・後深草の二代、仁治三年(一二四二)から建長七年(一二五五)まで十四年間のできごとを中心にして記す。冒頭に、後嵯峨帝の皇后姞子の祖父西園寺公経の建立した西園寺の山荘の結構を述べ、ついで順徳院の死、後深草帝の降誕・立太子、頼嗣の将軍宣下、後深草帝の践祚、道家の子孫の栄え、内野の雪の歌の応答、後嵯峨院の石清水社・宇治・鳥羽殿・吹田への御幸、後深草帝を中心にする宮廷の風流生活、住吉御幸、宗尊親王の元服・将軍宣下・東下、後深草帝の元服・朝覲の行幸、熊野御幸等について記す。

一 巻の名は、後深草帝の大嘗会に際し、少将内侍の詠んだ「九重の内野の雪に跡つけて遙かに千代の道をみる哉」の歌による。
二「の」諸本で補う。
三 故―殿(桂・谷一本以外の諸本)。
四 あの源氏の中将が、わらわやみをなおすために、まじないにお出になったという。→補注一三九。 五 京都の北方の諸山を総称していう。
六「を」底本傍書。
七 →補注一四〇。
八 神祇伯仲資王。資仲は誤り。→補注一四一。
九 →補注一四二。 一〇 を―に(諸本)。
一一 池の中ほどは広々として、まるで海原のように豊かに水をたたえ。 一二 源氏、若紫「吹き迷ふ深山おろしに夢さめて涙催す滝の音かな」。
一三 生き身の仏さまも、こんなであろうかと思われるほどおごそかに。
一四 善積院はその本尊が薬師如来であり。
一五 摂津国から生き身の不動明王が。
一六 不動・降三世《(ごうざんぜ)》・大威徳・軍荼利夜叉《(ぐんだりやしゃ)》・金剛夜叉の五大尊を安置した堂。
一七 愛染明王を本尊とした不断の秘法が行なわれている。→補注一四三。

る。又、法水院《はすいん》・化水院《けすいん》、無量光院とかやとて、[二〇]來迎《(らいがう)》の氣色、彌陀如來・廿五の菩薩、虚空《(こくう)》に現じ給へる御姿《すがた》も侍めり。北の寢殿《しんでん》にぞ大臣《をとゞ》は住《す》み給《(たまふ)》めぐれる山のときは木ども、いと舊《ふ》りたるに、なつかしきほどの若木《わかき》の櫻《さくら》なんど植《う(ゑ)》へわたすとて、

大臣《をとゞ》《(公經)》[二一]うそぶき給ける。

[二二]山ざくら峯にも尾にも植《う(ゑ)(お)》へをかんみぬ世の春を人や忍《(しのぶ)》と

かの[二三]法成寺《(ほふじやうじ)》をのみこそ、いみじきためしに[二四]世繼もいひためれど、[二五]これはなを山の氣色さへおもしろく、都《みやこ》はなれて眺望そひたれば、いはんかたなくめでたし。峯殿《(道家)》の御しうと、東《あづま》の將軍《(頼經)》の御祖父《おほぢ》にて、よろづ世中《(の)》御心のまゝに、飽《あ》かぬ事なくゆゝしくなんおはしける。今《いま》の右《(實氏)》の大臣《おとゞ》、[二六]をさ〳〵劣《をと》りたまはず、世のおもしにて、いとやんごとなくおはするに、[二七]女御《(姞子)》さへ御おぼえめでたきに、いつしかたゞ[二八]ならずおはするときこゆる、奥《おく》ゆかしき御ほどなるべし。

仁治三年九月十二日、佐渡院かくれさせ給ぬ。[二九]世中移《うつ》りかはりしきざみ、もしやと思《おぼ》されしも空《むな》しくて、いよ〳〵隔《へだゝ》たりはてぬる世《よ》を、心ぼそく思《おぼ》し歎《なげ》きけるつもりにや、いとさしもとりたてたる御惱《なや》みなんどはなくて、失《う》せさせ給に、折《をり》あはれなる御事どもなり。四十六にぞならせ給ける。

あくる年[三〇]〔は〕、寛元元年《々》なり。六月十日比に、中宮《(姞子)》[三一]今出川《いまで》の大殿《をとゞ》にて、[三二]その御氣色あれば、殿の内《うち》たちさはぐ。[三三]白《しろ》き御裝《よそ》ひにあらためて、母屋に移《うつ》らせ給ほど、い

一八 本尊に供奉して秘法を行なう僧も、濃い紅の衣を着た上に。
一九 にて—にそ(諸本)。
二〇 そこには、来迎の様子、すなわち西方浄土の阿弥陀如来や二十五菩薩が、空中に現われておいでのお姿も、描かれているようすである。
↓補注一四四。
二一 次のような歌を口ずさまれた。
二二 山桜をこの山の峯にもふもとにも一面に植えておこう。見たこともない昔の春を、後世の人が懐しく思うであろうと思って。新勅撰集、雑一に「西園寺にて三十首歌よみ侍ける春歌」と詞書して収む。
二三 藤原道長の建てた天台宗の寺。京都鴨川の西辺、荒神口の北にあり、その建築は壮麗をきわめたという。
二四 大鏡の中に出てくる世継の翁もいっているようであるが。大鏡巻五に、法成寺のすばらしさが語られている。
二五 この西園寺は、寺院の建築が見事である上に。
二六 父君のご威勢に、ほとんど劣っておられず、国家の重鎮であって。
二七 諸本「に女御さへ…おはする」なし。
二八 ご懐妊のご様子という噂であるが、それにつけても、先々のお栄えのほどが期待されるご様子である。
二九 御代の改まった際に、もしかしたら、わが皇子が後継者に選ばれることになろうかとお思いになったことも空しくて。以下、院本異文。
三〇 「は」院本以外の諸本で補う。
三一 西園寺実氏の邸で、中宮の里。北小路の北、今出川の西にあった。
三二 ご出産のご様子が見えたので。
三三 お産の時は、装束調度等を、すべて白いものに改めるのが例であった。

とおもしろし。大臣《をとゞ》(實氏)・北方・御兄《せうと》の殿ばらたち、添《そ》ひかしづき聞え給へるさま、限《かぎ》りなくめでたし。[一]御修法の壇ども数《かず》しらず。醫師《くすし》・[二]陰陽師・[三]かんなぎ、をの〳〵かしがましきまで響《ひゞ》きあひたり。いと暑《あつ》きほどなれば、[四]たゞある人だに汗《あせ》におしひたしたるに、后(姞子)の宮《みや》いと苦《くる》しげにしたまひて、色々の御物のけども[五]名のり出《い》でつゝ、[六]わりなくまどひ給へば、大臣《をとゞ》・北のかた、いかさまにせんと御心をまどはし給さま、あはれにかなし。[七]かやうのきざみ、高《たか》きも下《くだ》れるも、おろかに思《おも》ふ人やはあらん。[八]なべて皆《みな》かうのみこそあれど、[九]げにさしあたりたる世のけしきをとりぐして、たぐひなく思《おぼ》さるらんかし。内(後嵯峨)よりも、いかに〳〵と御使、雨のあしよりもしげう走《はし》りちがう(ふ)。内の御乳母《めのと》[一〇]大納言二位殿、[一一]大人《をとな》しき内侍のすけなんど、さべき限《かぎ》りまいり給へり。今日《けふ》もなを心もとなくて暮《く》れぬれば、いと恐《をそろ》しうおぼす。[一二]伊勢《いせ》の御(み)てぐらつかひなどたてらる。[一三]諸社の神馬、ところ〳〵の御誦經(ずきやう)の使、四位五位数《かず》をつくして鞭《ぶち》をあぐるさま、いはずともおしはかるべし。大臣《をとゞ》(實氏)とりわき春日《かすが》の社へ拜して、御馬・宮の御衣《ぞ》などたてまつらる。

内(後嵯峨)には[一四]更衣腹《ばら》の若《わか》宮をはしませど、この御事を待《ま》ち聞え給とて、[一五]坊定《さだ》まり給はぬほどなり。[一六]たとひ平《たい》らかにし給へりとも、女宮にてをはしまさばと、[一七]まが〳〵しきあらましを思《おも》ふだにも、胸《むね》つぶれ口惜《くちを》し。[一八]かつは、御身の宿世《しゆくせ》見《み》ゆべき際《きは》ぞかしと思《おぼ》せば、いみじう念じ給に、[一九]すでに事なりぬ。まづ何《なに》に[二〇]かはと心騒《さは》[二一]ぐに、御兄《せうと》の大

一 お祈りをするために、五大尊を安置した壇。東西南北中央の五壇に五大尊を安置して修法を行なう。
二 出産の際に、はらいの詞を読みあげる。
三 神に仕えて、神おろしをし、病魔退散のお祈りなどをする者。
四 何ともない普通の人でさえ。
五 人にのり移っては、その名を告げて。底本「名」を「也」につくる。諸本で訂正。
六 中宮は、ひどくお悩みになるので。
七 このような場合には。
八 誰もがすべて、こんなふうに心配するばかりであるが。
九 この大臣の場合は、目の前にさし迫っている天下の形勢のことまでお考えになって、ほんとうに、ひどくご心配のことであろう。皇子が出生になれば、朝廷の外戚になるという、せとぎわにきていたことをいう。
一〇「め」底本傍書。
一一 年をとった、もの馴れた。院本以外の諸本「おとな〳〵しき」。
一二 伊勢神宮へ安産を祈って、みてぐらを奉る使い。みてぐらは、神に奉る物を総称していう。
一三 諸社へ神馬を奉り、所々のお寺に、御誦経を命ずる使いなど、四位五位の者たちは、そのすべてが鞭をあげて駆け出していく様子は。
一四 更衣のお生みになった若宮がおいでになるが。一五 皇太子がまだお定まりになっていない時分である。
一六 たとい平穏にご出産になったところで。
一七 不吉な予想を思ってみるだけでも。
一八 一方では、今こそは、ご自身の運不運のはっきりあらわれてくる時なのだと、お思いになるので。
一九 はやくもお生まれになった。まず、皇子か皇女か、そのどちらであろうかと胸がどきどき

納言公相[二二]、「皇子誕生《たんじやう》ぞや」と、いと高《たか》らかにのたまふを、あまりの[二三]事にみなあきれて、「まことか〳〵」と大臣《おとゞ》の給まゝに[二四]、悦《よろこび》の御涙《なみだ》ぞ落《お》ちぬる。あはれ[二五]なる御氣色、見《み》る人も事忌《ことい》みもしあへず。御修法《ずほう》の僧どもをはじめて、道《みち》[二六]〳〵の祿《ろく》[二七]給はる。[二八]したり顔《がほ》に汗《あせ》をしのごひつゝまかづる氣色、いま一きはめでたくのゝしりたちて、さらに物も聞《き》こえず。げに[二九]この比のひゞきに、女にてをはしまさましかば、いかにしほ〳〵と口惜《くちを》しからまし。きら[三〇]〳〵しうもし出《い》で給へるかし。されば、〔大臣《おとゞ》[三一]〕年たけ給までも、その折《おり》の嬉《うれ》しうかたじけなかりしを思《おも》[三二]ひ出《い》づれば、見奉《みたてまつ》るごとに涙ぐまるゝとぞ、後深草院[三三]をば常《つね》に申されける。

[三四]御湯殿《ゆどの》の儀式《ぎしき》はさらにもいはず、人〴〵の祿《ろく》、なにくれ、例《れい》[三五]の作法《さほう》にことを添《そ》へて、いみじう世の例《ためし》にもなるばかりとつくし給。御[三六]はかしまいる。心[三七]もとなかりつるまゝに、廿八日、親王[三八]の宣下ありて、八月十日、すが[三九]やかに、太子に立給ぬ。大臣《おとゞ》[四〇]御心おちゐて、すゞ[四一]しうめでたう思《おぼ》す事かぎりなし。

かくて、又の年(寛元二年)、あづまの大納言頼經の君、なやみ給よしきこえて、御子の六になり給にゆづりて、都《みやこ》[四二]へ御返(かへり)あれば、若君はその日やがて將軍の宣旨くだされ、少將になり給。頼嗣と名《な》のり給べし。泰[四三]時朝臣も一昨年《おとゞし》入道して、孫《むまご》の時[四四]頼に世を讓《ゆづ》りにしかば[四五]、この比は天《あめ》の下の御後見《うしろみ》、この相模《さがみ》の守《かみ》時頼朝臣仕《つか》うまつる。いと心かしこくめでたき聞えありて、つは物もなびき從《したが》ひ、大方、世も靜《しづ》かに治《おさ》まりすま

するのに。
二〇 かは―か(院本以外の諸本)。
二一 「く」底本傍書。
二二 実氏の二男。
二三 あまりの嬉しさに、皆ぼうぜんとして。
二四 底本「更に」。院本以外の諸本で訂正。
二五 感涙にむせんでおられるご様子に、それを見る人も、泣くのは不吉などとは言っておれず、ともどもに涙を流すありさまであった。
二六 その道その道の人々に、当座の祝儀をたまわる。
二七 底本「給へる」。院本以外の諸本で訂正。
二八 その者どもが、得意そうな顔をして。
二九 この頃のあの騒ぎで、出生になったのが、もし女でおいでだったら。
三〇 きわだって見事に、よくもお出かしになったことである。
三一 底本欠。院本以外の諸本で補う。
三二 底本「をとゝ」と傍書。
三三 底本「かの深草院」。院本以外の諸本で訂正。
三四 生まれた子どもに初めて入浴させる儀式。院本、この部分詳述。↓補注一四五。
三五 これまでの慣例の上に、さらに色をつけて。
三六 皇子に御守刀をさしあげる。
三七 この皇子の誕生を待ちかねておられたので。
三八 親王と称する事を許される宣旨が下されて。
三九 とどこおりなく。底本「ほかやすらかに」。院本以外の諸本で訂正。
四〇 お心も落ち着いて。
四一 胸が晴れて、すうっとされ。
四二 頼経が帰京したのは寛元四年七月のこと。頼嗣が将軍に任ぜられたのは、その前々年の四月二十八日である。
四三 仁治三年(一二四二)五月出家。
四四 時氏の第二子。↓補注一四六。
四五 「に」底本傍書。諸本「に」あり。

したり。

かくて寛元も四年になりぬ。[一]正月廿八日、春宮(後深草)に御位譲《ゆづ》り申させ給。この御門(後深草)も[二]又四にぞならせ給。[三]めでたき御例《ためし》どもなれば、行末《(ゆく)すゑ》をしはかられ給。光明峯殿(道家)の御三郎君實經の大臣《をとゞ》、御年廿四にて攝《せう》政し給。いとめでたし。御はらから三人まで攝錄《ろく》し給へる御ためし、ふるくは[四]謙德公(伊尹)・[五]忠義公(兼通)・[六]東三條(の)大入道殿兼家*、[七]〔その又御子ども[八](の)中關白殿(道隆)・[九]粟田殿(道兼)・[一〇]法成寺(の)入道殿(道長)〕これふた度《たび》なり。近《ちか》くは、[一一]法性寺殿(忠通)〔の〕[一二]御子ども[一三]六條殿基實*・[一四]松殿《(まつどの)》基房*・[一五]月輪殿《(つきのわどの)》兼實*、[一六]これぞやがて今《いま》の峯殿《みねどの》の御祖父《をうぢ》よ。[一七]かやうの事、いとたま〳〵あれど、粟田殿も[一八]宣旨かうぶり給へりしばかりにて、[一九]七日にて失《う》せ給[二〇]にしかば、[二一]天下執行し給に及《およ》ばず。松殿の御子師家の大臣《をとゞ》、[二二]一代にてやみ給にき。いづれも[二三]御末《すゑ》まではおはせざりしに、[二四]この三所の流《なが》れたえず、久《ひさ》しき藤波《なみ》にてたち榮《さか》へ給へるこそ、たぐひなきやん事な[二五]さなめれ。末《すゑ》の世にもありがたくや侍らん。今《いま》の(實經)攝政をば、後には[二六]圓明寺殿とぞきこゆめりし。一條殿の御家のはじめなり。

かくて御即位・御禊《(ごけい)》〔も〕[二七]過《す》ぎぬ。大嘗會の比、[二八]信實朝臣といひし歌《うた》よみの女《むすめ》少將内侍、大内の[二九]女工所《(にょくどころ)》にさぶらふに、雪いみじう日《ひ》ごろ降《ふ》りて、いかめしう積《つ》もりたるあかつき、大《(おほき)》おとゞ實氏*のたまひつかはしける。

[三〇]九重《(ここのへ)》の大内山のいかならん限《かぎ》りも知《し》らずつもる雪かな

一 百錬抄その他によれば、正月二十九日。 二 諸本「又」なし。 三 後鳥羽・土御門両帝が四歳で即位した事をさす。 四 藤原伊尹のおくり名。九条師輔の長男。 五 藤原兼通のおくり名。師輔の二男。 六 藤原兼家。師輔の三男。永祚二年(九九〇)病により入道。同年、東三条亭で没す。 七「その又…法成寺入道殿」院本で補う。 八 藤原道隆。兼家の長男。 九 藤原道兼。兼家の四男。粟田山荘に住む。 一〇 藤原道長。兼家の五男。法成寺を建立。 一一 藤原忠通。関白忠実の長子。 一二「の」諸本で補う。 一三 関白忠通の長男。 一四 忠通の二男。 一五 忠通の三男。 一六 この月輪殿が、すなわち峯殿(道家)のご祖父である。 一七 このように、兄弟三人そろって、摂政になられる事が、ほんの時たま、あるにはあるが。 一八 関白の宣旨をいただいただけで。 一九 実は、十二日間。↓補注一四七。 二〇 給にしかは―給へりしかは(院本以外の諸本)。 二一 天下の政治をとり行なうに至らなかった。 二二 摂政になられたものの、一代限りで終わってしまった。 二三 そのご子孫までは、摂政となられなかったのに。 二四 教実は九条家の祖、良実は二条家の祖、実経は一条家の祖で、その子孫は交替で摂関の地位にあったことをいう。 二五 底本「き」。諸本で訂正。 二六 ↓補注一四八。 二七「も」諸本で補う。 二八 鎌倉初期の画家で歌人。新勅撰集以下に入集。 二九 大嘗会の際に、悠紀方と主基方との両方に臨時に設ける司で、ここから装束を調進させた。 三〇 あなたのおいでになる大内山のあたりは、どんな様子であろうか。かぎりもなく雪が降り積もっているが。↓補注一四九。 三一 御返事―御かへし(桂・谷一本以外の諸本)―返し(桂・谷一本)。 三二 諸本「信実朝臣女」なし。 三三 この内野に、一面に降り積んでいる雪に足

[三一]御返事に少將内侍 信實朝臣女[三二]、

[三三]九重の内野《うちの》の雪に跡つけて遙《はる》かに千代の道をみる哉

院《(後嵯峨)》の上《うへ》は、いつしか所《ところ》〴〵に御幸《みゆき》しげう、御遊《あそ》びなどめでたく、今《いま》めかしきさまに好《この》ませ給《(たまふ)》。中宮《(姞子)》も位去《さ》り給て、[三四]大宮女院とぞきこゆる。安《やす》らかに、[三五]つねは一《ひと》つ御車なんどにて、[三六]たゞ人のやうに花《はな》やかなる事どものみひまなく、よろづあらまほしき御有様《ありさま》なり。院の上、[三七]石清水《いはし(みづ)》の社に詣《まう》でさせ給へば、世の人残《のこ》りなく仕《つか》うまつる。さるべき事とはいひながら、なをいみじう、[三八]御心にも[三九]一年《(ひと)とせ》の事思《おぼ》し出《い》でられて、[四〇]こ とにかしこまりきこえさせ給べし。

[四一]石清水木《こ》がくれたりし古《いにしへ》を思出《い》づればすむ心哉

[四二]寶治の頃《ころ》、神無月廿日あまりなりしにや、紅葉御覧《らん》じに、宇治に御幸し給《(たまふ)》。上達部《(かんだち)め》・殿上人、思《おも》ひ〳〵色〳〵の[四三]狩衣《かりぎぬ》、[四四]菊・紅葉の濃《こ》き薄《うす》き、[四五]縫《ぬい》物・織《をり》物・綾錦《あやにしき》、すべて世になき[四六]清ら を盡《つ》くしさはぐ、いみじき見物《(みもの)》なり。[四七]殿上人の舟に樂器《がき》まうけたり。[四八]たち花の小島《こじま》に御船《ふね》さしとめて、[四九]物の音《ね》ども吹《(ふき)》たてたるほど、水の底《そこ》も耳《みゝ》たてぬべく、そゞろ寒《さむ》き程なるに、[五〇]折知《おりし》り顔《がほ》に空さへうちしぐれて、[五一]眞木の山風《かぜ》あらましきに、木の葉《は》どもの色〳〵散《ち》りまがふ氣色、いひ知《し》らずおもしろし。女房の船《ふね》に、[五二]色〳〵の袖ぐち、わざとなくこぼれ出《い》でたる、夕日にかゝやきあひて、錦《にしき》を洗《あら》ふ[五三]九の江かと見えたり。[五四]平等院に[五五]中一日わたらせ給て、さま〴〵のおもしろき事ども數《かず》

跡をつけて、お使いをいただきましたが、その跡の遙かなのを見るにつけて、わが君の千年にもわたるお栄えのほどが思われるような気がいたします。↓補注一五〇。三四 宝治二年(一二四八)六月十八日、院号宣下。三五 いつも上皇と同じお車にお乗りになどなって。三六 普通の人のように。三七 宝治元年二月九日から七日間、石清水社に参籠された時のことをさすのであろう。三八 諸本「う」なし。三九 先年、皇子でおいでの頃参詣なさって、夢のお告げさたまわったことを思い出されて。四〇 殊に、そのお礼を申し上げたことであろう。四一 岩間の清水が木がくれて見えないように、自分がまだ世に出ずに埋もれていた頃、この石清水社に参詣して神託をたまわった時の事を思い出すと、神威のかしこさも思い知られて、私の心は清らかに澄んでくることだ。続古今集、神祇「八幡にこもり侍りし時」と詞書。四二 宝治二年十月二十一日、宇治平等院に御幸。四三 公家の常用していた略服。四四 菊がさねや紅葉がさねの色の濃いのや薄いのや。狩衣のかさねの色目のさまざまなのをいう。↓補注一五一。四五 ぬいとりを施した物。以下、狩衣の材料のさまざまなのをいう。四六 善美をつくして。四七 宇治川に舟を浮かべて、舟遊びをしたのである。四八 宇治川の中にある小島。四九 いろいろの楽器を盛んに吹奏していると。五〇 ちょうどよい機会を知っていて、趣をそえるかのように。五一 槇の島の山風が荒くはげしいのに。槇島に宇治市の宇治川左岸の地。五二 色々の色どりの袖口が、わざとらしくなくこぼれ出ているのが。五三 蜀江をいう。蜀の成都付近を流れる河で、揚子江の上流の一部。この河の水で糸をさらして綿を織る。五四 京都府宇治市の宇治橋の南にある寺。五五 三日滞在のうちの第二日。

知《し》らず。[一]網代《あじろ》に氷魚《ひを》の夜《よる》もさながらのゝしり明《あ》かして、歸《かへ》らせ給《(たまふ)》。[二]鳥羽殿も近《ちか》ごろはいたう荒《あ》れて、池も水草《み》がちに埋《む》もれたりつるを、[三]いみじう修理しみがゝせ給て、はじめて御幸なりしとき、[四]「池の邊《ほとり》の松」といふ事講〔[五]ぜ〕られしに、太政大臣《おほきおとゞ》(實氏)、序書《[六]か》き給へりき。

[七]祝《いは(ひ)》ゐをくはじめとけふを松が枝の千年《ちとせ》のかげに澄《す》める池水

院(後嵯峨)御製、

[八]影《かげ》うつす松にも千代の色見えて今日《けふ》すみそむるやどの池水

[九]大納言典侍《(のすけ)》ときこえしは、[一〇]爲家の民部卿の女《むすめ》なりしにや。

[一一]色かえぬとき葉の松の影《かげ》そへて千代に八千代《やちよ》に澄《す》める池水《みづ》

[一二]ずん流《なが》るめりしかど、例《れい》のうるさければなん。[一三]御前の御遊《あそ》びはじまるほど、そり橋《はし》のもとに、[一四]龍頭鷁首《れうどうげきしゆ》寄せて、[一五]いとおもしろく吹《(ふき)》あはせたり。かやうの事、つねの御遊《あそ》び、いとしげかりき。

又、大《(おほき)》おとゞ(實氏)の[一六]津《つ》の國《くに》吹田《(すいた)》の山荘にも、いとしば〱おはしまさせて、さまざまの御遊《あそ》び數《かず》をつくし、[一七]いかにせむともてはやし申さる。[一八]河に臨《のぞ》める家なれば、秋深《ふか》き月のさかりなどは、ことに艶《えん》ありて、[一九]門田《(かどだ)》の稻《いね》の風《かぜ》になびく氣色、妻《つま》どふ鹿《しか》の聲《こゑ》、衣うつきぬたの音、峯の秋風《かぜ》、野邊の松蟲、[二〇]とり集《あつ》め、あはれそひたる所《ところ》のさまに、[二一]鵜飼《うかひ》なんどをろさせて、かゞり火どもともしたる川のおもて、いとめづらしうをか

一 夜の序。↓補注一五二。
二 京都市伏見区鳥羽にあった離宮。
三 百錬抄、宝治二年八月廿九日「上皇大宮院御二幸鳥羽殿一、修造之後始也」。
四 「池の辺の松」という題で歌を詠ませられて、それを歌会でよみあげさせられた時に。
五 「せ」諸本で補う。 六 ↓補注一五三。
七 上皇の永遠のお栄えを祝福する初めの日として、今日の御幸をお待ちしていた、この松の枝の、千年もたった姿をうつして澄んでいる池の水の清らかさよ。↓補注一五四。
八 その影をうつしている松にも、千年も栄えそうな様子が見えて、今日から住み始めることになったわが宿の池水は、これから、いっそう澄んでいくことであろう。続後撰集、賀。
九 続後撰集以下に入集。九条道良の妻。後死別。家集に秋夢集がある。
一〇 定家の次男。続後撰集・続古今集の撰者。
一一 いつも緑の色を変えることのない、ときわの松の影をうつしそえて…。続後撰集、賀。
一二 順々に歌を詠み続けていくようであったが。
一三 上皇の御前で管絃のお遊びが始まると。
一四 二隻一対で、一隻はへさきに竜の頭を彫刻し、他の一隻は鷁の首の形を彫刻した舟。竜頭の舟には唐楽、鷁首の舟には高麗楽の楽人が乗る。
一五 舟中の楽人が、それと、まことに面白く合奏をした。
一六 大阪府吹田市にあった実氏の山荘。底本「つのくにに」。諸本で「に」をけずる。↓補注一五五。
一七 どのようにしたらお気にいるかとばかり。
一八 神崎川をさす。 一九 門のそとの田。
二〇 あれこれと、すぐれた趣を一つに集めて。
二一 鵜を使って魚を取る者などを、降り立たせ。
二二 何日もご滞在になって。↓補注一五六。

と御覧《らん》ず。[二二]ひごろおはしまして、人〳〵に十首歌召《め》されしついでに、院《(後嵯峨)》御製、

川舟《ふね》[二三]のさしていづくかわがならぬ旅とはいはじ宿《やど》とさだめん

と講《かう》じあげたるほど、あるじの大臣《(實氏)おとゞ》いみじう興《けう》じ給《(たまふ)》。「この家の面目《めいぼく》今日《けふ》に侍《(はべる)》」とぞの給はする。げにさる事と、聞《き》く人みな誇《ほこ》らしくなん。

降《を》[二四]りゐ給へる太上天皇なんどきこゆるは、思《おも》[二五]ひやりこそ、大人《をとな》びさだ過《す》ぎ給へる心ちすれども、いまだ[二六]三十《みそぢ》にだに満《み》たせ給はねば、よろづ若《わか》うあひ行《(ぎやう)》づき、めでたくおはするに、時《とき》のおとなにて[二七]重《おも》〳〵しかるべき太政大臣《(實氏)おほきおとゞ》さへ、何《なに》わざをせんと、御心にかなふべき事をのみ思《おも》ひまはしつゝ、いかでめづらしからんと、もて騒《さは》ぎきこえ給[二八]へば、いみじうはへ《(え)》〴〵しき比《(ころ)》なり。御門《(後深草)》、まして幼《おさな》[二九]くおはしませば、はかなき御遊《あそ》びわざより外《ほか》の御いとなみなし。[三〇]攝政殿《(實經)》さへ若《わか》く物し給へば、夜晝《よるひる》さぶらひ給て、女房の中にまじりつゝ、[三一]亂碁《らんご》・[三二]貝《かい》おほひ・手《て》まり・[三三]へんつきなどやうの事どもを、[三四]思《おも》ひ〳〵にしつゝ、日を暮《く》らし給へば、[三五]さぶらふ人〴〵も、うち解《と》けにくゝ心づかひすめり。

[三六]節會《せちゑ》・[三七]臨時《りんじ》の祭《まつ》り、[三八]何《なに》くれの公事《くじ》どもを、女房にまねばせて御覧《らん》ずれば、太政大臣《(實氏)おほきおとゞ》興《けう》じ[三九]申給《(まうしたまひ)》て、ことさら、小《ちい》さき[四〇]笏《しやく》など作《つく》らせてあまた奉《たてまつ》り給へば、上《(後深草)》も喜《よろこ》びおぼす。入道太政大臣《(公經)おほきおとゞ》の御女《むすめ》大納言三位殿といふを關白になさる。按察《あぜち》の典侍[四一]*隆衡《たかひら》の女・大納言典侍《(の)》[四二]・中納言〔典侍〕《(の)》[四三]・勾當内侍《(の)》・辨内侍《(の)》・少將内侍《(の)》、かやうの人〴〵を、[四四]

二三 この世の中は、どこといって、わがものでない所はないのだ。だから、この吹田の山荘を旅さきとは言わずに、わが宿と定めようではないか。→補注一五七。 二四 ご退位になった。

二五 ちょっと想像したところでは、いかにもお年をめして、盛りを過ごされた感じがするけれども。 二六 後嵯峨院は寛元四年(一二四六)二十七歳で譲位。宝治二年には二十九歳。→補注一五八。

二七 底本「にくら」。諸本で訂正。

二八 底本「給はゝ」。諸本で訂正。

二九 後深草帝は宝治二年に六歳。

三〇 一条実経をさすのであろう。→補注一五九。

三一 碁石を並べ、指の先につけて拾い取り、その多少で勝負を争う遊び。

三二 貝合わせ。→補注一六〇。

三三 詩句などの中の漢字のつくりだけを示して、その偏(へん)をあてる遊び。へんつぎともいう。

三四 「おもひ〳〵に」底本傍書。諸本による。

三五 帝のおそばに仕えている人々も、気をゆるめてゆっくりすることができずに。

三六 このことは、弁内侍日記、建長二年秋の記事に見える。節会は、朝廷で節日その他公事のある日に行なわれる宴会をいう。→補注一六一。

三七 賀茂神社・石清水社・八坂神社の臨時の祭りをいう。→補注一六二。

三八 何やかやと宮中で行なわれるさまざまな儀式などを。

三九 底本「申」「て」傍書。尾本以外の諸本「申給て」。

四〇 束帯を着用した時に右手に持つ具。

四一 底本「内侍」。近・平・院本および弁内侍日記で訂正。

四二 底本「内侍」。谷・桂・谷一本以外の諸本および弁内侍日記で訂正。

四三 「典侍」谷・桂・谷一本以外の諸本および弁内侍日記で補う。 四四 諸本「を」なし。

みな男《おとこ》の官《つかさ》にあてゝ、その役《やく》をつとむ。「[一]いとからい事」とて、わびあへるもおかし。中納言の典侍《すけ》を権大納言實雄[二]の君になさるゝに、「[三]したうづはく事、いかにもかなふまじ」とて、曹司《ざうし》[四]に下《を》るゝに、上もいみじう笑《わら》はせ給[五]。辨[六]の内侍、葦《あし》の葉に書《か》きて、かの局《つぼね》にさしをかせける。

[七]津の國《くに》の葦《あし》の下根《したね》のいかなれば波にしほれて亂《みだ》れがちなる

返事(かへりごと)[八]、

[九]津《つ》の國《くに》の葦《あし》の下根《ね》の亂《みだ》れわび心も波にうきてふる哉

[一〇]五月五日、所々より御かぶと[一一]の花・薬玉《くすだま》[一二]など、いろ〳〵に多《おほ》くまいれり。朝餉《あさがれい》[一三]に、人〴〵これかれひきまさぐりなどするに、三條大納言公親の奉《たてまつ》れる、根[一四]に露をきたる蓬《よもぎ》の中に、ふかきといふ文字《もじ》を結《むす》びたる、絲《いと》のさまも[一五]なよびかに、いと艶《えん》ありて見《み》ゆるを、上(後深草)も御目《め》とゞめて、「[一六]何《なに》とまれ、いへかし」との給(たまふ)を、人〴〵およすけて見たてまつる。辨の内侍、

[一七]あやめ草底《そこ》知《し》ら沼《ぬま》の長《なが》き根《ね》にふかきといふや蓬生《よもぎふ》の露

と、[一八]ありつる使《つか》ひ、はや歸《かへ》りにければ、藏人を召《め》して、殿上よりつかはしつ。御返、公親、

[一九]あやめ草底知《し》ら沼《ぬま》の長《なが》き根《ね》を深き心にいかゞくらべん

[二〇]又そのころ、天王寺に院(後嵯峨)詣《まう》でさせ給つるでに、住吉《すみよし》へも御幸あり。「[二一]神はうれし」

一 ほんとうにつらいことだといって。
二 公経の三男。実氏の弟。
三 束帯を着用する時に、くつの下にはく白平絹(しろひらぎぬ)で製したくつ下。 四 女房の用部屋。
五 底本「給て」。諸本で「て」をけずる。
六 藤原信実の女。弁内侍日記の作者。
七 あなたは足をどうかなさったので、そのように、しおれて、とり乱しておいでなのですか。摂津の国は、葦の名所であるところから、津の国の葦といい、その裏に足のことをいったのである。みたれかちなる―みたれかほなる(諸本)。
八 返事―かへし(諸本)。
九 足がわるいために、すっかり思い乱れて、正気を失うほどつらい思いをしているのです。弁内侍日記に、この歌は見えない。
一〇 弁内侍日記、建長三年の記事に見える。↓補注一六三。 一一 紙でかぶとを作り、その上に、さまざまの花をかたどったもの。
一二 五月五日、邪気を払うものとして、すだれや柱にかけたもの。↓補注一六四。
一三 天皇が簡略な食事をめしあがる室。清涼殿の中にある。 一四 「に露」底本傍書。諸本による。
一五 なよなよと優しく。 一六 何でもよいから、この菖蒲の根について詠め。
一七 この蓬生の露にこもっているあなたのお心は、底知れない沼に生えているあやめ草の長い根のように、深いとおっしゃるのですか。よもやそうではありますまい。谷・桂・谷一本以外の諸本、この歌以下三行なし。
一八 さきほどの使い。
一九 底知れない沼に生えている、あやめ草の長い根でも、私の深い心には、どうしてくらべる事ができましょうか。 二〇 百錬抄、建長五年三月十三日「上皇並大宮院御㆓幸天王寺㆒。初度也」。
二一 後拾遺集、雑四「住吉の神はあはれと思ふらむむなしき舟をさしてきたれば」。↓補注一六五。

と、[二二]後三條院仰《おほ》せられけんためし、思《おも》ひ出《い》でられ侍き。大宮院も御参《まい》りなれば、[二三]出車《（いだしぐるま）》ども、色々の袖口《ぐち》ども、春秋の花紅葉《もみぢ》を一度《たび》に並《なら》べてみる心ちして、いとうつくしく、目《め》もかゝやくばかり[二四]いどみつくされたり。上達部・若《わか》き殿上人などは、例《れい》の[二五]狩襖《かりあを》、[二六]裾濃《すそご》の袴《はかま》など、めづらしき姿《すがた》ども[二七]、心〳〵にうちまぜたり。[二八]釣殿《つりどの》の簀子《すのこ》に、人〴〵さぶらひて、[二九]あまたきこえしかど、さのみはいかでか。太政大臣實氏、

[三〇]今日《けふ》やまたさらに千《ち》とせを契《（ちぎる）》らん昔《むかし》にかへる住吉の松

[三一]さても、院《（後嵯峨）》の第一の御子《みこ》は、[三二]右中辨平の棟範《むねのり》のぬしの女、四條院に兵衛の内侍とてさぶらひしが、[三三]劍璽につきて渡《わた》り参《まい》れりしを、忍《しの》び〳〵御覽《らん》じけるほどに、その御腹《はら》に出《い》で物し給へりしかど、當代生《（むまれ）》させ給にし後《のち》は、[三四]をし消《け》たれてをはしますに、[三五]また建長元年、后腹《ばら》に二《（亀山）》の宮《みや》さへさし續《つゞ》き光《ひか》り出《い》で給へれば、いよ〳〵今《いま》は[三六]思《おも》ひ絶《た》えぬる御契《ちぎ》りの程を、[三七]私物《わたくし（もの）》にいとあはれと思《おも》ひきこえさせ給《（たまふ）》。[三八]源氏になし奉《たてまつ》らましなど思《おぼ》すも、なを飽《あ》かねば、たゞ御子《みこ》にて、[三九]東《あづま》の主《あるじ》になしきこえてんと思《おぼ》して、建長四年正月八日、院の御前にて御冠《かうぶり》し給。御門の御元服にもほと〳〵劣《おと》らず。[四〇]内藏寮《（くらづかさ）》なにくれ、きよらをつくし給ふ。やがて[四一]三品の加階《かゝゐ》給はり給。御年十一なるべし。[四二]中務卿《（の）》宗尊親王と申めり。

[四三]おなじ《（建長四年）》二月十九日に、都《みやこ》を出給《（いでたまふ）》。[四四]その日将軍の宣旨かうぶり給。[四五]かゝる例《ためし》はいまだ侍らぬにや。上下、めづらしくおもしろき事にいひ騒《さは》ぐべし。御迎《むか》へに東《あづま》の武士

二二 七十一代の天皇(一〇三四—一〇七三)。二三 女房たちが、すだれの下から衣の裾などを出して乗っている牛車《（ぎっしゃ）》をいう。二四 互いにきそいあって花やかさの限りをつくされた。二五 裏に絹をつけた狩衣。二六 上を薄く下を次第に濃く染めた指貫《（さしぬき）》の袴。二七 とも—ともを(諸本)。二八 釣殿の一番外がわにある板縁に。二九 多くの歌を詠まれたが。三〇 この住吉の松は、院の御幸をあおいで、今日から後さらに千年のお栄えを約束することであろう。後三条天皇が、かつてこの地においでになった昔にかえって。続古今集、神祇に「建長五年住の江に遊覧の日」と詞書して収む。三一 底本、この前に「院御製」とあって一行あけてある。諸本でけずる。三二 皇胤紹運録その他の書は、宗尊親王の母を平棟基の女としている。棟基は棟範の子。五代帝王物語によって記す。→補注一六六。三三 後嵯峨院が位につかれた時、剣璽の渡御のお供をして、こちらに移って参ったのを。三四 そのご威勢に圧倒されておいででしたのに。三五 一二四九年。この年の五月二十七日、亀山帝誕生。三六 皇位を継ぐ望みも絶えてしまった、ご宿縁のつたなさを。三七 特に大事にしておられるお子さまの事として。三八 源氏の姓をたまわり、臣下の列に加えてさしあげようかとお思いになるが。三九 関東の将軍をいう。四〇 中務省に属し、御膳・御服・諸社への幣物その他をつかさどった役所。底本「位つかさ」。諸本で訂正。四一 親王にたまわる位で、一品から四品までのうち。四二 中務省の長官。親王が多く任ぜられた。四三 三月十九日の誤り。百錬抄、同日の条に、「三品親王〈宗尊〉、令レ下二向関東一給。為二征夷大将軍一」。四四 百錬抄等によれば、四月一日。四五 皇子が将軍に任ぜられた例。

どもあまたのぼる。[一]六波羅よりも名ある物十人、御送《おくり》に下《くだ》る。[二]上達部・殿上人・女房など、[三]あまたまいる。「[四]院中の奉公にひとしかるべし。かしこにさぶらふとも、[五]限《かぎ》りあらん官《つかさ》かうぶりなどは、障《さは》りあるまじ」とぞ仰られける。何事《なに》も、たゞ人がらによると見《み》えたり。[六]きはことによそを《ほ》しげなり。まことに[七]大やけになり給はずば、これよりまさる事、なに事かあらんと、にぎはゝしく花やかさは並《なら》ぶかたなし。院の上も、忍《しの》びて、[八]粟田口のほとりに御車立《た》てゝ御覧じ送《をく》りけるこそ、あはれにかたじけなく侍れ。きびはにうつくしげにて、はる〴〵とをはしますを、御母の内侍も、あはれにかたじけなしと思《おも》ひきこゆべし。かゝれば、もとの将軍頼嗣三位中將は、[九]その四月に都へ上《のぼ》り給ぬ。いとを《ほ》しげにぞ見《み》え給ける。さて、[一〇]今下《いまくだ》り給へるを、もてあがめたてまつるさま、いはんかたなし。[一一]宮中のしつらひ、御まうけの事など限《かぎ》りあれば、[一二]善見天の殊妙の莊嚴もかくやとぞ見《み》[一三]えける。かやうにて今年《ことし》は暮《く》れぬ。

あくる年は建長五年なり。正月三日御門（後深草）御冠《かうぶり》し給ぬ。[一四]御年《とし》十一、御いみな久仁と申。いとあてにをはしませど、あまりさゝやかにて、又[一五]御腰《こし》などのあやしくわたらせ給ぞ、口惜《くちを》しかりける。いはけなかりし御ほどは、なをいとあさましくおはしまし[一六]けるを、[一七]閑院の内裏焼《や》けたるまぎれより、[一八]うるはしく立《た》たゝせ給たりければ、内の焼《や》けたるあさましさはなにならず、この御腰《こし》の直《なを》りたる喜《よろこ》びをのみぞ、上下思《おぼ》しける。

一 六波羅探題府。皇居の守護および近畿・三河以西の政務をつかさどるため京都に置かれた。
二 公卿の異称。三位以上の者および参議をいう。
三 大勢の者がお供に参る。まいる—まいるも—(諸本)。
四 上皇の御所に仕えるのと同じように取り扱うであろう。
五 身分相応の官職位階に任ずる事などに関しては、何のさしさわりもないようにする。
六 格別に美々しくりっぱな様子である。
七 天皇におなりになるのでなかったならば。
八 京都市東山区。東国への通路。
九 百錬抄によれば、四月十八日上洛。
一〇 この度、関東に下向された宗尊親王を。
一一 御殿の中の飾りつけや種々の設備など、できる限りの事をしたので。
一二 善見城をいうか。須弥山（しゅみせん）の絶頂にあるという帝釈天（たいしゃくてん）の居城。殊妙は殊勝の誤りで、善見城中の殊勝殿をいったのであろう。↓補注一六七。
一三 みえける—おほえける(諸本)。
一四 諸本「ぬ」なし。
一五 お腰などが普通の状態でおありにならないのが。
一六 「ましける」の「まし」底本傍書。諸本による。
一七 宝治三年(一二四九)二月一日焼失。後深草帝は時に七歳。弁内侍日記に詳記。
一八 きちんとお立ちになるようになったので。
一九 この時のことは、弁内侍日記に見える。↓補注一六八。
二〇 建長二年十月十三日。
二一 天皇が上皇または母后の宮に行幸すること。年の初めか、あるいは吉日に行なった。
二二 その人々の服装は、色々の菊がさねや紅葉がさねをうち交えていて。

院の上[一九](後嵯峨)、鳥羽殿におはします比、神無月の十日比[二〇]、朝覲《てうきん》[二一]の行幸し給。世《よ》にあるかぎりの上達部《かんだちめ》・殿上人仕《つか》うまつる。色々[二二]の菊紅葉《もみぢ》をこきまぜて、いみじうおもしろし。[二三](大宮院)女院もをはしませば、拝したてまつり給を、(實氏)太政大臣《おほきおとゞ》見たてまつり給に、喜《よろこ》びの涙ぞ人[二四]わろきほどなる。

[二五]ためしなき我身よいかに年たけてかゝるみゆきに今日《けふ》つかへつる

げに、大方[二六]の世につけてだに、めでたくあらまほしき事どもを、我御末《すゑ》[二七]と見給《(たまふ)》大臣《おとゞ》の心ち、いかばかりなりけむ。こしかた[二八]も例《ためし》なきまで、高麗《こま》・唐土《もろこし》の錦綾《にしきあや》をたちかさねたり。大き大臣《おとゞ》[二九]ばかりぞねび給へれば、裏表《うらおもて》[三〇]白き綾《あや》の下襲《したがさね》を着《き》給へるしも、いとめでたくなまめかし。池には、うるはしく唐《から》[三一]のよそひしたる御船二艘《そう》漕《こ》ぎよせて、御遊《あそ》びさま〴〵の事どもめでたくのゝしりて、帰《かへ》らせ給《(たまふ)》ひゞきのゆゝ[三二]しきを、(大宮院)女院も御心ゆきてきこしめす。

[三三]そのころをひ(ほ)、熊野の御幸侍《(はべり)》しにも、よき[三四]上達部あまた仕《つか》うまつらる。都出《い》[三五]で給《(たまふ)》日、例《れい》の桟敷《さじき》[三六]など、心ことにいどみかはすべし。車は立《(たて)》[三七]ぬ事なりしかども、大宮院ばかり、それも出車はなくて、たゞ一兩にて見奉給《(みたてまつりたまふ)》しこそ、やん事なさもおもしろく侍け[三八]れ。辨内侍(の)、

折《お》[三九]りかざすなぎの葉風のかしこさにひとり道ある小車の跡

御幸、熊野の本宮[四〇]につかせ給て、それより新宮[四一]の川舟に奉てさし渡《わた》すほど、川[四二]のお

二三　母君の女院も鳥羽殿においでになるので。

二四　人前できまりの悪いほど、とめどもなく流れた。

二五　年老いた身で、このようにありがたい今日の行幸のお供をするとは、なんとまあ、他に例のない、しあわせなわが身であることよ。↓補注一六九。

二六　普通の状態で、太政大臣として、この行幸にお供するだけでも。

二七　この儀式の中心に立たれる女院や主上をわが御子や御孫として。

二八　供奉の人々は、これまでに前例のないほど。

二九　建長二年に、実氏は五十七歳。

三〇　裏も表も、ともに白いあやの下がさね。下がさねは、束帯を着用する時、半臂《はんぴ》の下に着るもの。

三一　竜頭鷁首の船をいう。

三二　底本「ゆかしき」。諸本で訂正。

三三　百錬抄、建長二年三月十一日「上皇御㆓進発熊野山㆒也。前太政大臣已下参㆑之」。同四月五日「上皇自㆓熊野㆒還御」。

三四　身分の高い上達部が大勢お供をなさる。

三五　いてーいてさせ(諸本)。

三六　見物のために臨時に高く構えた床で、ここは御幸の行列拝観のためのもの。

三七　御幸の道筋に、物見の車を立ててはならない事になっていたが。しかとーしかと(諸本)。

三八　底本「侍ける」。諸本で訂正。

三九　熊野権現へ上皇がご参詣になる道筋には、その神威のかしこさに、ただ女院のお車一つだけがお立ちになっていることよ。底本、第四句「ひかり道ある」。諸本で訂正。↓補注一七〇。

四〇　熊野三社の一。和歌山県東牟婁郡本宮町。

四一　新宮へ下る川舟にお乗りになって。

四二　川の面がせまく感ぜられるまで、舟が一面に続いているのも。

一 熊野川の流れをせき止めるばかり一面に漕ぎ渡す杉舟の、船べりに打ちつける波で、わが袖は、すっかり濡れてしまったことだ。続古今集、神祇。底本、第三句「杉舟は」。底本に注記のイ本および諸本で訂正。
二 そのゝち—そのゝちも(諸本)。
三 建長七年三月八日進発。ほとへて—ほとなく(尾・近・平・大・岩本)。
四 諸本「事」なし。
五 一々お話するのも、かえってわずらわしいので、やめておきます。

◇この巻には、後深草帝の康元元年(一二五六)から正元元年(一二五九)に至る四年間のできごと、すなわち、女御(東二条院)の入内・立后から西園寺家の栄えを述べ、ついで承明門院の死、第二皇子(亀山)の立太子、後嵯峨院の高野御幸・鳥羽殿の御遊・亀山殿の造営、大宮院の一切経供養、後深草帝の譲位等につき記す。
六 巻の名は、後深草帝の譲位にあたって、弁内侍の詠んだ「今はとておりゐる雲のしぐるれば心のうちぞかきくらしける」の歌による。
七「御」諸本で補う。
八 帝より、かなりお年上の年配ではあるが。
↓補注一七一。
九 十一月十七日の誤り。
一〇 新嘗会の翌日、行なわれる節会で、新穀を

もて所せきまで續《つゞ》きたるも、御覽《らん》じなれぬさまなれば、院(の)上、

一熊野《くまの》川瀬《せ》ぎりに渡《わた》す杉舟のへなみに袖のぬれにける哉

二その後《ゝち》、三又ほど經《へ》て御幸ありしかば、女院(大宮院)もまいり給けり。みな人しろしめしたらん四事、五中〱にこそ。

天皇みずから食し、臣下にもこれをたまわった。十一月中の辰の日に行なう。
一一 しーく(諸本)。
一二 千年たっても色の変わらない松のように、永久に変わらぬ契りを結ぶ今日の儀式を思って、夕暮れが待ち遠しくてならない。
一三 帝に代わって、この歌をお書きになった。
一四 紅のにおいの薄様の紙で、金銀のはくも押してないのを。「紅のにほひ」は、上のほうは紅で、下になるにしたがって、色を薄くした薄様の紙をいう。
一五 それを別の紙で包んであった。
一六 その時刻が来たというので。
一七 「の」諸本で補う。
一八 裏が濃い蘇芳の袿《うちき》を七枚重ね。↓補注一七二。
一九 その下に濃い紅色のひとえを着。
二〇 重ねうちきの上に着るもの。
二一 女官が正装した時、表着の上に着るもの。
二二 濃い紅色のはかま。谷・桂・谷一本以外の諸本「こきはかま…まいり給」なし。
二三 女御の母、実氏の妻貞子をいう。准后は、太皇太后宮・皇太后宮・皇后宮の三宮に准ずる待遇を受けている人。貞子は、建長六年七月二十六日、准三宮の宣下を受けた。
二四 准后の服装の説明。表裏共に紅色の袿《うちき》を八枚重ねて着用し。
二五 女官飾鈔に「又うはぎは織物也。入内のとき女房五節の童女等織物を用なり」。「萌黄」は、薄青と緑の中間色。かさねの色目では、表薄青、裏はなだ。
二六 召し使いの童女。
二七・二八・二九 いずれも、雑役に従事した女をいう。
三〇 便器を清めた身分のいやしい女。「まし」尾・近・平・大・岩本で補う。

第六　を(お)[六]りゐる雲

春過《す》ぎ夏たけて、年去《さ》り年《とし》きたれば、康元元年《〻》にもなりにけり。太政大臣《おほきおとゞ》(實氏)の第二の〔御〕[七]女《むすめ》(公子)、女御にまいり給。女院(大宮院)の御はらからなれば、過《す》[八]ぐし給へるほどなれど、かゝるためしはあまた侍べし。[九]十二月十七日、豊[一〇]の明《あ》かりの頃《ころ》なれば、内わたり花やかなるに、いとゞうち添《そ》へて今《いま》めかしうめでたし[一一]。その日御消息《せうそこ》きこえ給(たまふ)。

[一二]夕暮をまつぞ久《ひさ》しき千年《ちとせ》までかはらぬ色の今日《けふ》のためしを

關白(兼平)書《かゝ》[一三]かせ給けり。紅《くれなゐ》[一四]のにほひの箔《はく》もなきが、八重に重《かさ》ねたるを、結《むす》びて包《つゝ》[一五]まれたり。

時成(なり)[一六]ぬとて人々まう上《のぼ》りあつまる。女御(公子)〔の〕[一七]君、裏濃《うらこ》[一八]き蘇芳《すわう》七・濃《こ》[一九]き一重・蘇芳《すわう》の表着《うはぎ》[二〇]・赤《あか》色の唐衣《から(ぎぬ)》[二一]・濃《こ》[二二]き袴《はかま》たてまつれり。准后(貞子)[二三]添《そ》ひてまいり給。みな紅《くれなゐ》[二四]の八・萌黄《もえぎ》[二五]の表着《うはぎ》・赤《あか》色の唐衣《から(ぎぬ)》き給。出車十両、みな二人づゝ乘《の》るべし。一の車の、左に一條殿 大き大臣《おとゞ》のむすめ、右に二條殿 公俊《とし》の大納言女(の)、二の左 按察君 隆衡《たかひら》の大納言女(の)、右に中納言君 實任《たう》のむすめ、三の左に民部卿殿、右 別當殿、そのつぎ〳〵くだ〳〵しければとゞめつ。御童《わらは》[二六]・下仕《しもづか》[二七]へ・御[二八]はした・御雑仕《ざうし》[二九]・御ひす[三〇]〔まし〕などいふ物まで、かたちよきをえりとゝのへられたるは、いみじう見どころあるべし。御兄《せうと》の殿原、右大臣公相・内大臣公基まいり給。かぎりなくよそほしげなり。一院(後嵯峨)の御子にさへしたてまつらせ給へれば、いよ〳〵いつかれ給さま、いはんかたなし。二待賢門院の、白川院の御子とて、鳥羽院にまいり給へりしためしにやとぞ、心あてにはおぼえ侍し。

三御門のひとつ御腹の姫宮、このごろ皇后宮とて、四その御かたの内侍ぞ、御使《つか》ひにまいる。五まうのぼり給ほども、女御はいとはづかしく、六似《に》げなき事に七思《おぼ》いたれば、とみにえ動《うご》かれ給はぬを、人〴〵八そゝのかし申給。御太刀《たち》一條殿、御木丁九 按察殿、御火《ひ》一〇とり 中納言持《も》たれたりけり。上《うへ》は十四になり給に、女御(公子)は廿五にぞをはしける。御門(後深草)、一一きびはなる御ほどを、中〳〵、あなづらはしきかたに思《おも》ひなしきこえ給ぬべかりつるに、一二いとざれて、つゝましげならずきこえかゝり給を、准后(貞子)はうつくしと見《み》たてまつらせ給。一三御衾《ふすま》は、紅《くれなゐ》うち八(やつ)四方《よほう》なるに、上《かみ》には一四うはざしの組《くみ》あり。絲《いと》の色など、きよらにめでたし。一五例《れい》の事なれば、准后(貞子)たてまつり給。大(おほき)おとゞ(實氏)も、三日がほどはさぶらひ給。上達部《かんだちめ》に一六勧盃《けんばい》あり。

廿三日、又一七御消息《せうそこ》まいる。御使《つか》ひ一八頭(の)中將通世、こたみも殿書か《かゝ》せ給めり。この比、一九殿《との》ときこゆるは、太政大臣兼平の大臣《おとゞ》、二〇岡《おか》の屋殿の《やどのゝ》御弟《をとうと》ぞかし。後《のち》には二一照念院殿と申たり。二二御手勝《すぐ》れてめでたく書か《かゝ》せ給しよ。鷹司殿の《たかつかさどのゝ》御家のはじめなるべし。

二四朝日《あさ》かげ今日《けふ》よりしるき雲の上の空にぞ千代の色もみえける

一 この女御は、後嵯峨院が、ご自分の御子になさったほどであるから。底本「上」。諸本により訂正。

二 待賢門院が白河院の御子として、鳥羽帝の女御におなりになった先例にならわれたものであろうかと。

三 土御門帝の第二皇女曦子内親王をさす。↓補注一七三。

四 その御方にお仕えしている内侍が、天皇のお使いとして女御のもとにまいる。

五 いよいよ宮中に参上される折にも。

六 似つかわしくないことに。

七 底本「おほえいたれは」。尾本以外の諸本で訂正。

八 その気になるように、お勧め申し上げる。

九 几帳。貴人の座側に立てて内外の隔てとしたもの。

一〇 香(こう)をたく時に用いたもの。

一一 ご幼少のお年頃であるのを、女御のほうでは年下の者として気軽にお思いになるはずのものであるのに。「中〳〵」は「いとざれて」にかかる。

一二 主上のほうで、かえって、たいへんあだめいて、恥かしそうな様子も見せず話しかけられるのを。

一三 御夜具は、よくつやを出した紅の絹、八幅四方のものであるのに。↓補注一七四。

一四 組み糸で、夜具の上端をさし縫って飾りとしたもの。

一五 昔からのしきたりなので、准后が夜具をおかけ申した。↓補注一七五。

一六 御酒をたまうこと。

一七 天皇から女御のもとにお便りをさし上げる。

一八 蔵人頭近衛中将。通世は源通方の子。

一九 摂政関白をいう。

二〇 近衛兼経。正元元年(一二五九)岡屋で没。

御返事、太政大臣《おほきおとゞ》(實氏)きこえ給。

　朝日かげあらはれそむる雲の上に行する遠《とを》き契をぞしる

女の二五装束《しやうぞく》に二六細長《ほそなが》添《そ》へてかづけ給。二七今日《けふ》はじめて、内《うち》の上《うへ》、女御(公子)の御かたに渡《わた》らせ給。御供《とも》には二八關白殿(兼平)・右大臣公相・内大臣公基・四條大納言隆親*・權大納言實雄・良教・通成・左大將基平など、二九をしなべたらぬ人〳〵まいり給。三〇餅《もちゐ》の使《つか》ひ、三一頭中將隆顯仕《つか》ふまつる。太政大臣《おほきおとゞ》(實氏)、三二夜の御殿《をとゞ》よりとりいれ給。御心の中〔の〕三三いはゐ(ひ)、いかばかりかとをしはからる。人〳〵〔の〕三四祿《ろく》、三五紅梅《こうばい》のにほひ・萌黄《もえぎ》の表着《うはぎ》・三六葡萄《えびぞ》染めの唐《から》衣・三七袿《うちき》・細長《ほそなが》・三八こしざしなど、三九しな〳〵にしたがひて、けぢめあるべし。

かくて今年《ことし》は暮ぬ。正月(正嘉元年)、いつしか后に立《た》ち給。四〇たゞ人の御女の、かく后・四一國母にてたち續《つゞ》きさぶらひ給へる、ためし稀《まれ》にやあらん。大臣《おとゞ》(實氏)の御さかへなめり。御子ふたり大臣にてをはす。公相・公基とて、大將にも左《さ》右に並《なら》びてをはせしぞかし。これも、ためしいとあまたはきこえぬ事なるべし。我(わが)御身太政大臣にて、ふたりの大將をひき具《ぐ》して、四二最勝講なりしかとよ、參《まい》り給へりし四三御勢《いきを》ひのめでたさに、めづらかなるほどにぞ侍し。后・國母の御親《おや》、御門の御祖父にて、まことに四四その器《うつは》物に足《た》りぬと見〔え〕四五給へり。むかし後鳥羽院にさぶらひし下野(しもつけ)四六の君は、さる世のふる人にて、大臣《おとゞ》(實氏)に聞えける。

二一 谷・桂・谷一本以外の諸本「称念院」。
二二 たり―けり(諸本)。
二三 文字をお書きになるのに、すぐれておられて。
二四 朝日の光が今日から一段と明らかに輝いている皇居の空の様子に、われらふたりの永久に栄えるさまがうかがわれる。
二五 お使いには、お祝儀として、女の装束一そろいに、細長をそえて与えられた。細長は、女子のふだん着。二六 諸本「に」なし。
二七 百錬抄、康元元年十一月廿三日「女御露顕也。右大臣著二仗座一、被レ宣二下女御事一」。
二八 には―は(諸本)。
二九 なみなみならぬ、ごりっぱな方々が。
三〇 婚姻の日から三夜目にあたる露顕の夜、新郎新婦に祝いの餅をたてまつる使いをいう。
三一 四条隆親の子。
三二 清涼殿内の天皇の寝所。
三三・三四「の」諸本で補う。
三五 かさねの色目で、濃い紅梅に、淡い紅梅を重ねたもの。
三六 薄紫に赤みのある色をいう。
三七 唐衣または小袿の下に着る衣。
三八 かずけ物としてもらう巻き絹。
三九 それぞれ、その身分や階級に応じて、差別があるようである。四〇 摂政関白でない人。
四一 天皇の母。大宮院をさす。
四二 毎年五月中の吉日をえらび、僧侶を召して五日間、清涼殿で最勝三経を朝夕二座、一巻ずつ講説させて、国家の安泰を祈らせられた法事。→補注一七六。四三 諸本「御」なし。
四四 国家の重臣としての器量を、十分にそなえておられると。
四五「え」諸本で補う。
四六 日吉神社の祢宜允仲の女。後鳥羽院下野。新古今集以下の勅撰集に入集。

[一]藤波《なみ》のかげさしならぶ三笠《みかさ》山人にこえたる梢とぞみる

返し、大臣《おとゞ》、

[二]思《おも》ひやれ三笠《みかさ》の山の藤の花咲《さ》きならべつゝ見《み》つる心は

かゝる御家のさかへを、みづからもや[三]んごとなしと思《おぼ》しつゞけてよみ給ける。

[四]春雨は四方の草木をわかねどもしげきめぐみはわが身也けり

[五]正嘉元年の春の比より、承[六]明門院御悩《なや》み重《おも》らせ給へば、院(後嵯峨)もいみじう驚《おどろ》かせ給て、御修法なに[七]かと聞えつれど、終《つゐ》に七月五日、御年八十七にてかくれさせ給ぬ。ことはりの御年のほどなれど、[八]むかしの御名殘《なごり》とあはれにいとを(ほ)しう、[九]いたづきたてまつらせ給つるに、あへなくて、御法事などねんごろにを(お)きての給はする、いとめでたき御身[一〇]なりかし。

明《あ》(正嘉二年)くる年八月七日、[一一]二の皇子《みこ》(龜山)坊にゐ給ぬ。御年十なり。[一二]よろづ定《さだ》まりぬる世《よ》の中《なか》、めでたく心のどかに思《おぼ》さるべし。

[一三]そのまたの三月廿日なりしにや、[一四]高野御幸こそ、又來《こ》しかた〔行《ゆ》[一五]くする〕もためしあらじと見ゆるまで、[一六]世のいとなみ、天《あめ》の下《した》の騒《さは》ぎには侍しか。關白殿(兼平)・前右大臣(公相)・内大臣(實雄)・左右の大將(基平・公親)・[一七]檢非違使《けむびいし》の別當(隆行)をはじめ、殘《のこ》るはすくなし。馬・鞍、隨《ずい》[一八]身《じん》・舍人《とねり》[一九]・雜色[二〇]・童《わらは》[二一]の、髮《かみ》・かたち・たけ・姿《すがた》まで、[二二]かたほなるなくえりとゝのへ、心を盡《つ》くしたるよそひども、かず〳〵は筆にも及《をよ》びがたし。かゝる色もありけりと、

一 ふたりのお子さまが、左右に並んで近衛の大将となっているのをみると、あなたのご幸運は、他の方より一段とまさっているようにお見受けいたします。藤波は、藤の花で藤原氏を意味する。三笠山は、藤原氏の氏神春日神社の神域にある山。また、近衛の大中少将の異名。続古今集、賀。

二 三笠の山の藤の花の咲くのを見るように、わが子を左右の近衛の大将として並べて見る私の心の嬉しさを、どうかご推察ください。続古今集、賀。

三 恐れ多くありがたい事に思い続けて。

四 わが君の御恵みは、天下のあらゆる人々に行きわたっているが、その中でも特に深い恵みを受けているのは、この私なのだ。↓補注一七七。

五 一二五七年。

六 後鳥羽院の妃で、後嵯峨院の祖母。

七 底本「と」。諸本による。

八 昔をしのぶ懐しいお方として。

九 いたわってお世話申し上げていたのに。

一〇「身」底本傍書。

一一 底本「こ」を「二」と訂正。諸本「二」。

一二 第一皇子は天皇に、第二皇子は皇太子に定まったのをいう。

一三 正嘉二年の翌年は正元元年であるが、高野御幸のあったのは、正嘉二年三月。↓補注一七八。

一四 和歌山県の高野山にある金剛峯寺をいう。

一五「ゆくすゑ」諸本で補う。

一六 世をあげての大事件。

一七 検非違使は、京中の犯罪・風俗を取り締まり、訴訟・裁判をつかさどった職で、その役所の長官を別当といった。

一八 貴人の外出の時、その護衛として、勅宣をこうむって随従した近衛府の舎人。

一九 牛車(ぎっしゃ)の牛飼いや乗馬の口取りなど。

二〇 雑役や走り使いを勤める無位の者。

二一 召使いの子供。

二二 欠点のある者はいないように、りっぱな者だけを選びととのえ。

めづらしく驚《おどろ》かるゝほどになん。[二三]銀《しろかね》・黄金《こがね》を延《の》べ、二重三重[二四]の織物《をり》・うち物[二五]、唐《から》・大和《やまと》の綾錦《あやにしき》、紅梅《こうばい》の直衣《なをし》、櫻《さくら》[二六]の唐《から》の木の紋《もむ》・こ裾濃《すそご》[二七]・浮線綾《ふせんれう》[二八]、色〳〵さま〴〵の直衣《なをし》・うへの衣[二九]・狩衣《かりぎぬ》〔に〕[三〇]、思〳〵《(おもひ)》[三一]の衣を出《い》だせり。[三二]いかなる龍田姫《たつたひめ》の錦《にしき》も、かゝる類《たぐひ》はありがたくこそ見《み》え侍《(はべり)》けれ。[三三]かたみに語《かた》らふ人はあらざりけめど、同《おな》じ紋《もん》〔も〕[三四]色も侍らざりけるぞ、不思議《ふしぎ》なる。[三五]あまりに染《そ》めつくして、なにがしの中將とかや、紺《こん》[三六]むら濃《ご》の指貫《さしぬき》をさへ着《き》たりける。それしもめづらかにて、いやしくも見《み》えざりけるとかや。院《(後嵯峨)》の御さまかたち、所[三七]がらはいとゞ光《ひかり》を添《そ》へて、めでたく見《み》え給。

後土御門《(の)》内大臣定通の御子顯定の大納言、大將望《のぞ》み給しを、院もさりぬべく思《おぼ》[三八]されければ、除目《(ぢもく)》[三九]の夜、殿の内《とのゝうち》の物どもも心づかひして、はつる[四〇]を心もとなく思《おも》ひあへるに、ひきたがへて、先《さき》にきこえつる公基の大臣《おとゞ》にておはせしやらん、なり給し[四一]かば、怨《うら》みに堪《た》えず、頭《かしら》おろして、この高野に籠《こも》りゐ給へるを、いとを《(ほ)》[四二]しくあへなしと思《おぼ》されてければ、[四三]今日《けふ》の御幸のついでに、[四四]かの室《むろ》を尋《たづ》ねさせ給て、御對面《たいめん》あるべく仰《おほ》せられつかはしたるに、昨日までをはしけるが、夜の間《ま》に、かの庵《いほり》[四五]をもかきはらひ、跡《あと》もなくしなして、いと清《きよ》げに、白《しろ》き砂《すなご》ばかりを、ことさらに散《ち》らしたりと見《み》えて、人もなし。我身は桂《かつら》[四六]の葉室の山庄へ逃《に》げ上《のぼ》り給にけり。そのよしを奏《そう》すれば、「いまさらに見《み》えじとなり、いとからい心かな」[四七]とぞ、の給はせける。

かくのみ所々に御幸しげう、心ゆく事[四八]ひまなくて、いさゝかも思《おぼ》し結《むす》ぼるゝ事な

二三 金や銀を薄く延ばして飾りとし。
二四 綾の地紋上にさらに浮き出し模様を織り出したもの。その上にさらに、ししゅうを施したものを三重の織物という。
二五 つちで打ってつやを出した布。
二六 白い唐の綺に、すおう色の裏をつけたもの。唐の綺とは、唐織でこまかい模様を浮かせて織った薄い織物。
二七 同じ色で上のほうを薄く、すそのほうを濃く染めたもの。
二八 紋の糸を浮織りにした綾織物。
二九 束帯の上衣。袍のこと。
三〇 「に」尾本以外の諸本で補う。
三一 色目や紋がらの種々様々な下着の衣のつまを、表着のすそから見えるように出していた。
三二 秋の女神である竜田姫の織りなした、どんなにすばらしい紅葉の錦でも。
三三 事前にお互いに相談しあう人はなかったようであるが。谷・桂・谷一本以外の諸本「人も」。
三四 「も」諸本で補う。
三五 あまりに染め方に、くふうをこらし過ぎて。
三六 地の部分を薄い紺色にして、所々を濃い紺色にしたもの。底本「こんむらさき」。諸本で訂正。 三七 場所が場所であるだけに。
三八 おほされ—おほせられ(諸本)。
三九 大臣以外の諸官職を任ずる儀式。
四〇 儀式の終わるのを、待ち遠しく思いあっていたのに、予期に反して。はつるを—侍るを(諸本)。 四一 給し 給へりし(諸本)。
四二 気の毒にも、また、あっけないことにも。
四三 諸本「て」なし。 四四 顕定のこもっている庵室。 四五 諸本「も」なし。
四六 京都市右京区山田、葉室町の地。桂川の西。
四七 はげしい心であることよ。
四八 絶えず気晴らしをなさって、すこしでもお心の晴れないような事はなく。心—御心(諸本)。

く、めでたき御ありさまなれば、つかうまつる人〴〵までも、思《おも》ふ事なき世なり。

一吉田《よしだ》の院にても、つねは御歌合などし給。鳥羽殿には、いと久《ひさ》しくおはしまさすおり〳〵二のみあり。三春の比、行幸ありしに、御門(後深草)も四御鞠《まり》に立《た》たゝせ給へり。二條關白良*實五上鞠《あげまり》し給き。六内《うち》の女房など召《め》して、池の船《ふね》に乗《の》せて、物の音ども吹《ふ》きあはせ、七さま〴〵の風流《ふりう》の破子《わりご》・引《ひ》き物など、こちたき事どもしげかりき。

又嵯《さ》峨《が》八の龜《かめ》山のふもと、大井川の北《きた》の岸《きし》にあたりて、九ゆゝしき院をぞ造《つく》らせ給へる。小倉の山《やま》の梢、一〇戸《と》無《な》瀬《せ》の瀧《たき》も、さながら御垣《みかき》のうちに見《み》えて、一一わざとつくろはぬ前栽《せんざい》も、をのづから情《なさ》けを加《くは》へたる所がら、いみじき繪師《し》といふとも、筆も及《をよ》びがたし。寝《しん》殿のならびに、一二乾《いぬゐ》にあたりて、西に藥草院、東《ひんがし》に如來壽量院などいふもあり。一三橘大后のむかし建《た》てられたりし壇林寺といひし、今《いま》は破壞《はゑ》して石ずへ(ゑ)ばかりになりたれば、其跡に一四淨金剛院といふ御堂を建《た》てさせ給へるに、一五道觀上人を長老になされて、淨土宗を置かる。一六天王寺の一七金堂うつさせ給て、多寶院とかや建《た》てられたり。川に臨《のぞ》みて一八棧敷《さじき》殿造《つく》らる。一九大多勝《せう》院ときこゆるは、寝《しん》殿のつゞき、御持佛すへ(ゑ)奉《たてまつ》らせ給へり。二〇かやうのひき離《はな》れたる道は、廊《らう》・渡《わた》殿・そり橋《はし》などを遙《はる》かに二一して、すべていかめしう二二三葉四葉《(みつばよつば)》に磨《みが》きたてられたる、いとめでたし。

二三正元元年三月五日、西園寺の花ざかりに、大宮院、二四一切經供養せさせ給。二五年比《(としごろ)》思《おぼ》しをきてけるをも、いたくしろしめさぬに、二六女の御願にて、いとかしこく、ありが

一 山城名勝志、巻十三「吉田泉殿」に鴨川東昔ノ吉田社西北、有下号二泉殿一田地上、水石跡残」と注記してあるが、同所を指すか。 二 諸本「〳〵」なし。 三 ↓補注一七九。 四 蹴鞠に、競技者のひとりとしてお立ちになった。 五 蹴鞠の際、最初にまりをけ上げること。その道の名人か身分の高い人が、この役をつとめた。↓補注一八〇。 六 天皇づきの女官。 七 さまざまな趣向をこらした破子や引き出物をたまわるなど、それは大したことが度々あった。破子は食物をいれる容器。ここは、それにつめた食物をさす。 八 京都市右京区嵯峨町にある山。後嵯峨院はこの地に御所を建て、建長七年十月二十七日に、そこに移った。 九 この部分は、五代帝王物語によって書く。↓補注一八一。 一〇 京都市の嵯峨嵐山にあった滝。 一一 わざと手をいれずに天然のままにしてある庭の植えこみも、自然に趣をそえている、この場所がらのすばらしさは。 一二 西北の方向にあたって。 一三 皇太后橘嘉智子(七八六—八五〇)。嵯峨帝の皇后で、仁明帝の母。檀林皇后ともいう。 一四 康元元年(一二五六)十月二十五日落成供養を行なう。↓補注一八二。 一五 文章博士藤原孝範の子。証恵。↓諸本「道覚」。 一六 底本「る」の脇に「れ」と注記。 一七 天王寺の本堂に似せられて。天王寺は、大阪市天王寺区元町にある天台宗の寺。 一八 眺望するため桟敷のように高く造られた御殿。補注一八一参照。 一九 嵯峨殿の持仏堂。↓補注一八三。 二〇 このように本殿から離れた建物へ行く道は。 二一 遙かに造られて。 二二 屋むねを幾むねも、美しく建て並べた様子は。 二三 一二五九年。百錬抄。↓補注一八四。 二四 一切経を新しく書写または入手し供養する法会。一切経は、仏教の聖典のすべてを集めたもの。 二五 女院は年来、この一切経書写の事を念願しておられたのを、上皇はあまりご存知な

たき御事なれば、院(後嵯峨)もおなじ御心に[二七]ゐたちの給。[二八]楽屋《がくや》の物ども、地下も殿上も、なべてならぬをえりとゝのへらる。その日になりて行幸あり。春宮(亀山)もおなじく行啓なる。大臣・上達部、みな[二九]うへの衣《きぬ》にて、左右《さ》に[三〇]わかれて、[三一]御階《はし》の間の勾欄《かうらん》に著《つ》き給。法會の儀式《ぎしき》、いみじさめでたき事ども、まねびがたし。

[三二]又の日、御前の御遊《あそ》びはじまる。御門(後深草)御琵琶《びは》[三三]なり。春宮 御笛、まだいと小《ちい》さき御ほどに、[三四]みづら結《ゆ》ひて、御かたちまほに[三五]美《うつく》しげにて、吹《ふ》きたて給へる音の、[三六]雲井を響《ひゞ》かして、あまり恐《おそ》ろしきほどなれば、天《あま》つ乙女もかくやとおぼえて、太政大臣《おほきおとゞ》*實氏、[三七]事忌《ことい》みもえし給はず、目《め》をしのごひつゝためらひかね給へるを、ことはりに、[三八]老しらへる大臣・上達部など、みな御袖どもうるひわたりぬ。女院(大宮院)の御心のうち、まして[三九]をき所なく思《おぼ》さるらんかし。[四〇]前《さき》の世も、いかばかり功徳《くどく》の御身にて、かく思《おぼ》すさまにめでたき御榮《さか》へを見給らんと、思《おも》ひやりきこゆるも、ゆゝしきまでぞ侍し。御遊《あそ》びはてゝのち、[四一]文臺めさる。院(後嵯峨)の御製、

[四二]色〳〵に枝をつらねて咲《さ》きにけり花もわが世も今日《けふ》さかりかも

[四三]あたりをはらひて、きはなくめでたく聞《き》こえけるに、あるじの大臣《おとゞ》(實氏)〔の〕[四四]歌さへぞ、かけあひて侍しや。

[四五]いろ〳〵にさかへて匂《にほ》へ櫻花我きみ〴〵の千代のかざしに

[四六]末《すゑ》まで多《おほ》かりしかども、例《れい》のさのみはにて、とゞめつ。[四七]いかめしうひゞきて歸《かへ》らせ

かったのに。
二六 女性の御身の御願として、これほど大したことをなさったのは。
二七 あれこれとお世話をなさる。
二八 音楽を奏する者どもは。
二九 束帯を着用して。↓補注一八五。
三〇 わかれて—わかちて(諸本)。
三一 御階の間の、正面階段の左右に連なっている勾欄の脇に着座なさる。御階の間は、寝殿の正面にある間で、はしがくしの間ともいう。
三二 その翌日。三月六日。↓補注一八六。
三三 諸本「なり」なし。
三四 わらわの髪の結い方で、髪を左右にわけて結ぶもの。
三五 底本「うつくしけ」の「く」傍書。
三六 雲の上まで響きわたって、あまりにお上手で、そら恐ろしいほどなので。
三七 このような折に不吉とは知りながら、どうにもならず。
三八 年老いた。本来は、老いぼれる意。
三九 じっとしておられないぐらい嬉しくお思いであろう。
四〇 この女院は、前世において、どれほど多くの善根を積まれた御身であるために。
四一 和歌の懐紙や短冊などをのせるために用いる小さい机。
四二 この西園寺の桜の花も色々に枝を連ねて美しく咲きにおうている。ふたりの皇子もともどもに栄えている。この花もわが世も今日が正に全盛なのだ。枝—袖(諸本)。けふ—いま(諸本)。↓補注一八七。
四三 このお歌は、他の歌を圧して、限りなくりっぱに思われたのに。
四四 「の」諸本で補う。
四五 この北山の桜花よ。色々に美しく栄えて咲き匂ってくれよ。わが君々(上皇・帝・東宮)の永遠の栄えを祝うかざしとして。さかへて—かさねて(尾・大・岩本)。
四六 末席の人々に至るまで。
四七 たいへんな騒ぎで、院がお帰りになったその翌日。

[一]給へる又の朝、無量光院の花のもとにて、大臣《おとゞ》(實氏)、きのふの名殘思《おぼ》し出《い》づるに[二]いみじうて、

[三]この春ぞ心の色はひらけぬる六十《(むそぢ)》あまりの花は見《み》しかど

そのとし(正元元年)の八月廿八日、春宮(龜山)十一にて御元服し給。御いみな恆仁《(つねひと)》ときこゆ。[四]世中〔[五]に〕様々《(やうやう)》ほのめき聞ゆる事あれば、御門(後深草)は飽《あ》かず心細《ぼそ》う思《おぼ》されて、[六]夜居《よひ》の間《ま》の靜《しづ》かなる御物語《がたり》のつゐでに、[七]内侍所の御拜の數《かず》を[八]かずへられければ、五千七十四日なりけるをうけ給《(たまはり)》て、辨内侍《(の)》、

[九]千代といへば五《(いつつ)》かさねて七十《(ななそぢ)》にあまる日かずを神はわすれじ

かくて、十一月廿六日におりゐさせ給[一〇]夜、空の氣色さへあはれに、雨うちそゝぎて、物悲《がな》しく見《み》えければ、[一一]伊勢の御《ご》が、[一二]「あひも思《おも》はぬもゝしきを」といひけんふる事さへ、いまの心ちして、心細《ぼそ》くおぼゆ。上も思《おぼ》しまうけ給へれど、[一三]劍璽の出《い》でさせ給ほど、つねの御幸《みゆき》に御身を離《はな》れざりつるならひ、十三年の御名殘、ひきわかるゝは、なをいとあはれに、忍《しの》びがたき御氣色《けしき》を、悲《かな》しと見奉《みたてまつ》りて、辨内侍《(の)》、

[一四]今《いま》はとておりゐる雲のしぐるれば心のうちぞかきくらしける

一 給へる―給ぬる(諸本)。
二 に―も(諸本)。
三 自分は、六十余年にわたって春ごとに桜の花を見てきたが、この春になってはじめて、心が晴れ晴れとした。続古今集、賀「御かへりの後のあした、花を見てよみ侍りける」と詞書。
四 世間では、次第に、東宮が皇位につかれるのではなかろうかというような事が、ほのかに取りざたされてきているので。
五 「に」諸本で補う。
六 人々が夜間つめている時、しみじみとお物語をなさったついでに。この部分は、弁内侍の手記によって書いたのであろう。ただし、現存の弁内侍日記には見えない。
七 皇居の中の賢所(かしこどころ)の別名。神鏡を安置し、内侍がこれを守護した。御拝は、天皇が毎朝、清涼殿の石灰壇で、神宮内侍所以下を拝すること。八 かすへられ―かぞへられ(諸本)。
九 千代といえば、長い年月に使う言葉であるが、その千という数を五つ重ねて、さらに七十に余る日数の間、御拝をなさった帝のみ心のほどを、神はよもやお忘れになりますまい。底本第四句「あまる日かすは」の「は」に「を」と傍書。諸本「を」。
一〇 夜―に(谷・桂・谷一本以外の諸本)。
一一 宇多帝の后温子の女房。宇多帝の寵を受けた。三十六歌仙の一人。
一二 宇多帝譲位の時、弘徽殿の壁に書きつけた「別るれどあひも思はぬももしきを見ざらむことの何か悲しき」の歌をさす。後撰集、離別・大和物語・大鏡等に見える。
一三 いよいよ剣璽が新帝のほうへお移りになる時は。一四 今はこれまでと皇位を去られる主上は、名残惜しさに落涙されるので、それを見奉る私の心のうちも、悲しさで、まっ暗くなってしまいます。

ますかゞみ　中

第七　北野の雪 一五

正元元年十一月廿六日、譲位の儀式常のごとし。十二月廿八日御即位。よろづめでたく、一六あるべき限《かぎ》りにて、年もかへりぬ。おりゐの御門(後深草)は、十二月《しはす》の二日、太上天皇の尊號ありて新院ときこゆ。本院(後嵯峨)と常は一七ひとつに渡《わた》らせ給て、御遊《あそ》びしげう心やりて、中一八〳〵いとのどやかにめやすき御ありさまに、思《おぼ》しなぐさむやうなり。中(公子)宮も、一九院號の後は、東二條院ときこゆ。二〇二條富小路(とみのこうぢ)にぞわたらせ給。太政大臣(實氏)《おほきおとゞ》も二一入道し給ぬ。常盤井とて、二二大炊御門(おほゐのみかど)京極なる所にぞ、おり〳〵住《す》み給。

この入道殿(實氏)の御弟《をとゝ》に、其比、右大臣實雄ときこゆる、姫君あまたもち給へる中に、二三すぐれたるをらうたき物に思《おぼ》しかしづく。二四今上の女御代に出給(いでたまふ)べきを、やがてそのついで、文應元年、入内あるべくおぼしをきてたり。院(後嵯峨)にも二五御氣色たまはり給。二六入道殿(實氏)の御孫の姫君《ひめ》(嬉子)も、まいり給べき二七きこえあれど、二八さしもやはと、をしたち給。いとたけき御心なるべし。

◇この巻には、亀山帝の正元元年(一二五九)から文永四年(一二六七)まで、九年間のできごと、すなわち、亀山帝の即位、西園寺公宗が、その妹佶子に恋慕のこと、佶子(京極院)の入内、嬉子(今出川院)の入内、帝の亀山殿行幸、後嵯峨院の如法経書写、亀山殿歌合、続古今集の撰集、宗尊親王の帰京、太政大臣公相の死、後宇多帝の降誕等につき記す。

一五 巻の名は、宗尊親王の「猶たのむ北野の雪の朝ぼらけ跡なき事に埋もるゝ身を」の歌による。

一六 すべて定まった儀式どおり、十分になされて。 一七 ごいっしょに、おいでになって。

一八 ご在位の時よりは、かえって、大層くつろいで気楽なご様子で、退位の時のお悲しみも、慰められているようである。

一九 院号をたまわった後には。百錬抄、正元元年十二月十九日「院号定〈改二中宮一為二東二条院一〉」。

二〇 二条の北、富小路の西、万里小路の東にあった内裏。補注二一七参照。

二一 文応元年(一二六〇)十一月三日出家。六十七歳。法名実空。

二二 実氏の常盤井邸は、大炊御門の北、京極の西にあった。

二三 顔かたちのすぐれた方を。佶子をさす。

二四 今の帝の大嘗会の御禊の時、女御代にお出になることになっていたのを、そのついでに、そのまま、文応元年には、入内なさるように決めておいでになった。↓補注一八八。

二五 この入内をお許しになるお気持ちをお示しになった。

二六 実氏の二男公相の女の嬉子をさす。

二七 諸本「きこえはあれと」。

二八 そんなことはあるまいと、無理に事をはこばれた。

此姫君(信子)の御兄《せうと》あまたものし給中(たまふなか)のこのかみにて、中納言公宗ときこゆる、いかなる御心かありけむ、[一]した〻く煙《けぶり》にくゆりわび給ぞ、いとを(ほ)しかりける。[二]さるは、いとあるまじき事と思《おも》ひはなつにしも、従《したが》はぬ心の苦《くる》しさを、[三]起《お》き臥《ふ》し葦《あし》のねなきがちにて、[四]御いそぎの近《ちか》づくにつけても、我かの氣色にてのみほれ過(すぐ)し給(たまふ)を、大臣《おとゞ》(實雄)は[五]又いかさまにか[六]〔と〕苦《くる》しうおぼす。

初秋風《かぜ》の氣色だちて、艶《えん》ある夕暮に、[七]大臣《おとゞ》わたり給て見給へば、姫《ひめ》君(信子)、[八]うす色に女郎花《をみなへし》などひき重《かさ》ねて、[九]木丁に少《すこ》しはづれてゐ給へるさまかたち、常よりもいふよしなく、あてに匂《にほ》ひみちて、らうたく見《み》え給。[一〇]御髪《ぐし》いとこちたく、[一一]五重(いつへ)の扇《あふぎ》とかやを廣《ひろ》げたらんさましまして、[一二]すこし色なるかたにぞ見《み》え給へど、[一三]筋《すぢ》こまやかに、額《ひたい》より裾《すそ》までまよふすぢなく美《うつく》し。[一四]たゞ人には、げに惜《を》しかりぬべき人がらにぞをはする。[一五]木丁をしやりて、わざとなく拍子《ひやうし》うちならして、御箏弾《ことひ》かせたてまつり給。折《をり》しも中納言(公宗)まいり給へり。「[一六]こち」との給へば、うちかしこまりて、御簾《みす》の内《うち》にさぶらひ給さまかたち、[一七]この君しもぞ又いとめでたく、あくまでしめやかに、心の底《そこ》ゆかしう、[一八]そゞろに心づかひせらる〻やうにて、[一九]こまやかになまめかしう、すみたるさまして、あてにうつくし。[二〇]いとゞもてしづめて、さはぐ御胸《むね》を念《ねん》じつ〻、用意《ようひ》を加《くわ》へ給へり。笛すこし吹《ふ》き[二一]鳴《な》らし給へば、雲井にすみのぼりて、いとおもしろし。[二二]御箏《こと》の音のほのかにらうたげなる、かきあはせのほど、中〳〵聞《き》ゝもとめられず、涙

一 上に燃え上がらずに下でいぶっている火のように、恋の思いにひそかに胸をこがしておられるのが。↓補注一八九。
二 そういう事は。兄として妹に恋をするのをさす。
三 起きても寝ても、ただ声を出して泣いておられることが多くて。あしはふし(節)の縁語。「あしのね」の「ね」は、根と音の両方の意味をかけて用いている。
四 妹君の入内のお支度の近づくにつけても、我を失ったような様子で、ぼんやりとして日を過ごしておられるのを。
五 どうしたらよいだろうかと。底本「いかやうにか」。諸本で訂正。
六「と」諸本で補う。
七 姫君のもとにおいでになって。
八 薄色の表着に女郎花の袿《うちき》をひき重ねて。
九 几帳のはずれから、少し見える程度にすわっておいでのご容姿は。
一〇 髪の毛もたいへん多くふさふさとして。
一一 檜扇の両端の板を薄様《うすよう》五枚で包み、種々の色糸でとじたもの。
一二 すこし赤味をおびて。
一三 毛筋がこまかく、額から裾までまっすぐに通って美しい。
一四 普通の人の妻には。
一五 大臣(実雄)は几帳を脇に押しやって、わざとらしくなく拍子をとって。
一六 こちらへ。一七 公宗をさす。
一八 この方の前では、誰もが何となく気がおけるご様子で。底本「そ〻ろかに」。諸本で訂正。
一九 情け深く優雅で、とり澄ました様子で。
二〇 中納言は、いっそう心を静めて、ときめく胸を押え押えして、自分の気持ちを悟られないように用心しておられる。

浮《う》きぬべきを、つれなくもてなし給。二三撫子《なでしこ》の露もさながらきらめきたる小袿《こうちき》に、御髪《ぐし》はこぼれかゝりて、すこし傾《かたぶ》きかゝり給へる二四かたはらめ、二五まめやかに、光《ひかり》をはなつとは、かゝるをやと見《み》え給。二六よろしきをだに、人の親《おや》はいかゞは見なす。ましてかく類《たぐひ》なき御有様《ありさま》どもなめれば、二七よに知《し》らぬ心の闇《やみ》にまよひ給も、ことはりなるべし。

二八十月(文應元年)廿二日、まいり給《(たまふ)》儀式《ぎしき》、これもいとめでたし。二九出車十兩、三〇一の車左大宮殿三一二位中將基輔《もとすけ》の女、三位中將實平の女とぞきこえし。二の左春日の新大納言、この新大納言は、爲家《ためいゑ》の大納言の女とかや聞《き》きしにや。それよりもしも、三二ましてくだ〳〵しければむつかし。御雜仕《ざうし》三三、青柳《あをやぎ》・梅が枝《え》・高砂《たかさご》・貫川《ぬきがは》といひし、この貫川《ぬきがは》を、三四御門(龜山)忍《しの》びて御覽《らん》じて、姫宮《ひめみや》ひと所出《い》で物し給き。その姫《ひめ》宮は、末《すゑ》に近衞の關白(家基)の三五北政所になり給にき。よろづの事よりも、女御の御さま かたちの めでたくおはしませば、上も三六思《おもほ》しつきにたり。女御は十六になり給。御門は十二の御年なれど、三七いと大人《おとな》しくを《(お)》よすけ給へ三八れば、めやすき御ほどなりけり。三九かの下《した》くゆる心ちにも、いと嬉《うれ》しき物から、心は心として、胸《むね》のみ苦《くる》しさまされば、忍《(しのび)》はつべき心地《こゝ》し給はぬぞ、終《つゐ》にいかになり給はんと、いとをしき。四〇程なく后立《きさきだ》ちありしかば、大臣《おとゞ》(實雄)も四一御心ゆきて思《おぼ》さるゝ事かぎりなし。

四二西園寺の女御(嬉子)も、さし續《つゞ》きてまいり給を、いかさまならんと御胸《むね》つぶれて思《おぼ》せど、

二一 ならし―なとし(谷・桂・谷一本以外の諸本)。

二二 姫君のおことの音の、ほのかにかわいらしいのを、合奏される時など、とても一々の音を聞きとることもできず、ともすると涙があふれてきそうなのを、平気なふうをよそおうておられる。

二三 なでしこの花に、露もそのまま、きらめいている模様を縫いとりした小袿に。小袿は、上流婦人の通常礼服で、唐衣に裳を着けるかわりに着用した。

二四 わきから見た様子。 二五 ほんとうに。

二六 世間なみの普通の娘であっても。

二七 父君が物事の是非も忘れて、このお子さまのために、夢中になってしまわれるのも。↓補注一九一。

二八 後宮略伝等によれば、十二月二十二日。

二九 女房たちが、すだれの下から衣の裾などを出して乗っている牛車(ぎっしゃ)をいう。

三〇 底本「大臣殿」。底本に校合のイ本および諸本で訂正。

三一 注記に誤りがあるのであろう。↓補注一九二。

三二 「まして」底本傍書。諸本による。

三三 宮中で雑役に従事する女。

三四 底本「御心」。諸本で訂正。

三五 北政所―北の方(谷・桂・谷一・院本)。

三六 「おもほし」の「も」底本傍書。院本以外の諸本「おもほし」。 三七 と―は(諸本)。

三八 「へ」底本「こ」とも読める。

三九 女御のことを、ひそかに恋い慕っている兄の中納言の心にも、妹君が帝に愛されていることは、まことに嬉しいことではあるものの。

四〇 弘長元年(一二六一)二月八日、中宮になる。

四一 御心―心(諸本)。

四二 弘長元年六月十四日、実氏の孫女、嬉子入内。六月二十日女御となる。

さしもあらず。これも九にぞなり給ける。冷泉の大臣《おとゞ》公相《きんすけ》*の御女なり。大宮院の御子にし給ふとぞきこえし。[一]いづれも離《はな》れぬ御中に、いどみきしろひ給ふほど、いと聞《き》きにくき事もあるべし。[二]宮仕《づか》ひのならひ、かゝるこそ[三]昔人《むかし》はおもしろくはえある事にし給けれど、今《いま》の世の人の御心どもゝ、[四]あまりすくよかにて、みやびをかはす事のおはせぬなるべし。[五]これも后《きさき》に立《た》ち給へば、もとの中宮《(佶子)》はあがりて、皇后宮とぞきこえ給。今后《(嬉子)いまぎさき》は遊《あそ》びにのみ心入給て、[六]しめやかに見えたてまつらせ給はねば、御覺《(おぼえ)》劣《おと》りざまにきこゆるを、思《おも》はずなる事に、世《よ》の人もいひさたしける。父大臣《(公相)ちゝおとゞ》も、[七]心やましく思《おぼ》せど、さりともねび行《(ゆき)》給はばゝと、たゞ今《いま》は[八]怨《うら》みどころなく思《おぼ》しのどめ給。

かくて、弘長三年二月《きさらぎ》の比、[九]おほかたの世の氣色もうらゝかに霞《かす》みわたれるに、春風ぬるく吹て、龜山殿《かめどの》の御前の櫻《さくら》ほころびそむる氣色、つねよりことなれば、行幸あるべくおぼしをきつ。[一〇]關白二條殿良實《よしざね》、この三年《とせ》ばかり又返《(かへり)》なり給へば、[一一]御隨身ども花を折《お》りて、行幸よりも先《さき》に參《まい》りまうけ給。そのほかの上達部《(かんだちめ)》は、[一二]例のきらくしきかぎり、殘《のこ》る〔は〕[一三]すくなし。新院《(後深草)》も[一四]兩女院もわたらせ給。御前のみぎはに船ども浮《う》かめて、[一五]をかしきさまなる童《わらは》、四位の若《わか》きなどのせて、花の木かげより漕《こ》ぎ出《い》でたるほど、二《に》なくおもしろし。舞樂《まゐ》さまぐ[一六]曲など手をつくされけり。御遊の後、人ぐ歌たてまつる。[一七]「花契ル㆓遐年㆒」といふ題なりしにや。内の上の御製、

一　この方々は、お互いに深い血縁の御間がらであるのに、互いに競争し、争いあっておられるので。
二　宮中にお仕えする習いとして、このように互いに競争し合うことを、昔の人は興味のある花々しいことになさったけれども。
三　むかし人―むかしの人(谷・院本以外の諸本)。
四　あまりに情味がなさすぎて、風流をきそいあうという事もなさらないのであろう。
五　嬉子(今出河院)は、弘長元年八月二十日、中宮となった。↓補注一九三。
六　主上にも、しみじみと静かにお会いにならないので、ご寵愛のほどもそれほどではないという噂であるのを。しめやかに―しめやかにも(諸本)。
七　ご不満にお思いになるが、今はこういうふうでも、次第に成長していかれたなら、様子は変わってくるであろうと。
八　誰を怨みようもなく。
九　この世の中は、どこもかしこも。
一〇　時の関白二条良実は、寛元四年正月に関白をやめ、弘長元年四月に再び関白になって、この年で三年めであった。
一一　良実の随身たちは、美々しく着かざって。摂関には、十人の随身をたまわった。
一二　例のとおり、輝くばかり美しいよそおいの限りをつくして皆お供をし。
一三　「は」諸本で補う。
一四　大宮院・東二条院をさす。
一五　かわいらしい姿をした殿上童(てんじょうわらわ)や年の若い四位の殿上人などをのせて。殿上童は、公卿の子で、見習いのために殿上にのぼることを許されて、出仕している少年をいう。
一六　すぐれた曲について、妙技の限りをつくされた。底本「曲なる」。諸本による。
一七　花に永遠の年月を約束するの意。

[一八]尋《(たづね)》來てあかぬ心にまかせなば千とせや花のかげに過《す》ごさん

[一九]かやうのかたまでも、いとめでたくおはしますとぞ、[二〇]ふるき人〳〵申めりし。かへらせ給《(たまふ)》日、御贈《をく》り物ども、いとさま〴〵なる中に、[二一]延喜の御手本を、鶯のゐたる梅の造《つく》り枝につけて、奉《たてまつ》らせ給とて、院の上《うへ》、

[二二]梅が枝《え》に代々のむかしの春かけてかはらず來《き》ゐるうぐひすの聲

[二三]御返しを忘《わす》れたるこそ、老のつもりも、うたて口惜《くちを》しけれ。

其年《(弘長三年)》にや、[二四]五月の比、本院《(後嵯峨)》、龜《かめ》山殿にて[二五]御如法經書《か》ゝせ給。いとありがたくめでたき御事ならんかし。[二六]後白川院こそかゝる御事はせさせ給けれ。それも御髮《ぐし》おろして後《のち》の事なりけり。[二七]いとかく思《おぼ》し立《た》ゝせ給へる、いみじき御願なるべし。[二八]さるは、あまた度侍《ゞび》しぞかし。[二九]おとこは、[三〇]花山院の中納言師繼《もろつぐ》*一人さぶらひ給ける。やんごとなき[三一]顯密の學士どもを召《め》しけり。むかし、[三二]上東門院も行《おこ》なはせ給たりしためしにや、大宮院の、[三三]おなじく書《か》ゝせおはしますとぞうけ給《(たまはり)》し。[三四]十種供養はてゝ後《のち》は、[三五]淨金剛院へ御身づから納《おさ》めさせ給へば、關白・[三六]左大臣・上達部歩《あゆ》み續《つゞ》きて御供仕《ともつか》ふまつられけるも、さま〴〵めづらしくおもしろくなん。

[三七]その年《とし》九月十三夜、[三八]龜《かめ》山殿の棧敷《さじき》殿にて、御歌合せさせ給。かやうの事は、白川殿にても鳥羽殿にても、いとしげかりしかど、[三九]いかでかさのみはにて、みなもらしぬ。この度《たび》は、心ことにみがゝせ給。[四〇]右は關白殿《(實經)》にて歌ども撰《ゑ》りとゝのへらる。左

一八 この亀山殿に花を尋ねて来て、その美しさに見とれているが、この見あきることのない心にまかせていたならば、千年の歳月を、桜の花の下で過ごすことになるであろう。↓補注一九四。 一九 こうした和歌の道にかけても。 二〇 底本「とこそ」。諸本で訂正。 二一 醍醐天皇のご自筆を。 二二 この梅の枝に、昔の御代々から今に至るまで、春になるとあいかわらずやって来ては鳴く、うぐいすの声よ。古今集、春上「梅がえにきゐる鶯春かけてなけどもいまだ雪はふりつゝ」が本歌。↓補注一九五。 二三 このご返歌を忘れたのは、年をとったためで、まことに情けないことです。 二四 この事は、一代要記等に見える。「五月の」の「の」底本傍書。↓補注一九六。 二五 一定のきまりに従って、経文を書写すること。法華経の書写が普通。 二六 後白河院は、文治三年(一一八七)八月十四日、如法経を書写し、九月に叡山に登って、これを横川如法堂に奉納した。 二七 このように、在俗の御身で如法経の書写を思い立たれたのはたいへん深い御願があってのことであろう。 二八 上皇が如法経書写のことは、何度も行なわれたのだ。 二九 在俗の男としては。 三〇 内大臣に至り、弘安四年(一二八一)六十歳で没。弘長三年には権大納言。↓補注一九七。 三一 天台・真言の学僧。底本「顕蜜」。 三二 藤原道長の女、彰子の院号。一条天皇の皇后。↓補注一九八。 三三 諸本「の」なし。 三四 華・香・瓔珞・抹香・塗香・焼香・繒蓋幢幡・衣服・伎楽・合掌の十種をもって仏に供養すること。 三五 亀山殿の内にある浄土宗の寺。 三六 諸本「左」なし。 三七 弘長三年ではなく、実は文永二年。↓補注一九九。 三八 亀山殿五首歌合をさす。 三九 そうした事ばかりをお話してはおれないので。 四〇 右の方は、関白殿のもとで。

は院の御前にて御覧《らん》ぜられけり。このほど殿と申は、一圓明寺殿（實經）、新院（後深草）の御位の初《はじ》めつかた、攝政にていませしが、又この二年ばかり、二かへりならせ給へり。前《さきの》關白殿（良實）は、三院の御方にさぶらはせ給。その外《ほか》すぐれたるかぎり。右は關白殿（實經）・今出川の太政大臣《おほきおとゞ》（公相）・皇后宮の御父《ちゝ》左大臣殿（實雄）よりも下《しも》、みなこの道の上手どもなり。左は大殿（良實）より四かずだてつくりて、五風流《ふりう》の洲濱《すはま》、沈《ぢむ》にて作《つく》れるうへに、白金の舟《ふね》二に、色々の色紙《しきし》を巻《ま》き重《かさ》ねてつまれたり。六數《かず》も沈《ぢん》にて作《つく》りて舟《ふね》に入《（いれ）》らる。左右《さ》の七讀師、一度に御前に参《まい》りてよみあぐ。八左具氏中將、右行家なり。山紅葉、本院（後嵯峨）の御製、

九ほかよりは時雨もいかゞ染《そ》めざらん我植《う》へ（ゑ）てみる山のもみぢ葉《ば》

終《つゐ》に、左御勝《か》ちの數《かず》まさりぬ。

一〇披講はてて夜深《ふ》け行《（ゆく）》ほど、御遊《あそ》びはじまる。笛 花山院の中納言 長雅*・茂道の中將、笙 一一公秋《きんあき》の中將にておはせしにや。一二篳篥《ひちりき》 忠輔《たゞすけ》の中將、琵琶 太政大臣《おほきおとゞ》（公相）、具氏の中將もひきけるとぞ。一三御簾《す》のうちにも御箏《こと》どもかきあはせらる。一四東《ひむがし》の御方《かた》ときこえしは、一五新院（後深草）の若宮《わか》（伏見）の御母君にや。刑部卿の君もひかれけり。樂のひま〳〵に、太政大臣《おほきおとゞ》・土御門大納言 通成* など朗詠し給。忠輔《たゞすけ》・公秋《（きん）あき》、一六聲加《こゑくは》へたるほどおもしろし。一七河浪も深《ふ》けゆくまゝにすごう、一八月は氷をしける心ちするに、一九嵐の山の紅葉、二〇夜の錦《にしき》とは誰かいひけん、吹《（ふき）》おろす松風《かぜ》に二一たぐひて、御前の二二簀子《すのこ》、二三御酒《みき》まいるかはらけの中《うち》などに散《ち》りかゝる、わざと艶《えん》あることのつまにしつべし。若《わか》き人々は、身にしむばかり

一 摂政または関白をいう。二 再び関白にならされた。かへりならせ—かへらせ（諸本）。三 上皇の御方、すなわち左の方。四 歌合の時に、勝った度数を計るために、くしまたは枝などをはさみ入れる道具をいう。五 趣向をこらした洲浜の台を、沈の木で造った上に。洲浜は、洲が出入りしている海岸の形に似せて作った台の上に、木石・花鳥などを配した飾り物。六 数取りの具も沈で造って。底本「殿」。諸本で訂正。七 歌会の時、懐紙などを整理し、これを講師に授け、講師の読み誤りを注意する役。八 亀山殿五首御歌合の読師は、左基平、右公相、講師は、左具氏、右行家である。講師は、和歌を朗吟して披露する役。九 降り過ぎていく時雨も、ほかの紅葉よりは、いちだんと色濃く染めずにはおかないであろう。自分がわざわざ植えて眺めている、この山の紅葉を。↓補注二〇〇。一〇 講師が歌を読みあげて披露すること。一一 きんあき—きんあきら（院本以外の諸本）—公明（院本）。↓補注二〇一。一二 雅楽用の管楽器。一三 みすの内でも女房たちが。一四 実雄の女、愔子。玄輝門院。一五 後深草帝の第二皇子。伏見帝をさす。一六 一緒に声をそろえて歌ったのが。一七 大堰川の川波も。一八 月の光はさえ渡って、地上に氷をしいたような心持ちがするのに。和漢朗詠集、秋、公乗億の「秦甸之一千余里、凜凜氷舗」を踏んで書く。一九「嵐の山の紅葉」は、「吹きおろす松風に云々」にかかる。夜の錦云々は、挿入句。二〇 奥山の紅葉は、夜の錦と同じことだ。いくら美しくても、見てくれる人もないなどとは、いったい誰が言ったのであろう。古今集、秋下「見る人もなくて散りぬる奥山の紅葉は夜の錦なりけり　貫之」を踏んで書く。二一 ともなって。二二 寝殿造りのひさしの外がわにある板縁をいう。二三 お酒をめし上がるさかずきの中などに散りかかる風情は、ことさら

思《おも》へり。うち亂《みだ》れたるさまに、おの〳〵御[二四]かはらけどもあまた度《たび》くだる。明行《(あけゆく)》空も名殘おほかるべし。

まことや、この年比、前内大臣殿[二五](基家)・爲家[二六]の大納言入道・侍從[二七]二位行家・光俊[二八]の辨(の)入道など承《(うけたまはり)》て、撰[二九]歌の沙汰《さた》ありつる、たゞ今日明日《けふあす》ひろまるべしときこゆる、おもしろうめでたし。かの[三〇]元久のためしとて、(後嵯峨)一院みづからみがゝせ給へば、心[三一]ことに、光そひたる玉どもにぞ侍るべき。年月にそへては、いよ〳〵、外《ほか》[三二]ざまにわたる方なく、榮《さか》へのみまさらせ給御有樣《ありさま》のいみじきに、此集の序にも、「やまと島根《しまね》はこれ我世なり、春[三三]風に德を仰《あふ》がんと願《ねが》ひ、和歌〔の〕[三四]浦も又我國也、秋の月に道をあきらめん」とかや書《か》かせ給へる、げにぞめでたきや。金[三五]葉集ならでは、御子《みこ》の御名のあらはれぬも侍らねど、この度《たび》は、かの[三六]東《あづま》の中務の宮の御名《な》のりぞ書《か》かれ給はざりける、いとやんごとなし。新[三七]古今の時ありしかばにや、竟宴[三八]《(きやうえん)》といふ事行《をこ》なはせ給ふ、いとおもしろかりき。此集をば、續古今《(しよくこきん)》と申なり。

(文永三年)又の年、東[三九]《あづま》に心よからぬ事出《い》できて、中務のみこ(宗尊)、都へ上《のぼ》らせ給[四〇]ひ、なにとなく、あはたゝしきやうなり。御後見[四一]《うしろみ》に、猶《(なほ)》時頼の朝臣なれば、例《れい》のいと心[四二]かしこうしたゝめなをしてければ、聞《き》こえしほどの恐《おそ》[四三]ろしき事などなければ、宮は御子の惟康《これやす》の親王に將軍をゆづりて、文永三年七月八日[四四]、のぼらせ給ぬ。御下《くだ》[四五]りのおり、六波羅に建《た》てたりし檜皮屋《(ひはだや)》一あり。そこに[四六]ぞ初《はじ》めはわたらせ給ふ。いとしめやかに、ひき[四七]

にでも、風流のそえ物にでもしたいような趣であった。
二四 おさかずきが何度も何度もめぐってくる。
二五 持明院基家。後京極良経の三男。
二六 定家の子。権大納言に至り、建長八年(一二五六)出家。
二七 六条知家の子。文永二年には、侍従正三位。
二八 藤原光親の子。右大弁の時に出家。法名真観。宗尊親王の歌道の師。
二九 勅撰和歌集編集の事業が進められていたが。
三〇 元久二年、新古今集が撰進された際に、後鳥羽院みずから撰歌にあたった事をいう。新古今集の例にならって、院が撰歌にあたったことは、続古今集の序に見える。↓補注二〇二。
三一 この集の歌は、格別に光を増した玉のように、すぐれた作品であろう。続古今集、序の「高く五つの岡に拾ふともかゝる玉の光はあらじ」を踏んで書く。
三二 皇位も、この院のご血統以外に移るということもなくなり。
三三 春の風が草をなびかせるように、天下の民をなつかせるような高い徳を積みたいと願い。
三四 「の」諸本で補う。
三五 金葉集以外には、皇子の御名をあらわに書いてない勅撰集もないのに。↓補注二〇三。
三六 続古今集に、宗尊親王と書かず、中務卿親王と記すをいう。
三七 二五七頁参照。
三八 文永三年三月十二日に行なう。
三九 関東で面白くない事件が起きて。↓補注二〇四。
四〇 給ひ—給(諸本)。
四一 時頼は、康元元年(一二五六)に出家し、文永三年には、北条政村が執権。
四二 諸本「いと…ほとの」二十五字なし。
四三 おそろしき—面白き(諸本)。
四四 七月八日、鎌倉を出発、同二十日入洛。
四五 三〇七頁参照。
四六 「にそ」底本傍書。
四七 これまでとは、うって変わった御有様であるのを。

かへたる御有様《ありさま》を、年月のならひに、さうぐ\しく物心ぼそう思《おぼ》されけるにや。

[一]虎《とら》とのみ用《もち》ゐられしは昔《むかし》にて今《いま》は鼠のあなう世中(の)

院(後嵯峨)にも、東の聞《き》こえをつゝませ給て、やがては御對面《たいめん》もなく、いと心苦《ぐる》しく思《おも》ひきこえさせ給けり。[二]經任《(つねたふ)》大納言、いまだ下﨟なりし程、御使《つか》ひに下されて、何事《なに》にか仰られなどして後ぞ、苦《くる》しからぬ事になりて、宮も土御門の[三]承明門院の御跡へ入《い》らせ給ひける。院へもつねに御參《まい》りなどありて、人ぐ\も仕《つか》うまつり、御遊《あそ》びなどもし給ふ。[四]雪いみじう降《ふ》りたる朝明《あ》けに、[五]右近(の)馬場のかた御覽じにおはして、御心のうちに、

[六]猶たのむ北野《の》の《ゝ》雪の朝《あさ》ぼらけ跡なき事に埋《うづ》もるゝ身を

世を亂《みだ》らむなど思《おも》ひよりける武士の、この御子《みこ》の御歌すぐれて詠《よ》ませ給に、[七]夜晝《よるひる》、いとむつましく仕《つか》うまつりけるほどに、をのづから同《おな》じ心なる物など多《おほ》くなりて、[八]宮の御氣色あるやうにいひなしける[九]にや。[一〇]さやうの事どもの響《ひゞ》きにより、かくおはしますを、思《おぼ》し歎《なげ》き給《(たまふ)》なるにこそ。

日比《(ひごろ)》長《なが》雨降《ふ》りて、すこし晴《は》れ間《ま》見ゆるほど、空の氣色しめやかなるに、二條富《とみ》の小路《こうぢ》殿に、本院(後嵯峨)・新院(後深草)一《ひと》つにわたらせ給ころ、ことぐ\しからぬほどの御遊《あそ》びあり。[一一]大宮院(姞子)・東二條院(公子)も、御木丁ばかり隔《へだ》てて《ゝ》おはします。御前に、太政大臣《おほきおとゞ》(公相)・常盤井《(ときはゐ)》の入道(實氏)・前《(さきの)》左の大臣《おとゞ》(實雄)・[一二]久我大納言雅忠*など、むつましき限《かぎ》りさぶらゐ《(ひ)》給て、御酒《みき》ま

一 将軍として虎のように恐れられ重んぜられていたのは昔のことで、今はねずみが穴の中に閉じこもっているように、人をはばかる身となった。ああ、まことに情けない世の中よ。→補注二〇五。
二 中御門経任(一二三三―一二九七)。権大納言に至る。文永三年には、左少弁で、同年十二月十五日、権右中弁に転じた。経任を関東に下向させたことに関しては、五代帝王物語に「宮は御上あるにも、院は御義絶の義にて、左右なく御対面もなし。引かへ夷の御すまひ、さこそ宮中もさびしかるらめと、をしはかられてあはれなり。此事によりて、左少弁経任〈中御門大納言〉、御使にて関東へ下向、別事あるまじきとて、武家も物沙汰はじまり、京に八月十六日より、院の評定始らる」とある。
三 の―殿(諸本)。 四 雪―雪の(諸本)。
五 右近衛府の馬場。一条京極の末。北野神社の近くにあった。
六 無実の罪をうけて、この世から埋もれてしまったこの身ではあるものの、やはりいつの日かもとの身になれるようにと、北野の神に対して頼みをかけることである。この雪の降り積んだ、さわやかな朝明けに。北野神社の祭神、菅原道真が、無実の罪で筑紫に流された事を思って詠んだ歌。第五句、身を―身も(諸本)。
七 よるひる―夜〳〵(谷・桂・谷一本以外の諸本)。
八 宮にも、北条氏を亡ぼそうとするお気持ちがあるように。
九 にや―とかや(院本以外の諸本)―とにや(院本)。
一〇 そうした事などの影響によって。
一一 大宮院は後嵯峨院の、東二条院は後深草院の皇后。

いる。あまた下《くだ》り流《なが》れて、上下少《すこ》しうち亂《みだ》れ給へるに、太政大臣《おほきおとゞ》(公相)、本院の御さか月《(づき)》給はりて、持《も》ちながら、とばかりやすらひて、「[一三]公相、官位ともに極《きは》め侍ぬ。中宮(嬉子)おはしませば、もし皇子降誕もあらば、家門の榮花いよ〳〵衰《をとろ》ふべからず。實兼《さねかぬ》[一四]も[一五]けしうは侍らぬをのこなり。[一六]うしろめたくも思《おも》ひ侍らぬを、ひとつの憂《うれ》へ心の底《そこ》になん侍《(はべる)》」と申給へば、人〴〵、何事に[か][一七]とおぼつかなく思《(おもふ)》。左の大臣《おとゞ》(實雄)は、[一八]中宮のこと、かけ給を、まだきよりもと耳《みゝ》とまりて、うち思《おぼ》すにも、心の中やすげなし。

一院(後嵯峨)は、「いかなる憂《うれ》へにか」との給に、「いかにも、入道相國(實氏)に先《さき》だちぬべき心ちなんし侍る。「[一九]恨《うら》みの至《いた》りて恨《うら》めしきは、さかりにて親《おや》に先《さき》だつ恨《うら》み、悲《かな》しみの切《せち》に悲《かな》しきは、老て子に後《をく》るゝ悲《かな》しみには過《す》ぎず」などこそ、[二〇]澄明《すみあきら》におくれたる願文にも書《か》きて侍しか」などきこえて、うち[二一]しほれ給へば、みないとあはれとおぼさる。入道殿(實氏)はまいて、墨染《すみぞ》めの御袖しぼるばかりに見え給。さて、其後いくほどなく惱《なや》み給よし聞《き》こゆれど、[二二]さしもやはと覺《おぼ》えしに、いとあやなく失《う》せ給ぬ。冷泉《れんぜい》の太政大臣と申侍しこと也。入道殿の御心の中、[二三]さこそをはしけめ。中宮も[二四]御服《ぶく》にてまかで給ぬ。

[二五]皇后宮(佶子)は日にそへて[二六]御覺《おぼ》えめでたくなり給ぬ。[二七]姫《ひめ》宮・若《わか》宮など出《い》で物し給しかど、やがて失《う》せさせ給へるを、御門(龜山)をはじめたてまつりて、誰《たれ》も〳〵思《おぼ》し歎《なげ》きつるに、今年《ことし》、又その御氣色あれば、[二八]いとゞおぼしさわぎ、山〳〵寺〴〵に御祈《いの》りこちたく

一二 太政大臣久我通光の四男。「とはずがたり」の筆者の父。
一三 西園寺実氏の二男。弘長元年(一二六一)三十九歳で、従一位太政大臣に至る。
一四 公相の三男。従一位太政大臣に至る。
一五 できの悪い男ではありません。底本「あ」に「侍」と傍書。諸本「侍らぬ」。
一六 その点では別に心配なことはありませんが。
一七 「か」諸本で補う。
一八 公相公が、その娘の中宮のことを話題になさったのを、中宮がまだ皇子をお生みにならない前から、よくそんな事を口にしたものだと、公相公のことばが耳にとまって、あれこれとお考えになるにつけても。実雄の娘の佶子も、亀山帝の皇后で、中宮ときそいあっていたことは先に見える。
一九 大江朝綱が、その子の澄明のために書いた四十九日の願文に「弟子朝綱敬曰、悲之又悲、莫レ悲ニ於老後レ子、恨而更恨、莫レ恨ニ於少先レ親」(本朝文粋)とあるのを引いたもの。
二〇 わが子の澄明に先立たれた大江朝綱の願文にも書いてありました。願文は、仏事の時に、供養するその当人の願意を記した文をいう。
二一 しほれ―しほたれ(諸本)。
二二 大したことはあるまいと思っていたところ、まことにあっけなく、おなくなりになった。文永四年十月十二日、四十五歳で没。
二三 さこそ―さこそは(諸本)。
二四 父の喪(も)に服するために、宮中を退出された。
二五 実雄の女の佶子。
二六 帝のご寵愛が深くなった。
二七 姫君は睍子内親王をさす。弘長二年十一月に生まれ、文永元年七月に三歳で没。若宮は知仁親王をさす。文永二年七月に生まれ、同四年八月に三歳で没。
二八 いとゞ―いかゞと(諸本)。

のゝしる。[一]こたみ〔だ〕に、實《げ》に又うちはづしては、いかさまにせんと、大臣《おとゞ》(實雄)・母北《はゝ》のかたも、安《やす》きゐ《(い)》も寝《ね》たまはず、思《おぼ》し惑《まど》ふ事かぎりなし。[二]ほど近《ちか》くなり給ぬとて、[三]土御門承明門院の御跡へ移《うつ》ろひ給。世の中ひゞきて、天下の人、高《たか》きも下《くだ》れるも、官《つかさ》あるほどのは、まいりこみて[四]ひしめきたり。[五]内《うち》の人〳〵は、まして心も心ならず、あはたゝしく、[六]大臣《おとゞ》限《かぎ》りなき願どもを立《た》て、賀茂社にも、[七]かの御調度《てうど》どもの中に、すぐれて御寶《たから》とおぼさるゝ御手箱に、后《きさい》の宮身づから書《か》かせ給へる願文《ぐわんふみ》入《(いれ)》て、神殿にこめられけり。それには、[八]「たとひ御末《すゑ》まではなくとも、皇子一人」とかや侍けるとぞうけ給はりし、まことにや侍けん。かくいふは、文永四年十二月一日なり。例《れい》の御物のけどもあらはれて、叫《さけ》びとよむさま、いと恐《をそ》ろし。されども、御祈《いの》りのしるしにや、えもいはずめでたき玉の男御子《おのこ(みこ)》生給《(うまれたまひ)》ぬ。[九]そのほどのしき、いはずともをしはかるべし。上《うへ》も、[一〇]限《かぎ》りなき御心ざしにそへて、いよ〳〵思《おぼ》すさまに嬉《うれ》しときこしめす。大臣《をとゞ》(實雄)も今《いま》ぞ[一一]御胸《むね》あきて心おちゐ給ける。(後深草)新院の若宮《わか》(伏見)も、[一二]此殿の御孫ながら、[一三]これは[一四]東二條院(公子)の御心中をしはかられ、[一五]大方も又うけばりやむごとなき方にはあらねば、[一六]よろづきこしめし消《け》つさまなりつれど、この今宮《いま》をば、本院(後嵯峨)も大宮院も、きはことにもてはやしかしづき奉《たてまつ》らせ給。[一七]これも中宮(嬉子)の御ため、いとを《(ほ)》しからぬにはあらねど、[一八]いかでかさのみはあらんと、[一九]西園寺ざまにぞ、一かたならず思《おぼ》し結《むす》ぼほれ、すさまじう聞《き》ゝ給ける。

一　今度という今度、もし失敗したなら、ほんとうにどうしよう。「た」諸本で補う。
二　お産の時期が近づいてきたといって。
三　尾・近・平・大・岩本「土御門とのゝ」。谷・桂・谷一・院本「土御門殿」。
四　ぎっしりと、つめかけていた。たり―たつに(諸本)。
五　諸本「内の人〳〵」の前に「とのゝ」あり。
六　諸本「く」なし。
七　皇后のお手廻りの道具の中で。
八　たとい、ご子孫までの繁栄はなくても、今皇子をひとり授けてください。
九　この間の事情に関しては、どれほどの騒ぎであったかは、ここで一々お話しなくても、推察できようというものです。「しき」は事情の意。
一〇　このおきさきを、この上もなく深く愛しておられたのに、いよいよお望みどおりに皇子までお生まれになって。
一一　お心も晴れ晴れとして。
一二　実雄の娘、愔子の子。
一三　これは―それは(諸本)。
一四　実氏の二女。後深草院の中宮。皇子が生まれなかった。
一五　だいたいにおいて、誰に対しても、はばかるところのない尊いお方ではないので。後深草院の第一皇子の生母が、皇后でも中宮でもなく、したがって、この皇子も世間から重んぜられていなかったことをいう。
一六　後嵯峨院も大宮院も、万事につけて軽く聞き流されて、重きを置かれなかったけれども。
一七　この今宮をもてはやされることも、中宮の御ために、お気の毒でないことはないが。亀山帝の中宮には、皇子がなかった。
一八　どうして、そう遠慮ばかりしておれようかと、花やかにふるまわれるので。
一九　中宮の実家である西園寺家のほうでは。

第八　あすか川[二〇]

◇この巻には、亀山帝の文永五年(一二六八)から同十年に至る間のできごと、すなわち、亀山帝の若宮(後宇多)の五十日、後嵯峨院の五十賀試楽、富小路殿舞御覧、蒙古の来襲、立太子(後宇多)、後嵯峨院の白河殿の月見・亀山殿御幸・出家、月花門院の死、後嵯峨院の八講、後嵯峨・後深草の御方わかち、東二条院の御産、後嵯峨院の死と人々の嘆き、後嵯峨院の遺言と院方内方の対立、東宮(後宇多)の灸治、内裏の炎上、亀山帝譲位の内意等につき記す。

[二一]ひまゆく駒《こま》の足《あし》にまかせて、文永も五年に成ぬ。正月廿日、本院《(後嵯峨)》のおはします富《とみ》の小路殿にて、今上《(亀山)》[二二]〔の〕若《わか》宮《(後宇多)》、御[二三]五十日《いか》きこしめす。いみじう清《きよ》らをつくさるべし。今年《ことし》正月に閏《うるう》あり。後[二四]の廿日餘《あま》りのほどに、冷[二五]泉殿にて舞御覧あり。明《あ》けむとし、一院《(後嵯峨)》、五十《いそぢ》に満《み》たせ給《(たまふ)》べければ、御[二六]賀あるべしとて、今《いま》より世[二七]のいそぎにきこゆ。樂[二八]所始《はじ》めの儀式《ぎしき》は、内裏にてぞありける。試[二九]樂、廿三日ときこえしを、雨ふりて、[三〇]明《あ》くるつとめて、人〴〵参《まい》りつどふ。新院《(後深草)》はかねてより渡《わた》らせ給へり。寝殿《しんでん》の御階《はし》の間に、一院の御座設《をましまう》けたり。その西《にし》によりて、新院の御座、東《ひんがし》は大宮院・東二條院、みな白《しろ》き御袴《はかま》に、[三一]二御《(ふたつおん)》衣《ぞ》たてまつれり。聖[三二]護院の法親王《(覚助)》・圓[三三]満院《(圓助)》などまいり給ふ。土御門の中務《(宗尊)》の宮《みや》もまいり給。上達部・殿上人、あまた御供《とも》し給へり。仁[三四]和寺の御室《(性助)》《(お)むろ》・梶[三五]井《かぢゐ》の法親王《(最助)》なども、すべて残《のこ》りなく集《つど》ひ給ふ。月[三六]花門院《(綜子)》・花[三七]山院准后《(貞子)》などは、大宮院のをはします御座の□[三八]に、御[三九]木丁をしのけてわたらせ給。寝殿《しんでん》の第四の間に、袖[四〇]口《ぐち》ども心ことにてをし出《い》ださる。大納言の二位殿・南の御方など、やむごとなき上[四一]臈《らう》は、院《(大宮院)》のおはします御簾の中に、ひきさがりてさぶらひ給。いづれも、

二〇　巻の名は、御嵯峨院の「我のみや影もかはらんあすか川おなじふち瀬に月はすむとも」の歌による。
二一　日の光が窓のすき間を過ぎて行くように、月日はどんどんと過ぎ去って。→補注二〇六。
二二　「の」諸本で補う。　二三　生後五十日目の祝いの時、赤子にふくませるもち。
二四　閏正月二十日過ぎに。実は正月二十四日。→補注二〇七。　二五　冷泉万里小路殿。院の御所。
二六　長生きをしたお祝い。四十歳から始めて、以後十年ごとに行なう。→補注二〇八。
二七　世間をあげて、その準備を申し上げている。
二八　御賀の日に、音楽の事をつかさどる役所の開所式。→補注二〇九。
二九　その当日に行なう舞楽の予行演習をすること。　三〇　その翌日の早朝。
三一　同じ色の袿を二枚重ねて着ること。
三二・三三・三四・三五　いずれも後嵯峨院の皇子。
三六　後嵯峨院の皇女。綜子内親王。
三七　実氏の妻、貞子。大宮院・東二条院の母。
三八　底本一字分空白。諸本「御座に」。
三九　御几帳を脇にかたよせて、隔てなく着座なさる。　四〇　女房たちは、袖口を特に美しく、みすの外に押し出しておられる。
四一　身分の高い女官をいう。

白《しろ》き袴《はかま》に二衣なり。東《ひんがし》のすみの一間は、大宮院・月花門院の女房どもまいりつどふ。西《にし》の二間に、新准后(棟子)[一]さぶらひ給。御前の簀子《すのこ》に、關白(基平)をはじめ右大臣基忠・內大臣家經・兵部卿隆親・二條大納言良教・源大納言通成・花山院大納言師繼・右大將通雅・權大納言基具・一條中納言公藤・花山院中納言長雅・左衛門督通賴・中宮權大夫隆顯・大炊御門中納言信嗣・前《さきの》源宰相有資・衣笠宰相中將經平・左大辨宰相[二]經俊・新宰相中將具氏・別當公孝・堀川三位中將具守・富小路三位中將[三]公雄、みな御階《みはし》の東《ひんがし》に著《つ》き給。西の第二の間より、又、前左大臣實雄・二條大納言[四]經輔・前源大納言雅家・中宮大夫雅忠・藤大納言爲氏・皇后宮大夫定實・四條中納言隆行・帥《そちの》[五]中納言經任、このほか[六]〔の〕上達部、西東の中門の廊《らう》[七]、それより下《しも》ざま、透渡殿《すきわたどの》[八]・うち橋《はし》などまで著《つ》[九]きあまれり。みな、直衣《なほし》[一〇]に色々衣[一一]かさね給へり。

時なりて、舞人どももまいる。實冬[一二]の中將、唐織物《からをり》の櫻《さくら》[一三]の狩衣《かりぎぬ》、紫の濃《こ》き薄《うす》きにて[一四]梅を織れり。赤地《あか》の錦の表着《うはぎ》[一五]・紅のにほひの三衣《みつぎぬ》[一六]・おなじ單《ひとへ》[一七]・しゞらの[一八]薄《うす》色の指貫《さしぬき》、人よりは少《すこ》しねびたるしも、あな清《きよ》げと見《み》えたり。[一九]大炊御門《おほゐの》[二〇]中將冬輔《すけ》といひしにや、裝束《さうぞく》さきのにかはらず。狩衣《かり》はひら織物《をり》[二一]なりき。花山院中將[二二]家長《いへなが》、右大將の御子、[二三]魚綾《ぎよれう》の山吹の狩衣《かり》、柳櫻《さくら》を縫《ぬ》ひ物にしたり。紅の打衣《うちぎぬ》[二四]をかゝやくばかりだみかへして、萌黃《もえぎ》のにほひの三衣《ぎぬ》[二五]・紅の三重の單《ひとへ》、浮織物《うきをり》[二六]の紫の指貫《さしぬき》に、櫻を縫《ぬ》い物にしたり。めづらしく美《うつく》しく見ゆ。花山院少將忠季《たゞすゑ》[二七]師繼《もろつぐ》の御子也、櫻の結《むす》[二八]び狩衣《かり》、白《しろ》[二九]き絲《いと》に

一 後嵯峨院の妃で、宗尊親王の母。↓補注二一〇。二 この時、参議左大弁は源雅言。経俊は権中納言であった。三 この時、従三位左近中将は、公雄の弟の公守。公雄は権中納言であった。四 二条良実の三男、師忠か。当時、権大納言。経輔は、公卿補任に見えない。

五 この時、太宰権帥兼権中納言は経俊。経任は文永八年に帥中納言になった。底本「帥大納言」。諸本で訂正。六「の」谷・谷一本以外の諸本で補う。七 東西の対の屋から釣殿に通ずる廊。この時の様子は深心院関白記に詳しい。↓補注二一一。八 左右に壁がなく、柱だけの渡り廊下。九 場所いっぱいに着座している。一〇 ↓補注二一二。一一 諸本「色々の衣」。一二 滋野井公光の子。権大納言に至る。この時、二十六歳。一三 桜は、かさねの色目で、表は白、裏は二藍。一四 梅の模様が織ってある。一五 直衣や狩衣の下に着る衣。袿《うちき》をいう。一六 かさねの場合は、上の衣の色を濃くし、下着ほど色を薄くしたもの。三衣は、小袖を三枚重ねて着ること。一七 同じ色のひとえ。一八 しじらは、絹織物の織り方の一。織りあげてから、たて糸をちぢませて、表面にしわをつけたもの。一九 たり―て(谷・桂・谷一本以外の諸本)。二〇 内大臣冬忠の子。この時、二十一歳。二一 普通の方法で織った織物。二二 右大臣通雅の一男。この時、十六歳。父は右大将であった。二三 綾織物の一種。山吹は、かさねの色目で、表は朽葉、裏は黄をいう。↓補注二一三。二四 狩衣の下に着る袿は、紅の打ちぎぬを、輝くばかりに何度も色濃く染め出して。二五 三色の色糸で模様を織り出した織物。二六 模様を浮かして織った織物。二七 尊卑分脈に「左中将、早世」と注記。二八 糸で様々の模様を結びつけてある狩衣。二九 以下、結び狩衣の模様の説明。

て水をひまなく結《むす》びたる上《うへ》に、櫻柳を、それも結《むす》びてつけたる、なまめかしく艶《えん》なり。[三〇]赤《あか》地の錦《にしき》の表着《うはぎ》、金《かね》の文《もん》をおく。紅の二衣《ふたつぎぬ》・おなじ單《ひとへ》・紫の指貫《さしぬき》、これも柳櫻を縫《ぬ》い物に色〳〵の絲《いと》にてしたり。中宮の權亮少將公重[三一] 實藤《さねふぢ》の大納言の子、唐織《からをり》物の[三二]櫻萌黄《さくらもえぎ》の狩《かり》衣・紅の打衣《うちぎぬ》・紫のにほひの三衣・紅の單《ひとへ》、指貫《さしぬき》は例《れい》の紫に櫻を白《しろ》く縫《ぬ》いたり。[三三]堀《ほり》川の少將基俊 基具《もとゝも》の大納言子、唐織《からをり》物、[三四]裏《うら》山吹《ぶき》、三重の狩《かり》衣、[三五]柳だすきを青《あを》く織《お》れる中に櫻を色〳〵に織《を》れり。[三六]萌黄《もえぎ》の打《うち》衣、櫻《さくら》をだみつけにして、輪《わ》ちがへを細《ほそ》く金《かね》の文《もん》〔に〕[三七]して、色々の玉をつく。[三八]にほひつゝじの三衣、紅《くれなゐ》の三重の單《ひとへ》、これも箔《はく》ちらす。二條中將經良[三九] 良教《よしのり》の大納言御子也、これも唐織《からをり》物の櫻萌黄《さくらもえぎ》・紅の衣・同《おなじ》ひとへなり。皇后宮權亮《ごんのすけ》中將 實守、これもおなじ色〳〵、[四〇]樺《かば》櫻の三衣・紅梅《こうばい》の[四一]にほひの三重の單《ひとへ》、右馬頭隆良《たかよし》 隆親《たかちか》の子にや、[四二]緑苔《ろくたい》の赤《あか》色の狩《かり》衣、[四三]玉のくゝりを入《いれ》、青《あを》き魚綾《ぎよれう》の表着《うはぎ》・紅梅の三衣・おなじ二重の單《ひとへ》・薄《うす》色の指貫《さしぬき》、少將實繼《つぐ》、[四四]松がさねの狩《かり》衣・紅《くれなゐ》の打衣《うちぎぬ》・紫《むらさき》の二衣《ぎぬ》、これも色〳〵の縫《ぬ》い物・[四五]を《お》き物など、いとこまかになまめかしくしなしたり。[四六]陵王《れうわう》の童《わらは》も、四條大納言の子、裝束《しやうぞく》つねのまゝなれど、紫の[四七]緑苔《ろくたい》の[四八]半尻《はむじり》、金《かね》の文《もん》、赤地《あかぢ》の錦《にしき》の狩《かり》衣、青《あを》き魚綾《ぎよれう》の袴《はかま》、[四九]笏《しやく》木《ぎ》のみなゐり骨《ぼね》、紅の紙《かみ》にはりて持《も》ちたる用意《ようゐ》氣色、いみじくもてつけて、めでたく見え侍りけり。笛 茂《もち》通《みち》・隆康《たかやす》、笙 公秋《あき》・宗實、篳篥《ひちりき》 兼行、太鼓《たいこ》 敎藤《のりふぢ》、[五〇]鞨鼓《かこ》 あきなり、[五一]三の鼓《つゞみ》 のりより、左[五二]萬歳樂《まんざいらく》、右 地久[五三]、陵王《れうわう》、[五四]輪臺《りんだい》・[五五]青海波《せいがいは》、[五六]太平樂《たいへい》、[五七]入綾《いりあや》、實冬いみじく舞

三〇 その下に、赤地の錦の表着を着ていたが、それには金属をほって模様にしたものが置いてある。 三一 西園寺公経の孫。この時、十三歳。 三二 かさねの色目で、表はもえぎ、裏は二藍。 三三 この時、八歳。 三四 かさねの色目で、表は黄、裏は紅。 三五 柳の枝をたすきのように斜にうち違えにした模様。 三六 きぬたで打ってつやを出した萌黄のきぬに、桜の模様を染めつけて、それに、こまかく金属でほった輪違えの模様をつけ、色々の玉をつけてある。狩衣の下に着る表着の模様について述べたもの。 三七 「に」諸本で補う。 三八 蘇芳色の上は濃く下は次第に薄くしたもの。つゝし—つくし(諸本)。 三九 この時、十九歳。経良—経俊(諸本)。 四〇 かさねの色目で、表は蘇芳、裏は濃い蘇芳をいう。諸説相違。 四一 諸本「にほひの」なし。 四二 紅の地に、白い浮文のある織物をいう。 四三 狩衣の袖くくりの糸に玉を飾ったもの。 四四 表は青、裏は赤色。諸説相違。 四五 金銀のはくを置いたもの。 四六 蘭陵王の略。舞楽の曲名。 四七 底本「六位」。諸本で訂正。 四八 狩衣の後ろの短いものをいう。小狩衣。 四九 笏を作る木に総ぼりの彫刻をした骨に、紅の紙をはった扇を持ったその様子は。 五〇 雅楽の打楽器。台にすえ、左右のばちで両革面を打つ。 五一 腰鼓の一種。 五二 舞楽は左右に分かれて交互に奏し、一番の舞曲とする。その左は唐楽で左舞と称し、その右は高麗楽で右舞という。左から始め、ついで右を奏す。万歳楽は、平調の唐楽。↓補注二一四。 五三 双調の高麗楽。 五四 盤渉調(ばんしきちょう)の唐楽。青海波と連奏する。 五五 盤渉調の唐楽。二人で舞う。 五六 左方大食調の曲。四人で舞う。 五七 一曲終わって退場する際に、再びひき返して舞いながら入ること。

すまされたり。右 [一]落蹲《らくそん》、左 [二]春鶯囀《(しゆんあうてん)》、右 [三]古鳥蘇《ことりそ》、[四]後參《ごさん》、[五]賀殿《かてん》の入綾《いりあや》も實冬舞給《(まひたまひ)》しにや。暮《く》れかゝるほどにて、何《なに》のあやめも見えずなりにき。御かた〴〵宮たち、[六]あかれ給ぬ。

[七]おなじ《(文永五年)》二月十七日に、又、新院《(後深草)》富《とみ》の小路殿にて舞御覽。そのあした、大宮院まづ忍《しの》びてわたらせ給。一院《(後嵯峨)》の御幸は、日たけてなる。[八]冷泉殿よりたゞはひわたるほどなれば、樂人・舞人、[九]今日《けふ》の裝束《しやうぞく》にて、上達部などみな歩《あゆ》みつゞく。[一〇]庇《ひさし》の御車にて、御隨身十二人、花を折《を》り錦をたちかさねて、[一一]聲《こゑ》〴〵、御さき花《はな》やかに追《お》ひのゝしりて、近《ちか》くさぶらひつる、二《に》なくおもしろし。新院は、御烏帽子直衣《あぼしなをし》・御袴《はかま》[一二]きはにて、中門にて待《ま》ちきこえさせ給へるほど、いと艶《えん》にめでたし。御車中門に寄《よ》せて、關白殿、御佩刀《はかせ》取りて、[一三]御匣殿《(み)くしげ》につたへ給。[一四]二重織物《をり》の萌黄《もえぎ》の御木丁のかたびらを出《い》だされて、色〳〵の[一五]平文《ひやうもん》の衣ども、[一六]物の具《ぐ》はなくてをし出《い》ださる。今日《けふ》は[一七]正親町の院も御堂の隅《すみ》の間より御覽ぜらる。大臣・上達部《かんだちめ》、[一八]ありしにかはらず。猶參《まい》り加《くは》ゝる人は多《おほ》けれど、洩《も》れたるはなし。實冬、今日《けふ》は、[一九]花田《はなだ》うち山吹狩《かり》衣、[二〇]二重うち萌黄裏《もえぎうら》など、思《おも》ひ〳〵心《こゝろ》〴〵に、前《(さき)》にはみなひきかへて、さま〴〵つくしたり。基《もと》俊の少將、この度《たび》は、[二一]櫻萌黄《もえぎ》の五重の狩《かり》衣・紅のにほひの五衣《(いつつ)ぎぬ》、打衣《うちぎぬ》は[二二]やりつき、山吹のにほひ、浮織物《うきをり》の三重ひとへ・紫《むらさき》の綾《あや》の指貫《さしぬき》、中にすぐれてけうらに見《み》え給へり。この度《たび》は、多《おほ》く緑苔《ろくたい》の衣を着《き》たり。萬歳樂を吹《(ふき)》て樂人・舞人まいる。

一　壱越調の高麗楽。
二　壱越調の唐楽。
三　壱越調の高麗楽。
四　↓補注二一五。
五　壱越調の唐楽。
六　別れ別れにお帰りになった。
七　後深草院の御所、富小路殿で舞御覧のあったのは、閏正月十七日のことである。深心院関白記参照。↓補注二一六。
八　冷泉殿からは、ごく近いところにあるので。↓補注二一七。
九　今日、舞楽を奏する時の装束のままで。
一〇　網代庇車《(あじろひさしのくるま)》をいう。唐破風《(からはふ)》造りで、ひさしをつけた網代車。
一一　口々に、先払いの声も花やかに高々と唱えあげて、御車のそばにつきそっているのが。
一二　きわだっていての意か。↓補注二一八。
一三　後深草院妃。三条公親女房子。久明母。御匣殿は、宮中の中にあって、御服の裁縫などをつかさどった御匣殿の別当をいい、身分の高い女官がつとめた。
一四　女房たちは、御几帳にかけてある二重織物の萌黄のかたびらを出されて。二重織物は、綾の地紋の上に、さらに浮き出し模様を織って、二重になっている織物。かたびらは、几帳や帳(とばり)などにかけて隔てとした布。
一五　紋を色々の色でいろどって染めたもの。
一六　屛風などの調度はなくて、几帳の下から押し出しておられる。
一七　土御門院の第一皇女。覚子内親王。後嵯峨院の姉。
一八　さきの試楽の折の参集者と同じ顔ぶれだ。
一九　諸本すべて「花田うち」。花田うち山吹の意味未詳。諸注は「花田うら山吹」の本文により、表花田、裏山吹の意味に解している。
二〇　意味未詳。詳解は「下の衣をいへるなるべ池のみぎはに棹《ほこ》[二三]を立《た》つ。春鶯囀・古鳥蘇《ことりそ》・後参《ごさん》・輪臺《りんだい》・青海波・落蹲《らくそん》などあり。日《ひ》暮《ぐ》らしおもしろくのゝしりて、歸《かへ》らせ給ほどに、赤地《あかぢ》の錦の袋《ふくろ》に御琵琶入《(いれ)》て奉《たてまつ》[二四]らせ給。[二五]刑部卿の君、御簾《(み)す》の中より出《い》だす。右大将(通雅)取《と》りて、院(後嵯峨)の御前に氣色[二六]ばみ給。胡《こ》[二七]飲酒《んじゆ》の舞は、實俊中將[二八]とかねては聞《き》こえしを、父大臣《ちゝおとゞ》(公相)の事にとゞまりにしかば、近衛の前《さき》の關白殿(兼平)御子三位中將(兼忠)ときこゆる、いまだ童《わらは》にて舞給。別《べつ》[二九]して、この試樂より先《さき》なりしにや、内々白川殿[三〇]にて心みありしに、父《ちゝ》の殿も御簾《みす》のうちにて見給。若《わか》君いとうつくしう舞《ま》ひ給へば、院めでさせ給て、舞の師忠茂《たゞもち》[三一]、祿《ろく(たまはり)》給などしける。

かやうに聞《き》こゆるほどに、蒙古《むくり》[三二]の軍《いくさ》といふ事起《を》こりて、御賀止《とゞ》まりぬ。人〳〵口惜《を》しく本意《ほい》なしと思《おぼ》すこと限《かぎ》りなし。何事《なにごと》もうち〔さ〕[三三]ましたるやうにて、御修法やなにやと、公家・武家、たゞこの騒《さは》ぎなり。[三四]されども、ほどなくしづまりて、いとめでたし。

かくて、今上(龜山)の若宮《わか》(後宇多)、六月廿六日親王宣旨《せむじ》ありて、おなじき八月廿五日、坊にゐ給ぬ。[三五]かく花やかなるにつけても、入道殿(實氏)はめざましく思《おぼ》さる。故大臣《おとゞ》(公相)の先《さき》だち給し歎《なげ》きに沈《しづ》みてのみ物し給へど、「[三六]かゝる世の氣色《けしき》を、かしこく見給はぬよ」と思《おぼ》しなぐさむ。中宮(嬉子)は、御服《ぶく》[三七]の後《のち》も參《まゐ》り給はず。[三八]よろづひき返し物怨《うら》めしげなる世の中なり。

一院(後嵯峨)は、御本意《ほい》[三九]とげん事をやう〳〵おぼす。その年(文永五年)の九月十三夜、白川殿にて月

し」といい、通釈は「二重のうちぎぬ萌黄うらの三衣などとあるべき所で、脱語があるのではなからうか」という。
二一 かさねの色目。表は萌黄、裏は二藍。
二二 尾・大本「やりつき」なし。
二三 舞楽の初めに、左右の舞人が木棹《きぼこ》を持って舞う。これを振武《ぶえん》というが、その棹を立てる。→補注二一九。
二四 新院から本院へ献上される。
二五 後嵯峨院の妃。覚助法親王の母。
二六 贈り物をさし上げられる旨を、様子でもって示すのである。
二七 左舞。壱越調。
二八 実俊の中将が舞うものと、以前には言われていたのであるが、その父君(公相)がなくなれたため中止になったので。
二九 「心みありしに」にかかる。
三〇 深心院関白記に、閏正月十日、胡飲酒習礼の事が見える。
三一 神楽血脈によれば、多忠方の曾孫。
三二 この年二月七日、幕府は前太政大臣実氏をもって蒙古高麗の国書を奏上、後嵯峨院は御賀の事を停止して、その対策を評議させた。
三三 「さ」諸本で補う。
三四 蒙古が九州に来襲し、大風のために敗退したのは、それから六年後の文永十一年の十月のことである。
三五 実雄の一門が花やかにふるまうにつけても。
三六 このような情けない世の有様を、よく公相は見ないですんだことだ。
三七 父君(公相)の服喪が終わった後にも、宮中へは参られない。
三八 万事が昔とは、うって変わって、実氏の一門にとっては情けなく恨めしい世の中である。
三九 出家するをいう。

御覧ずるに、上達部・殿上人、例の多《おほ》く参《まゐ》りつどふ。御歌合《あはせ》ありしかば、内の女房ども召《め》されて、色〳〵の引《ひ》き物、[一]源氏五十四帖の心、さま〴〵の風流《ふりう》にして、上達部・殿上人までも分《わ》かち給はす。院御製、

[二]我のみや影もかはらんあすか川おなじふち瀬に月はすむとも

[三]かねてより袖も時雨て墨染《すみぞ》めの夕べ色ます峯の紅葉〻

この御歌にてぞ、御本意の事思《おぼ》し定《さだ》めけりと、[四]みな人、袖をしぼりて、聲《こゑ》もかはりけり。あはれにこそ。民部卿入道為家《ためいゑ》、判《はん》せさせられけるにも、[五]「身をせめ心をくだきて、かきやるかたも侍らず」とかや奏《そう》しけり。

かくて[六]神無月の五日、龜《かめ》山殿《どの》へ御幸なる。[七]今日《けふ》を限《かぎ》りの御旅《たび》なれば、心ことにと〻のへさせ給。新院も例《れい》のおはします。大宮・東二條、ひとつ御車にて、おなじく渡《わた》らせ給。[八]大女院は[九]白菊の御衣《ぞ》、東二條[一〇]〔院〕は[一一]青紅葉《あをもみぢ》の八、[一二]菊の御小袿《こうちき》たてまつる。まづ、[一三]北野・平野の社《やしろ》へ御参《まゐ》りあれば、御隨身ども花を折りつくし、今日《けふ》を限《かぎ》りと、さまあしきまで裝束《さうぞ》きあへる。兩社にて、[一四]馬あげせられけり。神もいかに名殘おほく見給けん。空さへうち時雨て、木の葉さそふ嵐《あらし》も折知《おりし》りがほに物悲《がな》しう、[一五]涙あらそふ心ちし給《(たまふ)》人〴〵多《おほ》かるべし。中務の御子《こ》、「今日《けふ》の袂はさぞしぐるらん」[一六]との給し御返し、中將(實冬)、

[一七]袖ぬらす今日《けふ》をいつかと思《おも》ふにも時雨てつらき神無月かな

一 それは、源氏物語五十四帖の巻々の内容を、さまざまな飾り物に美しく作ったものであって。
二 あの淵瀬の変わりやすいと言われている飛鳥川の、流れも変わらず、同じ淵瀬に月の澄んだ光がうつっていようとも、自分だけは必ず姿を変えることであろう。→補注二二〇。
三 まだ出家もしないうちから、この世の名残惜しさに、わが袖は涙でぬれまさることだが、夕闇に包まれていく峯のもみじ葉も、我が心を知り顔に降る時雨に、紅の色を増していく事よ。新後撰集、雑上。歌題「暮山紅葉」。
四 尾・大・岩本「とみな人…かはりけり」なし。
五 悲しさがわが身をせめ、わが心を千々にくだいて、何ともいたしようがございません。
六 亀山殿御幸記。→補注二二一。
七 今日が上皇としては、最後の御幸であるので。
八 大女院—大宮女院(谷・桂・谷一本以外の諸本)。
九 かさねの色目。表は白、裏は蘇芳のもの。
一〇 「院」尾・近・平・大・岩本で補う。
一一 青紅葉の袿を八つ重ね。→補注二二二。
一二 小袿は通常の礼装で、表着の上に着る。菊は、かさねの色目で、表は白、裏は紫。
一三 北野神社は上京区、平野神社は北区にあり、嵯峨へ行く道筋に連接している。
一四 馬を奉納された。せられけり—させられけり(諸本)。
一五 落ちる涙が、時雨や木の葉ときそい合っているような気持ちのなさる人々が多いことであろう。
一六 …とお詠みになった、そのご返歌に。
一七 上皇のご出家のため涙で袖をぬらすこの今日の日を、いったい、いつの日かと思ってみると、それでなくても、時雨が降って、つらい思いをする十月なのだ。いつかに、何時かと五日をかけている。

やがてその夜御髪《ぐし》おろす。御戒《かい》[一八]の師には、青蓮院《しやうれん》[一九]の法親王(尊助)まいり給。

その比(文永五年)やがて、御逆修《ぎやくしゅ》[二〇]はじめさせ給へば、そのほど、女院(大宮院)色々の御捧持《ほうもつ》[二一]どもたてまつり給[二二]。いまは彌《いよいよ》法の道をのみもてなさせ給つゝ、ある時《とき》は止觀《しくわん》[二三]の談義《だむぎ》、ある時《とき》は眞言《しんごん》の深《ふか》き沙汰《さた》・淨土の宗旨などを尋《たづ》[二四]ねさせ給つゝ、よろづに[二五]通《かよ》ひ暗《くら》からず物し給へば、なに事も、前《さき》の世より賢《かしこ》くおはしましけるほどあらはれて、今《いま》行末《すゑ》も、げに頼《たの》もしく、めでたき御ありさまなり。

かくて年《とし》[二六]も暮《く》れぬ。又の年(文永六年)三月《やよひ》の一日《ついたち》、月花門院(綜子)[二七]、にはかにかくれさせ給ぬ。法皇も女院も、限《かぎ》りなく思《おも》ひきこえさせ給へるに、いとあさましき[二八]。さる[二九]はまことにやあらん、又、人たがへにや、とかくきこゆる[三〇]御事《こと》どもぞ、いと口惜《くちを》しき。四辻[三一]の彦仁《ひこひと》の親王《みこ》、忍《しの》びてまいり給けるを、基顯《もとあき》[三二]の中將、かの御まねをして、又參《まい》り加《くは》はりけるほどに、あさましき[三三]御事さへ[三四]ありて、それゆへかくれさせ給へるなど、さゝめく人も侍けり[三五]。なをさまではあらじ[三六]とぞ思給《おもひたま》ふれど、いかゞありけん。

法皇(後嵯峨)[三七]は、又文永七年神無月ごろ、御手づから書《か》かせ給へる法花經一部、供養せさせ給ふ。御八講《はこう》[三八]、名高《だか》く才《ざえ》すぐれて賢《かしこ》き僧どもを召《め》したり。世の中の人殘《のこ》りなくつかうまつる。新院(後深草)[三九]かねてよりわたり給へり。さるべき[四〇]御こととは申ながら、何《なに》につけても、御心ばへのうるはしくなつかしうおはしまして、院[四一]の思《おぼ》いたるすぢの事は、かならずおなじ御心につかうまつり、いさゝかも[四二]、いでやとうち思《おぼ》さるゝ一ふしも

一八 仏戒を受けて仏門に入るための導師。
一九 天台宗青蓮院門跡尊助。後嵯峨院の兄。
二〇 死後の冥福を祈るため、生前にあらかじめ仏事を修めること。
二一 神仏に捧げるもの。
二二 たてまつり給―たてまつらせ給へり(尾・近・平・大・岩本)。
二三 天台宗の教理。止観は、天台宗の開祖智者大師の著「摩訶止観」の略で、天台宗をもいう。談義は、法義の談論の意であるが、ここでは教理の意に用う。
二四 を―をも(諸本)。
二五 広く諸宗にわたって。 二六 諸本「ことしも」。
二七 後嵯峨院の第一皇女。母は大宮院。二十三歳で没。 二八 諸本「き」なし。
二九 次に述べる事件についていう。
三〇 この方の、おなくなりになった事に関して、世間であれこれとお噂を申しあげていることが。
三一 順徳帝の皇子忠成王の子。源姓をたまわる。左中将。永仁六年(三九八)没。親王―中将(諸本)。
三二 文永六年当時、左中将で蔵人頭。
三三 あきれるほど、ひどい御事さえあって。
三四 底本「御ちをろし」と傍書。
三五 底本「め」を「け」と訂正。諸本「け」。
三六 「は」底本傍書。諸本、本文に記す。
三七 この事は、五代帝王物語等に記す。↓補注二二三。
三八 法華八講会の略。法華経八巻を、八人・八座に講讃供養する法会。
三九 ↓補注二二四。
四〇 父子の間がらとして、当然の御こととは申しながら。
四一 父の院の思い立たれた筋のことは。
四二 ほんの少しでも、さあそれはどうであろうと、父君のお考えに反してお思いになるようなことは、一つもなくておいでなのを。

なく物し給を、法皇もいとうつくしうかたじけなしと思《おぼ》されけり。[一]第二日の夜に入て行幸もなる。[二]五の巻の日の御捧物《ほうもつ》ども参《まゐ》りつどふ。さま〴〵まねび[三]「つくし」がたし。[四]内《(亀山)》の御捧《さゝげ》物は、[五]紙屋紙《(かみや)がみ》に黄金《かね》を包《つゝ》みて、[六]柳箱《やなゐばこ》にすへ《(ゑ)》て、[七]頭辨《(とうのべん)》ぞ持《も》ちたる。[八]つぎに新院・女院たち、宮〳〵御かた〴〵、みなそなたざまの[九]宮司《(みやづかさ)》・殿上人などもてつゞきたり。關白・大臣などは座につき給。大中納言・參議・四位五位などは、身づからの捧物を持《も》ちてわたる。おの〳〵心〴〵にいどみつくして、さま〴〵おかしきなかに、兵部卿隆親は、[一〇]絲鞋《しがゐ》をはきて、鳩《はと》の杖《つゑ》をつきて出《(いで)》たり。この杖《つゑ》をやがて捧物にとなりけり。[一一]銀《しろかね》にてひた打《う》ちにして、先《さき》は黄金《こがね》にて[一二]鳩《はと》をするたりけり。[一三]結願《けちぐわん》の日は、舞樂などいみじくおもしろくて過《す》ぎぬ。

又《(文永八年)》の年正月に、忍《しの》びて新院《(後深草)》と御方《かた》わかちの[一四]事し給。初《はじ》めは法皇《(後嵯峨)》御負《ま》けなれば、御[一五]勝《か》ちむかひに、上達部みな[一六]五節のまねをして、色々の衣[一七]あつづゝまにて、[一八]「思《おも》ひの津《つ》に船《ふね》のよれかし」とはやしてまいる。新院[一九]ひきつくろひて渡《わた》りたまふ。御酒《みき》いく返《かへ》りとなくきこしめさる。[二〇]一番《つがゐ》づゝの御引出物、伊勢物語の心とぞきこえし。[二一]かねの地盤《ちばむ》に、銀《しろかね》の[二二]伏籠《ふせこ》に、たき物くゆらかして、[二三]「山は富士《ふじ》の嶺《ね》いつとなく」と、又、白かねの船《ふね》に[二四]麝香《ざかう》の臍《へそ》にて、[二五]蓑着《みのき》たる男《おとこ》つくりて、[二六]「いざ言問《ことゝ》はむ宮こ鳥《どり》」など、さま〴〵いとなまめかしくをかしくせられけり。わざとこと〴〵しき様《さま》にはあらざりけり。[二七]ねたみには、新院ぞ[二八]仙人のまねをして、[二九]「梵王《ぼんなう》は鵝《くひ》にのる。さか月《(づき)》は花に

一 御八講の第二日の夜。十月八日。↓補注二二五。
二 法華経の第五巻を講ずる日で、晴れの儀とされた。↓補注二二六。
三 「つくし」諸本で補う。
四 帝の御捧物。↓補注二二七。
五 京都紙屋川ですいた紙。宮中のほぐをすきかえし、官用として、宣旨・綸旨(りん)にも用いた。
六 柳の木を細く三角に割り、生糸またはこよりで編んで作った台。
七 弁官で蔵人頭を兼ねたもの。
八 宸筆御八講記に詳しく記す。↓補注二二八。
九 中宮職・春宮坊・斎宮・斎院の職員。
一〇 糸で編んで作ったはきもの。
一一 その杖は、銀を延べて作り。
一二 にてはとをするたりけり—なり(諸本)。
一三 法会の最終日をいう。
一四 双方に分かれて勝負を争うこと。
一五 負けたほうが勝ったほうを迎えて、もてなしをすること。
一六 五節の舞姫のまねをして。
一七 衣のすその厚いのをいう。
一八 「思ひの津に、舟のよれかし、星のまぎれに、おしてまゐらうやれことうとう」。五節の際、殿上の間で宴が催される時に、この歌をうたって御前に参上した。↓補注二二九。
一九 威儀を正して。
二〇 新院に対して、一対ずつの引出物を贈られたが、それは伊勢物語から趣向したものだということであった。
二一 黄金で作った伏せ籠の下の台。
二二 伏せて、その中で香をたき、上に衣をおおって、香を衣にうつすための籠。
二三 伊勢物語九「時知らぬ山は富士のねいつとてか鹿の子まだらに雪の降るらん」の趣をあらわし。
二四 麝(じや)という獣の腹部から取った香。
二五 隅田川の渡し守に見立てたのである。
二六 伊勢物語九「名にし負はばいざこと問はむ都鳥わが思ふ人はありやなしやと」。
二七 勝ったほうのもてなしとしてはの意か。↓補注二三〇。
二八 そ仙人—比々勢人(尾本以外の諸本)—ひとゝせ人(尾本)。
二九 歌詞の一部であろう。梵王は梵天王。↓補注二三一。

のる」とかやはやして、法皇の御迎《むか》ひにまいる。上達部の大人《をとな》[三〇]び給へるなどは、すこし輕《きやう》〳〵にや見えけんとをしはからる。この度《たび》は、源氏の物語《がたり》の心にやありけむ、[三一]唐《から》めいたる箱《はこ》に、[三二]金剛樹《こんがうじゆ》の數珠《ずゞ》入《(いれ)》て、五葉の枝につけたる。又、[三三]齋院よりの黒方《くろぼう》、梅の散《ち》り過《す》ぎたる枝につけなど、これもいとさゝやかなる[三四]事どもになむありけり。男《おとこ》・女房、亂《みだ》りがはしく強ゐ交《し(ひ)か》[三五]はして、御箏《ことゝ》ども召《め》し、拍子《ひやうし》うち鳴《な》らしなどして明《あ》けぬ。

かやうの事の[三六]み心を[三七]やりて明《あ》かし暮《く》らさせ給ほどに、又の年《とし》[三八]の秋になりぬ。東二條院、日ごろた[三九]ゞにもおはしまさゞりつるが、その御氣色ありとて、世の中さは《(わ)》ぐ。院の中にてせさせ給へば、いよ〳〵人參《まい》りつどふ。[四〇]大法《ほう》・[四一]祕法《ひほう》、殘《のこ》るなく行《おこ》なはる。[四二]七佛藥師・[四三]五壇《だん》の御修法・[四四]普賢延命《(ふげんえんめい)》・[四五]金剛童子《こんがうどうじ》・[四六]如法愛染《によほうあいぜん》など、すべて數知《かずし》らず。御驗者《(げんじや)》には、[四七]常住院《(の)》僧正まいり給。八月廿日宵《よひ》の事なり。既《すで》にかと見《み》えさせ給つれ[四八]ども、二日・三日になりぬれば、ある限《かぎ》り物覺《おぼ》ゆる人もなし。いと苦《くる》しげにし給へば、仁和寺の御室《(性助)》の、如法愛染《あいぜん》の[四九]大阿闍梨《あざり》にてさぶらひ給を、御枕上《がみ》に近《ちか》く入《(いれ)》たてまつらせ給て、「いと弱《よわ》ゝ見え侍《(はべる)》は、いかなるべきにか」と、院《(後深草)》も添《そ》ひおはしまして、[五〇]扱《あつか(ひ)》ゐきこえ給さま、おろかならねば、あはれと見奉《たてまつ》り給て、「[五一]さりとも、けしうはおはしまさじ。[五二]定業亦能轉《(ぢやうごふ)やくのうてん》は、菩薩《ぼさつ》の誓《ちか》ひなり。今《いま》さら妄語《まうご》あらじ」とて、御心を致《いた》して念《ねん》じ給ふに、驗者の僧正も「[五三]一持祕密《ちひみつ》」とて、數珠《ずゞ》をしもみたるほど、

三〇 年配の人などは、少し軽々しく見えたであろうと。
三一 源氏物語、若紫の巻の心を取って趣向したもの。→補注二三二。 三二 金剛子の数珠で、モクゲンジの実で作った数珠をいう。
三三 朝顔の斎院のもとより源氏に差上げた黒方、それを梅の散り過ぎた枝につけてあるのなど。源氏物語、梅枝の巻により趣向。→補注二三三。
三四 ほんのちょっとした趣向。
三五 互いに酒を無理にすすめ合って。
三六 のみ―にのみ(諸本)。
三七 諸本「を」なし。
三八 文永八年の秋をいう。→補注二三四。
三九 ご懐妊になっていたが。東二条院のお産に関する記事は、「とはずがたり」によって書く。
四〇 密教の修法中最も重んぜられているもの。
四一 真言宗で行なう秘密のお祈りをいう。
四二 七仏薬師法の略。七仏薬師を本尊とし、息災・安産を祈る修法。叡山四箇大法の一。
四三 密教で五大明王を五壇にまつり、兵乱をしずめ、息災・増益を祈る修法。
四四 普賢延命法。密教で普賢延命菩薩を本尊とし、除障・延命を祈る修法。 四五 金剛童子法。密教で金剛童子を本尊として祈る修法。
四六 如法愛染法。愛染明王を本尊として、息災延命を祈る修法。東寺一流の大事。
四七 良尊。後京極良経の子。→補注二三五。
四八 つれども―つゝも(諸本)。
四九 修法の壇の主となる僧をいう。
五〇 いろいろとお世話なさる様子が。
五一 たいへん弱ってはおられるが、ご一命にかかわるような事は、ありますまい。
五二 前世から定まっている業因も、仏に祈念することによって、よいほうに転ずる事ができる。法華文句「若其機感厚　定業亦能転」。
五三 不動経の偈文。→補注二三六。

げに頼《たの》もしくきこゆ。[一]御修行の物ども、運《はこ》び出《い》で、女房の衣など、こちたきまで押《を》し出《い》だせば、奉《ぶ》[二]行とりて、殿[三]上人、北面の上下、あかれ〲に分《わ》かちつかはす。そこらの上達部は、階《はし》の間の左右に著《つ》きて、王子誕生《たんじやう》を待《ま》つ氣色なり。陰[四]陽師・巫女《かんなぎ》たちこみて、千[五]度の御祓《はら》へつとむ。御隨身・北面の下﨟などは、神[六]馬をぞ引《ひ》くめる。院拜《はい》し給て、廿[七]一社に奉《(たてまつら)》せ給。すべて上下・内外のゝしり滿《み》ちたるに、御氣色たゞ弱《よは》りに弱《よは》らせ給へば、いま一しほ心惑《まど》ひして、さと時雨わたる袖の上《うへ》ども、いとゆゝし。院もかきくらし悲《かな》しく思《おぼ》されて、御心の中には、石清水《(いはしみづ)》のかたを念じ給つゝ、御手をとらへて泣《な》きたまふに、さぶらふかぎりの人、みなえ心强《づよ》からず。いみじき願どもを立《た》てさせ給《(たまふ)》しるしにや、七[八]佛の阿闍梨《あざり》まいりて、「見者歡喜《けんじやくわんぎ》」[九]と〔うち〕[一〇]あげたるほどに、からうじて生《む》まれ給ぬ。何《なに》[一一]といふ事もきこえぬは、姫《ひめ》宮なりけりと、いと口惜《くちお》しけれど、む[一二]げになき人と見え給つるに、たいらかにをはするを喜《よろこ》びにて、い[一三]かゞはせむと思《おぼ》しなぐさむ。人〲の祿《ろく》など常《つね》のごとし。法皇《(後嵯峨)》も、中〲、[一四]いたはしくやんごとなき事に思《おぼ》して、いみじくもてはやし奉《たてまつ》らせ給。[一五]いでやと口惜《くちお》しく思《おも》へる人〲多《おほ》かり。かゝるにしも、實雄《さねを》[一六]の大臣《おとゞ》の御宿世《しゆくせ》あらはれて、かたつ方《かた》には、心おちゐ給も、世の習《なら》ひなれば、ことはりなるべし。五[一七]夜・七夜など、ことに花《はな》やかなる事どもにて、過《す》ぎもて行《(ゆく)》。

[一八]その比《(ころ)》を《(ほ)》ひより、法皇《(後嵯峨)》時〲御悩《なや》みあり。世の大事なれば、御修法どもいかめし

一 修法を行なう料の意か。院本「御誦行」。
二 御産の世話をする役人。「とはずがたり」に「御産奉行とりて、殿上人にたぶ」。
三 殿上人や上北面・下北面の武士たちの手を経て、それぞれ別々に僧たちに、分かち与える。↓補注二三七。
四 底本「御」を「陰」に訂正。
五 はらいの詞を神前で千度読んで、罪をはらい清めること。「とはずがたり」に「陰陽師は庭に八脚を立て千度のおはらへを勤む」。
六 神社に奉納するための馬。
七 国家の重大事に朝廷から奉幣使をつかわされる事になっていた二十二の社のうちの二十一社。↓補注二三八。
八 七仏薬師法を修法している主僧。
九 七仏薬師経の文句。↓補注二三九。
一〇 声を張りあげて唱えている間に。「うち」諸本で補う。
一一 皇子が誕生になったとも何とも披露されないのは。
一二 一時は全くなき人とお見受けしていたのに、ご無事でおいでになるのを喜びとして。
一三 姫宮でも仕方がないと。
一四 ご出産のことをお気の毒に、それでもご無事であったことを格別に結構なことにお思いになって。
一五 いやもう仕方がないと残念に思う人々も多かった。
一六 実雄の大臣のご果報のほども明らかになって、こちらの方では、ほっと安心なさるのも、人情としては自然のことなので。
一七 生まれて五日め七日めに当たる夜に行なう祝宴。
一八 後嵯峨院の死については、五代帝王物語も参考にしているが、主として「とはずがたり」によって書く。

く始《はじ》まる。なにくれと騒《さは》ぎあひたれど、をこたらせ給はで、年《とし》もかへりぬ。正《む》月(文永九年)の
はじめも、院の内《うち》かいしめりて、いみじく物思《おもひ》なげきあへり。[一九]十七日、龜《かめ》山殿《どの》へ御
幸なる。これや限《かぎ》りと、上下心ぼそし。法皇も御輿《こし》なり。兩女院(大宮・東二條)は例の一《ひと》つ御車に
たてまつる。[二〇]尻《しり》に御匣《くしげ》殿さぶらひ給。道にてまいるべき[二一]御煎《せむ》じ物を、[二二]胤成《たねなり》・師成《もろなり》
といふ醫師《くすし》ども、御前にて[二三]したゝめて、銀《しろかね》の水瓶《がめ》に入《いれ》て、[二四]隆良《たかよし》の中納言うけ給《たまはり》て、
北面の信友《のぶとも》といふに持《も》たせたりけるを、[二五]内野のほどにて、まいらせんとて召《め》したる
に、この瓶《かめ》に露ほどもなし。いとめづらかなるわざなり。さほどの大事の物を、あ
しく持《も》ちて、うちこぼすやうは、いかでかあらん。法皇も、いとゞ御臆病《をくびやう》そひて、
心ぼそく思《おぼ》されけり。新院(後深草)は、[二六]大井《おほゐ》川の方におはしまして、ひまなく、[二七]男《おとこ》・女房、
上下となく、「[二八]今《いま》のほどいかに〳〵」ときこえさせ給御使《つか》ひの、[二九]引返《ひきかへす》まを、猶[三〇]いぶ
せがらせ給に、正《む》月もたちぬ。[三一]いかさまにおはしますべきにかと、誰《たれ》も〳〵思《おぼ》し[三二]歎《なげ》
く事かぎりなし。かねてより、[三三]かやうのためと思《おぼ》しをきてける[三四]壽量院へ、二月七日
わたり給ふ。こゝへは、おぼろけの人はまいらず。[三五]南松院の僧正(實伊)、淨金剛院の長老
[三六]覺道上人などのみ、御前にて、法の道ならではのたまふ事もなし。[三七]六波羅北南、御
とぶらひにまいれり。西園寺大納言實兼《さねかね》、[三八]例の奏し給。
[三九]十一日、行幸あり。[四〇]中一日わたらせ給[四一]に、泣《な》く〳〵よろづの事を聞《き》こえをかせ給。
新院も御對面《たいめん》あり。御門は、御本上いと花やかにかしこく、御才《ざへ》なども昔《むかし》に恥《は》ぢず、

一九 五代帝王物語「正月十七日、嵯峨殿へ入せ御座すに」。二〇 車の後ろのほうに。御匣殿→三三二頁注一三。二一 せんじ薬をいう。二二 和気種成、同師成。ともに侍医。二三 薬を調合して。二四 水瓶の役をうけたまわったのは、「とはずがたり」も五代帝王物語も、権中納言経任となす。→補注二四〇。二五 平安京大内裏あとの野で、京都市上京区の西部の地。二六 亀山殿の中の、大井川に臨んだ御殿においでになって。とはずがたり一「この御所は、大井殿の御所にわたらせ給ひて」。二七 侍臣や女官や、上下の別なく使いに出されて。二八 ただ今のご容態は、どうかどうかとお尋ねになるお使いの。二九 引返まを—行かへるほとを(諸本)。三〇 気がかりに待ち遠しくお思いになっているうちに。三一 どうおなりになるのであろうかと。三二 なけく—まとふ(諸本)。三三 このように、ご病気が重くなられた時のためにと、前々からご予定になっていた。この部分は、五代帝王物語によって書く。三四 底本「無量寿院」。諸本で訂正。→補注二四一。三五 実伊法印。覚道とともに、大炊御門中納言伊平の子。三六 底本「覚存」。底本の校合イ本と諸本で訂正。三七 南北両六波羅の探題。この時、南方は北条時輔、北方は北条義宗。底本「北向」。近・平以外の諸本で「北南」に訂正。三八 例のとおり、この事を奏上された。三九 亀山殿に行幸の事は、「とはずがたり」以外には見えない。四〇 あしかけ三日のうちの中一日は、一日じゅうおいでになったのに。→補注二四二。四一 給に—給へは(諸本)。

なに事もとゝのほりてめでたくおはします。世を治《をさ》めさせ給はん事も、うしろめたからず思《おぼ》せば、[一]きこえ給《(たまふ)》すぢことなるべし。十七日の朝《あした》より、御氣色かはるとて、[二]善智識《ぜんちしきめ》召さる。[三]經海《けいかい》僧正・[四]往生《わうじやう》院の聖《ひじり》などまいりて、[五]ゆゝしき事ども聞《き》こえ知《し》らすべし。終《つゐ》に、その日の[六]酉《とり》の時に、御年五十三にてかくれさせ給《(たまひ)》ぬ。後嵯峨院《(の)》とぞ申《(まうす)》める。今年《ことし》は文永九年なり。院の中[七]くれふたがりて、闇《やみ》に迷《まよ》ふ心ちすべし。十八日に[八]藥草院に送《をく》りたてまつり給。[九]仁和寺の御室《(性助)》・圓滿院《(圓助)》・聖護院《(覺助)》・菩提院《(最助)》・靑蓮院《(慈助)》、みな御供仕《ともつか》うまつらせ給。内より頭中將《(の)(實冬)》、御使《つか》ひにまいる。[一〇]卅年が程、世をしたゝめさせ給へるに、少《すこ》しの誤《あやま》りなく、思《おぼ》すまゝにて、新院《(後深草)》・御門《(龜山)》・春宮《(後宇多)》、動《うご》きなく、[一一]又外《ほか》ざまに分《わ》かるべき事もなければ、思《おぼ》しをくべき一ふしもなし。なき御跡まで、人のなびき仕《つか》うまつれるさま、來《き》しかたもためしなきほどなり。

[一二]廿三日、御初七日に、大宮院御髮《ぐし》おろす。そのほど、いみじく悲《かな》しき事多《おほ》かり。天[雨]の下《した》、をしなべて黑《くろ》みわたりぬ。よろづしめやかにあはれなる世の氣色に、心あるも心なきも、涙もよほさぬはなし。院[一三]・内の御歎《なげ》きはさる事にて、朝夕《あさゆふ》むつましく仕《つか》うまつりし人〴〵の、思《おも》ひ沈《しづ》みあへるさま、ことはりにも過《す》ぎたり。その中に、[一四]經任の中納言は、人よりことに御覺《おぼ》えありき。[一五]年も若《わか》ゝらねば、さだめて頭《かしら》おろしなんと、みな人思《おも》へるに、なよらかなる狩《かり》衣にて、御骨《こつ》の[一六]壺《つぼ》持《も》ちまいらせて參《まい》れるを、思《おも》ひの外《ほか》にもと、見る人思《おも》へり。

一 ご遺言の趣も、他の方とは異なっているのだろう。政治向きの点についても、後事を託されたのをいう。
二 人を導いて、悟りの境地に入らしめる高徳の僧をいう。
三 参議藤原資経の子。中納言経俊の弟。経海に師事したことは、五代帝王物語に「山の経海僧正を御師範として、止観玄文の御稽古、上代にも超てや侍らんと覚き」と見える。
四 嵯峨の奥、二尊院の北にあった寺。
五 仏の尊い教えをいう。
六 今の午後五時から七時までの間の時刻をいう。ただし、帝王編年記・五代帝王物語は、卯刻(午前五時から七時までの間)とす。本書は、「とはずがたり」によったのであろう。
七 悲しさで人々の心はまっくらになってしまって。
八 亀山殿の中にある。三一六頁参照。
九 以下、後嵯峨院の皇子。円満院・聖護院・青蓮院は、いずれも天台宗の門跡寺。菩提院は延暦寺のうち。
一〇 天皇として五年、後深草・亀山両帝の時代に院として二十六年、あわせて三十一年間、天下の政治をみた。
一一 皇位はこの系統の方に継承されて、二度とは、他のほうに移るということもないので。
一二 この事は「とはずがたり」に見えない。五代帝王物語によって書いたのであろう。
一三 底本「院の中」。諸本で訂正。
一四 経任が後嵯峨院の信任を受けていた事は、宗尊親王の事件で、関東に使者としてつかわされたことによっても知られるが、吉続記にも詳しくしるす。↓補注二四三。
一五 経任は、この時に四十歳。
一六 つほ—御つほ(諸本)。

権中納言公雄ときこゆるは、皇后宮(佶子)の御兄《せうと》なり。はやうより、故院(後嵯峨)いみじくらうたがらせ給て、夜晝《よるひる》御かたはら去《さ》らずさぶらひて、明《あ》け暮《く》れ仕《つか》うまつられ給ひしか[一七]ば、限《かぎ》[一八]りある道にもおくらかし給へる事を、若《わか》きほどに、やる方《かた》なく悲《かな》しく思《おも》[一九]ひ入《いり》給《たま》へり。[二〇]西の對《たい》の前《まへ》なる紅梅の、いと美《うつく》しきを折て、[二一]具氏(の)宰相中將、かの中納言(公雄)に消息《せうそこ》きこゆ。

[二二]梅の花春は春《はる》にもあらぬ世《よ》をいつと知《し》りてか咲《さ》き匂《にほ》ふらん

返し、

[二三]心あらばころもうき世の梅の花おり忘《わす》れずは匂《にほ》はざらまし

「[二四]夜さり、對面《たいめん》に、なに事もきこえん」といへるを、この中將も、故院の御いとを(ほ)しみの人にて、[二五]おなじ心なる友におぼえければ、いとあはれにて、悲《かな》しき事も語《かた》りあはせんと、日ぐらし待《ま》ちゐたるに、終《つゐ》に見えず。あやしと思《おも》ふに、[二六]はやその夜頭《かしら》をろしてけり。齢《よはひ》もさかりに、今《いま》も皇后宮(佶子)の御せうと、春宮(後宇多)の御伯父《をぢ》なれば、[二七]世おぼえ劣《おと》るべくもあらず。[二八]思《おも》ひなしも頼《たの》もしく、誇《ほこ》りかなるべき身にて、かく捨《す》てはつるほど、いみじくあはれなれば、みな人、いとをしう悲《かな》しき事に[二九]いひあつかふめり。經任の中納言にはこよなき[三〇]心ばへにや。父大臣《ちゝおとゞ》(實雄)も、院の御ことを盡《つ》きせず歎《なげ》き給にうちそへて、いみじとおぼす。公宗の中納言も、[三一]かひなき物思《おも》ひのつもりにや、はかなくなり給ぬ。又この中納言さへ〔かく〕[三二]物し給ぬるを、さま〴〵につけて心細《ほそ》

一七 られ—らせ(諸本)。
一八 死出の旅にも、自分をあとにお残しになったことを。
一九 く—と(諸本)。
二〇 寝殿の西がわにある対の屋をいう。
二一 源通方の孫。建治元年没。続古今集以下に入集。
二二 梅の花よ。法皇がなくなられたため、世の人はすべて春らしい気分にもなれずに嘆きに沈んでいるのに、おまえは今をどういう時だと思って咲き匂っているのか。
二三 この悲しい時に咲く梅の花よ。もし、おまえに人なみの心があるならば、そして、今が悲しい折である事を忘れずにいるならば、おまえは、このように咲き匂わないであろうに。
二四 夜、お目にかかる折に、万事につき申し上げましょう。
二五 同じような気持ちでいる友。
二六 公卿補任に「二月廿二日出家。法名顕覚、依二法皇御事一也」とある。
二七 世間の信望。尾・大・院本「世のおほえ」。
二八 世人の思うところも頼もしく、ご自身でも得意になってよい御身で。
二九 噂しあうようである。
三〇 この上もなくすぐれた心がらであったのであろうか。
三一 思っても、かいのない物思いが積もったためか、とうとうおなくなりになった。公宗は、実雄の長男で、弘長三年(一二六三)三月没。二十三歳。公宗が妹の佶子(京極院)に恋をしたことは、三二〇頁参照。
三二 このように出家なさったのを。「かく」諸本で補う。

うおぼすに、いくほどなく皇后宮[一](佶子)さへまた失《う》せ給ぬ。いよ〳〵臥《ふ》し沈《しづ》みてのみおはするほどに、いと弱《よは》うなりまさり給。春宮[二](後宇多)の御代をもえ待《ま》ち出《い》づまじきなめりと、あはれに心細《ぼそ》うおぼしつゞけて、

[三]はかなくもおふの浦《うら》なし君が代にならばと身をも頼《たの》みける哉

歎《なげ》きにたえず、ついに[四]失《う》せ給にけり。物思《おも》ふには、げに命も盡《つ》くるわざなりけり。あはれに悲《かな》しといひつゝも、とまらぬ月日なれば、故院[五](後嵯峨)の御日數《かず》も程なう過《す》ぎ給ひぬ。世[六]の中は、新院(後深草)かくをはしませば、法皇の御かはりにひき[七]うつして、さぞあらんと世の人も思《おも》ひきこえけるに、當代[八](龜山)の御ひとつ筋《すぢ》にてあるべきさまの御をきてなりけり。長講堂領[九](ちやうがうだうりやう)、又播磨《はりま》[一〇]の國、尾張《おはり》の熱田《あつた》の社などをぞ、御處分《そぶむ》ありける。いづれの年なりしにか、新院、六條殿[一一]にわたらせ給しころ、祇園《ぎをん》[一二]の神輿たがひの行幸ありし時《とき》、御對面《たいめん》[一三]のやうを、故院へたづね申されたりしにも、「我[一四]とひとしかるべき御ことなれば、朝覲《(てう)きん》になぞらへらるべし」と申されける。ひ[一五]とつ御腹の御兄《このかみ》にてもをはします。かた[一六]〴〵ことはりなるべき世《よ》を、思《おも》ひの外《ほか》にもと、思《(おもふ)》人〴〵も多《おほ》かるべし。「いでや位[一七]にをはしますにつきて、さしあたりの御政事《まつりごと》などはことはりなり。新院(後深草)にも若宮《わか》(伏見)おはしませば、行《ゆ》[一八]く末《すゑ》の一《ひと》ふしには、などか」など、いひしろふ。かゝれば、いつしか、院がた・内がたと、人の心〴〵もひき別《わか》るゝやうに、う[一九]ちつけ事ども出《い》で來《き》けり。[二〇]人のひとりをはしまさぬあとは、いみじき物にぞありけ

一 亀山帝の皇后。文永九年八月九日没。
二 東宮が皇位につかれる時世までは、とてもお待ちできずに死んでしまうであろうと。
三 東宮が皇位につかれる時世になったならば、君の後見をいたそうと、はかなくも、このわが身を頼みにしてきたことだ。「おふの浦なし」は、「ならば」の序詞。古今集、大歌所御歌「おふの浦に片枝さしおほひなる梨のなりもならずもねてかたらはん」を踏んで詠む。続拾遺集、雑上「述懐の歌の中に」として収む。
四 文永十年八月十六日、五十七歳で没。
五 四十九日。中陰。六 天下の政治は。
七 新院のほうに引き継いで、新院が政治をおとりになるものと、世人も推察申しあげていたところが。
八 現在の天皇のご一系で、政治をとられるようにとの、ご遺言であった。
九 後白河院が長講堂に付属させた領地。その荘園は、後には百八十所に及んだ。長講堂は、後白河院が六条殿の中に建立した持仏堂。
一〇 播磨の国における国家の所有地、尾張の国の熱田神宮の社領などを、遺産として後深草院にご分配になった。
一一 西洞院の西、六条の北、堀川の東にあった。
一二 六月の祇園御霊会の際、神輿が皇居の近くに渡る時は、これをさけて、他に行幸になるをいう。
一三 亀山帝が兄の後深草院に対面される時の作法を、父君の後嵯峨院にお尋ねになった時にも。
一四 兄君とは申せ、太上天皇として、私と同じご身分なのだから、新院に対面される時には、朝覲の儀に準ぜられるのがよいとおっしゃった。朝覲は、天皇が太上天皇・皇太后を拝する儀式をいう。
一五 後深草院は、亀山帝とご同腹の兄弟でもあらせられる。

る。朝(てう)[二一]の御まぼりとて、田村[二二]の将軍より傳《つた》はりまいりける御佩刀《はかし》などをも、かの御[二三]氣色のしかおはしましけるにや、御かくれの後《のち》、やがて内裏へ奉《たてまつ》らせ給にしかば、[二四]それなどをぞ、女院(大宮院)の恨《うら》めしき御事には、院(後深草)も思《おも》ひきこえさせ給ける。さてしもや[二五]はなれば、この由《よし》をも關の東《ひがし》へぞの給(たまひ)つかはしける。

内(龜山)には、花山院[二六]の太政大臣《おほきをとゞ》(通雅)、後院(ごゐん)[二七]の別當になされて、世《よ》の中みづからしたゝめ[二八]［させ］給。もとよりいと花やかに、今《いま》めかしきところおはする君にて、よろづかど[二九]〳〵しうなん。皇后宮(京極院佶子)かくれさせ給にし後は、盡《つ》きせぬ御歎《なげ》きさめがたうて、とこ[三〇]ろせき御有様《ありさま》もよだけう、いかでか[三一]本意をも遂《と》げてばやなどまで思《おぼ》されけり。故院の御はても過《す》ぎさせ給へば、世の中、色あらたまりて、花やかに、人〴〵の御歎《なげ》きの色も薄《うす》らぎ行(ゆく)しも、あはれなるならひなりかし。

其夏、春宮(後宇多)例にもをはしまさで日ごろふれば、内(龜山)の上《うへ》、御胸《むね》つぶれて、御修法やなにやと騒《さは》がせ給。和氣(わけ)[三二]・丹波(たんば)の醫師(くすし)氏成・春成《はるなり》ども、夜晝《よるひる》さぶらゐて、御藥《くすり》の事、色〳〵につかうまつれど、たゞ同《おな》じ様《さま》にのみおはす。いかなるべき御事にかと、いとあさましうて、上《うへ》も、つとこ[三三]の御方にわたらせ給て見奉《たてまつ》らせ給に、御目《め》のうち、おほかた、御身の色なども、事のほかに黄に見《み》えければ、いとあやしうて、御大壺《つぼ》[三四]を召《め》し寄《よ》せて御覽ぜらる。紙《かみ》をひたして見《み》せらるゝに、いみじう濃《こ》く出《い》でたる黄皮《きわだ》[三五]の色なり。いとあさましく、などか[三六]ばかりの事を知《し》りきこえざらんとて、御氣色あ

一六 あれこれと考え合わせてみると、後深草院が後嵯峨院のあとをついで、政治をおとりになるのが、道理というべき世であるのに。一七 亀山天皇は、現在、皇位についておいでなのだから、さしあたり、ご自身で政治をとられるのは、当然のことである。

一八 将来の皇位継承に関しては、その機会がないということがあろうか。ひとふしには―ひとふしは(諸本)。一九 露骨な事どもも生じて来た。

二〇 大事なお方がひとりおいでにならないあとは。後嵯峨院のなくなられたことをさす。人の―人(諸本)。二一 朝廷を守護する刀として。

二二 征夷大将軍坂上田村麿。

二三 後嵯峨院のご意向が、そういう趣でおありになったのか。

二四 そうした処置をとられたことを、母君の大宮院の残念なさなされようであると。

二五 そのままにも、して置かれない事なので。

二六 通雅。建治二年(一二七六)五月没。

二七 天皇が在位中に、譲位後の御座所として、あらかじめ定めた御所。後には、上皇による院政が行なわれない時にだけ置くことになっていた。後院の長官を別当といい、通雅が任ぜられたのは、文永十一年のことらしい。↓補注二四四。

二八 「させ」諸本で補う。

二九 万事にわたって才気に満ちておられた。

三〇 天皇としては、窮屈なご境遇も、ものうく、何とかして、退位したいという素志を、この際果たしたいものだとお思いになった。

三一 いかでか―いかて(諸本)。

三二 両氏とも、代々医師を職とした家。

三三 ずっと東宮の御方においでになって。

三四 小便をするのに用いるつぼ。

三五 落葉喬木で、その樹皮を黄色の染料や薬用にする。きはだの色は黄色をいう。

三六 これほど、はっきりわかることを。

しければ、醫師《くすし》ども、いたうかしこまり、色をうしなふ。[一]かばかりになりては、御灸《(きう)》なくては、まが[二]〳〵しき御こと出《い》で來《く》べしと、を《(お)》の〳〵驚《おどろ》きさはぐ。[三]いまだ例なき事は、いかゞあるべきと、定《さだ》めかねらる。[四]位にては、たゞ一度《たび》ためしありけり。春宮にては、いまださる例なかりけれど、[五]いかゞはせむとて、思《おぼ》しさだむ。七にならせ給へば、[六]さらでだに心苦《ぐる》しき御ほどなるに、[七]まめやかにいみじとおぼす。醫師《くすし》と[八]大夫定實の君ひとり召《め》し入《い》れて、又、人も參《まい》らず。御門《(み)かど》の御前《まへ》にて、五所ぞせさせ奉《たてまつ》らせ給ける。御乳母《めのと》ども、いと悲《かな》しと思《おも》ひて、[九]いぶかしうすれど、おさ〳〵ゆるさせ給はず。宮いと熱《あつ》く[一〇]むつかしうおぼせど、大夫につと抱《いだ》かれ給て、上《うへ》の御手をとらへ、よろづに慰《なぐさ》めきこえさせ給御氣色の、あはれにかたじけなさを、幼《おさな》き御心に思《おぼ》し知るにや、いとおとなしく念《ねん》じ給。かくて後《のち》、ほどなくおこたらせ給ぬれば、めでたく御心おちゐ給ぬ。

おほかた、今年《ことし》(文永十年)は地震《なゐ》しげくふり、世の中騷《さは》がしきやうなれば、[一一]つゝしみおぼされて、[一二]十月十五日より、圓滿院の二品(圓助)親王、内にさぶらひ給て、[一三]尊星王《そむしやうわう》の御修法つとめ給に、[一四]廿日宵《よひ》、[一五]二の對《たい》より火出《い》できたり。あさましともいはむかたなし。上下たち騷《さは》ぎのゝしるさま、思《おも》ひやるべし。大宮院も[一六]内にをはしましける頃《ころ》にて、急《いそ》ぎ出《い》でさせ給。[一七]御車の棟木《むね》にも、すでに火燃《も》えつきけるを、[一八]又さし寄《よ》せて、春宮たてまつりけり。その夜しも、[一九]勾當(の)内侍里《さと》へ出《い》でたりければ、[二〇]御塗籠《ぬりごめ》の鍵《かぎ》をさへ求《もと》め失《うしな》

一　これほどのご重態になっては、お灸をすえて治療しなくては、ご一命にかかわるような事も起こるであろう。
二　底本「はか〳〵しき」。諸本で訂正。
三　お灸をすえるなどという前例のないことは。
四　ご在位中では。高倉帝の例をさすのであろう。高倉院厳島御幸記に見える。
五　どうにも仕方がないことだといって、ご決心になった。
六　そんな事をなさらなくても、気の毒な感じのするお年頃であるのに。
七　ほんとうに大変な事だとお思いになる。
八　東宮大夫。東宮職の長官をいう。
九　気づかわしげに申すが。
一〇　つらくて厭なことにお思いになるが。
一一　天変地異は天の戒めであるとして、慎まれるのである。
一二　一代要記によれば、十六日から。同記に「自㆓去十六日㆒被㆑修㆓尊星王法㆒、円満院宮、其夜半牛車拝賀」とある。
一三　北斗七星を本尊として、長寿息災を祈る法。
一四　谷・桂・谷一本以外の諸本「廿日のよひ」。
一五　万里小路殿の二の対。二の対は、西の対をいう。
一六　内に―内〳〵(大本以外の諸本)。
一七　車の屋形の上に、前後に通った木。
一八　再び御殿にさし寄せて、東宮がお乗りになった。
一九　掌侍《ないしのじよう》四人のうち、第一位の者。奏請や勅旨のなかだちをした。禁秘抄に、掌侍について「六人〈正四人・権二人、権自㆓上古㆒有㆑之〉此内以テ㆓一ノ内侍ヲ㆒為㆓勾当㆒」とある。
二〇　寝殿や対の屋の中に、周囲を厚く壁でぬりこめ、開き戸を設け、その中に衣服や調度類を納めて置いた所。

ひて、いみじき大事なりけるを、上《うへ》きこしめして、荒《あらゝ》らかに踏《ふ》ませ給たりければ、さばかり強《つよ》き[二一]戸、まろびて開《あ》きたりけるぞ恐《おそ》ろしき。さなくは、いとゆゝしきことど《ゝ》もぞあるべかりける。故院の御[二二]處分《そうぶん》の入たる御小唐櫃《こからびつ》、なにくれの御寶《たから》、ことゆへ《(ゑ)》なく取《と》り出《い》だされぬ。それだにも、あまり騒《さは》ぎて、御[二三]勘文《かもむ》・御[二四]産衣《うぶぎぬ》などの入《(いり)》たる物は焼《や》けにけり。上《うへ》は、[二五]腰輿《ようよ》にて、[二六]押小路《おしこうぢ》殿[二七]〔へ〕行幸なりぬ。法親王《(圓助)》は、「[二八]修法の強《つよ》きゆへ《(ゑ)》に、かゝる事はあるなり」とぞの給《(たまは)》せける。[二九]この四月に、御わたましありつるに、いくほどなうかゝるは、げにいみじきわざなれど、むかしも、[三〇]三條院、位の御時かとよ、[三一]大内造《つく》りたてられて、御わたましの夜こそ、やがて火出《い》できて焼《や》けにし事もあれば、[三二]これより重《おも》き[三三]事もあるべかりけるに、[三四]かはりたらんはいかゞはせん。

かくて今年《ことし》も暮《く》れぬ。上《うへ》は、いよ〳〵[三五]世《(の)》中心あはたゝしう思《おぼ》されて、おりゐなんの御心づかひすめり。位に[三六]をはしまして、十五年ばかりにやなりぬらん。[三七]いまだ卅《(みそぢ)》にも遙《はる》かに足《た》らぬほどの御齢《よはひ》なれば、いまぞさかりに、若《わか》うきよらなる御ほどなめる。

二一 戸―戸の(諸本)。
二二 御処分に関する文書で、遺産ご配分の事を記した文書。
二三 陰陽寮から吉凶をかんがえて奉る文書。
二四 産衣は、成長後も保存して置く習慣があったらしい。→補注二四五。
二五 手輿。手で、ながえを腰のあたりまで持ちあげて、かつぐ輿。
二六 押小路烏丸殿。三条坊門殿ともいう。京都左京の押小路通りの南、三条坊門通りの北、烏丸通りの西にあった。
二七「へ」諸本で補う。
二八 私の修法が強いために、こういう事が起こったのだ。
二九 文永十年四月十八日、二条殿から万里小路殿に移る。わたましは、引越しの意。
三〇 六十七代の天皇。
三一 長和三年(一〇一四)二月九日、内裏が焼亡し、同四年九月二十日、新造の内裏に移り、同年十一月十七日に、同内裏焼亡(日本紀略等)。
三二 今度の事件より、さらに重大な事件も起こり得るのに。
三三 事も―大事も(諸本)。
三四 お引越しの当夜でなかったのは、まぁ仕方のない事である。
三五 この世の中を、落ち着かず厭わしいものにお思いになって。
三六 諸本「をはしましては」。
三七 文永十年には、亀山帝は二十六歳。

第九　[一]草《くさ》枕《まくら》

文永十一年正月廿六日、春宮(後宇多)に位ゆづり申させ給《(たまふ)》。廿五日の夜、[二]先《(まづ)》、内侍所《(ないしどころ)》・剣《けん》璽《じ》ひき具《ぐ》して、押小路殿へ行幸なりて、[三]又の日、ことさらに二條内裏へ渡《わた》されけり。九條(の)(忠家)攝政殿まいり給て、藏人召《め》して、[四]禁色《きん(じき)》おほせらる。上《うへ》は八にならせ給へば、いと小《ちい》さくうつくしげにて、びづらゆひて、[五]御引直衣《ひきなをし》・[六]打御衣《うち(おん)ぞ》・[七]はり袴《ばかま》たてまつれる御氣色、おとな〳〵しうめでたくおはするを、花山院内大臣(師繼)、[八]扶持《ふち》し申さるゝを、故皇后宮(京極院佶子)[九]の御せうと公守の君などは、あはれと[一〇]見給《(たまひ)》て、[一一]故大臣《おとゞ》(實雄)・宮(京極院佶子)などのをはせましかばと思《おぼ》しいづ。殿上に人〳〵多《おほ》く參《まい》り集《あつ》まり給て、御膳《ぜん》まいる。其後[一二]上達部の拜《はい》あり。女房は[一三]朝餉《あさがれゐ》より末《すゑ》まで、[一四]内大臣公親の女をはじめにて、卅餘人並《な》みゐたり。いづれとなくとり〴〵にきよげなり。廿八日よりぞ、[一五]内侍所の御拜始《はいはじ》められける。

[一六]かくて新院(龜山)、二月七日御幸始《かうはじ》め〔せ〕[一七]させ給。大宮院のをはします[一八]中御門京極實俊《ごくさねとし》の中將の家〔へ〕[一九]なる。御直衣《なをし》、[二〇]唐庇《からびさし》の御車、上達部・殿上人殘《のこ》りなく、[二一]うへの衣にて仕《つか》うまつらる。おなじ十日、やがて[二二]菊《きく》の網代庇《あじろびさし》の御車たてまつりはじむ。この度《たび》は、御烏帽子《ゑぼし》・直衣《なをし》、[二三]院へまいり給。同廿日、[二四]布衣の御幸始《はじ》め、[二五]北白川殿へいらせ

◇この巻には、後宇多帝の文永十一年(一二七四)から建治二年(一二七六)に至る三年間のできごと、すなわち、後宇多帝の践祚、亀山院の御幸始め、後嵯峨院の三年忌、後宇多帝の即位、後深草院出家の決意、北条時頼回国修行のこと、後深草・亀山両統交立の計らい、後嵯峨の皇女愷子内親王と後深草院・西園寺実兼との情事、亀山院の皇子誕生等につき記す。愷子内親王にまつわる恋の物語が中心をなす。

一 巻の名は、愷子内親王に送った後深草院の御製「夢とだにさだかにもなきかり臥しの草の枕に露ぞこぼるゝ」による。二 亀山帝は、まず神鏡・神剣・神璽の三種の神器を奉じて。三 その翌日、ここからわざわざ三種の神器を二条内裏の新帝にお渡しになった。二条内裏は、高倉殿ともいい、二条の南、高倉の西にあった。四 禁色の宣旨を下さるの意。禁色の宣旨とは、禁制の色目や織物を装束に用いることを、宣旨をこうむって許されるをいう。→補注二四六。五 すそを長くした直衣で、天皇・上皇の常用であるが、やや表立った時に着用する。六 きぬたで打って光沢を出した衣で、直衣や狩衣の下に着る。七 板引にして、こわく張った平絹の袴。八 つき添ってお世話を申し上げる。九 桂・谷一・院本以外の諸本「宮」なし。一〇 と見給て一に見給つゝ(諸本)。一一 後宇多帝にとって実雄は祖父、京極院は母にあたる。一二 上達部等が庭上に降りて、昇殿・勅授・禁色を許されたお礼に拝舞すること。一三 朝餉の間からずっと端のほうまで。→補注二四七。一四 後宇多帝の乳母。一五 三一八頁頭注七参照。一六「かくて」底本傍書。諸本による。一七「せ」諸本で補う。一八 実俊は、太政大臣公相の四男。その家は、大宮院の父、実氏の邸。一九「へ」諸本で補う。二〇 屋根を唐庇に造った牛車で、上皇・皇后・

給。八葉[二六]の御車、萌黄《もえぎ》[二七]の御狩衣・山吹《ぶき》の二御衣《(ふたつおん)ぞ》・紅の御單《ひとへ》・薄色《うす》[二八]の織物《をり》〔の御〕[二九]指貫《さしぬき》たてまつる。[三〇]

本院《(後深草)》は、故院《(後嵯峨)》の御第三年[三一]の事思《おぼ》し入て、正月《む》[三二]の末《すゑ》つかたより、六條殿の長講堂にて、あはれに尊《たうと》く行《おこ》なはせ給。御指《ゆび》[三三]の血《ち》を出《い》だして、御手づから法華經など書《か》ゝせ給。僧衆も十餘人がほど召《め》しをきて、懺法《(せんぼふ)》[三四]など讀《よ》ませらる。御掟《をきて》[三五]の思《おも》はずなりしつらさをも、思《おぼ》し知らぬにはあらねど、それもさる[三六]べきにこそはあらめと、いよ〳〵御心を致《いた》して、ねんごろに孝《けう》じ申させ給さま、いとあはれ也。新院《(龜山)》[三七]もいかめしう御佛事嵯峨《さが》殿にて行《おこ》なはる。

三月廿六日は御卽位、めでたくて過《す》ぎもてゆく。十月廿二日御禊なり。十九日より官廳《(の)》[三八]へ行幸あり。女御代[三九]、花山[四〇]より出《い》ださる。絲毛《いとげ》[四一]の車、寝《しん》殿の階《はし》の間《ま》に、左大《(家經)》臣殿・大納言長雅*[四二]よせらる。みな紅[四三]の十五の衣、おなじ單《ひとへ》、車の尻《しり》より出《い》ださる。十一月十九日、又官廳《(の)》へ行幸。廿日より五節始《はじ》まるべくきこえしを、蒙古起《むくりお》こるとてとまりぬ。廿二日、大嘗會、廻立殿《くはいりう》[四四]の行幸、節會[四五]ばかり行《おこ》なはれて、清暑堂[四六]の御神樂もなし。

新院《(龜山)》は、世をしろしめす事かはらねば、よろづ御心のまゝに、日[四七]ごろゆかしう思《おぼ》されし所々、いつしか御幸しげう、花《はな》やかにて過《す》ぐさせ給。いとあらまほしげなり。

本院《(後深草)》は、猶いとあ[四八]やしかりける御身の宿世《すくせ》を、人の思《おも》ふらん事もすさまじう思《おぼ》しむ

東宮・親王・摂関などが晴れの場合に用いた。二一 束帯を着用してお供をした。二二 菊の紋をつけた網代庇の御車。↓補注二四八。二三 院は、本院で、後深草院をさすのであろう。諸本「おなし院」。二四 狩衣を着用しての御幸始めに。二五 安嘉門院の御所。安嘉門院は、後堀河帝の准母で、後に亀山帝の御母代となる。二六 車の箱に八葉の紋をつけた牛車。二七 雁衣鈔に「面裏同、裏引糯、若色也。至二十七八廿一マデ着レ之」。二八 薄紫色。二九 「の御」谷本以外の諸本で補う。三〇 底本「り」。桂・谷一本「まつり給」。桂・谷一本以外の諸本で訂正。三一 三回忌。三二 この部分、「とはずがたり」によって書く。↓補注二四九。三三 指を刺して血を出し、その血で経文を書くのである。三四 法華懺法の略。法華経を読んで罪障を懺悔する法。三五 法皇のご遺言の思いがけないものであった、そのつらさをお思いにならないわけではないが。三六 そうなるべき前世からの宿縁であろうと。三七 二月二十六日、嵯峨殿で八講を修した。三八 太政官庁。↓補注二五〇。三九 女御のいない時に、その代わりとしてご禊に供奉する女官をいう。四〇 花山—花山院(桂・谷一本以外の諸本)。四一 牛車の車体を色糸で飾ったもの。四二 底本「長雄」大書。諸本で訂正。四三 女御代は、みな紅の十五の衣に、同じ色のひとえを着用し、衣のすそを車の後方のすだれの下から外に出しておられた。みな紅は、表も裏も紅。十五の衣は、十五枚重ねた重ねうちきをいう。四四 ↓補注二五一。四五 豊明節会(とよのあかりのせちえ)をさす。↓補注二五二。四六 豊楽院の中にあって、大嘗会の後、お神楽を行なう所。↓補注二五三。四七 前々から行ってみたいとお思いになっていた所々に。おほされし—おほしめされし(諸本)。四八 つたない限りであった、ご自身の宿縁のほどを、世間の人々はどのように思うであろうか

と、何となく不快に、心も晴れやらずお思いになって。「とはずがたり」によって書く。↓補注二五四。

一 出家をなされようとのお心づもりで。
二 建治元年四月九日のこと。「とはずがたり」には、「太上天皇の宣旨を、天下へ返しまいらせて」とある。
三 随身をも辞退しようとして。太上天皇には、十四人の随身をたまわる。四 これまでの労を謝して物をたまわり。かつけ―かけ(諸本)。
五 たまはる―たまはする(尾・大・岩本以外の諸本)。六 涙でしめっぽくなる。
七 気強くもあられず、涙をこぼされる。
八 東の御方も後深草院とごいっしょに出家なさろうとして、その用意をなさる。東の御方は後深草院の妃で伏見帝の母。
九 「心」底本傍書。諸本による。
一〇 それほどでない普通の女房。
一一 底本「と」。諸本で訂正。
一二 それぞれの身分身分に応じて、個人的にも何となく心細く。
一三 朝廷における陣の座で行なう評定のように。陣は陣の座で、宮中で神事・節会・任官・叙位などの公事(くじ)に、公卿が列座して事を行なった座席をいう。
一四 あつま―あまた(尾・桂・谷一本以外の諸本)。
一五 文永五年三月、執権となり、弘安七年(一二八四)三十四歳で没するまで在任。
一六 一二五六年。吾妻鏡。↓補注二五五。
一七 時頼回国修行のことは、吾妻鏡等には見えない。太平記、三十五に、諸国修行中の逸話を記している。
一八 探って歩いて見たり聞いたりしようという。
一九 道理のある訴訟などの取りあげられずにい

すぼゝれて、一世を背《そむ》かんのまうけにて、二尊號をも返《(かへし)》たてまつらせ給へば、三兵仗《(ひやうぢやう)》をもとゞめむとて、御随身ども召《め》して、四祿かづけ、五暇《いとま》たまはるほど、いと心細《ぼそ》しと思《おも》ひあへり。大かたのありさま、うち思《おも》ひめぐらすもいと忍《しの》びがたき事多《おほ》くて、内外、人々、袖ども六うるゐわたる。院《(後深草)》もいとあはれなる御氣色にて、七心强《づよ》からず。今年《ことし》卅三にぞをはします。故院《(後嵯峨)》の、四十九にて御髪《ぐし》おろし給《(たまひ)》しをだに、さこそは誰《たれ》も〱惜《お》しみきこえしか。八東の御方《(愔子)かた》も、後《をく》れきこえじと御九心づかひし給《(たまふ)》。一〇さならぬ女房・上達部の中にも、とりわきむつましうつかまつる人、三、四人ばかり、御供仕《ともつか》まつるべき用意《ようゐ》すめれ一一ば、一二ほど〱につけて、わたくしも物心細《ぼそ》う思《おも》ひ歎《なげ》く家《いへ》〱あるべし。かゝる事ども、東《あづま》にも驚《おどろ》き聞《(きこ)》えて、例の陣の一三定《さだ》めなどやうに、これかれ一四東《あづま》の武士ども、寄《よ》り合《あ》ひ〱評定しけり。

この比は、ありし時頼朝臣の子、一五時宗といふぞ相模守、世の中はからふ主《ぬし》なりける。故時頼朝臣は、一六康元元年に頭《かしら》おろして後、一七忍《しの》びて諸國を修行しありきけり。それも國々のありさま、人の愁《うれ》へなど、一八くはしくあなぐり見聞《みき》かんの謀《はかりこと》にてありける。あやしの宿《やど》りにたち寄《よ》りては、其家主《いゑぬし》がありさまを問《と》ひきく。一九ことはりある愁《うれ》へなどの埋《うづ》もれたるを聞《きゝ》ひらきては、「我はあやしき身なれど、むかし、よろしき二〇主《しう》、持《も》ちたてまつりし、いまだ世にやをはすると、消息《せうそこ》たてまつらん。二一持《も》てまうできこえ給へ」などいへば、二二「なでう事なき修行者《じや》の、二三なにばかり」とは思《おも》ひながら、いひあはせて、その文を持《も》ちて東《あづま》へ行《ゆ》きて、しか〴〵と教《をし》へしまゝにいひてみれば、入道殿《(時頼)どのゝ》の御消息《せうそこ》なりけり。二四「あなかま〳〵」とて、ながく愁《うれ》へなきやうに二五は、はからひつ。佛神《二六》などの現《あら》はれ給へるかとて、みな額《ぬか》をつきて悦《(よろこび)》けり。かやうの事、すべて數知《かずし》らずありしほどに、二七國《くに》〴〵も心づかひをのみしけり。最明寺の入道とぞいひける。

それが子なればにや、今の時宗朝臣もいとめでたき二八物にて、「本院《(後深草)》のかく世を思《おぼ》し捨《す》てんずる、いとかたじけなくあはれなる御ことなり。故院の御掟《をきて》は、二九やうこそあらめなれど、三〇そこらの御このかみにて、させる御誤《あやま》りもおはしまさざらん、三一いかでかたちまちに、名殘《なごり》なくは物し給ふべき。いと三二怠《たい》〴〵しきわざなり」とて、新院《(龜山)》へも奏《そう》し、かなたこなた宥《なだ》め申《(まうし)》て、東御方《(の)かた》〔の〕三三若宮《わか(伏見)》を坊にたてまつりぬ。三四十月五日《(建治元年)》、三五節會《せちゑ》行《おこ》なはれて、いとめでたし。かゝれば、すこし御心慰《なぐさ》めて、このきはに、三六三七しゐ《(ひ)》て背《そむ》かせ給べき御道心にもあらねば、思《おぼ》しとまりぬ。これぞあるべきことゝ、三八あいなう世人《(の)》も思《おも》ひいふべし。御門《(後宇多)かど》よりは、いま二ばかりの御兄《このかみ》なり。三九まうけの君、御年まされるためし、遠《とを》き昔《むかし》はさてをきぬ、近比《(ちかごろ)》は四〇三條院《(の)》・四一小一條院《(の)》・四二高倉院などやおはしましけん。四三高倉の御末《すゑ》四四こそ、今《いま》もかく榮《さか》へさせをはしませば、かしこきためしなめり。いにしへの四五天智天皇と天武天皇とは、おなじ御腹《はら》の御はらからなり。その御末《すゑ》、しばしは、うちかはり〳〵世《よ》をしろしめしゝためしなどをも、四六思《おも》ひや出《(いで)》

るものを聞き出しては。
二〇 諸本「主」の次に「を」あり。
二一 これを持参して、事情を申しあげなさい。
二二 何ということもない、つまらない修行者が、どれほどの事ができようか。
二三 はかり―はかりかは(諸本)。
二四 ああやかましい。そう大声で言いたてるな。
二五 諸本「は」なし。 二六 諸本「なと」なし。
二七 諸国の役人たちも、悪い政治を行なわないように、もっぱら注意をはらった。
二八 りっぱな人物で。
二九 深いわけがあるだろうけれども。
三〇 後深草院は、おおぜいの皇子たちの御兄上で。
三一 どうして御一代限りで、急に皇位から無関係になられてよかろうか。いかてか―いかてかは(桂・谷一本以外の諸本)。
三二 よくない事である。
三三 「の」近本以外の諸本で補う。
三四 十一月五日の誤り。
三五 立太子の節会をいう。 三六 に―は(諸本)。
三七 たって、ご出家をなさろうという程の。
三八 無遠慮に。
三九 皇太子が、天皇よりも年長であった先例としては、遠い昔のことはさておいて。
四〇 六十七代の天皇。一条天皇の寛和二年(九八六)皇太子となる。時に天皇は七歳、東宮は十一歳。
四一 後一条天皇の長和五年(一〇一六)東宮となる。時に、天皇は九歳、東宮は二十三歳。後に、東宮を辞退し、上皇に准ぜらる。
四二 八十代の天皇。六条天皇の仁安元年(一一六六)東宮となる。時に、天皇は三歳、東宮は六歳。
四三 高倉―高倉院(諸本)。 四四 こそ―そ(諸本)。
四五 天智は三十八代、天武は四十代の天皇。ともに、舒明天皇の皇子で、母は皇極天皇。
四六 「も」底本傍書。諸本による。

けむ。御[一]二流《ふたなが》れにて、位にもおはしまさなむと思《おも》ひ申けり。新院は、御[二]心ゆくともなくやありけめど、[三]大方の人目《め》には、御中いとよくなりて、御消息《せうそこ》もつねにかよひ、上達部《かんだちめ》なども、かなたこなた参《まい》り仕《つか》うまつれば、大宮院も目安《めやす》く思《おぼ》さるべし。

[四]まことや、[五]文永の初《はじ》めつかた下《くだ》り給し齋宮[六](愷子)は、後嵯峨院の[七]更衣腹《ばら》の宮ぞかし。院かくれさせ給て後、[八]御服《ぶく》にており給へれど、なを御暇《いとま》ゆりざりければ、三年《とせ》まで伊勢にをはしましゝが、この秋の末《すゑ》つかた御上《のぼ》りにて、[九]仁和寺《にんわじ》に衣笠《きぬがさ》といふ所に住《す》み給。[一〇]月花門院(綜子)の御つぎに[一一]、[一二]いとたうとく思《おも》ひきこえ給へりし昔《むかし》の御心をきてを、あはれに思《おぼ》し出《い》でゝ、大宮院、いとねんごろにとぶらひたてまつり給。[一三]龜山殿におはします。

(建治元年)十月ばかり、齋宮をもわたし奉《たてまつ》り給はんとて、本院(後深草)をもいらせ給べきよし御消息《そうそこ》あれば、[一四]めづらしくて御幸あり。其夜は、女院(大宮院)の御前にて、昔《むかし》いまの物語《がたり》など、のどやかにきこえ給。又の日夕《ゆふ》づけて、衣笠殿へ御迎(むかへ)に、忍《しの》びたるさまにて、殿上人[一五]三人、御車二《ふた》つばかり奉《たてまつ》らせ給ふ。寢《しん》殿の南面《おもて》に、御[一六]しとねどもひきつくろひて、御對面《たいめん》あり。とばかりして、院(後深草)の御方《かた》へ御消息《せうそこ》きこえ給へれば、やがてわたり給。女房御佩刀《はかしも》持たせて、御簾《みす》のうちに入《い》り給。女院は[一七]香《かう》の薄《うす》にびの御衣《ころも》、香染《かうぞ》めなどたて[一八]まつれり。齋宮、[一九]紅梅《こうばゐ》のに〔ほ〕ひに、葡萄染《えびぞ》めの御小袿《こうちき》なり。御髪《ぐし》いとめでたくさかりにて、廿に一、二や餘《あま》り給らんと見《み》ゆ。[二〇]花といはゞ、霞《かすみ》の間《ま》のかば櫻《ざくら》も猶

一 後深草と亀山の二つのご系統で、皇位におつきになるようにしたいものだと。
二 その計らいに、ご満足なさるというわけでもないようであるが。
三 一般の世間の見る目では。
四 この部分、「とはずがたり」によって書く。
五 愷子内親王は、文永元年九月十日、斎宮として伊勢に下向。
六 天皇の即位するごとに選定されて、伊勢神宮に奉仕した皇族の女子。未婚の内親王または女王の中からえらばれた。底本「斎院」。諸本で訂正。七 更衣の腹に生まれた宮。更衣は女御の次に位する後宮の女官。
八 喪(も)に服するために斎宮を辞任されたが、なお正式のお暇が出なかったので。
九 仁和寺のあたりで。
一〇 後嵯峨院の第一皇女。 一一 に—には(諸本)。
一二 この斎宮のことを、たいそう大事にお思いになった故法皇のご遺志を、しみじみと思い出されて。
一三 大宮院は亀山殿においでになる。
一四 「とはずがたり」参照のこと。↓補注二五六。
一五 三人—一二人(諸本)。↓補注二五七。
一六 しとねは、今の座ぶとんにあたる。
一七 香色がかった薄墨色の御衣に、香染めの小袖などをお召しになっている。うすにひ—うすにほひ(尾・近・平・大・岩本)。↓補注二五八。
一八 まつれり—まつれは(諸本)。
一九 紅梅の匂いの重袿(かさねうちき)に、えび染めの御小袿という服装である。底本「こうはゐのにひ」。諸本で訂正。↓補注二五九。
二〇 花にたとえていうと、霞のあい間にほの見える、あの美しいかば桜でさえ、このお姿にくらべては、色香が劣るだろうと思われるほど。この部分は、源氏物語、野分の巻を踏んで書く。↓補注二六〇。

匂《にほ》ひ劣《おと》[二一]るべく、いひ知《し》らずあてに美《うつく》しう、あたりも薫《かほ》る御様《さま》して、めづらかに見《み》えさせ給。院《(後深草)》は、[二二]われもかう亂《みだ》れ織《お》りたる枯[二三]野の御狩衣、薄《うす》[二四]色の御衣《(おん)ぞ》、紫[二五]苑《しをん》色の御指貫《さしぬき》、[二六]なつかしき程なるを、いたくたきしめて、えならず薫《かほ》り滿《み》ちてわたり給へり。[二七]上臈だつ女房、紫《むらさき》のにほひ五に、裳《も》ばかりひきかけて、宮の御車にまいり給へり。[二八]神世の御物語《がたり》などよきほどにて、故院《(後嵯峨)》のいまはの頃《ころ》の御事など、あはれに懐《なつ》かしくきこえ給へば、[二九]御いらへも愼《つゝ》ましげなる物から、[三〇]いぶせからぬほどに、ほのかに物うちの給へる御様《さま》なども、いとらうたげなり。おかしきさまなる御酒《みき》・御果物《くだ》・強《こは》飯《いひ》などにて今宵《こよひ》ははてぬ。

院[三一]も我《(わが)》御かたに歸《かへ》りて、うちやすませ給へれど、まどろまれ給はず。[三二]ありつる御面影《かげ》、心にかゝりておぼえ給ぞいとわりなき。[三三]「さしはへてきこえんも、人聞《ぎ》きよろしかるまじ。いかゞはせん」と思《おぼ》しみだる。[三四]御はらからといへど、年月よそにて生《お》ひたち給[三五]へば、うと〳〵しくならひ給へるまゝに、[三六]愼《つゝ》ましき御思《おも》ひもうすくやありけん、[三七]なをひたぶるにいぶせくてやみなんは、あかず口惜《くちを》しと思《おぼ》す。けしからぬ御本性なりや。[三八]なにがしの大納言の女、御身近《ちか》く召《め》し使《つか》ふ人、かの齋宮にも、さるべき縁《ゆかり》ありてむつましく參《まい》りなるゝを、召《め》し寄《よ》せて、[三九]「馴《な》れ〳〵しきまでは思《おも》ひよらず。たゞ少《すこ》しけ近《ちか》きほどにて、思《おも》ふ心のかたはしを[四〇]きこえん。かく折《おり》よきこともいと難《かた》かるべし」と、切《せち》に[四一]まめだちてのたまへば、[四二]いかゞたばかりけむ、[四三]夢うつゝ

二一 おとる―おとりぬ(諸本)。二二 ばら科の多年生草本。秋、暗紅紫色の小さな花が咲く。
二三 かさねの色目では、表黄、裏薄青をいう。
二四 その下に、薄紫色の小袖を着。
二五 青みをおびた薄紫色をいう。
二六 何となく心がひかれるような親しい感じのご服装に、香をよくたきしめて。
二七 斎宮のお供としては、位の高そうな女房が、紫の匂いの五つぎぬに裳だけを着けて。紫のにほひは、上は濃い紫で、下になるほど薄い紫の衣を重ねたもの。二八 斎宮として伊勢におられた頃のお話。→補注二六一。
二九 ご返辞も、ぽつぽつと控えめではあるものの、気づまりにならない程度に。
三〇 諸本「いふせからぬ…御さまなとも」なし。
三一 この部分は、「とはずがたり」の記述を離れて書いている。→補注二六二。
三二 さきほどお会いした折の斎宮の面影が心の中にちらついて、忘れきれないのは、何としても、いたし方のないことだ。三三 わざわざ自分の思いを述べたお手紙をさし上げるのも。
三四 斎宮とは、ごきょうだいとは申すものの。
三五 給へは―給へれは(尾・桂・谷一・院本)―たまへれと(近・平・大・岩・谷本)。
三六 妹に恋などをしてはならないという、慎みのお気持ちも薄かったのであろうか。
三七 やはり、このまま思いをとげずに、悩んだままで終わってしまうのは。三八 中院雅忠の女をさす。「とはずがたり」の作者。三九 斎宮に対して馴れ馴れしく、うち解けようとまでは思っていない。四〇 諸本「きこえん」なし。
四一 まじめになって、おっしゃるので。
四二 その女房は、どのように、うまく取り計ったのであろうか。
四三 院は、闇の中を夢ともうつつともなく、宮のおそばに近づかれたところが。

ともなく近《ちか》づききこえ給へれば、[一]いと心憂《う》しと思《おぼ》せど、あへ《(え)》かに消《き》えまどひなどはし給はず。らうたくなよ〳〵として、あはれなる御けはひなり。[二]鳥もしば〳〵おどろかすに、心あはたゝしう、[三]さすがに人の御名のいとをしければ、夜深《ぶか》くまぎれいで給《(たまひ)》ぬ。

日たくるほどに[四]大殿籠《おほとのごも》り起《を》きて、御文《ふみ》たてまつり給《(たまふ)》。[五]うはべは、たゞおほかたなるやうにて、「ならはぬ御旅寝《たびね》もいかに」などやうに、[六]すくよかに見せて、中に小《ちひ》さく、

[七]夢とだにさだかにもなきかり臥《ぶ》しの草の枕《まくら》に露ぞこぼるゝ

[八]いとつれなき御氣色の、きこえんかたなさに」[九]とぞあめる。[一〇]悩《なや》ましとて、御覧《らん》じも入《い》れず。しゐ《(ひ)》て聞《き》こえんもうたてあれば、「[一一]なだらかにもてかくしてを、わたらせ給へ」など、きこえしらすべし。

さて[一二]御かた〴〵御臺《だい》などまいりて、晝《ひる》つかた又[一三]〔御〕對面《たいめん》どもあり。宮《(愷子)》はいと恥《は》づかしう[一四]わりなく思《おぼ》されて、「いかで見《み》え奉《たてまつ》らんとすらん」と思《おぼ》しやすらへど、女院などの御氣色のいとなつかしきに、[一五]聞え返《かへ》さひ給べきやうもなければ、たゞおほどかにて[一六]おはす。今日《けふ》は、院の御[一七]けいめいにて、[一八]善勝寺大納言隆顯、[一九]檜破子《ひはりこ》やうの物、色〳〵にいときよらに調《てう》じてまいらせたり。[二〇]三めぐりばかりは、をの〳〵別《べち》にまいる。その後《のち》[二一]「あまりあいなう侍れば、かたじけなけれど、昔《むかし》ざまに思《おぼ》しなずらへ、

一 斎宮は、まことにつらいことにお思いになるが、よわよわしく今にも死にそうに、あわてまどうという事はなさらない。
二 そのうちに、明け方の近いことを知らせる鳥の鳴き声も、しきりに聞こえてくるので。
三 名残は惜しまれるものの、さすがに斎宮のお名前が評判になってはお気の毒なので。
四 お目覚めになって。
五 表面は、ただ普通のお手紙のように。
六 まじめをよそおって。
七 夢でお会いしたほどにもはっきりしなかった昨夜のかり寝の床の、はかなさを思うにつけて、恋しさで涙にくれています。この歌は「とはずがたり」に見えない。
八 まことに、よそよそしいご様子で、何とも申しあげようもありませんので。
九 とぞ―こそ(桂・谷一本以外の諸本)―こそなと(桂・谷一本)。
一〇 気分が悪いとおっしゃって、斎宮は、お手紙をご覧にもならない。
一一 何でもなかったふうに、平気をよそおっておいでなさい。↓補注二六三。
一二 後深草院・大宮院・斎宮などの御方々は、お食事などめしあがって。
一三 「御」諸本で補う。
一四 つらいことにお思いになって。
一五 おことわりしつづけることもできないので。諸本「さひ」なし。
一六 底本「おほす」。諸本で訂正。
一七 奔走すること。この場合は、ごちそうの意。
一八 四条隆親の子。権大納言に至り、建治三年(一二七七)三十五歳で出家。
一九 ひのきで作った、中に仕切りのある弁当箱。
二〇 お酒を三献《さんこん》ほどは、各自別々にめしあがる。「はかり」底本傍書。諸本による。
二一 後深草院が「このままでは、あまりにそっけのうございますので、恐れ多いことですが、昔と同様にわけ隔てなくお考えいただいて、おさかずきをいただけませんでしょうか」と。

ゆるさせ給てんや」と、御氣色《けしき》[二二]とり給へば、女院の御かはらけを齋宮[二三]まいる。その後《のち》、院きこしめす。御木丁ばかりを隔《へだ》てゝ、長押《なげし》[二四]の下《しも》へ、西園寺大納言實兼*、善勝《ぜんせう》寺《じ》の大納言隆顯*召《め》さる。簀子《すのこ》に、長輔《ながすけ》・爲方・兼行・資行《すけゆき》[二五]などさぶらふ。あまた度《たび》[二六]流《なが》れ下《くだ》りて、人〴〵そぼれ[二七]がちなり。「故院[二八](後嵯峨)の御ことの後《のち》は、かやうの事もかき絶《た》えて侍《(はべり)》つるに、今宵《こよひ》はめづらしくなん。心[二九]とけてあそばせ給へ」など、うち亂《みだ》れきこえ給へば、女房召《め》して、御箏《こと》どもかき合《あ》はせらる。院の御前に御琵琶、西園寺もひき給。兼行[三〇]篳篥《ひちりき》。神樂うたひなどして、こと〴〵[三一]しからぬしもおもしろし。こたみは、まづ齋宮の御前に、院みづから御銚子《てうし》[三二]をとりてきこえ給に、宮いと苦《くる》しう思《おぼ》されて、とみにもえ動《うご》き給はねば、女院「この[三三]御かはらけの、いと心もとなく見え侍《(はべる)》めるに、こゆるぎ[三四]の磯《いそ》ならぬ御さかなやあるべからん」との給へば、「賣炭翁《ばいたんおきな》[三五]はあはれなり。をのが衣は薄《うす》[三六]けれど」といふ今様《いまやう》をうたはせ給。御聲《こゑ》[三七]いとおもしろし。宮きこしめして後《のち》、女院御さか月《(づき)》をとり給とて、「天子[三八]には父母なしと申なれど、十善《ぜん》[三九]の床《ゆか》をふみ給も、いやしき身の宮仕《みやづか》いなりき。一言報《ことむく》ひ給べうや」との給へば、「さ[四〇]ぞなる御事なりや」と、人〴〵目《め》をくはせつゝ、忍《しの》びてつきしろふ。「御前《おまへ》[四一]の池なる龜岡《かめをか》に、鶴《つる》こそ群《む》れゐて遊《あそ》ぶなれ」とうたひ[四二]給。その後《のち》、院きこしめす。善《ぜん》勝寺「せれう[四三]の里」を出《い》だす。人〴〵聲加《こゑくは》[四四]へなどして、らうがはしきほどになりぬ。

かくていたく深《ふ》けぬれば、女院も我御かたに入《い》らせ給ぬ。そのまゝ[四五]のおましなが

二二 女院のご様子をうかがわれると。
二三 斎宮がいただく。
二四 敷居の下に別に長く渡した木で、母屋とひさしの間に設けたもの。「長押の下へ」とは、母屋に接した廂の間にの意。
二五 諸本「すけゆき」なし。
二六 何度もおさかずきが、下座のほうへめぐっていって。二七 酔って戯れがちである。底本「かほれかち」。諸本で訂正。
二八 故院のなくなられた後は。
二九 うち解けて、一曲おひきくださいませんか。
三〇 底本「定」を「兼」に訂正。諸本「兼行」。
三一 大げさな催しでないのも面白い。
三二 酒をさかずきに注ぎうつすために用いる具で、柄を長くしたもの。三三 このおさかずきは、まことにおぼつかなく見えるようですが。
三四 食べ物以外に、何かよいおさかながありそうなものですが。こゆるぎの磯は、風俗歌の文句。↓補注二六四。
三五 白楽天の詩句に基づいて作った今様。↓補注二六五。三六「は」底本傍書。
三七 底本「すゑ」とも読める。諸本「こゑ」。
三八 平家物語巻一にも見える。↓補注二六六。
三九 あなたが天子のお位におつきになったのも、もとはといえば、このいやしい私が宮仕えをして、君の恩寵を受けたためでした。
四〇 さそなる—さうなる(大本以外の諸本)—さらなる(大本)。↓補注二六七。
四一 今様の詩句。平家物語にも見えぞ。↓補注二六八。
四二 後深草院が歌ったのである。↓補注二六九。
四三 今様の名目であろう。芹生は、京都の北、大原寂光院に近い村の名。
四四 他の人々も、それに声をあわせて合唱などして。
四五 上皇は、ご酒宴の時のご座席のままで。

ら、かりそめの[一]やうにてより臥《ふ》し給へば、人〳〵もすこし退《しりぞ》きて、苦《くる》しかりつる名殘《なごり》に程《ほど》なく寝入《ねい》りぬ。明日《あす》は宮も御歸《(かへり)》ときこゆれば、[二]今夜ばかりの草枕《くさまくら》、なを結《むす》ばまほしき御心のしづめがたくて、[三]いとさゝやかにおはする人の、[四]御衣《ぞ》などもさる心して、なよらかなるを、まぎらはし過《す》ぐしつゝ、忍《しの》びやかにふるまひ給へば、[五]おどろく人もなし。[六]なにやかやと、なつかしう語《かた》らひきこえ給ふに、なびくとはなけれど、たゞいみじうおほどかに、やはらかなる御さまして、[七]思《おぼ》しほれたる御氣色を、[八]よそなりつるほどの御心まどひまではなけれど、らうたくいとをし《(ほ)》と思《おも》ひきこえ給けり。長《なが》き夜なれど、深《ふ》けにしかばにや、[九]ほどなう明《あ》けぬる夢の名殘は、いとあかぬ心ちしながら、[一〇]きぬ〴〵になり給ほど、女宮も心苦《ぐる》しげにぞ見え給ける。

その後《のち》も、[一一]おり〳〵はきこえ動《うご》かし給へど、[一二]さしはへてあるべき御ことならねば、いと間遠《まどを》にのみなん。[一三]「まくるならひ」まではあらずやおはしましけん。[一四]あさましとのみ盡《つ》きせず思《おぼ》しわたるに、西園寺(の)大納言(實兼)、忍《しの》びてまいり給けるを、人がらも[一五]まめしく、いとねんごろに思《おも》ひきこえ給へれば、[一六]御母代《はゝしろ》の人なども、いかゞはせんにて、やう〳〵頼《たの》みかはし給へば、ある夕つかた、「内よりまかでんついでに、[一七]かならずまいりこん」[一八]とたのめきこえ給へりければ、その[一九]心ちして誰《たれ》も待《ま》ち給ほどに、[二〇]二條の師忠の大臣《おとゞ》、いと忍《しの》びて歩《あり》き給道《みち》に、かの大納言、[二一]御前《ごぜん》などあまたして、いと[二二]きら〳〵しげにて行《(ゆき)》あひ給へれば、[二三]むつかしと思《おぼ》して、この齋宮の御門《かど》あきたり

一　の―なる(諸本)。

二　今夜かぎりの旅寝の夢を、宮と一つ床で結びたいものだというお心を、押えることができずに。　三　たいそう小柄でいらっしゃる院が。

四　おめし物なども、そのおつもりで、しなやかなのを着ておられて、他の物音などにまぎらしながら、そっと行動されるので。

五　誰ひとり目を覚ます者もいない。

六　宮のそばにお寄りになって、何やかやと。

七　放心したようにしておられるご様子を。「らうたくいとをし…」にかかる。

八　まだお会いしない以前に、宮のことを思って、あれこれとお迷いになったほどではないが。

九　ほどなく夜が明けてしまって、夢のような契りも名残惜しく、まことに物足りない気持ちはするものの。

一〇　朝の別れをしなければならない時分には。

一一　時々はお手紙などをさし上げて、宮のお心を動かされたが。　一二　わざわざお会いになるという事などは、なかなかできないことなので。

一三　はげしい恋の思いには、人目を忍ぼうとする心も負けるものなのだ、と言われているが、それほどまでのことは、なかったのであろう。「まくるならひ」は、伊勢物語「思ふには忍ぶることぞ負けにけるあふにしかへばさもあらばあれ」から出た語。底本「聞御ならひ」。諸本で訂正。　一四　宮はそれ以後、なんとも情けないことに、思い続けておられたところ。

一五　まめしく―きはめて(諸本)。

一六　斎宮の御母代わりの人なども、仕方があるまいということで。

一七　諸本、この前に「又」あり。

一八　お約束をして、あてにおさせ申してあったので。　一九　心ち―心(諸本)。

二〇　関白良実の子。関白に至り、暦応四年(一三四一)八十八歳で没。この頃は、左大臣で、二十歳代。

二一　こせん—こせう(桂・谷一本以外の諸本)。
二二　花やかな様子で来られるのに出あわれたので。二三　諸本「れはむつかし…あきたり」なし。
二四　ちょっとたち寄ったところで、そう大した事もあるまいとお思いになって。
二五　しばらく身をかくして、あの大将の車をやり過ごしてしまったあとで、ここから出かけようとお思いになって。
二六　御かと—門(諸本)。
二七　いつもは、忍んでお出でになることとて。
二八　対の屋の端のほうから車を降りて。
二九　今夜は門のところでお降りになるのを。
三〇　を—に(諸本)。　三一　何の見分けもつかず。
三二　妻戸のかけがねをはずして、自分の来訪を待ち受けている人のけはいがするので。
三三　ゆかしき—いふかしき(諸本)。
三四　宮のほうでは、いつも馴れていることなので。
三五　わらは—わらは女(桂・谷一・院本以外の諸本)。　三六「か」底本傍書。諸本による。
三七　諸本「まちきこえ…はつれて」なし。
三八　なにやかやと、こうした場合にふさわしく、これまでずっと、宮の事をお慕いしていたというようなことを、申し上げるにつけて。
三九　諸本「の」なし。　四〇　そ—て(諸本)。
四一　宮はまことに心外で、一方ならぬ御悩みが加わってきた。
四二　諸本、この前に「かく」あり。
四三　何か事情があるのだろう。
四四　その辺に、なにげない様子で見張っていよ。大本以外の諸本「さるげなくて」。
四五　気のすすまない。
四六「ね」底本傍書。諸本「たひね」。
四七　宮のご様子をお見受けするにつけても。
四八　先ほどの大将の車のことなど思い合わせてみて。　四九「給」諸本で補う。

けるに、女宮の御もとなれば、[二四]こと〴〵しかるべきこともなしと思《おぼ》して、[二五]しばし、かの大將《(實兼)》の車やり過してんに出《い》でんよと思《おぼ》して、[二六]御門《かど》の下《した》にやり寄《よ》せて、大臣《おとゞ》(師忠)、烏《ゑ》帽子《ぼし》直衣《なほし》のなよらかなるにて降《お》り給ぬ。内《うち》には、大納言のまいり給へると思《おぼ》して、[二七]例は、忍《しの》びたることなれば、門《もむ》のうちへ車を引《ひ》き入《(いれ)》て、[二八]對《たい》のつまより降《お》りてまいり給に、[二九]門より降《お》り給[三〇]を、あやしとは思《おも》ひながら、たそかれ時《どき》のたど〳〵しきほど、[三一]なにのあやめも見えわかで、[三二]妻戸《つまど》はづして人の氣色見《み》ゆれば、なにとなく[三三]ゆかしき心ちし給て、中門の廊にのぼり給へれば、[三四]例《れい》なれたる事にて、をかしきほどの[三五]わらは歩《あゆ》み出《(いで)》て、氣色ばかりをきこゆるを、大臣《おとゞ》は覺《おぼ》えなき物から、[三六]をかしと思《おぼ》して、尻《しり》につきて入給《(いりたまふ)》ほどに、宮も[三七]待《ま》ちきこえたまへと思《おぼ》して、御木丁にはづれて、なに心なくうちむかひきこえ給へるに、大臣《おとゞ》もこはいかにとは思《おぼ》せど、[三八]なにくれとつき〴〵しう、日ごろの心ざし[三九]のありつるよしきこえなし給ぞ[四〇]、[四一]いとあさましう、一方ならぬ御思《おも》ひ加《くは》ゝり給にけり。大納言《(實兼)》は、この宮をさして[四二]まいり給けるに、例《れい》ならず、男《おとこ》の車より降《お》るゝ氣色見《み》えければ、[四三]あるやうあらんと思《おぼ》して、「御隨身一人、[四四]そのわたりに、さりげなくてをあれ」とて、とゞめて歸給《(かへりたまひ)》にけり。男《おとこ》君は、いと思《(おもひ)》の外《ほか》に[四五]心起《お》こらぬ御旅寢《たびね》[四六]なれど、[四七]人の御氣色を見給も、[四八]ありつる大將《(實兼)》の車など思《おぼ》しあはせて、「いかにもこの宮にやうあるなめり」と心得《え》給《(たまふ)》に、「いと好《す》き〴〵しきわざなり。よしなし」と思《おぼ》せば、深《ふ》かさで出《(いで)》[四九]〔給〕にけり。

[1]かの殘《のこ》し置《を》き給へりし隨身、この様《やう》よく見てければ、しかぐ\とききこえけるに、いと心憂《う》しと思《おぼ》して、「日ごろもかゝるにこそはありけめ」と、[2]いとおこがましう、「かの大臣《おとゞ》の心の中《うち》もいかにぞや」と、[3]かたぐ\に思《おぼ》し亂《みだ》れて、かき絶《た》え久《ひさ》しく訪《をとづ》れ給はぬをも、この宮には、かう殘《のこ》りなく見あらはされけんとも知《し》ろしめさねば、あやしながら過《す》ぎもて行《(ゆく)》ほどに、[4]たゞならぬ御氣色にさへ悩《なや》み給[5]へども、[6]大納言は[7]一すぢにしも思《おぼ》されねば、[8]いと心やましう思《(おもひ)》きこえ給けるぞわりなき。されども、さすが[9]思《おぼ》しわく事やありけむ、[10]そのほどの事どもゝ、いとねんごろにとぶらひきこえさせ給けり。[11]こと御腹《はら》の姫《ひめ》宮をさへ、御子になどし給。御處分《そぶん》[12]もありけるとぞ。いくほどなくて、[13]弘安七年二月十五日に、宮かくれさせ給にしをも、大納言殿、いみじう歎《なげ》き給[14]けるとや。

[15]まことや、新院《(龜山)》には、[16]一とせ、近衛大殿《(基平)》の姫《ひめ》君《(位子)》、女御にまいり給にしぞかし。[17]女御ときこえつるを、[18]この程《ほど》院號あり、新陽明門院とぞきこゆめる。建治二年の冬[19]ごろ、近衛殿にて[20]若《わか》宮生《む》まれさせ給にしかば、めでたくきらぐ\しうて、三夜・五夜・七夜・九夜など、[21]いかめしくきこえて、御子《こ》もやがて親王の[22]宣旨などありき。

一　諸本「かの」なし。
二　諸本「と」なし。
三　かたぐ\に―かすぐ\(諸本)。
四　ご懐妊のご様子で悩んでおられるけれども。
五　へとも―をも(諸本)。
六　大納言―大納言殿(諸本)。
七　宮の相手は自分ひとりだとは、お思いにならないので。
八　この事を、たいそう不快なことにお思い申しあげるのも、いたしかたのないことである。
九　心にそれと、思いあたることがあったのであろうか。
一〇　お産の時の事に関しても、たいへん心をこめてお世話を申し上げた。ほと―御程(諸本)。
一一　別の方の御腹にできた姫君まで、この宮の御子になどなされた。
一二　財産の分配。
一三　一二八四年。
一四　ける―める(諸本)。
一五　諸本「まことや」なし。
一六　文永十一年六月二十八日、亀山院のもとに嫁す。時に十三歳。
一七　文永十二年(建治元年)二月二十二日、女御となる。
一八　建治元年三月二十八日、院号。
一九　十一月十七日。
二〇　啓仁親王。弘安元年、三歳で没。
二一　いかめしく―いまめかしく(諸本)。
二二　宣旨―宣下(諸本)。

◇後宇多帝の建治三年(一二七七)から弘安十年(一二八七)まで、十一年間のできごと、すなわち後宇多帝の元服・朝覲の行幸、東宮(伏見)の元服、亀山院の皇后宮追慕、二条内裏の炎上、五条院と亀山院の情事、亀山院の後宮と皇子たち、後宇多帝の後宮、持明院殿の蹴鞠会、後深草院の長講堂への移転、長講堂の供花、後深草・亀山両院の伏見殿御幸・伏見津御幸・院中の遊び、続拾遺集の撰集、亀山院の皇子(継仁)誕生・歩きぞめ、後嵯峨の姫宮の死、蒙古の来襲、日吉の神輿入洛、後二条帝の降誕、北山の准后九十の賀、後宇多帝の譲位等につき記す。北山の准后九十の賀については多くの筆をついやし、この巻の後半をその記述にあてている。

二三 巻の名は、北山の准后九十の賀に際して、春宮大夫実兼の詠んだ「代々の跡に猶たちのぼる老の浪よりけん年は今日のためかも」の歌による。 二四 加冠役。 二五 鷹司兼平。↓補注二七〇。

二六 元服の時に、頭髪の末を切ったり結んだりして整える役。この時の理髪役は、左大臣師忠。

二七 ここでは、能冠をいう。↓補注二七一。

二八・二九 玄象は琵琶、鈴鹿は和琴の名で、ともに、宮中累代の宝物。 三〇 摂政兼平の子。

三一 こわめしを握りかためて卵形にしたもの。宴会の時、庭上で下人にたまわった。

三二 例のとおり、色々の裾や下襲や、あるいは織物・打物の衣服を着用するというふうで。しりは、裾で、束帯の時に長く地にひく下襲(したがさね)のすそをいう。下襲は、束帯の時、半臂(はんぴ)の下に着た衣。打物は、つちで打って、つやを出した布をいう。 三三 地下の者の舞。 三四 「の」諸本で補う。 三五 「に」底本傍書。諸本「も」。

三六・三七 ↓補注二七二。

三八 建治三年七月二十六日、奈良の興福寺は雷火のために、金堂以下主要な建物をほとんど焼失した。

三九 火にあはせ給にし事―火の事(諸本)。

四〇 「へ」院本で補う。

四一 なる―はなる(桂・谷一本以外の諸本)。

第十 老[二三]のなみ

建治三年正月三日、内のうへ《(後宇多)》御冠《かうぶり》し給《(たまふ)》。十一にぞならせ給らんかし。御いみな、世仁ときこゆ。[二四]ひきいれの[二五]關白太政大臣照念院殿兼平、[二六]理髪《りはつ》頭中將基顯、御[二七]總角《そうかく》大炊《(の)》御門大納言信嗣の君仕《つか》うまつられけり。御遊《あそ》びはじまる。琵琶[二八]玄象今出川大納言《(實兼)》、和琴[二九]鈴鹿《すゞか》信嗣大納言、箏《しやう》のこと[三〇]殿の大納言兼忠の君にてをはせしなんめり。[三一]屯食《とんじき》・祿《ろく》などの事、つねのごとし。

廿二日、朝覲の行幸、龜山殿へなりしかば、上達部・殿上人、[三二]例《れい》の色〳〵のしり・下襲《したがさね》・織物《おり》・打物《うち》、めでたくゆゝしかりき。御前《おまへ》の大井河に、龍頭鷁首《れうどうげきしゆう》浮かめらる。夜に入て、鵜飼《うかひ》ども召《め》して、かゞり火ともして乘《の》せらる。御前の御遊《あそ》び・[三三]地下《(ぢげ)》の舞など、さま〳〵[三四]〔の〕おもしろき事ども、例の事なれば、うるさくて、さのみはえ[三五]書《か》かず。[三六]おなじ三月廿六日、石清水社へ行幸、[三七]四月十九日、賀茂社へ行幸、いづれもめでたかりき。人〳〵さだめて記しをき給つらんと、讓《ゆづ》りてとめ侍ぬ。

春宮《(伏見)》の御元服、八月ときこえしを、[三八]奈良《なら》の興福寺の[三九]火にあはせ給にし事により、延《の》びて十二月十九日にぞせさせ給ける。十六日に、まづ内裏[四〇]〔へ〕行啓[四一]なる。清涼殿の東《ひんがし》の廂《ひさし》[一]に倚子《いし》を立《た》てらる。御門(後宇多)も倚子につかせ給(たまふ)。ひきいれの[二]左大臣師忠＊、理髪《りはつ》春宮権大夫具守＊つとめらる。御いみな熙仁(ひろひと)と申き。持明院殿[三](後深草)より、女房、二《に》[四]なくきようにしたてゝ、十二人まいる。東[五](の)御方も院[六]の御車にて、殿上人・北面・召次(めしつぎ)など、[七]いと美々《びゝ》しくてまいり給へり。御門《かど》(後宇多)・春宮(伏見)、いづれもいと美《うつく》しき御あげ[八]まさり也。新院(亀山)は、つきせず、皇后宮(京極院佶子)のをはしまさましかばとのみ、しほ[九]たれがちに、思《おぼ》し忘《わす》るゝ世なき御心や慰《なぐさ》むと、[一〇]これかれ参《まい》らすれど、をさ／＼なずらへなるもなし[一一]。新陽明門院(位子)も、初《はじ》めは御おぼえあるやうなりしかど、次第《しだい》にかれ[一二]／＼なる御事にて、御ひとり寝《ね》がちなり。故皇后宮の御腹からの中[一三]の君も、御面影《おもかげ》[一四]や通《かよ》ひたらんと、なつかしさ[一五]に、忍《しの》びてねんごろにのたまひしかば、参《まい》らせ奉《たてまつ》り給へれど、いと[一六]しもなくて、姫君《ひめ》(理子)ひと所ばかりとり[一七]出《い》で給(たまへ)りしまゝにてやみにき。姫君《ひめ》をば、大宮院の御かたはらにて[一八]、かし[一九]づききこえたまふ。

かくて弘安[二〇]元年になりぬ。十[二一]月ばかり、また二[二二]條内裏に火出《い》で來《き》て、いみじうあさまし。萬里(までの)[二三]小路殿は、ありし火の後また造《つく》られて、今年《ことし》の八月に御わたましにて、新院(亀山)住《す》ませ給へれど、内裏焼《や》けぬれば、この院また内裏に成ぬ。うち續《つゞ》きの火[二四]のしげさ[二五]いとおそろし。

其比、大[二六]宮院いと久《ひさ》しく悩《なや》ませ給へば[二七]、本院(後深草)も新院(亀山)も常《つね》にわたり給て、夜などもおはしませば、異《こと》[二八]御腹の法親王、姫宮たちなども、絶《た》えず御訪《とぶら》ひにまうでさせ給

一 母屋の外がわの、ひさしの間。
二 尾・桂・谷一本以外の諸本「の」なし。
三 後深草院の御所。京都市上京区上立売の北、新町の西にあった。
四 この上なく美しく、よそおいをさせて。
五 東宮の母。
六 後深草院の御車に、ご乗車になって。
七 行列もたいそう美々しく参内された。
八 元服をして髪あげをした姿が、少年の髪の時より、いっそうよく見えること。
九 いつも嘆きに沈みがちで、お后のことをお忘れになることとてなかったが。
一〇 あれこれと美しい方々を、おそばにさし上げるけれども、ほとんど、くらべものになる方もない。
一一 し—く(諸本)。
一二 上皇とのご関係も疎遠になられて。
一三 左大臣実雄の二女。
一四 御顔かたちが似ていらっしゃるであろうと。
一五 底本「き」の脇に「さ」と小書。諸本「さ」。
一六 それほど深く愛されるということもなくて。
一七 お生みになったままで。
一八 にて—にそ(諸本)。
一九 大切にお育て申しあげる。
二〇 一二七八年。
二一 勘仲記、閏十月十三日「丑剋皇居炎上」。
二二 二条の南、高倉の西にあった皇居。
二三 文永十年十月二十日、焼亡。三四四頁参照。
二四 諸本「の」なし。
二五 底本「き」の脇に「さ」と小書。諸本「さ」。
二六 後嵯峨院の后で、後深草・亀山両院の母。
二七 へは—つゝ(諸本)。
二八 大宮院以外の后妃のお生みになった法親王や姫宮たちなども。

中に、故院(後嵯峨)の位の御時《とき》、[二九]勾當(の)内侍といひしが腹に出《い》で物し給へりし姫宮[三〇](懌子)、後《のち》には五條院(の)ときこえし、いまだ[三一]宮の御ほどなりしにや、いと盛《さか》りにうつくしげにて、切《せつ》[三二]にかくれ奉《たてまつ》り給を、新院あながちに御心にかけて、うかゞひきこえ給ほどに、この御悩《なや》みの比、[三三]いかゞはありけん、いみじう思《おも》ひの外《ほか》にあさましと思《おぼ》し歎《なげ》く。[三四]かの草枕よりはまことしう、にがくしき御事にて、姫宮まで出《い》で來《き》させ給にき。限《かぎ》りなく人目《め》をつゝむ事なれば、[三五]あやしう、誰《た》が御腹といふこともなくて、院の御乳母《めのと》の按察《あぜち》の二位の里《さと》に渡《わた》したてまつり給へり。幼《おさな》き御心にも、[三六]いかゞ心え給けん、「宮の御母君をば誰《たれ》とか申(まうす)」と人の問《と》ひきこゆれば、「[三七]いはぬ事」とのみぞ、いらへさせ給ける。

[三八]御心のあくがるゝまゝに、御覧《らん》じ過(すぐ)す人なく、亂《みだ》りがはしきまで、[三九]たはぶれさせ給ほどに、腹[四〇]くの宮たち、數知《かずし》らず出《い》でき給。大かた、十三の御年より、[四一]宮は出《い》で來《き》そめさせ給しが、年《とし》[四二]ぐ多《おほ》くのみなり給へば、いとらうがはしきまでぞあるべき。故皇后宮(京極院)の御雜仕《ざうし》にて、貫川《ぬきがは》といひし、御靈《りやう》[四三]とかやきこゆる社の御子(みこ)[四四]にてぞありける。[四五]さきにも聞《き》こえしやうに、位の御ほどにたびく召《め》されて、姫宮生《む》まれ給へりしを、それも御乳母《めのと》の按察《あぜち》の二位殿の里に、かの五條院の御腹のと二所、[四六]おなじ御かしづき草にておはせしほどに、[四七]近衞殿(家基)いらせ給へ[四八]れば、殿はもとおはせし北(の)政所をも[四九]すさめ給て、此宮をたぐひなく思《おも》ひきこえさせ給ほどに、[五〇]かひぐしく[五一]若君(經平)

二九 刑部卿藤原孝時の女。刑部卿の君。
三〇 懌子内親王。正応二年(一二八九)十二月、院号宣下。
三一 ただの宮さまでいらっしゃった時分のことであったか。
三二 亀山院の御目にとまらないように、ひたすら隠れていらしたのに。諸本「せちに」。
三三 どのような機会があったのであろうか、とうとう契りを結ばれたので、宮はまことに意外で、ひどいことだとお嘆きになる。いかゝは—いかゝ(諸本)。
三四 あの後深草院と斎宮との、かりそめの契りにくらべると、こちらのほうは、深くにがにがしいご関係で。
三五 妙なふうに、誰の御腹の姫君ということもはっきりさせずに。
三六 どんなふうにお思いになっていたのであろうか。 三七 そんなことは、いわないことよ。
三八 亀山院は、恋情のおもむくままに、思いをかけられた女性をお見のがしにならずに。
三九 たはふれ—たはれ(諸本)。
四〇 それらの方々のお生みになった宮たちが。「の」底本傍書。諸本による。
四一 お子さまがお出来初めになったが。
四二 諸本「としくに」。
四三 崇道天皇以下、たたりをすると考えられていた人々のみたまを祭った社。
四四 巫女。かむなぎ。 四五 三七一頁参照。
四六 同じように、大切にお育て申しあげているうちに。
四七 近衛殿が、この姫のもとにお通いになったところが。
四八 へれは—ぬれは(諸本)。
四九 うとんぜられて。
五〇 そのかいがあって。
五一 底本「き」を「く」と訂正。諸本「く」。

出《い》でき給へるをも、いみじうかしづきいたはり給て、前《さき》の北政所《(の)》の御腹の太郎君《(家平)》、[一]中將ばかりにてものし給《(たまふ)》をも、[二]よくせずは、おしのけぬべうもてなし奉《たてまつ》り給《(たまひ)》けるを、新院《(龜山)》聞《き》かせ給て、「いといと(ほ)をしき事なり。[三]これはいまだ稚兒《ちご》なり。[四]ちと大人《おとな》しうなり給へるをば、[五]いかでか引《ひ》き違《たが》へるやうはあらん」との給はせて、[六]その大臣《おとゞ》は、終《つゐ》に御家も保《たも》たせ給へりしなり。又、[七]北白川殿の女院《(邦子)》に、大納言君《(の)》とてさぶらひし人の[八]曹司《ざうし》に、下野《しもつけ》といひし物は、[九]田樂とかやいふ事するあやしの法師の、名をばそのこまといふが女《(むすめ)》なりき。かの女院《(邦子)》は、新院の御母代《はゝしろ》とて、[一〇]つねに御幸もなりしかば、おのづから御覽《らん》じそめけるにや、[一一]事の外《ほか》にときめき出《い》でゝ、此院に召《め》しわたされて、花山院の大《(おほき)》おとゞ《(通雅)》の御子になされ、廊の御方《かた》とぞつけさせ給。其腹[一三]にも宮生《む》まれ給ぬ。大宮の女院に讃岐とてさぶらひしは、[一四]西園寺の御家の者景房《ものかげふさ》といひしが女《むすめ》なり。いみじう思《おぼ(い)》ひて、これも召《め》しとりて、西園寺《(公相)》の大臣《おとゞ》の御子になして、[一五]二品の加階《かゝゐ》給《(たまは)》る。若宮生《む》まれ給にき。帥《(そちの)》中納言爲經のむすめ帥の典侍《すけ》殿といひしが御腹にも、あまた生《む》まれ給。九條殿の北政所《(の)》、又[一六]梨本《なしもと》・青蓮院法親王《(良助)》など大納言の典《す》侍《け》の御腹《はら》、[一七]昭慶門院《せうけいもんいん》 中納言の典侍《すけ》、[一八]十樂院《(の)》[一九]慈道法親王は帥の典侍《すけ》殿の腹《はら》、かやうにすべて多《おほ》く物し給。昔《むかし》の[二〇]嵯峨天皇こそ、八十餘人まで御子もたまへりけると、うけたまはり傳《つた》へたるにも、ほと〳〵劣《おと》り給まじかめり。

[二一]内《(後宇多)》には中〳〵女御・更衣もさぶらひ給はず、いとさう〴〵しき雲のうへなり。西

一 家平は、正応五年(一二九二)右近中将に任ぜられた。
二 悪くすると、押しのけてしまわんばかりに扱われるのを。
三 宮のお生みになったのは、まだ赤ん坊なのだ。経平は、正応五年には六歳。
四 ちと—もと(諸本)。
五 どうして逆にするというような事があってよかろうか。
六 家平は、正和二年(一三一三)関白氏長者になり、正中元年(一三二四)四十三歳で没。
七 安嘉門院をさす。
八 女官の用部屋をいう。
九 平安時代から行なわれ、鎌倉時代から室町時代にかけて盛行した一種の民間演芸。
一〇 とて—にて(諸本)。
一一 常にその御所にお出かけになったので。
一二 ことのほかご寵愛を受けて。
一三 腹—御腹(諸本)。
一四 西園寺家に仕えていた者で景房といった人の女である。皇胤紹運録、叡雲法親王の注に「母讃岐局寿子、大膳大夫藤原景房女」とある。
一五 二位の位をたまわった。加階は、位階を加えることであるが、ここでは位階の意味に用う。
一六 梨本門跡。覚雲法親王をさす。↓補注二七三。
一七 喜子内親王。
一八 天台宗十楽院門跡。一九 ↓補注二七四。
二〇 紹運録には五十人の名をあげている。
二一 それに反して現在の天皇にはかえって。
二二 すらすらと入内を思いたたれないのは。
二三 へりし—へれし(尾・近・平・岩・院本)。
二四 文永五年十二月六日、院号。
二五 この方に対する亀山院の愛情が薄かったので。
二六 この院のご系統の方を、薄情なものとに、

園寺より女御参《まい》り給べしと聞《き》こえながら、いかなるにか、[二二]すが〳〵とも思《おぼ》し立《た》た《ゝ》ぬは、思《おも》ふ心をはするなめりとぞ、世(の)人もさゝめきける。新院(龜山)の御位の時参《ときまい》り給[二三]へりし西園寺の中宮(嬉子)は、[二四]院號ありて、今出川院ときこゆなり。[二五]かの御覺《おぼ》えなどのいと口《くち》惜《お》しかりしより、[二六]この院の御方《かた》ざまをつらく思《おも》ひきこえ給なめりなどぞ、いひなす人も侍けるとこそ。[二七]

[二八]三月《やよひ》の末《すゑ》つかた、持明院殿の花の盛《さか》りに、新院(龜山)わたり給。[二九]鞠《まり》のかゝり御覽《らん》ぜんとなりければ、御前の花は木末《ずゑ》も庭[三〇]もさかりなるに、外《ほか》の櫻《さくら》さへ召《め》して、散《ち》らし添《そ》へられたり。いと深《ふか》う積《つも》りたる花の白雪、跡[三一]つけがたう見《み》ゆ。上達部・殿上人、いと多《おほ》く參《まい》り集《あつ》まる。御隨身・北面の下﨟など、いみじうきらめきてさぶらひあへり。[三二]わざとならぬ袖口ども押《を》し出《い》だされて、心ことにひきつくろはる。寢《しん》殿の母屋に、[三三]御座《をまし》對《たい》座に設《まう》けられたるを、新院(龜山)入《い》らせ給て、「故院[三四]の御時、定《さだ》めをかれし上《うへ》[三五]は、今《いま》さらにやは」とて、長押《なげし》[三六]の下《しも》へひき下《さ》げさせ給ほどに、本院(後深草)[三七]は出給て、「朱雀院[三八]の行幸には、あるじの座をこそ直《なを》され侍けるに、今日《けふ》の御幸《ゆき》には、御座《さ》[三九]おろさるゝ、いとことやうに侍り」などきこえ給ほど、[四〇]おもしろし。[四一]むべ〳〵しき御物語《がたり》はすこしにて、花の興《けふ》に移《うつ》りぬ。[四二]御かはらけなどよきほどの後、春宮(伏見)おはしまして、[四三]かゝりの下《した》にみな立《た》ち出給(いでたまふ)。兩院・春宮立《た》た《ゝ》せ給。中半(なかば)過るほどに、まらうどの院(龜山)のぼり給て、御襪《したうづ》[四四]など直《なを》さるゝほどに、女房 別當(の)君、又上﨟だつ久我[四五]の大おとゞ(おほき)(通光)の孫と

お思い申しあげているのであろう。
二七 とこそ—とそ(諸本)。
二八 「とはずがたり」には、両院和睦のために、建治元年(一二七五)三月、新院が本院の御所へ御幸になり、蹴鞠の会を催した事を記す。本書はこれによって書いているが、弘安元年頃の事として扱っている。↓補注二七五。
二九 蹴鞠をする演技場。
三〇 「庭も」底本傍書。諸本による。
三一 あまりの美しさに、足跡をつけるのが、もったいなく思われた。
三二 美しい袖口がみすの外に自然に押し出されていて、女房たちも、特に心をこめて、よそおいを整えておられる。
三三 両上皇の御座席を相対して用意されたのを。
三四 故後嵯峨院が、ご在世の御時に、対面の儀につき定め置かれた以上は、今さら、それを改めることができようか。亀山帝が兄の後深草院に対面する時の作法を、父の後嵯峨院に尋ねられたところが、朝覲の儀に準ずべきことを指示されたのを指す。三四二頁参照。
三五 底本「人は」。諸本で訂正。
三六 自分のご座席を長押の下の、廂の間へさげさせられるところに。 三七 諸本「は」なし。
三八 源氏物語、藤の裏葉の記事を念頭においた言葉か。↓補注二七六。
三九 諸本「御座」の次に「を」あり。
四〇 諸本、この前に「いと」あり。
四一 儀式ばったお話は、ほどほどにして。
四二 お酒が相当まわった後。
四三 蹴鞠を行なう庭の四隅に植えてある木をいう。出場者は二人ずつ、かかりの木の下に立ち総勢八人で競技を行なう。↓補注二七七。
四四 くつの下にはく、革製のたびのようなもの。
四五 太政大臣久我通光の孫。「とはずがたり」の作者。

かや、[一]樺櫻《かばざくら》の七・紅の[二]うち衣・[三]山吹《ぶき》の表着《うはぎ》・赤《あか》色の唐《から》衣・[四]すゞしの袴《はかま》にて、銀《しろかね》の御杯《つき》、柳箱《やなゐばこ》にすへ《(ゑ)》て、[五]おなじひさげにて、[六]柿《かき》ひたし參《まゐ》らすれば、[七]はかなき御たはぶれなどの給《(たまふ)》。暮《く》れかゝるほど、風少《すこ》しうち吹《ふ》きて、花も[八]亂《みだ》れがはしく散《ち》りまがふに、御[九]鞠數多《まりかずおほ》くあがる。人〴〵の心ちいと艷《えん》あり。[一〇]ゆへ《(ゑ)》ある木陰《かげ》にたちやすらひ給へる院の御かたち、いときよらにめでたし。春宮も若《わか》ううつくしげにて、濃《こ》き紫の[一一]浮《う》き織《をり》物の御指貫《さしぬき》、なよびかに、氣色ばかりひきあげ給へれば、花のいと白《しろ》く散《ち》りかゝり、文《もむ》のやうに見《み》えたるもおかし。[一二]御覽《らむ》じあげて、一枝をし折《お》り給へるほど、繪《ゑ》にかゝまほしき[一三]夕《ゆふ》ばへどもなり。その後《ゝち》も、御みきなど、らうがはしきまでにきこしめし[一四]さうどきつゝ、夜深《よふ》けて歸《かへ》らせ給。

[一五]六條殿の長講堂も、燒《(やけ)》にしを造《つく》られて、其比、御わたましし給。卯月《(うづき)》の初《はじ》めつかた[一六]なり。院の上《うへ》、庇《ひさし》の御車にて、[一七]上達部・殿上人・御隨身《(みずいじん)》、えもいはずきよらなり。女院《(東二條院)》の御車に、[一八]姫宮《(姈子)》もたてまつる。出車《(いだしぐるま)》あまた、みな白《しろ》きあはせの五衣《(いつつぎぬ)》・濃《こ》き袴《はかま》・同《おな》じ單《ひとへ》にて、[一九]三日過《す》ぎてぞ、色〳〵の衣ども、[二〇]藤・躑躅《つゝじ》・撫子《なでしこ》など着《き》かへられける。しばしこの院にわたらせ給へば、人〴〵絶《た》えずまいりつどふ。西園寺の殿ばらなども、[二一]日〴〵にまいり給。[二二]御壺《つぼ》わかたせ給て、[二三]前栽合《あは》せありしにも、をかしうめづらしき事ども多《おほ》かりき。なにがしの朝臣の、[二四]槇《まき》の島の氣色を造《つく》りて侍りけるを、[二五]平大納言經親、いまだ下﨟にて、兵衛佐などいひけるほどにや、その宇治《うぢ》川の橋《はし》を盜《ぬす》み

一 かば桜の袿(うちき)を七つ重ねて着し。かば桜は、重ねの色目で、表蘇芳、裏赤花。 二 かさねうちきの上、うはぎの下に着るもの。きぬたで打って、つやを出した紅のあやを用いた。 三 とはずがたり二には「うら山ぶきのうはぎ」とある。 四 練ってない絹をいう。 五 同じく銀のひさげで。ひさげは、酒をいれて、さかずきに注ぐ器。 六 つるし柿をこまかに切って酒にひたしたもの。 七 ちょっとした、ご冗談などをおっしゃる。 八 みたれ—みたり(諸本)。 九 何度も空に蹴あげられる。 一〇 趣のある。 一一 模様を浮かして織った織物。 一二 東宮が桜の木を仰いでご覧になって。 一三 夕日の照りはえた風景である。 一四 さわぎ立てて。 一五 長講堂は、文永十年十月十二日に焼失し、建治元年四月十三日に再建して移転した。↓補注二七八。 一六 なり—より(桂・谷一本以外の諸本)。 一七 諸本「て上達部…御車に」なし。 一八 後深草院の皇女。後宇多帝の皇后。遊義門院。 一九 移転の儀に際しては、三日間は衣服を着かえず、外出せず、謹慎する。 二〇 かさねの色目で、藤は、表薄紫、裏青。つつじは、表蘇芳、裏青。なでしこは、表紅梅、裏青。 二一 日〳〵—日こと(諸本)。 二二 中庭を区わけさせ。 二三 左右に組をわけて、それぞれ自然の風景を模した植込みを作り、さまざまの趣向をこらして勝負をきそったもの。前栽合せのこと、「とはずがたり」に見える。↓補注二七九。 二四 宇治市の宇治川左岸の地。 二五 権大納言に至り、文保元年(一三一七)出家。建治二年二月十四日、右兵衛佐に任ぜらる。

て、[二六]我つくろひたるかたに渡《わた》して侍ける、いと恐《おそ》ろしく心かしこくぞ侍ける。

例の[二七]五月の供花、[二八]やがてうち續《つゞ》きければ、女院たち宮々など、[二九]夜の御時に閼伽《あか》奉《たてまつ》らせ給へば、[三〇]御堂のかほり、名香《みやうかう》の香も、ほかには多《おほ》くまさりて、[三一]いとしみ深《ふか》うなまめかしうおもしろし。大かた、[三二]いづれも年に二度《たび》は昔《むかし》よりの事にて、[三三]いみじうけいめいし給へば、世の人の[三四]靡《なび》き仕《つか》うまつるさま限《かぎ》りなし。日に二たび院の出《い》でさせ給にも、關白・大臣[三五]以下、やむごとなき人〲絶《た》えずさぶらひ給。大[三六]〔中〕納言・二位三位・[三七]非參議・四位五位などは、まして數知《かずし》らず。すべて[三八]前《さき》の司の人、入道なども參《まい》ることなれば、[三九]時ならぬ院の御前ともなく、いみじう花《はな》やかにおもしろうたうとし。昔の[四〇]後二條關白師通ときこえしは、「[四一]おりゐの御門《みかど》の門に、車の立《た》つべき事かな[四二]」と、そしり給けるに、今《いま》の世《よ》を見給はばと思出《い》でらる。九月の供花には、新院(亀山)さへ渡《わた》りものし給へば、[四三]いよ〱女房の袖口《ぐち》心ことに用意加《ようゐくわ》へ給(たまふ)。

[四四]御花はつれば、兩院ひとつ御車にて、[四五]伏見殿へ御幸[四六]なり。秋山の氣色御覽《らん》ぜさせんとなりけり。上達部・殿上人、かなたこなた押《を》し合《あ》はせて、色〲の狩衣姿《かりぎぬすがた》、[四七]菊紅葉こき交《ま》ぜてうちむれたる、見どころ多《おほ》かるべし。野山のけしき色づきわたるに、[四八]伏見《ふしみ》山、田の面《も》につゞく宇治の川浪、はる〲と見渡《わた》されたるほど、いと艶《えん》あるを、若《わか》き人〲[四九]など、身にしむばかり思《おも》へり。鷹司殿の大殿(兼平)も參《まい》り給べしと聞《き》こえけるを、御[五〇]物忌《い》みとてとまり給[五一]ければ、五葉の枝につけて[五二]奏《そう》せられける。

二六 自分の造った前栽の中に。
二七 供花は仏前に花を供える法会で、毎年、五月と九月に行なわれた。五月の供花のこと、「とはずがたり」に見えない。 二八 この前栽合せに、すぐ続いて行なわれたので。 二九 天台宗において、夕刻の例時に、阿弥陀経を誦し引声(いんぜい)念仏を唱えるのをいう。→補注二八〇。
三〇 新築された長講堂の木の香。かほり—ほか(諸本)。 三一 たいそう深く身にしみついて優雅で。 三二 この供花は、どのお寺でも年に二度は。
三三 後深草院がたいそう力を入れて行なわれるので。 三四 底本「なけき」。諸本で訂正。
三五 以下—はかり(諸本)。 三六「中」諸本で補う。
三七 三位以上でまだ参議にならないもの、参議以上の官であった人が、その官を辞したもの、四位以上で参議の資格あるものをいう。
三八 官を辞して位だけある者。 三九 院政をなさらない院の御所とも見えず。 四〇 堀河帝の時の関白。承徳三年(一〇九九)三十八歳で没。
四一 ご退位になった天皇のご門前に車を寄せて参向するという事があろうか。→補注二八一。
四二 かな—なし(桂・谷一本以外の諸本)—なと(桂・谷一本)。 四三「いよ〱」は、「用意加へ給」にかかる。 四四 九月の供花の法会が終わると。
四五 京都市伏見区桃山町にあった院の御所。両院、伏見殿御幸のこと、「とはずがたり」に見える。→補注二八二。 四六 なり—なる(大本以外の諸本)。 四七 菊がさねや紅葉がさねが、いろいろと、まざり合って群がっているのは。
四八 伏見山から、そのふもとの田のもへ、さらに田のものかなたの宇治の川浪へと、遙かに見渡される景色は。 四九 諸本「なとは」。
五〇 陰陽家の説で、天一神(なかがみ)太白神(ひとよめぐり)等をさけて、その日の過ぎるまで家にこもって慎んでいること。 五一 けれは—へれは(諸本)。
五二 次のような歌を奉られた。

一伏見《ふしみ》山幾萬代も枝そへてさかへん松の末《すゑ》ぞひさしき

御返し、

二さかふべき程ぞ久《ひさ》しき伏見《ふしみ》山を《(お)》ひそふ松の枝をつらねて

又の日は、三伏見津《ふしみつ》に出《(いで)》させ給《(たまひ)》て、鵜舟御覧《らん》じ、白拍子御船《ふね》に召《め》し入《い》れて、歌うたはせなどせさせ給。二、三日おはしませば、兩院の家司《けいし》四ども、我劣《おと》らじといかめしき事ども調《てう》じて参《まい》らせあへる中に、五山もゝの二位兼行、檜破子《ひはりご》どもの、六心ばせありて仕《つか》うまつれるに、雲雀《ひばり》といふ小鳥《こ》を七荻の枝につけたり。八源氏の松風の巻《まき》を思《おも》へるにやありけん。九爲兼朝臣《(の)》を召《め》して、本院《(後深草)》一〇「かれはいかゞ見る」と仰《おほ》せらるれば、一一一二「いと心得《え》侍らず」とぞ申ける。まことに、一三定家の中納言入道書《か》きて侍《(はべる)》源氏の本には、一四荻とは侍らぬとぞうけ給《(たまはり)》し。一五

かやうに御中いとよくて、はかなき御遊《あそ》びわざなども、一六いどましき様《さま》にきこえかはし給を、めやすき事に、なべて世の人も思申《(おもひまうし)》けり。一七ある時は、御小弓射《い》させ給て、「一八御負《ま》けわざには、院の内《うち》にさぶらふ限《かぎ》りの女房を見せさせ給へ」と、新院一九のたまひければ、二〇童《わらは》の鞠蹴《まりけ》たるよしを作《つく》りなして、女房どもに二一水干《すいかん》を着《き》せて出《い》だされたる事も侍けり。二二新院の御賭物《のり》には、龜山殿にて、五節《せち》のまねに、舞姫《まいひめ》・童《わらは》・下仕《しもづか》へまでになされけり。二三上達部、直衣《なをし》に衣出《い》だして、二四露臺《ろだい》の亂舞《らんぶ》・二五御前の召《め》し・二六北の陣《ちん》・二七推參《すいさむ》まで盡《つ》くされ侍けるとぞうけ給し。

一 伏見山の山松は幾万年もの間、枝を茂らせて栄えるであろう。そのように、君のお栄えは永遠に続くことであろう。二 伏見山に生い茂る松が枝を連ねて栄えゆくように、自分たちも、ともどもに末長く栄えることであろう。三 淀川の上流の地。伏見津遊覧のことは、「とはずがたり」には見えない。四 院司の意味に用う。院の御所の庶務を扱う者。五 兼家の三男道綱の子孫。従二位民部卿に至り、嘉元二年(一三〇四)七月出家。↓補注二八三。六 趣向をこらして。七 底本「萩」。諸本で訂正。八 源氏が嵯峨の明石の上を訪問したついでに、桂の別邸に立ちよって遊宴を催した折の記述をさす。↓補注二八四。九 藤原為家の孫で、京極派の歌風をうちたてた人。弘安元年には、二十五歳。一〇 あれをお前はどう思うか。一一 底本「ゝ」の脇に「れ」と注記。一二 一向に合点がまいりません。一三 青表紙本系統の源氏物語をいう。↓補注二八五。一四 底本「萩」。諸本で訂正。一五「し」底本傍書。一六 競争しあうというふうに、親しくご交際なさるのを。一七 この部分は、「とはずがたり」の建治三年二月の記事によって書く。一八 勝負に負けたほうが、そのつぐないに物を出して、もてなしをすること。一九 底本「新院」と「のたまひ」の間に、「の」と傍書。諸本なし。二〇 童が蹴鞠をする様によそおって。二一 狩衣の一種。元服前の少年の晴着に用いた。二二 亀山院が負けた時の御かけ物には、亀山殿で五節のまねをなされて、院中の女房たちを、舞姫はもとより、童や下仕えにまでなされた。二三 その上に、上達部が直衣の下から下着のすそを花やかに出して。↓補注二八六。二四 五節・寅の日の御前の試みの時に、露台に殿上人が立ち並んで歌を歌い、袖をかえすこと。露台は、紫宸殿と仁寿殿との間にある屋根のない板敷の場所。二五 御前の試みのことで、十一月中の寅

此御代にも、又勅撰の沙汰《さた》、[二八]一昨年《おとゝし》ばかりより侍し、[二九]爲氏の大納言撰《えら》ばれつる、此十二月《しはす》[三〇]にこそ奏《そう》せられける。續拾遺集ときこゆ。[三一]「たましゐあるさまにはいたく侍らざめれど、艶《えん》には見ゆる」と、時の人〴〵申侍けり。[三二]續古今のひきうつし、おぼろけの事は、たちならびがたくぞ侍べき。

かくて年月かはりぬ。其比(弘安二年)、[三三]新陽明門院(位子)、又たゞならずをはしますと聞えし、五月ばかり、[三四]御氣色あれば、めづらしくおぼす。内《なひ》〴〵、[三五]殿にてせさせ給へば、天下の人〴〵參《まい》りつどふ。前《さき》のたび、[三六]生《む》まれさせ給へる若《わか》宮は、[三七]かくれさせ給にしを、新院本意《ほい》なしと思《おぼ》されけるに、[三八]又かく物し給へば、めでたう思《おも》ふさまなる御事もあらばと、今《いま》より思《おぼ》しかしづくに、いとかひ〴〵しう[三九]若《わか》宮生《む》まれさせ給へ[四〇]ば、限《かぎ》りなくおぼさる。八月、御子《みこ》の[四一]御歩《あり》きぞめとて、萬里小路(の)[四二]〔殿〕に渡《わた》らせ給。唐庇《からびさし》の御車に、[四三]後嵯峨院の更衣腹《ばら》の姫《ひめ》宮、聖護院の法親王(覺助)のひとつ御腹とかや、御母代《しろ》にて添《そ》ひたてまつり給。又、三條内大臣公親の[四四]御女、[四五]内の御乳母《めのと》なりしも、[四六]めでたき御あへ物とて、御車に二人《ふたり》乘《の》り給。女院(新陽明門院)は、院の上《うへ》ひとつ御車に、[四七]菊《きく》の網代庇《あじろびさし》にたてまつる。宮の御車にやりつゞけて、よそほしくめでたき御事なり。その比、[四八]儉約《けんやく》行《おこ》なはるとかやきこえしほどにて、下簾《したすだれ》みじかくなされ、小金《こかな》物拔《ぬ》かれける。物見《み》る車どものも、召次《めしつぎ》寄《よ》りて切《き》りなどしけるをぞ、[四九]「時しもや、かゝるめでたき御事の折《おり》ふし」など、つぶやく人もありけるとかや。この宮も[五〇]親王の宣旨ありて、いとめで

の日に、舞姫を清涼殿の廂に召して、舞をご覧になるのをいう。
二六 朔平門にある衛士の詰所のこと。十一月中の寅・卯の両日、殿上人がうちつれて、清涼殿から北の陣をめぐり、五節所に向かったりした。
二七 殿上人が五節所へ行った後、所々に参って郢曲などを歌うこと。
二八 建治二年。↓補注二八七。
二九 為家の子で定家の孫。権大納言。 三〇 底本「よりこそ」。諸本で訂正。 三一 この集の歌は、精神のこもった歌には、とても思われないが。
三二 この集は、続古今集をそのままひきついだものであって、なみなみのことでは、それには及ばないことであろう。↓補注二八八。
三三 亀山院の妃。三五六・三五八頁参照。
三四 ご出産のごきざしがあるので。 三五 門院の御所で、ご出産の用意をされたところが。給へは―給に(諸本)。 三六 啓仁親王をさす。
三七 弘安元年十二月九日没。「させ」底本傍書。諸本による。 三八 このように、ご懐妊になったので。 三九 継仁親王。六月二十八日出生。
四〇 へは―へれは(近・平本以外の諸本)―つれは(近・平本)。 四一 誕生の後、最初のお出ましをいう。↓補注二八九。 四二「殿」諸本で補う。
四三 後嵯峨院の更衣のお腹にお生まれになった姫君、それは聖護院の法親王とご同腹ということであるが、その方が御母代りに、そばにつき添っておられた。 四四 底本「御女」の次に「御母」あり。諸本により削る。
四五 諸本「内の上の」。 四六 縁起のよい御あやかり者。 四七 菊の紋をつけた網代庇の車。
四八 倹約に関する政令が施かれているとかいう頃で、御車のすだれの内に垂れている絹の布を短くされ、飾りに打ってある金具類を取り除かれた。↓補注二九〇。 四九 ほかに切るべき時もあろうに。 五〇 弘安二年八月十八日。

たくきこえしほどに、明《あ》くる年九月、又かくれさせ給にし、いと口惜《くちを》しかりし御事なり。

弘安も四年になりぬ。夏比、後嵯峨院の姫《ひめ》宮、かくれさせ給ぬ。後堀川院の御女にて[一]神仙門院ときこえし女院の御腹なれば、故院(後嵯峨)もいとおろかならずかしづき奉《たてまつ》らせ給けり。御かたちも類《たぐひ》なく美《うつく》しうおはしまして、[二]「人の國より女の本《(ほん)》をたづねんには、この宮の似繪《にせゑ》をやらん」などぞ、父《ちゝ》御門《かど》も仰《おほ》せられける。御乳母《めのと》[三]隆行の家におはしましけるほどに、御乳母子《めのとご》[四]隆康《たかやす》、忍《しの》びて參《まい》りけるゆへ《(ゑ)》に、[五]あさましき御事さへ出《い》で來《き》て、[六]にはかに失《う》せさせ給にけるとぞきこえし。

[七]其比、蒙古《もうこ》起《お》こるとかやいひて、世の中騷《さは》ぎたちぬ。色々さま[八]〴〵に恐《おそ》ろしう聞《き》こゆれば、「本院(後深草)・新院(龜山)は東《あづま》へ御下《(くだり)》あるべし。内(後宇多)・春宮(伏見)は京にわたらせ給て、東《あづま》の武士ども上《のぼ》りてさぶらふべし」など沙汰《さた》ありて、山々寺〴〵に御祈《いの》り、數知《かずし》らず。[九]伊勢の勅使に、經任大納言まいる。[一〇]新院(龜山)も八幡へ御幸なりて、[一一]西大寺の長老(思圓)召《め》されて、[一二]眞讀《しんどく》の大般若供養せらる。[一三]太神宮へ御願に、「我御代にしもかゝる亂《みだ》れ出《い》で來《き》て、まことにこの日本のそこなはるべくは、御命を召《め》すべき」よし、御手《て》づから書《か》かせ給けるを、[一四]大宮院、[一五]「いとあるまじき事なり」と、なを諫《いさ》めきこえさせ給ぞ、ことはりにあはれなる。東《あづま》にも、[一六]いひしらぬ祈《いの》りどもこちたくのゝしる。[一七]故院(後嵯峨)の御代にも、御賀の試樂の頃《ころ》、かゝる事ありしかど、ほどなくこそしづまりにしを、こ

一　体子内親王。
二　外国から、わが国の代表的美人の様子をたずねて来たら。
三　四条隆行。権大納言に至る。
四　弘安四年には、修理大夫で三十三歳。
五　ご懐妊になるというような事が起こって。
六　諸本、この前に、「これも御うみなかし」とあり。注記の混入か。
七　弘安四年五月二十一日、高麗の兵船が対島をおかし、同年六月六日には、元・高麗の兵船が九州に来襲したのをいう。
八　「〳〵」底本傍書。
九　伊勢神宮へ敵国降伏を祈願するための勅使。
一〇　六月二十日、石清水八幡宮に御幸。
一一　奈良県生駒郡伏見村西大寺にある真言律宗の本山。その長老は思円上人であった。
一二　真読は、経巻の文句を略さずに全部読誦すること。大般若供養は、大般若経六百巻を転読または真読して、神仏に供養する法会をいう。
一三　伊勢大神宮に奉られた御願文に。
一四　「を」底本傍書。
一五　あるましき—あさましき(桂・谷一本以外の諸本)。
一六　言いようもない大したご祈禱を。
一七　三三三頁参照。
一八　国書をさす。建治元年、蒙古の使者が国書を持参し、弘安二年にも、同じく国書を持参したが、幕府はこの使者を斬っている。
一九　事がたいそうめんどうだというので。
二〇　閏七月一日。

の度《たび》は、いとにが〳〵しう、[一八]牒状《(てふじやう)》とかや持《も》ちて参《まい》れる人など有《(あり)》て、[一九]わづらはしうきこゆれば、上下思《おも》ひまどふ事かぎりなし。

　されども、[二〇]七月一日、おびたゝしき大風吹て、異國の舟六萬艘、つは物乗《の》りて筑《つく》紫《し》へよりたる、みな吹《(ふき)》破《わ》られぬれば、或は水に沈《しづ》み、をのづから殘《のこ》れるも、泣《な》く〳〵本國へ歸《(かへり)》にけり。石清水社にて、大般若供養の[二一]いみじかりける刻限《こくげん》に、晴《は》れたる空に、黑《くろ》雲一村にはかに見《み》えてたなびく。かの雲の中より、[二二]白羽にてはぎたる鏑《かぶら》矢の大なる、西をさして飛《と》び出《い》でて、鳴《な》る音おびたゝしかりければ、[二三]かしこには、大風吹《(ふき)》くるとつは物の耳《みゝ》には聞《き》こえて、浪荒《あら》[二四]だち海の上《うへ》[二五]あさましくなりて、みな沈《しづ》みにけるとぞ。なを我國に神[二六]をはします事、あらたに侍けるにこそ。さて爲氏《(の)》大納言、伊勢の勅使[二七]のぼるみち、[二八]申《(まうし)》をくりける。

　[二九]勅として祈《いの》るしるしの神風によせくる浪はかつくだけつゝ

かくて靜《しづ》まりぬれば、京にも東《あづま》にも、御心どもおちゐて、めでたさかぎりなし。[三〇]かの異國の御門《かど》、心憂《う》しと思《おぼ》して、湯水をもめさず、「我[三一]いかにもして、このたび日本の帝王に生《む》まれて、かの國を滅《ほろ》ぼす身とならん」とぞ誓《ちか》ひて死に給ける[三二]ときこえ侍し、誠にやありけむ。

　同《おな》じ(弘安)六年正月六日、[三三]日吉の社の訴訟《そせう》勅裁なしとて、御輿は都[三四]へ入《(いら)》せ給。六波羅の武士ども、氣色ばかり防《ふせ》き奉《たてまつ》りけれど、[三五]まめやかには、神に向《む》かひ奉《たてまつ》りて弓射《い》る物

二一 の―説法(諸本)。
二二 白い羽をつけた鏑矢。
二三 かの筑紫では。
二四 あらたち―あらくたち(諸本)。
二五 物凄い状態になって。
二六 神―神の(諸本)。
二七 勅使―勅使にて(桂・谷一本以外の諸本)。
二八 みち―みちより(桂・谷一本以外の諸本)―みちえ(桂・谷一本)。
二九 天皇のみことのりを奉じて、伊勢の大神にお祈りしたかいがあって、神風が吹いたために、攻め寄せて来た敵の船は、寄せくる浪が、かたく一方からくだけてゆくように、たちまち、くだけ散ってしまった。
三〇 元の世祖。蒙古帝国五代の帝、フビライ(一二一五―一二九四)をさす。
三一 詳解には「この事他に記せるものなし。但し体源抄に載せたる聖徳太子瑪瑙石記文に、「異国君主、傾祈䆼生、生日域城夷、為侵㆓正法㆒」とあり。こは南北朝時代に作りしものなれば、その頃まで、かゝる風説ありしものならん」と説いている。いかにも―いかゝ(諸本)。
三二 きこえ―きゝ(諸本)。
三三 日吉社のことについて訴訟をしたが、天皇のお許しが出ないといって。勘仲記、弘安六年正月六日の条に「卯剋許日吉神輿〈十禅師、八王師、客人宮〉、並祇園京極寺赤山等奉㆑振、内裏門々守護武士全分無人、仍任㆑意奉㆑振、一基紫宸殿上奉㆓安之㆒、一基軒廊、二基縫殿陣内、一基左衛門陣外、宮仕法印師已下雑人数千人作持打㆓破四足門㆒、濫㆓入常御所㆒、台盤所等雑人馳入、推㆓下御服御物等㆒、所々妻戸障子切㆑之、南殿御簾引㆓落之㆒、狼藉之体超㆓過先例㆒絶㆓常篇㆒歟」。
三四 延暦寺の衆徒たちが、日吉の神輿等をかついで、朝廷に強訴するのである。
三五 本気になって。は神に―神には(桂・谷一・院本以外の諸本)。

もなければ、紫宸殿・清涼殿などに[一]振《ふ》り捨《す》てまいらせて、山法師はのぼりぬ。御門は急《いそ》ぎ對屋に出させ給て、[二]腰輿《(えうよ)》にて[三]近衛殿へ行幸なる。殿上人ども[四]柏挾《(かしはばさ)》みして仕《(つかうまつり)》けり。[五]七日の節會も、まほには行《おこ》なはれず。それより三條坊門[六]萬里小路の[七]通成の大臣《おとゞ》の家へ行幸なりて、しばし内裏になりし時、[八]萬里小路おもての四足は建《た》てられ侍き。かゝりしほどに、[九]この家に、石清水の若宮をいはひまいらせたる社おはしますに、狐多《きつねおほ》く侍《(はべり)》けるを、[一〇]瀧口のなにがしとかや、過《あやま》ちたりける御とがめとて、[一一]よろづわづらはしく、かう〱しき事どもありければ、萬里小路殿へかへらせ給にき。

この《(後宇多)》御門《かど》は、ねび給まゝに、いとかしこく、御才《ざえ》などもすぐれさせ給へれば、なべて世人《(の)》も目出事《(めでたきこと)》に思《おも》ひきこゆ。[一二]はか〱しき女御・后などもさぶらひ給はで、いとつれ〱なるに、新陽明門院《(位子)》の御方に、[一三]堀川《(具守)》の大納言の御女、[一四]東《(の)》御方《(基子)》とてさぶらひ給を、忍《しの》び〱御覧じけるほどに、弘安八年二月ばかり、[一五]若宮《(後二條)》いで物し給へり。いとやむごとなき御宿世《しゆくせ》なるべし。

ことし《(弘安八年)》、[一六]北山の准后、九十にみち給へば、御賀の事、大宮院思《おぼ》しいそぐ。世の大事にて、天下かしがましくひゞきあひたる。[一七]かくのゝしる人は、[一八]安元の御賀に[一九]青海《(せいがい)》波《は》舞たりし隆房《(の)》大納言の孫《(むまご)》なめり。鷲《わし》の尾《お》の大納言隆衡《たかひら》の女《(むすめ)》ぞかし[二〇]な。[二一]大宮院・東二條院の御母なれば、兩院の御祖母、太政大臣《おほきおとゞ》《(實氏)》の北の方にて、[二二]天《あめ》の下《した》みなこのにほひならぬ人はなし。いとやごとなかりける[二三]御 勢《(いきほひ)》なり。むかし、御堂殿《(み)だうどのゝ》《(道長)》の御北の方

一 日吉の神輿等をかつぎこみ、そのまま置き去りにして、衆徒たちは山に帰ってしまった。 二 手でかついでゆくこし。方違いや非常の時に用いる。 三 内大臣近衛家基の邸で、近衛の北、室町の東にあり、この時、亀山院の御所であった。↓補注二九一。 四 冠の纓(えい)の末を上になるようにたたんで、白木ではさんでおくこと。非常警衛の時、または急ぎ走る時になした。

五 白馬の節会もまともには行なわれない。

六 万里—富(谷一本以外の諸本)。

七 源大納言通方の子。内大臣に至り、文永七年、四十九歳で出家。↓補注二九二。

八 万里小路に面した四足門。四足門は、とびらのついた柱の前後に四本のそえ柱を立てた門。

九 近衛邸をさすか。 一〇 滝口の何某とかいう者が、その狐を殺すかどうかした、その神罰で。

一一 いろいろと、めんどうな恐ろしい事どもが起こったので。↓補注二九三。 一二 これという、しっかりした。 一三 源具守。弘安七年正月十三日、権大納言、正和二年(一三一三)内大臣。

一四 源基子。後宇多帝の妃。後二条帝の母。

一五 後の後二条帝。二月二日誕生。

一六 西園寺実氏の室、貞子。

一七 このように世間で騒ぎ立てている北山の准后とは。

一八 安元二年(一一七六)三月に行なわれた後白河院五十の御賀をさす。 一九 三月六日の後宴に、左少将隆房が青海波を舞ったことは、安元御賀記に見える。 二〇 諸本「な」なし。

二一 後嵯峨院の中宮で、後深草・亀山両院の母。東二条院は、後深草院の中宮。

二二 天下の主だった方々は、すべてこのご系統でない方はない。

二三 御勢—御さいはい(尾・近・平・大・岩本)—しゅくせ(谷本)—御すくせ(桂・谷一本)—御事(院本)。

[二四]鷹司《たかつかさ》殿(倫子)ときこえしにも[二五]劣《おと》り給はず。

大かた、この大宮院の御宿世《すくせ》[二六]、いとありがたくをはします。すべていにしへより今《いま》まで、后・國母多《おほ》[二七]く過給(すぎたまひ)ぬれど、かくばかりとり[二八]集《あつ》めいみじき[二九]ためしは、いまだ聞《き》ゝ及《およ》び侍らず。[三〇]御位の初《はじ》めよりえらばれまいり給て、争《あらそ》ひきしろふ人もなく、三千[三一]の寵愛《てうあい》一人《ひとり》におさめ給。(後深草・龜山)兩院うち續《つゞ》きいで[三二]物し給へりし、いづれもたいらかに、思《おも》ひのごとく、[三三]二代の國母にて、今はすでに[三四]御孫の位をさへ見給まで、いさゝかも御心にあはず思《おぼ》し結《むす》ぼるゝ一ふしもなく、めでたくおはしますさま、來《き》しかたもたぐひなく、行末《すゑ》[三五]もまれにやあらん。

[三六]いにしへの基經の大臣《おとゞ》の御女(穏子)、延喜の御代の大后宮(おほきさいのみや)、[三七]朱雀・村上の二代の國母にてをはせしも、[三八]初《はじ》め出《い》でき給ひて殊《こと》にかなしうし給し前坊(保明)にをくれ聞え給て、御命のうちは、絶《た》えぬ御歎《なげ》き盡《つ》きせざりき。[三九]九條(師輔)の大臣《おとゞ》の御女(安子)、天暦の后にておはせし、冷泉・圓融、兩代の御母なりしかども、[四〇]めでたき御代をも見たてまつり給はず、(村上)御門にも先《さき》だち給て失《う》せ給にき。(道長)御堂の御女上東門院(彰子)、[四一]〔後〕一條・後朱雀の御母にて、[四二]御孫後冷泉・後三條まで見奉《たてまつ》り給しかども、みな先立《さきだ》たせ給しかば、[四三]さかさまの御歎《なげ》き絶《た》ゆる世《よ》なく、[四四]御命のあまり長《なが》くて、中〳〵人目《め》を恥《は》づる思《おも》ひ深《ふか》くおはしましき。これもみな一[四五]の人にて、世の親《おや》と成給へりしだに、やうをかへてさま〴〵の御身の愁《うれ》へはありき。たゞ人には、大納言公實の御女《むすめ》こそ、[四六]待賢門院(璋子)とて、崇

二四 倫子。道長の室。その娘の彰子は一条帝、妍子は三条帝、威子は後一条帝、嬉子は後朱雀帝のきさきとなった。 二五 にも―には(諸本)。
二六 前世からの宿縁。 二七 多くおいでになったけれども。 二八 多くの幸運を一身に集め。
二九 底本「たる」を「いみし」と訂正。
三〇 後嵯峨帝が位におつきになった当初から、おきさきとして選ばれて入内し。
三一 天皇の愛情をただひとりで独占なさった。↓補注二九四。 三二 お生まれになった、その御二方のいずれも無事に皇位におつきになって。
三三 二代の天皇の母君になられ。
三四 御孫の後宇多帝が位についておられるのをさえご覧になるまで。「の位」底本傍書。
三五 も―にも(諸本)。
三六 昔、基経公の御むすめは、醍醐帝の御代の皇后宮で、朱雀・村上の二代にわたって国母でいらせられたが。
三七 諸本「朱雀…てき給ひて」なし。
三八 初めにお生まれになって、ことに深く愛しておられた前皇太子(保明親王)に先立たれて。↓補注二九五。
三九 九条右大臣師輔公の御娘で、村上帝のおきさきであった方は。↓補注二九六。
四〇 この二帝の位につかれた、めでたい御代をもご覧にならず。
四一 「後」桂・谷一本以外の諸本で補う。
四二 御孫の後冷泉・後三条両帝の位につかれた御代まで。
四三 子や孫が先になくなって、死ぬ順序が逆になったお嘆き。底本「わかさま」。諸本で訂正。
四四 上東門院は、承保元年(一〇七四)八十七歳でなくなった。諸本「の」なし。
四五 摂政関白。ここでは、その娘の意。
四六 鳥羽帝の皇后。久安元年(一一四五)四十五歳で没。

徳・後白川の御母にておはせしかど、それも後白川の御世をば御覽《らん》ぜず、讃岐《さぬき》[一]の院の御末《すゑ》もをはしまさず。されば、今《いま》のやうに[二]、たゞ人の御身にて、三代[三]の國のをもしといつかれ、兩院とこしなへに仰《あふ》ぎさゝげ奉《たてまつ》らせ給(たまへ)ば、前《さき》の世もいかばかりの功徳をはしまし、この世にも、春日大明神を初《はじ》め、よろづの神明佛陀の擁護あつく物し給にこそ、ありがたくぞをしはかられ給。

かくて御賀は二月卅日比(ころ)なり。本院(後深草)・新院(龜山)・東二條院(公子)・遊義門院(姈子)[四]いまだ姫宮と申、みなかねて[五]より北山にわたらせ給。新陽明門院(位子)も新院ひとつ御車にてをはします。廿九日[六]の夜、まづ行幸あり。歌づかさ[七]樂を奏す。院司[八]左衞門督公衡、ことのよし[九]申て後、中門に寄《よ》せらる。其後、春宮行啓、門よりおりさせ給。傅[一〇]のおとゞ二條、御車にまいり給へり。

其日に成(なり)ぬれば、寢殿《しんでん》の東面《おもて》の母屋[一一]・廂《ひさし》まで取《と》り拂《はら》ひて、釋迦如來の繪像《ざう》かけたてまつる。道場[一二]の飾《かざ》り、まことの淨土の莊嚴もかくこそと、めでたくきよらをつくされたり。御經の箱《はこ》二合、金泥《こんでい》[一三]の壽命經九十卷・法花經入(いれ)らる。名香《みやう》、柳[一四]の織《をり》物に藤を縫《ぬ》いたるにて包《つゝ》みて、御經の机《つくゑ》によせかく。御簾(みす)の中に、西の一間に繧繝《うげん》[一五]二帖、唐《から》[一六]錦の褥《しとね》しきて、内の上の御座とす。おなじ御座の北に、大文[一七]の高麗《かうらい》一帖敷《し》きて、准后(貞子)春宮(伏見)わたらせ給。西の廂《ひさし》に、これも屛風を添《そ》へて、繧繝《うげん》二帖、錦《にしき》のしとねに、ゐ給へり。同(おなじ)廂(ひさし)に、東二條院わたらせ給。はるぐ\と、纐纈《かうけち》[一八]の木丁のかたびらを

一 崇徳帝の皇子、重仁親王は十七歳で出家し、子供がいなかったので、子孫が絶えた。
二 桂・谷一・院本以外の諸本「ほとに」。
三 後深草・亀山・後宇多の三代をいう。
四 後深草院の皇女。この時、十六歳で、この年の十月、後宇多帝の皇后となる。
五 その前に。 六 →補注二九七。
七 朝廷の用に供えるための歌舞音曲のことをつかさどる役所。歌つかさ―雅楽司(桂・谷一本以外の諸本)。
八 大宮院の院司。公衡はその別当であろう。
九 天皇がお着きになった由を女院に申しあげて後に。
一〇 左大臣二条師忠。師忠は東宮傅であった。
一一 母屋から廂の間まで、ふだんの調度類を取りはらって。
一二 僧侶が心を静めて仏道を修するところ。ここでは、法会を修する場所をいう。
一三 金粉をにかわでとかしたもので、絵や文字を書くのに用いる。寿命経は、一切金剛寿命陀羅尼経の略。 一四 柳の模様を織り出した織物に、藤の模様を縫い取りしてあるのに。
一五 うげんべりのたたみ二帖。うげんは、赤地に、あい色やあさぎ色などで花形・ひし形をたて筋の間に織った錦。
一六 その上に唐錦の座ぶとんを敷いて。
一七 紋がらの大きな高麗縁のたたみ一帖。
一八 くくり染めの几帳のたれぎぬを出して、さらにその間から女房たちの色々の美しい袖口を、お仕えしている女院や姫宮の違いがわかるように、とりどりに押し出した、その様子は。
一九 このように美しい錦の色は、どうして織り出すことができようかと思われるほどで。
二〇 その刻限になったのであろうか。
二一 あたり一面に響き渡って聞こえる。
二二 法会に参加する僧たちに、集合してその席

出《い》だして、色々の袖口ども、御かた〴〵けぢめわかれて押《を》し出《い》でたるほど、龍田《たつた》姫も[一九]かゝる錦《にしき》の色はいかでかと、いみじう好《この》ましげなり。

[二〇]事《こと》なりぬるにや、兩院・御門・春宮・大宮院・東二條院・今出川院《(嬉子)》・春宮大夫《(實兼)》などうち續《つゞ》き、誦經《(ずきやう)》の鐘の響《ひゞ》きも、耳おどろくばかり[二一]所《ところ》せうきこゆ。[二二]衆僧集會《(しふゑ)》の鐘うちて後、上達部御前の座につく。階より東《ひんがし》に、關白 兼平公・左大臣 師忠公・内大臣 家基公・花山院大納言 長雅・源大納言 通頼・大炊御門大納言 信嗣・右大將 通基・春宮大夫 實兼・[二三]左大將 公守・三條中納言 實重・花山院中納言 家教・右衞門督 公衡などさぶらひ給。階より西《にし》に、[二四]四條前大納言 隆親・春宮[二五]〔權〕大夫 具守・權中納言 實冬[二六]・四條宰相 [二七]隆康・[二八]右兵衞督 爲世など祗候《しこう》せられたり。内の上《(後宇多)》、御引直衣《ひきなをし》・すゞしの御袴《はかま》、本院は御烏帽子《ゑぼし》直衣・[二九]青鈍《あをにび》の御指貫《さしぬき》、新院、御直衣《なをし》・綾《あや》の御指貫《さしぬき》、春宮、[三〇]櫻の御直衣《なをし》・[三一]霰《あられ》に窠《くわん》の紫《むらさき》の御指貫《さしぬき》、いひしらずなまめかしうみえ給。今日はみな御簾の中におはします。[三二]大女院、白き綾《あや》の[三三]三御衣《(みつおん)ぞ》、東二條院、唐織物《からをり》の[三四]柳の八《(やつ)》・[三五]紅梅のひねりあはせの御單《ひとへ》・[三六]かば櫻の御小袿《こうちき》奉れり。姫宮《(遊義門院)》、[三七]紅のにほひ十・紅梅の御小袿《こうちき》・萌黄《もえぎ》の御單《ひとへ》・赤《あか》色の御唐衣《から(ぎぬ)》・生絹《すゞし》の御袴《はかま》たてまつれる、つねよりもことに美《うつく》しうぞ見《み》え給。[三八]おはしますらんとおもほす間のとをりに、内の上、常に御目《おま》じりたゞならず、御心づかひして御目《め》とゞめ給。
[三九]樂人・舞人、[四〇]鳥向樂《(てうかうらく)》を奏す。[四一]雞婁《けいろう》を先《さき》だてゝ、[四二]亂聲《(らんじやう)》、[四三]左右桙《ほこ》を振《ふ》る。其後、[四四]壹越《(いちこつ)》

に着くように知らせる鐘。
二三 当時の左大将は兼忠。
二四 注記隆親は隆行の誤りであろう。→補注二九八。大本以外の諸本「四辻殿大納言」。
二五 「権」桂・谷一本以外の諸本で補う。
二六 実冬―宗冬(桂・谷一・院本以外の諸本)―真冬(桂・谷一本)。
二七 底本「隆親」の脇に「康」と注記。諸本「隆保」。
二八 右兵衛督―右衛門督(諸本)。底本が正しい。
二九 青みのある濃いはなだ色。
三〇 かさねの色目。表白、裏濃い蘇芳色。
三一 あられ模様に、窠の紋を散らした紫地の御指貫。あられは、織物または染物の模様の名で、いしだたみのこまかいものをいう。窠は、うりを輪切りにした形を描いた模様や紋。
三二 大女院―大宮院(桂・谷一・院本以外の諸本)―大宮女院(院本)。
三三 重ねうちきで、衣を三つ重ねるのをいう。
三四 かさねの色目。表白、裏青。柳―柳桜(諸本)。
三五 紅梅はかさねの色目で、表紅梅、裏蘇芳。ひねりあはせは、ひとえの衣を二枚重ねて、端をひねったものをいう。紅梅―紅うち(桂・谷一本以外の諸本)。
三六 かさねの色目。表蘇芳、裏赤花。
三七 紅のにおいの重袿を十枚重ねて着。紅のにおいは、紅色の下のほうが次第に薄くなるように衣を重ねて着たもの。
三八 この姫君のおいでになるだろうとお思いになる間のあたりに、主上は、そのお目つきも普通とは違って、よく注意をなさって絶えず御目を注いでおられる。
三九 →補注二九九。
四〇 行列の中において舞う道楽(みちがく)。教訓抄、六「参向行道楽用レ之」。
四一 鶏婁鼓。中国から渡来した鼓の一種。ひもで首にかけてつるし、その両面を打ち鳴らす。
四二 舞楽の最初に奏する前奏曲。
四三 振桙で、舞人が桙を振って舞う。→補注三〇〇。
四四 壱越は、十二律の一つ。音名の第一番の音で、音高は洋楽のほぼニ(d)にあたる。

調《てう》の調子を吹て、樂人・舞人、[一]衆僧集會《しふゑ》の所にむかひて、[二]安樂鹽《あんらくえん》を吹《ふ》く。衆僧、左右に分《わ》かれてまいる。階《はし》の間より昇て座につく。[三]講師、[四]法印憲實。[五]讀師、僧正守助。[六]導師、高座に上《のぼ》りぬれば、[七]堂童子《だうどうじ》、花籠《けこ》をわかつ。[八]杖とりの使、公敦朝臣《きんあつ》、[九]つえをしりぞけて舞を奏するほど、氣色ばかりうちそゝぎたる春の雨、[一〇]青柳の絲《いと》に玉ぬくかと見《み》えたり。[一一]一の舞、[一二]久資《すけ》といふ物、[一三]少《すこ》しねびていとよし〳〵しう、[一四]面《おも》もち足踏《あしふ》み[一五]かうさびて面白し。[一六]萬歳樂《まんざいらく》・賀殿《かてん》・陵王《りようわう》、右、地久《ちきう》・[一七]延喜樂《えんぎらく》・[一八]納曾利《なつそり》。[一九]久忠 二の物にて、[二〇]勅祿の手といふ事仕《つか》うまつる時、右(忠教)の大臣《おとゞ》座を立《た》ちて賞仰らるれば、承《うけたまはり》て拜し奉《たてまつ》る程、いと艶《えん》なり。[二一]久資《すけ》・正秋《まさあき》などいふ物どもも、賞うけ給《たまはり》て、笛を持《も》ちながら起《お》き伏《ふ》し拜するさまも、つき〴〵しうゆへ(ゑ)ありて見ゆ。[二二]講讃の言葉《こと》めでたういみじ。今の世には[二三]富樓那《ふるな》尊者のごとくいはるゝ者《もの》なれば、心とゞめて人〴〵聞《きき》給《たまふ》に、涙とゞめがたき事どもをいひつゞく。[二四]高座はてゝ後、樂人、[二五]酒胡子《しゆこし》を奏す。其程に僧の祿《ろく》を給。頭中將公敦よりはじめて、[二六]思《おも》ひ〳〵の姿《すがた》にて祿《ろく》をとる。あるは[二七]闕腋《わきあけ》に[二八]平胡籙《やなぐゐ》、[二九]縫腋《もとをし》の袍に[三〇]革緒の劍など、心〴〵なり。俊定・經繼などは、[三一]巡方《じゆんばう》の帶をさしたり。衆僧まかづるほどに、[三二]廻忽《くわいこつ》・[三三]長慶子《ちやうげいし》奏して、樂人・舞人も退《しりぞ》きぬる後、大宮院・准后の[三四]御臺まいる。[三五]陪膳《はいぜん》 權(實冬)中納言、[三六]役送 實時・[三七]宗冬・實躬・信輔・俊光など仕《つか》うまつる。

かくて、又の日は三月《やよひ》の一日《ついたち》なり。寝殿《しむでん》のよそひ昨日のまゝなり。舞臺・樂屋ば

一 →補注三〇一。
二 沙陀調で舞のない楽。沙陀調は雅楽の調子の一。
三 法会の際に、経の意味を講ずる役を勤める人。四 法印大和尚の略。僧正・僧都にたまわった最高の僧位。
五 安居・法会等において、経題・経文を読む役。守助は、西園寺実氏の子で、東寺一の長者。
六 法会の時、衆僧の中心になって儀式を行なう僧。七 法会の時に、花籠を配布する役。
八 天皇から准后貞子に杖をたまわるお使い。
九 とはずがたり三には「のちにつくゑをしり(ゑ)かけて、まいをそうす」とある。
一〇 古今集、春上「浅緑糸よりかけて白露を玉にもぬける春の柳か　僧正遍昭」を踏んで書く。
一一 一の物の舞。舞人を左右に分かち、その上首を一の物、次席の者を二の物、その次を三の物という。一二 →補注三〇二。
一三 少し年をとっていて、たいそう風格があって。久資は、この時七十二歳。→補注三〇二。
一四 その顔つきや足拍子など古雅でおもしろい。
一五 底本「雨」。諸本で「面」に訂正。
一五 底本「かうまひて」。諸本で訂正。
一六 この上に、左とあるべきである。三三一頁頭注五二参照。一七 延喜年中の制作で、六人で舞う。
一八 高麗壱越調の曲で、一人または二人で舞う。
一九 →補注三〇二。二〇 勅命によって物をたまわることになっている舞の手。
二一 →補注三〇三。
二二 経文の意味を講説し讃美すること。
二三 仏十大弟子の一。弁舌が巧みであって、仏弟子中、説法第一の称のあった人。
二四 高座における説法が終わって。
二五 壱越調で舞のない楽。
二六 思い思いの装束で、禄を取って僧に与える。

かりをとりのけて、母屋の四方に[三八]壁代《かべしろ》をかく。兩院・内の上の[三九]御簾の役《やく》、關白(兼平)さぶらひ給。春宮のは、傅(師忠)遅《をそ》くまいり給へば、大夫實兼つとめ給。内の上《うへ》は、今日は例の御直衣《なをし》・[四〇]紅のうちたる綿厚《わたあつ》き御衣《(おん)ぞ》・織物《をり》の御指貫《さしぬき》、いとめでたき御にほひなり。本院、[四一]かた織物《をり》の薄色《うす》の御指貫《さしぬき》・すこし薄《うす》らかなる御直衣《なをし》、新院、雲に鶴《つる》の浮織物《うきをり》の御直衣《なをし》・おなじ御指貫《さしぬき》・[四二]紅の今《いま》すこし色かはれるをたてまつれり。あらまほしきほどにねびとゝのほり、[四三]しうとくに、もの〳〵しき御さまかたち、あなきよげ、今《いま》ぞ盛《さか》りに見え給。春宮は[四四]色濃《こ》き御直衣《なをし》・[四五]浮線綾《ふせんれう》の御指貫《さしぬき》・紅のうちたるあはせをたてまつれり。とり〳〵にめでたくきよらにおはします御かたちどもの、いづれとなくあなうつくしと、うち見たてまつれる人の心ちさへ、そゞろにゑまし。大宮院などは、[四六]まして何事《なにごと》をかは思《おぼ》さるらむとおしはかられ給。かなたこなたの御随身ども、近《ちか》くさぶらひつるを、院出《い》でさせ給ぬれば、[四七]しぞきて、御階《はし》の西に並《な》みゐたる装束ども、色〳〵の花をつけ、高麗《こま》・唐土《もろこし》の綾錦《あやにしき》、[四八]こがね・白かねを延《の》べたるさま、いとあまりうたてあるほどにぞ見《み》ゆる。

今日は、内・春宮・兩院、御膳まいる。陪膳《はいぜん》 花山院大納言[四九]長雅、役送 四條宰相(隆康)・三條宰相中將(公實)、本院の陪膳 大炊御門大納言信嗣、新院のは春宮大夫(實兼)などつとめらる。其後、御遊《あそ》びはじまる。内の上《うへ》 御笛、柯亭といふ物とかや。御箱《はこ》に入たるを、忠世持《も》ちてまいれるを、關白(兼平)とりて御前にたてまつらる。[五〇]春宮、御琵琶[五一]玄象、[五二]宮權亮《(みやのごんのすけ)》

三七 束帯用の上衣で、袖から下、両腋をぬわず襴もつけないもの。主として武官が着用。
三八 矢をいれて背なかに負う具。
三九 束帯用の上衣の一種。主として文官が着用。
三〇 衛府の太刀で、さやが平たくて革緒をつけたもの。 三一 束帯の時に着用する石帯で、方形の角・石玉等をつけたものをいう。
三二 平調で舞のない楽曲。 三三 大食調で舞のない楽曲。退出の時に、曲だけ奏する。
三四 御食膳をさしあげる。
三五 膳部の給仕をつとめる者。
三六 お膳の取り次ぎをする役。
三七 宗冬—実冬(諸本)。
三八 母屋と廂との間を隔てるために用いる、カーテンのようなもの。
三九 出御の時に、みすを巻きあげる役。
四〇 きぬたで打ってつやを出した紅色のうちきに綿を厚くいれたものを、その下に召され。
四一 糸をかたくしめて、紋を浮かさないように織ったもの。
四二 うちきは主上と同じく紅色で、それとは少し色の異なっているのを着ておられる。
四三 宿徳。おちついて威望のあること。
四四 紫色の濃い。
四五 文様を浮き織りにした綾織物。
四六 諸本「はまして」なし。 四七 しそきて—しりそきて(桂・谷一本以外の諸本)。
四八 それに金銀を延べた、ほり物を飾りつけた様子は。
四九 底本「長雄」。公卿補任で訂正。
五〇 底本「れ」の脇に「ら」と注記。たてまつらる(桂・谷一・院本)—奉る(桂・谷一・院本以外の諸本)。
五一 玄象—牧馬(桂・谷一本以外の諸本)。拾芥抄に、「牧馬与二玄上一雙名物也」。
五二 東宮権亮。

親定持《も》ちてまいりたるを、大夫(實兼)御前に置《を》かる。上達部の笛の箱《はこ》別にあり。笛 兵部卿良教・花山院大納言(長雅)、笙 源大納言通賴*・左衛門督(公衡)、篳篥 兼行、琵琶 春宮大夫(實兼)、一箏 左大將(兼忠)二・洞院三位中將實泰*、和琴 大炊御門大納言(信嗣)、拍子三 徳大寺中納言公孝*、末《すゑ》四の拍子 宗冬五、みな人〴〵、直衣に色〴〵の衣《きぬ》を出《い》だす。例《れい》の安名尊六・席田《むしろだ》七・鳥破急(とりのはきふ)八・九律青柳・萬歳樂・一〇三〔臺〕急(さんだいのきふ)。御遊《あそ》びはてぬれば、殿上の五位どもまいりて、管絃の一一具を一二わかつ。御かた〴〵、一三かうぶり給はりたまふ。一四道《みち》〴〵の師ども、加階《かゝゐ》給はる。

其後、和歌の披講はじまる。爲道朝臣、縫腋《もとをし》の袍に、一五壺負《つぼを》いて、一六弓に懐紙をとり具《ぐ》して、上達部の座の一七前を通《とを》りて、階《はし》の間より入て、文臺の上《うへ》にをく。其外の殿上人どもの歌は、ひとつにとり集《あつ》めて、信輔一度《ど》に文臺にをく。文臺の東に圓座をしきて、春宮披講のほど一八渡らせ給。一九内宴などいふ事にぞかくは有(あり)けると、古《ふる》きためしもおもしろくこそ。上達部みな色〴〵の衣を出《い》だす。右大將通基*、二〇魚綾《ぎよれう》の山吹の衣《きぬ》着《き》給へり。笏に歌をもち具《ぐ》し給。内の上《うへ》の御歌は殿(兼平)ぞ書《か》き給ける。

二一行末《すゑ》を猶ながき代とちぎる哉彌生(やよひ)にうつる今日《けふ》の春日に

新院(龜山)御製は内大臣(家基)書《か》き給。

二二もゝいろと今《いま》や鳴《な》くらん鶯も九(こゝの)かへりの君が春へて

春宮(伏見)のは、左大將(兼忠)に書《か》ゝせらる。

二三かぎりなき齢《よはひ》はいまだ九十(こゝのそぢ)猶千代遠《とを》き春にもある哉

一 箏―琴(桂・谷一本以外の諸本)。 二 鷹司兼忠。 三 拍子をとる役。ここでは本方の拍子をいう。公孝は、この時、権大納言。 四 神楽に本方と末方とあって、その末方の上首として拍子を打ち、末歌の音頭をとるもの。 五 底本「実冬」。院本以外の諸本で訂正。実躬卿記には「付歌 宗冬朝臣」とある。 六・七 催馬楽の呂の歌。↓補注三〇四。 八 鳥は雅楽の一である迦陵頻(かりょうびん)の略名。破急は、一曲の歌舞を、序破急の三段にわけた破段と急段をいう。 九 律は呂に対して高い音調をいう。呂の歌安名尊に対して、青柳の歌曲の調子をいったのである。↓補注三〇五。 一〇 左舞三台塩の急段をいう。三台塩は、平調で舞者四人。底本「三急」。諸本で「台」を補う。 一一 「の」底本傍書。 一二 分担してかたづける意か。 一三 位階。 一四 舞や楽の師をさす。 一五 壺胡籙(つぼやなぐい)。背なかに負って矢を盛る具で、円筒形のもの。 一六 弓に詠進歌をしるした懐紙をとりそえて。 一七 前を―うへを(諸本)。 一八 底本「はた」。諸本で訂正。 一九 正月二十一日ごろ、仁寿殿で行なわれた内々の節会。↓補注三〇六。 二〇 三三〇頁頭注二三参照。 二一 三月に入って、いかにものどかな感じのする今日の春日に、九十の長寿をお祝いしている准后のために、なお、老いさき長かれと、かたく期待をかけることだ。第三句、「とはずがたり」には「よする哉」。 二二 准后とともに九十年の春を過ごして来たうぐいすも、今は准后の百年の寿を祝って、声とりどりに鳴くことであろう。 二三 あなたのご寿命は限りないのに、まだ九十歳にしかなられないので、これから先に迎えられる春は、まことに遙かなことなのだ。新千載集、慶賀。

應[二四]レ製ずとて、上文字載《の》せられたるも、内宴のためしとかや。つぎ〳〵、例の多《おほ》けれど、むつかしくてもらしつ。春宮(實兼)の大夫こそ、いとうけばりてめでたく侍[二五]しか。

代[二六]々の跡に猶たちのぼる老の浪よりけん年は今日《けふ》のためかも

その後、東向《ひんがしむき》の鞠《まり》のかゝりある方へわたらせ給。御[二七]かた〴〵の女房、色〳〵の衣《きぬ》、昨日《きのふ》にはひきかへて、めづらしき袖口《くち》を思〳〵(おもひおもひ)に押《を》し出《い》でたり。紫《むらさき》[二八]のにほひ・山吹・青鈍《あをにび》・か[二九]うじ・紅[三〇]梅・櫻萌黄《さくらもえぎ》などは女[三一]院の御あかれ、内の御方は、内侍(の)すけよりしも、みな松[三二]がさね・白格子《しろがうし》[三三]・うら山吹、院の御かた、葡萄《えびぞ》[三四]染めに白すぢ・樺櫻《かばさくら》の青《あを》すぢ、春宮の女房、上《うへ》[三五]の紫格子《むらさきがうし》[三六]・柳《やなぎ》など、さま〴〵に目《め》もあやなる清《きよ》らをつくされたり。同《おな》じ文《もむ》も色もまじらず、心〴〵にかはりて、いみじうぞ侍ける。後嵯峨[三七]院、蓮[三八]花王院御幸ありし時、兩貫[三九]首同《をな》じやうに、藤[四〇]の下がさね・山吹のうへ[四一]の袴《はかま》なりしをば、いと念なき事に世の人もいひ侍しにや。御方々の女房ども、八十餘人を[四二]しこりてさぶらはるゝ、いづれともなく目《め》うつりして、いみじうかたちも氣色もめやすくもてつけたり。後鳥羽院建仁のためしとて、新院(龜山)御上鞠《あげまり》[四三]三足《あし》ばかり立《た》ゝせ給て、落《お》とされぬ。内の上《うへ》、御直衣《なをし》・紺地《こんぢ》の御袴《はかま》、はじめは御草鞋《さうかい》[四四]を奉《たてまつ》りけれど、後には御沓[四五]、片足《かたあし》[四六]がはりの御襪《したうづ》、藍白地《あいしらぢ》[四七]竹・紫白地桐《きり》の文《もん》、紫革《かは》の御結緒《ゆいを》[四八]也。春宮、御直衣《なをし》・紫の御指貫《さしぬき》[四九]・同《おな》じ色革《かは》の御襪《したうづ》、新院、織物《をりもの》の御直衣《なをし》・御指貫《さしぬき》・文《もん》なき紫《むらさき》の御襪《したうづ》、關白(兼平)文《もむ》なきふすべ革《かは》[五〇]、内の大臣(家基)《おとゞ》紫革《むらさきかは》に菊をぬいたり。藤大納言爲氏

二四 東宮の御歌に、応制と題し、お名前の下に上の文字をおしるしになったのも。応制は、天皇の命令に従って詩歌を詠ずること。とて—と(諸本)。↓補注三〇七。二五 侍しか—侍に(諸本)。

二六 これまでの代々の、長寿の人々の例にもまさって、あなたがよわいを重ねてこられたのは、今日の晴れの御賀のためであったのだ。新後撰集、賀。二七 帝・両上皇・女院・東宮などにおつきしている女房たち。二八 上は紫で、その下に薄紫を重ねたもの。二九 表裏ともに濃い朽葉色。三〇 以下、紅梅・桜萌黄・うら山吹・樺桜等、三三一・三三二頁参照。三一 女院のおそばの女房。三二 表青、裏紫。三三 白地に格子の型を織り出したもの。三四 ブドウの実の色に、白い筋のあるをいう。三五 うへの—うへ(諸本)。

三六 紫地に格子の型を織り出したもの。

三七 文永三年四月二十七日、蓮華王院供養に行幸、後嵯峨・後深草両院もこれに臨む。

三八 京都市東山区七条にある三十三間堂のこと。

三九 二人の蔵人頭。源具氏と藤原忠方。

四〇 藤は、表薄紫、裏青。下がさねは、束帯の時に半臂(はんぴ)の下に着るもの。四一 束帯の時、大口の上にはく袴。四二 ぎっしりとたてこんで。をしこりて—おしこみて(諸本)。

四三 蹴鞠を開始する時に、まりを蹴上げること。↓補注三〇八。四四 天皇・皇后常用のくつ。

四五 蹴鞠用のくつ。四六 左と右とで模様のそれぞれ異なっている御したぐつ。

四七 それは一方は、白地の革に竹の模様を残して、あい色に染めたもの、片方は、白地の革に桐の紋を残して紫色に染めたもので。

四八 したぐつを結ぶひもをいう。

四九 諸本「の御さしぬき」なし。五〇 地を松葉のけぶりでふすべたもの。模様を白く残したのに対して、紋のないのを無文のふすべ革という。

無文《むもん》のふすべ革《かは》、其外色〳〵の錦皮《にしきかは》[一]・藍皮《あゐかは》・藍白地《あゐしら》、をの〳〵けぢめわかるべし。爲兼は紫革《むらさきかは》、爲道は藍白地《あいしらぢ》なりけり。爲兼とは、爲氏の大納言の弟《おとゝ》兵衞督爲教といひしが子なり。爲道は大納言(爲氏)の孫《むまご》、爲世の太郎なり。離《はな》[二]れぬ中にて、いといたくいどみかはしたり。内の上《うへ》は、白骨《しらほね》[三]の御扇、左の御手に持《も》たせ給て、花のいみじくおもしろき木蔭《かげ》にたちやすらひ給へる御かたち、いとゆゝしき[四]までできよらに見《み》え給へ[五]り。飽《あ》かず名殘多《おほ》く思《おぼ》さるれど、春の[六]司召《つかさめ》し・御[七]燈などいふ事どもあれば、行幸は今夜かへらせ給。御[八]贈《をく》り物に御本まいる。

あくる日、午《むま》の時ばかり、寢《しん》殿より西園寺まで筵道《えんだう》[九]しきて、兩院 御烏帽子直衣《あぼしなをし》、春宮御括《くゝ》[一〇]りあげて堂々拜《をが》ませ給。左衞門督(公衡)、新院の御はかせ持《も》給へり。權亮《ごんのすけ》親定、春宮の御はかし持《も》たれたり。妙音堂に御參《まい》りあるに、遲《おそ》き櫻《さくら》一木ほころびそめて、今日の御幸を待《ま》ちがほなり。佛の御前《まへ》に、か[一一]りそめの御座《おまし》ながら、みなわたらせ給。廂《ひさし》に上達部つきて、御遊の具召《め》す。笛 花山院大納言(長雅)、笙 左衞門督(公衡)、篳篥 兼行、春宮 御琵琶、大夫(實兼) 琴[一二]、大鼓 具顯《ともあき》、鞨鼓 範藤《のりふぢ》、盤涉調《ばんしきてう》[一三]にしらべとゝのへて、採桑《さいさう》[一四]老《らう》・蘇合《そがふ》[一五]・白柱《はくちゆう》[一六]・千秋樂《せんしうらく》[一七]など、いみじうおもしろし。うる[一八]はしき事よりも中〳〵艶《えん》なり。兼行、「花[一九]上苑に明なり」と、うち出《い》だしたるに、い[二〇]とゞ物の音もてはやされて、えもいはずきこゆ。具顯《ともあき》・範藤など「羅綺《らき》[二一]の重衣《ちようい》」と、二返《かへ》りばかりいへるに、「情《なさ》けなき事を機婦にねた[二二]む」と本院加《くは》[二三]へ給へば、新院、御聲《こゑ》[二四]たすけ給ほど、そゞ

一 革を紫に染めて、文を白く出したもの。
二 このように為兼と為道は、離れることのできない血縁の間柄で。
三 骨をうるしでぬってない御扇。
四 底本「ゆかしき」。諸本で訂正。
五 給へり―給(諸本)。
六 県召除目《あがためしのじもく》をさす。正月十一日から十三日までの間に、諸国の国司を任命した公事で春の除目ともいう。弘安八年には、三月四日から六日の間に行なわれた。
七 毎年、三月三日と九月三日に、天皇が北斗星を祭って、燈明を奉る儀。
八 大宮院から主上に対して、御贈物として御手本をさしあげる。九 貴人が通行するために、地上にむしろを敷いて通路としたもの。
一〇 指貫のすそをお引きあげになって。
一一 仮に設けられたご座席であるが、ご一同で、そこに着座なさる。一二 琴―箏(桂・谷一本以外の諸本)―こと(桂・谷一本)。
一三 盤涉は十二律の一つ。音名の第十番の音で、音高は洋楽のほぼロ(h)にあたる。
一四 左方楽。一人舞。老人が鳩杖をつき、歩行に苦しむさまをして舞う。
一五 蘇合香の略。左方楽。六人で舞う。
一六 盤涉調に属し舞がないもの。↓補注三〇九。
一七 唐楽。盤涉調に属し舞がないもの。
一八 きちんと端麗に演奏したのよりは。
一九 朗詠九十首抄に「花上苑明ナリ 軽軒九陌塵ニハセ、猿空山ニ叫《サケブ》 斜月千巌路ヲ瑩(三月三日)」。上苑は、漢武帝の開いた園。宮中の御園をもいう。↓補注三一〇。
二〇 さらにいっそう管絃の音もはえてきて。
二一 九十首抄に「羅綺ノ重衣タル 情《ナサケ》無《ナキ》コトヲ機婦ニネタミ 管絃ノ長曲ニアル 闋《ヲハラ》ザルコトヲ伶人ニイカル」。うす物の綾ぎぬのような

ろ寒きまで艶《えん》なり。

帰らせ給ても、又、昨日の花の蔭《かげ》にて、鞠《まり》御覽《らん》[二五]ぜられつゝ、それよりやがて御船《ふね》に奉て押《を》し出《い》でたれば、遙《はる》かなる海づらに漕《こ》ぎ離《はな》れたらん心ちして、いとをかし。小《ちひ》さき舟《ふね》に上達部乗《の》りて、はしにつけられたり。飽《あ》かざりつる妙音堂[二六]の調子をうつされて、ありつる同《おな》じ人〴〵仕《つか》うまつる。春宮又御琵琶。箏[二七]は右衛門督といふ女房、御舟《ふね》にまいれるにひかせらる[二八]。舟の中《うち》の調《しら》べはいと艶《えん》なり。〔蘇[二九]合の五帖[三〇]・輪臺・青海波・〕竹[三一]林樂・越殿樂[三二]《(ゑてんらく)》など、いく返《かへ》りともなくおもしろし。兼行「山又山[三三]《やま》」などうち誦《ず》したるに、「變態繽紛[三四]《へんたいひむぶん》たり」と兩院あそばしたるに、水[三五]の底《そこ》もあやしきまで、身の毛《け》たちぬべくはきこゆ[三六]。中島に御舟《ふね》さしとめて見《み》れば、舊苔[三七]《きうたい》年ふりたる松が枝《え》さしかはせる岩《いは》のたゝずまひ、いと暗《くら》がりたるに、池〔の[三八]〕水浪、心のどかに見えて、名も知《し》らぬ小鳥どもみだれ飛《と》ぶ氣色、なにとなくをかし。遠《とを》きさかひに臨《のぞ》める心ちするに、めぐれる山の瀧[三九]つ岩ね、遙《はる》かにかすみて見渡《わた》さるゝほど、仙[四〇]の洞《ほら》もかくやとぞおぼゆる。「二[四一]千里の外《ほか》の心ちこそすれ」などの給て、新院《(亀山)》、

雲[四二]の浪けぶりのなみをわけてけり

誰《たれ》にかあらん、女房の中より、

行末遠[四三]《すゑとを》き君が御代とて

春宮大夫《(實兼)》、

軽い衣服でも、なお重いといって、たおやかな美女は、これを織った、はた織女の無情を恨んでいる。→補注三一一。三 ねたむ―ねたみ(諸本)。三 その次を朗吟されると。

二四 声を合わせて吟ぜられる。底本「うへ」の脇に「こゑ」と注記。諸本「こゑ」。

二五 底本「ん」なし。諸本で補う。

二六 妙音堂の管絃の調子を、そのまま、ここに移されて。

二七 底本「箏」傍書。諸本「箏のこと」。

二八 底本「られる」。諸本で訂正。

二九 「蘇合…青海波」。桂・谷一本以外の諸本で補う。 三〇 帖は楽の遍数をいう語。

三一・三二 ともに盤渉調で舞のない楽。

三三 九十首抄に「山復《マタ》山　何ノ工《タクミ》カ青巌《イム》ノカタチヲケヅリ成《セ》ル　水復《マタ》水　誰カ家ニカ碧潭《キャン》ノ色ヲソメイダセル」。→補注三一二。

三四 九十首抄に「変態繽紛タリ　神也亦神也、新声婉転《ムデム》ス　夢カ夢ニアラザルカ」。→補注三一三。

三五 水の底でも耳を傾けて聞き入るものがあろうかと思われるほど。 三六「は」底本小書。

三七 古びた苔が生えている年老いた松の。

三八「の」諸本で補う。

三九 滝の落ちている岩。

四〇 仙人の住んでいる洞穴。

四一 二千里も遠く離れたところに、やってきたような気持ちがする。→補注三一四。

四二「とはずがたり」によれば、この句の付句を、亀山院は「とはずがたり」の作者二条に付けさせている。→補注三一四。

四三 前句に、東方海上に不老不死の薬のある仙境を求めて船出をした秦の徐福の面影を見て、この句を発想したのであろう。「とはずがたり」の作者の句。

一むかしにも猶たち越《こ》ゆるみつぎもの

二具顯《ともあき》の少將、

三くもらぬかげも神のまに〳〵

春宮（伏見）、

四九十《こゝのそぢ》になをもかさぬる老のなみ

本院（後深草）、

五たちゐ苦《くる》しき世のならひ哉

暮《く》れはつるほどに、釣殿《つりどの》へ御舟寄《ふねよ》せて、降《お》りさせ給ぬ。春宮、今夜《こよひ》歸らせ給へば、御贈《をく》り物に、和琴《わごん》一たてまつらせ給。まことや、准后（貞子）にも六惠果《けいくわ》和尚の三衣、七紺地《こんち》の錦《にしき》につゝみて、白かねの箱《はこ》に入てまいる。いづれも大宮院の御沙汰《さた》なり。八掃部寮《かもんれう》、火しげうともして、うち群《む》れつゝゐたるさまも、なまめかしうみやびかなり。九一〇こゝにもかしこにも、この御賀の事ども書《か》きつけしるす人のみ一一こそ多《おほ》かめれば、一二かたはしだに、いとかたくなならんとあさまし。

なにとなく過行《すぎゆく》ほどに、弘安も十年になりぬ。この御門（後宇多）、位に一三即《つ》き給て、十三年ばかりに成ぬらん。本院（後深草）の待ち遠《どを》に一四思《おぼ》さるらんと、いとをしく推《を》し量《はか》り奉《たてまつ》るにや、例の東《あづま》より奏する事あるべし。新院（亀山）の御方《かた》ざまには、心細《ぼそ》うきこしめし惱《なや》むべし。

一五去年《こぞ》の春、御乳母《めのと》一六按察《あぜち》の二位殿失《う》せにしかば、一めぐりの佛事に龜山殿へをはしま

一（末長く栄えるわが君の御代のこととて、）昔の聖代にもなおたちまさって、多くのみつぎものが献上されることだ。
二 村上源氏。源通親の子孫。弘安十年没。左中将。少将—中将（諸本）。
三 その曇りなき君のご威光のほども、神意のままに、光り輝いているのだ。
四 その神意のままに、准后は九十の上に、さらに多くのよわいを重ねられるであろう。
五 しかし、老いては、立ったりすわったりするのも苦しいのが、この世のならいであって。
六 唐の青竜寺の僧。弘法大師に真言の奥旨を伝えた人。
七 僧が着る三種の法衣。大衣・上衣・中衣をいう。
八 掃部寮の役人が、かがり火を多くともして。掃部寮は、皇居の営繕・清掃などを担当した役所。とはずがたり三には「くれぬれば、行啓にまいりたる、掃部寮、所〴〵に立て明かしして、還御いそがし奉る気色見ゆるも、やうかはりておもしろし」とある。
九「め」底本傍書。
一〇 こゝにもかしこにも—ここかしこには（諸本）。
一一 こそ—そ（諸本）。
一二 こうして、ほんのその一端をお話するだけでも、まことに見苦しい事であろうと。
一三 つき—つかせ（谷一・院本以外の諸本）。
一四 その皇子のご即位を、待ち遠しくお思いであろうと。
一五 底本「去々年」。諸本で訂正。
一六 大納言忠良の子、西塔院主良性の女、永子。

して、いかめしう八講行《おこ》なはせ[一七]給日、雪いたう降《ふ》りければ、[一八]九條の三位隆博、[一九]檜扇《ひあふぎ》のつまを折《お》りて、

　[二〇]跡とめてとはるゝ御代のひかりをや雪のうちにも思《おも》ひ入らん

[二一]女房の中にきこえたるを、院《(亀山)》御覧じて、返《(かへ)》しにのたまふ。

　[二二]なき人のかさねし罪《つみ》も消《き》えねとて雪の中にも跡を問《(とふ)》かな

[二三]よろづ飽《あ》かず思《おぼ》さるゝほどなれど、その年《とし》の[二四]十月にをりゐさせ給。もとの上《(後宇多)うへ》は廿一にぞならせ給ける。御本性もいとうるはしく、のどめたるさまに[二五]おぼしく、すくよかに、御才《ざえ》もかしこうめでたく[二六]をはしませば、[二七]御政事《まつりごと》などもやう〳〵譲《ゆづ》りやきこえましなど思《おぼ》されつるに、[二八]いとあへなく移《うつ》ろひぬる世を、すげなく新院は思《おぼ》さるべし。春宮《(伏見)》、位に即《つ》き給ぬれば、天が下本院《(後深草)》にをし移《うつ》りぬ。[二九]世の中をしわかれて、人の心どもも、かゝるきはにぞあらはれける。いまの御門《(伏見)》も、故山階《しな》の大臣《(實雄)おとゞ》の御孫にてわたらせ給へば、[三〇]かの殿ばらのみぞ、いづ方《かた》にもすさめぬ人にてをはしける。

一七 給日―給に(桂・谷一・院本以外の諸本)。
一八 六条顕輔の子孫。行家の子で、知家の孫。続古今集以下に入集。隆博は、弘安十年には、非参議正三位。「隆博」は底本「隆輔」。底イ、桂・谷一本以外の諸本で訂正。三位―二位(諸本)。
一九 ひのきの薄板を何枚もあわせて作った扇。
二〇 なき跡を尋ねて上皇みずから回向をされるお志の深さを、故人も定めし、この降り積む雪の下で、しみじみと感じいっている事であろう。
二一 院づきの女房の中の、ある人に申し送ったのを。
二二 なき人の積み重ねた罪も、この雪のように消えてほしいと思って、この雪の中にも仏事を修することよ。
二三 主上は、万事につけて、名残惜しくお思いになるお年のほどではあるが。
二四 十月二十一日譲位。
二五 おほしく―おほして(桂・院本)。
二六 底本「く」の脇に「う」と注記。
二七 亀山院は、天下の政治をも次第にお譲りしようとお考えになっていたのに。
二八 まことにあっけなく、政権が後深草院方に移ってしまった世の中のことを。底本「いと」傍書。
二九 世の中の人々が、後深草院方と亀山院方とに分かれて。
三〇 この実雄の一門の方々だけは、後深草・亀山の、どちらさまにも、粗末に扱われない人でおありなのだ。

実雄─┬京極院(後宇多母)
　　　└玄輝門院(伏見母)

ますかゞみ　下

第十一　さしぐし[一]

正應元年三月十五日、官廳《くわんちやう》にて御卽位《そく》あり。この程は、香園院《かうをん》の師忠《もろたゞ》*左の大臣《おとゞ》關白にておはしき。その後《ち》、近衞殿家基《いゑもと》*、又九條(の)左大臣殿忠敎《たゞのり》*、その後《ち》、又近衞殿か(兼忠)へりなり給き。なを後《のち》に、歡喜園院《くわんきをん》など、いとしげうかはり給。おりゐの御門(後宇多)を、今は新院ときこゆれば、太上天皇三人《みたり》世におはします比なり。めづらしく侍(はべる)にや。(伏見)[二]御門《かど》の御母(愔子)三位したまふ。その御はらからの姫君[三](季子)、御傍《かたはら》にさぶらい(ひ)たまふを、上《うへ》いと忍《しの》[四]びたる御むつびあるべし。東[五]二條院の御ためしにやなどさゝめく人もあれど、さ[六]ばかりうけばりては、えしもやおはせざらむ。三[七](愔子)位殿の御兄《せうと》の公守《もり》の大納言の姫《ひめ》君も、幼《おさな》くよりか[八]しづきてさぶらい給ふ。それもよそならぬ御契なるべし。此君をぞ、父《ちゝ》の殿《との》も、い[九]とうるはしきさまにても、參《まい》らせまほしう思《おぼ》[一〇]いつれど、西園《さいをん》寺の大納言實兼*の姫《ひめ》[一一]君(鐘子)、いつしかまいり給へば、きしろふべきにもあらず。

その年《とし》六月二日入内あり。その夜まづ御裳着《もぎ》[一二]したまふ。さ[一三]きの御代にもあらまし

◇この巻には、伏見・後伏見・後二条の三代、正応元年(一二八八)から嘉元三年(一三〇五)に至る十八年間のできごとを記す。すなわち、伏見帝の即位、後宮のこと、女御(永福門院)の入内・立后、大嘗会、朝覲行幸、立太子(後伏見)、浅原某の皇居侵入事件、亀山院の誓書・出家、亀山の妃掄子女王と源有房の情事、新陽明門院の情事、鶴岡八幡宮の放生会・将軍惟康親王の帰洛、将軍久明親王の東下、後深草院の出家、伏見帝の後宮・譲位、後伏見帝の譲位、後二条帝の即位、亀山殿行幸、新後撰集の撰集、後深草・亀山両院の死、帥宮(後醍醐)の嘆き、亀山の皇女昭慶門院のことなど。その中で、永福門院の入内・立后、浅原事件、亀山院出家後の妃たちの情事、亀山院没後のことなどにつき、詳述す。

一 底本、巻名なし。諸本で補う。院本に校合のイ本には、「ふしみ」とある。「さしぐし」は、伏見院の御製「おとめ子がさすや小櫛のそのかみにともになれこし時ぞわすれぬ」による。

二 左大臣実雄の三女愔子。後深草院の妃玄輝門院。弘安三年正月八日従三位に叙せられた。↓補注三一五。 三 左大臣実雄の女、季子。伏見帝の妃、花園帝母。顕親門院。

四 ひそかなご関係があるようである。

五 後深草院が、その母の妹である東二条院公子を中宮とした例をいう。

六 この方に対しては、それほど思いきったご待遇は、ようなされないであろう。

七 伏見帝の母の愔子をさす。

八 三位殿がたいせつに育てられて、おそばにおいでになる。

九 表立った形で女御としてでも。

一〇 底本「おほへ」とも読める。

一一 実兼の一女、鐘子。伏見帝の中宮。永福門院。

はきこえしかど、いかなるにか、さもおはせざりしに、[一四]いつしかかうもありけるは、なを、思《おぼ》す心ありけるなめりとぞ、[一五]うちつけにひが〳〵しういひなす人も侍ける。此姫君(鐔子)の母北《はゝ》の方《かた》は、三條坊門通成《みちなり》の内《うち》の大臣《おとゞ》の女(顕子)なり。さぶらふ人〴〵も、[一六]をしなべたらぬ限《かぎ》りえりとゝのへ、いみじうきよらにと思《おぼ》しいそぐ。よろづ、人の心も昨日に今日《けふ》はまさりゆく[一七]めれば、いやめづらに好《この》ましうめでたし。[一八]大宮の院の御参《まい》りの例《れい》を思《おぼ》しなずらふべし。[一九](後深草)院の御子《こ》にこれも又なり給ふとて、東二條院御腰結《[二〇]こしゆ》はせ給て、時なりぬれば、唐庇《からびさし》の御車にたてまつりて、上達部《かんだちめ》十人・殿上人十餘《よ》人・[二一]本所の前驅《ぜんくう》廿人、つい松ともして、御車の左右にさぶらふ。出車(いだしぐるま)十両、一の左に母北の方の御妹《いもうと》一條殿、右に二條殿、[二二]實顯《さねあき》の宰相中將の女、大納言殿(實兼)[二三]子にし給ふとぞきこえし。二(の)車、左久我大納言雅忠《まさたゞ》の女、[二四]三條とつき給ふを、いとからい事に歎《なげ》き給[二五]へど、[二六]皆人先《さき》だちてつき給へれば、あきたるまゝとぞ慰《なぐさ》められ給ける。右に近衞殿、源大納言雅《まさ》家の女。三の左に大納言君(の)、室町の宰相中將公重《しげ》の女、右に新大納言、同《おな》[二七]じ三位兼《かね》行とかやの女。四の左宰相君(の)、坊門三位基輔《もとすけ》の女、右治部卿兼倫《かねとも》の三位の女也。それより下《しも》は例《れい》のむつかしくてなん。多《おほ》くは本所の家司《[二八]けいし》、なにくれが女《むすめ》どもなるべし。童《わらは》・下仕《しもづか》へ・御雑仕《ざうし》・はした物にいたるまで、髮《かみ》かたち目《め》やすく親《[二九]おや》うち具《ぐ》し、少《すこ》しもかたほなるなくとゝのへられたり。

その暮《く》れつかた、頭中將爲兼の朝臣、御消息《[三〇]せうそこ》もてまいれり。内の上(伏見)《うへ》、身づからあ

一二 女子が成人して、初めて裳を着ける儀式。
一三 先の後宇多帝の御代にも、この姫君が入内されるだろうという噂はあったが。
一四 この度は、早くもこのように入内のはこびになったのは、やはり実兼に下心があったのであろうと。
一五 露骨に、実兼の事をあしざまに言いなす人も。 一六 なみなみでない、すぐれた者ばかりを選びととのえて。
一七 ゆく―のみゆく(院本以外の諸本)。
一八 大宮院が入内された時の例。諸本「大宮の院」の前に「大方」あり。
一九 この姫君も上皇のご猶子におなりになるというので。東二条院が後嵯峨院の猶子になって入内したのに対していう。
二〇 裳着の時に裳の腰をゆう役は、尊属または徳望のある高貴の人があたった。東二条院は後深草院の中宮。
二一 里からの前駆が二十人。前駆は騎馬で先導する者。
二二 この二条殿は実顕の宰相中将の女で、大納言殿が養子にされているということである。実顕は公相の子で、実兼の兄弟。
二三 殿―の(院本以外の諸本)。
二四 この方は、女房名を三条とつけられたのを、たいそうつらいことにお嘆きになるが。→補注三一六。
二五 底本「給ふと」。谷・桂・谷一・院本で訂正。
二六 一条・二条の名は他の人が先におつけになったので、三条の名は、あいているままにつけたのだ。
二七 同じく中将で三位の兼行。
二八 親王・摂関・三位以上の家で、家政の事などをつかさどる者。
二九 両親ともそろっていて。
三〇 主上のお手紙を姫君のもとへ持って参った。

そばしけり。

　[一]雲の上《うへ》に千代をめぐらん初《はじ》めとてけふの日影《かげ》もかくやひさしき

紅《くれなゐ》の薄様《うすやう》、おなじ薄様《うすやう》にぞ包《つゝ》まれたんめる。關白殿(師忠)、「包《つゝ》むやうしらず」とかやのたまひけるとて、[二]花山に心得《え》たると聞《き》かせ給ければ、つかはして包《つゝ》ませられけるとぞ承《うけたまは》りしと語《かた》るに、[三]又この具《ぐ》したる女、「いつぞやは、[四]御使《つか》ひ、[五]實教の中將とこそは語《かた》り給しか」といふ。

　女御の御よそひは、[六]蘇芳《すはう》のはり一重《え》がさね・[七]濃《こ》きうらのひへぎ・濃《こ》き蘇芳《すはう》の御表《うは》着《ぎ》・赤《あか》色の御唐《から》衣・濃《こ》き御袴《はかま》・[八]地《ぢ》ずりの御裳《も》たてまつる。女房のよそい(ひ)、をしなべてみな蘇芳《すはう》のはり一重《え》がさね・紅《くれなゐ》のひへぎ・濃《こ》き袴《はかま》・蘇芳《すはう》の表着《うはぎ》・[九]青朽葉《あをくち》の唐《から》衣・薄《うす》色の裳《も》・[一〇]三重《え》だすき、[一一]上下おなじさま也。[一二]參《まい》りたまひぬれば、藏人左衛門權佐俊《とし》光《みつ》うけたまはりて、[一三]手車《てぐるま》の宣旨《せんじ》あり。殿上人まいりて御車ひき入(いる)。御兄《せうと》中納言公衡《ひら》、[一四]別當兼《か》ね給へり。[一五]上《うへ》の御甥《をい》の左衛門督通重《みちしげ》、御兄《せうと》になずらうるよしきこゆれば、[一六]御屏風・御木丁たてらる。[一七]晝《ひ》の御座《ざ》へ御車よる。[一八]御衾《ふすま》、二位殿(顯子)まいらせ給ふ。御臺《だい》まいりて、[一九]夜《よる》の御殿《おとゞ》へ御のぼり。この御衾《ふすま》は、[二〇]京極院のめでたかりし例《れい》とかやきこえて、[二一]公守《もり》の大納言、沙汰《さた》し申されけるとかや承《うけたまは》りしは、まことにや侍けん。[二二]三夜の餅《もちゐ》も、やがてかの大納言沙汰《さた》し申さる。[二三]内の上《うへ》の、夜の御殿《おとゞ》へ召《め》して入《い》らせ給たる御草鞋《さうかい》をば、二位殿取《と》りて出《い》で給て、大納言殿(實兼)とふたりの御中に抱《いだ》きて寝《ね》給とき

一 今後千年もの長い間、宮中で過ごされる最初の日というので、今日の日影も、これほど久しく感ぜられるのであろうか。こよいが待ちどおしくてならない。二 花山院家教に、その心得があるとお聞きになったので。

三 この老尼の召し連れている女が。

四 主上のお使いは。勘仲記には「御書勅使、左中将実教朝臣参仕」とある。

五 底本「実為」。諸本で訂正。

六 張ってつやを出した蘇芳の一重がさね。一重がさねは、ひとえを二枚重ねたもので、夏の間、五衣(いつつぎぬ)のかわりに表着の下に着る。↓補注三一七。

七 濃きうらは、濃きうちの誤りか。ひへぎは、夏に着るひとえの袙(あこめ)。↓補注三一八。

八 白地にあいなどで模様をすり出した織物。

九 かさねの色目。表は青、裏はくち葉色。

一〇 斜線を三条ずつ平行させて打違えにした模様。

一一 身分の高い女房も低い女房も、すべて同じ様子である。一二 女御が参内されると。

一三 手車に乗ることを許す宣旨。手車は、牛に引かせずに、手で引く車をいう。

一四 検非違使別当。ただし、公衡は、弘安十年正月に別当に任ぜられたが、同年十月にこれを辞し、この時は源通重が別当であった。

一五 通重は、実兼の妻顕子の兄通頼の子。

一六 屏風や几帳を立てるのは、兄弟の役となっていたのであろう。

一七 清涼殿の母屋にある天皇の常のご座所。

一八 御夜具は、女御の御母の二位殿がおかけする。一九 昼の御座の北隣にあり、天皇の御寝所。院本以外の諸本「よるのおとゝ」の前に「やかて」とある。

二〇 亀山院の皇后で、後宇多院の母。その入内のことは、北野の雪に見える。

こえし。[二四]さき〴〵もさる事にてこそは侍けめな。

八日、[二五]御所あらはしとて、上《うへ》(伏見)わたらせ給へば、袖口《くち》ども心ことにて、わざとなく押《を》し出《い》ださる。今日《けふ》は、[二六]をの〴〵紅《くれなゐ》の一重《ひとへ》がさね・青朽《あをくち》葉の表着《うはぎ》・[二七]二藍《ふたあい》の唐衣《から》なり。大納言殿もさぶらはせたまふ。上《うへ》[二八]は御臺《だい》まいる。二位殿 御陪膳《はいぜん》、女御のは一條殿仕《つか》まつり給ふ。女御の君は、蘇芳《すはふ》のはり一重《え》がさね・紅《くれなゐ》のひへぎ・青朽《あをくち》葉の表着《うはぎ》・赤《あか》色の唐《から》衣 [二九]二重織《をり》物・唐《から》の薄《うす》物の御裳《も》・濃《こ》き綾《あや》の御袴《はかま》、御髪《ぐし》いとうるはしくて盛《さか》りにねびとゝのほり給へる、いと見所多《おほ》くめでたし。御供《とも》にまいり給へる人〴〵、右大臣(忠教)・内大臣(家基)・大納言(兼忠)(の)左《さ》大将・花山院中納言(家教)・權大夫(公衡)、殿上人ども、あまたこゝかしこの打橋《うちはし》・渡《わた》殿などに、[三〇]けしきばみつゝ群《む》れゐたるも、艶《えん》なる心ちすべし。上《かん》達部《だちめ》の勸盃《けんぱい》はてゝ後、内の御方《かた》の御乳母《めのと》をはじめて、内侍・女官(にようくわん)[三一]ども、[三二]かない殿まで祿《ろく》給はる。

十日夕つかた、[三三]下大所の御覽《らん》あり。[三四]臺盤《だいばん》所の北の御壺《つぼ》へまいる。同(おなじ)そばの間《ま》にて、内の御かた御覽《らん》ぜらる。やがて東《ひんがし》むきより女御も御覽《らん》ず。二位殿・一條殿・二條殿をはじめて、上臈《らふ》だつ人〴〵、あまたさぶらいたまふ。御簾(み)《す》の外《と》にも、上達部《かんだちめ》あまたさぶらはる。いとはれ〴〵し。

十四日、又内の上入《うへい》らせ給て、[三五]こなたにて初《はじ》めて御酒《みき》きこしめせば、[三六]南面《みなみおもて》へ出《い》でさせ給ふ。女御、蘇芳《すはう》の御一重《ひとへ》がさね・[三七]萩の經青《たてあを》の御表着《うはぎ》・朽《くち》葉の御小袿《こうちき》、[三八]みな二

二一 京極院の兄君の公守の大納言が、その調進のことを取り扱われたとか承りましたが。
二二 結婚の日から三日めにあたる夜、新郎新婦に勧める祝いのもち。福徳のある高齢者が、その調進の任に当たった。
二三 新郎のはいて来たくつを、結婚の日から三日間、新婦の両親または、これに準ずる夫婦が、抱いて寝るというしきたりが、平安時代から行なわれていた。
二四 これまでも、結婚の時には、そういう事をするしきたりであったのですね。
二五 結婚して数日後に、新婦の家で酒肴を設け、むこ君と従者をもてなし、新婦の両親以下親族と対面する儀をいう。→補注三一九。
二六 女房たちの服装をいう。
二七 紅花と藍とで染めた色。かさねの色目では、表は赤みがかった濃いはなだ、裏ははなだ。
二八 は―も(諸本)。
二九 唐衣の材質についての説明であろう。
三〇 きどった様子をして。
三一 宮中に奉仕した下級の女官。
三二 宮中の御湯殿(おゆどの)に仕えて用をつとめた下級の女官。
三三 未詳。→補注三二〇。
三四 清涼殿内の一室で女房の詰所。食事に用いる台盤を置くので、この名がある。
三五 女御の御方で。
三六 女御は南面の間に、お出ましになる。
三七 表は、たて青よこ蘇芳の織物で、裏は青のもの。
三八 これらはすべて、二重織物や綾織物であって、それに生絹の御袴を召され、それには御紋がらに、竹のたてわけが織ってある。竹立涌は、立涌の中に竹の葉などの紋のあるのをいう。立涌は、相対した曲線で中央がふくれ、両端のすぼまった形を連ねた織模様をいう。

重織物《えおりもの》・綾《あや》の織《をり》、生絹《すゞし》の御袴《はかま》、御紋《もん》竹立涌《たてわけ》を織《ゝ》る。上《うへ》は、御引直衣《ひきなをし》・生絹《すゞし》の御袴《はかま》、[一]檑子《らいし》まいる。御陪膳《はいぜん》一條殿、今日《けふ》よりはうちとけたる心ちにて、女房ども色々の一重《え》がさね・唐衣《から》、さま〴〵めづらし〔き〕[二]色どもをつくして、生絹《すゞし》の袴《はかま》に着《き》かへたる、いま少《すこ》し見《み》所そひて、なつかしきさま也。[三]得選《とくせん》、檑子《らいし》をもてまいる。次第《しだい》にとりつぎてまいらす。金《かね》の御ごき[四]・銀《しろかね》の[五]片口《かたくち》の御銚子《てうし》、一條殿御陪膳《はいぜん》、その後《ゝち》、女御殿《どの》も御銚子《てうし》に手[六]かけさせ給事侍けり。今宵《こよひ》(顥子)二位殿、[七]今出《いまで》川へまかで給ふ。手《て》車の宣《せん》旨《じ》ゆりたまふ。御送《をく》りに御子の公衡《ひら》中納言、御甥《をい》の通重《みちしげ》の左衛門《さゑもん》の督《かみ》など、殿上人どもあまた也。[八]縫殿《ぬいどの》の陣《ゝちん》より出《い》で給けしき、いとよそほし。

まことや、御[九]入内夜の御使《つか》い、勾當《こうたう》の内侍まいれりし祿《ろく》に、表着《うはぎ》・唐衣《から》を給はる。[一〇]
[一一]御消息《せうそこ》の御使《つか》いにまいれりし上人《うへ》も、[一二]女の装束《しやうぞく》かづきながら歸《かへ》りまいりて、[一三]殿上口《ぐち》に落《お》とし捨《す》つ。殿もりづかさぞ取《と》るならひなりける。[一四]後朝《こうてう》の御使《つか》いには、[一五]實連《さねつら》の中将なりし。公衡《ひら》の中納言對面《たいめん》して、勸盃《けんばい》の後《ゝち》、これも女の装束《しやうぞく》かづけらる。

かくて八月廿日、后に立たまふ。かねてより今出《いまで》川の御家《いゑ》へまかで給て、[一六]節會《せちゑ》の儀式《ぎしき》、[一七]ひき移《うつ》し待《ま》ちとり給さま、いとめでたく、今《いま》さらならぬ事なれど、(實兼)父の殿もつ[一八]いの御位《くらゐ》はさこそなれど、たゞ今《いま》さしあたりては、[一九]いまだ淺《あさ》くおはするに、[二〇]すがやかに后妃《こうひ》の位《くらゐ》に定《さだ》まり給ふこと、限《かぎ》りなき御世おぼえと、めでたくみゆ。大宮院・(後深草)本院・東二條院、みなわたりおはしまして、見奉《たてまつ》り給ふさへぞやむごとなき。今《け》[二一]

一　高坏(たかつき)に似た食器で、菓子などを入れるのに用いた。
二　「き」諸本で補う。
三　御厨子所(みずしどころ)の女官で、料理や雑事に従事した。
四　ふたのついた椀(わん)をいう。
五　一方にだけ、つぎ口のあるお銚子。
六　手をかけて、おしゃくをなさることがあった。
七　西園寺邸で、二位殿の家。
八　朔平門をいう。
九　御入内―御入内の(諸本)。
一〇　底本「給へる」。諸本で訂正。
一一　女御入内の夜、主上のお手紙を持って女御のもとに御使いに参られた殿上人も。
一二　お祝儀にいただいた女の装束を、肩にかけたまま帰って来て。
一三　殿上の間の入口で、これを下に落とす。
一四　結婚の翌朝、女のもとに文をつかわすお使い。
一五　西園寺公藤の子。この時、左中将。↓補注三二一。
一六　立后の節会をいう。
一七　ひき続いて、当日を待ち受けておられるご様子は。↓補注三二二。
一八　将来は、さぞかし高い地位に進まれるであろうが。
一九　まだ官位も低くていらっしゃるのに。
二〇　その姫君が、何のさしさわりもなく、后妃の位にお定まりになったことは、主上の限りないご寵愛によるものと。
二一　節会の日の、女房たちの服装を述べたもの。

日《ふ》は、紅《くれなゐ》のはり一重《ひとへ》がさね・ひへぎ・女郎花《をみなへし》の表着《うはぎ》・二藍《あゐ》の唐衣《から》・薄色《うす》の裳《も》、すべて廿人、おなじ色のよそい也。此ほか、威儀《いぎ》[二二]の女房八人、白《しろ》きはり一重《え》がさね、濃《こ》きひへぎ、おなじ袴《はかま》、女郎花《をみなへし》の衣にてさぶらふ。いづれとなく、かたちどもきよげにめやすし。

その年《とし》の十一月八日[二三]ぞ、后の宮の御父《ちゝ》(實兼)、右大将になり給ぬる。同《おな》じ廿五日、正二《しやう》[二四]位し給。この程[二五]は、大嘗會《じやうゑ》・五節《せち》などのゝしる。前《さき》の御世にはひきかへて、中宮・[二六]皇后宮・院たち、あかれ〳〵多《おほ》くおはしませば、殿上人ども推參《すいさん》[二七]の所多《おほ》く、頭痛《かしらいた》きまでめぐり歩《あり》く。その年《とし》十二月に、御門《みかど》(伏見)の御母三位殿[二八](愔子)、院號あり。朝に准后の宣旨《せんじ》ありて、おなじ日夕べに玄輝《げんき》門院と申《まうす》。めでたくいみじかりき。

年返《とし(かへり)》て、正應も二年[二九]になりぬ。よろづめでたき事ども多《おほ》くて、三月廿三日、鳥羽殿へ朝覲《てうきん》[三〇]の行幸なる。本院[三一](後深草)は、かねてより鳥羽《とば》殿におはしまして、池の水草《みくさ》かきはらい、いみじうみがかれて、例《れい》[三二]のこと〴〵しき唐《から》の御船うかめられて、廿四日に舞樂《まいがく》ありき。廿六日[三三]にぞ返らせ給ける。

さても、去年《こぞ》の三月三日かとよ、經《つね》[三四]氏の宰相の女の御腹《はら》に、若宮(後伏見)いできさせ給へりしを、太子[三五]に立《た》てまいらせ[三六]給ふ。いとかしこき御宿世《しゆくせ》也。中宮(鐘子)の御子にぞなし奉《たてまつ》らせ給ける。同《おな》[三七]じうは、まことにておはせましかばとぞ、大將殿(實兼)など思《おぼ》しけんかし。おりゐの御門《かど》(後宇多)も、御子あまたおはしませば、坊になどおぼしけるを、ひき[三八]よぎ

二二 威儀を整えるために居並ぶ女房をいう。
二三 底本「一日」。院本以外の諸本で訂正。実兼は、この年の七月二十七日、権大納言から大納言に転じ、同十一月八日右大将を兼ね、同十一月二十五日には、従一位に叙せられた。
二四 実は従一位。尾・近・谷・桂・谷一本等に校合したイ本に、従一位とある。
二五 この年、十月二十一日大嘗会御禊、十一月十八日太政官庁に行幸、同二十日五節、二十一日殿上淵酔、二十二日大嘗会、二十五日豊明節会。
二六 後深草院の皇女で後宇多の皇后であった、姈子内親王をいう。正応四年に院号宣下、遊義門院という。
二七 殿上人が五節所へ行った後に、所々に参って郢曲などを歌うこと。
二八 左大臣実雄の女。後深草院の妃。十二月十六日准三宮、同日院号。
二九 底本「三年」。院本以外の諸本で訂正。
三〇 底本「き」を「きん」に訂正。
三一 伏見天皇宸記、正応二年三月廿日の条に、「上皇臨㆓幸鳥羽殿㆒云々」とある。
三二 伏見天皇宸記、正応二年三月廿四日の条に、「侍臣等乗㆓竜頭鷁首船㆒相従、即有㆓舟楽㆒」。
三三 廿六日―六日(院本以外の諸本)。
三四 参議藤原経氏の女、経子。後に、中園の准后という。経氏は、弘安八年に没。
三五 四月二十五日、胤仁親王を皇太子とす。後の後伏見天皇。
三六 まいらせ―まつらせ(諸本)。
三七 同じことなら、これが中宮の実子でいらせられたならばと。
三八 ほかのほうへはずれてしまったのは。

ぬる、いと本意《ほい》なし。十月廿五日、一院(後深草)の御所にて、[一]眞魚《まな》きこしめす。いとめでたき事ども、のゝしり過《す》ぎもてゆく。

同《おな》じ(正應)三年三月四日五日の頃《ころ》、紫宸殿《しゝむでん》の[二]獅子《しゝ》・狛犬《こまいぬ》、中《なか》よりわれたり。驚《おどろ》きおぼして[三]御占《うら》あるに、「血流《ちなが》るべし」とかや申ければ、いかなる事のあるべきにかと、誰《たれ》も〳〵おぼし騒《さは》ぐに、[四]その九日の夜、[五]衞門《ゑもん》の陣より、恐《おそ》ろしげなる武士《ものゝふ》三、四人、馬に乗《の》りながら九重《え》の中へ馳《は》せ入て、上《うへ》に昇《のぼ》りて、[六]女嬬《(にょ)ず》が局《つぼね》の口《くち》に立《た》ちて、「やゝ」といふ物を見あげたれば、丈高《たけたか》く恐《おそ》ろしげなる男《おとこ》の、赤《あか》地の錦《にしき》の[七]鎧直垂《よろいひたゝれ》に、[八]緋《ひ》をどしの鎧《よろい》着《き》て、たゞ赤鬼《あかをに》などのやうなるつらつきにて、「御門《かど》は[九]いづくに御よるぞ」と問ふ。「夜るの御殿《おとゞ》に」といらふれば、「[一〇]いづくぞ」と又問《と》ふ。「[一一]南殿《なん》より東北《ひんがし》のすみ」と教《をし》うれば、南《みなみ》ざまへ歩《あゆ》みゆく間《ま》に、女嬬《ず》、うちより參《まい》りて、權大納言典侍《(の)すけ》殿・新内侍殿などにかたる。[一二]上《うへ》は、中宮の御方にわたらせ給ければ、對《たい》の屋《や》へ忍《(しのび)》て逃《に》げさせ給て、[一三]春日殿《どの》へ、女房のやうにて、いとあやしきさまをつくりて、入《い》らせ給ふ。内侍、劍璽《けんじ》取《と》りて出《い》づ。女嬬《ず》は玄象《げんじやう》・鈴鹿《すゞか》取《と》りて逃《に》げけり。春宮(後伏見)をば、中宮の御かたの按察《あぜち》殿抱《いだ》きまいらせて、[一四]常盤井《ときはゐ》殿へかちにて逃《に》ぐ。その程、[一五]心の中どもいはん方なし。

此男《おとこ》をば、[一六]浅原《あさはら》のなにがしとかいひけり。からくして、夜の御殿《おとゞ》へ尋《たづ》ねまいりたれども、[一七]〔大かた人もなし。〕[一八]中宮の御方《かた》の侍《さぶらい》の長《をさ》景政《かげまさ》といふ物、[一九]名のりまいりて、

一　生後約二十か月ばかりたって、小児に初めて魚鳥の肉などを与える儀。まなはじめ、まなの祝い、略して、まなという。
二　紫宸殿の御帳の前に左右に相対して、左に獅子、右に狛犬を立ててある。
三　神祇官や陰陽寮の官人を召して、うらないをさせたところが。
四　浅原某の皇居侵入に関しては、中務内侍日記にも記すが、本書は他の資料によって記述したのであろう。↓補注三二三。
五　右衛門の陣で、内裏の西面にある宜秋門をいう。
六　女嬬のひかえの部屋。女嬬は、掃部寮《かもんりよう》をはじめ諸司に属して雑務に従事した女官。
七　鎧の下に着る直垂の一種。
八　緋に染めた革で札《さね》をつづった鎧。
九　御寝になるか。
一〇　それは、どこか。
一一　南殿は紫宸殿。夜のおとどは、紫宸殿の西北にあたるのを、東北の隅といって、だましたのである。
一二　中務内侍日記には「御所は中宮の御方にぞわたらせおはしますほどに、常の御所へ、中宮具しまいらせて逃げさせおはしましぬ」。
一三　春日万里小路にあった玄輝門院の御所。
一四　春日の南、京極の西にあった西園寺邸で、この頃、後深草院の御所。
一五　諸本、この次に「の」あり。
一六　浅原八郎為頼。甲斐国小笠原一族。為頼のことは、保暦間記に詳しく記す。↓補注三二四。
一七　「大かた人もなし」諸本で補う。
一八　太平記によれば、西園寺家の侍で、中宮のもとに付けられていた者。
一九　底本「まはりて」。諸本で訂正。

いみじく戦《たゝか》い防《ふせ》きければ、疵《きず》かうぶりなどしてひしめく。かゝる程に、二條京極の[二〇]篝屋《かゞりや》備後《びんご》の守《かみ》とかや、五十餘騎《よき》にて馳《は》せ參て時《(とき)》をつくるに、[二一]合《あ》はする聲《こゑ》、[二二]はつかに聞《き》こえければ、心やすくて内にまいる。御殿どもの格子《かうし》[二三]ひきかなぐりて亂《みだ》れ入《(いる)》に、かなはじと思ひて、夜の御殿《おとゞ》の御しとねの上《うへ》にて、淺原自害《あさはらじがい》しぬ。太郎なりける男《おのこ》は、南殿《なんでん》の御《(み)》帳《ちやう》[二四]の内《うち》にて自害《じがい》しぬ。弟《おとゝ》の八郎といひて十九になりけるは、大床子《しやうじ》[二五]の[二六]〔あしの〕下《した》[二七]にふして、寄《よ》る者《ものゝ》の足《あし》を斬《き》り〳〵しけれども、[二八]さすが、あまたしてからめんとすれば、かなはで自害《じがい》すとても、腸《はらわた》をばみな繰《く》り出《い》だして、手《て》にぞ持《も》たりける。そのまゝながら、いづれをも六波羅《はら》へかき續《つゞ》けて出《い》だしけり。

ほの〴〵と明《あ》くる程に、内《(伏見)》・春宮《(後伏見)》、御車にて忍《(しのび)》て歸《かへ》らせ給て、晝《ひる》つかたぞ、またさらに春日《かすが》殿へなる。大方、雲の上《うへ》けがれぬれば、いかゞにて、中宮の晝《ひ》[二九]の御座へ腰輿《ようよ》よせて、兵衛[三〇]の陣より出《い》でさせ給ふ。春宮は絲毛《いとげ》[三一]の御車にて、又常盤井《ときはゐ》殿へ渡《わた》らせ給。中宮も春日殿《どの》へ行啓《げい》なる。世の中ゆすりさはぐさま、ことの葉もなし。

この事、次第《しだい》に六波羅《はら》にてたづね[三二]沙汰《さた》する程に、三條宰相中將[三三]實盛《(さね)もり》も召《め》しとられぬ。三條の家に傳《つた》はりて、鯰尾《なまづを》とかやいふ刀《かたな》のありけるを、この中將、ヨごろ持《も》たれたりけるにて、かの淺原自害《あさはらじがい》したるなどいふことゞも出《い》で來《き》て、中院《(龜山)》[三四]も知《し》ろし召《め》したるなどいふ聞《き》こえありて、心憂《う》くいみじきやうにいひあつかふ、いとあさまし。中宮の御兄《せうと》[三五]權大夫公衡《ひら》、一院《(後深草)》の御前《まへ》にて「この事は、なを、禪林《ぜんりん》[三六]寺殿の御心あは

二〇 篝屋につめていた備後守とかいう者が。篝屋は、鎌倉時代に、京都市中の辻々に番屋を構えて、市中の警護にあたった武士たちの詰所をいう。
二一 これに応ずる敵のときの声が。
二二 はつかに―わつかに(諸本)。
二三 細い角木をすき間をもたせて縦横に組み、黒ぬりにした戸の一種。柱と柱の間ごとにあり、上下二枚のうち、開く時には、上の一枚を外方または内方につり上げる。
二四 御帳台。四方にとばりを垂れたご座所。
二五 天皇の食膳をのせるために用いた机。清涼殿の昼の御座に置いてあった。
二六 「あしの」諸本で補う。
二七 「に」底本傍書。
二八 「さすが」は、「かなはで」にかかる。
二九 中宮の御殿にある、常の御座所。
三〇 右兵衛の陣。後涼殿の西にある陰明門をいう。
三一 牛車《ぎつしや》の車体を色染めの糸で装飾したもの。
三二 尋ねただしてゆくうちに。
三三 歴代皇紀、正応三年四月八日の条に「六波羅武士等馳二向三条宰相中将実盛宅一、子息侍従公久並八置一人召二取之一」。尊卑分脈には「正応三、四、八、依二去月十日朝原反逆事一、被レ召二捕関東一」とある。
三四 亀山院もご関係になっておられるなどという噂があって。→補注三―二五。
三五 公卿補任によれば、公衡は、この時、権大納言で中宮大夫であった。
三六 亀山院をいう。禅林寺殿は亀山院の御所。

せたるなるべし。[一]後嵯峨院の御處分《そぶん》を引たがへ、東《あづま》よりかく當代《たう》をも据《す》ゑたてまつり、世をしろしめさする事を、心よからず思《おぼ》すによりて、世を傾《かたぶ》け給はんの御本意《ほんい》なり。[二]さてなだらかにもおはしまさば、まさる事や出《い》でまうでこん。院をまづ六波《は》羅《ら》に移《うつ》し奉《たてまつ》らるべきにこそ」など、[三]かの承久の例《ためし》もひき出《い》でつべく申給へば、[四]いとをしう(ほ)あさましと思《おぼ》して、「いかでか、さまではあらん。實《じち》ならぬ事をも、人はよくいひなす物也。[五]故院《こ》(後嵯峨)のなき御影《かげ》にも、思《おぼ》さん事こそいみじけれ」と涙ぐみてのたまふを、心弱《よは》くおはしますかなと、見たてまつり給て、猶内《うち》よりの仰《おほ》せなど、きびしき事ども聞《き》こゆれば、中の院(亀山)も新院(後宇多)もおぼしおどろく。[六]いとあはたゝしきやうになりぬれば、いかゞはせんにて、[七]知《し》ろしめさぬよし誓《ちか》いたる御消息《せうそこ》など、東《あづま》へつかはされて後ぞ、事《こと》しづまりにける。

さて[八]九月《なが》の初《はじ》めつかた、中の院(亀山)は御髪《ぐし》おろさせ給ふ。いとあはれなる事《こと》ゞも多《おほ》かるべし。禪林《ぜんりん》寺殿にて、やがて[九]御如法經(にょほふきやう)など書《か》ゝせ給。一院(後深草)の世の中恨《うら》み思《おぼ》されし時、[一〇]すでにと聞《き》こえしは、さもおはしまさで、[一一]かくすがやかにせさせ給ぬる、いと定《さだ》めなし。しばしは禪僧にならせ給とて、[一二]綠衫《ろうそう》の御衣に[一三]掛絡《くわら》といふ袈裟《けさ》かけさせ給へり。四十一にぞものし給ける。[一四]御法名金剛覺《こんがう》と申なり。[一五]新陽明《やうめい》門院をはじめ奉《たてまつ》りて、色々の[一六]御召人《めしうど》ども、[一七]廊《らう》の御方《かた》・[一八]讃岐《さぬき》の二位殿など、さびしき院に殘《のこ》りて、あるは様《さま》かへ、あるは里《さと》へまかでなど、さまぐ散《ち》りぐになる程、いと心細《ぼそ》し。

一 後嵯峨院のご遺言を違えて、関東のほうから、このように今のみかどを皇位におつけ申し。
二 それをこのまま、穏やかにおすましになるような事があったならば。
三 あの承久の変の時に、三上皇を遠くにお移しした先例まで持ち出さんばかりにお話し申し上げると。補注三二五参照。
四 後深草院は、亀山院のことを、まことにお気の毒に、あまりな事にお思いになって。
五 故法皇のなきみたまに対し奉っても、亀山院を、よそにお移ししたりしては、どのようにお思いになるか、まことに恐れ多い。
六 事態が急を告げて来たので、どうにもいたし方がないというので、
七 この事件には、ご関係がないという事を、お誓いになったお手紙などを関東へ、おつかわしになって、やっと事件は落着した。
八 諸記録によれば、亀山院の出家は、浅原事件の前年、すなわち正応二年の九月七日のことである。
九 三二三頁注二五参照。
一〇 いよいよご出家なさるであろうと噂のあったのは。
一一 予想もしなかった亀山院のほうが、このように何のさわりもなく出家されたというのは、まことに人の世の中というものは、定めのないものである。
一二 緑色のご法衣。
一三 首にかけて胸にたれる小形の袈裟(けさ)。
一四 一代要記・紹運録等によれば、法名「金剛源」。
一五 関白近衛基平の女、位子。亀山院の女御。
一六 おそばに召し使う人。
一七 田楽法師そのこまの女。花山院通雅の養女。
一八 西園寺家の侍、藤原景房の女。公相の養女。

[一九]中務《づかさ》の宮の御女《むすめ》は、もとより[二〇]いとあざやかならぬ御覺《おぼ》えなりしかば、世を捨《す》てさせたまふきは[二一]までも、とりわきたる御名殘《なごり》もなかるべし。[二二]禪林寺《ぜんりんじ》の上《うへ》の院の、人はなれたる方《かた》に据《す(ゑ)》へきこえさせ給へれば、ことにふれて、いと寂《さび》しく心細《ぼそ》き御有様《ありさま》なるを、おのづから言《こと》と《ゝ》ひきこゆる人もなし。[二三]源氏の末の君に、中將ばかりなる人、院に親《した》しく仕《つか》うまつりなれて、[二四]家もやがてそのわたりにあれば、程近《ちか》きまゝに、をり〳〵この宮の御宿直《とのゐ》など心にかけてつかまつるを、さぶらふ人〴〵もいとありがたくもと思《おも》ふ。宮の御方《かた》は、この比《(ごろ)》いみじき御さかりの程にて、[二五]まほにうつくしうおはしますを、[二六]あたらしう見奉《たてまつ》りはやす人のなきことと《ゝ》思あへり。

七月ばかり、風あららかに吹《(ふき)》、稲妻《いなづま》[二七]けしからずひらめきて、神鳴《な》りさはぐ、常《つね》よりも恐《おそ》ろしき夜、[二八]はか〴〵しき人もなければ、上下いとあはたゝしく、心細《ぼそ》う思《おぼ》しまどふ。法皇[二九]は、龜山《かめ》[三〇]殿に過《す》ぎにし頃《ころ》よりおはしませば、近《ちか》きあたりにだに人のけはいも聞《き》こえず、あはれなる程の御有様《ありさま》にて、墨《すみ》をすりたら[三一]むやうなる空の氣色《けしき》の[三二]うとましげなるを、ながめさせ給ふほどに、例《れい》の中將、[三三]そぼちまいりて、侍《さぶらい》めく物一、二人、弓など持《も》たせて、「御宿直《とのゐ》つかまつらせ侍べし。[三四]なにがしも、侍《さぶらい》のかたに侍《はんべ》らん」など申にぞ、いさゝか頼《たの》もしくて[三五]、人〴〵なぐさめ給ふ。[三六]おはします母屋《もや》にあたれる廂《ひさし》の勾欄《かうらん》にをしかゝりて、[三七]香染《かうぞ》めの[三八]なよらかなる狩《かり》衣に、[三九]薄《うす》色の指貫《さしぬき》うちふくだめるけしきにて、しめ〴〵と物語《ものがたり》しつゝ、いたう深《ふ》け行《(ゆく)》まで、[四〇]つく〴〵と

一九 宗尊親王の女、掄子女王。
二〇 まことに、ぱっとしないご寵愛ぶりであったので。
二一 までも—とても(諸本)。
二二 禅林寺の寺域の中の、上のほうにある院。
二三 源氏の末流で、その頃、中将の身分であった人。
二四 「も」底本傍書。
二五 すべてがととのっていて美しくあらせられるのを。
二六 惜しいことにお思いして、もてはやしてご覧になる方もいないことだと。
二七 ひどくひらめいて。
二八 頼みになる、しかとした人。
二九 底本「王」の脇に「皇」と小書。
三〇 「山」底本傍書。
三一 「やう」底本傍書。
三二 いかにも気味の悪い感じのするのを。
三三 雨にぬれて宮のもとに参って。
三四 私も侍の詰所にひかえておりましょう。
三五 「て」底本傍書。
三六 中将は、宮のおいでになる母屋のあたりの廂の間の勾欄に寄りかかって。
三七 薄紅に黄をおびた色。
三八 なよらか—なよゝか(諸本)。
三九 薄紫色の指貫を、ふっくらとさせたようなかっこうで。
四〇 もの静かにじっとして、ひかえておられるので。

さぶらひ給へば、御簾《みす》の中にも心づかひして、はかなきいらへなどきこゆ。あか月がたになりぬれば、御木丁ひきよせて、[一]御殿《との》ごもりぬるかたはらに、いと馴《な》れがほに添《そ》ひふす男《おとこ》あり。夢かやとおぼして御覧《らん》じあげたれば、[二]「年月《とし》、思ひきこえつるさま、おほけなくあるまじき事《こと》と《ゝ》思《おも》ひかへさひ、[三]こゝら忍ぶるにあまりぬる程、たゞ少《すこ》し、かくて胸《むね》をだにやすめ侍らんばかり」など、[四]いみじげに[五]きこゆる、[六]はやうありつる中將なりけり。[七]いとうたて、心憂《う》のわざやと思《おぼ》すに、御涙もこぼれぬ。[八]近《ちか》き手《て》あたり御もてなしのなよびかさなど、まして思ひしづむべうもなければ、[九]いといとを《(ほ)》しう、ゆくりなきことと《ゝ》は思ながら、殘《のこ》りなうなりぬ。[一〇]身のうさの限《かぎ》りなうもあるかなと、前《さき》の世もうらめしう、いふかひなき事を思《おぼ》しつゞけて、よゝと泣《な》きたまふさま、いよ〳〵らうたし。[一一]見《み》るとしもなき夢のたゞぢをうち驚《おどろ》かす鐘《かね》の聲《こゑ》・鳥の音も、[一二]人やりならぬ心づくしに、え出《い》でやらず。

[一三]起《お》きわかれ行《ゆ》く空もなき道芝《みちしば》の露よりさきに我や消《け》なまし

[一四]出《い》でがてにやすらいたる面影《おもかげ》も、なにの御目《め》とまるふしもなし。[一五]さばかりいみじかりし院の御目《め》うつりに、[一六]こよなの契《(ちぎり)》の程やと、おぼし知《し》らるゝもつらければ、いらへもし給はず。[一七]あさましうも心憂《う》くも、さま〴〵おぼし亂《みだ》るゝに、[一八]御心ちもまめやかにそこなはれぬべし。按察《あぜち》の君といふ人、[一九]語《かた》らい《(ひ)》とられけるなめり。忍《(しのび)》て御消息《せうそこ》しげうきこゆるをも、いとうたて、[二〇]心づきなう思《おぼ》されながら、さてし

一　おやすみになられた、そのかたわらに。
二　長い年月の間、お慕い申し上げてきたことを、身分不相応で、ふつごうな事と、何度も思い返してきましたが。三　もうどうにも耐え忍ぶことができなくなりましたので、ただほんのちょっと、こうして気持ちだけでも休めたいと思いまして、ただそれだけのことですので。
四　一生懸命に申しているのは。五　きこゆる—きこゆるは(諸本)。六　先程そこにいた中将であった。七　まことにいとわしい、困ったことだとお思いになるにつけて。八　中将のほうでは、宮の御身近くで触れる感じといい、御ふるまいの、なよなよしているご様子といい。九　宮に対しては、まことにお気の毒で、だしぬけの事とは思いながら、ついに契りを結んでしまわれた。
一〇　宮は、わが身のつらさの、限りもないことよと、前世の因縁も恨めしく。
一一　はかない夢にふけっていたのも、つかの間のことで、はやくも目をさまさせる、鐘の声や鳥の音を聞くにつけても。
一二　みずからし出かした心の悩みで、中将はなかなか外に出て行くことができない。
一三　起きてお別れする気には、とてもなれないでいる私は、このまま出て行ったならば、道芝の露が消えるより早く、消え死んでしまいましょう。一四　立ち出でかねて、ためらっている中将の姿も、宮の御目にとまるような美しい風情は何一つない。一五　あれほど、ごりっぱでいらせられた亀山院を見なれていた目には。
一六　この中将とのことは、この上もなくひどい宿縁であると思い知られるのもつらいことなので。一七　情けないことだ、つらいことだと、あれやこれやと思い乱れられるにつけて。
一八　お気持ちも、ほんとうに、そこなわれてしまいそうである。
一九　うまく、口説き落とされて、中将のほうに

もはてぬならい《(ひ)》にや、[二一]いと又あはれなる事さへものし給けり。かゝるにつけても、この世ひとつにはあらざりける御契の程、淺《あさ》からずをしはからる。中將もよと[二二]ゝもにあくがれまさりて、[二三]夢の通《かよ》ひ路《ぢ》、足《あし》も休《やす》めずなりゆく。[二四]この御氣色もやう〳〵しるき程になり給へば、空おそろしとて、忍《しの》びて[二五]御乳母《めのと》だつ人の家などいひなして、白川わたり、[二六]かごやかにおかしき所用意《ようい》して、率《ゐ》てわたし奉《たてまつ》りつゝ、猶身づからは、さすがに世のつゝましければ、忍《(しのび)》つゝぞ御宿直《とのゐ》しける。そこにてこそ御子も生《う》み給けれ。

この中將、才《ざへ》かしこくて、[二七]末の世には、ことのほかにもてなされて、まづ[二八]一品して、しばしおはせし比《(ころ)》、御百首の歌に、

[二九]位《くらゐ》山のぼりはてゝも峯《みね》におふる松に心をなを殘《のこ》すかな

さて終《つゐ》に内大臣までのぼられき。さて[三〇]元應の頃《ころ》かとよ、百首歌たてまつりし中に、

[三一]あつめこし窓《まど》の螢《ほたる》の光もて思《(おもひ)》しよりも身をてらすかな

と詠《よ》まれ侍き。[三二]有房《ありふさ》ときこえしが、若《わか》くての世のことなるべし。

新陽明《やうめい》門院も、禪林寺殿《ぜんりんじどの》のゝしもの[三三]放《はな》ち出《い》でに、つれ〴〵としておはします程に、[三四]松殿宰相中將兼嗣《かねつぐ》、いかゞしたりけん、つねにまいり給し程に、はてには、その宰相中將の御子に、世をのがれたる人ありき、その御房に[三五]おぼしうつりて、限《かぎ》りなく

ついたのであろう。
二〇 不快なことに思われながら、そのままではすまないのが男女の仲というものなのか。
二一 そのうちになんと、ご懐妊になるというようなことが起こった。
二二 時がたつにつれて、ますます宮のことを、恋いこがれるようになって。
二三 続古今、恋三「寝覚めまでなほぞ苦しきゆきかへり足も休めぬ夢の通ひ路 有家」。
二四 ご懐妊のご様子も、次第に人目につくようになられたので。
二五 御乳母のような人の家、などと言いつくろって。
二六 まわりが囲まれていて、趣のある所を用意して、そこにお連れ申して。
二七 その晩年には、ことのほか重く用いられて。
二八 従一位に叙せられて。有房は、文保二年(一三一八)正月十一日、従一位に叙せられた。
二九 位階の点では、私は最高の位にまで上りつめたが、それでもなお、そのほかに高い官職につきたいという思いが残っていることだ。↓補注三二六。
三〇 元応は後醍醐天皇の御代の年号で、元年(一三一九)から三年まで。ただし、これは、嘉元(一三〇三―一三〇六)の誤りであろう。
三一 若い頃から苦労をして、学才を積んで来たおかげで、予想以上に高位に昇って、身の面目をほどこしたことだ。↓補注三二七。
三二 さきにお話しした中務の宮の姫君との事件は、この有房と申した方が、まだ若かった頃の事なのであろう。六条有房については、補注三二七参照。
三三 母屋に続けて、外へ建て増しした建物。
三四 関白基房の孫。正応二年には五十一歳で、その翌年の正月に出家。
三五 お心が傾いて。

思《おぼ》したりし程に、御子をさへ生《う》み給き。その姫《ひめ》君は、はじめは富《とみ》の小路の中納言季《すゑ》雄《を》の北《きた》の方《かた》にておはせしが、後には[一]歡喜園《くわんきをん》の攝政(兼忠)ときこえ給し末の御子に、基教《もとのり》の三位中將ときこえし上《うへ》になりて、失《う》せ給(たまふ)までおはしき。故女院(新陽明門院)いとをしくし給しかば、御處分《そうぶん》など、いと〳〵猛《まう》にありき[二]。「[三]さのみかゝる御事どもをさへきこゆるこそ、物いひさがなき罪《つみ》さり所なけれど、[四]よしや昔《むかし》もさる事ありけりと、[五]このごろの人の御有様《ありさま》も、をのづから輕《かろ》き事あらば、思(おもひ)ゆるさるゝためしにもなりてん物ぞと思へば、遠《とを》き人の御事は、今《いま》はなにの苦《くる》しからんぞとて、すこしづゝ申なり」と、うち笑《わら》ふもはしたなし。[六]「いづら。この頃《ごろ》は、誰《たれ》かあしくおはする」と問へば、「いな〳〵それは空おそろし」とて、頭《かしら》をふるもさすがをかし。

さても、[七]石《いは》清《し》水(みづ)の流《なが》れをわけて、關《せき》の[八]東《ひんがし》にも、若《わか》宮ときこゆる社《やしろ》おはしますに、八月十五日、[九]宮この放生會(はうじやうゑ)まねびておこなふ。そのありさま、まことにめでたし。將軍もまうで、[一〇]位あるつは物・[一一]諸《しよ》國の受領《ずりやう》どもなど、色〳〵の狩《かり》衣、思(おもひ)〳〵の衣重《かさ》ねて出《い》でたちたり。[一二]赤橋《あかはし》といふ所に、將軍御車《くるま》とゞめて降《お》りたまふ。上達部《かんだちめ》は、うへの衣なるもあり。殿上人などいと多《おほ》くつかまつる。この將軍(惟康)は、中務《づかさ》の宮の御子なり。此ごろ權中納言にて、右大將かね給へれば、御(み)隨《ずい》身ども、花を折らせてさうぞきあへるさま、宮こめきておもしろし。法會のありさまも、[一三]本社にかはらず。舞樂・田樂《でんがく》・[一四]獅子《しゝ》がしら・[一五]流鏑馬《やぶさめ》など、[一六]さま〴〵所にしつけたる事どももおもしろし。

一 鷹司兼忠のこと。
二 底本「ありき」を重ねて書き、みせけちにす。
三 そのように深く立ちいって、このような御事までお話しするのは、物の言い方に慎みがなさ過ぎるという罪をまぬかれませんが。
四 それでもまあ、昔もそういう事があったのだと。
五 この頃の人の御身持ちに、もし万一軽々しい事でもあるならば、大目に見てもらえる前例にもなるはずのものだと思いますので。↓補注三二八。
六 どこにそういう人がいますか。この頃は、どなたが、そういう良くない事をなさっているのですか。
七 石清水八幡宮の分霊を請じ迎えて、関東のほうにも若宮と呼ばれている社がおありになるが。この部分は、「とはずがたり」によって書く。
八 「ひんかし」の「か」底本傍書。
九 石清水八幡宮の放生会をいう。放生会は、殺生戒に基づいて、捕えられた魚鳥の類を買い集めて放ちやる儀式。
一〇 底本「給」。諸本で訂正。
一一 受領は国司をいうが、ここでは諸国の守護地頭をさすのであろう。
一二 八幡宮の社前にある朱ぬりのそり橋をいう。
一三 石清水八幡宮をいう。
一四 獅子舞をいう。「とはずがたり」には、舞楽・田楽・獅子頭のことは見えず、流鏑馬のことだけ記す。
一五 騎射の一法式。角板の的を三所に立て、馬を走らせながら、これを鏑矢で射るもの。鶴岡十六日にも、猶かやうの事なり。棧敷《さじき》どもいかめしく造《つく》りならべて、色〳〵の[一七]幔幕《まんまく》などひきつゞけて、將軍の御棧敷《さじき》の前《まへ》[一八]に、[一九]相模《さがみ》の守《かみ》(貞時)を初《はじ》め、そこらの武士《ぶし》ども並《な》みゐたるけしき、さまかはりて、[二〇]好《この》ましうけばりたる、心ちよげに、[二一]所につけては又なく見えたり。

その後《のち》、いく程なく、[二二]鎌倉中《かまくらうち》さはがしきこと出《い》で來《き》て、みな人きもをつぶし、さゝめくといふ程こそあれ、將軍宮こへ流《なが》され給とぞきこゆる。めづらしき言《こと》の葉なりかし。近《ちか》くつかまつる男《おとこ》女、いと心細《ぼそ》く思《(おもひ)》なげく。たとへば、[二三]御位などのかはる氣色《けしき》に異《こと》ならず。さて上《のぼ》らせ給ありさま、いとあやしげなる[二四]網代《あじろ》御輿《こし》を[二五]さかさまに寄《よ》せて、乘《の》せたてまつる[二六]に、げにいと[二七]まが〳〵しきことのさま[二八]也。[二九]うちまかせては、宮こへ御上《のぼ》りこそ、いとおもしろくもめでたかるべきわざなれど、かくあやしきはめづらか也。[三〇]母宮す所も、近衞大殿(兼經)ときこえし御女也。父みこ(宗尊)の、將軍にておはしましし時の御息所《みやすどころ》也。先《さき》にきこえつる禪林寺殿《ぜんりんじどの》の[三一]宮の御方《かた》も、おなじ御腹《はら》なるべし。文永三年より今年《ことし》(正應二年)まで廿四年、將軍にて、天下《(が)》のかためといつかれ給へれば、日の本のつは物を從《したが》へてぞおはしましつるに、今日《けふ》は[三二]彼《かれ》らにくつ返《(がへ)》されて、かくいとあさましき御有樣《ありさま》にてのぼり給。いといとをしうあはれなり。道すがらもおぼし亂《みだ》るゝにや、[三三]御たゝう紙《がみ》の音《をと》しげうもれきこゆるに、たけき武士《ものゝふ》も涙落《を》としけり。

さて、[三四]このかはりには、一院(後深草)の御子《みこ》(久明)、三條內大臣公親の御女《むすめ》、御匣殿《くしげ》とてさぶ

八幡宮の放生会の際には、必ず行なわれた。
一六 これ以下、「所につけては又なく見えたり」までは、「とはずがたり」には見えない。
一七 上下を横幅とし、その間を縦幅として、縫い合わせて作った幕。
一八 に—には(諸本)。
一九 時の執権、北条貞時(一二七一—一三一一)をさす。貞時は、時宗の子で、弘安八年(一二八五)相模守に任ぜられた。
二〇 好ましい感じで得意になっているのが、いかにも心地よさそうであって。
二一 鎌倉という場所がらでは、この上なく面白く見えた。
二二 とはずがたり四に「さるほどに、いくほどの日かずも隔たらぬに、鎌倉に事いでくべしとさゝやく。たがうへならむといふほどに、将軍都へのぼり給べしといふほどこそあれ、たゞいま御所をいで給といふを見れば」とある。
二三 天皇の御位などが変わる時の様子と。
二四 尾本「あしろの御こし」。
二五 罪人を遠所に流す場合には、ゆく先を背にして後ろざまにかついでゆくのが先例である。↓補注三二九。
二六 に—も(諸本)。
二七 不吉な仕方である。
二八 也—なる(院本以外の諸本)。
二九 ふつう一般には。
三〇 惟康親王の母で、宗尊親王の御息所。御息所は、皇太子・親王等の妃をいう。
三一 掄子女王をいう。
三二 武士たちのために将軍の地位をくつがえされて。
三三 鼻紙で鼻をかみ涙をぬぐわれる音が、しきりにみこしの外まで聞こえてくるのに。
三四 この惟康親王のかわりには、後深草院の御子が将軍になられ、この方は。

らい《(ひ)》給し御腹《はら》也。當代《たうだい》の御はらからにて、[一]いま少《すこ》し寄《よ》せ重《をも》くやむごとなき御有様《ありさま》なれば、[二]たゞ受禪の心ちぞする。もとの將軍をはせし宮をば造《つく》り改《あらた》めて、いみじうみがきなす。つは物のすぐれたる七人、御迎《むか》へに上《のぼ》る中に、[三]飯沼《いひぬま》の判官《はうぐはん》といふ物、前《さき》の將軍のぼり給し道《みち》もまが〳〵しければ、[四]あとをも越《こ》えじとて、足柄山《あしがら》をよぎて上《のぼ》るなどぞ、あまりなる事にや。[五]御子《みこ》は十月三日御元服し給ふ。久明の親王ときこゆ。おなじ十日、[六]院よりやがて六波羅《はら》の北、さき〴〵も宮のわたり給し所へおはして、それよりぞ東《あづま》に赴《をもむ》かせ給ふ。

同《(おなじ)》廿五日、鎌倉《かまくら》へ著《つ》かせ給にも、御[七]關迎《せきむか》へとて、ゆゝしき武士どもうちつれてまいる。宮は[八]菊《きく》のとれんじの御輿《こし》に御簾《すだれ》あげて、御覽《らん》じならはぬ夷《あびす》どものうち圍《かこ》み奉《たてまつ》れる、頼《たの》もしく見《み》給。[九]しのぶを亂《みだ》れ織《を》りたる萌黄《もよぎ》の御狩衣《かり》・紅《くれなゐ》の御衣《ぞ》・濃《こ》き紫《むらさき》の指貫《さしぬき》たてまつりて、いと細《ほそ》やかになまめかし。飯沼《いひぬま》の判官《はうぐわん》、[一〇]とくさの狩衣《かり》、[一一]青毛《あをげ》の馬に、[一二]きかなものの鞍《くら》置《を》きて、隨兵《ずい(びやう)》いかめしく召《め》し具《ぐ》して、御輿《こし》のきはに[一三]うちたるも、宮こにたとへば、行幸にしかるべき大臣などの仕《つか》まつり給へるによそへぬべし。三日が程は、[一四]椀飯《わうばむ》といふ事、又馬御覽《むまらん》、なにくれといかめしきことども、[一五]鎌倉《かまくら》うちのけいめい也。宮の中の飾《かざ》り御調度《てうど》などはさらにもいはず、[一六]帝釋《たいしやく》の宮殿《くうでん》もかくやと、[一七]七寶《ほう》を集《あつ》めてみがきたるさま、目《め》もかゝやく心ちす。いとあらまほしき御有様《ありさま》なるべし。關《せき》の東《ひんがし》を宮この外《ほか》とて、[一八]をとしむべくもあらざりけり。都におはしますな[一九]ま

一 惟康親王よりは、いまいちだんと後ろだても重々しく。
二 将軍の職につかれるのは、まるで皇位をゆずり受けられる時のような気持ちがする。院本以外の諸本「たゞ」なし。
三 長崎入道杲円の二男、資宗。「のはうくはん」底本傍書。→補注三三〇。
四 とはずがたり四には、「流され人の上り給しあとをば、通らじとて、足柄山とかやいふ所へ、越え行ときこえしをぞ、みな人、あまりなることゝは申侍し」。
五 諸記録によれば、十月一日親王宣下、十月六日元服、十月九日征夷大将軍に任ぜられている。
六 後深草院の御所から、そのまま六波羅の北館の、以前にも将軍の宮のおいでになった所へいらっしゃって。帝王編年記に「十日、将軍自㆓仙洞常磐井殿㆒行㆓啓六波羅㆒、今日御㆓下向関東㆒」。
七 遠方から来る人あるいは旅から帰って来る人を、関所まで出迎える儀。
八 御輿の外のほうに格子のある窓を設け、菊の花などの紋をつけたものかという(和田英松説)。
九 忍草の模様を乱れ模様に織った。
一〇 表黒青、裏白の狩衣。
一一 青味をおびた黒色の毛色の馬をいう。
一二 黄金の金具をとりつけてある鞍。
一三 騎馬でお供をしているのも。
一四 もとは、椀に盛った飯の意であるが、ここでは、将軍を中心にした盛宴の意。
一五 鎌倉中、総がかりでのおもてなしである。
一六 善見天の殊勝殿のことで、その宮殿の荘厳美麗のありさまは、仏祖統記に見える。
一七 七種の宝をいう。その内容は、諸書によって異なるが、無量寿経では、金・銀・瑠璃・玻

宮たちの、より所なく[二〇]たゞよはしげなるには、こよなくまさりて、めでたくにぎはゝしく見えたり。

[二一]時宗の朝臣といひしも、又頭《かしら》おろして、[二二]法光寺の入道とて、いとたうとく行《おこ》なひて、[二三]世にもいろはず、貞《さだ》時といふ太郎、相模《さがみ》の守にぞ、よろづいひつけゝる。上《のぼ》[二四]り給にし前《さきの》大將殿(惟康)は、嵯峨《さが》のほとりに御髮《おぐし》おろし、いとかすかにさびしくてをはす。

かくて年《とし》かはりぬれば、又の年《とし》(正應三年)[二五]二月《きさらぎ》のころ、一院(後深草)御髮《ぐし》おろす。年《とし》月の御本意《い》なれど、たゆたい過《す》ぐし給けるに、禪林《ぜんりん》寺殿、去年《こぞ》の秋思《おぼ》し立《た》ちにしに、いとゞ驚《をどろ》かされ給ぬるにやありけん。二月十一日、龜山殿にて、[二六]いむ事うけさせ給。四十八にぞならせ給。御法《ほう》名素實[二七]と申也。

正《む》月一日《ついたち》、[二八]節會《せつゑ》などはてゝ、夕つかた、内の上(伏見)《うへ》、皇后宮(姈子)御方へわたらせ給へれば、宮は[二九]中濃《こ》き紅梅《こうばい》の十二の御衣《ぞ》に、おなじ色の御單《ひとへ》・紅《くれなゐ》のうちたる・萌黄《もえぎ》の御表着《うはぎ》・葡萄《ゑびぞ》染めの御小袿《こうちき》・[三〇]花山吹の御唐衣《から》、唐《から》の薄《うす》物の御裳《も》けしきばかりひきかけて、御髮《ぐし》ぞ少《すこ》し薄《うす》らぎ給へれど、いとなよびかにうつくしげにて、つねよりことに[三一]匂《にほ》ひ加《くは》ゝはりて見え給。御前《まへ》に御匣《くしげ》殿、[三二]花山院の内大臣師繼《もろつぐ》*の女、[三三]二藍《ふたあい》の七に紅《くれなゐ》の單《ひとへ》・紅《こう》梅《ばい》の表着《うはぎ》・赤《あか》色の唐《から》衣・[三四]地摺《ちずり》の裳《も》、髮《かみ》うるはしくあげてさぶらい(ひ)給。[三五]かんざし・やうだい、これもけしうはあらずみゆ。あたらしき年《とし》の御喜《よろこ》びなどすこし聞《き》こえ給て、[三六]例《れい》のたゞならぬ御事どもうちさゝめきがちにて、[三七]それより[三八]公守の大納言の女の曹司《ざうし》

璃・硨磲(しゃこ)・珊瑚・瑪瑙(めのう)をいう。
一八 見下げるということなど、できないことであった。
一九 宮という名だけの、権勢のない宮たち。
二〇 根柢もなく浮きただよっているようなのにくらべると。
二一 時宗は、文永五年(一二六八)三月、執権に任ぜられ、弘安七年(一二八四)四月四日、出家して、同日に没した。
二二 法光—寛光(尾本以外の諸本)—寛覚(尾本)。北条九代記には「時宗〈相模守正五位下法光寺〉」、尊卑分脈にも、法光寺と注す。
二三 世の中の俗事にも関与せず。
二四 惟康親王は、正応二年九月十四日上洛、同年十二月六日出家。
二五 後深草院は、正応三年二月十一日、亀山殿にて出家。
二六 御戒をお受けになった。いむ事—御いむ事(諸本)。
二七 底本、不分明。諸本による。
二八 元日の節会をいう。朝賀の後、天皇が群臣百官と宴をともにする儀をいう。
二九 何枚も重ねた紅梅の袿(うちき)の、中ほどの色の濃いものをいう。
三〇 かさねの色目で、表薄朽葉、裏黄のものをいう。
三一 いちだんと美しさが加わってお見えになる。
三二 御匣殿の説明。
三三 二藍の袿を七つ重ね、その下に紅の単(ひとえ)を着用して。
三四 白地に藍などで模様をすり出した織物。
三五 髪のかたちや姿ありさまなど。
三六 ご懐妊の御事など。
三七 「それより」底本傍書。それより—これより(諸本)。
三八 三八〇頁参照。

さしのぞかせ給へば、いとさゝやか[一]に[二]衣がちにて、[三]花櫻《ざくら》のあはひ[四]にほはしきに、山吹の表着《うはぎ》、裳《も》ひきかけて、より臥《ふ》し給へる、あてにらうたし。こまやかにうち語《かた》らひきこえ給ふ。[五]玄輝《げんき》門院の御そばにかしづききこえ給しならひにや、[六]を《(お)》しなべての上《うへ》宮仕《づか》へのさまよりも、[七]思ひあがれる氣色《けしき》なり。いま一所(顯親門院)の御曹司《ざうし》も近《ちか》き程なれば、そなたざまに歩《あゆ》みおはして、[八]いと心しづかならねど、この君をば、をしなべてのきはならず思《おぼ》すめり。[九]この御腹《はら》に、御子《みこ》たちあまたおはしましき。かくめぐらせ給《(たまふ)》程に、いたく深《ふ》けてぞ、[一〇]中宮のぼらせ給。

この御代にも、いみじき行幸ども、ゆゝしき事多《おほ》かりしかど、[一一]年《とし》のつもりに何事《なにごと》もさだかならず、月日などおぼろに侍れば、[一二]中〱聞《き》こえず。

程なく明《あ》けくれて、永仁も六[一三]年になりぬ。七月廿二日、春宮(後伏見)に位ゆづりて、降《を》りたまひぬ。霜月になりて、五節《せち》の比《(ころ)》、去年《こぞ》を思《おぼ》し出《い》でて、そのをりに關白にておはせし[一四]兼忠《かねたゞ》の大臣《おとゞ》に、櫛《くし》つかはすとて、新院(伏見)、

[一五]おとめ子《ご》がさすや小櫛《をぐし》のそのかみにともになれこし時ぞわすれぬ

御返《(かへ)》し、歡喜園《くわんきをん》の前攝政殿(兼忠)、

[一六]いとゞ又こぞの今宵《こよひ》ぞ忍《しの》ばるゝつげの小櫛《をぐし》を見《み》るにつけても

[一七]堀川《ほり》の具守の大臣《おとゞ》の女の御腹《はら》に、前《さき》の新院(後宇多)の若宮生《む》まれ給へりし、六月廿七日、御元服《げんぶく》して、八月十日春宮(後二條)に立《た》ち給ぬ。御いみな邦治《くにはる》ときこゆ。[一八]これも、内《うち》よりは

一　にーにて(諸本)。
二　小さなからだに、着物を多く重ねているのをいう。
三　花桜のかさねの色合いが、まことに美しいのに。花桜は、表白、裏青。
四　にほはしきにーおかしきに(尾・大・岩本)。
五　この方は、玄輝門院のおそばで、大事にお育てられになったためであろうか。玄輝門院は後深草帝の妃で、伏見帝の母。
六　普通の、後宮に奉仕している方々よりも、気位の高い様子である。
七　もーは(諸本)。
八　落ち着いた気持ちで、しんみりとお話しするというわけにはいかないが。
九　顕親門院の腹から、花園院・寛性法親王・朔平門院・延明門院など出生。
一〇　中宮は、夜のおとどにお上りになる。
一一　年をとったせいで、何事もはっきり覚えておらず。
一二　いっそのこと、お話ししないことにします。
一三　一二九八年。
一四　鷹司兼忠は、永仁四年七月から永仁六年七月まで関白、それ以後同年十二月二十日まで摂政であった。
一五　おとめの髪にさす小櫛を見るにつけても、その昔、帝位にあって、そなたとともに五節の舞を見た時のことが忘れられない。第一・二句は、「そのかみ」にかかる有意の序で、「その髪」に「そのかみ(その当時)」の意をかけ用いている。
一六　いただいたこのつげの小櫛を見るにつけても、去年のこよい、五節の舞を見た折のことが、さらにいちだんと懐しく思いかえされます。
一七　源通親の子通具の曾孫。正和二年(一三一三)内大臣に至り、同五年六十八歳で没。
一八　後伏見帝の父伏見院は、後宇多帝より二歳

御年《とし》三まさり給へり。今《いま》の御門《かど》(後伏見)は十一になり給。御いみ名胤仁《たね(ひと)》ときこゆ。あてになまめかしうおはします。中宮(鐘子)の御腹《はら》には、大かた、宮も物したまはねば、この御門をぞ、[一九]〔御子に〕し奉《たてまつ》らせ給ける。[二〇]譲位《じやう》の後は、宮もおりさせ給て、[二一]永福門院ときこゆめり。[二二]皇后宮(姈子)もこのごろは遊義門院と申《(まうす)》。法皇(後深草)の御かたはらにおはしましつるを、中の院(後宇多)、[二三]いかなるたよりにか、ほのかに見奉《たてまつ》らせ給て、いと忍《しの》びがたく思《おぼ》されければ、とかくたばかりて、盗《ぬす》みたてまつらせ給て、冷泉萬里《(の)》小路殿《どの》におはします。またなく思ひきこえさせ給へる事かぎりなし。

[二四]正安二年正月三日、御門(後伏見)、御元服し給ふ。今年《ことし》十三にならせ給へば、御行末《(ゆく)すゑ》はるかなる程也。

又の年(正安三年)正月《む》の比、内侍所の[二五]御しめのおり給へるは、[二六]いかなるべきことにかなど、忍《しの》びてさゝめく程こそあれ、東《あづま》より御使《つか》ひのぼるとて、世の中さはぎて、[二七]禪林《ぜんりん》寺殿見奉《みたてまつ》り給ふ世にとや、正月廿一日、春宮(後二條)位に卽《つ》かせたまひぬ。おりゐの御門《かど》(後伏見)十四にて、[二八]太上天皇の尊號《そんがう》あり。いときびわにいたはしき御事なるべし。[二九]わづかに三年《とせ》にて降《お》りさせ給へれば、なに事のはへもなし。此春は、春日《かすが》の社に御幸などあるべしとて、世の中まだきよりおもしろき事にいひあへりつるに[三〇]、[三一]かいしめりていとさう〴〵し。さてこの君(後伏見)を新院と申せば、父の院(伏見)をば中院ときこゆ。御門(後二條)の御父《ちゝ》は一の院(後宇多)と申。[三二]法皇も此ごろ[三三]〔は〕一《(ひとつ)》におはしますなめり。一院《(の)》、世の政事《まつりごと》きこしめせ

年長で、その皇太子となったことが、草枕に記されている。それに対して、これもといったのである。

一九 「御子に」諸本で補う。

二〇 伏見帝が皇位をおゆずりになった後には、中宮も位をお降りになって。

二一 永仁六年八月二十一日、院号宣下。

二二 後宇多院の皇后。後深草院の皇女、姈子内親王。正応四年(一二九一)八月、院号宣下。永仁二年六月、後宇多院に嫁す。

二三 どのような機会にか。

二四 一三〇〇年。

二五 御しめ縄が下に落ちたのは。

二六 何の前兆であろうかと。

二七 亀山院が院政をおとりになる御代になし奉ろうということなのであろうか。

二八 底本「大上」。諸本で訂正。

二九 永仁六年七月践祚以後、正安三年正月まで、あしかけ四年間、正味三年である。

三〇 底本「も」と傍書。諸本「も」。

三一 ひっそりと人の心も沈んでしまって、まことに淋しい。

三二 亀山院も、この頃は後宇多院と同じ御所においでになるようである。

三三 「は」諸本で補う。

ば、天下の人、[一]又をし返し、一かたになびきたる程も、[二]さも目《め》の前《まへ》に移《うつ》ろひかはる世の中かなと、あぢきなし。

[三]土御門の前内(の)の大臣《おとゞ》定實、六月に太政大臣になり給ふ、いとめでたし。故《こ》[四]大納言入道顯定《あきさだ》の、本意《ほい》[五]なかりし御面《おもて》おこし給へる、いとゆゝし。院[六]の御覺《おぼ》えの人なるうへ、才《ざえ》もかしこくをはすれば、世に用《もち》いられ給へり。御子の雅房《まさふさ》・中納言親定《ちかさだ》とて、いづれも才《ざえ》ある人にておはしき。

[七]持明《ぢみやう》院殿には、世の中すさまじく思《おぼ》されて、伏見殿にこもりおはしますべくの給へれど、[八]二の御子《みこ》坊に定《さだ》まり給へば、又めでたくて、[九]なだらかにておはしますべし。先《さき》にきこえつる御[一〇](玄輝門院)母女院の御はらからの姫《ひめ》君、顯親《けんしん》門院ときこえし御腹《はら》也。八月十五日、まづ親王になしたてまつらせ給て、同廿四日に春宮に立給(たちたまひ)ぬ。

かくて新帝(後二條)は十七になり給へば、いとさかりにうつくしう、御心ばへもあてにけ[一一]だかうすみたるさまして、しめやかにをはします。三月廿四日御即位、この行幸の時、[一二]花山院三位中將家定《いゑさだ》、御[一三]劍《けん》の役《やく》をつとめ給とて、さかさまに内侍《ないし》に渡《わた》されけるを、[一四]今出川《いまで》の(公衡)大臣《おとゞ》御覽《らん》じとがめて、出仕とゞめらるべきよし申されしかど、[一五]鷹司の(基忠)大殿、「[一六]中〳〵沙汰《さた》がましくてあしかりなん。たゞ音《をと》なくてこそ」と申とゞめ給へりしこそ、情《なさ》けふかく侍しか。後《のち》に思へば、[一七]げにあさましきことのしるしにや侍けん。十月廿八日御禊《(ご)けい》、この度《たび》の女御代にも、[一八]堀《ほり》川の(具守)大臣《おとゞ》の姫《ひめ》君いで給へり。[一九]今《いま》の(後二條)上《うへ》

一　今までとは反対に、押し返して、亀山院方のほうになびき従っている有様も。
二　このようにも、目の前に移り変わる世の中であることよと。
三　定実は源通親の曾孫で、権大納言顕定の子。永仁四年(一二九六)五十六歳で内大臣に任ぜられ、その翌年職をとどめられたが、正安三年(一三〇一)六月、太政大臣に任ぜられた。
四　定実の父の顕定が右大将を望んで、その地位を得ることができず、世を恨んで高野にこもったことは、おりゐる雲に見える。
五　望みを達成できなかった不名誉をとりもどし、面目をほどこしたのは、まことに大したことである。
六　この定実は、院のご信任のあつい人であるうえに。
七　後深草・伏見両院をさす。
八　伏見院の第二皇子、富仁親王をさす。
九　不平もなく、心おだやかにおいでのようである。
一〇　伏見院の母、玄輝門院をさす。
一一　まじめに、とり澄ましたご様子で。
一二　権大納言家教の子。右大臣に至り、元亨三年(一三二三)四十一歳で出家。
一三　行幸の時、昼の御座の御剣を奉持して供奉する役。御殿から内侍が取り出して中将に伝え、中将はこれを持って供奉し、還御の時、中将がこれを内侍に渡し伝える。
一四　西園寺公衡。実兼の子。この時、前右大臣。
一五　基忠。この時、前関白、前太政大臣。
一六　そういう事をしては、かえって事が表面化してよくないだろう。問題にせずに、そのままにしておいたほうがよい。
一七　たいへん情けない事の前兆であったろうか。後二条帝が、わずか二十四歳でなくなったことをさす。

も、源氏の御腹《はら》にてものし給。[二〇]いとめづらしくやむごとなし。されど、[二一]うけばりたるさまにはおはせぬぞ、心もとなかめる。

又の年《とし》は[二二]乾元元年、六月十六日龜山殿に[二三]行幸あり。(龜山)法皇[二四]いとめづらしくうつくしと見奉《たてまつ》らせ給。あか月かへらせ給ぬるのち、法皇より内(後二條)にきこえさせ給。

[二五]したはるゝ名殘《なごり》に堪《た》えず月を見《み》れば雲の上《うへ》にぞ影はなりぬる

御返し、内の上《うへ》、

[二六]君はよし千年《とせ》のよはひたもてればあひ見《み》ん事の數《かず》も知《し》られず

(後宇多)一院は、忠繼《たゞつぐ》の宰相の女の[二七]中納言内侍殿といふ腹《はら》にも、男《おとこ》女御子《みこ》たちあまたものし給中に、すぐれ給へる[二八]内親王を、いとかなしき物にかしづききこえさせ給。

此御世にも、又、[二九]爲世の大納言うけたまはりて撰集《せんじゆ》あり。[三〇]新後撰集ときこゆ。嘉元元年披露《ひろう》せらる。

かくて、(嘉元二年)又の年《とし》春の頃《ころ》より、[三一]東二條院、御惱《なや》み日々《ひゞ》におもり給て、[三二]今《いま》はと見えさせ給へば、伏見殿へ出《い》でさせ給て、[三三]終《つい》に失《う》せさせ給ぬ。七十にあまらせ給へば、ことはりの御事なり。

(後深草)法皇もその御歎《なげ》きの後《のち》、おさ〳〵物きこしめさずなどありしをはじめにて、うちつゞき心よからず、[三四]御わらはやみなど聞《き》こゆる程に、七月十六日、二條富《とみ》の小路《こうぢ》[三五]〔殿〕にて、かくれさせ給ぬ。六十二にぞならせ給ける。いとあはれに悲《かな》しき事ども、

一八 堀川具守の女。
一九 後二条帝の母、基子は、堀川具守の女で、源氏の出であるのをいう。
二〇 このように、源氏出身の方々が、後宮に続いて上られるのは、まことにめずらしく尊いことである。
二一 摂家や西園寺家から上られた方々のように、勢い盛んで、誰はばかる者もないという様子でないのが、不安のようである。
二二 一三〇二年。正安四年十一月二十一日改元。
二三 に―へ(諸本)。
二四 主上のことを、たいそうめずらしく。
二五 久々でお会いしたため、あなたのことがしたわしくて名残惜しさにたえず、月を眺めると、その月までが雲の中に入って、見えなくなってしまったことだ。
二六 たとえ今お別れしたところで、あなたは千年のよわいをお保ちになるのですから、今後お会いできる機会は、数限りなくあることと思います。
二七 藤原忠子。後醍醐帝の母。後に、談天門院と称す。内侍―典侍(諸本)。
二八 奨子内親王。後に、達智門院と称す。
二九 為家の孫。二条為世。
三〇 二十巻。正安三年(一三〇一)十一月二十三日、後宇多院の院宣を受けて撰歌に着手、嘉元元年十二月十九日に奏覧。
三一 後深草院のきさき。
三二 「いまはと…伏見殿へいてさせ給て」底本傍書。
三三 正月二十一日没。七十三歳。
三四 おこり。
三五 「殿」諸本で補う。

いへばさら也。御孫《まご》の春宮もひとつにおはしましつれば、[一]いそぎて外《ほか》へ行啓《げい》なりぬ。御修法の壇《だん》どもこぼ〳〵とこぼちて、くづれ出《い》づる法師ばらのけしきまで、今《いま》を限《かぎ》りと、[二]とぢめはつる世のありさま、いとかなし。よひ過《す》ぐる程に、[三]六波《は》羅《ら》の貞顕《さだあき》・[四]憲時《のりとき》二人、御とぶらいに参《まい》れり。[五]京極《ごく》おもての門の前《まへ》に、床子《しやうじ》に尻《しり》かけてさぶらう(ふ)。従《したが》う物ども左右に並《な》みいたるさま、いとよそほしげ也。

又の日、夜に入て、[六]深草《ふかくさ》殿へ率《い》て渡《わた》したてまつる。御車さし寄《よ》せて、御棺《くわん》に乗《の》せたてまつる程、[七]内外《うちと》とよみあひたる、いとことはりに、[八]心をさむる人もなし。院(伏見)の御前《まへ》・宮たちなど、藁履《わらぐつ》とかやいふ物奉《たてまつ》りて、門まで御送《をく》りつかまつらせ給て、[九]とみにえのぼらせたまはず、御直衣《なをし》の袖をおしあてて、遙《はる》かに程へてぞ、御車にたてまつりて、伏見殿への御送《をく》りもせさせ給ける。院の中《うち》ゆゝしきまで泣《な》きあへり。後深草院とぞきこゆめる。[一〇]御日数の程は、伏見殿に宮たち・遊義門院などおはします。遊義門院、秋さへ深《ふか》くなりゆくまゝに、[一一]夜とともの御涙《なみだ》、干《ひ》る間《ま》なく思《おぼ》しまどふ。

[一二]物をのみ思ひ寝覺《ねざ》めにつく〴〵と見《み》るも悲《かな》しき燈《とも》し火の色《いろ》

[一三]春きてしかすみの衣ほさぬまに心もくるゝ秋ぎりの空

年返《とし(かへり)》ぬれば、嘉元も三年になりぬ。萬里小路殿の法皇(亀山)、又御惱《なや》みとて、亀山殿へ移《うつ》らせ給ふ。色々に、御修法やなにくれ御祈《いの》りども、[一四]こちたくせさせ給へるもしるしなくて、九月十五日のあけぼのに終《つい》にかくれさせ給ぬ。去年《こぞ》・今年《ことし》の世のさが

一 死のけがれを避けて、他所へ行啓になったのである。
二 法皇の御身に関することは、何もかもすべて終わってしまう世の有様は。
三 北条貞顕。この時の南六波羅の探題。正安四年七月上洛。後に北六波羅の探題、連署、執権などを歴任。
四 時範の誤りであろう。北条時範は北六波羅の探題。嘉元元年十二月上洛、徳治二年八月没。
五 とはずがたり五「初夜すぐる程に、六波羅、御とぶらひに参りたり。北は、富小路おもてに、人の家の軒に、たいまつともさせて、並みゐたり。南は、京極おもての、かどりの前に、床子に尻かけて、手のもの、二行に並みゐたり(さ)さまなど、なをゆゝしく侍き」。公衡公記には、さらに詳しくしるしているが、増鏡は、主として「とはずがたり」によって書いたのであろう。
六 和田英松は、公衡公記に、「以㆓深草経親卿山荘之傍山㆒為㆓山作所㆒」とあるので、この山荘をさすのであろうかという。
七 御所の内外で、一時に泣き騒ぐ声が起こったのは。
八 とり乱さずに平静にしている人は、ひとりもいない。
九 急にはお車にようお乗りにもならず。
一〇 中陰、四十九日の間。
一一 夜がふけ夜が重なるにつれて、一生尽きることのない御涙の乾く間もなく嘆きにくれておられる。「夜とともの涙」は、古今集、恋二「世とともに流れてぞゆく涙河冬もこほらぬみなわなりけり」による。夜の重なるとともにの意に一生尽きることのない意をかけ、「ひる」に、干ると昼をかけている。
一二 物思いにふけったまま寝て、ふと夜中に寝覚めて、燈火をつくづくと見ていると、その火の色までもの悲しく思われる。

なさ、うち續《つゞ》きたる人〴〵の御歎《なげ》きども、いはんかたなし。[一五]世を背《そむ》かせ給にし初《はじ》めつかたは、[一六]いときはだけう聖《ひじり》だちて、女房など御前《まへ》にだに參《まい》らぬことなりしかど、後には[一七]ありしよりなを《(ほ)》たはれさせ給し程に、永福門院の[一八]御さしつぎの姫君《(瑛子)》、[一九]はや御盛《さか》りも過《す》ぐる程なりしを、この法皇に參《まい》らせたてまつらせ給へりし、かひ〴〵しく[二〇]「水の白波」に若《わか》やがせ給て、[二一]やがて院號《がう》ありしかば、昭訓門院ときこえつる、その御腹《はら》に、一昨年《をとゞし》ばかり、[二二]若《わか》宮生《む》まれ給へるを、限《かぎ》りなくかなしき物に思《おぼ》されつるに、[二三]いま少《すこ》しだに見《み》たてまつらせ給はずなりぬるを、いみじう思《おぼ》されけり。

[二四]さてしもあらぬならいなれば、おなじ十七日に、[二五]御わざのことせさせ給。ことはりといひながら、いといかめしう人〴〵仕《つか》うまつり給。[二六]網代庇《あじろびさし》の御車、前右大臣殿《(公衡)》寄《よ》せさせ給。烏帽子直衣《ゑぼうしなをし》　袴《はかま》きはにて參《まい》り給ふ。院《(後宇多)》の上《うへ》も庭におりさせ給。[二七]法親王たち三人、山座主《(良助)》[二八]・聖護院《しやうご》《(順助)》、十樂院《(慈道)》《(の)》法親王などは、わらうづをぞたてまつる。[二九]上の山まで御供《とも》せさせ給。上達部には、前右大臣《おとゞ》　*公衡《ひら》・西園寺大納言　*公顯《あき》・萬里小路大納言　*師重《もろしげ》・源中納言　*有房《ありふさ》・三條前中納言《(實躬)》[三〇]・宗氏《むねうぢ》の二位・重經《しげつね》の二位・爲雅《まさ》の宰相・經守《つねもり》・爲行・親氏など也。殿上人、賴俊《よりとし》の朝臣・忠氏《たゞうぢ》・爲藤・國房《くにふさ》・經世《つねよ》・泰《やす》忠《たゞ》・光忠《みつたゞ》、みな、狩《かり》衣の袖をしぼり〳〵まいる氣色《けしき》さへ、あはれをそへたり。院《(後宇多)》も御供《とも》に[三一]參《まい》りたまふ。花山院《(師信)》權大納言・西園寺中納言《(兼季)》・土御門大納言《(親定)》、御子親實《ちかざね》[三二]少將、御太刀《たち》持《も》ちて御供《とも》せられたり。[三三]よそを《(ほ)》しかりつる御有樣《ありさま》も、いと程なく、たゞ時の

一三　この春、母君がなくなられて、そのために着た喪服の涙のまだ乾かないうちに、さらに父君の死にあい、秋霧のたちこめる空のように、わたしの心も悲しみにくれまどうことだ。

一四　去年といい今年といい、この世の中の不吉なこと。

一五　亀山院出家のこと、三八八頁参照。

一六　まことに際だって聖僧らしくて。

一七　在俗の頃より、なおいっそう女色にふけられたので。

一八　すぐ次の妹の姫君。実兼の二女、瑛子をいう。

一九　瑛子は、正安三年(一三〇一)正月、亀山院のもとにあがったが、時に二十九歳であった。

二〇　水の白波の歌のように、すっかり若々しくおなりになって。新古今集、春上「降り積みし高ねのみ雪とけにけり清滝川の水の白波　西行」による。

二一　正安三年三月十九日、院号宣下。

二二　恒明親王。嘉元元年五月九日出生。観応二年(一三五一)四十九歳で没。

二三　せめて、もう少し成長されるまでの間でも、ご覧にならずに、なくなられたのを。

二四　そういつまでも、そのままにしておくわけにはいかないのが、世のならわしなので。

二五　御葬送の儀式。

二六　唐破風《からはふ》造りで、廂をつけた網代車。

二七　いずれも亀山院の皇子。

二八　「主」底本傍書。

二九　亀山の山上まで。火葬の場所。

三〇　「実躬」院本以外の諸本で補う。

三一　この次に諸本「ひきさかりて」あり。

三二　底本「ちかさた」。諸本で訂正。

三三　あれほど美々しく、ごりっぱであらせられた法皇も。

間《ま》の煙《けぶり》にて上《のぼ》り給ぬれば、誰《たれ》も／＼夢の心ちして、ほの／″＼と明行《(あけゆく)》程に、をの／＼まかでたまふ。三條大納言入道〔公貫〕[一]・萬里小路大納言師重《もろしげ》*などは、とりわき御心ざし深《ふか》くて、御[二]だ火の果《は》つるまで、墨染《すみぞ》めの袖を顔《かほ》にをしあてつゝさぶらひ給。かねてより山道つくられて、木草きり拂《はら》いなどせられつれど、[三]露けさぞ分《わ》けんかたなき。涙の雨の添《そ》ふなるべし。[四]内よりの御使《つか》いに、はじめ長親《ながちか》の朝臣、雅《まさ》行・有忠《ありたゞ》朝臣など、三たび参《まい》る。ふるき例《れい》なるべし。

同《おな》じき廿六日、院(後宇多)の上《うへ》、御[五]素服《そふく》たてまつる。[六]おはします殿《でん》には、[七]黒《くろ》き草にてあみたる簾《すだれ》をかけらる。[八]浅黄《あさぎ》べりの御座に、[九]うへの御衣黒《ぞくろ》き、[一〇]うへの御袴《はかま》、裏《うら》は[一一]柑子《かんじ》色、御下襲《したがさね》黒し。おなじ[一二]ひへぎ、浅黄《あさぎ》の御檜扇《ひあふぎ》、御臺《だい》まいるもみな黒《くろ》き御調度《てうど》どもなり。この御ついでに、御かた／″＼も御素服《そふく》たてまつる人數、[一三]昭訓《(せうきん)》門院、[一四]昭慶《せうけい》門院は御むすめ、近衛の北政所、關白殿の北政所、[一五]良助《りやうじよ》法親王、覺雲《かくうん》・順助《じゆんじよ》・慈道《じだう》・性《しやう》惠《ゑ》・行仁《ぎやうにん》・性融《しやうゆう》法親王たち、上達部《かんだちめ》も、御山《おやま》の御供《とも》し給《(たまふ)》人／″＼みなもれず。[一六]院(後宇多)の二の御子の御母も、近比《ちか》は法皇(亀山)めしとりて、いと時《とき》めきて、[一七]准后《じゆんこう》などきこえつるも、思ひ歎《なげ》き給べし。昭訓門院、[一八]やがて御髪《ぐし》おろす。法皇は五十七にぞならせ給ける。御骨《こつ》も、[一九]この院に法花堂を建《た》てさせ給へば、龜山の院とぞ申べかめる。禪林寺殿をば、[二〇]おはしましゝ時より禪院になされき。[二一]南禪院といふはこれなめり。[二二]院の〔二の〕御子《みこ》(後醍醐)、忠繼《たゞつぐ》の宰相のむすめ、今《いま》は准后《じゆんこう》(忠子)の御腹《はら》におはします。此ころ帥《(そちの)》[二三]

一「公貫」大・岩・谷・桂本で補う。尾・近・平・谷一・院本は、公実。二荼毘。火葬。三露がしっとりとしていて、山路を分け上るすべもないほどである。四主上のもとから、山作所に使わされる御使いとしては、最初に長親朝臣、その次には雅行朝臣、第三度めには有忠朝臣というふうに、三度まいる。これは古い先例によられたのであろう。→補注三三一。五喪服。→補注三三二。

六天皇が父母の喪に服する期間中にこもっている御殿。依廬をいう。→補注三三三。

七蘆(しあ)の御簾をいう。

八御座所のたたみのへりに浅黄色を用いたもの。

九うへの御衣は袍をいう。天皇が二等親以上の喪に服する時には、浅黒色の闕腋の袍を着用する。以下の服装については補注三三二参照。

一〇表袴。束帯の時に大口の上にはく袴。

一一黒みを帯びた黄色。

一二夏の頃着るひとえのあこめをいう。

一三亀山院の妃。

一四以下、亀山院の皇女たち。

一五以下、亀山院の皇子たち。

一六後宇多院の第二皇子(後醍醐帝)の母で、談天門院をさす。

一七正安三年(一三〇一)七月二十日、准三宮になされた。

一八嘉元三年九月二十一日、亀山院の初七日にあたって出家。一九亀山殿をさす。

二〇御在世中から。南禅寺記によれば、正応年中に、禅院としたという。

二一今の南禅寺をさす。

二二後宇多院の第二皇子は、参議忠継のむすめで、今は准后と申しあげている方の、お腹にお生まれになった方である。「二の」諸本で補う。

二三太宰帥の任にある宮の意。太宰帥は太宰府宮《みや》ときこゆるを、法皇とりわき御かたはら去《さ》らず馴《な》らはし奉《たてまつ》り給て、いみじうらうたがりきこえさせ給しかば、人よりことにおぼし歎《なげ》くべし。ころさへ時雨がちなる空のけしきに、山の木の葉も二四涙あらそふ心ちして、いとかなし。二五所がらしもいとゞあはれをそへたる二六川浪のひゞき、戸無瀬《となせ》の瀧《たき》の音《をと》二七まで、とり集《あつ》めたる御心の中《うち》どもなり。御日数の程は、帥の宮(後醍醐)ひとつ御腹《はら》の内親王(奨子)なども、この院におはします程、つれ〳〵なるまゝに、二八はかなし事《ごと》などきこえかはして、花紅葉《もみぢ》につけても、むつましく馴《な》れきこえ給べし。

帥のみこは、二九大多勝《せう》院に、西《にし》の廂《ひさし》にわたらせ給。御前《まへ》の松の木にはい(ひ)かゝれる蔦《つた》の、三〇紅葉《もみぢ》にいたう染《そ》めこがしたるをとりて、九月卅日の夕つかた、昭訓門院の御方《かた》へ奉《たてまつ》らせ給。

三一あすよりの時雨もまたで染《そ》めてけり袖の涙や蔦《つた》の紅葉《もみぢ》葉

三二木《こ》の葉よりももろき御涙は、ましていとゞせきかね給へり。御返《かへ》し、

三三よもはみな涙の色に染《そ》めてけり空にはぬれぬ秋のもみぢ葉

三四あはれに見奉《みたてまつ》らせ給つゝ、名殘《なごり》もいみじくなが三五められ、勾欄《かうらん》にをしかゝり給へる夕ばへの御かたち、いとめでたし。三六ありつる紅葉《もみぢ》を、西園寺の大納言公顯《きんあき》の宿直《とのゐ》所へつかはす。

三七雨と降《ふ》る涙の色やこれならん袖よりほかにそむる紅葉ば

の長官。

二四 あふれ落ちる涙と、きそいあっているような気持ちがして。「涙」は底本「吹」。諸本により訂正。

二五 亀山殿という場所がらも、ひとしお哀感をさそう大井川の浪の音や戸無瀬の滝の音まで聞こえてきて、あれこれと悲しいことの多い御心の中である。底本「いと」の脇に「いとゝ」と注記。諸本「いとゝ」。

二六 底本「り」。諸本による。

二七 まて―までも(諸本)。

二八 和歌などをお互いに贈答なさって。

二九 亀山殿の持仏堂。寝殿のつづきにあった。

三〇 紅葉して、まっかに色づいているのをとって。

三一 あすからは、時雨の降る十月であるが、その時雨も待たずに、つたのもみじ葉は、こんなに色づいてしまった。これは、故法皇をおしたいして袖に流す紅の涙が、このような色に染めたのであろうか。

三二 散り乱れる木の葉よりも、もろく落ち散る門院の御涙は、この御歌をご覧になるにつけて、さらにいっそうせきとめることが、おできにならなかった。

三三 よもの紅葉は、すべて私たちの涙で赤く染めてしまったのです。空から降る時雨には、まだぬれていないこの秋のもみじ葉は。

三四 門院は、帥の宮のお歌を、あわれ深くご覧になって、ご返歌をなさった後にも、もの悲しいお気持ちで、何となく見いっておられて。

三五 底本「う」。諸本により訂正。

三六 先ほど、帥の宮の送ってよこされた紅葉を。

三七 法皇をいたみ奉って雨と降り落ちる涙の色が、この紅葉の色なのでしょう。その涙は、私どもの袖だけでなく、この紅葉まで、まっかに染めてしまったのです。

女院（昭訓門院）の御兄《せうと》なれば、しめやかなる御山ずみの心苦《ぐる》しさに、さぶらひ給《（たまふ）》なりけり。御返し、

一 いくしほか涙の色の染《そ》めつらん今日《けふ》を限《かぎ》りの秋のもみぢ葉《ば》

二 時雨はしたなく、風あらら《ゝ》かに吹《（ふき）》て暮《く》れぬれば、宮、内に入給《（いりたまひ）》て、御殿油《とのあぶら》ちかく召《め》して、晝御覧《ひるらん》三じさしたる御經《きやう》など讀《よ》み給程に、若殿《わか》上人どもうち連《つ》れて、こなたの御宿直《とのゐ》にまいれり。晝《ひる》の蔦《つた》の葉の散《ち》四りぼいたるを、人〴〵見《み》るに、宮、「それにをの〳〵歌書《か》きて」とのたまへば、五 爲藤朝臣、

六 もみぢ葉になく音《ね》絶《た（え）》へずはうつせみのからくれなゐも涙とや見《み》ん

清忠《きよたゞ》の朝臣、

七 山姫《ひめ》の涙の色もこのごろはわきてや染《そ》むるつたの紅葉ば

八 光忠《みつたゞ》の朝臣、

九 世の中のなげきの色を知《し》らねばや去年《こぞ》にかはらぬ蔦《つた》の紅葉ば

これらをとり集《あつ》めて、一〇 北殿《きたどの》のゝ内親王《（舜子）》の御方《かた》へ奉《たてまつ》らせ給へれば、

一一 さすがなを《（ほ）》色は木《こ》の葉に殘《のこ》りけるかたみも悲《かな》し秋のわかれ路《ち》

雨うちそゝきて、けはひの一二 あはれなる夜、いたう深《ふ》けて、帥《そち》の宮、例《れい》の北殿《きたどの》へまいり給へれば、姫宮《ひめ》も御殿《との》ごもり、さぶらう人〴〵もみな靜《しづ》まりぬるにや、格子《かうし》などたゝかせ給へど、あくる人もなければ、空《むな》しく歸《かへ》らせ給とて、書《か》きてさしはさま

一 今までに何度、紅の涙の色に染めてきたことであろう。今日が最後の、この秋のもみじ葉は。
二 時雨が烈しく降りそそぎ。
三 ご覧になりかけていた。
四 散りこぼれているのを。
五 院本以外の諸本、この前に「中将」あり。院本は、「中将」を傍記。
六 このもみじ葉を見るにつけても、法皇をしのんで泣く声が絶えなければ、人は、もみじのくれないの色をも、涙の色と見ることであろう。「なく音」の縁語として、「うつせみ」をよみ、さらに、「うつせみの」を「からくれなゐ」の序として用いたのである。
七 秋のもみじを染めなす山姫の涙の色も、法皇のなくなられたこの頃は、特別に紅の色深く、染めなすことであろうか。このつたのもみじの葉を。山姫は、山の女神。
八 光忠は、六条有房の二男。後醍醐帝の即位とともに参議に任ぜられ、正二位権大納言に至って、元弘元年、四十八歳で没。底本「みつたか」。諸本で訂正。
九 世の中はすべて、嘆きのために一様に墨染めの色になっているのに、その事を知らないためであろうか。この蔦のもみじは、去年と同じくまっかに染まっている。
一〇 舜子内親王。北殿は、亀山殿の中の北のほうにある御殿。
一一 秋は今日を限りに過ぎ去ってゆくが、その色は、この木の葉に残っている。この蔦のもみじは、秋のかたみであるとともに、故法皇のかたみでもあるので、秋に別れようとする今、さまざまな悲しい思いが去来する。
一二 近本以外の諸本「の」なし。近本「のあはれ」なし。

せ給。

一三をのづから眺《なが》めやすらむとばかりにあくがれ來《き》つる有《あり》明の月

御返し、又の日、

一四いたづらに待《ま》つ宵《よひ》すぎし村雨は思《おも》ひぞたえし有《あり》明の月

月《つき》日程なく移《うつ》り過《す》ぎぬれば、院も宮〱も、をの〱ちり〲にあかれ給程、いますこし物悲《がな》しさまさる御心のうちどもは盡《つ》きせねど、世のならひなれば、さのみしもはいかゞ。昭慶《せうけい》門院は、あまたの宮たちの御中に、すぐれてかなしき物に思きこえさせ一五給へりしかば、御處分《そうぶん》などもいとこちたし。大井川に向《む》かいて、離《はな》れたる院のあるをぞ奉《たてまつ》らせ給へれば、そこにおはしましゝ程に、川端《ばた》殿《どの》の女院など、人は申侍し。かの所は一六臨川《りんせん》寺といふ。宮こにも一七土御門室町《つちみかどむろまち》にありし院、いづれもこのごろは寺になりにて一八侍めりとぞ。めでたくもあはれなれ。

一三　こんな淋しい夜には、自然、おやすみにもなれず物思いにふけっておられることと思って、じっとしておれずに出かけてまいりました。有明の月の出る頃に。

一四　あなたのおいでになるのを、今か今かとお待ちしているうちに夜もふけ、この村雨には、有明の月も影を見せないであろうとあきらめてついに寝てしまいました。

一五　給へりしかば―給ひしかば(諸本)。

一六　臨済宗天竜寺派の寺。女院の御所が、のちに寺になったのである。

一七　京都市内にあった昭慶門院の御所をいう。

一八　諸本「に」なし。

第十二　浦[一]千《ち》鳥《どり》

院(後宇多)の上《うへ》は、位におはせし程は、中〳〵さるべき女御・更衣《かうい》もさぶらひ給はざりしかど、降《を》りさせ給て後《のち》、心[二]のまゝにいとよく紛《まぎ》れさせたまふ程に、この程は、いど[三]み顔《がほ》なる御かた〴〵数《かず》そひ給ぬれど、猶《なほ》[四]遊義門院の御心ざしにたちならび給《たまふ》人はおさ〳〵なし。中務《なかづかさ》の宮の御女(瑞子)も、[五]をしなべたらぬさまにもてなしきこえ給。すぐれたる御覺《おぼ》えにはあらねど、姉《あね》[六]宮の、故《こ》(龜山)院にわたらせ給しよりは、[七]いと重《をも》〳〵しう思《おぼ》しかしづきて、後[八]には院號《がう》ありき。永嘉《ゑいか》門院と申侍し御事也。また一[九]條の(實經)攝政殿《せつしやうどの》の姫《ひめ》君も、當《たう》[一〇]代堀《ほり》(具守)川の大臣《おとゞ》の家《いゑ》にわたらせ給しころ、上臈《らふ》[一二]に十六[一一]にてまいり給《たまひ》て、はじめつかたは、基俊《もととし》[一三]の大納言、うとからぬ[一四]御中にておはせしかば、かの[一五]大納言東《あづま》下《くだ》りののち、院[一六]に参《まゐ》り給し程に、ことの外にめでたくて、内[一七]侍のかみになり給へり[一八]。むかし[一九]おぼえておもしろし。加階《かゝい》[二〇]し給へりし朝《あした》、院(後宇多)より、

そのかみ[二一]にたのめしことのかはらねばなべて昔《むかし》の世にやかへらん

御返し、内侍のかんの君。頊子(たまこ)とぞ聞《き》こゆめりし。

契《ちぎ》[二二]りをきし心の末《すゑ》は知《し》らねどもこのひと言《こと》やかはらざるらむ

◇この巻には、後二条・花園の二代、主として徳治二年(一三〇七)から文保元年(一三一七)に至る十一年間のできごと、すなわち、後宇多院の後宮のこと、徳治二年の遊義門院の死、後宇多院の灌頂、後二条帝の死、花園帝の即位・元服、玉葉集の撰集、伏見院の出家と死などにつき記す。

一 巻の名は、伏見院の御製「我世には集めぬ和歌の浦千鳥むなしき名をやあとに残さむ」による。二 心のおもむくままに、たいそうよく忍び歩かれたので。三 院のご寵愛を得ようとして、きそいあう方々が、次第に多くなられたが。四 遊義門院を愛される院の御心ざしの深さに匹敵するほどの方は、他には一向にいない。遊義門院は、後深草院の皇女で、後宇多院の皇后。五 普通の方とはちがって、たいせつにお扱いになる。六 姉宮の掄子女王が、故亀山院の妃としておいでになったのよりは。諸本「御姉宮」。七 底本「も」の脇に「は」と注記。諸本「は」。八 正安四年正月二十日、院号宣下。九 一条実経の女、頊子をいう。一〇 今の帝(後二条)が、堀河具守公の家に居られた頃。一一 二十六の誤りか。↓補注三三五。一二 高位の女官をいう。↓補注三三四。一三 具守の弟。元応元年(一三一九)五十九歳で没。一四 浅からぬ御仲でおありだったので。一五 正応二年の下向をさすか。↓補注三三六。一六 後宇多院の御所に上がられたところが、このほか院に気にいられて。一七 乾元二年(一三〇三)三月五日、後二条尚侍となる。時に三十六歳。一八 へり—へる(諸本)。一九 源氏物語で、朧月夜内侍が朱雀院と源氏に愛された関係を思い浮かべたのであろう。↓補注三三七。二〇 従三位に叙せられたことをさす。↓補注三三八。二一 その昔、約束したとおりのことを実現したのだから、昔の時代にたちかえって、また、仲

[二三]露霜かさなりて、程なく徳治二年にもなりぬ。[二四]遊義門院、そこはかとなく御悩《なや》みときこえしかば、院の思《おぼ》しさはぐ事かぎりなく、よろづに御祈《いの》り・祭《まつ》り・祓《はら》へとのゝしりしかど、かひなき御事にて、[二五]いとあさましくあへなし。(後宇多)院もそれゆへ御髪《ぐし》[二六]おろして、[二七]ひたぶるに聖《ひじり》にぞならせ給ぬる。そのほど、さま〴〵のあはれ思ひやるべし。悲《かな》しきことゞも多《おほ》かりしかど、みなもらしつ。

(延慶元年)明《あ》くる年《とし》の春、[二八]八幡《やはた》の御幸の御歸《かへ》りざまに、[二九]東寺に[三〇]三七日おはしまして、御灌《くわん》[三一]頂《ちやう》の御加行《けぎやう》とぞきこゆ〔る〕[三二]。仁和寺の[三三]禪助《ぜんじよ》僧正を[三四]御師範《はん》にて、[三五]かの寛平《くわんぺい》の昔《むかし》をやおぼすらん、密宗《みつしう》をぞ學《がく》せさせ給ける。六月には龜山殿にて御如法經書かゝ《か》せ給ふ。御髪《ぐし》おろして後《のち》は、大かた、女房はつかうまつらず。[三六]男、番におりて、御臺《だい》などもまいらせ、よろづにつかうまつる。[三七]いづれも御持齋《ぢさい》[三八]にておはします。いとありがたき[三九]善知識《ぜんぢしき》にてぞ、故《こ》女院はおはしける。嵯峨《さが》の[四〇]今林《いまばやし》殿にて、[四一]御佛事ども日々に怠《おこた》らずせさせ給。この今林《いまばやし》は、北山の准后《じゆんこう》のをはせし跡《あと》なり。遊義門院の御髪《ぐし》にて、[四二]梵《ぼん》字縫《ぬ》はせ給へり。[四三]かの御手《て》のうらに、法花經[四四]一字三礼(さんらい)に書かゝ《か》せ給て、攝取《せつしゆ》院にて供養《くやう》せらる。覺守《かくしう》僧正　御導師。(遊義門院)故女院の御骨《こつ》も、今林《いまばやし》に法花堂《だう》立られて、置《を》き奉《たてまつ》らせ給へれば、月ごとに廿[四五]四日には必《かなら》ず御幸あり。思《おぼ》し入たる程、いみじかりき。

かくて八月の初《はじ》めつかたより、(後二條)内の上例《うへれい》ならずおはしますとて、さま〴〵の御修《(み)しゆ》法《ほう》、五壇《だん》・藥師・愛染《あいぜん》、色〳〵の祕法《ひほう》ども、[四六]諸社の奉幣《ほうへい》神馬、なにかのゝしりさは

よくうちとけようではないか。新後撰集、雑中、第三句「たかはねは」。二二 その昔、いろいろとお約束くださった御心が、この先どうなるかはわかりませんが、今度の事だけは、お言葉どおりであったようです。新後撰集、雑中、第一句「契りこし」。二三 月日が経過して。二四 一三〇七年。二五 まことに情けなく、はりあいがない。七月二十四日没。三十八歳。二六 同年七月二十六日、嵯峨寿量院で出家。二七 一筋に行ない澄ました僧侶におなりになった。二八 延慶元年正月五日、後宇多院は、石清水八幡宮に参詣し、ついで東寺に御幸。二九 京都市下京区九条にある真言宗東寺派の本山。本名は、金光明四天王教王護国寺という。三〇 二十一日間ご参籠になって。三一 頭上に水をそそいで、一定の資格を具備していることを証する儀式。真言では、結縁・伝法の二種の灌頂が行なわれている。この場合は伝法灌頂。灌頂の加行とは、灌頂の儀式を行なうための予備の修行をいう。三二「る」諸本で補う。三三 内大臣源通成の子。元徳二年(一三三〇)八十四歳で没。三四 灌頂加行のことを指導する僧として。三五 宇多帝が弘法大師四代の弟子益信を師として、東寺で灌頂を受けたことをさす。→補注三三九。三六 侍臣たちが当番で。三七 いつれも―いつも(諸本)。三八 斎法を受持して違わないこと。斎とは正午を過ぎて食事をとらないのをいう。三九 すべて、仏道に縁を結ばしめる人をいう。四〇 山城名勝志巻九に「今林殿、在㆓清涼寺東二町許大覚寺東南㆒、今大聖寺宮御領也」。四一「事」底本傍書。御仏事―御法事(諸本)。四二 サンスクリットを記載するのに用いる文字。仏教の経典を記すのに用いられた文字であるから、尊崇されたのである。四三 遊義門院のお書きになったものの紙背に。四四 一字ごとに仏を三度礼拝してはお書きになって。四五 女院の忌

ぎつれど、[一]むげに不覺《ふかく》にならせ給て、廿三日御[二]氣色《けしき》かはるとて、世のひゞきいはん方《かた》なく、馬・車走《はし》りちがい《(ひ)》、所もなきまで人〴〵は參《まい》りこみたれど、いとかひなく、廿五日子《ね》[三]の時ばかりに、はてさせたまひぬ。火の消《き》えぬるさまにて、かきくれたる雲の上《うへ》の[四]しき、いはずともをしはかられなん。まことや[五]、[六]中宮は、德大寺の公孝《たか》の大《(おほき)》おとゞの御女ぞかし。[七]めづらしく、あの御家《いゑ》にかゝる事のいたくなかりつるに、御覺《おぼ》えもめでたくてさぶらひ給へるに、あさましともいはんかたなし。廿八日にま[八]かで給。[九]先帝も御わざの沙汰《さた》あり。院號《がう》ありて後二條院とぞきこゆる。[一〇]堀《ほり》川の右大將具守《とももり》、[一一]御車寄《よ》せらる。心の中いかばかりかおはしけん。大將になり給へるも、この御門の、[一二]西《せい》花門院むつましうも仕《つか》うまつり給へるに、いとをしき御事也。[一三]御素服《そふく》を着《き》給はざりしをぞ、思《おも》はずなることに世人もいひ沙汰《さた》しける。内侍のかんの君もさまかはり給。[一四]中宮も院號《がう》ありて、長樂《ちやうらく》門院ときこゆ。よろづあはれなる事のみ、書《か》きつくしがたし。

春宮《(花園)》は[一五]正親町殿《(おほぎまちどの)》へ行啓《げい》なりて、劍璽《けんじ》わたさる。八月廿[一六]六日踐祚《せんそ》なり。十二にぞならせ給ふ。夢のうちの心地しつゝも、[一七]程なく過《す》ぎうつる御日數《かず》さへはてぬれば、盡《つ》きせぬあはれはさむる世なけれど、[一八]人〴〵もをのが散《ち》り〴〵になるほど、いま一しほ堪《た》えがたげ也。[一九]持明《ぢみやう》院殿に〔は〕[二〇]、いつしかめでたき事どものみぞ聞《き》こゆる。大覺《かく》寺殿には、遊義門院の御事にうちそへて、御涙のひる世《よ》なく[二一]思《おぼ》さるべし。[二二]中務《つかさ》の御《み》

日。四六 諸社に対して幣帛や神馬を奉納するなど、何かと大さわぎをしたけれども。

一 全くこんすい状態におちいってしまわれて。二 ご病勢が悪化して、危篤になられたというので。三 夜中の十二時頃をいう。四 様子。五 谷一本以外の諸本「や」なし。谷一本「まことに」。六 藤原忻子。嘉元元年(一三〇三)九月、中宮となる。

七 めずらしいことに、あの徳大寺家では、このように入内して、きさきに立たれるということは、ほとんど無かったのに。

八 実家へ退出になられた。

九 先帝も御葬儀のとりきめがある。

一〇 後二条帝の外祖父にあたる。

一一 ご棺をのせるためのお車を寄せられる。

一二 母后の西華門院に心からお仕えしたご孝心からであったのに。

一三 この右大将殿が喪服をおつけにならなかったのを。

一四 延慶三年十二月、院号宣下。

一五 土御門殿に同じ。正親町東洞院にあった。

一六 底本「廿五」。諸本で訂正。

一七 まもなく月日は経過して、ご中陰の日数さえ明けてしまったので。

一八 御忌にこもっていた人々も、各自別れ別れになって散って行く頃は。

一九 伏見院をさす。

二〇 「は」諸本で補う。尾・岩本「へは」。

二一 底本「る」を「く」と訂正。

二二 太宰帥中務卿尊治親王。後の後醍醐帝。尊治親王は、徳治二年(一三〇七)五月十五日に、中務卿を兼ねることになった。中務—帥(諸本)。

二三 今ではもう、この世に望みがなくなったような気持ちがしていた人々も。

二四 底本「る」を「り」と訂正。

子《こ》の御事を、東《あづま》への給つかはしたる、「相違《さうい》なし」とて、九月十九日、立太子《りつたいし》の節會《せちゑ》ありて、坊《ばう》にゐ給ぬ。[二三]今《いま》はと世をとぢむる心ちしつる人〴〵、すこし慰《なぐさ》みぬべし。その年《とし》十月、大[二四]なりつるを、[二五]保元の例《れい》とかやにて、[二六]十[二七]一月一日《ついたち》に宣下[二八]せられたり。あたらしき御代にあたりて、月日さへあらたまりにけり。十一月十六[二九]日御即位《そく》、攝政[三〇]後照念《せうねん》院殿冬平*、今日《けふ》御悅申《(よろこびまうし)》[三一]ありて、[三二]やがて行幸にまいり給ふ。[三三]あるべき限《かぎ》りのことども、ふるきにかはらで、めでたく過《す》ぎ行《(ゆく)》。

延慶《(えんきやう)》二年十月〔[三四]廿一日御禊、おなじ〕廿四日、大嘗會《じやうゑ》、應長元年正月三日、御年《とし》十五にて御冠《かうぶり》し給。御いみな富仁《とみひと》ときこゆ。引入《ひき》れ關白殿(冬平)、理髪《りはつ》[三五]家平《いゑひら》仕《つか》うまつり給ふ。[三六]南殿《なんでん》の儀式《ぎしき》はてて、[三七]御よそい改《あらた》めて、さらに出《い》でさせ給ふ。清涼殿《せいりやう》にて御遊《あそ》びはじまる。攝政殿(冬平) 箏《こと》、[三八]ふしみといふ物、右大將公顯《あき》 琵琶 玄上《げんじやう》*、土御門大納言通重[三九] 笙 [四〇]*きさぎえ、和琴《わごん》 [四一]大炊御門中納言冬氏《うぢ》、笛[四二] 西園寺の中納言兼季、別當季衡《すゑひら》[四三]も笙《しやう》の笛吹《ふゑふ》き給けり。篳篥《ひちりき》 公守の朝臣、拍子《ひやうし》 有時《ありとき》、めでたくさま[四四]おもしろくて明《あ》けぬ。五日[四五]後宴《ごゑん》とて、いま少《すこ》しなつかしうおもしろき事どもありき。[四六]この御門《かど》(花園)をば、新院(後伏見)の御子になし奉《たてまつ》らせ給《(たまひ)》てしかば、朝覲《てうきん》の行幸の御拜《はい》なども、この御前にてぞありける。[四七]廣義《くわうぎ》門院も、同《おな》じく國母の御心ちにて、よろづめでたかりき。

院(伏見)の上《うへ》、さばかり和歌の道《みち》に御名高《たか》く、[四八]いかばかりかと思《おぼ》されしかども、[四九]正應に撰者《せんじや》どもの事ゆへ《(ゑ)》、わづらいどもありて、撰集もなかりし

二五 ↓補注三四〇。 二六 にて—とて(諸本)。 二七 十月三十日を十一月一日にするという宣旨を下したまわった。 二八 底本「に」に「下」と傍書。 二九 十六日—十二日(諸本)。諸記録、十六日。 三〇 鷹司基忠の子。祖父兼平を称念院といったのに対して、後称念院(後照念院)という。

三一 官位昇進のお礼を申しあげること。

三二 そのまますぐ、太政官庁への行幸のお供にまいられた。 三三 ご即位式で行なうことになっている事のすべてを、先例どおりに行なって。

三四 「廿一日御禊おなし」諸本で補う。

三五 近衛家平。この時、左大臣。

三六 元服の儀式は南殿において行なわれた。南殿は紫宸殿。 三七 御服装を改められて。

三八 「ふしみといふ物」底本大書。以下、「けんしやう」「きさきえ」同じ。底本「物」の右肩に「名」と小書。 三九 底本「冬時」。院本以外の諸本で訂正。 四〇 箏の名物。↓補注三四一。

四一 底本「大炊御門」を重ねて書く。

四二 底本「笙」。諸本で訂正。↓補注三四二。

四三 底本「こと」。諸本で訂正。

四四 さま—さま〳〵(桂・谷一本以外の諸本)。

四五 元服の後に群臣に酒や禄をたまわる儀をいう。

四六 花園帝は伏見院の第二皇子であるが、兄の後伏見院の猶子となったので、朝覲の行幸の際の拝礼なども、後伏見院の御前でなされたというのである。

四七 後伏見院の女御。花園帝の准母。

四八 どんなにか、りっぱな勅撰集を編集したいものと、お思いになったことであったが。

四九 伏見帝は、正応六年(一二九三)に、為世・為兼等に命じて勅撰集の編集をさせたが、永仁六年(一二九八)に、為兼は謀叛の疑いで、幕府のために佐渡に流され、帝も間もなく退位になったことをいう。事ゆへ—事ゆゑに(諸本)。

かば、いとゞ口惜《を》しう思《おぼ》されて、

　[一]我世には集《あつ》めぬ和《わ》歌《か》の浦千《ち》鳥むなしき名をやあとに殘《のこ》さむ

など詠《よ》ませおはしましたりしを、[二]今だにと急《いそ》ぎたゝせ給て、爲兼《ためかね》の大納言うけたまはりて、萬葉よりこなたの歌ども集《あつ》められき。[三]正和元年三月廿八日奏《そう》せらる。玉葉集とぞいふなる。この爲兼の大納言は、爲氏の大納言の弟《をとゝ》に爲教《のり》の兵衞督といひしが子也。[四]限《かぎ》りなき院(伏見)の御おぼえの人にて、かく撰者[五]にも定《さだ》まりにけり。そねむ人〳〵多《おほ》かりしかど、さはらんやは。この院の上《うへ》、好《この》み詠《よ》ませ給御歌《うた》の姿《すがた》は、前(さきの)藤大納言爲世の心《こゝ》ちには、かはりてなんありける。[六]御手《て》もいとめでたく、昔《むかし》[七]〔の〕[八]行成《かうぜい》の大納言にもまさり給へるなど、時の人申けり。やさしうも強《つよ》うも書《か》かせおはしましけるとかや。

正和も二年《とせ》になりぬ。今年《ことし》御本意《い》とげなんと思《おぼ》さる。[九]長月の暮《く》れつかた、賀茂《かも》に忍《しの》びて御籠《こも》りの程、[一〇]をかしきさまのことども侍けり。近《ちか》くさぶらう(ふ)女房ども、うちし〔ほ〕[一一]たれつゝ、つごもりがたの空のけしき、いと物あはれなるに、御製《せい》、

　[一二]長《なが》月や木の葉もいまだつれなきに時雨ぬ袖の色やかはらん

また、

　[一三]我身こそあらずなるとも秋の名殘惜《を》しむ心はいつもかはらじ

人〳〵も、[一四]さと時雨わたる袖の上《うへ》、今日《けふ》を限《かぎ》りの秋の名殘《なごり》よりも忍《しの》びがたし。[一五]大納

一 わが治世の間には、和歌を集めて勅撰集を作ることもしないで、ただ和歌を好んでいたという空名を後世に残すことになろうか。新後撰集、雑上に「三十首の歌めされしついでに、浦千鳥」と詞書して収む。新後撰集は、嘉元元年(一三〇三)十二月の奏覧であるから、それ以前の作。

二 花園帝の即位によって、再び伏見院が政治をとることになったので、せめて今のうちにでもというのである。

三 この時は、一部の奏覧であろう。↓補注三四三。

四 この上なく院のご信任の厚かった人で。

五 底本「集」を「者」に訂正。

六 ご手蹟もたいへん見事で。伏見院が能筆であったことに関しては、入木抄に「伏見院御筆、近来さかりに奉賞翫之、就中仮名は一向其様也。此かなも法性寺関白以来、照念院関白の筆体也。是を被摸て、御天骨にてあそばし出されたる也。真名は佐跡を被摸歟」とある。

七 「の」諸本で補う。

八 摂政伊尹の孫。道風・佐理とともに、三蹟と称せられた。

九 花園院宸記によれば、九月二十六日から参籠。

一〇 色々と風流な趣のあることがあった。

一一 「ほ」諸本で補う。尾本「うちしほれつゝ」。

一二 今は九月で、木の葉もまだ紅葉しないのに、時雨の降りかからない私の袖は、この世の名残を惜しむ紅の涙のために、色が変わることであろうか。

一三 私は出家をして、今までの私と全然異なった身になろうとも、秋の名残を惜しむこの心は、いつまでも変わらないことであろう。名残—暮(諸本)。

一四 一様にさっと涙を落とす袖の上の様子は。わたる—わたり(諸本)。

一五 京極為教の女で、為兼の姉。主として永福

言三位爲子、[一六]撰者《じゃ》のはらからなり。

[一七]一すぢに暮《く》れ行《(ゆく)》秋を惜し《ゝ》まばやあらぬ名殘《なごり》を思《(おもひ)》添《そ》へずて

又院、[一八]

[一九]いかにしたひいかに惜《を》しまん年〳〵の秋にはまさる秋の名殘《なごり》を

十月十五日、伏見殿へ御幸、[二〇]限《かぎ》りの旅《たび》とおぼせば、えもいはずひきつくろはる。庇《ひさし》の御車也。上達部《かんだちめ》・殿上人、數《かず》知《し》らず仕《つか》ふまつり給。

世の政事《まつりごと》なども、新院《(後伏見)》に讓《ゆづ》り奉《たてまつ》らせ給にしかば、心靜《しづ》かにのみ思《おぼ》されて、[二一]伏見殿がちにのみぞおはしまし《ゝ》し程に、[二二]そこはかと御惱《なや》み月日へて、文保元年九月三日、かくれさせ給にき。伏見院と申き。御母《はゝ》玄輝《げんき》門院、[二三]永福門院などの御歎《なげ》き思《おも》ひやるべし。[二四]御門《かど》は御輕服《きやうぶく》の儀《ぎ》なれば、[二五]天下も色かはらず。この院《(伏見)ゐん》、姫《ひめ》君あまたおはしまし《ゝ》しかど、[二六]院號は章義《しやうぎ》門院・延命《ゑんめい》門院ばかりにておはします。[二七]二條富小路の昔《むかし》の院のあとに、東《あづま》より造《つく》りて奉《たてまつ》る内裏《大り》、[二八]この頃《ごろ》御わたましありしなど、[二九]いとゞおもしろかりき。近《ちか》き事は、人みな御覽《らん》ぜしかば、中〳〵にてとゞめつ。

門院に仕えた、京極派の中心をなす歌人。新後撰集では院大納言典侍、玉葉集では従三位為子、風雅集では従二位為子。

一六「撰しやのはらからなり」底本大書。諸本による。

一七 ただ一筋に暮れて行く秋の名残を惜しみたいと思う。上皇がご出家になる名残惜しさの思いなどは加えないで。

一八 院―たれにか(諸本)。

一九 今年の秋は、例年の秋とは違う秋なのだから、どのように恋い、どのように惜しんだら名残惜しさがつきようか。

二〇 在俗の身として最後の御幸とお思いになるので。伏見院は、同年十月十七日出家。

二一 ほとんど伏見の御所にばかり引き籠っておられたうちに。

二二 花園院宸記によれば、文保元年六月中旬ごろには、病状が相当に悪化していたらしい。

二三 伏見院の中宮。

二四 花園帝は伏見院の実子ではあるが、後伏見院の猶子となって、伏見院の孫という関係になっていたので、重服には及ばなかったのである。軽服は、遠い親戚の者の死去に際して着ける忌服をいう。

二五 天下の人々も喪服を着けない。

二六 院号をたまわったのは。

二七 後伏見院の御所で、徳治元年(一三〇六)焼失。→補注三四四。

二八 文保元年四月十九日、新造の内裏に移転。

二九 いとゞ―いと〳〵(諸本)。

第十三　秋[一]のみ山

文保二年二月廿六日、(花園)御門《かど》降《お》りゐさせ給。(後醍醐)春宮はすでに、三十《みそぢ》[二]に満《み》たせ給へば、待《ま》ち遠《どを》なりつるに、めでたく思《おぼ》さるべし。(後宇多)法皇、[三]宮こに出《い》でさせたまひて、世の中しろしめす。[四]龜山殿はさることにて、近《ちか》ごろは、[五]大覺寺のほとりに御堂《みだう》建《た》てて籠《こも》りおはしましつゝ、いよ〳〵[六]密教《みつけう》の深《ふか》き心ばへをのみ勤《つと》め[七]學《まな》ばせ給へば、をのづからも京に出《い》でさせ給事なく、また參《まい》り通《かよ》ふ人もまれなるやうにて、[八]神《かう》さびたりつるを、[九]ひきかへ事《こと》しげき世に、[一〇]行《おこ》なひも懈怠《けだい》して、むつかしく思《おぼ》さる。

三月廿九日御卽位也。[一一]行幸の當《たう》日に、[一二]左大將内經《うちつね》・花山院右大將〔家〕[一三]定《さだ》、[一四]行列《れち》をあらそひて、隨《ずい》身もわゝしくの[一五]ゝしれば、御輿《こし》を押《を》さへて、[一六]職《しき》事奏《さう》し下《くだ》しなどすめり。左大將の御父君《ちゝ》は、内實の大臣《おとゞ》と聞《き》こえし、[一七]嘉元のころ、にはかにかくれ給にしかば、[一八]攝籙《せうろく》もしあへ給はざりしにより、[一九]今《いま》はたゞ人にてこそいますべければとて、かく爭《あらそ》ふとぞきこえし。

[二〇]十月廿七日大嘗會、[二一]清暑堂《せいしよだう》の御神樂《みかぐら》の拍子《ひやうし》のために、[二二]綾《あや》の小路《こうぢ》の宰相有時といふ人、大内へまいるを、車より降《を》るゝ程に、いとすくよかなるゐ中侍《ざぶらひ》めく物、太刀を

◇この巻には、後醍醐帝の文保二年(一三一八)から正中元年(一三二四)に至る七年間のできごと、すなわち、後醍醐帝の即位と行列争い、綾小路有時の死、邦良親王の立太子、持明院殿の生活、北山行幸、大納言典侍と堀川具親の出奔、談天門院の死、続千載集の撰集、安福殿歌合、朝覲の行幸、後醍醐帝の親政、中殿作文御会、乞巧奠、石清水行幸、賀茂行幸、任大臣の節会、近衛家平のことその死などにつき記す。

一 巻の名は、永福門院から中宮へよせた「こよひしも雲井の月も光そふ秋のみ山を思ひこそやれ」と、それに対する後醍醐帝の返歌「むかし見し秋のみ山の月影を思いでてや思ひやるらん」による。 二 後醍醐帝は、この時三十一歳。 三 嵯峨の御所から都に出られて。 四 亀山殿にお住居になるのはもちろんことで。 五 もと、嵯峨帝の離宮であったのを寺とし、その後、荒廃していたのを後宇多院が再興。 六 真言宗の深い教義。 七 「まなはせ」底本傍書。 八 神々しく物さびたご様子であったのを。 九 今では、うって変わって繁忙なご政務のために。 一〇 仏道の修行も怠ることになって。 一一 即位のため、太政官庁に行幸。 一二 一条内経。関白に至り、正中二年三十五歳で没。 一三 「家」公卿補任で補う。 一四 この時、家定と内経は、ともに権大納言で大将であったが、権大納言としては家定が一位で内経は次位、大将としては、内経が左大将で家定は右大将であった。底本「ゆきれち」。谷・桂・谷一本以外の諸本で訂正。 一五 やかましく大声で騒ぎたてたので。 一六 蔵人が事の次第を奏上して、天皇のご裁可をあおぎなどするようである。 一七 一条内実は、嘉元二年(一三〇四)十二月十七日、二十九歳で没。時に、正二位内大臣。 一八 摂政関白。 一九 その子の内経も、今ではただの公卿

抜《ぬ》きて走《はし》り寄《よ》るまゝに、[二三]あやなく討《う》ちてけり。さばかり立《た》ちこみたる人の中にて、いとめづらかにあさまし。さて拍子《ひやうし》にはかに[二四]異《こと》人うけたまはる。[二五]大事ども果《は》てゝ後《のち》、われたづね沙汰《さた》ある程に、紙屋《かい》川の三位顯香《あきか》といふものゝ、[二六]この拍子《ひやうし》をいどみて、われこそつとむべけれと思《おも》ひければ、かゝる事をせさせけり。[二七]道《みち》に好《す》ける程はやさしけれども、いとむくつけし。さて[二八]かの三位は流《なが》されぬ。かくて今年《ことし》は暮《く》れぬ。

まことや、こたみの春宮には、後二条院の[二九](邦良)一の御子《みこ》定《さだ》まり給ぬれば、(後醍醐)御門《かど》坊にておはしましゝ時のまゝに、冷泉萬里小路殿寝殿《しんでん》に移《うつ》り住《す》ませ給へるに、二月《きさらぎ》の比、軒の櫻さかりにをかしき夕ばへを御覧《らん》じて、内に奉《たてまつ》らせ給。[三〇]かの花につけて、

[三一]なれにける花は心や移《うつ》すらんおなじ軒端《ば》の春にあへども

御返しは、[三二]南殿《なんでん》の櫻《さくら》にさしかへたまふ。

[三三]花はげに思《おも》ひ出《い》づらん春をへてあかぬ色香《か》に染《そ》めし心を

(花園)おりゐの御門《かど》は、御兄《このかみ》(後伏見)の本院とひとつ持明《ぢみやう》院殿に住《す》ませ給。[三四]もとより御子のよしにておはしませば、まいて、一《ひと》つ院のうちにて、いさゝかも隔《へだ》てなくきこえさせ給。いと思ふやうなる御有様《ありさま》也。[三五]さべき御中といへども、昔《むかし》も今《いま》も[三六]御腹《はら》などかはりぬるは、いかにぞや、[三七]そば〳〵しきこともうちまじり、くせあるならひにこそあるを、この院の御あはひ、まめやかに思《おも》ほしかはしたる、いとありがたうめでたし。(後伏見)本院は、廣義《くわうぎ》門院の御腹《はら》の(光嚴)一の御子《みこ》を、このたび、坊にやと[三八]思《おぼ》されしかど、[三九]ひき過《す》

でおいでにならなければならないとのことで。

二〇 諸記録によれば、十一月廿二日大嘗会。↓補注三四五。 二一 大嘗会巳の日の節会に行なわれる御神楽をいう。↓補注三四六。 二二 綾小路家は、宇多源氏で郢曲の家として、その父祖以来、持明院の皇統に仕えた。↓補注三四七。

二三 無法にも。 二四 参議藤原冬定が代わってつとめた。↓補注三四八。

二五 大嘗会の儀式が終わって後に。

二六 この拍子の役を争って。

二七 音楽の道に熱心なのは殊勝なことだが。

二八 公卿補任、元亨元年の項に「藤顕香　侍従、出家、関東配流」と見える。事件が起こってから三年後のことである。

二九 邦良親王。文保二年三月九日、皇太子となる。 三〇 軒ばの桜の花につけて、次のような御歌を送られた。

三一 東宮時代の陛下に多年の間馴れ親しんで来たこの桜の花は、今でもそのほうへ心を移していることでしょう。私も東宮になって同じ御殿の軒ばで春をむかえていますが。

三二 紫宸殿の前庭の桜の枝に、さしかえて、おつけになった。

三三 ほんとうに、あなたのおっしゃるとおりに、あの軒ばの花は、その昔、いく春もその美しい色香をあきずに見はやして来た私の心を、思い出していることであろう。

三四 花園院は後伏見院の御猶子という関係におありになるので。

三五 親しいはずの御間がらであっても。

三六 ご生母などが違っている場合は。

三七 よそよそしい事も交って、すらすらと円満に行かないのがならわしであるのに。

三八「と」底本傍書。

三九 その機会は素通りしてしまったので、次の機会はまことに遠い先の世のことになると。

ぎぬれば、いと遙《はる》けかるべき世にこそと、さう〴〵しく思《おぼ》さるべし。御歌合のついでなりしにや、

一 色〳〵に宮こは春の時《とき》にあへど我すむ山は花もひらけず

大覺寺殿には、ひきかへ、馬《むま》・車《くるま》のたち混《こ》みたるを御覽《らん》じて、法皇(後宇多)詠《よ》ませ給ける。

二 我住《す》めば寂《さび》しくもなし山里《ざと》もあさまつりごと怠《おこた》らずして

今の上《うへ》(後醍醐)は、はやうより、西園寺の入道大臣《おとゞ》實兼*の三末の御女(禧子)、兼季の大納言の一《ひと》つ御腹《はら》にものしたまふを、四忍(しのび)て盗《ぬす》み給て、五わくかたなき御思ひ、年《とし》にそへてやむごとなうおはしつれば、六いつしか女御の宣旨《せんじ》などきこゆ。程もなく、やがて七八月に后だちあれば、入道殿(實兼)も、八齡《よはひ》の末《すゑ》にいとかしこくめでたしと思《おぼ》す。九北山にまかで給へる比(ころ)、行幸あり。八月十五日夜(の)、一〇名をえたる月もことに光をそへたる所がら折《おり》からおもしろく、一一めでたきことゞも花《はな》やかなるに、御姉《あね》の永福門院より、今《いま》の后(禧子)の御方《かた》へ、御消息《せうそこ》きこえ給(たまふ)。

一二 こよひしも雲井の月も光そふ秋のみ山を思《おも》ひこそやれ

御返しは、「まろきこえん」と一三の給はせて、内の上(後醍醐)、

一四 むかし見《み》し秋のみ山の月影を思いでゝや思ひやるらん

御門《かど》のおなじ御腹《はら》の一五前齋宮(奬子)も、一六皇后宮に立《たゝ》せ給。一七御母准后(忠子)も院號ありて、談天《だんてん》門院とぞきこゆめる。よろづ花《はな》やかにめでたき事どもしげうきこゆ。

一 都(大覚寺殿)のほうでは、いろいろと楽しい春の時にあって、ときめいているが、自分の住む持明院殿には花も咲かず、まことにもの淋しいことだ。
二 この嵯峨の山里も、自分が住んでいると朝早くから政治にはげむので、百官が参集してきて、すこしも淋しいことはない。
三 末の御娘で、兼季大納言とご同腹でいらっしゃる方を。実兼の三女、禧子をさす。
四 ひそかに連れ出されて。
五 一筋にご愛情をかけられることが、年のたつにつれて深くいらせられたので。
六 文保二年七月二十八日、女御となす。
七 元応元年八月七日、中宮となす。
八 実兼は、この時七十一歳。
九 この中宮が、北山の西園寺邸に里帰りをしておられた頃、行幸があった。元応元年八月十三日、北山第に行幸。一〇 中秋の名月。
一一 色々と結構なことが行なわれたのに。
一二 八月十五夜の今夜、主上の行幸をあおいで、空の月もいちだんとさえわたっている北山の、あなたのおいでになるあたりのことを、遙かに思いやっております。→補注三四九。
一三 「の」底本傍書。
一四 昔あなたが中宮であらせられた頃ご覧になった、この北山の月の光のことを思い出して、今の様子を思いやられるのでしょう。
一五 後宇多院の一女、奬子内親王。
一六 文保三年三月二十七日、皇后宮となす。この場合は、単に優遇の意味で皇后宮となしたのである。
一七 後醍醐帝の生母で、後宇多院の妃である藤原忠子。正安三年(一三〇一)七月、准三宮、文保二年四月十二日、院号。
一八 堀川具俊の次男で、具守の孫。内大臣に至り、暦応三年(一三四〇)四十七歳で出家。

内には、萬里小路大納言入道師重《もろしげ》といひし女《むすめ》、大納言の典侍《すけ》とて、いみじう時《とき》めく人あるを、[一八]堀《ほり》川の春宮權大夫具親《ともちか》の君、いと忍《しの》びて見そめられけるにや、かの女、[一九]かき消《け》ち失《う》せぬとて、求《もと》めたづねさせ給。[二〇]二、三日こそあれ、程なくその人とあらはれぬれば、上《うへ》いと[二一]めざましく憎《にく》しとおぼす。[二二]やむごとなき際《きは》にはあらねど、御覺《おぼ》えの時なれば、きびしく咎《とが》めさせ給て、[二三]げに須磨《すま》の浦へもつかはさまほしきまで思《おぼ》されけれども、さすがにて、[二四]官《つかさ》みなとゞめて、いみじう[二五]勘《かう》ぜさせ給へば、かしこまりて、[二六]岩倉《いはくら》の山庄にこもりゐぬ。花の盛《さか》りにおもしろきをながめて、

[二七]うきことも花にはしばし忘《わす》られて春の心《こゝろ》ぞむかしなりける

典侍《すけ》の君は返《(かへり)》まいれるを、[二八]つらしと思《おぼ》す物から、[二九]「うきにまぎれぬ戀《こひ》しさ」とや、[三〇]いよ〳〵らうたがらせ給を、[三一]さしもあらず正身《さうじみ》はなを好《す》き心ぞ絶《た》えずありけんかし。

[三二]たえはつる契《(ちぎり)》をひとり忘《わす》れぬも憂《う》きもわが身の心なりけり

とて、ひとりごたれける。末《すゑ》ざまには、[三三]公泰《きんやす》の大納言、いまだ[三四]若《わか》うおは[三五]せしころ、[三六]御心とゆるして給はせければ、思《おも》ひか[三七]はして住《す》まれし程に、かしこにて失《う》せにき。御門《かど》の御母女院《(談天門院)》、[三八]十一月失《う》せ給にしかば、内の上《うへ》御服《ぶく》たてまつる。[三九]天下ひとつに染《そ》めわたして、[四〇]葦《あし》すだれとか、いとまが[四一]〳〵しき物どもかけわたしたるも、あはれにいみじくぞ見《み》ゆる。五節もとまりぬ。若《わか》き人〴〵などさう〴〵しく思《おも》へり。當代《たうだい》《(後醍醐)》もまた敷島《しきしま》の道もてなさせ給へば、いつしかと〔[四二]勅撰のこと〕おほせらる。前

一九 消えうせてしまったというので。
二〇 二、三日の間はわからなかったが。
二一 思いがけないことで。
二二 この大納言の典侍は、高貴な身分の方ではないが、お気にめしていた時分なので。
二三 流罪にでも処せられたいほど。源氏物語に、光源氏が朧月夜内侍との事で、須磨に流されたことを記しているのを念頭において書いた。
二四 公卿補任、文保二年の項に、源具親に関して「八月八日解官宣下也(依二女事一也)」とあり、文保三年の項に「壬七月五日還任」とある。
二五 底本「く」の脇に「う」と小書。諸本「う」。
二六 京都市左京区北方の地。
二七 美しく咲き乱れている花を眺めていると、この身のつらさも自然に忘れて、何となく浮きたつような気持ちになるのは、昔とかわらないことだ。 二八 底本「ら」を「れ」と訂正。
二九 主上は薄情な女だとお思いになるものの。
三〇 つれないという思いにまぎれるということもなく、やはりその人の事が恋しくてならないというものだろうか。→補注三五〇。 三一 その当人は、主上を思う心はそれほどでもなく。
三二 今ではすっかり絶えてしまった交わりを、ひとり忘れず頼みにしているのも、また、あれこれと思い悩んでいるのも、すべて私自身の心から起きたことなのだ。
三三 西園寺実泰の三男。後宇多院の養子。
三四 底本「わかうわかう」。諸本で訂正。
三五 「せ」底本傍書。 三六 主上が御心からお許しになって。 三七 「かは」底本傍書。 三八 元応元年十一月十五日没。五十二歳。
三九 天下の人々は一様に喪服をつけて。 四〇 あしで編んだすだれ。天皇が喪に服している仮屋に、鈍色《(にびいろ)》の布で縁をつけて用いる。 四一 不吉で忌わしいもの。 四二 「勅撰のこと」尾・近・平・大・岩本で補う。

藤大納言爲世うけ給はる。[一]玉葉のねたかりしふしも、今《いま》ぞ[二]胸《むね》あきぬらんかし。この大納言の女《むすめ》、權大納言の君とて、坊の御時《とき》かぎりなく思《おぼ》されたりし御腹《はら》に、一の御《み》子《こ》(尊良)・女三の御《み》子《こ》(瓊子)・法親王(尊澄)など、あまた物したまふ。かの大納言の君は、はやうかくれにしかば、このころ三位贈《をく》らせ給ふ。[三]贈《ぞう》從三位爲子とて、集にもやさしき歌多《おほ》く侍べし。

さて大納言(爲世)は、人〴〵に[四]歌《うた》すゝめて、[五]玉津島の社に詣《まう》でられけり。大臣・上達部《かんだちめ》よりはじめて、歌詠《よ》むと思《おも》へるかぎり、この大納言の風を傳《つた》へたるは、もるゝ[六]者《もの》なし。子ども孫《まご》どもなど、勢《いきほ》いことにひゞきて下《くだ》る。まづ[七]住吉《すみよし》へまうづ。[八]逍遙《せうよう》しつゝのゝしりて、九月には玉津島へ詣《まう》でける。歌どもの中に、大納言爲世、

[九]今《いま》ぞ知《し》るむかしにかへる我道《みち》のまことを神も守《まも》りけりとは

かくて、[一〇]元應二年四月十九日、[一一]勅撰《ちよくせん》は奏《そう》せられけり。續《しよく》千載といふなり。新後撰集とおなじ撰者の事なれば、多《おほ》くはかの集にかはらざるべし。[一二]爲藤の中納言は、[一三]人よりは少《すこ》し[一四]思《おも》ふ所加《くは》えたるぬしにて、いま少《すこ》し、この度《たび》は心にくきさま也などぞ、時の人〴〵沙汰《さた》しける。

院(後宇多)にも内(後醍醐)にも、朝政《あさまつりごと》のひま〳〵には、御歌合のみしげうきこえし中に、[一五]元亨元年八月十五[一六]日かとよ、常《つね》よりことに月おもしろかりしに、うへ、[一七]萩《はぎ》の戸に出《い》でさせ給て、[一八]ことなる御遊《あそ》びなどもあらまほしげなる夜なれど、[一九]春日の御榊《さかき》、[二〇]うつし殿に

一 玉葉集の撰進に際して、対立者の為兼に功をなさしめて、ねたましい思いをしたことも。
二 「ね」底本傍書。
三 新後撰集以下に入集。→補注三五一。
四 奉納の和歌を詠むことをすすめて。
五 和歌山市和歌の浦にあり、和歌三神の一である衣通姫(そとおりひめ)をまつる。
六 ものなし—もなし(諸本)。
七 大阪市住吉にある住吉神社。住吉神も和歌三神の一。 八 心のおもむくままに遊び歩き。
九 この度、勅撰集撰進の命令をお受けして、和歌の道も昔の正しい姿にもどる事になったが、道のまことを、この玉津島の神も守ってくださったということが、今こそよくわかりました。
一〇 奏覧の日時に関しては諸説相違。→補注三五二。 一一 底本「し」を「ち」に訂正。
一二 為世の次男。「中納言」は底本「大納言」。諸本で訂正。→補注三五三。
一三 人よりは—父よりは(諸本)。
一四 思慮識見のたちまさった人で、その人が助力したのだから、今度の撰集は、新後撰集よりは、今少し奥ゆかしい風体であるといって。
一五 一三二一年。
一六 日—夜(谷・桂・谷一本以外の諸本)。
一七 清涼殿の一室の名。夜の御殿の北にある。
一八 特別に盛んな音楽の演奏会でも。
一九 春日大明神の神霊の宿っている御さかきで、これを春日神木という。春日社の神人や興福寺の僧徒等が訴訟のある時、この神木を奉じて京都に入り、皇居に押しかけて強訴した。
二〇 神木を移し安置する仮屋をいう。
二一 神木入洛の際は、宮中でも節会などとりやめて謹慎の意を表したのである。→補注三五四。
二二 「公かた」底本大書。以下底本は官職の注記大書。尾本等で訂正。
二三 以下二十字、尾・近・平・大・岩本で補う。

おはしますころにて、[二二]絲竹《しちく》の調《しら》べは折《をり》あしければ、例《れい》のたゞうち〳〵御歌合あるべしとて、侍從の中納言爲藤召《め》されて、にはかに題たてまつる。殿上にさぶらうかぎり、左右おなじ程の歌詠《よ》みをえらせ給。左、内の上《うへ》・春宮大夫 公賢《かた》・〔[二三]左衛門佐 公敏・侍從中納言 爲藤・中宮權大夫 師賢・〕[二四]宰相維繼・[二五]昭訓門院の春日 爲世女、右に、藤大納言 爲世*・富小路大納言 實教*・[二六]同中納言季雄《すゑを》・公修《きんなか》・宰相實任・少將内侍 爲信女[二七]*・忠定朝臣・爲冬、[二八]忠守などいふ醫師《くすし》も、この道の好《す》き物なりとて、〔[二九]召《め》し加《くは》へらる。[三〇]衛士のたく火も月の名だてにやとて、〕[三一]安福殿《あむぷくでん》へ渡《わた》らせ給。忠定中將、[三二]晝《ひ》の御座の御佩刀《はかし》をとりてまいる。[三三]殿上のかみの戸を出《い》でさせ給て、[三四]無名門より[三五]右近の陣の前《まへ》を過《す》ぎさせ給へば、遣《やり》[三六]水に[三七]月のうつれる、いとおもしろし。[三八]安福殿《あんぷくでん》の釣《つり》殿に[三九]床子《しやうじ》たてゝ、東南《ひむがしみなみ》におはします。上達部は簀子《すのこ》の勾欄《かうらん》に背《せ》なかをしあてつゝ、殿上人は庭にさぶらひあへるもいと艶《えん》也。池の御船《み》さしよせて、左右の講師《かうし》[四〇]隆資《たかすけ》・[四一]爲冬乘《の》せらる。御みきなどまいるさまも、[四二]うるはしき[四三]ことよりは、艶《えむ》になまめかし。人〳〵の歌[四四]いたく氣色《けしき》ばみて、とみにも奉《たてまつ》らず、いと心もとなし。[四五]照《て》る月波も、曇《くも》りなき池の鏡《かゞみ》に、いはねどしるき秋のもなかは、げにいとことなる空のけしきに、月も傾《かたぶ》きぬ。明《あ》けがた近《ちか》うなりにけり。上《うへ》の御製《せい》、

[四六]鐘《かね》の音《をと》もかたぶく月にかこたれて惜《を》しと思ふ夜《よ》はこよひ也けり

と講《かう》じあげたる程、[四七]景陽《けいやう》の鐘《かね》もひゞきをそへたる、折《をり》からいみじうなん。いづれも

二四 平惟継は、この時非参議。元亨三年六月に参議となる。
二五 昭訓門院は、亀山院の妃。↓補注三五五。
二六 同―洞院(尾・近・平・大・岩・院本)。末雄は実教の子。
二七 底本「為佐女」。諸本で訂正。↓補注三五六。
二八 丹波忠守。歌人。典薬頭。宮内卿。
二九 以下二十二字、尾・近・平・大・岩本で補う。三〇 衛士のたく火も、そのために光を増したと思われて、この名月の名折れになろうかというので。衛士は衛門府に属し皇居を守護し、夜は火をたいて警護にあたる者をいう。
三一 紫宸殿前の広庭に東面して、遠く春興殿と向かいあって建っていた建物。三二 天皇の身を護るために、昼の御座に備え置かれた剣をいう。
三三 殿上の間の東口のつま戸。三四 殿上の間から小板敷を降り、紫宸殿に至る土廊にある門。
三五 宮中の儀式の時、右近衛府が警衛をした詰所。校書殿と安福殿の間の月華門の中にあった。
三六 右近の陣の前の御溝水(みかわみず)をいう。
三七「に」底本傍書。三八 ↓補注三五七。三九 机のような形をした腰掛をいう。四〇 四条隆資。文和元年(一三五二)六十一歳で没。四一 二条為世の子。左中将。建武二年(一三三五)に、関東で戦死。
四二 きちんと儀式ばった場合よりも。
四三 底本「ことより…はみて」行間に書き入れてある。四四 ひどく慎重にかまえて。
四五 空に照る月も、曇りのない池の鏡にその影をうつしていて、口に出して言わなくても、秋のさ中の八月十五夜であると、はっきり知られる今夜は。↓補注三五八。
四六 暁を告げる鐘の音も、この美しい月が西に傾くのはそのためかと恨めしく思われ、このまま明けてゆくことが惜しく思われてならない、この良夜よ。
四七 暁を告げる鐘をいう。↓補注三五九。

けしうはあらぬ歌ども多《おほ》くきこえしかど、御製《せい》の鐘《かね》の音《をと》[一]にまさるはなかりしにや。

かくて今年《ことし》も又暮《く》れぬ。

明《あ》くる春元亨二正月三日、朝覲《てうきむ》の行幸なり。法皇は御弟《をとうと》[二]の式部卿の親王《みこ》の御家大炊御門京極常盤井殿《ときはゐ》といふにぞおはします。内裏《だいり》[三]は二條萬里《まで》の小路《こうぢ》なれば、陣[四]の中にて、大臣以下かちより仕《つか》まつらる。關白内經*・太政大臣通雄[五]*・左大臣實泰*・右大將兼季*・左大將冬敎*・中宮大夫實衡《ひら》*、中納言には具親・公敏[六]・爲藤・顯實・經定、宰相實任・冬定・公明・光忠[七]、公泰・資朝、殿上人は頭中將爲定・修理大夫冬方をはじめて、殘《のこ》るすくなし。此院[八]は、池山の木だち、もとよりよしあるに、時ならぬ花の木末《ずゑ》をさへ造《つく》り添《そ》へられたれば、春の盛《さか》りにかはらず咲《さ》きこぼれたるに、雪さへいみじく降《ふ》りて、殘《のこ》る常盤《ときは》木もなし。洲崎《すさき》に立《た》てる鶴《つる》のけしきも、千代をこめたる霞の洞《はら》は、まことに仙《(やまびと)》の宮もかくやと見えたり。

[九]京極表《おもて》の棟門《むねもん》に御輿《こし》をおさへて、院司《し》[一〇]ことのよしを奏《そう》す。亂聲《(らんじやう)》[一一]の後、中門に御輿《こし》を寄《よ》す。中門の下より出《い》づるやり水に、小《ちい》さく渡《わた》されたるそり橋《はし》の左右に、兩大將ひざまづく。劍璽《けむじ》[一二]は權《ごん》の亮《すけ》宰相中將公泰つとめられしにや。關白、[一三]公卿の座の妻戸《つまど》の御簾をもたげて入《(いれ)》奉《たてまつ》らせ給。とばかりありて、寢《しん》殿の母《も》屋の御簾《みす》みなあげわたして、法皇(後宇多)出《い》でさせ給へり。香染《かうぞ》めの御衣、おなじ色の御袈裟《けさ》なり。御袈裟《けさ》の箱《はこ》置《を》かる。内《うち》の上《うへ》、公卿の座より勾欄《かうらん》[一四]を經《へ》たまふ。御供《とも》に關白(内經)さぶらひ給。階《はし》の間《ま》より

一　まさるは―まされるは(谷・桂・谷一本以外の諸本)。
二　恒明親王。常盤井宮ともいう。
三　富小路殿。二条の北、冷泉の南、富小路の西、万里小路の東にあった。
四　この常盤井殿も衛府の陣の中で。
五　底本「道経」。尾・近・平・大・岩本、公卿補任で訂正。
六　底本「公教」。谷・桂・谷一本以外の諸本で訂正。
七　底本、この脇に「中将」と小書。
八　常盤井殿をさす。
九　京極大路に面した棟門。
一〇　院司が天皇が行幸になった旨を法皇に申し上げる。院司は、法皇の御所の庶務を扱う職員をいう。
一一　入御乱声をさす。↓補注三六〇。
一二　剣璽を捧持する役は。
一三　寝殿の母屋に設けた客座をいう。
一四　すのこの勾欄のきわをお通りになる。
一五　廂の間に主上のご座席が設けてあるので。
一六　まいり―たてまつり(谷・桂・谷一本以外の諸本)。
一七　そこで、父の法皇をご拝礼なさるのを。

出《い》でたまひて、[一五]廂《ひさし》に御座《おまし》[一六]まいりたれば、[一七]御拝し給程、西東《にしひんがし》の中門の廊に、上達部《かんだちめ》多《おほ》くたち重《かさ》なりて見やり奉《たてまつ》る中に、[一八]内の御めのとの[一九]吉田の前大納言定房《さだふさ》、[二〇]まみいたう時雨たるぞあはれに見《み》ゆる。[二一]そのかみのことなど思出《(おもひ)い》づるに、めでたき喜《よろこ》びの涙ならんかし。御拝終《はいをは》りぬれば、又もとの道を經《へ》たまひて、公卿《(の)》座に入《い》らせ給ぬ。法皇も内《うち》に入《(いり)》たまひて、しばしありて、左右の樂屋の調子《てうし》とゝのほりて後《のち》、又御門《かど》入《い》らせ給。法皇もおなじ間《ま》の内《うち》に、[二二]御しとねばかりにておはします。[二三]末《すゑ》の廂《ひさし》に、内《うち》より参《まい》れる[二四]女房どもさぶらふ。一《(の)》車に小大納言殿、[二五]「うきもわが身の」[二六]と詠《よ》みし人の妹《いもうと》なり。帥典侍《(そちのすけ)》[二七]資茂王女、讃岐《さぬき》・こいまとかや。二の左に新兵衛、[二八]中宮内侍、後に[二九]准后《じゆんこう》ときこえにき。[三〇]しりに夏びき・いはねを。三の車に少將内侍・尾張《おはり》の内侍、しりに青柳《あをやぎ》・今参《いまゝい》りなどきこゆ。

上達部、[三一]御前《まへ》に著《つ》きてのち、御臺《だい》まいる。役送《やくそう》公泰宰相中將、陪膳《はいぜん》右大將 兼季*、その程、舞人《まひ》ひざまづく。[三二]地下の舞《まひ》は目《め》なれたることなれど、おりからにや、今日《けふ》はことに面《おも》もち足《あし》ぶみもめでたくみゆ。[三三]法皇の御覺《おぼ》えにて、壽《ず》[三四]王といふ人、松殿のなにがしとかやが子也。[三五]落蹲《らくそん》など舞《ま》ふと聞《き》きしかど、夜も深《ふ》けて雪もことにかきくらして、なにのあやめも見えざりき。その後《のち》御前《まへ》の御遊《あそ》びはじまる。[三六]頭太夫冬方、御箱《はこ》の蓋《ふた》に御笛入《(いれ)》て持《も》ちてまいる。關白(内經)とりて御前《まへ》にまいらせ給ふ。右大將(兼季)も笛、中宮大夫(實衡) 琵琶、大宮大納言(季衡) 笙、〔[三七](公賢)春宮大夫 箏《こと》〕、[三八](公宗)右宰相中將 和琴《わごん》、光忠宰相 篳篥《ひちりき》、

一八 天皇のおもり役。
一九 後醍醐帝の討幕の議にあずかり、後に内大臣に至る。暦応元年(一三三八)六十五歳で没。
二〇 目もとが涙でいっぱいになっているのが。
底本「また」の「た」を「み」と訂正。
二一 天皇がまだ皇子であった時分のこと。
二二 お座ぶとんだけをお敷きになって。
二三 孫廂の下に。孫廂の下に、女房たちは乗車のまま参列していたのであろう。
二四 底本「女なとも」。谷・桂・谷一本以外の諸本で訂正。
二五 殿—君〈師重女〉(尾・近・平・大・岩本)。
二六 「たえはつる契をひとり忘れぬも」の歌をさす。四一五頁参照。
二七 花山源氏。神祇伯。文保二年、資通を資茂に改名。底本「資義王」。谷・谷一本以外の諸本で訂正。
二八 後に後醍醐帝の妃となった新待賢門院廉子をいう。建武二年(一三三五)准三宮。
二九 「に」谷・桂・谷一本以外の諸本で補う。
三〇 その車の後方には。
三一 御前の座に着いた後。
三二 舞楽を職とする舞人の舞をさす。
三三 法皇—院(谷・谷一本以外の諸本)。
三四 花園院宸記、元亨二年正月三日の条の裏書に、寿王丸に、冬房卿子息と注し、「寿王丸舞二陵王一云々、是希有事歟」と記す。
三五 三三二頁注一参照。
三六 冬方は、この時、蔵人頭兼修理権亮。
三七 「春宮大夫こと」尾・近・平・大・岩本で補う。
三八 参議右中将。この時の右中将は光忠であるが、後に「光忠宰相篳篥」とあり、また、花園院宸記に「和琴　宰相中将公泰」とあるので、公泰をさすものと考えられる。公泰は、この時、参議兼左中将。

兼高《かねたか》も吹《ふ》きしにや。拍子《ひやうし》左大臣(實泰)、[一]するゑ[二]冬忠《たゞ》の宰相、深《ふ》けゆくまゝに、上《うへ》の御笛《ふゑ》の音《ね》すみのぼりて、いみじくさえたり。左の大臣《おとゞ》の安名尊《あなたうと》・[三]伊勢の海《うみ》、限《かぎ》りなくめでたくきこゆ。こと[四]どもはてぬれば、[五]御贈《をく》り物まいる。錦《にしき》の袋《ふくろ》に入たる御笛《ふゑ》、はこの蓋《ふた》に据《す》ゑらる。左大臣(實泰)取《と》り次《つ》ぎて關白(内經)に奉《たてまつ》る。[六]御前《まへ》に御覽《らん》ぜさせて、冬方を召《め》して給はす。次に唐《から》の赤《あか》地の錦《にしき》の袋《ふくろ》に御琵琶入て參《まい》る。その後《のち》、御馬《むま》、殿上人口《くち》をとりて、御前《まへ》に引《ひ》き出《い》でたり。ほの〴〵[七]に明《あ》くる程にぞ歸《かへ》らせ給ぬる。

法皇(後宇多)、やゝもすれば、大覺寺殿にのみ籠《こも》らせおはします。人〴〵、世の中の事《こと》どもも奏《そう》しにまいりつどう(ふ)。いまは一すぢに御行《おこ》[八]ないにのみ心入(いれ)給へるに、いとうるさく思《おぼ》せば、[九]その夏比(なつのころ)、定房の大納言、東《あづま》へつかはさる。御門《かど》に天《あめ》の下《した》の事、ゆづり申さむの御消息《せうそこ》なるべし。おほかたは、[一〇]いとあさましうなりはてたる世にこそあめれ。[一一]かばかりの事は、父《ちゝ》御門《かど》の御心にいとやすく任《まか》せぬべき物をと、めざまし。されど、昨日今日《けふ》はじまりたるにもあらず、[一二]承久よりこなたは、かくのみなりもて[一三]ゆきければなめり。[一四]内に近《ちか》くさぶらふ上達部《かんだちめ》などの、なま腹《はら》ぎたなき、わが思ふことのとゞこほりなどするを、法皇を[一五]うけはしげに思ひ奉《たてまつ》りて、[一六]この事いかで東《あづま》よりゆるし申わざもがなと、祈《いの》りなどをさへぞしける。かくて、[一七]大納言程なく歸《かへ》りのぼりぬ。御心のまゝなるべく奏《そう》したりとて、院[一八]〔の〕[一九]文殿、[二〇]議定《ぎぢやう》所にうつされ、[二一]評定衆《ひやうぢやうしゆ》など、少《せう》〳〵かはるもあり。さて[二二]世をしたゝめさせ給事、いとかしこうあきらかに

一 末拍子。
二 花園院宸記には、「拍子、左大臣、付歌、参議冬定、従三位有頼」とある。冬忠は冬定の誤りか。
三 催馬楽の律の歌。↓補注三六一。
四 諸本「とも」。底本「も」の脇に「とも」と小書。
五 法皇から天皇へのおくり物。
六 天皇のご覧にそなえて。
七 に—と(諸本)。
八 「おこない」の「こ」底本傍書。
九 花園院宸記等によれば、元亨元年十月のことである。
一〇 まことに情けないことになりはてた世の中であるようだ。
一一 父の上皇が、その子の天皇に政権をゆずり渡すという程度のこと。
一二 承久の変以後は。
一三 ゆき—きに(谷・桂・谷一本以外の諸本)。
一四 帝に近侍している上達部などで、何となく心のねじけた連中は。
一五 のろわしくお思いして。うけはしげ—うればしげ(尾・大・岩本)。
一六 天皇に政治をゆずられるのを、関東のほうから、どうかしてご承認申しあげないものかと。
一七 元亨元年十二月九日帰京。
一八 「の」諸本で補う。
一九 院政の時に、諸人の訴訟を決断する所。
二〇 皇居の中で政治を議定する所。
二一 院の文殿に参候して政事を議する者。底本「ちやう」を傍書。
二二 主上は、天下をお治めになることが。
二三 ご学才も、まことに大したものでおありだったので。
二四 史記・前漢書・後漢書。
二五 詩経・書経・礼記・易経・春秋の五つの古

おはしませば、昔《むかし》に恥《は》ぢずいとめでたし。[二三]御才《ざえ》もいとはしたなうものし給へば、よろづの事くもりなかんめり。三史《し》[二四]五經[二五]の御論議《ろんぎ》[二六]などもひまなし。

[二七]六月《みな》の比、〔[二八]中殿の作文せさせ給。題は式部大輔藤範たてまつる。〕[二九]久しかるべきは賢《けん》人の徳《とく》とかやきこえしにや。[三〇]女のまねぶべき事ならねばもらしつ。上達部《かんだちめ》・殿上人卅餘人まいれり。關白殿房實*ばかり直衣《なをし》にて御几帳の後《うし》ろにさぶらはせ給。上《うへ》は御引直衣《ひきなをし》、御琵琶《びわ》玄象*ひかせ給。右大將實衡*《さねひら》琵琶《びわ》、(公賢)春宮大夫箏《こと》、權大納言親房*笙、[三一]權中納言氏忠*和琴《わごん》、左宰相中將公泰[三二]*笙のふゑ[三三]、右衞門督嗣家《つぎいゑ》[三四]*笛、右宰相中將光忠[三五]*篳篥《ひちりき》、拍子《ひやうし》は例《れい》の左の大臣《おとゞ》實泰*、末《すゑ》は冬定なりしにや。上《うへ》の御琵琶《びは》の音《ね》、いひ知《し》らずめでたし。(實衡)右大將[三六]はなどにかあらん、心とけてもかきたてられざりき。御遊《あそ》びはてゝ後、文臺《ぶんだい》めさる。藏人内記[三七]俊基《としもと》、人〴〵の文《ふみ》をとり集《あつ》めて、一度《ど》に文臺《ぶんだい》の上《うへ》に置《を》く。披講《ひかう》の終《を》はる程に、短《みじ》か夜はほの〴〵と明《あ》けはてぬ。御製《せい》を左の大臣《おとゞ》(實泰)返々(かへすがへす)誦《じゆ》して、うるはしく朗詠《らうゑい》[三八]にしたまふ。聲《こゑ》いとうつくし。折《おり》ふし郭公の一聲《こゑ》なのりすてゝ過《す》ぎたるは、いみじく艶《えん》也。[三九]かやうのまことしき事は、かねて人も心づかひすれば、あやまちなかるべし。[四〇]時に臨《のぞ》みて、にはかに難《かた》き題《だい》をたまはせて、うち〳〵詩《し》を作《つく》らせ歌を詠《よ》ませて、[四一]賢《かしこ》く愚《おろ》かなりと御覧《らん》じわくに、[四二]いとからい事多《おほ》く、心ゆ[四三]るいなき世なり。

その七月七日、[四四]乞巧奠《きかうでん》、いつの年《とし》よりも御心とゞめて、かねてより人〴〵に歌も

典をいう。
二六 疑問の点について、研究討論すること。
二七 花園院宸記、元亨三年六月二十日の条に「今日中殿作文云々、伝聞、題者民部卿藤範卿、可ㇾ久賢人徳〈誠字〉」。
二八 以下二十二字、尾・近・平・大・岩本で補う。中殿の作文は、清涼殿において詩を賦する会を催すこと。
二九 詩の題名。易の係辞から取った。↓補注三六二。 三〇 漢詩文のことは、女の身で詳しく話せることではないので、はぶきました。
三一 底本「大納言」。谷・桂・谷一本以外の諸本で訂正。 三二 底本「実泰」。尾・大・岩本で訂正。近・平・院本は「兼泰」。花園院宸記・御遊抄・体源抄は、笙の役を公泰となす。
三三 谷・桂・谷一本以外の諸本「のふゑ」なし。
三四 嗣家の名は、公卿補任に見えない。宸記・御遊抄・体源抄は、笛の役を教定とす。教定は、この時、右衛門督。 三五 宸記・御遊抄・体源抄は、篳篥の役を兼高とす。 三六 どうしたわけであろうか、心うちとけても琵琶をひかれなかった。 三七 中務省に属し、詔勅・宣命の起草や記録などをつかさどった職。儒者で文才のある者が任ぜられた。日野俊基は、後醍醐帝の信任を得て討幕の計画にあずかり、元弘二年(一三三二)鎌倉で斬られた。 三八 曲節をつけて朗吟された。御遊抄には「右大臣詠御製 朗詠也云々」。
三九 このような正式の御会では。 四〇 その場に臨んで急に難しい題をたまわって。この部分、古今集序を踏んで書く。↓補注三六三。 四一 人の賢愚をお見分けになるので。 四二 まことに苦しい事が多くて、油断しておれない世の中である。
四三 ゆるい―ゆるひ(谷・桂・谷一本以外の諸本)。 四四 たなばた祭。宮中では、清涼殿の東庭で儀式を行ない、また、管絃や詩歌の会を催した。

めされ、[一]ものの音《ね》どもも心みさせ給。その夜は、例《れい》の玄象《げんじやう》ひかせたまふ。人〴〵[二]の所作、ありし御文[三]にかはらず。笛《ふえ》・篳篥《ひちりき》などは、殿上人ども、[四]鳴板《なるいた》の程にさぶらひてつかまつる。中宮(禧子)も[五]上《うへ》の御局《つぼね》にまうのぼらせ給。[六]小簾《こす》のうちにも琴《こと》・琵琶《びは》あまたありき。播磨《はりま》の守長清《かみながきよ》の女、今《いま》は左大臣(實泰)の北方にて三位殿といふも、箏《こと》ひかれけり。宮(禧子)の御方《かた》の播磨《はりま》の内侍も、おなじく琴《こと》ひきけるとかや。琵琶《びは》は權大納言の三位殿師藤大納言女、いみじき上手《ず》におはすれば、めでたうおもしろし。[七]蘇香《そかう》・[八]萬秋樂《まんじうらく》、[九]殘《のこ》る手《て》なくいく返《かへり》となくつくされたる明《あ》け方《がた》は、身にしむばかり若《わか》き人〴〵めであへり。さらでだに、秋の初風は、げにそゞろ寒《さむ》きならひを、ことはりにや。御遊《あそ》びはてゝ文臺召《め》さる。この度《たび》は和歌の披講《ひかう》なれば、その道の人〴〵、藤大納言爲世、子ども[一〇]孫《むまご》どもひき連《つ》れてさぶらへば、上《うへ》の御製《せい》、

[一一]笛竹《ふえ》の聲《こゑ》も雲井にきこゆらし[一二]今宵《こよひ》手むくる秋のしらべは

ずんながるめりしかど、[一三]いづれもたゞあまの川、鵲《かさゝぎ》の橋《はし》より外のめづらしきふしはきこえず。まこと、實教の大納言なりしにや、

[一四]おなじくは空まで送《をく》れたき物《もの》のにほひをさそふ庭の秋風

げに[一五]えならぬ名香の香《か》どもぞ、めでたくかうばしかりし。

花も紅葉も散《ち》りはてゝ、雪つもる日數の程なさに、[一六]又年《とし》かはりて正中元年[一七]といふ。[一八]三月《やよひ》の廿日あまり、石清水《いはし》の社に行幸したまふ。上達部《かんだちめ》・殿上人いみじききよらを

一 音楽に関しても、あらかじめ、演習をさせてごらんになった。
二 人々の演奏は、先の中殿の御会の時と同じことだ。
三 御文―作文（谷・桂・谷一本以外の諸本）。
四 清涼殿の孫廂の南端にある、くぎで打ちつけてない板敷をいう。
五 女御などが清涼殿に参上する時の休息所。
六 みすの中でも女房たちの演奏する琴や琵琶が多く聞かれた。こす―御す（諸本）。
七 蘇合香の略。左方楽、盤渉(ばんしき)調。
八 盤渉調。
九 ありとあらゆる妙技をつくして。
一〇 子の為藤・為冬、孫の為定・為明をさすか。↓補注三六四。
一一 その管絃のすばらしい妙音は、天の河まで聞こえるだろう。たなばたの今宵、牽牛・織女の二星にたむけて奏する秋の調べは。
一二 底本「か」の脇に「こ」と小書。諸本「こ」。
一三 どの歌もただ天の川とか鵲の橋などのありふれたことを詠んだものばかりで。鵲の橋は、七夕の夜、牽牛・織女の二星が会う時、かささぎが、つばさを並べて天の河に渡すという想像上の橋をいう。
一四 たき物の匂いをあたりにくゆらせて吹く庭の秋風よ。同じことならこのよい香りを空の牽牛・織女のもとまで吹き送ってくれ。
一五 七夕の夜には、終夜、香をたいて手向けた。
一六 底本「人」。桂本以外の諸本で訂正。
一七 一三二四年。
一八 三月二十三日、石清水行幸。
一九 かさねの色目。表青、裏紫。下襲は、束帯の時に、半臂の下に着る衣をいう。
二〇 鶴が羽を広げた様子を丸く図案にしたもの

つくせる。關白殿 房實* は御車也。右大將 實衡《さねひら》*、[一九]松がさねの下襲《がさね》、[二〇]鶴《つる》の丸《まろ》を織《お》る。蘇《す》芳《わう》の固紋《かたもん》の衣《きぬ》。左大將 經忠《つねたゞ》*、[二一]櫻萌黄《さくらもへぎ》の二重織物《ふたへおりもの》の《ゝ》御下襲《がさね》 櫻《さくら》に蝶《てう》を色〱におる・[二二]花山咲のうへの袴《はかま》・紅《くれなゐ》のうちたる御衣《ぞ》、人よりことにめでたく見え給ふ。御かたちも、にほひやかにけだかきさまして、まことに、[二三]一の人とはかゝる[二四]をこそきこえめと、[二五]あかぬ事《こと》なく見えたまふ。土御門の中納言顯實《あき》、[二六]花櫻《ざくら》の下襲《がさね》なりき。花山院中納言經定などぞ、[二七]上﨟《らふ》の若《わか》き上達部《かんだちめ》にて、いかにもめづらしからんと、世人《(の)》も思《おも》へりしかど、[二八]家のやうとかやなにとかやとて、たゞいつものまゝ也。公泰宰相中將 劍璽《けんじ》の役《やく》つとめらる。櫻萌黄《さくらもえぎ》の上《うへ》の袴《はかま》・[二九]樺櫻《かばざくら》の下襲《がさね》・山吹の浮織物《うきをりもの》の《ゝ》衣《きぬ》・紅《くれなゐ》のうちたる單《ひとへ》を重《かさ》ねられたり。白《しろ》くまろく肥《こ(え)》ゐたる人の、眉《まゆ》いとふとくて、[三〇]おひかけの[三一]はづれ、あなきよげと好《この》もしくぞ見えられし。[三二]頭亮《(とうの)すけ》藤房、樺櫻《かばざくら》の下襲《がさね》・蘇芳《すはう》の浮織《うきおり》物の衣《きぬ》、弟《おとうと》の[三三]職事《しきじ》季房も、山吹の下襲《がさね》・紅《くれなゐ》の衣。[三四]衞府のすけどもは、[三五]うちこみたれば見[三六]もわかれず。[三七]別當左兵衞督 資明《すけあきら》*、[三八]はしり下部《しもべ》とかやいふ物八人に、地はみな白かねを延《の》べたるにやと見ゆるに、[三九]鶴《つる》の丸を黄《き》にみがきたる、好《この》もしうきよげ也。

舞《まひ》人にも、よき家の子どもをえらびとゝのへられたり。[四〇]一《(の)》左に、中院の前の大納言道顯の子通冬少將、[四一]まだいとちいさきに、[四二]童《わらは》などもおなじ程なるを、好《この》みとゝのへて、いときよらにいみじうしたて《ゝ》て、秦《はた》の久俊《ひさとし》といふ御《(み)》隨身《ずいじん》をぞ具《ぐ》せられたる。右に久我の少將通宣、[四三]いたく過《す》ごしたる程にて、ひげがちに、ねび給へるかたちし

を、模様に織り出してある。
二一 かさねの色目。表もえぎ、裏二藍。
二二 かさねの色目。表薄朽葉、裏黄。
二三 一の人とは、こういう方のことを申すのであろうと。経忠は、近衛家平の子で、この時には権大納言左近大将、元徳二年(一三三〇)に関白になる。
二四 谷・桂・谷一本以外の諸本「を」なし。
二五 何一つ不足な点はなく、ごりっぱにお見受けされる。
二六 かさねの色目。表白、裏青。
二七 上位で、しかも年の若い上達部。
二八 花山院家の家風。
二九 かさねの色目。表蘇芳、裏赤花。
三〇 武官の冠の左右に付けた飾りで、菊の花を半切にしたような形のもの。
三一 おいかけの端から見える顔つきをいう。
三二 蔵人頭中宮亮。藤房は宣房の子で、元弘の変の時に、常陸に流された。
三三 蔵人。
三四 六衛府の次官。すなわち、近衛の中少将、衛門・兵衛の佐。
三五 たてこんでいるから。
三六 底本「え」を「も」に訂正。
三七 検非違使の別当。
三八 検非違使の下吏。
三九 鶴の丸形の模様を黄金色にみがき出したものを着せられたのは。
四〇 舞楽は左舞と右舞とに分かれ、左右をつがえて一番とす。一の左は、当日の舞楽の第一番めの左舞の意。
四一 通冬は、この時十歳。底本「道冬」。
四二 召使いの少年なども同じ年頃の者を、好みにまかせてえりすぐって。
四三 この人は、たいそう適齢を過ごした年頃で。通宣は、この時二十九歳。

て、ちいさきに立《た》ち並《なら》ばれたる、いとたと[一]しへなくぞ見えしか。それよりつぎ〳〵は、[二]むつかしさに忘《わす》れぬ。

大将の随身《ずいじん》どもこそ、昔《むかし》の事はげには見《み》ねば知《し》らず、いと[三]すゞしく、まことに花を折《ゝ》るとはこれにやと、めでたうおもしろかりし。(經忠)左大將殿随《ずい》身、[四]赤地《あかぢ》の錦《にしき》の色も文《もん》も目《め》なれぬさまに好《この》もしきを、[五]情《なさ》けなきまでさながらだみて、[六]ませに山吹を、白かねにてうち物にして、ひしとつけたり。花の色、[七]かさなりなどまで、こまかにうつくし。露を水晶《すいしやう》の玉[八]してをきたる、朝《あさ》日にかゝやきて、すべていみじうぞ見ゆる。(實衡)西園寺の随身《ずいじん》も、おなじ錦《にしき》なれど、[九]松をむすびて、鶴《つる》の丸《まる》を白と黄《き》[一〇]とにうちてつけたる、山吹よりは匂なく見えき。さま〲の神寶《ぼう》・神馬《め》・御てぐらなど、夜も[一一]すがらのゝしりあかして、又の日の暮《く》れつかた返らせ給ぬ。

同《おな》じ卯月十七日、[一二]賀茂社に行幸[一三]なる。上達部《かんだちめ》多《おほ》くはさきにおなじ。[一四]衣がへの下襲《がさね》ども、[一五]けぢめなくすゞしげ也。別當の下部《しもべ》、この度《たび》は十二人、[一六]かちんに雉《きじ》の尾《お》を白《しろ》くうち違《ゝが》へてつけたる、これも掲焉《けちえん》に好《この》ましげ也。[一七]あくる日は祭《まつり》なれば、[一八]神館《かんだち》のかた、うち續《つゞ》き花やかにおもしろし。[一九]今日《けふ》の使《つか》ひは、徳大寺中將公清也。春宮の大夫公賢の聟《むこ》にておはすればにや、[二〇](實泰)左大臣の大炊御門富小路の御家よりぞ出《い》でたゝれける。人がらと、よろづめでたく見ゆ。萌黄《もえぎ》の下襲《がさね》、[二一]御家の紋《もん》のもかうを色〲に織《お》りたりしにや。近比《ごろ》の使《つか》ひには似《に》ず、いみじくきらめきたまへり。中宮の[二二]使《つか》ひは

一　たとえようもなく不釣合に見えた。
二　覚えているのもめんどうで。
三　すゞしく―ゆゝしく(谷・桂・谷一本以外の諸本)。
四　随身の着ている狩衣について、述べているのであろう。
五　無風流だと思うくらい一面に色どりして。
六　ませ垣に山吹の模様を銀のうち物にして。うち物は、金銀を打ち延べて造ったもの。
七　花びらの重なった様子まで。
八　して―にて(谷・桂・谷一本以外の諸本)。
九　松の模様を糸で結びつけて、それに丸形の鶴の模様を銀と金で、うち物にしてつけてあるのが。
一〇　とに―にと(諸本)。
一一　「も」底本傍書。
一二　賀茂行幸に華美をきそったことは、花園院宸記にも記す。↓補注三六五。
一三　なる―なと(尾・近・平・大・岩本)。
一四　四月一日、冬の衣を夏の衣に改める。
一五　夏の下襲は、みな生絹(すずし)であるから、誰彼の差別なく涼しそうであるというのである。
一六　濃い紺色の衣に、きじの尾を両方から打ち違いにした白い模様をつけているのが、これまた際立っていて。
一七　翌十八日は、四月中の酉の日で、賀茂の祭である。
一八　神殿の傍にあって、神事潔斎の時、神官などの参籠したやかた。
一九　賀茂祭の当日に、勅使をつかわすのが例になっていた。
二〇　洞院実泰。公賢の父。
二一　徳大寺家の紋。
二二　つかひ―御つかひ(尾・大・岩本)。

亮《(すけの)》藤房なり。このごろ、時[二三]にあひたる物なれば、いときよげに劣《をと》らぬさま也。

　其廿七日に任[二四]大臣の節會《せちゑ》行《おこ》なはる。左大將經忠、右大臣にならせ給。内[二五]大臣冬教、左にうつり給へば、右大將實衡《ひら》内大臣になさる。又の日やがて右大臣殿(經忠)、大[二六]饗《きやう》行《おこ》ない給へば、尊者《そんじや》に内大臣(實衡)參給《(まゐりたまふ)》。[二七](家平)近衛前殿、近《ちか》ごろは御惱《なや》みがちにてのみ臥《ふ》し給へれど、今日《けふ》の御[二八]祝にめづらしく出《い》でゐさせ給へり。法皇は、今《いま》は大覺寺殿にのみおはしま[二九]せば、[三〇]大炊御門の式部卿の親王《みこ》の御家を、内大臣殿(實衡)申[三一]うけて、同日《(おなじ)》大饗《きやう》したまふ。尊者《そむじや》には右の大臣《おとゞ》、やがて我御家の大饗《きやう》はつるまゝに、ひき[三二]連《つ》れてわたり給へり。[三三]あるじもまれ人も、大將兼《か》ねたまへれば、隨身《ずい》どもえならずけいめいして、[三四]かたみにけしきとりかはしたる、いとおもしろし。[三五]あるじのおとゞ(實衡)琵琶、[三六]右衛門督兼高《かねたか》篳篥《ひちりき》、隆資《たかすけ》朝臣笙、室町三位中將公春[三七]琴《こと》、敎宗《のりむね》朝臣笛、有頼宰相拍子《ひやうし》とりて、遊《あそ》びくらし給。[三八]御前《まへ》の物どもなど、つねの作法《さほう》にことを添《そ》へて、こまかにきよら也。

　その後《のち》いく程なく、右大臣殿(經忠)の御父君《ちゝ》前關白〔殿〕[三九]家平《いゑひら》*、御惱《なや》み重《をも》くなり給て、御髪《くし》おろす。にはかなれば、殿のうちの人〴〵いみじう思さはぐ。おほかた、若《わか》くてぞ、すこし女にもむつましくおはしまして、この右大臣殿なども出《い》でき給ける。中比よりは、男《おとこ》をのみ御かたはらに臥《ふ》せ給て、[四〇]法師のちごのやうに語《かた》らひ給つゝ、ひとわたりづゝ、いと花《はな》やかに時《とき》めかし給事、けしからざりき。[四一]左兵衛督忠朝《たゞとも》といふ

二三 主上のご信任を得て栄えている人なので。
二四 大臣任命の時、紫宸殿で行なう儀式。
二五 内大臣鷹司冬教は、左大臣に昇進したので。
二六 新任の大臣が、公卿を招き宴を開いて、もてなしをすること。尊者は、その上客をいう。
二七 前関白近衛家平。前殿―殿(桂・谷一本以外の諸本)。
二八 谷・桂・谷一本以外の諸本「御悦に」。
二九 底本「す」の脇に「せ」と小書。
三〇 後宇多院がこの御所を、京都市内の御所として使用していた事は、四一八頁に見える。
三一 拝借して。大臣大饗に、しかるべき所を借り受けて行なうのが例であった。徒然草一五六「大臣の大饗は、さるべき所を申しうけて行なふ、常の事なり。宇治左大臣殿は、東三条殿にておこなはる。内裏にてありけるを、申されけるによりて、他所へ行幸ありけり。させることのよせなけれども、女院の御所など借り申す、故実なりとぞ」。
三二 主客うちつれて、内大臣の宴へとおもむかれた。
三三 主人の実衡は内大臣に右大将を兼ね、客人の経忠は右大臣に左大将を兼ねていた。
三四 互いに相手の様子を見てとって競争したのは。
三五 御遊抄によれば、任右大臣の披露宴では尊者の実衡が琵琶をひき、任内大臣の披露宴では公敏が琵琶をひいている。
三六 兼高に、この時前右衛門督。
三七 御遊抄によれば、公春は箏。
三八 客の前にすえたお膳の物など。
三九 「殿」諸本で補う。
四〇 法師が少年を愛するように、ねんごろになさって。 四一 非参議、従三位。元亨三年四月、四十二歳で出家。「衛」底本傍書。尾・大・岩本「左衛門督」。公卿補任「左兵衛督」。

人も、限《かぎ》りなく御おぼえにて、七、八年が程、いとめでたかりし。時過《す》ぎて[一]その後《のち》は、成定といふ諸大夫《しょだいぶ》[二]いみじかりき。この比はまた、隠岐《おき》の守頼基《かみよりもと》といふもの、童《わらは》なりし程より、いたくまとはし給て[三]、昨日今日《けふ》[四]までの召人《めしうど》なれば、御髪《ぐし》おろすにも、やがて御供仕《ともつか》うまつりけり。病をもらせたまふ程に[五]、夜るひる御かたはらはなたずつかはせ給。すでに限《かぎ》りになり給へる時《とき》、この入道も御後《うし》ろにさぶらふに、よりかゝりながら、きと御覽《らん》じ返《かへし》て、「あはれ、もろともにいで行《ゆく》道ならば[六]、嬉《うれ》しかりなん」と、の給《たまひ》もはてぬに、御息《いき》[七]とまりぬ。右大臣殿《經忠》も御前にさぶらはせ給。かくい[八]みじき御氣色《けしき》にて果《は》て給ぬるを、心憂《う》しとおぼされけり。さてその後《のち》、かの頼基《よりもと》入道も病《やまひ》づきて、あと枕《まくら》[九]も知《し》らずまどいながら、常《つね》は人に[一〇]かしこまる氣色《けしき》にて、衣ひきかけなどしつゝ、「やがて參《まい》り侍《はべる》〳〵」とひとりごちつゝ、程なく失《う》せぬ。栗田《あはた》[一一]の關白《道兼》のかくれ給にし後《のち》、「夢見《み》[一二]ず」と、歎《なげ》きし者《もの》の心ちぞする。故殿《家平》のさばかり思《おぼ》されたりしかば、めし[一三]とりたるなめり[一四]とぞ、いみじがりあへり[一五]。

一 忠朝のさかりが過ぎて後は。
二 朝廷から親王・摂家・大臣家などの家司に補せられた者。
三 いつも自分のかたわらに引き寄せておいでになって。
四 現在に至るまでの愛人なので。めしうと—御めしうと(諸本)。
五 に—も(尾本以外の諸本)。
六 お前と一緒に、あの世に行くことができたなら。
七 正中元年五月十五日、四十三歳で没。
八 このように、情けないご様子でおなくなりになったのを。
九 前後不覚に悩み苦しんで。「あと」は足のほうをいう。
一〇 誰かの前で、恐れかしこまっているような様子で。
一一 藤原兼家の三男道兼。道長の兄。長徳元年(九九五)五月、三十五歳で没。
一二 道兼のことを夢に見ることもないと嘆いてその後を追った人。藤原相如をさす。栄花物語、見はてぬ夢に、関白道兼にかわいがられていた藤原相如という男が、道兼のなくなった後に、道兼の事を恋い慕って眠ることができずに、「夢ならでまたもあふべき君ならばねられぬ寝をも嘆かざらまし」と詠んで間もなく、なくなった。その娘が父の死を嘆いて「夢みずと嘆きし君を程もなく又わが夢に見ぬぞ悲しき」と詠んだことが記されている。この歌は、後拾遺集、哀傷に入っている。
一三 あの世から迎え取ったのであろう。
一四 底本「こ」。諸本で訂正。
一五 あへり—あへりし(諸本)。

第十四　春[一六]の別《わか》れ

卯月(正中元年)の末つかたより、法皇(後宇多)御悩《なや》み重《おも》くならせ給へば、天下のさはぎ思やるべし。御門《かど》もいみじくおぼしなげく。御修法[一七]ども、いとこちたく、又〳〵[一八]始《はじ》め加《くわ》へさせ給へど、しるしもなくて日々に重《をも》らせ給へば、夜るひるとなく「いかに〳〵」と訪《とぶ》らひ奉《たてまつ》らせ給。若《わか》き上達部《かんだちめ》などは、直衣《なをし》に[一九]柏《かしは》ばさみして、夜中あか月となく、遙《はる》けき嵯峨《さが》野を、[二〇]寮《れう》の御馬《むま》にて馳《は》せありき給めり。[二一]今《いま》はむげに頼《たの》みなきよしきこゆれば、[二二]大覺寺殿へ行幸、ありしこと思《おぼ》しいづ。よろづの事どもきこえさせたまふ。上《うへ》の一(ひとつ)御腹《はら》の二品法親王[二三]性圓ときこゆるを、いとかなしき物に思きこえさせ給て、この大覺寺に、[二四]そこらの御庄《みさう》・御牧《みまき》などを寄《よ》せ置《を》かる。[二五]法《ほう》のあるじとしておはしますべく思《おぼ》しをきてけり。さやうのことなど、[二六]見給へざらんあと、うしろめたからぬさまなどぞ[二七]きこえさせ給(たまひ)ける。

その後《ゝち》、御むま子の春宮(邦良)行啓《げい》あり。世をしろしめさむ時の御心づかひなど、いますこし、こまやかにきこえしらせ給。宮は[二八]先帝《せんだい》の御かはりにも、いかで心のかぎり仕《つか》うまつらんと、[二九]あらましおぼされつるに、あかず口惜《くちを》しうて、いたうしほたれさ

◇この巻には、後醍醐帝の正中元年(一三二四)から嘉暦二年(一三二七)に至る四年間のできごと、すなわち後宇多院の死と人々の嘆き、撰集の下命と為藤の死、為定の出奔、討幕の計画(正中の変)、宣房の東下、東宮(邦良)の死と人々の嘆き、続後拾遺集の撰集、量仁親王(光厳)の立太子、東宮の行啓始め、正月十六日の節会、前東宮の一週忌などにつき記す。

一六 巻の名は、東宮の死に際して、中納言有忠の詠んだ「大かたの春の別れのほかに又我世つきぬる今日のくれかな」の歌による。

一七 正中元年五月二十九日から、五壇法を大覚寺殿に修し、法皇の病を祈らせたことが、続史愚抄に見える。

一八 これまでの上に、さらに新しく加えて始めさせたもうたが。

一九 非常の際など、冠の纓(えい)の端を折りたたんで白木の挟み木でとめること。

二〇 左右馬寮の御馬。

二一 今では全くご回復の見こみのないことを申し上げたので。

二二 主上は大覚寺へ行幸になり、昔のことをいろいろと思い出される。六月十六日に行幸、同二十二日に帰宅。

二三 大覚寺門跡。貞和三年(一三四七)五十六歳で没。

二四 多くの荘園や牧場などを寄進して置かれる。

二五 この法親王が大覚寺の法主として、おいでになるようにお計らいになった。

二六 自分がなくなった後で、心配でないようになどと。

二七 「き」底本傍書。

二八 父の後二条帝をさす。

二九 前々からお思いになっていたのに、十分にその本意を果たすことができずに残念で。

せ給ふ。[一]御門《かど》の御なからい、うはべはいとよけれど、まめやかならぬを、いと心苦《ぐる》しとおぼさるれど、言《こと》に出《い》で給べきならねば、たゞ大かたにつけて、[二]よにあるべきことゞも、又この比[三]すこし世に恨《うら》みあるやうなる人〴〵の、わが御心にはあはれと思《おぼ》さるゝなどあまたあるをぞ、[四]御心のまゝなる世にもなりなん時は、かならず御用《よう》意《い》あるべくなど、きこえたまひける。中御門の大納言經繼《つねつぐ》・六條の中納言有忠・右衛門督教定・左衛門佐俊顯などきこえし人〴〵の事にやありけん。その夜はとまり給へるも知《し》ろしめさで、夜《よ》うち深《ふ》[五]けて、すこしおどろかせ給て、「春宮はいつ返給《(かへりたまひ)》ぬるぞ」とのたまふに、[六]うち聲《こは》づくりて、近《ちか》く參《まい》り給へれば、「いまだおはしましけるな」とて、いとらうたしと思《おぼ》されたる御氣色《けしき》あはれ也。大かたの氣色《けしき》、院の内《うち》のかひしめりたる有様《ありさま》など、よろづ思《おぼ》しめぐらすに、いと悲《かな》しきこと多《おほ》かれば、宮《(邦良)》、うち泣《な》き給ぬ。〔[七]心細《ぼそ》ういみじとのみおぼさるゝに、正中元年六月廿五日、終《つゐ》にかくれさせ給ぬ。御年《とし》五十八にぞならせ給ける。後宇多院と申なるべし。

御門又御服《ぶく》たてまつる。あけくれねん比《(ごろ)》に[八]孝《けう》じたてまつり給さま、いとかたじけなし。[九]御女の皇后宮《(奨子)》と聞こえし、今は達智門院と申も、まいて[一〇]ひと所をのみ[一一]たのみきこえさせ給へるに〕心細《ぼそ》ういみじとおぼし歎《なげ》くこと限《かぎ》りなし。[一二]昔《むかし》の内侍のかん《(頊子)》の殿、[一三]〔近比〕院號ありて萬秋門院ときこゆるも、故《こ》院の御かげにてのみ過《す》ぐし給へれば、より所なくあはれ[一四]げ也。御四十九日は八月十日あまりの程なれば、世のけし

一　この東宮と天皇との御間柄は、表面はたいそうよくいっているが、ほんとうは親しくないのを、法皇はたいへん困ったことにお思いであるが。花園院宸記、元亨四年六月廿五日の条に「近年禁裏竜楼不和、法皇御旨在二東宮一、依レ之旧臣等懐レ怖如レ踏二薄氷一云々」。竜楼は皇太子の異称。

二　世に処して行くべき事ども。

三　志を得ずに、少しばかりこの世の中に不平をいだいている人々で、法皇のお心にお気の毒だとお思いの人が大勢いるのを。

四　東宮が思いのままになる世の中になったら、必ず引き立てるようにお心づかいになってほしいなどと。

五　「け」底本傍書。

六　せきばらいをして。

七　以下百三十三字、底本は「かくて御こときれ給ぬれは」となっている。近・平・大・岩・尾本による。↓補注三六六。

八　供養をなさる。

九　法皇の御娘で皇后宮と申し上げた、そして今は達智門院と申し上げる御方も。

一〇　この父法皇御一方だけを頼みにしておられたのに。

一一　尾本「たのみ」なし。

一二　後宇多院が、内侍のかんの君を愛したことは、四〇六頁に見える。

一三　元応二年(一三二〇)二月、院号宣下。「近比」尾・近・平・大・岩本で補う。

一四　「け」底本傍書。

きなにとなくあはれ多《おほ》かるに、女院・宮たちの御心の中ども、あさ霧よりも晴《は》れ間《ま》なし。十五夜の月さへかき曇《くも》れるに、故《こ》院(後宇多)の位の御時に、[一五]宰相典侍とてさぶらひしは、[一六]雅有《まさあり》の宰相の女也。[一七]その世のふるき友《とも》なれば、おなじ心ならんと思《おぼ》しやるもむつましくて、萬秋門院のたまひつかはす。

[一八]あふぎ見し月もかくるゝ秋なればことはり知《し》れとくもる空かな

いとあはれに悲《かな》しと見《み》たてまつりて、御返し、宰相典侍、

[一九]光なき世はことはりの秋の月涙そへてやなをくもるらむ

[二〇]永嘉門院・[二一]西花門院など、いづれもおぼし歎《なげ》く人〴〵多《おほ》かり。春宮もいと戀しくあはれとのみ思きこえ給まゝには、[二二]御佛事[二三]をぞまめやかに勤《つと》めさせ給ける。大覺寺にては、性圓法親王とりもちて行《おこ》なはせたまふ。御門・春宮の御法事は、龜山殿の大多《小》勝院にてつとめらる。

あはれ〳〵といひつゝも、過《す》ぎやすき月日のみ移《うつ》り[二四]かはりて、年もかへりぬ。[二五]一昨年《をとゝし》ばかりより、又重《かさ》ねて撰集《せんじゆ》のこと仰られしを、爲世の大納言、[二六]二度《たび》になりぬればにや、爲藤の中納言にゆづりしを、[二七]いく程なくかの中納言悩《なや》みて失《う》せぬ。いとい《く》とをしうあはれなり。故爲道朝臣[二八]の失《う》せにし、たゞ年月ふれど、絶《た》えぬ恨《うら》みなるに、又かくとり重《かさ》ねたるなげき、大納言の心の中いはんかたなし。春宮(邦良)よりしば〳〵とぶらはせ給(たまふ)御消息《せうそこ》のついでに、

一五 新後撰集以後の勅撰集に入集。
一六 飛鳥井雅有。雅経の孫。歌人で、「嵯峨のかよひ路」その他の著書がある。正安三年(一三〇一)六十一歳で没。
一七 その当時の。
一八 空に照る月のように仰ぎ見た法皇もおなくなりになった秋なので、世の道理を知れといって、今宵の空も、このように曇っているのであろうか。新千載集、哀傷「後宇多院かくれさせ給ひての八月十五夜の月曇りて侍りけるに、宰相典侍に遣しける」と詞書。第五句「曇る影かな」。
一九 法皇がおなくなりになって、この世の光が失せたような気がするので、この秋の名月が曇っているのも、もっともなことであるが、その上にさらに、人々の涙で、いっそう空が曇っているのであろうか。
二〇 後宇多院の妃。宗尊親王の女。
二一 後宇多院の妃。内大臣具守の女。
二二 尾・近・平・大・岩本「は」なし。
二三 仏事―法事(谷・桂・谷一本以外の諸本)。
二四 底本「そ」を「う」と訂正。
二五 元亨三年。拾芥抄上に「続後拾遺集廿巻(中略)元亨三年七月二日、奉二綸旨一、民部卿為藤卿撰レ之、而不レ終レ篇、正中元年七月十七日薨去之間云々」とある。
二六 為世は、後宇多院の院宣を受けて、嘉元元年に新後撰集を、元応二年に続千載集を撰進したことをいう。
二七 為藤は、勅撰集を撰進すべき命を受けて一年後の正中元年(一三二四)七月、五十歳でなくなった。為藤は為世の次男。
二八 為世の長男。正安元年(一二九九)五月、二十九歳で没。

[一]おくれいる鶴《つる》の心もいかばかり先《さき》だつ和歌《わか》のうらみなるらん

御返し、大納言爲世、

[二]思《おも》へたゞ和歌《わか》の浦《うら》にはおくれゐて老たるたづの歎《なげ》く心を

世に歌詠《よ》むとおぼしき人の、あはれがり歎《なげ》かぬはなし。「せめて勅撰の事撰《えら》びはつるまで、[三]などかは」とぞ、一族《ひとぞう》のなげき、いとを(ほ)しげ也。故爲道の中將の二郎爲定[四]といふを、故(爲藤)中納言[五]とりわき子にして、〔何事《なにごと》[六]もいひつけしかば、撰歌《せんか》の事もうけつぎて〕沙汰《さた》すべしなどぞきこゆる。大(爲世)納言は、末の子爲冬[七]少將といふをいたくらうたがりて、[八]このまぎれに引《ひ》きや越《こ》さましと思《おも》へるけしきありとて、爲定もうらみ歎《なげ》きて、山伏姿《ぶしすがた》に出《い》でたちて、修《しゅ》行に失《う》せぬなどいひ沙汰すれば、人〴〵いとをしう[九]あはれになどもてあつかへど、[一〇]さすが求《もと》め出《い》だして、もとのやうにおだしく定《さだ》まりぬとなん。

[一一]其比、長月ばかり、まだしのゝめの程に、世の中いみじくさはぎのゝしる。なにごとにかと聞《き》けば、美濃《みの》の國のつは物にて、[一二]土岐(の)十郎とかや、又[一三]多治見《たぢみ》の藏人《くらうど》など[一四]いふ〔物〕ども忍《しの》びてのぼりて、[一五]四條わたりにたちやどりたる事ありて、人にかくれて居《を》りけるを、はやう又[一六]告《つ》げ知《し》らする物ありければ、にはかにその所へ六波羅《はら》より押《を》し寄《よ》せて、からめとる也けり。[一七]あらはれぬとや思けん、かの物どもは、やがて腹《はつ》切《き》りつ。又、別當資朝《すけとも》・藏人の内記俊基《としもと》、おなじやうに武家へ捕《と》られて、きびしく

一 和歌の道にいそしんでいたわが子に先立たれて、あとに残されたあなたは、どんなにか恨めしく思っていることだろうか。鶴の心は、子を思う親心をいう。鶴の縁で和歌の浦と言いかけ、さらに浦に恨みをかけたもの。
二 和歌の道を伝えてゆく身でありながら、わが子に先立たれて嘆き悲しんでいる、この年老いた私の心を、どうか察してください。
三 なぜ生きていてくれなかったのかと。
四 正中二年には、三十七歳で、参議右兵衛督。
五 特に自分の子にして。
六 以下二十字、尾・近・平・大・岩本で補う。
七 正四位下左中将に至り、建武二年(一三三五)十月、関東で没。
八 このごたごたに乗じて、為定を越して為冬に跡を継がせたいと思っている様子が見えるというので。
九 気の毒なことだなどと、うわさの種にしたが。 一〇 為世もそのままにしておけずに為定を探し出して。 一一 正中元年九月十九日。
一二 尊卑分脈には、土岐頼兼に注して、土岐十郎とあるが、諸書によって、名を異にする。↓補注三六七。
一三 太平記巻一には「多治見四郎次郎国長」。花園院宸記には「田地味…国長」に注して、「伯耆前司、頼員外戚之親族云々」とある。
一四 「物」諸本で補う。
一五 花園院宸記には「十九日、晴、伝聞、京中有㆓謀叛者㆒、於㆓四条辺㆒合戦、死者数多云々」、太平記巻一には「多治見が宿所錦小路高倉、土岐十郎が宿所三条堀河へ寄ケルガ」とある。
一六 太平記巻一には、謀反人の仲間の土岐左近蔵人頼員が討幕の計画を妻にもらし、妻がその父の六波羅奉行斎藤太郎左衛門尉利行に告げたので、事があらわれた旨を記す。
一七 事が露顕したと思ったのだろうか。

たづねとひ、まもりさはぐ。事《こと》の起《お》こりは、[一八]御門[一九]世を亂《みだ》り給はんとて、かの武士《もののふ》どもを召《め》したる也とぞ、いひあつかふめる。さて、[二〇]その宣旨《せんじ》なしたる人〴〵とて、この二人《ふたり》をも東《あづま》へ下《くだ》して、[二一]いましむべしとぞ聞《き》こゆる。いかさまなる事の出《い》で來《く》べきにかと、いと恐《おそ》ろしくむつかし。

「故院《こ》(後宇多)おはしましゝ程は、世《よ》ものどかにめでたかりしを、[二二]いつしか、かやうのことも出《い》で來《き》ぬるよ」と、人の口安《くちやす》からざるべし。[二三]正應にも、淺原《あさ》といひし騷《さは》ぎは、[二四]後嵯峨院の御處分《そうぶん》を、東《あづま》よりひき違《たが》へし御恨《うら》みと[二五]こそきこえしかば、[二六]今《いま》もその御憤《いきどを》りの名殘《なごり》[二七]なるべし。過《す》ぎにし比、資朝《すけとも》も山伏《ぶし》のまねして、[二八]柿《かき》の衣《ころも》にあやい[二九]笠《がさ》といふ物着《き》て、東《あづま》のかたへ忍《(しのび)》て下《くだ》れりしは、すこしは怪《あや》しかりし事也。はやうかゝることどもにつけて、[三〇]あなたざまにも、宣旨《せんじ》を受《う》くる者《もの》のありけるなめり。[三一]俊基も紀伊國へ湯浴《ゆあみ》に下《くだ》るなどいひなして、ゐ中ありき[三二]しげかりしも、今《いま》ぞみな人思《おも》ひあはせける。

[三三]さるまゝには、いひ知《し》らず聞《き》こゆることどもあれば、[三四]まだきに、いと口惜《くちを》しう思《おぼ》されて、[三五]この事を、まづをだしく止《や》[三六]めむと思《おぼ》せば、[三七]かの正應にありしやうなる誓《ちか》いの御消息《せうそこ》をつかはす。[三八]宣房の中納言、御使《つか》ひにて東《あづま》に下《くだ》る。おほかた、[三九]ふるき御世より仕《つか》へきて、年《とし》もたけたるうへ、此ころは、[四〇]天《あめ》の下にいさぎよくむべ〳〵しき人に思《おも》はれたる比なれば、この事さらに御門《かど》の知《し》ろしめ[四一]さぬよしなど、[四二]けざやかにい

一八 北条氏追討の兵をあげようとするのをいう。 一九 「世」底本傍書。 二〇 北条氏追討の宣旨を下した人々であるというので。花園院宸記には「此事資朝卿俊基奉行、近国武士等多可ㇾ被ㇾ召云々」。 二一 補えて獄中にとどめておくこと。 二二 故院がなくなられると、さっそくこのような事件も起こって来たことよ。 二三 正応三年(一二九〇)浅原父子が皇居に侵入した事件をいう。 二四 後嵯峨院のご遺言を。 二五 こそ―こそは(諸本)。 二六 尾・大・岩本「は」なし。 二七 なる―ある(尾・大・岩本)。 二八 山伏の着る柿色の法衣。 二九 いぐさで編んで造り、裏にきぬをはった笠。 三〇 関東のほうでも。 三一 俊基が山伏の姿に身をかえて諸国をめぐり歩いたことは、太平記に見える。 三二 しけかりし―しけりし(谷・桂・谷一本以外の諸本)。 三三 それにつけては、言いようもない恐ろしいうわさが伝わってくるので。天皇を遠島に移すというようなうわさをいう。 三四 ご計画がまだ熟さないのに早くもあらわれて、たいそう残念にお思いになって。 三五 この事件を、ひとまずおだやかに収めようとお考えになったので。 三六 やめむ―やすめん(尾・近・平・大・岩本)。 三七 あの正応の事件で亀山院が幕府につかわされたと同じような御誓書を、おつかわしになる。 三八 →補注三六八。 三九 宣房は、文永八年(一二七一)に、十四歳で従五位下に叙せられて以来、亀山・後宇多・伏見・後伏見・後二条・花園・後醍醐の七代に仕え、正中元年には六十七歳であった。 四〇 天下の人々に、潔白で篤実な人として信頼されていた時分なので。 四一 「さ」底本傍書。 四二 はっきりと弁明すると。

ひなすに、あらき夷《えびす》どもの心にも、いとかたじけなき事《こと》[一]となごみて、[二]無《ぶ》爲《い》なるべく奏《そう》しけり。この御使《つか》ひの賞《しやう》にや、[三]宣房、大納言になされぬ。いといみじき幸《さいは》ひ也。[四]親《おや》は三位ばかりにて入道してき。[五]子《こ》どもなどさえいときよげにて、あまたあめり。されば、おほやけは知《し》ろしめさぬにても、かの人〳〵はのがるべき方《かた》なしとて、[六](資朝)別當は佐渡《さど》の國へ流《なが》されぬ。俊基は、いかにしてのがれぬるにか、宮こへ返《(かへり)》ぬれど、ありしやうには出《い》でつかへず、籠《こも》り居《ゐ》たるよしなり。かやうにて、事《こと》なく靜《しづ》まりぬれば、いとめでたけれど、上《うへ》の御心の中は、なを安《やす》からず、[七]いかならむ時とのみ思《おも》ほしわたるべし。

月日程なく移《うつ》り行《(ゆき)》て、[八]嘉暦元年になりぬ。三月《やよひ》の初《はじ》めつかたより、春宮(邦良)例《れい》ならずおはしまして、日々に重《おも》らせ給。さま〳〵の御修法どもはじめ、御祈《いの》り、なにやかやと、伊勢にも御使たてまつらせ給へど、かひなくて、三月廿日、終《つい》にいとあさましくならせ給ぬ。宮の内《うち》、火を消《け》ちたる心ちして、まどひあへり。御乳母《めのと》の對《たい》の君といふ人、夜晝《よるひる》御かたはら去《さ》らずさぶらひなれたるに、[九]いみじき心まどひ、まことにおさめがたげなり。[一〇]限《かぎ》りと見え給御顏《かほ》にさしよりて、[一一]「かく殘《のこ》りなき身を御覽《らん》じ捨《す》てては、えおはしましやらじ。いま一たび、御聲《こゑ》なりとも聞《き》かせさせ給《(たまひ)》て、いづ方《かた》へも御供《とも》に率《ゐ》ておはしましてよ」と、聲《こゑ》も惜《を》しまず泣《な》き入《(いり)》給へるさま、いとあはれ也。すべて、宮の內《うち》とよみ悲《かな》しむさま、いはん方《かた》なし。[一二]永嘉門院は御子もおはし

一　底本「を」。諸本で訂正。
二　主上の御身はご安泰の旨を奏上した。花園院宸記、正中元年十月廿二日「権中納言宣房卿上洛、有㆓無為之由御返事㆒云々」。
三　この年の十月二十九日に、宣房は権中納言から権大納言に昇進した。花園院宸記、十月卅日の裏書に「宣房卿、今度勤㆓使節㆒尤可㆑謂㆓忠臣㆒、々々見㆓国危㆒、誠哉。東国亦称㆓美其至忠㆒、或云、依㆓此忠節㆒、頗賞翫之儀云々」。
四　父の資通は弘安七年(一二八四)九月四日、六十歳で出家。時に従三位非参議。
五　長男の藤房は後に中納言に、次男の季房は参議になり、いずれも元弘の変の際に流罪に処せられている。
六　正中二年八月に流された。
七　いつかよい機会があったら本意をとげたいものだとばかり。
八　一三二六年。
九　悲しさで心がひどく乱れて、それを静めることが、ほんとうにできにくい様子である。
一〇　今はいよいよご臨終とお見受けされる東宮のお顔に近くさし寄って。
一一　このように余命のない老いた私をお見捨てになっては、あの世へようおいでになれますまい。
一二　後宇多院の妃。宗尊親王の女。
一三　長い年月の間、故後宇多院はこの宮をその御子のようにしてあずけられていたので。
一四　東宮妃をさす。
一五　「あはせ奉りたまへれば」にかかる。そのままに、おめあわせになられたところが。
一六　後宇多院の皇女、禖子内親王。崇明門院。
一七　この上もなくむつまじく互いに思いあって

まさねば、[一三]年月この宮を故院(後宇多)きこえつけさせ給しかば、今《いま》も一《ひと》つ院におはします。[一四]宮す所にも、[一五]やがて、[一六]故院の姫《ひめ》宮(禖子)を女院の御かたはらにかしづききこえ給しを、あはせたてまつり給へれば、[一七]又なきさまに思《おぼ》しかはして過《す》ぐさせ給へるなど、いみじうしづみ入(いり)給へり。

さてあるべきならねば、[一八]常《つね》の行啓《げい》のさまにて、先帝《せんだい》(後二條)のおはしましゝ北白川殿へぞ入(いれ)たてまつらせ給ぬる。[一九]土用《どよう》の程にて、しばしかしこにおはしますさへいと悲《かな》し。院號などの沙汰《さた》もあるべくこそ。されど、おはしましゝ時に、その事《こと》はよしなかるべく仰《おほ》せられ置《を》きしかば、内よりもきこしめしすぐしけり。晝《ひ》の御座のよそいとり[二〇]こぼち、[二一]火たき屋《や》などかき拂《はら》ふ程、なをうつゝともおぼえず。[二二]堀《ほり》川の女御の、[二三]「見えし思ひの」などの給けんは、[二四]この世ながら御心との御あかれなれば、うらやましくさへおぼゆ。[二五]さしあたりてのあはれはさしをきて、先帝《せんだい》(後二條)の位《くらゐ》ながら失《う》せ給へりしだにあるを、[二六]又かく、なかばなるやうにて、あさましければ、世の人の思らんことも心うく、一かたならぬ歎《なげ》きにそへたるうれへ、いはんかたなし。大方、[二七]我身を限《かぎ》りはてぬると思《おも》ふ人のみ多《おほ》かり。

[二八]有忠《ありたゞ》の中納言、先坊《せんばう》の御使《つか》ひにて東《あつま》に下《くだ》りにし、[二九]いつしかと思《おも》ふさまならん事をのみ待《ま》ちきこえつゝ、[三〇]踐祚《せんそ》の御使《つか》ひの宮こに參《まい》らんと同《おな》じやうに上《のぼ》らんとて、いまだかしこにものせられつるに、[三一]かくあやなきことの出《い》で來《き》ぬれば、いみじともさら

過ごしてこられた、そのお方など。
一八 ご存命の時の行啓のていで。
一九 立夏の前十八日を春の土用という。土用中に土をおかすことは忌むべきこととされていたので、葬送を延期したのである。
二〇 底本「よ」を「と」に訂正。
二一 衛士が庭火やかがり火をたいて警護するための詰所。
二二 後一条帝の皇太子、小一条院の女御。堀河左大臣顕光の女、延子。
二三 小一条院が藤原道長の圧迫で皇太子を辞した際に、堀河の女御の詠んだ「雲ゐまでたち上るべき煙かと見えし思ひのほかにもあるかな」の歌をさす。大鏡・栄花物語・後拾遺集等に見える。見えし―みちし(谷・桂・谷一本以外の諸本)。
二四 ご存命のまま、ご自分のお心から東宮の位を去られたのであるから。
二五 さし当たっての悲しみはさておき。
二六 また、その御子の東宮が、このように皇位にもつかず、中途半端のままでおなくなりになって。
二七 これで自分の生涯も終わってしまったと思う人ばかりが多い。
二八 源有忠は、正中元年八月二十六日、東宮の使いとして関東に下り、同年十月十三日に帰京、さらに、その翌年の閏正月八日関東に下向、東宮の践祚につき運動中であった。
二九 早くそうなってほしいものだと、自分の希望どおり東宮の皇位につかれることだけをお待ちして。
三〇 東宮が皇位につかれるようにとの、幕府からの御使いが、都に上るのと一緒に自分も上京しようと思って。
三一 このように、とんでもない事が起こったので。

なり。三月三十日《つごもり》、やがてかしこにて頭《かしら》おろす。心のうちさこそはと悲《かな》し。

一大かたの春の別《わかれ》のほかに又我世つきぬる今日《けふ》のくれかな

宮こにも、前大納言經繼・四條三位二隆久・山の井の少将敦季《あつすゑ》・五辻少将長俊《ながとし》・三公《きん》風《かぜ》の少将・左衛門佐俊顯《としあき》など、みな頭《かしら》おろしぬ。女房には、宮す所の御方《かた》・對《たい》の君・帥君《そちのきみ》・兵衛督《ひやうゑのかみ》・内侍の君など、すべて男女《をとこ》、卅餘人四さまかはりてけり。五やむごとなき君の御時も、かくばかりの事はいとありがたきを、六佛などの現《あら》はれ給て、ことさらに迷《まよ》ひふかき衆生を導《みちび》きたまふ七かとまで見えたり。八御本上のいとなごやかにおはしましゝかば、近《ちか》う仕《つか》うまつる限《かぎ》りの人は、年《とし》ごろの御名殘《なごり》を思《おも》ふも忍《しの》び九がたきうへ、一〇大かたの世にもさし放《はな》たれて、一一身をようなき物に思《おも》ひ捨《す》つるたぐひなど、さま〳〵につけて、厭《いと》ひそむくなるべし。一二若宮《わか》三所、姫宮《ひめ》などもおはしましけり。宮す所（禖子）の御腹《はら》にはあらねど、一三いづれをも今《いま》は昔《むかし》の御形見《かたみ》とあはれに見奉《たてまつ》らせ給。卯月の末つかた、夏木だち心よげに茂《しげ》りわたれるも、うらやましくながめさせたまふ、あか月がた、ほとゝぎすの鳴《な》きわたるも、一四「いかに知《し》りてか」と、御涙のもよをしなり。

一五もろともに聞《き》かまし物を郭公まくらならべし昔《むかし》なりせば

一六まことや、例《れい》の先《さき》にきこゆべきことを、時たがへ侍にけり。兵衛督爲定（爲藤）、故中納言のあとを受《う》けて撰《えら》びつる撰集の事、一七正中二年十二月のころ、まづ四季を奏《そう》するよ

一 折しも三月三十日のこととて、世間の誰もが、行く春と別れなければならない日ではあるが、そのほかに私にとっては、俗人としての生涯を終えてしまう今日の暮れではある。
二 隆行の子で、前参議正二位であった。
三 底本「こ風」。尾・近・平・大・岩本で訂正。
四 出家してしまった。
五 聖天子がおなくなりになった時でも。
六 仏などが、かりに人となって現われ給いて。
七 「かと」底本傍書。諸本による。
八 ご本性。ご性格。
九 尾・近・平・大・岩本、この前に「いと」あり。
一〇 一般の世の中からも見離されて。
一一 わが身を生きるかいのないものとして。
一二 康仁親王・邦世親王・深守法親王の三人と婥子内親王。
一三 どの方をも、今は故東宮の御形見として、心をこめてお世話なさる。
一四 古今和歌六帖第五に見える「古のことかたらへば時鳥いかにしりてか古声のする」。源氏物語、花散里・幻・蜻蛉の巻々に引く。
一五 東宮さまと枕を並べて寝た昔のことであったなら、あのほととぎすの声をも、ご一緒に聞こうものを。今はひとり悲しく、その声を聞くことよ。
一六 ほんとうにそうだ。先にお話しすべき事を。
一七 花園院宸記、正中二年十二月十八日の条に「伝聞、今日奏二覧勅撰一云々」、同月廿八日の条に「勅撰十八日奏覧、四季許云々」。
一八 四季より後の部で、物名・離別・羇旅・賀・

し聞《き》こえし残《のこ》[一八]り、[一九]この程世にひろまれる、[二〇]いとお[二一]もしろし。御門《かど》、ことのほかにめでさせ給て、續後拾遺とぞいふなる。中宮大夫師賢《もろかた》うけたまはりて、この度《たび》の集のいみじきよし、さま〲おほせつかはした[二二]る御返《(かへし)》に、爲定、

[二三]いまぞ知《し》るあつむる玉《たま》のかず〲に身を照《て》らすべき光ありとも

御返し、内の御製《せい》

[二四]かず〲に集《あつ》むる玉のくもらねばこれも我世の光《ひかり》とぞなる

この大夫《(師賢)》は、[二五]もとより中よきどちにて、常《つね》に消息《せうそこ》などつかはすに、かく世にほめらるゝをいとよしと思《(おもひ)》て、兵衞督《(爲定)》のもとへいひやる。

[二六]和《わ》歌《か》の浦《うら》の浪《なみ》もむかしに歸《(かへり)》ぬと人よりさきに聞《き》くがうれしさ

返し、

[二七]和《わ》歌《か》の浦や昔《むかし》にかへる波ぞともかよふ心にまづぞ聞《き》くらむ

この爲[二八]定のはらから、[二九]中宮に宣旨《せんじ》にてさぶらふも、上《うへ》、例《れい》の時めかし給て、若宮《わか》[三〇]出《い》で物し給へり。その宮の御め[三一]のと、師賢大納言うけたまはりて、いみじうかしづきたてまつらる。[三二]又宮の内侍の御腹《はら》にも、すぎ[三三]〲いとあまたおはします。一の御《(尊良)》《み》子《こ》は、[三四]藤大納言の御腹《はら》[三五]、吉田の大納言定房の家にわたらせ給。二の御《(世良)》《み》子《こ》も、[三六]いときら〲しう[三七]て、源大納言親房の御あづかりなり。かくさま〲におはしますを、この度《たび》いかで坊にと思《おぼ》しつれど、[三八]かねてだに催《もよを》し仰《おほ》せられし事なれば、東《あづま》より人まい

恋(四)・雑(三)・哀傷・釈教・神祇の十四巻。
一九 勅撰次第には「嘉暦元年六月九日返納歟」。
二〇 尾・近・平・大・岩本「いと」なし。
二一 「おも」底本傍書。
二二 尾本以外の諸本「たるに」。
二三 おほめの詞をいただいて、今度集めた珠玉の名歌に、わが身を照らす光がこもっていることも、今はじめて知りました。↓補注三六九。
二四 そなたが苦心をして集めた珠玉の名歌は、まことに見事なもので、わが治世の誇りとなることである。
二五 もともと為定とは仲のよい親友どうしで。
二六 今度の勅撰集に関して、和歌の道も昔の正しい歌風にたちかえって、見事なできばえであるというおおせを、この私が誰より先に承ったのは、まことに嬉しいことです。
二七 私と考えを同じくしているあなたのことゆえ、和歌の道が昔の正しい姿にもどったというおおせを、まず最初に承ったのでしょう。
二八 為道の女、権大納言三位局をさす。
二九 中宮のもとに宣旨として仕えている女房も。↓補注三七〇。
三〇 法仁法親王。仁和寺御室。
三一 ご養育にあたる人。谷・桂・谷一本以外の諸本「御めのとは」。
三二 中宮の内侍。阿野公廉の女、廉子。後の新待賢門院。
三三 つぎつぎにの意。恒良・成良・義良(後村上)の諸親王出生。底本「すきゝ」。尾本以外の諸本で訂正。尾本「つき〲」。
三四 為世の女、贈従三位為子。
三五 底本「はゝ」。谷・谷一本以外の諸本で訂正。
三六 たいそうきらびやかな様子で。
三七 うて―とて(谷・桂・谷一本以外の諸本)。
三八 すでにそれ以前に、持明院方から立太子のことについて、ご催促なさっていたことなので。

りて、本院《(後伏見)》の一の宮《(量仁)》を定《さだ》め申つ。[一]いとけやけくきこしめせど、いかゞはせむにて、七月廿四日、[二]皇太子の節會《せちゑ》行《おこ》なはる。[三]陣の座より引わたして、持明《ぢみやう》院殿に人どもまいる。[四]院の殿上にて祿《ろく》などたまはる。[五]常《つね》のことなれど、にはかにいとめでたし。

八月になりて、[六]陽徳《やうとく》門院の土御門東《ひんがし》の洞《とう》院殿へ行啓《げい》はじめあり。[七]先坊の宮は鷹《たか》司《つかさ》なれば、[八]まぢかき程に、世のをとなひきこしめす[九]入道宮《(の)》・[一〇]女院などの御心の中、[一一]いとかなし。本院《(後伏見)》・新院《(花園)》ひとつ御車にたてまつりて、先立《さきだ》ちて入《い》らせ給。行啓《げい》は東《ひんがし》の洞院《とうゐん》おもての棟門《むねもん》に御車とゞめて、中門まで筵道《ゑんだう》をしきて歩《あゆ》み入《い》らせ給。御びづら結《ゆ》いて、いときびはにうつくしげ也。十四ばかりにやおはしますらん。[一二]宮司《つかさ》ども、[一三]院の殿上人など多《おほ》くつかまつれり。[一四]花ひらけたる心ちどもすべし。あはれなる世のならひ〔[一五]なりかし。

かくて今年《ことし》も暮《く》れぬれば、嘉暦も二年に成ぬ。〕[一六]一の宮御冠《かうぶり》して、中務《づかさ》の卿尊良《たかよし》の親王ときこゆ。去年《こぞ》より[一七]内に御宿直《とのゐ》所してわたらせ給。[一八]正《む》月の十六日の節會《せちゑ》に[一九]〔めづらしく出給《(いでたまふ)》。御門《かど》も、[二〇]徳治の比、帥《(そち)》にて、七日の節に〕出《い》でさせ給へりしためし、思《おぼ》し出《い》づるにや。大かた、[二一]ふるくみなさこそありけれど、近《ちか》ごろは、いたくかやうにはなかりつるを、御子たち、御冠《かうぶり》の後は、いづれも[二二]昔《むかし》おぼえて、さるべきおり〳〵出《い》でつかへさせ給めり。今日《けふ》の節會《せちゑ》は、常《つね》よりことに[二三]ひきつくろはるゝなるべし。親王《みこ》は蘇芳《すはう》のうへのきぬたてまつれり。左大臣冬敎*・右大臣經忠*・内大臣

一　帝は、まことにひどいことだとお思いになるが、何ともいたし方のない事なので。
二　立太子の儀式を行ない、宴を催すをいう。
三　朝廷において、神事・節会・任官・叙位などの公事に、公卿が列座して事を行なった座席。
四　後伏見院の御所の殿上の間。
五　いつも定まっていることではあるが。
六　後深草院の三女、㻋子内親王。皇太子の父後伏見院の叔母。
七　前東宮(邦良親王)の御所は鷹司なので。
八　二つの御所は、一区画を隔てた位置にあった。
九　前東宮邦良親王の妃、禖子内親王。嘉暦元年三月二十日、親王の死と同時に出家。
一〇　永嘉門院。前東宮の母がわりとして同居のことは、四三二頁に見える。
一一　諸本、この前に「いまさらに」あり。
一二　東宮職の職員。
一三　持明院に伺候している殿上人。
一四　「秋のみ山」に見える後伏見院の「色〳〵に宮こは春の時にあへど我すむ山は花もひらけず」の歌を受けて書く。
一五　以下二十三字、尾・近・平・大・岩本で補う。
一六　御遊抄等によれば、尊良親王の加冠は、正中三年二月八日のことで、前年のことになる。
一七　宮中に、ご宿直のための部屋を用意して、そこにおいでになる。
一八　正月十六日に宮中で行なわれる女踏歌の節会をいう。
一九　以下二十二字、尾・近・平・大・岩本で補う。
二〇　徳治二年(一三〇七)正月七日の白馬節会に、太宰帥三品尊治親王出仕のことは、公秀記等に見える。
二一　昔は宮中で行なわれる節会に親王方が参列

基嗣*・右大將公賢*・權大納言顯實*・藤中納言實任*・別當光經*・三條中納言實忠*・左衛門督公泰*・權中納言藤房*、宰相惟繼《これつぐ》・親賢《ちかかた》・爲定・冬信・國資などまいれり。二の宮は西園寺宰相中將實俊の女の御腹《はら》也。帥の親王《みこ》世良の親王ときこゆ。[二四]照慶《せうけい》門院、とりわき養《やしな》ひ奉《たてまつ》らせ給ふ。この宮(世良)は、御めのと[二五]源大納言親房也。[二六]それもうち〳〵、うへの御衣《ぞ》にて、御門南殿《かどなむでん》へ出《い》でさせ給へば、御供《とも》にさぶらはせ給。又[二七]常盤井《ときはゐ》の式部卿宮は、龜山院の御子〔なれ[二八]ど、當代といと念比《(ねんごろ)》なる御中にて、此御子〕たちとおなじやうに、つねはうちつれ御宿直《とのゐ》などせさせたまふ。今日《けふ》も御まいりありて、御《み》子《こ》たち歩《あゆ》みつゞかせ給へる、いとおもしろし。若《わか》き女房[二九]などは[三〇]、心づかひことなるころならんかし。

二月《きさらぎ》になれば、やう〳〵故《こ》宮(邦良)の御一めぐりの事ども、永嘉門院にはいとなませ給も、あはれつきせず。[三一]鷹司《たかつかさ》(冬平)の大殿も失《う》せ給ぬ。このごろの世には、いと重《おも》くやむごとなくものし給へるに、いとあたらし。北政所(の)は中院の内の大臣《おとゞ》通重《みちしげ》の御はらからなり。それもさまかはり給ぬ。近《ちか》ごろ、[三二]よき人〴〵多《おほ》く失《う》せ給ふさまこそ、〔いと〕[三三]口惜《くちを》しけれ。

されていたのであるが。
二二 昔のふうにならって。
二三 美々しく装いたてられるようである。
二四 亀山院の皇女、喜子内親王。
二五 底本「中」。諸本で訂正。
二六 この宮も、うちうちに袍をめされて。世良親王は、この時元服前である。
二七 恒明親王。後醍醐帝の叔父。
二八 以下十九字、尾・近・平・大・岩本で補う。
二九 底本「女な」。谷・桂・谷一本以外の諸本による。
三〇 諸本「は」なし。
三一 関白従一位冬平。嘉暦二年正月十九日、五十三歳で没。
三二 高貴の人々。嘉暦元年には、東宮邦良親王、前将軍惟康親王、右大臣実衡、同二年には、関白冬平、関白房実、左大臣実泰等没。
三三 「いと」諸本で補う。

第十五　むら時雨[一]

竹[二]の園生《そのふ》は茂《しげ》けれど、秋の宮[三](禧子)の御腹《はら》には、たゞ一[四]品内親王ばかりものし給を、いとあかず思《おも》ほしわたるに、このごろめづらしき[五]御悩《なや》みのよしきこゆれば、いとめで[六]たくあらまほしき御ことなるべきにやと、上《うへ》(後醍醐)もいみじう思《おぼ》されて、かねてより御修法どもこちたくはじめらる。まして、その程近《ちか》くならせ給ぬれば、式部卿の宮の常盤井殿《ときはゐどの》へ出《い》でさせ給て、上《うへ》も二、三日隔《へだ》てず通《かよ》ひおはします。陣[七]の内《うち》なれば、上《かん》達部《だちめ》・殿上人、夜るひるとなく袴[八]《はかま》のそばとりて〔まいり〕[九]ちがう《(ふ)》。御兄《せうと》の兼季の大臣《おとゞ》も、絶へ《た(え)》ずさぶらいたまふ。いみじき世の騒《さは》ぎなり。故入道殿(實兼)、いましばしおはせましかばと、思《おぼ》し出《い》づる人〴〵おほかり。

山・三井寺・山階《しな》寺・仁和寺《(に)わじ》、すべて大法・祕《ひ》法・祭《まつ》り・祓ゑ《はら(へ)》、數《かず》をつくしてのゝしるさま、いと頼《たの》もし[一〇]。七[一一]佛藥師《やくし》の法《ほう》は、青蓮院の二品法親王慈道《じだう》[一二*]つとめさせ給ふ。金剛童子《こんがうどうじ》[一三]、常住院《じやうぢう》の道昭《せう》[一四]僧正、如意輪[一五]の法、道意《い》[一六]僧正、五壇《だん》[一七]の御修法《しゆほう》の中壇《だん》は、座主《(ざす)》[一八]の法親王行《おこ》なはせ給。如法[一九]佛眼の法[二〇]は、昭訓《せうきん》[二一]門院の御心ざしにて、慈勝《じせう》[二二]僧正うけ給はりぬ。[二三]一[二四]字金輪《きんりん》は、淨《じやう》[二五]經僧正、如法尊勝[二六]は桓守《くわんしう》[二七]僧正、愛染《あいぜん》[二八]王賢助[二九]僧正、六字[三〇]

◇この巻には、後醍醐帝の嘉暦元年(一三二六)から元弘元年(一三三一)までの六年間のできごと、すなわち中宮安産の祈禱、中殿和歌御会、世良親王の死、平野・北野社行幸、北山への花見の行幸、北条氏追討の計画がもれて帝の京都脱出、奈良から笠置への行幸、常陸守時知の皇居乱入、比叡山の合戦、楠木正成の挙兵、笠置落城により帝が六波羅に移されたこと、尊良親王のこと、二条富小路殿の怪異、光厳院の践祚、康仁親王の立太子等につき記す。

一 巻の名は、後醍醐帝の御製「まだなれぬ板屋の軒のむら時雨音をきくにもぬるゝ袖かな」による。二 この帝には、お子さまが大勢おいでになるが。竹の園生は皇族の異称。↓補注三七一。三 皇后をいう。ここでは、後醍醐帝の中宮、礼成門院をさす。↓補注三七二。四 懽子内親王。後に宣政門院と号す。正和四年(一三一五)の出生。五 ご懐妊のご様子だというので。六 あるいは望みどおり、皇子がご誕生にでもなるのであろうかと。七 この御所は、衛府の陣の内に属しているので。八 袴の端をかかげて。九「まいり」諸本で補う。一〇 底本「まし」。諸本で訂正。一一 ↓三三七頁注四二。一二 亀山帝の皇子。一三 ↓三三七頁注四五。一四 摂政一条家経の子。一五 如意輪観音を本尊として息災を祈る修法。一六 太政大臣西園寺実兼の子。東寺一長者。一七 ↓三三七頁注四三。一八 天台座主承鎮法親王。彦仁王の子。一九 仏眼尊を本尊とし、如意宝珠法によって修する秘法。二〇 諸本「の法」なし。二一 亀山院の妃。中宮の姉にあたる。二二 関白近衛家基の子。前天台座主。二三 ぬ―給(諸本)。二四 一字金輪仏頂法の略。金輪仏頂をあがめて息災を祈る秘法。二五 花山院家長の子。二六 尊勝仏頂を本尊とし、如意宝珠法により尊勝陀羅尼をとなえて修する秘法。

法聖尋僧正[三一]、准胝《(じゆんでい)》[三二]法は達智門院[三三]の御沙汰にて信耀《(えう)》[三四]僧正つとむ。其外、なを本坊[三五]にてさま〴〵の法ども行《おこ》なはせらる。

[三六]六月ばかりいみじう暑《あつ》き程に、壇《だん》[三七]ども軒《のき》をきしりて、護摩《ごま》[三八]の煙みち〴〵たるさま、いとおどろ〴〵しきまでけぶたし。社〴〵の神馬はさらにもいはず、醫師《くすし》・陰陽師《をんやうじ》・巫《かんなぎ》[三九]とたちさはぎ、世のひゞくさま[四〇]、めでたくゆゝしきにも、もし皇子《わうじ》にておはしまさざらんをり、いかにと思《おも》ふだに、胸《むね》[四一]つぶれ侍《(はべる)》に、いかなる御ことにか、あ[四二]やしう、さべき程[四三]もうち過《す》ぎ行《(ゆけ)》ば、なをしばしはさこそあれなど、待《ま》ちきこゆれど、[四四]さらにつれなくて、十七、八、廿、卅月にも餘《あま》らせ給まで、[四五]ともかくもおはしまさねば、今《いま》はそらごとのやうにぞなりぬる。大方、上下の人の心ち、あさましともいふべききはならず。御産屋《うぶや》の儀式《ぎしき》、あるべきことどもなど、こちたきまで催《もよを》しをかれ、[四六]よろしき家の子ども、二親《ふたをや》うち具《ぐ》したる選《えら》ばれしかど、こゝらの月ごろには、ある[四七]は服《ぶく》になり、そのぬしも病《やまひ》して頭《かしら》おろしなど、すべてよろづあいなくめづらかなれば、いはんかたなし。

[四八]前坊《ぜんばう》(邦良)のはじめつかた、中院の内《(の)》大臣通重《おとゞみちしげ》の女《むすめ》[四九]まいり給て、十八月にて若宮生《む》まれ給へりしとかや[五〇]、やがて御子《みこ》も母宮す所も失《う》せ給にしかば、いみじうあさましき事にいひ騒《さは》ぎし程に、又其後、[五一]このとまり給へる入道の宮(禖子)まいり給へりしも、十七月ばかりにや、たゞならずおはしまして、[五二]すでに御氣色《けしき》ありとて、宮の中たち騒《さは》ぐ

二七 太政大臣西園寺公守の子。後の天台座主。
二八 →二九八頁注一七。
二九 桓守僧正の兄弟。東寺一長者。
三〇 六字文殊を念ずる秘法。
三一 関白鷹司基忠の子。東寺一長者。
三二 准胝観音を本尊として息災を祈る修法。
三三 後醍醐帝の同母の姉。
三四 東寺長者。 三五 僧の居所。
三六 嘉暦元年六月。
三七 御修法のために設けた壇が軒を並べて、きそい合って立ち。
三八 密教の秘法の一つで、火炉を設け木を燃やして、息災・降伏等を祈ること。
三九 と―とも(谷・桂・谷一本以外の諸本)。
四〇 底本「き」を「く」と訂正。
四一 つふれ侍に―つふるゝに(桂・谷一・院本以外の諸本)―つふれるに(谷一・院本)。
四二 不思議なことに、お産のあるはずの時期も過ぎ去ってゆくので、それでも、しばらくの間は、お産の遅れることもあるのだなどと。
四三 さへき―さるへき(谷・桂・谷一本以外の諸本)。
四四 いっこうに、そのけはいもなくて。「つれなくて」底本傍書。
四五 何ともおありにならないので。→補注三七三。
四六 相当な家柄の子どもで両親のそろっている者を乳母や侍女にえらばれたが。
四七 ある者には、その親が死んで喪に服し。
四八 前東宮の邦良親王が、東宮になられたばかりの頃。邦良親王は、文保二年(一三一八)立太子。
四九 諸本「御むすめ」。
五〇 とかや―かと(諸本)。
五一 前東宮がなくなられた後も、ご存命になっておられるこの入道の宮。
五二 いよいよご出産のご様子だというので。

一 すらすらと、とどこおりなく。
二 一条帝の御代に、承香殿の女御元子が、太秦の広隆寺に参籠中に水産のあったことが、栄花物語、浦々の別れの巻に見える。弘徽殿は承香殿の誤り。
三 「き」谷・桂・谷一本以外の諸本で補う。
四 賀茂の祭の際には、東宮も御使いをつかわされるのが例であるが、お産のけがれで、使いをとりやめたというのである。
五 人間というものは、あしざまに言いたがるもので。
六 無理にでも、前東宮の御方のことをけなしたてて、悩ませた人々も。
七 中宮は、そんなふうにしておれようか、いつまでも、そのままでおいでになるわけにも、いかないので。
八 これまでのように、大がかりなものではないが。
九 嘉暦二年八月十五日没。
一〇 一三二九年。底本「元応」。諸本で訂正。
一一 せきの病。
一二 同年八月三十日、八十四歳で没。
一三 同年八月二十九日、五十八歳で没。
一四 亀山院の皇女で、近衛家基の妻。大北政所は、摂政関白の母をいう。
一五 元徳二年二月二十三日。→補注三七四。
一六 この方は、たいそう見事に文章をお書きになる方であるので。
一七 わが住むこの宮中には、永遠の春が続いている。だから、桜の花も、今の御代がこういうめでたい時であることを知ったならば、永遠に変わることのない色に咲けよ。新後拾遺集、慶賀に収む。尾・平・大・岩・谷本、第一句「時しらぬ」。

程に、たゞ一ゆく〳〵と水のみ出《い》でさせ給《(たまひ)》て、二昔《むかし》の弘徽殿《こきでん》の女御の、太秦《うづまさ》にてありけんやうにてやみ三き。折《おり》ふし、賀茂《かも》の祭《まつり》の頃《ころ》にて、四春宮《(の)》使もとまりなどして、さやうのをり〳〵、五人の口《くち》さがなさ、六せめても、先坊《(邦良)》の御方《かた》ざまの事を、おとしめざまにいひなやましし人〴〵も、この頃《ごろ》ぞ、又かくまさる例《ためし》もありけりと、はしたなく思ひあはせける。七さのみやは、さてしもおはしますべきならねば、内へ返入《(かへり)い》らせ給に八も、いとあさましうめづらかなる事を、おぼし歎《なげ》くべし。御修法どもも、ありしばかりこそなけれど、猶すこしづゝは絶《た》えず、いつを限《かぎ》りにかと見えたり。そのころ、九左の大臣《おとゞ》實泰《やす》も失《う》せ給ぬ。世の中《なか》いみじく歎《なげ》きあへり。

かくて一〇元徳元年にもなりぬ。今年《ことし》いかなるにか、一一しはぶきやみ流行《はや》りて、人多《おほ》く失《う》せ給中に、伏見院の御母一二玄輝《げんき》門院、前坊《ぜんばう》の御母代《はゝしろ》の一三永嘉門院、一四近衛大北政所など、やんごとなきかぎり、うち續《つゞ》きかくれ給ぬれば、こゝかしこの御法事しげくて、いとあはれなり。かやうの事どもにて、今年《ことし》も又暮《く》れぬ。

一五(元徳二年)あくる春の比、内には中殿にて和歌《わか》の披講《ひかう》あり。序《じよ》は源大納言親房書《か》かれけり。かねてより一六いみじう書《か》かせ給へば、人〴〵心づかいすべし。題は「花契ル㆓萬春ヲ㆒」とぞきこえし。御製《せい》、

一七 時しらば花もときはの色に咲《さ》けわが九重《こゝのへ》はよろづ代の春

中務《なかづかさ》卿尊良《たかよし》の親王、

一八 のどかなる雲ゐの花の色にこそよろづ代《よ》ふべき春は見えけれ

師(の)御子《みこ》世良、

一九 百敷《もゝしき》のみ垣《かき》の櫻咲《さ》きにけりよろづ世ふべき千代のかざしに

つぎ〳〵多《おほ》かれども、むつかし。

二〇 三月《やよひ》のころ、春日《かすが》の社《やしろ》に行幸《がう》し給。例《れい》のいみじき見物《み》なれば、桟敷《さじき》どもえもいは二一ずいどみつくしたり。二二その後《ゝち》、日吉《ひよし》の社にも参《まい》らせ給き。今年《ことし》も人多《おほ》くにわか病《や》みして死《し》ぬる中に、帥の(世良)御子《みこ》二三も重《をも》く悩《なや》ませ給て、二四あへなく失《う》せ給ぬ。内の上《うへ》、おぼし歎《なげ》く事をろかならず。一(尊良)の御子《みこ》よりも御才《ざえ》などもいとかしこく、よろづき二五やうざくに物し給へれば、今《いま》より二六記録《きろく》所へも御供《とも》にも出《い》でさせ給。二七議定《ぎぢやう》などいふ事にもまいり給べしときこえつるに、いとあさまし。御めのとの源大納言親房《ちかふさ》、二八我世つきぬる心ちして、二九とりあへず頭《かしら》をろしぬ。この人のかく世を捨《す》てぬるを、親王の御事にうちそへて、三〇かた〳〵いみじく、御門《みかど》も口惜《くちお》しくおぼし歎《なげ》く。世にもいとあたらしく惜《を》しみあへり。

三一 おなじ年《とし》の冬の比、平野北野の社に一度《たび》に行幸なる。三二勧修寺《くわんじう》の殿ばら、昔《むかし》より近三三衛司《づかさ》などにはならぬことにてありつれど、内の御めのと三四吉田の大納言定房、過《す》三五ぎにしころ従一位して、いとめづらしくめでたければ、今《いま》は上﨟《らふ》三六とひとしきにや、幼《おさな》き子の宗房といふも少將になさる。三七色ゆりなどして、この平野の行幸《がう》の舞人《まひ》にまいる。

一八 宮中に咲く、のどかな花の色に、永遠に続く春の姿が見えることよ。底本「よろつよ」の下の「よ」傍書。

一九 宮中のみ垣の桜が美しく咲いた。これから先、万代にわたって栄えてゆく永遠のかざしとして。

二〇 元徳二年三月八日。

二一 互いに競争して、すきをこらした。

二二 同年三月二十六日。

二三 諸本「も」なし。

二四 元徳二年九月十七日没。谷・桂・院本以外の諸本「いとあへなく」。

二五 すぐれていること。

二六 宮中において訴訟を裁断する所。

二七 関白以下が参仕して政務を議定すること。

二八 自分の生涯も終わってしまったような気がして。

二九 公卿補任、元徳二年の項に、源親房につき「九・十七出家。依二太宰帥世良親王御事一也。法名宗玄」と注記。時に、三十八歳。

三〇 あれもこれもひどく情けないことで、帝も残念に思われて嘆かれる。

三一 元徳二年十一月二十四日。

三二 右大臣閑院冬嗣の孫、勧修寺高藤の子孫をいう。

三三 近衛の大・中・少将。摂家・大臣家の者が多く任ぜられた。

三四 勧修寺高藤の子孫。

三五 元徳二年正月十三日、従一位に叙せられた。

三六 摂政家・大臣家などをさす。

三七 禁色を許されること。

土御門大納言顯實《あき》の子通房の中將、堀《ほり》川の大納言子具雅《ともまさ》の中將など、みなよき君だち舞人《まい》にさゝれて、いづれも淸《きよ》らにうつくしう出《い》で立《た》ちて仕《つか》まつられたり。その外《はか》は、くだ〳〵しければ、例《れい》のとゞめつ。かやうのめでたきまぎれにて過《す》ぎもてゆく。

又(元徳三年)の年の春、三月《やよひ》の初《はじ》めつかた、花御覽《らん》じに北山に行幸《がう》なる。常《つね》よりことにおもしろかべい度《たび》なれば、かの殿にも心づかひし給。まづ中宮(禧子)行啓《げい》、又の日行幸《がう》、前右の大臣《おとゞ》兼季參《まい》り給て、樂《がく》所の事などおきてのたまふ。康保の花御覽《らん》のためしなどきこえしにや。北殿《どの》の棧敷《さじき》にて、うち〳〵試樂《しがく》めきて、家房朝臣舞《ま》はせらる。御簾《す》のうちに大納言二位殿、播磨《はりま》の内侍など、琴《こと》かき合《あ》はせて、いとおもしろし。

六日の辰《たつ》の時《とき》に事《こと》はじまる。寢《しん》殿の階《はし》の間《ま》に御しとねまいりて、內の上《うへ》おはします。第二の間《ま》に后(禧子)の宮、その次《つぎ》に永福門院・昭訓門院もわたらせ給けるにや。階《はし》の東《ひむがし》に、二條前殿 道平・堀川大納言 具親《ともちか》・春宮大夫 公宗・侍從中納言 公明《あきら》・御子左(みこ ひだり)中納言 爲定・中宮權大夫 公泰《やす》などさぶらはる。右大臣《おとゞ》兼季 琵琶、春宮權大夫冬信《のぶ》 笛、源中納言具行 笙、治部卿(冬定) 箏、琴は室町宰相公春、琵琶 薗《その》の宰相基氏などきこえしにや。「その日のこと見たまへねば、さだかにはなし。幼《おさな》きわらはべなどの、しどけなく語《かた》りしまゝ也。このうちに御覽《らん》じたる人もおはすらむ。うけたまはらまほしくこそ侍れ」といふ。〔御〕(み)簾《す》のうちにも、大納言二位殿 琵琶《びわ》、播磨《はりま》の內侍《ないし》 箏《こと》、女藏人(にょくらうど)高砂《たかさご》といふも、琴《こと》ひくとぞ聞《き》きし。まことにやありけむ。中務《つかさ》の宮(尊良)も參《まい》り

一　指名されて。
二　元徳三年(元弘元年)三月四日行幸。この部分は、舞御覧記によって書く。
三　北山の西園寺公宗の邸をいう。
四　普通の時よりも、ことさらに興趣の豊かなはずの時節なので。
五　かへい—かるへい(尾・近・平・大・岩本)—かるへき(院本)。
六　底本「て」の脇に「給」と注記。諸本「給」。
七　舞御覧記には「行幸は三月三日ときこえしが、先中宮行啓にて、夜あけて四日の朝ぞ行幸はなり侍し」。中宮の禧子は、西園寺実兼の娘。
八　実兼の四男。中宮の兄。
九　村上帝の康保二年(九六五)三月五日、花の宴を催した例をいう。御らん—のえん(尾・近・平・大・岩本)。→補注三七五。
一〇　舞御覧記には、「北殿の小五月の御所へなりて御習礼あり」。
一一　うちうちに、試楽のようなふうで。試楽は、公式に行なわれる舞楽の予行をすることで、やや公式のものとして行なわれた。
一二　舞御覧記には「六日辰時に集会の乱声、巳時にことはじまる」。辰の時は今の午前八時頃。
一三・一四　ともに、中宮の姉。
一五　「道平」底本傍書。谷・桂・谷一本以外の諸本による。
一六　箏—篳篥(尾・大・岩本)。
一七　底本「琴は」をみせけちにして「のこと」と訂正。諸本「琴は」。
一八　基成の誤り。
一九　その日のことを実際に見ていませんので、確かでありません。
二〇　とりとめもなく話したままを申すのです。
二一　清涼寺で老尼の物語を聞いている人をさす。
二二　「御」谷・桂・谷一本以外の諸本で補う。
二三　宮中に奉仕した下級の女房。

給へり。[二四]兵杖たまはりたまひて、御直衣《なをし》に[二五]太刀《たち》はき給へり。御隨身《ずい》ども、いときよらにさうぞきて、所得《え》たるさま也。[二六]萬歳樂より納蘇利《なつそり》まで十五帖手《て》をつくしたる、いと見所おほし。[二七]青海波《せいがいは》を地下《(ぢげ)》ばかりにてやみぬるぞ、あかぬ心ちしける。暮《く》れかゝる程、花の木の間《ま》に夕日花《はな》やかにうつろひて、山の鳥も聲惜《こゑお》しまぬ程に、[二八]龍王《(りようわう)》のかゝやき出《い》でたるは、えもいはずおもしろし。その程、上《うへ》も御引直衣《ひきなをし》にて、倚子《いし》に著《つ》かせ給て、御笛《ふゑ》吹《ふ》かせ給。つねよりことに[二九]雲井をひゞかすさま也。[三〇]宰相中將顯家《あきいゑ》、[三一]陵王《れうわう》の入綾《いりあや》をいみじう盡《つ》くしてまかづるを、召《め》し返《かへ》して、前關白(道平)殿御衣《ぞ》とりてかづけ給。[三二]紅梅《こうばい》の表着《うはぎ》・二色の衣《きぬ》なり。左の肩《かた》にかけて[三三]いさゝか一曲舞《ま》いてまかでぬ。[三四]右の大臣《おとゞ》大鼓《こう》打ち給。その後、源中納言具行[三五]採桑老《さいしやうらう》を舞《ま》ふ。これも[三六]紅《くれなゐ》のうちたる、かづけたまふ。

又の日は、[三七]無量光院《むりやうくわう》の前《まへ》の花の木かげに、上達部《かんだちめ》たちつゞき給。廂《ひさし》に倚子《いし》立《た》てて、[三八]〔上《うへ》はおはします。御遊はじまる。[三九]拍子治部卿(冬定)まいる。〕上《うへ》も[四〇]櫻人《さくら》うたはせ給。御聲《こゑ》いと若《わか》く花《はな》やかにめでたし。去年《こぞ》の秋ごろかとよ、[四一]資親《すけちか》の中納言に、この曲はうけさせ給て、賞《しやう》に正二位ゆるさせ給しも、今日《けふ》のためと[四二]にやありけんと、いと艶《えん》也。ものの音《ね》どもとゝのほりて、いみじうめでたし。その後歌《うた》ども召《め》さる。[四三]花を結《むす》びて文臺《ぶんだい》にせられたるは、[四四]保安のためしとぞいふめりし。春宮大夫公宗序書《か》かれけり。

二四 随身をいう。四人たまわった。
二五 中務省の役人は、文官であるが卿以下帯剣の職となっていた。 二六 →三三一頁。
二七 舞御覧記には「青海波は物語のおもかげも思いでられて、ことに目とまり侍りき。(中略)この舞は、仁平安元の御賀にも、いみじき君達どもまひ給けるに、このたび地下ばかりにて侍ことを、人々ねむなきことにぞ申侍し」。
二八 蘭陵王。
二九 空にひびき渡るほど澄んで聞こえる。
三〇 北畠親房の子。この時、十四歳。
三一 舞の手の名。一曲を舞い終わった後に、さらに繰り返して舞いながら退場すること。
三二 舞御覧記には「中宮御服、三色の九、紅の御ひとへ、紅梅の御うはぎ、御紋、さくらのちり花に車あり、花上苑に明なりといふこゝろ歟」とある。中宮の御服を禄として、たまわったのである。 三三 底本「いさらる」。桂・谷一本以外の諸本で訂正。 三四 源長通。太政大臣に至り、文和二年(一三五三)七十四歳で没。
三五 左方楽。盤渉調。→三七六頁注一四。
三六 きぬたで打って、つやを出した紅の衣。
三七 西園寺邸内。→二九九頁。
三八 以下二十一字、尾本以外の諸本で補う。
三九 拍子の役は、治部卿冬定がおつとめする。舞御覧記には「拍子御所作、治部卿付歌」。
四〇 催馬楽、呂の歌。→補注三七六。
四一 公卿補任、元徳二年の項に、前参議従二位藤資親に、「四・七叙㆓正二位㆒、公家神楽宮入曲御伝受賞、七・十七任㆓権中納言㆒」と注す。
四二 底本「に」の脇に「と」と小書。諸本「と」。
四三 花の枝を結んで文台の代わりにせられたのは。→補注三七七。
四四 崇徳帝の保安五年(一一二四)閏二月十二日、白河・鳥羽の両院が白河殿で行なった花の宴の例。→補注三七八。

[一]海内艾安《ガイアン》之世、[二]城北花開ケタル之春、[三]我君促シ㆓震臨ヲ於此處ニ㆒、[四]調樂懸レリ㆓於厥《ソノ》中ニ㆒、[五]重ネテ課シ㆓六義之言葉ヲ㆒、[六]屢賞ス㆓數柯《スウカ》之濃花ヲ㆒、[七]奉梢疑ヒ㆓出雲之昔ノ雲再ビ懸レルカト㆒、[八]滿庭省ミル㆓廻雪之昨《キノフノ》雪ノ猶殘レルカト㆒、[九]雖モ㆓小風情ト㆒慭《ナマジヒニ》瀝ス㆓露詠ヲ㆒、其ノ詞ニ曰ク、

[一〇]時をえてみゆきかひある庭の面に花もさかりの色や久《ひさ》しき

御製《せい》、

[一一]代々の御幸《みゆき》のあとゝ思《おも》へば　このかみわすれ侍。後にも見出《い》だしてぞ。

中務《づかさ》の御子《みこ》、

[一二]代々をへて絶《た》えじとぞ思《おも》ふこの宿《やど》の花にみゆきの跡《あと》をかさねて

誰《たれ》も〳〵、[一三]このすぢにのみまとはれて、花のみゆきの外は、めづらしきふしもなければ、さのみもしるしがたし。よろづあかず名殘《なごり》多《おほ》かれど、[一四]さのみはにて、九日返《かへ》らせ給ぬ。

その夏のころ、御門《(み)かど》例《れい》ならずおはしまして、御藥《くすり》の事などきこゆ。いと重《おも》くのみならせ給とて、世の中あはてたるさまなり。時しもあれや、[一五]かの一年《とせ》捕《と》られたりし俊基《としもと》を、またいかに聞《き》こゆることの出《い》で來《き》たるにか、からめとらんとしければ、内《うち》へ逃《に》げてまいるを、追《を》ひさはぎて、陣のほとりまで武士《ものゝふ》どもうち圍《かこ》みてのゝしれば、[一六]こは何事《なにごと》と聞《き》きわくまでもなし。いと物さはがしくきもつぶれて、ある限《かぎ》りまどひあへり。[一七]上《うへ》も物覺《おぼ》え給はぬ御ありさまにて、おほとのごもれるに、かゝるよし奏《そう》す

一　天下が安らかに治まった、この大御代に。以下の漢文の序は、舞御覧記には、のせていない。
二　宮城の北方。西園寺邸をさす。
三　わが君の行幸を、この地にあおいで。
四　そこで雅楽が奏せられた。
五　和歌を奉らしめ。↓補注三七九。
六　数本の濃艶な桜花を賞翫する。「柯」は、底本・諸本「何」意改。「濃花」は、底本「涙花」。近・平・大・岩本で訂正。
七　奉梢は挙梢の誤りであろう。梢に咲き満ちた桜花は、昔、スサノオノ命が、八雲立つ出雲八重垣と詠まれた、あの出雲の雲が、再びここにたちわたったものかと疑われ。
八　満庭の落花は、降り乱れる雪のように美しかった昨日の舞楽の舞の袖の名残かと思われる。↓補注三八〇。
九　深い趣のあるものではないが、とにかく和歌を詠むことになった。
一〇　折しも春のさ中で、帝の行幸をあおいだかいのあるこの庭では、咲き乱れている桜の花の色も、久しくうつろうことがないであろう。
一一　藤葉和歌集巻一によれば、上の句は「宿からは花も心にとまるかな」。↓補注三八一。
一二　この北山の桜花をご覧になるために、これまで度々行幸があったが、これから後も、代々の帝はうち続いて、この邸にお出ましになることであろう。
一三　こうした方面の素材にだけとらわれて。
一四　「と」底本傍書。
一五　正中元年(一三二四)、俊基が捕えられて鎌倉に送られたことは、四三〇頁に見える。
一六　「こは」底本傍書。
一七　主上も、ご病気が重くて、意識もはっきりしないようなご様子で、おやすみになっておられるのに。

れば、[一八]いみじう思《おぼ》さる。終《つい》に、[一九]又の日、六波羅《はら》へつかはしたれば、東《あつま》へ率《い》てくだりぬ。[二〇]上《うへ》は御悩《なや》みおこたらせ給て、いとゞ安《やす》からず思《おぼ》すことまされり。[二一]日ごろも御心にかけさせ給へることなれば、すみやかに[二二]このあらましとげてんと、ひたぶるに思《おぼ》し立《た》ちて、忍《(しのび)》てこゝかしこに、その用意《ようい》すべし。

后《(禧子)》の宮の御腹《はら》の一品内親王《(懽子)》、[二三]御占《うら》にあはせ給て、[二四]去年《こぞ》の冬ごろより、[二五]御きよまはりありつる、今日《けふ》明日《あす》、齋宮にゐ給。八月廿日、[二六]まづ川原へ出《い》でさせたまひて、やがて[二七]野《の》の宮に入《い》らせ給。その程の事ども、いみじうきよら也。

[二八]この御いそぎ過《す》ぎぬれば、まづ六波羅《はら》を[二九]御かうじあるべしとて、かねてより宣旨《せんじ》に従《したが》へりしつわ物どもを忍《(しのび)》て召《め》す。源中納言具行、[三〇]とりもちて事行《ことおこ》ないけり。むかし、龜《かめ》山院に、御子《みこ》など生《う》み奉《たてまつ》りてさぶらひし女房、此ごろは、[三一]后宮の御かたにて、民部卿三位ときこゆる御腹《はら》に、當代の御子《みこ》も出《い》でものしたまへりし、[三二]山の前座主にて、今《いま》は[三三]大塔《たう》の二品法親王尊雲《そんうむ》ときこゆる、いかで習《なら》はせ給けるにか、[三四]弓ひく道《みち》にもたけく、おほかた[三五]御本上はやりかにおはして、此事をも[三六]おなじ御心におきてのたまふ。又、[三七]中務《づかさ》の御子《みこ》、一《ひと》つ御腹《はら》に、[三八]妙法院の法親王尊澄ときこゆるは、今《いま》の座主にて物し給へば、かたぐ\、比叡《ひえ》の山の[三九]衆徒《しゆと》も、御門《かど》の御軍《いくさ》に加《くわ》はるべきよし奏《そう》しけり。

[四〇]つゝむとすれど、こと廣《ひろ》くなりにければ、武家《ぶけ》にも[四一]はやもれ聞《き》きて、さにこそ[四二]あ

一八 底本「と」を「み」と訂正。
一九 五月中に捕えられ、六月中に鎌倉に送られた。↓補注三八二。
二〇 六月初旬には快復か。↓補注三八三。
二一 北条氏追討のことは、かねてからお心にかけておられたことなので。 二二 このかねてからのご計画を遂行してしまおうと。
二三 斎宮は、未婚の内親王または女王の中から、亀卜でうらない選んで定めることになっていた。
二四 元徳二年十二月十九日、斎宮に卜定。
二五 潔斎しておられたのが。
二六 賀茂川原に出られて、みそぎはらえをなさって。 二七 斎宮が伊勢へ下向する前に、潔斎のためにこもる清浄な居所。京都の嵯峨にあった。
二八 こうした斎宮のお支度がすんでしまうと。
二九 おとがめ。追討するのをいう。
三〇 主となって、この事を処理された。
三一 中宮の御方の女房となって、民部卿三位と申す方のお腹に。民部卿三位は、北畠師親の女。
三二 その皇子は、比叡山延暦寺の前座主で。
三三 後醍醐帝の第三皇子、護良親王。天台座主。建武二年(一三三五)、鎌倉で殺さる。
三四 弓矢の道で、武道をいう。
三五 ご性質が勇猛であらせられて。
三六 帝とお心を一つにされて、いろいろとおさしずをなさる。
三七 後醍醐帝第一皇子、尊良親王。母は、贈従三位為子。
三八 尊澄は妙法院門跡で、元徳二年(一三三〇)十二月以来天台座主。
三九 僧兵をいう。
四〇 つつみ隠すようにしていたが、味方に加わる者がふえて、事の規模が拡大していったので。
四一 はや—はやう(諸本)。
四二 あるなれ—あれ(尾・近・平・大・岩本)—あなれ(谷・桂・谷一・院本)。

るなれと用意《ようゐ》す。まづ[一]九重《こゝのへ》をきびしく固《かた》め申べしなどさだめけり。かくいふは、元弘元年八月廿四日也。[二]雑務《ざうむ》の日なれば、記錄《きろく》[三]所におはしまして、[四]人の爭《あらそ》ひうれうる事どもを行《おこ》ないくらさせ給て、人〴〵もまかで、君も本殿[五]にしばしうち休《やす》ませ給へるに、「今夜《(こよひ)》すでに武士どもきほ[六]い《(ひ)》參《まい》るべし」と、[七]忍《しの》びて奏《そう》する人ありければ、とりあへず雲の上を出《い》[八]でさせたまふ。[九]中宮の御方《かた》へわたらせ給ても、しめやかにもあらず、いとあはたゝし。[一〇]かねて思《おぼ》しまうけぬにはあらねども、[一一]ことのさかさまなるやうになりぬれば、[一二]よろづうき〳〵と、我も人もあきれいたくて、内侍所・神璽《し》・寶劍《ほうけん》ばかりをぞ、忍て率《い》て渡《わた》[一三]させ給。上《うへ》はなよらかなる御直衣《なをし》[一四]したてまつりて、北の對《たい》よりや[一五]つれたる女車のさまにて、忍《しの》び出《い》でさせ給。[一六]かの二條院の昔もかくやと思出《(おもひ)い》でらる。

[一七]日比《(ひごろ)》の御用意《ようゐ》には、まづ六波羅《はら》を攻《せ》められんまぎれに、山へ行幸ありて、かしこへつは物どもを召《め》して、山の衆徒《と》をもあひ具《ぐ》し、君の御かためとせらるべしと定《さだ》められければ、かの法親王たちもその御心して、[一八]坂本《さかもと》に待《ま》ちきこえ給《(たまひ)》けれど、今《いま》はかやうにこと違《たが》いぬれば、[一九]あいなしとて、にはかに道《みち》をかへて、奈良《なら》の京へぞおもむかせ給。中務《づかさ》の宮も、御馬《むま》にて追《を》いてまいり給。九條わたりまで御車にて、それより、御門《かど》もかりの御衣《ぞ》にやつれさせ給て、御馬にたてまつる程、こはいかにしつる事ぞと、夢《ゆめ》の心ちして思《おぼ》さる。御供《とも》[二〇]に按察《あぜち》[二一]の大納言公敏《とし》・萬里小路の中納言藤房・

一 皇居を厳重に警固申し上げようなどと。
二 記録所において、天皇みずから人民の貸借売買などの雑訴をとりさばく日。↓補注三八四。
三 後三条帝以後臨時に置かれた役所。最初は荘園の記録を調査し荘園の整理にあたったが、後には諸国の訴訟をとり扱った。
四 人民の争いごとや訴えごとを、一日中ご裁断になって。底本「あらかひ」の「か」を「そ」と訂正。諸本「そ」。五 清涼殿をいう。
六 我先にと互いに争って皇居に押し寄せてくる。七 太平記巻二には、東使上洛につき護良親王から使いがあり、二十四日の夜中皇居を脱出の旨を記す。八「を」底本傍書。
九 中宮の御方へお出かけになっても、静かに落ちついてもおられず。
一〇 こうした事の起こることは、前々から予期なさらないわけではないが。
一一 事態が予定とは反対の状態になってしまったので。
一二 万事そわそわとして落ちつかず、誰も彼もぼうぜんとしていて。
一三 させ―らせ(諸本)。
一四 諸本「し」なし。
一五 みすぼらしく粗末な女車の様子で。
一六 平治の乱の時、二条帝は藤原信頼に幽閉されたが、惟方・経宗等のはからいで、帝は女房の装束を着し粗末な車に乗って皇居を脱出した。平治物語上巻に記す。
一七 かねてからのお心づもりでは。
一八 比叡山の東のふもとの地名。滋賀県大津市のうち。
一九 比叡山に上っても、そのかいがないといって。
二〇 底本「の」。諸本で訂正。
二一 按察使は大・中・小納言の兼職で、名誉的官職。公敏は洞院実泰の二男で、公賢の弟。

源中納言具行・四條中納言隆資《たかすけ》など参《まい》れり。いづれもあやし[二二]き姿《すがた》にまぎらはして、暗《くら》き道《みち》をたどりおはする程[二三]、げに「闇《やみ》[二四]のうつゝ」の心ちして、我にもあらぬさま也。丑《うし》[二五]三ばかりに、木幡《こわた》[二六]山過《す》ぎさせ給ふ。いとむくつけし。木津[二七]といふわたりに御馬《むま》とめて、東[二八]南院の僧正のもとへ御消息《せうそこ》つかはす。それより御輿《こし》を参《まい》らせたるに奉《たてまつ》りて、奈良《なら》へおはしまし著《つ》きぬ。こゝ[二九]に中一日ありて、廿七日、和束《わづか》[三〇]の鷲峯《じゆぶう》山へ行幸ありけれども、そこもさるべくやなかりけん、笠置《かさぎ》[三一]寺といふ山寺へ入《い》らせ給ぬ。所のさま、たやすく人の通《かよ》ひぬべきやうもなく、よろしかるべしとて、木[三二]の丸殿の構《かま》へをはじめらる。これよりぞ人〴〵すこし心ちとり靜《しづ》めて、近《ちか》き國《くに》〴〵のつは物など召《め》しにつかはす。

さて宮こには、廿四日夜、六波羅《はら》より常陸《ひたち》[三三]の守《かみ》時知《ときとも》馳《は》せまいりて、百敷《もゝしき》の中をあさりさはぐ。その程、人[三四]の曹司《ざうし》などに、をのづから落《お》ち殘《のこ》りたる女房《ばう》の心ち、いはんかたなし。おは[三五]します殿を見《み》れば、近《ちか》[三六]き御厨子《づし》・御調度《てうど》ども、なにくれ、すゞり〔など[三七]も、〕さながらうち散りて、たゞ今《いま》までおはしましけるあとと見えながら、宮[三八]人などだに一人もなし。女房の曹司《ざうし》〳〵より、樋洗《ひすま》[三九]しめく女《め》の童《わらは》など、我先《さき》にと走《はし》り出《い》で、調度《てうど》ども運《はこ》びさはぎ、くづ[四〇]れ出《い》づる氣色《けしき》ども、いとあさましく、目《め》もあやなり。錦《にしき》の木丁《(きちやう)》のうちにい[四一]つかれまし〳〵つる后の宮も、なに[四二]の儀式《ぎしき》もなく、忍《しの》びてあはて出《い》でさせ給ぬれば、あ[四三]たり〳〵かきはらい《(ひ)》、時の間《ま》にいとあさましく、御《(み)》

二二　粗末ないやしい姿で人目をまぎらして。
二三　程―程に(桂・谷一・院本以外の諸本)。
二四　闇の中の現実は、はっきりした夢にいくらもまさらないという古歌どおりの心地がして。「やみ」底本傍書。→補注三八五。
二五　午前三時頃。
二六　京都市伏見区桃山町の伏見山の東面の旧称。
二七　京都府相楽郡の地で、京都から奈良に至る通路。
二八　東大寺内の一院。東南院僧正は聖尋で、関白鷹司基忠の子。三論宗東南院門跡。華厳宗東大寺別当。
二九　太平記巻二参照。→補注三八六。
三〇　京都府相楽郡和束町の鷲峯山金胎寺をさす。
三一　京都府相楽郡笠置山の上にある寺。
三二　荒木のままの削らない材木で造った御所。
三三　伊賀守小田知宗の子。
三四　人の部屋などに、どうかして逃げ遅れていた女房の心持ちは。
三五　帝の常にお住居になっている殿。清涼殿。
三六　主上の御座近くのみずしやお手廻りの道具類。厨子は、調度や書画などをのせる置き戸棚。
三七　「なとも」諸本で補う。
三八　宮仕えの人。
三九　便器などを掃除する女。
四〇　どっとなだれ出ていく様子は、まことに情けなくて、見るにたえない。
四一　大事にかしずかれていた。
四二　普通の時のように儀式ばったことは何もなく。
四三　手あたり次第に周囲の装飾や調度を取り払い。

簾木《す》ちやうなど、踏《ふ》みしだきひき落《を》として、火の影《かげ》もせず。こゝもかしこも暗《くら》がりて、うち荒《あ》れたる心ちす。今朝《けさ》まで、九重《こゝのへ》の深《ふか》き宮のうちに出《い》で入《(いり)》つかへつる男《おとこ》女、ひとりとまらず、[一]ゑ《(え)》もいはぬ武士《もの〻ふ》どもうち散《ち》り、あら〳〵しげな[二]るけはいに、續松《つい》高《たか》くさゝげて、細殿《ほそ》・渡殿《わたどの》、なにくれ、[三]まかげさして、あさりたる氣色《けしき》、けうとくあさまし。世は憂《う》き物にこそと、時の間《ま》に、げに、[四]心あらむ人は、やがて修行《しゆぎやう》の門《かど》出《い》でにもなりぬべくぞおぼゆる。中宮[五]〔は〕、忍《しの》びて[六]野の宮殿《どの》のかたはらにぞおはしまし著《つ》きにける。宣房《のぶ》の大納言の二郎 季房《すゑ》の宰相ばかり、御とのゐにさぶらう《(ふ)》。

廿五日のあけぼのに、武士《ぶし》どもみち〳〵て、御門《みかど》の親《した》しく召《め》し使《つか》いし人〴〵の家《いゑ》〳〵[七]〔へ〕押《を》し入《(いり)》〳〵捕《と》りもて行《(ゆく)》さま、[八]獄卒《ごくそつ》とかやのあらはれ[九]たるかと、いと恐《おそ》ろし。萬里小路の大納言宣房・侍従中納言公明・別當實世・平宰相成輔《なりすけ》、一度に皆六波羅《はら》へ率《ゐ》て行ぬ。かやうの事《こと》を見《み》るに、いとゞきも心失《う》せて、をのづからとり殘《のこ》された る人も、[一〇]心とみなかきけち行《(ゆき)》かくるゝ程に、ぬしなき宿《やど》のみぞ多《おほ》かる。

坂本《さかもと》に[一一]〔は〕行幸を待《ま》ちきこえ給けるに、[一二]引違《たが》へ南《みなみ》ざまへをはしましぬれば、そのよし衆徒に聞《き》かれなばあしかりぬべし。又とまれかくまれ、[一三]まことのおはしまし所を、あぶなく武家へ知《し》らせじのたばかりにやありけん、[一四]花山院の大納言師賢《もろかた》を山へつかはして、忍《(しのび)》て御門《かど》のをはしますよしにもてなひ《(い)》て、かの兩法親王、[一五]こと行《おこ》ない給つゝ、六波羅《はら》のつは物どもの圍《かこ》みをも防《ふせ》かせ給。その日は、大納言《(師賢)》も、大塔《たう》の前

一 何とも言いようのない荒くれ武士どもが、宮のうちに散らばって。
二 底本「り」の脇に「る」と注記。
三 ひたいに手をかざして、探しまわっている様子は。
四 道心のある人は発心して、そのままこれが、仏道修行の旅に出る門出にもなってしまいそうに思われる。
五 「は」諸本で補う。
六 野の宮には、中宮の娘、懽子内親王がこもっていた。
七 「へ」谷・桂・谷一本以外の諸本で補う。
八 地獄で死者をせめたてる悪鬼をいう。
九 「たる」底本傍書。
一〇 みな自分から姿を消して、行くえをくらますものだから。
一一 「は」諸本で補う。
一二 予期に反して南方へ行幸になったので。
一三 主上のほんとうのご在所を。
一四 内大臣師信の次男。大納言に至り、元弘元年九月二十九日出家。三十一歳。
一五 万事を指揮されて。
一六 白と萌黄とを交互にまぜておどしてある鎧。
一七 くわがたをつけたかぶと。くわがたは、かぶとのまびさしの上に、二本の角のように立っているもの。
一八 鎧の一種。袖が無く腹で巻いて背であわせ

座主《(尊雲)》の宮も、うるはしき武士姿《もののふすがた》に出《い》で立《た》たせ給。[一六]卯《う》の花をどしの鎧《よろひ》に[一七]鍬形《くわがた》の兜《かぶと》たてまつりて、大矢《や》負《を》いてぞおはする。妙法院《(尊澄)》の宮は、生絹《すずし》の御衣の下《した》に、萌黄《もえぎ》の御[一八]腹《はら》巻《まき》とかや着《き》給へり。大納言は、[一九]唐《から》の香染《かうぞ》めの薄《うす》物の狩《かり》衣に、[二〇]けちえんに赤《あか》き腹巻《はらまき》をすかして、さすがに[二一]蒔繪《まきゑ》の細太刀《ほそだち》をぞはき給ける。

[二二]六波羅《はら》より、御門《かど》こゝにおはしますと心得《え》て、武士《ぶし》ども多《おほ》く參《まい》り圍《かこ》む。山法師《ほうし》も戰《たゝか》ひなどして、[二三]海東《かいとう》とかやいふつは物討《う》たれにけり。「[二四]ことの初《はじ》めに、東《ひんがしう》失せぬる、めでたし」などぞいふめる。かゝれども、御門笠置《かどかさぎ》におはしますよし、程なく聞《き》こえぬれば、はかられ奉《たてまつ》りにけるとて、山の衆徒《しゆと》もせう〳〵心がはりしぬ。[二五]宮〳〵も逃《に》げ出《い》で給て笠置《かさぎ》へぞまうで給ける。大納言《(師賢)》は都《みやこ》へ[二六]まぎれおはすとて、夜ふかく志《し》賀《が》の浦《うら》を過《す》ぎ給に、有明の月くまなく澄《す》みわたりて、よせ返《(かへす)》波《なみ》の音《をと》もさびしきに、松吹《(ふく)》風の身にしみたるさへ、とりあつめ心細《ぼそ》し。

[二七]思ふことなくてぞ見《み》ましほの〴〵と有明《ありあけ》の月の志賀《しが》のうら波《なみ》

その後《のち》、からうじてぞ、笠置《かさぎ》へはたどり參《まい》られける。

かやうの事どもゝ、例《れい》の早馬《はやむま》にて東《あづま》へ告《つ》げやりぬ。たゞ今《いま》の將軍は、[二八]むかし式部卿久明親王とて下《くだ》り給へりし將軍の御子也。[二九]守邦《もりくに》の親王とぞきこゆる。[三〇]相模《さがみ》の守高《かみたか》時《とき》といふは、病《やまひ》によりて、いまだ若《わか》けれど、[三一]一年《とせ》入道して、[三二]今《いま》は世の大事どもいろはねど、鎌倉《かまくら》の主《ぬし》にてはあめり。[三三]心ばへなどもいかにぞや、うつゝなくて、朝《あさ》夕好《この》

るように造ったもの。
一九 中国から渡来した薄絹で香色に染めたもの。
二〇 はっきりと目立つこと。
二一 さやにまき絵をした儀式用の細い太刀。
二二 光明寺残篇に「八月廿七日、被レ差二向佐々木大夫判官、海東備前左近大夫、波多野上野前司等於山門東坂下一、被レ向二長井左近大夫将監、加賀前司於西坂下一、被レ向二常陸前司於勢多一」とある。
二三 光明寺残篇に「八月廿八日、海東備前左近大夫将監其勢十七騎於二東坂下一致二合戦一、主従十六騎打死了」とある。
二四 事件の初めに東と名のつく敵将が死んだのは。
二五 太平記巻二には「妙法院ハ笠置ヘ超サセ給ヘバ、大塔宮ハ十津河ノ奥ヘト志テ、先南都ノ方ヘゾ落サセ給ケル」とある。
二六 ひそかにまぎれ入ろうとなさって。
二七 なんの物思いもなくて、この景色を見たいものである。ほのぼのと夜の明ける頃、志賀の浦に寄せては返す浦波を照らしている有明の月の趣の深さよ。新葉集、雑上に「元弘元年八月、俄かに比叡山に行幸なりぬとて、彼の山に登りたりけるに、湖上の有明ことにおもしろく侍りければ　文貞公」と詞書して収む。
二八 久明親王、関東下向のことは、三九三・三九四頁に見える。
二九 徳治三年(一三〇八)八月十日、将軍に任ぜられ、元弘三年(一三三三)没。三十二歳。
三〇 正和五年(一三一六)執権となる。元弘三年五月、鎌倉で自殺。三十一歳。
三一 嘉暦元年(一三二六)三月、病により出家、法名崇鑑。時に二十四歳。
三二 今では天下の政務には関係しないが。
三三 その性質なども、どうしたものか正気を失っていて。

む事とては、犬《いぬ》[一]くい・田樂《でんがく》などをぞ愛《あひ》しける。これは最勝圓寺《さいせうゑん》[二]入道貞時といひしが子なれば、承久の義時よりは八代にあたれる。この頃《ころ》、[三]わたくしの後見《うしろみ》[四]に、長崎《ながさき》[五]入道圓基《ゑんき》とかやいふ物あり。世の中の大小事、たゞみなこの圓基《ゑんき》が心のまゝなれば、宮この大事、かばかりになりぬるをも、かの入道のみぞ[六]とりもちて、おきて計《はか》らいける。重《をも》[七]き武士《ぶし》ども多《おほ》く上《のぼ》すべしときこゆ。大かた、京も鎌倉《かまくら》も、騷《さは》ぎのゝしるさま、[八]けしからず。承久の昔《むかし》もかくやと、今さらに思ひやらる。

持明院殿《どの》[九]には、春宮[一〇]をはしませば、思ひ[一一]の外《ほか》にめでたかるべき事《こと》なれど、今日《けふ》明《あ》日《す》は軍《いくさ》[一二]のまぎれにて、なにの沙汰《さた》もなし。御宿直《とのゐ》の物の、むべ[一三]〳〵しきもなくて、離《はな》[一四]れおはしますも、あぶなき心ちすればにや、せめても六波羅近《はらちか》くとて、六條殿《どの》[一五]へ、本院(後伏見)・新院(花園)・春宮(量仁)ひき續《つゞ》きて移《うつ》らせ給ぬれど、日にそへて、天の下騷《したさは》[一六]ぎみち、恐《おそ》ろしきことのみきこゆれば、猶《なを》[一七]もこれも危《あやう》しとて、六波羅《はら》の北に、代々[一八]將軍の御料《れう》[一九]とて造《つく》りをける檜皮屋一《ひはだやひと》つあるに、兩院・春宮入《い》らせ給ふ。大かた[二〇]は、いとものしきやうなれど、よろし[二一]き時こそあれ、かばかりの際《きは》には、なにの儀式《ぎしき》もなかるべし。

笠置《かさぎ》殿には、大和・河内・伊賀《いが》・伊勢などより、つは物ども參《まゐ》りつどふ中に、事《こと》のはじめより頼《たの》み思《おぼ》されたりし楠《くす》[二二]の木兵衞正成《まさしげ》といふ物あり。心猛《たけ》くすくよかなる物にて、河内國に、[二三]をのが館《たち》のあたりをいかめしくしたゝめて、[二四]このをはします所、もし危《あやう》からん折《おり》は、行幸をもなしきこえんなど、用意《ようひ》しけり。

一 犬のくい合いをさせること。高時が闘犬や田楽を愛好したことは、太平記巻五に詳記す。
二 時宗の子。応長元年(一三一一)十月没。
三 執権職の後見をいう。執事とも管領とも内管領ともいった。
四 に—には(諸本)。
五 その子の新左衛門尉高資とともに権勢をほしいままにしたが、元弘三年自殺。↓補注三八七。
六 ひとりで引き受けて、指図をし取り計らった。
七 勢望のある武士たち。
八 尋常一様のことではない。
九 後伏見院の御所。
一〇 後伏見院の第一皇子、量仁親王。のちの光厳院。
一一 この事件は、持明院方にとっては、予期していないめでたい事であるはずなのだが。東宮が皇位につく機会が、意外に早くおとずれてきたことをいう。
一二 尾・近・平・大・岩本、この前に、「いまた」あり。
一三 しかとした者もいずに。
一四 持明院殿が六波羅から遠く離れているのをいう。
一五 六条の北、西洞院の西。後深草院の御所。
一六 底本「雨のした」。諸本で訂正。
一七 諸本「も」なし。
一八 代々にわたって、将軍のご使用になるためのものとして。諸本「代々の」。
一九 底本および谷・桂本「くれう」。谷・桂・谷一本以外の諸本で訂正。
二〇 その間のことは、だいたいにおいて、たいそういとわしいことのようであるが。
二一 ふだんの平穏な時ならとにかくとして。
二二 橘諸兄の子孫で、河内の国に住んでいた豪

[二五]東《あづま》の夷《えびす》ども〻、やう〳〵攻《せ》め上《のぼ》るよしきこゆ。もとより京[二六]にある武士《ぶし》ども〻、われ先《さき》にときほいまいる。木《き》の丸殿《まるどの》には、さこそいへ[二七]、むね〳〵しき物[二八]〔も〕[二九]なし。いかになり行《(ゆく)》べきにかと、いと心細《ぼそ》[三〇]くおぼしみだる。我が[三一]〔御〕心もての御事なれば、かこつかたなけれど、ふる里の空もあはれに思《おぼ》し出《い》でらる。秋も深《ふか》くなり行《(ゆく)》まゝに、山の木の葉のうちしぐれ、谷《たに》の嵐のをとづるゝも、あたのきほふ[三二]かと、きもを消《け》す御住居《すまゐ》、いつしか御身[三三]をかへたる心ちし給もあぢきなし。

憂《う》[三四]かりける身を秋風にさそはれて思《おも》はぬ山の紅葉をぞ見《み》る

すでに、あづま武士《ぶし》ども、雲霞《かすみ》[三五]の勢《いきほ》ひをたなびき上《のぼ》るよしきこゆれば、笠置《かさぎ》にもいみじうおぼしさはぐ。もとよりいと険《けは》しき山の深《ふか》きつゞら[三六]をりを、えもいはず木[三七]戸《ど》・逆茂木《さかもぎ》[三八]・石弓《いしゆみ》[三九]などいふ事どもしたゝ[四〇]めらる。さりとも、たやすくは破《やぶ》れじと頼《たの》ませ給へるに、うしろ[四一]の山より、御敵《かたき》くづれまいりて、木戸ども焼《や》きはらひ、おはしますあたり近《ちか》く、すでに煙もかゝりければ、今《いま》はいかゞせんにて、あやしき御姿《すがた》にやつれて、たどり出《い》でさせ給。座主の法親王《(宗良)》尊澄《そんてう》、御手《て》をひき奉《たてまつ》り給つるも、いとはか[四二]なげなる御有様《ありさま》也。

中務《(尊良)》の御子《みこ》・大塔《たう》(護良)の宮などは、かねてよりこゝを出《い》でさせ給て、楠《くす》の木が館《たち》[四三]におはしましけり。行幸もそなたざまにやと思《おぼ》し心ざして、藤房・具行両中納言、師賢《もろかた》の大納言入道、手《て》をとりかはして、炎《ほのほ》の中をまぬがれ出《い》づる程の心ちども、夢《ゆめ》とだ

族。建武三年(一三三六)に湊川で戦死。
二三 自分の居館のあるあたり。赤坂城をいう。
二四 笠置殿をいう。
二五 関東の武士たち。
二六 両六波羅にいる北条方の武士。
二七 諸国の武士が参集したものの。
二八 これぞという重だった者。
二九 「も」尾・近・平・大・岩本で補う。
三〇 心ほそく―物心ほそく(谷・桂・谷一・院本)。
三一 自分のお心からひき起こされた御事なので。「御」谷本以外の諸本で補う。
三二 敵兵が我先にときそって来襲するのかと。
三三 今までとは別の人間に変わってしまったようなお気持ちがなさるのも。
三四 つらい思いをしているこの身を秋風にさそい出されて、今まで思ってみたこともない、この山の紅葉を見ることよ。
三五 雲や霞のたなびくような大軍でもって。太平記巻三には、大仏陸奥守貞直以下を大将軍に、二十万七千六百余騎が鎌倉を出立した旨を記し、北条九代記、下にも「九月五六七日、面々進発、(中略) 此外諸国御家人上洛都合二十万八千騎」と記す。
三六 つづらのつるのように幾えにも折れ曲がった坂道。
三七 城門。
三八 とげのある木の枝をさかさにして、敵の侵入を防いだ物。
三九 石をはじき飛ばして敵をたおす兵器。
四〇 用意し整えられる。
四一 太平記巻三に詳述。↓補注三八八。
四二 たよりないご様子である。
四三 「か」底本傍書。

に思《(おもひ)》もわかれず、いとあさまし。すこし延《の》[一]びさせ給てぞ、御馬《むま》たづね出《い》でゝ、君ばかり奉《たてまつ》りぬれど、ならはぬ山路《ぢ》に御心[二]ちもそこなはれて、まことに危《あやう》く見《み》えさせ給へば、高間《たかま》[三]の山といふわたりに、しばし御心ち[四]をためらふ所に、山城《しろ》の國の民《たみ》にて、深栖《ふかす》[五]の五郎入道とかいふ物、まいりかゝりて、案内《あんない》[六]きこえたるしも、いとあさましう口惜《くちを》し。上達部《かんだちめ》[七]、思ひやるかたなくて、たゞ目《め》を見《み》かはして、いかさまにせんとあきれたるに、東《あづま》より上《のぼ》れる大將軍《ぐん》にて、陸奥國《みちのくに》[八]の守貞直《かみさだなう》といふ物、大勢《ぜい》にて參《まい》れり。今《いま》はたゞ、と[九]もかくものたまはすべきやうなければ、終《つゐ》にかひなくて、敵《かたき》のために〔御身を〕[一〇]まかせぬるさま也。

やがて宇治《うぢ》に行幸《みゆき》あるべきよし奏《そう》すれば、御[一一]心にもあらで、ひかされおはします程に、心憂《う》しといふもなのめなり。具行・藤房・忠顯《たゞあき》の少將など、やがて[一二]をのが手《て》の物どもに從《したが》へさせつ。大納言《(師賢)》入道、御[一三]馬《むま》のしりに走《はし》りをくれて、こゝかしこの岩《いは》かげ、木のもとに休《やす》みつゝ、とかくためらふほどに、そ[一四]れも見《み》つけられて捕《と》られぬ。君をば宇治《うぢ》へ入《(いれ)》奉《たてまつ》りて、まづ事《こと》のよし六波羅《はら》へきこゆる程、一、二日御逗留《とうりう》あり。かくいふは九月卅日なれば、空のけしきさへ時雨がちに、涙もよほしがほなり。平《びやう》等《どう》院のもみぢ御覽《らん》じやらるゝ[一五]も、かゝらぬ御ゆきならばと、あ[一六]いなし。後[一七]冷泉院かとよ、こ[一八]ゝに行幸し給て、三、四日おはしましける、そ[一九]の世の人の心ち、上下なにごとかはと、うら山しくあはれにおぼさる。

一　すこし落ちのびられてから。
二　ご気分も悪くなられて。
三　太平記巻三には「山城ノ多賀郡ナル有王山ノ麓マデ落サセ玉テケリ」。光明寺残篇にも「有王山」とある。高間の山は、多賀の山の誤りで、京都府綴喜郡多賀の有王山をさすのであろう。→補注三八九。
四「ち」底本傍書。
五　太平記の流布本には「深須〈ミス〉入道」、西源院本には「三栖入道」、光明寺残篇には「深栖三郎入道」。
六　道案内を申しあげたのも。
七　お供をしていた公卿たちは、何の思慮分別も出ずに。
八　北条時政の子孫。大仏宗泰の子。底本「さたなり」。諸本で訂正。
九　何ともおおせられようがないので。
一〇「御身を」諸本で補う。
一一　お心ならずも連れられておいでになるので。
一二　そのまま、貞直は自分の部下の者どもに、ひき連れさせた。
一三　主上のお馬の後について走っているうちにおくれて。
一四　公卿補任には、師賢について「九・廿九出家。法名素貞。山城国寺田郷地頭代、野辺若熊丸、召二捕之一、進二武家一云々」と記す。
一五　底本「ゝも」の間に「に」と傍書。
一六　あじきない。
一七　七十代の天皇(一〇三五—一〇六八)。
一八　治暦三年(一〇六七)十月五日、平等院に行幸、管絃の遊びや作詩の興をつくして、七日に帰京。扶桑略記、第廿九や、今鏡、黄金の御法にその様子を記す。
一九　その当時の人の心持ちは、上の者も下の者も、何の物思いもなかったであろうと。
二〇　花園院宸記、元弘元年十月四日の条に「此暁、

[二〇]十月三日、宮こへ入《い》らせ給も、思ひしにかはりて、いとすさまじげなる[二一]武士《もののふ》ども、[二二]衛府《ゑふ》のすけの心ちして、御輿近《こしちか》くうち圍《かこ》みたり。鳳輦《ほうれん》にはあらぬ網代輿《あじろごし》のあやしきにぞたてまつれる。六波羅《はら》の北《きた》なる檜皮屋《ひはだや》には、[二三]もと兩院・春宮おはしませば、南《みなみ》の板屋《いたや》のいとあやしきに、[二四]御しつらひなどしておはしまさするに、[二五]いとをしうかたじけなし。[二六]まぢかき程に、よろづきこしめし御覽《らん》じふるゝことゞ〳〵につけても、いかでか御心動《うご》かぬやうはあらん、口惜《を》しう思《おぼ》しみだる。ならはぬ御宿《やど》りに、時雨の音《をと》さへ[二七]はしたなくて、

[二八]まだなれぬ板屋《いたや》の軒のむら時雨音《をと》をきくにもぬるゝ袖かな

中務《づかさ》(尊良)の宮は、正成《まさしげ》がもとにおはしましつれど、御門《かど》のかくならせ給ぬれば、今《いま》はかひなしとて、それも宮こへ入《い》らせ給て、[二九]佐佐《さゝ》木の判官《はうぐわん》時信《ときのぶ》といふ物の家《いゑ》にわたりたまひぬ。つれ〴〵と、物おぼし亂《みだ》るゝよりほかの事なし。

[三〇]世のうさを空にも知《し》るや神無《な》月ことはりすぎて降《ふ》る時雨かな

此御子(尊良)は、[三一]藤大納言爲世の御孫《むまご》にて物し給へば、かの家につねは住《す》み給し程に、大納言末の女、大納言典(の)侍ときこゆるに[三二]御覽《らん》じつきて、その[三三]御腹《はら》に姫《ひめ》宮など出《い》でき給へり。又、[三四]中宮の御匣《(み)くしげ》殿は、宮(禧子)の御兄《せうと》の右の大臣《おとゞ》[三五]公顯《あき》ときこえし御女《むすめ》也。その御腹《はら》にも男御子《おとこみこ》などおはします。[三六]思《おも》ふまゝなる世をも待《ま》ち出《い》で給はゞと、誰《たれ》も行末たのもしく思ひきこえつるに、かく思ひのほかにあさましき事の出《い》で來《き》ぬるを、深《ふか》

先帝已奉レ入二時益宿所二云々、見物者等云(中略)次及二寅終頭一、先帝又乗輿、数万騎武士打二囲之一、就レ中、貞直着レ鎧不レ着レ甲、在二御輿前一、其外軍士囲二繞前後左右一、毎レ手取二松明一、又在地人焼二松明一、宛如二白昼一云々、是見物之緇素之説也」とある。 二一 底本「り」。諸本で訂正。

二二 衛府の次官のような具合で。衛府の次官は、六衛府の次官。近衛の中・少将、衛門・兵衛の佐をいい、行幸の際に供奉する事になっていた。

二三 もと―もとより(諸本)。 二四 飾りつけなどして、お入れ申しあげるにつけても。

二五 に―も(谷・桂・谷一本以外の諸本)。

二六 両院の御所とは間近い所なので、万事にわたって、お耳にはいり御目にふれる、ことごとにつけて。 二七 無遠慮に強くひびいて。

二八 まだ住み馴れない板屋の、軒をうつむら時雨の音を聞くにつけても、口惜しさに、わが袖は涙にぬれることよ。新葉集、雑中に「題しらず」として収む。太平記巻三には、初句「住ナレヌ」、第五句「袖ハヌレケリ」、梅松論上には、初句「住みなれぬ」、第三句「聞につけても」。

二九 宇多源氏。左衛門尉頼綱の子。六角氏頼の父。貞和二年(一三四六)、四十一歳で没。判官は、検非違使庁の三等官。

三〇 この世のつらさを身にしみて感じている自分の心を、あの空も知ってくれているのであろうか、この十月は例年よりことにひどく時雨の降ることだ。新葉集、雑上「元弘元年、百首の歌よみ侍りける中に」。

三一 尊良親王の母は、為世の女、贈従三位為子。

三二 お目がとまって。

三三 「御」底本傍書。諸本「御腹」。

三四 御匣殿の別当で中宮に仕えている女房。

三五 西園寺実兼の三男。

三六 親王が皇位におつきになり、思うままになる御代にでもなったならば。

う思ひ歎《なげ》く人〴〵数《かず》知《し》らず。御匣殿《くしげ》は失《う》せ給しかば、この頃《ごろ》は、たゞこの典侍《すけ》の君をのみまたなき物[一]に思《おぼ》ほしかはしつるに、吹《(ふき)》かふ風もまぢかき程にはおはすれ[二]ど、御對面《たいめん》は思よらず、[三]おぼつかなさの慰《なぐさ》むばかりなる御消息《せうそこ》などだに、通《かよ》ふこともかなはぬ[四]御有様《ありさま》を、[五]あはれにいぶせう思《おぼ》し結《むす》ぼほれたり。一《ひと》つ御腹《はら》の座主の法親王《(尊澄)》も、[六]長井の高廣《たかひろ》とかやいふ物、あづかりたてまつりぬ。[七]御門遠《とを》く移《うつ》らせ給はん程、この御子《みこ》たちも、[八]をのが散《ち》り〴〵になり給べしなどきこえけり。

春宮は世[九]をつゝしみて、六波羅《はら》にわたらせ給。先帝はあたのために、おなじ御やどり、[一〇]葦垣《あしがき》ばかりを隔《へだ》てにて、おはしませば、[一一]主《ぬし》なき院のうち、いとさびしくて、衞士《ゑじ》のたく火も影《かげ》だに見えず。内《うち》には、[一二]いつしか怪《け》しかる物など住《す》みつきて、ある時《とき》は、紅《くれない》の袴長《はかまなが》やかに踏《ふ》みたれて、火ともしたる女、見《み》るまゝに、丈《たけ》は軒《のき》とひとしくなりて、後にはかき消《け》ちて失《う》するもあり。又いみじう光を放《はな》ちて、髪《かみ》まへに亂《みだ》しかけたる童《わらは》なども見えけり。[一三]鬼《おに》殿などはかくやありけんと恐《をそ》ろし。人住《す》まで年《とし》へ荒《あ》れぬる所などにこそ、かゝる事もをのづからありけれ。わづかに一月二月の中に、かゝるべきに[一四]あらぬを、これかれいと怪《あや》しきわざなるべし。

さて例《れい》の東《あづま》より[一五]御使《つか》ひのぼれり。[一六]代々のためしとかやとて、[一七]秋田《あいた》の城《じやう》の介《すけ》高景《かげ》、[一八]二階《かいだう》堂の出羽の入道道雲《だう(うん)》とかやいふ物ぞまいれる。[一九]西園寺大納言公宗に事のよし申て、[二〇]春宮《(光厳)》御位に卽《つ》き給。[二一]さるべき御中といひながら、今日明日《けふあす》とは見えざりつるに、

一　たぐいのない者として、互いに愛しあっておられたのに。底本「またなき」を重ねて書き、上の「またなき」をみせ消ちにす。
二　「は」底本傍書。諸本「には」。
三　逢うことのできない心もとなさが、慰められる程度のお手紙などでさえ。
四　底本「なけれ」を「かなはぬ」と訂正。
五　親王は情けなく不快におぼしめし、すっかり気もふさいでおいでであった。
六　長井因幡左近大夫将監。
七　帝が遠くの土地にお移りになるであろうその時には。
八　めいめい別々におなりになるであろう。
九　世を恐ればばかって。
一〇　垣一重を隔てたほんの間近に。葦垣は、葦を編んで造った垣。
一一　今まで皇居であった二条富小路殿をさす。
一二　早くもあやしい物などが住みついて。
一三　ばけ物の住んでいる家。
一四　に―には(尾・近・平・大・岩・院本)。
一五　光明寺残篇、九月十八日の条に「東使〈秋田城介殿・二階堂出羽入道殿〉、京着。自二路次一六波羅北方被レ参。即南方江御入」とある。
一六　代々の先例とかいうことで。
一七　秋田城司兼出羽介。高景は、藤原房前の五男魚名の流れで、安達義景の曾孫時顕の子。
一八　道雲は、藤原武智麿の四男乙麿の流れで、出羽守行義の曾孫。俗名貞藤、元応二年(一三二〇)出家。道雲(道蘊)は、その法名。
一九　西園寺大納言公宗に事の次第を申し上げて。
二〇　元弘元年九月二十日、践祚。
二一　皇太子が皇位につかれるのは、当然のご関係にあるとはいいながら。
二二　威儀を整えた御幸との御事である。
二三　にぎにぎしく押し合いへし合い騒ぎたっている世間の物音を。

二四 底本「たとへしなく」。諸本で訂正。
二五 元弘元年十月十三日、光厳帝は、土御門殿から二条富小路の旧皇居に移った。
二六 綸旨(りん)とあるべきである。令旨は、三后・皇太子・皇族のおおせごとをいう。
二七 先帝の御代にお仕えした人々。
二八 底本「実たか」。院本「実隆」。尾・近・平・大・岩本で訂正。
二九 隆量の誤りか。→補注三九〇。 三〇 主上の信任を得て今を盛りと、ときめいていた人々。
三一 持明院方のご一族だけが、今後は、他のご系統に皇位をわかつことなく。
三二 とにやーとかや(尾・近・平・大・岩本)。
三三 前皇太子邦良親王の子、康仁親王。
三四 権中納言に至り、正和四年(一三一五)没。康仁親王は、元応二年(一三二〇)の出生。これは雅藤の没後、五年めにあたる。
三五 底本「一日」。谷・桂・谷一本以外の諸本で訂正。
三六 今では、皇太子に立たれることなどは、すっかりその望みも絶たれたような気持ちがしていたのに。
三七 尼宮として永年お過ごしになっていた入道の宮(邦良親王妃)も。→補注三九一。
三八 康仁親王の生母は権大納言源定教女。邦良親王の没後、東宮妃の禖子内親王が母がわりに養育した。四三四頁参照。
三九 元弘元年十月廿一日、院号宣下。
四〇 長い年月の間に何事もさびれ果ててしまった昔の姿を、一新した宮の中の様子である。「斧の柄朽ちにし」は、列仙伝に見える晋の王質の故事による。→補注三九二。
四一 邦良親王のなくなられた後。
四二 すっかり気落ちして。
四三 皇太子の補導役。
四四 にーには(桂・谷一・院本以外の諸本)。

いとめでたし。さて六波羅《はら》より、この度《たび》は世のつねの行啓《げい》の儀式《ぎしき》にて、持明院殿へ入《い》らせ給。両院も二二ひきつくろひたる御幸のよしなり。二三ひしめきたちぬる世の音《をと》ないを聞《き》こしめす先帝《せんてい》の御心ち、二四たとしへなくねたく人わろし。二五もとの内裏《だいり》へ新帝移《うつ》らせ給。上達部《かんだちめ》殘《のこ》りなく仕《つか》うまつる。院(後伏見)も常盤井殿《ときはい》にをはしまいて、世の政事《まつりごと》きこしめせば、後宇多院のむかし思出(おもひい)でられてあはれ也。いつしか十月十二日二六令旨《りやうじ》下されて、二七前の御代の人々、大中納言・宰相すべて十人、宣房・公明・藤房・具行・隆《たか》資《すけ》・實世・二八實治・季房《すゑふさ》・二九隆重《たかしげ》・忠顯《たゞあき》、官《つかさ》止めらるゝよし聞《き》こゆるも、昨日まで三〇時の花と見えし人々、つかの間《ま》の夢かとあはれ也。

かゝるにつけては、三一一(ひとつ)御族《ぞう》のみ、今《いま》はわく方《かた》なく定《さだ》まり給(たまふ)べきかと、世の人も思ひきこゆる程に、龜山院の御流《なが》れの絕《た》ゆべきにはあらず三二とにや、三三先坊《せんばう》の一の宮(康仁)を太子に立《た》てまつる。御めのとの三四雅藤《まさふぢ》の宰相の法性寺の家《いへ》にわたらせ給へるを、土御門《つちみかど》高倉《たかくら》の先坊の御跡《あと》へ入たてまつりて、十一月三五八日坊に定《さだ》まり給。三六今《いま》は思絕《た》へぬる心ちしつるに、いとめでたし。三七松が浦島《うらしま》に年經《としへ》給ぬる入道(禖子)の宮も、三八御親《をや》の心ちにておはしますべければ、太上天皇になずらへて三九崇明《しゆめい》門院ときこゆ。よろづ四〇斧《おの》の柄《ゑ》朽《く》ちにし昔《むかし》を改《あらた》めたる宮のうち也。四一ありし後、をのがさま〴〵まかで散《ち》りにし古《ふる》女房・上《かん》達部《だちめ》・殿上人など、世の中四二屈《くん》じいたくて、こゝかしこに籠《こも》りいたりしも、いつしかと参《まい》り集《つど》ふさま、谷の鶯《うぐひす》の春待《ま》ちつけたる心ちして、いと賴《たの》もしげ也。四三傅に四四久我右の大臣《おとゞ》長通《ながみち》、一大夫に中院の大納言通顕《みちあき》なりたまふ。なべて世に年《とし》ごろ埋《うづ》もれたりし人〳〵、いつしかと官位《つかさくらゐ》さま〳〵に、二思《(おもふ)》まゝなる氣色《けしき》ども、目《め》の前《まへ》に移《うつ》りかはる世のありさま、今《いま》さらならねど、三いとしるく掲焉《けちえん》なるもあぢきなし。かくて年《とし》も暮《く》れぬ。

一 東宮大夫。東宮職の長官。

二「思まゝ」底本傍書。

三 それが実にはっきりと際立って目につくのも。

◇この巻には、元弘二年(一三三二)のできごと、すなわち後醍醐帝の六波羅における幽閉生活、隠岐の島に移されるまでの途中の有様、尊良・宗良両親王の配流、隠岐の配所の有様、あとに残された中宮・八歳の皇子・宮の宣旨三位等の嘆き、為定の赦免を祖父為世が嘆願したこと、賀茂祭の御幸、北条氏討伐に参画した公敏・師賢・藤房等が流され、具行・資朝が斬られたこと、隠岐の島での帝の生活、京都における大嘗会、楠正成・大塔の宮の活躍、日野俊光・資名の栄進、光厳院の後宮等につき記す。

四 巻の名は、後醍醐帝の御製「聞きをきし久米のさら山越えゆかん道とはかねて思ひやはせし」による。

第十六　久米《くめ》[四]のさら山

元弘二年の春にもなりぬ。あたらしき御代の年《とし》のはじめは、思ひなしさへ、花《はな》やかなり。上《うへ》(光厳)も若《わか》うきようにおはしませば、よろづめでたく、百敷《もゝしき》のうち、[五]なに事《ごと》もかはらず。さるべき[六]公事のをり〳〵、[七]さらでも、院・[八]内《うち》おなじ陣のうちなれば、一《ひと》つにたち込《こ》みたる馬《むま》車、ひまなくにぎはゝしけれど、[九]見し世の人は一人《ひとり》もまじろはず、まいりまかづる顔《かほ》のみぞかはれる。

先帝《せんてい》は、いまだ六波羅《はら》におはします。二月《きさらぎ》のころ、空の氣色《けしき》のどやかに霞《かす》みわたりて、ゆるらかに吹(ふく)春風に、軒の梅なつかしく香《かほ》りきて、鶯《うぐひす》の聲《こゑ》うらゝかなるも、うれはしき御心ちには、[一〇]物憂《う》かる音《ね》にのみ聞《き》こしめしなさる。[一一]ことやうなれど、かの[一二]上陽《やう》人の宮の中《うち》思よそへらる。長《なが》き日影《かげ》もいとゞ暮《く》らしがたき御慰《なぐさ》めにとや聞《き》こえ給けん、中宮(禧子)より御琵《び》琶《わ》たてまつらせ給ふついでに、いさゝかなるもののはしに、

[一三]思(おもひ)やれ塵《ちり》のみつもる四の緒に拂《はら》ひもあへずかゝるなみだを

げにと思《おぼ》しやるに、いと悲《かな》しくて、[一四]玉水の流《なが》るゝやうになん。御返(かへし)、

[一五]かきたてし音《ね》をたちはてて君戀《こ》ふる涙の玉の緒《を》とぞなりける

五 儀式その他を省略せず、従来どおりに行なうをいう。
六 朝廷の儀式。
七 儀式などの行なわれない、普通の時でも。
八 底本「より」。谷・谷一本以外の諸本で訂正。
九 先帝の時代に仕えていた人。
一〇 この部分は、古今集、春上「春たてど花もにほはぬ山里は物うかる音に鶯ぞなく　在原棟梁」を踏んで書く。
一一 異様なたとえであるが。
一二 唐の玄宗に召されて十六歳の時宮中に入ったが、楊貴妃が寵をもっぱらにしていたため、六十歳に至るまで上陽宮にとじこめられていたという麗人。白楽天の「上陽白髪人」は、この麗人の悲しみを歌った長詩であるが、その詩句の中の「春日遅、日遅独坐天難レ暮、宮鶯百囀愁厭レ聞」とある部分を念頭において書く。
一三 お別れしてから、かき鳴らすこともなく塵ばかり積もっていたこの琵琶に、払っても払っても落ちかかる私の涙のことを、どうか思いやってみてください。新葉集、雑下には「いかなる時にかありけむ、御琵琶をめされけるをたてまつらせ給ふとて　後京極院」と詞書して収む。後京極院は礼成門院と同一人。
一四 涙がまるで雨だれのようにしきりに流れる。
一五 その昔かき鳴らした琵琶の音も、今ではすっかり絶ってしまって、その琵琶の緒も、あなたを恋いしたう涙の玉をつらぬく緒となってしまった。新葉集、雑下には、前記、後京極院の「思ひやれ」の歌に対する天皇の返歌として「涙ゆゑ半の月は曇るともなれてみし世のかげはわすれじ」の歌を掲げ、太平記巻三にも、新葉集と同じ歌をのせているが、このほうは、第三句が「共ニ見シ夜ノ」となっている。底本、第二・三句「ねをたちいてゝ君にふる」。尾・近・平・大・岩本で訂正。

一 承久の変の時、三上皇を遠島にお移しした例にならうというのであろうか。
二 にや―にとや(尾・近・平・大・岩本)―とや(谷本)。
三 鎌倉で代々重んぜられてきた家柄の武士で。
四 女院・中宮・皇子の方々の嘆き。
五 こんなにまでひどく悩んでいる様子を人に見せまいと。
六 心にまかせず意地悪く流れ出るお涙を。
七 保元や承久の昔を思い出されるにつけても。
八 都に帰って、再び天下をやすらかにお治めになることは。
九 万事今が終わりであると。
一〇 このように残念な宿縁をもたらした前世ばかりが。
一一 最後には、このようにどん底にまで沈んでしまうという前世の報いがあるならば、自分はなぜ天子の身に生まれて来たのであろうか。底本、第五句「なに思けん」。谷・桂・谷一本以外の諸本で訂正。
一二 今の午前十時頃。
一三 御前駆。騎馬で行列の先導をするもの。
一四 ご乗車の時に、御車寄せにひかえている役をいう。→補注三九三。
一五 内大臣実衡の子。後に、吉野朝に仕え、太政大臣従一位に至る。
一六 白綾の御小袖。
一七 元弘元年三月四日、北山の西園寺邸に行幸、七日まで滞在して、同所で花の宴を行なったことをいう。
一八 その折には、人々に引出物として与えられた御衣を。
一九 いよいよお車にお乗りになろうとして。
二〇 わが身の行く末は、どうなることか見当もつかないが、今よりもっとつらい事がまた起こったならば、情けない思いで過ごして来たこの

[一]かの承久のためしにや[二]、東《あづま》より御使には、長井の右馬の助高冬《すけたか》といふ者《もの》なるべし。これは、頼朝《よりとも》の大將の時より、[三]鎌倉《かまくら》に重《をも》き武士《もののふ》にて、いまだ若《わか》けれども、かゝる大事にも上《のぼ》せけるとぞ申ける。終《つい》に隠岐《おき》の國《くに》へ移《うつ》し奉《たてまつ》るべしとて、三月《やよひ》の初《はじ》めの七日、宮こを出《い》でさせ給。今《いま》はときこしめす御心まどひども、いへばさら也。[四]所〲のなげき、近《ちか》う仕《つか》うまつりし人〲の心ちども、をき所なく悲《かな》し。御門《かど》もかぎりなく御心悩《なや》むべし。[五]いとかうしも人に見えじと、かつは思《おぼ》ししづむれど、[六]あやにくにすゝみ出《い》づる御涙《なみだ》を、もてかくしつゝおはします。[七]ふりにし事を思《おぼ》し出《い》づるにも、[八]たち返《（かへり）》また世《よ》をやすく思《おぼ》さん事のいとかたければ、[九]よろづ今《いま》をとぢめにこそと、思《おぼ》しめぐらすに、人《ひと》やりならず、[一〇]口惜《くちを》しき契《ちぎ》り加《くは》ゝはりける前の世のみぞ、つきせずうらめしき。

[一一]つい《（ひ）》にかく沈《しづ》みはつべき報《むく》いあらば上《うへ》なき身とはなに生《む》まれけん

[一二]巳《み》の時《とき》ばかりに出《い》でさせ給。網代《あじろ》の御車に、[一三]御前《ぜん》どもなどは、故院(後宇多)の御世より仕《つか》うまつりなれにし物ども、ある限《かぎ》りまいれり。[一四]御車寄《よ》せに西園寺《さいをんじ》の中納言公重《しげ》[一五]さぶらい給。上《うへ》は、御冠《かうぶり》に世《よ》のつねの御直衣《なをし》・指貫《さしぬき》・[一六]白綾《あや》の御衣《ぞ》一かさね奉《たてまつ》れり。去《こ》[一七]年《ぞ》の今日《けふ》は、北山にて花の宴《えん》せさせ給しも、あはれに思《おぼ》し出《い》でられて、その日の事、かきつらね戀しく思《おぼ》さる。[一八]人〲の祿《ろく》にこそはたまはせしを、今日《けふ》は御旅《たび》衣にたちかふるも、あはれに定《さだ》めなき世のならひ、今《いま》さら心憂《う》し。[一九]御車にたてまつるとて、

宿とても、懐しく思い出されることであろう。
二一 阿野公廉の女、廉子。後醍醐帝の妃となり、正平六年(一三五一)院号宣下あって、新待賢門院という。後村上帝の生母。「秋のみ山」に、中宮の内侍として見える。
二二「は」諸本で補う。
二三 底本「国」を「顕」に訂正。
二四「か」底本傍書。
二五 平素から名前の聞こえている武士たち。
二六 底本「か」を「ね」に訂正。
二七 鎌倉幕府の信任の特に厚いものばかり。
二八 さまざまに、この上なく見事に織ったり染めたりして。
二九「に」谷・桂・谷一本以外の諸本で補う。
三〇 好みにまかせて善美をつくして調製したので。
三一 このような悲しい行幸ではあっても。
三二 行列を拝観するための車が場所も狭いほどたち並んでいる。
三三 相当な身分の女性。「女房」は底本「女な」。谷・桂・谷一本以外の諸本で訂正。
三四 平安朝時代以後、中流以上の婦女が徒歩で外出する時の服装。
三五 この世の憂き事の限りは、今ここで味わいつくしたような気持ちがする。
三六 保元物語下巻に見える。
三七 人づてにばかり聞いていて。「のみ」諸本で補う。
三八 一度もそのお姿を拝したこともなく、人の数にも入らない者。
三九 きわめていやしい身分の者。
四〇 には—さ(尾・大・岩本)—さは(近・平・院本)—に(谷本)。
四一 尾・近・平・大・岩本、この前に「なへて」あり。 四二 底本「給あへるかし」。諸本により「給」をけずる。

日ごろを《(お)》はしましつるかたはらの障子《さうじ》に、書《か》きつけさせたまふ。

[二〇]いさ知《し》らずなを憂《う》きかたの又もあらばこの宿《やど》とても忍《しの》ばれやせん

御供《とも》には、[二一]内侍《(の)》三位殿・大納言君《(の)》・小宰相など、男《おとこ》に〔は〕[二二]、行房の中将・忠顯[二三]少将ばかりつかまつる。をのが[二四]じし、宮この名殘《なごり》ども言《い》ひつくしがたし。六波羅《はら》よりの御送《をく》りの武士《ぶし》、[二五]さならでも名《な》あるつは物ども、千葉の介貞胤《すけさだたね》[二六]をはじめとして、お[二七]ぼえ異《こと》なる限《かぎ》り、十人選《えら》びたてまつる。色〳〵の綾錦《あやにしき》の水干《すいかん》・直垂《ひたゝれ》などいふもの、[二八]さま〳〵〔に〕[二九]織《お》りつくし染《そ》めつくして、[三〇]いみじき清《よ》らを好《この》みとゝのへたれば、[三一]かくてしも、世にめづらしき見物なり。六波羅《はら》より、七條を西《にし》へ、大宮を南《みなみ》へ折《を》れて、東寺の門の前《まへ》に御車おさへらる。とばかり御念誦《ねんじゆ》あるべし。[三二]物見車所せき程なり。[三三]よろしき女房も[三四]壺《つぼ》裝束《さうぞく》などして、かちの物どももうちまじれり。さらでも、老たるも、尼《あま》法師、あやしき山賤《がつ》までたち込《こ》みたるさま、竹の林《はやし》に異《こと》ならず。をの〳〵目《め》をしのごひ、鼻《はな》すゝりあへる氣色《けしき》ども、げに、[三五]うき世のきはめは、今《いま》につくしつる心ちぞする。[三六]崇德院の讃岐《さぬき》におはしましけん程のありさま、後鳥羽院の隱岐《をき》に移《うつ》らせ給けむ時なども、さこそはありけめなれど、[三七]つてに〔のみ〕聞《き》きて、見《み》ねば知《し》らず。これをはじめたる心地ぞする。

日ごろは、[三八]なにの御にほひにも觸《ふ》れず、數ならぬ人、[三九]及《をよ》ばぬ身までも、今日《けふ》の御別のあはれ[四〇]には、[四一]をき所なげにぞ惑《まど》ひ[四二]あへるかし。君も御簾《すだれ》すこしかきやりて、このもかのも御覧《らん》じわたしつゝ、一御目とまらぬ草木もあるまじかめり。二岩木《いわ》ならねば、武士《ものゝふ》の鎧《よろい》の袖どもも、しほどけふぞ見《み》ゆる。三宮この木末《ずゑ》をかくるゝまで御覧《らん》じ送《をく》るも、なを夢かとおぼゆ。四鳥羽殿におはしまし著《つ》きて、御よそひあらため、破子《わりご》などまいらせけれど、氣色ばかりにてまかづ。五これより御輿《こし》に奉《たてまつ》れば、六とゞまるべき御前《ぜん》どもの、空《むな》しき御車を、泣《な》く〳〵七やりかへるとて、くれまどひたる氣色《けしき》、いと堪《た》えがたげ也。

かくて、君は遙《はる》かに赴《をもむ》かせ給。淀《よど》のわたりにて、むかし八八幡《やはた》の行幸ありし時、九橋《はし》渡《わた》しの使《つか》ひなりし一〇佐《さ》々《ゝ》木佐渡の判官《はうぐわん》といふ物、一一今は入道して、今日《けふ》の御送《をく》りつかまつれるに、その世の事思《おぼ》し出《い》でられて、いと忍《(しのび)》がたさに給はせける。

一二しるべする道《みち》こそあらずなりぬとも淀《よど》のわたりは忘《わす》れしもせじ

又の日は、中務《づかさ》の御子《みこ》、一三土佐國へおはします。御供《とも》に一四為明中將まいる。日ごろ、一五かくあやしき御宿《やど》りにものし給を、かたじけなく思きこえつるに、遙《はる》かなる世界《せかい》へさへ出《い》でおはしませば、まして一六いかさまなるわざをして御覧《らん》ぜられんと、あるじ時信、けいめいしさはぐ。宮すでに立《た》たゝせ給とて、瓶《かめ》にさしたる花を折りて、

一七花はなをとまる主《あるじ》に語《かた》らへよ我こそ旅《たび》に立《(たち)》わかるとも

おなじ日、やがて妙法院の座主尊澄法親王〔も〕一八、讃岐《さぬき》の國へおはします。先帝は一九今《け》日《ふ》津《っ》の國《くに》二〇昆《こ》陽《や》の宿《しゆく》といふ所に著《つ》かせ給て、夕づく夜《よ》ほのかにをかしきを、ながめお

一 お名残惜しさに、お送りの人々はもとより一木一草に至るまで、お目にとまらないものはないようである。二 岩木のように、非情のものではないから。三 菅原道真が九州に流される途中で詠んだ「君が住む宿の梢をゆくゆくと隠るるまでもかへり見しはや」の歌を念頭において書く。大鏡・拾遺集、別に見える。四 京都市伏見区鳥羽にあった離宮。→補注三九四。五「より」底本傍書。六 京都に残ることになっているご前駆の者どもが。七 ひいて帰るというので。八 正中元年(一三二四)三月二十三日の石清水八幡宮への行幸をさす。四二二頁参照。九 行幸の際に、桂川や淀川に浮橋を渡す役で、検非違使がこれをつとめた。一〇 佐々木高氏。宇多源氏。初め北条高時に仕え、後に足利尊氏に従って、諸国の守護・地頭をつとめた。応安六年(一三七三)、七十八歳没。一一 正中三年(一三二六)三月二十三日、北条高時にならって出家。法名、道誉。底本「佐土」の「土」を「渡」と訂正。一二 お前が今先導する道は、昔の八幡行幸の時の道とは、全く趣の異なったものになっていようとも、この淀の渡りのことは、まさか忘れもしないであろう。一三 底本「佐」の脇に「左」と小書。一四 為世の孫で、為藤の子。貞治三年(一三六四)に、新拾遺集を編集中に没す。七十歳。一五 佐々木判官時信の家をさす。一六 お慰めに、どのような事をしてお目にかけようかと。一七 自分はいよいよ遠くに旅立つことになったが、花よお前は、自分に別れた後でも、都にとどまるこの家の主人と仲よくしてくれよ。一八「も」諸本で補う。一九 三月八日。二〇 こやの―こやのゝ(諸本)。二一 命があればこそ、こうして昆陽の宿の軒端の月も見ることができたのだ。これから先も、またどのような思いがけない経験をすることで

はします。

[二一]命あればこやの軒ばの月も見《み》つ又いかならん行末の空

昆陽《こや》より出《い》でさせ給て、武庫《むこ》川・神崎《かんざき》・難波《なには》、住吉《すみよし》など過《す》ぎさせ給〔と〕[二二]て、御心[二三]のうちに思《おぼ》すすゞあるべし。廣田《ひろた》[二四]の宮のわたりにても、御輿《こし》とゞめて、拝《をが》みたてまつらせ給。葦屋《あしや》の松原・雀《すゞめ》[二五]の松・布引《ぬの》[二六]の瀧《たき》など御覽《らん》じやらるゝも、〔ふるき〕[二七]御幸《ゆき》ども思《おぼ》し出《い》でらる。生田《いくた》[二八]の里をば訪《と》[二九]はで過《す》ぎさせ給ぬめり。湊《みなと》川の宿《しゆく》に著《つ》かせ給へるに、中務《づかさ》の宮は、こ〔や〕[三〇]の宿《しゆく》にをはします程、間近《まぢか》[三一]く聞《き》きゝたてまつらせ給も、いみじうあはれに悲《かな》し。宮、

[三二]いとせめてうき人やりの道《みち》ながらおなじとまりと聞《き》くぞうれしき

福原《ふくはら》[三三]の島《しま》より、宮は御舟にたてまつる。御門《かど》は、和田《わだ》[三四]の御さき・刈藻《かるも》[三五]川をうち渡《わた》して、須磨《すま》の關《せき》にかゝらせたまふ。かの行平[三六]の中納言、「關吹《せき(ふき)》[三七]こゆる」といひけんは、浦《うら》[三八]よりおち（を）なるべし。あはれに御覽《らん》じわたさる。源氏の大將の、「泣《な》[三九]く音《ね》にまがふ」とのたまひけん浦波《うらなみ》、いまもげに御袖にかゝる心ちするも、さま〴〵御涙のもよほし也。播磨《はりま》の國へ著《つ》かせ給て、鹽屋《しほや》[四〇]・垂水《たるみ》[四一]と云所をかしきを、問《と》はせ給へば、[四二]「さなん」と奏《そう》するに、「名を聞《き》くよりからき道《みち》にこそ」とのたまはせて、さしのぞかせ給へる御さまかたち、ふり[四三]がたくなまめかし。けぢ[四四]かき限《かぎ》りは、あはれにめでたうもと思きこゆべし。

あろうか。昆陽は、兵庫県伊丹市のほぼ中央の地で歌枕として著名。 二二「と」諸本で補う。

二三 住吉明神に対して、お心の中で祈願をこめられる筋のことがあるだろう。 二四 兵庫県西宮市大社町にあり、天照大神のあらみたまをまつる。 二五 雀の松原。神戸市東灘区魚崎町。

二六 神戸市葺合区布引町の山中にある滝。

二七 延久五年(一〇七三)後三条院の住吉御幸、建長五年(一二五三)後嵯峨院の住吉御幸などをさすか。「ふるき」諸本で補う。 二八 神戸市生田区の地で、生田の森は歌枕として著名。

二九 詞花集、秋「君住まばとはましものを津の国の生田の森の秋の初風　僧都清胤」、新古今集、秋上「きのふだにとはんと思ひし津の国の生田の杜に秋は来にけり　藤原家隆」によっていう。

三〇「や」谷本以外の諸本で補う。 三一 父帝のご宿所が程近い所であるとお聞きになるにつけて。

三二 この旅は、人から無理にしいられた、ほんとうにひどくつらい旅ではあるが、父の帝も同じ場所におとまりになっていると聞くのは、嬉しいことだ。新葉集、離別。→補注三九五。

三三 今の神戸の築島をさす。

三四 神戸港の南西に突き出しているみさき。

三五 神戸市の鵯越から発して海に入る川。

三六 平城帝の皇子阿保親王の三男。業平の兄、文徳帝の頃、須磨に住む。

三七 この部分は、源氏物語、須磨の巻を念頭に置いて書く。→補注三九六。

三八 この海辺から遠く離れたところなのだろう。

三九 この部分も、同じく須磨の巻を念頭において書く。→補注三九七。

四〇・四一 神戸市垂水区。舞子の浜東方の海岸。

四二 景色がすぐれているのをご覧になって、所の名をお聞きになると。

四三 昔のままで優雅である。

四四 おそば近く仕えている者はすべて。

[一]大倉谷と云所すこし過《す》ぐる程にぞ、人丸の塚《つか》はありける。明石《あかし》の浦を過《す》ぎさせ給に、[二]「島《しま》がくれ行《(ゆく)》舟」ども、ほのかに見《み》えてあはれ也。

　[三]水の泡《あは》のありてうき世をわたる身にうらやましきは海士《(あま)》の釣《つり》舟

[四]野中の清《し》水・ふたみの浦《うら》・[五]高砂《たかさご》の松など、[六]名ある所〳〵御覧《らん》じわたさるゝも、かゝらぬ御幸《ゆき》ならば、[七]をかしうもありぬべけれど、よろづかきくらす御亂《みだ》り心ちに、御目《め》とまらぬも、我ながらいたう屈《くん》じにけるかなとおぼさる。いと高《たか》き山の峯《みね》に、花おもしろく咲《さ》きつゞきて、白雲をわけゆく心ちするも艶《えん》なるに、宮この事かず〳〵思《おぼ》し出《い》でらる。

　[八]花はなをうき世もわかず咲きにけり宮こも今《いま》や盛《さか》りなるらむ

　[九]あと見ゆる道《みち》のしほりの櫻花この山人のなさけをぞ知《し》る

十二日に、[一〇]加古《かこ》河の宿《しゅく》といふ所におはします程に、妙法院《(尊澄)》の宮、讃岐《さぬき》へ渡《わた》らせ給へとて、[一一]おなじ道《みち》、すこしちがいたれど、この川の東《ひんがし》、野口《のぐち》と云ところまで参《まい》り給へるよし奏《そう》せさせ給へば、いとあはれにあひ見まほしう思《おぼ》さるれど、御送《をく》りのつは物ども許《ゆる》[一二]しきこえねば、宮むなしく返給《(かへりたまふ)》御心の中、堪《た》へがたく亂《みだ》れまさるべし。[一三]さらなる事なれど、かばかりの事だに、御心にまかせずなりぬる世の中、[一四]いへばえに、[一五]つらく恨《うら》めしからぬ人なし。十七日、[一六]美作《みまさか》の國におはしまし著《つ》きぬ。御心[一七]〔ち〕悩《なや》ましくて、此國に二、三日やすらはせたまふ程、かりそめの御宿《やど》りなれば、[一八]もの深《ふか》かゝ

一 明石市の地。大・谷・谷一本以外の諸本「大宮谷」。
二 古今集、羇旅「ほのぼのと明石の浦の朝霧に島がくれゆく舟をしぞ思ふ」の歌を踏んで書く。↓補注三九八。
三 水の泡のように、はかない様子で生きながらえて、このつらい世の中を過ごしているわが身にとっては、あのあまの釣舟でさえうらやましく思われる。
四・五 明石市にあり、歌枕。↓補注三九九。
六 兵庫県高砂市にあり、歌枕。古今集、雑上「誰をかも知る人にせん高砂の松も昔の友ならなくに　藤原興風」の歌が著名。
七 底本「は」の右上に「す」と傍書。諸本「ならは」。
八 このようにつらい世の中であるにもかかわらず、桜の花は例年どおり咲き出たことだ。都でも今や花ざかりであろう。底本「咲きに」の「に」の脇に「て」と注記。諸本「さきてけり」。
九 わが行く道々に、道しるべのために手折った桜の花の跡が見える。その花の跡を見るにつけて、この山人の情けの深さが思い知られることだ。 一〇 兵庫県加古川市のうち。
一一 だいたい同じ道筋で、すこし違っていたのを、わざわざこの加古川の東岸の野口という所まで、おいでになった旨を。
一二 底本「か」を「る」と訂正。
一三 何事もお心のままにならないのは、今さらいうまでもないことであるが。
一四 何とも言いようもなく。
一五 つらく―つら〳〵(谷・桂・谷一本以外の諸本)。
一六 岡山県の北部、鳥取県との県境の地方一帯がそれにあたる。
一七 「ち」諸本で補う。
一八 ご座所も奥深い所にはなくて。

らで、さぶらう限《かぎ》りの物のふども、をのづからけぢかく見奉《たてまつ》るを、あはれにめでたしと思《(おもひ)》きこゆ。君も思《おもほ》しつゞくる事ありて、

一九あはれとはなれも見るらん我民と思ふ心《こゝろ》は今《いま》もかはらず

おはしますにつゞきたる軒のつまより、二〇煙の立《た》ち來《く》れば、「庵《いほり》にたける」とうち誦《じゆん》ぜさせ給へるも艶《えん》なり。

二一よそにのみ思ひぞやりし思《おも》ひきや民《たみ》のかまどをかくて見《み》んとは

廿一日、二二雲清寺と云所にて、いとおもしろき花を折《を》りて、忠顯少將奏《そう》しけり。

二三〔かはらぬを形見《かたみ》となして咲く花の都《みやこ》は猶も忍《しの》ばれぞする

御返し、〕

二四色も香もかはらぬしもぞ憂《う》かりける宮このほかの花の木末《ずゑ》は

又、二五小山《をやま》の五郎とかやいふ武士《ぶし》に、おなじ花をやるとて、少將、

二六うき旅《たび》と思ひは果《は》てじ一枝も花のなさけのかゝる折《をり》にて

かくてなをおはしませば、來《こ》し方《かた》はそこはかとなく霞《かす》みわたりて、「あはれに遠《とを》くもなりにけるかな」と、日數にそへて、宮このいとゞ隔《へだゝ》りはつるも、心細《ぼそ》うおぼさる。ほのかに咲《さ》きそむと見えし花の木末《ずゑ》〔二七さへ〕、日數《かず》も山もかさなるにそへて、二八うつろひまさりつゝ、上《のぼ》り下《くだ》るつゞらをりに、いと白《しろ》く散《ち》りつもりて、むら消《ぎ》えたる雪の心ちす。

一九 自分のことをお前たちも気の毒に思うであろうが、自分もお前たちのことをわが民としてかわいく思う心は、今でも昔と変わりないのだ。

二〇 源氏物語、須磨に「煙のいと近く、時々たちくるを、これやあまの塩焼くならむと、思しわたるは、おはしますうしろの山に、柴といふ物、ふすぶるなりけり。めづらかにて、山がつのいほりにたけるしば〳〵もこととひこなん恋ふる里人」とある部分を踏んで書く。

二一 今までは、ただ遠くからあれこれと想像してみるだけであった、その民家のかまどの煙を、このように間近く見ようとは、かつて思ってもみたことがあったろうか。まったく思いがけないことであった。

二二 所在不明。

二三 以下二行、尾・近・平・大・岩本で補う。こんなところにでも、都に変わらず咲いている桜の花を、せめてもの形見と思って眺めていると、花の都のことが、なおも懐しく思い出されます。

二四 都以外の土地で咲く桜の花の梢は、都のそれと違っていてくれればよいのに、その色も香も都の花と変わりのないことが、私にはつらいことなのだ。

二五 小山五郎左衛門尉秀朝。

二六 この旅をただつらい旅だと思いきってはしまうまい。ほんの一枝でも、花の情けになぐさめられる、このような折であるから。

二七 「さへ」尾・近・平・大・岩本で補う。

二八 次第に花の盛りが過ぎていって。

[一]花の春また見《み》んことのかたきかなおなじ道《みち》をば行《（ゆき）》かへるとも

[二]いとかたしとは思《おぼ》す物から、[三]なをさりともたいらかにだにあらば、をのづから御本意《ほんい》とぐるやうもありなんなど、御心もて慰《なぐさ》めおぼすもはかなし。[四]久米《くめ》のさら山というふ所越《こ》えさせ給ふとて、

[五]聞《き》ゝをきし久米《くめ》のさら山越《こ》えゆかん道《みち》とはかねて思ひやはせし

[六]逢坂《あふさか》といふは、東路《あづまぢ》ならでもありけりときこしめして、

[七]たちかへり越《こ》え行《（ゆく）》關と思《おも》はばや宮こに聞《き》ゝしあふ坂《さか》の山

[八]三日《みか》月の中山にて、[九]むかし後鳥羽院の仰られけん事思《おぼ》し出《い》づるさへ、げに憂《う》かりけるためしなり。

[一〇]傳《つた》へ聞《き》く昔《むかし》がたりぞうかりけるその名ふりぬる三日月の松

御道《みち》なかばになりぬれば、御送《をく》りの物ども、上下、宮こ出《い》でしよりもなを花《はな》やかに、[一一]今《いま》めかしう〔[一二]装束《そうぞ》きかへたり。[一三]大方《おほかた》は、あやしう〕さまことなる御幸なれど、[一四]道《みち》すがらの御まうけ、國《くに》〴〵に心づかひしたる氣色《けしき》などは、[一五]かうざまの御ありきとは見えず、いとやむごとなくなん。さはいへど、今《いま》ゝで國のあるじにて、世をもいみじう治《おさ》めさせ給へりつる名殘《なごり》にやあらん、いとねんごろにのみ仕《つか》まつれり。[一六]いにしへの[一八]御幸《ゆき》どもには、かうはあらざりけりとぞ、ふるき事知《し》れる人〴〵言《い》ひ侍る。[一九]四月一日比《（ごろ）》、百敷《もゝしき》の宮の中思《おぼ》し出《い》でられて、

一　今年の春は花に明け暮れして過ごしたが、こうした花の春景色を再び見るのはむつかしいことだ。たとえ、再び都に帰ることができ、同じ道を往復することがあったとしても。二　都に帰るのは、まことにむつかしいことであるとはお思いになるものの。三　やはりそれでも、からだが無事でさえあったならば、そのうちには、いつかかねてからの念願を達成するすべもあろうなどと。四　岡山県津山市の西南の地。古今集、大歌所御歌「美作や久米のさら山さらさらにわが名は立てじ万代までに」の歌で有名。五　久米のさら山については、昔から歌の名所として聞いていたが、その山が自分の越えてゆく道になろうとは、かねて思ってもみたことがあったろうか。六　逢坂という地名は、京都の東方の逢坂山以外に、ここにもあるのだとお聞きになって。七　都にいた時に聞いたのと同じ名の、この逢坂を、京都にたち帰って都人にあうために越える逢坂の関と思いたいものだ。八　岡山県真庭郡新庄村にある。九　承久軍物語第六に見える。↓補注四〇〇。一〇　古くからその名の知られている三日月の松のほとりで、後鳥羽院に関する昔物語を人から伝え聞くのも、まことに心うく感ぜられることだ。一一　当世風に装束を着かえた。一二　以下十四字、諸本で補う。一三　だいたいにおいて、この度の行幸は普通の場合と違って様子の変わった行幸であるが。一四　道々で天皇をお迎えするご用意のほどや。一五　遠島に移されるというようなご旅行。一六　底本、この次に「つかまつれり」を重ねて書き、みせけちにす。一七　後鳥羽院の隠岐へ移された時のことをさす。一八　底本「は」。諸本による。一九　侍る—侍ける（諸本）。

二〇さもこそは月日も知《し》らぬ我ならめ衣がへせし今日《けふ》にやはあらぬ

出雲《いづも》の國二一やすぎの津と云所より、御舟にたてまつる。大舟廿四艘《さう》、小舟ども、はしに數《かず》知《し》らずつけたり。遙《はる》かに押《を》し出《い》だす程、二二いま一かすみ心細《ぼそ》うあはれにて、まことに「二千里の外《ほか》」の心ちするも、今《いま》さらめきたり。かの島《しま》におはしまし著《つ》きぬ。

二三昔《むかし》の御跡《あと》は、それとばかりのしるしだになく、人のすみかも稀《まれ》に、をのづから海士《あま》の鹽《しほ》やく里《さと》ばかり遙《はる》かにて、いとあはれなるを御覽《らん》ずるにも、御身の上《うへ》はさしをかれて、まづかのいにしへの事思《ことおぼ》し出《い》づ。かゝる所に二四世をつくし給けん御心のうち、いかばかりなりけんと、あはれにかたじけなく思《おぼ》さるゝにも、二五今《いま》はた、さらにかくさすらへぬるも、何《なに》にゝより思ひ立《た》ちし事ぞ、二六かの御心の末《すゑ》や果《は》たし遂《と》ぐると思ひしゆへ也。苔《こけ》の下にもあはれと思《おぼ》さるらんかしと、二七かき集《あつ》めつきせずなん。

海《うみ》づらよりはすこし入(いり)たる二八國分寺といふ寺《てら》を、二九よろしきさまにとり拂《はら》いて、おはしまし所に定《さだ》む。三〇今《いま》はさは、かくてあるべき御身ぞかしと、思《おぼ》し靜《しづ》まる程、なを夢の心ちして、いはんかたなし。そこら參《まい》りしつは物どもゝまかづれば、かひしめりのどやかになりぬる、いとゞ心細《ぼそ》し。昔《むかし》こそ、三一受領(ずりやう)どもゝ、三二任の程その國をしたゝめ行《おこ》なひしか。このごろはたゞ名ばかりにて、いづくにも三三守護《しゆご》といふ物の、三四目代よりは三五おぞましきを据《す》ゑたれば、三六武家《ぶけ》の目《ま》びきにてのみ、おほやけざまの事は、よろづおろそかにぞしける。三七葛城《かつらぎ》の大《おほ》君を、陸奥國《みちのくに》へ遣《つか》はしたりけんも、かくやとあは

二〇 それこそ月日までも忘れている自分なのであろうか。今日は四月一日で、都にいれば夏衣に着かえた日ではないか。
二一 今の島根県安來市のうち。
二二 いまいちだんと心細くあわれで。この部分、源氏物語、須磨「うち返り見給へるに、来しかたの山は霞み、はるかにて、まことに、三千里のほかの心ちするに、かいのしづくも、たへがたし」とある部分を念頭において書く。
二三 昔、後鳥羽院のお住居になった跡は。
二四 一生を終えられた院のご心中は。
二五 今またさらに、自分がこのように流浪することになったのも。
二六 それは、かの後鳥羽院のご遺志の一端をも果たしとげることができようかと。
二七 あれやこれやと、次々にいろいろの事を思い起こされて、ご感慨の尽きないものがあった。尾・近・平・大・岩本、この前に「よろつに」あり。
二八 島根の周吉郡西郷町にあった。
二九 一応かっこうがつく程度に、とりかたづけて。
三〇 今はそれでは、いよいよこうしてここに居るべき御身なのだと、観念なさるにつけて。
三一 諸国の国守をいう。
三二 任期の間。国司の任期は、大宝の制では六年であったが、後に四年になった。
三三 源頼朝が朝廷に奏請して諸国に置き、軍事警察の事を行なわせた職。
三四 国司のかわりに、その任地で国務を処理した者。
三五 恐ろしいのを置いたので。
三六 武家の目つきばかりに気をつかって、朝廷のほうの事は、万事にわたって疎略にした。
三七 敏達天皇の子孫で、初め葛城王と称し、後に姓をたまわって、橘諸兄という。王が陸奥国につかわされた時、国司がもてなさなかったので、王が怒った事が、万葉集、巻十六に見える。→補注四〇一。

れ也。

中務《づかさ》(尊良)の御子《みこ》も、一土佐におはしまし著《つ》きて、御送《をく》りの武士にたまはせける。

二思ひきや恨《うら》めしかりし武士《もののふ》の名殘《なごり》を今日《けふ》は慕《した》ふべしとは

かやうのたぐいは、三あまたきこえしかど、なにかはさのみ。四みな人もゆかしからず思《おぼ》さるらんとてなん。

宮こには、三月廿二日御即位《そくい》の行幸なれば、世の中めでたくのゝしる。(後伏見)本院・新(花園)院ひとつに奉《たてまつ》りて、待賢《たいけん》門のほとりに御車立《た》てゝ見《み》たてまつらせ給。よろづあるべきさまに、とゝのほりてめでたし。

まことや、五(禧子)中宮はそのまゝに御ぐしもたぐる時もなく、沈《しづ》み給へる御有様《ありさま》、いとことはりに、遠《とを》き御別の悲《かな》しさにうちそへて、六御胸《むね》のひまなく思《おぼ》しこがる。七后の位《くらゐ》もとゞめられ給て、院號《がう》のさだめなど、人の上《うへ》のやうにほのかに聞《き》こしめすも、嬉《うれ》しからぬ世也。禮成《れいしやう》門院とかや申也。八年《とし》月は、御身の人わらへなる様《さま》にて、天下の騒《さは》がれなりしをこそ思《おぼ》し歎《なげ》き、御門《かど》も苦《くる》しきことに思《おぼ》しのたまはせけるに、九今《いま》は中〳〵そのすぢのこと、一〇かけても思《おぼ》さず、さま〳〵なりし御修法《しゆほう》の壇《だん》どもも、あとかたなくこぼちはてゝ、一一かきさましぬ。ひたすらに、たゞかゝる世の憂《う》さをのみ思《おぼ》しまどふに、日比經《ふ》れど、一二御湯《ゆ》なども絶《た》(え)へて御覽《らん》じ入(いれ)ねば、一三そこはかとなく、いとゞそこなはれまさりて、ながらふべくも見え給はず。隱岐《おき》よりは、たまさかの御消息《せうそこ》

一 底本「佐」の脇に「左」と注す。

二 いよいよ別れとなると、これまで恨めしいものに思っていた武士に対しても、今日は名残が惜しまれてならない。こうしたことは、今まで思ってもみなかったことである。

三 諸本「は」なし。

四 みなさんも、そう聞きたくもないとお思いだと思いますので、これぐらいで、やめておきます。

五 中宮は後醍醐帝とお別れになると、そのままずっと御頭を持ち上げられる時もなく。

六 お胸の晴れる間もなく。

七 女院になされるをいう。元弘二年五月十九日、院号宣下。

八 この数年来、中宮ご自身がお産のことで、人の笑いぐさになるような様子で。

九 今ではかえって、そうしたお産などのことは、すこしも念頭におかれず。

一〇 こと—ことは(諸本)。

一一 すっかり、その事をやめてしまった。

一二 御薬湯なども全然おあがりにならないので。

一三 何ということもなく、おからだがますます悪くなっていって。

などの通《かよ》ふばかりにて、おぼつかなくいぶせき事多《おほ》く積《つ》もり行《(ゆく)》も、[一四]いつをあふせの限《かぎ》りもなく、定《さだ》めなき世に、[一五]やがてかく[一六]てやとぢめんとすらんと、かたみにいみじう思《おぼ》さる。

[一七]かしこに参《まゐ》り給へる内侍《(の)》三位の御腹《はら》にも、[一八]御子《みこ》たちあまたおはします。いづれもいまだいはけなき御程にはあれど、物思《おぼ》し知《し》りて、いみじう戀《(こひ)》きこえ給つゝ、をり〳〵は忍《しの》びてうち泣《な》きなどし給ふ。幼《おさな》うものし給へば、遠《とを》き國までは移《うつ》し奉《たてまつ》らねど、もとの御後見《うしろみ》をばあらためて、西園寺《さいをんじ》の大納言公宗の家にぞ渡《わた》したてまつる。八になり給ぞ御兄《このかみ》ならんかし。北山におはする程、夕暮の空いと心すごう、山風あらゝ[一九]〔か〕に吹て、常《つね》よりも物悲《がな》しく思《おぼ》されければ、

[二〇]庭松綠老イテ　秋風冷シ　蘭竹葉繁ウシテ　白雪埋ム

[二一]つく〴〵とながめくらして入あひの鐘《かね》の音《をと》にも君ぞ戀しき

幼《おさな》き御心に、[二二]はかなくうちひそみ給へる、いとあはれなり。こゝもかしこも盡《つ》きせず思《おぼ》し歎《なげ》くさま、いはずともみな推《を》し量《はか》るべし。

[二三]宮の宣旨《せんじ》も、いたう時《とき》めきて、三位してき。[二四]その御腹《はら》の若宮《わか》(法仁)、花山院の大納言師《もろ》賢《かた》御めのとにて、ことのほかにかしづかれ給しも、この頃《ごろ》は、ひき忍《しの》びておはします。母君も世の憂《う》[二五]きに堪《た》えで、[二六]さまかへて、心深《ふか》くうち行《おこ》ないつゝ、[二七]涙ばかりを友《とも》にて、明《あ》かし暮《く》らすに、[二八]を(お)ばの北《きた》の方《かた》さへ失《う》せたるを聞《き》きゝて、[二九]時々いひかはしけるな

一四 いつになれば会うことができるという期限もなく。

一五 このような状態で、そのまま一生を終わってしまうのであろうかと。

一六「て」底本傍書。諸本「かくてや」。

一七 隠岐の島をさす。

一八 恒良・成良・義良の三親王をいう。

一九「か」諸本で補う。

二〇 庭の松は緑の色深く、秋風がすさまじく吹きわたり、蘭竹の葉が繁っていて、白雪がそれを埋めている。

二一 物思いに沈んで一日中をながめ暮らして、夕暮れの鐘の音を聞くにつけても、父の帝のことが恋しく思われてならない。太平記巻四、八歳宮御歌事「第九宮ハ、未御幼稚ニ御坐バトテ、中御門中納言宣明卿ニ被レ預、都ノ内ニゾ御坐有ケル。此宮今年ハ八歳ニ成セ給ケルガ」として、この歌の詠まれた事情を記し、さらに「御歌ノヲサ〳〵シサ哀レニ聞ヘシカバ、其比京中ノ僧俗男女、是ヲ畳紙・扇ニ書付テ、是コソ八歳ノ宮ノ御歌ヨトテ、翫バヌ人ハ無リケリ」と、この歌が洛中の評判になったことを記す。

二二 頼りなげにひっそりと沈んでおられるのは。

二三 中宮の宣旨。為定の妹で、為世の孫。

二四 法仁法親王。尾・近・平・大・岩本「わか宮は」。

二五 うきに—うさに(諸本)。

二六 髪をそって、一心に仏道を修行して。

二七「はかり」底本傍書。諸本「はかりを」。

二八 おばは祖母の意で、中宮の宣旨の祖母、為世の妻をさす。

二九 ときどき、文通していた、ある身分の高くない女房のもとから。

ま女〔房〕[一]のもとより、[二]程經《へ》て後《のち》なりければ、

　[三]うきに又かさぬる夢を聞《き》ゝながら驚《おどろ》かさでも歎《なげ》き來《こ》しかな

返し、宣旨《せんじ》の三位殿、

　[四]うきにまたかさなる夢を聞《き》ゝながら驚《おどろ》かさではなど歎《なげ》きけん

この兄《せうと》の爲定の中納言も、前《さき》の御世には、おぼえ花《はな》やかにて、[五]いと時なりしに引《(ひき)》返《(かへ)》、[六]しめやかにつれ〳〵と籠《こも》りいたれば、祖父《おほぢ》の大納言爲世、度《たび》〳〵[七]院の御氣色《けしき》たまはられけれど、いと[八]ふようなれば、心もとなう思ひわびて、春宮大夫通顯の君して、重《かさ》ねて奏《そう》しける。

　[九]和歌《わか》の浦《うら》に八十《(やそぢ)》あまりの夜の鶴《つる》の子《こ》を思ふ聲《こゑ》のなどか聞《き》こえぬ

大夫は、[一〇]うけばりたる傳奏《でんそう》などにてはいませざりけれど、この大納言、歌の弟子にて、[一一]さりがたきうへ、事《こと》のさまも故《ゆへ》あるわざなれば、直衣《なをし》のふところにひき入《(いれ)》て參《まゐ》り給へりけるに、院《(後伏見)》[一二]の上《うへ》、[一三]のどやかにいでいさせ給て、世の御物語《がたり》など仰《おほ》せらるゝ、折《をり》よくて、思《おも》ひ歎《なげ》くさまなど、ねんごろに語《かた》り申て、[一四]ありつる文ひき出《い》でつゝ[一五]、御氣色《けしき》とり給。大かた、[一六]なごやかにおはします君の、まいて[一七]なにばかり罪《つみ》ある人ならねば、[一八]勘《かう》じおぼすまではなけれど、[一九]いさゝかも武家よりとり申さぬ事を、御心にまかせ給はぬにより、かくとゞこほるなるべし。「いと不便《ふびん》にこそ」とのたまはせて、やがて御返し、

一「房」谷・桂・谷一本以外の諸本で補う。「なま女」ということばもあるが、この場合は「なま女房」とあるべきであろう。 二 それは大分日数が過ぎたあとのことであったので、次のような歌をよんでよこした。 三 帝と遠くお別れになったつらさの上に、さらにまたおばあさまをなくされるという、夢のような出来事におあいになったとお聞きしながら、おとむらいにもあがらないで、今日までひとりで歎いてきたことです。 四 つらい事の上に、さらに私が不幸なめにあっていると聞きながら、なぜ、私を見舞ってくださることもせず、ひとりで嘆いておられたのですか。 五 たいへん時めいていたのに。 六 正慶元年(元弘二年)四月十日、関東の奏聞によって捕えられ、同十五日権中納言の職を辞して、以後、籠居していた。 七 お許しいただけるかどうかについて、御意をうかがわれたが。 八 不用。願いがききいれられないことをいう。 九 多年の間、歌道にたずさわってきた八十余のこの老人が、わが子を思って泣いている声が、どうして君のお耳にはいらないのでしょうか。→補注四〇二。 一〇 何でも思いのままに主上に申しあげることのできる、伝奏などではいらっしゃらなかったけれども。伝奏は、親王・摂家および武家・社寺などからの奏請を、天皇または上皇に取りつぐことを担当した職。 一一 その頼みをことわりにくい上に、お願いしようとする事情も道理のあることなので。 一二 底本「後伏見院の上」。「後伏見」は傍記の混入したものであろう。尾・大・岩本で訂正。 一三 のどかなお気持ちでご出座になって、世間話などをなさる。 一四 さきほどの文を直衣のふところから取り出して。 一五 底本「の」を「つゝ」と訂正。 一六 谷・桂・谷一本以外の諸本、この前に「いと」あり。

二〇 雲の上《うへ》に聞《き》こえざらめや和歌《わか》の浦に老ぬる鶴の子を思ふ聲《こゑ》

今年《ことし》は二一 祭《まつり》の御幸あるべければ、めづらしさに、人〴〵常《つね》よりも物見《み》車心づかひして、かねてより棧敷《さじき》などもいみじうつくせり。二二 使どもも、二三 いかで人にまさらむと、かたみにいどみかはすべし。本院(後伏見)・新院(花園)・二四 廣義《くわうぎ》門院・二五 一品宮(の)も忍て入《い》らせ給などぞきこえし。御車寄《よ》せには、二六 菊亭《きくてい》(兼季)の右の大臣《おとゞ》御子の實尹《さねまさ》の中納言參《まゐ》り給へり。殿上人も、よき家の君だちども、二七 色ゆりたる限《かぎ》り、いときよらに二八 好《この》ましう出《い》でたち仕《つか》まつれり。御隨身《ずいじん》なども、花を折れるさま也。出《い》だし車に、色〳〵の二九 藤・三〇 躑躅《つゝじ》・三一 卯《う》の花《はな》・三二 なでしこ・三三 かきつばたなど、さま〴〵の袖口こぼれ出《い》でたる、いと艷《えん》になまめかし。

祭《まつり》など過《す》ぎて、世の中のどやかになりぬる程に、三四 先帝《せんてい》の御供《とも》なりし上達部《かんだちめ》ども、罪重《つみをも》きかぎり、三五 遠國へつかはしけり。洞院の按察《あぜち》の大納言公敏《とし》、三六 頭《かしら》おろして忍(しのび)過《す》ぐされつるに、三七 猶ゆりがたきにや、小山の判官秀朝《はうぐわんひでとも》とかやいふ物具《ぐ》して、下野國へときこゆ。

花山院大納言師賢は、千葉介貞胤《さだたね》うしろみて、下總へ三八 〔くだる〕。五月十日あまりに宮こ出《い》でられけり。三九 思《おも》ひかけざりしありさまども、いみじともさら也。

四〇 わかるともなにか歎《なげ》かん君住《す》までうきふる里《さと》となれるみやこを

北(の)方は花山院入道右の大臣《おとゞ》家定の御女なり。その腹《はら》にも、又異腹《ことはら》にも、君だちあ

一七 この為定は、どれほど罪のある人というわけでもないので。一八 こらしめようとお思いになるほどの事はないが。一九 ほんのちょっとした事でも、武家から執奏しないことを、お心のままになさることができないので。
二〇 和歌の道にうちこんで来た老人の、わが子の事を思って嘆く声が、どうして雲の上に聞こえないことがあろうか。その願いはやがて聞きとどけられるであろう。
二一 賀茂祭につかわされる勅使などの行列を見物するために、上皇がお出かけになること。
二二 勅使をはじめ、舞人・陪従(べいじゆう)などをいう。
二三 何とかして、他の人より花やかに装いたてようと。
二四 左大臣公衡の女、寧子。後伏見院の女御。
二五 花園帝の皇女、寿子内親王。光厳院の妃。
二六 西園寺兼季は、この時前右大臣。
二七 禁色を許された者は残らず。
二八 好ましい感じによそおってお供を申しあげた。二九 かさねの色目。表うす紫、裏青。↓補注四〇三。
三〇 表蘇芳、裏青。三一 表白、裏青。
三二 表紅梅、裏青。
三三 表二藍、裏もえぎ。以上のかさねの色目は、諸書により記述を異にす。
三四 後醍醐帝につき従って笠置などにもお供した。
三五 遠国—とをき国々(近・平・院本)。
三六 公卿補任には、元弘元年十月十二日出家し、同十三日、降人となって出たとある。
三七 尾・近・平・大・岩本「も」。
三八 「くたる」谷・桂・谷一本以外の諸本で補う。
三九 太平記参照のこと。↓補注四〇四。
四〇 今ではわが君も住んでおいでにならず、せつない思いのする古里となった都を離れたところで、何を嘆くことがあろう。

またあれど、それまでは流《なが》されず。上《うへ》のいみじう思ひ歎《なげ》き給へるさま、あはれに悲《かな》しけれど、今《いま》は限《かぎ》りの對面《たいめん》だに許《ゆる》一さねば、二はるくるかたなく口惜《くちを》し。よろづに思めぐらされて、三いと人わろし。

四今《いま》はとて命をかぎる別《わか》れ路《ぢ》は後《のち》の世ならでいつをたのまん

五源中納言具行もおなじころ東《あづま》へ率《い》てゆく。六あまたの中《なか》にとりわきて重《をも》かるべく聞《き》こゆるは、七さまことなる八罪《つみ》に當《あ》たるべきにやあらん。内にさぶらひし勾當《こうたう》の内侍は、九つねすけの三位女(の)也き。一〇はやう御門《かど》むつましくおはしまして、姫《ひめ》宮などと一一うで奉《たてまつ》りしを、その後《のち》、この中納言(具行)いまだ下﨟《らう》なりし時よりゆるしたまはせて、この年比《とし(ごろ)》、二《ふた》つなき物に思ひかはして過《す》ぐしつるに、かくさま〴〵につけてあさましき世を、一二なべてにやは。日にそへて歎《なげ》き沈《しづ》みながらも、おなじ宮こにありと聞《き》く程は、吹かふ風のたよりにも、さすが言《こと》一三問《ゝ》ふ慰《なぐさ》めもありつるを、一四ついにさるべきことゝは、人の上《うへ》を見聞《き》くにつけても、思(おもひ)まうけながら、猶今《いま》一五はと聞《き》く心ち、たとへんかたなし。この春、君の宮こ別《わか》れ給しに、一六そこら盡《つ》きぬと思ひし涙も、げに殘《のこ》りありけりと、一七今一しほ身も流《なが》れ出《い》でぬべくおぼゆ。中納言は、一八「ものにもがなや」と一九くやしき事のみ、二〇そこには千々《ちゞ》にくだくめれど、めゝしう人に見えじと二一思ひかへしつゝ、二二つれなし作《づく》りて、思ひ入(いれ)ぬさま也。去年《こぞ》の冬ごろ、あまたきこえし歌の中に、

二三ながらへて身はいたづらにはつ霜のをくかた知《し》らぬ世にもふるかな

一 さねは—されねは(尾・近・平・大・岩本)。 二 胸の思いを晴らすすべもなく。 三 まことに、人の見る目も恥ずかしい。 四 今はいよいよ、命のある限り再会の望みもない別れの時が来たが、この別れに臨み、来世よりほかにいつの日にか再会を期待できましょうか。 五 →補注四〇五。 六 多くの事件関係者の中で、この人は特に罪が重いであろうと評判されているのは。 七 普通とは違った重い罪に処せられることになるのであろうか。公卿の場合は、普通には流罪程度が限度。 八 底本「り」の脇に「る」と注記。 九 つねすけ—経朝(尾・近・平・大・岩本)。→補注四〇六。 一〇 はやう—はやうは(尾・近・平・大・岩本)。 一一 産み奉ったのを。底本「とうて」の「て」傍書。 一二 ふだんの平静な気持ちで過ごされようか。 一三 夫の様子をうかがい知る慰めもあったが。 一四 結局は、遠くへ流されることになるであろうとは。 一五 今はいよいよ都を離れて行かれると聞く心持ちは。 一六 多く流して、泣き尽くしてしまったと思っていた涙も。 一七 さらにひどく涙があふれ出て、わが身も涙のために流れ出てしまいそうに思われる。 一八 この世の中を、もとの昔にとり返すことができればよいのにと。 一九 くやしき—くやしうはしたなき(尾・大・岩本)—くやしうよしなき(近・平本)。 二〇 心の底では、あれこれと思い悩むようであるが。 二一 思ひ—しのひ(尾・近・平・大・岩本)。 二二 平気なふうをよそおって、そう深く沈みこんだりしない様子である。 二三 このように生きながらえて、やがて空しく果ててしまうこの身は、身の置き所もない思いでこの世を過ごしていることよ。「はつ霜の」は、前のほうからは、いたづらに果つとかかり、あとのほうに続いて、初霜のようにの意となる。

[二四]今《いま》ははやいかになりぬる憂《う》き身ぞとおなじ世《よ》にだにとふ人もなし

佐々木(道譽)の[二五]佐渡の判官入道伴《ともな》ひてぞ下《くだ》りける。逢《あふ》坂の關にて、

[二六]返《かへる》べき時しなければこれやこの行《ゆく》を限《かぎ》りの逢坂《あふさか》の關《せき》

[二七]柏原《かしは》といふ所にしばしやすらいて、[二八]あづかりの入道、まづ東《あづま》へ人をつかはしたる返事待《ま》つなるべし。その程、物語《がたり》など[二九]なさけしううちいひかはして、「なに事もしかるべき前《さき》の世の報《むく》ひに侍べし。[三〇]御身一にしもあらぬ亂《みだ》れは、ましてかひなきわざにこそ。かくたけき家《いゑ》に生《む》まれて、弓矢《や》とるわざにかゝづらひ侍のみ、うきものに侍ける」など、[三一]まほならねどほのめかすに、心得《え》はてられぬ。隠岐《おき》の御送《をく》りも仕《つか》まつりし者《もの》なれば、御道《みち》すがらの事など語《かた》り出《い》でて、「かたじけなういみじうも侍しかな。まして、[三二]朝《あさ》夕近《ちか》う仕《つか》うまつり馴《な》れ給けん御心ども、さながらなん推《を》し量《はか》りきこえさせ侍き。[三三]なに事もむかしにおよび、めでたうおはしましゝ御事にて、[三四]世くだり時衰《おとろ》へぬる末には、あまりたる御有様《ありさま》にや、かくもおはしますらんとさへ、せめては思ひたまへよらるゝ」など、[三五]大かたの世につけても、げにと思《おぼ》ゆるふし〴〵加《くわ》へて、のどやかに〔[三六]いひをるけはひ、[三七]をのが程《ほど》には過《す》ぎにたる〕、みきなど、[三八]所につけてことそぎあら〳〵しけれど、[三九]さるかたにしなして、よき程にて、[四〇]下《くだ》しつ。東《あづま》よりの使《つか》ひ、歸《かへ》り來《き》たる氣色《けしき》、[四一]しるけれど、ことさらに言《い》ひ[四二]出《づ》ることもなし。いかならむと胸《むね》うちつぶれて思《おぼ》ゆるも、[四三]かつはいと心よはしかし。[四四]いづくの島守《しまもり》となれら

二四　今では、もはやどうなってしまったのかと、このつらい境遇にある自分のことを、同じ世にあってさえ、尋ね問うてくれる人もない。
二五　底本「土」を「渡」と訂正。
二六　自分にとっては、再び都に帰ってくる時はないのであるから、これこそは今出て行くのが最後となる逢坂の関ではある。→補注四〇七。
二七　滋賀県坂田郡山東町柏原。
二八　具行の身がらをあずかっている入道。佐々木道誉をいう。
二九　なさけしう—なさけ〳〵しう(諸本)。
三〇　あなたおひとりだけで起こされたわけでもない今度の騒乱は、いっそう何とも致し方のないことです。
三一　はっきりとではないが、それとなく知らせるので、具行のほうでも、さてはと察しがついてしまった。
三二　朝夕、先帝のおそば近くお仕えして親しんでおられた方々のお気持ちは、すっかり推察申しあげることができました。
三三　先帝は何事に関しても、昔の聖天子に劣らず、ごりっぱでいらっしゃったお方で。
三四　この末世の衰えた時代には、すぐれすぎたご器量なので、このように不運でおいでになるのであろうかとまで、しいて思いめぐらされる次第です。
三五　一般の世の中の事についても。
三六　以下十八字、底本「て」。尾・近・平・大・岩本で訂正。
三七　自分の身には過ぎるほどよいお酒などを。
三八　場所が場所なので、簡素で粗末なものであるが。
三九　それなりによく整えて、程よくもてなし。
四〇　底本・諸本、すべて「くたしつ」。
四一　「しる」底本傍書。諸本「しるけれと」。
四二　つる—いつる(谷・桂・谷一本以外の諸本)。
四三　覚悟はしているというものの、一方ではまことに気の弱いことである。
四四　島流しにされて、どこかの島の番人になってしまうのも、つまらないことで。

ん[一]もあぢきなく、[二]誰《たれ》も千年《ちとせ》の松ならぬ世に、中〳〵心づくしこそまさらめ。[三]終《つい》に逃《のが》るまじき道は、とてもかくてもおなじ事、そのきはの心亂《みだ》れなくだにあらば、[四]すゞしきかたにも赴《おもむ》きなんと思ふ心は心として、宮このかたも戀しうあはれに、さすがなることぞ多《おほ》かりける。

よろづにつけて、ことの氣色《けしき》を見《み》るに、行末遠《とを》くはあるまじかんめりとさとりぬ。預《あづ》かりがほのめかしゝも、情《なさ》けありて思[五]知《し》らるれば、おなじうはと思ひて、又の日「頭《かしら》おろさんとなん思《おも》ふ」といへば、「いとあはれなることにこそ。東《あづま》のきこえやいかゞと思給《(おもひたまふ)》れど、[六]なんでうことかは」とて、ゆるしつ。かくいふは、六月《みな》の十九日也。かのことは今日《けふ》なめりと、氣色《けしき》見知《し》りぬ。思ひまうけながらも、[七]猶ためしなかりける報《むく》ひの程、いかゞ淺《あさ》く[八]もおぼえん。

[九]消《き》えかゝる露の命のはては見つさてもあづまの末《すゑ》ぞゆかしき

[一〇]なをも、思ふ心のあるなめりと、憎《にく》き口《くち》つきなりかし。その日の暮《く》れつかた、終《つい》にそこにて失《うしな》はれにけり。今《いま》はの際《きは》も、[一一]さこそ心の中はありけめど、いたく[一二]人わろうもなく、[一三]あるべきことと思《おも》へるさまになん見《み》えける。[一四]内侍の待《ま》ち聞《き》く心ち、いかばかりかはありけん。やがて様《さま》かへて、[一五]近江《あふみ》の國高島《たかしま》といふわたりに、昔《むかし》のゆかりの人〴〵尊《たうと》く行《おこ》なひて住《す》む寺にぞ、たち入ぬる。

萬里小路中納言藤房は、[一六]常陸《ひたち》の國につかはさる。父の大納言、母《はゝ》のをもとなど、

一　底本「と」の脇に「も」と注記。諸本「も」。
二　誰も松のように千年の命を保つことのできない世に、かえってあれこれと、つらい思いがまさるであろう。
三　人間である以上、結局死ななければならないという点では、どちらにしても同じことで。
四　西方極楽浄土をさす。
五　しらるれは—しらすれは(尾・近・大・平・岩本)。
六　どういう事もなかろう。
七　これまでに類例のない、つたない果報のほどを。
八　も—は(諸本)。
九　消えかかっている露のようにはかない、わが命の終わりはもう見てしまった。それにつけても、鎌倉幕府がどうなるか、その末路が知りたいものだ。太平記には、この歌をのせず、そのかわりに辞世の頌をのせている。
一〇　この期に臨んでも、なお北条氏を滅ぼそうと思う執念があるらしく思われて。
一一　さぞかし心のうちは無念なことであったろうが。
一二　見苦しいこともなく。
一三　底本「し」の脇に「く」と注記。諸本「く」。
一四　具行の妻、勾当内侍。
一五　滋賀県高島郡高島町。
一六　公卿補任、元弘二年の項には「五月日配二流下総国一」とあり、太平記巻四には、常陸国に流した旨をしるす。
一七　この時、父の宣房は七十五歳。
一八　公卿補任、元弘元年の項に「参議正四位下藤季房　右大弁、中宮亮、十・五辞。同十六日出家、同十七日出二対武家一、元弘三・五・廿卒」とある。

一七 老の末にひきわかるゝ心ちども、いへばさら也。身にかへても止《と》めまほしう思へどかひなし。一八 弟《おとうと》の季房の宰相も、頭《かしら》おろしたりしかど、猶一九 下野《しもつけ》の國へ流《なが》さる。平宰相成輔《なりすけ》は東《あづま》へときこえしかど、それも二〇 駿河《するが》の國とかやにてぞ失《うしな》はれける。

又二一 元亨の亂《みだれ》の初《はじ》めに流《なが》されし資朝《すけとも》の中納言をも、いまだ佐渡の島にしづみつるを、二二 この程のついでに、かしこにて失《うしな》ふべきよし、あづかりの武士《ぶし》に仰ければ、このよしを知《し》らせけるに、思まうけたるよしいひて、宮こにとゞめける子のもとに、あはれなる文書《か》きて、あづけけり。すでに斬《き》られける時の二三 頌《じゆ》とぞ聞《き》き侍し。

二四 四大本無《ク》㆑主　五蘊《ゴウン》本來空《ナリ》　將《モツテ》㆑頭《ヲ》傾《クレバ》㆓白刃《ニ》㆒　但如《シ》㆑鑚《キルガ》㆓夏風《ヲ》㆒

いとあはれにぞ侍ける。二五 俊基《としもと》も二六 同《おな》じやうにぞ聞《き》こえし。

かくのみ、みなさま〴〵に罪《つみ》にあたり、遠《とを》き世界《せかい》に放《はな》ち捨《す》てらるゝ、をの〳〵思ひ歎《なげ》きども、筆《ふで》も及《をよ》びがたし。大塔《たう》の尊雲法親王ばかり〔は〕二七、二八 虎《とら》の口《くち》を逃《のが》れたる御さまにて、こゝかしこさすらへおはしますも、やすき空なく、二九 いかで過《す》ぐし果《は》つべき御身ならんと、心苦《ぐる》しう見えたり。

隠岐《おき》の小島《こじま》には、月日ふるまゝに、いと忍《しの》びがたう思《おぼ》さるゝ事のみぞ數そひける。三〇 いかばかりのおこたりにて、かゝる憂目《うきめ》を見《み》るらんと、前《さき》の世のみつらく思《おぼ》し知《し》らるゝにも、いかでその罪《つみ》をも報《むく》ひてんとおぼして、三一 うちたへ御精進《しやうじん》にて、三二 朝夕つとめて行《おこ》なはせ給。三三 法《ほう》の驗《しるし》をも心みがてらと、かつは思《おぼ》すなるべし。身づから三四 護摩《ごま》など

一九 太平記巻四には「東宮大進季房ヲバ常陸国へ流シテ、長沼駿河守ニ預ケラル」とある。
二〇 公卿補任、元弘二年の項には、平成輔に関して「五月廿二日、於㆓伊豆国早川宿㆒梟首」とあり、太平記巻四には「相摸ノ早河尻ニテ奉《ル》㆑失《ヒ》」とある。 二一 四三二頁参照。
二二 公卿補任「六月二日、於㆓佐渡国配所㆒斬首」。
二三 仏徳や教理を讃美する詩句。
二四 人の身心は本来空なるものなので、頭を白刃のもとにさし出したところで、夏の風を斬るようなものなのだ。四大は、地・水・火・風の四つの元素。この場合は四大から成る人の身をいう。五蘊は、色・受・想・行・識の集まりである人の身心をいう。この頌は、晋の僧肇が刑せられる時の偈によったもの。すなわち、禅林類集巻第十三に「肇法師遭㆓秦王難㆒、臨㆑就㆑刑説㆑偈云、四大元無㆑主、五陰本来空、将㆑頭臨㆓白刃㆒、猶似㆑斬㆓春風㆒」とある。なお太平記巻二には「五蘊仮成㆑形　四大今帰㆑空　将㆑首当㆓白刃㆒　截断一陣風」の辞世の頌を記す。
二五 太平記巻二に、鎌倉の近郊葛原岡で斬られ、辞世の頌に「古来一句、無㆑死無㆑生、万里雲尽、長江水清」の句を書き残した旨を記す。
二六 底本「そ」を「も」と訂正。
二七 「は」谷・桂・谷一本以外の諸本で補う。
二八 極めて危険なところをいう。
二九 どうして無事に過ごしおおすことのできる御身であろうかと。
三〇 どれほど重い前世の罪業で。
三一 ひたすらご精進になって。精進は、精神をこめて修行すること。
三二 仏道の勤行をなさる。
三三 仏法の効験をも試みかたがたと、一方ではお思いになるのであろう。
三四 真言宗の秘法の一つで、木を燃やして、いっさいの煩悩を焼滅して祈願をするのをいう。

もたかせ給に、いと頼《たの》もしきこと、夢《ゆめ》にもうつゝにも多《おほ》くなんありける。つれ〴〵に思《おぼ》さるゝをり〳〵は、廊《らう》めく所に立《た》ち出《い》でさせ給て、遙《はる》かに浦《うら》のかたを御覧《らん》じやるに[一]、あまの釣《つり》舟ほのかに見《み》えて、秋の木の葉の浮《う》かべる心地するも、あはれに、「いづくをさしてか[二]」と思《おぼ》さる。

[三]心ざすかたを問《と》はばや浪の上《うへ》に浮《う》きてたゞよふ海士《あま》のつり舟

「浦こぐ船のかぢをたえ[四]」とうち誦《じゆ》して、御涙のこぼるゝを、なにとなくまぎらはし給へる、いふよしなく[五]心深《ふか》げ也。ねびたまひにたれど、なまめかしうおぼしき[六]御さまなれば、所[七]につけては、ましてやんごとなきあたらしさを、身づからいとかたじけなしと思《おぼ》さる。

京には、十月になりて、御禊《けい》・大嘗會《じやうゑ》などのいそぎに、天《あめ》の下《した》[八]物騒《さは》がしう、内藏《くら》[九]寮《づかさ》・内匠寮《たくみづかさ》[一〇]・うち殿[一一]・染《そめ》殿[一二]、なにくれの道〳〵[一三]につけて、かしがましうひゞきあひたるも、かたつ方《かた》[一四]は涙のもよほし也。悠紀《ゆうき》・主基《しゆき》の御屛風の歌、人〳〵に召《め》さる。書《か》[一五]くべき者《もの》のなければ、かしこへまいれる行房中將をや召《め》し返《かへ》[一六][一七]されましなど、定《さだ》めとに人もなく、この朝臣ばかりさぶらいて、昔今《むかしいま》の御物語《がたり》[二〇]のついでに、「宮こにい[二一]〔かね〕[一八]たまふ。[一九]まだきに傳《つた》へ聞《き》こしめしければ、よひの間《ま》の靜《しづ》かなるに、御前《まへ》にこふなる事《こと》は、いかゞあらんとすらん。さもあらば、いとこそうらやましからめ」と、うち仰られて、火をつく〴〵とながめさせ給へる御まみの、忍《しの》ぶとすれど、いたう

一　底本「も」。谷・桂・谷一本以外の諸本による。
二　どこをさして漕いでいくのであろうか。もしや都のほうへではあるまいかと。
三　どこを目ざして漕いでいくのか尋ねたいものだ。浪の上に浮いてただよっている、あのあまの釣舟に。
四　続古今集、雑中の「須磨のあまの浦こぐ舟の梶を絶えよるべなき身ぞ悲しかりける　小野小町」の歌をさす。
五　言いようもなく趣深く奥ゆかしい様子だ。
六　おほしき―をかしき(諸本)。
七　このような場所がらには、まして恐れ多く惜しいくらいのごりっぱさを。
八　「の」底本傍書。諸本「天の下」。
九　中務省に属する役所で、宮中の調度や宝物等に関する事をつかさどった。
一〇　中務省に属し、宮中の造営・器物・装飾等に関する事をつかさどった。
一一　装束の衣をきぬたで打って、光沢を出すために設けた所。
一二　大蔵省に属し、宮中で染物をした所。
一三　底本「道〳〵」を重ねて書いて、みせけちにす。
一四　先帝方の人々にとっては、涙をもよおす種である。
一五　屛風に和歌を書く能書の者がいないので。
一六　底本「り」の脇に「る」と注記。諸本「る」。
一七　世尊寺流の能書家。隠岐の国に供奉のことは、四五九頁に見える。
一八　「かね」尾・近・平・大・岩本で補う。
一九　谷・桂・谷一本以外の諸本、この次に「を」あり。　二〇　の―の給(尾・近・平・大・岩本)。
二一　都で話題にのぼっている、お前を呼びもどすとかいう話は、どうなることであろうか。

時雨させ給へるを見《み》たてまつるに、中將も心づよからず、いと悲《かな》し。

「[二二]いかばかりの道《みち》ならば、かゝる御有様《ありさま》を見《み》をき聞《き》こえながら、憂《う》きふる里《さと》にはいで歸《かへ》らん」と思ふも、えきこえやらず。[二三]後夜の御行《おこ》なひに、さながらおはしませば、潮風《しほかぜ》いとたかう吹《(ふき)》來《く》るに、霰《あられ》の音《をと》さへ堪《た》えがたく聞《き》こえて、いみじう寒《さむ》き夜《よ》の氷をうちたゝきて、閼伽《あか》たてまつるも、山寺の小法師《こほうし》ばらなどの心ちぞするや。少將(忠顯)、この中將(行房)など、[二四]しきみ折《を》りてまいれるも、[二五]いつならいてかと、あはれに御覽《らん》ぜらる。「いま一度《たび》、いかで世を御心にまかするわざもがな」と、[二六]人の心のけぢめわかるゝにつけても、深《ふか》う思《おぼ》しまさる事のみ數しらず。

宮こには、[二七]十月廿五日御禊《けい》の行幸也。女御代には大炊御門大納言冬信の女出《い》ださるときこゆ。[二八]十一月十一日より五節《せつ》はじまる。前の御代には、[二九]談天《だつてん》門院の御忌月にて、とまりにしかば、さう〳〵しかりしに、めづらしくて、若《わか》き上人《うへ》どもなど、心ことに思《おも》へり。隱岐《おき》の御門《かど》の御めのとなりし吉田の一品[三〇]宣房も、當代に仕《つか》へて、[三一]五節《せつ》など奉《たてまつ》る心の中《うち》ぞあはれにをしはからるゝ。[三二]宣房の大納言も、さべき[三三]雜務《ざうむ》のことなどには、出《い》でつかへけり。[三四]春宮大夫(通顯)は内大臣になりて、大嘗會《じやうゑ》の時も、[三五]高御座《たかみくら》の行幸に、[三六]〔前行とかや何とかやいふ事《こと》などつとめ給。右の大臣《おとゞ》[三七]兼季も太政大臣になりて、[三八]清暑堂《せいしよだう》の神樂に、琵琶《びわ》仕《つか》うまつりなどきこえて、よろづめでたくあらまほしくて、年《とし》も暮《く》れぬ。

二二 自分が父祖から受け伝えた書道が、どれほど尊い道であれば、…都へ帰れというのか。
二三 夜半から朝までの勤行。底本「夜」の脇に「世」と注記　諸本「後夜」。
二四 木蓮科の常緑灌木。香気があって仏前に供える。
二五 こんな事をいつの間に覚えたのかと。
二六 誠実な者とそうでない者との区別が、はっきりしてくるにつけて。
二七 諸記録によれば、十月二十八日、御禊。
二八 花園院宸記、元弘二年十一月十一日の条に「今夕五節参入。西園寺大納言・日野大納言・花山院中納言・和泉国〈俊兼卿〉・長門国〈定房卿〉、西園寺大納言舞姫参入。自余四ケ所密参云々」とある。十一月―十月(諸本)。
二九 後醍醐帝の母。元応元年(一三一九)十一月十五日没。十一月が忌月にあたるので、それ以後、例年の五節の舞は停止された。
三〇 底本・諸本ともに「宣房」。定房とあるべきである。
三一 五節の舞姫をさし出すのをいう。前記頭注二八参照のこと。
三二 万里小路藤房・季房兄弟の父。底本「定房」。尾・大・岩本で訂正。→補注四〇八。
三三 利銭・出挙(すいこ)・替米・負物など財産権に関する訴訟を天皇みずからとりさばく仕事。
三四 源通顯。十月十四日、内大臣に任ぜらる。
三五 天皇がみずから神をまつるため、太政官庁から悠紀主基の神殿におもむくこと。
三六 以下二十二字、尾・近・平・大・岩本で補う。前行は、行幸の先導役。
三七 西園寺実兼の四男。前右大臣。十一月八日、太政大臣となる。
三八 →四一二頁注二一。

まことや、[一]この卯月の比より、年《とし》の名變《か》はりにしぞかし。正慶とぞいふなる。大塔《たう》の法親王・楠《くす》の木の正成《まさしげ》などは、なをおなじ心にて、世を傾《かたぶ》けんはかりことをのみめぐらすべし。正成《まさしげ》は、[二]金剛《こんがう》山千早《ちはや》と云所に、いかめしき城《じやう》をこしらへて、えもいはず猛《たけ》き物ども多《おほ》く籠《こも》りにたり。さて大塔《たう》の宮の[三]令旨《りやうじ》とて、國〱のつわ物を[四]語《かた》らいとれば、世に怨《うら》みある物など、こゝかしこに[五]隠《かく》ろへばみてをる限《かぎ》りは、[六]集《あつ》まりつどひけり。宮は[七]熊野《くまの》にもおはしましけるが、[八]大峯を傳《つた》ひて、吉野にも高野にも[九]おはしまし通《かよ》ひつゝ、[一〇]さりぬべきくま〲にはよく紛《まぎ》れものし給て、たけき御有様《ありさま》をのみあらはし給へば、いとかしこき大将軍にていますべしとて、つき従《したが》いきこゆる物、いと多《おほ》くなり行《（ゆき）》ければ、六波羅《はら》にも東《あづま》にも、いと[一一]安《やす》からぬことゝ、もて[一二]騒《さは》ぎて、猶かの千早《ちはや》を攻《せ》めくづすべしといへば、つは物など上《のぼ》り重《かさ》なるときこゆ。正成《まさしげ》は、[一三]聖徳太子の[一四]御墓《はか》の前《まへ》を軍《いくさ》のそのにして、出《い》であひ驅《か》けひき、寄《よ》せつ返《（かへ）》しつ、潮《しほ》の滿《み》ち引《ひ》くごとくにて、年《とし》はたゞ暮《く》れに暮はてぬれば、春になりて、[一五]事《こと》しもあるべしなどいひしろふも、いとむつかしう、心ゆるびなき世のありさまなり。

さても日野の大納言俊光《としみつ》といひしは、[一六]文保の比、はじめて大納言になりにしを、いみじきことに時の人いひ騒《さは》ぐめりしに、その子、このごろ、[一七]院の執權《しつけん》にて資名と云《（いふ）》。又[一八]大納言になりぬ。[一九]めでたく度《たび》をさへ重《かさ》ねぬる、いといみじかめり。前の御代にも、[二〇]定房一品し、[二一]宣房大納言になされなどせしをば、かうざまにぞ人思いふめり

一 四月二十八日改元。
二 大阪府と奈良県の境にそびえる金剛山脈の最高峯。千早城はその西の中腹にあった。
三 皇后・皇太后・東宮・皇族などの下した文書。
四 味方にひき入れたところが。
五 隠れているような様子でいる者はすべて。
六 底本「あつまより」。桂・院本以外の諸本で訂正。
七 和歌山県東・西牟婁郡および三重県南・北牟婁郡の地を総称していう。
八 奈良県吉野郡十津川の東の山脈をいう。
九 行き通いなされて。
一〇 しかるべき隠れ場所を見つけては、うまく行くえをくらまされて。
一一 容易ならぬこと。
一二 「さはき」の「は」底本傍書。
一三 聖徳太子の建てた大阪の四天王寺をさすのであろう。天王寺付近で六波羅勢と合戦の様子は、太平記巻六、楠出二張天王寺一事に詳記す。
一四 御はか—御堂(尾本)。
一五 合戦があるであろうなどと噂しあうのも。谷本以外の諸本「ことゝも」。
一六 文保元年(一三一七)六月二十一日、権大納言に任ぜられた。その父祖は中納言であった。
一七 院中の万事を管理する役。「の」底本傍書。
一八 正慶元年十月十五日、権大納言に任ぜらる。
一九 父子二代にわたって二度までも大納言になったのは。
二〇 元徳二年正月十三日、従一位に叙せられたのをいう。一品し—一品して(尾・大・岩本)。
二一 底本「藤」を「宣」に訂正。

し。

内《(光嚴)》には女御もいまださぶらい給はぬに、西園寺《さいをんじ》[二二]の故内大臣殿《(實衡)》の姫君《ひめ》、廣義門院[二三]の御かたはらに、今《いま》御方《かた》とかやきこえて、かしづかれ給を、まいらせ奉《たてまつ》り給へれば、これや后[二四]がねと、世人もまだき[二五]にめでたく思《おも》へれど、いかなるにか、御覺《おぼ》えいとあざやかならぬぞ口惜《くちを》しき。三條前大納言公秀の女《(秀子)》、三條[二六]とてさぶらはるゝ御腹《はら》にぞ、宮[二七]〳〵あまた出《い》でものし給ぬる、終《つい》[二八]のまうけの君にてこそおはしますめれ。

二二 実衡。公衡の子。嘉暦元年(一三二六)十一月、三十七歳で没。
二三 西園寺公衡の女、寧子。後伏見院の女御。
二四 后の候補者。
二五 まだ后に決まらないうちから。
二六 秀子。光厳院の後宮。文和元年(一三五二)院号宣下あって、陽禄門院という。
二七 興仁親王・弥仁親王などをさす。
二八 その方が結局、後には皇太子にお立ちになったようである。興仁親王は、暦応元年(一三三八)皇太子に立った。

◇この巻には、元弘三年(一三三三)のできごと、すなわち、後醍醐帝が隠岐の島で父帝の姿を夢に見たこと、同帝が隠岐を脱出して伯耆の船上寺に移ったこと、赤松円心の京都進撃、足利高氏の六波羅攻略、両六波羅の敗死、新田義貞の鎌倉攻略と北条氏の滅亡、後醍醐帝が京都に帰還し、流されていた人々は都に呼びもどされ、僧体になった人々も還俗したことなどを記す。状勢が急転して北条氏が滅亡し、承久以後の王家の悲願が達成された元弘三年の歴史にふさわしく、力強い筆致で書かれており、優艶な筆致を基調とする増鏡中、異色の巻である。

一　巻の名は、本書の巻末に引いてある時人の歌「すみぞめの色をもかへつ月草の移ればかはる花のころもに」による。

二　なぎさの氷も解けず、それとともに、人の心も解けがたい世の中の有様につけて。

三　世の中から隔たってしまったばかりでなく、年があらたまって、年月まで隔たってしまったことよと。

四　しばらくの間はよかったが。

五　この年には、二月が二回あった。

六　閏二月をいう。

七　底本「蜜」。

八　お疲れになってしまわれた。

九　思わずうとうとお眠りになった夜明け方に。この部分は、源氏物語、明石の巻を念頭において書く。

一〇　古今集、恋二「思ひつつぬればや人の見えつらん夢と知りせばさめざらましを　小野小町」。

一一　源氏物語、明石の巻に、光源氏が須磨の浦で父の桐壺帝を夢に見、住吉の神の導き給うままにこの浦を去れという教えを受け、名残のつきないままに目がさめて、父の帝の面影を恋いしたったことが記されているのをさす。

第十七　月草の花[一]

かの島《しま》には、春來《き》ても、猶浦風《うらかぜ》さえて波あらく、[二]渚《なぎさ》の氷《こほり》も解《と》けがたき世の氣色《けしき》に、いとゞ思《おぼ》し結《むす》ぼるゝ事つきせず。かすかに心細《ぼそ》き御住居《すまゐ》に、[三]年《とし》さへ隔《へだゝ》りぬるよと、あさましく思《おぼ》さる。さぶらふ人〳〵も、[四]しばしこそあれ、いみじく屈《くん》じにたり。今《こ》年《とし》は正慶二年といふ。[五]閏《うるう》二月あり。[六]後の二月《きさらぎ》の初《はじ》めつかたより、とりわきて[七]密教の祕《ひ》法を心みさせ給へば、夜も大殿《おほとの》ごもらぬ日數へて、さすが、いたう[八]困《こう》じ給《(たまひ)》にけり。[九]心ならずまどろませ給へるあか月がた、夢《ゆめ》うつゝともわかぬ程に、後宇多院、ありしながらの御面影《おもかげ》さやかに見《み》え給て、きこえ知《し》らせ給事多《おほ》かりけり。うちおどろきて、夢《ゆめ》なりけりと、思《おぼ》す程、いはんかたなく名殘《なごり》かなし。御涙もせきあへず、「[一〇]さめざらましを」と思《おぼ》すもかひなし。[一一]源氏の大將、須磨《すま》の浦にて、父御門見奉《みたてまつ》りけん夢の心ちし給も、いとあはれに頼《たの》もしう、いよ〳〵御心づよさまさりて、[一二]かの新發《しぼ》意《ち》が御迎《むか》へのやうなる釣《つり》舟も、[一三]便《たよ》り出《い》で來《き》なんやと、待《ま》たるゝ心ちし給に、大塔《たう》の宮よりも、あま人のたよりにつけて、きこえ給事絶《た》えず。

宮こにもなを世の中靜《しづ》まりかねたるさまにきこゆれば、よろづにおぼしなぐさめて、[一四]關守《せきもり》のうち寝《ね》るひまをのみうかゞい給に、しかるべき時の至《いた》れるにや、[一五]御《(み)》垣守《かきもり》にさぶらうつは物どもゝ、[一六]御氣色をほの心得《え》て、なびきつかうまつらんと思ふ心つきにければ、さるべき限《かぎ》り語《かた》らいあはせて、おなじ月の廿四日のあけぼのに、いみじくたばかりて、かくろえ《(へ)》率《い》てたてまつる。いとあやしげなるあまの釣《つり》舟のさまに見せて、夜深《ぶか》き空の暗《くら》きまぎれに押《を》し出《い》だす。折《おり》しも、霧《きり》いみじう降《ふ》りて、行先《さき》も見えず。いかさまならんとあやうけれど、御心を静《しづ》めて念じ給に、思《おも》ふかたの風さへ吹すゝみて、その日《ひ》[一七][の][一八]申《さる》の時に、出雲國に著《つ》かせ給ぬ。こゝにてぞ、人〴〵心ちしづめける。

同《おな》じ廿五日、[一九]伯耆《はゝき》の國稲津《いな》の浦と云所へ[二〇]移《うつ》らせ給へり。この國に、[二一]名和《なわ》の又太郎長年《ながとし》といひて、あやしき民なれど、[二二]いと猛《まう》に富《と》めるが、[二三]類廣《るいひろ》く、心もさか〴〵しく、むね〴〵しき物あり。かれがもとへ宣旨《せんじ》をつかはしたるに、いとかたじけなしと思ひて、とりあへず、五百餘騎《よき》の勢《いきほ》いにて、御迎《むか》へにまいれり。又の日、[二四]賀茂《かも》の社《やしろ》と云《(いふ)》所に立《(たち)》入《い》らせ給。宮この御社《やしろ》思《おぼ》し出《い》でられて、いと頼《たの》もし。それより[二五]船上寺《(ふなのうへでら)》と云所へおはしまさせて、九重《こゝのへ》の宮になずらう《(ふ)》。これよりぞ、國々のつわ物どもに、御敵《かたき》を滅《ほろ》ぼすべきよしの宣旨《せんじ》つかはしける。比叡《ひえ》の山へ[二六][も]上《のぼ》せられけり。

かくて、隠岐《おき》には、出《い》でさせ給にし晝《ひる》つかたより騒《さは》ぎあひて、[二七]隠岐《おき》の前《さき》の守《かみ》追《を》いて参《まい》るよし聞《き》こゆれば、いとむくつけく思《おぼ》されつれど、こゝにもその心して、いみ

一三 光源氏が父帝から夢のお告げを受けた翌朝、明石の入道が、須磨に光源氏を迎えるための船をよこしたことをさす。新発意は、あらたに出家し仏門に入った者を言い、ここでは明石入道をさす。
一三 お迎えに来る機会は、やって来ないものであろうかと。
一四 警固の武士の油断する隙間ばかりをうかがっておられると。伊勢物語「人知れぬわが通ひぢの関守はよひよひごとにうちも寝ななむ」を踏んで書く。
一五 御所を警固に参上していた兵士たちも。
一六 底本「御気し」。諸本で訂正。
一七「の」諸本で補う。
一八 午後四時頃。
一九 鳥取県の西半にあたる。関城書裏書には「二月廿四日、主上出㆓御隠岐国㆒、同日、遷㆓座伯耆国稲津浦㆒、同廿六日、遷㆓幸船上山㆒」とある。梅松論には、伯耆国奈和庄野津郷、太平記には、伯耆国名和湊に着いたとある。
二〇 へ—に(尾・近・平・大・岩本)。
二一 初名、長高。通称、又太郎。建武三年(一三三六)戦死。→補注四〇九。
二二 たいへん勢力があり富裕な者で。
二三 一族縁者が多く、根性もたしかで、重んぜられている者がいる。
二四 鳥取県西伯郡名和町加茂の社をいうか。
二五 鳥取県東伯郡の船上山にある智積寺をいう。
二六「も」谷・桂・谷一本以外の諸本で補う。
二七 隠岐の守護佐々木清高をさす。

じう戦《たゝか》ひければ、引《ひ》き返しにけり。京にも東《あづま》にも、驚《おどろ》き騒《さは》ぐさま思ひやるべし。正《まさ》成《しげ》が城《じやう》の[一]囲《かこ》みに、そこらの武士《ぶし》ども、かしこに集《つど》ひをるに、かゝることさへ添《そ》ひにたれば、[二]いよ〳〵東《あづま》よりも上《のぼ》りつどふめり。

三月にもなりぬ。十日あまりの程、にはかに世の中いみじうのゝしる。なにぞと聞《き》けば、播磨《はりま》の國より、[三]赤松のなにがし入道圓心とかやいふ物、先帝の勅に從《したが》ひて攻《せ》め來《く》るなりとて、宮この中あはてまどふ。例《れい》の六波羅《はら》へ行幸なり、兩院(後伏見・花園)も御幸とて、上下たちさはぐ。馬車《むまくるま》走《はし》りちがい、武士《ぶし》どものうち[四]込《こ》みのゝしりたるさま、いと恐《おそ》ろし。されど六波羅《はら》の軍《いくさ》強《つよ》くて、その夜は、かの物ども引返しぬとて、すこし靜《しづ》まれるやうなれど、[五]かやうにいひたちぬれば、なを心ゆるいなきにや、そのまゝ[六]に院も御門《かど》もおはしませば、春宮(康仁)も離《はな》れ給へる、よろしからぬ事とて、廿六日六波羅《ら》へ行啓《げい》なる。内の大臣《おとゞ》(通顕)[七]御車に參《まい》り給。[八]傅は久我の右の大臣《おとゞ》(長通)にいますれど、[九]おほかたの氣色《けしき》ばかりにて、よろづ、この[一〇]内大臣殿、御後見《うしろみ》仕《つか》まつり給へば、[一一]いまだきびはなる御程を後《うし》ろめたがりて、殿居《ゐ》にもやがてさぶらい給。[一二]御修法のために、法親王たちもさぶらはせ給へり。こゝもかしこも軍《いくさ》とのみきこえて、日數ふるに、院よりの仰《おほ》せとて、上達部《かんだちめ》・殿上人までも、[一三]ほど〳〵に從《したが》ひてつは物をめせば、弓《ゆみ》ひく道も[一四]おぼ〳〵しき若侍《わかさぶらひ》などをさへぞ奉《たてまつ》りける。げに[一五]臂《ひぢ》も折《を》りぬべき世の中也。かやうにいひしろう(ふ)程に、三月《やよひ》も暮《く》れぬ。

一　底本「わゝみに」。桂・院本以外の諸本で訂正。
二　いよいよ関東からも多くの軍勢が攻め上って集まってくるようである。
三　赤松則村。建武の中興に当たって大功を立てたが、後に足利尊氏に属す。観応元年(一三五〇)没。七十四歳。
四　充満し混雑して大声で騒ぎ立てている様子は。
五　このように不穏な状勢が伝えられるようになると、やはり油断がならないというのであろうか。
六　尾・近・平・大・岩本「に」なし。
七　東宮のお車にお供をして乗られた。
八　東宮傅。東宮の補導にあたった官。
九　一応表面的な形式の上のことだけであって。けしき―きしき(諸本)。
一〇　源通顕は東宮大夫であり、その妹は、東宮の父邦良親王の最初の妃であった。
一一　東宮がまだご幼少なお年頃なのを不安に思われて。
一二　戦乱鎮定のお祈りのために、法親王たちも六波羅に出仕しているのである。
一三　その身分の程度に応じて、武士をさし出すように命ぜられたので。
一四　たどたどしい。
一五　自分の腕をわざと折って、かたわになってでも、戦いに出ることを避けたくなるような世の中である。白氏文集に見える、折臂翁の故事による。↓補注四一〇。
一六　太平記巻九には、足利兄弟・吉良・上杉・仁木・細川等の軍勢三千余騎が、四月十六日に京都に着いたことを記す。
一七　足利高氏。元応元年(一三一九)十月、治部大輔になる。元弘の変に大功を立て、後醍醐帝のいみなをたまわって尊氏と称した。後に叛して幕

[一六]四《う》月の十日あまり、又あづまより武士《もののふ》多《おほ》く上《のぼ》る中に、一昨年《をとゝし》笠置《かさぎ》へも向《む》かいたりし治部(の)大輔[一七]〔源〕高氏《たかうぢ》上《のぼ》れり。(後伏見)院にも頼《たの》[一八]もしくきこしめして、かの伯耆《はゝき》の船上へ向《む》かふべきよし、院宣たまはせけり。東《あづま》を立《た》ちし時も、[一九]うしろめたく二《ふた》心あるまじきよしを、[二〇]おろかならず誓言文《ちかごとぶみ》[二一]し置《を》きてけれども、底《そこ》の心やいかゞあらむ、とかく聞《き》こゆるすぢもありけり。この高氏《たかうぢ》は、いにしへの頼義《らいぎ》[二二]の朝臣《あそん》の名殘《なごり》なりければ、もと[二三]のねざしはやむごとなき武士《ぶし》なれど、承久よりこのかた、頭《かしら》さし出《い》だす源氏もなくて、埋《うづ》もれ過《す》ぐしながら、類《るい》[二四]ひろく勢《いきほ》い四方《よも》にみちて、國〲に心よせの物多《おほ》かれば、かやうに國の危《あやう》きをりを得《え》て、思たつ道《みち》もやあらんなど、[二五]したにさゝめくもしるく、[二六]伯耆《はゝき》の國へ向《む》かふべしといひなして、まづ[二七]西山《にし》大原わたりに一泊《とま》りして、五月七日、ほの〲と明《あ》くる程より、[二八]大宮の木戸どもを押《お》し開《ひら》[二九]き、[三〇]二條よりしも、七條の大路を東《ひんがし》ざまにて、七手《て》に分《わ》けて、旗《はた》をさしつゞけて、六波羅《はら》をさして雲霞のごとくたなびき入に、さらに面《おもて》をむかふる物なし。この治部大輔、[三一]はやうより先帝の勅《ちよく》をうけたまはりてければ、さかさまに宮こを滅《ほろ》ぼさむとする也けり。

時(とき)つくるとかやいふ聲は、いかづちの落《お》ちかゝるやうに、地の底《そこ》もひゞき、[三二]梵天《ぼんてん》の宮の中も聞《き》ゝ驚《おどろ》[三三]き給らんと思(おもふ)ばかり、とよみあひたるさま、[三四]來《き》しかた行《ゆ》くさきくれて、物覺《おぼ》ゆる人もなし。(光嚴)御門《かど》・(康仁)春宮・(後伏見・花園)院のうへ・宮たちなど、まして一人《ひとり》さかしきも[三五]おはしまさず。絲竹《いとたけ》のしらべをのみ聞《き》こしめしならいたる御心ども〔に〕[三六]、め

府を京都の室町に開いた。延文三年(一三五八)五十四歳で没。谷・桂・谷一本以外の諸本で「源」を補う。
一八「も」底本傍書。
一九 幕府に対して、後ろ暗く二心を持つようなことは、決してしないという事を。太平記巻九には、子と妻を鎌倉に留め置き、一紙の起請文を書いて出発したことを記す。
二〇 谷・桂・谷一本以外の諸本「を」なし。
二一 しをきて—書をきて(谷・桂・谷一本以外の諸本)。
二二 頼義は鎮守府将軍頼信の子で、義家の父。東国地方に源氏の地歩を確立した武将。
二三 もとの家筋は、りっぱな武士であったが。
二四 足利氏の一族に、仁木・細川・畠山・吉良・今川・斯波・渋川・石堂・一色等の諸氏があり、四方に勢威をはっているのをいう。
二五 ひそかに噂をし合っていたのが、はっきりとした事実となってあらわれ。
二六 四月二十七日に、高氏は京都を立って丹波に入った。→補注四一一。
二七 西山は京都の西郊の山々。→補注四一二。
二八 大宮大路に面した各木戸を押し開いて。当時は、大宮大路が京都の西のはずれで、そこに防衛の第一線を敷いていたのである。→補注四一三。 二九 ひらき—ひらきて(諸本)。
三〇 二条大路から下、八条大路までの七筋の大通りを東に向かって、七つの部隊に分かれて。→補注四一四。
三一 梅松論・太平記参照。→補注四一五。
三二 天上界にもとどろきわたるほどの意。梵天の宮は、色界初禅天の主である大梵天の居住する宮殿をいう。 三三「き」底本傍書。
三四 あと先の意識もうせてしまって。
三五「は」底本傍書。 三六「に」諸本で補う。

づらかにうとましければ、たゞあきれ給へり。[一]武士《ぶし》ども半《なか》ばを分《わ》けて、金剛山《こんがう》へ向《む》かひたれば、さならぬ残《のこ》り、宮こにある限《かぎ》りは[二]戦《たゝか》いをなす。今を限《かぎ》りの軍《いくさ》なれば、[三]手《て》をつくしてのゝしる程、まねびやらんかたなし。雨のあしよりもしげく走《はし》りちがふ矢にあたりて、目《め》の前《まへ》に死《し》を受《う》くる物かずを知《し》らず。[四]一日一夜いりもみとよみあかすに、[五]〔両〕六波羅《はら》、残《のこ》る手《て》なく防《ふせ》きつれど、終《つい》に陣のうち[六]破《やぶ》れて、今《いま》はかくと見えたり。日頃《ごろ》さぶらい籠《こも》り給へる上達部《かんだちめ》・殿上人なども、[七]今日《けふ》と思ひまうけたらんだに、君のおはしまさん限《かぎ》りは、いかでかまかでも散《ち》らん。[八]まして、かねてよりかく構《かま》へけるをも知《し》ろし召《め》さで、[九]昨日かとよ、當《たう》代の宣旨《せんじ》をたまはりし物の、かくうら返《(がへり)》ぬれば、誰《たれ》か思よらん。すべて上下となく一《ひと》つにたち込《こ》みて、あはて惑《まど》ひたり。日暮《ぐ》らし、[一〇]八幡《はた》・[一一]山崎《ざき》・[一二]竹田・宇治《うぢ》・[一三]勢多《せた》・深草《ふか》・[一四]法性寺など、燃《も》えあがる煙《けぶり》ども、四方の空[一五]〔に〕みちくて、日の光《ひかり》も見えず。墨《すみ》をすりたるやうにて暮《く》れぬ。[一六]こゝにも火かゝりて、いとあさましければ、[一七]いみじう固《かた》めたりつる後《うし》ろの陣《ぢん》をからうじて破《やぶ》りて、それよりまぬかれ出《い》でさせ給御心ちども、夢路《ぢ》をたどるやうなり。[一八]御内《(光嚴)》の上《うへ》も、いとあやしき御姿《すがた》にことさらやつし奉《たてまつ》る、いとまがくしく、両院、御手《て》をとりかはすといふばかりにて、人に助《たす》けられつゝ出《い》でさせ給。上達部《かんだちめ》・大臣たちは、[一九]袴《はかま》のそばとりて、冠《かうぶり》などの落《お》ち行《(ゆく)》も知《し》らず、空を歩《あゆ》む心ちして、あるは川原を西《にし》へ東《ひんがし》へ、さまぐ散《ち》りぐになり給ふ。

一　六波羅方の武士たちは、その半分をわけて。
二　「は」底本傍書。
三　手だての限りをつくして、わめき騒いで戦うので。
四　一日一夜いり乱れて、もみ合い、騒然として夜を明かすという有様で。
五　「両」尾・近・平・大・岩本で補う。
六　やふれて―やふられて(谷・桂・谷一・院本)。
七　今日が最後の日と予期していたとしても、君がここにおいでになる以上、どうしてここから退散したりしよう。
八　まして、高氏のほうで、かねてからこのような事をたくらんでいた事をも、ご存知にならず。
九　ほんの昨日のことであったか、現在の帝の宣旨をたまわったものが、このように寝返りをうったのであるから、こうした事態の起こることを誰が予知しようか。
一〇・一一　八幡は京都府八幡市、山崎は京都府乙訓郡の地で、ともに淀川に臨んで、西国から京都に入る要地。
一二　京都市伏見区。
一三　滋賀県栗太郡瀬田町。
一四　京都市東山区。鴨川の東、九条の南の地。
一五　「に」尾・近・平・大・岩本で補う。
一六　六波羅の館にも。
一七　足利勢がたいそう厳重に包囲している六波羅後方の陣を。
一八　互いにお手を取りかわさんばかりのご様子で。
一九　諸本「は」なし。

兩六波羅《はら》仲時《なか》[二〇]・時益《ときます》[二一]、東《ひんがし》をさしてあづまへと心がけて落《を》ちければ、御幸もおなじさまになる。西園寺《さいをん》の大納言公宗は、北山へおはしにけり。右衞門督經顯《つねあき》[二二]・左兵衞督隆蔭《たかかげ》[二三]・資明《すけあきら》[二四]の宰相などは、御幸の御共にまいる。按察《あぜち》の大納言資名は、足《あし》[二五]をそこなひて、東山《ひんがし》わたりにとまりぬなどいひしは、いかゞありけん。内大臣《(通顯)》殿は、御子の別當通冬伴《ともな》ひ給て、八日の明ぼのゝいまだ暗《くら》き程に、我御家の三條坊門萬里小路におはしまし著《つ》きたるに、歩《あゆ》み入給《(いりたまふ)》程も心もとなくて、北の方《かた》、門《かど》へ走《はし》り出《い》でゝ、たいらかに歸《かへ》り[二六]をはしたると思ふ嬉《うれ》[二七]しさに、急《いそ》ぎて見《み》れば、大臣《おとゞ》は御直衣《なをし》に指貫《さしぬき》ひきあげ給へれば、しるく[二八]見え給。別當は、道《みち》[二九]の程のわりなさに、折烏帽子《おりゑぼし》[三〇]に布直垂《ぬのひたゝれ》といふ物うち着《き》て、細《ほそ》やかに若《わか》き人の、御前《ぜん》[三一]どもにまぎれたるは、とみにも見えず。〔火などもし〕[三二]わざとなければ、暗《くら》きほどのあやめわかれぬに、はやう[三三]いかにもなり給へるにやと、心ちまどひて「御方《かた》[三四]はいかに〳〵」と、聲《こゑ》もわなゝきて聞《き》こえける、いとことはりに、いみじうあはれ也。

さて御幸は近江《あふみ》の國におはします程に、伊吹《いぶき》[三五]といふほとりにて、なにがしの宮[三六]とかや、法師にていましけるが、先帝[三七]の御心よせにて、かやうの方《かた》[三八]もほの心え侍けるにや、待《ま》ちうけて矢を放《はな》ち給ふ。又京よりも追手《おひて》かゝるなど聞《き》こえければ、六波羅《はら》[三九]の北といひし仲時《なかとき》、内・春宮・兩院具《ぐ》したてまつり、番馬《ばんば》[四〇]といふ所の山の上《うへ》に入《(いれ)》奉《たてまつ》りけり。手《て》[四一]の物どもゝなを殘《のこ》りて從《したが》ひつきけれども、戰《たゝか》いもかなはずやありけ

二〇 北条義時の子である重時の玄孫。元徳二年(一三三〇)上洛、北六波羅探題。
二一 義時の子の政村の曾孫。元徳二年上洛。南六波羅探題。
二二 勧修寺定資の二男。内大臣に至り、応安六年(一三七三)、七十六歳で没。
二三 四条隆政の二男。権大納言に至り、貞治三年(一三六四)、七十歳で没。この時、右兵衛督。
二四 日野俊光の四男。権大納言に至り、文和二年(一三五三)、五十七歳で没。
二五 資名が東山辺に留まったというのは、風説を記したのである。
二六 「をは」底本傍書。
二七 底本「ひ」。諸本で訂正。
二八 それとはっきりお見受けできる。
二九 道中が危険でやむをえずに。
三〇 いただきを折り伏せたえぼし。
三一 前駆の者の中に、まぎれこんで居られるのは。
三二 たいまつなども、わざとともしていないので。「火なども」諸本で補う。
三三 もう既に、どうにかなってしまわれたのであろうかと、北の方は驚きあわてて。
三四 底本「御」をみせけちにして、脇に「北」と注記。永一・永二本「北」。諸本「御」。
三五 滋賀県と岐阜県の境にある伊吹山をさす。
三六 亀山帝の皇子、守良親王をさすか。五辻宮と称す。四品兵部卿、法名覚静。→補注四一六。
三七 後醍醐帝のほうに御心をよせておられて。
三八 弓矢の道をさす。
三九 北六波羅探題。
四〇 滋賀県坂田郡米原町番馬。
四一 部下の者。

ん、終《つい》にこの山にて腹切《はらき》りにけり。おなじき南《みなみ》時益《ます》といひしは、これまでもまいらず、[一]守山の邊にて失《う》せにけるとぞきこえし。[二]あやなくいみじきことのさま也。[三]御所〳〵の御供《とも》には、[四]俊實《としざね》の大納言・經顯の中納言・頼定《よりさだ》の中納言・資名の大納言・[五]資明の宰相・隆蔭《たかかげ》などぞ殘《のこ》りさぶらひける。俊實《としざね》・資名・頼定《よりさだ》などは、[六]やがてそこにて髻《もとどり》切りてけり。(後伏見)一院よりも、歸《かへ》り入《い》らせ給御門《かど》に御文《ふみ》をたてまつり給て、「面《めん》〳〵に[七]御出家あるべし」などまで申されけれども、思よらぬよしを、かたく申されけるとかやぞ聞《き》こえし。

伯耆《はゝき》の御所へは、人〳〵參《まい》りつどふ。上達部《かんだちめ》・殿上人かず知《し》らず。さる程に、東《あづま》にもかねて心しけるにや、[八]尊氏の末《すゑ》の[九]一族《ぞう》[一〇]新田小四郎義貞《よしさだ》といふ物、[一一]今《いま》の尊氏〔の〕[一二]子(義詮)四になりけるを大將軍にして、[一三]武藏國より軍《いくさ》を起こしてけり。この頃《ころ》の東《あづま》の將軍は、[一四]守邦《もりくに》の親王にておはします。御後見仕《うしろみつか》ふまつる高《たか》時入道・[一五]貞顯《さだあき》入道・[一六]城介《じやうすけ》入道圓明・長崎《ながさき》入道圓喜《ゑんき》などいふ物ども、驚《おどろ》き騷《さは》ぎて、高《たか》時の入道弟《をとゝ》に[一七]四郎左近大夫泰《やす》家といひし、今《いま》は入道したるをぞ、大將に下《くだ》しける。五月十四日、鎌倉《かまくら》を立《(たち)》て向《む》かふ。その勢《せい》十萬餘騎《よき》、高《たか》時入道[一八]一族《ぞう》、附《つ》き從《したが》ふ物そこら滿《み》ち廣《ひろ》ごりて、鎌倉《かまくら》はじまりし頼朝《よりとも》の世、時政《ときまさ》より今《いま》に至《いた》るまで、多《おほ》くの年《とし》月をつめり。わづかなる新田などいふ[一九]國人に、たやすくいかでかは滅《ほろ》ぼさるべきとおぼえしに、程なく十五日に、敵《かたき》すでに鎌倉《かまくら》に近《ちか》づくよしきこえて、家《いゑ》〳〵をこぼち騷《さは》ぎのゝしる。世のすでに滅《め》す

一 滋賀県守山市。 二 まことに、めちゃくちゃで、ひどい事態ではある。御方々の意で、光厳帝・東宮・後伏見院・花園院をさす。 四 坊城俊実。この時、権中納言で、大納言に至らずに出家。 五 この時、権中納言。隆蔭は参議であったので、この部分は、資明の中納言、隆蔭の宰相とあるべきである。 六 俊実・資名・頼定に関しては、公卿補任、元弘三年の項に、いずれも「五月日於二江州馬場宿辺一出家」と注記。 七 底本「御」を重ねて書き、みせけちにす。

八 新田氏の祖義重は、足利氏の祖義康の兄であるから、新田氏は尊氏の末の一族とはいえない。 九 諸本「一そうなる」。 一〇 元弘の変に大功を立てて左近中将に任ぜられたが、暦応元年(一三三八)、三十七歳で戦没。尊卑分脈「新田小太郎」。太平記「新田太郎義貞」。 一一 尊氏の三子、義詮をさす。義貞が義詮を大将軍にいただいて兵をあげたという事は、諸書には見えない。

一二「の」諸本で補う。

一三 実は上野国(今の群馬県)で挙兵。太平記巻十には「同九日武蔵国ヘ打越給フニ、紀五左衛門、足利殿ノ御子息千寿王殿ヲ奉二具足一、二百余騎ニテ馳着タリ」とあって、義貞の軍が武蔵に進撃した時、義詮がそれに合流して来たことを記す。

一四 前将軍久明親王の子で、後深草帝の孫。

一五 金沢貞顕。修理権大夫。嘉暦元年(一三二六)三月、高時の後を受けて執権となったが、いくほどもなく出家。法名宗顕。

一六 秋田城介時顕と同一人か。太平記には、延明。→補注四一七。

一七 太平記には、四郎左近大夫入道恵性。尊卑分脈によれば、嘉暦元年三月十五日、出家、恵清。

一八 諸本、この前に「の」あり。

一九 いなか者。

るにやとおぼえしとぞ、人は語《かた》り侍し。四郎左近大夫入道、軍《いくさ》にうち負《ま》け《ゝ》るにや、従《したが》う武士《ぶし》ども、残《のこ》りなく新田が[二〇]方《かた》へ附《つ》きぬれば、え[二一]さらぬ物どもばかり五、六[二二]百騎《き》にて、十六日の夜に入て、鎌倉《かまくら》へひきかへる。わづかに中一日にて、かくなりぬる事、夢《ゆめ》かとぞおぼえし。かくて日[二三]々の軍《いくさ》にうち負《ま》け《ゝ》れば、同《おな》じき廿二日、高《たか》時以下、腹《はら》切《き》りて失《う》せにけり。

さて宮こには、伯耆《はゝき》よりの還御とて、世の中ひしめく。まづ[二四]東寺へ入《い》らせ給て、事《ことゝ》[二五]ども定《さだ》めらる。二[二六]條の前の大臣《おとゞ》*道平召《め》しありて参《まい》り給へり。こたみ内裏へ入らせ給べき儀[二七]、重[二八]祚などにてあるべけれども、璽《しるし》[二九]の箱《はこ》を御身に添《そ》へられたれば、たゞ遠《とを》き行幸の還御の式《しき》にてあるべきよし定《さだ》めらる。關[三〇]白を置《ゝ》かるまじければ、二條の大臣《おとゞ》、氏[三一]の長者《ちやうじや》を宣《せん》下せられて、宮この事、管領《くはんれい》[三二]あるべきよし、うけ給はる。天《あめ》[三三]の下《した》たゞこの御はからひなるべしとて、この[三四]一《ひと》つ御あたり喜《よろこ》びあへり。六[三五]月六日、東寺より、つねの行幸のさまにて、内裏へぞ入《い》らせ給ける。めでたしとも、言《こと》の葉も[三六]なし。「去[三七]年の春いみじかりしはや」と思《おも》ひ出《い》づるも、たとしへなし。今も御供《とも》の武士ども、あ[三八]りしより猶、いく重《へ》ともなくうち圍《かこ》み奉《たてまつ》れるは、いとむくつけきさまなれど、こたみ[三九]は、うとましくも見えず、頼《たの》もしくめでたき御まもりかなとおぼゆるも、[四〇]うちつけ目《め》なるべし。世のならひ、時につけて移《うつ》る心なれば、みなさぞあるかし。

二〇 「か」底本傍書。
二一 どうしても離れることのできない縁故の深い者ばかり。
二二 「六」底本傍書。諸本「五六百騎」。
二三 日々のいくさに―日々にいくさ(尾・近・平・大・岩本)。
二四 公卿補任、正慶二年の項に「六月四日先帝御入洛、幸二東寺一」とある。
二五 還幸その他の儀式、天下の政治などをさす。
二六 前関白左大臣。正慶元年四月十日、関東の勘気を受けて、以後ひきこもっていた。増鏡の著者と推定されている良基の父。
二七 底本「を」を「儀」と訂正。諸本「儀」。
二八 隠岐に移された後に光厳帝が位についているので、実際は重祚ということになるはずであるがの意。重祚は、一度退位した天皇が再び位につくこと。
二九 三種の神器の一つである神璽をおさめた箱。ここでは、神璽そのものをさす。↓補注四一八。
三〇 天皇みずから政治をとられて、関白は置かないことになっていたので。
三一 藤原氏一族の長者をいう。摂政関白の詔をこうむった者が氏長者となったが、この時は関白を置かなかったので、特に宣下があったのである。↓補注四一九。 三二 管理すること。
三三 天下の事は、もっぱらこの方の御取り計いのままになろうと。
三四 このご一族の方々は喜びあった。
三五 公卿補任には六月五日、太平記には六月六日、東寺から二条富小路内裏へ入御の由を記す。
三六 諸本「も」なし。 三七 元弘二年二月、隠岐の島に移されたことをさす。 三八 隠岐にお移りになった時よりは。諸本「ありしよりは」。
三九 底本「ひ」を「み」と訂正。諸本「こたみ」。
四〇 ふと見た目の、表面的な感じによるのだろう。

[一]先陣は二條富《とみ》の小路の內裏《だいり》に著《つ》かせ給ぬれど、後陣のつは物は、猶、東寺の門まで續《つゞ》きひかへたるとぞきこえしは、まことにやありけん。正成《まさしげ》[二]も仕《つか》うまつれり。かの那波の又太郎、[三]伯耆《はゝき》の守《かみ》になりて、それも衞府《ゑふ》[四]の物どもにうちまぜたり。[五]さまかはりて、[六]ゆすりみちたる世の氣色《けしき》、[七]「かくもありけるを、などあさましく[八]歎《なげ》かせ奉《たてまつ》りけるにか」と、めでたきにつけても、なを前《さき》の世のみゆかし。[九]車などうち[一〇]續《つゞ》きたるさま、ありし御くだりにはこよなくまされり。物見《み》ける人の中に、

[一一]むかしだに沈《しづ》むうらみを隱岐《おき》の海《うみ》に波たち返(かへる)今《いま》ぞかしこき

昔《むかし》のことなど思ひあはするにやありけん。[一二]金剛《こんがう》山なりし東武士《あづまぶし》ども、さながら頭《かうべ》を垂《た》れて參《まい》りきほふさま、[一三]漢《かん》の初《はじ》めもかくやと見えたり。

[一四]禮成門院(禧子)も又中宮ときこえさす。六日の夜、やがて內裏へ入《い》らせ給。[一五]いにし年《とし》御髮《ぐし》おろしにき。御惱《なや》みなをこたらねば、いつしか五壇《だん》の御修法始《はじ》めらる。八日より[一六]議定行《おこ》なはせ給。昔《むかし》の人〴〵殘《のこ》りなく參《まい》りつどふ。[一七]十三日、大塔《たう》(尊雲)の法親王、宮こに入給。この月比(つきごろ)に、御髮《ぐし》おほして、えもいはずきよらなる男《おとこ》になり給へり。唐《から》の赤《あか》地の錦《にしき》の御鎧直垂《よろいひたゝれ》といふ物奉《たてまつ》りて、御馬《むま》にてわたり給へば、御供《とも》にゆゝしげなる武士《ものゝふ》どもうち圍《かこ》みて、御門《かど》の御供《とも》なりしにも、[一八]程(ほと)〳〵劣《をと》るまじ[一九]かめり。すみやかに將軍《しやうぐん》の宣旨《せんじ》をかうぶり給ぬ。

[二〇]流《なが》されし人〴〵、程なくきほひ上《のぼ》るさま、枯《か》れにし木草の春にあへる心ちす。そ

一 行列の前駆の部隊。二 正成もお供を申しあげた。三 尾・大・岩本以外の諸本、この後に、「は」あり。四 「ふ」底本傍書。五 尾・近・平・大・岩木、この前に「めつらしく」あり。
六 世の中をあげて、ざわめき立っている様子を見るにつけて。
七 このように結構なご運であったのに、どうして、あれほどひどくお嘆きをさせ申したことかと。八 谷・桂・谷一本以外の諸本、この後に、「は」あり。
九 行列を拝観するための車などが続いている様子は。一〇 うちつゝき―たちつゝき(諸本)。
一一 あの後鳥羽院でさえ、再び都に帰ることができずに、深い恨みを残してなくなられたのに、その隠岐の島から、たち帰って来られた今の帝のご宿運のほどは、まことに尊くもったいないことである。「うらみをおきの」は、恨みを残し置きの意で、さらに下に続いて隠岐の海となる。沈む・うらみ・たち返は、すべて海の縁語。
一二 金剛山を包囲していた関東の武士たちも、ことごとく頭を垂れて、我先にと降伏してくる様子は。
一三 漢の高祖が関中に入った時、秦の将兵が降伏して来たのをいう。
一四 後醍醐帝の中宮禧子。中宮の位をとどめて、院号宣下のあったことは、四六六頁に見える。
一五 元弘二年八月三十日、尼となる。
一六 政治上のことを議し定めること。
一七 太平記巻十二には、六月十三日に入京予定のところ、延引して同二十三日に都に入った旨を記す。一八 ほとほと。ほとんどの意。
一九 底本「さ」を「か」と訂正。
二〇 太平記巻十二には、妙法院宮は讃岐国から、藤房は常陸国から、円観上人は東国から、文観上人は硫黄島から、忠円僧正は越後国から帰洛したことを記す。

の中に、[二一]季房の宰相入道のみぞ、預《あづ》かりなりける物の、情《なさ》けなき心ばへやありけん、[二二]東《あづま》のひしめきのまぎれに失《うしな》いてければ、兄《あに》の中納言藤房は返上《(かへり)のぼ》れるにつけても、父の大納言(宣房)、母の尼上《あまうへ》など歎《なげ》きつきせず、胸《むね》あかぬ心ちし[二三]けり。[二四]四條中納言隆資《たかすけ》といふも、頭《かしら》おろしたりし、又髪《かみ》おほしぬ。もとより[二五]塵《ちり》を出《い》づるにはあらず、敵《かたき》のために身を隠《かく》さんとて、かりそめに剃《そ》りしばかりなれば、今《いま》はたさらに[二六]眉《まゆ》をひらく時になりて、[二七]男《おとこ》になれらん、なにのはゞかりかあらむとぞ、おなじ心なるどちいひあはせける。天台座主にていませし法親王(尊雲)だにか[二八]くおはしませば、まいてとぞ。誰《たれ》にかありけん、そのころ聞《き》ゝし。

[二九]すみぞめの色をもかへつ月草《つき》の移《うつ》ればかはる花《はな》のころもに

二一 下野国に流されたことは、四七三頁に見える。
二二 公卿補任元弘元年の項に参議正四位下藤季房に関して、「元弘三・五・廿卒」とある。北条氏の滅亡する前日のことである。
二三 しけり—してけり(尾・近・平・大・岩本)。
二四 公卿補任の元弘二年の項に、隆資に関して、「逐電。存否未ㇾ聞。仍不ㇾ及二流罪一歟」とある。
二五 俗世間を離れて仏道を求めるための出家ではなく。
二六 うれいが去って、喜ばしい時がやって来たのに際して。
二七 在俗の男子。
二八 再び世俗の人間にもどられたのであるから。
二九 墨染めの法衣をも、今では花やかな着物に着かえてしまった。時の移り変わりにつれて、人の心も変わって。

此三册（上中 下）釋宗觀（三富豊前守入道）（俗名藤原忠胤 今年八十四歳）所持本也。」（宗観自書レ之）

[一]式部卿邦高親王（伏見殿）有一覧、外題令」書給返給云々 可謂面目、傳子孫莫處」聊爾者乎、余遂覧之次、相違所々加筆、」為後證記之」

[二]永正十八暦仲旬春夾鐘天[三]　　[四]一位大納言入道（中御門）桑門乗光（春秌八旬）

[一] 北朝の崇光帝の玄孫。伏見宮貞成新王(後崇光院)の孫。後土御門帝の猶子。享禄五年(一五三二)三月、七十七歳で没。

[二] 一五二一年。

[三] 陰暦二月の異称。

[四] 中御門宣胤は、永正八年(一五一一)十一月十日、従一位に叙せられ、同十五日、出家。法名乗光。時に七十歳で、官は権大納言に至った。大永五年(一五二五)十一月、八十四歳で没。

補注

序

一 **鶴の林**(二四七頁)　釈迦がインドの拘尸那掲羅(くしながら)城外の娑羅樹林の中でなくなった時に、その四辺に生えていた木が悲しんで、まるで白い鶴のように色が変わって枯れたという涅槃経の記述にもとづく。大般涅槃経序品第一に「二月十五日臨二涅槃一時、(中略)爾時拘尸那城娑羅樹林、其林変レ白、猶如二白鶴一」。

二 **如来二伝の御かたみ**(二四七頁)　釈迦生前の尊容をうつして、栴檀の香木で作った木像が、天竺で多くの人々を利益した後、中国にわたり、さらに、僧奝然(ちょうねん)が入唐した際に、この木像を日本に持ち帰ったことが、宝物集に記されている。元亨釈書・扶桑略記・清涼寺縁起等にも記す。

三 **常在霊鷲山**(二四七頁)　仏は、この世を去っても、その法身は永遠に、この霊鷲山および諸所に出現して法を説くの意。法華経如来寿量品第六に「その時に世尊、重ねて此の義を宣べんと欲して、偈を説きてのたまはく、(中略)我時に衆生に語る。常に此に在りて滅せず、方便力を以っての故に、滅不滅有りと現ず。余国に衆生の恭敬し信楽する者有らば、我復彼の中に於いて、為に無上の法を説く。汝等此を聞かずして、但我滅度すとおもへり。我諸の衆生を見るに、苦海に没在せり。故に為に身を現ぜずして、其をして渇仰を生ぜしむ。其の心の恋慕するに因りて、乃ち出でて為に法を説く。神通力是の如し。阿僧祇劫に於いて、常に霊鷲山及び余の諸の住処に在り」とあって、釈迦は常住不滅の法身であるから、釈迦の事を渇仰し恋慕して、真心をもって救を求める者があれば、神通力をもって、どこにでも現われて法を説くという事を述べている。山田孝雄は、この部分の解釈をして「日本の嵯峨の清涼寺にも釈迦は常在なのである。しかも恋慕渇仰しなければ、仏は現じないことは如来寿量品の示す所である。それ故に、著者は、「如来二伝の御かたみのむつまじさに」(恋慕)「心のうちに唱へて拝み奉る」(渇仰)ここに釈迦は約束の如く示現すべき謂はれがあるのである。これだけの事をあらはさうとて、「常在霊鷲山」の五文字をその眼目としたのである」と説いておられる(語文、第三輯、昭和二十九年九月)。

四 **鳩の杖**(二四七頁)　後漢書、礼儀志「仲秋之月、縣道皆案レ戸比レ民、年始七十者、授レ之以二玉杖一、餔二之糜粥一、八十九十礼有レ加、賜二玉杖一長尺、端以二鳩鳥一為レ飾、鳩者不レ噎之鳥也、欲二老人不一レ噎」。

五 **雲林院の菩提講に参りあへりし翁の言の葉**(二四八頁)　大鏡は、序文によれば、大鏡の筆者が雲林院の菩提講に出かけて、大宅世継という百九十歳の老人と、夏山繁樹という百八十歳の老人に会い、それに繁樹の妻と若侍を交え、老人から昔話を聞くという趣向で、話が始まっている。

六 **かの世継が孫とかいひし、つくも髪の物語**(二四八頁)　今鏡の序に、筆者が泊瀬寺に参詣したついでに、大和めぐりをしている途中で、世継の孫と称する、つくも髪の老女に会い、昔物語を聞くことになるいきさつが記されている。

七 **延喜より堀川の先帝まではすこし細やかなめる**(二四九頁)　栄花物語には、醍醐天皇の父の宇多天皇から堀河天皇の寛治六年(一〇九二)までの十五代、約二百年間のできごとを記してあるが、宇多天皇に関しては、次の醍醐天皇を導き出すような形で記述が始められているので、「延喜より」といったのであろう。すなわち、栄花物語は「世はじまりて後、この国の帝六十余代にならせ給ひにけれど、この次第書き尽すべきにあらず。こちよりての事をぞしるすべき。世の中に宇多の帝と申す帝おはしましけり。その帝のみこ達あまたおはしましける中に、一のみこ敦仁の親王と申しけるぞ、位につかせ給ひけるこそは、醍醐の聖帝と申して、世の中に天の下めでたき例にひき奉るなれ」とあって、醍醐天皇の御代の事から書き始めたと考えることもできるのである。延喜は醍醐天皇の御代の年号(九〇一—九二三)であるが、醍醐天皇の御代あるいは醍醐天皇そのものをさす場合にも用いた。

八　**なにがしの大臣**(二四九頁)　黒川春村は、碩鼠漫筆巻六「今鏡追考」において、この某大臣は中山忠親をさすものとなし、屋代弘賢は、これに源通親をあてている。今鏡は、平安時代最末期から鎌倉初期にかけて成立した書であると考えられているので、その時代に、今鏡のような作品を著述する可能性のあった大臣を求めて、黒川春村は、内大臣中山忠親に思い至ったのである。中山忠親は、水鏡の作者と考えられている人で、他に「貴嶺問答」「山槐記」等の著書がある。したがって、文才があったことは事実であるが、水鏡の文体と今鏡の文体が相違するところから、近代の学者の間では、中山忠親をあてるよりは、源通親をあてるほうが妥当だと考えられるに至った。通親には「高倉院厳島御幸記」「高倉院升霞記」の著書があり、その次子通具は、新古今集の撰者の一人である。その点で、今鏡の作者として可能性がないわけではない。しかし、増鏡の作者が忠親と通親のいずれを念頭において、この部分を執筆したかは、もとより明らかでない。

なお、今鏡の作者に関しては、和田英松は「本朝書籍目録考証」において、忠親および通親を今鏡の作者とするのは妥当でないとし、ほかに大臣で今鏡の著者として可能性のある人物として、藤原師長と徳大寺実定の名をあげているが、この両名に関しても「いづれも著者とすべき徴証も、否とすべき記事も見えず」と述べている。そして「日本紀私抄」に、続代継〈長門守為綱作、常葉三寂随一也〉とあるのにより、新たに、大原三寂の一人である藤原為経を作者とする説を提出した。この為経説は、板橋倫行・山口康助などの諸氏の支持を得、また、太田晶二郎氏の紹介された新資料の裏づけを得て、ほぼ定説化されようとしている。為経は法名寂超、その兄弟に、為業(寂念)・頼業(寂然)がおり、また、「いや世継」の作者という隆信朝臣は、その長男である。

第一　おどろのした

九　**三の宮を次第のまゝにと思されけるに云々**(二五一頁)　玉葉の、寿永二年八月十八日および廿日の記事によれば、新帝の即位に関して、高倉院の二人の皇子のいずれを選ぶかにつき、卜筮を試みたところが、最初は、三宮を吉となす旨が出た。しかし、女房丹後の夢想により法皇は四宮を位につけようと思っているところに、木曾義仲から北陸宮を推挙してきた。そこで、入道関白その他に諮問して、三人のうちのいずれかを選ぶことにして卜筮を試みたところが、今度は、四宮をもって第一最吉となす結果が出た。それで結局、後鳥羽帝が位につくことになったことが記されている。ところが、愚管抄第五には「サテイカニモ〳〵践祚ハ有ベシトテ、高倉院ノ王子三人ヲハシマス。一人ハ六波羅ノ二位養ヒテ船ニ具シ参ラセテアリケリ。イマ二人ハ京ニヲハシマス。ソノ御中ニ三宮、四宮ナルヲ法皇ヨビ参ラセテ、見マイラセラレケルニ、四宮御ヲモギラヒモナクヨビヲハシマシケリ。又御ウラニモヨクヲハシマシケレバ、四宮ヲ寿永二年八月廿日、御受禅行ハレニケリ」とあって、増鏡に、三の宮が法皇を嫌って泣いたというのも、根拠のない事ではなさそうに思われる。平家物語巻八にも、同様の話が見える。

一〇　**内侍所**(二五二頁)　宮中の賢所(かしこどころ)に神鏡を安置し、女官の内侍がこれに詰めていたので、これを内侍所といい、また、神鏡そのものを内侍所というようになった。

一一　**後にぞ内侍所・しるしの御箱ばかり帰のぼりけれど**(二五二頁)　玉葉、元暦二年四月廿五日「戊寅、此日、神鏡神璽御入洛云々」とあり、愚管抄第五にも「神璽内侍所ハ同キ四月廿五日ニカヘリイラセ給ニケリ。宝剣ハ海ニシヅミヌ」とある。

一二　**御即位**(二五二頁)　上代においては、践祚と即位とは、何等の差異もなかったが、平安時代に入ってから、まず践祚の事が行なわれて、その後、時日を隔てて即位するようになり、践祚は、三種の神器を継承して皇位を受けつぐ式、即位は、践祚の後に、時日を隔てて、皇位継承の旨を、広く百官万民に告げ知らせる式を意味することとなった。

一三　**主基方の御屏風**(二五二頁)　大嘗会の際に、神にそなえる新穀は、あらかじめ悠紀(ゆき)・主基二国を定めて作らせ、十一月の中卯の日、天皇は、まず悠紀殿で、ついで主基殿で神事を行なった。悠紀殿と主基殿には、屛風を新調して立て、それに悠紀国・主基国の名所を画工にかかせ、歌人に歌を詠ませ、能書家に命じて、その歌を書かせるのが例になっていた。

一四 **神代よりの歌**(二五二頁) この歌は、日本書紀、神代上に「于レ時天照大神喜之曰、是物者則顕見蒼生可二食而活一之也。乃以二粟稗麦豆一為二陸田種子一、以レ稲為二水田種子一、又因定二天邑君一、即以二其稲種一始殖二于天狭田及長田一其秋垂穎、八握莫々然甚快也」とある部分を念頭において詠んだもの。

一五 **しげき御恵み、筑波山のかげよりも深し**(二五三頁) この部分は、この前の「あまねき御うつくしみの浪、秋津島の外まで流れ」と共に、古今集の仮名序「あまねきおほんうつくしみのなみ、やしまのほかまでながれ、ひろきおほんめぐみのかげ、つくば山のふもとよりも、しげくおはしまして、よろづのまつりごとを、きこしめすいとま、もろもろのことを、すてたまはぬあまりに」とある部分を踏んで書く。

一六 **おく山のの歌**(二五三頁) 新古今集、雑中には「住吉歌合に、山を」と詞書して収む。後鳥羽院御集によれば、承元二年(一二〇八)三月住吉御歌合の際に「寄山雑」と題して詠まれた歌。

一七 **えもいはずおもしろき院づくりして**(二五三頁) 水無瀬の離宮は、正治二年(一二〇〇)頃、造営か。建仁元年以後、同離宮で度々、歌会や詩会を催している。百錬抄、建保五年(一二一七)正月十日の記事には「上皇御二移-徙水無瀬殿新御所一、是本御所去年大風洪水之時、顚倒流失之間、更点二他所一所レ被二造営一也」とあり、この時に造営された離宮は、それ以前の建物とは地を異にしていたことが知られる。

一八 **元久の比、詩に歌を合はせられしにも**(二五三頁) 元久二年六月十五日、後京極良経の主催で行なわれた詩歌合。この歌は、三十七番に見える。左は左大弁親経「湖南湖北山千里　潮去潮来浪幾重」で、題は「水郷春望」。

一九 **かやぶきの廊・渡殿など云々**(二五四頁) この部分は、信実筆という「水無瀬殿の四季」(四巻)などによって書くか。頓阿の高野日記には「信実朝臣のみなせ殿の四季の四巻、ことばがき同筆、御製などのあるなるあたりは、御ふでもくはへられたり。尾上殿、滝殿、田上のいなば殿、かはにのぞめるかやぶきのわた殿、釣殿、所々の岩木の色あひ、水のこゝろばへ、そのおり〳〵のけしきをかきわけられし」とあって、同離宮の様子を、だいたい想像することができる。

二〇 **げに千世をこめたる霞の洞なり**(二五四頁) この部分は、定家の「春の色をいくよろづ代かみなせ川かすみの洞のこけのみどりに」(建保三年名所百首、水無瀬川(夫木抄に引く))によって書くか。ただし「かすみの洞」は、拾遺愚草では、「かすみのほか」となっている。

二一 **ありへけむの歌**(二五四頁) この地に、惟喬親王の別荘があって、その頃から千年のよわいを契っていた松であることを思い浮かべて詠んだ歌。伊勢物語八二「むかし、惟喬の親王と申すみこおはしましけり。山崎のあなたに、水無瀬といふ所に宮ありけり」。定家の歌は、拾遺愚草に「水無瀬殿にあたらしく滝をおとされ、いしたてられて後まゐりて、あしたに清範の朝臣のもとへ、地形勝絶の由申しゝ中に」と詞書して、この歌と「君が代に」の歌のほか一首をあげてある。

二二 **かの大臣の北方の腹にておはしければ云々**(二五四頁) 承明門院在子の母は、刑部卿藤原範兼の女、従三位範子で、能円法印に嫁して在子を生んだ。ところが、寿永の乱の時、能円法印は、平家の一門とともに西海におもむいたので、あとに残された範子は、やがて、源通親のもとに嫁した。また、その女の在子は、通親の養女となった。

二三 **昔より今までの歌を、ひろく集めらる**(二五五頁) 建仁元年(一二〇一)七月、和歌所が開設され、後京極良経以下十一人がその寄人としてえらばれた。その後、隆信・長明・秀能の三人が寄人に加えられた。同年十一月三日、前記寄人中、通具以下の六人に、左中弁奉書を以て、上古以後の和歌を撰進すべしという院宣が下った。これが、新古今集撰定事業の始まりである。

二四 **おの〳〵奉れる歌を、院の御前にて云々**(二五五頁) 新古今集、仮名序に「よりて、古今・後撰のあとをあらためず、五人のともがらをさだめて、しるしたてまつらしむるなり。そのうへ、みづからさだめ、てづからみがけることは、とほくもろこしのふみのみちをたづぬれば、はまちどりあとありといへども、わがくにやまとことのはじまりてのち、くれたけのよゝにかゝるためしなんなかりける」とあり、源家長日記には、その時の様子が詳しく、しるされている。歌—うへ(諸本)。

二五 **摂政殿、とりもちて行なはせ給**(二五五頁) 建仁元年七月、和歌所が開設された時に、良経は寄人筆頭にえらばれており、切り継ぎの作業の際にも、良経の意見をいれている。この事から、新古今集の撰進にあたって、良経が大きな役割を演じていたことを推測できると思う。明月記、元久二年三月二十四日・同四月十五日の記事。

二六　**奈良の御門の御代**（二五五頁）　古今集の真名序には「昔平城天子詔二侍臣一、令レ撰二万葉集一自レ爾来、時歴二十代一数過二百年一」とあって、平城天皇の御代に万葉集が撰せられた事を伝えている。しかし、これから後の増鏡の本文は、古来風体抄によってしるされたものと考えられるので、奈良の御門の御代は、同書にしるすように、聖武天皇の御代をさすものと考えてよいであろう。古来風体抄には、「その後、奈良のみやこ聖武天皇の御時になむ、橘諸兄の大臣と申す人、勅を承りて、万葉集をば撰せられけると申しつたふめる」とある。

二七　**右大臣橘朝臣勅をうけたまはりて**（二五五頁）　橘諸兄は初名、葛城王。臣籍に下り、橘宿禰の姓をたまわり、元明・元正・聖武・孝謙の四朝に歴仕した。橘諸兄が勅を受けて万葉集を撰したという説は、古来風体抄以前にも栄花物語その他に見えるが、栄花物語には「昔高野の女帝の御代、天平勝宝五年には、左大臣橘諸兄卿大夫等集まりて、万葉集を撰ばせ給ふ」とある。

二八　**一条摂政殿謙徳公云々**（二五五頁）　古来風体抄に「其後、村上の御時、又みち〳〵おこさせ給ひけるに、歌のことをも、ことにあがめおぼしめしけるにあはせて、…しもに又、大中臣の能宣、清原元輔、源の順、坂上望城などいふものどもさへきこえけるをめして、梨壺にさぶらはせ給ひて、撰和歌所と名づけて、一条摂政は、その時蔵人少将にものしけるを、その所の別当とさだめおほせられて、かつは万葉集をも和し講ぜられ、さらぬふる歌どもをも、しるしたてまつらしめ給ひける。さてなむ勅ありて、後撰集は撰たてまつらしめ給ける」。袋草紙上巻にも、同様の記事が見える。

二九　**梨壺**（二五五頁）　内裏五舎の一である昭陽舎の別称。庭前に梨が植えてあったのでいう。村上天皇の時、ここに和歌所を置いて、和歌のことをつかさどらせたので、その寄人を梨壺の五人といった。

三〇　**花山の法皇の身づから書かせ給へる拾遺抄は十巻なり**（二五五頁）　古来風体抄には「そののち、花山の法皇、拾遺集をえらばせ給ひて、古今・後撰ふたつの集にのこれる歌をひろへるよしにて、拾遺集と名づけられたるなり。…しかるを、大納言公任卿、この拾遺集を抄して、拾遺抄となづけてありけるを、世の人これをいますこしもてあそびけるほどに、拾遺集はあいなくすこしおされにけるなるべし」。「拾遺抄こそ抄なれば、十巻に抄せらるゝを、金葉・詞花は拾遺抄を存じけるにや、この二つの集は十巻に撰したるなり」と記されている。拾遺集と拾遺抄とは、いずれが先に成立したか、また、その編者は誰か、については諸説があるが、増鏡の記事が、古来風体抄によって書かれているとすれば、諸本系の本文をもって、正しとすべきであろう。

三一　**輔仁の親王の御なのりを云々**（二五五頁）　輔仁親王の御名を書いたのがよろしくないといって却下されの意。今鏡、御子たち、第八に「東宮〈実仁〉と同じ腹に、第三の御子おはしき。輔仁の親王と申しき。延久五年正月に生まれ給へり。承保二年十二月に、親王の宣旨かうぶり給ふ。この親王は、才おはして、詩など作り給ふ事、昔の中務の宮などのやうにおはしき。歌詠み給ふ事もすぐれ給へりき。（中略）かやうの御歌ども、木工の頭〈俊頼〉の撰びて奉れる集に、輔仁の親王と書きたりければ、白河の院は、「いかにこゝに見む程、かくは書きたるぞ」と仰せられければ、三の宮とぞ書き奉れる。御中らひは、善くもおはしまさざりしかども、御弟なればなるべし。詩などは、数知らずめでたき侍るなり」。

三二　**なに事とかやありて云々**（二五五頁）　今鏡、村上の源氏、第七「また覚雅僧都とてもおはしき。歌詠みにてぞおはせし。末の世の僧など、さやうに詠まむは、ありがたくや侍らむ。白河院のいとしもなく思し召したる人にておはしけるに、俊頼の君、金葉集撰びて奉りたりける始めに、貫之、春立つ事を春日野のといふ歌、その次に、覚雅法師とて入り給へりけるを、「貫之もめでたしといひながら、三代集に漏れきて、あまり古びたる。覚雅法師も、げにともつゞき覚えず」など仰せられければ、古き上手ども入るまじかりけり、また、いとしもなく思し召す人除くべかりけりとて、御覚えの人をのみ採り入れて、次の度奉りければ、「これもげにとも覚えず」と仰せられければ、また作り直して、源重之、初めに入れたるをぞ、とゞめさせ給ひけるは、かくれて世にも弘まらで、中たびのが世には散れるなるべし」。

三三　**すぐれたる限りを撰ばせ給て云々**(二五六頁)　この歌合には、後鳥羽院をはじめ、当時のすぐれた歌人三十人が参加した。判者には、藤原忠良・釈阿・源通親・藤原良経・後鳥羽院・藤原定家・同季経・源師光・顕昭・慈円の十人がなった。

三四　**やがて院も加はらせ給ながら、猶このなみにはたち及びがたしと云々**(二五六頁)　後鳥羽院は、秋の二、秋の三の判をしたが、その最初のことばに「をの〳〵たてまつれる百首をつがひて、廿巻の歌合として、人々判じ申すうち、二巻よしあしをさだめ申べきにて侍に、愚意のをよぶところ、勝負ばかりはつくべしといへども、難にをきては、いかに申べしともおぼえ侍らず。左右の下に、ひと文字ばかりをつけんは、無下にねんなき様なるべし。よりて、判のことばのところに、かたのやうに三十一字をつらねて、その句のかみごとに、勝負の字ばかりを定申べきなり」と記している。

三五　**俊房の左の大臣**(二五六頁)　今鏡、村上の源氏、第七に「村上の帝の御子に、中務卿具平親王と申しゝは、六条の宮とも、後中書王とも申すは、この御ことなり。文作らせ給ふ方も人にすぐれ給ひたりき。御歌も代々の集どもに見え侍るらむ。その御子に、土御門の右の大臣と申しゝは、初めて源の御姓得させ給ひて、師房の大臣と聞こえさせ給ひき。御身の才も高くおはし、文作らせ給ふ方も優れ給ひて、野のみかりの歌の序など、人の口に侍るなり」、「御堂〈道長〉の娘は、多く后・国母にてのみおはしますに、この殿〈師房〉の北の方のみこそ、たゞ人はおはしませば、いとやむごとなし。その御腹に、堀河の左の大臣俊房、六条の右の大臣顕房と申して、兄弟並び給へりき。堀河殿〈俊房〉の御才学高くおはして、文作り給ふことすぐれて聞こえ給ひき」とあり、具平親王の子孫、俊房の一族が学芸の才にひいでていた事を、詳しく記している。

三六　**官あさくてうち続き、四位ばかりにて失せにし人**(二五六頁)　源師光は、正五位下、右京権大夫、侍従。千載集以下の勅撰集に二十六首入る。俊房の孫。仁安三年(一一六八)に出家。法号生蓮。千五百番歌合の判者の一人。今鏡、村上の源氏、第七には「大納言〈師頼〉の御子は、師能の弁とて、若狭守通宗の娘の腹におはしき。その兄弟、師教・師光など聞こえ給ふ。…師光は、小野の宮の大納言能実の孫にて、小野の宮の侍従など申すにや」と見えている。

三七　**そこひもなく深き心ばえをのみ詠みしこそ**(二五六頁)　長明無名抄に、「宮内卿は、始めより終まで、草子・巻物とりひろげて、切燈台に火近々ともしつゝ、かつ〴〵書付け〳〵、夜も昼も怠らずなん案じける。此人はあまり歌を深く案じて病に成りて、一度は死に外れしたりき。父の禅門、「何事も身のありての上の事にこそ。かくしも病になるまでは、いかに案じ給ふぞ」と諌められけれども用ゐず、終に命もなくてやみにしは、そのつもりにや有りけん」とある。

三八　**薄く濃きの歌**(二五六頁)　千五百番歌合、百十二番、左。右の寂蓮の歌に対して、勝と判定されている。判者は、藤原忠良。判詞に「左心詞おかしく侍り可為勝」とある。新古今集、春上に入集。

三九　**御門いみじうしぶらせ給て**(二五七頁)　今鏡、すべらぎの中、第二「元の女院二所〈待賢門院・高陽院〉も、かた〴〵軽からぬ様におはしますに、今の女院〈美福門院〉時めかせ給ひて、近衛の帝生み奉らせ給へる、内〈崇徳〉の御子になし奉らせ給ふ。東宮に立て奉り、位譲り奉らせ給ふ。その日辰の時より、上達部さま〴〵の官参り集まれるに、内〈崇徳〉より院〈鳥羽〉にたびたび御使ありて、蔵人の中務の少輔〈師能〉とかいふ人、かはる〴〵参り、また、六位の蔵人、御書捧げつゝ参る程に、日暮方にぞ、神璽宝剣など、東宮の御所昭陽舎へ、上達部引き附けて渡り給ひける」。

四〇　**菅の根のの歌**(二五八頁)　続古今集、賀に「建暦二年大嘗会悠紀方の屛風の歌、長等山」と詞書して載す。

四一　**御百首歌**(二五八頁)　建保三年十月二十四日に詠まれた内裏名所百首をさす。順徳院御集には「同十月廿四日名所百首人〳〵つかうまつりしとき」と詞書して、この時の院の百首を収め、春日野の題で、この歌が見えるが、本書は続古今集によって書いたのであろう。続古今集、神祇には「建保三年百首の御歌の中に、こぞの行幸の事をおぼし出でゝよませ給ひける」と詞書して載す。御集・続古今集とも、第一・二句は「春日野やこぞのやよひの」。

四二　**末の世に**(二五九頁)　注釈書によって、ご晩年(通釈)、順徳院御在位の終頃の程(詳解)、衰えた末世に(評解)など解釈を異にしているが「衰えた末世に」とする評解の説は、歌学書に関する限り少し不自然な感じがする。また、御在位の終頃とする詳解の説も、承久の乱以前に執筆されていたと考えられる草稿本についてはいえることであるが、文暦元年(一二三四)頃まとめられたと推定されている再撰本には、あたらない。晩年とする通釈の説にしたがうべきであろうか。大鏡巻一「すゑのよには、さうせさせ給てこそは、贈三位し給とこそは、うけ給しか」。

四三　**雙六**(二五九頁)　二人が盤をはさんで対座し、白と黒のこまを、それぞれ自陣に並べ、さいころを筒から盤上に出し、黒は白の陣地に、白は黒の陣地へ、さいの目の数だけ動かし、早く敵陣へ入ったほうを勝とする遊戯。

四四　**殿上の賭弓**(二六〇頁)　新儀式(村上勅撰)の「殿上侍臣賭弓事」の条に「即賜二懸物射分銭一。〈懸物仰二内蔵寮一、射分仰二穀倉院一令レ進レ之。或後院進レ之。又或有下仰二中宮一加中献懸物上也〉若有二中レ科者一、依レ仰賜二件懸物一、事畢還御」とある。

四五　**水飯やうの物**(二六〇頁)　水飯やうの物など云々という記述の次に、源氏物語の本文が出てくるのは、水飯も大御酒もすべて、源氏物語、常夏の巻の冒頭に記されていることなので、それらの素材をもとにして後鳥羽院の連想が、源氏物語に移っていったためだと思われる。補注四六参照。

四六　**源氏の物語にも**(二六〇頁)　源氏物語、常夏の巻に「いと暑き日、ひむがしの釣殿に出で給ひて、すゞみ給ふ。中将の君も、さぶらひ給ふ。したしき殿上人、あまたさぶらひて、西河よりたてまつれる鮎、ちかき河のいしぶしやうのもの、御前にて調じ、まゐらす。例の、大殿のきむだち、中将の御あたり訪ねて、まゐり給へり。さう〴〵しく、ねぶたかりつる、をりよく物し給へるかなとて、大御酒まゐり、氷水召して、水飯など、とり〴〵に、さうどきつゝ食ふ」とあるのをさす。

四七　**拾はば消えなんとにや**(二六〇頁)　源氏物語、帚木の巻に「御心のまゝに、折らば落ちぬべき萩の露、拾はゞ消えなんと見ゆる玉笹の上の霰などの、艶にあえかなるすき〴〵しさのみこそ、をかしくおぼさるらめ」とあり、なびきやすい女の様子を示す表現に用いている。

四八　**清撰の御歌合**(二六一頁)　大日本史料には、建保二年八月十五日の条に「水無瀬殿撰歌合」と標題を掲げて、後鳥羽院御集・明日香井集・如願法師集・拾遺愚草等に収めてあるこの時の歌を引用し、さらに、新勅撰集以下の勅撰集に入集している「建保二年秋歌奉りけるに」、または「建保二年秋十首歌奉りける時」と詞書している実氏・家隆・通光・家長等の歌を掲げてある。このほか、壬二集・郁芳三品集にも、この時奉ったと考えられる歌を収めてある。大日本史料が、この撰歌合の日時を、八月十五日と定めたのは、明日香井集に「秋十首撰歌合〈同八月十五日於水無瀬殿被講之〉」とあるのによったのであるが、吾妻鏡には「八月廿九日、辛酉、陰、去十六日仙洞秋十首歌合、二条中将雅経朝臣写進、将軍家殊令賞翫之給云々」とあって、八月十六日に開催されたように伝えており、また、明月記には、八月廿七日・同廿九日に後鳥羽院主催の歌合を挙行していることが記されているので、八月十五日をもって撰歌合の日とするのは、問題のように思う。明月記によれば、八月二十七日、後鳥羽院は馬場殿に出御になり、奉らしめた歌を十番・二十六番・八十番に結番して披講し、同二十九日には、さらに十五番に結番して勝負を定めた旨の事が記されている。百錬抄によれば、後鳥羽院は八月二十日に水無瀬殿に御幸、九月十一日に還御になっているから、前記の馬場殿は水無瀬離宮中の建物をさすものと考えられる。雅経の場合は、八月十五、六日頃歌を奉り、他の人々もその前後に奉った歌を、八月二十日水無瀬殿に御幸になって以後、さまざまに結番して披講したものと考えられる。増鏡にいう清撰の歌合とは、明月記にしるす八月二十九日の十五番歌合をさすものと思われる。増鏡に、建保二年長月のころとあるのは、九月に入って行なわれた歌合の資料が、作者の手もとにあって、それによって書いたのかも知れない。後鳥羽院御集、中には「同(建保二年)八月撰歌合　秋十首」として十首の歌を掲げ、その中に「明石がた浦路晴れゆく」の歌も見出だされる。如願法師集、中には「建保二年、母みまかりたりし秋、和歌所の清撰御歌合に」と詞書して、五首の歌を掲げているが、この中には「契りおきし山の木の葉の」の歌は見えない。

四九　**躬恒が、御階のもとに召されて云々**(二六一頁)　大鏡、昔物語に「同御時(醍醐帝の御代をさす)、御あそびありしよ、御前の御階のもとにみつねをめして、「月をゆみはりといふこゝろは、なにのこゝろぞ。これがよしつかうまつれ」とおほせごとありしかば、

てる月をゆみはりとしもいふ事は、やま辺をさしていればなりけり

と申たるを、いみじう感ぜさせ給て、大うちきたまひて、かたにうちかくるまゝに、

しら雲のこのかたにしもおりゐるは、あまつ風こそふきてきぬらしいみじかりし物かな」とある。大和物語にも見える。

二五〇　**貫之が家に、枇杷の大臣云々**(二六一頁)　大鏡巻三の師輔伝に「いとをかしきことは、かくやむごとなくおはしますとの〻、貫之のぬしがいへにおはしましたりしこそ、なを和歌はめざましきことなりかしと、おぼえ侍しか。正月一日つけさせたまふべき魚袋のそこなはれたりければ、つくろはせたまふほど、まづ貞信公の御もとにまいらせ給て、かう〳〵のことの侍れば、内に遅参のよしを申させたまひければ、おほきおとゞおどろかせたまひて、としごろもたせたまへりけるとりいでさせ給て、やがてあえものにもとて、たてまつらせたまふを、ことうるはしくまつのえだにつけさせたまへり。その御かしこまりのよろこびは、御心のをよばぬにしもおはしまさゞらめど、「なを貫之にめさむ」とおぼしめして、わたりおはしましたるを、まちうけましけんめいぼく、いかゞをろかなるべきな。

ふくかぜにこほりとけたるいけのうを、ちよまでまつのかげにかくれん

集にかきいれたる、ことはりなりかし」とある。貫之集にも見える。

二五一　**吉水の僧正慈円**(二六二頁)　京都市東山区大谷の別名を吉水といい、この地に住んでいたので、慈円のことを吉水の僧正という。慈鎮は、そのおくり名。

二五二　**さてもいかにの長歌**(二六二頁)　この歌は「水無瀬殿にさぶらひしに、大僧正の長歌を詠みてたてまつられたる返事、唯今つかうまつるべき由、仰せごと侍りしかば、やがて書きつけ侍りし」と詞書して、次の定家の返歌とともに、拾遺愚草下に見える。明月記によれば、元久二年(一二〇五)慈円五十一歳の時の作である。

二五三　**二千年をも過ぎはてて**(二六二頁)　釈迦がなくなってから、時代が下るにしたがって、その説かれた教えが次第に実行されなくなるという考えのもとに、教法の行なわれる時期を、正・像・末の三つにわける。その場合、正法時・像法時を各一千年とする。この説により、正・像の時期二千年がとうの昔に過ぎ去ってしまっての意味とも解することができるが、この次に「のちのいつゝの百とせに」とあるのによれば、大集経に説く、第四の五百年までをさしたものと考えるのが、妥当のように思う。釈迦が入滅したのは、西紀前四百八十六年と考えられているが、亀田純一郎氏は、最澄撰という末法燈明記に「我延暦二十年辛巳一千七百五十歳」とあるところから、当時は、西紀前九百五十年の入滅と信ぜられており、この考え方に立てば、慈円の長歌を詠んだ元久二年は、仏滅後二千百五十四年めになるという(「増鏡の研究法」国語と国文学、昭和十一年四月)。

二五四　**のちのいつゝの百とせ**(二六二頁)　大集経、月蔵分十に、仏滅後二千五百年間を教法の盛衰により、五つの五百年にわかって、第五の五百年を、後五百年というが、これをさすか。闘諍堅固、三学を廃して、あらそいを事とし、邪見を増す時という。詳解には「法華経薬王菩薩品に、「我滅度後、後五百歳中、広宣流布」とあるをいふ」と述べている。しかし、大集経の所説によったものと考えるほうが、意味がよく通ずる(「増鏡「のちの五つのもゝとせ云々」の歌」谷貫了、国語と国文学、昭和五年一月)。

二五五　**わが立ちし杣のたつきの**(二六三頁)　新古今集、釈教に「比叡山中堂建立のとき」と詞書してのせてある、伝教大師の「阿耨多羅三藐三菩提の仏たちわが立つ杣に冥加あらせたまへ」の歌による。

二五六　**これ返しせよとて、さし給はするに云々**(二六三頁)　明月記、元久二年四月廿日の条に「巳時参上、小時、家長持二来長歌一〈大僧正詠進給云々〉此歌可二和進一之由、有二仰事一、長歌曾未レ詠レ之、卒爾勿論歟、但出御已後退出、即終篇如レ文不〈〇一本不ノ字ナシ〉加点、如レ形清書、又持参付二家長一、内々経二御覧一、可レ直者可二直進一之由申レ之、還来云、神妙也者、如レ此事、早速還似レ不レ渋、為レ道雖レ不レ当、依二沈思一不レ可レ得二風情一、依二早速一頗可レ表二堪能一之由、所二相励一也、不レ被二返下一、以レ之為レ悦、又退出」とある。

二五七　**久かたの天地ともにかぎりなき云々**(二六三頁)　日本書紀に見える、天孫降臨の時の神勅を念頭に置いて詠んだ句。すなわち、日本書紀、神代下に「一書曰」として「因勅二皇孫一曰、葦原千五百秋之瑞穂国、是吾子孫可レ王之地也。宜二爾皇孫就而治一焉。行矣。宝祚之隆、当下与二天壌一無上レ窮者矣」とある。

二五八　**跡絶えぬべき谷がくれこりつむなげき椎柴の云々**(二六四頁)　こりつむなげきは、嘆きという木を切って積みあげる、すなわち、嘆きを重ねるの意。「椎柴の」は「しひて」というための序。葛のうら葉は、葛の葉は風にひるがえって裏を見せるところから「うらむ」の序に用う。

五九　**君は三笠の山たかみ云々**(二六四頁)　三笠の山は、藤原氏の氏神である春日神社のある場所なので、慈円が藤原氏の出であることを匂わせたのである。星のやどりは、大臣をいう。職原抄に「太政大臣一人」「左大臣一人」「右大臣一人」として「已上謂二之三公一」として、さらに「三公者象二天之三台星一也」と記す。

六〇　**げにいかゞ御心も動かずしもおはしまさむと**(二六五頁)　詳解には「土御門院の御心中を、おしはかり奉りたる意なり」と解し、岡氏もこれにしたがっているが、通釈は、後鳥羽院の心中と解している。「院もえんありて御覧ずべし」という直前の文章を受けて読めば、やはり、後鳥羽院の心中を述べたものと解すべきであろう。諸本「御心も」の「も」なし。

六一　**今もすこし、世のなか隔たれるさまにてのみ云々**(二六五頁)　通釈は「権勢から少しお離れになつた御有様でばかりいらせられるのは」と解しているが、「今もすこし」という前からの続き具合を考えると、やはり「新院と本院との御中らひ隔たりたまひ、御不和のやうにて、とかく親しくうち解け給はぬやうなるは」とする詳解の説のほうが自然であろう。譲位当時の両者の心のわだかまりは、今も少しは残っているというのである。

第二　新島守

六二　**余五**(二六六頁)　余五は、平維茂の字。貞盛の甥。繁盛の子。後拾遺往生伝巻中に「鎮守府将軍平維茂者、前将軍貞盛之姪男也。貞盛知其器量、以入息男、号字余五、其人本自道心内薫、武威外顕、遂依征戦之賞、抽任将軍之職、故世号之余五将軍、坂東諸国、莫不臣伏」。今昔物語、巻二五「此ノ維茂ハ□甥ナルニ、亦中ニ年若カリケレバ、十五郎ニ立テ養子ニシケレバ、字ヲ余五君トハ云ケル也」。

六三　**利仁**(二六六頁)　魚名の子孫で、延喜十五年(九一五)鎮守府将軍に任ぜられた(尊卑分脈)。田村麻呂、余五などとともに平安朝期の代表的武人として、その存在は伝説化されて伝えられている。余五将軍や利仁を武人の代表にあげた例としては、平家物語巻六、廻文に、木曾義仲のことを述べて「ありがたきつよ弓、勢兵、馬の上、かちだち、すべて上古の田村・利仁・余五将軍、致頼・保昌・先祖頼光、義家朝臣といふとも、争か是にはまさるべき」とぞ、人申ける」と記している。

六四　**桓武天皇**(二六六頁)　第五十代の天皇(七三七―八〇六)。皇胤紹運録に「延暦廿五、三、十七崩。七十。号二柏原帝一」とある。その御子の式部卿の親王とは、桓武天皇の第三皇子葛原親王のことで、紹運録に「一品式部卿。賜二輦車一云々」と注す。仁寿三年(八五三)六月、六十八歳で没。その孫の高望の時に、平氏の姓をたまわった。

六五　**維衡・維時**(二六六頁)　尊卑分脈によれば、貞盛の子として、維衡・維将のほかに、維叙と維敏の名が見えるが、その子孫の栄えたのは、維衡と維将の二人であった。維時は維将の子であるが、尊卑分脈には、維時の脇に「貞盛朝臣為レ子」と注している。

六六　**まぢかく栄へし西八条の清盛の大臣は**(二六六頁)　この部分は、平家物語巻一「まぢかくは、六波羅の入道前太政大臣平朝臣清盛公と申し人のありさま、伝承るこそ心も詞も及ばれね」とある文章を念頭において書くか。

六七　**まがよふめる**(二六六頁)　「まかよふ」という本文は、永正本系の諸本と院本だけである。辞書には、「まかよふ」に「目耀ふ」をあて、「目にかがよう」「目にかがやく」「きらめく」などの語義を掲げているが、この場合にはあたらない。この場合には「はっきりしないような状態でいる」の意であろうが、これに近い用法としては、とはずがたり一に「いつしか女院の御方さま、心よからぬ御きそくに、成もて行より、いとゞ物すさまじき心ちしながら、まがよひゐたり」の「まがよひ」などをあげることができるであろう。

六八　**北条の郡**(二六六頁)　吉田東伍の大日本地名辞書には、北条に注して「今原木、四日町などを指す。蓋茨城郷の謂にて、庄田の名なるが、南条と相分ちし後、上条、中条なども出来て、中にも北条最著れしにや、増鏡、曾我物語などに北条郡とさへあり。或は疑ふ郷字の誤なるを」という。

六九　**平治の乱**(二六六頁)　平治元年(一一五九)、信西と信頼、源義朝と平清盛の勢力争いがもとで起こった戦乱。義朝方の敗退に終わった。

七〇　**兵衛佐頼朝**(二六六頁)　頼朝は平治元年十二月十四日、右兵衛権佐に任ぜられたが、同月二十八日に官を解かれ、翌年の永暦元年三月、蛭が島に流された。

七一　**六条判官為義**(二六六頁)　為義の家は、京都の六条堀河にあり、官は検非違使の尉であったので六条判官と呼ばれた。

七二　**後白川院をなやまし奉りしかば**(二六六頁)　清盛は、治承元年(一一七七)、後白河法皇の近臣たちが、平家をほろぼそうとして画策しているのを察知し、その一味を処罰したが、治承三年に至り、法皇の院政をとどめ、これを鳥羽殿に幽閉するに至った。

七三　**かの頼朝を召し出でて云々**(二六七頁)　平家物語巻五に、頼朝が後白河法皇の院宣を得て、平家討滅の兵をあげた次第を記してある。本書は、この記事によって書いたのであろう。愚管抄第五には、以仁王の令旨で頼朝が兵をあげた旨を記して、後白河法皇の院宣によって兵をあげたという説を否定している。

七四　**橋本の君になにをか渡すべき**(二六七頁)　吾妻鏡、建久元年十月十八日の条に「於二橋本駅一、遊女等群参、有二繁多贈物一云々、先レ之有二御連歌一」として、「はしもとの君にはなにかわたすべき」「たゞそまかはのくれですぎばや」の句を掲ぐ。なお、この句は、菟玖波集巻十九、雑体連歌に「建久元年上洛の時、浜名の宿につきて酒たうべて、たゝんとしける時」と詞書して載す。前句の第二句は「きみには何か」。

七五　**諸国の総追捕使といふ事うけ給て**(二六七頁)　総追捕使というのは、平安時代に、国司の役所で治安警察の任に当たった役人の称である。文治元年(一一八五)、源頼朝は、有力御家人を諸国の総追捕使・総地頭に任命し、全国の軍事警察権を掌握し、郡郷庄保の地頭たちを支配することになった。これは、後白河院の院宣を得て、頼朝を討とうとした義経や行家をさがし出して捕える事を目的にして、朝廷から得た権限であった。これが恒久的な国内警備の権限に切りかえられたのは、それよりずっと後になっての事と考えられている。建久元年、はじめて頼朝が上京した際に、守護・地頭設置の権限を得たとする増鏡の記述も、あるいは、この時に、その切りかえが行なわれたことを示すものかも知れない。

七六　**あづまぢのの歌**(二六八頁)　この歌は、拾玉集巻五に見える。同集に「建久六年に前右大将頼朝卿東大寺供養にあはむとて、三月四日入洛の後、地頭何かの沙汰して、五月まで在京之間、内裏にて対面したりき。又六波羅の家にてもあひつゝ契など浅からず云々」と詞書した慈円の歌を掲げ、その後に頼朝との贈答歌を多く掲げてあるが、その中に「又鎌倉へ帰り下りなむとすると聞きて、京に住まはれむこそ世のためにもよからめと申す序に」と詞書して「東路の」の歌を掲げ、さらに「返し」として「都には」の歌を掲げてある。前からの続き具合から考えて、建久六年三月、頼朝が再度上洛した時の歌と考えられる。この上洛の時、頼朝は慈円と対面して、両者の関係は急速に親密になっていった。なお、頼朝が京都を立って鎌倉に向かったのは、同年六月二十四日のことであるから、その少し前に詠まれたものであろう。この両者の贈答歌は、続千載集、羇旅にも見える。

七七　**建仁元年六月廿二日**(二六八頁)　頼家が従二位に叙せられ、将軍に任ぜられたことに関しては、公卿補任、建仁二年の項に「源頼家　左衛門督。正月廿三日正三位。七月廿三日従二位」とあり、吾妻鏡、建仁二年八月二日の条にも「京都使者参。去月廿二日、左金吾叙二従二位一補二征夷大将軍一給之由申レ之」とあり、建仁二年七月中であることは明らかである。しかし、将軍執権次第には、建仁元年七月二十三日に、従二位に叙せられ、同日将軍に任ぜられた旨を記しているので、増鏡の記述も基づくところがあったのであろう。

七八　**又の年、左衛門督になさる**(二六八頁)　公卿補任、正治二年の項に「従三位　源頼家　十月廿六日叙。元従四位上。同日任左衛門督」とあり、頼家が左衛門督に任ぜられたのは、将軍に任ぜられた建仁二年の前々年のことである。

七九　**私の後見**(二六八頁)　詳解には「公家には、摂政関白を公の後見といふにむかへて、将軍家にも、後には執権といふ職を置けるをいふ」とあり、通釈にも「幕府の執権職」と解しているが、時政が執権になったのは、建仁三年(一二〇三)のことと考えられている。これは頼朝の没後四年めにあたる。

八〇　**たけくもやさしくも、よろづめやすければ**(二六九頁)　愚管抄第六には、実朝が公暁に暗殺されたことについて「又ヲロカニ用心ナクテ、文ノ方アリケル実朝ハ又大臣ノ大将ケガシテケリ」と述べている。

八一　**尊者をはじめ上達部・殿上人多く云々**(二七〇頁)　吾妻鏡(吉川家本)、承久元年正月廿三日の条に「今日坊門大納言自二京都一下著…此外卿相雲客多以下向、是為二将軍家大臣御拝賀扈従一也」とあり、承久記、上には「同(建保六)年、冬十二月二日右大臣ニ任ズ。同七年正月廿六日、大饗ヲコナハルベシトテ、尊者ノ為ニ坊門大納言忠信卿、正月廿四日鎌倉へ下著、是ハ室家ノ兄也。同廿七日、鎌倉ノ八幡宮ニテ拝賀アルベシトテ、公卿五人、

坊門大納言忠信・左衛門督実氏・宰相中将同(国)通・池三位光盛・刑部卿宗長、殿上人十人云々」と記す。

八二　**大臣の車より降るゝ程を云々**(二七〇頁)　増鏡の記述によると、神前に向かおうとして、車を降りて間もなく、公暁に討たれたような書きぶりである。ところが、吾妻鏡には「及二夜陰一神拝事終、漸令二退出一御之処、当宮別当阿闍梨公暁、窺二来于石階之際一、取レ剣奉レ侵二丞相一」とあり、愚管抄第六には「ユヽシクモテナシツ、拝賀トゲヽル。夜ニ入テ奉幣終テ、宝前ノ石橋ヲ下リテ、扈従ノ公卿列立シタル前ヲ揖シテ、下襲尻引テ笏モチテユキケルヲ、法師ノケウサウトキント云物シタル馳カヽリテ、下ガサネノ尻ノ上ニノボリテ、カシラヲ一ノ刀ニハ切テタフレケレバ、頸ヲウチヲトシテ取テケリ」とあって、いずれも、拝賀を終わって、神前を退出していく途中で討たれたことを伝えている。しかし、吾妻鏡には、一説として「或人云、於二上宮之砌一、別当阿闍梨公暁討二父敵一之由、被二名謁一云々」とあるが、増鏡の作者は、この種の伝えを記した資料で記述したのであろう。

八三　**かの平家の亡びがた近く云々**(二七一頁)　この話は、保暦間記にも記す。平家物語の諸本のうちで、八坂本や屋代本には、春日明神は出てこない。

八四　**伊賀判官光季**(二七二頁)　光季は、承久元年、京都警固のため上洛、同三年五月十五日官兵のため討たれた。百錬抄「五月十五日戊戌、未刻自二一院一遣二官兵一、被レ討二大夫尉光季一。是陸奥守義時朝臣、背二勅命一、乱二天下政一、可レ被二追討一之由有レ議。依レ為二縁者一、先被レ誅二光季一。々々住二高辻北京極西角宅一。午刻合戦。放二火宿館一、企二自害一。余焔及二数町一、天下物忩也」。

八五　**中御門大納言宗家**(二七三頁)　中御門宗家は文治五年(一一八九)に、五十一歳で没しているので、詳解には、権中納言宗行の誤りではないかという。宗行は、左大弁行隆の五男で、権大納言宗頼の子となった。承久の変に関与した公卿の中で、宗家と誤りやすい名前を求めると、この宗行が最も可能性が多いのである。

八六　**一とせ、輿振りの時**(二七四頁)　百錬抄、建保六年(一二一八)九月廿一日の条に「山大衆等奉レ振二日吉神輿三基〈十禅師・八王子・客人〉祇園神輿三基〈大政所・波梨女・少将井〉京極寺神輿一基於皇居閑院左衛門陣一、即奉レ振二北野神輿二基天神三所於右衛門陣一、武士相防之間、衆徒等分散、有二刃傷殺害者等一」。

八七　**七社**(二七四頁)　日吉神社の本宮および摂社・末社をあわせた二十一社を上中下に区分していう称で、この場合は、その中の上七社をさす。上七社については、二十二社註式に「大宮〈三輪同体〉二宮〈国常立〉聖真子〈八幡〉八王子〈国挟槌尊〉客人〈菊理姫・白山〉十禅寺〈天津彦々火瓊々杵尊・稲荷〉三宮〈豊斟淳尊〉已上七社」とある。

八八　**物にもがなや**(二七五頁)　「とり返すものにもがなや」の歌は、源氏物語の帚木「ありしながらの身にて」、空蟬「ありしながらのわが身ならばとり返すものならねど」、宿木「ものにもがなやとり返さまほしき」などの本文の注解に関して、伊行釈・奥入・紫明抄等に引用してある。

八九　**もろこしにぞ、四十九日とかや位におはする例云々**(二七六頁)　史記、秦始皇本紀第六に「子嬰、為二秦王一四十六日、楚将沛公、破二秦軍一、入二武関一、遂至二覇上一、使三人約二降子嬰一。子嬰、即係レ頸以レ組、白馬素車、奉二天子璽符一、降二軹道旁一」。

九〇　**土佐国の幡多**(二七六頁)　承久記(慈光寺本)「十月十日、中院ヲバ土佐国畑ト云所ヘ流マイラス。御車寄ニハ大納言定通卿、御供ニハ女房四人、殿上人ニハ少将雅俊、侍従俊平ゾ参リ給ケル。心モ詞モ及バザリシ事ドモナリ。此君ノ御末ノ様見奉ルニ、天照大神、正八幡モイカニイタハシク見奉給ケン」。

九一　**近くさぶらひける北面の下﨟云々**(二七六頁)　御供の人々に関しては、吾妻鏡・六代勝事記には、女房四人・少将雅具・侍従俊平等とし、承久記(慈光寺本)は、女房四人・少将雅俊・侍従俊平とし、皇代暦は、女房一両・少将雅具・侍従俊平とする。

九二　**承平の将門**(二七七頁)　平将門は、朱雀天皇の承平五年(九三五)、その伯父の平国香を攻め殺して近国を攻略し、天慶二年(九三九)には、偽宮を下総国猿島に建てて新皇と称し、勢威を関東にふるうに至ったが、その翌年、平貞盛や藤原秀郷に攻めほろぼされた。

九三　**康和の義親**(二七七頁)　源義親は堀河天皇の康和三年(一一〇一)に九州で人々をおびやかし苦しめ、その後出雲で目代を殺したりしたので、平正盛のために殺された。古事談第四に「義親被追討事」が見える。

九四　**二条院をおびやかし奉りしも**(二七七頁)　二条院は、第七十八代の天皇(一一四三—一一六五)。平治の乱の時には、十七歳。愚管抄第五に「サテ信頼ハカクシチラシテ大内ニ行幸ナシテ、二条院当今ニテヲハシマスヲ、トリマイラセテ、世ヲオコナイテ、院ヲ御書所ト云所ニスヱマイラセテ」とあるように、平治の乱の時、信頼は皇居に入って、二条帝を幽閉し、除目などをして、勝手な振舞をしたのをいう。

九五 **海づらよりは少しひき入て云々**(二七九頁) 源氏物語、須磨「うち返り見給へるに、来しかたの山は霞み、はるかにて、まことに、三千里のほかの心ちするに、かいのしづくも、たへがたし。…おはすべき所は、行平の中納言の、もしほたれつゝわびける家居、近きわたりなりけり。海面はやゝ入りて、あはれにすごげなる山なかなり。垣のさまよりはじめて、めづらかに見給ふ。葦屋ども、あしふける廊めく屋など、をかしう、しつらひなしたり。(中略)二千里外故人心とずんじ給へる、例のなみだもとゞめられず」。

九六 **ふる里を の歌**(二八〇頁) 拾遺集巻六、別の「忘るなよ別路におふる葛のはの秋風ふけばいま帰りこむ よみ人しらず」が本歌。

九七 **たらちねの の歌**(二八〇頁) この歌は、吾妻鏡には、後鳥羽院が隠岐に流される途中、出雲の大浜湊から帰洛する武士に託して女院におくられた歌として記す。六代勝事記も吾妻鏡とほぼ同じである。承久記に記すところは、増鏡の記述にやや近い。すなわち「七条ノ女院、老タル御身ニハ、イツ共期セヌ都返リ、今日ヤ明日ヤト思召シ、御嘆ノ色、日ニ随ヒテ増ラセ給ヒツヽ、思召沈マセ給由聞召及ビテ、隠岐ノ御所ヨリ」とあって、たらちねの の歌を記す。

九八 **かの伊勢より須磨に参りけんも云々**(二八一頁) 源氏物語、須磨「かのいせの宮へも御使ありけり。彼よりも、ふりはへたづね参れり。あさからぬことゞも、書き給へり。言の葉、筆づかひなどは、人より殊になまめかしう、いたり深く見えたり。…物を、あはれと思しけるまゝに、うちおき〳〵書き給へる、白き唐の紙四、五枚ばかりを、まきつゞけて、墨づきなど見所あり」。

第三 藤衣

九九 **いと数まへられ給はぬ古宮おはしけり**(二八二頁) 源氏物語、橋姫「その頃、世にかずまへられ給はぬふる宮おはしけり。母かたなども、やむごとなく物し給ひて、すぢ異なるべきおぼえなど、おはしけるを…御後見なども、もの恨めしき心〳〵にて、かた〳〵につけて、世をそむき去りつゝ、おほやけ・わたくしに、より所なく、さし放たれ給へるやうなる。…さすがに、広く、おもしろき宮の、池・山などの気色ばかり、昔に変らで、いと、いたう荒れまさるを、つれづれとながめ給ふ。家司なども、むね〳〵しき人もなかりければ、取りつくろふ人もなきまゝに、草青やかにしげり、軒のしのぶぞ、所えがほに青みわたれる」。

一〇〇 **高倉院第三の御子也**(二八二頁) 守貞親王は高倉天皇の第二皇子。第三皇子は惟明親王。おどろの下の記述によれば、後白河法皇が皇位につく皇子をえらんだ時に、泣いたために失格したのは、第三皇子のこととして記しているから、増鏡の筆者は、守貞親王を第三皇子と考えていたのであろうか。柳原家記録に「此君高倉院の第三の御子、後鳥羽院には、御あににてわたらせ給」とあるのは、増鏡の記述によったのか。あるいは、そのような伝えが古くからあったのか。

一〇一 **孫王にて位に即かせ奉ためし云々**(二八三頁) 五代帝王物語「承久兵乱の後、世も漸謐りて、後堀河院〈御母北白川院〉位に即せ給べきに定て、関東よりはせのぼりて申ければ、(中略)承久三年七月九日践祚ありて、同十二月一日即位、御年十歳也。孫王の位に即給事、光仁天皇より後絶て久しくなれり。聖運のわたらせ給けるこそ忝侍れ。さて法皇は太上天皇の尊号ありて世をしろしめす」。

一〇二 **光明峯寺殿**(二八四頁) 尊卑分脈の道家の項に「号光明峯寺殿 又峯殿」と注記。山城名勝志巻十六に、「〇光明峯〈東福方丈ノ東、即宗院南谷〉、光明峯寺本尊毘沙門〈左、吉祥天女、右、善弐三童子〉、安阿弥作」とあり、また、「〇光明峯寺〈元在二毘沙門谷一、旧跡ハ東福ノ東、偃月橋ノ奥也〉、元亨釈書云、円爾伝、仁治二年、大相国乃使レ使招レ爾、二月入二京師一、大相国於二光明峯ノ別墅一、延レ爾問レ道、〇諸門跡次第云、東山毘沙門谷之光明峯寺者、光明峯寺入道前摂政建立、(中略)〇桃花蘂葉云、光明峯寺〈在二毘沙門谷一〉、峯殿御終焉之地、十三重塔納二御遺骨一(下略)」とある。すなわち、光明峯寺は、京都市東山区、東福寺の東にあった道家の別荘で、道家は、この地で没し、その遺骨も、この地に納めた。その居所の名によって、道家のことを、光明峯寺殿、または峯殿と呼んでいたのである。

一〇三　**いみじう時めき給しを云々**(二八四頁)　五代帝王物語「此中宮は主上より御年ははるかに御あねにておはしましけるを、主上十一、二の御程なれば、何の御心もなく、御あそびがたきにて、常に中宮の御かたにのみ入せ給けるが、やう〳〵御成人の後には、おもはゆくや思食けん。御そゝろきて、昼などはつや〳〵入御なかりけるほどに、御志の深くなるまゝには、又朝暮はその御かたにのみわたらせ給ひ、御中よかりけるを、関白〈家実・猪隈殿〉の御女まいり給べきにてあれば、出させ給ふ。互の御心中いひつくすべからず。よその袖までも露けくぞ有ける。嘉禄三年〈安貞元〉二月廿日、院号ありて安喜門院と申。さて関白の女、纔に九歳にて、六月に参り給て、やがて廿九日立后、ゆゝしくてさぶらひ給ふほどに、同二年十二月関白をとゞめられて、前摂政〈道家　光明峯寺殿〉成かへり給にければ、中宮の御光も隠れて、又今の関白の御女まいり給へば、中宮おりさせ給ぬ。よしなかりける事かな、と上下思ひたりけり。寛喜元年四月に院号ありて、鷹司院と申。さて関白の御女は、いひしらぬほどの美人にてぞおはしましける。其御妹にためしなき程の美人にておはしければ、殿も引籠がたく思ひ給けるにや。内侍のかみになり給ふ」。

一〇四　**十一月十一日**(二八五頁)　吾妻鏡(吉川家本)には「寛喜三年月日落御餝、同十一月十一日崩〈三十七〉」とあって、本書と同じであるが、百錬抄は、十月十二日の崩となし、皇年代略記・皇胤紹運録は、十月十一日の崩となす。

一〇五　**撰集の沙汰ありつるを**(二八六頁)　明月記によれば、貞永元年(一二三二)六月十三日、藤原定家は「古へ今の歌撰比進良之女与」との勅命を受け、この時以後、勅撰集編集の作業に従事することになった。

一〇六　**この三年ばかりは云々**(二八六頁)　民経記、貞永元年十月四日の条に、後堀河天皇譲位の事を記して、次のように記述している。「去年十月為皇太子、抑去々年(寛喜二)仲秋八月大風洪水之後、兼蚩歌豊年端(瑞カ)改嘆異損災、及同年冬節客星出現、去年自春天及冬節、忽以飢饉、死骸満道路、今年又猶以有飢饉愁、而去八月又大風沃屋、普訴秋稼之異損、而自去月六日、東南彗星出現、天子驚嘆雖被致種々御祈、猶以出現、俄譲位事沙汰出来、再三被仰関東、雖無分明之承諾、推遂譲位之大礼給云々」。

一〇七　**御祈り祭り祓へ云々**(二八七頁)　五代帝王物語「同年九月に御産とてひしめくほどに、御もの〻けこはくてうみかねさせ給ふ。内外の御祈数をつくし、大法秘法残る事なしと言ども、つゐにかなはせ給はず、余に御大事にして、大臣いかゞせむずると、女院申させ給へば、大殿は御涙にむせびて、東西も覚え給はず。御宝物皆やきあげられけれどもかひなし。九月十八日、遂にうせ給ぬ」。

一〇八　**都へも、たよりにつけつゝ題をつかはし云々**(二九〇頁)　遠島御歌合、一番の判詞の最初に「今更にこの道をもてあそぶにはあらねども、従二位家隆は、和歌所のふるき衆、新古今の撰者なり。八十余の命の露、いまだあだし野の風にきえはてぬ程に、かれをめしぐして、今一度思ひ〳〵の詞をあらそひ、しなじなのすがたをたくらべんとおもふ。これによりて、雁の玉章の使に付て、うとからぬ輩に、十題の歌をめしあつめて、書つがへり」とあるのに基づいて書いたのであろう。

一〇九　**身づから判じて御覧じけり**(二九〇頁)　これが遠島御歌合で、十六人の作者が十首ずつ奉った歌を八十番の歌合とし、院みずから判詞を加えたものが現存している。歌題は、朝霞・山桜・郭公・萩露・夜鹿・時雨・忍恋・久恋・羇旅・山家の十題。作者は、左方、女房〈後鳥羽院〉・家良・基家・沙弥道珍〈忠信〉・隆祐〈家隆子〉・女房少輔〈家隆女〉・親成〈信成子〉・友茂〈能茂子〉、右方、家隆・女房小宰相〈家隆女〉・信成・如願〈秀能〉・女房下野〈家長女〉・長綱・家清〈家長子〉・善真で、すべて後鳥羽院と深い関係にあり、しかも、家隆とも近しい関係にあった人たちであった。

一一〇　**人心の歌**(二九〇頁)　この歌は、古今集、春下の「花の色はうつりにけりないたづらに我身世にふるながめせしまに　小野小町」が本歌で、千載集、春上の「さゞ浪やしがの都はあれにしを昔ながらのやま桜かな　読人しらず」を踏む。

一一一　**なぞもかくの歌**(二九〇頁)　古今集、雑体の「なげきこる山としたかくなりぬればつらづゑのみぞまづつかれける　大輔」の「山としたかくなり」を借りて詠む。壬二集には「遠所にて十首の歌合侍りしに、朝霞」と題して「春の夜の朧月夜の名残とや出づる朝日も猶霞むらむ」の歌を掲げ、その次に、山花と題して、この歌を掲ぐ。第一句「などてかく」。

一一二　**わたの原の歌**(二九〇頁)　古今集、羇旅「おきのくにゝながされける時に、ふねにのりていでたつとて、京なる人のもとにつかはしける」と詞書した小野の篁の「わたの原やそしまかけてこぎいでぬと人にはつげよあまのつり舟」が本歌。遠島御歌合の六十八番、右の歌で、歌題は羇旅。左は、道珍(忠信)の「しるべせよ旅ねの夢のさめやすくつらき枕に残る月影」で、引き分けになっている。新拾遺集、羇旅に入集。第五句「おきのつり舟」。増鏡の諸本中、桂・院本は「友船」が「釣舟」になっている。

一一三 **まだ見ぬ島を思ひやるらんよりは云々**(二九一頁) 遠島御歌合、七十三番、歌題「山家」、判詞「左右ともに、おもひやりたる山の家に侍るを、いまだ見ぬを思ひやらむよりは、とし久しく見ておもひ出んは、今すこし心ざしもふかゝるべければ、相構、一番は左の勝と申べし」。

一一四 **ふる里はの歌**(二九一頁) 万葉集巻七(一三九四)の「潮満てば入りぬる磯の草なれや見らく少く恋ふらくの多き」が本歌。

一一五 **十七年ばかりにやありけむ**(二九一頁) 百錬抄「廿二日壬戌、隠岐法皇崩御〈春秋六十〉。去承久三年已後及二十九年一。天下貴賤誰不レ傷二哀一哉」。

一一六 **昔の御庄の所〴〵、三昧料に寄せられたるにて**(二九一頁) 三昧料について、山田孝雄は「さて、その法華三昧堂は法華三昧を修する為に常住の僧を置かざるべからず。藤原氏の木幡の三昧堂には三昧を修する僧十二人を置いた。それ程多く置く所は稀であらうが、少くも一人か二人は置かれたであらう。…かくしてそれら三昧僧に供養する費用がなくては、三昧僧は常住すること能はず、その費用即ち三昧料たるのである」と説く(「増鏡の注釈数則」語文、第三輯)。後鳥羽院の法華堂には、六人の三昧僧を置いた。補注一一七参照。

一一七 **かの法花堂には云々**(二九一頁) 一代要記に「仁治二年二月八日、大原法華堂供養、同日、御骨自二西林院御堂一、奉レ渡二法華堂一」とある。仁治二年に法華堂が落成し、それまで西林院御堂に安置してあった御骨を、この時に移したのである。華頂要略附録〈三十九〉には、大原の後鳥羽院法華堂について「延応元年二月廿二日、於隠州行宮□冥、同五月十六日、御力者金力法師、令随身御遺骨、経北海到著大原勝林院之間、門主〈于時尊快法親王、御母修明門院〉有計沙汰。懐(壊カ)渡水無瀬殿御所、起立法花堂、以別相伝私領備前国軽部庄〈修明門院御遺領〉播磨国安室郷為供料。定補六人供僧〈軽部三人、安室三人〉各令輪転勤行長日法花護摩、供僧者撰門下之内真言伝口器、補任来者也」とあり、三昧料として、備前国軽部庄と播磨国安室郷をあてたことが知られる。

一一八 **はじめは顕徳院と定め申されたりけれど**(二九一頁) 百錬抄、延応元年五月廿九日の条に「侍従中納言〈為家〉参著、召二大外記師兼一仰云、以二隠岐院一可レ奉レ号二顕徳院一者、依二治承崇徳院例一無二勅書一、只外記承存許也。件諡号字、式部大輔為長卿勘申」とある。

一一九 **仁治の頃ぞ、後鳥羽院とはさらに聞こえ直されけりとなむ**(二九一頁) 百錬抄、仁治三年七月八日の条に「被レ立二山陵使一、隠岐法皇改二顕徳院一為二後鳥羽院一。依二御遺誡一不レ被レ置二山陵国忌一之由被レ申畢」。

第四　三　神　山

一二〇 **洞院故摂政殿教実の姫君**(二九三頁) 五代帝王物語には「主上は仁治二年正月五日、御年十一にて御元服ありて、女御には故洞院摂政の御女、十二月十三日にまいり給て、目出かりしほどに云々」とあって、女御の年を記さず。女院小伝によれば十五歳で入内。

一二一 **天の下はさながら大殿の御心のまゝなれば云々**(二九三頁) 五代帝王物語「主上も幼稚におはしませば、外祖にて大殿世を行ひ給ふ。…大殿は帝の外祖たるうへ摂政並征夷将軍の父なれば、世の従ひ恐事、吹風の草木をなびかすよりも速なり」。

一二二 **城興寺宮僧正真性**(二九三頁) 皇胤紹運録には、僧真性〈天台座主。大僧正。号二書写宮又城興寺一。母民部少輔忠成女〉とある。この部分は、五代帝王物語に「今御位につかせ給宮は、通方大納言養ひまいらせて、三条坊門にわたらせ給ひしほどに、大納言うせて後は、もとの様にもかしづきまいらせざりけるを、うるさく思食て、土御門殿へ入せ給ふ。是も御年たけさせ給へば、城興寺の宮僧正〈真生〉の弟子にならせ給べきにて、内々は御対面などもありけるに、かゝる聖運のわたらせ給ける、申ても をろか也」とあるによって書く。天台座主記によれば、真性は、寛喜二年(一二三〇)六月十四日に、六十四歳で没している。時に後嵯峨帝は十一歳であった。したがって、帝が真性の弟子になるつもりで対面した事があったとすれば、それは十一歳以前のことである。

一二三 **椿葉の影二度あらたまる**(二九三頁) 椿については、荘子、逍遥遊篇に「上古有二大椿者一、以二八千歳一為レ春、八千歳為レ秋」とあり、その葉が改まるには、久しい歳月を要するので、永久に栄える意に用いたのである。後嵯峨帝が石清水社に参籠して、神のお告げを受けた話は、古今著聞集巻八に見える。「第八十七代の皇帝、後嵯峨天皇と申すは、土御門天皇の第三の皇子なり。父の帝、寛喜三年、遠所にて崩御のことありし後は、御傅大納言通方卿のもとに、かすかなる御住居にてわたらせ給へば、御位の事は思しめしもよらず。大納言さへ身まかりにければ、仁治二年の冬の頃、八幡へ参らせ給ひて、御出家の御暇申させ給ひけるに、暁御宝殿の内に、「徳ハ是レ北晨椿葉ノ影再ビ改マル」と、鈴の声のやうにて、まさしく聞えさせ給ひければ、これこそ示現ならめと、嬉しく思召して還御ありけり」とあり、増鏡の記すところとほぼ同じ内容なので、恐らく同一の資料によって記したものと思われる。

一三四　**正月の五日より、内の上例ならぬ御事にて云々**(二九三頁)　百錬抄、仁治三年正月七日の条に「主上御不予之間、節会無二出御一、昨日於二渡殿一聊御顚倒云々」とあり、五代帝王物語には「同三年正月五日より主上いさゝか御不予の事ありて、七日節会にも出御なかりしかども、さほどの御事やはとおぼえし。九日寅時に崩御有しかば、ともかくも申ばかりなし」とある。五代帝王物語によって書いたのであろう。

一三五　**御兄の若君**(二九四頁)　九条忠家は、この時、正二位権大納言で、十四歳であった。百錬抄によれば、女御の彦子は、この前年の仁治二年十二月、十四歳で入内しているから、仁治三年には十五歳で、忠家より一歳年長ということになる。また、女院小伝によれば、二歳年長という事になり、いずれにしても、忠家のほうが弟ということになる。

一三六　**あまりいはけたる御遊びより云々**(二九四頁)　五代帝王物語「さて是も利口にてや侍らめども、まさしく有しことなりとて語侍りし。主上あどなくわたらせ給て、近習の人・女房などをたふしてわらはせ給はんとて、弘御所に滑石の粉を板敷にぬりをかれたりけるに、主上あしくして御顚倒有けるを、御犬の立まはり立まはり、如法にほえまいらせたりけるこそ、前表にて有ける。やがて御悩つかせ御座して、取あへず御大事に及けり」。

一三七　**時房と一処にて云々**(二九四頁)　この事件は、時房没後の出来事であるし、五代帝王物語にも時房のことは見えていない。何によって誤ったか不審である。補注一二八参照。

一三八　**その席よりやがて神事はじめて云々**(二九四頁)　五代帝王物語には「さて関東へ早馬立て馳下たれば、泰時はおりふし酒宴して遊けるに、かゝる御事と聞て、物はいはずつい立て、障子はたとたてゝ内へ入て、こはいかゞせんずる、泰時運すでに極たり、此事を計ひ申さずして、京都の御沙汰ならば、散々の事出きぬべし。計ひ申さんとせば、小量の身あるべき事にもあらず。進退きはまりたりとて、三日三夜寝食を忘れて案(マヽ)けるが、何ともあれ土御門院の御末をこそとは心中におもひけれども、所詮神明の御計ひに任べしとて、若宮社へ参て孔子をとりたりけるに、土御門院の宮と、とりたれば、さればこそ愚意の所案相違なしと思ひて、やがて城介義景を使にて、其よしを申けるほどに云々」とあって、増鏡の記述と相違しているようである。しかし、相違しているような印象を受けるのは、五代帝王物語の記述を圧縮したためであろうか。

一三九　**若宮社**(二九四頁)　大日本地名辞典に「鶴岡は上宮を八幡三所と云ひ、石清水(男山)又は宇佐の大神を勧請したる由明白なれど、其下宮は上宮の石階の下、東偏にありて、若宮八幡と称し、古来仁徳天皇をまつると称す」とあり、下の宮を若宮と呼んでいたとも考えられるが、この場合は、鶴岡八幡宮そのものをさして若宮といっていたのであろう。若宮が鶴岡八幡宮そのものをさしていたことは、慈円の愚管抄第六に、鶴岡八幡宮について「日頃若宮トゾ此社ハ云ナライタリケル」とあり、また、増鏡、さし櫛に「さても石清水の流れをわけて、関の東にも若宮ときこゆる社おはしますに」とあることによっても明らかである。東関紀行に「中にも鶴が岡の若宮は、松柏のみどりいよいよ茂く、蘋蘩のそなへ欠くることなし」とあるのも、八幡宮全体をさして、いっていると考えられる。

一四〇　**故通宗宰相中将の弟を子にし給へりし定通の大臣**(二九五頁)　通宗は、源通親の一男。建久九年(一一九八)没。定通は、公卿補任に「故内大臣通親公四男(通宗為子)、母同通光卿」とあり、仁治三年には、正二位前内大臣であった。

一四一　**何となくをのづからの事もやと思ひて云々**(二九五頁)　増鏡の記述の仕方を見ると、土御門殿へ東使が参上することを、定通は、ほとんど期待していなかったような書きぶりであるが、平戸記、仁治三年正月十七日の条に「及晩大府卿(為長)立過間、一条殿只今退出云々、談世事、阿波院宮、依武士縁、一定御出立之由、世以風聞、件縁者前内府〈定通公〉妻者、泰時、重時等姉妹也。如此之間、私差遣使者於関東、有慇勤之旨云々、彼公執世務者、天下之至極歟、世以為嘆云々」とあり、定通は、泰時の姻戚であったから、使者を幕府につかわして、皇位継承に関して運動を行ない、正月十七日には、すでに、阿波院の宮が皇位を継ぐという噂が、世間に流布していた事がわかる。増鏡の記述は、五代帝王物語に相当忠実によっているので、同書には「京には又いかにも順徳院の宮にておはしますべし。子細あるまじとて、内々御装束の寸法までさだめられ、した用意してぞ有ける。…御祖母の修明門院の四辻御所には、今日関東の使つくと聞えければ、人々あまた参聚て、只今吉事をきかせんずる気色にてあれば、土御門院御母承明門院の御所には、人もまいらず、かいすみたりけるに、もしの事もこそあれとて、土御門内府〈定通公〉只一人、なえらかなる直衣にてぞさぶらはれける。或人のかたり侍りしは、土御門院の旧臣のあたりの人々、あまりのおぼつかなさに、今夜東使つく也、いかゞあるとて、三、四人つれて、三条河原へ出て見ければ、初夜のほどに義景河原へ打出たりけるが、三条京極にして、承明門院の御所へは、いづくをまいるべきぞと申をとのしければ、夢かやとおもふ程に、土御門万里小路なれば、京極を上りにて候べしと云ものあり。実否を慥に見んとて、先だちて参たれば、東使まさに土御門殿へまいりてみれば、庭には草おひ茂りて、人のふみたるあともなし。門もあかねば扉もゆがみてあかざりけるを、武士ども、とかくひらきて、義景中門の砌に候けるに、内府出あひたれば、土御門院の宮御位につかせ御座すべきよし申入て退出ぬ。面々に只夢の心地してぞありし。後まで尼にて承明門院に候し弁局と中女房は、されば是はまことかやとて、あしこゝのめんだうに倒れありきける」とある。増鏡の記述は、ずいぶん圧縮されたもので、そのために劇的な印象を強く与える。

一三二 **冷泉万里小路殿へ移らせ給て云々**(二九六頁)　百錬抄、仁治三年正月廿日の条に「践祚(中略)其儀畢召㆓摂政庇車㆒、渡㆓御冷泉亭㆒〈権大納言隆親卿家〉、諸卿群㆓参大行皇帝御在所㆒〈閑院〉、奉㆓三種宝物㆒、被㆑参㆓新帝御所㆒〈歩行〉、聊雖㆓降雨㆒不㆑及㆓衣湿㆒、仍晴儀也」とあり、五代帝王物語には「さて新帝はやがて廿日土御門殿にて御元服あり。(中略)今日冷泉万里小路の御所へ入せ給て、賢所剣璽などわたしまいらせて践祚の儀あり。此御所は四条大納言隆親卿の家也。閑院ふたがりぬるうへは、清涼殿造替のほど、さりぬべき所なきによりて、此家を御所とす」とある。

一三三 **御庄など寄せて**(二九六頁)　九条文書によれば、道家は「泉涌寺新御堂〈四条院御墓所〉」に、寺領として、甲斐国経田庄を寄せている。

一三四 **この御門の、いまだ物などもはかぐ〵しくのたまはぬほどの御齢なりけるとき云々**(二九六頁)　「選択伝弘決疑鈔裏書」に「必ッモ其報ヲネガハザレドモ、其ノ事ニ心ヲ染ヌレバ、其マヽニ報ヲ受也。不㆑知憚ハアレドモ、泉涌寺ノ我禅上人(俊芿)ハ、四条ノ院ト生タルト申ス人アリ。知ルニ有㆓多ノ故㆒一ニハ上人拝シテ後堀川ノ院位ノ時行幸ヲ深ク感ジタリケリ。二ニハ四条院三歳ノ御時キ生月日時ニ東ニ向テ平座ニ居シ、奉ルニ先生ヲ問ヒ宮答㆓ヘ我禅ト給ヒタリケリ云々、三ニハ上人モ四条院モ大根ヲ好食玉ヘリ。依㆑之ニ、崩御後ニ良平ノ大臣御計ヒトシテ、来円坊ヲ召シテ、殊ニ有リトテ存ル旨㆒御墓ヲ泉涌寺ニ可ナリ㆑立云々」。

一三五 **いにしへにの歌**(二九七頁)　この歌は、近江国の三上山を、古代中国人が不老不死の薬のあるところと信じていた三神山にとりなして詠んだもの。続後撰集巻二十に「仁治三年悠紀の風俗歌　三神山」と詞書して掲ぐ。

一三六 **末とをきの歌**(二九七頁)　続後撰集巻二十に、「いにしへに」の歌の次に「おなじき主基の風俗歌、石崎」と詞書して掲ぐ。石崎は、岡山県下道郡にある。「故一品記」の、仁治三年六月四日の条に「大嘗会主基所和歌可令勤仕之由、右少弁時継奉書到、云先祖云一門、連綿而勤之、今度人々懇望云々、然而被賞重代、尤可然、以風土記為題、風俗十首、屏風十八首、代々所詠進也」、同十月廿七日の条に「今日主基和歌詠進、風俗一通、御屏風一通、真仮名書之」とあり。

一三七 **通宗の宰相も左大臣従一位をくられ給**(二九七頁)　百錬抄、仁治三年七月十一日の条に「今日、故参議通宗朝臣贈㆓左大臣正一位㆒、母儀源氏贈㆓皇后㆒、被㆑定㆓山陵国忌㆒云々」。

一三八 **あやしう心細げなりし御ほどには、たはぶれにも**(二九七頁)　尾・近・平・大・岩本「あやしう心細げなりし御ほどには、たはぶれにも」なし。院・谷本は「あやしう心細げ…たはぶれにも」を行間に小書して、桂・谷一本は、本文中に大書して、ともに無品親王の前に入れている。

第五　内野の雪

一三九　**源氏中将わらはやみまじなひ給し云々**(二九八頁)　「わらはやみ」は、おこりとも言い、今のマラリヤという。源氏物語、若紫に、光君が中将の時、わらわやみにかかり、そのまじないのために、北山の寺に籠ったことが記されている。

一四〇　**西園寺といふめり**(二九八頁)　百錬抄、元仁元年(一二二四)十二月二日の条に「前太政大臣(公経)供㆓養北山堂㆒、号㆓西園寺㆒、北白川院・安嘉門院臨幸、右府已下諸卿群参、仁和寺宮(道助)為㆓導師㆒」とある。北山の山荘の様子は、五代帝王物語には記されていない。

一四一　**伯三位資仲**(二九八頁)　伯は神祇官の長官をいう。神祇伯正三位仲資王は、花山天皇の子孫で、貞応元年(一二二二)没。

一四二　**尾張国松枝といふ庄にかへ給てけり**(二九八頁)　仲資王の北山の領地と、尾張国松枝荘を交換する契約が成立したのは、承久二年のことである。

「大徳寺文書」〈二十六・山城〉には、

「右大将家(公経)

　相博渡家領壱処事

　在尾張国葉栗郡松枝荘者

　四至　東限門真荘　西限玉井荘
　　　　南限中島郡　北限黒田河

副渡

　調度文書等

右件荘者、相伝之家領也。子細見于宣旨状、而所令相博入道、兵部卿(仲資王)家領北山家地田畠山林等也。向後不可有相違之状、如件、

　承久二年十一月廿九日

(下略)」

と見えている。

一四三　**愛染王の座さまさぬ秘法とり行なはせらる**(二九八頁)　愛染王は、真言密教中の神で、外相は怒りの情をあらわし、内心は愛欲を本体とする。この神を本尊として、わざわいをなくし、命を延ばすことを祈って修法するのを愛染法という。座さまさぬ秘法は、僧の座席の冷えることなく不断に修法を行なうをいう。

一四四　**来迎の気色、弥陀如来・廿五の菩薩云々**(二九九頁)　来迎は、臨終の際に、西方浄土の阿弥陀如来が諸菩薩とともにあらわれて、衆生を極楽浄土に迎えとることで、その時の様子を絵にかきあらわすことが、平安時代から行なわれていた。二十五の菩薩は、阿弥陀如来を念じて極楽往生を願う者を護る、観音・勢至等二十五の菩薩をいう。

一四五　**御湯殿の儀式はさらにもいはず**(三〇一頁)　院本には、三夜・御湯殿の儀式・五夜・七夜・九夜・宗尊親王の御五十日の儀式等につき詳記。

一四六　**時頼に世を譲りにしかば**(三〇一頁)　仁治三年六月十五日、泰時死去の後をうけて、その孫の経時が執権職をつぎ、寛元四年(一二四六)経時が病むにおよんで、その弟の時頼があとをついだのである。

一四七　**七日にて失せ給にしかば**(三〇二頁)　道兼は、長徳元年(九九五)四月廿七日に関白になり、五月八日に没しているから、十二日間、関白の任にあったことになるが、慶び申しの日から七日目に死んでいる。公卿補任に「世云七日関白」大鏡巻四の道兼伝に「大臣のくらゐにて五年、関白と申て七日ぞおはしまし丶かし」。

一四八　**円明寺殿**(三〇二頁)　円明寺は、九条道家の創建にかかり、その子の実経が晩年に山荘を構えて住んでいたところから、実経のことをいう。

一四九　**九重の大内山のの歌**(三〇二頁)　九重は、ここでは大内の序として用いている。通釈・古典全書等は、大内山を皇居の意に解しているが、誤りである。ここでは、大内山は、大内裏のあった場所をさしていう。大嘗会の斎場は、京都の北野に設けられるのが例であり、北野は大内裏の旧跡のあたりにあるので、大内山といったのであろう。この歌は、弁内侍日記に見えるが、作者は大宮の大納言(公相)、第一句「ここのへや」。続古今集、冬に入集。作者、前太政大臣(公相)。新後拾遺集、慶賀に入集した少将内侍の歌の詞書では、実氏の歌として扱う。

一五〇　**九重の内野の雪の歌**(三〇三頁)　内野は、京都市上京区西部、平安京大内裏あとの野をいう。この歌は、新後拾遺集、慶賀に見える。新後拾遺集の編集資料によって、この部分を書いたのであろう。

一五一　**菊・紅葉の濃き薄き**(三〇三頁)　菊狩衣は、面白裏青(物具装束鈔)、紅葉は、面赤裏濃赤色(雁衣鈔)をいうが、ここでは単に、菊と紅葉だけをさしているのでなく、黄菊・葉菊・白菊・移菊・青紅葉・黄紅葉など、秋から冬にかけて用いる、かさねの色目を総括して示したのであろう。

一五二　**網代に氷魚の夜**（三〇四頁）　網代は水中に竹木を組み連ねて、網の代わりにして氷魚をとる具をいう。氷魚は、あゆの稚魚。長さ二、三センチ。ともに宇治川の名物。網代に氷魚の寄るから夜にかかる。

一五三　**序書き給へりき**（三〇四頁）　後崇光院宸筆本には「大おとゞ序〈じよ〉かき給へりき。「夫〈それ〉鳥羽〈とばの〉仙洞ハ三五累聖離宮〈るいせいのりきう〉一百余載〈よさい〉」とかや。又御身のいみじき事には、「蓬〈よもぎ〉の髪〈かみ〉霜寒〈さむ〉くて、七代につかへたり」と侍しこそ、めでたけれ」とある。

一五四　**祝ゐをくの歌**（三〇四頁）　この歌は、続後撰集、賀に「鳥羽殿にはじめて渡らせ給うて池辺松と云ふことを講ぜられし時序奉るとて」と詞書して収む。

一五五　**津の国吹田の山荘にも、いとしばく\おはしまさせて**（三〇四頁）　五代帝王物語に「前相国も、逆修めでたくして出家、是も権威おびたゝしくて、おぢなびかぬものなし。天王寺・吹田・槇の島・北山、さしも然べき勝地名所には、山荘を造り営たり」とあって、吹田の山荘も、北山の山荘などとともに、実氏の父の公経の時代に造営されたことが、記されている。公経が、この吹田の山荘で、九月十三夜に、しばしば歌会を催したことは、為家卿集によって知られる。実氏もこの山荘で、しばしば歌会を催した。後嵯峨院が、この山荘に御幸になったことは、百錬抄、建長三年閏九月十七日・同四年九月十三日の条に見える。また、経俊卿記によれば、正嘉元年八月に、帝王編年記によれば、弘長元年九月に、吹田に御幸があったことが知られる。

一五六　**ひどろおはしまして、人ぐ\に十首歌召されしついでに**（三〇五頁）　百錬抄、建長三年閏九月十七日の条に「上皇御㆓幸吹田殿㆒、大宮院同御幸、七ヶ日可㆑被㆑召㆓湯山御湯㆒云々」と見え、為家卿集に、建長三年吹田御幸一首と詞書した歌の見えるところから、建長三年御幸の折の事をさしていうものと考えられる。中院詠草に、建長二年壬九月吹田御幸之次十首と見えているのも、恐らく、建長三年の誤写であって、この折の御幸に際して奉った十首歌に付された詞書であると考えられる。なお、上皇が吹田から帰京されたのは、同年同月の二十七日のことであった。

一五七　**川舟のの歌**（三〇五頁）　「川舟の」は「さして」の序詞。古今集、雑下「世中はいづれかさして我がならんゆきとまるをぞやどとさだむる　よみ人しらず」が本歌。続後撰集、羇旅に「前のおほきおほいまうちぎみの吹田の家に御幸ありし時、人々に十首の歌めされしついでに、旅」と詞書して収む。

一五八　**いまだ三十にだに満たせ給はねば**（三〇五頁）　詳解には「今年建長三年には、三十二歳におはしますべし。されば、満たせ給はねばとあるは、誤ならむ」と説くが、この部分が、建長三年の事を記述したものとは断定できない。この部分の前に、吹田山荘御幸の事をしるしてあり、それは百錬抄の記事により、建長三年閏九月の事と考えられるので、この部分も同年の事と考えたのであろうが、この前後の記事は、必ずしも何年何月の事として年代順に記述してあるわけではないのである。吹田山荘御幸の前に、鳥羽殿御幸の記事が見え、これは確実に、宝治二年の事であるから、これも、その前後の後嵯峨院が三十歳未満の時のできごとについて述べたものと考えておいてよいと思う。補注一五九参照。

一五九　**摂政殿**（三〇五頁）　一条実経は、寛元四年一月二十八日から宝治元年一月十九日の間に摂政で、二十四、五歳であり、その後を受けた近衛兼経は、宝治元年に三十八歳であった。したがって、この当時若い摂政を求めるというと実経以外には見当たらない。摂政を実経とすると、この部分の記事は、寛元四年から宝治元年にかけての記事をもとにして書いたものという事になる。

一六〇　**貝おほひ**（三〇五頁）　遊戯の一。三百六十個のはまぐりの貝がらを、地貝と出し貝に分け、地貝をすべて出して並べ、これに出し貝を一つずつ合わせて、多く合わせたものを勝ちとした。

一六一　**節会・臨時の祭り云々**（三〇五頁）　弁内侍日記、建長二年秋の記事に、この部分と同じできごとが記されているが、幾分相違する点がある。すなわち、大納言三位殿を関白にしたという事は、日記には見えないし、日記に見える宮内卿殿・兵衛督殿・伊予の内侍などの名前は増鏡には見えない。また、増鏡にしるす「津の国の葦の下根のみだれわび」の歌も日記には見えない。増鏡は、現存の弁内侍日記とは異なった系統の本を資料にして書いたのかも知れない。弁内侍日記「節会、臨時の祭の次第など御覧ぜさせおはしまして、そのまねを女房たちにさせて御覧ぜしを、太政大臣殿「この御遊はまことにおもしろく侍るらむ」とて興ぜさせ給ひて、笏ども作らせてまゐらせ給ふ。頭中将〈為氏〉節会の次第など書きて参らす。人数は、大納言の三位殿〈太政入道殿のむすめ〉、按察のすけ殿〈たかひら卿のむすめ〉、大納言のすけ殿〈たかちか卿のむすめ〉、中納言のすけ殿〈実家卿女〉、宮内卿殿〈あき氏卿むすめ〉、兵衛督殿〈家みち卿むすめ〉、勾当の内侍殿〈たか時入道のむすめ〉、少将、弁、伊予の内侍、笏どもにみな名を書きて持ち侍りし。中納言のすけ殿、権大納言になりて、節会の次、内弁もよほされて、「したうづをえはかず所うらう」とて、故障申して局におはせしに、葦の葉に書きつけて局のみすにさす。弁内侍、

津の国のあしのしたねのいかなれば波にしほれて乱れがほなる」。

一六二　**臨時の祭り**(三〇五頁)　例祭以外に臨時に行なわれる祭りを言い、特に、陰暦三月中の午の日に行なわれた石清水社の祭り、六月十五日に行なわれた八坂神社の祭り、十一月下の酉(とり)の日に行なわれた賀茂神社の祭りをさしていう。

一六三　**五月五日、所々より御かぶとの花・薬玉など、いろ〳〵に多くまいれり云々**(三〇六頁)　弁内侍日記には「五月五日、三条の中納言のもとより、例の美しき薬玉□ころもみだれてさうなるよし申されて□いとうつくし。結びたるよもぎの露にふかき□みえしを兵衛督殿「このこころいはばや」とありしかば、弁内侍、

あやめ草そこしらぬまの長きねにふかきといふやよもぎふの露

返し中納言、

あやめ草そこしらぬまの長きねをふかき心にいかがくらべん」。

一六四　**薬玉**(三〇六頁)　種々の香料を袋に入れ、それにショウブやヨモギなどの造花を結びつけ、長い五色の糸を垂らしたもの。枕草子、三九には、「中宮などには、縫殿より御薬玉とて、色々の糸を組み下げて参らせたれば、御帳たてたる母屋のはしらに、左右につけたり。九月九日の菊を、あやしき生絹のきぬにつつみてまゐらせたるを、おなじはしらにゆひつけて月頃ある薬玉にときかへてぞ棄つめる」とある。

一六五　**神はうれし**(三〇六頁)　後拾遺集、雑四には「延久五年三月住吉にまゐらせ給ひてかへさによませたまひける」と詞書して載せてある。なお、この時の事は、栄花物語、松の下枝、今鏡、すべらぎの中に記す。今鏡では「住吉の神はうれし…」となっている。

一六六　**右中弁平の棟範のぬしの女**(三〇七頁)　右中弁は弁官の一。弁官は太政官の官名で、左右にわかれ、それぞれ大中少があった。尊卑分脈によれば、棟範は右大弁正四位下、棟基は勘解由次官。五代帝王物語「故右中弁棟範朝臣が女に兵衛内侍〈後は従一位准后〉とて、前帝の内侍なりしがわたりて候はれける腹に、皇子出来させ給たれば」。

一六七　**善見天の殊妙の荘厳**(三〇八頁)　阿毘達磨倶舎論、十一「於㆓山頂中㆒有㆑宮名㆓善見㆒、面二千半、周万踰繕那、(中略)是天帝釈所㆑都大城、於㆓其城中㆒有㆓殊勝殿㆒、種種妙宝、具足荘厳、蔽㆓余天宮㆒、故名㆓殊勝㆒」。

一六八　**院の上、鳥羽殿におはします比、神無月の十日比、朝覲の行幸し給云々**(三〇九頁)　弁内侍日記、建長二年の条に「十月十三日、鳥羽殿へ朝覲の行幸なり。よひのほどは、しぐれもやなど思ひ侍りしに、あした、ことに晴れていとめでたくぞ侍りし。鳥羽殿の御所のけいきのおもしろさ、ことわりにもすぎたり。いろいろのもみぢも、折をえたるここちす。竜頭鷁首うかべる池のみぎはの紅葉などたとへんかたなし。髪上の内侍、勾当の内侍・少将内侍なり。日ぐらし髪あげて、さまざまの内侍おもしろくめでたきことども見いだして、老いののちの物語はいくらも侍るべしなどいひて少将内侍（中略）還御ののち、めでたかりしその日の事ども申しいでてぞ、めしたるまね、たれがしは何色々と、少々萩の戸にてしるし侍りしに、太政大臣殿のうらおもて白き御下襲、ことにいみじくおぼえて、弁内侍(下略)」とある。

一六九　**ためしなきの歌**(三〇九頁)　この歌は、続後撰集、賀に「今上はじめて鳥羽殿に朝覲行幸の時、更につかへて両院御拝の儀まのあたり見奉りて思ひつゞけ侍りける」と詞書して収む。

一七〇　**折かざすの歌**(三〇九頁)　なぎは、まき科の常緑喬木。熊野山に多く生えているので、それを折りかざすことで、熊野山に参詣することを意味し、なぎの葉風のかしこさに、熊野権現の神威のかたじけなさを託した。

第六　おりゐる雲

一七一　**過ぐし給へるほどなれど**(三一一頁)　五代帝王物語「女御は大宮院の御妹まいらせ給ふ。(中略)御年ははるかの御姉にてぞおはします。御姨にて入内し給事、先例多侍るにや」として、次に先例をあげている。

一七二 **裏濃き蘇芳七**(三一一頁) 満佐須計装束抄に「うらこきすはう」について「おもては、なからほどのすはうの、うらは濃きすはうなり」。重ねうちきは、女子が正装した場合に、表着の下に重ねるうちきを言い、五つ乃至七つから二十ぐらいまでを重ねて着用した。

一七三 **御門のひとつ御腹の姫宮**(三一二頁) 御門は後嵯峨院をさす。曦子と後嵯峨院は母を異にす。曦子は、宝治二年(一二四八)八月、皇后宮となり、建長三年(一二五一)三月、院号の定めがあって、仙華門院と称し、この時は女院であった。

一七四 **御衾は、紅うち八四方なるに云々**(三一二頁) 山槐記、保元元年三月五日「今夜姫宮入二太子宮一、(中略)又為二今夜御衾覆一、相二具北方一三箇日可レ令二祇候一給上、(中略)抑先レ是被レ献二御衾一、其儀、御衾紅打長九尺、弘九幅也〈面小葵綾裏平絹、(可レ用二単文一歟、然而依二率爾一用レ之歟)〉、件衾二重々之押合、有二上差一、(紅練糸也)、各押二折一幅一〈四折八幅也〉、今一幅所レ残半分折レ之〈九幅之故也〉、長三折レ之、入二打平裏一居二衣筥一、(中略)渡御之後、東宮着二御沓一入二御夜御殿御帳一、大理殿入レ自二寝殿西面妻戸一、取二御沓一退出、被レ授二五品一、五品取レ之向二宿所一置レ之、于レ時甚雨如レ注、次良久又大理殿入二同妻戸一〈女房令二告申一歟〉、被レ奉レ覆二御衾一〈件御衾可レ設レ庁、然無二其沙汰一云々、仍大理殿令二調進一給御衾被レ用レ之云々、此御衾者可レ被レ置二宮御方御帳内一也、今度事凡総右大弁朝隆卿沙汰也〉、次差二脂燭於夜御殿燈楼火一、令二退出一給」。

一七五 **例の事なれば、准后たてまつり給**(三一二頁) 江家次第巻二十、執聟事に「聟公入二帳内一、姫公出、〈必用二鬘濃袴一、依二不レ待レ人之心一後出云々〉聟公解二装束一掩レ衾〈物吉之女上臈覆〉」。

一七六 **最勝講なりしかとよ**(三一三頁) 百錬抄、建長五年五月六日「最勝講中日也。前太政大臣相二具二息左右大将一被レ参レ之」。五代帝王物語「大宮院の御せうとたち、公相公基は左右の大将に並て珍らしき例にて侍しに、父の前相国〈実氏公〉、院の最勝講五巻の日、左右の大将共に具して参ぜられたりしかば、一家の公卿座を立て礼節ありき。ゆゝしとも中もをろか也」。

一七七 **春雨はの歌**(三一四頁) 続千載集、雑上に「建長四年百首の歌奉りける時」と詞書して載す。

一七八 **そのまたの三月廿日なりしにや云々**(三一四頁) 百錬抄、正嘉二年三月二十日の条に「是日上皇臨二幸高野山一、前右大臣以下供二奉之一」とある。五代帝王物語には「又正嘉元年三月廿日高野へ御幸あり。後鳥羽院の御代ありける後、久しくなりつれば、人々の出立、心も詞も及ばず云云」と、供奉の人々が善美を尽くして装いをこらした事を記す。しかし、増鏡は五代帝王物語の記述によって書いたものではないらしい。

一七九 **春の比、行幸ありしに云々**(三一六頁) 通釈には、百錬抄、正嘉二年三月日の条に「主上御二逗留院御所一、有二御鞠会一、今夜還御也」とあるのを引いているが、この院の御所が、鳥羽殿をさすかどうかは問題である。

一八〇 **上鞠**(三一六頁) 成通卿口伝日記、上鞠の事「庭に鞠をおく。重代のものにあぐべきよしをふるべし。若重代のものなくば、当時の上手に、さるむねとあらむ人々、主君との外、このこと沙汰すべからず。二足をもて三足のたびよきかたへはなて。主君とねむとの人のかたへはなつべからず。木の枝にかくべからず。二足三足両説なり」。遊庭秘抄、上鞠事「此役は随分可レ然人勤仕すべき也。口伝庭訓一事ならず大事也」。

一八一 **ゆゝしき院をぞ造らせ給へる**(三一六頁) 五代帝王物語「さて院は、西郊亀山の麓に御所を立て、亀山殿と名付、常に渡らせ給ふ。大井河嵐山に向て桟敷を造て、向の山には、よしの山の桜を移し植られたり。自然の風流求ざるに眼をやしなふ。まことに昔より名をえたる勝地とみえたり。殊更に梅宮に事由を申されて、橘大后の御願檀林寺の跡に浄金剛院を建られて、道観上人を長老として、浄土宗を興行せらる。又大御所の乾角に当りて、西には薬草院をたてられ、東には如来寿量院を立て、御幽閑の地に定らる。(中略)又大御所に大多勝院と云御持仏堂を造て、天台三井両門の碩学を供僧になされて、春秋の二季、止観の御談義あり」。

一八二 **浄金剛院**(三一六頁) 百錬抄、康元元年十月廿五日「上皇御所嵯峨殿御堂〈浄金剛院〉供養也。上皇臨幸云々」。

一八三 **大多勝院**(三一六頁) 百錬抄、康元元年六月七日「院御所嵯峨殿御持仏堂供養也〈女房一品堂云々。而為二勅願之儀一〉」。

一八四 **正元元年三月五日**(三一六頁) 百錬抄、同月同日の条に「今日、於二西園寺一為レ被レ供二養一切経一云々」として、その盛儀につき詳しく記す。

一八五 **うへの衣**(三一七頁) 束帯の表着をいうが、ここでは、束帯の意に用いている。束帯は文武官の正装。

一八六 **又の日、御前の御遊びはじまる**(三一七頁) 百錬抄、正元元年三月六日「今日、於二北山第一有二一切経供養翌日儀一。御遊和歌御会等也。主上春宮有二御所作等一」。

一八七 **色〳〵にの歌**(三一七頁) この歌は、続古今集、賀に「正元元年三月、大宮院、西園寺にて一切経供養せられし日、行幸侍りしに、東宮同じく行啓ありて、つぎの日人々翫レ花歌よみ侍りしに」と詞書して、第五句「いま盛かも」。

第七　北野の雪

一八八 **今上の女御代に出給べきを云々**(三一九頁) 女御代は、大嘗会の御禊行幸の時、臨時に女御の代わりに供奉する女官をいう。五代帝王物語に、「新帝の女御には、右大臣〈実雄公、山科左府〉の女、文応元年十一月廿一日、御禊の女御代に供奉して、同十二月廿二日入内、御年十六なり」とある。

一八九 **したゝく煙に云々**(三二〇頁) 後拾遺集、恋四「わが心かはらむものか瓦屋の下たくけぶりわきかへりつゝ　藤原長能」による。

一九〇 **うす色に女郎花などひき重ねて**(三二〇頁) うす色は、かさねの色目で、表は赤みをおびた薄はなだ色、裏は薄紫色または白。女郎花も、かさねの色目で、表は、たて青ぬき黄色、裏は青のをいう。

一九一 **よに知らぬ心の闇にまよひ給も**(三二一頁) 心の闇は、後撰集、雑一「人の親の心は闇にあらねども子を思ふ道にまどひぬるかな　平兼盛」から出たことば。

一九二 **二位中将基輔の女、三位中将実平の女**(三二一頁) 諸本、いずれも大宮殿の注記に、二位中将基輔の女と三位中将実平の女を並べて割注にしてあるが、これは恐らく誤りであろう。通釈は、本文を次のように訂正している。「一の車左大宮殿、二位中将基輔の女とぞ聞えし。二の左春日、三位中将実平の女、(右は)新大納言、この新大納言は為家の大納言の女とかや聞きしにや」。しかし、このように訂正した根拠は、はっきりしない。

一九三 **これも后に立ち給へば云々**(三二二頁) 五代帝王物語「八月廿日立后、もとの中宮は、皇后宮とて猶さぶらひ給ふ」。

一九四 **尋来ての歌**(三二三頁) この歌は、続古今集、賀に「弘長三年二月、亀山の仙洞に行幸ありて、花契二遐年一といふ事を講ぜられし時」と詞書。

一九五 **梅が枝にの歌**(三二三頁) この歌は続古今集、賀に「御帰の日の御おくり物に、御本を鶯のゐたる梅の枝につけて奉りしに書き付け侍りし」と詞書して収む。

一九六 **五月の比、本院、亀山殿にて御如法経書かせ給**(三二三頁) 如法経書写のことは、五代帝王物語には「後白川院文治の御修行の例をたづねて、亀山殿仙洞にて、如法写経の御願をはじめられる。彼は後法躰の後なり、此は御俗躰也といへども、三衣をかけさせ給て、万機諮詢の御隙はなけれども、たび〳〵此御願をはたさる。四ヶ年の御修行のうち、三度は俗躰の御躰にてぞ有し。又上東門院の佳例を追て、大宮院も妙経に伴ひまいらせ給ふ。簾中にわたらせ給て、六時の御懺法御写経などはありけり。十種供養の儀は、まことに菩薩聖衆もかけりくだり給らんとみえき」とあって、本書は、だいたいこの記述をもとにして書いたことは明らかであるが、これには、年月日等詳しいことは、しるされていない。一代要記、弘長三年の条に、「五月一日、於二嵯峨殿一、一院御如法経、広懺悔被レ始レ之、自二八日一正懺悔、同廿八日御筆立、六月三日十種供養、同七日奉レ納二新日吉新熊野八幡等三所一、皆以有二臨幸一」とあり、叡岳要記にも記す。

一九七 **花山院の中納言師継一人さぶらひ給ける**(三二三頁) 師継同行のことは、叡岳要記に、本院が文永四年、如法経を書写した事を記して「大宮女院同御勤行〈御同行皇后宮大夫師継卿、大納言二位局御同行、今出川故禅門息女〉」と注記した部分に見える。しかし、弘長三年書写の際の記述には見えない。

一九八 **上東門院も行なはせ給たりしためしにや云々**(三二三頁) 上東門院の例にならって、大宮院が如法経を書写したことは、五代帝王物語にも記すが、叡岳要記によれば、それは文永四年の部分に見え、弘長三年書写の記述には見えない。すなわち、同書には「文永四年〈丁卯〉自二四月廿三日一、上皇於二亀山殿一被レ始二行如法経一、大宮女院同御勤行。(中略)同(五月)廿七日、女院御経、奉二納横川如法堂一、遂二長元上東門院之例一奉納之云々」。

一九九 **その年九月十三夜云々**(三二三頁) この部分は、亀山殿五首御歌合について記しているので、「その年」とは、同歌合の挙行された文永二年をさすものでなければならない。ところが、増鏡の記述の仕方によれば、「その年」は、弘長三年をさすことは明らかである。結局、増鏡の作者は、同歌合の挙行された年を、弘長三年と考えて、ここに配列したものと考えられる。これは、増鏡の参考にした資料が、同歌合の挙行された年次に関して、誤った記述あるいは、あいまいな記述をしていたためとみられる。

二〇〇 **ほかよりはの歌**(三二四頁) この歌は、続古今集、秋下に「文永二年九月十三夜歌合に、山紅葉を」と詞書して収む。

二〇一 **公秋の中将**(三二四頁) 院本以外の諸本は「きんあきら」、院本は「公明」となっているので、あるいは、公明の中将が正しいかも知れないが、底本のように「きんあき」とすると、「公秋」をあてるべきであろう。御遊抄によれば、文永頃の御会には、しばしば、笙の役を、公秋朝臣がつとめており、また、五代帝王物語の文永頃の記述に、中将公秋朝臣の名が見える。尊卑分脈によると、西園寺公経の子の正二位権大納言実藤の子に、公秋の名が見え、それには、正四下左中将と注記してある。この公秋をさすものとすれば、この頃二十歳前後で、その後間もなく早世したのであろう。父の実藤は、文永二年に三十九歳であった。また、公季の子孫の実俊の子に公秋とあり、これは正安三年に歿した従二位公世の兄弟である。このほうの公秋は中将であったかどうかは分からない。その兄弟の公世には、箏一流正統と注記がある。

二〇二 **かの元久のためしとて云々**(三二五頁) 続古今集、序に「これらに仰せて、万葉集のうち十代集のほかを、弘く記しあまねく求めて、各奉らしむる、かれこれいづれも分きがたきによりて、新古今の時始め置かれたる跡を取り行ひつゝ、きのふは心の水の清き掟に任せ、けふは麻のなかのよもぎの正しきまことを施して、われと定め手づから整ふるおもむきは、深く九つの江にあらふとも、かゝる錦の色は得難く、高く五つの岡に拾ふとも、かゝる玉の光はあらじ」。

二〇三 **金葉集ならでは**(三二五頁) 金葉集に、輔仁親王の名を記さず、ただ三宮と記していることをさす。補注三一参照。

二〇四 **東に心よからぬ事出できて**(三二五頁) 宗尊親王と親しくしていた良基僧正や厳恵法師等が、北条氏を亡ぼそうとして、失敗した事件をいう。

二〇五 **虎とのみの歌**(三二六頁) 詳解には「この歌は、女郎花物語にも載せて、するに、「これは、東方朔がことばに、用レ之則為レ虎、不レ用則為レ鼠」といふこゝろなるべしとあり。されど、李白の詩に、「君失レ臣兮、竜為レ魚、権帰レ臣兮、虎為レ鼠」とある意なるべし」と述べている。通釈も李白の詩によって詠んだものとなしている。しかし、これはやはり、女郎花物語にいうように、やはり東方朔の言葉を念頭において詠んだものと解するのが至当のように思う。文選(李善註本)巻四十五、設論、答客難一首に「東方先生喟然長息仰而応レ之曰(中略)遵二天之道一順二地之理一、物無レ不レ得二其所一、故綏レ之則安、動レ之則苦、尊レ之則為レ将、卑レ之則為レ虜、抗レ之則在二青雲之上一、抑レ之則在二深淵之下一、用レ之則為レ虎、不レ用則為レ鼠」とあり、これは、本朝続文粋巻六、申二加階一にも「彼介子推竜蛇之詞在レ今、自恥二東方朔虎鼠之論一」と引用されていて、有名な言葉であった。宗尊親王の胸中にも、この文選の文章が思い出されたのであろう。

第八　あすか川

二〇六 **ひまゆく駒の足にまかせて**(三二九頁) 荘子、知北遊に「人生二天地之間一、若二白駒過レ隙、忽然而已」から出た語句。

二〇七 **後の廿日余りのほどに、冷泉殿にて舞御覧あり**(三二九頁) 深心院関白記・一代要記等には、文永五年正月廿四日、御賀試楽習礼を冷泉万里小路殿で行なった事を伝えている。同年閏正月十七日、富小路の後深草院の御所で、御賀の試楽があり、また、同年閏正月廿三日、後嵯峨院は、白河禅林寺殿で舞楽を御覧になっているので、それらと混同したのであろうか。

二〇八 **御賀あるべしとて、今より世のいそぎにきこゆ**(三二九頁) この文面だと、文永六年に五十になるので、その年に、御賀を行なうために、その前年の文永五年から、準備にとりかかっているように受け取れる。しかし、五代帝王物語には「一院は、ことし〈文永五年〉四十九にならせおはします。五十の御賀ひきあげて、今年あるべしとて、去年より内裏にて、楽所始ありて、連日に伎楽あり」と見えており、文永五年、四十九歳の折に、五十の賀を行なうつもりで、その前年の文永四年から準備にとりかかっていたことがわかる。

二〇九 **楽所始めの儀式は、内裏にてぞありける**(三二九頁) 五代帝王物語に「去年より内裏にて楽所始ありて、連日に伎楽あり」とあるのによって書いたのであろう。吉続記等によれば、楽所始めの行なわれたのは、文永四年七月廿二日のことである。

二〇　**新准后**（三三〇頁）　平棟基の娘、棟子。皇胤紹運録に、宗尊親王に関して「母准后蔵人木工頭棟基女」と注記す。

二一　**西東の中門の廊、それより下ざま云々**（三三〇頁）　深心院関白記「依二人数多一、敷二円座於透渡殿並中門廊一也。西座、前左府以下、又済々着座、如レ東及二中門廊一也」。

二二　**直衣に色々衣かさね給へり**（三三〇頁）　直衣の下に色々の衣を重ねて着ておられる。三条家装束抄に、「着二直衣一次第事」「先単、次衣、次指貫、此下着どもを着籠むで、指貫の腰を結、次ニ着二直衣一。」とあり。また、「衣ノ事、若年の人は、冬時衣二、三も重着レ之。是古義なり」とあり。

二三　**魚綾の山吹の狩衣**（三三〇頁）　雁衣鈔・物具装束鈔・三条家装束抄等には、狩衣のかさねの色目として花山吹と裏山吹の名はあげてあるが、山吹の名はあげてない。雁衣鈔によれば裏山吹は、面黄、裏紅、花山吹は、面薄朽葉、裏黄であるが、山吹は、この裏山吹と花山吹を総称していうのであろうか。

二四　**左万歳楽、右地久云々**（三三一頁）　深心院関白記には「次舞左万歳楽、春鶯囀〈但被略也〉、太平楽、輪台、青海波、陵王、右地久、古鳥蘇、皇仁、散手〈但被略也〉、林亭、左右一曲之後、陵王依仰舞之。兵部卿隆親卿子息也」とあって、増鏡の記述とは異なっている。

二五　**後参**（三三二頁）　詳解に「一つの舞の名にて、後散、又は、後散取舞と称す。凡、新古鳥蘇、地久等の楽に、舞人の入りぎはに、下﨟の伶人二人、更に蘇利古舞に用ひたる桴をとりて、上﨟に授け、入綾の終曲を奏することあり。その桴を授くるを後参といひ、亦舞の名とせりと、楽家録に見えたり」とあるが、これは主として、楽家録巻三七「後参桴之名付取二蘇利古一之説」によって記したものである。なお、教訓抄五には「承久二年九月十九日、水無瀬殿ノ舞御覧ニ、有二古鳥蘇一、吹二高麗調子一〈式賢、定賢〉、但不レ吹二待〈ママ〉拍子一如二只常一也〈尤可レ吹云々〉、後参〈如レ例〉、但依二勅定一、不レ止二楽音一、後参ノ輩〈久行、好継〉、入綾ヲ舞。是雖レ為二新儀一堀河院御時以二勅定一、蘇合ニ入綾ヲ光季舞、以二其例一今日蘇合ニ入綾アルベシ。仍古鳥蘇ニ後参以後有二一曲一、其興アリヌベシト、依レ被二仰下一両人随レ分曲尽了（中略）〈後参一日取二両曲一例、白河院五十御賀ニハ、古鳥蘇地久倶取レ之〉」とある。

二六　**おなじ二月十七日に云々**（三三二頁）　深心院関白記、文永五年閏正月十七日の条に「今日於二新院一有二御賀舞御覧一、一院有二御幸一、仍余著二直衣冠一参院〈網代、随身、布衣、烏帽子〉、即有二出御一、庇御車、御随身、烏帽子、毛沓、胡籙等、寄二御車於南階一、無二反閇一也。余褰二御簾一、歩儀也。公卿右大将以下七、八人許也。余供奉御後、歩儀也」。五代帝王物語には「新院御所〈富小路殿〉にても、閏正月十五日、又舞御覧あり。一院御幸なる」とある。

二七　**冷泉殿よりたゞはひわたるほどなれば**（三三二頁）　冷泉万里小路内裏は、冷泉の北、万里小路の西にあり、二条富小路内裏は、二条の北、富小路の西にあった。図で示すと、次のようになる。

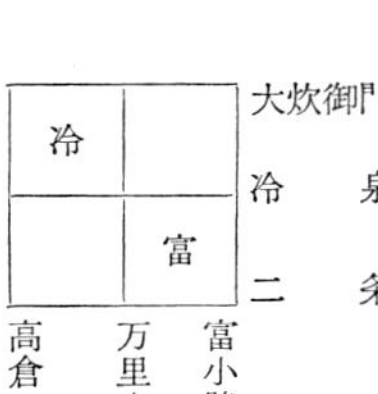

二条富小路内裏に関しては、続史愚抄、亀山天皇上には、後嵯峨の「仙洞二条富小路殿」に注して、「二条南、富小路西、万里小路東、押小路北」となし、後宇多天皇上には、後深草院の「仙洞富小路殿」に注して、「富小路東、冷泉南、二条北、京極東」となし、伏見天皇上には、伏見天皇の「皇居富小路内裏」に注して、「宮門在二富小路面一、冷泉南、京極西、二条北」となし、これらが同一の御所をさすのかどうか、はっきりしない。しかし、浦千鳥の巻に「二条富小路の昔の院のあとに、東より造りて奉る内裏」とあるのは、後深草院の御所の富小路殿と同所であると考えられるし、この御所について、花園院宸記に、「富小路西、二条北」と注しているところから、前記のように推定した。

二八　**きはにて**（三三二頁）　詳解には「つげの小櫛の巻にも、「烏帽子直衣袴きはにて参り給ふ（ママ）」と見え、史徴墨宝二編に載せたる後鳥羽院宸翰に、「薄墨染衣袴白裘袈袴キハニテユ、シカリキ」ともあり。さて袴きはとは、装ひたるさまの、きはだちたるをいへるにや。或は、きはは際にて、即ち分際の意。烏帽子直衣袴の程度にてなりともいへり。猶考ふべし」と記す。通釈には、後のほうの解釈を用いているが、いずれとも決定できない。

二九　**桙を立つ**(三三三頁)　詳解に「舞楽の最初に、振武とて、左右の舞人、木桙を持ちて舞ふことあり。その曲に用ふる桙をいふべし」とあるが、恐らく、振武に用いる桙を池の汀に立てたのであろう。楽家録、四十八に「安芸宮島之舞楽始二於平清盛一乎。伝聞今尚奏レ之也。其式不レ横二鉾於舞台一、而舞台之上設レ穴植以舞焉。是誤二古法一乎。或別有二一法一然乎。今以二其異一姑記レ之」とあって、鉾を舞台に立てる法式をとっていた事を知るが、これは恐らく古法を伝えたものであろう。

三〇　**我のみやの歌**(三三四頁)　この歌は、古今集、雑下の「世中はなにかつねなるあすかがはきのふのふちぞけふはせになる　読人しらず」を念頭において詠む。新後撰集、雑上には「文永五年九月十三夜、白河殿の五首の歌合に、河水澄月」と詞書して、第四・五句「ふちせも同じ月はすめども」となっている。

三一　**神無月の五日、亀山殿へ御幸なる**(三三四頁)　亀山殿御幸記「文永五年十月三日、天晴、今日上皇御二幸亀山殿一、明後日□修、件日可レ被レ遂二御出家一、□已下御点頗被レ刷歟。未斜臨幸、御随身折レ花、(中略)今日、大宮院准后相国渡御、是内々儀也云々」。五代帝王物語「今年十月十五日亀山殿にて御出家御逆修あり。三日まづ京の御所より御幸、御俗躰の御幸今日ばかりなれば、人々も花を折たり。布衣の御幸也。さて御出家の儀は、鳥羽後白河の例をはれて目出き儀式也。青蓮院の法親王尊助御戒師に参給。やがて今日より大多勝院にて御逆修を始らる」とある。五代帝王物語の記事は不正確である。増鏡の本文は、前記二書以外の資料をもとにして、書かれたものと考えられる。

三二　**青紅葉の八**(三三四頁)　装束抄には「青紅葉〈面青、裏朽葉〉」とある。満佐須計装束抄、三には「あをもみぢ、あをきこきうすききなるやまぶきくれなゐすはうのひとへ」とある。

三三　**法皇は、又文永七年神無月ごろ云々**(三三五頁)　五代帝王物語には「さて文永七年十月七日、法皇亀山殿にて宸筆の法花経を供養せさせおはしまして、五ヶ日の御講を行はる。土御門院の御菩提のため也。証義四人、講師十人、聴衆廿人也」。後花山院大相国記(文永七年宸筆御八講記)には「此日、禅定仙院、於二亀山離宮一供二養金銅六重塔婆、金字宸筆妙経一部一、即自二今日一限二五ヶ日一、朝夕両座被レ開二講演一、蓋是奉二為土御門院御菩提一」。

三四　**新院かねてよりわたり給へり**(三三五頁)　続史愚抄、文永七年十月一日の条に「於二亀山殿一有二法皇宸筆御八講定一、公卿右大臣〈通雅上卿〉已下七人参仕〈法皇兼為二御所一〉、新院有二臨幸一」と見える。

三五　**第二日の夜に入て行幸もなる**(三三六頁)　後花山院大相国記、文永七年十月八日の条に「甲辰天晴、今日御八講第二日也(中略)子刻有二行幸一」とある。

三六　**五の巻の日**(三三六頁)　後花山院大相国記、十月九日の条に「乙巳天晴、御筆御八講第三日也。相当五巻、仍可レ有二捧物一」と見え、五代帝王物語には「五巻の日、薪の行道あり。其儀心も詞も及ばず。夜部より行幸あり。内裏・新院を始まいらせて、廿六所より捧物をまいらせらる。公卿は大殿関白殿をはじめて、殿上人にいたるまで、数をつくして各捧物をまいらす。云々」とある。

三七　**内の御捧物は云々**(三三六頁)　五代帝王物語には「まづ内裏の御分は、頭弁資宣朝臣もつ。砂金を宿紙につゝみて柳筥に居られたり」とあり、宸筆御八講記も、これと同じ。後嵯峨院宸筆御八講之記には「公家御捧物、例にまかせて、砂金百両をかみや紙につゝみつゝ、柳筥にすへて、蔵人頭これをもつ」とある。

三八　**つぎに新院・女院たち、宮〳〵御かた〴〵云々**(三三六頁)　宸筆御八講記には、五巻日捧物として、

法皇皇子

内院〈砂金百両、以二宿紙一裹レ之、居二柳筥一、資宣朝臣持レ之〉

法皇皇子

新院〈菩提樹枝付二孔雀一、含二水精念珠一、隆良朝臣持レ之〉

後高倉院皇女

安嘉門院〈香炉付二松打枝一、基顕朝臣持レ之〉

など、女院十一人、その他皇后宮、姫宮、准后、皇子などの捧物および捧持者名を記す。

三九　**思ひの津に船のよれかし**(三三六頁)　代始和抄に「所々の推参は、院

の御所をはじめて、郢曲の殿上人などまいりて、朗詠今様乱舞などあり。思の津といふ事をうたひて、殿上より御前に参上する事あり」。弁内侍日記には「建長二年正月三日、殿上の淵酔なり。（中略）やがて皇后宮の御かたへ参る。みちみち、思ひの津に船のよれかしと、はやしはやし参りし云々」。「思ひの津に船のよれかし」に関しては、綾小路俊量卿記の五節間郢曲事に、頭注に示すような歌詞が見える。

三〇　**ねたみ**（三三六頁）　ねたみの意未詳。通釈には「「ねたみには」は勝つた方の饗応としては」の意で、「負けた者を妬ませるとの意であらう」という。

三一　**梵王は鵝にのる**（三三六頁）　諸本はすべて「煩悩は頸に乗る」としているが、織田得能・山田孝雄などの説に従って「梵王は鵝にのる」とすべきであろう。織田得能は、国文学十二種仏語解釈において「梵王は鵝に乗るをいふ。（大日経）に大梵在㆓其右㆒、四面持㆓髪冠㆒唵字ノ相為㆑印、執㆑蓮在㆓鵝上㆒、（梵王の解は前に出づ）「和名鈔に鸗鳥和名久比奈漢語抄云水鶏」鵝に「くひ」の称ありや更に考ふべし」と説いている。山田孝雄は、語文、第三輯「増鏡の注釈数則」の中で、栄花物語、音楽の巻に「又梵天帝釈おはします。梵王は鵝といふ鳥にのらせ給へり」とある事を指摘し、また、鵝について、類聚名義抄に「ク、ヒ」の訓のあることから、織田説を支持し、それを一層発展させている。

三二　**唐めいたる箱に、金剛樹の数珠入て云々**（三三七頁）　源氏物語、若紫の巻に、北山に住む僧都が源氏に贈り物をすることを述べた部分を念頭において、趣向したのである。「ひじり、御まもりに、独鈷たてまつる。見給ひて、僧都、聖徳太子の、百済より得たまへりける、金剛子の数珠の、玉の装束したる、やがて、その国より入れたる箱の、唐めいたるを、透きたる袋に入れて、五葉の枝につけて、紺瑠璃の壺どもに、御薬ども入れて、藤・桜などにつけて、ところにつけたる御贈り物ども、さゝげたてまつり給ふ」。

三三　**斎院よりの黒方、梅の散り過ぎたる枝につけなど**（三三七頁）　源氏物語、梅枝の巻に「二月の十日、雨すこし降りて、御まへちかき紅梅、さかりに、色も香も、似る物なきほどに、兵部卿の宮、わたり給へり。（中略）花をめでつゝ、おはするほどに、前のさい院よりとて、散り過ぎたる梅の枝につけたる御文、もてまゐれり。宮きこしめすこともあれば、「いかなる御消息の、すゝみ参れるにか」とて、をかしう思したれば、ほゝゑみ給ひて、「いと馴れ〳〵しきこと、きこえつけたりしを、まめやかに、いそぎ物し給へるなめり」とて、御ふみは、ひき隠し給ひつ。沈の箱に、瑠璃の坏二つすゑて、大きにまろがしつゝ、いれ給へり。心葉、こむ瑠璃のには、五葉の枝、しろきには、梅をゑりて、おなじくひき結びたる糸のさまも、なよびやかに、なまめかしくぞし給へる」とあり、その後で、薫物くらべをした部分に「さい院の御黒方、さはいへど、心にくゝ、しづかなる匂ひ、殊なり」とある。この部分を念頭において趣向したのである。斎院は、賀茂神社に奉仕した未婚の皇女または女王をいう。ここでは、朝顔の斎院をさす。詳解・通釈等では斎院に後鳥羽院の皇女、礼子内親王をあてているのは、岡一男氏の指摘するとおり、この部分が源氏物語を踏んで趣向されていることに気づかなかったためである。黒方は、たき物の一で、沈香(じんこう)・丁子香・甲香・白檀香(びゃくだんこう)・麝香などをねり合わせて作る。

三四　**又の年の秋になりぬ**（三三七頁）　この前に、年次を記してあるのは文永七年で、それを受けて、「又の年正月に…」とあり、また同じく文永七年を受けて「又の年の秋になりぬ」と記したのであろう。したがって、この部分は、文永八年の出来事を記したものと見てよい。東二条院御産の事は、吉続記・一代要記によれば、文永七年九月十九日の事であるが、増鏡は「とはずがたり」によって書いたのである。「とはずがたり」に、文永八年八月末、東二条院が御産をしたことを記しながら、この事が記録に見えない点について、玉井幸助氏は、学苑、昭和三十五年一月号「問はず語りの年立」において、

A　作者記憶の誤りで前年の御産をこの時のこととした。

B　東二条院は文永七年九月と、翌八年八月と続いて御産をなされた。おそらく八年の御産は御子が夭折せられ、御産の事実は史に漏れて伝わらないのであろう。

の二つの仮説を立て、B説のほうをとっておられる。

三五　**常住院僧正**（三三七頁）　諸注は、良瑜と注しているが、尊卑分脈によれば、良尊のほうがふさわしい。良尊は後京極良経の子で、三井寺長吏、大僧正、常住院門跡であった。御産御祈目録には、文永七年九月の東二条

院の御産に際して、八月二十六日に不動法、九月十日に金剛童子法を常住院僧正が修している。なお、諸注に良瑜と注しているのは、二条道平の弟の良瑜が常住院門跡であったためであろうか。しかし、これは、南北朝時代の人であるから、時代があわない。

二三六　**一持秘密**(三三七頁)　不動経の偈文に「一持二秘密呪一、生々而加護、随遂不二相離一、必送二華蔵界一」、とはずがたり一には「如法あいぜむの大阿闍梨にて、**大御むろ**御しこうありしを、ちかく入まいらせむ、かなふまじき御けしきに、見えさせ給、いかゞし侍べきと、申されしかば、ぢやうごやくのうてんは、仏ぼさつのちかひなり。さらに御大事あるべからずとて、御念誦あるにうちそへて、御けんじや、せうくうが、命にかはりける本ぞんにや、ゑざうのふどう、御前にかけて、ぶじしゆ行者、ゆ如ばがぼん、一ぢひみつじゆ、生々にかごとて、ずゞをしすりて」。

二三七　**殿上人、北面の上下、あかれ〳〵に分かちつかはす**(三三八頁)　とはずがたり一「女房たちのひとへがさね、すずしのきぬ、めむ〳〵に押しいだせば、御産奉行とりて殿上人にたぶ。上下の北面、めむ〳〵に御ずきやうの僧にまいる」。

二三八　**廿一社**(三三八頁)　初めは十六社、一条天皇の御代に二十一社、後朱雀天皇の御代に、日吉社を加えて二十二社になった。しかし、時により数を減じて、奉幣使を使わすことがあった。とはずがたり一「御随身、北面の下らう、神馬をひく。御拝ありて、廿一社へひかせらる」。

二三九　**見者歓喜**(三三八頁)　七仏薬師経に「或有女人、臨当産時、受於極苦、若能至心、称名礼讃、恭敬供養、七仏如来、衆苦皆除、所生之児、顔貌端正、見者歓喜」。

二四〇　**隆良の中納言**(三三九頁)　とはずがたり一「道にてまいるべき御せむじ物を、たねなり・もろなり二人して、御前にて御みづがめふたつに、〳〵たゝめ入て、経任、北面の下臈のぶともにおほせて、持たせられたるを、内野にて、まいらせむとするに、二ながら、露ばかりもなし」。五代帝王物語「今日は別勅にて、帥中納言経任卿、後騎につかうまつりて、御水瓶の役なども勤けるに、路にてもきこしめさむ料に、御水瓶に煎物を入て持せられたりけるが、中御門大宮へ御輿かきすへまいらせんとすれば、御煎物心うつくしく、一滴もなくうせにけるぞ、誠に不思議に覚侍し」とあって、両書に似たような話が記されているが、増鏡は「とはずがたり」によって、この部分を書いたことがわかる。しかし、水瓶の役をうけたまわったのは、隆良の中納言であるとしている点だけが相違している。ただし、公卿補任によれば、文永九年当時、隆良は、右少将であり、権中納言に任ぜられたのは、永仁三年(一二九五)六月のことであった。

二四一　**寿量院**(三三九頁)　本書の資料とした、五代帝王物語にも「又大事にならせおはしませば、つゐの所に、かねて思食れてつくりをかれたる寿量院の御所へ、二月七日入せおはします」とあり、また、おりゐる雲の巻に、亀山殿の様子を記して「寝殿のならびに、乾にあたりて、西に薬草院、東に如来寿量院などいふもあり」と述べている。寿量院は、如来寿量院の略。したがって、底本の「無量寿院」は誤りとすべきであろう。

二四二　**中一日わたらせ給に**(三三九頁)　とはずがたり一「十一日は行幸、十二日は御とうりう、十三日還御などは、ひしめけども、御所のうちは、しめ〳〵として、いととりわきたるものゝねもなく、新院、御たいめんありて、かたみに、御涙所せき御けしきも、よそさへ露のと申ぬべき心ちぞせし」。

二四三　**経任の中納言は、人よりことに御覚えありき**(三四〇頁)　吉続記、文永八年二月二日の条に「新中納言〈経任〉、任都督、人以驚目、(中略)凡都督寵愛抜群、官禄只如思、天下之権只在此人、毎昇進無不超越、摂州泉州日来知行、今又宰府相加、富有均陶朱䡜、是只先人之余慶也」とある。これは、経任が、二月一日、太宰権帥に任ぜられた時の記事であって、彼が後嵯峨院の恩寵を受けて、異数の栄進を続け、廷臣たちの注目のまとであった事情を知ることができる。

二四四　**後院の別当になされて**(三四三頁)　吉続記によれば、文永十年五月二十二日、前右大臣公基を後院の別当となしたことが見えている。恐らく、この時に後院が置かれたのであろう。とはずがたり二には「ことしの御くすりには、花山院太政大臣まいらる。去年、後院別当とかやに成ておはせしかば、なにとやらん、この御所さまには、心よからぬ御事なりしかども」とあって、花山院通雅が文永十一年に、後院の別当に補せられたことを伝えている。前右大臣公基は、文永十一年十二月十四日に没しているので、そのあとを受けて、通雅が後院の別当に補せられたのであろう。ところで、増鏡には、公基に関する記述がなくて、通雅が補せられたことばかり記しているのは、「とはずがたり」によって、吉続記などの記述を参照しなかったためだと思われる。なお、通雅は、文永十一年には前右大臣で、太政大臣に任ぜられたのは、その翌年の建治元年八月のことであった。

二四五　**産衣**(三四五頁)　「王朝の風俗と文学」(中村義雄)には、産衣に関する資料を紹介して「なお、『狭衣物語』四に、常磐の尼君の形見の小唐櫃を一品の宮が開けると、「御うぶ衣のありけるを先づ取り出でて御覧ぜさするに、我着たりけん物とも覚えず…」などとあり、『赤染衛門集』に、「産衣をとどめたりけるを守りにするものなりとて乞ひたりければ」との一文もある」と記してある。赤染衛門集の一文は、写本によって本文を異にするので、これから何ともいえないが、産衣を保存して置く習慣があったことは、いえると思う。

第九　草　枕

二四六　**禁色おほせらる**(三四六頁)　江家次第、践祚上に「次被レ下二蔵人禁色宣旨一」とあり、践祚に際して、蔵人をもって、禁色の宣旨を下されるのが、例になっていたのである。

二四七　**朝餉**(三四六頁)　清涼殿の西庇《にしびさし》にあり、主上にお膳をさしあげる所。天皇の御座のある御帳の背後にあたる。

二四八　**菊の網代庇の御車**(三四六頁)　網代庇車は、唐破風《からはふ》造りで、ひさしをつけた網代車。上皇・親王・摂関・大臣・大将等の乗用車。桃花蘂葉に「網代庇〈眉如二唐棟一、有レ庇〉号二尼眉一、執政並太政大臣、着二冠直衣一之時、用レ之」とある。

二四九　**正月の末つかたより云々**(三四七頁)　とはずがたり一に「年かへりぬれば、いつしか六条殿の御所にて、経衆十二人にて、如法経書かせらる。こぞの夢、なごりおぼしめし出られて、人のわづらひなくてとて、ぬりごめの物どもにて、をこなはせらる。正月より、御ゆびの血をいだして、御手のうらをひるがへして、法花経をあそばすとて、ことしは、正月より二月十七日までは、御精進なりとて、御傾城などいふ御沙汰、たえてなし」。

二五〇　**官庁へ行幸**(三四七頁)　即位式は、もと大極殿で行なわれたが、同殿焼亡の後は、紫宸殿・豊楽殿等で行ない、後鳥羽帝以後は太政官庁で行なわれた。なお、この後に「又官庁へ行幸」とあるのは十一月十七日のこと。

二五一　**廻立殿の行幸**(三四七頁)　廻立殿は、大嘗会の時、天皇が湯あみをして、祭衣に着かえる所。大嘗宮の一部にある。ここで湯あみをした後に、悠紀殿におもむいて神事を行ない、再び、ここにもどって湯あみをし、衣を改めて、主基殿におもむき神事を行なう。したがって、廻立殿の行幸とは、悠紀・主基の神事を行なうための行幸で、結局、悠紀・主基の神事が、かたばかり行なわれたことを意味するのであろう。

二五二　**節会**(三四七頁)　詳解には「節会は、辰日、大嘗宮なる悠紀の帳にて行はれ、巳の日、主基の帳にて行はるゝをいふ」とあり、通釈には「大嘗会の御親祭をいふ」とある。節会を悠紀・主基の節会と解することもできるが、文永代始公事抄によれば、十一月二十日の条に「可レ被レ行二悠紀節会一、而依二異国賊徒事一、略二悠紀主基等節会一、今日被レ行二豊明節会一」とあって、二十日に豊明節会が行なわれていることが知られるので、それをさすものと考えるべきであろう。

二五三　**清暑堂の御神楽もなし**(三四七頁)　御遊抄、清暑堂の条に「後宇多院〈文永十一年、依二異国事一、不レ被レ行二御遊御神楽一〉」とある。

二五四　**あやしかりける御身の宿世を云々**(三四七頁)　とはずがたり一には、次のように記す。「この秋ごろにや、御所さまにも、世の中すさまじく、後院の別当など、置かるゝも、御面目なしとて、太上天皇の宣旨を、天下へ返しまいらせて、後随身ども、召しあつめて、みな禄ども給はせて、いとまたびて」。

二五五　**康元元年に頭おろして後**(三四八頁)　吾妻鏡、康元元年十一月廿三日の条に「寅刻、於二最明寺一、相州令レ落レ餝給、年卅、依二日来素懐一也。御法名覚了房道崇云々」。

二五六　**めづらしくて御幸あり**(三五〇頁)　とはずがたり一には「御政務の事、御たちのひしめきのころは、女院の御かたさまも、うちとけ申さるゝ事もなかりしを、このごろは、つねに申させおはしましなどするに、又とかく申されんもとて、いらせ給に」とある。亀山帝が後院の別当を置き、そのために後深草院が、太上天皇の尊号を返上して、出家の決意をされたことが先に見えるが、その前後から、母の大宮院との間にも、とかく意志の疎通を欠きがちであったのだろう。

二五七　**三人、御車二つばかり云々**(三五〇頁)　とはずがたり一には「明ぬれば、けふ斎宮へ御むかへに人まいるべしとて、女院の御かたより、御牛飼・召次・北面の下﨟などまいる。(中略)夕がたになりて、いらせ給とてあり」とあって、殿上人が三人お迎えに出かけたことも、御車を二つさし出したことも記されていない。

二五八　**香の薄にびの御衣云々**(三五〇頁)　とはずがたり一には「大宮院、顕紋紗の薄墨の御ころも、にぶ色の御ぞ、ひきかけさせ給て、おなじ色のこ木丁たてられたり」とある。香色は、淡紅に黄をおびたもの。薄にびは、薄いねずみ色をいうのであるが、香の薄にびとは、どういう色をさすものか、はっきりわからない。

二五九　**紅梅のにほひに、葡萄染めの御小袿なり**(三五〇頁)　とはずがたり一には「斎宮、紅梅の三御ぞに、青き御ひとへぞ、中〳〵むつかしかりし」とあって、増鏡の記述と異なっているが、「とはずがたり」では、この斎宮の服装を「中〳〵むつかしかりし」といっているので、好ましい服装にかえて叙述したのであろう。「紅梅のにほひ」は、いちばん上に紅梅を、下にいくほど薄い紅梅を重ねた、重袿をいう。葡萄染めは、野葡萄(のぶどう)の色で、薄紫に赤みのある色をいう。女官飾鈔には「一紅梅にほひ〈う〉へ紅梅に、うす紅梅〈を重〉まさりたるひとへ、萌黄のうはぎ、ゑび染の小うちき」とある。

二六〇　**花といはば、霞の間のかば桜も猶匂ひ劣るべく云々**(三五〇頁)　この部分は、とはずがたり一では「斎宮は廿にあまり給。ねびとゝのひたる御さま、神も名残をしたひ給けるも、ことはりに、花といはゞ、桜にたとへても、よそめはいかゞとあやまたれ、霞の袖をかさぬるひまも、いかにせましと、思ぬべき御ありさまなれば」とある。斎宮の容貌を桜にたとえていそが、かば桜にたとえたのは、源氏物語、野分の巻で、紫の上の容貌を述べて「けだかく、清らに、さと匂ふ心ちして、春のあけぼのゝ霞の間より、おもしろきかば桜の咲きみだれたるを見る心地す」といっている部分を、念頭に浮かべながら記述したからであろう。

二六一　**神世の御物語**(三五一頁)　「かみよのこと」や「かみよ」は、源氏物語では、昔の意味に用いられているから、岡一男氏のように、「幼い頃」と解せないこともないが、「とはずがたり」には、この部分は「御物語ありて、神地の山の御物語など、たえ〴〵きこえ給て、こよひはいたうふけ侍ぬ」とあるので、昔の話すなわち伊勢においでの頃の話と解しておく。

二六二　**院も我御かたに帰りて、うちやすませ給へれど云々**(三五一頁)　とはずがたり一には「我御かたへいらせ給て、いつしか、いかゞすべき〳〵とおほせあり。思つる事よと、をかしくてあれば、おさなくより参りししるしに、この事申かなゑたらむ、まめやかに心ざしありと思はむなど、おほせありて、やがて御つかひにまいる。たゞ大かたなるやうに、御対面うれしく、御旅寝すさまじくやなどにて、忍つゝ文あり。こほりがさねの薄様にや、

しられじな今しも見つる面影のやがて心にかかりけりとは

ふけぬれば、御前なる人も皆よりふしたる、御ぬしも、こ木丁ひきよせて、御とのごもりたる也けり。近くまいりて、事のやう奏すれば、御顔うち赤めて、いと物もの給はず。文も見るとしもなくて、うちをき給ぬ。なにとか申べきと申せば、思よらぬ御ことの葉は、なにと申べきかたもなくて、とば《(こ)》かりて、又ね給ぬるも心やましければ、帰まいりて、このよしを申。たゞ寝給らん所へ、みちびけ〳〵と、せめさせ給も、むつかしければ、御供に参らむことはやすくこそ、しるべしてまいる」とある。

二六三　**なだらかにもてかくしてを、わたらせ給へ**(三五二頁)　諸注は、すべて「なだらかにもてかくして、おこたらせ給へ」という本文によって解釈をつけているが、「おこたらせ給へ」という本文を有する写本は、校合に使用した写本の中には一本も見当たらない。

二六四　**こゆるぎの磯ならぬ御さかな**(三五三頁)　風俗歌「たまだれの　小瓶を中に据ゑて　あるじはも　や　さかなまきに　さかな取りに　こゆるぎの　磯の若め　かりあげに」。こゆるぎは、神奈川県の、今の大磯・小磯の辺をいう。酒を入れた小瓶を中に据えて、いざ酒宴という時に、主人は、酒のさかなを求めて、こゆるぎの磯の若めをかりにゆくという、歌謡を念頭において、こゆるぎの磯のさかなではない別のおさかなを出してくださいと、いったのである。

二六五　**売炭翁はあはれなり云々**(三五三頁)　とはずがたり一には「売炭の翁はあはれ也、をのれが衣は薄けれど、薪をとりて冬を待つこそ悲しけれ、という今様を、うたはせおはします」とある。白氏文集巻四「売炭翁、伐

レ新焼レ炭南山中、満面塵灰煙火色、両鬢蒼々十指黒、売レ炭得レ銭何所レ営、身上衣裳口中食、可レ憐身上衣正単、心憂二炭賤一願二天寒一（下略）」とあるのを、今様にうたったのである。

二六六　**天子には父母なし**（三五三頁）　平家物語巻一に「天子に父母なし。吾十善の戒功によて、万乗の宝位をたもつ」と見えている。

二六七　**さそなる**（三五三頁）　詳解は「さうなる御事なり」に注して「うは、らの誤にて、更なるは、今更なるをいふ。即、勿論の事也との意」とし、通釈は「さらなる御事なりや」の本文のもとに、「勿論の御事」という解をつけている。しかし、永正本は「さそなる」、諸本は「さうなる」で、「さらなる」という本文は、大本に見られるだけなので、底本のままにしておく。

二六八　**御前の池なる亀岡に云々**（三五三頁）　とはずがたり一には、このあとの句として「よはひは君がためなれば、あめの下こそのどかなれ」を掲げ、平家物語巻一には、この前の句として「君をはじめてみるおりは、千代も経ぬべしひめこ松」を掲げる。

二六九　**と、うたひ給**（三五三頁）　詳解・通釈等は、御前の池なる亀岡にの今様を斎宮が歌ったと解しているが、とはずがたり一には「生を受けてよりこのかた、天子の位を踏み、太上天皇の尊号をかうぶるにいたるまで、君の御恩ならずといふことなし、いかでか御めいを軽くせむとて、御前の前なる亀岡に云々」となっていて、後深草院が歌ったことは明らかである。増鏡においても、やはり後深草院が歌ったものと解すべきであろう。この点については、松本寧至氏が、すでに「とはずがたり攷」で説いておられる（国文学踏査、復刊第一号、昭和三十一年二月）。

第十　老のなみ

二七〇　**関白太政大臣**（三五七頁）　兼平は、この時に摂政で、関白になったのは、翌年の十二月七日である。したがって、正しくは、摂政太政大臣とあるべきである。

二七一　**御総角大炊御門大納言信嗣の君**（三五七頁）　総角は、少年の髪かたちの「あげまき」をいうが、ここでは元服の時に、あげまきを解いて、結髪の事を行なう役をいう。内蔵頭がこれにあたった。この時の能冠の役は、諸記録によれば、内蔵頭平範賢であったことが知られる。したがって、大炊御門大納言信嗣というのは誤りであろう。

二七二　**おなじ三月廿六日、石清水社へ行幸、四月十九日、賀茂社へ行幸**（三五七頁）　諸記録によれば、石清水八幡宮への行幸は、弘安元年（建治四年）三月十三日、賀茂社への行幸は、同年四月十九日のこととしていて、建治三年中には、両社に行幸の記事が見えないので、あるいは、日時を誤ったものとも思われる。資料とした物語類の記述の仕方が、あいまいであったのかも知れない。

二七三　**梨本**（三六〇頁）　京都市左京区大原の三千院は、その門跡に代々皇族が入室し、梨本門跡・梶井門跡などと称した。

二七四　**慈道法親王**（三六〇頁）　諸門跡譜に「母兵部卿時仲朝臣女帥典侍」とあり、皇胤紹運録に記すところも同一である。したがって、慈道の母である帥の典侍と、前に記す帥中納言為経の女の帥の典侍との関係が問題になるが、この点に関して、詳解には「亀山院の妃に、帥典侍といふが二人ありて、下文なるは、即、時仲の女なるべし」と説く。

二七五　**三月の末つかた、持明院殿の花の盛りに云々**（三六一頁）　とはずがたり二に「さるほどに、両院御なか心よからぬ事、あしく、東さまに思ひまいらせたるといふ事、きこえて、この御所へ、新院、御幸有べしと申さる。かゝり御覧ぜらるべしとて、御まり有べしとてあれば」と持明院殿へ御幸の次第をしるしているが、他所の桜を取り寄せて散らし添えたことや、蹴鞠場の晩景の美しさなどを述べた部分は「とはずがたり」には見えない。しかし、増鏡のこの部分の叙述が「とはずがたり」によっていることは、両者を比較してみると疑う余地がないようである。ところで、この持明院殿における蹴鞠の会は「とはずがたり」では、文永十二年（建治元年）の記述ということになるのであるが、増鏡では、弘安元年頃のこととして記されているようである。というのは、この前に年号を記した部分には「かくて弘安元年になりぬ」とあって、その十月の二条内裏炎上の事を記し、ついで、五条院と亀山院の情事、亀山院の後宮と皇子たち、後宇多帝の後宮のことを記して、この蹴鞠会の記述になり、このあとで、年月のはっきりしているのは、弘安元年十二月の続拾遺集の撰集のことである。したがって、その間の事は、すべて、弘安元年中の記事ということになる。しかし、この間にしるされている事は、何年のことというようなことは、はっきりさせずに、建治から弘安にわたる数年間に行なわれた各種の行事の中で、「とはずがたり」などに記述されていることを参照して、年中行事絵巻式に記述していったものと見ることができる。

二七六　**朱雀院の行幸には云々**(三六一頁)　詳解には「天暦三年三月九日村上帝朱雀院に行幸の際、朱雀上皇は東向、村上帝は西向にて御対座の事、花鳥余情に引ける李部王記に見えたり」とある。これは、花鳥余情第十八「うへはひんがしのなかのはなち出に御しつらひことにふかうしなさせ給て」の注に「放出事、李部王記（中略）又天暦元年三月九日、車駕幸二朱雀院一、其殿装束母屋放出南辺対二鋪両主御座一〈各畳上敷二二枚一加レ茵〉太上皇東向、今上西向」とあるのを、さすのであろうが、どうも、この場合の典拠とするのには、ふさわしくないような気がする。この部分は、あるいは源氏物語、藤裏葉の巻に、冷泉帝と朱雀院が源氏の六条院を訪問した際に、源氏の座席が下座に設けてあったのを、宣旨で同列に直させた事を記してあるのを念頭においた言葉と解すべきかも知れない。藤裏葉の巻には「神無月の廿日あまりのほどに、六条院に行幸あり。紅葉のさかりにて、興あるべきたびのみゆきなるに、朱雀院にも御せうそこありて、院さへ、わたりおはしますべければ、世にめづらしく、ありがたきことにて、（中略）御座ふたつよそひて、あるじの御座は下れるを、宣旨ありて、なほさせ給ふほど、めでたく見えたれど」とあって、六条院への行幸の時の事を記してあるのであるが、この六条院を皇室の後院である朱雀院と思い違えて書いたためか、あるいは、朱雀院が六条院へ御幸になったことを「朱雀院の行幸には」と表現したものと解すれば、源氏物語を念頭においた言葉と解するほうが妥当のように思う。この部分は「とはずがたり」によって書いているのであるが、同書二には「朱雀院の行幸には、あるじの座を、たい座にこそ、なされしに、今日の出御には、御座をおろさるゝ、ことやうに侍と、申されしこそ、いうにきこゆなど、人々申侍しか云々」とある。この部分の解釈について、水原一氏も「とはずかたり考説」において「朱雀院の行幸」の典拠は、源氏物語、藤の裏葉である旨を論じておられる(駒沢国文、第三号、昭和三十九年五月)。

二七七　**かゝりの下にみな立ち出給**(三六一頁)　成通卿口伝日記に「大木の本には五尺のき、小木のもとには三尺を去るべし。地形枝のなびきにしたがひ、よりのき時にあり。前に進む事なく、後ろにつむべからず。常に引入て立べし」とある。

二七八　**六条殿の長講堂も、焼にしを造られて、其比、御わたまたまし給**(三六二頁)　長講堂の焼失に関しては、一代要記、文永十年の条に「十月十二日焼亡、自二六条坊門壬生一発而至二八条坊門東西一者限二河原一、但大風之間、残残不レ一、唯六条殿六条院若宮等焼了、長講堂焼了」とある。この長講堂の再建が成り、後深草院が同所に移転したのは、歴代皇紀によれば、建治元年四月十三日のことであるが、とはずがたり二には「まことや、六条殿の長講堂造りたてゝ、四月に御わたまし、御堂供養は（中略）御わたましには、出し車五両ありし、一の車の左に参る。右に京極殿、なでしこの七衣、わかしやうぶのうはぎなり。京極殿は藤の五ぎぬなり。御わたまし三日は、白きぬにて、こき物の具、はかまなり」とあって、増鏡はこれによって書いたとも考えられるが、多少の相違がある。すなわち、院が庇の車で渡御したことや、女院の車に姫君が同車したことは「とはずがたり」には見えないので、他の記録をも参照して書いたのかも知れない。「とはずがたり」の御わたましの記述は、建治元年のこととして記されている。なお、諸記録によれば、長講堂は、建治三年七月十四日、再び焼失し、弘安二年三月に再建され、この月に後深草院は同所に移転している。通釈には、増鏡の記すところを、この時の事としているが、恐らく、そうではあるまい。

二七九　**前栽合せありしにも云々**(三六二頁)　とはずがたり二の御わたましの事を記したあとにひきつづいて「御壺合せあるべしとて、公卿・殿上人・上臈・小上臈、御壺をわけ給はる。つねの御所の東向の、二まの御壺を給はる。とりつくるちやうちようたうのまへ、二まかとをりを給て、そり橋を、やり水にちいさく美しく渡したるを、善勝寺の大納言、夜のまに盗みわたして、我御壺に置かれたりしこそ、いとをかしかりしか」とある。増鏡に記すところと話の筋は同じであるが、「とはずがたり」には、単に、そり橋とあるのが、増鏡では、宇治川の橋になっており、人物の上でも、善勝寺の大納言が、平大納言経親になっているというふうに相違している。これは増鏡の作者の創作と見るよりも、参照した資料の相違に基づくものであろう。

二八〇　**夜の御時**（三六三頁）　夜の御時については、山田孝雄は「増鏡の注釈数則」（語文、第三輯）の中で、「長講堂は後白河法皇が六条殿に設けられたもので、中頃衰へて今は浄土宗になつてゐるけれども、元来は当時一般の信仰であつた天台宗であつたらう。それ故にここで、法華八講が履行はれた。（中略）それ故に、当時一般の風習として夕には例時作法とて阿弥陀仏を念じて称名し、朝には法花懺法を行ふことは、勧学会の例でも知らるゝのである」と述べた上で、この例時作法が、源氏物語や枕草子の時代から、例時、または単に時（じ）とも唱えられていたことを証し、増鏡にいう夜の御時が、例時の作法を意味することを説いている。さらに「増鏡のこの「夜の御時」は「よるの御じ」とよむべきもの「御とき」とよむべきもので無いことは明白である」と述べている。

二八一　**おりゐの御門の門に、車の立つべき事かな**（三六三頁）　今鏡巻二、もみぢのみかりに「白河院は後三条院の一の御子におはしましき。…この院は父の太上天皇世をしらせ給ひし事、いくばくもおはしまさず。先の御なごりにて、一の人の我がまゝに行ひ給ふもおはせねば、わかくより世をしらせ給ひて、院の後は、堀川院・鳥羽院・讃岐院、御子・むまご・ひゝご、うち続き三代の御門の御代、みな法皇の御まつり事也。久しく世をしらせ給ふ事は、昔もたぐひなき御ありさま也。後の二条のおとゞこそ、「おりゐの御かどの門に、車たつやうやはある」などのたまはせけれ」とある。

二八二　**伏見殿へ御幸なり**（三六三頁）　伏見殿は、初め藤原頼通の子俊綱の領で、後に後白河上皇に伝わって長講堂御料となり、その後、持明院統の諸帝の院の御所となった。伏見殿へ両院御幸のことに関しては、とはずがたり二に「御花はてゝ、松とりに、伏見の御所へ両院御幸なるに、近衛大殿も御参りあるべしとてありしに、いかなる御さはりにか、御まいりなくて、御文あり。

伏見山いく万代かさかふべきみどりの小松今日をはじめに

御返し、後の深草の院の御歌、

さかふべきほどぞ久しき伏見山おいその松の千世をかさねて

なか二日の御とうりうにて、伏見殿へ御幸など有て、おもしろき九こんの御しきども有て、還御」とあるが、歌詞など、増鏡の記述と大分相違している。現存の本とは別な本によって書いたためであろう。

二八三　**山もゝの二位兼行**（三六四頁）　公卿補任、嘉元二年の項に「非参議、従二位藤兼行〈五十一〉、九月日、依後深草院御事出家、前民部卿、号楊梅」とある。楊梅は、六条と六条坊門との間にある東西の通路。兼行は、建治二年正月に従四位上左少将で、正安元年三月、従二位に叙せられているから、楊梅の二位というのは、後世の称である。

二八四　**源氏の松風の巻**（三六四頁）　源氏物語、松風の巻に「今日は、猶、桂殿にとて、そなたざまにおはしましぬ。にはかなる御あるじし、さわぎて、鵜飼ども召したるに、海士のさへづり、思し出でらる。野に泊りぬる君だち、小鳥、しるしばかり引きつけさせたる荻の枝など、つとにして参れり」とあるのをさす。

二八五　**定家の中納言入道書きて侍源氏の本には云々**（三六四頁）　鎌倉時代には、河内本が権威ある本とされ広く行なわれていたが、南北朝時代以後、次第に青表紙系統の本が重きを置かれ、広く行なわれるに至った。したがって、この頃には、青表紙系統の本を手にすることは、困難なことであったのだろう。ところで、問題の部分の本文は、源氏物語大成に所収の青表紙系の諸本では、すべて「おきのえた」となっている。ただ、河内本の系統に属する桃園文庫蔵津守国冬本には「きのえた」となっている。これは「おきのえた」の「お」を脱したのかも知れない。

二八六　**上達部、直衣に衣出だして**（三六四頁）　世俗浅深祕抄上に「如二五節時一、公卿殿上人出レ衣時、指貫傍取歩爾、出衣可レ在レ前、在レ後非也。就レ中殿上人自二後方一出、非説也。但宿老大臣、若摂政関白、自二後方一出レ之者也。一説也。其毛必不レ然」とある。

二八七　**一昨年ばかりより侍し**（三六五頁）　尊卑分脈の為氏の注記に「建治二年七月廿二日、依亀山院々宣、撰進続拾遺集、弘安元年十二月廿七日奏覧之」とある。ただし、拾芥抄、上には「文永十一年月日、依亀山院院宣、前権大納言為氏卿撰之云々」とあるが、これは誤りであろう。

二八八　**続古今のひきうつし云々**（三六五頁）　通釈には「続古今集に引続いて間もなく撰集せられたものであるから、なみなみの努力では、前集に立ち並びにくいことであらう」と解している。続古今撰進後、十三年めに続拾遺の奏覧が行なわれているという事実に即しての解であるが、「ひきうつし」を引き続いてと解するのはどんなものだろうか。あすか川に「法皇の御かはりにひきうつして、さぞあらんと世の人も思ひきこえけるに」とあり、この場合の「ひきうつして」は「引き継いで」と解することのできる語句であるが、「引き継いで」と解すると模倣といくぶん近い意味になる。

二八九 **御歩きぞめ**(三六五頁) 勘仲記、弘安二年八月十三日の条に「今日今宮入二御万里小路殿一、上皇女院同御幸御同乗云々」とあり、院は唐庇の御車に、宮は網代庇の御車に乗車した旨が記されていて、増鏡の記すところと相違している。

二九〇 **倹約行なはるとかやきこえしほどにて云々**(三六五頁) 勘仲記、弘安二年八月十三日の前記の記述の後に「今日云二桟敷一云二見物車一、長途成レ垣、頗以厳重、無為無事、為悦之外無レ他、見物車下簾糸鞦、又地白直乗随二見合一可二糺弾一之由、仲兼承レ之、所レ下二知使庁一也」とある。

二九一 **近衛殿へ行幸なる**(三六八頁) 帝王編年記、弘安六年正月六日「巳尅天皇駕二腰輿一、幸二新院御在所近衛第一。内侍所同渡御」。

二九二 **通成の大臣の家へ行幸なりて云々**(三六八頁) 通成の邸が皇居になったのは、弘安元年十一月のことである。勘仲記、弘安六年二月廿五日の条には「今日行二幸万里小路殿仙洞一、上皇幸二四条前中納言隆行卿春日万里小路第一、皇居事被レ仰二花山院並三条坊門内府禅門之第一之処、三条坊門触穢之由申レ之、花山院再三難治之由申レ之、(中略) 仍有三行二幸仙洞一也」とあって、この時には、行幸を辞退している。勘仲記、弘安元年十一月八日の条には「今夕遷二幸三条坊門万里小路内府禅門第一、暫可レ為二皇居一云々、四足門俄被レ立レ之、修理職沙汰也」とあるので、この時のことが誤り伝えられたのではなかろうか。

二九三 **よろづわづらはしく、かう〴〵しき事どもありければ云々**(三六八頁) 実躬卿記、弘安六年二月廿五日の条に「有レ行二幸万里小路殿一、近衛殿依レ有二珍事一、俄行幸也」とある。

二九四 **三千の寵愛一人におさめ給**(三六九頁) 白楽天の長恨歌の一節「後宮佳麗三千人、三千寵愛在二一身一」を踏んで書く。

二九五 **初め出でき給ひて殊にかなしうし給し前坊にをくれ聞え給て**(三六九頁) 前坊は前皇太子の意で、醍醐帝の第二皇子、保明親王をさす。保明親王は、延喜四年に二歳で皇太子になり、延長元年(九二三)に二十一歳で没。大鏡巻二の基経伝に「此おとゞの御女、だいごの御時の后、朱雀院並村上二代の御国母におはします」とあり、同書巻一の村上帝の事を叙した部分に「前の東宮にをくれたてまつりて、かぎりなくなげかせ給同年、朱雀院生給」とある。

二九六 **九条の大臣の御女云々**(三六九頁) 大鏡巻三の師輔伝に「第一の御女、村上の先帝の御時の女御」「冷泉院・円融院・為平式部卿宮と女宮四人との御母后にて、又ならびなくおはしましき」とある。

二九七 **廿九日の夜、まづ行幸あり**(三七〇頁) 北山の准后九十の賀の記事は、だいたいにおいて、とはずがたり三によって書いているが、所々に両者の記述で相違するところがあるのは、他の記録をも参照して書いたためであろう。とはずがたり三に「廿九日行幸行啓あり。まづ行幸、こし三ばかりになる。門の前に御輿をさへて、神づかさ、ぬさを奉り、うたのつかさ楽を奏す。院司左衛門督まいりて、此よしを申てのち、御輿を中門へ寄す」とある。

二九八 **四条前大納言隆親**(三七一頁) 隆親は、弘安二年に、七十七歳でなくなっている。とはずがたり三には「はしよりにしに、四条前大納言」とある。前権大納言四条隆行をさすのであろう。実冬卿記には、「西、三条前大納言〈隆行〉」とある。なお「四辻殿大納言」の本文を有する諸本のうち、尾・岩本は「大納言〈隆親〉」の脇に「四辻殿」と注記す。「四辻殿大納言」の「四辻殿」は、後人の注記が本文にまぎれこんだものであろう。

二九九 **楽人・舞人、鳥向楽を奏す云々**(三七一頁) この部分の記述は、実躬卿記の記述に近い。同記、弘安八年二月三十日の条に「次公卿着二仏前座一、次舞人・楽人参入発レ楽〈鳥向楽、先吹二調子一〉、左右舞人懸レ壺 雞婁前行、婆娑着二楽屋座一、楽止、次発二乱声一、左右振レ桙、次吹二調子一、壱越調、舞人・楽人等、至二衆僧集会所一発レ楽〈安楽塩〉、前行立二楽屋前一、次衆僧左右相分参入二(内閣文庫本)。

三〇〇 **左右桙を振る**(三七一頁) 教訓抄、一「振桙様」に「先発二乱声一、于時伶人首正二礼節一採レ鉾〈為二左頭一、肩二右袖一〉、至二舞台半一、鉾右頭採直成レ礼、初二後一礼〈有二三説〉(下略)」とある。桂・谷一・院本以外の諸本「左右に桙をふる」。

三〇一 **衆僧集会の所**(三七二頁) 北山准后九十賀記(書陵部伏見宮旧蔵本)に「随身所立二廻屏風一、敷二高麗紫端等一、為二衆僧集会所一」。

三〇二 **久資・久忠**(三七二頁) 体源鈔、十三、多氏系図事

久行——久資 一者十四年 周防守正下初例鳥羽院殿朝覲行幸胡飲酒賞永仁三八七死八十二
　　├久継
　　├久定
　　└久忠 一者十七年正上春日御神楽賞嘉元二十七叙七十二壱岐守永仁六十一十八正下興福寺供養賞正和元年十二廿二死八十三才午剋。

ただし、院本等の古写本は「久助」としるす。徒然草二二五段に「多久資入道か申けるは云々」(常縁本による)として、その名が見えている。

三〇三 **久資・正秋などいふ物どもも云々**(三七二頁) 九十賀記に「右大臣於二透渡殿一召二舞人近康一〈左一〉、仰二一級事一、次召二右一久資一、次楽人一多政秋、各二拝退出」。

三〇四 **安名尊・席田**(三七四頁) 底本「あなた」。尾・近・平・大・岩・谷・院本で訂正。桂本「あなたと」。安名尊の歌詞は「あな尊と　今日の尊と　さ　や　いにしへも　はれ　いにしへも　かくやありけむ　や　今日の尊とさ　あはれ　そこよしや　今日の尊とさ」。

席田の歌詞は「席田の　席田の　いつぬき川に　や　住むつるの　住むつるの　や　住むつるの　千とせをかねてぞ　遊びあへる　千とせをかねてぞ　遊びあへる」。

三〇五 **律青柳**(三七四頁) 青柳は催馬楽の律の歌で、その歌詞は「青柳を片糸によりて　や　おけや　うぐひすの　おけや　うぐひすの　縫ふといふ笠は　おけや　梅の花笠や」。

三〇六 **内宴**(三七四頁) 正月二十一日頃、宮中の仁寿殿で行なわれた儀式。文人に題をたまわって詩を作らせ、御前で読みあげさせた。嵯峨帝の御代に始められて一時中絶し、二条帝の時に再興されたが、それ以後行なわれなくなった。

三〇七 **応レ製すとて、上文字載せられたるも**(三七五頁) とはずがたり三には「春宮のは左大将書き給ふ。春の日、北山の第にて、行幸するに侍て、従一位藤原の朝臣、九十の算を賀して、制に応ずる歌とて、堂上の文字を添へられたるは、古きためしにや」。「内宴のためしとかや」に関して、詳解では、北山抄に引用してある邦基卿の延喜十九年の内宴の記に「七言早春陪二内宴一同賦二和風初著柳一応レ製一首(以レ歌為レ韵)、皇太子臣保明上云々」と見えているのに、よったのだろうかと述べている。

三〇八 **上鞠三足ばかり立たせ給て云々**(三七五頁) 上鞠は譜代の人、堪能の人、身分の高い人が、この役をつとめた。同じ場所に立って三足蹴って落とすのである。遊庭秘抄に「又二足の上まりと申も此作法にて、同立所にて二足蹴也。三足の上まり是おなじ」。実躬卿記(書陵部蔵二十四冊本)には、当日の立様につき、次のように記している。

一院座	内座	院座	東宮座

松●乾　前藤大納言　　宗継●松　艮
主上　　　　　　　　　　内大臣
右兵衛督　　　　　　　　院
●坤　　　　　　　　　●巽
桜　関白　　　　　　東宮　松

三〇九 **白柱**(三七六頁) 倭名類聚抄四には、角調曲の中に、白柱をあげているが、拾芥抄・楽家録等には、盤渉調の曲としている。この点について、大日本史、礼楽十五には「角調本般渉支調、故諸書互有二分合一、其実非レ有二異同一也」と述べている。なお、楽家録、二十八、楽曲訓法に「白柱〈波具千宇〉、一名徳貫子、又児女子」とある。

三一〇 **花上苑に明なり**(三七六頁) 和漢朗詠集、花に「花明二上苑一、軽軒馳二九陌之塵一、猿叫二空山一、斜月瑩二千巌之路一」。朗詠要集・魚山抄にも見える。

三一一 **羅綺の重衣**(三七六頁) 和漢朗詠集、管絃に「羅綺之為二重衣一妬二無レ情於機婦一、管絃之在二長曲一怒二不レ関於伶人一〈春娃無気力、菅〉」。朗詠要集・魚山抄にも見える。

三二二　**山又山**(三七七頁)　和漢朗詠集、山水に「山復山何工削二成青巌之形一、水復水誰家染二出碧潭之色一〈山水策、江澄明〉」。魚山抄にも見える。

三二三　**変態繽紛たり**(三七七頁)　和漢朗詠集には収められていないが、朗詠要集、管絃に収む。本朝文粋九に収めてある。菅原道真の作。

三二四　**二千里の外の心ちこそすれ・雲の浪の歌**(三七七頁)　とはずがたり三には「まん〳〵たる海のうへに、漕ぎ出たらむ心ちして、二千里の外に来にけるにやなど、おほせありて、新院御歌、

雲の波けぶりの波をわけてけり　くわんげむにこそちかひありとて、

心づよからめ、これをばつけよと、あてられしも、うるさながら、

行末とをき君が御代とて(下略)」。

第十一　さしぐし

三二五　**御門の御母三位したまふ**(三八〇頁)　女院小伝に、玄輝門院に関して、「弘安三正八叙二従三位一〈卅五〉、正応元十二十六准三宮〈卌三〉、同日院号」とあって、従三位に叙せられたのは、弘安三年正月のことで、伏見帝の即位になった正応元年よりは八年前のことである。したがって、ここでわざわざ三位に叙せられたことを述べる必要もなさそうであるが、増鏡の資料とした先行の日記類に、三位に叙せられて、三位殿と呼ばれていた事が記されていて、その文章をそのまま使ったために、こうなったのであろう。

三二六　**三条とつき給ふを云々**(三八一頁)　雅忠の女は、後深草院に仕えて二条と呼ばれていた。それを三条と改められたのを、つらいことに思ったのであろう。この部分は、雅忠の女の手記によって書いたように思われるが、現存の「とはずがたり」は、正応元年の記述を欠いているので、何ともいえない。

三二七　**蘇芳のにほひ一重がさね**(三八二頁)　女官餝鈔に「ひとへがさねの事、うへはすゞしの織物、あるひはうすものあや、したは綾のひとへひねりがさねにて候。下ざまはへいげんうす物などを用る、又綾を何色にても染てはりて用る也」。

三二八　**濃きうらのひへぎ**(三八二頁)　詳解には「濃き裏とある裏は、うちの誤にはあらじか。ひへぎは、裏をひき放ちたるものなればなり」と説き、通釈も同説で、「ひへぎに裏はないから、「うら」はうちの誤りで、光沢を打出した濃紅との意であらう」という。「うら」を「うち」とすれば、意味は一応通るが、うちぎぬを単に「うち」というかどうか、問題が残る。

三二九　**御所あらはしとて云々**(三八三頁)　勘仲記、弘安十一年六月八日の条に「未斜参内、今日三位殿露顕之儀也。(中略)次主上渡御、頗及二秉燭一、諸司敷二筵道一、御直衣、殿上人取二指燭一前行、(中略)入二御々帳間一、右府褰二御簾一、女房取二御剣一置二御座辺一歟、御共公卿着二饗座一〈他公卿兼着座〉、有二勧盃一、一献蔵人頭信輔朝臣、瓶子蔵人、二献〈別当通重〉、瓶子〈顕相〉、次三献、花山院中納言家教卿、瓶子〈少将隆教歟〉、少時還御」とある。

三三〇　**下大所**(三八三頁)　詳解には「下台所にて、女御の御方にあるなるべし。供御の御物を調理する所にや。さて下台所御覧の儀といふこと、他に見えざれば、いかなる儀とも知りがたし」と述べ、通釈には「場所は台盤所壺の近くであつたことは、下文によつて察せられる。或は台盤所に対して、御厨子所をいつたものか」と述べているが、結局、不明。

三三一　**実連の中将**(三八四頁)　「さねつら」は、尾本「公実」、近・谷・桂本「公貫」、院本「実貫」となっており、新訂増補国史大系には「公貫」と本文を訂正しているが、公貫は、この時に、前権中納言であるから、公貫の中将というのは、事実にあわない。勘仲記の六月八日の露顕の儀に関する記事に「敕使左中将実連朝臣〈不二帯剣一〉、召二朝餉簾下一給二御書一」と見えているので、後朝の使いも、実連がつとめたものと考えてよいであろう。

三三二　**ひき移し待ちとり給さま**(三八四頁)　通釈には「そのまま引続いてお待ち受けになつて」と解釈している。あすか川に「法皇の御かはりにひきうつして」というような使い方をしているので、この場合も、「入内の儀に、引き継いで、立后の節会を待ち受けて…」と解してよいであろう。

三三三　**その九日の夜、衛門の陣より云々**(三八六頁)　中務内侍日記には「三月九日夜、清涼殿に武者参りて、つねの御所へ参らんみちを、蔵人やすよに問ひける程に、逃げて、かゝることゝ申せば、御所は中宮の御方にぞわたらせおはしますほどに、つねの御所へ中宮具しまいらせて、逃げさせおはしましぬ。女つとひしめきのゝしりて、とく、女嬬火を消ちて、玄上とりて、これと申せば、手さぐりに受け取りて、御所にをきつ。夜のおとゞへ、剣璽取りに参れば、人の取り出だしまいらせて、みちにあひたり。世間、そのゝちひしめき、大番の武士ひしめく。恐ろしきことゞも出できぬ。

清涼殿けがれて、御所も、明くれば春日殿へなる。とりあへぬ事なれば、御引直衣にて、腰輿にてなる。供奉の人々、ちよくいなる姿にて、めづらしくこと〲しき、常よりもおもしろくて」とある。

三二四　**浅原のなにがしとかいひけり**(三八六頁)　保暦間記に「同三年(正応)三月十日、甲斐国小笠原一族ニ、源為頼ト云者アリ(号二浅原八郎一)、所領ナンドモ得替シテ、強弓大力也ケレバ、諸国ニテ悪党狼藉ヲ致ス。イヅクニテモ見合ハン所ニテ可レ誅由、諸国ヘ触ラル。難レ叶ニ依テ、如何ナル企ニヤ有ケン、内裏ヘ参テ、夜半ニ紫宸殿ニ籠ケリ。近キアタリノ武士等責ケレバ、父子腹ヲ切了。其時、射出シタリケル矢験ニ、太政大臣源為頼ト書タリケリ。不思議ノ企哉ト覚ユ。三条宰相中将実盛同意ノ由聞エテ、六波羅ニ召渡サセ畢」とある。

三二五　**中院も知ろし召したるなどいふ聞こえありて**(三八七頁)　参考太平記巻第一には「島津家、今川家、金勝院本並云」として、この事件につき記述しているが、それによると、亀山院による関東追討計画から派生した一事件として扱っている。すなわち「此為頼隠謀ノ風聞有ケルニヤ、六波羅ヨリ召取ベキ由定リニケリ。告知スル者有ケルガ、已ニ思ヒ切ケルニヤ、又遁ル丶所ナキニヤ、為頼父子三人、郎従二人、内裏ノ北小門ヨリ走入ケリ。マダ夜中ナレバ、暗サハ闇シ、門守護ノ武士モ、閑門ノ事ナレバ、思ヒモ咎メズ知ザリケルニヤ、南殿ニ走上ル。帝ヲ取奉リテ、共ニ命ヲモ殞サント思企ケルニヤ。清涼殿ノ方、常ノ御所マデ破入ケルニ、(中略)此濫觴ヲ次第ニ糺明アリ。事大儀ノ企アル由露顕有テ、三条宰相中将実盛父子、六波羅ニ囚レヌ。其比中院ト申シハ、亀山院ノ御事ナリシガ、彼御結構ニ依テ、内々武士ドモ多ク誘〈コシラ〉ヘ召レケルトカヤ。先六波羅ヲ追討セラルベキ御企有ト聞ヘケリ。其比巷ノ説サマザマニテ、武士ドモ多ク怪シミ奉セラレニケリ。(中略)去程ニ中院ヲ、既ニ六波羅ニ移シ奉リ、承久ノ例ニ任スベキ由、内々沙汰有テ聞ヘシカバ、既ニ天下ノ難儀ニ及ヌル上ハ、若ヤ武門ノ疑ヲモ遁レ、憤ヲモヤメ給フトテ、一紙ノ天書ニ、御誓言ノ一句ヲ載テ、関東ヘ下サル」とある。島津本等の記述が、増鏡を参考にしたものか、あるいは、増鏡の資料とした記録によったものかは、はっきりしないが、増鏡の記述を理解する上に参考になる。

三二六　**位山の歌**(三九一頁)　位山は、飛騨国にある山で、それに位階の意味をかけ、山の縁語で峯に生うる松を詠み、それに高い官職の意味をかけたもの。新千載集、雑中に、「文保の百首の歌奉りける時」と詞書して収む。

三二七　**あつめとしの歌**(三九一頁)　この歌は、続千載集、雑上に「嘉元の百首の歌奉りし時、螢」と詞書して収む。この頃、有房は権中納言。「窓の螢の光もて」は、晋の車胤が、貧しくて燈火の油を買うことができず、夏期には螢を集めて、その光で勉学をした故事(晋書、車胤伝)を念頭においた句。身をてらすは、高位に上ったことをいう。光の縁語。有房は、太政大臣源通光の孫であるが、その父の通有は正四位右少将で没し、有房も正安二年(一三〇〇)五十歳の折には、正三位非参議に過ぎなかった。したがって、嘉元元年(一三〇三)五十三歳で権中納言に任ぜられ、従二位に叙せられた時には、みずからも、この栄進を意外としたことであろう。ところが、有房は、その後も栄進を続け、延慶元年(一三〇八)に権大納言になり、元応元年(一三一九)死の床に臨んで内大臣に任ぜられ、太上法皇(後宇多)は、その病床を見舞った。

三二八　**このごろの人の御有様も、をのづから軽き事あらば云々**(三九二頁)　岡一男氏は、増鏡の執筆当時に、新陽明門院のような皇妃がいたはずだとなして、これを、大日本史の「后妃列伝」の中に求め、北朝の後光厳院の後宮二品の局の名をあげている。二品の局は、権大納言資名の女で、後光厳院に幸せられて二位を授けられたが、北面の士藤原懐国と私通したりして、不法の行為が多かったという(日本古典全書、増鏡の解説)。

三二九　**さかさまに寄せて云々**(三九三頁)　とはずがたり四に「その後、先例なりとて、御こしさかさまに寄すべしといふ。又こゝには、いまだ御こしにだにめさぬさきに、寝殿には、ことねりい(マヽ)ふ物のいやしげなるが、わらうづはきながら、うへゝのぼりて、みすひき落しなどするも、いと目もあてられず」。

三三〇　**飯沼の判官**(三九四頁)　帝王編年記、正応三年十二月四日の条に「天皇行二幸石清水宮一、大渡橋警固番飯沼判官(長崎入道杲円二男)」とあり、とはずがたり四に「平左衛門入道が二郎、飯沼の判官、いまだつかひの宣旨もかうぶらで、新左衛門と申侯が」とあって、この飯沼の判官は、左衛門尉平頼綱の次男、資宗をさすものであることがわかる。この資宗は、とはずがたり四に「飯沼の新左衛門は、歌をも詠み、すき物といふ名ありしゆへにや」と記されているので、風雅の士として聞こえていたようであるが、父子ともにおごりをきわめたため、永仁元年四月二十二日、父の頼綱とともに、貞時のために誅された。

三三一　**内よりの御使いに、はじめ長親の朝臣云々**（四〇二頁）　亀山院崩御以下記（書陵部本）に「十七日、（中略）後聞於㆓山作所㆒人々即退出、民部卿一人留被㆑行㆓雑事㆒、自㆑院有㆓勅使㆒〈民部卿中㆓御返事㆒〉、初度前内蔵頭長親朝臣〈束帯、御返事、只今着㆓仕之㆒〉、位次々第也。第二度左少将雅行朝臣〈巻纓、束帯、不㆓帯剣㆒、雑色持㆓野剣㆒、不㆑具㆓随身㆒、予所㆓相計㆒也〉、御返事只今御荼毘之間也。第三度参㆓法華堂㆒、右中将有忠朝臣〈同㆓雅行朝臣㆒、父卿所㆑示会㆑予也〉、御返事無為渡㆓御法華堂㆒云々〈毎度仰詞ハ、只今何事之程哉云々、権大納言伝仰也〉」とある。

三三二　**御素服たてまつる**（四〇二頁）　亀山院御凶事記には、御錫紵色目として、「御冠〈縄纓、無文羅（折櫃敷㆓貲布三尺許㆒、其上置㆑之、居㆓土高坏㆒）〉、御袍〈布、黒染、闕腋〉、御半臂〈布、無㆓忌緒㆒、有㆓小緒㆒〉、御下襲〈布、在㆓同御引帯㆒〉、御単衣〈平絹、純色〉、御表袴〈布、黒染、裏柑子色〉、御大口〈柑子色〉、御帯〈以㆓藁三筋㆒索㆑之、其上巻㆑紙〉、御本結〈黒染〉、御扇〈不㆑結㆓花鳥㆒、鈍色〉、御襪三足〈黒染絹〉」とある。

三三三　**おはします殿には云々**（四〇二頁）　亀山院御凶事記には「自㆓院御方㆒有㆑召、仍参上、倚廬代御所可㆓検知㆒之由有㆑仰、以㆓西面四間㆒可㆑為㆓其所㆒、副㆓東障子㆒敷㆓鈍色畳二枚㆒〈頗厚擬㆓大文㆒歟、各南北行〉、又迫㆓西長押㆒、同畳二枚、相対敷㆑之〈頗厚擬㆓小文㆒歟〉、其北二ヶ間〈御車寄〉、同敷㆓鈍色畳等㆒、西面悉懸㆓伊与簾㆒、以上倚廬代御所、此外無㆓殊儀㆒〈正応又如㆑此〉」とある。

第十二　浦千鳥

三三四　**上臈**（四〇六頁）　禁秘抄に「上臈不㆑謂㆓是非㆒、二三位典侍号㆓上臈㆒、着㆓赤青色㆒、候㆓御陪膳㆒也」。

三三五　**十六にてまいり給て**（四〇六頁）　頊子は暦応元年（一三三八）に七十一歳で没しているので、その十六の時は、弘安六年で、後二条帝の誕生二年前にあたる。二十六歳の時は、永仁元年で、後二条帝は九歳であった。したがって、二十六歳の誤りとしなければ、話のつじつまがあわないことになる。なお、後二条帝の母は、堀川具守の女であるから、その関係で帝は幼少の頃、具守邸におられたのであろう。補注三三六参照。

三三六　**かの大納言東下りののち**（四〇六頁）　一代要記、正応二年の条に「十月十日、征夷大将軍久明〈本院皇子、母前内府公親女〉、下㆓向関東㆒、御共公卿、中納言源基俊、殿上人□□□」とあり、正応二年（一二八九）に関東に下向していることは、あきらかである。しかし、正応二年は、永仁元年より四年前のことであるから、基俊の関東下向を、この時のことをさすものとすると、頊子が堀川具守の邸に上ったのは、二十二歳以前のことになる。

三三七　**むかしおぼえておもしろし**（四〇六頁）　詳解は「次の後宇多上皇の御歌によりて考ふるに、頊子の、いまだ基俊卿の思人たりしほどより、はやく寵幸し給へる事ありしにて、そのほどのことを、昔とはいへるならん」と述べ、通釈は「基俊に愛せられた以前に既に御寵幸があつたのである」と説く。ところが、日本古典全書の頭注には「院、基俊、頊子の三角関係が、源氏物語の朱雀院、源氏、朧月夜尚侍との関係に似てゐること」と注す。頊子が、内侍のかみになって、しかも、源氏の末流である基俊と後宇多院の二人と関係のあった点から、岡一男氏のいうように、源氏物語の朧月夜の内侍のことを連想して書いたものと見てよいであろう。

三三八　**加階し給へりし朝**（四〇六頁）　女院小伝の、万秋門院の項に「乾元二・三・五、為㆓後二条尚侍㆒〈卅六〉、同日叙㆓従三位㆒」とある。

三三九　**かの寛平の昔をやおぼすらん云々**（四〇七頁）　花園院宸記、正中元年六月二十五日の条に「徳治中遇㆓遊義門院之早世㆒、一旦落飾入㆓仏道㆒、続有㆓後二条院之晏駕㆒、弥厭㆓俗塵㆒、深帰㆓釈家㆒、習㆓律義㆒学㆓密宗㆒、以㆓西郊大覚寺㆒、為㆓栖遅之仙居㆒、擬㆔寛平法皇座㆓仁和寺㆒、徳治中対㆓前大僧正禅助㆒、受㆓秘密灌頂㆒、以来、密宗之高徳少㆑比㆑肩者、二品□親王、道意僧正以下、受㆓法皇之密灌㆒者多矣」。

三四〇　**保元の例とかや云々**（四〇九頁）　百錬抄、保元元年十月廿六日の条に「以㆓十月卅日戊辰㆒、為㆓十一月朔㆒、以㆓冬至㆒置㆓二日㆒、兼又除㆓十二月卅日丁卯㆒、以㆓廿九日丙寅㆒可㆑為㆓晦日㆒宣下事」。

三四一　**きさぎえ**（四〇九頁）　拾芥抄、名物の項に、大蚶気絵（オホキサキヱ）と小蚶気絵をあげ、ともに「見㆓江記㆒」むねを記しているが、続教訓抄によれば、小蚶気絵は保延四年三月、土御門内裏焼亡の折に焼けうせたというから、これは、大蚶気絵のほうをさすのであろう。

三四二　**笛西園寺の中納言兼季**（四〇九頁）　花園院宸記に「兼季笛〈柯亭〉」とあるので、諸本で訂正。

三四三　**正和元年三月廿八日奏せらる**（四一〇頁）　拾芥抄、上に「玉葉集廿巻、（中略）正和二年癸丑八月日、依二伏見院勅一、前大納言為兼卿奏レ之、上古以来十三代外撰レ之」とある。また、花園院宸記、正和二年十月五日の条に「玉葉集可レ直事等申レ之、一巻々物持参、可レ直事共也」などと見えているので、実際に完成したのは、この頃のことと考えられる。したがって、正和元年三月二十八日には、その一部を奏覧したものと考えられる。

三四四　**二条冨小路の昔の院のあとに云々**（四一一頁）　花園院宸記、文保元年四月十九日の条に「今日新造内裏〈富小路西、二条北〉遷幸也。〈先年関東造内裏之料所可レ進之由申レ之。但閑院於二末代一者不レ可レ叶、可レ為二里内一云々。而無二其所一。被三追二立人家一之条可レ為二民愁一。此地為二東礼一者、晴陣可レ為二洛外一之間難儀、仍為二西礼一。指図故大宮入道関白基忠公所レ進也。大略摸二閑院一。但間数多以減少。但清涼殿不レ減。依レ無二便宜一也。（中略）七八年許未レ成レ功、中園奉行入道左府公衡公薨、其後為二入道相国沙汰一〈実兼公〉。今年適所二修功一也。…〉」とある。二条富小路殿は、永仁五年（一二九七）四月十八日に焼失したが、その後、再建、嘉元二年（一三〇四）、後深草院は同所で没し、以後、後伏見院の御所となっていた。ところが、徳治元年十二月二十八日、再び火災にかかり、後伏見院と東宮（花園）は、難を常盤井殿に避けた。それ以後、再建されずにいたのが、この程、完成したのであろう。

第十三　秋のみ山

三四五　**十月廿七日大嘗会**（四一二頁）　公卿補任には「十月廿七日甲寅御禊、節下左大臣、十一月廿二日己卯大嘗会」とあり、十月二十七日に御禊行幸、十一月二十二日に大嘗会が行なわれたことが、諸記録によっても明らかである。したがって、十月二十七日の次に、「御禊、十一月廿二日」とあるべきを、脱したものとも考えられる。

三四六　**清暑堂の御神楽**（四一二頁）　清暑堂は、平安京大内裏中の豊楽院（ぶらくいん）八堂の一。豊楽院は天子が宴会を行なう場所とされ、清暑堂では、古くは大嘗会の五節をここで行ない、また、大嘗会の御神楽も、ここで行なった。後世になって、大極殿が荒廃し、大嘗会を官庁で行なうようになってからは、渡廊で行なった。代始和抄に「官庁にて行はるゝ時は、渡廊を以てその所とす。しかれども、なを清暑堂の御神楽といひつけ侍る也」とある。

三四七　**綾の小路の宰相有時**（四一二頁）　尊卑分脈に「有時卿事」として「文保二十一ゝ大嘗会清暑堂神宴拍子参仕之処、郁芳門内於陣中、敵人討之、青侍相共両三人袄死、彼犯人更雖無知之人、後日云、依相争今夜拍子参勤事、紙屋川顕香卿討之由風聞、仍被召下関東、顕香卿於関東畢、但非実犯歟云々」。

三四八　**異人うけたまはる**（四一三頁）　御遊抄に、

「拍子。〈参議冬定〉

兼日綾小路前宰相有時卿被レ催之処、今夜於二待賢門内一被二殺害一之間、故宰相殿可レ有二御参一之由雖レ被二仰下一、依二御悲嘆一不二令レ参給一、仍如レ此兼日可二弾琴一之由被レ催レ之了」。

三四九　**こよひしもの歌**（四一四頁）　雲井の月は、空に照る月に主上の行幸をきかせ、秋のみ山は、皇后のことを秋の宮というところから、み山に宮を言いかけ、中宮のいる北山邸をさしたのである。続千載集、秋上に「中宮きさきに立ち侍りて、西園寺におはしましける頃、行幸など侍りけるに、八月十五夜、月面白かりければ、中宮の御方へよみて奉らせ給うける」として、第二句「くもゐの月の」。後醍醐帝の返歌も、その次に掲ぐ。

三五〇　**うきにまぎれぬ恋しさ**（四一五頁）　新続古今集、恋四「かくばかり思ひ絶えにし年月のうきにまぎれず人の恋しき　按察使顕朝」。按察使顕朝は、続後撰集以後の勅撰集に入集。正二位権大納言に至り、文永三年（一二六六）五十五歳で没。この歌は、当時の人々に愛誦されていた歌なのであろう。

三五一　**贈従三位為子**（四一六頁）　為子は、新後撰集には、遊義門院権大納言として五首、玉葉集には、後二条院権大納言典侍として五首、続千載集には、贈従三位為子として十四首入集。以下の勅撰集は、すべて贈従三位為子。

三五二　**元応二年四月十九日、勅撰は奏せられけり**（四一六頁）　拾芥抄、上には「文保三年己未四月十九日、依二後宇多院院宣一、前権大納言為世卿撰レ之」。尊卑分脈の為世の注記には「文保二年十月卅日、依二後宇多院院宣一、撰二進続千載集一、同三年四月十九日奏二覧之一、于レ時前権大納言」。また、歴代和歌勅撰考に引く、勅撰目録および勅撰次第一本によれば、元応二年七月二十五日奏覧とし、諸説の間に一致を見ない。しかし、花園院宸記、元応二年八月四日の記述によれば「伝聞、新勅撰〈号二続千載集一云々〉、已披露、但猶不レ遍、暫可レ被レ秘之由申二仙洞一云々、去年以二一巻許一中書奏覧、今年功終披露歟、未レ聞二先例一、如何」とあり、また、同記、八月十二日の条には「今日参二衣笠殿一、上皇同御幸也。還御後今度勅撰〈号二続千載集一〉、自二北山一進レ之。自二第一一至二第六巻一先進レ之。次第可二取替進一云々、歌躰甚非二珍重一、自レ元推量不レ違者也」とあって、元応元年に一部奏覧をなし、元応二年八月頃には、ほぼ完成していたらしいことが知られる。したがって、これらの記録から推測すれば、元応元年四月十九日、一部奏覧、同二年七月二十五日、完成奏覧とみるべきであろうか。

三五三　**為藤の中納言**(四一六頁)　為藤は、元応二年には、従二位権中納言で四十六歳、歴代和歌勅撰考所引の勅撰次第の一本によれば、為藤は、為定・長舜・国冬・国道等とともに、連署衆となって、この撰集に関係した。歴代和歌勅撰考巻之四「〇一本云、撰者為世和歌所開闔法印長舜〈中書勤仕〉、連署衆　為藤　為定　定為　長舜　国冬　国道、玉葉後四年歟」。

三五四　**絲竹の調べは折あしければ**(四一七頁)　花園院宸記、元亨元年八月七日の条に「今日自二今小路殿一被レ仰云、神木遷二坐移殿一云々。(中略)今日女房弾箏如レ例。移殿之間如レ此、内々為二稽古事一不レ及レ止レ之故也」、同八月十五日の条に「今日依二良辰一聊有二詩会一。依二神木事一殊内々儀也」とあって、神木入洛のため、花園院方でも、内々の会を催していることを記している。

三五五　**昭訓門院の春日**(四一七頁)　尊卑分脈、西園寺公宗の注に「母為世卿女〈昭訓門院春日局〉」とある。

三五六　**少将内侍為信女**(四一七頁)　尊卑分脈、刑部卿従三位為信の女子に「後二条院後醍醐両院少将内侍、長楽門院民部卿」と注してある。為信は、長良の子孫で、歌人でありまた画家として著名であった藤原信実の曾孫にあたる。後二条帝の徳治元年九月、五十九歳で出家した。法名寂融。少将内侍は、初め後二条帝に仕え、帝が没した後、その中宮であった長楽門院に仕え、その後に、後醍醐帝に仕えたのであろう。

三五七　**安福殿の釣殿**(四一七頁)　詳解には「大内裏には、池もなく、安福殿に釣殿もなけれど、たゞ人の住ひにかはらず、寝殿を紫宸殿とし、西の対を清涼殿とし、それより中門廊をへて、南辺なる釣殿を、安福殿とせられしなるべし。されば、庭中に池もありて、船など浮べられし也」と説く。富小路殿は、閑院内裏を模したものというが、東山御文庫蔵の閑院内裏の古図によっても、当時の内裏が、寝殿造りに近い構造の建物であったことを知る。したがって、この場合も、釣殿を安福殿に見立てたのか、あるいは、安福殿が普通の対の屋などに近い建物で、それに釣殿が付属していたのか、いずれかであろう。

三五八　**照る月波も、曇りなき池の鏡に云々**(四一七頁)　この部分は、拾遺集、秋「屛風に八月十五夜池ある家に人あそびしたる所」と詞書した「水の面にてる月なみを数ふれば今宵ぞ秋のも中なりける　源順」を踏んで書く。

三五九　**景陽の鐘**(四一七頁)　南史、武穆斐皇后伝に「上数游二幸諸苑囿一、載二宮人一従二従〈一作後〉車一、置〈一作宮〉内深隠、不レ聞二端門鼓漏声一、置二鐘於景陽楼上一、応二五鼓及三鼓一、宮人聞二鐘声一、早起粧飾」とある。

三六〇　**乱声の後、中門に御輿を寄す**(四一八頁)　教訓抄一に「入御乱声者、朝覲行幸之時奏レ之、入御奏〈大納言役也〉、奏畢還給時、楽屋之方以レ笏令レ搔給時、奏二左右乱声一同音〈左新楽、右高麗〉」とある。なお、朝覲行幸の時の院の御所に入御の実際については、正和三年正月二日、花園帝が常盤井殿に行幸した際の記録が宸記に記されている。それには、「今日路次非レ幾、仍歩儀也。富小路北行、至二大炊御門一東折、京極北行、至二院西門下一扣レ輦。(中略)次関白、以二院司春宮大夫藤原朝臣一奏二事由一、院司退出之間楽屋発二乱声一。主殿撤二幔門一、院司向二関白一揖。関白小揖。藤原朝臣加二本列一。乗輿至二中門下一、過二公卿列前之間一。皆稽首磬折。左右大将入二中門内一、立二溜外一〈左大将西、右大将東雙立〉、鳳輦昇二居東面一。此間左右大将居レ地。次将又居レ地。嗣実卿開レ輦取レ剣。次朕下レ輿、光藤朝臣献二草鞋一〈璽役将奉二仕之一、常事也〉、右中将実豊朝臣取レ璽、関白取レ裾」とある。

三六一　**伊勢の海**(四二〇頁)　「伊勢の海の　清き渚に　しほがひに　なのりそやつまむ　貝や拾はむや　玉や拾はむや」。

三六二　**久しかるべきは賢人の徳**(四二一頁)　易の係辞「易レ知則有レ親、易レ従則有レ効、有レ親則可レ久、有レ効則可レ大、可レ久則賢人徳、可レ大則賢人業」

から取ったもの。

三六三　**時に臨みて、にはかに難き題をたまはせて云々**（四二一頁）　古今集、仮名序に「いにしへの世々のみかど、春の花のあした、秋の月のよごとに、さぶらふ人々をめして、ことにつけつゝ、うたをたてまつらしめたまふ。あるは花をそふとて、たよりなきところにまどひ、あるは月をおもふとて、しるべなきやみにたどれるこゝろごころをみたまひて、さかしをろかなりとしろしめしけむ」とある部分を、念頭において書いたのであろう。

三六四　**子ども孫どもひき連れてさぶらへば**（四二二頁）　元亨三年七月七日には、後宇多院の亀山殿で探題歌会が催され、為世一門はそれに参会した。この歌会は、亀山殿七百首の跋文に「巳一点始レ之、黄昏詠訖、秉燭以後春部被レ講 講師経季、及二半更一各退出」とあるので、午前九時頃から詠み始めて、会が終わって退出したのは、夜半であったことが知られる。それから、皇居の歌会に向かったとすると、恐らく深夜になってから参会したのであろう。なお、実教の大納言も、この時、亀山殿の七百首に参加している。

三六五　**賀茂社に行幸なる**（四二四頁）　花園院宸記、元亨四年四月十七日の条に「今日賀茂行幸云々、終日雨降」、同十八日の条に「賀茂祭如レ例、両日見物、貴賤挙レ首趣レ之、（中略）今度両社行幸、無二制符一、仍上下著二綾羅錦繡一、忘二倹素一、事二奢侈一、見而何益」。両社の行幸とは、先の石清水社行幸とこの賀茂社行幸をさす。

第十四　春の別れ

三六六　**心細ういみじとのみおぼさるゝに云々**（四二八頁）　「心細ういみじと」以下百三十二字は、底本および谷・桂・院本は「かくて御こときれ給ぬれは」となっていて、これでも意味は一応通ずるのであるが、尾・近・平・大・岩本系の本文のほうが、恐らく、もとの形であったと思う。それは「心ほそういみしと」という語句が百二十数字を隔てて二か所にあって、その為に、筆写の際、一ページほどをとばして写し、そのあとで、意味が続かないために「かくて御こときれ給ぬれは」という語句を補入したのが、永正本系の本文ではないかと考えられるからである。それに、尾張本系の本文のほうが、意味の続き具合からいっても自然である。なお、院本の本文は、永正本系と同一であるが、行間に「心細ういみじとのみおぼさるゝに云々」の文章が書き入れてある。尾張本系の写本で校合したのである。

三六七　**土岐十郎**（四三〇頁）　流布本太平記によれば、土岐伯耆十郎頼貞、西源院本太平記は、土岐伯耆十郎頼時、保暦間記には、頼貞とする本と頼時とする本があるというふうに、諸書で名を異にしている。花園院宸記には、土岐十郎に注して「不レ知二官名一」となし、事件を密告した者を、土岐左近蔵人源頼員とし、「員」の脇に「兼歟」と注しているので、密告者を頼兼とする説もあったと思う。

三六八　**宣房の中納言、御使ひにて東に下る**（四三一頁）　花園院宸記、正中元年九月廿三日の条に「此暁権中納言宣房卿、為二勅使一下二向関東一。是此事根源、依二詔旨一両人奉行之由風聞之間、為二御陳謝一云々」とある。

三六九　**いまぞ知るの歌**（四三五頁）　この歌は、新千載集、雑中に「続後拾遺撰みて奉りける時、集のさま昔にはぢぬ由、仰事ありしかば、大納言師賢につけて、奏せさせ侍りし」と詞書して、第二句「集めし玉の」、第五句「光ありとは」。なお、後醍醐帝の返歌も、その次に掲ぐ。あつむるたま―あつむるまと（尾・大・岩本）。

三七〇　**中宮に宣旨にてさぶらふも**（四三五頁）　詳解には、中宮の宣旨について「中宮にたち給へる時の宣旨を、とり伝へたる女房を云ふ。また春宮の宣旨、関白家の宣旨などもあり。後には、宣旨を、とり入れたるにはあらねど、上﨟の女房を、しか号するものありしよし、有職問答に見えたり」と述べている。この場合は「中宮のもとに、中宮の宣旨と呼ばれて仕えている方も」の意か、あるいは、単に「宣旨と呼ばれて仕えている方も」の意かであろう。

第十五　むら時雨

三七一　**竹の園生**（四三八頁）　前漢の文帝の皇子である梁の孝王の東園を、竹園といったところから、天子の子孫を竹園というようになった（史記、梁孝王世家）。

三七二　**秋の宮**（四三八頁）　長秋宮の略である秋宮の訓読み。長秋宮は、漢時代の皇后の宮殿から、皇后そのものをも指すに至る。後漢書、馬皇后紀に「永平三年春有司奏立二長秋宮一」の注に「皇后所レ居宮也。長者久也。秋者万物成熟之初也。故以名焉」とある故事から出た語。

三七三 **ともかくもおはしまさねば云々**(四三九頁) 太平記巻一には「元亨二年ノ春ノ比ヨリ、中宮懐妊ノ御祈トテ、諸寺・諸山ノ貴僧・高僧ニ仰テ様々ノ大法・秘法ヲ行ハセラル。(中略)加様ニ功ヲ積、日ヲ重テ、御祈ノ精誠ヲ尽サレケレドモ、三年マデ曾テ御産ノ御事ハ無リケリ。後ニ子細ヲ尋レバ、関東調伏ノ為ニ、事ヲ中宮ノ御産ニ寄テ、加様ニ秘法ヲ修セラレケルト也」とある。

三七四 **あくる春の比、内には中殿にて和歌の披講あり云々**(四四〇頁) 二条良基著の貞治六年中殿御会記には「こゝに中殿の宴と申侍ることは、後冷泉院天喜四年閏三月に、画工の桜花を感じたまふて、大納言師房卿〈土御門右大臣〉に勅して、新成桜花といふ題を献ぜしめ、清涼殿〈中殿是也〉に群臣をひきて御製をくはへられ、糸竹の宴遊ありしよりこのかた(中略)後醍醐院元徳二年二月権中納言為定卿に勅して、花契二万春一といふ題をめして、中殿にて講ぜられき。(下略)」と述べている。

三七五 **康保の花御覧のためしなどきこえしにや**(四四二頁) 舞御覧記「舞は五日ときこえき。康保二年の花のえんに同日に侍れば、かの例をうつされけるにや。されどその日は雨くだりて舞はとゞまりぬ」。康保二年三月五日の花御覧については、日本紀略に「五日丙子、諸卿着二陣座一、翫二南殿前新移桜樹一。有二詠歌盃酒絃管之興一。少内記大江昌言記二小序一。権大納言師尹朝臣以下於二攸座一翫レ之。右近将監尾張安居奉二仕律呂舞一」。

三七六 **桜人**(四四三頁) その歌詞は「桜人 その舟ちぢめ 島つ田を 十町つくれる 見て帰り来むや そよや あす帰りこむ そよや ことをこそ あすともいはめ をち方に つまざるせなは あすもさね来じや そよや さあすもさね来じや そよや」。

三七七 **花を結びて文台にせられたるは**(四四三頁) 舞御覧記には「次に和歌を講ぜらる。蔵人清藤めされて、軒の花を折らせらる。弓のはずにて一枝ひき折りてまいれるけしきも、いとつき〴〵し。それを文台にて、和歌を講ぜらる」。

三七八 **保安のためしとぞいふめりし**(四四三頁) 保安五年に白河殿で行なわれた花の宴の様子については、今鏡、白河の花宴に、詳細にしるされている。しかし、花を結んで文台にしたことは書かれていない。

三七九 **課二六義之言葉一**(四四四頁) 六義之言葉は、古今集序に、「和歌有二六義一云々」とあるところから、和歌そのものをいう。

三八〇 **満庭省二廻雪之昨雪猶残一**(四四四頁) 廻雪之昨雪については、張衡の観舞賦に「袖如レ廻レ雪」と言い、曹植の洛神賦に「飄々兮若二流風之回雪一」と言うように、舞いの美しさを回雪にたとえ、また落花の美しさをたとえて回雪というところから、このように表現したのである。なお、この部分が、この漢文序のさわりであったことは、舞御覧記に「出雲のむかしの雲、廻雪の昨日のゆき、めづらしくおもしろく侍き」と述べていることによっても知られる。

三八一 **代々の御幸のあとと思へば**(四四四頁) この歌は、藤葉和歌集巻一に「次の年の春、西園寺に行幸侍て、庭花といふことを講ぜられける次に、後醍醐院御製」として収む。舞御覧記には「御製などの御ことは、申出もおそれおほくおぼえ侍れども、代々の御幸のあとゝ思ば、御歌のたけたかく、御こと葉たくみに、ためしなく人々沙汰し申侍き」と、一部を引用している。

三八二 **又の日、六波羅へつかはしたれば**(四四五頁) 北条九代記、下に「四月廿九日、京都飛駅下着、主上令レ乱レ世給、俊朝(マヽ)朝臣張行之由、吉田一品定房内々被レ申云々、依レ之、五月五日、長崎孫四郎左衛門尉・南条次郎左衛門尉使節上洛、為レ召二禁右中弁俊基並文観円観等一也。六月、此輩等被二召下一及二拷訊一」とある。ただし、太平記巻二には「七月十一日ニ又六波羅へ召取レテ関東へ送ラレ給フ」とある。また、太平記巻一には、俊基が最初に関東に捕えられた時のことを「五月十日資朝・俊基両人ヲ召取奉ル。(中略)同二十七日、東使両人、資朝・俊基ヲ具足シ奉テ、鎌倉へ下着ス」と記しているが、これはあるいは、再度捕えられた時の日時を誤って記したのかも知れない。

三八三 **上は御悩みおこたらせ給て**(四四五頁) 公卿補任、元弘元年の項に、従三位丹波長直に注して「六・十二叙、(宣下)(主上御療治賞)元施薬院使」とある。したがって、帝の病気は、この時、すでに快復していたのであろう。

三八四 **雑務の日**(四四六頁) 当時、記録所においては、所務沙汰・雑務沙汰・検断沙汰の三つを、日を分かって、とりさばくことになっていた。

三八五　**闇のうつゝ**（四四七頁）　古今集、恋三「むばたまのやみのうつゝはさだかなる夢にいくらもまさらざりけり　読人しらず」。

三八六　**とゝに中一日ありて**（四四七頁）　太平記巻二には「先ヅ南都ノ東南院へ入セ玉フ。彼僧正元ヨリ弐ロナキ忠義ヲ存ゼシカバ、先ヅ臨幸ナリタルヲバ披露セデ衆徒ノ心ヲ伺聞ニ、西室顕実僧正ハ関東ノ一族ニテ、権勢ノ門主タル間、皆其威ニヤ恐レタリケン。与力スル衆徒モ無リケリ。カクテハ南都ノ皇居叶マジトテ、翌日二十六日、和束ノ鷲峯山へ入セ玉フ」。

三八七　**長崎入道円基**（四五〇頁）　保暦間記には「爰ニ高時管領長崎入道老耄ニ依テ、子息長崎左衛門尉高資ニ彼ノ管領ヲ申付。高資政道モ心ヨカラザリケルニヤ、高時正躰ナキ儘、高資心ニ任セテ天下ノ事ヲ行フ」とあって、この頃幕府の実権を握っていたのは高資であり、北条高時が出家後も、高資が権勢をふるっていた旨を記している。なお、補注四一七参照。

三八八　**うしろの山より、御敵くづれまいりて**（四五一頁）　太平記巻三には、備中の国の住人、陶山藤三義高・小見山次郎某がその一族若党五十余人とともに、城の北の石壁をよじ登って城内にしのび入り、方々に火を放った旨を記す。

三八九　**高間の山**（四五二頁）　光明寺残篇、九月卅日の条に「先帝夕日ノ山江御落之処、山城国住人深栖三郎入道参㆓向有王山㆒、告㆓申陸奥守殿㆒、先帝、妙法院宮、源中納言具行、万里小路中納言藤房卿、六条少将忠顕、四条少将以下生捕了」とある。太平記巻三に「山城ノ多賀郡ナル有王山」とあるのをあわせ考えると、後醍醐帝が捕えられたのは、山城国綴喜郡多賀郷の有王山であることは、間違いあるまい。したがって、増鏡にいう高間の山も、詳解にいうように「タカノ山」とあるべきを、誤って「タカマ山」としたものと考えてよいと思う。

三九〇　**隆重**（四五五頁）　詳解に「この中、隆重は系図に見えず。光明寺残篇に「十月、四条少将隆量朝臣、預佐々木近江前司」と見え、尊卑分脈四条隆資の子に、「隆量、元弘元被㆑誅」とあれば、隆重は、隆量の誤写ならんか」という。

三九一　**松が浦島に年経給ぬる**（四五五頁）　松が浦島は、宮城県の松島のことであるが、後撰集に収める素性の歌によって、尼の住む所の意に用いている。後撰集、雑一には「西院の后おほんぐしおろさせ給ひておこなはせ給ひける時、彼院の中島の松をけづりて書きつけ侍りける。音にきく松が浦島今日ぞみるむべも心あるあまはすみけり」とあり、この歌から、松が浦島を、尼の住む所の意味に用いる例は、源氏物語にも見られる。

三九二　**斧の柄朽ちにし昔**（四五五頁）　広列仙伝巻三に「王質晋時衢州人也。入㆑山伐㆑木、至㆓石室山㆒。見㆓石室中㆒、有㆓数童子囲㆑棋、質置㆓斧柯㆒観㆑之。童子以㆓物如㆓棗核㆒与㆑質、令㆑含㆓咽其汁㆒。便不㆑覚㆓飢渇㆒。童子云、汝来已久、可㆑還。質取㆑斧、柯爛已尽。質便帰㆑家。已数百年、親旧零落無㆓復存者㆒」（明、万暦刊本）とある。

第十六　久米のさら山

三九三　**御車寄せ**（四五八頁）　花園院宸記、元弘二年三月七日の条に「晴、今日巳剋許、先帝令㆓進発㆒給、自㆓六波羅㆒出御、用㆓御車㆒、々々寄公重卿、辞㆓宮司㆒参㆑之云々」。

三九四　**鳥羽殿**（四六〇頁）　花園院宸記、元弘二年三月七日の条に「先帝御冠御直衣〈下結〉云々、於㆓鳥羽桟敷殿㆒、供㆓御破子㆒之後、有㆓数刻㆒出御、今度御輿〈四方輿〉、被㆑巻㆓三方簾㆒云々」、裏書に「先帝入㆓御鳥羽㆒事、承久之例云々、（中略）寝殿猶相憚之間、於㆓桟敷殿㆒儲㆓破子㆒之旨、公宗申㆑之」とある。

三九五　**いとせめての歌**（四六一頁）　この歌は、新葉集、離別には、次のように記されている。「元弘二年三月、遠き方に赴かむ事も、たゞ今日明日ばかりになり侍りしに、雨さへふりくらして、いとゞ心ぼそさもたぐひなくおぼえ侍りしかば、中務卿宗良親王、うき程はさのみ涙のあらばこそわが袖ぬらせよその村雨。うちいでと云ふ所にとゞまり侍りしに、尊良親王よべこの所にしもとまりけるよしきくに、何となくかたはらなる壁を見れば、ともなりける為明卿が筆にて、いとせめてうき人やりの道ながら同じ宿りをきくぞうれしき、とあるを見て、また見るべき事はしらねど、かきそへ侍りし。末までもおなじ宿りの道ならば我いきうしと思はましやは」。

三九六　**関吹こゆるといひけんは云々**（四六一頁）　源氏物語、須磨の巻「須磨には、いとゞ心づくしの秋風に、海はすこしとほけれど、行平の中納言の、関ふき越ゆると言ひけむ浦波、夜〳〵は、げに、いと近う聞えて、またなく、あはれなるものは、かゝる所の秋なりけり」の部分を念頭において書く。「関吹こゆる」は、続古今集、羇旅に「津の国須磨といふ所に侍りける時よみ侍りける」と詞書した「旅人は袂すゞしくなりにけり関吹きこゆるすまのうら風」の歌をさす。

三九七　**泣く音にまがふとのたまひけん浦波云々**（四六一頁）　源氏物語、須磨「御まへに、いと人ずくなにて、うちやすみわたれるに、ひとり目をさまして、枕をそばだてゝ、四方の嵐を聞き給ふに、波たゞこゝもとに立ちくる心地して、涙おつともおぼえぬに、枕うくばかりになりにけり。琴をすこし掻き鳴らし給へるが、われながら、いとすごう聞ゆれば、ひきさし給ひて、恋ひわびてなく音にまがふ浦浪はおもふかたより風や吹くらむ、とうたひ給へるに」とある部分を念頭において書く。

三九八　**島がくれ行舟ども**（四六二頁）　「ほのぼのと明石の浦」の歌は、元永本古今集等の古写本に、人麿の歌として、かな序の中に引用してある。古来、人麿の歌として知られていたのであろう。

三九九　**野中の清水・ふたみの浦**（四六二頁）　野中の清水については、山家集「昔見し野中の清水かはらねば我が影をもや思出づらむ」、ふたみの浦については、夫木抄巻八「たまくしげふたみの浦の郭公あけがたにこそ鳴きわたるなれ　前中納言匡房卿」の歌が著名。

四〇〇　**むかし後鳥羽院の仰られけん事云々**（四六四頁）　承久軍物語第六に、「美作と伯耆とのさかひなる中山を越えさせ給ふとき、むかふの岸に細き道あり。いづくへ通ふ道ぞと御尋ねありければ、都へ通ふ古き道にて侍ると申ければ、

都人誰ふみそめて通ひけんむかふの道のなつかしき哉」とある。

四〇一　**葛城の大君を、陸奥国へ遣はしたりけんも云々**（四六五頁）　万葉集巻十六（三八〇七）「安積香山影さへ見ゆる山の井の浅き心をわが思はなくに」の歌に「右の歌は、伝へて云はく、葛城王陸奥国に遣さえし時に、国司の祗承の緩怠なること異に甚し。時に、王の意に悦びず。怒の色面に顕る。飲饌を設くと雖も、肯へて宴楽せず。ここに前の采女あり。風流の娘子なり。左の手に觴を捧げ、右の手に水を持ち、王の膝を撃ちて、この歌を詠みき。すなはち王の意解け悦びて、楽飲すること終日なりきといへり」と注している。

四〇二　**和歌の浦にの歌**（四六八頁）　和歌の浦は、古来歌枕として有名な、和歌山県の和歌の浦に、和歌の道をかけて用いたもの。夜の鶴は、子を思う親心をたとえたことば。白氏文集、新楽府「夜鶴憶レ子籠中鳴」。

四〇三　**藤・躑躅・卯の花・なでしこ・かきつばたなど**（四六九頁）　頭注の記述は、主として、女官飾鈔によったのであるが、満佐須計装束抄三には、「ふぢ　うす色のにほひて三、白おもて二が、裏青き、濃き薄き」「つゝじ　くれなゐにほひて三、青き濃き薄き二」「うのはな　おもてみな白くて、裏白き二、黄なる一、青き濃き薄き二」「なでしこ　おもては蘇芳にほひて三、白きおもて二、裏蘇芳、くれなゐ、紅梅、青き濃き薄き」「かいつばた　薄色のにほひて三、青き濃き薄き」とある。五衣の場合のかさねの色目を示したものである。

四〇四　**思ひかけざりしありさまども**（四六九頁）　太平記巻四に「尹大納言師賢卿ヲバ下総国ヘ流シテ、千葉介ニ被レ預。此人志学ノ年ノ昔ヨリ、和漢ノ才ヲ事トシテ、栄辱ノ中ニ心ヲ止メ不レ給シカバ、今遠流ノ刑ニ逢ヘル事、露許モ心ニ懸テ思ハレズ」とある。

四〇五　**源中納言具行**（四七〇頁）　公卿補任、正慶元年の項に「前権中納言従二位源具行〈四十三〉五月日下二向関東一、六月十九日於二近江国柏原一斬首」とある。具行が後醍醐帝に忠勤をはげみ、帝の恩寵を得ていたことについては、太平記巻四に「此卿ハ、先帝帥宮ト申奉リシ比ヨリ近侍シテ、朝夕拝礼不レ怠、昼夜ノ勤厚異二于他一。サレバ次第ニ昇進モ不レ滞、君ノ恩寵モ深カリキ」とある。

四〇六　**つねすけの三位**（四七〇頁）　尾・近・平・大・岩本には経朝の三位とあり、経朝について、通釈は、「世尊寺行能の子、従三位左京権大夫となる」と記している。しかし、世尊寺経朝は、建治二年（一二七六）六十二歳で没しているので、その娘なら、建治二年の出生としても、元弘二年には五十七歳であって、すこし年をとり過ぎている。尊卑分脈には、経朝の子の経尹の子に「女子〈後醍醐院　勾当内侍〉」とあり、さらに「新田義貞朝臣室」と注記してある。公卿補任によれば、経尹は、従二位に至り、延慶三年（一三一〇）二月二十日、六十四歳で出家している。この経尹の女を、経尹の父の経朝の女と誤ったものとも考えることができる。ただ、その場合には、この経尹の女に「新田義貞朝臣室」と注記のあるのを、どのように解するかが問題になる。太平記巻二十、義貞首懸二獄門一事付勾当内侍事には、勾

当内侍を建武年中、後醍醐帝が義貞にたまわり、義貞戦死の後、この内侍は出家して嵯峨の奥の往生院のあたりの庵室で余生を送った旨を記す。それには「頭ノ大夫行房ノ女ニテ」とあるが、尊卑分脈によれば、行房は勾当内侍の兄弟にあたる。尊卑分脈が完成したのは、室町中期頃だというから、「新田義貞朝臣室」という注記は、前記の、太平記の記事に基づいて、後に書き入れたものかも知れない。それはとにかく、後醍醐帝の寵妃で、経朝の孫にあたる女性に関して、増鏡では、源具行の妻となり、その死後、出家して近江国高島あたりの寺に入ったという話を伝え、太平記では、源義貞の妻となって、その死後、出家して嵯峨の奥で余生を送ったという話を伝えている。話の構成が似ているので、増鏡に伝える話から、太平記の所説が派生したものと、考えられないこともない。このように考えると、底本の「つねすけ」より「つねとも」とある本文のほうが正しいことになる。なお、谷・桂・谷一本は「つねすけ」、院本は「経相」とある。尊卑分脈には「経輔」「経相」で、該当者は見当たらない。あるいは「経朝」の草体を「経相」に誤り、それを、「つねすけ」とかな書きしたために、本文に異同を生じたのかも知れない。

四〇七　**返べきの歌**(四七一頁)　この歌は、新葉集巻八、羇旅に「同じ頃(元弘二年)、東に赴きはべりけるに、逢坂の関をこゆとて思ひつゞけ侍りける」と詞書して、第二句は「道しなければ」。太平記巻四には「道ニテ可レ被レ失由、兼テ告申人ヤ有ケン、会坂ノ関ヲ越給フトテ」として、この歌を掲ぐ。

四〇八　**宣房の大納言**(四七五頁)　公卿補任、元弘二年の項に「前大納言正二位藤宣房〈七十五〉　四月十日、武家放免帰宅、可二出仕一之旨命レ之云々」とあり、太平記巻五、宣房卿二君奉公事には、賢才の評判が高かったため、特にその罪を許され、強くすすめられて、光厳院に仕えるに至った次第が記されている。

第十七　月草の花

四〇九　**名和の又太郎長年といひて云々**(四七九頁)　梅松論上には「御船仕ける男申て云、此所に奈和又太郎と申福祐の仁候。一所にをいて討死仕べき親類の一、二百人も候はん」。太平記巻七には「六条少将忠顕朝臣一人、先舟ヨリオリ給テ、「此辺ニハ何ナル者カ、弓矢取テ人ニ被レ知タル」ト問レケレバ、道行人立ヤスラヒテ「此辺ニハ名和又太郎長年ト申者コソ、其身指テ名有武士ニテハ候ハネ共、家富一族広シテ、心ガサアル者ニテ候へ」トゾ語リケル」。

四一〇　**臂も折りぬべき世の中也**(四八〇頁)　白氏文集巻三(四部叢刊本)に「新豊折臂翁」と題して「新豊老翁八十八、頭鬢眉鬚皆似レ雪、玄孫扶向二店前一行、左臂憑レ肩右臂折、問レ翁臂折来幾年、兼問致レ折何因縁、翁云貫属二新豊県一、生逢二聖代無二征戦一、慣レ聴二梨園歌管声一、不レ識二旗槍与二弓箭一、無レ何天宝大徴レ兵、戸有二三丁一点二一丁一、点得駆将何処去、五月万里雲南行、聞道雲南有二瀘水一、椒花落時瘴烟起、大軍徒渉水如レ湯、未レ過十人二三死、村南村北哭声哀、児別二爺娘一夫別レ妻、皆云前後征レ蛮者、千万人行無二一廻一、是時翁年二十四、兵部牒中有二名字一、夜深不三敢使二人知一、偸将二大石一鎚二折臂一、張レ弓簸レ旗倶不レ堪、従レ茲始免レ征二雲南一、骨砕筋傷非レ不レ苦、且図三揀退帰二郷土一、臂折来来六十年、一肢雖レ廃一身全、至レ今風雨陰寒夜、直到二天明一痛不レ眠、痛不レ眠終不レ悔、且喜老身今独在、不レ然当時瀘水頭、身死魂飛骨不レ収、応下作二雲南望郷鬼一、万人塚上哭呦呦上(下略)」。

四一一　**伯耆の国へ向ふべしといひなして**(四八一頁)　梅松論上には「一方の大将は、名越尾張守高家、(中略)両大将同時に上洛有て、四月廿七日、同時に又都を出で給ふ。将軍は山陰丹波丹後を経て、伯耆へ御発向有べき也。高家は山陽道播磨備前を経て、同伯耆へ発向せしむ。(中略)同日、将軍は御領所に丹波国篠村に御陣を召る」とある。

四一二　**西山大原わたり**(四八一頁)　西山は京都の西郊一帯の山々の総称。大原は乙訓郡大原野をさし、西山のうち。京都近郊で大原といえば、京都市左京区の、八瀬の北にある大原が著名であるが、この場合は、丹波の国から進撃してきた足利勢の宿泊する地としては、ふさわしくないようである。丹波路に近いという点では、乙訓郡大原野をさすものと考えるのが至当であろう。

四一三　**大宮の木戸どもを押し開き**(四八一頁)　太平記巻八に、千種忠顕が大軍を率いて、京都を攻撃した時の事を記して「六波羅ニハ敵ヲ西ニ待ケル故ニ、三条ヨリ九条マデ大宮面ニ屏ヲ塗リ、櫓ヲ掻テ射手ヲ上テ、小路々々ニ兵ヲ千騎二千騎扣ヘサセテ」と述べているが、この時も大宮大路に面して屏をぬり櫓を構え、所々に木戸を設けて防備を整えていたのであろう。

四四　二条よりしも、七条の大路を東ざまにて、七手に分けて云々(四八一頁)　太平記巻九、六波羅攻事に「去程ニ六波羅ニハ、六万余騎ヲ三手ニ分テ、一手ヲバ神祇官ノ前ニ引ヘサセテ、足利殿ヲ防ガセラル。(中略)一条・二条ヲ東西ヘ、追ツ返ツ七、八度ガ程ゾ揉合ヒタル。源平両陣諸共ニ互ニ命ヲ惜マネバ、剛臆何レトハ見ヘザリケレ共、源氏ハ大勢ナレバ、平氏遂ニ打負テ、六波羅ヲ指テ引退ク」とあって、足利勢の六波羅攻撃は、京都の西北、一条・二条通りを突破して開始されたようである。梅松論に記すところも、ほぼ同様である。したがって、大宮の木戸を、一条大宮の木戸と解し(諸注)、その木戸から攻めこんだ軍勢は、二条通りから南下して七条大路に至り、七条大路を東に進んで六波羅に向かった(通釈)と解釈できないこともない。しかし「二条よりしも、七条の大路を東ざまにて云々」という文を、そのように解釈するのは、やはり無理のようである。太平記に記すように、最初に侵入したのは、一条大宮と二条大宮のあたりであったかも知れないが、京都の西のほうに待機していた部隊が、一せいに各木戸を破って、七条の大路を東へ向けて、進撃したと解すべきであろう。これより前に千種忠顕が六波羅を攻めた時にも「去程ニ忠顕朝臣、神祇官ノ前ニ扣ヘテ勢ヲ分テ、上ハ大舎人ヨリ下ハ七条マデ、小路ゴトニ千余騎ヅヽ指向テ責サセラル」とあって、小路ごとに軍勢をさし向けて、東方に向けて進撃させているが、この時も同じように、それぞれの大路を東へ向けて進撃したのであろう。

四五　はやうより先帝の勅をうけたまはりてければ(四八一頁)　梅松論上には「抑将軍は関東誅伐の事、累代御心の底にさしはさまるゝ上、細川阿波守和氏・上杉伊豆守重能、兼日潜に綸旨を賜て、今御上洛の時、近江国鏡駅にをいて披露申され、既に勅命を蒙らしめ給ふ上は、時節相応、天命の授所なり」とあり、太平記巻九には「カヽル処ニ、足利殿ハ京着ノ翌ヨリ、伯耆ノ船上ヘ潜ニ使ヲ進セテ、御方ニ可レ参由ヲ被レ申タリケレバ、君殊ニ叡感有テ、諸国ノ官軍ヲ相催シ朝敵ヲ可ニ追罰一由ノ綸旨ヲゾ被ニ成下一ケル」とある。

四六　なにがしの宮とかや云々(四八三頁)　金勝院本太平記巻九には「六波羅落ラルヽ由披露アリケレバ、安曾、栗本、越智、日夏、犬上、浅井、堀部、高坂、摺針、梓河原ノ山立強盗溢者二、三千人馳集テ、五辻兵部卿親王宮ヲ取奉リ、先帝ノ五宮ト号シ、伊吹麓太平寺ト云山寺ニ、城郭ヲ拵、著到ヲ附、諸人ヲ催シ集、番馬宿ノ東ナル小山ノ峯ニ立渡リ、錦ノ御旗ヲ挙テ待カケタリ」(参考太平記)とある。

四七　城介入道円明(四八四頁)　保暦間記には、秋田城介時顕について「正和五年高時〈時十四歳〉、将軍家ノ執権ス。文保元年三月任ニ相模守一。頗亡気ノ躰ニテ、将軍家ノ執権モ難レ叶カリケリ。(中略)彼ノ内管領長崎入道円喜ト申スハ、正応ニ討レシ平左衛門入道ガ甥〈光綱子〉、又高時ガ舅、秋田城介時顕、彼ハ弘安ニ討レシ、泰盛入道覚真ガ舎弟加賀守顕盛ガ孫也。彼等二人ニ貞時世事置タリケレバ、申談ジテ如レ形無ニ子細一テ年月送リケリ」とある。

四八　璽の箱を御身に添へられたれば(四八五頁)　詳解に「隠岐に遷幸のをり、神璽をとりそへ給ひし事、他に徴証なし。未だ六波羅におはせしとき、新帝に宝剣と共に渡されし事、花園院宸記、剣璽渡御記等に見え、璽の筥をつつみかへし事、竹むきが記に見えたり。さるを、皇年代略記には、「或説神璽聊有ニ仔細一」とあれば、当時神璽については疑をはさみしものありと見えたり。或は新帝に渡されしは、偽器にてあらんか」という。

四九　氏の長者を宣下せられて(四八五頁)　公卿補任、正慶二年の項に、道平に関して「前関白、五月十七日伯州詔命為ニ左大臣一、為ニ氏長者一」とある。五月十七日は、六波羅が攻略されてから十日後、北条氏の滅亡する四日前のことである。

系図

(一) 皇室

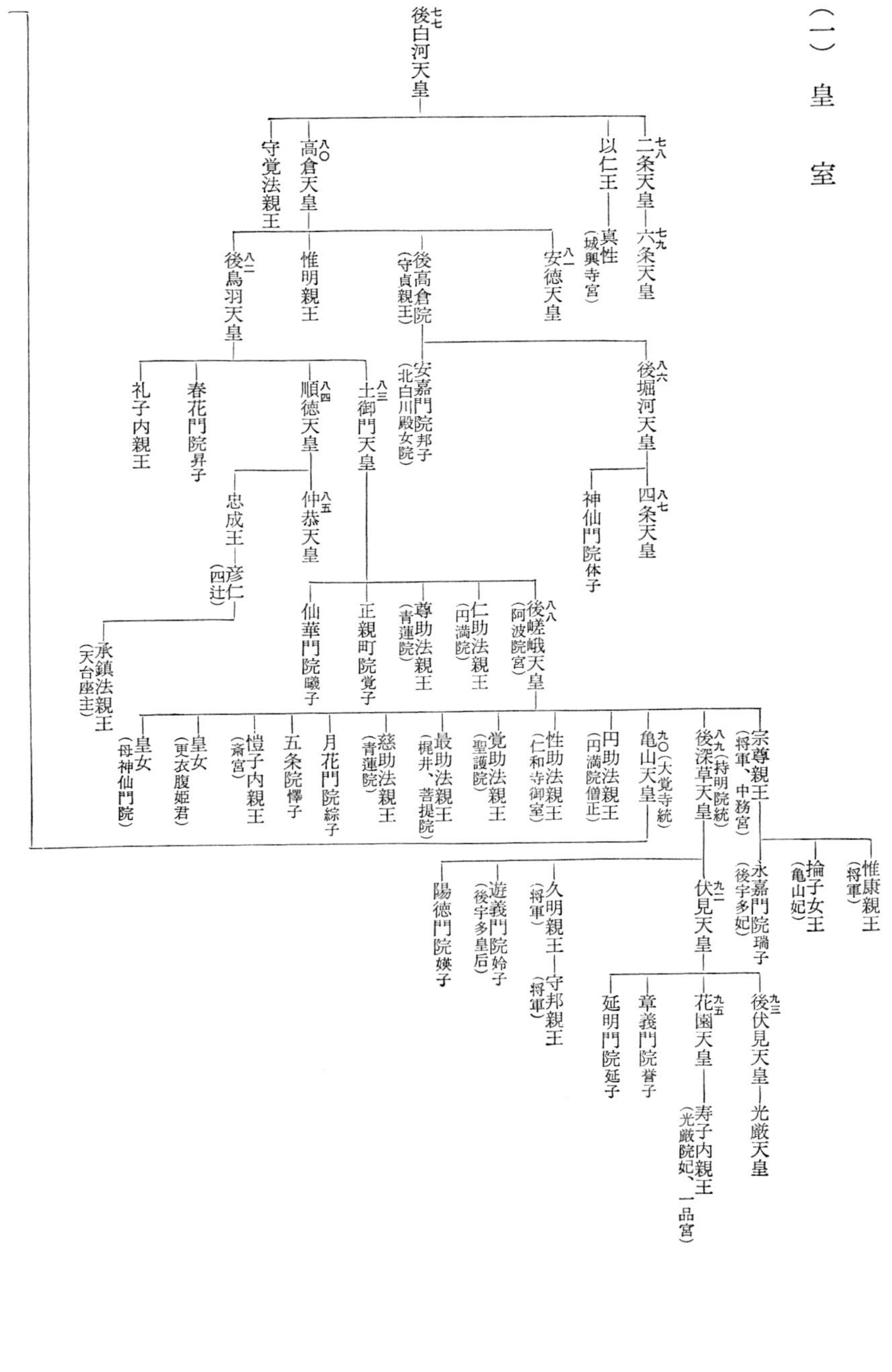
七七 後白河天皇
七八 二条天皇
七九 六条天皇
以仁王
真性（城興寺宮）
八〇 高倉天皇
守覚法親王
八一 安徳天皇
後高倉院（守貞親王）
惟明親王
八二 後鳥羽天皇
八六 後堀河天皇
安嘉門院邦子（北白川殿女院）
八七 四条天皇
神仙門院体子
八三 土御門天皇
八四 順徳天皇
春花門院昇子
礼子内親王
八五 仲恭天皇
忠成王
彦仁（四辻）
承鎮法親王（天台座主）
八八 後嵯峨天皇（阿波院宮）
仁助法親王（円満院）
尊助法親王（青蓮院）
正親町院覚子
仙華門院曦子
宗尊親王（将軍、中務宮）
八九 後深草天皇（持明院統）
九〇 亀山天皇（大覚寺統）
円助法親王（円満院僧正）
性助法親王（仁和寺御室）
覚助法親王（聖護院）
最助法親王（梶井、菩提院）
慈助法親王（青蓮院）
月花門院綜子
五条院懌子
愷子内親王（斎宮）
皇女（更衣腹姫君）
皇女（母神仙門院）
惟康親王（将軍）
掄子女王（亀山妃）
永嘉門院瑞子（後宇多妃）
九二 伏見天皇
久明親王（将軍）
守邦親王（将軍）
遊義門院姈子（後宇多皇后）
陽徳門院媖子
九三 後伏見天皇
光厳天皇
九五 花園天皇
寿子内親王（光厳院妃、一品宮）
章義門院誉子
延明門院延子

- 知仁親王
- 後宇多天皇（九一）
  - 後二条天皇（九四）
    - 邦良親王
      - 康仁親王
      - 邦世親王
      - 深守法親王
      - 媋子内親王
  - 後醍醐天皇（九六）
    - 尊良親王（中務宮）
    - 世良親王（帥御子）
    - 恒良親王
    - 尊雲法親王護良（大塔宮、大塔法親王）
    - 尊澄法親王宗良（妙法院宮、座主法親王）
    - 法仁法親王
    - 宣政門院懽子（二品内親王）
    - 瓊子内親王
    - 皇女
  - 性円法親王
  - 達智門院奨子
  - 崇明門院禖子（邦良親王妃）
- 啓仁親王
- 継仁親王
- 守良親王
- 兼良親王
- 恒明親王（式部卿宮）
- 良助法親王（青蓮院、山座主）
- 覚雲法親王（梨本）
- 叡雲法親王
- 性恵法親王
- 性融法親王
- 順助法親王（聖護院）
- 慈道法親王（十楽院、青蓮院）
- 行仁法親王
- 昭慶門院喜子（川端殿女院）
- 睍子内親王
- 理子内親王
- 皇女 母五条院
- 皇女（九条師教室）
- 皇女（近衛家基室）

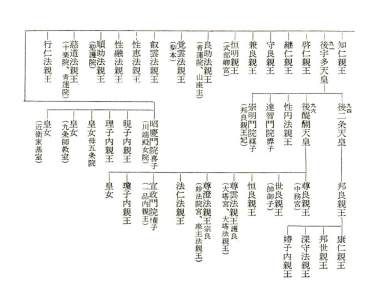

（二）藤原氏　御子左家

鎌足—不比等
- 武智麿
- 房前
  - 真楯—内麿
    - 真夏（日野祖）
    - 冬嗣
      - 長良
      - 良房—基経（実父長良）—忠平—師輔
        - 伊尹（世尊寺祖）（謙徳公）
        - 兼通（忠義公）
        - 兼家（東三条大入道）
          - 道隆（中関白殿）
          - 道綱
          - 道兼（粟田殿、粟田関白）
          - 道長（法成寺入道殿）
            - 頼通—師実
              - 師通（後二条関白）—忠実—忠通（以下別掲、五摂家参照）
              - 花山院 家忠（以下別掲、花山院家参照）
              - 大炊御門 経実（以下別掲、大炊御門家参照）
              - 難波、飛鳥井 忠教
            - 頼宗—俊家
              - 中御門 宗俊
              - 持明院 基頼
            - 御子左 長家……俊成—定家
              - 為家
                - 為氏
                  - 為世
                    - 為道
                      - 為定
                      - 女子（後醍醐妃、宮宣旨、宣旨三位）
                    - 為藤—為明
                    - 為冬
                    - 為子（権大納言君、贈従三位為子）
                    - 女子（昭訓門院春日）
                    - 女子（大納言典侍）
                  - 為雄
                - 京極 為教
                  - 為兼
                  - 為子（大納言三位）
                - 女子（大納言典侍）
                - 女子（新大納言）
                - 冷泉 為相
              - 女子（民部卿典侍）
            - 上東門院彰子
        - 公季……公実（以下別掲、西園寺・三条・徳大寺家参照）
      - 良門—高藤（勧修寺祖）
  - 魚名
- 宇合

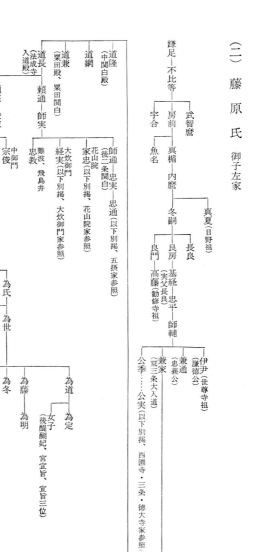

(三) 藤原氏 五摂家

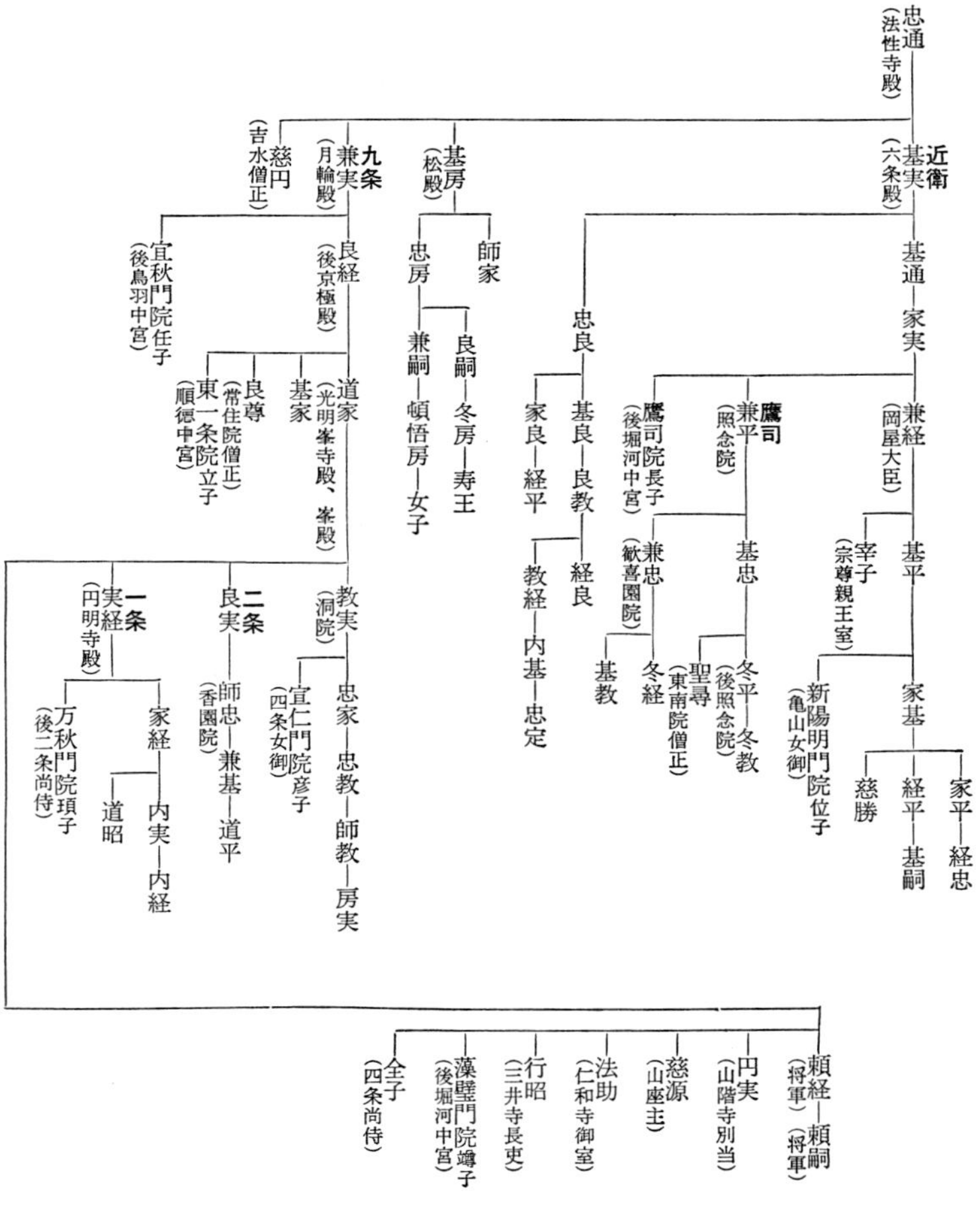
忠通（法性寺殿）
近衛
基実（六条殿）
基通
家実
兼経（岡屋大臣）
基平
家基
家平
経忠
経平
基嗣
慈勝
宰子（宗尊親王室）
新陽明門院位子（亀山女御）
鷹司
兼平（照念院）
基忠
冬平（後照念院）
冬教
聖尋（東南院僧正）
兼忠（歓喜園院）
冬経
基教
鷹司院長子（後堀河中宮）
忠良
基良
良教
経良
教経
内基
忠定
家良
経平
基房（松殿）
師家
忠房
良嗣
冬房
寿王
兼嗣
頓悟房
女子
九条
兼実（月輪殿）
慈円（吉水僧正）
良経（後京極殿）
宜秋門院任子（後鳥羽中宮）
道家（光明峯寺殿、峯殿）
基家
良尊（常住院僧正）
東一条院立子（順徳中宮）
教実（洞院）
忠家
忠教
師教
房実
宣仁門院彦子（四条女御）
二条
良実
師忠（香園院）
兼基
道平
一条
実経（円明寺殿）
家経
内実
内経
道昭
万秋門院頊子（後二条尚侍）
頼経（将軍）
頼嗣（将軍）
円実（山階寺別当）
慈源（山座主）
法助（仁和寺御室）
行昭（三井寺長吏）
藻壁門院竴子（後堀河中宮）
全子（四条尚侍）

(四) 藤原氏　西園寺家

- 公実…三代略…公経
  - 実氏（常盤井入道）
    - 公基
    - 公相
      - 実兼
        - 公衡
          - 季衡
          - 実衡
            - 公宗
            - 公重
            - 女子（光厳妃、今御方）
          - 広義門院寧子（後伏見女御）
        - 公顕
          - 女子（中宮御匣殿）
        - 兼季（菊亭）
          - 実尹
        - 道意（僧正）
        - 永福門院鏱子（伏見中宮）
        - 昭訓門院瑛子（亀山妃）
        - 礼成門院禧子（後醍醐中宮）
        - 女子（母愷子内親王）
        - 女子（三条殿）
      - 実顕
      - 実俊
        - 女子（後醍醐妃）
      - 今出川院嬉子（亀山中宮）
      - 女子 景房女（亀山妃、讃岐二位）
    - 守助（僧正）
    - 大宮院姞子（後嵯峨中宮）
    - 東二条院公子（後深草中宮）
    - 女子（一条殿）
  - 実有
    - 公持
    - 公藤
      - 実連
  - 洞院 実雄（山階大臣）
    - 公宗
    - 公雄
      - 実教
        - 季雄
        - 公修
    - 洞院 公守
      - 実泰
        - 公賢
          - 実世
        - 公敏
        - 公泰
      - 賢助（僧正）
      - 桓守（僧正）
      - 女子（伏見妃）
    - 公風
    - 京極院佶子（亀山皇后）
    - 玄輝門院愔子（後深草妃）
    - 顕親門院季子（伏見妃）
    - 女子（亀山妃）
  - 室町 実藤
    - 公重
      - 実為
        - 公春
      - 女子（大納言君）
    - 公秋
  - 女子（九条道家室）
  - 女子（大納言三位）

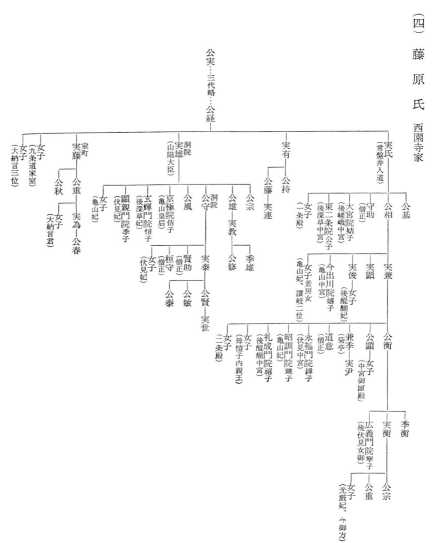

（五）藤原氏　三条・西園寺・徳大寺家

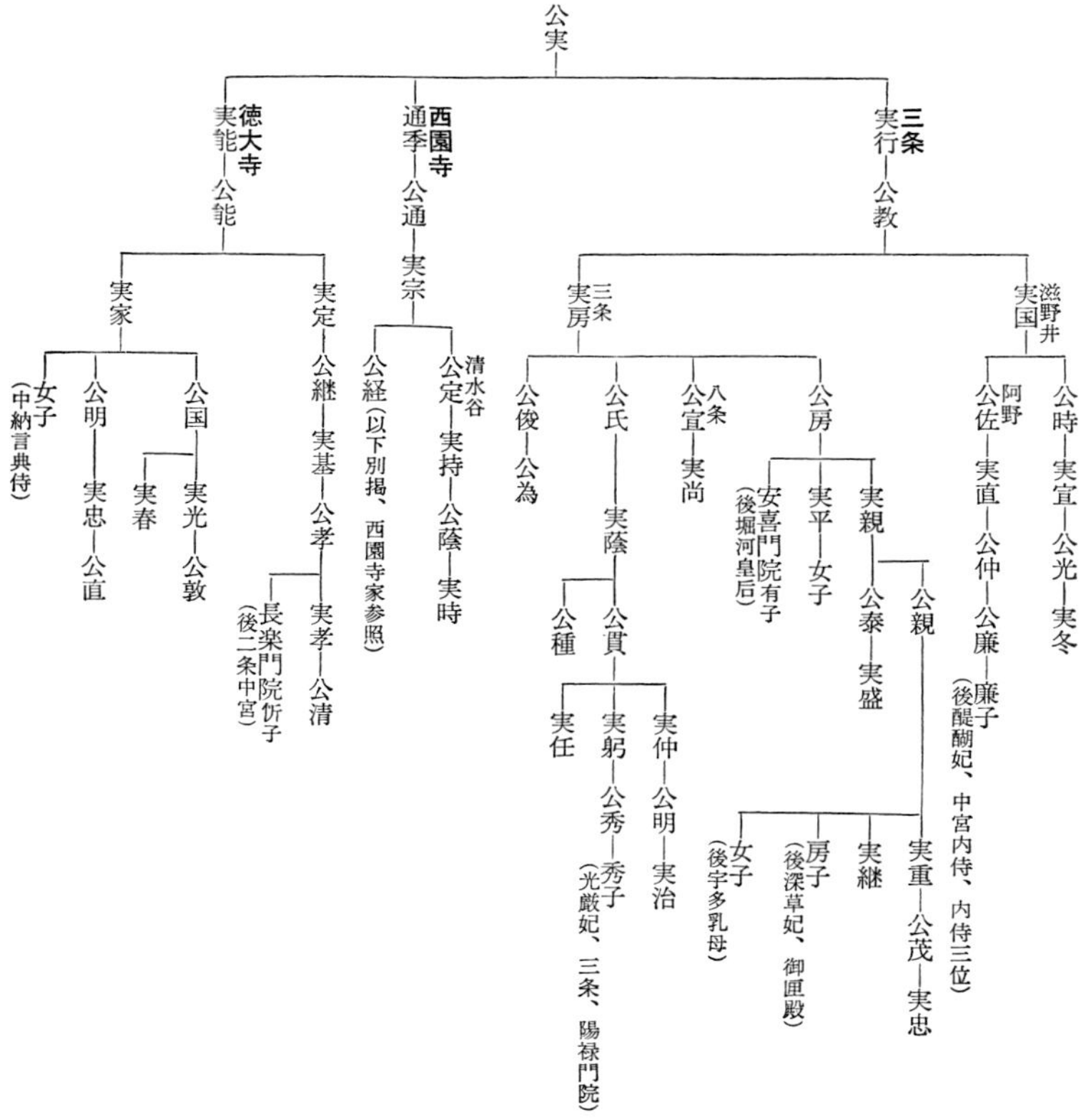

花山院

- 家忠…二代略…兼雅
  - 忠経
    - 定雅
      - 通雅
        - 家長—浄経（僧正）
        - 家教—家定
          - 経定
          - 女子（師賢室）
        - 女子其駒女（亀山妃、廊御方）
      - 長雅
    - 師継
      - 頼兼—師藤—女子（権大納言三位）
      - 師信—師賢
      - 忠季
      - 女子（後宇多女御代）
      - 女子（御匣殿）
  - 家経—雅継—忠継
    - 経氏—経子（伏見妃）
    - 宗親
      - 長親
      - 長俊
    - 宗氏—忠氏
    - 談天門院忠子（後宇多妃、中納言内侍）

大炊御門

- 経実…三代略…家嗣—冬忠
  - 信嗣—良宗—冬氏
    - 氏忠
    - 冬信—女子（光厳女御代）
  - 冬輔

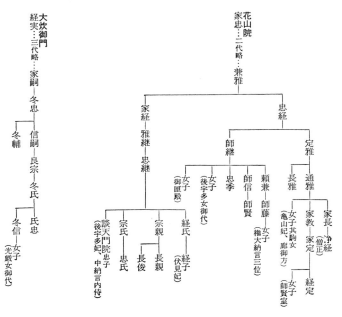

（七）村上源氏　堀川・久我・六条・土御門・中院・北畠家

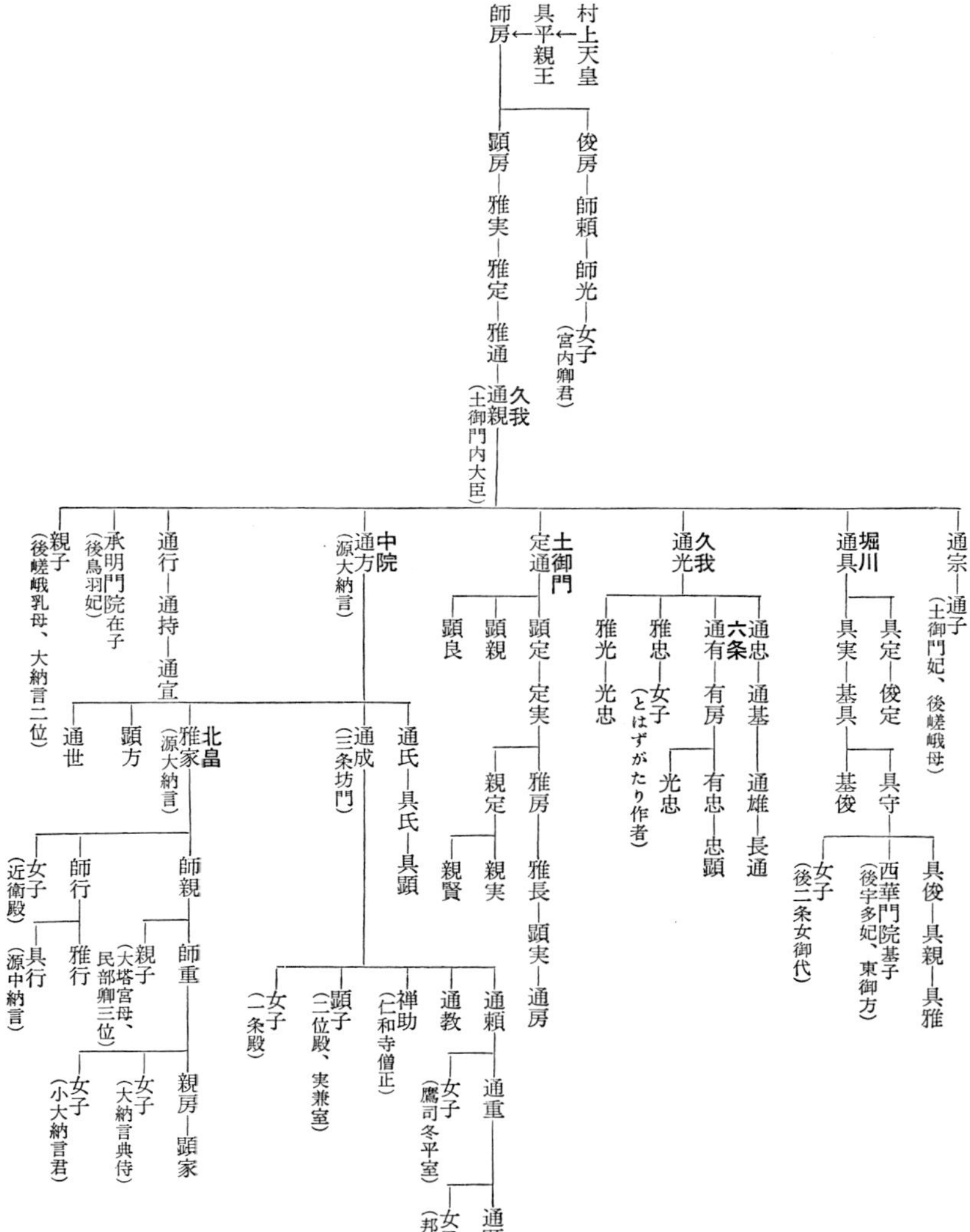

（八）　平氏・北条氏（数字は執権の代数を示す）

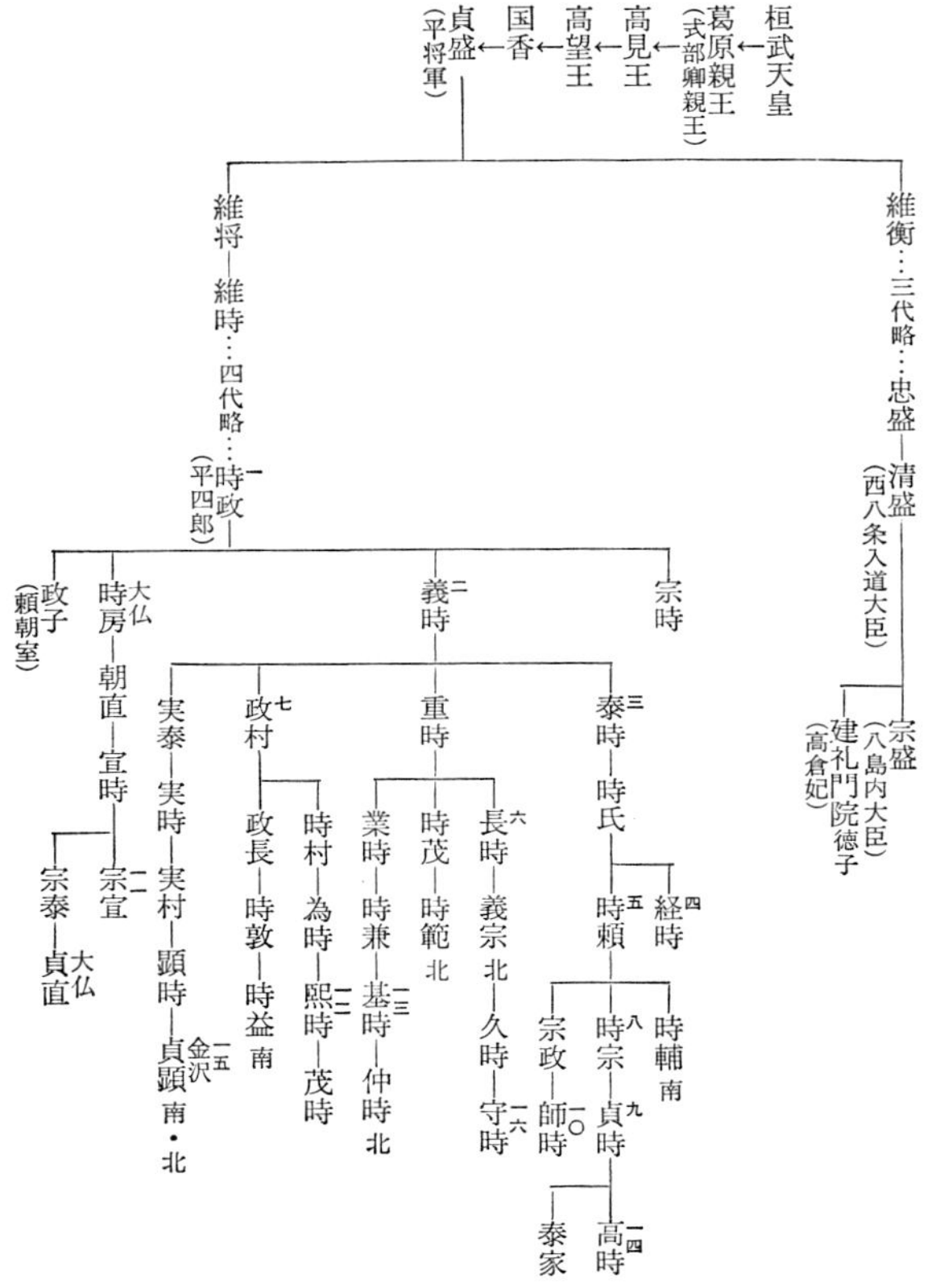

日本古典文学大系 87
神皇正統記　増鏡

1965 年 2 月 5 日　第 1 刷発行
1988 年 7 月 8 日　第22刷発行
1993 年 3 月 8 日　新装版第 1 刷発行
2017 年 2 月10日　オンデマンド版発行

校注者　岩《いわ》佐《さ》　正《まさし》　時枝《ときえだ》誠記《もとき》　木藤《きどう》才蔵《さいぞう》

発行者　岡 本　厚

発行所　株式会社 岩波書店
〒 101-8002　東京都千代田区一ツ橋 2-5-5
電話案内　03-5210-4000
http://www.iwanami.co.jp/

印刷／製本・法令印刷

© 岩佐正文，上坪京子，木藤邦造 2017
ISBN 978-4-00-730571-9　　Printed in Japan